I0592982

1re Livraison Gratuite.

SON ALTESSE NOUNOUCHE

PAR

Simon Boubée

S. SCHWARZ, Éditeur, 9, rue Sainte-Anne (avenue de l'Opéra), PARIS.

Son Altesse Nounouche

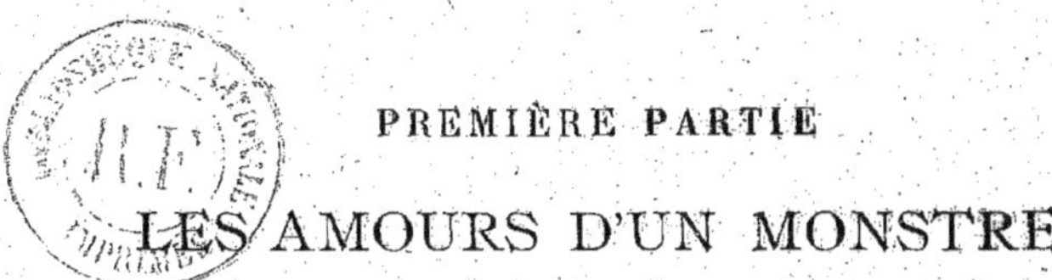

PREMIÈRE PARTIE

LES AMOURS D'UN MONSTRE

Il faisait nuit noire : une nuit orageuse, chaude, étouffante, en dépit de la pluie qui tombait fine et drue. A l'horizon obscur, de pâles éclairs apparaissaient ; mais on n'entendait aucun roulement de tonnerre. C'était une nuit absolument lugubre et morne, une de ces nuits qui navrent les honnêtes voyageurs et comblent d'aise les rôdeurs suspects.

La petite ville de Barcelonnette était tout entière plongée dans ce bon et lourd sommeil de province qu'aucun rêve ne débauche et qu'aucun cauchemar ne désole.

Seule, peut-être, la vieille Nanette était éveillée. A son âge, le sommeil est léger et fugace. Il y avait plus de cinquante ans qu'elle était au service du docteur Bugloz, le vénérable praticien dont la petite maison, aux vertes jalousies, était située un peu hors de la ville, sur la route qui mène vers Turin. La vieille Nanette couchait au rez-de-chaussée, dans une chambrette attenant à la cuisine et donnant sur la route.

Elle n'était pas poltronne et tout le pays le savait bien !... Jamais gaillarde d'un pareil âge ne brava si crânement les fatigues et les dangers. Il fut un temps où elle montait en croupe derrière son maître et courait les montagnes pour aller visiter les malades.

Un jour, ils avaient été attaqués par des bandits piémontais : elle avait fait le coup de feu et s'était défendue comme une lionne. Un président de cour d'assises l'avait félicitée publiquement ; personne n'ignorait cela, ni à Barcelonnette ni aux environs.

Pourtant, cette nuit-là, le cœur de la vieille Nanette battait plus fort qu'à l'ordinaire. Elle ne pouvait dormir et se sentait inquiète, sans savoir pourquoi. Qu'avait-elle donc ?... Ce n'étaient point les éclairs vaguement aperçus à travers les interstices de la jalousie qui ébranlaient ses vieux nerfs solides. Elle en avait bien vu d'autres ! et l'orage lui importait peu... Elle était troublée et le sommeil la fuyait, voilà tout ! Bientôt elle eut recours à sa distraction favorite. Elle se mit à dire son chapelet, priant pour le docteur Bugloz, priant pour la France, priant pour tout le monde et même pour elle.

Hélas! à peine en était-elle à la seconde dizaine, qu'un bruit formidable ébranla les vitres de la maison. Ce n'était pas le tonnerre, mais Nanette fut tentée un instant de croire que c'était ce terrible visiteur, d'autant qu'au dehors les arbres de la route furent illuminés d'une soudaine et vive lueur. Mais cette lueur persistait... et le bruit changeait de nature. Des chevaux piétinaient furieusement sur le cailloutis qui s'étendait devant la porte de la maison, et des voix brutales criaient :

— Oh! oh! oooh!...

Puis, tout à coup, le marteau retentit et ébranla la lourde porte de chêne, tandis que les mêmes voix brutales criaient :

— Ouvrez! ouvrez!...

— Ah! Jésus, Maria!... qu'est-ce donc? dit la vieille femme stupéfaite.

Jamais, en effet, pareille chose ne s'était vue. Certes, on venait souvent chercher le docteur Bugloz, même à pareille heure, mais pas avec un train de cette sorte... une voiture, des chevaux, des voix brutales!... Il y avait de quoi perdre la tête.

La brave servante ne la perdit pas, cependant; avec une rapidité merveilleuse pour des mains aussi tremblotantes, elle passa un jupon de futaine, mit ses savates, se couvrit de son mieux la tête et la poitrine, et alla, sans la moindre peur, ouvrir la porte et voir de quoi il s'agissait. Une magnifique voiture de voyage était là, une voiture attelée de quatre mecklembourgeois, qui piaffaient de plus en plus fort. Un postillon et un valet de pied se tenaient à terre, les habits ruisselants d'eau, et deux personnages, un homme d'une soixantaine d'années et une toute jeune femme chargée d'un fardeau mystérieux entrèrent, sans autre cérémonie, dans le vestibule de la maison.

— C'est bien ici que demeure le docteur Bugloz? demanda l'homme.

— Oui, monsieur, répondit Nanette; mais, à cette heure, c'est l'heure où il dort.

— C'est bon, réveillez-le...

— Ça ne doit pas être la peine, répliqua la vieille d'un ton peu aimable; quoiqu'il ait le sommeil bon, il est probable que vous l'avez déjà réveillé avec tout votre vacarme.

— Ma bonne femme, reprit le nouveau venu, le docteur Bugloz passe pour le plus charitable des hommes. Il ne m'en voudra pas si je lui donne l'occasion de faire une bonne action; croyez-moi, allez le réveiller.

Comme l'avait conjecturé la vieille Nanette, ce n'était pas la peine de réveiller le docteur Bugloz.

Lui-même descendait l'escalier et ouvrait la porte de son petit salon meublé de bois d'acajou et de velours d'Utrecht d'un vert jauni.

— Entrez, s'il vous plaît, dit-il d'une voix bienveillante.

Et les étranges visiteurs entrèrent.

— Laissez-nous, Nanette, continua le docteur.

La vieille sortit en bougonnant.

— Et maintenant, monsieur et madame, veuillez vous asseoir, continua le docteur en avançant des fauteuils.

Il croisa de son mieux la robe de chambre sur sa poitrine et dirigea ses yeux encore vifs et toujours scrutateurs sur les deux inconnus.

L'homme avait de cinquante-cinq à soixante ans. Il était de grande taille et appartenait sans aucun doute aux classes élevées de la société, bien que son costume de voyage fût extrêmement simple et presque inélégant. La tête était belle et noble; seulement, l'expression de sa figure avait une sévérité effrayante. Une couronne de cheveux gris entourait son front pâle et largement découvert; un collier de barbe blanche encadrait son long visage; son nez se recourbait brusquement comme un bec d'aigle, et ses grands yeux d'un bleu clair et lumineux erraient de çà et de là avec une expression d'angoisse troublante et pénible à voir.

Le docteur détourna son regard, se défendant mal d'une sorte de malaise, et le reporta sur la jeune femme.

Elle tenait sur ses genoux une petite enfant pâle, maigre, au dernier degré du marasme... Elle-même semblait très malade, et il y avait dans toute sa personne un air indicible de misère physique et de désolation.

C'était une toute, toute jeune femme, presque une petite fille. Ses traits étaient délicieusement jolis et exprimaient la plus parfaite distinction; mais ses yeux cernés, ses joues creusées, ses lèvres flétries, ses membres émaciés faisaient d'elle un objet de pitié douloureuse, — presque d'effroi.

Elle était mise avec une simplicité élégante et portait pour tout bijou une bague ornée d'une pierre de couleur indécise, mais brillante comme une escarboucle. L'étranger rompit le premier le silence.

— C'est bien, dit-il, au docteur Bugloz que j'ai l'honneur de parler?

— Oui, monsieur, répondit le docteur.

— Eh bien! monsieur le docteur, voici une jeune femme et un petit enfant qui ont grand besoin de vos bons soins. Refuserez-vous de les leur accorder?

— Je n'exerce guère depuis quelques années, monsieur; mais je suis toujours médecin et je connais mes devoirs. Personne ne s'adressera vainement au docteur Bugloz... même les riches...

L'étranger sourit légèrement, mais reprit vite son air sévère et triste.

— Que voulez-vous de moi? fit le docteur après un moment de silence.

— Deux choses, répondit l'étranger: que vous donniez quelques conseils à madame pour sa santé fort ébranlée, comme vous pouvez le voir; puis, que vous gardiez cette petite fille et que vous vous chargiez de la rendre à la vie et de la faire élever ici ou dans les environs. Quant au prix de vos soins, vous le fixerez vous-même et, de grâce, ne vous gênez pas.

L'étranger avait dit ce qui précède sur un ton qu'il voulait rendre léger et indifférent; mais les contractions de sa figure énergique trahissaient une très grande agitation intérieure.

— Le meilleur conseil que je puisse donner à madame, c'est de prendre immédiatement un cordial ou un bol de lait bien chaud, dit le docteur, et, si elle daigne me suivre, je vais la remettre aux mains d'une excellente femme qui s'entend à merveille à soigner les malades. Quant au reste... vous trouverez bon que nous en causions un peu seul à seul.

La jeune femme dirigea ses yeux éteints vers le vieillard, puis les rabaissa sur le front pâle de la petite malade.

Brusquement, elle se leva et dit :

— Je vous suis, monsieur.... et je me fie à vous.

Ses prunelles grises s'illuminèrent d'un éclat bizarre que le docteur compara instinctivement et soudain à l'éclat de la pierre qu'elle portait au doigt.

Tous deux sortirent.

L'étranger resta seul, arpentant le salon de long en large, jetant un regard sombre et distrait sur les meubles démodés et sur deux gravures poudreuses, dont l'une représentait le supplice de Mazeppa et l'autre la mort de Bonaparte.

Lorsque les chevaux piaffaient bruyamment, il fronçait les sourcils et faisait un geste d'impatience. Puis il se calmait, baissait ses paupières vers le tapis décoloré, s'asseyait, se relevait et recommençait sa promenade énervée et monotone.

Tout à coup, le docteur rentra.

L'étranger, sans rien dire, jeta sur lui un regard interrogateur.

— Ces deux enfants, dit le docteur d'un air de mélancolie, ces deux enfants — car la mère est une enfant elle-même — sont bien malades.

L'étranger ne répondit rien, mais sa figure prit un air plus triste et plus préoccupé qu'auparavant.

— Allez-vous loin ? demanda le docteur.

— Très loin.

— Eh bien ! monsieur, il faut absolument vous arrêter ici quelques jours. Elle n'est pas en état de continuer un tel voyage.

— Il faut pourtant qu'elle le continue.

— Même au péril de sa vie ?

— Oui !...

Le docteur jeta un regard sévère sur l'étranger, puis sembla se contraindre et reprit avec calme :

— Alors, monsieur, je n'ai rien à vous dire, et, franchement, ce n'était pas la peine de me demander mon avis.

— Excusez-moi, monsieur; j'espère au contraire que vous m'indiquerez les précautions à prendre pour continuer un long voyage dans des conditions si défavorables.

Le docteur hésita un instant.

— J'ai eu l'honneur de vous dire, monsieur, reprit-il enfin, que le seul fait d'affronter les fatigues de la route mettrait cette jeune femme en danger ; maintenant, agissez comme vous l'entendrez. Je vous donnerai d'ailleurs une potion fortifiante que vous lui ferez prendre de temps en temps. Si elle peut prendre quelque chose de plus solide, tant mieux... Au surplus, je ne réponds de rien... vous êtes responsable de ce qui arrivera.

L'étranger s'inclina légèrement.

— Et... l'enfant ? dit-il, comme si ce mot eût brûlé ses lèvres.

— Elle souffre du même mal que la mère, dit le docteur.

— Quel mal ?

— Une anémie effrayante. Elle n'a pas été suffisamment nourrie. Elle meurt de faiblesse et de faim.

— Son état est désespéré ?

— Non... mais il est très inquiétant.

— Consentez-vous à vous charger d'elle ?

— Cela dépend. Il serait possible de lui trouver une nourrice non loin d'ici. Je soignerais de mon mieux cette petite, je tâcherais de la tirer d'affaire, puis je vous donnerais assidûment de ses nouvelles jusqu'à ce que vous revinssiez la prendre. Est-ce ce que vous voulez ?

— Pas tout à fait.

— Que voulez-vous donc ?

— Que vous vous chargiez... définitivement de cette enfant et que vous ne nous en donniez jamais de nouvelles, même si elle ne revenait pas à la vie... Quant au prix, vous le fixerez vous-même... et je vous répète que vous ne devez pas craindre de le fixer très haut.

La figure de l'étranger avait pris une expression sinistre.

Le docteur tressaillit.

— Je crois vous comprendre, s'écria-t-il avec une énergie indignée ; et vous avez pensé que vous pourriez impunément adresser de pareilles insinuations au docteur Bugloz ?

— Vous ne me comprenez pas du tout, monsieur le docteur, reprit l'étranger d'un air très digne et très noble. Parlons franchement tous les deux... Si j'avais songé à me débarrasser de cette enfant, ce n'est pas au plus honnête homme de France que je me serais adressé. Voici très nettement ce que je sollicite de votre obligeance... Vous garderez ici cette petite fille, continua l'étranger après un moment de silence, vous agirez avec elle d'après les inspirations de votre esprit éclairé et de votre excellent cœur. Je vous supplie de faire tout ce que vous pourrez pour lui rendre la vie, et, si vous y parvenez, je vous devrai une reconnaissance éternelle. Je vous prie même de la faire élever dans les principes les plus sévères et les plus religieux. Si vous consentez à ce que je vous demande, je vais vous laisser une somme de cent mille francs. Vous en disposerez à votre gré et en faveur de cette enfant. Mais il est bien entendu que vous ne chercherez jamais à nous retrouver et que le sort de cette enfant ne regarde désormais que vous seul.

— Votre proposition, ainsi formulée, est acceptable, monsieur, dit le docteur; mais vous comprenez vous-même que je ne puis l'agréer sans plus de cérémonie. Et d'abord, à qui ai-je l'honneur de parler ?

— Je ne puis vous répondre, monsieur le docteur.

— Vous ne voulez pas me dire qui vous êtes ?

— Non seulement je ne veux pas vous le dire, reprit l'étranger avec un sourire inquiétant, mais, si je me suis adressé à vous, c'est que je suis bien convaincu que vous n'aurez jamais l'occasion de le savoir. Vous me voyez ici pour la première et la dernière fois.

— Vous connaissez bien mal le docteur Bugloz si vous vous imaginez qu'il se prêtera docilement à jouer un rôle dans cette mystérieuse comédie; non seulement, monsieur, je saurai qui vous êtes, mais les autorités de Barcelonnette le sauront aussi. Je n'ai aucune envie de devenir, par naïveté ou bonté d'âme, le complice de quelque action peu catholique...

Le vieux docteur, homme énergique et qui avait quelque temps servi l'armée comme chirurgien, lança un ferme regard à l'étranger et se posa devant lui en croisant les bras. L'étranger ne sourcilla pas.

— Veuillez rappeler cette jeune femme, dit-il froidement.

— Soit! répondit le docteur.

Il sortit un instant, puis ramena la jeune femme, toujours chargée de son enfant et paraissant plier sous ce poids, si léger pourtant !

— Asseyez-vous, dit l'étranger.

La jeune femme obéit. L'étranger se tourna vers le docteur.

— Écoutez-moi bien, monsieur, reprit-il d'une voix profonde qui glaça le sang du vieux médecin. Votre maison est isolée, et j'aurai largement le temps de faire ce que je vais vous dire avant qu'un seul de vos cris ait été entendu. Quant aux gens qui sont dehors, ne comptez pas sur eux... ils m'appartiennent corps et âme. Vous allez me donner votre parole d'honneur de faire ce que je vous ai demandé, ou je tue cette femme et cette enfant... Après quoi, je me brûle la cervelle. Vous saurez alors qui je suis... Voulez-vous risquer l'aventure ?

L'étranger tira un revolver de sa poche, l'arma et le dirigea vers le front de la jeune femme, qui ne devint pas plus pâle et ne fit pas un mouvement. Le docteur songea tout d'abord à se jeter sur l'étranger; mais il comprit que le moindre geste de sa part amènerait évidemment un double meurtre et un suicide, et il se tint immobile. L'étranger tira sa montre de la main gauche et la porta tout près de ses yeux.

— Dans une minute je fais feu, dit-il.

Elle l'appliqua sur la place même qu'elle venait de toucher de ses lèvres. (P. 10.)

Remettez votre revolver et votre montre dans votre poche, dit le docteur en haussant les épaules, il faut bien faire ce qu'on ne peut éviter. Vous avez ma parole.

— Alors me voilà tranquille, répondit l'étranger, en rempochant avec le plus grand calme sa montre et son arme.

— Monsieur le docteur, continua-t-il, la figure presque souriante et sur un ton de parfaite compagnie, je vous serais reconnaissant de me donner les quelques remèdes que vous croyez devoir être utiles à madame, durant notre voyage. Voici la petite somme dont je vous avais parlé!

SON ALTESSE NOUNOUCHE.

Il fouilla dans le sac de cuir qui pendait sur sa hanche et en tira un élégant portefeuille de maroquin bleu à fermoir d'or, qu'il tendit au médecin.

Le docteur Buglez ouvrit le portefeuille et, avec le plus parfait sang-froid, compta cent billets de mille francs.

— C'est bien, dit-il.

Il se dirigea vers une armoire de forme antique, l'ouvrit, y plaça le portefeuille, y prit une bouteille de verre sombre, et la referma soigneusement.

— Voici, dit-il, d'excellent vin de quinquina ; c'est, je crois, ce que vous pourrez faire prendre de mieux à madame, durant votre voyage. Vous n'avez plus rien à me dire ?

— Veuillez sonner votre servante.

Le docteur tira un cordon de sonnette placé près de la porte. Nanette parut.

— Madame, dit l'étranger, soyez assez bonne pour remettre cette enfant à cette brave femme.

La jeune femme se leva péniblement et remit la pauvre petite créature entre les mains de la vieille Nanette, pétrifiée d'étonnement.

— Et maintenant, dit l'étranger, adieu, Monsieur, et merci... Venez, Madame.

Le docteur regarda attentivement la jeune femme : sa figure était toujours la même. Aucune des émotions de cette nuit singulière ne l'avait altérée. Une résignation douloureuse y régnait sans partage. Elle suivit l'étranger jusqu'à la porte de la rue... Mais, lorsque le valet de pied eut ouvert la portière de la voiture, elle fit un brusque mouvement en arrière...

— Qu'avez-vous donc ? demanda l'étranger d'un ton sec.

— Je veux l'embrasser, dit-elle.

— Allons donc ! vous êtes folle ; remontez !...

— Je veux l'embrasser !

Cette fois, il y avait une terrible énergie dans l'accent de la jeune femme.

— Comme vous voudrez, dit l'étranger en levant les épaules ; comme vous voudrez ; mais hâtez-vous.

La jeune femme revint précipitamment dans le salon du docteur, qui était resté debout devant Nanette tenant l'enfant dans ses bras. Elle s'approcha du pauvre bébé, le baisa longuement sur le front, puis, tirant de son doigt la bague scintillante dont l'éclat avait frappé le docteur, elle l'appliqua sur la place même qu'elle venait de toucher de ses lèvres.

Le malheureux petit bébé poussa un grand cri de douleur... lui qui semblait avoir à peine la force de pleurer, et une étoile d'un brun rougeâtre se dessina sur son front, juste entre les deux yeux.

Avant que le docteur et la vieille servante eussent eu le temps de faire un mouvement, la jeune femme, animée soudain d'une force factice et fiévreuse, atteignit la voiture, qui partit au triple galop au milieu des étincelles jaillissant des cailloux écrasés.

— Nanette, dit tout à coup le docteur en s'interrompant dans la promenade qu'il faisait depuis un quart d'heure de la fenêtre à l'armoire, tandis que la vieille servante, éperdue de la nouveauté de cet office, berçait la petite abandonnée en lui chantant une chanson savoisienne, Nanette, n'avez-vous pas des parents en Suisse ?

— Faites excuse, Monsieur, j'en ai pas loin de Lauzanne.

— Ah ! ah ! très bien... ils sont nombreux ?...

— Je n'en sais pas trop le nombre.

— C'est bien... cette petite est votre nièce, vous savez ?

— Cette petite-là ?

— Oui, cette petite-là... Elle vous a été envoyée par des parents trop pauvres pour l'élever ; vous me l'avez montrée, je l'ai trouvée gentille et je l'ai adoptée pour ma fille... c'est bien simple.

La vieille Nanette ouvrit de grands yeux et releva ses sourcils jusqu'à ses cheveux.

— Oui, Monsieur, dit-elle, c'est bien simple.

La bonne vieille avait une confiance sans borne dans la sagesse de son maître. Il lui eût soutenu qu'il faisait grand jour et beau temps qu'elle eût répondu : Il fait grand jour et beau temps.

Le docteur reprit sa promenade.

— Ce noble étranger, murmura-t-il d'un air gouailleur, se trompe singulièrement s'il s'imagine que je ne saurai pas un jour ou l'autre ce qu'il est et qui il est. Il m'a mis le pistolet sous la gorge, c'est le cas de le dire, mais je ne m'en plains pas... Il ne faut pas nous en plaindre, n'est-ce pas Nanette ?

— Non, Monsieur, il ne faut pas nous en plaindre.

— Si cette pauvre petite vit... ce qui est bien douteux... elle sera plus heureuse avec moi qu'avec les mystérieux personnages qui l'ont laissée ici ; ce n'est pas douteux, n'est-ce pas, Nanette ?...

— Non, Monsieur, ce n'est pas douteux.

— Sa mère veut la reconnaître, c'est pour cela qu'elle l'a marquée... Comment ? Ça par exemple, je l'ignore... de quelle espèce est cette bague ? J'y perds mon latin, oui, j'y perds mon latin, Nanette !

— Oui, Monsieur, nous y perdons notre latin !

— Enfin !... qu'elle vienne la reprendre... mais au fait, pourquoi, en attendant, n'aurais-je pas une petite fille à élever ?... j'ai toujours beaucoup aimé les enfants.

Ici le front du bon docteur s'assombrit.

— J'en ai eu, un enfant, dit-il, en s'arrêtant brusquement, les mains derrière le dos et les yeux fixés à terre.

— Allons, Monsieur, dit Nanette, ne pensez plus à cela.

— C'est facile à dire, reprit le docteur, avec un sourire amer. Quel âge a-t-il à présent, Roger, s'il vit encore ?... Ah ! misère de nous ! J'en suis à souhaiter qu'il ne vive plus !

Le vieillard s'affaissa sur son fauteuil et cacha son visage dans ses mains amaigries et sillonnées de grosses veines bleues. Un tremblement l'avait pris et ses larmes coulaient entre ses doigts. Au bout de quelques minutes, il leva la tête et dirigea lentement ses petits yeux vers Nanette.

— Ma bonne vieille, dit-il, il est trop tard... ou de trop bonne heure pour que je me recouche... Je vais faire un somme ici, sur le canapé ; donnez du lait à ce petit être et, dès qu'il fera jour, portez-le chez Marie Bonnet... je sais qu'elle peut s'en charger. C'est convenu, hein ?

— Oui, Monsieur, c'est convenu.

Le médecin s'étendit sur le canapé et ferma les yeux.

La vieille Nanette sortit avec précaution, emportant le pauvre bébé...

Les heures s'écoulèrent. L'aube apparut. Bientôt les teintes roses de l'Orient vinrent éclairer les vitres. Puis le soleil se leva radieux, illuminant un ciel pur. L'air était frais, le temps parfaitement calme. Les nuages de la nuit avaient été emportés loin par une brise salutaire.

Nanette sortit, portant le bébé dans ses bras encore robustes.

Marie Bonnet, la future Providence de la petite abandonnée, habitait une pauvre chaumière à deux kilomètres de la maison du docteur Bugloz, sur la route d'Italie. C'était une grosse et forte paysanne, mère de deux superbes jumeaux et ayant déjà un enfant en nourrice. Son lait devait être de bonne qualité, à en juger par la mine des deux jumeaux qui, malgré l'heure matinale, se roulaient sur le devant de la porte en compagnie d'une douzaine d'oies et de deux porcs d'un rose appétissant.

Marie Bonnet était assise à l'intérieur de sa chaumière, contre les portes entr'ouvertes ; et son époux, le sieur Claude Bonnet, maçon de son état, s'occupait près d'elle à ranger une foule d'outils dans une énorme trousse de cuir noircie par l'usage.

A l'aspect de la vieille Nanette portant ce bébé dans ses bras, tout le clan des Bonnet fut saisi d'un étonnement inexprimable.

Claude laissa tomber sa trousse, au risque de s'écraser un pied, Marie leva brusquement la tête et ouvrit la bouche toute grande ; son nourrisson, fruit des amours d'une frêle bourgeoise de Barcelonnette, abandonna le riche festin qu'il faisait et écarquilla les yeux ; les deux jumeaux interrompirent leurs ébats naïfs, mais malpropres ; les oies et les deux petits porcs eux-mêmes restèrent immobiles et comme provisoirement pétrifiés.

— Bonjour, tout le monde... et la compagnie, dit Nanette, pénétrant sans façon dans l'intérieur des Bonnet.

Claude, revenu le premier de sa stupeur, fit entendre une sorte de sifflement long et harmonieux, suivi d'un éclat de rire aussi harmonieux et aussi long.

Après quoi, il se donna de grandes tapes sur la cuisse, ce qui, chez les maçons en général, et chez les maçons de Barcelonnette en particulier, est le signe d'une gaieté très franche et très accentuée.

Il faut dire que Claude Bonnet était, au naturel, le plus joyeux des maçons. Ce n'est pas qu'il n'en eût vu de dures dans le cours de son existence. Il avait débuté dans la vie par l'état de ramoneur, un état poétisé par l'*opéra de Dalayrac*, mais qui, en réalité, ne laisse pas que d'être assez pénible.

Claude Bonnet avait été tellement battu quand il était tout petit, qu'il devait mourir à la fleur de l'âge... ou devenir à tout jamais insensible aux calamités humaines. C'est ce dernier parti qu'il avait pris. Aucun sage de la Grèce n'était plus sage que lui. Il riait de tout et surtout de son rire.

— Ah ! bien, s'écria-t-il, elle est bonne celle-là ; voici la mère Nanette qui se mêle d'avoir des enfants et de les mettre en nourrice.

Marie Bonnet fut tellement enthousiasmée de cette fine plaisanterie qu'elle pensa laisser choir son nourrisson.

— Allons, taisez-vous, mauvais sujet, dit Nanette. C'est de la part de monsieur le docteur que je vous apporte ça ; voulez-vous vous en charger ? Vous serez bien payés.

— Je m'en rapporte à vous, répondit la nourrice. D'ailleurs, mes deux mioches sont sevrés ; le petit peut bien faire place, à table, au nouveau venu et tout s'arrangera.

— *Amen* ! cria Claude.

— Merci de votre bonne volonté, reprit Nanette ; mais il faut vous dire que l'enfant n'est pas bien forte.

— Voyons donc, voyons donc, dit Marie se levant et regardant le bébé en vraie connaisseuse.

— Miséricorde ! dit-elle tout à coup. Mais elle n'en a pas pour vingt-quatre heures, cette pauvre mignonne... d'où vient-elle ?... où monsieur le docteur l'a-t-il prise ?..

— Faut-il vous dire la vérité ?

— Toujours.

— Eh bien ! c'est une petite nièce à moi.

— Une petite nièce à vous ?

— Oui, mon enfant, une petite nièce à moi, qui me vient de Suisse.

— Vous avez donc des parents en Suisse ?

— Des masses ; je ne les connais pas tous et je n'en sais pas le nombre. Pour cette petite, ses père et mère sont si pauvres, si pauvres, qu'ils ne savaient comment l'élever. Alors ils me l'ont apportée, du moins sa mère me l'a apportée... Elle est venue à pied, la pauvre femme !...

— A pied, de Suisse ? exclama Claude.

— Oui, à pied, de Suisse.

— C'est fort, cela, reprit Claude ; moi, je suis bien allé de Barcelonnette à Paris à pied, mais il y a vingt ans de cela... C'était dans les temps... avant la chose du progrès des locomotions.

— Mais puisque je vous dis que c'est des gens pauvres, pauvres !

Nanette mentait avec un imperturbable aplomb. C'était par ordre de son maître, et sa conscience n'était point troublée. Nul théologien n'eût pu lui persuader qu'elle chargeait son âme d'un péché, au moins véniel.

— Allons ! dit philosophiquement Claude, il faut bien le croire, puisque vous le dites.

Il chargea sa trousse sur son épaule, embrassa sa femme et ses deux jumeaux, et se dirigea vers la ville en chantant une chanson qu'il avait apprise à Paris, mais à laquelle il adaptait un air tout personnel et dont il assaisonnait invariablement toutes les paroles gaies et tristes, amoureuses ou folâtres.

Cependant Marie était restée en contemplation mélancolique devant le pauvre bébé qu'elle avait placé provisoirement sur son lit.

— Nanette, dit-elle brusquement.

— Eh bien ! quoi, Marie ?

— Avez-vous remarqué l'étoile qu'elle a sur le front, votre nièce ?

— Oui, j'ai cru remarquer cela.

— C'est bien drôle, hein ?

— Pourquoi donc ça ? C'est une envie...

— Une envie d'étoile !... Comment sa mère aurait-elle eu envie d'une étoile, à cette petite ?

L'argument était fort. Nanette ne trouva rien à répondre. Les deux femmes demeurèrent donc d'accord que l'étoile de la petite n'était pas naturelle.

— Savez-vous, mère Nanette, fit Marie Bonnet d'une voix discrète, presque mystérieuse, les enfants qui naissent avec des signes comme ça ne sont pas des enfants ordinaires. Ils sont très heureux... où ils finissent mal : votre nièce deviendrait un jour princesse que ça n'aurait rien d'étonnant.

— On a vu des choses plus étonnantes, répondit Nanette, pour dire quelque chose.

— Mais, reprit la nourrice, elle aurait tout plein de malheur, que ça ne m'étonnerait pas non plus.

— Ça pourrait encore bien arriver, riposta Nanette en hochant la tête d'un air profond.

— Oui, oui... ça pourrait encore bien arriver... mais, l'important de la chose, c'est que la petite vive...

— Et vous pensez qu'elle ne vivra pas ?

— Je ferai mon possible... mais c'est bien maigre, bien maigre, bien maigre... et puis ce voyage à pied depuis la Suisse... A propos, qu'est-elle devenue, votre parente ?

— Elle est partie.

— Sans se reposer ?

— Comme vous dites.

— Hum ! c'est bien extraordinaire, tout cela.

— Oh! oui! exclama Nanette d'un air profondément convaincu; c'est bien extraordinaire.

— Enfin, je vais essayer de faire de mon mieux.

— C'est cela, Marie, faites de votre mieux... On ne peut vraiment pas vous en demander davantage.

Sur cette philosophique parole, Nanette se retira. Elle regagna lentement la ville, courbant sa vieille tête sous le soleil trop chaud, foulant la blanche et fine poussière de la route encore trempée de pluie.

Des charretiers la croisaient, frappés de son air pensif. Un cabriolet bourgeois lancé à toute vitesse manqua de l'écraser. Puis des enfants passèrent, allant à l'école, ils riaient entre eux et lui crièrent:

— Bonjour, Nanette!...

Elle ne les entendit pas, elle qui souriait toujours aux espiègleries des mioches. A quoi pensait-elle?

A la mystérieuse et stupéfiante visite de la nuit? Non... cet incident-là restait dans le vague de ses pensées flottantes. Sa pensée nette revenait toujours au vieux docteur pleurant tout bas sur son fauteuil.

— Pauvre monsieur, se disait-elle, comme il y avait longtemps qu'il n'avait parlé de son fils! Il était parvenu à l'oublier... il ne sait même plus au juste quel âge il a... Je le sais bien, moi... il a vingt-six ans, à moins qu'il ne soit mort; mais est-il mort?

En songeant ainsi, la vieille passait devant une grosse auberge de rouliers, située tout au bord de la route. Dans l'intérieur, on riait, on criait, on chantait à tue-tête. Le cliquetis des verres et des fourchettes se mêlait aux éclats des voix avinées. Tout à coup, il sembla à Nanette que deux yeux enflammés la regardaient à travers les vitres sales et ternies. Elle reçut comme une commotion en plein cœur.

Alors, elle hâta le pas. La maison du docteur Bugloz n'était qu'à deux cents pas environ. Arrivée devant la porte, elle regarda derrière elle, prise de fayeur, bien que la route fût sillonnée de monde et qu'il fît un soleil resplendissant. Elle entra dans le vestibule, elle ferma les portes du salon. Le docteur était toujours étendu sur le canapé, il faisait noir, car les volets étaient restés clos et la bougie s'était usée sur la cheminée dans le chandelier de cuivre argenté.

— Monsieur, monsieur! cria Nanette.

Rien ne répondit.

Elle ouvrit les volets: les clartés du jour inondèrent le salon.

Le docteur ne bougea pas. Nanette s'approcha.

Elle crut d'abord qu'il avait le col enveloppé d'un foulard rouge...

Horreur! sa gorge était coupée, et des flots de sang s'en étaient échappés, souillant le canapé et aussi les fentes du parquet.

La grande armoire avait été forcée, et son contenu répandu de ci, de là sur le sol. Au milieu du salon, un rasoir tout taché de sang, et près du rasoir un morceau de papier blanc qui avait servi à l'envelopper.

La vieille Nanette vit tout ça d'un coup d'œil. Elle voulut crier... Sa voix resta clouée dans son gosier... un grand spasme l'agita, un vaisseau de son cœur, ossifié par l'âge, se rompit, et elle tomba raide morte aux pieds de son maître égorgé.

I

LE CONSERVATOIRE DE LA PÈGRE.

La prison de Sainte-Pélagie tombera sans doute bientôt sous la pioche impitoyable des démolisseurs. Au point de vue du pittoresque et des souvenirs historiques, il sera permis de le regretter. Au point de vue social, il n'est que temps que cette étrange prison disparaisse. Elle contient environ neuf cents détenus de droit commun, condamnés au plus à un an de prison, et soumis au règlement le plus absurde qu'il soit possible d'imaginer. Le quart à peine de ces malheureux sont admis à travailler pendant leur détention; car les ateliers de Sainte-Pélagie ne sauraient contenir trois cents ouvriers. Les trois autres quarts restent oisifs toute la journée et vivent pêle-mêle, vagabonds de seize ans débutant dans le vice et forçats libérés de soixante ans, depuis longtemps rompus à toutes les ruses de leur hideux métier, logés dans des chambrées humides et malsaines, et enfermés, sans ombre de surveillance, de six heures du soir à sept heures du matin.

Deux ou trois gardiens seulement couchent à la prison, et sont censés faire des rondes; mais ils aiment mieux dormir dans la geôle et ne s'occupent pas plus des prisonniers que leurs camarades qui couchent en ville. Pendant douze heures, les prisonniers sont donc livrés, sans contrôle, à leurs influences réciproques, causant, riant, mangeant, buvant, car ils peuvent se procurer des provisions en dehors des deux repas *officiels*, se disputant, se battant et surtout se racontant leurs exploits passés, et s'entendant pour en préparer de nouveaux.

Sainte-Pélagie pourrait-être nommée le Conservatoire de la Pègre. On y est initié, on s'y forme, on s'y perfectionne dans le mal d'une merveilleuse façon... Et d'autant mieux qu'une sage et prévoyante administration a eu grand soin de loger les professeurs avec les élèves.

L'enseignement ne saurait manquer à ces derniers. Ils l'ont à toute heure, à tout instant, complet, détaillé, attrayant, irrésistible.

Un coquin en liberté a-t-il quelque méfait en vue et se trouve-t-il embarrassé pour choisir un complice parmi ses relations ordinaires, il se fait condamner à deux ou trois jours de prison pour une bagatelle quelconque — ou, s'il faut, à un ou deux mois — et, enfermé à « Pélagie », il ne tarde pas

« C'est toi, Nounouche? » (P. 24.)

à rencontrer l'homme qu'il lui faut, soit parmi ses anciens amis, soit dans une nouvelle connaissance.

Les affaires se proposent et se discutent, parfois en secret, souvent en présence de toute la chambrée. Les habitués du lieu ont un flair étonnant pour deviner les *mouches* ou, pour employer un terme plus moderne, les *casserolles*. Quant au camarade désigné par la direction pour remplir ouvertement les fonctions de surveillant de chambre, on ne se gêne pas avec lui. On est assuré de sa discrétion.

Le détenu qui accepte ces emplois-là ne se sert de son influence que pour

Son Altesse Nounouche.   3

rendre des services aux camarades. La moindre indiscrétion de sa part, ou le moindre soupçon d'indiscrétion, pourrait lui être plus que funeste : on le repincerait tôt ou tard...

Ce soir-là, dans une des chambrées de Pélagie, deux hommes causaient à voix très basse.

Il était minuit environ. Douze détenus dormaient dans leurs petits lits étroits et durs, dont les couvertures de laine étaient parsemées d'une sorte de rosée, tant la pièce était humide. Du reste, il faisait au dehors un temps horrible, et la pluie tombait à torrents.

Un treizième détenu était couché tout habillé, et, près de lui, un autre, assis, s'accoudait. Tous deux parlaient ou, plutôt, se murmuraient de mystérieuses paroles à l'oreille, les yeux fixes, graves, sinistres, le teint pâle, sans faire de gestes, sans bouger, avec une placidité inébranlable et effrayante. Le détenu couché était un homme de quarante ans environ ; ses traits étaient beaux et, malgré l'uniforme ignoble de la prison, sa tournure restait distinguée. Il avait des cheveux noirs coupés ras, très drus, quoique soyeux ; un front haut et proéminent, le nez d'une pureté antique, les lèvres minces, mais d'un dessin gracieux. L'ovale de son visage eût attiré l'attention d'un esthéticien ; mais ses oreilles, un peu rouges et mal faites, pouvaient indiquer une origine assez commune.

Quant à ses yeux, ils étaient fort étranges ; tellement étranges, qu'ils faisaient éprouver un certain effroi à l'observateur bien qu'ils n'eussent rien de dur ou de cruel : c'était des yeux longs, étroits, un peu relevés vers les tempes. Les prunelles d'un gris violacé et transparent, contrastaient d'une façon singulière avec les cheveux très noirs et le teint d'un brun velouté. Mais ce qui les distinguait surtout, c'était une incroyable mobilité d'expression. Tantôt elles semblaient s'éteindre et se fondre en quelque sorte dans la sclérotique bleuâtre, tantôt elles prenaient un éclat troublant, et ce dernier phénomène coïncidait toujours avec un mouvement très brusque, un froncement très prononcé des sourcils et des muscles du front.

Le détenu avait des mains de duchesse, admirablement entretenues, et des pieds petits et cambrés. Sa taille était haute et bien prise et, quoique approchant du déclin de la vie, il pouvait évidemment passer pour un homme séduisant. Du reste, il le savait, et un air de fatuité assez désagréable dominait sur sa figure complètement rasée à la façon des comédiens. Son compagnon était beaucoup plus jeune. Vingt-cinq ans à peu près. C'était un petit voyou parisien de la plus laide espèce. Cheveux rares, front bas, nez retroussé et de travers, bouche large et mal meublée, d'une expression abjecte et bassement gouailleuse, teint blême, tournure grotesque, mains plates et larges, pieds gros et courts ; mais des yeux d'une vivacité et d'une intelligence extraordinaires ! L'idéal du gavroche vicieux jusqu'aux moelles.

On sentait qu'il témoignait au codétenu vautré sur le lit plus que de la déférence. C'était du respect : un respect de gredin, mêlé d'une bonne dose d'envie.

— Voyons, disait le prisonnier aux yeux troublants, voyons, récapitulons, Bigruche, et ne nous embrouillons pas. Tu dis : « Une maison [très chouette... »

— Plus que chouette, répondit Bigruche, un vrai château.

— Située près de la route d'Arcueil?

— Oui, route d'Arcueil.

— On y va par un petit chemin.

— Un chemin pas grand, creux, entouré d'arbres.

— Habitée par une femme seule.

— Seule et pas seule. Six ou sept domestiques mâles et femelles, mais qui couchent dans des communs, loin des appartements.

— Veuve?

— Tout comme : son mari est une espèce de savant, quoique portant un titre de prince; il voyage tout le temps pour chercher des petits cailloux ou d'autres fichaises.

— Un prince, dis-tu?

— Oui, le prince de Wontremont.

— D'origine belge, j'en ai entendu parler... vaguement. Jeune, la dame?

— Vingt-huit à trente ans...

— Beaucoup de visites dans le jour?

— Pas mal.

— Et la nuit?...

— Farceur?... personne... C'est une princesse qu'a de la vertu. En faut aussi, de celles-là !

— Et tu crois qu'il y a du pognon?

— Beaucoup de pognon.

— Qui te le fait croire?

— Je vous l'ai déjà dit : la princesse donne beaucoup et a toujours des masses d'argent sur elle.

— Bien... Tu tiens ces renseignements?...

— Oh! de moi-même. La maison m'avait tiré l'œil. J'ai sonné comme *mendigot*. J'ai eu un pain et quarante sous. C'est en causant avec le concierge, un vieux qui a l'air de boire, que j'ai su tout ce que je vous ai dit.

— Et tu n'as parlé à personne du truc?

— A personne qu'à vous. Un, ça ne serait pas assez. Deux, c'est trop.

— Il faudra pourtant être plus de deux, reprit le prisonnier aux yeux étranges, d'un air rêveur.

— Plus de deux!...

— Oui, il faut quelqu'un qui pénètre dans la boîte et fasse connaissance avec les êtres.

— J'y retournerai comme *mendigot*.

— Mauvais!... tu as l'air trop crapule, on ne te laisserait pas entrer... on se méfierait... Y a-t-il longtemps que tu as vu la Mouchotte?

— Un bout de temps... mais qu'est-ce que vous voulez en faire?

— Lui demander une de ses gosselines...

— Pour faire la *mendigotte*?

— Tu l'as dit.

— Avec ça qu'elles n'ont pas l'air crapules, elles?

— C'est vrai...

— Hein?... pas d'erreur... Et puis vous savez, j'ai pas tant confiance que ça dans la Mouchotte.

— Moi, si... car je la tiens...

— C'est différent, reprit Bigruche, d'un air de vénération.

— Écoute, Bigruche... Tu passes pour un malin... Il faut montrer que tu ne trompes pas ton monde.

— Je ne demande que ça, monsieur Chavigny...

— Quand sors-tu?

— Demain... je n'en avais que pour vingt-quatre heures.

— Aussitôt sorti, tu me chercheras une *mendigotte*.

— Où ça?...

— Imbécile, dit Chavigny, si je savais où, je ne te dirais pas de chercher...

— C'est juste.

— Suis-moi bien. Nous avons du temps devant nous. Je ne sors pas avant un mois. D'ici là, promène-toi dans Paris, aie le nez creux, cherche et trouve. Il y a des petites filles égarées, de vraies mendiantes, qui ont l'air innocent, des gonzesses qui savent prendre cet air-là... Enfin tu me comprends, ou tu es plus bête que le prince belge qui cherche des petits cailloux.

— Entendu, monsieur Chavigny.

— Quand tu auras trouvé la petite, conduis-là chez la Mouchotte... et dis-lui que c'est de ma part... sans lui donner d'autres détails... Elle comprendra. Une fois dressée... si elle a besoin de l'être, envoie-la chez la princesse... Pas besoin d'explication, n'est-ce pas? Nous nous comprenons. Il faut qu'à ma sortie d'ici je trouve l'ouvrage tout préparé... Et, maintenant, laisse-moi dormir et va te coucher...

Chavigny, sans se déshabiller, se retourna sur son lit, et Bigruche regagna le sien en maugréant:

— Comme il vous arrange cela! pensait-il. Paraît que c'est ainsi que l'Empereur premier s'y prenait avec ses hommes et que ça réussissait toujours. Enfin! je tâcherai de lui parler encore avant de sortir...

Bigruche se déshabilla, se coucha, mais ne dormit point. Il était fier de sa mission, mais un peu effrayé aussi.

Quant à Chavigny, il paraissait livré au doux sommeil du juste. Une fois seulement dans la matinée, mais avant le jour, il eut un soubresaut convulsif et murmura :

— Mon père !...

II

BIGRUCHE EN CHASSE.

Pour si caractérisée que fût la figure de Bigruche, un observateur qui eût voulu le juger sur cette apparence eût probablement été induit en erreur.

Il se fût trompé en le prenant pour un de ces coquins de race, subissant la fatalité d'un atavisme vicieux, et né dans un milieu absolument dégradé et criminel.

Bigruche se nommait, de son vrai nom, Jacques Lefeuve, un nom honnête, s'il en fût. Il appartenait à une famille très humble, mais très estimable. Son père, porteur à la Halle, s'était brisé la colonne vertébrale en déchargeant maladroitement ses épaules, et était mort sur le coup. Sa mère, une excellente créature, vivait de son mieux en faisant des ménages. Elle avait eu trois fils. L'aîné, brave soldat, avait été tué pendant la campagne d'Italie. Le cadet avait succombé à une fluxion de poitrine contractée dans son travail de débardeur.

Jacques seul lui restait, et c'est sur cet enfant, petit, laid, presque contrefait, qu'elle concentra toutes ses affections. La pauvre femme avait d'ailleurs quelques raisons de croire qu'elle trouverait auprès de cet enfant chéri de douces compensations à ses malheurs. Jacques était d'une intelligence remarquable. Elle se saigna aux quatre veines pour l'entretenir dans un collège de province et apprit avec un orgueil indicible qu'il était « le plus fort de sa classe ». De plus, ses maîtres vantaient son amour du travail et la vivacité de son esprit. Deux qualités précieuses, mais qui vont assez rarement ensemble. Bref, la veuve Lefeuve parlait tant et tant de son fils que ses voisins finirent par l'appeler le « Phénomène », avec une nuance assez marquée d'ironie...

Un jour, à son immense stupéfaction et son poignant chagrin, la pauvre veuve reçut une lettre du principal du collège de X..., d'où il ressortait que le caractère du « Phénomène » avait changé du tout au tout. Non seulement Jacques ne travaillait plus, mais il devenait hargneux avec ses camarades, insolent avec ses maîtres, au point qu'il était impossible de le garder plus longtemps. Le principal avertissait donc Mme Lefeuve que son fils allait, avant peu, retourner près d'elle, « dont les conseils maternels lui seraient peut-être plus salutaires que les avis des maîtres. »

La pauvre veuve fut atterrée. Elle reçut pourtant son fils avec tendresse et lui demanda ce qu'il comptait faire, puisqu'il ne voulait pas continuer ses études.

—Je veux être commerçant, répondit Jacques d'un air rogue et avec aigreur ; j'ai assez de ces blagues de latin et de grec qui ne me mèneraient qu'à être pion. Les pions sont méprisés. Je l'ai bien vu au collège. Il n'y a que les commerçants qui puissent faire baisser le ton à ces sacrés nobles, car il n'y a qu'eux qui puissent s'enrichir.

Si la pauvre Mme Lefeuve eût été d'un esprit plus ouvert, elle eût aisément deviné d'où provenait le changement déplorable produit dans le caractère de son fils. Jacques avait souffert de certains frottements, de certains froissements, qui sont si souvent désastreux pour les enfants des classes inférieures, à qui l'on veut absolument faire donner une éducation pour laquelle ils ne sont pas nés. Ce gamin était déjà un déclassé.

La bonne dame Lefeuve n'envisagea pas la question à ce point de vue, et ne fut pas fâchée que son fils adoptât la lucrative et honorable carrière du commerce. Elle le plaça chez un passementier de la rue d'Aboukir... mais trois mois après, il revint chez elle, chassé ignominieusement par son patron qui l'accusait de détournement, et l'eût fait poursuivre, n'était la pitié que lui inspirait sa mère.

La pauvre créature crut son fils calomnié et le garda chez elle à ne rien faire, le nourrissant de son mieux et osant à peine le remettre à sa place quand il ne trouvait pas le dîner assez bon, et s'en plaignait avec une brutale impertinence.

Le « Phénomène », que les voisins raillaient cette fois très ouvertement, devenait d'ailleurs d'une tristesse noire. Le travail lui répugnait de plus en plus ; mais il souffrait beaucoup de sa situation et se montrait plus désolé d'être mal vêtu que médiocrement nourri. Son langage se faisait acerbe et révoltant. Il soutenait des choses à faire frémir. Sa mère et lui habitaient alors Montrouge, et il se mettait à fréquenter les jeunes messieurs fort suspects qui font l'ornement et la terreur de ces parages.

Il se procurait, on ne sait comment, des billets de théâtre, et passait presque toutes ses soirées au spectacle. C'était sa seule distraction apparente. Un jour, les voisins dirent en riant qu'il était amoureux d'une certaine Fanny Menilhard, qui obtenait alors un certain succès dans les drames du Boulevard. On en fit des gorges chaudes. Sa mère seule en gémit et, le prenant à part, le supplia de lui confier ses chagrins.

Le Phénomène commença par la sommer de le laisser tranquille, puis s'emporta en paroles amères. C'était vrai, il était amoureux de Fanny Menilhard, et puis après ?... Pourquoi ne serait-il pas amoureux, lui aussi ?... Il était laid, mais les amis de Fanny étaient des « petits crevés » plus laids que lui. Il était pauvre, voilà tout !... Mais pourquoi était-il pauvre ? parce-qu'il était trop bête ou trop honnête pour s'enrichir par n'importe quel moyen.

La pauvre Lefeuve se désolait de plus en plus, et le Phénomène mit le comble à ses chagrins en disparaissant tout à coup. Elle ne tarda pas, hélas ! à savoir ce qu'il était devenu. Sous prétexte de s'enrichir par n'importe quel moyen, il avait encouru une condamnation pour escroquerie. A partir de ce moment, il fut perdu ; vivant parmi les pires gredins des quartiers excentriques, il oublia le commencement d'instruction et d'éducation qu'il avait reçu et devint une « gouape » parfaite et pis que cela. Du reste, son intelligence éveillée et relativement cultivée le rendait plus dangereux qu'un autre. Il subit condamnations sur condamnations pour vol, vagabondage, coups et blessures, et à vingt-cinq ans la police le comptait parmi les malfaiteurs les plus redoutables de Paris.

C'est dans son « monde », qu'il avait fait la connaissance du beau monsieur Chavigny. Il sera grandement question, en temps et lieu, de cette illustration plus qu'interlope. On a déjà compris qu'il exerçait une grande influence sur ses congénères et que ce n'était pas un mince personnage.

Bigruche ou le Phénomène tenait particulièrement à lui être utile et agréable, et regardait un coup exécuté en sa compagnie comme devant lui rapporter autant de profit que d'honneur. Dès qu'il fut sorti de la prison, après avoir défripé ses habits et exécuté un entrechat, selon sa formule ordinaire, Bigruche se mit à parcourir les rues dans le but de trouver la « gosseline » désirée par M. Chavigny.

— Le patron veut une jeunesse encore neuve, dit-il, je trouverai peut-être cela aux environs des gares... La gare de Lyon peut faire assez bien l'affaire. On y rencontre des Italiennes et des Savoyardes.

Et de son pas léger, le Phénomène se rendit à la gare de Lyon.

Il allait, d'un air distrait, sa « Deffoux » rabattue sur ses yeux, sa jaquette formant des plis fantaisistes sur son gilet à boutons de verre bleu et son pantalon, large par le bas, selon la mode des gens de sa sorte, battant ses souliers vernis éculés.

Près de la gare, un cavalier lancé au grand trot faillit le renverser. Il sauta de côté avec un juron, et voyant que le cavalier était fort élégant, il lui montra le poing en lui criant d'une voix farouche et graillonneuse :

— Et va donc, *aristo !*...

L'aristo était un tout jeune homme de dix-sept à dix-huit ans, assez grand, blond, d'une figure charmante, mais peut-être un peu trop féminine. Il était vêtu avec une suprême élégance, et montait un pur sang à faire rêver tout le Jockey-Club.

Il se retourna vers Bigruche, et lui cria d'une voix douce et musicale :

— Je vous demande pardon, mon ami.

Un groom le suivait à cheval. Il lança un regard méfiant à Bigruche et haussa les épaules.

— Eh ! va donc, larbin !... lui cria Bigruche.

Il entra chez un marchand de vins, se fit servir une omelette, du boudin et un litre, du café, du cognac, et après ce repas frugal, monta jusqu'à la cour de la gare de Lyon, par où sortent les voyageurs.

Devant la porte vitrée, un groupe d'individus fort panaché entourait une petite fille assise sur sa malle et pleurant à chaudes larmes.

Elle paraissait âgée de douze ans environ, était vêtue de noir des pieds à la tête, et portait un fichu de laine qui lui couvrait le front jusqu'aux yeux. Ainsi attifée, elle semblait pourtant fort jolie ; ses yeux bleus, gonflés de larmes, devaient être, en temps ordinaire, les plus charmants qu'on puisse voir.

— Qui es-tu ? lui demandait un vieillard râpé, mais respectable.

— Je ne sais pas, répondait-elle.

— Comment t'appelle-t-on ? reprenait une jeune femme, fort bien mise.

— On m'appelle Nounouche...

— D'où viens-tu ?

— Du pays...

— Quel pays ?

— La route d'Italie...

— Que font tes parents ?

— Je n'en ai pas.

— Chez qui étais-tu ?

— Chez les Bonnet.

— Que font-ils ?

— Ils sont morts.

— Que viens-tu faire à Paris ?

— Attendre Richard.

— Qu'est-ce que Richard ?

— Je ne sais pas.

La foule grossissait. Les uns riaient, d'autres s'impatientaient ; on parlait d'aller chercher un agent de police ; mais, comme ce parti était le plus sage, on n'y pensa que fort tard, et, quand on voulut mettre ce projet à exécution, il fut impossible de trouver le moindre gardien de la paix.

Cependant Bigruche s'était avancé et perçait la foule en se donnant l'air le plus honnête possible. D'un coup d'œil, le drôle avait jugé la situation.

— C'est toi, Nounouche dit-il.

On le regarda. La petite fille fixa sur lui ses grands yeux innocents et lui demanda en cessant tout à coup de pleurer :

— C'est vous qui êtes Richard. Elle parlait avec un accent méridional très prononcé, mais en français assez intelligible.

— Oui, répondit le Phénomène... C'est moi qui suis Richard. Je suis un peu en retard... n'y fais pas attention... Donne-moi ton bagage.

L'enfant se leva et Bigruche chargea lentement sa malle sur ses épaules.

— Allons, bonne chance, Nounouche, disaient les assistants en riant.

Le vieillard hocha la tête ;

— Bonjour, ma femme ! (P. 28.)

—Il ne me revient pas, Richard ! dit-il.
— Ni à moi, dit un ouvrier en veste de travail.
— Ni à moi, répétèrent plusieurs assistants. .
Puis ils se dispersèrent, laissant la petite s'éloigner avec son nouvel ami.

III

CHEZ LA MOUCHOTTE.

Tout le monde connaît la charmante scène de Molière, où Éraste persuade à M. de Pourceaugnac qu'il connaît toute sa parenté, à l'aide de questions captieuses et de sous-entendus habiles.

SON ALTESSE NOUNOUCHE   4

Bigruche n'était peut-être pas aussi spirituel qu'Éraste, mais sa petite compagne était encore plus aisée à duper que M. de Pourceaugnac. Il n'eut donc pas de peine à savoir tout ce qu'il avait intérêt à apprendre.

L'enfant n'avait pas de nom de famille, car on ignorait sa famille. Elle avait été baptisée sous un très beau nom qu'on ne lui donnait jamais, et on l'avait toujours appelée Nounouche. Elle avait été déposée chez les époux Bonnet, aux environs de Barcelonnette, par la vieille servante d'un médecin qui était morte le soir même, sans donner de renseignements précis sur elle et les parents qu'elle pouvait avoir. Le médecin lui-même était mort assassiné, on ne savait par qui. Les époux Bonnet étaient morts : le mari, en tombant d'un toit qu'il réparait, car il était maçon, et la femme, d'une fièvre dont la petite ne savait pas le nom. Avant de mourir, elle avait donné de l'argent à un voisin, pour que la petite allât à Paris trouver un de ses parents, nommé Richard ; elle avait fait écrire à ce Richard pour qu'il vînt l'attendre à la gare de Lyon. Voilà tout ce que la petite pouvait dire.

— C'est moi qui suis Richard, le cousin à maman Bonnet, dit d'un ton très affirmatif le Phénomène, quand l'enfant eut fini ses confidences naïves.

— Maman Bonnet avait dit son oncle..... reprit Nounouche.

— Eh ! oui,... son oncle à la mode de Bretagne.... ou son cousin, c'est la même chose... comprends-tu?...

— Non, mais ça ne fait rien... Seulement...

— Quoi? seulement...

— Maman Bonnet, avant de mourir, m'avait dit, que vous étiez un vieux bien respectable....

— Mais, je suis un vieux aussi.

— Vous, un vieux?...

— Oui !... à preuve que je te permets de m'appeler tonton Richard. Veux-tu?...

— Oui !... tonton Richard ; mais vous n'êtes pas un vieux !...

— Si, j'ai vingt-sept ans...

— Oh ! alors !...

Ils marchèrent un instant en silence.

— Est-ce encore bien loin, chez vous? demanda Nounouche.

— Tu es donc fatiguée?

— Oui, tonton Richard.

— Alors, tu feras un bon somme en arrivant?

— Oh ! oui, tonton Richard !

— Tant mieux, dit le phénomène *in petto*.

Nounouche ne semblait pas plus sotte qu'une autre, mais elle n'était probablement pas douée de grandes facultés d'observation physiognomonique, car l'ignoble figure de « tonton Richard » ne lui inspirait aucune défiance.

Elle le trouvait même gentil et admirait beaucoup l'épingle de verre bleu jouant le saphir, qui attachait sa cravate rouge.

Elle lui fit donc, avec l'abandon de son âge, confidence de l'impression que lui causait Paris.

C'était une grande, grande ville, bien plus grande que Barcelonnette, mais elle la croyait plus propre et trouvait que les maisons, quoique très grandes, n'étaient pas plus belles qu'ailleurs.

Le temps se passait en causeries philosophiques et amères. Nounouche oubliait sa fatigue, et le hideux Bigruche s'intéressait presque à son babil.

Cependant, la petite commençait à trouver le chemin bien long! En effet, la Mouchotte, chez qui la menait le trop fallacieux tonton Richard, demeurait à Montmartre, ce qui n'est pas tout près de la gare de Lyon.

Quoique la malle de Nounouche ne fût pas bien lourde, Bigruche trouvait aussi que la route était dure à faire.

Il poussa un gros soupir, posa la malle à terre, ôta sa casquette, s'épongea le front, puis regarda de tous côtés d'un air anxieux.

— Voyons, voyons, dit-il.

A ce moment passait un fiacre délabré, conduit par un de ces automédons à mine suspecte, qu'on appelle couramment des maraudeurs.

— Quelle chance! murmura Bigruche, et il cria fortement :

— Hé! Zanzibar!

Zanzibar arrêta sa rosse étique, et fixa Bigruche.

— C'est toi, Phénomène!... Bonjour, vieux... C'est-y que tu déménages?

— Comme tu dis; veux-tu me conduire à Montmartre... à crédit.

— A crédit?... Heu! heu!... Enfin, oui, à charge de revanche, tu comprends...

— Très bien, vieux Collignon.

— Où vas-tu? Chez la Mouchotte?

— Parbleu!...

— Pas difficile à deviner, dit Zanzibar, en lorgnant Nounouche d'un air malin. Allons, embarquons!...

En un clin d'œil, la malle et les voyageurs furent installés.

— Es-tu contente d'aller en voiture? demanda Bigruche.

— Oh! oui... mais qu'est-ce que c'est que la Mouchotte?

— Ta tante, parbleu!... ma femme!...

— Elle s'appelle la Mouchotte?

— Oui... Eh ben, après? Tu t'appelles bien Nounouche, toi?

— C'est vrai, dit l'enfant.

Cependant le roulis de la voiture l'endormit, et il fallut la réveiller brusquement quand le fiacre s'arrêta devant le logis de la Mouchotte.

Nounouche n'avait pas été habituée à un grand luxe, et la maison des époux Bonnet ne pouvait guère passer pour une villa élégante; mais la maison de tonton Richard était bien autrement vilaine, et son aspect causa une telle impression à la petite qu'elle en eût laissé voir quelque chose si elle n'eût craint de désobliger son parent... adoptif.

On entrait par un couloir infect et si étroit, si étroit que la malle de Nounouche écorchait les murs des deux côtés, tandis que Bigruche la portait; et puis il fallait monter, monter, monter toujours et par un escalier où l'on ne voyait pas clair et où l'on choppait à chaque pas.

Enfin, on arriva devant une petite porte basse et Bigruche heurta violemment, puis se mit à imiter, à la perfection, le miaulement d'un chat, ce qui fit rire Nounouche de tout son cœur.

Par exemple, l'envie de rire lui passa quand la porte s'ouvrit et qu'elle aperçut l'horrible créature à qui Bigruche dit, d'un air tendre et câlin :

— Bonjour, ma femme.

La femme eut l'air étonné, mais changea de mine aussitôt, regarda Nounouche, cligna légèrement de l'œil, et répondit avec une extrême suavité :

— Bonjour mon mari.

— Je vous amène notre nièce... la petite Nounouche... la fille adoptive de nos parents de là-bas.

Malgré l'exquise douceur de cette conversation, Nounouche sentit son cœur se glacer, et elle eût pris la fuite si elle n'eût été clouée à sa place par sa terreur même.

Il est impossible de rien imaginer de plus hideux et de plus terrible que la figure de la Mouchotte. Elle était alors nu-tête et ses cheveux noirs grisonnants tombaient en désordre sur ses épaules pointues. Son front était bas et fuyant comme le front d'une tigresse; ses yeux, énormes, noirs, aux bords ulcérés, saillaient à tel point que les prunelles apparaissaient complètement entourées d'un cercle blanc.

Quant à la bouche de la mégère, elle avait l'air d'une gueule de bête fauve, mais d'une bête fauve vieillie et malade, car elle était garnie des dents les plus noires et les plus irrégulières qui aient jamais meublé une bouche humaine.

Ajoutez à cela des bras d'une longueur démesurée, de gros pieds nus dans des savates, une robe de mérinos noir trouée et sordide, et une voix de rogomme à faire honte aux ivrognes les plus endurcis.

N'y avait-il pas là de quoi terrifier une âme plus ferme que celle de la petite Nounouche?

— Allons, entre, ma chérie, dit la Mouchotte. Entre, tu trouveras tes petites compagnes... Elles seront bien heureuses de jouer avec toi...

— Ce sont tes cousines, dit Bigruche.

— Oui, oui, reprit la Mouchotte, ce sont tes cousines.

Nounouche entra dans une assez vaste pièce, mieux garnie qu'elle ne l'eût supposé d'après l'aspect général de la maison.

Deux jeunes filles à peu près de son âge, bien vêtues, et les cheveux ornés d'un ruban bleu, s'occupaient non pas à raccommoder, mais à déchirer des robes et des mantelets, et cette occupation scandaleuse était d'autant plus étonnante que la Mouchotte lui accordait évidemment la plus entière approbation.

— Allons, Zizi, allons, Caramel, dites bonjour à votre cousine, dit la Mouchotte.

Les deux gamines regardèrent Nounouche avec la plus parfaite impudence, et lui partirent, au nez, d'un grand et retentissant éclat de rire.

— C'est gai... c'est jeune, dit Bigruche d'un ton doux et apologétique...

— Oui, c'est gai, c'est jeune... reprit la Mouchotte. Allons! décanillez, vous autres! reprit-elle en s'adressant d'un air peu aimable à Zizi et à Caramel.

Les deux jeunes personnes se levèrent et sortirent avec une rapidité qui donnait une haute idée de leur obéissance.

— Allons, petite, dit la Mouchotte en passant doucement sa patte répugnante sur la joue pâlie de Nounouche; qu'est-ce que c'est que cette mine-là? vends-nous la plus cher et fais-nous la meilleure...

Nounouche était d'une nature confiante. Elle s'en voulut à elle-même d'avoir si mal jugé sur la mine une bonne et respectable parente, qui lui parlait avec tant d'affection et savait si bien se faire obéir.

— Oui, ma tante, dit-elle en souriant.

— Ecoute, Mouchotte, dit Bigruche, parlant avec lenteur et scandant ses mots, je crois que notre nièce a plus besoin de manger et de dormir que de recevoir des compliments. Fais-la dîner et montre-lui son lit.

— As-tu faim? demanda la Mouchotte.

— Je... je crois que oui, ma tante, répondit Nounouche.

Toujours aimable et tendre, la Mouchotte plaça sur une table un morceau d'oie rôtie, du fromage à la crème et une bouteille de vin.

— Allons, mange, mange, ma chérie, dit-elle. Ce n'est pas l'heure de dîner; mais tu reviens de voyage... Un verre de vin, Bigruche?

— Tout de même, répondit le Phénomène.

A ce nom de Bigruche, Nounouche s'interrompit de manger et leva la tête. Elle s'étonnait d'entendre ses bons parents se donner tant de petits noms bizarres.

Bigruche accepta un verre de vin, puis deux, puis trois, puis un petit verre d'eau-de-vie, puis un autre, puis quelques autres...

Nounouche regardait tout cela sans rien dire; elle trouvait que son oncle de Paris buvait beaucoup; cependant un certain vague se faisait dans sa tête, ses oreilles tintaient, elle voyait les objets doubles, puis triples; enfin, ses yeux se fermèrent, il lui sembla qu'elle entendait encore le bruit du wagon et de la locomotive qui l'avaient portée à Paris; elle se sentit poser doucement sur un lit et s'endormit d'un profond sommeil.

Pendant qu'elle dormait, Bigruche et la Mouchotte avaient une longue conversation à voix basse...

Dors, pauvre petite, dors! que ton ange gardien veille sur ton sommeil, et que Dieu veille sur toi quand tu te réveilleras!...

IV

MONSIEUR CHAVIGNY

Deux ans environ avant l'entrée peu triomphale de Nounouche dans Paris, un bel homme, encore jeune et aux allures assez tapageuses, se présentait dans un hôtel fort modeste de la rue du Bouloi.

Il était grand, brun, bien fait, portait la moustache en croc, les cheveux frisés et un monocle dans l'œil.

Malheureusement, sa mise ne répondait pas à sa tournure. C'était, comme disait M. Prudhomme, la mise de la « non-fortune ». Son chapeau noir à haute forme était devenu rougeâtre et luisait d'un lustre de mauvais aloi ; sa longue redingote d'un gris jaunâtre, qui avait été d'une élégance un peu prétentieuse, montrait la corde ; et son pantalon, d'une étoffe écossaise bleu et vert, complètement démodée, trahissait un long, trop long usage... ainsi que ses bottines et ses gants de peau de Suède.

Quant à son linge, on n'en voyait pas vestige. Il portait un gros cache-nez de tricot bleu autour de son cou.

Son bagage consistait en un sac de nuit long, efflanqué et de fort légère apparence.

L'hôtel où il descendait était un vieil « établissement » fort modeste, dont la clientèle ordinaire se recrutait parmi les voyageurs de commerce, jeunes et encore peu fortunés.

On ne fit guère attention à la mise du nouveau venu et sur sa demande, on l'installa dans une chambre à très bon marché.

Il y avait une petite table d'hôte dans l'établissement. L'étranger, qui s'était intitulé Chavigny, professeur, ancien militaire, y dîna deux jours de suite, parla beaucoup, et éblouit l'assistance par des récits de voyages débités avec verve et même avec un air de vraisemblance.

Les jours suivants, il ne parut plus à l'hôtel que vers le soir, pour aller se coucher. Sa vie était régulière. Il était très poli, malgré ses allures fendantes. Un soir, on le vit tout battant neuf, vêtu en parfait gentleman et annonçant, avec quelque solennité, qu'il venait de terminer une affaire excellente et que la vie opulente qu'il avait menée jadis allait de nouveau s'ouvrir devant lui.

Hélas! le lendemain même, on venait l'arrêter et le conduire au dépôt.

Le maître d'hôtel apprit qu'il devait prochainement passer en police correctionnelle pour le plus vulgaire, le plus honteux, le plus mesquin des méfaits... le vol d'un porte-monnaie dans la poche d'un passant.

Son procès fut curieux et on en parla un peu dans les journaux.

C'est devant l'affiche du théâtre du Palais-Royal que le beau Chavigny avait accompli son triste exploit, sur la personne d'un vieux monsieur distrait et naïf, qui pourtant avait sû soupçonner, filer et dénoncer fort efficacement son voleur.

Le premier soin du beau Chavigny ayant été d'acheter des habits neufs et de faire modifier la coupe de sa barbe, il crut pouvoir nier avec fureur sa culpabilité ; mais le vieux monsieur le reconnaissait formellement, et il fut bel et bien condamné à un an de prison. Par exemple, il fut impossible, à l'instruction et à l'audience, d'établir son identité. On crut, et il l'avoua, que Chavigny était un nom d'emprunt. Mais comment se nommait-il ? d'où venait-il ? quel était son passé ? Voilà ce qui resta complètement dans l'ombre.

Le « Chavigny » n'était pas un voleur ordinaire. Sa tournure avait quelque distinction, son langage était, à l'occasion, châtié et même fleuri, quoiqu'il parlât, quand il le voulait, l'argot du peuple et celui des bagnes avec une rare perfection. Il savait à merveille l'anglais, l'espagnol et l'italien. Il était instruit et d'une rare vivacité d'intelligence. On avait aisément vu et su tout cela, mais personne ne le reconnaissait, et c'est vainement que sa photographie fut propagée dans les geôles.

Il fit son temps, se conduisit bien en prison, puis fut rendu à la circulation. La police, qui le surveillait de près, sut qu'il fréquentait la haute et basse pègre, et qu'il jouissait, dans ce monde de choix, d'une considération qui allait jusqu'au respect ; mais le même mystère continuait à régner sur son passé et toute sa vie.

Du reste, nul bon prétexte pour le « pincer ». On savait bien qu'il fréquentait un marchand de meubles et d'antiquités suspecté, dans une certaine mesure, de recel ; mais ce marchand n'était que suspecté. On n'avait jamais pu le prendre sur le fait, ni rien lui reprocher de probant.

C'était un maître homme, ce marchand ; un Napolitain nommé Gianidracchi, passant pour profondément canaille, mais redouté et *protégé* dans un certain monde interlope, qui n'est pas sans influence sur la vie parisienne.

Chavigny disparut quelque temps, puis reparut — toujours énigmatique. On recommença, et avec une nouvelle ardeur, des recherches sur son identité ; mais on ne trouva rien. Quelques agents, chargés des inquisitions, croyaient que Chavigny était un fils de famille et même de grande famille, perdu de dettes et tombé dans la débauche et le crime. D'autres affirmaient qu'il était Italien et avait chanté les premiers ténors avec succès, puis, devenu presque aphone, s'était vu contraint à vivre d'une vie de bohême et d'expédients. On ne trouvait rien à lui reprocher que son exploit du Palais-Royal.

Cependant, peu de temps après la réapparition de Chavigny à Paris, il fut de nouveau traduit en police correctionnelle. Cette fois, il s'agissait d'un acte de rebellion; pris dans une querelle de brasserie, il avait résisté aux agents. On le condamna de nouveau sous le nom apocryphe de Chavigny, et c'est par suite de cette condamnation que nous l'avons trouvé à Sainte-Pélagie en compagnie de l'intéressant Jacques Lefeuve, dit Bigruche, dit le Phénomène.

V

LES TRIBULATIONS DE NOUNOUCHE.

Après avoir dormi de longues heures Nounouche se réveilla en sursaut. Il faisait grand jour et une pendule placée sur la cheminée de la chambre marquait sept heures.

La petite fille resta quelques minutes sans se bien rendre compte de sa situation.

Elle ne se souvenait pas de son voyage et se demandait où elle était. Un ronflement, qui n'était rien moins que mélodieux, vint la rendre au sentiment de la réalité. En face d'elle, dans un véritable grabat, dormait l'horrible Mouchotte, la bouche grande ouverte, le nez rougi, le *facies* dénonçant l'ivresse.

Nounouche avait été posée sur un petit lit, toute habillée; elle eut l'idée de se lever et de prendre la fuite, tant l'aspect de sa « tante » l'épouvantait. Mais elle prit son courage à deux mains et resta immobile, transie de peur, rongée d'inquiétude.

Machinalement, elle regardait autour d'elle. La chambre où elle se trouvait n'était pas celle où elle avait été accueillie, et qui était meublée fort convenablement. Cette chambre-ci était un vrai taudis, sale, en désordre, suant la débauche. Les meubles qui la garnissaient avaient vu de meilleurs jours, mais ils étaient en aussi mauvais état que possible et, pour ainsi dire, jetés pêle-mêle. Nounouche comparait cet intérieur abject à l'intérieur si propre et si bien tenu des Bonnet, car les Bonnet faisaient exception parmi les paysans de leur pays. Ils étaient aussi « ordonnés » qu'ils étaient pauvres.

Sa vie passée se représentait tout entière au souvenir de la pauvre enfant. Elle se voyait entourée de soins par ces bonnes gens qui n'étaient que ses parents adoptifs. Elle se souvenait des bonnes histoires du père Bonnet, le soir, à la veillée, au coin d'un bon feu. Puis les libres courses à travers champs, puis les belles journées de printemps, alors que l'on allait chercher des nids avec les gentils garnements du voisinage.

Pourquoi Dieu avait-il permis que la vieille Nanette, probablement sa vraie parente, mourût près de son maître assassiné? pourquoi les Bonnet,

— C'est cela !... Je vous en prie, menez-moi au poste ! (P. 39.)

mari et femme, étaient-ils morts aussi? pourquoi la pauvre Nounouche se trouvait-elle ainsi seule au monde? Seule... oui, elle était bien seule; car, malgré le bon accueil des « Richard », jamais elle ne s'habituerait à vivre avec eux.

Pourtant, ce devait être de braves gens... sans cela, la bonne mère adoptive de Nounouche l'eût-elle envoyée si loin pour vivre dans leur foyer?... Jamais la pauvre petite n'avait si longtemps pensé de sa vie... Cet exercice, auquel sa jeune cervelle était si peu habituée, la fatiguait horriblement. Elle pleura, se calma, pleura de nouveau, puis se rendormit, anéantie dans une douleur vague et noire...

SON ALTESSE NOUNOUCHE.   5

Tout à coup une voix la réveilla.

— Eh! faignante!... tu n'as pas honte de pioncer comme ça?

C'était la Mouchotte qui faisait ce vacarme en mangeant goulûment du café au lait dans un bol ébréché. Près d'elle se tenaient Zizi et Caramel, et Nounouche ne fut pas peu surprise en les voyant, non point bien vêtues comme la veille, mais couvertes des habits qu'elles avaient déchirés elles-mêmes sous l'œil encourageant de la hideuse maîtresse du logis. Elles étaient d'une saleté repoussante, et leurs cheveux, couverts d'un filet en loque, s'éparpillaient en mèches récalcitrantes autour de leur cou dénudé.

La figure stupéfiée de leur nouvelle compagne parut d'ailleurs leur causer une vive satisfaction, car elles se mirent à rire encore plus follement que la veille.

— En v'la assez! dit la Mouchotte, qui, après son café au lait, venait d'absorber un grand verre d'eau-de-vie.

Elle se tourna de nouveau vers Nounouche, qui venait de sauter du lit et se frottait les yeux.

— Il me semble qu'elle peut aller comme ça, dit-elle, en lui mettant la main sur la tête et en la faisant pirouetter.

— Oui!... Elle est assez toc, dit Caramel.

— Et ce mouchoir ed'tête? s'écria Zizi, en v'là du *rupinage*!...

— Il n'est pas mal, reprit la Mouchotte, voyons ce qu'il y a dessous.

D'un tour de main, elle déroula le fichu noir qui couvrait le front de Nounouche. Une petite étoile rougeâtre ressortait sur la peau blanche et pure de son front.

— Qu'est-ce que c'est que ça? s'écria la Mouchotte.

— Je ne sais pas, répondit Nounouche; c'est de naissance, Madame...

— Eh ben, vrai!... tu peux te montrer à la foire comme femme-étoile, dit Caramel.

— Remets ton mouchoir, dit la mégère...

— Pourquoi ça? c'est dommage, fit observer Zizi.

— Oh! mais non!... répondit la Mouchotte... Trop facile pour les signalements.

— C'est juste, fit Zizi.

Nounouche ne comprenait rien à ces étranges propos. Ses inquiétudes redoublaient. Les larmes lui revenaient aux yeux.

— Eh bien! qu'est-ce qu'elle a, cette petite grue?... demanda la mégère; puis elle changea subitement de ton et reprit son air patelin de la veille :

— Vois-tu, ma petite Nounouche, dit-elle, ces chères petites et toi vous allez sortir et tâcher d'aider votre pauvre maman Mouchotte, qui est bien à plaindre et a bien du mal, allez! La mégère soupira et leva les yeux au ciel.

— Je ne demande pas mieux que de travailler pour vous, ma tante, dit Nounouche un peu rassurée. Mais que faut-il faire?

La mouchotte la toisa de la tête aux pieds.

— Tu as là de bons souliers, dit-elle.

— Oui, ma tante : c'est le père Bonnet qui les a faits.

— As-tu l'habitude de marcher nu-pieds?

— Oh! oui, ma tante!... J'allais bien bien souvent nu-pieds, au pays.

— Eh bien! ôte tes souliers.

Nounouche leva les yeux sur sa « tante » comme pour voir si elle parlait sérieusement.

— Veux-tu te dépêcher! cria la Mouchotte.

Nounouche obéit.

— Bien, dit la Mouchotte; ôte tes bas à présent.

Nounouche ôta ses bas.

Zizi et Caramel éclatèrent de rire.

La pauvre Nounouche se demandait quel genre de travail on pouvait bien faire pour sa tante et qui exigeait qu'on allât nu-pieds par les rues de la capitale.

— Est-ce qu'on ne *boulotte* pas? demanda Zizi.

— Ça dépendra de ce que vous apporterez, répondit aigrement la Mouchotte. D'ici là, tirez-vous-en comme vous voudrez.

— Zut!... je meurs de faim, moi! s'écria Caramel.

— C'est ça, je vous payerai des *bistecks* au beurre d'anchois pour que vous ayez des mines de carnaval et qu'on ne vous donne pas un rond!... cria la Mouchotte. Allons! en route, mauvaise troupe!... Mais, où est donc la Mirguette?

— Ici!... ici!... dit une voix dans la pièce à côté.

Une jeune fille de quinze à seize ans, maigre, hâve, couverte de taches de rousseur, toute déguenillée et traînant d'immondes savates, entra, portant à son cou un bébé encore plus minable qu'elle.

— A la bonne heure? fit la mégère, voilà des têtes à attendrir un banquier de la Bourse. N'oublie pas de le pincer pour qu'il crie, continua-t-elle en désignant le bébé qui promenait ses yeux caves et hagards autour de lui.

— Ah! ça me fait deuil, répondit la fille aux taches de rousseur, avec un accent campagnard.

— Ah! ça te fait deuil! Va donc, mam'zelle pimbêche!... attends, je sais un moyen de le faire *viauper*, moi.

Elle prit, dans le tiroir d'une table, un carré de papier, en coupa un bout et le colla brusquement sur la poitrine décharnée du bébé.

— C'est du *sinapisse*, fit-elle avec un aimable sourire; ça ne peut qu'y faire du bien à la santé, et dans quéqu' minutes, y va crier à faire plaisir.

Nounouche, nous l'avons dit, était bien naïve, mais non pas bête. Elle comprit très bien quel genre de travail sa « tante Richard » exigeait d'elle et de ses compagnes. Elle les envoyait mendier tout simplement, et elle

employait d'affreux moyens pour attendrir les passants. La petite se révolta
à cette pensée. Le rouge lui monta au visage et, sans hésiter, d'une voix
ferme, en regardant fixement la mégère, elle lui déclara qu'elle travaillerait
tant qu'on voudrait, mais qu'elle ne mendierait jamais.

— Il n'y a que les fainéants et les mauvais sujets qui mendient, s'écria-
t-elle les yeux brillants ; papa Bonnet, qui était bien pauvre à la fin de sa vie,
le disait toujours. On ne doit mendier que quand on est malade et je ne
suis pas malade, quoique j'aie bien du chagrin...

La Mouchotte devint blême, resta un moment sans parler, puis jetant un
regard épouvantable sur Nounouche, la saisit à la gorge et la renversa.

— Si tu cries, tu es morte ! dit-elle.

— Allons, bon !... j'aime pas voir ces choses-là, moi ! ça me fait mal au
cœur, dit Caramel.

— Bête, fais donc ce qu'on te dit, ajouta Zizi.

— Grâce !... grâce !... cria la pauvre Nounouche, éperdue de terreur.

La Mouchotte la lâcha.

— Relève-toi, fit-elle d'une voix douce, plus terrible que ses cris de
fureur ; je te fais grâce pour cette fois. Mais fais bien attention de suivre ces
« demoiselles » et de faire tout ce qu'elles te demanderont, ou je veux bien
que le diable m'enlève si je te laisse un pouce de peau sur le corps.

Nounouche ne répondit rien. Elle refréna de son mieux son envie de
pleurer. Avec la rapidité merveilleuse de réflexion qui caractérise les
grandes crises de la vie, même chez les enfants, elle venait d'envisager sa
situation d'une manière toute nouvelle et de former un grand projet.

Evidemment on l'avait trompée. Un accident quelconque avait empêché
le vrai Richard de venir la chercher à la gare de Lyon ; Bigruche et la Mouchotte étaient de mauvaises gens qui abusaient de son abandon et de sa
faiblesse. N'avait-elle pas entendu raconter au pays bien des histoires d'enfants volés ?

Mais elle n'était pas une enfant de deux jours, elle, et ne se laisserait pas
martyriser sans rien dire. Cependant, la Mouchotte lui causait une telle
frayeur qu'elle résolut d'agir avec la dernière prudence.

Une fois dans la rue, elle guetterait le premier gardien de la paix venu :
elle savait comment ils étaient habillés, Bigruche lui en avait montré. Elle
irait se mettre sous sa protection, lui dirait toute la vérité et le prierait de
l'aider à trouver le vrai Richard, le vrai parent de la pauvre dame Bonnet,
morte près de Barcelonnette.

Rassérénée et raffermie par cette pensée, Nounouche baissa la tête,
affecta un air humble et suivit ses compagnes sans dire un mot.

Restée seule, la Mouchotte leva les épaules, et murmura entre ses dents :

— J'en étais sûre, nous allons avoir des *arias* avec cette petite gruc.
Encore des imaginations de M. Chavigny, de croire qu'elle entrera mieux

dans la baraque d'Arcueil que mes gosselines, sous prétexte qu'elle a l'air innocent. Enfin, il le veut, et Bigruche aussi... D'ailleurs, en lui faisant peur...

Et l'aimable matronne s'occupa de préparer son second déjeuner, fredonnant des refrains variés, mais généralement peu édifiants.

VI

TOUJOURS LES TRIBULATIONS DE NOUNOUCHE.

Le « plan » de la petite Nounouche était fort bien conçu ; mais que de plans bien conçus, même déposés chez des notaires, n'ont pû être réalisés et sont restés lettre morte !

Nounouche ne tarda pas à s'apercevoir que non seulement il lui était difficile de parler à un gardien de la paix, mais encore qu'il lui était impossible de faire un mouvement sans être surveillée. A peine elle et ses compagnes furent-elles dans la rue, qu'elle rencontra deux yeux enflammés et scrutateurs. Ceux de son « ami » de la veille : de Jacques Lefeuve, dit Bigruche, dit le Phénomène. Bigruche, qu'elle reconnut sans hésiter, était pourtant déguisé comme s'il eût particulièrement tenu à garder l'*incognito*.

Il portait toujours une casquette, mais une honnête casquette large et plate, une vraie casquette d'ouvrier. Sa blouse grise et son patalon de drap brun avaient aussi un air modeste et estimable. On l'eût pris pour un brave menuisier en train de parcourir Paris pour ses affaires. Bigruche n'était pas seul... il marchait en compagnie d'un grand gaillard de soixante ans au moins, mais d'apparence solide, vêtu aussi en honnête ouvrier et remarquable par une superbe barbe blanche. Une autre particularité le distinguait du commun des gens du peuple. Son compagnon l'appelait « Jupiter ».

Un observateur eût pu conjecturer que « Jupiter » avait été ou était encore modèle à l'usage des peintres classiques.

Nounouche se borna à constater qu'il avait l'air beaucoup meilleur enfant que son apocryphe tonton Richard.

Zizi, Caramel et la Mirguette portant le bébé qui criait et se tordait de manière à dépasser les vœux aimables de la Mouchotte, allaient, venaient, enfilaient des passages étroits, parcouraient des voies larges et désertes qui ressemblaient à des grand'routes, pénétraient dans des cours, prenaient la fuite, revenaient sur leurs pas ; tout cela avec une prestesse et une précision qui pouvaient donner la plus haute idée de leurs facultés stratégiques.

Nounouche se disposait toujours à leur brûler la politesse ; mais, en regardant autour d'elle, la pauvre petite ne manquait jamais d'apercevoir Bigruche et Jupiter, tantôt marchant côte à côte, tantôt ayant l'air de ne point se connaître.

Quant aux gardiens de la paix, elle n'en voyait pas l'ombre. Ses petites amies et leurs deux surveillants savaient les éviter avec une habileté merveilleuse. Ce qui désolait le plus Nounouche, c'est que ses compagnes témoignaient, par leurs attitudes diverses, du naturel le plus déplorable.

Livrées à elles-mêmes, elles tenaient des propos fort gais, dans une langue mystérieuse et bizarre. Nounouche ne les comprenait pas, mais tout lui disait qu'elles ne devaient pas s'entretenir de bien belles choses. D'ailleurs, à peine avaient-elles aperçu un passant à mine bienveillante, que leurs manières changeaient du tout au tout; elles prenaient une mine piteuse, pleurnicheuse, faisaient semblant de grelotter, et soit ensemble, soit isolément, s'approchaient du passant et lui demandaient un petit sou, pour leur pauvre mère, qui était malade, et leur pauvre père, qui *s'avait cassé la jambe* en tombant d'un *cintième*.

Nounouche en concluait que ces jeunes personnes étaient fort menteuses, ce qui est vilain, et fort hypocrites, ce qui est plus vilain encore.

Mais ce n'était rien; et, si Nounouche avait pu conserver quelques illusions sur les élèves de la Mouchotte, elle les eût complètement perdues en voyant Zizi accomplir, avec une aisance et une dextérité tout à fait extraordinaires, des rafles et des razzias terribles aux devantures des épiciers, des marchands de comestibles et des grands bazars.

Zizi avait des poches d'une profondeur phénoménale, mais elle n'y fourrait pas tout son butin; deux ou trois fois, Nounouche la vit en passer une partie, fort dextrement, à Bigruche et à Jupiter. Quant à Caramel et à la Mirguette, elles aimaient mieux mendier et s'en acquittaient en grandes comédiennes. On eût dit, d'ailleurs, qu'elles mouraient de faim — ce qui, d'ailleurs, n'était pas tout à fait faux, bien que Zizi leur eût donné une ou deux poignées de pruneaux, pris dans un baril, en dépit des lois divines et humaines.

Un sentiment de véritable horreur envahissait l'âme de Nounouche. Voilà donc l'affreux métier auquel la destinait la Mouchotte... Non, cette créature ne pouvait être la parente de la bonne Marie Bonnet!... La malheureuse petite prisonnière — prisonnière en plein air, dans les rues de Paris — fut plusieurs fois sur le point de crier :

— A moi!... au secours!... je suis avec des bandits!...

Mais elle avait peur... peur de Bigruche, peur de l'homme à la barbe blanche; les passants eux-mêmes ne lui inspiraient qu'une confiance limitée... Et puis elle attendait toujours l'apparition salutaire des gardiens de la paix ou d'un gendarme. Hélas! pas le moindre bicorne... Tout à coup elle vit des képis. Deux gardiens de la paix marchaient côte à côte, sur un vaste trottoir, dans une grande rue pleine de boutiques resplendissantes.

Leur présence subite eut pour résultat de changer complètement les allures de la petite troupe. Mirguette, serrant le bébé contre elle, se mit à marcher rapidement. Zizi et Caramel rasèrent les boutiques, vite, d'un air de sainte-ni-touche, pressant le pas et baissant les yeux. Bigruche et Jupiter se séparèrent et se tinrent chacun d'un côté opposé de la rue.

Du reste, les deux agents ne firent aucune attention à eux.

Nounouche, prenant son courage à deux mains, s'était approchée d'eux. Elle entendit ce bout de conversation :

— Moi, je dis qu'il n'y a que deux choses, des gens qui... enfin qui s'y connaissent, et puis des farceurs, oui, un tas de farceurs qui vous disent ci et ça et qui finissent par... ne jamais en finir.

— C'est comme la politique, c'est ci, c'est ça, c'est l'autre, et puis c'est toujours la même chose.

— La vérité, c'est que nous sommes pas assez soutenus.

— Pour sûr !

Tous deux parlaient dans leurs moustaches, les mains derrière le dos, et roulant des yeux sévères. Quoique bien intimidée, Nounouche toucha le plus vieux au coude. Il se retourna brusquement.

— Monsieur, monsieur, s'il vous plaît ! dit-elle.

— Hein ? s'écria l'agent. Qu'est-ce qu'elle veut, celle-là ?... Elle vient nous demander l'aumône... à nous ! En voilà un toupet ! Veux-tu que je te mène au poste ?

Nounouche le regarda fixement et répondit d'une voix ferme :

— Oui, Monsieur, c'est cela ; je vous en prie, menez-moi au poste !

L'agent se recula, stupéfait.

— Plus souvent? dit-il enfin. Pour que les journalistes viennent crier que j'ai arrêté arbitrairement une honnête jeune fille... Tout ça, c'est des frimes, et vous vous entendez tous !

— Pour sûr ! dit l'autre.

— Allons ! montre-moi tes talons ! reprit le vieil agent en frappant du pied. Epouvantée, Nounouche prit la fuite, courant toujours droit devant elle...

Puisque les gardiens de la paix ne voulaient pas l'écouter, elle résolut de s'adresser au premier passant venu... Elle fit choix cependant d'un vieillard fort bien mis, marchant courbé, et d'aspect fort vénérable.

— Monsieur... monsieur, dit-elle, écoutez-moi, s'il vous plaît.

— Je n'ai pas un rouge liard sur moi, répondit le monsieur, avec la prononciation mouillée spéciale aux vieilles gens.

— Monsieur... ça n'est pas pour cela, reprit Nounouche.

Le vieillard leva brusquement la tête, sourit et la fixa... Mais quel sourire et quel regard ! Nounouche n'y comprit rien, mais elle eut peur ; oui, peur de cet homme vénérable, plus peur que de Bigruche, de Jupiter ou même de la Mouchotte... Et Nounouche, de nouveau, prit la fuite, pleurant, tremblant, cherchant quelque chose, n'importe quoi, qui pût la sauver.

Tout à coup, elle se sentit saisir par le bras. C'était Bigruche...

Il était seul. Jupiter, Zizi, Caramel et la Mirguette avaient disparu.

Nounouche s'attendait à être battue. Elle leva instinctivement le bras. Mais Bigruche lui dit avec une douceur terrible :

— Eh bien, eh bien, Nounouche, petite étourdie, nous voulions donc quitter tonton Richard et tante Mouchotte !... Nous voulions donc leur faire de la peine, à ces bons parents ?...

— Monsieur !... dit Nounouche en sanglotant, Monsieur, laissez-moi aller, je vous en prie, je vous en supplie; ne me ramenez pas chez cette femme !

— Cette femme !... reprit Bigruche, C'est comme ça que tu parles de ta tante ! Le respect de la famille se perd, ma parole d'honneur !...

Bigruche la prit par la main et ajouta tout bas, en abaissant sur elle un regard affreux :

— Je ne te brusque pas, Nounouche, mais je ne te conseille pas de me résister. Suis-moi sans rien dire.

La malheureuse était brisée de fatigue. Ses pieds-nus était meurtris et saignants. Elle n'avait rien pris depuis la veille... Le désespoir l'écrasait : elle suivit Bigruche, les yeux à terre, osant à peine respirer.

Les évolutions de l'intéressante petite troupe l'avaient ramenée près de Montmartre; en quelques minutes on eût regagné le logis de la Mouchotte.

— Allons monte, dit doucement Bigruche.

Nounouche obéit. La Mouchotte attendait sur la porte.

— Ah ! ah ! dit-elle, je pensais bien que Bigruche te ramènerait. Fi ! que c'est laid de laisser ainsi maman dans l'inquiétude.

La Mouchotte saisit Nounouche par la main et l'attira dans la chambre.

Zizi et Caramel, qui avaient remplacé leurs haillons par des costumes presque élégants, se tenaient près de la fenêtre, un peu tristes, ne riant pas.

— Enfin !... te voilà, n'est-ce pas ?... Tout à la joie, maintenant ! continuait la Mouchotte ; tu ne jaseras plus avec les *sergots* ? n'est-ce pas ?... Tu ne parleras plus de tes amis aux *sergots*?... Allons, viens ma minette, nous avons à causer...

En parlant ainsi, la Mouchotte ouvrait la porte d'un cabinet où elle poussait Nounouche, doucement, bien doucement, par petits coups caressants.

Elle referma vivement la porte. Zizi et Caramel avaient pâli. Bigruche lui-même semblait embarrassé.

— C'est bien fait, dit-il ; mais j'aime autant ne pas y être.

On entendit d'abord un grand cri. Puis un bruit sourd, puis une sorte de sifflement répété souvent, et en même temps quelque chose comme une chute et un autre cri perçant ; puis une longue suite de gémissements et de paroles inarticulées. On percevait deux voix : l'une sourde, l'autre suppliante. Une explosion de hurlements fit enfin tressaillir Zizi, Caramel et Bigruche, et tout rentra dans le silence...

« Comment t'appelles-tu? » (P. 47.)

La Mouchotte reparut à la porte du cabinet.

— Tirez-vous!... dit-elle aux jeunes filles.

Elles obéirent sans souffler mot.

— Viens, à cette heure, continua la Mouchotte en s'adressant au Phénomène. Il faut la confesser.

Bigruche, toujours pâle, suivit la Mouchotte dans le cabinet.

Nounouche, couverte seulement d'une chemise toute sanglante, était couchée sur un matelas, blême, la bouche entr'ouverte, les yeux fermés, la poitrine soulevée par une respiration fiévreuse, les membres agités d'un tremblement continuel coupé de spasmes nerveux.

Son Altesse Nounouche.   6

— Parle-lui, dit la Mouchotte; elle sera sage à cette heure.

Bigruche se pencha vers l'enfant.

— Nounouche, dit-il, m'entends-tu?

— Oui, Monsieur, répondit-elle faiblement.

— Feras-tu ce qu'on te commandera, maintenant?

— Oui, Monsieur.

— On ne veut que ton bien; mais il faut aussi nous rendre service; nous ne pouvons te nourrir à rien faire.

— Non, Monsieur.

— Comprends bien que, si tu fais encore la méchante, c'est toi qui en pâtiras.

— Oui, Monsieur.

— Demain et après-demain, tu te reposeras bien gentiment...

— Merci, Monsieur.

— Puis on te dira où il faut aller, et avec qui; tu seras bien obéissante?

— Oh! oui, Monsieur.

— Allons, bonsoir, dit Bigruche.

— Bonsoir, Monsieur, répondit Nounouche.

Bigruche sortit et, avec lui, la Mouchotte.

— Ça y est, dit la mégère. Elle fera tout ce qu'on voudra, maintenant. Et, au fond, M. Chavigny a raison. Avec son petit museau sainte-nitouche, elle entrera chez la « princesse » comme dans du beurre... mais il faut la faire accompagner.

— Accompagner?... encore un complice!

— Oui,... Jupiter, c'est nécessaire.

— Jupiter?... M. Chavigny ne voudra pas.

— Fais-y entendre raison!...

— Nous verrons ça... Tu sais qu'il ne sort pas encore de Pélagie.

— Envoie toujours la petite et Jupiter à Arcueil... Tu ne le diras à M. Chavigny que quand ça sera fait.

— Et s'il se fâche?

— Il se défâchera.

Et les deux dignes amis se séparèrent.

VII

CHEZ LA PRINCESSE DE WOUTREMONT.

La maison du prince de Woutremont, à Arcueil, n'était pas un palais princier, c'était une belle installation bourgeoise, rien de plus.

Elle était située, comme le Phénomène l'avait dit à M. Chavigny, non loin de la grande route, au bord d'un chemin assez étroit, creux et ombragé. On y accédait par une cour fermée d'une belle grille. Pour toute dépendance, un grand parterre jouant le jardin anglais et richement pourvu de dahlias veloutés-et de géraniums éclatants. Le salon de réception, au rez-de-chaussée, était la seule pièce meublée avec quelque luxe. Des tentures et des meubles de satin paille, quelques tableaux de petite dimension, signés par des maîtres. Deux vitrines pleines de bibelots.

La princesse de Woutremont recevait d'assez nombreuses visites parisiennes en dépit de la triste et maussade situation de sa maison.

Ce jour-là, languissamment étendue sur une causeuse, elle entretenait de son mieux la conversation avec un groupe de visiteurs; mais, en dépit de son entrain apparent, toute sa personne semblait pénétrée, saturée de tristesse et de mélancolie.

Elle avait trente ans à peine. Du moins elle paraissait avoir à peu près cet âge. Frêle et délicate, très blanche, avec des cheveux châtain doré et des yeux couleur de perles, elle rappelait assez les héroïnes des ballades de la fantastique Allemagne; pourtant elle était Italienne, et son accent très doux, ainsi qu'une vivacité intermittente d'allures et de gestes, trahissaient bien vite son origine.

Rien n'était plus simple que sa mise; mais jamais jeune femme n'eut l'air plus incontestablement d'une grande dame.

Toute nouvelle venue dans la société parisienne, — il y avait deux ans à peine qu'elle habitait la France, — elle avait été accueillie avec une faveur extrême et hantait le monde avec une sorte d'amabilité nonchalante qui ajoutait à son prestige. Du reste, elle n'avait même pas un pied-à-terre à Paris. Sa livrée, peu nombreuse, se composait de domestiques belges ou hollandais, la plupart élevés dans la famille du prince.

— Eh bien, princesse, disait un homme grave et vêtu de noir, qu'à première vue on reconnaissait pour un magistrat, eh bien, avez-vous des nouvelles de ce cher prince?...

La princesse sourit avec une mélancolie douce.

— Il m'écrit souvent, dit-elle, deux fois par semaine au moins.

— Et vous donne-t-il de ses nouvelles? dit, non sans un air de malice, une jeune femme jolie et d'une élégance un peu cherchée.

— Il me donne surtout des nouvelles de ses travaux, reprit la princesse. Quant à lui, il n'a jamais été malade de sa vie et se trouve aussi bien au sommet du Chimborazo qu'à Bruxelles ou à Paris...

— Mais il n'est pas tout à fait aussi loin que cela? demanda un jeune homme à mine évaporée.

— Non, fit la princesse toujours souriante. Il est tout simplement en Sibérie.

— En Sibérie?... Est-ce qu'il fait des études sur le crâne des condamnés moscovites? reprit le magistrat.

— Je crois qu'il cherche des fossiles, cher conseiller.

—- Il n'aurait pas besoin d'aller si loin pour en trouver, murmura le jeune homme en regardant le magistrat du coin de l'œil.

Debout, près de la cheminée, se tenait un homme de trente-cinq ans environ, grand, de belle tournure, décoré, type frappant du militaire élégant et correct.

Pendant toute la conversation, il avait paru distrait. Tout à coup, il sembla sortir de sa torpeur.

— Comptez-vous revoir bientôt notre cher savant, Madame? demanda-t-il.

La jeune évaporé eut un sourire assez méchant en regardant celui qui venait de parler... puis la princesse.

— Qui sait! dit la princesse avec un soupir.

Le militaire baissa les yeux et se tut, comme s'il se repentait d'avoir posé une question aussi simple.

— Qu'a donc M. de Crozant? demanda la jeune femme jolie et coquette ; jamais je ne l'ai vu si *mélancholieux*...

— Mes compliments pour *mélancholieux*, dit le conseiller. C'est un mot tout moderne...

— Parce qu'il est très ancien, fit observer un vieillard de mise un peu négligée, et officier de la Légion d'honneur.

— Vous avez raison, mon cher académicien, reprit le conseiller; il n'y a plus rien d'un peu nouveau que le très vieux.

— Ces messieurs sont intéressés à faire croire cela, murmura une jeune femme blonde à sa voisine.

— Moi, dit le jeune écervelé, il y a longtemps que je trouve Crozant *mélancholieux*. Ça lui va bien du reste. C'est par coquetterie. Pas vrai, Crozant que vous êtes *mélancholieux*?

Le marquis de Crozant eut l'air de chercher une réponse... et ne trouva rien.

Quelques jeunes femmes échangèrent des regards légèrement acidulés d'ironie.

— Monsieur de Versac, dit l'académicien, en s'adressant au jeune écervelé, vous croyez donc qu'un homme du monde ne peut montrer que des sentiments... affectés?

Cette question, un peu niaise, fit rire assez bruyamment le jeune vicomte de Versac, qui était alors près d'une des fenêtres.

— Cher maître, dit-il... mais il s'interrompit brusquement et regarda dans la cour.

— Tiens, dit-il, c'est bizarre.

— Quoi donc? demanda la princesse.

— Ou plutôt, ça n'est pas bizarre, reprit le vicomte de Versac, car, de la part de Bolstoï, il faut s'attendre à tout...

— Bolstoï? le prince Bolstoï est là? reprit Mme de Woutremont.

— Oui... et en bonne compagnie, je vous assure.

Plusieurs visiteurs se précipitèrent vers la fenêtre.

La princesse ne bougea pas.

— Ma foi, c'est bizarre tout de même, s'écria Versac.

En effet, c'était bizarre.

Devant la loge du portier, parlementant avec ce fonctionnaire à mine flamande et à nez rubicond, était un tout jeune homme, joli garçon et mis à ravir.

Le même, disons-le tout de suite, qui avait failli renverser Bigruche avec son cheval, aux environs de la gare de Lyon; et derrière lui se tenaient un grand vieillard aveugle et une petite mendiante vêtue de deuil, et couverte jusqu'aux yeux d'un mouchoir de laine noire.

— Malpeste! la jolie petite truande! s'écria l'académicien, en se tournant vers Mme de Woutremont.

— Qu'est-ce donc, enfin? demanda la princesse.

— Je ne sais pas, mais Bolstoï va nous le dire, car le voici, reprit le vicomte de Versac.

En effet, après avoir poussé les deux mendiants dans la loge du portier, presque au corps défendant de ce préposé suspect d'amour pour la dive bouteille, le prince Bolstoï entra au salon avec une vivacité d'allures peu usitée dans le high-life et que Brummel n'eût point recommandée à ses disciples.

— Ah! Madame, dit-il d'une voix juvénile, presque enfantine, quelle pitié!... un pauvre ouvrier, un vieillard aveugle, une enfant de douze ans mourant de faim!... J'ai pris la liberté de les faire entrer chez vous... J'ai décidé, non sans peine, le brave Van-Drood à leur donner au moins un bouillon et un verre de vin; vous m'excusez, n'est-ce pas?... N'importe! une société où de pareilles choses se produisent n'est pas une société bien organisée!...

— Allons, calmez-vous, mon ami, dit Mme de Woutremont, en tendant la main au jeune homme, on aura soin de vos protégés.

Le prince Bolstoï baisa respectueusement la main de Mme de Woutremont et s'assit près d'elle.

C'était une singulière et attirante personnalité que ce grand seigneur de dix-huit ans, gardant encore les grâces de l'enfance et mêlant une sorte d'audace un peu folle à un air de douceur toute féminine.

Il était d'une taille un peu au-dessus de la moyenne, bien prise et svelte. Ses extrémités indiquaient la bonne naissance, et sa figure était ravissamment jolie. Rien de classique, cependant. Il n'était pas un de ses traits qui n'eût pu prêter à la critique. Ses cheveux blonds étaient trop épais et trop frisés, son teint trop rosé; ses yeux écartés du nez — un nez d'un dessin peu noble — et relevés vers les tempes, trahissaient l'origine cosaque; la bouche était grande et le col épais; mais l'ensemble était enchanteur.

Imaginez un chérubin slave, réunissant la vivacité du page à l'air poétique et rêveur de sa race.

— Ah! ça, mon bon, dit M. de Versac, avec un peu de malice, mais d'un air si « bon enfant » qu'on ne pouvait lui en vouloir; est-ce que vous avez l'habitude de faire servir des potages et des verres de bordeaux à tous les « patachons » et « girafliers » que vous rencontrez sur les grands chemins?

— Cher ami, répondit Bolstoï, sans se formaliser le moins du monde, je fais de mon mieux; mais je n'ai pas toujours une maison aussi hospitalière que celle-ci sous la main... Du reste, vous avez tort de vous moquer de mon vieil aveugle et de sa petite fille. Je les ai interrogés. Je sais leur histoire, c'est navrant.

— Parbleu! reprit Versac, je la connais aussi, l'histoire de l'aveugle.

— Vous?

— Sans doute. C'est un ancien soldat, qui a perdu la vue par suite de l'explosion d'une poudrière.

— Oui!

— Pendant la guerre... la guerre de Crimée, c'est cela!

— Oui.

— Il a cherché à travailler tout de même, mais il n'a pas pu. Il y a presque quarante-huit heures qu'il n'a rien pris!...

— Mais vous le connaissez donc?

— Non, cher ami, mais je *la connais*. Saisissez-vous la nuance?...

— Parfaitement... Mais vous n'êtes qu'un sceptique.

— Tiens!... un archi-sceptique! je m'en vante. Quant à la petite, l'avez-vous interrogée?

— Non; mais je l'interrogerai.

— Ah! ce n'est pas la peine, allez! Je connais son histoire aussi, à elle. Ce n'est pas son papa. Elle a voulu être servante; mais elle y a renoncé pour ne pas quitter le pauvre aveugle. D'ailleurs, on n'a pas voulu d'elle, parce qu'elle est trop faible de santé. Si Madame ne craint pas qu'elle salisse ses tapis et veut la faire monter, je parie cinq cents louis qu'elle nous contera tout ce que je viens de dire.

Le vicomte de Versac était évidemment un de ces aimables étourdis à qui l'on passe tout, même les impertinences.

Sa petite boutade fit rire toute l'assistance et sourire Mme de Woutremont qui sonna et dit :

— Il y a dans la loge du portier un vieillard aveugle et une petite fille. Faites monter la petite fille.

Le domestique se retira d'un air stupéfait.

— Mais c'est de la haute fantaisie, tout cela! s'écria le vieil académicien en relevant ses sourcils jusqu'à la place où auraient dû être ses cheveux.

— C'est amusant, dit un quatuor de jeunes femmes.

Cependant la porte s'était ouverte pour donner passage à Nounouche, conduite par le domestique de plus en plus stupéfait.

L'entrée de Nounouche produisit un effet considérable. Non pas seulement parce qu'elle était d'une beauté frappante sous ses haillons laborieusement préparés par la Mouchotte, mais parce qu'il y avait sur sa figure et dans toute sa personne un air de douleur et d'angoisse qui serra le cœur du sceptique Versac lui-même.

La gaieté de la compagnie avait fait place à une sorte d'étonnement poignant.

Les larmes vinrent aux yeux de Mme de Woutremont, tandis qu'elle regardait Nounouche avec une attention et une persistance singulières.

— Comment t'appelles-tu? dit-elle enfin.

— Marie, répondit Nounouche.

— Marie quoi?.

— Marie Garnier.

— C'est ton papa que tu conduis?

— Non, c'est mon grand-papa.

— Pourquoi ne travailles-tu pas pour essayer de le nourrir?

Nounouche sembla hésiter. Tout à coup elle fit deux pas en avant; ses joues pâlies se couvrirent d'incarnat... mais elle se tourna vers une des grandes fenêtres qui donnaient du salon dans la cour et là, derrière les rideaux de guipures et les larges vitres, elle aperçut la haute taille et la barbe de Jupiter... l'ami de Bigruche et de la Mouchotte, le faux aveugle, un de ses bourreaux. Alors elle redevint pâle et, d'une voix fiévreuse, toute frémissante, ayant hâte d'en finir elle dit :

— Je voulais être servante, Madame, mais je n'ai pas pu... je ne pouvais pas quitter grand-papa, et puis on n'a pas voulu de moi ; j'étais trop faible de santé.

L'expression « jeter un froid » est une des plus jolies trouvailles de la langue moderne, et jamais elle n'eut de meilleure application...

L'histoire de « Marie Garnier », qui eut fait éclater de rire la compagnie sans l'impression profonde produite par son aspect, glaça le cœur et le visage de tous les assistants.

Versac éprouva quelque chose de pénible qui gâtait son triomphe.

Mme de Woutremont fronça le sourcil, prit tout à coup une expression de dureté et dit à Nounouche, qui semblait prête à s'évanouir :

— Va-t-en!....

Nounouche sortit. On la vit, par les fenêtres, rejoindre l'aveugle, prendre sa main et sortir de la cour, la tête courbée sur la poitrine.

— Eh bien, prince?... fit le vicomte après un assez long silence.

— Eh bien, vicomte? répondit le jeune Russe en toisant Versac avec quelque hauteur.

— Voyons, reprit Versac, ne prenez pas cet air terrible et morose, cher ami. Je ne veux pas abuser de mon triomphe, allez!

— Vous ferez bien, dit Bolstoï. Nous venons tous deux d'être cruels et injustes envers cette pauvre enfant.

— Injustes!... s'écria Mme de Woutremont.

— Sans doute, reprit Bolstoï. Qu'est-ce que cela prouve, qu'elle ait raconté l'histoire prévue par Versac? Est-ce que la vie n'est pas pleine de ces coïncidences, et un récit stéréotypé, dont on se moque, ne peut-il être une fois l'expression de la vérité? S'il est stéréotypé, c'est qu'il a été vrai souvent.

— Bien déduit, mon prince, dit le vieil académicien.

— Vous auriez fait un bon avocat d'assises, dit le vieux conseiller.

— Au surplus, reprit Bolstoï, j'en saurai davantage demain.

— Demain? demanda la princesse.

— Oui, demain, car j'ai demandé à l'aveugle où il logeait; il me l'a dit, je le garde pour moi et j'irai.

— Prenez garde de vous faire « chouriner », cher ami, dit Versac.

— Peuh!... le vrai moyen de ne pas se tromper en fait de pauvre, c'est de faire la charité à tous, sans choix... et sans peur

Le marquis de Crozant sortit de sa rêverie :

— C'est une belle et bonne maxime, mon prince, dit-il... Mais ne vous aventurez pas sans précaution. Voulez-vous que je vous accompagne?

— Je suis aussi à votre service, dit vivement Versac.

Le prince se mit à rire :

— Gardons cela pour une meilleure occasion, dit-il. Vous pouvez être tranquilles, il ne m'arrivera rien...

La conversation prit un autre cours. Les visiteurs s'en allèrent peu à peu. Vers le soir, le marquis de Crozant était resté seul avec la princesse de Woutremont.

VIII

LES ADIEUX.

Il y eut un moment de silence presque pénible.

Mme de Woutremont regardait le marquis de Crozant, qui n'osait lever les yeux sur elle. Le marquis était un de ces hommes qui allient beaucoup de bravoure à une singulière timidité, et le caractère le plus franc aux hésitations les plus cruelles.

Son caractère se lisait à livre ouvert sur son front haut et large, mais un peu fuyant, et dans ses yeux bruns, fort limpides, d'ordinaire brillants de loyauté et de courage, mais prenant parfois une expression inquiète et comme souffreteuse.

— Prenez pitié d'un pauvre « mélitaire » aveugle, Messieurs, Mesdames, « sillouplatt ». (P. 56.)

Du reste, ses traits étaient beaux et distingués, et son nez busqué, ses lèvres fines, ses extrémités délicates et tout son *habitus corporis* dénonçaient non seulement le gentilhomme, mais l'homme du plus grand monde, accoutumé à tous les conforts et à toutes les suavités de la haute vie.

A sa fine moustache noire, à sa « royale » effilée et à sa mise sévère et *sanglée*, on devinait le militaire. Il portait un petit ruban rouge à sa boutonnière et gardait dans sa parole, douce et musicale cependant, quelque chose de la brièveté professionnelle.

Ce fut la princesse qui rompit la première le silence.

SON ALTESSE NOUNOUCHE.

— Étrange caractère, ce petit Bolstoï ! dit-elle.

Le marquis leva vivement la tête et les yeux.

— Un noble cœur, dit-il.

— Oui... mais bien naïf !

— Pourquoi dites-vous : *mais*, princesse ? Vous semblez reprocher sa naïveté à Bolstoï. Aimeriez-vous mieux le voir, à son âge, blasé ou posant pour tel ?

— Dieu m'en garde ! mais je crains qu'il ne se fasse duper toute sa vie.

— Eh ! chère Madame, je connais bien des malins qui sont plus dupés que les autres ; et être dupé devient pour eux une humiliation particulièrement dure. A vous parler franchement, j'adore Bolstoï... et je l'admire ; mais là, sans restriction ! C'est merveilleux d'être crédule à ce point, sans être pourtant un imbécile, en ayant même beaucoup d'intelligence et d'esprit. Quel cœur celui que la cervelle ne peut tuer !... Ce qui me plaît dans ce petit Bolstoï, princesse, c'est précisément le contraste qu'il fait avec les jeunes bonshommes de son âge, à l'époque actuelle. Ça rafraîchit et ça embaume, cette fleur d'innocence dans le bourbier sceptique et pessimiste...

— Eh ! cher Monsieur, ne vous emportez pas ! vous défendez Bolstoï comme si je l'avais attaqué... Après tout, c'était peut-être un prétexte pour exhaler votre colère misanthropique. Vous passez dans le monde pour un nouvel Alceste.

— Le monde me fait trop d'honneur. Cependant, il y a un point de commun entre Alceste et moi — c'est la tendance à quitter Paris pour... quelque endroit écarté.

— J'espère que ce n'est qu'une tendance ?

— C'est plus que cela, Madame : c'est une résolution.

— Hein ?... Vous voulez vous faire ermite ?

— Non ; mais depuis hier je ne suis plus capitaine de hussards.

— Qu'êtes vous donc ?

— Commandant de chasseurs d'Afrique, Madame.

La princesse tressaillit et devint fort pâle.

Le marquis de Crozant ne le remarqua pas, car il tenait les yeux baissés.

— Est-ce que, sérieusement, vous partez pour l'Algérie ? demanda-t-elle.

— Fort sérieusement.

— Et c'est ainsi que vous me l'annoncez ?

— Excusez-moi, princesse, mais c'est une résolution subite... ou à peu près.

La princesse resta un moment silencieuse et pensive, puis reprit d'une voix émue, malgré ses efforts pour jouer l'indifférence aimable et polie :

— Je croyais, cher Monsieur, que nous étions assez amis pour que vous voulussiez bien me mettre dans la confidence d'un événement aussi important de votre vie. Mais vous avez craint de m'affliger d'avance... Vous avez eu raison d'ailleurs, car votre départ m'afflige beaucoup.

Voyons, marquis, est-ce une résolution définitive?

— Définitive, oui, Madame ; car ce qui détermine mon départ ne peut se modifier.

Le marquis s'était levé de son siège et se promenait lentement devant Mme de Woutremont, l'air triste, abattu, découragé.

— Je ne vous demande pas vos confidences, reprit la princesse ; mais...

Crozant l'interrompit brusquement :

— Je voudrais pourtant vous en faire une, dit-il.

Ses yeux brillaient. Ses joues, tout à l'heure blêmes, se couvraient d'un vive rougeur.

La princesse fut prise d'une sorte de tremblement nerveux.

— Peut-être, dit-elle, vaut-il mieux que vous ne la fassiez pas.

— Ah! s'écria le marquis, vous avez deviné.

— Moi?... Non!... je...

— Si! vous avez deviné!... Du reste, il faut que je parle maintenant... car l'aveu que je dois vous faire me brûle la gorge... et d'ailleurs, je partirais trop désolé si je ne vous disais pas un adieu suprême... Madame, je vous aime d'un amour invincible... Ah! ne vous révoltez pas; cet amour n'a rien d'outrageant pour vous, car je reconnais qu'il est sans espoir... et je m'enfuis !

La princesse, qui s'était dressée tout d'une pièce, retomba sur sa causeuse et cacha son visage dans ses mains.

— Ah! dit-elle, pourquoi m'avez-vous dit cela? Voilà mon beau rêve fini, maintenant!

— Quel beau rêve, Madame?

— Écoutez, Monsieur. Femme et très femme, je suis pourtant un « honnête homme », j'entends par là que je comprends l'honneur d'une façon toute virile, comme on doit le comprendre. Eh bien, je vous jure, sur mon honneur, que mon vœu le plus cher était que nous fussions unis l'un et l'autre par une amitié véritable, une amitié sincère, loyale, sans arrière-pensée, une amitié tendre... Oh! ne m'interrompez pas !... C'est un préjugé odieux et absurde qui veut que cette liaison précieuse et charmante soit chimérique. Vous n'avez jamais pensé, n'est-ce pas, à faire de moi votre maîtresse?

Le marquis redevint d'une pâleur mortelle et ses traits se contractèrent.

La princesse continua :

— Pourquoi donc n'aurions-nous pas été amis?...

— Je resterai toujours votre ami, dit Crozant avec élan et tendant à Mme de Woutremont sa main qu'elle ne prit pas.

— Hélas! reprit la princesse, ce n'est plus possible maintenant : vous avez rompu le charme. Vous avez évoqué des idées et des images qui rendent toute relation intime impossible entre nous... Vous avez tué ma confiance, vous avez pris un rôle qui me met sur la défensive.

— Vous êtes sévère, Madame !

— Je suis franche, Monsieur, je ne suis pas une Parisienne moi, et si vous êtes Alceste, je ne serai jamais Célimène. Je suis unie par des liens sacrés à Ghislain de Woutremont... je lui suis toute dévouée... je l'aime!...

Le marquis hocha brusquement la tête.

— Oui, reprit la princesse avec une sorte d'exaltation, je l'aime, ce digne et brave cœur... Il me délaisse ou semble me délaisser pour la science... mais la science est une noble passion... Et, sachez-le bien, si vous m'avez vue en proie à la mélancolie et à la douleur, ce n'est pas dans mon ménage... oui ! mon *ménage*, j'insiste exprès sur ce mot bourgeois, ce n'est pas dans mon *ménage* que je souffrais... Mon chagrin, hélas ! incurable, prend sa source dans un malheur de famille, antérieur à mon mariage. Ce malheur pèsera sur ma vie. Mon père seul, parmi ceux qui s'intéressent à moi, en avait été le confident... peut-être vous l'aurais-je confié un jour... et cela m'aurait fait du bien... maintenant, c'est impossible... Vous avez rêvé d'être mon amant, vous ne pouvez plus être mon ami... C'est brutal, ce que je dis là... mais, je vous le répète, je ne suis pas une Parisienne : je suis née en Sicile, je suis une sauvage... j'ai les défauts et les qualités des races ardentes et abruptes... Je ne voudrais pas vous tromper...

La princesse semblait en proie à un désespoir violent. Crozant éprouvait pour elle une immense sympathie et une immense pitié. Mais il était homme, et ces paroles le blessaient cruellement dans son amour-propre. Il consentait bien à renoncer même à tout espoir... mais il lui était infiniment cruel de s'entendre dire qu'on eût voulu de lui comme ami... et comme ami seulement.

— Madame, dit-il, d'une voix grave, si je vous ai blessée, daignez me pardonner. Malgré tout, j'ose encore me dire le plus dévoué de vos *amis*. Et maintenant, recevez mes adieux.

Il s'inclina respectueusement et sortit. Restée seule, la princesse éclata en sanglots.

IX

LE MARQUIS DE CROZANT.

Louis-Pierre-Armand-Victor marquis de Crozant était, dans la plus haute acception du terme, un homme bien né et bien doué.

Il descendait d'une ancienne famille d'Aquitaine, illustre dans l'épée et dans la robe, et renommée pour les grandes vertus et la noble conduite de ses représentants.

Les Crozant possédaient depuis des siècles des biens considérables dans le Béarn, la Gascogne et l'Angoumois. Ils avaient marqué dans les armées d'Henri IV, au Parlement de Toulouse, au Parlement d'Aix en Provence, dans les armées de Louis XIV et Louis XV.

Le marquis Maurice de Crozant, vicomte de Rangal, allait être fait maréchal de France sous Louis XIV, quand il mourut, à trente-deux ans, d'une chute de cheval. Sous la révolution, les Crozant se réunirent à l'armée vendéenne et lui apportèrent un contingent de soldats toulousains et bordelais.

Le grand-père de Victor de Crozant était conseiller à la cour de cassation sous Louis XVIII, et son père occupait aussi de hautes charges dans la magistrature. Il est mort, à la fin du second Empire, président de chambre à la cour de Paris. Victor avait été élevé avec une grande sévérité. On l'avait placé dans une institution religieuse, où il avait fait d'excellentes études et puisé d'austères principes.

A son arrivée au régiment, il acquit l'estime de ses chefs et les sympathies de ses camarades, bien qu'on eût des tendances à le railler doucement — oh! très doucement, et avec une grande bienveillance — à cause de la perfection de sa conduite.

La guerre de 1870-1871 vint à propos démontrer aux railleurs aimables que ce « bon jeune homme » était un héros.

Il fut décoré et présenté comme exemple à toute l'armée française.

Mais, dès cette époque, il lui arriva un grand malheur. Égaré par des conseils imprudents, perfides peut-être, il épousa, malgré la vive opposition de ses amis et de sa famille, Mlle Berthe de Lornac, jeune personne fort jolie, mais déplorablement élevée, et qui, dès les premiers jours de son mariage, affligea et même compromit, par ses inconséquences, le galant homme et le brave officier dont elle avait juré de garder précieusement l'honneur.

Victor de Crozant avait en contractant ce regrettable mariage obéi, non pas à une passion violente, mais à un entraînement irréfléchi. Il subissait les conséquences d'un caractère ardent, trop contenu naguère, et prenant, fort mal à propos, une sorte de revanche. Peu de temps après son mariage, Berthe mourut d'une pleurésie contractée au bal. Victor la pleura sincèrement, malgré ses torts envers lui, et s'enferma dans une sorte d'isolement mélancolique et misanthropique, dont ses amis ne purent le tirer. Il ne voyait personne hors des nécessités de son service militaire, et passait toutes ses heures de loisir dans son petit hôtel de la rue Jean-Goujon, lisant et écrivant beaucoup.

Quelques-uns prétendaient qu'il préparait ses mémoires pour faire pendant à ceux du duc de Saint-Simon. Un soir, pourtant, il se laissa traîner dans le monde... et fit la connaissance de la princesse de Woutremont.

Elle était alors nouvellement arrivée à Paris et obtenait un grand succès de beauté.

Le marquis se sentit fortement, irrésistiblement entraîné vers elle, et elle l'accueillit avec une faveur qu'on remarqua.

Mme de Woutremont avait tout de suite été très courtisée. Rien, dans sa manière d'agir, n'autorisait d'impertinentes prétentions; mais l'étrange conduite de son savant mari, les ridicules trop visibles de ce brave homme, et ses continuelles absences, contribuaient à faire naître l'espoir dans le cœur des soupirants.

Bientôt cependant, les soupirants crurent prudent d'arrêter leurs frais.

La princesse avait une manière désolante de décourager les plus hardis. Sa tristesse habituelle faisait tout de suite place à une raillerie plus vive qu'amère. C'est presque gaiement qu'elle leur faisait comprendre à quel point elle restait indifférente à leurs vœux.

Victor de Crozant devint éperdument amoureux de la princesse sans oser se l'avouer à lui-même. A plus de trente ans, depuis longtemps frotté au monde et à l'armée, ardent de tempérament, plein d'esprit et même d'expérience, il en était encore à trouver l'adultère criminel.

Détourner de ses devoirs une femme mariée lui semblait un acte impardonnable. C'était se rendre complice de son manque de foi, c'était manquer de foi soi-même. On couvre de mépris le gentilhomme ou le soldat qui a trahi un serment. Comment le monde ose-t-il, sinon glorifier, au moins féliciter le soldat ou le gentilhomme qui trahit sa foi ou se rend complice d'une femme parjure? Tel était le jugement que Victor de Crozant portait sur l'adultère. Et ce qu'il pensait il le disait, en dépit des sourires ou des rires, sachant très bien que professer très haut de pareilles doctrines c'était jouer dans le « monde », un rôle presque sacrifié.

Lorsqu'on vit la liaison qui se formait entre lui et Mme de Woutremont, on ne douta pas que cet austère chevalier d'un autre âge ne renonçât bientôt à ses préjugés et à ses scrupules.

Quelques allusions discrètes faites à cet égard par des amis du marquis le choquèrent violemment et le pénétrèrent de douleur.

Le temps marchait, et la passion du marquis pour Mme de Woutremont devenait plus irrésistible. Le marquis fut accablé quand il se rendit compte de l'état de son âme. Pour la première fois de sa vie, sa conscience fut troublée.

Peu à peu, ses sentiments intimes subirent des modifications qui l'affligèrent et le surprirent. Lui, qui s'était toujours tenu si fort au-dessus des idées mondaines, il craignait maintenant le ridicule. Il croyait s'apercevoir que Mme de Woutremont n'était pas éloignée de partager son amour, et l'amour-propre tellement naturel à l'homme qu'il ne meurt qu'après lui, comme a dit saint François-Xavier, et l'amour-propre lui disait que cette préférence était toute naturelle. En somme, le mari de Mme de Woutremont n'était qu'un original, sans agrément pour une femme, ennuyeux à périr avec ses *silex*, très coupable d'abandonner à elle-même une jeune épouse aimable et ardente. Quant aux soupirants qui entouraient Mme de Woutremont, qu'étaient-ils, sinon une horde de godelureaux sans consistance, sans esprit et pour la plupart sans cœur?

Le jour où le marquis de Crozant s'avoua que, non seulement il aimait Mme de Woutremont, mais encore qu'il aspirait, au plus profond de son âme, au crime et au bonheur de la posséder, il fut pris d'un véritable désespoir...

— Fuyons ! se dit-il.

Et il s'en alla tout droit solliciter du ministre de la guerre son envoi en Algérie.

— Je ne parlerai de mon départ à Mme de Woutremont que lorsqu'il sera irrévocable, se disait le marquis.

Puis, à lui-même, il se joua la scène des adieux. Il pensa avec d'amères délices au chagrin de sa bien-aimée, dont les sympathies pour lui devenaient des plus évidentes, de moins en moins dissimulées. Il entendit *in-petto* la princesse lui dire : « Ne fuyez pas, mon ami, restez avec moi... Vous n'avez donc pas vu que je vous aime?... »

Cette idée et cette image charmèrent d'abord Victor de Crozant, puis le mirent en fureur contre lui-même.

— Suis-je donc un roué vulgaire, se dit-il, et mon départ n'est-il qu'un misérable subterfuge pour forcer cette femme à un aveu criminel?...

Il eut peur que Mme de Woutremont ne le soupçonnât d'un calcul odieux, et prit la ferme résolution de ne pas lui dire adieu et de ne lui écrire que du fond de l'Algérie.

— Peuh!... pensa le marquis, ce serait encore pire. Je manquerais à toutes les convenances du monde, voilà tout. Et puis, monsieur le fat, êtes-vous bien sûr que votre départ va navrer à ce point la princesse? Vous la quittez, c'est bien... Dites-lui adieu... c'est votre devoir tout simple. Quant à lui avouer mon amour... Le marquis allait ajouter à lui-même : *jamais*. Il pâlit et se sentit défaillir en songeant que la princesse ne saurait jamais à quel point il l'avait aimée !...

— Mais elle le sait, se dit-il. Elle le sait!... Parlons franchement, alors. Puisque je pars, elle ne peut m'en vouloir de ma franchise...

On sait comment se firent les adieux de Mme de Woutremont et de Victor de Crozant.

Le lendemain il partait pour Marseille.

X

AU LAPIN DE GOUTTIÈRE.

En quittant l'habitation de Mme de Woutremont, Jupiter et Nounouche se dirigèrent vers Paris, sans cesser de jouer leur rôle fallacieux.

— Alors elle ne t'a rien donné? dit Jupiter.

— Rien, Monsieur... Elle m'a seulement dit : « Va-t-en ! »

— Pas gentille, la princesse !... C'était pas la peine de te choisir pour ta mine de sainte ni-touche. Zizi ou Caramel se seraient aussi bien fait fiche à la porte, et, comme elles sont moins bêtes que toi, elles auraient pu nous donner de meilleurs renseignements. Enfin, tâche de te souvenir. On entre au salon par un vestibule, hein?...

— Oui, Monsieur.

— J'ai vu ça... mais pas très bien.

L'escalier est à droite?

— Oui, Monsieur, à droite.

— Il n'y a qu'un étage ; c'est par là qu'il faut passer pour aller à la chambre de la dame?

— Oui, Monsieur.

— N'as-tu pas vu une porte au fond du vestibule ?

— Je... je n'en ai pas vu...

— Qu'y a-t-il?

La petite hésitait à répondre. Le faux aveugle lui serra violemment le poignet.

— Parle donc, dit-il, et ne mens pas, ou gare!...

— Eh bien, Monsieur, il y a une petite lucarne.

— Toute petite?

— Oh ! oui, Monsieur, toute petite.

— Un homme n'y passerait pas?

— Oh ! non !...

— Et un enfant?

— Je ne sais pas,

— C'est ça, un enfant y passerait...

Et quand nous étions derrière le jardin, Nounouche, tu as bien regardé le mur?...

— Oui, Monsieur.

— Moi aussi,... on y grimperait facilement, hein?...

— Je crois que oui, Monsieur.

— La petite lucarne donne nécessairement sur le jardin?

— Oui, Monsieur.

— C'est bien... Dis plus rien... Vlà des *pantes*.

Et il se mit à crier d'une voix nazillarde :

— Prenez pitié d'un pauvre mélitaire aveugle par suite de poudrière, et père de famille, Messieurs, Mesdames, sillouplaît !...

Ils continuaient leur route. Nounouche songeait...

Elle songeait à cette belle dame qui l'avait congédiée si durement et qu'elle avait eu d'abord envie d'embrasser sans savoir pourquoi.

« Tiens, bonsoir Jup !... » (P. 62.)

Elle songeait surtout à ce jeune monsieur si joli, si joli et si bon, qui leur avait fait donner à manger et à boire, et leur avait promis du secours. On lui avait laissé une fausse adresse, à ce jeune monsieur. Voulait-on lui faire du mal?... Oh ! ça, elle l'empêcherait, la Mouchotte dût-elle l'écorcher vive.

Cependant on était arrivé à Montrouge. Le faux aveugle s'arrêta devant une maison qui n'avait qu'un rez-de-chaussée et une espèce de grenier. Elle était toute peinte en brun et portait cette enseigne : *Au Lapin-de-Gouttière*; enseigne représentant un cuisinier en costume professionnel, faisant sauter un chat tout vivant dans une grande casserole de cuivre. Ce n'était pas un chef-d'œuvre de peinture, mais on reconnaissait très bien un cuisinier, un chat et une casserole.

A peine avait-il touché le bouton de la petite porte vitrée, que Jupiter cessa l'exercice pénible qui consistait à relever ses prunelles de manière à n'en laisser voir que le blanc sous des paupières tremblotantes.

— Allons, entre, dit-il en poussant Nounouche dans une salle noire et enfumée; entre, nous prendrons un petit verre de *chien*; nous l'avons gagné..

L'établissement du *Lapin-de-Gouttière* a été fermé, il y a quelque temps, par ordre supérieur. Un de ces jours, il sera remplacé par une belle maison à cinq étages que l'on aura beaucoup de peine à louer.

C'était un établissement mal connu des reporters et qui n'en avait que mieux gardé son caractère original.

Imaginez une longue salle, presque un couloir, blanchi à la chaux et orné de gravures édifiantes, telles que les belles actions de Jean Bart et la vision de Jeanne d'Arc.

Il y avait un comptoir d'étain tout encombré d'objets malpropres, où trônait un petit homme malingre dont les regards affectaient une mobilité suspecte. Un gros garçon de dix-huit à vingt ans, prématurément obèse et que pour cette raison les habitués appelaient « Réformé » l'aidait dans le service et se livrait à toutes sortes d'évolutions, les mains pleines d'assiettes et de verres incassables. Toutes les tables étaient occupées par un public nombreux et choisi... parmi la plus pure canaille.

On voyait là toutes les variétés abjectes de mines hâves et de trognes avinées, d'yeux louches et de regards féroces, de guenilles sordides et de pseudo-élégances malpropres et prétentieuses. Les « dames » — prononcez « dèmes » — ét   en cheveux ou portaient sur la tête une coiffure singulière tenant du chapeau et du bonnet, couvert de fleurs fripées ou de plumes à demi chauves; d'énormes chignons, quelquefois mal assortis avec le reste de la chevelure, pendaient sur leurs épaules; elles avaient des voix de rogomme contrastant parfois avec des figures charmantes et même virginales.

Les messieurs portaient de hautes casquettes nommées « Desfoux » ou de petits chapeaux à rebords recourbés nommés « ducs ». Ils étaient généralement rasés comme des acteurs, pâles, maigres, mous et forts comme des hercules.

Jacques Lefeuve dit « Bigruche » dit le « Phénomène », se tenait à une table, en compagnie de deux personnages... et d'un boule-dogue de mine effroyable, répondant au nom de *Sergot*.

On dit : « Tel chien, tel maître ». Le maître de *Sergot* — l'un des compagnons du Phénomène — semblait prendre à tâche de justifier ce proverbe. C'était un homme d'une quarantaine d'années, petit, ramassé, pâle, camard roulant deux yeux ronds d'une expression extraordinairement brutale et sinistre; on l'appelait Bégoche, et c'était peut-être son nom. Il portait une casquette de soie, une longue blouse blanche; et, à sa façon de saluer Jupiter du nom de *Lupiterjmuch*, on pouvait inférer qu'il avait été garçon boucher. Du reste, ses grosses mains rouges corroboraient cette hypothèse : on se les figurait le plus aisément du monde armées d'un grand couteau et teintes de sang vermeil.

Près de lui était une jeune femme assez bien vêtue et qui, avec sa mine éveillée, ses grands yeux noirs et son nez parisien, d'un dessin incorrect mais piquant, ressemblait plutôt à une bonne petite grisette qu'à la compagne d'un bandit. On l'appelait Giroflée.

— Nous vous avions gardé deux places, dit Bigruche en se levant avec courtoisie, pour faire place à Jupiter et à Nounouche.

— Voilà la petite en question? demanda Giroflée, en jetant sur la petite un regard... féminin.

— Oui, répondit Jupiter... voilà la petite en question. C'est une recrue. Reçois-la bien, Giroflée.

— Elle a l'air éreinté, cette pauvre gosse! dit Giroflée.

Et elle continua :

— Allons, Mistouflette, assieds-toi là et colle-toi contre le mur, tu pourras faire un somme.

Nounouche obéit.

Elle se proposait de feindre le sommeil et d'écouter ce que diraient ses affreux compagnons. Son idée fixe était maintenant d'empêcher, si elle le pouvait, qu'on ne fît du mal au joli petit jeune homme qui avait été si bon pour elle, et à la belle dame qui pourtant l'avait si durement accueillie.

Mais plus que jamais la pauvre enfant tremblait de peur. Le lieu où elle se trouvait lui paraissait encore plus effrayant que l'antre de la Mouchotte. Il faisait nuit, et le « Réformé » venait d'allumer quatre becs de gaz qui éclairaient à la Rembrandt les mines farouches et ignobles des habitués du *Lapin-de-Gouttière*.

Elle s'assit, s'adossa au mur suintant le salpêtre et, en feignant de dormir, s'endormit profondément, car elle était littéralement harassée de fatigue.

— Allons, dit brusquement Bégoche, nous voyons que vous avez des affaires à vous raconter. La discrétion, c'est l'apanage du vrai Français, nous allons retrouver Kiki et la Rouflette... Ici, Sergot!

— Pas la peine! dit Jupiter en faisant signe à Bégoche et à Giroflée de se rasseoir.

— Comment! pas la peine? fit le Phénomène d'un air surpris.

— Non, pas la peine!... reprit Jupiter en relevant sa belle tête de modèle classique avec un air d'autorité. La petite et moi, nous avons étudié les êtres. Il faut être au moins quatre pour faire le coup. Chavigny, toi, moi ,

Bégoche, ça fait le compte. Nous sommes sûrs de Giroflée, et Nounouche dort... D'ailleurs, elle *nous tremble*. On peut donc causer.

— C'est ça! fit le Phénomène d'un air de mauvaise humeur. On commence une affaire à deux... puis c'est à trois... puis c'est à quatre... pourquoi pas à cinq?...

— A cinq!... tu as dit le mot, marmot, répliqua Jupiter; nous aurons besoin d'un cocher... J'ai pensé à Zanzibar!...

— Qu'est-ce que va dire M. Chavigny? soupira Bigruche.

Bégoche intervint :

— Phénomène, dit-il, tu n'es pas chouette pour tes amis...

Bigruche haussa les épaules.

— Zut! dit-il. Si M. Chavigny se fâche, il se défâchera, voilà tout... Et maintenant Jupiter, prends le crachoir... je crois qu'il serait inutile d'interroger la gosse... elle pionce comme une marmotte.

— Elle a l'air si fatigué, dit Giroflée d'un air de compassion.

— C'est bon... Pas besoin d'elle, reprit Jupiter. Voici la chose : la maison est très isolée.

— *Qué* maison? demanda Bégoche.

— Laisse-moi finir, dit Jupiter. Le Phénomène te dira le reste plus tard... Il faut commencer par griser le concierge... pas difficile... un baragouineur belge qui a la trogne plus rouge que l'autre côté d'un singe... C'est le Phénomène qui s'en charge...

— Bien! dit le Phénomène avec une gravité tout officielle.

— Il faut ensuite escalader le mur du jardin... Bégoche, M. Chavigny et moi, nous ferons ça... Il nous faudra un gosse...

— Encore!... s'écria Bigruche d'un air désespéré.

— Ou une gosseline... peu importe... Nounouche peut faire l'affaire, elle est assez maigriotte pour ça!...

— Bon, dit Bigruche, comme ça, nous n'augmentons pas notre effectif... qui est bien assez augmenté!...

— Phénomène, dit Bégoche, si cette allusion est à mon endroit, je ne la trouve pas de nature!...

— Allons, ne nous disputons pas! reprit Jupiter; laissons ça aux députés de la Chambre; c'est du temps perdu!

— Pousse ta pointe, dit Giroflée.

— Voilà!... La gosseline passera par une lucarne qui donne dans le vestibule, et nous ouvrira la porte en tirant les verrous... et, avec un instrument que l'association lui fournira...

— Et si elle crie! dit Bigruche.

— Elle ne criera pas, reprit Jupiter avec son air de général en chef, je te dis qu'elle *nous tremble!*...

— Continue, dit Giroflée.

— Une fois la porte ouverte, nous entrons et...

Toute cette conversation avait eu lieu *mezzo voce* : mais Jupiter jugea à propos de baisser encore la voix. Le reste fut murmuré si bas, si bas, que Giroflée avait peine à suivre ce qu'on disait, malgré l'acuité particulière de ses facultés auditives.

Quand Jupiter eut fini d'exposer son plan de campagne, le Phénomène dit un peu plus haut :

— C'est égal, M. Chavigny ne sera pas content!...

— Ah! tu nous embêtes avec ton monsieur Chavigny, dit Bégoche... Après tout, il y a un moyen pour qu'il ne dise rien!...

— Lequel? demanda Jupiter en avançant la tête.

— Parbleu!... c'est de faire le coup avant qu'il sorte de *Pélago*.

Bigruche protesta vivement.

— C'est pas gentil, dit-il, c'est pas gentil, c'est pas loyal, et c'est pas à faire... c'est avec ces dissensions intestines qu'on fait rater les coups... et qu'on est pris après...

— Oh! malheur... *dissensions intestines*, reprit Bégoche; on voit que môssieu a fait des études.

— Oui, j'en ai fait, des études, reprit Bigruche; j'en ai fait, et j'ai appris, en étudiant l'histoire romaine, que le bon accord est l'âme de la concorde, et que ce n'est pas une raison parce qu'on est brigand pour être canaille.

Ce morceau d'éloquence court et improvisé parut faire une vive impression sur l'assistance.

— Bigruche a raison, dit Jupiter; oui, tu as raison Phénomène, si nous n'avons pas de conscience dans la chose... de nos affaires... qu'est-ce que nous serons, alors?...

— C'est juste, fit Bégoche, dompté.

— Alors c'est convenu, reprit Bigruche, calme et n'abusant pas de sa victoire... nous attendons M. Chavigny.

— C'est convenu, dit Jupiter. Je vous réitère que nous ne serons pas trop... Et puis Chavigny a des relations qui pourront nous être utiles.

Jupiter n'était pas fâché de montrer qu'il savait aussi parler en termes choisis; il n'avait pas précisément fait « des études », mais il avait été « modèle » et conservait même des amitiés dans le monde artistique. Il en était très fier et ne tarda pas, ce soir-là même, à faire valoir cet avantage.

La porte du bouge venait de s'ouvrir et de donner passage à deux *intrus*.

Le mot *intrus* est topique, car il était évident à première vue que les deux arrivants n'appartenaient, ni de près ni de loin, à la classe des hôtes ordinaires du lieu.

Le premier était un beau gars de vingt-huit à trente ans, bien mis mais sans prétention, portant les cheveux un peu longs, sans rien de ridicule cependant, sous un chapeau de feutre flexible, et tenant à la main, d'une manière très ostensible, un énorme gourdin ferré.

L'autre était un petit jeune homme pâle et maigre, au visage long et orné de favoris, et qui avait l'air d'un avocat stagiaire ou d'un clerc d'avoué en rupture d'étude.

Ce dernier ne semblait pas trop rassuré en se trouvant en pareil lieu. Pourtant, une ardente curiosité dominait dans ses regards mobiles et giratoires.

— Bonjour, monsieur Templier !.., dit Jupiter, en s'adressant à l'homme au gourdin.

— Tiens, bonsoir, Jup !... répliqua M. Templier, qui lui serra la main à la grande stupéfaction de toute l'honorable compagnie... Bonsoir, canaille de Jup... tu ne veux donc pas rentrer dans le giron de l'honnêteté et des beaux-arts, hein?...

— On fait ce qu'on peut, monsieur Templier, répondit Jupiter en haussant les épaules...

— Et je crois que tu ne peux pas faire quelque chose de bon, hé! Jup!... répliqua M. Templier... Allons, venez, Gaston !...

Ils s'éloignèrent et prirent place à une table du fond, en face de deux verres d'absinthe, dont Gaston absorba sa part avec une série de grimaces significatives.

— Qu'est-ce que c'est que ces particuliers si bien mis? demanda Giroflée.

— Je ne connais pas le petit, répondit Jupiter. Le grand est un de mes amis.

— Un de tes amis? demanda Bégoche.

— Oui, un de mes amis, un peintre déjà célèbre : M. Robert Templier. Est-ce que tu ne le connais pas?

— Non, dit Giroflée.

— Ni moi, fit Bégoche.

— Je le connais de vue, dit le Phénomène.

— Ça ne m'étonne pas, reprit Jupiter; on le voit partout, dans les salons du grand monde comme dans les turnes du petit...

— Et qu'est-ce qu'il vient fiche ici? demanda Bégoche d'un air peu aimable, qui lui donna une ressemblance plus frappante encore avec son chien Sergot.

— Il vient faire des études, reprit Jupiter avec importance.

— Ah! c'est différent, dit la compagnie en chœur.

— Et on ne lui fait jamais de misère? reprit Giroflée.

— Jamais!... d'abord on sait bien que ce n'est pas une *mouche*; ensuite il a un biceps à vous faire tous passer par la fenêtre.

— Savoir! répliqua Bégoche, en abaissant instinctivement un regard sur son bras.

— Mais c'est pas tout ça, dit Jupiter. Nous avons encore à causer, les amis.

— Ah! ah! dit le Phénomène.

— Oui, continua Jupiter. Il est entendu que nous ne ferons pas le coup d'Arcueil sans M. Chavigny; mais il y en a un que nous pouvons faire, gentiment, sans l'attendre, et dès demain.

Toutes les oreilles se tendirent.

— Devant la porte de la princesse, nous avons fait une rencontre, reprit le faux aveugle, un petit jeune homme très gentil, un beau blond...

— J'adore les blonds, dit Giroflée.

Bégoche lui lança par dessous la table un coup de pied prémonitoire, et elle n'insista pas.

— C'est lui qui nous a fait entrer dans la baraque, reprit Jupiter. Il m'a même fait donner un bouillon et un verre de vin par le concierge.

— Eh bien! demanda le Phénomène, haletant.

— Eh bien? il est charitable comme tout, ce petit. Il s'est enquis de ma situation, et il m'a donné rendez-vous, demain soir, pour me tirer d'embarras; je l'ai prié de ne venir dans ma pauvre chaumière que demain soir; car, dans la journée, je devais chercher de l'ouvrage pour ma « petite-fille ».

— Compris! dit Bigruche.

Les dignes amis continuaient la conversation à voix basse.

Cependant l'heure du dîner avait sonné.

On eut quelque peine à réveiller Nounouche, qui, malgré sa terreur et ses chagrins, prit sa part d'un lapin sauté — lapin authentique, en dépit de l'enseigne cynique de l'établissement, — d'une omelette aux *fines* et d'une plantureuse salade de chicorée, dans laquelle, malgré le désir de Bégoche, le Phénomène s'opposa vivement à ce qu'on mît un chapon de Gascogne.

— C'est pas chic de manger de l'ail, dit le Phénomène...

— Tu crains que ça dégoûte Fanny Meuilhard? demanda Giroflée d'un air profondément gouailleur.

— Hein? qui est-ce qui parle de Fanny Meuilhard? s'écria Robert Templier, qui sortait en ce moment avec son ami Gaston... Sachez, truands, malingreux, pingres, ribaudes et mauvais garçons, que la nommée Fanny Meuilhard, artiste dramatique talentueuse et galberesse, est de mes amies et a eu l'honneur d'attirer les regards de mon ami Gaston Bourgoin, ici présent et que...

Le Phénomène pâlit et grinça des dents; mais le peintre s'interrompit tout à coup et dit en jetant un long regard sur Nounouche :

— Par la mort nom de diable! Qu'est-que c'est que cette mignonne?

— C'est ma petite-fille, monsieur Templier, répondit Jupiter.

— Quel modèle ça ferait pour une jeune martyre chrétienne! continua Templier... si je faisais de ces choses-là!... Mais, tout à la nature!...

Et il sortit majestueusement en brandissant son gourdin, circonstance qui empêcha probablement le Phénomène de se jeter à sa gorge.

— Ah ça, Phénomène, dit Jupiter, tu en tiens donc toujours pour Fanny?...

— Toujours, dit Bigruche en serrant les poings. C'est pour elle que j'ai fait tout ce que j'ai fait... entendez-vous?

— Et tu ne lui as jamais parlé? demanda Giroflée.

— Si, un soir que je figurais à la Porte Saint-Martin.

— Et qu'est-ce qu'elle t'a dit?

— Elle m'a dit : « Donne-toi donc de l'air, voyon!... »

Tous éclatèrent de rire.

— Et tu crois, reprit Giroflée, quand son « chant de poule » fut un peu calmé, qu'elle voudra d'un repris de justice?

— Non, mais elle voudra d'un *gentleman*, et rien ne m'empêchera d'être un *gentleman*, quand j'aurai fait seulement un bon coup.

Le chant de poule recommença.

— Bigruche a raison, dit gravement Jupiter.

— Raison!... un *gentleman*, avec une boule pareille, exclama Bégoche.

— Oui, avec une boule pareille, reprit Jupiter. Qu'il passe entre les mains d'un coiffeur, qu'il se fasse habiller par un tailleur anglais et qu'il ait du « pognon » dans son gousset, et vous le verrez reçu partout avec les honneurs dûs à son rang!... Toi-même, Bégoche, qui es encore plus vilain que lui, tu ferais des conquêtes dans la haute, si...

La perspective de voir son amoureux briller dans le *high-life* précipita Giroflée dans les éclats de rire les plus compromettants, et la belle amie de l'ex-garçon boucher fit un tel vacarme que Sergot s'en émut et se mit à aboyer de toutes ses forces.

— Fais donc taire ton chien, dit Giroflée, en se calmant tout à coup ; tu sais bien qu'il me fait peur...

— Il te fera pire si tu ne te tiens pas tranquille, dit Bégoche d'un air farouche.

Les dignes amis reprirent leur repas interrompu.

Nounouche, une fois sa faim apaisée, jeta un regard éperdu autour d'elle.

La pauvre enfant, depuis de longs jours, marchait, toute tremblante, dans un rêve abominable.

Une *smarra* terrible et dégoûtante pesait sur son petit cœur. Elle se demandait ce qu'elle pouvait bien avoir fait au bon Dieu pour qu'il permît qu'on lui infligeât de telles souffrances.

Autour d'elle, tout n'était qu'horreur, horreur indicible...

Il faisait nuit noire au dehors, et le silence régnait autour du bouge, plein de bruit et de désordre.

Nounouche regardait, tremblante de peur et de fièvre, le cerveau troublé par la fumée des pipes et les fumées du vin qu'on l'avait contrainte de boire, toutes les hideurs qui grouillaient çà et là.

« Eh bien, eh bien, qu'est-ce qui vous prend. » (P. 71.)

Le gros « Réformé » déployait une activité dévorante, allant du comptoir aux consommateurs. Le patron comptait son argent, couvant l'assemblée de ses regards ardents. Des ivrognes vantaient leurs têtes enflammées dans des assiettes sales ; d'autres chantaient d'ignobles refrains, levant leur verre en manière de toast.

On voyait, de ci, de là, des figures d'adolescents décharnées et flétries, et des masques de vieillards sillonnés de rides profondes, comblées par une crasse verdâtre. De temps à autre, un chiffonnier et sa femme entraient, tout loqueteux, et traînaient leurs savates trouées jusqu'au comptoir, où ils ingurgitaient petits verres sur petits verres. Dans un coin, un saltimbanque, portant un lourd paletot rapiécé sur un maillot rose, s'amusait à griser une petite fille en jupe de gaz pailletée, et dans l'autre, deux croque-morts attablés devant un litre d'eau-de-vie se contaient une bonne histoire, en échangeant des rires de tête de mort et des regards de vampire.

Le vague se faisait dans l'esprit de Nounouche, quand Jupiter la tira par le bras et lui dit qu'il était temps de partir...

Oui, il était temps!... Elle allait s'évanouir, suffoquée par l'odeur des alcools toxiques, de la fumée des pipes, et surtout de ces effluves fades et nauséabondes, qui s'échappent des foules malpropres.

Le grand air la fit revenir à elle; et, les yeux à terre, elle se laissa reconduire au logis de son bourreau en jupons.

XI

PEINTRE ET BOURGEOIS.

— Que le diable vous emporte! dit Gaston Bourgoin, quand il fut dans la rue. Vous aviez bien besoin de dire mon nom à ces... gens-là!...

Robert Templier se mit à rire.

— Mon vieux Gaston, dit-il, vous êtes un drôle de pistolet, si j'ose me servir de cette expression empruntée à l'armurerie, ou, pour rester dans la note moderne, dont je désire ne jamais sortir, vous êtes un drôle de revolver! Vous désirez voir le monde... sous toutes ses formes, vous avez soif d'émotions, et la moindre chose vous émeut désagréablement... Tenez, vous êtes tout pâle... « Vous prétendez voler et vous avez le vertige », comme dit Méphistophélès à Faust, dans l'œuvre immortelle du nommé Gœthe!...

— C'est vrai, répondit Gaston avec une certaine humilité; mais c'est du nervosisme... cela passera.

— Si c'est du nervosisme, je vous pardonne, reprit Robert; le nervosisme est très moderne; et, si vous voulez, je continuerai à vous faire voir le monde... en vrai Méphisto.

— Ah! je vous en prie! s'écria Gaston. Oui, vous l'avez dit, j'ai soif d'émotions! J'étouffe dans l'atmosphère de paperasses où ma famille m'a enterré. On veut faire de moi un notaire, quand je me sens les instincts d'un poète et d'un artiste!...

— C'est affreux, reprit comiquement le peintre. Votre *paternel* est bien coupable.

— Je ne dis pas cela, répliqua naïvement Gaston; mais il est certain que je suis incompris dans ma famille.

— Incompris!... c'est aussi très moderne cela... à moins que ça ne soit « mil-huit-cent-trentist ! »

Gaston, absorbé dans son idée fixe, ne fit pas attention à ce que disait son mentor... ou son méphisto.

— Oui, continua-t-il, on m'a enfermé au collège jusqu'à mon baccalauréat, puis on m'a mis dans l'étude de mon père... Je n'ai un peu de liberté que depuis que j'ai eu le plaisir de vous connaître... Et, à vrai dire, je m'étonne que mon père ait eu si grande confiance en vous.

— Moi, pas! pensa Robert. Et il reprit tout haut :

— Comme c'est heureux, hein?... Grâce à cette confiance, je vous fais parcourir Paris dans ses recoins les plus étranges et les plus mystérieux. Je viens de vous mener dans un *tapis-franc*. Un vrai *tapis-franc*, comme celui de feu Eugène Sue. Ce soir, nous allons souper chez Fanny Meuilhard, une étoile!... Demain, je vous présenterai dans le grand monde.

— Dans le grand monde ?

— Dans le plus grand!... chez le prince Nicolas Bolstoï.

Gaston Bourgoin tressaillit d'aise.

— Oh! le grand monde, dit-il en levant les yeux au ciel, je l'ai entrevu chez papa... quand la princesse de Woutremont est venue lui confier ses intérêts!... Qu'elle est belle et imposante, et comme son coupé fait de l'effet!...

— Si vous êtes amoureux de la princesse... vous pouvez vous fouiller cher ami, son cœur est pris. Elle flirte à tour de bras avec un bel officier, le marquis Victor de Crozant.

— Ah! vous savez cela, vous!...

— Est-ce que je ne sais pas tout! Contentez-vous d'aspirer aux bonnes grâces de Nini Meuilhard, hein!...

— Oh! je m'en contente, dit naïvement Gaston.

— Vous savez qu'elle vous attend avec impatience. Je vous ai annoncé comme un jeune Parisien qui...

— Un Parisien, moi?...

— N'êtes-vous pas né à Paris ?

— Oui, mais ça ne suffit pas.

— C'est vrai!... vous vous formerez.

Les deux jeunes gens étaient rentrés à Paris et se promenaient sur le boulevard Montmartre en devisant de choses et autres; Robert, continuant ses aperçus en langage imagé et composite; Gaston, l'écoutant bouche béante avec une admiration qu'il ne cherchait pas à contenir.

— Une idée, dit tout à coup Robert Templier; si nous allions prendre Fanny dans sa loge, à la Porte-Saint-Martin?... vous savez qu'elle joue ce soir le rôle de Sataniella, dans les *Reines du Sabbat*?...

Gaston sentit comme un serrement de cœur. Des délices quasi-douloureuses pénétrèrent tout son être. Il avait vu la belle Fanny dans son costume fulgurant. L'idée de la contempler de près, dans sa loge, de lui parler, de se pénétrer des effluves qui se dégageaient de sa personne lui causait un tel trouble qu'il pâlit et s'arrêta sur le trottoir.

Robert le réconforta en riant; et un instant après, ils pénétraient sans difficulté dans la loge de l'étoile, grâce au prestige que le jeune peintre exerçait dans les coulisses comme dans les assommoirs.

L'étoile était en scène. Gaston, assis au bord d'un petit divan, eut donc tout le loisir de contempler la loge de l'illustre Fanny. Elle n'était pas grande; mais elle était encombrée de tant d'objets divers, que c'est à peine si l'on pouvait y faire un mouvement sans risquer de casser quelque chose.

Gaston s'enivrait de la contemplation des ustensiles de toilette dont l'usage lui échappait assez généralement.

Il aspirait à pleines narines le parfum des opiats et des poudres, mêlé pourtant à quelque odeur moins suave dont il se rendait mal compte.

Subitement, il se fit un grand bruit au dehors, la porte de la loge s'ouvrit et Fanny apparut dans son éblouissant costume de Sataniella.

Gaston se leva comme poussé par un ressort et salua profondément.

— Tiens, c'est toi, Roby? dit la belle Fanny, sans faire la moindre attention à Gaston; m'as-tu vue ce soir?... J'ai été splendide, oui, splendide, *ma chère*, mais faut dire qu'il y a une salle!.., une salle!... je ne te dis que ça!

— Bah! qui donc? demanda dédaigneusement Robert.

— Qui donc?... Mais le roi et la reine de Grèce, le prince de Chypre, le vicomte de Versac, le prince Bolstoï... est-il joli ce crapaud-là!... quel malheur qu'il ne pense qu'à ses aumônes... un vrai petit jésuite!

Gaston regardait Fanny bouche béante, il s'était fait une autre idée des étoiles dans l'intimité.

C'était d'ailleurs, une assez belle fille, grande et bien campée, avec un profil accentué et une épaisse chevelure rousse tombant jusqu'à ses jarrets.

— Sais-tu pourquoi le prince Bolstoï fait tant de charités? demanda Robert.

— Parce qu'il est charitable, pardi! répondit Fanny.

— Tu n'y es pas, bécasse, répondit Robert, sans nul respect pour l'étoile; c'est pour faire pénitence de ses crimes.

— De ses crimes?

— Eh! oui, tu ne sais donc pas que c'est lui qui a étranglé Paul Ier?

— Qui ça, Paul Ier?

— L'empereur de Russie.

— L'autre alors?

— Oui, l'autre.

— C'est donc un nihiliste?

— Tout le temps.

— Eh bien! mon petit Roby, je n'aurais jamais cru ça, un petit Bibi si gentil!

Cette conversation avait plongé Gaston dans une stupéfaction profonde.

De plus, il trouvait l'étoile singulièrement moins belle à contempler de près que de loin. Ses pommettes étaient plaquées de rouge tirant sur le violet et ses yeux avaient une expression à la fois dure et sotte. Mais elle était encore bien belle !... Et puis, enfin, c'était Fanny Meuilhard, pour qui tant de gens s'étaient ruinés.

L'embarras du pauvre garçon était visible. Robert en eut pitié.

— A propos, dit-il, permettez-moi, belle dame, de vous présenter M. Gaston Bourgoin, le jeune Parisien dont j'ai eu l'honneur de vous parler.

— Enchantée, dit Fanny, en se donnant immédiatement des airs de femme du monde et en prononçant à l'anglaise, ce qu'elle ne manquait jamais de faire quand elle croyait devoir être en cérémonie. Enchantée de vous connaître, cher Monsieur, vous m'avez vue, n'est-ce pas, dans Sataniella?

— Je vous ai admirée, Madame, dit Gaston devenu tout rouge et s'inclinant profondément.

— Je n'y suis pas mal, reprit Fanny en minaudant ; mais j'aime mieux les vrais rôles de drame. Oh! le drame!... Il fallait me voir dans ma tournée en Angleterre, en Belgique, à Bucharest, à Bordeaux, partout.

— As-tu fait partie de la troupe de Thespis? demanda Robert avec un sang-froid qui terrifia le jeune Bourgoin.

— De Thespis?

— Oui, le père Thespis; tu ne l'as pas connu?

— Oh si, dit vivement Fanny, mais je n'ai jamais voulu accepter ses conditions...

— Ah! fit Robert sans sourciller.

Cependant les cris : « En scène! en scène! » se faisaient entendre.

— Tu rentres, demanda Robert.

— Eh non, bêta! je n'ai pas lieu dans cet acte-ci. On peut causer. Ça me fait de la peine, ce que tu m'as dit du petit prince...

— Console-toi, va! Dieu pardonne au repentir.

— N'est-ce pas? dit Fanny en prenant subitement une figure sentimentale et vertueuse.

Cependant la porte s'ouvrit, et donna passage à un petit vieillard, correctement vêtu et portant un paquet à la main.

— Tiens, s'écria Fanny, c'est le père Giannidracchi !

— C'est moi-même, ma cère enfant, dit le vieillard avec un accent qui ne laissait aucun doute sur son origine napolitaine. C'est le vieux marçand Giannidracchi qu'il vient vis apportait oun pétit obzet qu'il vous plaira.

Et le vieillard montra dans un écrin une jolie parure ancienne de p.erres multicolores, dont Fanny s'empara brusquement.

— C'est joli, joli, n'est-ce pas, monsieur Gaston? demanda Fanny en jetant un regard très coquet au jeune Bourgoin.

— Quinze cents francs pour vous, Madame, reprit Giannidracchi en regardant aussi le pauvre Gaston, qui, sans bien comprendre encore, avait pourtant comme le pressentiment d'un malheur.

Robert eut un sourire quelque peu sardonique et dit *in petto* :

— Ce diable de Giannidracchi arrive à propos... je lui aurais donné un rôle dans cette comédie qu'il ne tomberait pas plus à pic.

— Quinze cents francs !... Ah c'est trop cher, exclama Fanny. N'est-ce pas, monsieur Gaston ?...

Gaston ne répondit rien.

— Quinze cents francs, reprit l'étoile, ça ne se trouve pas dans le pas d'un cheval.

— Oh ! ma, ça sé trouvé dans la poce d'oun' galant' homme, dit Giannidracchi en jetant sur l'assistance un regard très malin.

Gaston, qui commençait à comprendre, l'eut volontiers étranglé. Ce baragouineur italien lui déplaisait souverainement avec son front bas, ses yeux de faucon, son grand nez et ses lèvres si minces que sa bouche avait l'air d'avoir été faite d'un coup de rasoir.

Giannidracchi portait un collier de barbe blanche et parlait courbé, d'un air à la fois insolent et obséquieux à porter sur les nerfs des plus flegmatiques.

Fanny, tenant toujours l'écrin à la main, continuait à jeter des regards provoquants sur Gaston, tandis que Robert prenait un air de plus en plus méphistophélique.

Gaston, éperdu, se décida à prendre la parole.

— Je serais heureux, dit-il, d'offrir ce petit objet à Madame, si elle le permettait...

— Ah ! non !... non !... monsieur Gaston, dit la belle Meuilhard en remettant l'écrin aux mains du marchand, avec un empressement que Gaston avait la permission de croire sincère.

— Si !... si !... Permettez-moi d'insister, fit Gaston.

— Ah ! puisque vous le voulez !...

Et Fanny reprit l'écrin, qu'elle se remit à contempler en souriant.

— Quinze cents francs, c'est une bagatelle ! dit Giannidracchi avec son sourire le plus insinuant. Ne vous zênez pas d'ailleurs avec moi, moussu Bourgoin...

— Vous me connaissez ? demanda Gaston, stupéfait.

— Ma, zé connais tout le monde, mon cer moussu... Vis êtes lé fils dé moussu lé notaire... Ténez, ténez... zé me contenterai d'oune pétite reconnaissance.

Et Giannidracchi, tirant son portefeuille, présenta un billet à courte échéance, tout préparé, que Gaston, tout pâle, signa *illico*.

— Décidément, le début est joli, pensa Robert ; c'est à croire que le brave homme lui-même a envoyé ici cette canaille de Giannidracchi...

Cependant le marchand se retirait à reculons avec force révérences, et Fanny remerciait gentiment Gaston, bien qu'elle eût fait un peu la moue en le voyant signer ce billet inattendu.

— Est-ce que le vicomte de Versac n'est pas des nôtres? demanda tout à coup Robert.

— Pourquoi des nôtres? répondit Fanny étonnée.

— Dame! pour le souper.

— Le souper!... quel souper!... Ah! zut!... je l'avais oublié.

— Tu avais oublié notre souper?

— Oui, oui, écoute, mon petit Roro, prends tes cliques et tes claques et va-t'en chez... Non, pas chez celui-là... Enfin va-t'en où tu voudras, commande ce que tu voudras!... Ah! bien, en voilà une affaire!

Robert prit son chapeau et sa canne et sortit en faisant un signe de l'œil à Gaston.

— A la hussarde, lui dit-il à l'oreille.

Une fois dehors, Robert se mit à courir en se frottant les mains.

— Quinze cents francs, dit-il, c'est en effet une bagatelle... ça ne sort guère du programme...

A la hussarde!... Ce mot tintait encore aux oreilles de Gaston resté seul avec Fanny. A la hussarde!... Il comprenait bien ce que cela voulait dire; mais la timidité le prenait à la gorge; il rentrait dans ses bottines. Il aurait voulu s'enfuir, mais restait cloué sur place.

— Qu'avez-vous donc? demanda Fanny avec un sourire encourageant, quoique un peu moqueur.

Gaston eut subitement une de ces audaces particulières aux timides, il saisit une des blanches mains de l'étoile, comme s'il eût craint que cette main s'envolât.

— Oh! Fanny!... dit-il.

La belle Meuilhard retira vivement sa main.

— Eh bien, dit-elle, en fronçant les sourcils... Eh bien, qu'est-ce qui vous prend?

Gaston resta interdit.

— Je... je vous aime, dit-il, enfin.

— Vous auriez pu m'exprimer ce sentiment d'une façon moins excentrique et plus convenable, mon cher Monsieur, dit-elle avec une expression de figure toute nouvelle. Mon ami Robert Templier vous a présenté à moi et je vous ai fait l'accueil courtois que l'on doit à tout galant homme : vous en avez usé galamment, en effet, en m'offrant avec délicatesse un objet qui avait paru me plaire; mais j'ai trop bonne opinion de vos sentiments et de votre éducation pour croire que vous avez eu un instant des illusions regrettables au sujet des droits que pouvait vous donner cette gracieuseté... banale!

Gaston était atterré. Cette tirade avait été débitée sur un ton de haute comédie, avec un roulement de « R » et des pincements de syllabes diverses, qui le surprirent vivement chez la cabotine, bonne enfant et ignorante, qu'il venait d'entendre causer en camarade avec Robert Templier.

Il rougit et s'excusa de son mieux. On appela Fanny au théâtre.

— Je ne vous en veux pas, dit-elle, allez m'attendre à la sortie, nous partirons ensemble.

Tout réconforté, Gaston partit en entrechat et s'alla poster devant la porte des « artistes ».

Quelques individus y étaient déjà, entre autres Giannidracchi qui causait avec un jeune homme aux moustaches en croc et vêtu avec un chic suprême : c'était le vicomte de Versac.

— Eh bien ! monsieur Giannidracchi, disait le vicomte, vous venez donc attendre votre « demoiselle ».

— Oui, Moussu !... Ah ! tiens, c'est vous Moussu lé vicomte, zé né vous réconnaissais pas... oui zé viens attendre ma petite Paolina.

— C'est d'un bon père... elle fait des progrès, Paolina, vous savez !

— Eh ! oui, monsieur le vicomte, elle en fait, grâce au ciel... La voilà pétit souzet... On mé parle de l'engager à l'Opéra... Elle serait là avec sa sœur...

— Ah ! oui... la belle Fiammina...

— Moussu lé vicomte, il est bien bon pour elle... les petites, elles mo donnent beaucoup de satisfaction, moussu lé vicomte...

— Oh ! elles en donnent à d'autres, dit Versac...

Giannidracchi lui lança un regard assez méchant et reprit :

— A propos, moussu le vicomte, vi né m'avez pas oublié.

— Vous voyez bien que je vous ai reconnu tout de suite, ingrat !...

— Ma, z'entend per le petit écéance dou quinze dé cé mois... qué...

— Monsieur Giannidracchi, dit le vicomte d'une voix sévère, vous êtes dans une mauvaise voie... et arrêtez-vous...

— Ma...

— Allons, bonsoir, honnête homme, bonsoir Jarvis... Soyez tranquille, si je ne vous enrichis pas, je ne vous ruinerai pas non plus...

On sortait.

Versac se hâta de donner le bras à une jolie petite blonde et monta en voiture. Fanny, accueillie par un murmure de la foule, prit le bras de Gaston, fier comme un paon, et s'élança dans son coupé.

— A l'hôtel, dit-elle au cocher.

XII

CHEZ UNE ÉTOILE.

Fanny Meuilhard n'habitait pourtant pas un hôtel, mais simplement un assez bel appartement dans une grande maison neuve de la rue Blanche.

Vous êtes donc des malfaiteurs ?.. » (P. 79.)

Selon les vicissitudes d'une vie agitée, cet appartement était plus ou moins bien meublé, ou même plus ou moins meublé ; car il y eut des jours où il l'était si peu que rien.

Gaston fut tout étonné en entrant, de voir le contraste que formait la pauvreté des meubles avec la richesse des boiseries, et la mesquinerie du contenu avec la pompe du contenant.

Cependant, le couvert était proprement mis dans une salle à manger, sans le moindre buffet, et un maître d'hôtel plein de solennité se préparait à servir de conserve avec une soubrette d'assez mauvaise mine.

Son Altesse Nounouche.   10

Il y avait pas mal de monde à ce souper improvisé par le débrouillard Robert Templier. La plupart des hommes étaient en habit. Quelques-uns étaient en jaquette. Les femmes étaient en toilette de bal, sauf une ou deux qui avaient gardé des toilettes de ville, d'ailleurs assez défraîchies.

Gaston, qui s'attendait à entrer de plain-pied dans quelque chose de splendide et d'orgiaque, fut assez déçu de la tournure que prenait la fête ! D'abord, il avait rêvé du champagne et il n'y avait pas l'ombre de champagne. Et puis, il ne revenait pas de l'air pincé que prenaient les dames et de la mine ennuyée que gardaient les hommes.

Cette attitude générale était parfois interrompue par des élans de gaieté bizarre. En entrant, avant qu'il fut question de servir le potage, Fanny, déclarant qu'elle mourait de faim, s'était jetée sur un saladier et s'était mise à croquer des feuilles de laitue avec de petits cris voluptueux.

Le vicomte de Versac causait près de la croisée avec deux jeunes personnes, qui l'écoutaient componctueusement, puis, tout à coup, se mettaient à rire sans réserve.

Robert essayait d'égayer un peu la situation ; mais ses mots ne portaient pas, et il se mit à causer beaux-arts avec un jeune normalien qui rompait des lances en faveur de la peinture allégorique.

On commença d'attaquer le potage à la bisque, déclaré détestable par la majorité.

Près de Gaston était le fameux comique Broizilles, le successeur illustre des Odry et des Alcide Touset que le jeune Bourgoin avait si souvent admiré et dont il désirait, depuis un temps infini, faire la connaissance.

Tout en écossant des crevettes, Broizilles disait à un vieux monsieur qui mâchonnait près de lui :

— Voyez-vous, les peuples ont leurs évolutions comme... comme tout enfin. Le peuple français a été mineur, comme d'autres peuples le sont encore. Maintenant, il est majeur et il ne se laissera pas mener par le bout du nez. C'est une question d'évolution. Nous en sommes à l'âge de la science, comme nous avons été à l'âge des religions, qui ont pu se montrer favorables au progrès dans leur temps...

— Oui, répondait le vieux monsieur, mais il n'en faut pas moins respecter la propriété et la famille... Je ne suis jamais pour la canaille, moi.

Et, pendant ce temps, Robert Templier disait au normalien :

— Mon cher Monsieur, faites-moi voir des nymphes et des déesses, et je vous peindrai des nymphes et des déesses !

Gaston s'était figuré autrement les fêtes du demi-monde.

Le souper en lui-même ne répondait guère à son attente. Il y avait du veau froid très tendineux, de la galantine, de la mayonnaise faite avec de l'huile d'œillette, de la salade de pomme de terre...

Un grand gaillard à figure imberbe et à profil de casse-noisette, bien mis, mais ayant l'air d'un parfait chenapan, venait de faire irruption dans la salle.

— Bonsoir sœsœur, dit-il à Fanny, qui lui répondit :

— Bonsoir Totole.

C'était M. Anatole Meuilhard, de sa profession frère d'*Étoile*. On lui fit un accueil bizarre, quelques figures s'allongèrent.

Totole, s'armant d'une chaise, était venu se placer près de Robert.

— Eh là-bas!... dit le peintre d'une voix de Stentor. Ne vois-tu pas que nous sommes serrés... Va ailleurs, ta place n'est pas dans un baril de harengs.

Et tout le monde éclata de rire, y compris Totole et Fanny.

Gaston avait conclu de cette façon de prendre une plaisanterie en elle-même désobligeante, que Mlle Meuilhard avait le caractère le plus facile du monde : mais il fut bientôt détrompé.

Totole, qui était venu prendre place près de Broisilles, lui demanda une loge pour une pièce, où il jouait au Palais-Royal.

Broisilles ayant hésité à la lui promettre, Fanny lui rappela qu'elle lui avait porté secours dans des circonstances délicates, et il en résulta une discussion qui jeta un tel froid que, selon l'expression de Robert, les carafes elles-mêmes en furent frappées.

Le souper se termina sans autre incident digne d'être noté.

La petite Rose Mousseuse et la grosse Fedora avaient négocié un rapatriement entre Fanny et Broisilles, qui se parlaient bas dans un coin, les larmes aux yeux.

Une table de baccara se dressa au milieu du salon. Versac banquait. On commença par jeter des pièces de vingt sous sur la table, puis des louis, puis des billets de cent et de mille francs.

Robert Templier, après avoir perdu tout ce qu'il avait sur lui et *tapé* son ami Gaston, rappela à ce dernier qu'ils devaient assister le lendemain à un déjeuner chez le prince Bolstoï.

Vers cinq heures du matin, ils sortirent de chez Fanny l'estomac barbouillé et le gousset complètement vide.

XIII

DÉJEUNER DE GARÇON.

Quoique n'ayant pas plus de dix-huit ans, le prince Nicolas Bolstoï était émancipé et jouissait d'une très grande fortune.

Né d'une ancienne famille de chefs cosaques, il avait été élevé par une mère exaltée et férue de ces idées de progrès humanitaire qui hantent certaines têtes slaves avec une force extraordinaire. Son père fut un assez mauvais sujet, officier dans l'armée russe, que l'alcoolisme tua.

Resté orphelin, Nicolas Bolstoï se jeta de toute son âme dans les idées nobles et généreuses, mais aussi dans les chimères regrettables de sa mère, si bonne et si extravagante !

Par suite de quelques démêlés avec la Cour de Russie, il vint habiter Paris où, tout en se livrant à ses instincts charitables, il mena assez belle vie.

Il avait des mœurs d'une étonnante pureté, mais il recevait volontiers bonne compagnie, et n'était pas insensible à la bonne chère. Il buvait tant qu'il voulait, sans que cela parût lui causer le moindre trouble physique ou moral, et ce privilège très slave lui faisait pardonner, par le monde où l'on s'amuse, ses scrupules de vierge ou de cénobite.

Robert et Gaston entrèrent chez le prince ; le premier, déjà consolé de ses pertes de la nuit ; le second, tout frémissant de pénétrer ainsi, tout de go, chez un si grand personnage. Bolstoï se tenait dans un petit salon tendu de tapisseries des Gobelins, exécutées sur sa commande. Il s'appuyait sur une cheminée de malachite, et Versac, renversé dans un fauteuil, lui racontait quelques joyeusetés qui ne le faisaient pas rire, tandis qu'un gros jeune homme très blond, qu'on appelait le baron de Saint-Cybard, se confectionnait une cigarette en fredonnant un air d'opérette.

Deux autres personnages se trouvaient dans le salon et examinaient ensemble une magnifique coupe de Sèvres posée sur une console à tablettes d'onyx.

L'un était grand et fort, très brun de visage, avec des cheveux noirs à reflets bleus, des yeux sombres et des moustaches énormes. C'était le colonel Houmain Floresco, très connu à Paris pour ses duels et ses exploits amoureux.

L'autre était petit, malingre, roux, assez laid, mais d'une physionomie extrêmement fine et intelligente. C'était le jeune compositeur Souquart, remarqué pour ses suites d'orchestre, une ouverture de *Macbeth*, exécutée au concert Colonne, et la parfaite malveillance avec laquelle il parlait des musiciens, ses confrères.

— Mon prince, dit Robert Templier, avec cette liberté d'allures qui était dans ses habitudes, je vous amène mon ami Gaston Bourgoin, comme vous m'y avez autorisé.

— Mais, je vous en remercie, cher maître, répondit le prince en tendant cordialement ses deux mains. Monsieur Bourgoin, comment êtes-vous ?... Je suis ravi de faire votre connaissance. Et, lestement, avec un sourire d'une bonté exquise, le prince procéda aux présentations.

— Allons, Monsieur, dit-il, essayons d'une petite collation.

On entra dans une toute petite salle où était dressé un buffet couvert d'assiettes de caviar, de harengs fumés, d'anchois, de champignons marinés, d'œufs durs, le tout accompagné de nombreuses bouteilles de rhum, de cognac, de kummel, et de raki.

— Quel drôle de déjeuner! pensa Gaston.

C'était encore une déception; mais comme la nuit blanche qu'il avait passée lui avait creusé l'estomac, il se disposa à faire de son mieux honneur à ce festin incendiaire et bizarre.

A la première bouchée de caviar, son estomac se révolta. Il était en train de se venger sur du jambon et des œufs durs, quand Robert lui dit tout bas:

— Prenez donc garde, mon cher, vous mangez trop.

Gaston avait entendu dire qu'en Espagne, lorsqu'on vous offre une tasse de chocolat, il est de très bon goût de ne pas la prendre. Il supposa que les Russes étaient comme les Espagnols, d'autant plus que les autres convives touchaient à peine aux comestibles, et que le prince n'insistait pas du tout pour qu'ils y touchassent plus sérieusement.

On rentra au salon.

Gaston, tout à fait déçu, écouta distraitement le maestro Souquart en train de démontrer que Gounod n'est qu'un croque-notes et que Mozart a été très surfait.

Mais Gaston devait tomber de surprise en surprise.

La porte du fond s'ouvrit à deux battants. Un domestique annonça le déjeuner, et les splendeurs d'une salle à manger peinte par Templier et d'une table somptueusement servie vinrent éblouir ses regards et surprendre son admiration.

Robert Templier avait peint sur les panneaux des scènes de chasse moderne. C'était peint dans le plein air, vif, gai, supérieurement enlevé, mais l'ensemble avait quelque chose de caricatural et de mystificateur. La table était couverte de vaisselle d'argent aux armes des Bolstoï, mais de fabrication toute récente.

Autour d'un immense surtout plein de fleurs naturelles se groupaient des volailles froides, des pâtés d'Amiens et de Strasbourg et un magnifique sterlet, ce poisson gastronomiquement très surfait, que les Russes paieraient au poids de l'or.

Quatre laquais sous la conduite d'un maître d'hôtel faisaient le service et plaçaient devant les convives des huîtres, des œufs brouillés aux truffes, du salmis de faisan, des côtelettes d'agneau aux pointes d'asperges.

Gaston se désolait d'avoir si indiscrètement attaqué les hors-d'œuvre! Mais il mangeait de son mieux, se régalant moins du déjeuner que de la conversation de ces hauts personnages qui l'avaient si gracieusement reçu.

Le déjeuner dura jusqu'à la chute du jour.

Le prince ayant annoncé qu'il allait vaquer à une de ces bonnes œuvres qui lui étaient habituelles, Robert proposa à Gaston de le suivre en *catimini* pour le protéger le cas échéant.

XIV

ATTAQUE NOCTURNE.

Devant la rue Grange-aux-Belles, en face du canal Saint-Martin, se tenaient quatre individus de mine peu rassurante.

Il y avait d'abord Jacque Lefeuve, dit Bigruche, dit le Phénomène. Il y avait l'ex-boucher Bégoche, puis un grand gaillard au type lymphatique et septentrional qui répondait au surnom de Jonquille, sans doute à cause de la couleur jaune de ses cheveux et de sa barbe; puis un grand efflanqué, louche et grêlé à faire peur, vêtu d'une veste et d'une cotte bleue comme un ouvrier à l'heure du travail... On l'appelait Criblard.

C'était rue Grange-aux-Belles que le faux aveugle avait donné rendez-vous au trop charitable Bolstoï.

Il avait d'abord été convenu que Bigruche et Bégoche l'attendraient seuls à l'entrée de la rue et au bord du canal, dans le but de le soulager, non seulement de l'argent qu'il destinait à l'infortuné ancien militaire et à sa petite-fille, mais encore de l'argent qu'il gardait pour lui, et des bijoux et autres objets de valeur qu'un homme aussi *callé* ne pouvait manquer d'avoir sur lui. Mais Bigruche et Bégoche se dirent que deux contre un ce n'était pas beaucoup, que le prince pourrait bien se faire accompagner, que mieux valait agir à coup sûr, et ils s'adjoignirent deux amis, Jonquille et Criblard, tous deux experts dans toutes les variétés classées ou non classées de méfaits : cambrioleurs, camelots et détrousseurs de premier ordre très connus et très appréciés dans la haute et basse pègre parisienne... C'est ainsi que les coups, machinés à deux ou à trois, finissent par se faire à cinq, à six, ou à dix... grand écueil pour les entrepreneurs d'exploits irréguliers, et éternelle ressource de la police en quête de découvertes et de délations!...

A un signal de Bigruche, les compagnons se séparèrent et se portèrent l'un derrière un arbre, l'autre dans l'ombre d'une maison. Deux autres un peu en avant dans la rue Grange-aux-Belles.

Bolstoï s'était fait conduire en fiacre jusqu'à une certaine distance de la rue, puis avait payé et congédié le cocher. Il s'avançait seul, un jonc à la main, l'œil gai, fredonnant avec un sourire sur les lèvres.

Quelqu'un se dressa tout à coup devant lui dans l'obscurité : c'était Bigruche.

— Hein ?... Qu'est-ce? demanda le prince un peu surpris.

— Tiens! j'ai déjà vu cette tête-là quelque part, dit Bigruche tout haut... mais oui! c'est vous qui avez failli m'écraser il y a quelques jours près de la gare de Lyon.

— Oui,... je m'en souviens, dit placidement le jeune prince. Je vous ai fait mes excuses et je vous les réitère.

— C'est pas tout ça ! dit Bigruche.

— Quoi donc encore? demanda Bolstoï en fixant sur lui ses yeux lumineux.

— Je voudrais savoir... savoir... l'heure qu'il est.

— Rien n'est plus facile que de satisfaire à ce désir, reprit le prince, quoiqu'il eût gagné à être exprimé plus poliment : tenez, voyez vous-même...

Et tirant de son gousset un magnifique chronomètre d'or, le prince alla se placer sous le reverbère, et tendit le cadran à Bigruche.

Bigruche fut stupéfait par ce sang-froid...

— Merci, dit-il...

— Bonsoir, mon ami, dit le prince. Et il se préparait à continuer son chemin, quand Bégoche, Jonquille et Criblard vinrent se placer devant lui.

— Hein?... Qu'est-ce qu'il y a?...

— Vous avez manqué à notre ami!... dit Bégoche en roulant des yeux furibonds.

— Pas du tout, répondit le prince avec son inaltérable sang-froid, j'en appelle à ce monsieur lui-même.

Les quatre compagnons, ne sachant que dire, grognèrent de conserve, cernant toujours le jeune prince qui les regardait sans cesser de sourire.

— Mes bons amis, dit-il, votre compagnie m'est assurément fort agréable et, dans toute autre occasion, je serais enchanté de faire votre connaissance, mais je suis un peu pressé en ce moment et je vous serais obligé de me laisser passer... là, c'est bien, merci... Mais j'y songe... Vous pourriez peut-être me rendre un service, si vous êtes du quartier... Vous êtes du quartier, n'est-ce pas?... Connaissez-vous un ancien militaire aveugle, nommé... ah diable ! j'ai oublié son nom... il a une charmante petite fille qui...

Ces imprudentes paroles avaient, tout à coup, rappelé les quatre compagnons au sentiment de leur devoir.

— Pour qui nous prends-tu? nous ne mangeons pas de ce pain-là, dit brutalement Jonquille, en saisissant le prince au collet.

— A l'eau!...à l'eau!... dit Bégoche, en essayant de prendre Bolstoï par derrière.

— Enlevez-le! dirent en faux-bourdon Bigruche et Criblard, mais sans bouger.

— Ah! mes bons amis, dit le prince d'un air peiné... vous êtes donc des malfaiteurs?.. Je le regrette pour vous et pour moi... car je vais être obligé de vous rosser tous les quatre.

Le prince se dégagea le plus aisément du monde de Bégoche et de Jonquille, jeta le premier à terre d'un coup de poing en plein visage et, saisissant le second par les hanches, le lança dans le canal comme il y eut lancé un roquet galeux.

— Mazette!... dit Bigruche.

— Mince!... dit Criblard.

Et tous deux s'enfuirent comme s'ils avaient eu toute la gendarmerie de France à leurs trousses.

Bégoche, la figure en capilotade, saignant comme un bœuf, se leva, tendit les mains devant lui comme un aveugle désorienté... puis partit au galop en criant :

— Petit crevé, va !...

Le prince soupira :

— Ils l'ont voulu !

— Bravo! mon prince! cria une voix derrière lui.

Il se retourna et reconnut Robert Templier et Gaston Bourgoin.

— Nous sommes comme les carabiniers, dit Robert, nous arrivons trop tard. Mais vous n'aviez pas besoin de nous... Compliments, mon prince... quels biceps!

— Vous m'aviez donc suivi?

— Oui, malgré vos ordres, mon prince... Mon ami Gaston et moi nous étions inquiets et nous avions la prétention de vous secourir... prétention impertinente, j'en conviens.

Bolstoï lui serra la main.

— Merci, cher maître, dit-il, et je suis d'autant plus charmé de vous voir que vous allez m'aider à sauver ce pauvre diable qui m'a contraint à le lancer dans le canal.

— Hum!... Est-ce bien nécessaire? dit Robert en jetant un regard de côté sur Jonquille, qui nageait désespérément et courait grand risque de se noyer.

— Je ne veux pas la mort du pécheur, dit le prince. Allons, courage! cria-t-il au malheureux, encore un effort... Si vous vous enfoncez, j'irai vous repêcher.

Robert et le prince descendirent au bord du canal et, à leur propre risque, tirèrent de l'eau le piteux Jonquille, qui se mit à grelotter en pleurant, tout couvert de vase et ruisselant d'eau.

Quelques passants s'étaient groupés autour des acteurs de cette tragi-comédie, mais la police brillait par son absence.

— Qu'est-ce donc? demanda un bourgeois assez bien mis en s'adressant à Bolstoï.

— C'est... un de mes amis que j'ai jeté dans le canal en jouant, répondit naïvement le prince, et que nous avons eu quelque peine à repêcher.

Un ouvrier, portant encore son tablier de travail, tira son brûle-gueule de ses dents, cracha d'un air de mépris, et dit en lorgnant alternativement Jonquille et le prince :

— Ah ben! merci!... mon petit Monsieur, vous fréquentez du joli monde.

Bolstoï ne répondit rien et dit, en donnant un louis à Jonquille :

Chavigny prit l'enfant par la main et fit un bout de route à pied. (P. 88.)

— Tenez ! voilà pour vous réchauffer et vous sécher.

— Où allez-vous donc? demanda Robert en voyant le prince sur le point d'entrer dans la rue Grange-aux-Belles.

— Mais chez mon aveugle, parbleu !...

— Excusez-moi, mon prince, mais vous êtes doué d'une charité... incorrigible !

— Je ne vous comprends pas.

— Comment !... vous ne devinez pas que le rendez-vous de votre aveugle n'était qu'un piège, et que les amateurs qui ont tenté de vous assassiner et que vous avez si bien reçus étaient ses complices?

Son Altesse Nounouche.   11

— Croyez-vous ?...

— J'en suis sûr... Demandez plutôt à ce galant homme, dit Robert en désignant Jonquille, pétrifié, son louis à la main, n'osant ni avancer, ni reculer...

Le groupe de passants s'était dissipé.

Jonquille se mit à pleurer en regardant le prince.

— Inutile d'aller plus loin, mon jeune monsieur, dit-il, y a pas plus d'aveugle là où on vous a dit que dessus ma main... C'est une blanchisseuse à l'endroit indiqué. On a voulu vous tromper et on a zévu tort !... un petit monsieur si gentil, si généreux. !...

— Et si bien musclé, continua Robert.

— Oui, si bien *musclé*, dit Jonquille.

— Allons, dit le prince, revenons chez nous, mon cher maître.

— Est-ce que vous ne trouveriez pas à propos de présenter ce monsieur si mouillé à un magistrat de l'ordre administratif ? demanda Robert en désignant Jonquille, qui grelottait de plus en plus.

Au mot de magistrat, Jonquille retrouva ses jambes. Sans prendre congé des trois jeunes gens, il partit comme un trait.

Jonquille se doutait bien qu'il trouverait ses charmants amis chez la Mouchotte. Après quelques évolutions destinées à éluder des poursuites quelconques, il prit le chemin de Montmartre et monta chez l'horrible « patronne » de Nounouche.

Bigruche, Bégoche, Jupiter, Criblard et Giroflée y étaient, en effet, attablés avec la Mouchotte, devant des *litres*, du pain et du fromage, et parlant bas pour ne pas réveiller les petites.

Jonquille fut accueilli avec un empressement quelque peu moqueur. Giroflée, qui de loin avait assisté à la scène, se montra surtout impitoyable.

— Hein ?... dit-elle, crois-tu qu'il a de la poigne, ce petit *rupin*-là ?...

— Ton bon ami le sait aussi bien que moi, répondit Jonquille en se secouant comme un chien mouillé, et en montrant Bégoche, qui continuait à saigner abondamment dans son mouchoir.

— C'est bon, dit Bégoche en parlant péniblement, car il avait quatre dents cassées et le chicot de l'une d'elles lui entrait dans la langue ; c'est bon, mêle-toi de ce qui te regarde, tête de singe !

— Une jolie expédition que nous avons faite-là ! dit le Phénomène en soupirant.

— T'as pas à *viauper* !... tu t'es tiré les pattes, toi *mariolle* ! dit Bégoche, quatre contre un gringalet de rien du tout et être arrangé comme ça... malheur !

— Le fait est, fit Jupiter d'un air de dédain, que vous n'avez pas été brillants, citoyens !...

— J'aurais voulu t'y voir toi, gueule de bouc! dit Criblard.

— Un « gringalet » comme ça en mangerait dix comme vous tous, reprit Giroflée. Je les connais ces petits-là, c'est bien mis, c'est coquet, ça sent le musc et ça vous a des bras en acier sous des manchettes de batiste...

— Merci! dit Bigruche, si les aristos se mettent à être plus *truqueurs* que nous à la *cogn'muche,* qu'est-ce qui nous restera alors?

— Sans compter qu'il est joli, ce petit-là, oh! mais joli!...

— Ah! si joli que ça, dit la Mouchotte qui, très ivre, était restée étrangère à la conversation.

— Oh! à croquer, reprit Giroflée avec un sourire qui montrait ses dents blanches, et avec un regard humide...

Bégoche se leva furieux.

— Tu vas te taire!... hurla-t-il!...

— Si je veux, répondit Giroflée en le regardant en face.

— Ici, *Sergot!...* cria Bégoche à son chien, qui pendant la malencontreuse expédition était resté « bien tranquille » chez la Mouchotte.

Sergot leva le nez en grognant.

— A toi, *Sergot!...* reprit Bégoche, en lui désignant Giroflée.

Le dogue fit un bond et se plaça devant la jeune fille qu'il menaça de l'œil et du croc.

— Viens-y donc, sale bête! dit Giroflée, en s'emparant d'une bouteille.

— Voyons! voyons! dit Jupiter en s'interposant.

— Viens-y donc! continuait Giroflée rouge de colère, puisque ton maître n'est pas un homme...

— Je te ferai voir si je suis un homme, hurla Bégoche, en se levant d'une pièce.

— C'est au petit de là-bas qu'il fallait le faire voir, reprit Giroflée... Va donc, propre à rien... qui veux faire manger les femmes par des chiens et qui te laisse rosser par des gosses!...

Jupiter retint Bégoche, qui allait se jeter sur Giroflée; mais *Sergot* s'élança sur la jeune fille et la saisit à la jupe...

— Tiens, empoche! dit Giroflée; et elle cassa la bouteille pleine de vin sur son crâne dur et plat.

Le chien poussa un hurlement affreux et se roula par terre dans le sang et dans le vin.

Tous étaient restés immobiles, béants, atterrés.

Jupiter lâcha Bégoche qui s'avança, la main haute, vers Giroflée; mais la jeune fille se campa devant lui et lui jeta un regard de mépris qui le glaça au point de le paralyser.

— Adieu, crapule!... dit-elle. J'ai assez gâché mes dix-huit ans et ma frimousse avec des grinches et des escarpes. Je vaux mieux que ça... Et la poigne des jeunes gens propres vaut mieux que la vôtre... Suffit, je m'entends !... Ne roule pas tes yeux comme ça... tu n'oseras pas me toucher... tu es plus *tué* que ton chien.

Et d'un bond, Giroflée fut dehors.

Bégoche fit mine de la suivre, mais brisé par l'humiliation et affaibli par la perte du sang, il tomba évanoui sur la chaise.

— Au diable ces *arias*! dit la Mouchotte; ça va réveiller mes gosses... Elles ne seront plus bonnes à rien demain dans la journée.

Jupiter, Bigruche, Jonquille et Criblard se taisaient, contemplant Bégoche et son chien avec des airs pensifs et sans songer à leur porter secours.

XV

L'EXPÉDITION.

La vie de la pauvre Nounouche continuait d'être bien dure. Ce n'est pas qu'elle souffrît de la faim ou du froid. L'horrible Mouchotte la soignait même assez bien, et lui parlait d'ordinaire assez doucement, comme si elle eût tout particulièrement tenu à la conserver en bon état et en gaie disposition.

Mais la malheureuse enfant savait maintenant, et sans doute possible, en quelles abominables mains elle était tombée. Être prisonnière de bandits, c'était cruel; être leur complice, c'était plus cruel encore. Et Nounouche ne voyait plus aucun moyen de fuir ses persécuteurs et ses bourreaux. Une conversation, qu'elle avait entendue tandis qu'on la croyait endormie, était venue lui enlever son dernier espoir.

Bigruche causait d'elle avec la Mouchotte.

— La petite nous restera, disait le Phénomène; pas de danger qu'on vienne nous la réclamer, maintenant.

— Pour sûr?

— Pour sûr. J'ai eu des nouvelles de son Richard... Tu sais, le parent de la mère adoptive de Barcelonnette...

— Oui, eh bien?

— Eh! bien, Richard est fou d'alcool; fou incurable et enfermé à Bicêtre. Quant à la femme Richard, elle mange la salade par les racines...

— Et elle, la petite, de qui qu'elle est fille?

— Si tu le savais, Mouchotte, tu serais plus avancée qu'elle et que tout le monde.

— Allons, tant mieux!...

Ainsi, c'était fini, elle ne pouvait plus compter sur la protection de personne.

Quant à s'adresser de nouveau à la police, elle tremblait de la tête aux pieds en y pensant seulement.

Elle avait été trop mal reçue par les gardiens de la paix dont elle avait essayé d'implorer le secours, et elle avait été trop cruellement punie par la Mouchotte de cette tentative si parfaitement inutile en elle-même.

De nouveaux chagrins étaient venus se mêler au découragement de la pauvre petite. Elle était dans cet âge critique où la fleur de la première enfance se colore, s'épanouit, acquiert la vivacité et le parfum de l'adolescence et de la jeunesse. Age dangereux et charmant, où les rêves changent de nature et prennent un caractère troublant et enchanteur. Or, elle rêvait... oui, elle rêvait toujours, endormie ou éveillée, elle rêvait à ce doux et ravissant jeune homme, qui s'était intéressé à son sort, chez la dame d'Arcueil. Cette image charmeresse ne l'abandonnait jamais ; elle la torturait sans cesse, avec une suavité terrible et continuelle ; elle la faisait sourire et pleurer, et donnait quelque chose de fiévreux aux battements de ses tempes et de son cœur.

Notez bien qu'il n'y avait pas un atome de libertinage juvénile dans les rêveries et les aspirations de la pauvre fille. Son âme était restée vierge, tandis que sa personne se trouvait en contact avec une si infectante pourriture. Elle gardait une nature d'ambre ou de cristal. Les souillures l'effleuraient sans laisser de trace sur elle. Ce qu'elle comprenait lui causait de l'horreur et du dégoût, ce qu'elle ne comprenait pas n'excitait chez elle aucune curiosité malsaine... Elle en savait assez pour se dire que tout cela était affreux et criminel. Elle traversait cet enfer en secouant ses ailes meurtries et sans quitter le ciel du regard... Mais un ange réel habitait ce ciel, maintenant. C'était Bolstoï... c'était celui qu'elle adorait comme une divinité sereine, sans se douter qu'il était une « Excellence. »

Il n'y avait rien de net et de précis dans les aspirations de Nounouche vers cet idéal incarné.

Elle en rêvait... voilà tout !

Et dire qu'un jour elle aurait eu l'occasion de trahir cette passion si pure !

Nounouche avait fait une conquête, et ce petit roman défrayait les cancans de l'intérieur de la Mouchotte.

Un soir, Zizi et Caramel reçurent la visite d'un jeune Parisien de leur âge, qui répondait au nom poétique et pittoresque de Toto Mes-Puces. La Mouchotte elle-même lui fit une réception quasi solennelle, et cela n'avait rien d'étonnant, car Toto Mes-Puces, âgé de quinze ans au plus, était chef de la bande des *Mouche-moi-donc*, une des bandes les plus redoutables de Paris, quoique le plus âgé de ses adhérents, Isidore Selutz dit *Zidor*, dit *Kiki*, dit *Poturon*, n'eût pas encore atteint sa dix-huitième année. Cette ganache, ce birbe, cet *antiquus dierum* cherchait en vain à contrebalancer l'influence de Toto Mes-Puces, mais c'était peine perdue.

Toto régnait, sans partage, sur le nombreux et intéressant petit monde qui grouille et opère nuitamment autour des Halles centrales. On disait, mais sans en être sûr, que Toto avait joué un rôle actif dans un assassinat commis sur une marchande de fleurs. Cette possibilité et cette incertitude augmentaient le prestige déjà considérable de Toto.

Il n'y a donc rien d'étonnant à ce que la Mouchotte reçût ce jeune Parisien avec des honneurs tout particuliers.

Toto, un joli blond aux yeux bleus, tout vêtu de velours de coton, honora d'un long regard la petite provinciale, et déclara que, bien mise, elle serait tout à fait épatante. Ce qui fit faire une « tête » à Zizi et à Caramel.

Mais ce fut bien autre chose lorsque, le lendemain, Mirguette remit secrètement à Nounouche une lettre de Toto, que celle-ci s'empressa de jeter par terre.

Zizi s'en empara et en donna lecture.

Elle était ainsi conçue :

« Mademoizelle,

« Gardessa pour vous, mais je vous ême et ci vous déziré voucé paré de la Mouchotte, qui nè pas trobone pour vous, vous avé zun cerviteur louprét à vous cervire. C'é Toto, dit mes-puces, qui cenvante et vous pri d'agréé l'expression de ses centimans lé pus distingués.

« Avec amour ».

« Toro dit mes-puces. »

Nounouche ne vit dans la déclaration du galant chef des *Mouch'-moi-donc* qu'un nouveau sujet de crainte et d'inquiétude.

Malgré les « soins » de la patronne, elle dépérissait à vue d'œil. La fièvre ne la quittait guère et ses nuits étaient à peu près sans sommeil. On la faisait coucher dans un petit cabinet obscur, près de la chambre de la patronne. Les rares heures de repos qu'elle eût pû goûter étaient rendues plus pénibles que l'insomnie par de continuels et hideux cauchemars.

Un soir, elle commençait à s'endormir quand elle s'aperçut que l'on parlait près de son grabat. Ce c'était pas le commencement d'un mauvais rêve, c'était quelque chose de bien réel.

La Mouchotte et un étranger la regardaient en parlant bas.

Tout à coup, un jet de lumière frappa ses yeux et lui fit faire un soubresaut. Elle ouvrit les yeux tout grands et put voir la figure de l'étranger, éclairée tout entière et en vigueur par une lampe que venait d'apporter la Mouchotte... C'était une belle figure, très-belle même... d'une beauté qui frappa Nounouche. L'étranger était d'ailleurs mal vêtu. Il portait un veston de grosse étoffe et un pantalon de velours.

— Ne t'effraie pas, Nounouche, dit doucement la Mouchotte.. On ne te veut pas de mal, au contraire. Voici M. Chavigny. C'est un très bon monsieur ; si tu lui obéis bien... tu seras récompensée...

— Oh! elle sera sage, dit M. Chavigny d'une voix musicale. Elle sera sage... Elle sait que nous ne voulons que son bien. Et M. Chavigny arrêtai un regard d'une douceur extrême sur la figure pâlie de la pauvre petite.

Il était sorti de prison la veille et avait été enchanté de voir le coup d'Arcueil si bien préparé. L'adjonction de nouveaux complices n'était pas de nature à lui plaire, mais il avait trop d'expérience de ces sortes de choses pour ne pas savoir que ces inconvénients-là sont inévitables la plupart du temps. D'ailleurs, il comptait sur son prestige et son autorité pour s'adjuger la part du lion.

— Tiens, Nounouche, dit la Mouchotte, habille-toi... nous allons te laisser seule.

Nounouche fut sensible à cette attention délicate, qui n'était pas dans les habitudes de son bourreau femelle; mais elle fut douloureusement surprises de voir qu'on lui tendait des habits de garçon : une casquette, une blouse et un pantalon.

— Quelle nouvelle mauvaise action veut-on me faire commettre? pensait la pauvrette.

Et elle s'habillait docilement en tremblant de la tête aux pieds.

— Es-tu prête? lui cria la voix de la Mouchotte.

— Me voici... me voici, Madame, répondit-elle.

Elle entra dans le « salon », où elle vit M. Chavigny en train de prendre des forces à l'aide d'une bouteille de cognac.

A l'entrée de Nounouche, il se retourna et fixa la petite avec un air singulier.

— C'est bizarre, dit M. Chavigny, par manière de monologue et en homme qui pense tout haut; la figure de cette gamine me cause une impression toute particulière... je croirais l'avoir déjà vue quelque part... Bast! ajouta-t-il entre ses dents, quelque bâtarde suissesse, parente de la vieille servante de Barcelonnette... Et puis, je m'en moque!...

Il vida son verre et se leva brusquement.

— Petite, dit-il en posant sa main sur l'épaule de Nounouche; petite, tu seras bien sage, n'est-ce pas?

— Oui, Monsieur, répondit Nounouche.

— Tu ne voudrais pas me forcer à quelque chose de désagréable ?

— Non, Monsieur.

— Dis-moi, sais-tu ce que c'est que ce joujou-là?

Et M. Chavigny tirait de sa poche un petit revolver.

— Oui, Monsieur.

— Il y a six coups, tu vois, continua Chavigny, en faisant jouer le ressort. Si le premier vous manque, le second ne vous rate pas... Comprends-tu?

— Oui, Monsieur.

— Tant mieux, ma fille... Je remets le joujou dans ma poche. Je souhaite de n'en faire usage contre personne... surtout contre toi. Et maintenant, en route!...

— Au revoir, dit la Mouchotte.

— Au revoir, dit Chavigny.

Il saisit de sa main longue et robuste le bras amaigri de l'enfant et descendit avec elle l'escalier obscur.

Ils marchèrent jusqu'au coin de la rue d'Amsterdam où un fiacre les attendait.

Nounouche reconnut l'équipage de Zanzibar.

— Monte, dit Chavigny.

Elle obéit.

Chavigny la suivit.

— Tu peux faire un somme, si ça te plaît, reprit Chavigny.

— Merci, Monsieur, répondit Nounouche.

Et elle ferma les yeux ; mais jamais la malheureuse enfant n'avait eu moins envie de dormir.

Les stores du fiacre étaient baissés ; et, pendant la route, qui lui parut interminable, elle entr'ouvrait de temps en temps la paupière.

M. Chavigny était immobile, en face d'elle ; bien que son chapeau de feutre mou fût enfoncé sur son front, elle apercevait ses yeux brillants dans la demi-obscurité, comme des yeux de chats.

Une fois, elle l'entendit murmurer tout bas :

— C'est bizarre, oui, c'est bizarre !

Enfin, le fiacre s'arrêta.

— Descends, dit Chavigny, cette fois d'une voix sèche et brève.

Nounouche descendit.

On était dans les champs. La nuit pesait, noire, froide, pluvieuse. Une brise sifflante agitait les branches des arbres. Çà et là paraissaient des maisons qui tranchaient en clair sur l'obscurité fuligineuse. La terre était humide et glissante. Au loin, on entendait un roulement de wagons, et l'horizon scintillait, tout piqué de lumières rougeâtres.

Le fiacre s'éloigna, suivant un sentier où il passait à peine. Chavigny prit l'enfant par la main et fit un bout de route à pied, tournant le dos au véhicule cahoté, puis s'arrêta dans un chemin creux et siffla ; un sifflement lui répondit... C'était sous un grand arbre, près d'une haie.

Deux ombres se détachèrent d'un bouquet d'arbustes, de l'autre côté du chemin, et s'avancèrent.

Nounouche reconnut Bégoche et Bigruche.

— Où est Jupiter? demanda Chavigny.

— Au pied du mur de la boîte, répondit Bigruche.

— Tout va bien?

— Tout va bien. Le concierge est saoul comme une grive.

Un coup de feu retentit. (P. 91.)

— Qui a su le faire boire?
— Moi.
— Tu seras décoré! Et les autres larbins?
— Deux en congé à Paris. Deux couchés dans leur dodo.
— Plus de lumières aux fenêtres?
— Depuis une heure.
— Crois-tu que la gosse passe par la lucarne?
— Elle est assez maigre pour ça...
— Eh bien... y allons-nous?

Son Altesse Nounouche   12

— Comme vous voudrez.

Cette conversation n'était pas de nature à rassurer Nounouche ; mais son angoisse fut au comble lorsque, après quelques minutes de marche, elle se trouva devant la maison où elle avait été demander l'aumône quelques jours auparavant.

Un instant, elle eut l'idée de se jeter aux genoux du terrible M. Chavigny et de le supplier, en pleurant, de la laisser s'enfuir... Mais l'image du revolver à six coups se dessina en relief dans son cerveau et elle n'osa rien dire.

On fit le tour de la maison.

Un mur, peu élevé, séparait le jardin d'un champ d'une grande étendue. C'est dans ce champ, au pied du mur, que Jupiter se tenait debout.

— Bonjour les amis, dit-il.

— Tu veux dire bonsoir, rétorqua Bégoche.

— Ne perdons pas de temps, dit Chavigny. A ta *pose*, modèle !

Jupiter courba l'échine et appuya la tête contre le mur.

— A toi, Bégoche, dit Chavigny.

L'ex-boucher grimpa lourdement et sauta de l'autre côté du mur.

— Toi, Bigruche, reprit Chavigny, reste ici avec Jupiter... jusqu'à nouvel ordre.

Et Chavigny, d'un bond, fut sur le mur, effleurant à peine le dos du « modèle ».

— Passez-moi la demoiselle, dit-il.

Bigruche prit Nounouche dans ses bras et l'éleva jusqu'à Chavigny.

— Saute, dit Chavigny à l'enfant, ce n'est pas haut.

Nounouche sauta et s'enfonça dans la terre mouillé

Chavigny sauta près d'elle.

— Avançons, maintenant, dit-il.

Ils marchèrent à pas de loup dans les allées dont le sable craquait. Bégoche était près de la porte que surmontait une lucarne.

— As-tu les *affutiaux* ? demanda Chavigny.

Bégoche montra un couteau-poignard et un instrument de fer dont Nounouche ignorait l'usage.

— Prends ça, dit Chavigny en mettant l'engin mystérieux entre les mains de Nounouche, et fais bien attention à ce que je vais te dire...

— Oui, Monsieur, répondit Nounouche.

— Nous allons te hisser jusqu'à cette lucarne, que les domestiques ont eu la bonté de laisser ouverte, ce qui nous épargnera la peine de couper le verre. Tu passeras doucement par l'ouverture, à reculons, tu t'accrocheras à l'entablement et tu sauteras dans le vestibule. Là, tu ouvriras doucement les verrous de la porte et tu introduiras ce petit machin de fer dans la serrure, après quoi tu tourneras trois fois... La porte s'ouvrira et nous entrerons... Nous te dirons alors ce que tu devras faire.

Chavigny tira son revolver, qu'il arma avec affectation sous les yeux de Nounouche ; puis, aidé de Bégoche, hissa l'enfant sur la lucarne.

— Saute, maintenant, dit Chavigny.

Nounouche sauta.

Pendant quelques secondes, elle resta immobile. Ses regards désespérés se levèrent jusqu'à la lucarne qui encadrait la figure de Chavigny, devenue menaçante et terrible.

— Eh bien ! et cette porte !... dit Chavigny.

— Non ! dit Nounouche d'une voix retentissante.

Chavigny fit entendre un épouvantable juron.

— Au secours !... à l'assassin !... à l'assassin !... cria Nounouche. A moi !... on veut voler et tuer dans cette maison !...

Un coup de feu retentit. L'enfant vit un éclair devant ses yeux, sentit une vive douleur à la poitrine et tomba évanouie.

Les appels désespérés de Nounouche avaient réveillé la princesse de Woutremont et les domestiques de la maison.

La première, la princesse, courageusement armée d'un revolver, et hâtivement vêtue d'un peignoir blanc, se trouva dans le vestibule.

— Au secours !... cria-t-elle.

Un valet de pied apparut.

— Relevez cet enfant, dit la princesse.

Le valet obéit.

— Mais, dit-il, c'est une jeune fille.

La casquette de Nounouche glissa de sa tête, et la princesse vit l'étoile rouge qui marquait son front.

Alors elle leva les mains au ciel, pâlit, poussa un cri inarticulé et tomba en proie à une effroyable crise de nerfs.

XVI

MAITRE BOURGOIN.

L'étude de M⁰ Bourgoin et son appartement se trouvaient dans le même immeuble, un vieil hôtel du dix-huitième siècle, situé rue Louis-le-Grand.

L'étude était au rez-de-chaussée, au fond de la cour.

L'appartement au second, sur la rue. Étude et appartement étaient d'une correction parfaite, sans rien qui tirât l'œil et sans rien qui choquât le goût.

Maître Bourgoin vivait dans cet intérieur paisible avec sa femme, Mme Bourgoin et ses deux fils : M. Frédéric Bourgoin, juge suppléant au tribunal de la Seine, et M. Gaston Bourgoin, clerc en l'étude paternelle, avec lequel nous avons déjà fait connaissance.

Mme Bourgoin était une petite femme de cinquante-deux ans, replète, propre comme un sou, ne portant pas mal la toilette, et, à en juger par ses regards vagues et l'expression générale de sa figure, d'une intelligence, d'une initiative et d'une volonté peu encombrantes dans son ménage.

Maître Bourgoin était un petit homme de cinquante-huit ans, au visage frais, aux cheveux argentés, aux lunettes dorées, au regard clair et fin resté fidèle à l'antique et solennelle cravate blanche et à la lévite d'Elbeuf lustré, largement ouverte sur un gilet de velours noir et une chemise ornée de deux boutons plats en or guilloché.

Maître Bourgoin était de ceux dont on dit qu'ils se sont faits eux-mêmes, entendant par là, non pas qu'ils sont d'une nature parténogénésique comme je phylloxera, mais bien que, partis de rien du tout, ou à peu près, ils sont arrivés, grâce à leurs qualités personnelles, à une situation honorable et enviable. Fils de pauvres cultivateurs de l'Ile-de-France, élevé au petit séminaire de Soissons, clerc à Paris pendant de longues années, M. Bourgoin avait fini par épouser la fille de son patron et par acheter son étude. Une étude de notaire à Paris ne se paye pas dans un jour, et maître Bourgoin, à cinquante-huit ans, n'était pas encore arrivé à la fortune. Mais il jouissait de l'*aurea mediocritas* chère à Horace et il s'acheminait, sans fièvre et sans agitation, vers une des plus belles situations du notariat parisien.

C'était, d'ailleurs, un homme extrêmement considéré, non seulement pour son honorabilité hors de toute atteinte, mais pour son esprit très éveillé, très subtil et très retors.

Avec tout cela aimable et gai, ne fuyant pas les plaisirs permis, distinguant le bordeaux du bourgogne et fredonnant avec sensualité les airs d'Opéra-Comique. On signalait même une pointe d'originalité dans son esprit...

Ce soir-là, il y avait un petit gala chez les Bourgoin.

La compagnie était réunie au salon. Mme Bourgoin avait reçu, avec son aménité ordinaire, M. Dusuzeau, avoué près le Tribunal de la Seine; M. et Mme Billoral, rentiers cossus habitant Auteuil; Robert Templier, l'inséparable de Gaston Bourgoin, et M. Donnabel avec sa charmante fille Émilie.

M. Donnabel était un ancien négociant en soierie, retiré à Passy avec trente mille livres de rentes.

Sa fille était un excellent parti, et un accord formel entre les deux familles la destinait au jeune Gaston, M. Frédéric ayant manifesté le désir de rester garçon, du moins jusqu'à nouvel avis.

Elle était fort gentille, d'ailleurs, Mlle Émilie, avec ses cheveux bruns, son teint délicatement rosé, ses grands yeux noirs veloutés et naïfs, et ses lèvres rouges et charnues comme des cerises. On l'habillait modestement, mais selon la mode; elle savait un peu d'anglais, un peu de piano, beaucoup de couture et réussissait à merveille les omelettes soufflées. On l'avait quelquefois menée à l'Opéra-Comique et aux Français, en choisissant les pièces. Elle était abonnée à la *Gazette des jeunes filles*, jetait parfois les yeux sur la *Patrie*, mais n'avait jamais vu la *Vie parisienne* que de loin.

Elle n'ignorait pas qu'on la destinait à Gaston, et ne s'en plaignait point.

M. Gaston, dont elle ignorait les méfaits, lui paraissait un jeune homme très doux, avec lequel il y avait des chances de bonheur tranquille.

En attendant le dîner, on causait dans le salon. M. Templier divertissait tout le monde en racontant des histoires gaies. Gaston regardait sournoisement Émilie, se disant que, après tout, elle était au moins aussi jolie que Fanny Meuilhard. Cependant, il n'osait s'avouer qu'il en était amoureux. Elle avait si peu de rapports avec la « vie fiévreuse » et devait, en somme, sympathiser si peu avec une « nature névrosée »!...

— Ah! ça... où est donc ce cher Bourgoin? demanda tout à coup M. Dusuzeau, un gros homme apoplectique qui parlait d'une voix enrouée.

— Je crois qu'il est encore dans son étude, répondit Mme Bourgoin, sur le ton perpétuellement timide qui la spécialisait.

— Dans son étude, à cette heure?... s'écria l'avoué.

— Oui, reprit Mme Bourgoin, avec mon fils Frédéric...

— En conférence? demanda Mme Billoral.

— Je crois que oui, hasarda Mme Bourgoin.

C'était vrai. Maître Bourgoin était, en effet, en conférence, dans le cabinet tapissé de papier vert à raies alternativement mates et luisantes, avec son fils, M. Frédéric Bourgoin, juge suppléant près le tribunal civil de la Seine.

M. Frédéric, qui était âgé de trente-deux ans bien sonnés, désirait attendre, avant de convoler en justes noces. S'il attendait de causer une passion romantique à quelque jeune personne passionnée, il risquait d'attendre longtemps, car son extérieur manquait essentiellement de séduction.

Il était très petit et très malingre, avec un buste long, des jambes courtes et minuscules, des mains osseuses, des pieds larges, une figure émaciée, un crâne orné de cheveux blonds très rares, des yeux faïence, très gros et très fixes, un nez bossu d'une longueur abusive, et un mouvement semigiratoire de la tête qui lui donnait quelque ressemblance avec un perroquet.

Sa mise était sévère et négligée à la fois, et sa voix semblait partir de ses sourcils clair-semés et blanchâtres.

Il était assis sur une chaise haute, les pieds ballants en l'air, les mains croisées sur les genoux, en face de son père, qui s'étalait, l'aspect souriant et digne, dans un large fauteuil de cuir vert, à têtes de lions.

— Eh bien! Frédéric, demanda Me Bourgoin, qu'as-tu donc de si important à me communiquer?

— Mon cher papa, répondit Frédéric, ce que j'ai à vous dire est très important, mais aussi très délicat, et...

— Allons, Frédéric, reprit le notaire avec son fin sourire, je te connais...
comme si je t'avais fait, et je vais te dispenser d'un plus long préambule. Tu
veux me parler de ton frère Gaston...

Frédéric sembla émerveillé de la perspicacité de son père, imprima à sa
tête son mouvement habituel et dit, après quelques secondes de silence :

— C'est, en effet, de Gaston que je voulais vous parler, mon père... Est-
ce que... est-ce que sa conduite ne vous cause pas un peu d'inquiétude?

— Pas la moindre, répondit le notaire d'un ton péremptoire.

Les gros yeux faïence de Frédéric prirent des proportions démesurées.

— Mon père, reprit-il après un nouveau silence, agrémenté d'un mouvement semi-giratoire de la tête, vous me connaissez assez pour ne me point
soupçonner de chercher à vous monter contre mon frère; mais, si sa conduite ne vous cause pas d'inquiétude, c'est que.. . c'est que vous ne la connaissez pas.

— Je la connais mieux que toi, fit le notaire, avec un sourire mi-paterne
et mi-narquois.

— Alors, reprit Frédéric dont le ton subissait un commencement d'aigreur, vous savez qu'il rentre parfois à deux heures du matin, ou même qu'il
ne rentre pas du tout, qu'on le voit dans les cafés du boulevard, ou même
les brasseries de Montmartre en compagnie assez suspecte, et qu'il ne quitte
pas ce peintre, cet artiste, M. Robert Templier enfin... Certes, M. Robert
Templier est un peintre de talent et qui vend ses tableaux fort cher, quoiqu'ils n'aient jamais l'air d'être finis; mais enfin, sa conduite n'est pas des
plus régulières, et je ne crois pas tomber dans une exagération blâmable en
disant que cet... *impressionniste* n'est pas le compagnon qui conviendrait à
un jeune homme de famille honorable, régulier et paisible, qui se destine
aux fonctions quasi-sacerdotales du notariat.

— Je sais tout cela, répondit Mᵉ Bourgoin, et je le sais d'autant mieux
que c'est moi qui ai prié M. Robert Templier de servir de compagnon à ton
frère...

— Vous !... s'écria Frédéric.

Et il ne put ajouter qu'une exclamation :

— Oooooh !...

— Mon cher garçon, dit le notaire, as-tu entendu parler du docteur
Pinel ?...

— Je crois que oui... mais...

— Eh bien, tu sais alors que le docteur Pinel, aliéniste illustre, a substitué la douceur à la violence dans le traitement des maladies mentales.

— Mais, mon père...

— Attends donc !... un de ses moyens curatifs était une sorte de « réduc-
tion à l'absurde ». Si un malade se croyait un coq et voulait manger du
millet, il ne lui donnait que du millet pendant quelques jours. Si un malade

s'imaginait être un cheval, il ne lui donnait que du foin et de l'avoine... Il obtenait ainsi des cures merveilleuses. A l'heure actuelle, quand on a affaire à des alcooliques qui ne sont pas encore incurables, sais-tu comment on les guérit?... On ne leur donne que de l'eau-de-vie, on leur met de l'eau-de-vie dans tout ce qu'ils mangent; on leur sert même des beefsteacks à l'eau-de-vie. Au bout de quelque temps, ils prennent l'eau-de-vie tellement en horreur qu'ils ne veulent même plus la voir en peinture... Commences-tu à comprendre?

— Ma foi, non, mon cher papa. Est-ce que Gaston est fou?

— Oui !...

— Gaston?... fou?...

— Oh ! d'une folie très curable, mon bon ami. Une folie tout à fait moderne, et qui sévit dans toutes les classes de la société. Ton frère, mon cher Frédéric, est un brave garçon, pas plus bête qu'un autre, très honnête, très délicat, fait, physiquement et moralement, pour la vie paisible et bourgeoise ; mais...

— Mais?...

— Mais sa petite folie, très moderne, consiste à prendre justement cette vie paisible et bourgeoise en grippe, sinon en horreur. J'ai eu bien vite fait de deviner où le bât blessait le pauvre garçon, et j'ai trouvé sage de lui faire donner au plus tôt une bonne petite indigestion de cette vie aventureuse qu'il rêvait.

De cette façon, je garde l'avantage de surveiller moi-même les doses. Mon aide-apothicaire, Robert Templier, est, au fond, un fort galant homme, et il a trop d'intérêt à me satisfaire complètement pour que je craigne qu'il outrepasse mes désirs. Gaston rentre tard, il découche, il fera quelques sottises, quelques dettes...

— Des dettes ?...

— Oui. Je les paierai. J'aime mieux en payer quelques-unes tout de suite, que beaucoup au bout de quelques années.

Mon procédé serait dangereux avec un garçon de gros tempérament, mon cher Frédéric; mais avec Gaston il ne peut être que salutaire. Crois bien que j'ai pris le seul moyen d'éviter de forts désagréments à la famille.

Es-tu satisfait ?... oui ! Eh bien, viens dîner maintenant. Nos amis doivent s'impatienter.

Le notaire et son fils vaincu, sinon convaincu, rejoignirent leur famille et leurs amis qui, en effet, commençaient à s'inquiéter. A peine étaient-ils entrés au salon, qu'un vieux domestique, qui avait presque autant l'air d'un notaire que son maître, vint annoncer le dîner.

On prit place à table.

La circonstance était d'autant plus solennelle que la famille Bourgoin essayait une nouvelle cuisinière. Son ancien cordon bleu était retourné au pays pour se marier. La nouvelle cuisinière était cette pauvre Mme Lefeuve, qui avait eu le malheur de donner le jour au déplorable Bigruche. Une bonne religieuse l'avait recommandée aux Bourgoin comme une excellente personne, très à plaindre, et on l'avait prise à l'essai.

Le potage gras à la purée Crécy obtint les suffrages de l'assemblée. Le turbot à la sauce aux câpres fut déclaré parfait ; on adressa quelques critiques au lapin de garenne sauté avec de fines herbes. Il parut un peu trop relevé ; mais la dinde rôtie, accompagnée d'une salade de chicorée, et les choux-fleurs au gratin eurent un succès décisif.

Gaston était, au fond, enchanté de se trouver en famille, près de Mlle Émilie et en face de ce *menu* honnête et sain. Mais il reniait, en lui-même, cette paisible jouissance, et il parvenait à se mettre mal à l'aise.

Après le dessert, composé de chester, de fruits savoureux et arrosé de vin muscat, on revint au salon pour prendre le café et les liqueurs.

M. Dusuzeau, un vrai boute-en-train, proposa un peu de musique.

Tout le monde se tourna vers Mlle Émilie en lui désignant le piano d'un air engageant et malin.

Sans se faire prier, la jeune fille prit place devant le clavier et se mit à lancer quelques arpèges qui amenèrent un sourire de triomphe sur les lèvres de son père.

Mais que devait jouer Émilie ?

Templier demanda du Chopin. Mais le gros Dusuzeau déclara que Chopin était trop mélancolique. Il ne voulait pas non plus du Mozart, parce que ça ressemblait à des cantiques, et, d'ailleurs, il n'aimait pas la musique savante.

Les époux Billoral prirent la défense de Mozart.

— C'est si doux !... dit Mme Billoral.

— Et puis il y a de la mélodie là-dedans, ajouta M. Billoral.

— Oui, appuya M. Donnabel. J'aime la mélodie, moi !... Je n'aime pas ces airs qui ressemblent à des tours de force. La musique, c'est la musique, que diable ! Il ne faut pas chercher midi à quatorze heures. C'est ce que je dis toujours à Émilie... J'en ai assez de ces musiciens à grand tapage comme M. Leybach ou Wagner.

Ce monstrueux accouplement de noms fit soubresauter Robert Templier, mais il contint sa légitime indignation.

M. Bourgoin demanda si Mlle Émilie connaissait l'ouverture de *Sémiramis*. Mlle Émilie la commença aussitôt, ce qui mit tout le monde d'accord.

Elle joua ensuite, avec une inaltérable complaisance, une certaine quantité de variations, sur des œuvres nouvelles, par son professeur, M. Charamanton. Mlle Émilie aimait beaucoup la musique de Charamanton, elle était tout étonnée que M. Templier ne connût pas Charamanton.

Mme Bourgoin joua aussi quelques petites choses. De la musique aimable

« Il faut que vous subissiez le récit de ma vie entière. » (P. 99.)

qui semblait arrangée pour les mains d'enfant. Puis M. Dusuzeau chanta
une chansonnette comique dont on rit avec politesse. Puis Templier fit une
charge très réussie du pianiste polonais et épileptique. Il mit ensuite en
musique un fait divers de journal, ce qui enthousiasma la compagnie, sauf
M. Frédéric, qui, souriant du bout des dents, murmurait de temps à autre :

— Est-il Dieu possible !...

Mlle Emilie semblait goûter beaucoup les charges de Robert. Elle le regardait en riant, les joues plus roses que d'habitude. Un commencement de
jalousie germait dans l'âme tempétueuse du « névrosique » Gaston. Est-ce
que son ami aurait l'intention de le trahir ?...

La soirée battait son plein, et Templier chantait d'une assez jolie voix de ténor le duo de *Mireille* avec Mlle Émilie — qui ne chantait que pour lui donner la réplique — lorsque la porte s'ouvrit et le domestique, aussi notaire que son maître, annonça :

— Mme la princesse de Woutremont!

Tous restèrent immobiles, fixant des yeux stupéfaits sur la porte.

Maître Bourgoin se leva et marcha au-devant de la princesse, qui s'avança pâle, défaite, en grand deuil, et alla droit à Mme Bourgoin.

— Chère Madame, dit-elle, j'ai tenu à venir m'excuser moi-même de l'indiscrétion que je vais commettre. J'ai absolument besoin de l'aide et des conseils de Monsieur votre mari, et je viens le prier de m'accorder immédiatement une longue entrevue.

— Je suis à vos ordres, princesse, dit le notaire.

Et offrant son bras à Mme de Woutremont, il quitta ses invités stupéfaits.

— Pauvre femme !... dit Mme Bourgoin, elle est bien éprouvée !... Elle vient d'apprendre la mort de son mari !...

— Le prince de Woutremont est mort? demanda Templier.

— Oui !... Il est mort en Russie, mort de froid et de fatigue !...

— C'est bien la peine d'être si riche pour mourir ainsi, comme un gueux, soupira Mme Billoral.

— N'importe, dit M. Billoral, ces grandes dames en prennent un peu à leur aise... Il me semble que la princesse aurait pu aller voir Bourgoin dans le jour, à son étude.

— Elle a sans doute besoin de lui parler longuement, dit Frédéric en faisant son mouvement de perroquet... Et dans la journée, il est bien difficile de voir mon père sans être dérangé... il est si occupé!

Cependant, l'entrée de cette grande dame en noir avait jeté un froid. D'ailleurs, il était tard. Les Billoral se retirèrent, puis Dusuzeau, puis Mlle Émilie et ses parents.

— Venez-vous? dit tout bas Templier à Gaston.

— Où ça? demanda Gaston sur le même ton mystérieux.

— Vous avez donc oublié que c'est cette nuit l'inauguration de la *Taverne des Sabouleux* à Montmartre?

— C'est juste !...

Gaston l'avait oublié, en effet, et il se faisait une fête d'aller se coucher sagement à onze heures et demie, après avoir bien digéré le bon dîner de la bonne Mme Lefeuve...

Mais les exigences de la vie fiévreuse étaient là, et malgré sa petite pique contre Templier, qu'il soupçonnait d'avoir fait un doigt de cour à Émilie, il suivit son Méphistophélès dans la nuit froide et noire, en quête de plaisirs malsains.

XVII

LE ROMAN D'ANGÉLA QUINTILIANI

Maître Bourgoin avait introduit la princesse dans une sorte de cabinet-parloir attenant à sa salle à manger.

Mme de Woutremont s'assit dans le fauteuil qu'il lui tendit. Elle semblait si émue que le notaire crut devoir prendre le premier la parole.

— Nous avons appris, Madame, la mort de M. votre mari. Et je n'ai pas besoin de vous dire combien nous avons pris part à cet événement douloureux. C'est sans doute à ce propos que vous désirez avoir un entretien avec moi ?

— Non, Monsieur, répondit la princesse. Comme vous le savez, les affaires de mon mari étaient confiées à votre confrère de Bruxelles, M⁰ Stockaërt. Quant aux intérêts qui me sont personnels et dont vous avez bien voulu vous charger, nous aurons l'occasion de nous en occuper plus tard. Pour le moment, c'est un avis que je voudrais... un avis sur des choses extrêmement graves et délicates et d'où dépendent l'honneur de mon nom et la tranquillité de ma vie...

— Je suis fier, Madame, de la confiance que vous daignez me témoigner, dit le notaire un peu surpris, et je tâcherai de m'en rendre digne ; mais oserai-je vous demander d'où me vient l'honneur d'être choisi par vous, pour recevoir d'aussi importantes confidences ?

— Cela vient d'abord, Monsieur, de votre réputation de sagesse et d'habileté... Cela vient aussi d'un instinct qui me pousse vers vous... Il me semble que vous êtes décidément le conseiller qu'il me faut.

Le notaire sourit et s'inclina.

— Je dois vous prévenir, reprit la princesse, que j'ai à vous parler longuement, que j'ai choisi cette heure indue précisément pour que rien ne vienne nous interrompre... et que, tout d'abord, il faut que vous subissiez le récit de ma vie entière.

— Je vous répète, Madame, que je suis à vos ordres.

La princesse commença :

— Mon nom de famille est, vous le savez, Angéla Quintiliani. Mon père, le comte Quintiliani, se vantait d'appartenir à la plus ancienne famille de Sicile, une famille déjà illustre, puissante et opulente, avant l'invasion des Normands.

« Vous avez entendu parler de cet homme fier et ardent, d'un tempérament de fer et de feu, fidèle dans ses amitiés, implacable dans ses haines, portant l'orgueil de race jusqu'à ses plus extrêmes limites.

« Veuf quelques jours après ma naissance, il m'éleva très sévèrement, tout en me montrant la plus vive affection.

« J'avais seize ans lorsqu'il abandonna nos terres de Sicile pour aller habiter le palais qu'il possédait à Naples.

« Dès lors, il eut un très grand train de maison, et, quoique déjà vieux, mena une existence, sinon de plaisir, au moins de luxe excessif, même pour sa haute situation de fortune.

« Il recevait beaucoup et très noblement, et me conduisait assidûment dans le monde. J'eus alors — et je ne le constate que pour la fidélité de mon récit — un réel succès de beauté. La noblesse napolitaine me fit fête et me courtisa. J'avais le cœur ardent et la tête vive. L'enivrement mondain me saisit, menaçant de m'égarer...

« Ce fut chez un parent de mon père, le prince Lonati, que je rencontrai un homme dont l'aspect me frappa tout d'abord. C'était un Français qui se faisait appeler le marquis de Buglose, et disait appartenir à la meilleure noblesse du Béarn.

« Plus expérimentée, moins emportée par mon tempérament et moins enivrée par mes succès, j'aurais remarqué chez cet homme certaines choses qui pouvaient le faire soupçonner de n'être pas d'aussi bonne race qu'il le disait ; mais il était ou me semblait d'une beauté presque surhumaine, et il s'était formé autour de lui une légende d'aventures étranges et romanesques, qui égarait mon esprit et troublait profondément mon âme.

« Du reste, il déployait un luxe du meilleur goût, se montrait hardi sportsman, joueur magnifique, duelliste terrible et courtois...

« Et les velléités de médisance se taisaient en présence de tant de qualités et de séductions.

« Les imperfections de ses manières passaient pour des grâces cavalières, ses fanfaronnades et ses intempérances de langage étaient mises à la charge de son caractère de Français et de Gascon. Mon père lui-même, le plus exclusif et le plus soupçonneux des gentilshommes d'Italie, vantait ses crânes allures et le recevait avec plaisir.

« Je vis le « marquis de Buglose » chez mon père, dans tous les salons où nous fréquentions, au concert, au théâtre, dans les promenades sur mer. Il osa me dire qu'il m'aimait, et, comme ma fierté native m'avait d'abord poussée à le tenir à distance, il affecta de jouer la douleur, et de gai et brillant à l'excès devint mélancolique et accablé

« Ah !... c'était un étonnant acteur ! ... Je crus à la sincérité, à la profondeur de ses sentiments ; et, par pitié autant que par entraînement irrésistible, je lui avouai que je répondais à son amour.

« Il m'écrivit, et j'eus l'impardonnable faiblesse de lui répondre. Un musicien nommé Lorenzo Gianidracchi, homme d'un talent reconnu, qui me donnait des leçons de piano, servit d'intermédiaire à notre correspondance. Hélas ! elle devint de plus en plus passionnée et brûlante. Ma tête était perdue, si mon cœur était resté pur, et, bien que je fusse encore innocente, j'écrivais d'une main fièvreuse... comme si j'eusse été coupable.

« L'image de mon bien-aimé remplissait de plus en plus mon âme. Sa vie aventureuse était un mauvais livre que je lisais toujours mentalement et qui pervertissait mes sens en charmant mon esprit. J'étais sans cesse poursuivie par ses yeux singuliers, tour à tour phosphorescents et éteints dans une langueur exquise... Je n'étais plus maîtresse de ma pensée et de mes actions... j'étais folle d'amour !...

« Ce fut alors que mon père m'annonça brusquement qu'il venait d'arranger un mariage entre mon cousin Antonio Lonati et moi...

« Cet Antonio m'était odieux. Je le trouvais laid, vaniteux, ennuyeux à périr, d'une humiliante nullité. Mon cœur n'eût pas été pris, qu'une union avec lui m'eût fait horreur.

« Malgré la terreur que me causait mon père, j'eus la hardiesse de lui déclarer que je ne serais jamais l'épouse d'Antonio.

« Je m'attendais à un violent accès de colère : mais mon père resta de glace et se borna à me dire, avec un sourire :

« — Je saurais bien t'y contraindre, Angéla !...

« Connaissant le caractère implacable du comte Quintiliani, ce calme m'épouvanta.

« Du reste, mes réflexions me convainquirent aisément que mon père n'abandonnerait jamais de bon gré ses projets d'alliance avec les Lonati. Sa fortune était entamée, et les Lonati passaient à juste titre pour les plus riches seigneurs de l'Italie. De plus, leurs alliances faisaient d'eux une des maisons les plus puissantes de l'Europe ; et je vous ai dit quel était l'orgueil héraldique de mon père.

« Prise d'une sorte de désespoir, j'avisai le « marquis le Buglose » du péril où notre amour se trouvait.

« Ce fut Lorenzo Gianidracchi notre intermédiaire accoutumé, qui me porta sa réponse.

« Il n'y avait pas à hésiter ; il fallait, tout en restant fidèle à l'honneur, forcer le comte Quintiliani, au nom de l'honneur même, d'abandonner ses projets d'alliance avec les Lonati et de consacrer nos ardentes et légitimes amours !

« Lorenzo connaissait, disait-il, un digne prêtre qui consentirait à nous unir secrètement, dans une chapelle particulière.

« Malgré la terreur que me causait ce moyen extrême... je consentis.

« Tout fut concerté et décidé sur l'heure.

« Un soir, mon père s'était rendu à un grand bal chez lord Withersley et j'avais prétexté un violent mal de tête pour rester au palais.

« Je me mis au lit ; et à minuit, ma femme de chambre, qui était dans la confidence, vint m'habiller à la hâte.

« Je sortis par une porte du palais qui donnait dans une rue déserte du quartier de Chiaïa.

« Lorenzo m'attendait. Il me fit monter dans une voiture de louage, et après un véritable voyage, nous arrivâmes devant une maison déserte en pleine campagne.

— Où sommes-nous? demandai-je à Lorenzo, éperdue d'inquiétude et de terreur.

— Rassurez-vous, signora, dit Lorenzo, nous sommes à Torre-del-Greco, chez le bon chanoine Salviati. Il vous mariera dans la petite chapelle qu'il s'est fait installer et où il dit la messe, car le pauvre homme est infirme.

« J'entrai...

« Le marquis m'attendait, pâle, tremblant, ému comme moi.

« Dès qu'il me vit, il tomba à mes pieds. En termes brûlants, il me dépeignit son inaltérable passion. Il me supplia de n'écouter que l'amour que je daignais avoir pour lui et de céder aux graves nécessités que nous créait la tyrannie du comte Quintiliani.

« Je me laissai bercer par sa voix douce et musicale... une de ses plus irrésistibles séductions... Et je le suivis dans une petite chapelle toute fleurie, toute luisante d'or, où un vieux prêtre, très courbé, d'aspect très vénérable, nous attendait déjà, couvert de ses ornements sacerdotaux.

« Lorenzo servait la messe, qui fut bientôt dite... et le vieux prêtre nous unit.

« Avec une délicatesse dont je lui fus profondément reconnaissante, le marquis m'accompagna jusqu'à la voiture sans me dire un mot, me baisa la main et me dit :

« Au revoir ! »

« Au revoir !... Oui, je comptais bien le revoir, lui mon amant, lui mon mari, lui mon époux devant Dieu !...

« Grâce à la complicité de Lorenzo et de ma cameriste, je le reçus dans mes appartements particuliers, fort éloignés de ceux de mon père, car notre palais de Chiaïa était immense.

« Mon père ne m'avait plus reparlé de ses projets d'union avec mon cousin Antonio. J'espérais qu'il y avait renoncé, lorsqu'un jour il entra chez moi et, après s'être enquis tendrement de ma santé qui, depuis longtemps, disait-il, l'inquiétait, il me dit sur un ton affectueux dont il n'avait jamais usé à mon égard :

— Ma chère Angéla, as-tu mûrement réfléchi aux propositions que je t'ai faites il y a quelque temps ?

— Oui, mon père, répondis-je avec fermeté. J'ai mûrement réfléchi, et ce mariage est impossible.

— Impossible ! reprit mon père en se mordant la lèvre...

— Oui, insistai-je, impossible... car j'ai contracté d'autres engagements

« Mon père fronça les sourcils et fit un pas vers moi ; mais il s'arrêta et haussa les épaules.

— Je m'en doutais, dit-il ; mais, écoute-moi bien, Angéla... J'ai, malgré les lois impies de cette époque de désorganisation sociale, assez d'empire personnel sur toi pour t'envoyer au couvent... Choisis entre le palais Lonati ou le cloître.

« La figure de mon père était redevenue dure et presque cruelle. Je trouvai un courage inattendu dans ma douleur même, qui se changeait en colère.

— Mon père, dis-je, il y a quelques jours, j'aurais choisi le cloître sans hésiter ; aujourd'hui, je ne le puis plus, car je suis mariée !

« Mon père devint pâle comme un mort.

« Il resta un moment silencieux.

— Angéla, dit-il enfin, êtes-vous folle ?

— Non, mon père... Désespérée par vos menaces, j'ai contracté un mariage secret.

— Et... avec qui ?

— Avec M. le Marquis de Buglose.

« Mon père me regarda longtemps, puis dit simplement à voix basse

— *Va bene.*

« Puis il sortit sans me regarder de nouveau.

« Le soir même, il me fit dire par son intendant qu'il me *priait* de ne pas quitter mon appartement jusqu'à nouvel ordre.

« Je lui écrivis une longue lettre où je lui disais tout ce que je n'avais pu lui dire en face. Je le suppliais de me pardonner et de me rendre son affection. Je lui apprenais enfin que, s'il y avait du mal à ce que j'avais fait, ce mal était irréparable... car, dans quelques mois, j'allais être mère.

« Aucune réponse ne me parvint et, pendant une mortelle semaine, je fus sans nouvelles de mon père et de mon « mari ».

« Un matin, j'étais assise, lisant d'un œil distrait un livre de prières, quand une sorte de pressentiment sinistre me glaça le cœur et me fit lever la tête.

« Mon père, que je n'avais pas vu entrer, était devant moi, et il me sembla d'abord que ce n'était point le noble comte Quintiliani, mais son spectre, tant il était pâle et avait l'air terrible.

— Angéla, dit-il enfin d'une voix brève et sombre, le « marquis de Buglose » s'appelle Roger Bugloz ; il n'est pas Béarnais, il est le fils d'un pauvre chirurgien de Barcelonnette... Angéla, Roger Bugloz, chassé de chez son père qu'il a désolé par son inconduite, a mené une vie d'aventures dégradantes jusqu'au jour où il a gagné cent mille francs au casino d'Alger... et c'est avec ces cent mille francs volés au jeu, entends-tu bien, volés au jeu, qu'il est venu éblouir les Napolitaines... Angéla, Roger Bugloz est pis qu'un tricheur au jeu, il s'est procuré des ressources, il y a peu de jours, par une série de faux... il a dérobé une parure de dix mille francs chez le joaillier Torelli... Angéla, Roger Bugloz ne t'a pas épousée... il t'a fait participer à une comédie sacrilège, organisée avec Lorenzo Gianidracchi et son frère, marchand, usurier, proxénète et recéleur, que tout le monde connaît ici, et qui sait dire la messe ayant été jadis au séminaire... Angéla, ce n'est pas le fruit de l'amour d'un gentilhomme que tu portes dans ton sein, c'est le bâtard d'un drôle, d'un escroc, d'un faussaire, d'un voleur et d'un bandit sacrilège !...

« Je restai immobile, comme foudroyée sur ma chaise.

« Mon père fit deux tours dans la chambre, les lèvres serrées et les yeux fixes.

« Enfin, il s'arrêta de nouveau devant moi, et tira un stylet de sa poche.

— Angéla, dit-il, recommande ton âme à Dieu, tu vas mourir.

« Je tombai à genoux.

— Oh! oui... mon père! oh oui; tuez-moi, lui dis-je... tuez-moi, car je ne veux pas survivre à mon déshonneur, et je n'oserais plus vous regarder en face maintenant.

« Mon père leva le bras... mais jeta le stylet au loin en disant :

— Non!... non!... je ne le puis pas... Je suis un lâche.

« Il frappa des pieds, déchira son front de ses mains crispées et sortit en fermant violemment la porte derrière lui.

« C'était trop d'émotion et de torture, je sentis tout mon sang refluer vers mon cœur et je perdis connaissance.

« Pendant de longs jours, je fus entre la vie et la mort. Quand je revins à moi, je me trouvais dans une villa que mon père possédait au bord de la mer. Une vieille servante, dévouée à la famille, me donnait des soins. Ce fut elle qui aida à ma délivrance, et je mis au monde une petite fille, jolie à miracle, mais qui semblait à peine viable.

« Je l'aimais de toute mon âme, cette pauvre mignonne. Elle me faisait oublier mes chagrins, elle me faisait oublier jusqu'à l'infâme qui avait volé mon amour et assassiné mon honneur.

« Mais une pensée atroce me torturait. Je craignais que mon père n'apparut tout à coup pour me demander ma vie et celle de mon enfant. Je voulais vivre maintenant... et je voulais que mon enfant vécût.

« Un jour mon père apparut, en effet. Il était vieilli et abattu : son attitude trahissait plus de douceur que de colère.

« — Angéla, me dit-il, il faut que tu m'aides à sauver l'honneur de notre maison, que ton imprudence a compromis... On ne sait rien d'exact à Naples et en Italie sur tes fautes et tes malheurs. Roger Bugloz a disparu... Lorenzo est mort... on l'a trouvé percé de dix coups de poignard dans une rue déserte... Dieu est juste!

« Je frémis, car je pensai bien que mon implacable père n'était pas étranger à cette justice.

« Mon père continua :

« Mais ne crois pas être relevée de ton serment par ma mort. » (P. 108.)

« Quant au faux chanoine, Pietro Gianidracchi... il a cru devoir quitter l'Italie. Il a bien fait. Il aurait subi le sort de son frère. Les instructions criminelles ne sont pas faciles, à Naples, et l'on ne trouve pas aisément des témoins, surtout quand il s'agit d'une famille riche et puissante comme la nôtre... Quant à ton enfant...

— Mon père, m'écriai-je, au nom du ciel, laissez-la vivre !...

« Le comte Quintiliani sourit avec amertume, mais me dit, non sans douceur :

— Je ne veux pas rendre cette malheureuse créature responsable de

Son Altesse Nounouche   14

tes folies et des crimes de son père... Elle vivra, si Dieu le permet, et comme je veux que la morale soit sauve (ici mon père parla d'un ton quelque peu ironique), c'est son grand-père qui prendra soin d'elle...

— Vous, mon père!... criai-je en tendant vers lui mes bras affaiblis.

— Non, pas moi, reprit le comte, plus ironique, mais toujours avec douceur; non, pas moi,... mais le bon docteur Bugloz... et j'espère que cette petite-fille le consolera des peines que lui a causées son misérable fils.

— Que voulez-vous dire, mon père?

— Rien que de très naturel, Angéla. Nous allons quitter l'Italie sans faire nos adieux à personne. Toutes mes dispositions sont prises. Notre voyage se fera dans le plus strict incognito. A la frontière, nous trouverons une voiture qui nous conduira à Barcelonnette. Je saurai prendre mes mesures pour que le bon docteur Bugloz adopte ta fille sans qu'il sache qu'elle lui tient de si près; car, en ce cas, sa colère, trop légitime contre son fils, l'empêcherait probablement d'agir conformément à mes vues. Nous irons ensuite habiter l'Angleterre, au moins pendant quelques années. Telle est ma volonté formelle... Et sache bien que si tu y portes quelques obstacles, je reprendrai mes droits de père outragé... En ce cas, pèse bien ces mots, Angéla : c'en serait fait de toi et de ton enfant.

— Et je ne reverrai jamais ma fille?...

— Jamais, jamais, jamais!

« Ces trois mots, plus terribles que le *lasciate ogni speranza* du Dante, m'atterrèrent... Mais je connaissais mon père... je m'attendais à pis... je ne répliquai pas!

« Tout se passa comme il l'avait dit.

« Une nuit, nous entrâmes chez le docteur Bugloz, qui habite une maison dans un lieu désert, près de Barcelonnette.

« Mon père sut le contraindre à se charger de ma fille. Il le menaça de le tuer et de me tuer, s'il n'accédait pas à son désir. Le vieillard, subjugué, consentit à tout, moyennant une somme de cent mille francs, que le comte lui laissa.

« Cependant, je n'avais pas renoncé à retrouver ma fille. Je l'avais baptisée moi-même et lui avais donné le nom d'Amélia. L'idée me vint de la marquer d'un signe qui me permît de la reconnaître. Je dois vous dire que j'avais au doigt une bague de famille, dont le chaton, recouvert d'une escarboucle, contenait un liquide corrosif dont j'ai oublié le nom. Ce chaton, appliqué sur la peau humaine, y laissait l'empreinte d'une étoile rouge... Les Quintiliani s'en servaient jadis pour se reconnaître, pendant les troubles qui ont désolé la Sicile et le royaume de Naples. En donnant le baiser d'adieu à mon enfant, je la marquai au front...

« Cependant, nous étions arrivés à Londres.

«Nous y vécumes d'abord très retirés. Puis, mon père, qui avait conservé une partie de sa fortune, reprit la vie de grand seigneur.

« Pendant longtemps, il resta muet sur mes fautes et mes malheurs, me traitant même avec plus de douceur qu'autrefois.

« Un jour pourtant, il me fit appeler près de lui et me montra un livre richement relié.

— Angéla, me dit-il, tu vas me jurer sur l'Évangile que tu ne chercheras jamais à avoir des nouvelles de ton enfant, ou je te jure moi-même sur ce livre sacré qu'il périra et que je me tuerai moi-même.

— Ma fille vit donc toujours? demandai-je...

— Elle vit, me répondit le comte. La nuit même de notre visite, le docteur Bugloz a été assassiné... on n'a jamais su par qui... et sa vieille servante est morte de saisissement en le voyant égorgé. Mais ton enfant venait d'être confiée à de dignes et honnêtes paysans, qui l'élèveront bien, j'en ai l'assurance... et qui ignorent et ne sauront jamais quelle elle est, et d'où elle vient. Maintenant, fais le serment que je t'ai demandé, Angéla. Il y va de notre existence à tous trois!

« C'était un serment horrible, un serment impie, un serment sacrilège, mais la terreur me dominait... Je fis cet abominable serment.

« Les jours, les mois se passaient. Mon père me menait dans le monde. J'avais retrouvé mon succès de beauté; hélas!... je n'en étais plus fière, maintenant. Une douleur écrasante, peu à peu résignée, m'anéantissait tout entière.

« Ce fut alors que le prince de Woutremont, un des plus grands personnages de la Belgique, me vit et s'éprit de moi.

« C'était un parfait *gentleman*, doux, bon, charmant, malgré sa manie scientifique. Il demanda ma main au comte Quintiliani, qui la lui accorda sans même me consulter.

— Mon père, dis-je au comte, lorsqu'il m'eut fait part de cette nouvelle résolution, je suis prête à vous obéir; mais rien ne me contraindra à tromper indignement un galant homme. Si j'épouse le prince de Woutremont, je lui raconterai toute ma vie.

« Le comte fixa d'abord sur moi un regard terrible, puis me dit en souriant :

« — J'y compte bien, Angéla!

« Je restai stupéfaite.

« — Oui, continua mon père, j'y compte bien. Tu diras au prince que tu as habité Naples, que j'ai voulu te soustraire à de fâcheuses influences, que j'ai quitté avec toi la trop libre Italie pour vivre dans la vertueuse Albion, que...

« J'interrompis violemment le comte.

« Enfin, lui dis-je, je mentirai avec impudence?

« — Non, reprit mon père, tu sauvegarderas simplement l'honneur du nom de Quintiliani, que tu n'avais pas le droit de compromettre.

« — Mon père, m'écriai-je, si j'épouse M. de Woutremont, je lui avouerai que j'ai une fille.

« — Et c'est alors que tu mentiras, répondit mon père avec son effroyable calme; car ta fille n'existera plus. Tu oublies donc, malheureuse créature, que je suis un Quintiliani, un Sicilien; que je sais faire la guerre au couteau, même, s'il le faut, à ma propre famille, et que j'ai des gens dévoués à ma personne jusqu'à la perte de leur âme!...

« Que vous dirai-je?... Je cédai, et fus alors véritablement infâme, moi qui avais surtout été malheureuse jusqu'à ce jour maudit!...

« Oui, ce mariage abominable se consomma, et moi, Angéla Quintiliani, moi la fière et aimante jeune fille, j'eus recours à des moyens plus vils que tous les crimes les plus lâches, pour trahir un noble cœur et lui laisser croire qu'il épousait une honnête femme!...

La princesse s'arrêta quelque temps et fondit en larmes.

— Remettez-vous et daignez continuer, Madame, dit M⁰ Bourgoin, devenu lui-même fort pâle.

Mme de Woutremont s'essuya les yeux et reprit son récit :

« — Peu de temps après mon mariage, mon père tomba gravement malade. J'habitais alors avec mon mari le château de Woutremont, dans le Hainaut. Une dépêche m'appela près du comte mourant.

« — Ma fille, me dit-il, en me tendant sa main pâle et amaigrie, je vais mourir. Disons-nous adieu. Je te pardonne les chagrins que tu m'as causés et qui ont hâté ma fin... Mais ne crois pas être relevée de ton serment par ma mort... La malédiction de ton père t'atteindrait de l'autre monde si tu venais à le trahir.

« Ces affreuses paroles me plongèrent dans le suprême désespoir.

« J'aurais voulu essayer d'attendrir mon père... mais il mourut dans mes bras sans que j'eusse pu prononcer un mot.

« Je repris ma vie en apparence si heureuse, près de mon mari.

« Il y a deux ans, le prince, qui m'aimait tendrement, et que j'aimais, que je *voulais* aimer, m'offrit d'habiter la France, plus gaie, disait-il, que la Belgique. L'excellent homme se préoccupait de ma tristesse invincible et croissante.

« Nous nous installâmes modestement à Arcueil, et mon mari recommença ses voyages scientifiques, son seul vrai plaisir.

« J'étais resté fidèle à mon serment. Je craignais, malgré la mort de mon père, d'indicibles et mystérieux malheurs si je le trahissais. J'ignorais... je consentais à ignorer ce qu'était devenue la pauvre Amélia... moi qui ne cessais pas de penser à elle... moi qui eusse donné ma fortune, ma vie, pour la voir seulement quelques minutes!

« Dieu est juste, cher monsieur Bourgoin, Dieu est juste et Dieu est bon
Il a eu pitié d'une pauvre mère désolée et contrainte d'être criminelle!...

« Dernièrement, tout dernièrement, je dormais du sommeil agité qui m'est
habituel, lorsque j'entendis des cris désespérés dans le vestibule de ma
petite maison d'Arcueil.

« Je passe un peignoir, je me précipite malgré ma terreur... Un éclair
passe devant mes yeux... j'entends une détonation et je vois une enfant,
vêtue d'une blouse, étendue toute sanglante sur les dalles du vestibule.

« J'appelle... mes gens accourent.

« Mais c'est une petite fille ! dit quelqu'un.

Je la reconnus... elle était venue quelques jours auparavant, en mendiante
accompagnée d'un aveugle... et je l'avais outrageusement chassée... j'écarte
ses cheveux, et, sur son front, oh ! juste ciel ! est-ce bien possible?... sur
son front pâle et flétri, je reconnais l'étoile dont j'avais, douze ans auparavant, marqué le visage de ma fille !... Etait-ce donc elle?... Oui, Monsieur
oui, c'était elle !... Malgré sa blessure, elle me raconta sa vie.

« Elle avait été confiée, par la servante du docteur Bugloz, aux époux Bonnet, d'honnêtes ouvriers demeurant près de Barcelonnette.

« Les Bonnet étaient morts et on l'avait envoyée à Paris chez un certain
Richard qu'elle n'avait pas trouvé... Des bandits s'étaient emparés d'elle...
une horrible femme l'avait torturée... on voulait la rendre complice d'un
vol et d'un assassinat dans ma maison... elle avait bravé la mort en appelant au secours... Elle m'avait sauvée, moi, moi sa mère dénaturée, qui
avais juré sur l'Evangile de ne pas chercher à savoir seulement si elle vivait
encore !...

La princesse, brisée et pantelante, s'interrompit de nouveau.

Enfin, elle reprit :

— Je me suis assurée de mon mieux la discrétion de mes gens. Amélia
est chez moi, à Arcueil, en voie de guérison.... Maintenant, vous comprenez
sans doute pourquoi j'ai tenu à consulter un homme de votre sorte... Répondez-moi, vous que l'on renomme pour votre savoir et votre honneur...
Mon serment m'engage-t-il encore?... Dois-je abandonner ma fille par crainte
de la malédiction du *mort*?... Que dois-je faire pour elle?... Enfin, ayez pitié
d'une pauvre femme incertaine et éperdue, vous dont les malheurs n'ont
pas troublé l'esprit et le cœur... De grâce, cher Monsieur, guidez-moi,
éclairez-moi, consolez-moi, dirigez-moi !...

La princesse cachait sa tête dans ses mains, pleurant à chaudes larmes.

Le notaire s'était levé et se promenait lentement dans le cabinet-parloir,
les yeux baissés et les mains derrière le dos. Il s'arrêta en face de la malheureuse femme, et lui dit, en cherchant à dominer son émotion :

— La mort de votre mari, qui est venue s'ajouter à toutes ces émotions,
vous laisse une grande liberté d'action, Madame...

La princesse leva brusquement ses yeux rougis sur M⁰ Bourgoin.

— Il est d'abord un point, continua ce dernier, sur lequel il n'y a pas de doute possible. Vous avez, par hasard, retrouvé votre fille... Vous pouvez, vous *devez* avoir soin d'elle... et lui consacrer votre vie...

« Je ne pense pas, continua-t-il en souriant, qu'aucun théologien soit assez subtil pour me prouver le contraire... — Maintenant, comment devez-vous agir vis-à-vis d'elle... et du monde?... Voilà le point délicat.

Voulez-vous bien, princesse, me permettre de vous parler en toute franchise?

— Ah! je vous en supplie, dit la princesse.

— Eh bien, Madame, rien ne vaut, en somme. la ligne droite. Heureux ceux qui ne s'en sont jamais écartés!... ils sont rares... Heureux ceux qui y reviennent carrément et crânement, et je crains bien qu'ils ne soient plus rares encore.

— Que voulez-vous dire?

— Vous vous êtes de bonne heure écartée de la ligne droite, Madame... Oh! vous voyez que je profite de la liberté que vous avez bien voulu m'oc-troyer!... Vous avez commis une faute grave en vous abandonnant, sans écouter autre chose qu'une folle passion de jeune fille, à un homme que ses séductions même rendaient suspect. Vous avez, en cette lamentable cir-constance, joué avec tous les désavantages possibles, l'honneur et la dignité de votre noble famille... Plus tard, vous avez eu le tort de prêter à votre père un serment que vous avez vous-même très justement qualifié d'impie. Ce n'est pas en cette occasion, Madame, que vous deviez faire preuve d'obéissance passive envers votre père. Votre mariage avec le prince de Woutremont a été une véritable trahison... Je me hâte d'ajouter que toutes ces fautes graves peuvent bénéficier des circonstances atténuantes. Je vous plains plus que je ne vous blâme... Mais je vous blâme, Madame, puisque vous m'en avez donné la permission.

— Je ne puis que baisser la tête devant vos reproches, Monsieur.

— Ce ne sont pas des reproches, Madame. Je ne vous parle ainsi que pour obéir à l'ordre que vous m'avez donné de vous parler en toute clarté et en toute franchise. Vous avez un passé douloureux à réparer. A mon avis, Madame, ce que vous avez de mieux à faire maintenant, c'est de rentrer hardiment dans la ligne droite... Vous avez retrouvé votre fille : gardez-la près de vous, regardez le monde en face, et dites-lui : « J'ai été coupable, mais je veux réparer mes torts. Je fais ce que je dois, advienne que pourra. » Avouez tout franchement... même ce qui vous coûte le plus à confesser! Dites à vos amis ce que vous n'avez pas craint de dire à votre notaire! Oh! je sais que ce sera pénible!... pour les femmes de votre monde, un notaire est un confesseur laïque... ce n'est pas un homme!... Mais soyez courageuse, soyez héroïque!... dites tout à ceux qui vous paraissent des

« hommes »... Puis consacrez le reste de votre vie à faire de votre fille une digne et honnête femme. On ne se contentera pas de vous pardonner vos erreurs, alors, on s'inclinera devant vous, on vous admirera, on vous bénira. Vous aurez fait tourner jusqu'à vos fautes au profit de votre considération. Vous aurez réhabilité Angéla Quintiliani ; vous aurez, avec des moyens meilleurs que ceux de votre père, conservé l'honneur de votre nom et la gloire de votre famille !

La princesse écoutait le front bas et les yeux humides.

— C'est vous qui êtes dans le vrai, Monsieur, dit-elle... et pourtant je ne puis suivre votre conseil ! Ma conscience m'avait déjà dit ce que vous me dites... et, si je suis venue vous trouver, c'est précisément pour que vous m'appreniez si je n'aurais pas d'autres moyens, moins terribles, de faire au moins une partie de mon devoir. C'est la rupture avec le monde que vous me demandez, et malheureusement je n'ai pas le courage de cette rupture. Peut-être, en suivant vos avis, serais-je plus tard regardée comme une sainte... mais pour le moment, je ne puis pas me résigner à ne plus passer pour une honnête femme.

— Madame, reprit le notaire, j'ai fait mon devoir en vous disant ce que le vôtre — le vôtre *strict* — vous dicterait ; mais croyez bien que je n'ai pas eu un instant d'illusion sur le résultat de cette démarche hardie. L'héroïsme est rare, et c'est un grand acte d'héroïsme que je vous conseillais. Ce que vous voulez, c'est ce qu'on appelle une petite transaction avec vous-même ?...

— Soit ! reprit un peu sèchement la princesse.

— Il y a près du droit chemin, dit le notaire, qui prit tout à coup une figure de casuiste, de petits sentiers qui le cotoient sans trop s'en écarter... On peut tourner le devoir sans l'abandonner. Pure stratégie morale !... Eh bien ! Madame, essayons de faire de la stratégie.

— Je vous écoute, cher Monsieur.

— Quittez Paris...

— Bien !... Où irai-je ?

— Ne pourriez-vous pas conduire votre... protégée au château de Woutremont, que votre mari vous lègue, si je ne me trompe ?...

— Il me répugnerait d'élever cette pauvre enfant dans un domaine de mon mari, que j'ai si indignement trompé en lui cachant sa naissance.

— J'apprécie cette délicatesse... et je la prévoyais. Ne possédez-vous pas personnellement une habitation au bord du lac Majeur ?

— En effet... je l'ai héritée du duc Mitta, de Milan. C'est une habitation adorable... un vrai paradis sur la terre.

— Eh bien, poursuivit le notaire en souriant, faites de ce paradis votre purgatoire. Partez pour le lac Majeur... avec Mlle Amélia. Élevez-la... comme vous voudrez, cela vous regarde. Dites que c'est une orpheline ;

fille d'une de vos amies, que vous désirez adopter. Plus tard, nous verrons si, sans nous mettre en révolte contre les lois divines et humaines, nous pourrons lui donner un semblant d'état civil et d'existence légale.

— C'est cela, c'est bien cela!...

— Quand vous en aurez fait une jeune personne accomplie, mariez-la de votre mieux. Peut-être croirez-vous alors devoir dire toute la vérité à son mari ?

— Nous verrons, oh ! nous verrons cela plus tard !...

— Oui, nous verrons cela plus tard. Inutile d'ajouter, princesse, que, si je puis vous être utile désormais, je demeure tout entier à votre disposition.

— Merci, oh ! merci ! dit la princesse avec élan.

Elle prit les deux mains du notaire et les serra contre elle, en vraie Italienne ; ses yeux brillaient d'une sorte de joie.

— A bientôt, dit-elle. J'espère vous revoir une fois au moins avant mon départ.... mais j'ai assez abusé, pour le moment, de votre bonne obligeance.

Mme de Woutremont se leva et sortit après avoir renouvelé ses adieux.

Resté seul, le notaire prit dans un petit bureau une tabatière d'écaille et aspira une longue prise avec un long sourire.

Le jour commençait à poindre.

Mme Bourgoin, encore toute habillée, entra dans le cabinet-parloir.

— Sais-tu quelle heure il est, mon ami? demanda-t-elle.

— Il est l'heure qu'il te plaira, ma chère, dit le notaire en la baisant sur le front.

— Eh bien, maître Bourgoin, il est l'heure d'aller vous coucher.

— J'y vais, dit le notaire, et il y a longtemps que tu aurais dû en faire autant.

— Eh bien... cette belle princesse?

— Elle est partie.

Maître Bourgoin prononça ces mots sur un tel ton que sa femme n'osa lui adresser aucune question, même discrète. Quoique fille de son ancien « patron », elle avait pour maître Bourgoin une vénération absolue.

— Tu sais, dit-elle timidement, que Gaston n'est pas rentré...

— Ah! ah! le gaillard! dit le notaire. Bonsoir, chère amie...

Et les deux époux rentrèrent chacun dans sa chambre, et ils dormirent du sommeil que procure une bonne conscience.

XVIII

LA TAVERNE DES SABOULEUX. — UNE ÉPOPÉE MONTMARTROISE.

La taverne des *Sabouleux* fut, pendant quelque temps, la gloire de Montmartre — de ce Montmartre nouveau, tapageur, bizarre et prétentieux, qui sert d'Athénée à la littérature et à l'art « moderniste ».

La mêlée fut tout de suite formidable. (P. 120.)

Elle était située sur le boulevard de Clichy, en face de la place Blanche et occupait un vaste rez-de-chaussée dans une maison toute neuve.

Le « patron » de cet établissement s'appelait, de son vrai nom, Jean-Antoine Tabourot, mais il avait adopté le pseudonyme de Clopin-Trouillefou. C'était un ancien acteur, sifflé à Paris et en province, qui avait essayé de faire de la littérature et avait fini par être limonadier... puis « tavernier du diable ! »

La taverne était meublée de tables et d'escabeaux de bois, ornée de vieilles faïences, pourvue d'un assortiment de vieux brocs et de gobelets bossués, et avait été décorée par une foule de célébrités « modernistes » telles que Robert Templier, Louis Morasson et Bernard Duconseil.

Une large et longue baie, fermée par un vitrail de couleur, représentant la cour des Miracles avec Esmeralda et sa chèvre, servait de devanture.

A l'intérieur, on voyait de grands panneaux, où étaient peintes, dans la manière de Goya, par les « naturalistes » susmentionnés, des scènes absolument hors nature, comme des sabbats, des apparitions fantastiques et des groupes de monstres épouvantables que n'eussent osé rêver ni Callot, ni Salvator Rosa, ni Goya lui-même.

Le service — et cela constituait la principale originalité du lieu — le service était fait par un couple de nains goîtreux et deux géants d'une maigreur de squelette et d'une magistrale hideur de traits, tous costumés de pourpoints mi-partie et de chausses *idem*, à la mode du quinzième siècle.

Grâce à cette satisfaction donnée aux goûts artistiques de ses habitués, Tabourot ou Clopin-Trouillefou pouvait impunément leur faire avaler des consommations atroces et malsaines, notamment de l'eau-de-vie de pomme de terre et de la bière qui semblait fabriquée avec une infusion de vieux bilboquets.

Cette nuit-là, Clopin-Trouillefou inaugurait la taverne, et c'est à cette fête... de l'art, que Robert Templier et son ami Gaston Bourgoin s'étaient rendus en sortant — contraste enchanteur ! — du dîner de famille embelli par la présence de Mlle Emilie Donnabel. Il y avait souper, concert, bal... et bien autre chose encore.

Une confusion extraordinaire, un magnifique désordre régnait dans la taverne moyen-âge... éclairée, pour la circonstance, à la lumière électrique. Les « monstres » de service allaient et venaient, aidés de jolies filles vêtues en « gentes bachelettes ». Ils portaient des brocs de bière, des bouteilles de champagne (et quel champagne !) des pièces de viande froide, des morceaux de poisson recouverts d'une sorte d'enduit verdâtre et nauséabond, décoré du nom de beurre de Montpellier ; des salades de légumes, où de grands morceaux de tomate crue mettaient des tons sanglants ; des tranches de galantine, de jambon et de saucisson, des langues à l'écarlate, des membres déchiquetés de langouste et des pyramides d'écrevisses arrosées d'une sauce jaunâtre et pimentée.

On entendait des cris, des rires, des fragments de chanson, et, suprême facétie du lieu, de cantiques et de psaumes en latin. Toutes les classes de la société parisienne parisiennante étaient représentées à ce gala montmartrois.

On signalait le groupe des « échassiers », dandys modernistes, qui devaient leur dénomination à l'étroitesse de leurs pantalons et à la largeur de leurs pieds, chaussés de bottines plates et pointues. Tous se ressemblaient : c'était la même tête petite et ronde, aux cheveux tellement ras qu'ils ressemblaient à une calotte de velours plaquée sur le crâne et formant un *M* sur le front. Ils avaient des habits noirs à petits revers de soie, des gilets blancs à boutons de métal, un air somnolent et gouailleur.

Il y avait des journalistes à « informations », affairés et encombrants, des figures de militaires de tables d'hôte, beaucoup de rapins en veston, coiffés de petits chapeaux ronds, avec une houppe de cheveux bouclés, tombant jusqu'aux sourcils, des cabotins aux joues bleuâtres, d'élégantes et jolies jeunes femmes de théâtre, des filles en renom, de vulgaires noceuses aux yeux peints et aux joues tatouées, des littérateurs de tout poil et de toute esthétique, les uns rapés à faire de la peine, les autres mis comme des princes, des boursiers, quelques bourgeois fourvoyés, des notabilités de la finance et de la bohême... et de ci, de là, pas mal d'agents de police connus pour tels ou clandestins.

Tout cela grouillait dans une lourde atmosphère de bière, de fumée de viande et de fumée de tabac, éclairé d'une manière éclatante et sinistre par la lumière blanche et fastueusement funéraire de l'électricité.

Gaston avait perdu son mentor et, enivré de « vie fiévreuse », allait de groupe en groupe. Les « échassiers » éternisaient entre eux la suave plaisanterie qui consiste à faire la *charge* d'un gâteux, et se jetaient d'une voix de vieillard édenté ces mots fatidiques :

— Compote de pouarre !...

Le désopilant comique Broizille avait acculé un homme insignifiant contre un pilier de bois et lui disait, en jetant en avant son nez démesuré et de travers :

— M. Thiers n'était pas mon homme, il était resté entiché d'idées séniles et rétrogrades. C'était un *gérontocrate*. Gambetta aurait été mon homme, mais il y avait du cabotin en lui !

Fanny Meuilhard buvait des seaux de bière, attablée en compagnie de son frère Totole et d'un vieillard décoré d'ordres étrangers, qui la regardait d'un air hébété. A une table un peu retirée, le maestro Souquart discourait en compagnie de quelques musiciens et de deux ou trois littérateurs.

— Meyerbeer, disait-il, est un vulgaire malfaiteur. L'homme qui a écrit les *Huguenots* aurait mieux mérité la guillotine que Troppmann. Il n'y a dans son œuvre qu'une chose à peu près propre, c'est...

Souquart chercha et ne trouva pas.

— Et encore !.., dit-il.

Son confrère Larmillon, auteur de l'*Incantation*, prit la défense de Wagner, que le violoniste Garbagni venait d'attaquer. Gaspard Dardoise, auteur dramatique, volontiers refusé par ces crétins de directeurs, abonda dans le sens de Larmillon :

— Est-ce assez étonnant, cela ! dit-il.

Et il se mit à pousser une série de cris sauvages, sous prétexte de reproduire la fanfare de *Tristan et Iseult.*

— Il ne faut pas trop s'emballer sur Wagner, reprit Souquart. Il a entrevu la vérité, voilà tout. Il n'y a qu'une chose vraiment géniale dans son œuvre...

Souquart chercha, ne trouva pas, et dit :

— Et encore!...

Il y avait un piano dans la taverne.

Robert Templier s'y était mis et tapait à tour de bras, mettant les règles de la grammaire de Lhomond en musique, au grand esbattement d'une douzaine de jeunes hétaïres qui riaient à se tordre... sans comprendre le moins du monde.

Ernest Bilhaud, romancier très en renom, émettait quelques théories littéraires en présence de trois petits jeunes gens respectueux, qui l'écoutaient bouche béante.

Cependant, Templier avait quitté le piano, avait pris par le bras son ami Gaston, qui avait l'air d'une âme en peine, et l'avait conduit à une table devenue libre.

— Avez-vous faim, jeune... sinécuriste, lui dit-il.

— Je crois que non, répondit Gaston.

— Eh bien, faites un *trou*... Bon goîtreux, apporte-nous la funeste eau-de-vie ou la meurtrière absinthe!...

Le nain goîtreux plaça diverses « consommations » devant eux.

Gaston, croyant de son devoir de souper, se mit à boire de l'eau-de-vie. Ses yeux se troublaient, sa tête se cerclait.

— Tiens! voilà Tarpiaux!... dit Robert sur l'air national : *Tiens! voilà Mathieu...*

Un petit homme minable et malpropre, âgé d'une cinquantaine d'années, mais qui avait plutôt l'air d'un enfant vieilli que d'un homme fait, vint s'asseoir près de Robert. Il était mis avec une prétention ridicule et un dandysme rapé, presque affligeant; ses cheveux rares et blondasses se tortillaient sur son front énorme, ses moustaches grises trempaient dans sa large bouche complètement édentée. Il portait un habit noir, un gilet de velours vert à boutons de nacre, un pantalon gris perle, très sale, à bande ver-d'eau, des bottines vernies, éculées et poudreuses.

Une fille assez jolie, mais l'air très embarrassé de sa personne, malgré une mine hardie et presque impudente, l'accompagnait, vêtue de couleurs voyantes et couverte de bijoux suspects.

— Eh bien! illustre poète, dit Robert, nous préparez-vous quelque nouveau chef-d'œuvre ?

— Tu m'embêtes! répliqua Tarpiaux. Je ne suis pas illustre... et je ne suis pas poète... il n'y a pas de poète, il n'y en a jamais eu... Le mythe orphique est une vaste mystification ancienne... L'humus se révoltera un jour contre l'éther... le prétentieux et envahissant éther... Satan aura sa revanche... et puis en voilà assez!...

Et Tarpiaux se mit à tremper de longues mouillettes de pain dans un grand verre d'absinthe pure, au grand épatement de Gaston.

— S'il est permis de manger une saleté pareille! dit la jeune femme.

Templier la fixa :

— Mais, dit-il, il me semble que j'ai déjà eu l'heur de rencontrer Madame quelquefois. Est-ce dans un salon du faubourg Saint-Germain?...

— Non, répondit-elle, c'est à Montrouge. C'est vous qui connaissez Jupiter... vous êtes un « beaux-arts ».

— Ce qualificatif choque mes tendances esthétiques, reprit Robert, mais je vous excuse en faveur de vos intentions. C'est bien, en effet, dans les salons du *Lapin-de-Gouttière* que j'ai eu celui de vous voir... J'aurais été impardonnable de l'oublier, belle dame!... Est-ce que vous n'étiez pas alors en compagnie d'un *gentleman* qui semblait appartenir à l'honorable corporation des garçons bouchers?

— Bégoche!... reprit Giroflée, car c'était elle-même; un peu que je l'ai bazardé, celui-là!... J'en ai assez, de cette gouape, et Bégoche, et Jupiter, et le Phénomène!... Je veux voir des gens propres, maintenant... C'est pas une situation, pour une demoiselle, que de fréquenter des amateurs qui peuvent, un jour ou l'autre, oublier leur tête à la Roquette!...

Gaston lorgna Tarpiaux de côté. Il se dit que ce n'était pas précisément un « homme propre »; mais réfléchissant que Mlle Giroflée avait sans doute pris ce terme dans le sens moral et figuré, il se borna à souhaiter, mentalement, bonne chance à cette jeune personne de si bonne volonté.

— Ah! ça, reprit Robert en s'adressant à Giroflée, où diable as-tu ramassé ce grand poète?

Ce fut Tarpiaux qui répondit :

— J'ai trouvé Giroflée, éperdue et fugitive... je lui ai offert de partager le pain qu'il y a à la maison. Il y en a encore un peu... Giroflée pourra me comprendre : on se comprend entre *outlaws*!...

— Il est vilain comme tout, murmura Giroflée à l'oreille de Robert; mais enfin, ça n'en est pas un comme Bégoche!

Tarpiaux levait au ciel ses yeux verts égarés et malades.

— Elle aura un jour des diamants, et je veux faire envie aux étoiles de l'immensité, dit-il; elle a été ma compagne des mauvais jours, elle sera l'ange de mon triomphe; je vais entrer dans une nouvelle voie. La vie, c'est le mouvement. Tout est provisoire. Qu'est-ce que ça fait ce que l'on pense ou ce que l'on dit à l'heure présente? Les mondes ne sont que des fragments de monde! L'univers va et vient selon les battements de cœur du Grand-Tout...

La fête battait son plein.

Le grand romancier Ernest Bilhaud se dirigeait vers la porte, passant sa main sur son front, d'un air ennuyé.

C'était un gros homme brun et à figure d'avoué, toujours vêtu le plus bourgeoisement du monde et disant volontiers que nul n'était plus bourgeois que lui...

Il passa près de Tarpiaux.

— Bonsoir, cher maître, dit Tarpiaux en s'interrompant tout à coup.

— Allons Tarpiaux, ne vous dérangez pas, continuez à divaguer, dit Ernest Bilhaud.

— Assieds-toi donc, gratte-papier! dit Robert, s'adressant impertinemment au grand homme.

— J'ai un mal de tête fou, dit le grand homme qui, pourtant, prit place auprès de Robert.

Gaston s'enivrait de la contemplation de l'illustre romancier. Il s'apprêtait à manger une sandwich au foie gras, comme plaisir supplémentaire, quand deux mains se placèrent sur ses yeux.

— Coucou!... qui est là? dit une voix douce.

Gaston se retourna. C'était Fanny Meuilbard elle-même.

— On peut s'asseoir? demanda-t-elle. J'ai lâché mon frère, qui est légèrement *paf*, et le baron qui devenait filandreux.

Robert s'écarta, et elle s'assit.

— A la santé de la talentueuse Fanny Meuilhard! dit-il en levant son verre.

— Fanny Meuilhard? dit Giroflée en ouvrant de grands yeux.

— Pour vous servir, mam'zelle, répliqua l'actrice, en lorgnant insolemment Giroflée.

Giroflée avait quelque envie de faire allusion à la passion malheureuse de son ex-camarade Bigruche dit le Phénomène, mais elle se souvint qu'elle était dans le grand monde et se contenta de dire :

— Je sais que Madame est une grande artiste!

Cependant Fanny s'était mise à flirter sérieusement avec Gaston.

Son air innocent et un peu effaré lui plaisait. Ça la changeait, se disait-elle... Robert, Tarpiaux et Ernest Bilhaud avaient, peu à peu, glissé dans les conversations esthétiques.

— Prenez-moi un bonhomme à son lever, disait le grand romancier, campez-le moi sur ses pattes, suivez-le dans son existence réelle, pendant une année, ou mieux pendant un mois, ou mieux un jour... et vous aurez le vrai roman moderne... Le temps des narrateurs est passé. La police est trop bien faite à l'heure actuelle, la ville trop bien éclairée, les mœurs trop adoucies, les intérêts trop mêlés, surtout, pour qu'il se produise encore de ces incidents dont vécurent les vieilles chroniques. Aujourd'hui tout le monde pense de même ou à peu près, mange de même ou à peu près, s'habille tout à fait de même et...

Templier interrompit le grand romancier et lui indiqua un personnage qui venait d'entrer.

— Ainsi, dit-il, il serait impossible de savoir si ce monsieur est du Jockey-Club ou du cercle de l'Union.

A l'aspect du nouveau venu, Giroflée poussa un cri de terreur.

C'était Bégoche. Bégoche en guenilles, la figure encore meurtrie du coup de poing de Bolstoï, l'air farouche et menaçant.

Le « patron » Clopin-Trouillefou voulait bien que ses clients jouassent aux truands, mais il ne voulait pas que de vrais truands entrassent chez lui.

Il s'élança vers Bégoche, fronçant les sourcils et, carossant sa longue barbe poivre et sel :

— Qu'est-ce que vous voulez? dit-il.

— Je veux boire, dit Bégoche.

— Il n'y a pas à boire pour vous !

— Pourquoi? Parce que j'suis pas en sifflet d'ébène?... Etes-vous un *établissement*, oui ou non?...

— Je suis ce que je veux... Commencez par passer la porte...

— Pas avant de dire un mot à ma bonne amie, reprit Bégoche en se dirigeant vers Giroflée, qui se serra en tremblant contre ses voisins.

— Je savais que t'étais ici, continua Bégoche; veux-tu venir avec moi?...

— Non !... répondit Giroflée avec énergie.

— Eh bien! prends toujours ça, fit le bandit en lui envoyant un grand coup de poing. Giroflée le para très habilement, et ce fut Gaston Bourgoin qui le reçut en plein visage.

— Ah! mon pauvre petit!,.. cria Fanny en l'entourant de ses bras.

Un nouveau groupe venait d'entrer. C'était le vicomte de Versac, le baron de Saint-Cybard, une douzaine d'autres jeunes gens déjà légèrement *allumés*.

Versac prit l'ex-boucher par le fond de la culotte et le jeta dehors, le nez dans le ruisseau.

Giroflée éclata de rire.

— Ah ! cria-t-elle, il a rien de la déveine avec les petits crevés.

Fanny Meuilhard lui lança un regard de dégoût.

— C'est vraiment trop mêlé chez Tabourot, dit-elle... venez, mon chéri.

Et elle voulut emmener Gaston, qui saignait abondamment du nez.

— Diable! pensa Robert. Méfions-nous... il ne faudrait pas outrepasser les vues de papa Bourgoin.

Et il cherchait un moyen d'empêcher l'enlèvement de son élève, quand un grand bruit se fit sur le boulevard.

Les vitraux de la taverne volèrent en éclats et une horde de gredins, armés de cannes et de casse-têtes américains, firent irruption au milieu de la fête qui, d'ailleurs, tournait en orgie.

. . . .

Après leur désastreuse expédition d'Arcueil, Chavigny, Bigruche, Bégoche, Jupiter et Cie étaient revenus fort inquiets à Paris.

Pendant quelques jours, ils s'étaient cachés soigneusement, lisant les journaux avec une cruelle anxiété.

A leur grand étonnement, les journaux restèrent muets. La police n'avait donc rien vu ?... Nounouche était-elle morte ou blessée ?... Comment ! aucune plainte n'avait été portée ?... Cette absence de danger immédiat les atterrait.

Chavigny avait disparu.

Bégoche ne s'était pas consolé de l'abandon de Giroflée. Il l'aimait plus que jamais, depuis qu'elle avait brisé son cœur et tué son chien... car *Sergot* était mort des suites de ses blessures.

Toujours à la recherche de l'infidèle, l'ex-boucher avait fini par connaître sa liaison avec le poète Tarpiaux. Il méditait une vengeance terrible...

Tout près de la taverne des *Sabouleux*, sur le boulevard de Clichy, était une autre taverne qui n'avait rien de littéraire ni d'artistique. C'était la *Treille-d'Amour*.

C'était le rendez-vous de tous les mauvais garnements de Montmartre ; voleurs, souteneurs, bonneteurs, saltimbanques, camelots...

Depuis longtemps, ces intéressants personnages étaient en hostilité ouverte avec les artistes et les littérateurs de tout acabit qui habitent la butte ou les environs.

Cette hostilité devait, un jour ou l'autre, se traduire par quelque mêlée sanglante ; et Bégoche, qui savait que Giroflée et Tarpiaux devaient prendre part à la fête des *Sabouleux*, n'avait pas eu de peine à décider les habitués de la *Treille-d'Amour* à venir interrompre cette solennité.

La mêlée fut tout de suite formidable. Les envahisseurs étaient plus ivres encore que les conviés de Clopin-Trouillefou. Vieux forçats libérés, vieux débris des luttes communardes retour de Nouméa, pâles *mecs* aux cols évasés et aux pantalons larges du bas, bohémiens ébouriffés, gamins hideux, affiliés à la bande de Toto dit *Mes-Puces*, mendigots et *trimardeurs*, *rupins* et *saigne-vaches*, *loupiats* et *aguicheurs*, tapaient à tour de bras, les yeux ronds, les lèvres écumeuses ; les uns hurlant, les autres ne laissant entendre qu'une sorte de râle...

Beaucoup des célébrités de la *pègre* étaient là, marchant à la rescousse de Bégoche, ravies de donner contre ces bourgeois qu'on appelle des *artisses*... Jupiter et le Phénomène restaient cachés ; mais le cocher Zanzibar se montrait au premier rang, couvert de son manteau rongé par la saleté, coiffé d'un chapeau en accordéon, armé d'un manche de fouet dur et flexible...

Jonquille et Criblard s'acharnaient contre les « échassiers », déchirant avec sensualité leurs beaux habits noirs et leurs beaux gilets blancs.

Toto dit *Mes-Puces*, désireux de montrer que dans les âmes bien nées la valeur n'attend pas le nombre des années, avait fortement endommagé la

Deux gamins sinistres s'étaient jetés sur un vieillard et l'avaient renversé. (P. 123.)

figure du « patron » Tabourot dit Clopin-Trouillefou. Versac, qui avait de
superbes biceps, s'était aisément débarrassé de Kiki et de deux ou trois
Mouche-moi-donc... mais il succombait sous le nombre, et une douzaine de
voyous en blouse grise le piétinaient près du comptoir. Les femmes, épou-
vantées, se blottissaient dans les coins ou couraient de ci, de là... Le fard,
délayé dans la transpiration de la peur, coulait affreusement sur les joues
flétries des vieilles-gardes... Celles qui avaient pû gagner le boulevard appelaient au secours, criant :

— La police !... Allez chercher la police !... On se massacre ici !...

C'était à Tarpiaux qu'en voulait Bégoche ; mais Tarpiaux, quoique fort ivre, avait trouvé moyen de disparaître avec Giroflée. Pour se consoler, Bégoche se colleta avec Templier ; mais le peintre, très exercé, en eut vite raison et ajouta quelques superbes *gnons* aux cicatrices laissées sur le front du boucher par le prince Bolstoï.

Vainement, Bégoche essaya des crocs-en-jambes et d'autres ruses du métier ; vainement il essaya le coup de tête en plein diaphragme. Robert Templier « les connaissait toutes », et Bégoche, le chef de l'expédition, fut obligé d'aller étancher son sang sur le boulevard plein de curieux, mais absolument privé de police.

On entendait de loin les cris, les gémissements, les bris de verre et de la vaisselle... Dans la taverne, la confusion était à son comble, les brocs et les escabeaux volaient en l'air, les tables étaient renversées, les nains et les géants de service gisaient à terre couverts de sang.

Robert Templier, qui en avait fini avec Bégoche, s'était emparé de Criblard, et lui tenant la tête sous le bras gauche, lui *écachait* le nez à l'aide de son poing droit.

Le gros Saint-Cybard tenait tête à Jonquille, à *Massepain*, dit l'*Ormoire-à glace*, à Carpahut dit l'*Enflé*, à Tripont dit Kosiki...

Bernard Duconseil, le peintre impressionniste, luttait de son mieux, contre Kerner dit « Bismarck », Moutonnet dit « Brebis-Galeuse », et Passepoil dit « Caporal-de-la-Grillade ».

Gaston Bourgoin avait pu, un des premiers, gagner le boulevard ; il appelait éperdument la police qui finit par arriver en grande troupe et le conduisit le premier au poste, d'où on eut beaucoup de peine à le tirer.

Fanny Meuilhard et son frère Totole avaient pu aussi s'*esbigner*, évitant les coups, et la conduite du vieil admirateur qui avait conduit Fanny aux *Sabouleux* et qu'elle appelait tour à tour et selon les circonstances, le « baron » ou le « raseur ».

L'ordre se rétablit lentement... Des centaines de gens furent conduits au violon... Et, jusqu'au matin, les curieux stationnèrent devant les ruines lamentables de la taverne de Tabourot dit Clopin-Trouillefou... lequel pleurait dans son office, en compagnie de ses monstres endommagés.

. . . .

Le grand romancier Ernest Bilhaud était parvenu à quitter le champ de bataille sans la moindre égratignure.

Il errait sur le boulevard, à distance raisonnable du tumulte, regardant à loisir les péripéties du drame dénoué, enfin, par la police, et se disant que tout cela était très fâcheux, car ces échauffourées, « n'étant plus de notre temps », avaient le plus grand tort de se produire en plein Paris.

Quelques douzaines de voyous fugitifs passèrent devant lui en courant, et, ne prévoyant plus de danger, il regagnait sa maison située près du parc Monceau.

Sur le boulevard de Courcelles, tout était désert autour de lui.

Il marchait la tête basse, les mains derrière le dos, sa petite canne sous le bras, rêvant à une de ses œuvres *vraies* et *documentaires*, où aucun incident ne se produit et dont l'intérêt consiste précisément dans l'absence de tout élément d'intérêt.

Tout à coup, un cri de détresse lui fit tourner la tête.

Derrière lui, à une centaine de pas, deux gamins sinistres, dans lesquels il eût pu reconnaître deux agresseurs des *Sabouleux*, *Kiki* et *Toto* dit *Mes-Puces*, s'étaient jetés sur un vieillard et l'avaient renversé. Ce vieillard était le « baron »... ou le « raseur » !

Ernest Bilhaud comprit que son devoir d'homme et de citoyen était de voler au secours des malheureux. Mais son esthétique littéraire lui défendait de croire à ces incidents qui défrayent les vieilles chroniques et les récits « vieux jeu », et c'est sans doute pour cela qu'il hâta le pas, héla un fiacre qui passait et rentra tranquillement dans son petit hôtel, où il se coucha et dormit comme un bienheureux.

. . . .

Robert Templier habitait aussi un petit hôtel près du parc Monceau.

Après avoir, non sans peine, tiré Gaston Bourgoin du poste, il le conduisit chez lui, afin de panser un peu ses plaies et bosses.

Gaston était triste et agité.

La « vie fiévreuse » commençait à le dégoûter, mais il se disait que, quelques mois de « vie fiévreuse », c'était pourtant bien peu pour corser sa biographie. Fanny Meuilhard lui avait laissé tout espérer... Mais il prévoyait que cela pouvait lui coûter bien cher, et son naturel de fils de notaire et de petit-fils de cultivateur soissonnais reprenant le dessus... il se sentait navré dans son âme.

— Et puis, disait-il, et cette réflexion fut faite tout haut : et puis maman va être inquiète !

Et, revenu chez lui, il fut tout surpris, presque choqué, de ne recevoir aucun reproche au déjeuner !

XIX

UN RÉVEIL DES « MILLE ET UNE NUITS ».

La blessure de Nounouche n'était pas grave, mais la pauvre enfant, brisée par les tortures morales, après avoir donné à la princesse de Woutremont les premiers renseignements qu'elle lui demandait, perdit encore connaissance.

Quand elle revint à elle, une religieuse, d'une figure angéliquement bienveillante, veillait à son chevet.

Elle était couchée dans une petite chambre qui lui parut d'un luxe inouï et qui pourtant était assez simple. C'était une pièce attenant à l'appartement de la princesse, tendue de cretonne Pompadour en camaïeu vert tendre et garnie de meubles laqués, d'un blanc de crème réhaussé de minces filets lilas.

Nounouche était couverte d'une chemise de toile fine, et qui sentait si bon, si bon, que la petite fille en ferma les yeux de délices.

Quand elle les rouvrit, il y avait près de son lit, avec la religieuse, la belle dame, maîtresse du logis, et qu'elle reconnaissait bien... puis un vieux monsieur en noir, décoré, à mine douce et polie.

— Eh bien, docteur? dit la princesse en tournant vers le vieillard un regard anxieux.

Le docteur prit doucement, oh! bien doucement, la main de Nounouche.

— Il n'y a presque plus de fièvre, dit-il ; cette petite demoiselle s'en tirera très bien. Ce soir, si elle le désire, on pourra lui donner un peu de bouillon au tapioca, ou un œuf frais, ou même un peu de blanc de poulet.

Cette petite demoiselle!... C'était Nounouche qu'on appelait une petite demoiselle?... Et elle n'avait qu'à le désirer pour qu'on lui donnât toute espèce de bonnes choses?...

Une sorte de poignante volupté morale oppressait son pauvre petit cœur encore ulcéré. Elle n'osait regarder les bonnes, les si bonnes gens qui l'entouraient ; elle n'osait pas dire merci... Au premier mot qu'elle eût prononcé, elle aurait éclaté en sanglots... et elle n'osait pas sangloter.

Après avoir dit quelques mots, qu'elle ne comprit pas, le médecin salua respectueusement la princesse, puis se retira.

La religieuse se retira aussi.

La princesse avança un fauteuil, s'assit près de Nounouche et attira doucement sa tête sur son sein...

Alors la petite fille n'y put tenir. Son cœur fondit : elle pleura, pleura, pleura tant que ses yeux se gonflèrent et que sa poitrine se souleva, toute oppressée de douloureux bonheur...

— Oh! Madame, dit-elle enfin, ayez pitié de moi!... Je vous servirai bien fidèlement jusqu'à ma mort... Oui, je serai heureuse d'être votre servante... Mais, pour l'amour de Dieu, ne me rendez pas à la Mouchotte!... Sauvez-moi de ces hommes affreux qui m'ont rendue si malheureuse et qui voulaient me rendre criminelle!... Madame, bonne Madame, ayez pitié de la pauvre Nounouche!

La princesse, elle aussi, pleurait, et c'est à peine si elle pouvait parler.

Elle dit pourtant :

— Mon enfant, oublie tout ce passé!... C'est un mauvais rêve que tu as fait... D'abord, tu ne t'appelles pas « Nounouche ». Tu t'appelles Mlle Amélia. Non seulement tu ne seras pas ma servante, mais tu es maîtresse comme moi ici... Tout ce qui t'entoure est à toi... Tous mes gens sont à ton ser-

vice... Tu es chez nous, tu es chez toi... Je ne t'aimerais pas plus si j'étais
ta mère...

Nounouche, ou plutôt Amélia, ouvrait de grands yeux.

— Hélas! Madame dit-elle enfin, comme écrasée par son bonheur, d'où
vient que vous êtes si bonne pour moi, et qu'est-ce que j'ai fait pour
mériter tout cela?

La princesse s'écarta un peu, lui prit doucement la main et lui dit :

— Amélia, il y a des choses que je ne puis encore te dire et que tu sauras
plus tard. Comprends-moi bien... Tu as été élevée par Marie Bonnet, n'est-
ce pas?... Mais tu sais qu'elle n'était pas ta mère... Tu as été volée par
l'horrible mégère de Montmartre... Elle était encore moins ta mère, celle-
là!... Tu as eu pourtant une mère, n'est-il pas vrai?.. Eh bien! je l'ai
connue, moi, elle était mon amie et je lui ai promis de veiller sur toi comme
elle l'eût fait elle-même... Le bon Dieu n'a pas voulu que j'eusse des enfants :
tu seras ma fille... Dis, Amélia, veux-tu être ma fille?...

Amélia n'éprouvait plus l'espèce de terreur qui l'oppressait encor à son
réveil. Les yeux de la princesse étaient si bons et la regardaient si tendrement, qu'elle se livra tout entière et sans inquiétude nouvelle au bonheur
de l'embrasser et de se serrer contre son cœur...

— Oh! Madame, dit-elle enfin...

— Tu m'appelleras marraine, dit Mme de Woutremont. C'est mon vrai
titre. Je suis ta marraine, Amélia...

— Bien, ma marraine!...

— Tu vas bientôt pouvoir te lever, ma pauvre chère petite, alors nous
quitterons Paris... nous irons loin d'ici, dans un pays charmant... un pays
comme ceux dont on parle dans les contes de fée. Là, vois-tu, Amélia, le
soleil est plus brillant et plus chaud, l'air est plus frais, les fleurs sont plus
belles et sentent meilleur... Dans peu de jours, ce bon air tout embaumé te
rendra la vie et la santé... Tu reprendras des couleurs et des forces... Tu
grandiras, joyeuse, aimée, toujours contente, près de moi... près de moi,
qui consacrerai le reste de ma vie à te rendre heureuse, à te faire oublier tes
souffrances et tes chagrins.

Amélia buvait avidement ces douces paroles, elle en imprégnait son être...
La pauvre petite était née avec un impérieux besoin d'affection et de tendresse... Certes, elle n'avait jamais rêvé la richesse ou même l'aisance ;
mais il lui fallait quelqu'un à aimer.

... Et c'est cette privation de sympathie qui torturait surtout son âme
avant le prodigieux hasard qui l'avait jetée toute frémissante, dans les bras
de son angélique marraine...

Mais être aimée et gâtée par une grande dame, une princesse si bonne et
si belle; être quasiment sa fille, être une demoiselle, être Mlle Amélia; se
voir tout à coup bien soignée, bien caressée, riche même... car Amélia de-

vinait qu'elle était riche maintenant... oh! quel rêve enchanteur et déli-
rant; quelle resplendissante clarté, après une nuit d'orage si froide et si
noire!...

Les nerfs surmenés de l'enfant ne pouvaient supporter tant de surprise et
tant de joie. Un tremblement convulsif la saisit et Mme de Woutremont
crut un instant qu'elle serait obligée de faire revenir le médecin.

Mais, avec l'aide de la bonne sœur, elle fit prendre à sa fille une potion
calmante, puis un peu de bouillon, puis un peu de vieux vin de Bordeaux...

Vers le soir, Amélia, pelotonnée dans son lit, et comme confite dans son
bonheur inattendu, s'endormit d'un sommeil plein de rêves féeriques. Ah!
tous les contes naïfs et merveilleux dont les bonnes paysannes de là-bas
avaient bercé son enfance n'étaient rien à côté du poème fantastique et suave
qui chantait à ses oreilles.

La nuit se passa. Puis, les roses clartés de l'Orient pénétrèrent par la
grande fenêtre et empourprèrent les meubles si frais et si gais. Puis, les
rayons du soleil vinrent chauffer doucement les membres maigres et endo-
loris d'Amélia. La bonne sœur était toujours là... Une servante entra, demanda humblement à mademoiselle si elle désirait du chocolat ou du café à
la crème.

Amélia comprit qu'elle ne devait pas faire la timide; elle demanda du
chocolat... Le chocolat était encore un mythe pour elle... C'est vaguement
et comme d'une gourmandise élyséenne qu'elle en avait entendu parler.
Elle trouva le chocolat exquis et réconfortant; la brioche toute chaude lui
causa d'extrêmes délices, ainsi que le verre d'eau pure comme le cristal et
froide comme la glace. Et tout cela était respectueusement servi dans la
porcelaine transparente, l'or et l'argent... avec du linge plus épais, plus
doux et plus reluisant que du satin blanc.

On donna ensuite à Mlle Amélia des livres et des albums pour la distraire.

Puis, comme elle se sentait forte et vaillante, après avoir donné des soins
à sa blessure, qui, décidément, n'était qu'un *bobo*, on lui passa un gentil
peignoir crème, orné de dentelles; on procéda longuement à sa toilette et
on la fit asseoir dans un grand fauteuil, lui annonçant qu'une modiste allait
venir avec « Madame » pour lui essayer des habits.

La princesse vint, en effet, accompagnée d'une jeune fille à l'air doux,
modeste et très triste, qui portait tant de cartons de toutes formes qu'on se
demandait comment une si frôle personne pouvait porter tant de cartons...

On déballa, on essaya, on choisit une foule de choses étonnamment belles.
Le rêve de Nounouche devenait plus féerique. C'était maintenant comme
un beau rêve dans un beau rêve.

Cela dura longtemps, très longtemps.

Enfin la jeune fille aux cartons se retira en faisant de grandes révérences,
et Amélia resta seule avec sa marraine...

— Qu'as-tu donc, ma chérie? demanda la princesse... tu parais songeuse... as-tu envie de quelque chose qu'on ne t'ait pas offert?

— Ma bonne marraine, répondit Amélia, cette demoiselle qui était là tout à l'heure...

— Eh bien! quoi, mon enfant, cette demoiselle?

— Elle avait l'air bien triste... elle est peut-être malheureuse... est-ce que vous ne pourriez pas faire quelque chose pour elle, vous, ma bonne marraine, qui devez être si riche?

La princesse embrassa passionnément Amélia.

— Je m'informerai, ma chérie, dit-elle. Et, si elle est malheureuse, je viendrai à son secours... Mais je n'avais pas remarqué qu'elle eût l'air triste... je ne vois que toi maintenant!

XX

TOTO DIT MES-PUCES.

La bande des *Mouch'-moi-donc*, organisée et commandée par Louis-Théodore Hérault, dit Toto, dit *Mes-Puces*, a pas mal fait parler d'elle il y a quelques années. Cette légion gamine, peu nombreuse, mais composée d'éléments de choix, a donné beaucoup de fil à retordre à la police. Elle restait insaisissable, quoique fort connue. Les terribles moutards qui la formaient, après s'être rendus coupables de toutes sortes de méfaits, y compris des vols avec effraction, des attaques nocturnes et des assassinats, semblaient disparaître dans des trous comme des souris ou se fondre dans l'atmosphère comme des farfadets.

Pourtant, ils étaient tous signalés à la police, ces effrayants polissons, comme en fait foi cette liste, copiée textuellement sur une pièce qui fait encore partie des archives de la préfecture :

Hérault (Louis-Théodore), dit *Toto*, dit *Mes-Puces*, seize ans, sans profession.

Schlütz (Emile), dit *Kiky*, dit *Poturon*, dix-huit ans, mécanicien.

Limouzin (Jacques-Amable), dit *Pistolet*, douze ans, apprenti typographe.

Germain (noms inconnus), dit *Germinoche*, dit *Pince-sans-Rire*, treize ans, sans profession.

Combarel (Armand-Léonard), dit *Poléon*, dit *Cartouche*, dit le *Mégot*, treize ans, sans profession.

Ninas (Joseph) dit *Ninette*, dit *Pousse-Caillous*, douze ans, sans profession.

Gubinelli (?...) dit l'*Italien-Manqué*, dit *Brunet*, dit la *Moulette*.

Tremblay (Cyprien), apprenti mécanicien, sans profession (12 ans?)

Nicolas (?) dit *Plénipotentiaire*, sans profession (12 ans?)

Gérémie (?) dit la *Guêpe*, dit *Piquoiseau*, apprenti ébéniste, seize ans.

Marembal (Charles), dit *Frétille*, dit *Grelot*, quatorze ans, sans profession.

Garrigou (Édouard-Alexis), dit *Gascon*, dit *Lagardère*, quinze ans, coiffeur.

Hippolyte (?), dit *Passe-Carreau*, dit *Pitrasse*, dix-sept ans, saltimbanque.

Lamoureux (Carles), dit *Remballeur*, dit *Cap-de-Porc*, onze ans, sans profession.

Kœrner (?) dit *Prusco*, dit le *Hulan*, âge inconnu, ancien balayeur.

Ces quinze jeunes messieurs composaient à peu près toute la troupe de Toto dit *Mes-Puces*. D'autres gaillards de la même trempe étaient membres honoraires, mais pas complètement admis.

La bande obéissait à un règlement rédigé par Toto lui-même, qui montrait chez cet organisateur précoce plus d'esprit politique que de grammaire et d'orthographe. Le voici dans toute sa pureté barbare :

1° Les homes quil feron parti de la sociacion oron dis ans au moins et disuit ans au plus.

2° Y devron çavoir lir au moins les afiche et anceigne.

3° Y ce muniron dun couto avirol, les autre inctruman étan fourni par la sociacion.

4° Y reconetron pour chef Toto dit Mes-Puces légaleman élu par la sociacion.

5° Les antreprise engran ce feron par toute la sociacion.

6° Les cous fais par toutun chaquun au particulié, on devrat en ramdre conte a lasemblé de la sociacion et comuniquer les objet don qu'on ora bénéfisié.

7° Tou les obget apartiène dedroi a la sociacion : ciconque angardera pour lui sans les comuniquer a la sociacion ancourera des paines convenus espécialeman. Le partage ce feron a lasemblé.

8° Ciconque oratrailli devan la paulice cera punit de maurt et ex-éculé par limporte quel mambre de la sociacion par toutou y cera trouvé cans que la paulice le sache.

9° Le chef de la sociacion aura droit a un cintième de toute lé prise senséman pour le rélumérer des bons coins qu'il a doné a lorganisation de la sociation.

10° Les mambres jure fidélité et obélicance au chef sous paine de maurs ou autre telle quy sera discuté au conseil.

Le lieu de réunion de la bande des *Mouch'-moi-donc* était supérieurement choisi. Les jeunes bandits se donnaient rendez-vous dans les ruines pittoresques des Tuileries, encore debout à cette époque.

Ils avaient trouvé le moyen de rendre mobile une des planches de l'encecinte et, à la faveur de la nuit, et de la hautaine négligence des agents, ils

Ils se tenaient en grand conseil sous la présidence de Toto, dit Mes-Puces. (P. 129.)

pénétraient dans un bon petit endroit, bien clos de pierres effritées, et où ils pouvaient causer, manger, boire, fumer et même allumer du feu, sans éveiller aucun soupçon.

C'est là qu'ils se tenaient en grand conseil, sous la présidence de Toto dit Mes-puces, le lendemain même de l'échauffourée de la taverne des Sabouleux.

Ils étaient là, au complet, autour d'un bon feu, faisant honneur, avant la séance, aux amples provisions recueillies aux Halles par les fourriers de la troupe. Saucissons, artichauts, radis, lard salé, vin, cognac, bière, rhum,

SON ALTESSE NOUNOUCHE.   17

absorbés avec entrain ; on fit même des grillades de porc frais et de pré-salé. Le repas terminé, Toto dit *Mes-Puces*, prit la parole. (Écoutez ! écoutez !)

— Chers camarades et amis (très bien !), des choses graves se produisent et nécessitent des mesures exceptionnelles.

Le *vioque* que nous avons *barboté* au boul' de Courcelles, nous a fichu la crasse de *gourconler* chez le *pharmacof*, où on l'avait caluté pour y faire *boulloter* des *drogminches*. La *rousse trimarde* d'*achar* pour *dégotter* les *ingénieurs du truc*. C'est moi et Kiki ; mais toute la *coterie* est en *colorgne*, et il ne s'agit pas de la prendre à la blague !...

— Eh bé, après ?... interrompit Limouzin, dit *Pistolet*.

La plupart des membres de l'association savaient lire, conformément aux statuts, et avaient même suivi dans le *Petit Journal* les débats de nos assemblées législatives. L'interruption de *Pistolet* leur parut aussi peu parlementaire qu'irrespectueuse envers le président de l'assemblée.

Un énergique rappel à l'ordre fut donc immédiatement réclamé et prononcé contre l'interrupteur, et Toto, dit *Mes-Puces*, reprit la parole avec toute la dignité convenable.

Le procès-verbal de cette mémorable séance n'a pas été dressé. Nos informations particulières nous permettent cependant d'en donner un compte rendu sinon complet, au moins sommaire.

Après avoir exposé à ses subordonnés le péril que faisait courir à l'association la mort du vieux monsieur du boulevard de Courcelles, cet infortuné protecteur de Fanny Meuilhard, M. le président déclara à l'assemblée que des vacances provisoires lui semblaient indiquées.

L'assemblée serait donc prorogée jusqu'à nouvel ordre, et l'association interrompait, pour le moment, tous ses travaux. Chacun des honorables membres devait, jusqu'à la reprise des affaires, pourvoir à sa subsistance, de son mieux, et sans s'exposer aux indiscrétions de la police, récemment tirée de sa généreuse somnolence par la multiplicité des entreprises dites illicites, et les réclamations des Parisiens, lâchement affolés. Ceux qui, par hasard, se trouvaient avoir des familles, feraient bien d'essayer une réconciliation, d'ailleurs, toute provisoire, avec icelle.

Les autres se résoudraient, pour un temps heureusement court, à l'odieuse nécessité d'un travail reconnu par la loi

Cette dernière perspective porta le trouble et l'affliction dans toutes ces jeunes âmes. Mais on reconnut à l'unanimité que la sagesse et la prudence même avaient parlé par la bouche de M. le président.

Limouzin, dit *Pistolet*, malgré ses tendances à l'indiscipline, consentit à reprendre le joug de la typographie. Jérémie, dit la *Guêpe*, promit de se remettre à l'ébénisterie... Et ceux qui étaient qualifiés « sans profession » jurèrent de s'en tirer le mieux qu'ils pourraient, sans risquer les indiscrétions d'une police inopinément réveillée de sa torpeur.

Schlütz, dit *Kiki*, dit *Poturon*, voyait avec un plaisir tout particulier cette dissolution provisoire. Il rêvait de remplacer *Mes-Puces* et espérait qu'il serait *arcpincé* durant son interrègne volontaire.

Kiki était un gros Luxembourgeois blond, efféminé, très tenace malgré son lymphatisme. Lui aussi était doué d'un grand esprit politique.

Non seulement il appuya avec énergie la motion de son chef, mais il prit l'initiative d'apprendre à l'association que Toto avait une importante communication à lui faire. (Parlez! parlez!)

Toto rougit un peu, toussa et reprit la parole.

Il avait, en effet, une confidence à faire à ses chers camarades et amis! Son cœur venait de parler. (Oh! oh!) Il était tombé amoureux d'une des jeunes pensionnaires de la Mouchotte; ce n'était ni Zizi, ni Caramel, ni la Mirguette (Voix diverses : Elle est trop maigre celle-là!): c'était une nouvelle, on l'appelait Nounouche. Elle avait tout à coup disparu. Toto ignorait son destin, on n'avait rien voulu lui dire, et il priait ses chers camarades d'employer une partie de leurs loisirs nouveaux à découvrir sa retraite.

Schlütz — un vieux de dix-huit ans, qui savait que les hommes sont aisément perdus par l'amour, appuya avec feu et sentiment ce que venait de dire Toto dit *Mes-Puces*. Il se joignit à son chef pour adjurer l'association de se mettre en quête de Nounouche, et promit son concours personnel avec toutes sortes de protestations de loyalisme et de dévouement.

On but un bon coup de cognac pour sceller ce pacte, puis un autre bon coup en guise d'adieux...

Et l'assemblée se sépara au petit jour.

, ...

Toto dit *Mes-Puces*, après avoir vu lever l'aurore sous les ombrages des Champs-Élysées, tout comme s'il était le plus vertueux des mortels, se dirigea en flânant vers la rue de l'Arcade, tantôt rêveur et la tête baissée, tantôt dardant de droite et de gauche ses grands yeux bleus et clairs, très jolis et d'une expression atroce.

Nous devons dire qu'un de ses premiers soins fut de violer les conventions pacifiques et prudentes dont il venait d'être l'initiateur, en arrachant les boucles d'oreille d'une petite fille qui passait sur le trottoir solitaire, une boîte au lait à la main. Il poussa même la discourtoisie et l'indélicatesse jusqu'à donner un grand coup de pied dans la boîte au lait qui vola au loin, inondant le pavé d'un flot blanchâtre; puis il prit la fuite en riant, tandis que la pauvre petite se lamentait et rentrait chez elle, en grand danger d'être battue, après avoir peut-être fait des rêves d'or comme Perrette!

Le soleil éclairait vivement Paris quand Toto arriva rue de l'Arcade. Il s'arrêta, comme en sentinelle, devant une grande porte où l'on pouvait lire sur une plaque de cuivre :

Madame Savart. — Modes.

Quelques jeunes filles entraient... Toto les regarda impudemment.

— Enfin ! murmura-t-il.

Une jeune personne gentille, mais l'air triste jusqu'à la désolation, venait d'apparaître. C'était elle qui avait porté chez la princesse de Woutremont les belles choses si admirées par Amélia.

— Bonjour, ma sœur, dit brusquement Toto.

La jeune fille leva les yeux, pâlit et ne répondit rien.

— Bonjour, Jeanne ! reprit Toto en se plantant devant elle.

Jeanne Hérault s'arrêta...

— Bonjour, Louis, dit-elle ; que me veux-tu ?

— As-tu de l'argent ?

— Tu sais bien que non !...

— Je sais bien que si... Tu en gagnes chez la mère Savart... et maman à sa pension... Moi, tu sais, je n'ai pas le *rond* !...

Jeanne essaya de prendre une attitude et un regard fermes.

— Pourquoi ne travailles-tu pas ? dit-elle.

— D'abord, répliqua-t-il, parce que le travail m'embête... et puis, m'a-t-on fait apprendre un état ?

— On t'a mis à l'école... tu t'es fait chasser de partout. C'est à peine si tu sais-lire et écrire...

— J'en sais assez pour ce que je veux faire... et puis zut !... il me faut du *pognon*... Si tu n'en as pas ici, je te préviens que j'irai en chercher chez toi... et maman...

— Malheureux !... encore une scène comme celles d'autrefois et tu la tueras... Tu sais qu'elle est très malade, Louis ?

Et les yeux de Jeanne se remplirent de larmes.

Toto sembla hésiter un instant :

— Peuh ! fit-il enfin, voilà des années qu'on dit ça... et elle va toujours !

— Louis, reprit Jeanne en pleurant, tu n'as donc pas de cœur du tout !... Elle est bien malade, te dis-je. Le chagrin et la misère la tuent à petit feu. Tu sais bien que notre pauvre père a laissé des masses de dettes et qu'elle veut les payer pour sauvegarder l'honneur de son nom.

— L'honneur de son nom ! Malheur !... Une jolie fichaise pour nous tirer le pain de la bouche !... Bien la peine de tant se dévisser le tempérament pour sauver l'honneur de son nom !...

— Ce n'est peut-être pas la peine, en effet, de se donner tant de mal pour cela, reprit Jeanne avec amertume. Quoique nous fassions, maman et moi, tu le déshonoreras, toi !... Sais-tu ce qui m'arrive, Louis ? On dit, à l'atelier, que je suis la sœur d'un petit malheureux signalé à la police, et on parle de me renvoyer; car tu me rends suspecte et tu empêches qu'on ait confiance en moi.

— Des blagues!...

— La vérité, Louis!... Heureusement notre pauvre mère ne se doute pas de cela. Elle t'a toujours aimé mieux que moi...

— De la jalousie, quoi!...

— Non, Louis, j'en suis heureuse à présent. Oui, heureuse, car, grâce à cela, maman s'imagine toujours que tu n'es qu'égaré et qu'un de ces jours tu rentreras près d'elle.

Cette idée la soutient, la pauvre femme; sans ça, elle mourrait. Je l'ai vue, l'autre jour, qu'elle avait pu se lever, sais-tu ce qu'elle faisait? Elle pleurait devant ta photographie, quand tu étais tout petit, en blouse verte... Tous les jours elle me demande si j'ai de tes nouvelles... Je lui conte un tas de mensonges... que tu es employé chéz un libraire... que tu n'oses pas revenir chez elle. Alors elle veut t'écrire, elle veut te dire qu'elle te pardonne... qu'elle ne demande qu'à t'embrasser... Oh! Louis, Louis, moi, de même, je ne demanderais qu'à te pardonner et à t'aimer... Le bon Dieu le sait bien!...

Et la pauvre fille éclata en sanglots.

Toto était devenu un peu pâle et ses yeux avaient perdu de leur gouaillerie pénétrante et affreuse. Au nom de « Dieu », il haussa vivement les épaules et mit ses mains dans ses poches.

— Ah! oui le bon Dieu, à présent, dit-il, voilà ce que tu me fais faire avec ton bon Dieu! Nous ne coupons plus là dedans, nous autres!... D'ailleurs, c'est pas tout ça : veux-tu *casquer*, oui ou non?

— Je n'ai rien! s'écria Jeanne d'un ton résolu.

— Eh bien, prends garde à toi!

— Je n'ai pas peur, reprit Jeanne révoltée et exaspérée. Et, entends bien cela, Louis, si tu me pousses à bout, je vais appeler à mon secours et, s'il le faut, te faire arrêter.

Toto éclata de rire :

— Fais-le donc! dit-il. La mère ne manquera pas de le savoir... Et c'est pour le coup qu'elle *battra des coquillards*, la pauvre vieille!...

Jeanne le regarda épouvantée :

— Adieu! lui dit-elle, en posant le doigt sur la sonnette de la porte cochère.

— Au revoir! dit Toto.

Et il s'éloigna d'un air furieux.

— Allons, murmura-t-il entre ses dents, faudra faire une visite à la vieille!... En attendant, j'ai conservé quelques bibelots, s'agit de savoir ce que le père *Giani* m'en donnera.

XXI

CHEZ IL SIGNOR GIANIDRACCHI.

La renommée suspecte du vieux Gianidracchi ne tenait certainement pas à l'apparence de son installation.

Il possédait, en pleine rue de Châteaudun, une grande et belle boutique au rez-de-chaussée, et un petit appartement très convenable à l'entresol.

Au-dessus de la devanture formée par des glaces immenses, on lisait :

Vente et achat de mobilier. — Antiquités. — Objets d'art.

Il y avait de tout chez Gianidracchi, du vieux et du neuf, du beau et du laid, de la petite camelote et des meubles ou bibelots anciens valant un prix fou. Des centaines de lustres, les uns venant des bazars à bon marché, les autres comptant parmi les chefs-d'œuvre connus de Baccarat, pendaient au plafond, surmontant des amas d'armoires à glace, de crédences, de fauteuils garnis de tapisseries éteintes, de vitrines en forme de chaises à porteur en paillon ou en vernis Martin, de tableaux de maîtres, de *croûtes* infâmes, de gravures, d'estampes, de cadres ternis, de vieilles faïences et d'armes antiques entremêlées de sabres d'artillerie et de briquets de fantassins. Tout cela était surveillé par un employé crasseux, à mine âpre et à doigts rapaces, insolent avec les vendeurs, agaçant les acheteurs par son obséquiosité visqueuse...

Ceux qui désiraient parler au signor Gianidracchi montaient un petit escalier en escargot et étaient introduits soit par une servante sur l'âge, soit par Mlle Paolina (la danseuse) elle-même, dans un cabinet meublé d'acajou, peint à l'huile, où le « négociant » les recevait, coiffé d'une calotte de velours violet et couvert d'une robe de chambre de tartan grenat à carreaux verts.

Ce matin-là Gianidracchi, assis devant son bureau, était en conférence avec M. Fotheringham, le vertueux Anglais, qui venait d'étaler sur une table un assortiment considérable de menus objets d'or et d'argent.

— Douze cents francs, c'est tout cé qué zé pouis vis donner, disait Gianidracchi. Il y a souste per douze cents francs dé matière... vis ne comptez pas, zé pense, qué zé vais vis payer la main-d'ouvre?...

M. Fotheringham soupira et leva les yeux au ciel.

— Les bonnes âmes qui me havaient donné ces petites choses, dit-il, comptaient sur oun peu plous...

Gianidracchi fronça le sourcil.

— Les bonnes âmes, elles sé contenteront dé moins, dit-il; douze cents francs d'aumône, c'est dézà zentil, per oun Anglais çaritable !...

— Soit, reprit le vertueux Anglais. Donnez-moi les douze cents francs, et ayez soin de rendre tout cela *méconnaissable!*...

Le vieux Napolitain le regarda d'un air malin...

— Adiou! dit-il.

— Good morning!... reprit l'Anglais, après avoir empoché son argent.

Toto lui-même succéda au vertueux insulaire.

— C'est moi, dit-il, en entrant d'un air délibéré...

— Ah! c'est toi, mauvais souzet, répondit Gianidracchi. Ques ce qui tou mé veux?

— Je viens vous offrir quelque chose...

— Fais voir oun peu!...

Toto tira de sa poche un médaillon, où Gianidracchi reconnut, du premier coup, une merveilleuse miniature d'Isabey.

— Ça, d'abord, zé n'en veux pas, dit Gianidracchi en jetant dédaigneusement l'objet sur son bureau.

Toto fut surpris...

— Ça né vaut rien, reprit le « marchand », oune mauvaise peinture... oune peinture détestable... Va porter ça à oune autre. S'il t'en donne dix francs, moi zé t'en donne vingt...

Toto ouvrit des yeux stupéfaits.

— Un bibe qu'avait l'air si calé! murmura-t-il.

— Enfin, reprit Toto, en tirant de sa poche une grosse bague d'argent armoriée, voyez père *Giani*, voulez-vous de ça?

Gianidracchi prit la bague, affecta un air surpris et l'examina à la loupe.

— *Per baccho!...* dit-il, où as-tu pris cet objet?

— C'est un monsieur qui me l'a donné, dit Toto.

— Ça zé té l'acète... zé t'en donne cinquante francs.

Toto croyait en avoir six francs au plus; mais il prit un air capable :

— Soixante francs, dit-il.

— Tiens!... reprends-le!...

— Soixante francs et je vous donne le médaillon par dessus le marché, reprit Toto, persuadé qu'il venait de faire un marché d'or.

— Ma zé n'en veux pas, de ton médaillon, dit l'Italien... Enfin, tiens, voilà cinquante-cinq francs et fais-moi voir les talons.

— Cinquante-cinq francs, et à peu près autant que je tirerai bien de ma famille, pensa Toto; me voilà tranquille pour quelque temps.

Et il redescendit, heurtant dans l'escalier le vicomte de Versac qui, à en juger par son habit noir et sa chemise défraîchie, avait passé la nuit ailleurs que dans son lit.

— Bonjour, signor Gianidracchi, dit-il en prenant une chaise.

— Bonjour, bonjour, dit le « négociaut » en écrivant d'un air affairé.

— Je vous trouve plutôt froid à mon égard, estimable commerçant, dit Versac.

— Zé vous baise les mains, moussu lé vicomte.

— Je viens pour autre chose... Il me faudrait dix mille francs.

Gianidracchi se retourna et releva ses larges lunettes sur son front :

— Est-cé qué moussu lé vicomte il mé fait l'honneur dé sé ficer dé moi?... demanda-t-il.

— Pourquoi ça?... Ne vous ai-je pas payé ce que je vous devais... de l'autre fois?

— Péniblement.

— Qu'en savez-vous?

— Ze sais bien d'autres çozes. Vi avez emprounté à moussu le prince Bolstoï cé qui vis m'avez payé...

— Eh! bien! qu'est-ce que ça vous fait!...

— Ça mé fait... qui vis n'êtes point solvable!...

— Erreur!... j'ai encore ma terre du Quercy.

— Hou!... Hou!... elle est hypothéquée zousqu'à la moelle des os!..

— Alors vous refusez?

— Con furia!

— Adieu! vieux *mangia maccheroni!*

— Né dites pas dou mal dou maccheroni, moussu lé vicomte. On ne sait pas le faire en France; ma, zé vis dounrai ouna récette, per fer oun bon maccheroni!...

— Allez au diable! dit Versac en redescendant l'escalier quatre à quatre.

Gianidracchi, resté seul, se mit à contempler la miniature d'Isabey.

— Oh! la *bella ragazza!* murmura-t-il, oun vrai cef-d'ouvre! Oh! *bella, bellissima amorosa.*

Il couvrit la miniature de baisers et la serra dans un tiroir de son bureau en disant :

— *Vale dicci mille franchi!...*

— Papa, dit Paolina, apparaissant tout à coup, c'est un petit jeune homme.

— Son nom?

— M. Gaston Bourgoin.

— Qu'il entre!

La jeune fille introduisit Gaston, qui salua d'un air timide.

Gianidracchi se leva et lui présenta un fauteuil.

— Monsieur, dit Gaston, en regardant avec une sorte de terreur les lunettes rayonnantes, le nez démesuré et le collier de barbe blanche du signor Gianidracchi... vous avez eu confiance en moi... et...

— Zé souis persuadé que, votre petit effet, il sera payé ezattement... Qu'est-ce qu'il y a maintenant per votre service?

— Monsieur, reprit Gaston, on m'a dit que vous... vous... intéressiez aux jeunes gens...

— Oui, z'aime la zeunesse!...

— Laisse-moi donc tranquille, papa, avec ta morale. (P. 139.)

— Et, alors, j'ai pensé... que vous voudriez bien m'aider dans des circonstances délicates...

— Hou! hou!... Zé comprends. Oune petite liaison... Fanny Meuilhard,
peut-être?... Vis voudriez oun un peu d'arzent per fere tête aux obligations
possibles...

— C'est cela!...

— Eh bien! mon cer moussou... Zé né pouis vis donner qu'oune bon
conseil!... révinez à la vertou et dans lé ziron de votre famille.

Gaston rougit jusqu'aux cheveux.

Son Altssse Nounouche

— Je n'aurais besoin que de deux mille francs, dit-il.

Gianidracchi sursauta.

— Deux mille francs!... ma vis êtes fou, mon zeune moussu! Est-ce qué vis croyez qué deux mille francs ils se trouvent dans lé pas d'oun céval?

— Oh! monsieur Gianidracchi, on sait bien que vous êtes riche.

— Moi!... ma c'é oune erreur déplorable. Zé souis rouiné!... rouiné, mou cer!... Les affaires, ils né vont pas dou tout. Voulez-vous voir mes lives?... Et pouis z'ai été trop souvent victime dé mon bon cor!...

Gaston prit un air désolé.

— Allons, allons mon pétit, reprit Gianidracchi; né vis çagrinez pas... nous allons essayer d'arranzer ça!...

Gianidracchi présenta un billet tout préparé à Gaston.

— Écrivez, dit-il : Accepté per la valor dé trois mille francs!...

— Pardon, dit naïvement Gaston. ce n'est que deux mille francs qu'il me faut.

— Mon cer ami, répondit l'Italien avec un doux sourire, l'argent il est oune marçandise comme oune autre. Vis m'acetez deux mille francs, zé vis les vends mille, tout le monde il vis dira qué c'est per rien!...

Gaston écrivit et signa.

Gianidracchi prit dans un tiroir dix louis et un effet de huit cents francs.

— Voilà touzours mille francs, dit-il... Deux cents francs en beaux louis brillants comme neufs!... et oun effet de huit cents francs payable auzour d'houi même, vis entendez?... Auzourd'houi même!... Zé vous gâte!...

— Un effet?

— Oui!... Des personnes soures... C'est oun billet dé banque qué zévis donne... Quant aux autres mille francs!... ma foi, tant pis!... Zé vais vis mettre en bénéfice!... Zé souis si bon!...

Et Gianidracchi présenta au pauvre Gaston, stupéfait, une vieille carabine incrustée de nacre, tellement lourde qu'il avait peine à la soulever.

— C'est oun obzet historique, dit-il; la carabine qué Çarles Nof il a tiré avec sour les houguenots, d'où haut dou balcon dou Louvre, lé zour dé la Saint-Barthélémy... Si vis né vendez pas ça piou dé mille francs, vis n'entendez rien au commerce.

Cette fois, Gaston se révolta.

— Mais, dit-il, c'est insensé, cela!... Comment prouverai-je que cette carabine...

— Eh! mon cer moussu... zé vous répète que c'est oune obzet historique... tous les amateurs lé connaissent...

— Non... non... rendez-moi mon billet! dit Gaston éploré.

— Zamais de la vie! Ah! mon cer ami, il faut être piou rond que cela en affaires!

Gaston, pris de désespoir, allait menacer Gianidracchi de le dénoncer à

la justice de son pays ; mais il réfléchit qu'une dénonciation c'était la fin de
sa liaison à peine ébauchée avec Fanny, la colère de son père, et sa rentrée
forcée dans la vie paisible et bourgeoise.

— Allons, adieu, Monsieur, dit-il d'un air résigné.

— Eh ! vis oubliez la carabine di Çarles Nof, lui cria Gianidracchi.

Et Gaston sortit, chargé comme un mulet du fameux objet historique.

XXII

LES DEUX COMPLICES.

— Et maintenant, Paolina, dit Gianidracchi, viens déjeuner, ma fille.

Paolina, en peignoir écarlate, entra toute sautillante. C'était une jolie
brune, au teint mat et aux yeux bistrés.

On passa dans une petite salle à manger, où la bonne sur l'âge servit du
thé à la crème, des tartines de beurre et du jambon pour Paolina, tandis
que Gianidracchi soulevait, avec sa fourchette, de longs tuyaux de macaroni
à la sauce aux tomates, sur lequel il faisait pleuvoir du parmesan rapé, d'une
belle couleur d'or.

— En voilà, dou maccharoni, disait-il, qué moussu lé vicomte il n'en a
zamais manzé di pareil !... Allons, la matinée, il n'est pas mauvaise !... A
propos, mon enfant, as-tu des nouvelles dé ta sor ?

— Non, répondit Paolina, la bouche pleine. Elle est si orgueilleuse, cette
Fiamina.

— Elle a souzet de l'être, mon enfant. La voilà avec oun protecteur car-
mant, et si rice !... Moussu Van der Witt, oun grand banquier... encore
zeune... cinquante-cinq ans à peine, et qui l'épousera. Comme ça, la morale
il sera sauve, et mes ceveux blancs ils n'auront pas à rougir !...

Et Gianidracchi avala une bonne gorgée de vin de Bourgogne.

— Laisse-moi donc tranquille, papa, avec ta morale ! dit Paolina, qui
parlait avec le plus pur accent parisien. Avec ça qu'elle a de l'agrément,
Fiamina... Vander la tient en « chatte privée ! » Il est vrai que, moi... je
n'en ai pas beaucoup non plus.

Gianidracchi lui jeta un regard courroucé, tout en découpant un bifteck
qui avait succédé à son macaroni.

— Tou aimérais mioux courir la prétantaine, comme ces mauvais souzets
du ballet, dit-il ; qui zi t'y prenne seulement oune fois !...

Paolina haussa les épaules.

— Si ta pauvre mère, qué z'ai perdoue en arrivant à Paris, vivait encore,
dit-il...

— Elle ne serait peut-être pas si sciante que toi, pensa Paolina, qui
ajouta tout haut :

— Avec ça que c'est du propre, les mères de ces demoiselles !

— Zé pense bien, malhourouse enfant, qué tou né vas pas counfoundre la mère avec celles dé ces mauvais souzets. Ah ! qui zé régrette qu'elle ne pousezts veiller sour toi... tou cérais déza cazée comme ta sor.

— Merci !... j'aime mieux autre chose !

Gianidracchi joignit ses mains d'un air navré, et la conversation du père et de la fille allait probablement tourner à l'aigre, quand la vieille bonne vint dire quelques mots à l'oreille du vieux Napolitain.

— Oui !... oui !... faites-le entrer, dit Gianidracchi avec empressement. Paolina, ajouta-t-il, laisse-moi... j'ai à causer avec oun ami... répasse tes pointes, ma fille !...

Paolina but un petit verre de marasquin et disparut.

Un homme vêtu en ouvrier entra et prit place sans façon à la table de Gianidracchi.

— As-tu faim ? demanda le « négociant ».

— Oui, dit l'homme.

— Tiens, voilà du zambon, du beurre, du pain, veux-tu des œufs ou une côtelette ?

— Non, ça suffira.

— Et maintenant, Rozer Bugloz...

— Appelle-moi Chavigny, ça m'est plus commode.

— Eh bien ! Chavigny, y a-t-il du nouveau ?

— Beaucoup de nouveau !

— Tou sais qué dépouis qué zé ti connais, z'ai toujours révé dé faire oune affaire avec toi ?...

— Nous en avions commencé une bien belle !...

— Oïmé ! elle a raté par ta faute.

— Oh ! ma faute !...

— Certainement... Moun cer... Çavigny, tou as dé souperbes qualités Tou es bel homme, instrouit, brave, énergique, ma... ah ! voilà, *per Baccho !* ma... ton né vois pas les çoses en grand. C'est cé qui ti manque, moun brave ami, c'est dé voir et dé faire les çoses en grand !...

— Que veux-tu dire ?

— Tiens, récapitulons !... Après oune prémière zounesse très agitée, tou avais gagné de l'argent, pas mal d'argent, beaucoup d'argent... Tou es vénou à Naples ou tou as pou té faire passer per oun grand seigneur francés, lé marquis de Bugloz !...

— Eh bien ?

— Avec mon aide tou avais réussi à té faire aimer et à épouser... morganatiquement oune zoune fille des premières familles, la siñora Angéla Quintiliani.

— Oui !... mais ce diable de comte Quintiliani a su qui j'étais et comment s'était fait ce mariage !...

— A qui la faute, moun çer ami?... A toi, qui en commettant quoualqué pétites péccadilles en même temps qué notre grand exploit, avais attiré l'attention de la police napolitaine.

— Mais...

— Attends oun peu, qué diavolo! Tou t'éçappes dé Naples, il était temps : tou aurais soubi lé même sort qué mon pauvre frère Lorenzo, qué lé bon Dieu il ait soun âme!

— Il la laissera au diable, va!...

— Enfin tou t'éçappes et moi aussi. Tou disparais pendant quelqué mois; qu'es-tu dévénou? zé né lé sais pas moi-même... quelqué temps après ton vertuoux père, lé doctor Bugloz, il est assassiné.

— Tais-toi!...

Chavigny ou Roger Bugloz, qui était devenu d'une pâleur mortelle, but, coup sur coup, deux grands verres de vin.

— Mon bourgogne il té paraît bon, dit Gianidracchi... Ze réprends... ton père il est assassiné!...

— Ne me regarde pas ainsi, vieux démon!... Tu as l'air de croire que c'est moi qui ai assassiné mon père... Ce n'est pas vrai, entends-tu?... Je ne suis pas, je ne veux pas être un parricide!...

— Eh! mais né té fâce pas, mon bon ami!... Crois-tou donc qué moi, oun père de famille modèle, zé récévrais oun parricide à ma table!... Zamais on n'a sou quel était l'assassin dé toun père... On croit qué Rozer Bugloz il est mort... Toi, tou es révénou à Paris avec oune forte bourse... Trente mille francs à peu près... Tou m'as rétrouvé ici ou zé m'installais... Avec trente mille francs per base d'opération, nous aurions pu faire ensemble de bien belles çoses; mais tou as préféré aller faire fortoune dans les Amériques et tou en es revenou sans le sou...

— Je n'ai pas eu de chance, voilà tout!...

— Révénou à Paris, malgré mon aide...

— Parlons-en, de ton aide!

— Z'ai fait cé qué z'ai pou... zé né souis pas rice, malgré les apparences. Malgré mon aide, tou as mené oune vie... oune vie...

— De bandit de bas étage, n'est-ce pas?...

— C'est toi qui tou l'as dit... ce n'est pas moi... tou avais portant mieux à faire... La signora Angela, elle n'est pas morte... Tou pouvais ti mettre à sa récerce... ouser des lettres qu'elle t'avait écrites; lettres d'oune zoune fille égarée, qui peuvent encore la compromettre et même la rendre ridicule.

— C'est justement ce que je ne voulais pas faire!...

— C'est ça... des scroupoules... tou as des lacounes dans ton esprit, mon cer ami!

— Ce n'étaient pas des scrupules... C'était une sorte de vanité... peut-être un reste d'amour...

— Allons donc !

— Oui ! je crois bien que j'aimais Angela... Mais rassure-toi... j'ai trop souffert... Bonsoir le roman maintenant. J'ai toujours les lettres et... je vais en user.

— En ouser ! en ouser ! c'est facile à dire; ma sais-tou cé qu'est dévinou la petite Quintiliani... dépouis piou de douze ans qu'elle a disparou de l'Italia ?...

— Et toi, homme bien informé, comment ne l'as-tu pas encore su ?...

— Mon cer ami, zé té prie dé croire qué, si z'avais eu personnellement les lettres d'Anzela à ma dispozition, z'aurais sou oi qu'elle était dévinoué...

— Eh bien ! mon vieux Gianidracchi, je le sais, moi, maintenant.

— Toi ?...

— Oui, écoute : il y a quelque temps j'étais à Sainte-Pélagie...

— Zé sais ça...

— J'y rencontrai un nommé Bigruche qui me proposa un coup dans une maison d'Arcueil... maison habitée par une princesse de Woutremont... A ma sortie de prison, nous nous rendîmes à Arcueil, Bigruche, quelques autres et moi... nous avions pris avec nous une petite fille volée par la Mouchotte, que tu connais. Grâce à sa maigreur, cette enfant devait passer par une lucarne et nous ouvrir la porte du vestibule. Elle cria, je perdis la tête et je lui tirai un coup de revolver... puis nous prîmes la fuite.

— Malhuroux !

— Attends donc! Pendant quelques jours nous vivons dans une inquiétude mortelle.

— Il y avait dé quoi, *per Baccho* !...

— Mais nous ne sommes pas poursuivis et nous avons beau lire les journaux. Rien ! rien ! rien !...

— Ma qu'était dévénoue la petite ?...

— Ah ! voilà ce qui complique la chose... Tiens, lis !

Et Roger Bugloz tendit à Gianidracchi un journal où était marqué ce passage :

« Un grand malheur vient de frapper Mme la princesse de Woutremont, née Angéla Quintiliani... »

— Angéla Quintiliani !...

— Continue donc !...

« Son mari, le prince de Woutremont, est mort en Russie des suites des fatigues qu'il avait éprouvées durant un grand voyage d'excursions scientifiques.

« Mme la princesse de Woutremont habite actuellement Arcueil. »

— Ce n'est pas tout; lis encore cela. Et Roger tendit un autre journal au vieux Napolitain :

« Mme la princesse de Woutremont, qui vient de perdre son mari, mort

« en Russie, se dispose à quitter sa petite maison d'Arcueil. On lui prête,
« continua Gianidracchi, l'intention d'aller habiter la magnifique villa du lac
« Majeur, avec une jeune orpheline, fille d'une de ses amies, qu'elle se pro-
« poserait d'adopter.

« On sait que la princesse, née Quintiliani, n'a aujourd'hui aucun parent
« vivant, ni de son côté, ni du côté de son mari. »

— Eh bien ! dit Gianidracchi...

— Eh bien, reprit Roger... La princesse de Woutremont était Angéla:
quant à la petite fille volée par la Mouchotte, blessée par moi dans le vestibule de la maison d'Arcueil, adoptée maintenant par la princesse, sais-tu
qui elle est, Gianidracchi? Et bien, c'est ma fille !...

Gianidracchi sursauta.

— *Santo Diavolo* !... Qu'est-ce qui te le fait croire?..,

— Je savais qu'Angéla était grosse lorsque je quittai l'Italie. Mon idée
avait toujours été que le comte Quintiliani ne laisserait pas vivre son enfant.
Il l'a laissée vivre, mais il l'a remise en des mains étrangères; comment?
Je l'ignore... Ce qu'il y a de certain, c'est que la petite fille en question, que
l'on appelait Nounouche, avait été confiée à des paysans des environs de
Barcelonnette par la servante même de mon père... et cela la nuit où mon
père a été assassiné. (Roger parlait péniblement.) Ce qu'il y a de certain
aussi, c'est qu'elle portait sur le front une étoile rouge, que j'avais d'abord
remarquée, et qui, décidément, n'a pu être faite qu'à l'aide d'une bague que
portait Angéla. Comprends-tu, maintenant?

— Pas tout à fait.

— Tout s'explique, cependant. Le comte Quintiliani, sachant que j'étais le
fils du docteur Bugloz, lui a fait remettre la petite fille... Mon père l'a confiée
aux paysans de Barcelonnette... Ces derniers sont morts; Nounouche est
venue à Paris, où la Mouchotte l'a volée, avec l'aide de Bigruche, mon ami,
qui m'a révélé toutes ces choses intéressantes... Et, si Nounouche portait
une étoile rouge au front, c'est qu'Angéla, désireuse de la reconnaître un
jour, l'avait marquée...

— Ah! zé comprends !...

— C'est bien heureux

— Et qué compté tou faire maintenant?

— Suivre les conseils, agir en grand.

— C'est-à-dire?

— C'est-à-dire aller trouver Angéla et lui dire : « Vous êtes veuve, vous
vivez avec notre enfant, épousez-moi !... » Gianidracchi se leva brusquement et se mit à marcher avec une certaine agitation :

— C'est peut-être fou !... dit-il, mais cela peut réussir si tou t'y prends
bien !...

— Oh! je m'y prendrai bien !...

— Zé mé méfie oun peu dé toi, mou cer. Veux-tou mé faire l'honneur d'écouter docilement mes conseils?.

— Je suis venu pour cela... Mais il me faut mieux que tes conseils... Il me faut de l'argent.

— Tou en auras... Ma fais ezattement cé qui zé ti dirai... Tou né comptes pas té prézenter chez Angéla comme Rozez Bugloz, n'est-ce pas?

— Non, mais comme le marquis de Bugloz!

— Cé sérait encore piou bête.

— Comment ça?

— Sans doute! Si tou l'aimes encore oun peu, il est bien possible qu'elle né t'aimé pas dou tout, elle... La surprise et le désespoir pourraient bien lé fourcer à te livrer tout simplement à la zoustice.

— Je ne le crois pas!...

— Et moi zé crois! J'ai quelqué coze di bien piou fort à té proposer. Es-tou oun homme à rester deux ou trois ans tranquille, en soureté, dans oun pays lointain, au Brésil, par ezemple?

— Pourquoi pas?

— Alors, souis-moi bien... Tou sais l'espagnol, n'est-ce pas?

— Comme le français.

— Bravo! Eh bé!...

Gianidracchi allait continuer quand la vieille servante entra après avoir frappé.

— Qué voulez-vous?... demanda l'Italien.

— Monsieur, dit la servante, c'est M. le vicomte de Versac...

— Encore! fit Gianidracchi. Enfin, zé vais lé conzédier et zé souis à toi, cer ami... Bois un verre de maraschino en m'attendant.

Et Gianidracchi sortit tout grommelant....

Roger Bugloz, resté seul, but quelques verres de liqueur et se plongea dans de profondes réflexions. Il paraissait agité et troublé : sa belle figure trahissait autant d'incertitude que de scélératesse. Roger était, en effet, un bandit incomplet. Une sorte d'amour vicieux ou vicié l'avait privé de son sang-froid après la disparition d'Angéla. Il n'avait osé, non seulement faire usage des armes que la malheureuse avait laissées entre ses mains, mais encore s'informer de ce qu'elle était devenue. D'ailleurs, sa vie errante et précaire l'eût empêché de se livrer, à cet égard, aux fructueuses investigations qui semblaient s'imposer; d'autant plus que le comte Quintiliani avait pris soin, tout en gardant son rang dans la haute vie, de faire parler de lui le moins possible.

Quant à Gianidracchi, il savait très bien que la princesse de Woutremont n'était autre qu'Angéla Quintiliani.

La retraite de la princesse à Arcueil et sa vie modeste ne l'avaient pas mise à l'abri des recherches du vieux coquin. Seulement Gianidracchi ne

Ces dames étaient accourues à six heures. (Page 149).

voulait rien dire à Roger... du moins pour l'instant. Il attendait, il espérait
s'approprier les lettres du pseudo-marquis et, d'une façon ou d'une autre,
faire « chanter » la princesse, sans être obligé de partager les bénéfices avec
son complice.

Mais les révélations de Roger venaient d'ouvrir de nouveaux horizons
au rusé et perspicace Napolitain. Il voulait « faire grand », faire « très
grand » !

On saura, en temps et lieu, le résultat des combinaisons de Gianidracchi.

SON ALTESSE NOUNOUCHE.   19

XXIII

L'ODYSSÉE D'UNE CARABINE.

Gaston Bourgoin, absolument navré, s'était trouvé au milieu de la rue de Châteaudun, portant à grand'peine la lourde carabine « de Charles IX ».

Voir un gentleman de vingt-deux à vingt-trois ans, habillé comme un honnête clerc de notaire, qui porte une carabine du XVIe ou XVIIe siècle sur son épaule, en pleines rues de Paris, n'est pas un spectacle ordinaire. Gaston obtenait un succès de curiosité qui lui était fort pénible et, entouré de gamins étonnés et gouailleurs, guettait anxieusement un fiacre à tous les horizons.

Hélas!... la pluie commençait à tomber et un fiacre, en temps de pluie, est un objet plus rare qu'une vieille carabine. Gaston se résigna à se diriger pédestrement vers le quai Voltaire, où, il espérait se défaire le plus avantageusement possible de son arme historique.

Il était trempé comme une soupe et restait l'objet d'une attention publique rien moins que flatteuse, lorsqu'il atteignit le quai Voltaire.

— Monsieur, dit-il au premier marchand d'antiquités chez lequel il pénétra, je viens vous offrir une pièce historique des plus intéressantes.

Le marchand, un vieillard malpropre mais à l'air fort intelligent, contempla le jeune homme à travers un binocle intimidant. Gaston, cruellement embarrassé d'avoir à faire l'article, « reposa arme » et se mit à balbutier :

— C'est... c'est une carabine historique, celle avec laquelle Charles IX a tiré sur les huguenots du haut du balcon du Louvre...

Le marchand se mit à rire; mais une grosse voix partit du fond obscur de la boutique.

— Peut-on dire des bêtises comme ça!... disait la voix.

— Hein? fit Gaston stupéfait.

Un homme grand, maigre, le nez busqué, les moustaches en croc, serré dans une longue redingote et portant un pantalon à la hussarde, surgit tout à coup :

— C'est vous, jeune homme, dit-il, qui prétendez avoir la carabine de Charles IX?...

— Mais, Monsieur...

— Et vous avez le toupet de répéter le mensonge historique, d'après lequel Charles IX a tiré sur les huguenots du haut d'un balcon?

— Monsieur, je...

— Je ne suis qu'un acheteur ici, Monsieur; mais, si j'étais chez moi... savez-vous bien ce que je ferais?... Je vous ferais avaler votre carabine, Monsieur, ou bien, j'introduirais dans le canon votre carcasse en guise de

bourre, oui, Monsieur, voilà ce que je ferais, moi, Monichard, ex-capitaine
au 7ᵉ hussards, rue du Bac, numéro 20, à votre service...

Et Monichard, dont le nez aquilin flamboyait autant que ses yeux, sortit
comme un tourbillon.

Gaston atterré, le regarda partir.

— Il ne faut pas lui en vouloir... dit le marchand. C'est le meilleur
homme du monde, quoique un peu vif. Mais, jeune homme, sur quoi vous
basez-vous pour prouver l'authenticité de votre carabine?

— Je croyais... je croyais... que tous les amateurs la connaissaient.

Le marchand riait à se tordre.

— Je n'aime pas beaucoup les armes, dit-il, portez-là chez mon collègue
Romanieu de la rue des Saints-Pères... Mais ne lui parlez pas de Charles IX,
je vous y engage.

Romanieu était aussi malpropre que son collègue du quai, mais il portait
des lunette rondes et avait l'air beaucoup plus méchant.

Il prit la carabine des mains de Gaston et dit, d'un air de suprême
dédain :

— C'est Louis XIII, ça ne vaut pas grand'chose. Ça se trouve dans tous
les coins, enfin, qu'est-ce que vous voulez de ça?

Le pauvre Gaston avait renoncé à vendre mille francs cette incomparable
pièce historique.

— Cinq cents francs, murmura-t-il avec une extrême timidité.

Romanieu devint rouge comme le feu et entra dans une colère épouvantable.

— Pas un sou!... hurla-t-il, pas un sou!... En voilà une affaire!... Cinq
cents francs!... Ah ça, pourquoi laisse-t-on sortir des fous dangereux comme
cela?... Cinq cents francs!.. En voilà, en voilà, en voilà une affaire!...

Et Romanieu rentra dans son arrière-boutique, où sa femme dut lui faire
une infusion de tilleul.

Gaston se retrouva, désolé, sur le quai. Il eut envie de jeter la carabine
de Charles IX dans le fleuve Seine comme pour faire justice de cet engin
de la tyrannie et du fanatisme, et apaiser les mânes des huguenots noyés en
face du Louvre, le jour lugubre de la Saint-Barthélemy. Mais il se dit que,
s'il n'en trouvait pas cinq cents francs, il en trouverait peut-être deux cents,
et c'est à ce prix qu'il alla l'offrir à un marchand de la place Saint-Germain-
l'Auxerrois.

Ce dernier, un petit homme, très doux, s'enquit courtoisement du régime
que suivait Gaston et lui conseilla une légère infusion d'ellébore dans son
café au lait, le matin.

Un autre marchand du quai des Orfèvres, louche et grêlé à faire peur,
déclara tout net à Gaston que deux cents francs ce n'était pas assez, qu'il
ne voulait pas le voler, et qu'il lui offrait pour sa carabine vingt mille livres

de rente, le logement, le blanchissage, la nourriture et des petites femmes par dessus le marché.

Gaston n'insista pas, et chez un autre marchand demanda cent francs. Le marchand, homme apoplectique et brusque, se mit, pour toute réponse, à faire sauter la nacre de la carabine et criant avec un fort accent marseillais :

— Tenez!... tenez!... ça ne tient seulement pas!... Ah! bien, elle est dans un joli état, votre arme!...

— Mais, Monsieur, vous dépréciez ma carabine, disait Gaston, malade de colère et d'ennui.

— Allons, reprenez-la... ou donnez-la moi pour vingt francs, c'est plus qu'elle ne vaut!

— Jamais! fit Gaston, et il sortit, toujours sa carabine sur l'épaule, toujours suivi par des gamins sans respect.

La pluie tombait, les fiacres passaient sans daigner s'arrêter, le soir venait. Gaston repassa la Seine et vint offrir la carabine de Charles IX rue Le Peletier, rue Laffite, rue Lafayette. Il reçut un accueil varié, mais généralement peu poli. Un négociant belge lui déclara qu'il aimerait mieux, pour une fois, se faire sauter la cervelle avec la carabine de Charles IX que d'en donner plus de quinze francs. Un négociant alsacien appela Gaston mauvais « badriode ». Un négociant espagnol, qui lui avait d'abord fait de grandes révérences, le menaça d'un couteau catalan s'il ne se sauvait pas, affirmant que c'était faire injure à don José Milvar y Milvar que de lui demander cinquante francs d'un vieux rogaton qui ne valait pas cent sous.

La nuit se faisait. Gaston, harassé de fatigue, parcourait le quartier Notre-Dame-de-Lorette, revenant parfois à plusieurs reprises dans la même boutique, signalé comme un fou dans le quartier, suspect aux passants... Bientôt il eut perdu toute idée d'orientation.

A tout prix, il voulait se défaire de cette carabine fantastique, vrai cauchemar de bois, de cuivre et de nacre, qui comprimait son épaule et pesait sur son cœur.

Une grande boutique était devant lui... il entra... Un commis se présenta.

— Voulez-vous de ça?...

— Peuh! je vous en donne six francs.

— Prenez-la...

Gaston sortit. L'épaule délivrée, il leva les yeux sur la devanture de la boutique où il s'était débarrassé de son intolérable fardeau.

C'était la boutique de Gianidracchi. Gaston quitta en courant la rue de Châteaudun.

— Mais, pensa-t-il tout à coup, j'ai un billet à toucher.

Il regarda le billet : il était au nom de Mme Hérault, 1, rue Lechapelais, à Batignolles.

— Allons rue Lechapelais! dit Gaston, qui venait de trouver un fiacre.

XXIV

RUE LECHAPELAIS, Nº 1. — REVANCHE DE KIKI.

Il y avait, ce soir-là, grande réunion chez *mame* Meuilhard, la concierge du nº 1 de la rue Lechapelais§— une rue aussi peu aristocratique que possible, qui donne sur l'avenue de Clichy.

Mame Meuilhard, très considérée dans le quartier, parce que sa fille Fanny, la grande artiste, lui donnait quelquefois des billets de spectacle, avait invité mame Frémusson, mame Descloux et sa demoiselle, enfin mame Travaillé, à venir partager un lièvre en civet, cadeau de Fanny, et une brochette de petits oiseaux « gras comme des moines ».

Ces dames étaient accourues à six heures et, en attendant le dîner, qui embaumait déjà toute la maison et que surveillait la petite Dorothée Meuilhard (une fainéante qui ne marcherait jamais sur les traces de sa sœur!), on lisait le journal en compagnie de Sylvie, la bonne du premier, et de M. Truphémy, le vieux locataire du second. C'est Mlle Virginie Descloux qui faisait tout haut la lecture de l'*Echo du faubourg,* journal à un sou, que Mame Meuilhard affectionnait parce qu'il était plein de crimes et d'images.

— Est-il joli, le feuilleton de votre journal? demanda tout à coup mame Frémusson, vieille femme encore coiffée avec des anglaises.

— Peuh! fit Mame Meuilhard, toujours la même chose... Un roman populaire, vous savez... C'est très mal écrit... Et puis, ça se passe dans le petit monde!

— C'est dans le *Fureteur* qu'il y en a un joli! dit Mlle Virginie, en levant tout à coup les yeux.

— Je t'avais défendu de le dire! s'écria Mame Descloux.

— C'est donc pas bon pour une demoiselle? demanda la bonne du premier.

— Les meilleurs romans ne valent rien pour les jeunes personnes, dit sentencieusement Mme Descloux.

— Malheur! murmura Mme Travaillé à l'oreille de M. Truphémy, avec ça qu'elle n'en entend pas d'autres à son cours de déclamation, c'te p'tite Descloux!...

— Ça ne me regarde pas, répondit judicieusement M. Truphémy, un gros homme somnolent, en faisant tourner ses pouces.

— Continues donc les *Faits-divers*, dit Mme Descloux à sa fille.

Virginie reprit sa lecture :

— « Encore un meurtre en pleine rue, pour faire pendant à l'assassinat du boulevard de Courcelles. M. D..., rentier, passait hier rue de Lancry, lorsqu'un homme de haute taille se jeta sur lui et lui porta cinq coups de couteau en pleine poitrine. M. D..., complètement dévalisé, a été transporté d'urgence à l'hôpital Lariboisière. Il a pu donner le signalement de son assassin, mais son état est désespéré. »

— Moi, ces gens-là, je les pilerais, dit Sylvie.

« — Une horrible mégère, surnommée Mouchotte, vient d'être mise en état d'arrestation. On lui reproche une série de méfaits plus honteux les uns que les autres. Elle gardait chez elle des jeunes filles excessivement mineures, qu'elle envoyait mendier, etc... »

— Assez ! s'écria Mme Descloux.

— Comment! assez? dit l'assemblée surprise.

— Oui, ça va devenir inconvenant... Tâche de trouver un autre crime, Virginie.

— Croyez-vous qu'alle est bassinoire, c'te mame Descloux? dit la bonne du second à l'oreille de la concierge.

— C'est z'une mère vigilante, répondit Mme Meuilhard... J'étais comme ça, moi aussi, avé Fanny.

A ce moment, un jeune visage parut au vasistas de la loge.

— Pardon, Madame, dit une voix douce, M. Samoïlof est-il chez lui?

— Voyez-y voir, répondit la concierge d'un ton rude.

Le jeune homme remit son chapeau sur sa tête et grimpa lestement l'escalier.

— Pourquoi que vous le rudoyez comme ça? demanda Mme Frémusson.

— Parce que j'aime pas M. Samoïlof, un vieux malpropre d'étranger, qu'est p'têt ben un espion...

— Mâtin!... vous recevez de chouettes visites, dit un garçon épicier en entrant sans façon. Bonjour, mame Meuilhard et la compagnie.

— Qué visite? demanda mame Meuilhard.

Le garçon épicier posa sur la table un grand sac de sucre qu'on lui avait commandé, puis reprit :

— Vous connaissez pas ce jeune *blonblond* qui vient de monter?... C'est un prince...

— Un prince?

— Un vrai... le prince Bolstoï.

— Miséricorde! s'écria Mme Meuilhard, un homme qu'est p't-être de la société de ma fille!... Et moi qui lui ai parlé comme à un nègre!

— Tu connais donc des princes, toi? demanda M. Truphémy à l'épicier.

— Pour sûr!... On m'a montré çui-là au théât'!... Allons, bonsoir la compagnie. Mame Meuilhard vous *a vot' suc'*.

Et l'épicier s'en alla.

Mame Meuilhard allait renouveler ses lamentations, quand un autre jeune homme entra dans la loge.

— Mme Hérault est-elle chez elle? demanda-t-il.

— Je crois que oui... oui, certainement... Si Monsieur veut monter au quatrième, répondit la concierge, qui ne voulait pas s'exposer de nouveau à rudoyer un prince.

— C'est-y un prince, celui-là aussi? demanda mame Frémusson d'un air un peu moqueur.

— Pense pas! dit mame Travaillé ; c'est comme qui dirait un étudiant en droit ou un apprenti médecin...

— *Savons* ce que c'est!... fit la bonne. C'est tout *simpement* un clerc d'huissier qui vient pour saisir ou quel' chose comme ça, chez ct'e pauv' mam' Hérault.

— Ça c'est possible, dit la concierge.

— All' est donc bien en dèche, c'te pauv' créature? demanda mame Travaillé.

— Misère et compagnie! reprit la portière. Mais c'est sa faute. Elle a voulu payer les dettes de sa « pratique » de mari. Rien que ça de lusque!... Elle en a fait d'autres plus fortes, v'là ce qu'elle a fait... Avec ça, un petit mauvais sujet de fils, de qui on n'a pu rien faire et qui vient encore la tourmenter de temps en temps pour avoir de l'argent.

— C'qu'a n'a pas eun' demoiselle?

— Oui, mam'zelle Jeanne ; une jeunesse très respectab', mais un peu fière, qui travaille à Paris, chez mame Savart. Çà gagne ce que ça peut, mais c'est pas grand' chose. Ça n'en est pas moins en retard de deux termes, et, dam ! le propriétaire n'est pas content...

— M'man, c'est temps de dîner, cria la petite Dorothée...

Et les invités qui n'étaient pas du festin prirent congé.

Gaston Bourgoin, car c'était lui que l'on avait gratuitement soupçonné d'appartenir à la peu amène corporation des huissiers, s'arrêta au quatrième et sonna à une porte étroite et basse.

Jeanne Hérault, pâle, flétrie, les yeux rouges, à peine vêtue, vint lui ouvrir.

— Mme Hérault, demanda Gaston.

— Elle est ici, Monsieur, répondit Jeanne ; mais elle est bien malade et ne pourra vous recevoir...

— C'est contrariant!... Je venais pour un billet de huit cents francs, souscrit par madame votre mère à M. Gianidracchi, et qu'il m'a passé en paiement... Et je vous avoue, Mademoiselle, que j'ai grand besoin de cette somme.

La pauvre Jeanne devint plus pâle qu'auparavant.

— Entrez, Monsieur, dit-elle.

Gaston pénétra dans une petite chambre proprement tenue, mais n'ayant pour tous meubles qu'un canapé-lit, une chaise et une machine à coudre.

— M. Gianidracchi sait bien, hélas ! que nous ne pouvons être en mesure de donner huit cents francs, dit Jeanne, dont les joues se couvraient d'un flot de larmes. Je regrette, Monsieur, que vous ayez accepté ce billet en paiement. Faites ce que vous voudrez ; mais, vous voyez, il n'y a plus rien ici... et je vous supplie de ne pas tourmenter ma pauvre mère. Le médecin qui vient la voir par charité m'a dit ce matin qu'elle est mourante.

Gaston se sentit vivement ému.

— Dieu me garde d'ajouter à vos afflictions, Mademoiselle, dit-il ; prenez tout le temps qu'il vous faudra.

— Hélas! Monsieur, reprit Jeanne avec un sourire navrant, je ne vois pas d'issue à notre malheureuse situation. Vous avez l'air si bon et si doux, voulez-vous que je vous dise toute la vérité?

— Je vous en prie.

— Eh bien, ma mère a pris des engagements bien au-dessus de nos ressources. Mon père était un ancien militaire, qui avait été induit à fréquenter des gens beaucoup plus riches que lui ; il est mort, nous laissant des dettes considérables; ma mère a voulu les payer toutes, pour que le nom de mon père ne soit pas déshonoré. Or, ma mère est malade depuis longtemps, sa pauvre pension y a toute passé et je ne gagne pas assez en travaillant pour...

Et la pauvre Jeanne suffoquait. Ses lourds sanglots soulevaient sa camisole de coton blanc, et ses larmes inondaient ses joues.

— Ah! Monsieur, continua-t-elle, vous ne vous doutez pas des tours de force que j'ai essayé de faire... et que j'ai faits! Mais il n'y a pas eu moyen. J'ai tout vendu ici, sauf le strict nécessaire... Et, maintenant, pour tout couronner, je vais avoir le chagrin de perdre maman...

Le « névrosé » Gaston était un fort bon garçon. L'émotion le gagnait, les larmes lui venaient aux yeux, à lui aussi!...

— Mademoiselle, dit-il...

Jeanne enfiévrée, par son malheur, l'interrompit.

— J'ai tout vendu, dit-elle, jusqu'aux armes de mon père... jusqu'aux portraits de la famille impériale !

Gaston prit le billet et le déchira.

— On ne vous tourmentera toujours pas pour ce billet-là, dit-il.

Jeanne s'écria toute confuse :

— Ah! Monsieur, je ne vous disais pas ça pour ça!

— Et maintenant, écoutez-moi, Mademoiselle, reprit Gaston. Je vous ai dit que j'avais besoin de ces huit cents francs... C'était un mensonge!... J'en avais besoin sans en avoir besoin... j'en avais besoin pour faire des sottises... j'aime mieux en faire profiter une honnête famille que. .

Le jeune homme s'interrompit.

Jeanne le regardait avec stupéfaction.

Gaston reprit :

Amélia s'étonnait qu'elle touchât terre en marchant. (P. 168.)

Ce fut d'abord une sorte de *tolle*. Qui diantre voudrait faire partie d'un club administré par cet usurier, ce vil exploiteur, ce voleur probable ?

Gianidracchi ne se troubla pas. On sait que le protecteur de sa fille aînée, le riche banquier Van der Witt, lui avait confié des fonds et était devenu, sans trop l'avouer, son commanditaire et son associé.

Ce fut le commencement d'un retour d'opinion en faveur de Gianidracchi. Ce vieux gaillard-là doit être un malin, disait-on, puisque Van der Witt, qui est le malin des malins, lui confie de l'argent et collabore, sous le manteau, avec lui. Les propos méchants cessèrent presque quand l'on sut quelle

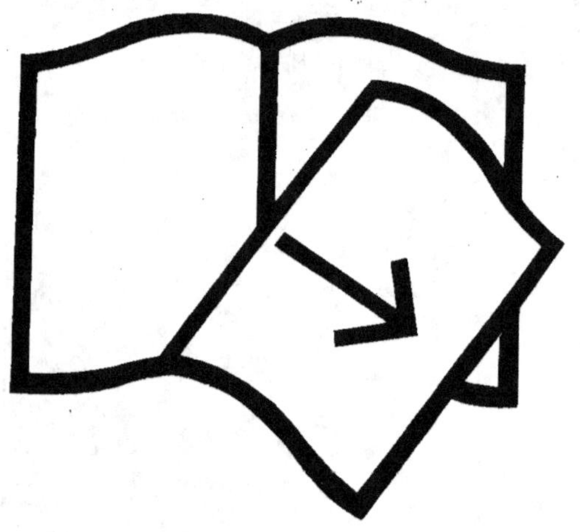

Documents manquants (pages, cahiers...)

NF Z 43-120-13

personnalité politique avait accepté, d'avance, la présidence du cercle en formation.

Ce n'était rien de moins que M. Gaspard Lecesne, homme d'importance et de capacité, qui tenait une place presque éminente dans les assemblées parlementaires.

M. Gaspard Lecesne mêlait savamment les allures d'un homme d'État à l'amabilité d'un viveur de bon ton. Il était très bien vu de la bourgeoisie, dont il flattait les goûts égoïstes et les aspirations jalouses. Il « n'était qu'un bourgeois » et le disait à qui voulait l'entendre. S'il n'ajoutait pas qu'il était venu à Paris en sabots, c'était uniquement parce que cette formule est « vieux jeu » et que M. Gaspard Lecesne visait, avant tout, à paraître très moderne.

— A la bonne heure! disait-on; le nouveau *club* n'aura pas pour président un *rastaquouère* quelconque. Gaspard Lecesne est l'homme qu'il faut. C'est un homme sérieux et en même temps une personnalité essentiellement parisienne.

Le choix des membres du comité acheva de concilier à l'entreprise de Gianidracchi et de Van der Witt les sympathies de tout le Paris « viveur »... ou à peu près... Et l'installation, ainsi que l'organisation du *Cercle du Mouvement* enthousiasmèrent bientôt les esprits les plus récalcitrants.

Il occupait tout un hôtel de la rue Laffitte, remis à neuf pour la circonstance et décoré dans un style qui n'était peut-être pas bien pur, mais qui était du moins saisissant et original. Quand nous disons « décoré dans un style », nous n'usons pas du terme propre. C'est : « dans des styles » que nous devrions dire; car la décoration du *Mouvement* était extraordinairement composite.

On entrait par un grand vestibule, éclairé de vitraux multicolores et orné de colonnettes gothiques soutenant une voûte profonde, toute constellée d'étoiles d'or sur un fond bleu.

Instinctivement, on cherchait le bénitier. Mais le hall, où l'on pénétrait ensuite entre une haie de *valets de pied* en livrée vert orange et argent, excluait toute idée cléricale.

Il était de forme ovoïde, pourvu de petites tables de marbre, de sièges légers et élégants, de statues provocantes et de plantes d'ornement. Les murs étaient couverts de tableaux anacréontiques qui n'étaient pas des chefs-d'œuvre.

De là, on passait dans la salle de lecture, remarquable par la monumentale cheminée de marbre et d'onyx, et ses quatre grands panneaux de tapisserie des Gobelins. On pouvait lire la plupart des journaux de l'Europe au *Mouvement*, mais on y eût vainement cherché l'ombre d'un livre.

La salle de lecture donnait de plain-pied dans la salle à manger, resplendissante de dorure.

Il fallait monter un escalier de bois dans le goût du XVI⁰ siècle pour pénétrer dans la salle de jeu, aussi grande, à elle seule, que toutes les autres
salles du *club*. C'était un vaste rectangle, plafonné de mosaïque de verre,
qui resplendissait comme des milliers de pierres précieuses, à la lueur des
trois grands lustres de cristal, surmontant les trois tables de baccara. Les
murs étaient drapés de lourdes étoffes brochées d'or, et le parquet couvert
d'un tapis rouge où les pieds s'enfonçaient comme dans une pelouse.

A gauche en entrant, était la caisse, près de laquelle trônait assez ordinairement Gianidracchi, vénérable, correct, portant bien l'habit noir, le
linge raide comme de la toile émaillée, la cravate blanche, les lunettes
d'or, les boutons de chemise en brillants de la plus belle eau... Il parlait
doucement, avec cette politesse onctueuse et, en quelque sorte pénétrante,
dont les Napolitains ont le secret, souriant à tous, éconduisant les gens
avec une bonne grâce un peu humble, *rendant service* d'un air délibéré et
galantuomesque, puisant du tabac, d'une main pâle et tremblotante, dans
une boîte d'or, et prisant délicieusement, en homme d'un autre âge, spécimen curieux et intéressant des élégances surannées.

On ne reconnaissait plus le « négociant », tour à tour insolent et plat
qui attendait ses pratiques, très diverses, à l'entrée de la rue de Châteaudun.

Le vieux grippe-sou, plus que suspect, avait fait son évolution. On s'était
cru d'abord obligé de lui parler avec une politesse un peu gouailleuse, peu
à peu on lui parlait avec précaution, très courtoisement, en dissimulant le
mieux possible toute trace de mépris rétrospectif. Le moment était proche
où les mains les plus dégoûtées allaient s'entremêler avec ses griffes de
vautour.

Un jour vint où fut annoncé le mariage de Mlle Fiamina Gianidracchi
avec le baron Van der Witt. Ce jour-là Gianidracchi versa des larmes
d'attendrissement sur des poitrines constellées de décorations.

Le gendre du vieux Gianidracchi parut de plus en plus au club. Lui et
M. Gaspard Lecesne lui prêtaient un lustre éblouissant.

Aux premiers adhérents, appartenant en grande majorité à la catégorie
des bohêmes dorés, des seigneurs étrangers désignés sous le nom pittoresque de *rastaquouères*, des boulevardiers plus ou moins littéraires, des
boursiers plus ou moins corrects, vinrent se joindre des gens du meilleur
monde, des *clubmen* des cercles les plus *exclusifs*, des personnages de la
haute finance, désireux de jouer gros jeu plus librement que dans leurs
milieux ordinaires, ou poussés par ce besoin d'encanaillement qui fut de
tout temps comme le revers de médaille des grandes et suprêmes élégances.

La cotisation annuelle du *Mouvement* était ridiculement modique et fort
irrégulièrement réclamée. Le dîner et le déjeuner étaient exquis et à très
bas prix. Le souper restait gratuit pour ceux qui négligeaient de le payer,

et pourtant devait satisfaire les plus délicats adeptes de l'art gastronomique. La *cagnote* payait tout cela. Cagnote opulente, formidable ; cagnote vraiment monstrueuse !

Le cercle du *Mouvement* étant essentiellement « ouvert », nombre de gens, à peu près dénués de ressources personnelles, pouvaient y vivre pour une modique somme — qu'ils ne déboursaient d'ailleurs pas toujours — sur le pied de trente à quarante mille livres de rentes.

Servis par des laquais en livrée, respectueux et bien dressés, nourris comme au café Anglais en payant comme au bouillon Duval, pouvant le plus aisément du monde emprunter de un à cent louis à des joueurs heureux qu'ils connaissaient à peine, ils prenaient en dégoût leur pauvre existence de famille, et se créaient une opulence factice, des besoins de conventions, une pseudo-élégance qui, leur manquant un jour ou l'autre, devaient leur laisser un vide désolant.

La « partie » était énorme par intermittence. Lorsqu'elle languissait trop longtemps et que les « pontes » menaçaient de se décourager, on ne tardait pas à voir surgir quelque étranger, joueur effréné, cousu d'or et bourré de jetons et de plaques, qui commençait par perdre des sommes énormes, mais ne manquait jamais de les regagner avec un bénéfice plus ou moins considérable — plutôt plus que moins.

Le vertueux Fotheringham comptait parmi les gros joueurs. Il gagnait, gagnait, gagnait... On l'accusait d'une foule de choses atroces, mais on pontait contre lui avec une persistance rageuse.

Il courait de par le *club* des légendes de cent mille francs gagnés avec cent sous, légendes funestes, qui hantaient le cerveau d'une foule de bons petits jeunes gens, ou même de graves hommes mûrs, et les induisaient à jeter sur le tapis vert toutes les pauvres économies de leur famille.

Les plus étranges superstitions germaient et se développaient dans l'esprit de gens nés raisonnables et d'une culture fort au-dessus de l'ordinaire.

Tel membre du cercle portait la guigne, tel croupier portait la veine, tel ponte passait toujours une fois, tel autre avait toujours une « main ».

Les habitués vieux, infirmes, usés, ceux qui avaient des mines idiotes ou des figures grotesques, passaient généralement pour *excellents*. On jouait sur leur main et, si l'on perdait, on cherchait sérieusement la cause de cet accident et de cette déception.

Une foule d'industries parallèles et concommitantes fleurissaient au *club* et autour du *club*. Tous les valets de pied étaient plus ou moins prêteurs. Il y avait un groom blond, très joli garçon, l'œil dangereux, portant avec beaucoup de grâce et de désinvolture la veste verte à triple rangée de petits boutons argentés, qui gagnait des sommes folles en faisant toutes sortes de métiers connus ou mystérieux. On l'appelait Petit-Louis, mais

M. Gianidracchi n'ignorait pas qu'il avait tout récemment porté le nom bizarre de Toto dit *Mes-Puces*.

Il y avait un superbe valet de pied, très respectueux et très « inquiétant », vieux, mais encore solide, qui faisait presque peur aux nouveaux venus, et dans lequel certains membres du club, artistes peintres, reconnaissaient un ancien modèle classique désigné sous le nom de Jupiter.

Au club, on l'appelait Faustin.

Le vicomte de Versac avait été un des premiers adhérents du *Mouvement*. Il parlait maintenant au vieux « mangiamaccherone » sinon avec respect, du moins avec une familiarité tout à fait aimable.

Après s'être fait beaucoup prier, il avait consenti à se laisser nommer membre du comité. Son « monde » l'avait d'abord un peu boudé. Puis on n'avait plus fait attention à ce mince détail de sa vie passablement agitée.

Robert Templier était aussi du *Mouvement*. Il y perdait consciencieusement tout l'argent que son remarquable talent lui valait.

Très expert en matière de jeu, il passait son temps à donner des recettes pour gagner à coup sûr, dévoilait les ruses du métier, démasquait — théoriquement — les *philosophes*, racontait leurs exploits avec un entrain de tous les diables... et perdait toujours, toujours, toujours, quoiqu'il fît et de quelque façon qu'il jouât.

Dans le but louable de remplir le programme du père Bourgoin, il avait introduit Gaston au *Mouvement*. Gaston avait d'abord tressailli d'aise en se trouvant dans ce milieu essentiellement parisien. Puis il avait joué, par beaucoup, *haricoté*, comme on dit, et il avait perdu, lui aussi, avec une persistance déplorable.

Son âme de petit-fils de paysan picard se révoltait : il prenait le jeu en horreur. Il voyait des « grecs » partout et trouvait stupide de livrer à un hasard contraire ou à des adversaires trop habiles, des sommes qu'il eût à peine osé dépenser même pour Fanny Meuilhard.

XXVI

Depuis quelques jours, Gaston Bourgoin subissait une crise.

Sa liaison — encore purement amicale — avec la belle Fanny, lui pesait plus qu'elle ne lui faisait désirer un surcroît d'intimité.

Plusieurs fois, il avait eu la bonne fortune de se montrer avec elle en public, et, consultant Robert sur le point de savoir si cette circonstance le faisait décidément passer dans la catégorie des « Parisiens de Paris », il avait reçu une réponse affirmative. Il y avait là de quoi remplir son cœur de satisfaction; mais quand il voulait être franc avec lui-même, il s'avouait

que la Fanny n'était pas toujours d'un commerce bien agréable. En dehors
du théâtre, où comme on le sait, elle tenait sa place non sans honneur,
elle était mal élevée au suprême degré, indiscrète, exigeante, d'une ignorance comique d'abord, agaçante bientôt ; bassement cancanière, bêtement
gourmande, et toujours portée à imposer à ses amis la compagnie peu
enviable de son frère Anatole.

Les désirs anacréontiques qui l'avaient porté vers elle n'avaient jamais
été bien impérieux, et la privation ne les exaspérait pas outre mesure.
Gaston trouvait Mlle Emilie Donnabel bien autrement désirable que Fanny
et même toutes les amies d'icelle. Gaston voulait surtout être de l'entourage de la comédienne, et son bon sens inné de fils de notaire lui disait que
le *reste* n'avait qu'une importance secondaire et surérogatoire. S'il n'avait
écouté que les suggestions de son sens intime, Gaston aurait donc sans
plus tarder rompu avec la « vie fiévreuse ; » mais la nature artificielle reprenait le dessus. Allait-il donc devenir un bourgeois, se noyer dans le pot-au-
feu, renoncer, si jeune, aux voluptés âcres de l'existence parisienne ?

L'idée de tromper Mlle Emilie après le mariage lui paraissait révoltante.
Une fois marié, il se promettait d'être époux modèle et père exemplaire
mais c'était précisément pour cela que, malgré ses aspirations sincères, il
voulait encore se condamner aux ennuis et aux fatigues de la « vie fiévreuse ».

Cependant il ne voyait plus aussi souvent son ami Robert. Robert le
négligeait. Que devenait-il donc ?

Un jour, il se rendit à l'atelier du peintre et ne fut pas peu surpris d'y
trouver en visite toute la famille Donnabel, y compris Mlle Emilie.

Robert avait fait disparaître toutes ses œuvres trop décolletées, et donnait une petite collation aux Donnabel, en leur exhibant des paysages et
des figures qu'ils s'accordaient à trouver charmants, tout en leur reprochant,
d'un commun avis, de n'avoir pas l'air assez fini.

Gaston fut reçu avec empressement, et prit sa part de la collation ; mais,
à partir de ce moment, le serpent de la jalousie s'installa dans son tendre
cœur.

Sa première idée fut d'avoir une explication franche et loyale avec Robert
et Emilie, et, si cette explication était satisfaisante, de demander immédiatement la main de Mlle Donnabel.

C'était le premier mouvement : le bon ; celui dont il faut se méfier, d'après
Talleyrand, parce que c'est le bon.

Le second mouvement fut de faire une sottise.

Non seulement Gaston battit froid à Mlle Emilie, mais il affecta de se
montrer le plus possible avec Fanny Meuilhard, et en plus mauvaise compagnie encore, de passer des semaines sans rentrer chez lui, et de tenir un
peu partout des propos à faire frémir. Sa mère et son frère aîné, très sérieu-

sement alarmés cette fois, supplièrent maître Bourgoin d'user de son autorité, incontestée dans la famille, pour mettre un terme à ses débordements. Maître Bourgoin les rassura et leur promit que cette fois il aviserait. Mais ce n'était plus la peine d'aviser! Gaston rentra un jour chez lui triste, malade, les larmes aux yeux. Il fit demander avec une sorte de piteuse solennité une audience à son père et à sa mère, et leur déclara qu'il avait assez de la vie parisienne et qu'il voulait aller passer quelques mois ou même quelques années à la campagne. Il avoua ses dettes à son père, pleurant comme un enfant qui revient puni de l'école, et dit que, puisque Mlle Emilie l'abandonnait, puisque son ami Robert le trahissait, il désirait se retirer du monde et dévorer tout seul ses amertumes.

La bonne Mme Bourgoin était fort émue; mais le notaire se mit à rire. Il consola Gaston, lui promit de payer ses dettes et de ne pas lui faire mauvaise mine pour cela, le rassura sur les sentiments de Mlle Emilie; enfin, ramena le calme dans son âme ulcérée.

Il se garda bien, du reste, de lui avouer la petite comédie dont il avait été l'auteur et dont Robert Templier s'était fait le metteur en scène. Au contraire, il parla très sérieusement à Gaston de l'existence fiévreuse qu'il avait menée, exprimant la conviction que cette existence lui donnerait une grande expérience pour l'avenir.

Gaston, rassuré et flatté, se réconcilia volontiers avec son ami et sa fiancée. Le mariage fut décidé, les bancs furent publiés, le jour du bonheur arriva!...

Ce fut un mariage charmant, très gai et très cordial, en dépit de M. Frédéric, que les amis de la famille trouvaient décidément trop tâtillon et que Robert Templier n'hésitait pas à qualifier de raseur.

Après le dîner de noce, resté seul avec Robert, le notaire se répandit en remercîments.

— Au moins, dit-il, si je pouvais faire quelque chose pour vous être agréable...

Robert lui tendit la main en riant.

— Cher maître Bourgoin, lui dit-il, je ne dis pas que je refuserai dans l'avenir quelques légers services de votre part. J'ai été bien éprouvé ces derniers temps. Pour le moment, réjouissons-nous ensemble du bon résultat de notre comédie...

— Diable!... je m'en réjouis, sous toute réserve... Elle a failli assez mal tourner. Voulez-vous que je sois franc, cher monsieur Templier?... Eh bien! je crois que, vous et moi, nous avons joué avec le feu et...

— Bast! le feu purifie...

— Mais, il brûle aussi. Si c'était à recommencer....

— Vous ne recommenceriez pas?

— Non!... mais *tout est bien qui finit bien* : c'est Shakespeare qui l'a dit. Et vous regardez Gaston comme guéri?...

—N'en doutez pas ; et croyez-le, Mlle Donnabel le regarde comme un petit héros et l'aimera d'autant plus... qu'il a passé un moment pour un vrt « mauvais sujet ».

XXVII

LA VILLA DU LAC MAJEUR.

Le lac Majeur est une des merveilles de la nature, et la civilisation est venue ajouter des merveilles à cette merveille. Une majesté sauvage et des grâces souriantes, le ciel lumineux de l'Italie et les riches végétations de l'Extrême-Orient ; ici, la vue resserrée dans d'étroites limites, là les regards enchantés embrassant des horizons immenses ; une eau d'une limpidité parfaite ; un air embaumé de parfums éternels ; des constructions splendides ou charmantes, vrais miracles d'ingéniosité, comme le palais Borromée, ou purs chefs-d'œuvre d'architecture luxueuse et d'élégante ornementation, voilà, certes, de quoi faire songer au pays des fées ou au paradis sur terre... C'est dans cette contrée enchanteresse et magnifiquement étrange que se trouvait située la villa de la princesse de Woutremont.

Si Amélia s'était extasiée devant la richesse de la modeste installation d'Arcueil, que pensait-elle, l'ex-Nounouche, l'ancien souffre-douleur de la Mouchotte, en présence d'un palais que les décorateurs de féeries auraient timidement rêvé ?

Le style italien moderne compte peu de chefs-d'œuvre aussi magnifiques. Un grand corps de bâtiment unique et majestueux sur une immense terrasse, étagée et plantée en jardin, dominant le lac ; toutes les richesses de la flore et de l'arboriculture de ce pays privilégié, des groupes et des statues de marbre, des fontaines toujours jaillissantes et recouvertes d'une mousse poétisante et respectée, des salons éclairés par d'immenses fenêtres drapées de brocart lamé d'or et d'argent, des meubles anciens et modernes d'une incomparable délicatesse de travail, de tableaux de maîtres, tous les raffi- nements d'une vie suprêmement élégante, une véritable armée de serviteurs empressés et habiles ; c'était trop beau décidément : cela tenait trop du rêve. Amélia sentit comme un serrement de cœur en présence de cette exa- gération de félicité inattendue... Que ne devait-elle pas attendre de sa mar- raine cependant ? de cette marraine de contes de fées, qui, d'un coup de baguette, aurait peut-être pu changer des courges en carrosses d'or, et des souris en laquais chamarrés de broderies étincelantes ?

Amélia s'étonnait qu'elle touchât la terre en marchant. Elle cherchait les ailes diaprées, elle s'étonnait qu'elle ne laissât pas derrière elle un sillon lumineux et qu'une flamme ne brillât pas éternellement au-dessus de son front rayonnant.

La princesse était une femme, cependant, et une femme qui pouvait être

Elle peignait ses longs cheveux. (Page 170).

mère.... et Amélie, caressée, choyée, entourée de délicatesses inespérées, se
félicitait que sa marraine fût aussi formée de chair et de sang. Comme elle
sentait doucement battre ce cœur maternel contre le sien, la douce créature si
longtemps pauvre, si cruellement persécutée.! La bonne marraine embrassait
plus tendrement et mieux que la pauvre Marie Bonnet, si affectueuse cependant,
et qui ne grondait jamais, même lorsqu'elle était mécontente.

Le petit appartement d'Amélia avait été préparé d'avance, d'après les instructions détaillées de la princesse. C'était un nid splendide et doux, brillant
et chaud, paradisiaque et intime : un éden innocent, un cadre mirifique et

exquis au tableau de la grâce enfantine, bientôt juvénile.

Étaient-ce des sylphes joyeux et caressants qui, de leurs petites mains transparentes, avaient suspendu ces draperies blanches comme la neige, avec des reflets d'aurore?... Quels lutins artistes avaient été chercher, dans des régions éthérées, ces fleurs aux parfums pénétrants et suaves, pour les placer ici et là, si à propos, avec un goût si pur et si sûr?

Amélia dormait sous l'abri des rideaux doublés de rose, dans des draps d'une telle finesse que leur contact était une caresse presque troublante, sa petite tête enfouie dans la dentelle, ses pieds couverts d'étoffes chatoyantes et comme pailletées aux premiers rayons du soleil.

A son réveil, deux jeunes cameristes, presque aussi « dames » que sa marraine, venaient prendre soin d'elle, la baignaient dans l'eau parfumée, peignaient ses longs cheveux, dont elle s'attendait à voir tomber des perles et des rubis, et la traitaient si respectueusement qu'elle sentait le rouge lui monter aux joues et les larmes lui venir aux cils.

Mais sa marraine venait aussi, tous les matins et tous les soirs, la ramener délicieusement à une réalité plus douce encore que ce beau rêve : elle la baisait au front, lui souriait, la regardait avec une expression divinement passionnée. Elle bordait son lit, le soir, lui recommandant de bien dormir, de faire encore une petite prière, et surtout, oh! surtout, d'oublier le passé. Elle la suppliait de n'avoir rien de caché pour elle, s'enquérant, avec une curiosité adorable, de ses petits secrets d'enfant qui devient jeune fille, se montrant à la fois génie protecteur, grande dame fertile en bons conseils, amie ingénieuse, confesseur, compagne et... maman !

Elle était tout cela la haute et puissante princesse... Elle était aussi professeur : l'esprit exceptionnellement orné, elle pouvait se charger sans témérité de l'instruction d'une jeune fille destinée à vivre dans le plus grand monde. C'est elle qui apprit à sa « filleule » à lire et à *savoir* lire. Elle lui donna des leçons de musique et de dessin. Elle l'initia aux secrets pratiques d'une existence raffinée et grandiose.

Amélia était d'ailleurs une écolière aussi intelligente que docile. Elle comprenait vite et retenait bien. Elle désirait évidemment satisfaire sa bienfaitrice, mais elle avait aussi, et au plus haut degré, le sentiment des obligations que sa subite bonne fortune lui imposait.

Mme de Woutremont se réjouissait de voir que la « filleule » savait à la fois garder son rang et montrer la plus extrême bienveillance envers ses inférieures.

De plus, elle était extrêmement charitable. Non seulement elle secondait sa marraine dans ses nombreux actes de bienfaisance, mais elle prenait l'initiative d'une foule de bonnes actions, et bientôt elle passa pour la petite Providence de tout le pays.

La vie d'Amélia se passait en études, dont la princesse savait faire des amusements ; en visites aux environs de la ville, en longues promenades à cheval, soit en compagnie de Mme de Woutremont, très excellente amazone, soit sous l'œil vigilant d'un ancien guide belge, fidèle domestique du feu prince.

Du reste, on ne vivait pas isolé. De nombreuses visites affluaient chez Mme de Woutremont. Amélia, née avec une âme délicate et un esprit élevé, goûtait avec délices ces longues conversations, où l'esprit le plus vif s'alliait aux grâces décentes de la meilleure compagnie.

On voyait, à la villa, des gentilshommes italiens, des Anglais, des Allemands, tous appartenant au *high-life*, à la société européenne la plus *selected* et la plus exclusive.

Parfois, on recevait des artistes et des littérateurs. Amélia, bien organisée pour la musique, écoutait, avec un plaisir qui parfois la faisait pleurer, les petits concerts du soir, où les aimables cantilènes italiennes se mêlaient aux riches harmonies allemandes.

Une nuit, on fit une longue promenade sur le lac. La température était doucement chauffée et l'air plein de senteurs molles et voluptueuses. Les étoiles palpitaient dans la voûte obscure du ciel sans vapeurs, et la barque, doucement poussée à coups de rames, glissait sur l'eau couleur d'ébène, toute pailletée de reflets scintillants.

Un vieillard, célèbre compositeur allemand, accompagnait la princesse et sa filleule. Il avait une voix faible, mais juste et agréable, et se mit à chanter un air slave d'une pénétrante mélancolie.

Amélia pleurait.

Quand elle fut rentrée dans sa chambre et que sa marraine vint la trouver comme d'ordinaire, elle avait encore les larmes aux yeux.

— Cette romance t'a impressionnée, ma mignonne? dit la princesse.

— Oui, marraine, c'est un air russe n'est-ce pas?

— Oui, un air russe...

— Les Russes doivent être bons et doux, ma marraine...

— Il y en a... Pourquoi cette question, ma chérie?

— Parce que leurs airs ont quelque chose de plus doux que les autres... Et puis, j'ai connu un Russe... vous aussi, marraine... le prince Bolstoï, vous savez, celui dont vous m'avez parlé quelquefois... N'était-il pas chez vous, le jour où...

La princesse fronça les sourcils.

— Je t'avais suppliée de ne jamais parler du passé, mignonne! dit-elle...

Ce soir-là, elle parla d'autre chose, bien vite, comme si elle eût commencé à dire quelque chose de bien mal.

Quelques jours après, seule avec la princesse sur un banc du jardin, elle dit tout à coup:

— Nous ne nous quitterons jamais, n'est-pas, marraine?

— Jamais, mon enfant!... mais pourquoi cette question?

— Parce que je veux toujours rester avec vous, même si...

— Hein ?...

— Même si...

— Allons, achève, même si tu te mariais, n'est-ce pas ?...

— Oui, marraine, c'est cela.

La princesse sourit avec un peu de mélancolie.

— Nous avons le temps d'y songer, mon enfant ; du reste, tu n'auras pas de peine à trouver un mari. Tu es gentille et tu seras riche...

— Oh ! je n'y pense pas, marraine ; ou, si j'y pense, c'est pour me dire que je voudrais, avant tout, un mari qui vous fît honneur. A cause de vous, oh ! rien qu'à cause de vous, je puis épouser un homme qui... enfin, un homme riche et titré... n'est-ce pas ?

— Un prince si tu veux, dit en riant Mme de Woutremont.

— Un prince, répéta Amélia, qui pensa que Bolstoï justement était prince...

Les mois se passaient. Amélia changeait, embellissait à vue d'œil. Comme quelques natures méridionales, elle ne traversait pas « l'âge ingrat ». De petite fille, elle était devenue jeune fille, presque sans transition.

Un an s'écoula, puis deux, puis trois. Amélia était femme maintenant. Elle allait avoir bientôt seize ans... Ses rêveries étaient restées pures, mais avaient pris quelques choses de plus arrêté, nous n'oserions dire de plus matériel.

La clairvoyante princesse savait depuis longtemps qu'une image hantait la tête et occupait le cœur de la jeune fille. L'image de Nicolas Bolstoï, si joli garçon et d'une âme si chaleureusement bonne...

Eh bien ! pourquoi Amélia n'épouserait-elle pas le prince ?

Qu'avait de commun Amélia avec la petite mendiante d'Arcueil ?

Il faut dire que Mme de Woutremont, assistée des conseils de maître Bour-goin, avait trouvé le moyen de donner à sa « filleule » une apparence d'identité légale. Après quelques recherches, elle avait découvert qu'un Antonio Quinti-liani, parent éloigné de son frère, était mort en Californie, où il avait été chercher fortune. C'étaient le dernier survivant de cette maison illustre jadis nombreuse.

Amélia devint la fille de cet Antonio...

Fille d'un mariage contracté dans des régions où les actes de l'état civil manquent absolument de régularité. Amélia s'appelait donc Quintiliani. Elle était la cousine et la filleule de la princesse de Woutremont : elle le croyait elle-même... et il eût été bien difficile de démontrer le contraire, soit à elle — malgré le *passé* — soit à Mme de Woutremont, soit à maître Bourgoin.

Or, quel est le grand seigneur qui n'eût pas été honoré de prendre pour femme une jeune fille adorablement jolie, portant un grand nom, et rendue plus intéressante encore par une naissance romanesque ?

Après un séjour de trois ans au lac Majeur, Mme de Woutremont prit ses dispositions pour retourner à Paris. Elle bravait le sort : elle voulait que sa fille brillât auprès d'elle dans la capitale du monde...

La princesse n'était pas restée sans nouvelles du marquis de Crozant, à qui elle pensait toujours, en dépit de ses préoccupations maternelles.

Le marquis, qui guerroyait contre des tribus insoumises de l'Algérie, avait appris la mort du prince de Woutremont et, après quelques hésitations, s'était décidé à adresser à la princesse une lettre de condoléance, pleine de cœur et fort délicatement conçue.

Une autre lettre avait succédé, après un assez long intervalle, à cette première lettre. Cette fois, le marquis s'excusait humblement, mais loyalement, en soldat et en gentilhomme, du déplaisir qu'il avait pu causer à Mme de Woutremont, lors de sa visite d'adieu.

La princesse répondit avec une froideur aimable, et la correspondance cessa pendant assez longtemps.

Cependant Mme de Woutremont apprit que le commandant Crozant avait été assez grièvement blessé en Tunisie.

Elle lui écrivit alors une lettre affectionnée... presque tendre.

Quelques mois après, elle sut que le marquis, souffrant toujours de sa blessure et presque privé de l'usage de son bras gauche, avait donné sa démission et revenait à Paris.

Ce fut alors qu'elle se décida à quitter le lac Majeur.

XXVIII

SOUS LE PONT D'IÉNA.

La neige fondue tombait à torrents : il faisait un froid cruel, poignant, implacable. Les rares passants qui traversaient les rues de Paris pataugeaient dans une boue noire, semi-liquide, craquant légèrement sous les semelles : ils se hâtaient, disputant leurs parapluies à la rafale glacée et sifflante, et s'élançaient, parmi les larges flaques, éclairées de temps à autre d'un coup de lumière, émanant des becs de gaz, et qui faisait reluire aussi les rayures de l'averse comme de fines hallebardes d'or...

Une vieille femme, toute loqueteuse, traînant d'immondes savates, crevées par ses orteils et laissant les talons à nu, venait de passer le pont des Saints-Pères et errait dans le faubourg Saint-Germain, importunant les passants, vigoureusement repoussée par tous.

Elle était sinistre et hideuse, et ses yeux énormes, qui semblaient jaillir hors des paupières dilatées, avaient une expression de méchanceté souffrante, qui inspirait plus de répulsion que de pitié.

Vers onze heures de la nuit, elle se trouva rue Saint-Dominique devant l'hôtel de Roigny et s'empêtra dans une file de voitures, un amalgame de curieux et un fouillis de laquais et d'agents de police, car il y avait grand gala ce soir-là chez le duc de Roigny. Plus énergiquement que jamais, on la repoussa... Elle courait même le danger d'être jetée sous une voiture et piétinée par les chevaux énervés, quand on l'entendit tout à coup pousser un cri sauvage.

— Tiens !... Nounouche !...

A ce moment, une femme de très grande allure descendait d'une calèche armoriée, suivie d'une jeune fille, adorablement jolie, et vêtue, très simplement, d'une robe crème garnie de rose-thé...

Ses épaules étaient couvertes d'une capeline de cachemire blanc doublé de soie, mais le capuchon étaient retombé en arrière, et sur son front transparent comme l'opale, on pouvait voir se dessiner un signe bizarre... une petite étoile rouge.

Elle se retourna, fut prise d'un tremblement et, se serrant vers la grande dame qui l'accompagnait, murmura très bas :

— Marraine, marraine, la Mouchotte !...

— Tais-toi ! malheureuse enfant, répliqua la grande dame.

Et toutes deux, abritées par la marquise dressée pour la circonstance, pénétrèrent dans la cour de l'hôtel.

La Mouchotte resta encore un instant, invectivée, cahotée, menacée... Les yeux plus jaillissants que jamais, elle semblait vouloir magnétiser cette cohue élégante, où les habits noirs faisaient ressortir les toilettes claires, où les joyaux brillaient plus que les gouttes de pluie, où les mains gantées de « paille » gesticulaient désespérément...

Enfin elle se dégagea... redescendit vers la Seine et, après avoir quelques secondes regardé couler l'eau tumultueuse, elle alla chercher un refuge sous les arches du pont d'Iéna.

Il y avait déjà des hôtes dans cette auberge du Hasard-Maussade. La Mouchotte se pelotona entre deux vieillards, l'un ayant une figure bestiale et dure, l'autre une assez belle tête, déparée par une barbe rouge et inculte et un nez énorme et rubicond.

— Y a t-il place pour une dame seule, qui sort du *clou*? demanda facétieusement la Mouchotte.

Le vieux à face bestiale ne répondit que par un grognement ; mais l'autre sourit d'un air bon enfant.

— Soyez la bienvenue, madame... Je suis galant comme un Français, moi, quoique je sois Cosaque...

Il parlait avec un accent étranger, une voix lourde et grave, sur un ton gai et caressant.

— Cosaque ?... vous ?... reprit la Mouchotte... Y en a donc encore, des Cosaques ?

— Mais j'espère bien qu'il y en aura toujours... A votre santé !

Le « Cosaque » prit dans la poche de sa houppelande — un lambeau qui lui servait de vêtement — une énorme gourde d'eau-de-vie et la porta à ses lèvres...

— Pas un brin pour moi ?... demanda la Mouchotte.

— Mais si, mon petit pigeon!... j'y ai goûté le premier pour montrer que ce n'était pas du poison, voilà tout!...

Et le « Cosaque » passa la gourde à l'horrible vieille, qui, après y avoir longtemps tenu ses lèvres bleuies par le froid, la donna à l'autre vieillard, lequel ne se fit guère prier non plus pour prendre sa part du régal.

— Merci, dit la Mouchotte en rendant la gourde; merci, monsieur...

— Samoïlof... Samoïlof, pour vous servir, madame.

— Et vous êtes vraiment Cosaque?...

— Je suis né dans la Petite-Russie...

J'étais serf dans ma jeunesse, serf du vieux prince Bolstoï. Un jour, je commis un vol sur sa terre, il me fit fouetter et je pris la fuite. Longtemps je vécus en Allemagne, de mon mieux, en travaillant à n'importe quoi, crevant de faim la plupart du temps et buvant de l'eau-de-vie le plus possible pour me soutenir. Au bout de quelques années, je revins dans mon pays et je suppliai le prince de me reprendre, quitte à me faire fouetter tous les jours... — « Va te promener! me répondit-il; les serfs sont émancipés, tu es un homme libre: crève de faim librement!... » J'allais me tuer de désespoir, quand un de mes amis me proposa d'entrer dans des conspirations contre le gouvernement russe. J'acceptai. Je fus accusé d'un meurtre commis sur un fonctionnaire et dont j'étais innocent. Je fus jugé, condamné et envoyé en Sibérie d'où j'ai pu m'échapper pour venir à Paris...

— Et vous n'y connaissez personne?

— J'y connais trop de monde.

— Que voulez-vous dire?

— Il y a bien le jeune prince Nicolas Bolstoï, le fils de mon ancien seigneur, qui me donne quelquefois de l'argent... Ah! Dieu bénisse son bon cœur, au cher petit pigeon céleste!... Mais les autres ont bientôt fait de tout me prendre.

— Quels autres?

Samoïlof était très ivre. Il parlait avec une franchise aussi entière que périlleuse.

— Les autres réfugiés, dit-il... Oh! il n'en manque pas à Paris, et ils ont de bonnes dents et des poches profondes. De plus, ô saints protecteur!... quel flair pour deviner le moment où le jeune prince Nicolas est venu me consoler... ou celui où j'ai été le voir chez lui!... Le prince me demande ce que je fais de son argent!... Au fond, il le sait bien, le doux chrétien céleste!... Le jour où je ne me laisserais pas dépouiller par les *autres*, ils auraient bientôt fait de me déclarer traître et de m'envoyer voir mon saint patron... Qui ferait attention à ma mort?... Hé! hé!... n'y pensons plus!...

Et Samoïlof vida sa gourde, puis s'étendit, voluptueusement roulé dans sa houppelande, et s'endormit.

— Quelle vieille brute! dit la Mouchotte en s'adressant à son voisin.

— Il est ce qu'il est, répondit le vieux.

— Bon !... vous n'êtes pas causeur, vous?

— Ça dépend... bonsoir...

Et le vieux imita l'exemple de Samoïlof.

La Mouchotte n'avait pas envie de dormir.

Peut-être était-elle trop fatiguée pour cela. Elle regardait mélancoliquement couler l'eau, très fâchée de ne pouvoir plus satisfaire ce besoin de bavardage inné chez le beau sexe et persistant chez les natures féminines les plus abruties ou les plus perverses.

Il y avait bien deux « mômes », deux petits garçons de huit à dix ans, qui grelottaient, depuis quelques minutes, en soufflant dans leurs doigts. Mais quelle conversation avoir avec cette verminaille?... Et puis la Mouchotte n'aimait avoir de rapport avec les enfants que pour les exploiter ou les battre. Or, exploiter ceux-là, pas moyen !... Quant à les battre, elle n'en avait pas la force.

Tout à coup, elle vit comme une ombre se glisser près d'elle.

C'était une jeune fille jolie et gracieuse, mais vêtue si misérablement qu'elle faisait peine à voir.

Elle s'assit près de la Mouchotte, avec une expression de visage singulière ; on y pouvait lire un sentiment double : le désir de n'être pas seule durant cette nuit lugubre, et le dégoût inspiré par les hôtes abjects du pont d'Iéna.

— Bonsoir, madame, dit la jeune fille.

— Bonsoir, petite, répondit la Mouchotte.

Puis elle se remit à rêver... Elle songeait à cette belle demoiselle qu'elle avait vue entrer à l'hôtel de Roigny et qui portait au front une étoile, comme Nounouche.

Était-ce donc elle?... Ah ! impossible ! cette petite gueuse, cette va-nu-pieds, cette rien-du-tout-faute-de-mieux !...

Qu'était-elle devenue, cependant, depuis l'expédition de M. Chavigny chez la princesse de Woutremont?... M. Chavigny qu'elle n'avait vu qu'un instant, avant d'être arrêtée, disait que la petite était restée, blessée, chez la princesse...

Était-ce donc elle que la princesse avait adoptée et menait dans la « haute ». Il y avait trois ans de cela... et il passe rudement d'eau sous les ponts, pendant trois ans.

— Eh bien ! elle aura eu de la veine, celle-là, dit la Mouchotte tout haut.

Car, malgré ce qu'en dit une certaine école, le monologue est parfaitement dans la nature.

— Qui donc aura eu de la veine? demanda la jeune fille surprise et effrayée...

— Je pensais tout haut, ma petite ; faites pas attention, dit la Mouchotte. Gn'a des gens qu'a d'la veine, gn'en a qu'en a pas, v'là l'affaire. J'en ai pas, moi... Trois ans de prison pour des choses dont j'étais calomnieusement innocente... Vous non plus, vous n'en avez pas...

C'est drôle, ajouta la mégère en toisant sa voisine d'un air connaisseur, vous êtes gentille cependant... Vot'amant vous a donc lâchée?..

Ils s'approchèrent de la princesse de Woutremont, assise, avec Amélia auprès d'elle (Page 182.)

— Je n'ai pas d'amant, répliqua la jeune fille... et je n'en aurai jamais.

La Mouchotte fit entendre un sifflement moqueur.

— Huûûû ! dit-elle, c'est à une sainte du « canendrier » j'ai l'honneur de parler?... Eh bien, vous savez, mon enfant, si vous êtes si bête que ça, faut pas vous plaindre de ce qui vous arrive.

Je sors de prison, moi, et c'est pas épatant que, pour l'instant, je soye sur le pavé... mais si j'étais jeune et jolie comme vous, j'y resterais pas longtemps, et c'est pas sous les ponts que j'viendrais trimballer ma vertu.

La jeune fille baissa la tête et ne répondit rien.

Son Altesse Nounouche   23

La Mouchotte pensa qu'elle avait produit un effet salutaire sur cette jeune âme obscurcie :

— Écoutez, mon enfant, dit-elle, nous sommes bien mal fichues, vous et moi... mais on pourrait encore s'en tirer... voulez-vous essayer, à nous deux ?...

— Madame, répondit doucement la jeune fille, je ne mérite pas l'injure que vous me faites, mais je vous la pardonne...

La Mouchotte eut un regard de mépris foudroyant et chercha quelques mots pour exprimer ses pensées. Elle n'en trouva qu'un et l'expectora aussitôt :

— Mince !...

La jeune fille, brisée de fatigue, avait fini par s'assoupir. La Mouchotte ne dormait toujours pas, et comme l'idée de Nounouche, riche et heureuse, lui revenait, elle se remit à monologuer à voix très haute.

— Le *Raboin* vous *rougagne* la carcasse, vieille *pie—borgnanche !* s'écria tout à coup le vieillard à face bestiale.... Impossible de *taper des mirettes...* Bast ! j'en ai assez... Je m'décide... C'est le moment d'aller fiche un peu de *carne* dans tout ce bouillon...

Le vieillard se leva et se dirigea lentement vers la Seine.

— Est-ce que vraiment vous allez vous noyer, l'ancien ? demanda la Mouchotte.

— Si vous n'y voyez pas *d'incompatibilité*, princesse, reprit le vieillard. Je vous dis que j'en ai assez. Savez-vous ce que je regrette des temps d'aut'fois ?... C'est le bagne de Toulon, ousque j'ai tiré la patte pendant vingt ans.... On a *eu* bien tort de débiner le bagne, voyez-vous, ma petite mère : on était à l'air en été, chauffé en hiver ; on mangeait presque à sa faim, il y avait des bourgeois qui visitaient la chose... et casquaient comme des petits bons dieux. Paraît qu'au jour d'aujourd'hui c'est encore pu *gérondif* à la « Nouvelle ». Mais, poil dans l'œil !... on ne m'y enverra pas. Si on m'empogne pour une chose ou l'autre, on m'enverra dans un « asile », vu mon âge ! Un « asile », jamais ! Plutôt l'usine à macchabées !...

La Mouchotte haussa les épaules.

— A votre aise, dit-elle ; des goûts et des couleurs... vous savez !...

Le vieillard était près de la Seine.

— Bonsoir tout le monde, et la compagnie, dit-il. Et il se laissa tomber dans l'eau. On entendit : *floc !* et ce fut tout.

La Mouchotte eut un tressaillement, puis elle ricana... et enfin s'endormit.

Quand elle se réveilla, il faisait jour.

Le « Cosaque » avait disparu, ainsi que la jeune fille. Seuls, les deux mioches dormaient et semblaient morts. La Mouchotte, tout endolorie se leva, cracha sur les enfants et remonta sur le quai, presque contente de regarder le ciel nettoyé et d'un bleu pâle, mais doux et pur.

XXVII

CHEZ LE DUC DE ROIGNY.

Cette nuit-là, touté cette élite du « monde » qu'on appelle la « société » se trouvait réunie dans les majestueux salons de l'hôtel de Roigny.

Charles-David-Arnaud, duc de Roigny, s'étant toujours et obstinément tenu hors de la vie politique, des entreprises industrielles et du mouvement financier, avait conservé, en guise de compensation, le droit et la faculté de ne voir que qui il voulait et dans les conditions qu'il voulait. Ses salons étaient donc les moins abordables de Paris. Toute intrusion qui pouvait passer pour inopportune ou tant soit peu risquée y faisait bien vite scandale. En revanche, une invitation à un gala ou à une réunion intime chez le noble duc fondait ou consacrait à tout jamais une situation mondaine.

Le duc et la duchesse, née de la Tour-Mauregard, recevaient d'ailleurs avec une bonne grâce toute particulière. Vieux tous les deux, ayant un fils d'âge déjà mûr, Réginald de Roigny, duc de Luzençay, ils aimaient le monde, les grandes réceptions, la vie grandiose, luxueuse, presque tapageuse, comme au plus beau temps de leurs jeunes années.

Le duc de Roigny, grand vieillard, robuste et d'allure hautaine, portant en ostensoir la fière cambrure de son profil et la rayonnante nudité de son crâne, entouré seulement d'une mince couronne de cheveux argentés, parcourait gaiement ses salons, souriant à tous, saluant les femmes avec les grâces soigneuses d'un autre âge, corrigeant la roideur de sa démarche par l'exquise douceur de son regard... puis il revenait près de la duchesse, constamment assise dans le premier salon, accueillant les hommages avec une amabilité parfaite, mais souriant peu et ne parlant guère.

Le duc de Luzençay causait dans l'un des salons avec le marquis de Crozant, son ancien camarade de collège nouvellement revenu d'Afrique.

Réginald de Luzençay était un homme de quarante ans, grand et mince, le front haut, les yeux bleus et doux, la barbe longue et d'une teinte fade, qui, avec sa mise d'une sévérité exagérée, ressemblait plus à un professeur allemand ou à un clergyman qu'à un grand seigneur français.

Il était grave et studieux, aimable, d'ailleurs, et d'une politesse parfaite, mais aussi peu mondain que possible. Sa grande préoccupation était l'économie politique. En dehors de cela, il ne s'intéressait qu'à l'agriculture et aux élevages, car il était propriétaire de domaines considérables en Normandie et en Lorraine. Il était resté garçon et on ne lui avait jamais connu de liaisons irrégulières.

Cependant, il ne passait pas pour un saint. Il avait même des tendances philosophiques qui, jointes à ses idées libérales et même démocratiques, choquaient assez fortement sa noble famille. Il aspirait à la députation, mais n'avait jamais pu se faire élire, prenant gaiement son parti de ses insuccès et continuant paisiblement ses calmes et inoffensives études.

— Eh bien ! Crozant, dit-il, te voilà revenu ?... C'est fort gracieux à toi de nous consacrer une de tes premières soirées.

— Je ne fais que mon devoir, mon ami, répondit le marquis ; crois-tu donc que je t'aie oublié chez les Bédouins ?...

— Non, certes... et tu n'as pas oublié non plus une belle dame que tu savais trouver ici...

Crozant rougit légèrement.

— Tu veux parler de Mme de Woutremont ? dit-il.

— D'elle-même.

— Parbleu ! je ne fais pas de difficulté à l'avouer. Il n'y a rien d'inavouable dans les sentiments qu'elle m'inspire... à présent qu'elle est veuve.

— On dirait que vous vous êtes donné le mot pour vous trouver ensemble à Paris.

— Ah ! Luzençay, est-ce que tu deviens méchant ?

— Pas du tout... Quel mal y aurait-il à cela ? Crois-tu que j'aie jamais cru aux bavardages dont la princesse et toi vous avez été l'objet ?

— Vrai, on a tant bavardé que cela ?...

— Dame ! oui, mon cher; ta fuite même a été mal interprétée par quelques-uns; on est si malveillant et quelquefois si bête, à Paris...

— Mais toi, au moins, tu n'as pas cru ?...

— Que tu étais l'amant d'une femme mariée ?... ma foi, non ! Je sais que c'est contraire à tes principes. Quant à Mme de Woutremont, je n'ai pas douté un seul instant de sa haute vertu.

— Merci, Réginald, dit le marquis en serrant avec chaleur la main de son ami.

— As-tu correspondu avec elle ?

— Un peu.

— Tu sais qu'elle a adopté une de ses petites parentes.

— Je le sais.

— Tu ne les as pas encore vues ?

— Non.

— Mais, amoureux transi que tu es, comment n'es-tu pas déjà près de ta « belle » ?

— J'aime mieux causer un moment avec toi.

— Est-ce pour l'agrément que tu trouves dans ma conversation... ou pour prendre le temps de calmer tes nerfs ?

— Pour l'un et l'autre.

— Surtout pour les nerfs ?

— Peut-être.

— Eh bien ! viens faire un tour dans les salons, cela te remettra.

Les deux amis se mirent à marcher... Crozant ressentait un bien-être singulier dans cette atmosphère aristocratique, pleine d'émanations délicates et enivrantes, égayée de reflets brillants ou soyeux.

Un jeune homme passa sans les voir, l'air distrait, cherchant quelque chose du regard.

— Ah! ah! Bolstoï est devenu un homme, dit en souriant le marquis.

En effet, le jeune homme avait pris un aspect plus viril, sans rien perdre pourtant de sa grâce et de sa beauté. Il avait vingt et un ans maintenant et une forte moustache, dorée et floconneuse, ombrageait sa lèvre couleur de cerise.

— J'espère pourtant qu'il n'est pas devenu tout à fait un homme? reprit Victor de Crozant.

— Allons, bon! voilà Alceste qui reparaît, dit en souriant le duc de Luzencay. Rassure-toi, bon misanthrope : Bolstoï est resté l'excellent cœur que tu as connu...

— Tant mieux!

— Oui, tant mieux!... mais il s'est formé pourtant.

— Aïe! aïe!...

— Je veux dire que ses sentiments généreux ont pris quelque chose de plus assis et de plus pratique...

— Ah! ça, tant mieux encore, par exemple!...

— J'ai souvent des conversations sérieuses avec lui... Oh! il mord très bien aux sciences sociales...

— Bon appétit! dit le marquis en riant.

— Ah! tu dédaignes les sciences sociales, toi?...

— Non, mon ami, mais...

— Mais tu aimes mieux autre chose. Tu as tort, va : c'est l'avenir, cela, c'est la vie moderne...

— Je m'étais toujours douté que vous étiez socialiste, monsieur le duc...

— Je m'en vante, monsieur le marquis. S'il y a une question sociale, il faut s'en occuper, et quiconque s'en occupe est forcément socialiste... Cela t'étonne, beau militaire?...

— Pas du tout!... parle socialisme avec Bolstoï tant que tu voudras... Tiens, voilà Versac!...

— Eh bien! il ne s'occupe pas de questions sociales, celui-là!...

— Je crois qu'il ne s'occupe pas de grand'chose!...

— Pardon!... il s'occupe beaucoup de trouver cent louis...

— Il en est là?

— Parfaitement!...

— Avec qui diable est-il?

— Ce sont des amis qu'il a tenu à présenter à mon père.

— Tu les connais?

— Très peu. Ce grand monsieur qui a des cheveux couleurs d'or, une barbe *idem* et un regard étrange, s'appelle le comte d'Arrabengoa... L'autre, le petit, qui est trop brun, s'intitule le chevalier d'Etchalar.

— Etchalar?... Dieu te bénisse! des *rastaquouères*, hein?...

— Je ne sais pas... Des gentilshommes brésiliens... ou péruviens...

— Ah! le Brésil et le Pérou ont bon dos!...

— Qu'est-ce qui te prend?

— Je ne sais pas; ces messieurs sont beaucoup mieux mis que toi et moi... Ils ont des diamants à hypnotiser l'être le moins nerveux; mais, veux-tu que je te dise?... je ne sais pourquoi, il me font l'effet de Robert Macaire et de Bertrand...

— Merci!... tu arranges bien les invités de mon père.!

— Monsieur le duc de Luzençay, je reconnais l'inopportunité de ma réflexion, et je vous offre mes excuses... ou une réparation par les armes.

— Monsieur le marquis de Crozant, vos explications me suffisent, et nous ne nous couperons pas la gorge pour cette fois-ci.

Et maintenant, tu es remis, n'est-ce pas?

Viens que je te mène à ta belle princesse...

Les deux amis traversèrent les salons et s'approchèrent de la princesse de Woutremont, assise, avec Amélia auprès d'elle.

Amélia était rayonnante de bonheur et de gloire. Elle venait de danser... et de danser avec le prince Bolstoï.

Au moment d'aborder Mme de Woutremont, Luzençay et Crozant s'arrêtèrent. Un homme, jeune et d'allure superbe, devant lequel on s'effaçait et on s'inclinait respectueusement, venait de s'arrêter devant la princesse.

— Je ne m'attendais pas au bonheur de vous voir à Paris, madame, dit-il.

— J'y suis revenue, il y a peu de jours, monseigneur, répondit Mme de Woutremont, et je savais que j'aurais l'honneur d'y rencontrer Votre Altesse Royale.

— Êtes-vous tout à fait des nôtres?...

— Oui, monseigneur.

— Habitez-vous encore Arcueil?

— Je suis restée fidèle à ma maisonnette, monseigneur.

— Vous voudrez bien, n'est-ce pas, que j'aille vous y faire ma cour?

— C'est une faveur que je n'aurais osé solliciter, monseigneur. Votre Altesse Royale daignera-t-elle me permettre de lui présenter ma petite cousine et ma pupille, Amélia Quintiliani?

— Je suis ravi de vous connaître, mademoiselle : vous portez un beau et grand nom, et vous lui faites honneur comme il convient, en étant adorable... A bientôt donc, madame. Oh! je connais le chemin d'Arcueil!...

Son Altesse s'inclina gracieusement et se perdit dans la foule.

— Enfin, vous êtes abordable, princesse, dit le duc de Luzençay. Reconnaissez-vous ce militaire-là?...

A la vue du marquis de Crozant, Mme de Woutremont rougit et eut un tressaillement : puis elle tendit la main au marquis.

— Vous êtes tout nouvellement arrivé, n'est-ce pas? dit-elle.

— D'hier seulement, madame, sans quoi je serais déjà allé vous présenter mes hommages.

— Vous auriez eu le temps... mais je vous pardonne... Vous avez quitté le service?...

— Le service militaire oui, madame, je viens m'enrôler parmi vos esclaves.

— Soyez ce que vous avez toujours été, monsieur de Crozant : un de mes meilleurs amis...

— Dites le plus fidèle, madame.

— C'est ce que nous verrons. Vous ne connaissez pas ma pupille?

Le marquis salua respectueusement Amélia.

La vue de la jeune fille l'avait déjà fort impressionné sans qu'il sût pourquoi.

Il lui semblait qu'il l'avait déjà aperçue. Certes, il ne songeait guère à la petite mendiante d'Arcueil et la princesse avait raison d'espérer que nul ne confondrait la « petite fille » du faux aveugle, avec la brillante Amélia Quintiliani ; mais une sorte d'inquiétude s'ancrait dans l'âme du marquis.

Il eût mieux aimé que Mme de Woutremont fût seule.

Son malaise ne tarda pas d'ailleurs à s'accroître.

Le vicomte de Versac s'avançait avec les deux étrangers dont l'aspect lui avait de prime-abord si souverainement déplu qu'il n'avait pu s'empêcher, en dépit des convenances, de faire part de ses impressions défavorables au fils même de son hôte... et du leur.

Le comte d'Arrabengoa était un homme de trente-huit à quarante ans, d'un aspect fort remarquable. Il avait les cheveux et la barbe d'un blond ardent, avec des reflets d'or, et qui tranchaient d'une manière étrange avec son teint d'un brun mat et ambré.

Sauf une profusion exagérée, presque suspecte, de bijoux, sa mise était d'une élégance suprême. Son compagnon, le chevalier d'Etchalar, était aussi suprêmement bien mis ; mais son profil retroussé et commun, l'ensemble de son *habitus corporis*, et ses cheveux, et sa barbe pointue, d'un noir invraisemblable, pouvaient jusqu'à un certain point justifier les réflexions désagréables du marquis de Crozant.

— Madame, dit Versac, en s'adressant à la princesse de Woutremont, voici mon ami, le comte d'Arrabengoa, qui sollicite l'honneur de vous être présenté.

La princesse était devenue fort pâle et regardait le comte d'Arrabengoa d'un air singulier, où il y avait de l'effroi, de l'angoisse et beaucoup d'incertitude.

Le comte s'inclina très profondément, et dit, d'une voix musicale, avec un accent espagnol saisissable, mais mitigé :

— J'ai des titres à l'honneur que je réclame, madame, car j'ai eu l'honneur de connaître beaucoup M. le comte Quintiliani, votre père...

— A Naples, sans doute ? dit la princesse...

— A Naples... et à Londres, où j'ai su qu'il avait habité depuis.

Ce « où j'ai su », était une énormité que le marquis de Crozant lui-même ne remarqua pas.

Cependant l'impression extraordinaire produite sur la princesse par l'aspect seul de l'étranger ne lui avait point échappé, et remplissait son âme d'une anxiété vague...

— Vous êtes Espagnol, monsieur ? demanda Mme de Woutremont, après un instant de silence embarrassé.

— Ma famille est originaire des provinces basques, madame. Elle avait émigré au Brésil où elle a refait sa fortune. J'ai moi-même beaucoup voyagé : j'étais d'ailleurs inconnu à Paris, et c'est à mon ami, M. de Versac, que je dois de précieuses relations dans le monde parisien... Permettez-moi, madame, de vous présenter, à mon tour, mon ami le chevalier d'Echalar.

Le chevalier s'inclina.

La princesse le regarda, eut l'air un peu étonnée de sa physionomie bizarre, puis reporta ses yeux sur le visage du comte d'Arrabengoa, de plus en plus troublée et anxieuse.

— Je sortais fort peu à Londres, dit-elle, et j'étais encore fort jeune quand j'habitais l'Italie. Il n'y a donc rien d'étonnant à ce que je ne vous aie pas vu...

— Peut-être ! Cependant, madame, ma figure ne vous est pas absolument inconnue ?...

— En effet... Elle me rappelle des souvenirs confus...

Et la princesse devint plus pâle encore...

— J'aurai l'honneur d'aller vous présenter mes devoirs à Arcueil, reprit le comte.

— La princesse s'inclina sans mot dire et le comte s'éloigna, suivi du chevalier d'Etchalar, et toujours conduit par le vicomte de Versac.

Presque immédiatement, Mme de Woutremont déclara qu'elle était souffrante et se disposa à se retirer, au regret mal déguisé d'Amélia.

Victor de Crozant essaya de faire parler son ami, le duc de Luzençay, sur le personnage mystérieux qui avait, évidemment, causé le trouble de la princesse ; mais le duc de Luzençay ne savait réellement rien de plus que ce qu'il lui avait dit. Le marquis sentait son inquiétude prendre des proportions insupportables. Il voulait absolument qu'on le renseignât sur le comte exotique, et pensa qu'il ne pouvait pas mieux s'adresser, à cet effet, qu'au baron de Saint-Cybard, homme remuant et très préoccupé des choses de Paris, qu'il venait de rencontrer dans un des salons.

— Mon cher Crozant, dit le baron, enchanté de vous voir. Depuis quand de retour ?

— Depuis hier seulement... je suis comme un étranger ici... C'est singulier, je vois un tas de figures nouvelles...

Allons prenez tout de même chérie des anges... (Page 187.)

— Vous connaissez le comte d'Arrabengoa, vous?

— Certainement, certainement ; c'est un garçon très chic !... Il joue beaucoup, il sait perdre, oh! il sait perdre... mais je dois dire qu'il finit généralement par gagner...

— C'est Versac qui lui sert de cornac?

— Le mot est dur !... Versac l'a connu dans divers cercles... Au *Mouvement* surtout.

— Au *Mouvement?*... mais c'est un tripot.

Son Altesse Nounouche   24

— Un tripot, si vous voulez !... Mais enfin on y va... Nous en sommes tous...

— Franchement, Saint-Cybard, est-ce que le comte d'Arrabengoa vous inspire toute espèce de confiance ?...

— Mon cher, on ne formule rien contre lui...

— Mais on ne sait pas d'où il sort.

— Mande pardon !... Il y a des Américains très corrects, à l'abri de tout soupçon, qui l'ont connu au Brésil. Il y a fait du commerce pour redorer son blason, mais ce n'est plus une déchéance cela !... Il est d'origine basque... Maintenant, vous savez, les origines basques, ça remonte à la nuit des temps, et puis les familles implantées dans l'Amérique du Sud... il n'est pas commode de suivre leurs filiations... Enfin, il est très gentil, très galant homme, la main très ouverte ; il a de gros intérêts dans les affaires de Vander Witt. Qu'est-ce que vous voulez ?... Est-ce pour un mariage que vous me demandez tous ces renseignements ?

Victor de Crozant eut un mouvement d'impatience.

— Et ce « chevalier » d'Etchalar ?... demanda-t-il...

— Dame ! c'est un ami du comte, un Américain du Sud aussi, originaire des provinces basques. Il est un peu ridicule, pas vrai ?

— Oh ! tout à fait ridicule...

— Très correct, d'ailleurs, lui aussi... Si ça peut vous intéresser, je vous dirai qu'il est l'amant en titre de Fanny Meuilhard.

— Peste !...

— Ne blaguez pas, cher, c'est devenu quelqu'un... ou quelqu'une, Fanny Meuilhard !... Une « grue » dans la vie privée, mais presque une grande artiste sur les planches.

— Et M. le comte d'Arra... Comment dites-vous ? Eh oui !... d'Arrabengoa, est-ce qu'il a aussi une liaison célèbre ?

— Ah ! ça, cher ami, c'est pas possible ! vous voulez le marier ?

Victor de Crozant, énervé, tourna le dos au baron.

— Hé !... Qu'est-ce qu'il fait donc ? se demanda Saint-Cybard, très étonné et un peu choqué.

La princesse et sa filleule étaient revenues à Arcueil.

Quand Amélia fut couchée, la princesse vint, comme de coutume, l'embrasser dans son lit.

— Eh bien ! mon enfant, es-tu heureuse ? demanda-t-elle.

— Oh ! oui, marraine, bien heureuse...

— Tant mieux, chère petite ; et maintenant, prie Dieu pour que notre bonheur dure !...

UN MÉNAGE D'OUVRIERS. — LE STRATAGÈME DE ROBERT TEMPLIER.

La malheureuse jeune fille, qui avait passé la nuit sous le pont d'Iéna, en si mauvaise compagnie, avait quitté ce lugubre asile dès l'aube et s'était remise à errer dans les rues de Paris.

Il faisait toujours froid, mais le temps était pur et le soleil étincelant.

La jeune fille se consolait de son mieux en regardant les splendeurs du ciel matinal.

Sur la place du Châtelet, une marchande de soupe chaude lui offrit une tasse de sa marchandise. La jeune fille lui avoua, les larmes aux yeux, qu'elle n'avait pas un sou.

— Allons, prenez tout de même, chérie des anges... dit la marchande, une grosse commère qui semblait garder les traditions des Halles.

La jeune fille prit avidement ce qu'on lui offrait, remercia en pleurant et s'éloigna.

Elle marcha longtemps, longtemps.

D'abord un peu réconfortée par cette soupe providentielle, puis ressentant la faim plus cruellement encore.

Vers une heure de l'après-midi, elle se trouvait sous les arcades du Palais-Royal. Ses regards, hébétés par la souffrance et le chagrin, se portaient d'instinct sur les spendeurs des boutiques de bijoutiers. Devant le magasin de Boucheron, un jeune couple était arrêté, souriant aux joyaux, devisant avec une douce gaieté.

— Voilà des gens heureux, dit la jeune fille. Ils doivent être charitables, et surmontant sa répugnance, elle s'approcha pour mendier.

Tout à coup elle recula.

Elle venait de reconnaître Gaston Bourgoin... Elle était sa débitrice, car elle n'était autre que Jeanne Hérault.

Toute tremblante, elle sortit du Palais Royal. Longtemps, longtemps encore, elle erra par les rues, la tête de plus en plus vide, les genoux frémissants, les yeux troublés ; tantôt les maisons prenaient autour d'elle des proportions gigantesques, tantôt elles semblaient s'évaporer et se perdre dans un brouillard violet. Les pavés et le bitume des trottoirs affectaient des aspects d'eau bourbeuse d'où s'échappaient des vapeurs qui enveloppaient les passants.

Jeanne hésitait toujours à mendier. Elle comprenait pourtant qu'il fallait bien qu'elle mendiât si elle ne voulait pas mourir.

Le soir venait. On commençait à allumer les becs de gaz. Jeanne était devant l'Opéra. Décidément, elle ne voulait plus coucher à la belle étoile. Il lui fallait quelques sous pour avoir un morceau de pain et une botte de paille. Elle avisa un homme d'une cinquantaine d'années, vêtu en ouvrier, mais gardant l'allure d'un ancien militaire. Celui-là devait être bon ; il avait l'air si honnête avec ses grands yeux clairs, son teint basané, sa moustache et son impériale.

— Monsieur, dit-elle, monsieur, écoutez-moi...

L'ouvrier se retourna brusquement.

— Ah ! mais non !... on ne me débauche pas, moi, la petite mère !... Etienne Fourgeaud, ex-sergent-major aux zouaves de la garde, actuellement encadreur de son état et fabricant de châssis pour artistes-peintres.

— Vous ne me comprenez pas, monsieur, dit Jeanne, toute rouge et poussée par le désespoir : c'est l'aumône que je vous demande.

— Hein ?... quoi ?... l'aumône ?...

Etienne Fourgeaud dévisagea la jeune fille et l'entraîna sous un bec de gaz.

— Mais je vous reconnais, dit-il. N'avez-vous pas été autrefois ouvrière chez Mme Savart ?

— Oui, en effet...

— Vous avez connu ma fille : Aline... Aline Fourgeaud...

— Oh ! oui, monsieur.

— Elle est établie, maintenant, mariée, mariée à un ouvrier tourneur en cuivre... Justement, elle dîne chez moi, ce soir... Allons, ne faites pas de manières..., venez avec moi... Quand je vous aurai donné vingt sous, ça ne vous tirera pas d'affaire... tandis qu'en famille, ma foi, on pourra s'occuper de vous.

— Oh ! merci, monsieur, j'accepte ! s'écria Jeanne en prenant la main du brave homme.

— Voyez-vous, ma fille, reprit Etienne Fourgeaud, c'est bien possible que ça soit votre faute, si vous en êtes réduite là... mais c'est pas une raison pour vous laisser mourir sur le pavé... Et puis, après tout, c'est peut-être pas votre faute. D'ailleurs, vous nous conterez ça, chez nous... Houst ! remuez vos guibolles, nous n'y sommes pas ; c'est aux Batignolles.

Ils se mirent en marche silencieusement, Jeanne trottinant près de Fourgeaud, qui allait toujours au pas de charge... vieille habitude de zouave.

Fourgeaud demeurait rue Lechapelais, tout près de l'ancien logement de Jeanne. Il entra dans sa boutique obscure, puis dans son arrière-boutique toute lumineuse, où sa femme, Thérèse Fourgeaud, mettait prestement le couvert, tandis que trois moutards, dont l'aîné avait treize ans et le dernier treize mois, faisaient un tapage de tous les diables.

Thérèse Fourgeaud était une femme de quarante ans, alerte et proprette, l'œil vif et le visage jeune, quoique un peu fatigué.

Elle fit d'abord ce qu'on appelle vulgairement « une tête » en apercevant la nouvelle venue. Mais Etienne lui expliqua la chose, fit observer que Jeanne était une ancienne camarade de leur fille Aline, et, Thérèse, toute adoucie, finit par accueillir la pauvre créature avec cette charité un peu brusque, mais « bon enfant », qui caractérise les classes ouvrières parisiennes.

— Je me souviens de vous, ma petite ; mais comment diable êtes-vous tombée dans cette dèche ? dit Thérèse, tandis que les trois moutards, y compris le bébé qui marchait à quatre pattes, considéraient l'intruse avec de grands yeux ébahis.

— Hélas ! madame, mon histoire est bien simple, allez !... Maman a voulu payer les dettes de mon père et s'est mise dans des embarras... Elle est morte : j'ai voulu, moi, payer les dettes de papa et de maman. Pendant deux ans, j'ai travaillé comme une négresse... J'ai payé quelque chose, mais pas tout... Le pire, c'est qu'il y a un an, je suis tombée malade d'une fièvre typhoïde. A ma sortie d'hôpital, j'ai voulu recommencer à travailler, mais j'avais gardé un tremblement nerveux qui me rendait impropre à la chose : et puis j'ai eu deux rechutes, tant et si bien que je suis restée sur le pavé...

— Pauvre petite !... et vous n'avez pas de parents ?

— J'ai un frère, madame...

— Pourquoi ne vous aide-t-il pas ?

— Ah ! madame, c'est lui qui est cause de la mort de maman... C'est sa mauvaise réputation qui m'a fait renvoyer de chez Mme Savard, car on n'a pas voulu garder la sœur d'un petit bandit... Il me rendait suspecte moi-même.

— Et, maintenant, que fait-il ?

— On m'a dit qu'il était employé et qu'il gagnait beaucoup d'argent...

— Vous pourriez lui en demander.

— Jamais, madame... j'aimerais mieux mourir de faim.

— Vous avez raison... quoiqu'il ne faille pas être trop fière quand on n'a pas le sou. Enfin, soyez la bienvenue, ma petite. Si vous avez fait quelque sottise, vous l'avez assez payée. Et puis, non, vous n'avez pas dû en faire... Vous ne seriez pas aussi mal mise... Allons, venez dans ma chambre, vous êtes à peu près de ma taille ; j'ai des habits propres et de l'eau chaude.

Nous allons vous faire belle, sans quoi Aline ne vous reconnaîtrait pas.

— Bien, madame Fourgeaud, dit l'ex-zouave, en regardant sa femme d'un air approbatif.

Thérèse conduisit Jeanne Hérault dans une petite chambre bien propre, où l'on voyait de beaux meubles en noyer, des rideaux de cretonne à fleurs roses, et une collection de portraits de la famille impériale.

Jeanne fit sa toilette, puis reparut dans l'arrière-boutique, où son ancienne camarade Aline, devenue Mme Duguernet, était déjà arrivée avec son mari.

Aline, avertie déjà, reçut Jeanne avec une amabilité qui n'était pas trop protectrice. Son mari, M. Duguernet, était un ouvrier correct, raisonneur, vêtu de noir et écorchant volontiers des mots scientifiques. Il était républicain et ne s'entendait pas trop avec son beau-père qui, en sa qualité d'ancien *Sous-Off* de la garde, regrettait toujours « le Petit »; mais leurs dissensions intestines cessaient avec la politique. Ces bonnes gens étaient presque toujours d'accord, et ce que l'un disait ou voulait avait presque immédiatement l'approbation des autres.

C'est ainsi qu'ils avaient, d'un commun accord, mis leurs économies entre les mains du célèbre Van der Witt, alors à la tête d'une affaire dont nous parlerons plus tard.

Il fut convenu que l'on s'occuperait pendant le dîner de trouver une position sociale pour la pauvre Jeanne, et on allait se mettre à table quand Robert Templier fit irruption dans l'arrière-boutique.

Il avait un peu changé pendant les trois ans qui venaient de s'écouler; une existence assez agitée et surtout les nuits passées au jeu avaient flétri son teint et tiré ses traits. Et puis il avait changé la coupe de ses cheveux et de sa barbe. Il portait des cheveux très courts et une barbe très pointue, ce qui lui donnait un certain air de mignon Henri III.

Suprême élégance des peintres modernistes !

Sa main était non seulement soignée comme autrefois, mais très recherchée. Il tournait légèrement au gommeux. Du reste, il conservait son air de Méphistophélès bon enfant et son entrain de rapin arrivé.

— Bonsoir, tout le monde ! s'écria-t-il; Fourgeaud, enchanté de te trouver...

— Et moi, enchanté de vous voir, monsieur Templier. C'est-y pour une commande ?

— Pas précisément... Je viens te demander quelque chose de plus délicat.

— C'est à savoir ?

— De manquer à ta parole...

— Ça, monsieur Templier, c'est pas dans mon *espécialité*... Je puis manquer un cadre, mais jamais à ma parole.

— Le mot est drôle... Donne-moi cent louis.

Cette demande parut tellement exorbitante à la famille de l'encadreur, qu'elle resta bouche béante.

— Jamais de la vie, m'sieu Robert ! répondit péremptoirement l'ouvrier. Il y a un an , vous avez déposé entre mes mains une forte somme, gagnée par votre travail chez M. le prince Bolstoï.

— Eh bien, donne-moi cent louis.

— Attendez donc !... Vous m'avez dit: Etienne, je te confie ces soixante mille francs pour deux raisons : d'abord, parce que tu es le plus honnête homme que je connaisse ; ensuite, parce que je sais que, si tu me promets de ne jamais m'en rendre un sou, sauf le jour de mon mariage, j'aurai beau t'implorer, ça sera comme si je chantais : *Femme sensible*.

— Parfaitement exact...

— Eh bien, m'sieu Robert, ne m'implorez pas ; c'est comme si vous chantiez : *Femme sensible*, ou tout autre air aussi *belle*.

— Ecoute, Etienne, je me trouve dans une situation exceptionnelle. J'ai attrapé au *Mouvement* une telle culotte, que je n'ai pas de quoi dîner.

— Pour dîner, ne vous mettez pas en peine. Nous avons de la soupe, le bœuf avec des choux, une poule au riz et un chausson de pommes fait par Thérèse elle-même.

— Mon bon Fourgeaud, ton chausson me va comme un gant ; mais je sens que la veine va me revenir et je veux absolument risquer cent louis.

— Vous ne risquerez pas cent sous... C'est dit, c'est dit !...

— Etienne, tu m'embêtes !... Donne-moi ces cent louis... je les veux, entends-tu ?... Il me les faut... tu ne sais pas ce que c'est qu'un joueur exaspéré.

— Pardon, monsieur Robert, c'est un fou, et, les fous, on leur-s-y met la camisole de force.

— Viens-y donc, s'écria le peintre furieux.

— Si vous voulez, dit tranquillement le vieux zouave, et, prenant sa blouse de travail qui était accrochée à un clou, il se mit en devoir d'emmailloter Robert. Le peintre était d'une force peu commune et furieux du rôle ridicule qu'il jouait ; mais l'ex-zouave était un paquet de muscles d'acier : malgré l'héroïque résistance de son adversaire, il ne tarda pas à le jeter dans un fauteuil, les bras attachés et dans l'impossibilité de faire un mouvement. Robert comprit que le mieux pour lui était de rire, et il fit chorus avec l'assistance qui, fort effrayée d'abord, n'avait pas pu garder son sérieux.

Après avoir donné sa parole d'honneur qu'il serait sage comme une image, Robert, démailloté, prit place à table, et, immédiatement, éblouit tout le monde par le brio de sa conversation.

Deux ou trois fois, Thérèse, qui n'aimait pas qu'on poussât trop loin la rigolade, fut inquiète sur la tournure que prenait la conversation de l'artiste ; mais ce diable de Robert était comme les danseuses de corde ; on croyait qu'il allait chavirer à gauche, et zest !... il reprenait l'aplomb sur le fil de fer des convenances.

Robert avait tout d'abord remarqué Jeanne Hérault et on l'avait, fort délicatement, mis à peu près au courant de sa situation pénible.

— J'ai l'intention de peindre un tableau où vous figureriez très bien, mademoiselle, dit-il ; seriez-vous assez bonne pour me servir de modèle ?...

Ce mot de « modèle » fit monter le rouge au visage de la jeune fille ; mais

Robert et le bon encadreur n'eurent pas de peine à lui faire comprendre qu'on pouvait *très décemment* servir de modèle pour un tableau.

Après le dîner, il y eut une manière de petite soirée. Mame Meuilhard, qui était toujours concierge au numéro 1, vint avec mame Frémusson. Thérèse n'aimait pas beaucoup ces dames; mais elle comprenait qu'il ne faut pas être trop difficile en fait de relations, à moins de vivre comme des sauvages.

On coucha les mioches, excepté le grand fils de treize ans; on fit du punch; Robert proposa de jouer aux petits jeux et on se divertit beaucoup des *pataquès* de *mame* Frémusson, qui parla d'une de ses amies morte d'*abominose* et raconta qu'elle avait vu le jour même la voiture d'un ministre *potentière*.

Ces dames reconnurent la pauvre Jeanne et ne furent pas trop fières vis-à-vis d'elle, ce dont il convenait de leur savoir grand gré, la malheureuse fille ayant fini par être expulsée du numéro 1. Vers minuit, on se sépara enchantées les unes des autres.

Robert, convaincu qu'il n'arriverait jamais à corrompre son fidèle dépositaire, se résigna à aller se coucher dans son petit hôtel du quartier Monceau, et Jeanne en fit autant dans la petite chambre que Thérèse lui prêta, en attendant qu'elle trouvât à gagner sa vie.

DEUX VISITES.

Depuis la fête de l'hôtel de Roigny, Mme de Woutremont semblait dévorée de soúci et d'inquiétudes. Elle reprenait ses airs torturés d'autrefois.

Trois jours après sa rencontre avec Victor de Crozant, le marquis se fit annoncer chez elle, à Arcueil. Elle était seule dans son salon: Amélia passait la journée chez la comtesse de Guabriac, qui l'avait connue au lac Majeur et prise en grande affection.

La princesse reçut Crozant avec une joie réelle, et le pria gaiement de lui raconter ses campagnes.

Crozant lui obéit et montra dans son récit beaucoup de brio et d'entrain.

La vie guerrière qu'il avait menée durant trois ans lui avait fait grand bien. Sa misanthropie s'était changée en une sorte de scepticisme aimable et bienveillant, fort seyant à un homme du monde.

A plusieurs reprises, il essaya d'amener la conversation sur un terrain qui lui était particulièrement précieux et cher; mais il semblait que la princesse voulût absolument éviter toute explication sentimentale.

Elle se leva d'un bond. (Page 195.)

Le marquis, énervé d'abord, exaspéré ensuite, se souvint alors qu'il avait été hussard et brusquement, sans transition et sans prétexte, il dit, en regardant la princesse en face et dans les yeux :

— A propos, madame, vous savez que je vous aime plus que jamais.

— Vous trouvez que cette boutade vient « à propos », dit la princesse, qui essaya de prendre un air gai, mais dont le front s'assombrissait évidemment.

— Madame, reprit Crozant d'un air grave et digne, je vaux la peine qu'on me prenne au sérieux et qu'on me traite en galant homme. J'ai pu vous offenser en vous parlant de mon amour, alors que votre cœur et votre main n'étaient pas libres. Aujourd'hui mon amour peut vous laisser indifférente, mais non vous choquer. J'ai l'honneur de vous demander votre main et je vous prie de me dire si vous me trouvez digne de cette faveur.

— Si je vous ai affligé, pardonnez-moi, cher monsieur, dit la princesse en tendant sa main à Crozant; mais avouez que vous me demandez ma main, là, un peu... brusquement.

— Ma foi, madame, dit Crozant d'un air de franchise tout militaire, je n'aurais pas cru qu'il fallût jouer de l'Alfred de Musset ou de l'Octave Feuillet pour en arriver à vous demander votre main: ce marivaudage m'aurait même paru indigne de vous et de moi... Enfin, s'il faut naviguer sur le fleuve du Tendre, je vais essayer.

— Je vous remercie de prendre gaîement ce que je viens de vous dire, mon ami, reprit très doucement la princesse.

Vous m'aimez n'est-ce pas?... Eh bien! moi aussi je vous aime... Trouvez-vous que je marivaude assez peu et que je manque assez aux préjugés mondains?... Oui?... C'est bien!... mais vous voulez m'épouser et je ne sais pas encore si je puis être votre femme...

— Mais qui diantre vous en empêche?

— Pardonnez-moi, mon ami, mais je ne puis vous le dire.

— Il y a donc un secret dans votre vie?...

— Ah! monsieur de Crozant, vous allez me mettre dans un cruel embarras!

— Mais vous voyez bien que je suis sur des charbons.

— Voyons, mon ami, voulez-vous m'accorder quelques jours?

— Pour réfléchir?

— Non pas : pour savoir si je puis être à vous... Allons, cette conversation deviendrait pénible pour nous deux. Dites-moi adieu... Non, au revoir! et croyez, sans chercher autre chose, à ce que je vous ai dit.

Le marquis se leva... A ce moment, la porte du salon s'ouvrit et l'huissier annonça :

— M. le comte d'Arrabengoa.

— Lui!... s'écria Crozant.

La princesse le regarda en fronçant le sourcil.

— Faites entrer, dit-elle.

Le marquis s'inclina et sortit sans rien dire.

Ses regards se croisèrent avec ceux du comte et tous deux devinrent pâles.

— Soyez le bienvenu, monsieur le comte, dit la princesse plus pâle qu'eux.

Le comte salua et fit un signe.

— Madame, dit-il de sa voix la plus harmonieuse, mais trahissant une grande émotion, vous avez cru me reconnaître, n'est-ce pas?... Et vous ne vous êtes pas trompée... Aujourd'hui, on m'appelle le comte d'Arrabengoa; autrefois, on m'appelait le marquis de Buglose; je ne suis ni l'un ni l'autre... Je suis Roger

Bugloz, fils d'un médecin de campagne et aventurier souvent menacé de l'application des lois....

La princesse porta la main à sa poitrine, comme pour comprimer les battements de son cœur.

— Je vous remercie d'en venir si vite au fait, dit-elle. Que me voulez-vous ?

— Réparer mes torts en vous offrant ma main..., et ma fortune.

Cette monstrueuse impudence frappa la princesse en plein front, comme une sorte de soufflet; elle se leva d'un bond et dit au misérable, en fixant sur lui un regard terrible :

— Je m'attendais à tout de la part d'un homme de votre sorte, mais pas à cela. Sortez, ou je jure Dieu que je vais vous faire jeter dehors !

— Je reste... Faites donc ! dit Roger Bugloz, en croisant ses jambes.

La princesse le regarda, effarée :

— Asseyez-vous, continua le misérable.

La princesse tomba, comme anéantie, sur son siège.

— C'est ça !... reprit tranquillement Roger.

Il y eut un moment de noir silence.

Roger reprit :

— Je vois, chère madame, que vous vous faites d'étranges illusions... vous croyez pouvoir m'échapper ?

La princesse le regarda fièrement... puis baissa les yeux.

— Vous vous dites qu'en allant trouver quelque magistrat consciencieux... et bien élevé, vous pourriez vous débarrasser d'un homme... à tout le moins fort compromis... Hélas ! chère madame, permettez-moi de vous faire observer que c'est absurde et que, plus je suis compromis, plus vous êtes dans l'impossibilité de me perdre...

La princesse tressaillit et se tut. Elle ne comprenait que trop.

— Permettez-moi de développer mon raisonnement, reprit le misérable, dont l'aisance croissait en raison directe du trouble de sa victime...

De deux choses l'une : ou vous accepterez mes offres courtoises et galantes, ou vous les repousserez et vous essaierez de m'être désagréable. Si vous les acceptez, vous deviendrez comtesse d'Arrabengoa... Ce n'est pas déroger, le nom est ronflant, le titre est beau et je vous affirme que jamais personne ne soupçonnera que le comte d'Arrabengoa n'est ni comte, ni Espagnol, ni noble... ni digne de vos vertus et de vos chastes attraits. Mes précautions sont prises et bien prises. On dira que vous avez un mari riche, gentilhomme, galant homme, un peu viveur peut-être ou du moins ex-viveur, mais ce n'est pas pour diminuer le prestige d'un seigneur d'importance... et je vous jure qu'une fois votre mari, j'aurai une conduite d'une correction presque ridicule.

La princesse eut un geste de dégoût.

Roger vit le geste, pâlit, se mordit les lèvres, mais continua d'une voix calme et posée :

— Je puis vous assurer, madame, que vous serez fort heureuse avec moi.
Vous m'avez aimé; j'ose espérer que la haine que vous me témoignez aujourd'hui
n'est qu'une forme de votre amour... Tous les psychologues m'encourageraient
dans cette espérance... J'ai trop goûté de la vie aventureuse pour ne point aspirer
au calme, et...

— Ah! je vous en prie, monsieur, abrégeons! s'écria la princesse, à demi
suffoquée.

— Soit, abrégeons!... Je passe à la seconde hypothèse, vous refusez l'offre
de ma main... et de ma fortune. La vie n'a plus d'intérêt pour moi; car, je
vous l'ai dit et je vous le répète très sérieusement, je vous aime et je vous
veux!... Que fais-je alors?... Je préviens vos désirs, et je vais moi-même me
dénoncer au parquet. Or, ne vous y trompez pas, Roger Bugloz n'est pas seulement
l'homme suspect, compromis, taré, que vous pensez : Roger Bugloz est pis que
cela. Je n'insiste pas; vous ne supporteriez pas la vérité, l'horrible vérité. Si
je vous la disais maintenant, vous mourriez peut-être de douleur et d'épouvante...
Enfin, si je me dénonce, la France, le monde entier sauront que la fille du
comte Quintiliani a été la maîtresse d'un misérable dont la justice devra tirer
une terrible vengeance... Voyez, réfléchissez, que préférez-vous? être la
femme légitime d'un noble Espagnol, sans peur et sans reproche, ou avoir été
la maîtresse d'un brigand?... Roger Bugloz, qui n'est plus *moi*, fut un brigand.
Le comte d'Arrabengoa est un des hommes les plus considérés de Paris. Si vous
êtes l'ancienne maîtresse de Roger Bugloz, votre ami, le marquis de Crozant,
vous gardera ses mépris les plus distingués... et portera ailleurs l'hommage
de son cœur et de sa main... si vous êtes — oh! je sais tout, mes informations
sont précises et complètes — si vous êtes la femme du comte d'Arrabengoa,
il souffrira cruellement, mais continuera de vous estimer. Allons! allons!
vous entendez raison, chère madame; je connais trop le cœur des femmes
pour ne point savoir que vous préférerez son amour ulcéré à son mépris
écrasant!...

La princesse restait les yeux baissés... sa poitrine haletait... une sueur
glacée perlait sur ses tempes. Tout à coup, elle leva sur le « comte » un regard
suppliant et baigné de larmes.

— Vous êtes impitoyable, monsieur, dit-elle, et je vois bien que je chercherais
en vain à vous attendrir. Je vous demande une faveur seulement.

— Mais, princesse, je suis à vos ordres!...

— Accordez-moi du temps pour réfléchir.

Le comte eut un sourire cruel.

— Ou pour chercher les moyens de me trahir, n'est-ce pas? dit-il. Eh bien,
voyez, princesse, comme je suis galant homme; je vous accorde tout le temps
que vous voudrez, à condition que vous me permettiez de venir vous faire ma
cour... Ne me remerciez pas trop. Plus vous retarderez vos *justes noptes* avec
le comte d'Arrabengoa et plus vous risquerez de compromettre la noble fille

du comte Quintiliani, la chaste épouse du prince de Woutremont, l'idole respectée et adorée du généreux marquis de Crozant.

Roger se leva, salua correctement et fit mine de sortir, mais il revint sur ses pas.

— A propos, dit-il, comment va notre fille ?

— Notre fille ?

— Oui, Amélia...

— Amélia n'est pas votre fille !

— Osez donc répéter cela en me regardant en face !...

La princesse, qui s'était levée, retomba anéantie sur son fauteuil.

Roger eut un sourire de triomphe.

— Voyons, dit-il, êtes-vous assez insensée pour espérer être à un autre qu'au père d'Amélia ?...

Il sortit.

Les yeux de la princesse avaient pris une fixité effrayante.

CANAILLE ET Cie.

Piétro Giannidracchi, qui était réellement un maître homme, avait fort bien jugé Roger Bugloz. Le fils du médecin de Barcelonnette était un aventurier brillant, mais incomplet. Beau et séduisant au plus haut point, intelligent et instruit, courageux à ses heures, il gâtait toutes ces qualités exceptionnelles par une corruption abjecte et un nervosisme déplorable. Ses *idées* étaient parfois excellentes, mais il les exécutait rarement, ou du moins il les exécutait mal ; chose étrange, mais bien humaine, il se nuisait à lui-même, soit par des méfaits gratuits, soit par des remords subits et intempestifs. D'une part, sa vie d'aventures était remplie de canailleries mesquines et dangereuses ; d'autre part, il avait souvent reculé devant des actions qui eussent fortement et peut-être définitivement contribué à le tirer d'affaire.

C'est ainsi qu'il avait si longtemps hésité à rechercher son ex-maîtresse, Angela Quintiliani, et à user contre elle des lettres si imprudentes qu'elle lui avait écrites dans des moments d'affolement amoureux. La vérité est que le faux marquis de Bugloz, conservait au fond du cœur, quelque chose qui ressemblait fort à de la passion pour l'infortunée Angela.

Cet amour perverti, mais encore vif, au lieu de pousser Roger en avant, le décourageait et le forçait à s'agiter sur place. Il eut voulu avoir des nouvelles d'Angela, mais il craignait de la revoir.

Il avait fait prendre des renseignements et il en avait mal usé, et on a vu combien peu il soupçonnait que la princesse de Woutremont pût être la fille du comte silicien, lors de l'expédition d'Arcueil.

Après des aventures bizarres, multiples, périlleuses, dont on a une idée encore incomplète, il était venu, guidé, cette fois par un instinct salutaire, se mettre sous la protection de son ancien complice, du faux prêtre de Naples, du recéleur parisien, de Piétro Gianidracchi.

Gianidracchi était décidé à servir Roger et à se servir de lui ; mais il voulait en finir avec les petites canailleries ou les crimes dangereux. Il voulait faire grand, et agir en toute sûreté. On sait que Roger possédait de grandes facultés de transformation. Gianidracchi avait projeté de les exploiter ; mais, cette fois, d'une manière suprêmement habile et tout-à-fait décisive. Il ne fallait pas seulement que Roger Bugloz parût un autre homme, il fallait qu'il le fût presque réellement. La chose était d'ailleurs très facilitée par la conviction où était la police que le fils du médecin de Barcelonnette était mort et que « M. Chavigny » n'avait aucun rapport avec lui. Ces *ignorances*-là ne sont pas rares. Campi, l'assassin de la rue du Regard, est mort sans qu'on sût qui il était.

Quant aux transformations physiques, ceux qui les regardent comme une rareté et un invraisemblable moyen de drame ou de roman, on peut leur recommander l'affaire Peltzer, qui fit tant de bruit en Belgique. Un des frères Peltzer trouva si bien le moyen d'être *double*, qu'il était pris, par *les mêmes personnes*, tantôt pour Peltzer le Belge, tantôt pour Vaughan l'Anglais... Quelques-uns, qui connaissaient Vaughan ne connaissaient pas Peltzer, et réciproquement ; mais d'autres connaissaient à la fois Peltzer et Vaughan et ne soupçonnaient pas qu'ils fussent la même personne.

Ce n'était donc pas un prodige irréalisable que de transformer l'énigmatique et très peu connu Chavigny en un personnage très *précis* et n'ayant rien de suspect.

Le vieux Gianidracchi... homme fort expert en choses de théâtre... commença par faire la tête de son sujet. Roger était brun et toujours rasé. Gianidracchi le dota, grâce à des procédés connus jusqu'à la plus parfaite banalité, d'une chevelure et d'une barbe d'un blond doré magnifique. Il modifia la couleur de son teint et même, à la façon orientale, la nuance de ses yeux. Il l'habilla modestement et le pourvut de lettres de recommandation, dues au banquier Van der Witt et à d'autres sommités financières, industrielles ou commerciales, lettres à l'adresse d'estimables traficants, restés dans l'ignorance de son infamie, et avec lesquels il trafiquait au Brésil. Roger Bugloz était devenu M. Preire Arrabengoa, jeune comptable d'origine basque, noble de naissance, mais ruiné et désireux de redorer honnêtement son blason par le commerce.

Avec lui se présentait également sous les auspices de Gianidracchi, de Van der Witt, de Gaspard Lecesne, un jeune homme très brun, laid, mais de physionomie intelligente et semblant très actif. C'était Jacques Lefeuve, dit Bigruche, dit le Phénomène, qui, grimé savamment par Gianidracchi, allait partager la fortune de Roger. Il portait le nom de Joseph Etchalar et se disait basque français d'origine.

Paris.—Imp. Paul DUPONT (Cl.)

Roger avait absolument voulu emmener Jacques avec lui. Il y a des aventuriers à qui un confident est nécessaire; on ne s'imagine pas plus Robert Macaire sans Bertrand, qu'Oreste sans Pylade, Médor sans Cloridan, ou don Quichotte sans le fidèle Sancho. Le chevalier errant ne pouvait se passer d'écuyer; le bandit intelligent et artiste ne peut se passer d'un copain qu'il « épate » et qui lui donne la réplique. Ce copain est généralement d'une pâte moins fine, mais d'un sens plus pratique. Don Quichotte serait mort de faim sans le bon Sancho; Bertrand était plus fort que Robert Macaire pour escamoter des bouteilles; Bigruche valait mieux que M. Chavigny dans certaines circonstances délicates. Il s'emballait moins. Gianidracchi comprenait tout cela et ne s'était pas opposé à ce que M. d'Arrabengoa s'adjoignit M. d'Etchalar.

Ces deux gentilshommes avaient, d'ailleurs, parfaitement compris que, s'ils allaient au Brésil, ce n'était pas pour y continuer leurs misérables filouteries de Paris. Ils entrèrent dans une maison de commerce, s'y conduisirent à merveille, voyagèrent dans toute l'Amérique du Sud et y acquirent une excellente réputation.

Trois ans se passèrent ainsi. Les simples commis étaient devenus des capitalistes. Gianidracchi leur envoyait de quoi vivre et leur donnait les moyens de jouer la richesse. Ils se lièrent avec les gens les plus recommandables, et c'est pourvu de références de premier ordre qu'ils revinrent à Paris.

Joseph d'Etchalar était décoré de la rose du Brésil, ce qui lui permettait de s'intituler « Chevalier ». Quant à Pierre d'Arrabengoa, il avait repris son titre de comte, titre qu'il portait fièrement et avec une superbe allure.

A Paris, ils trouvèrent leur ami Gianidracchi dans une situation magnifique. Le vieux drôle avait opéré une nouvelle évolution. De recéleur, d'usurier, de *faiseur* surveillé par la police, nous l'avons vu devenir administrateur d'un cercle opulent, beau-père d'un grand financier, ami d'un homme politique, en somme personnage important, flatté, choyé, adulé par les uns, craint par les autres, à l'abri des attaques et de l'hostilité de tous. Gianidracchi ne devait pas s'arrêter en si bon chemin. Son gendre Van der Witt s'était puissamment enrichi et venait de fonder avec lui et Gaspard Lecesne une de ces sociétés de crédit qui, non seulement font époque, mais bouleversent les finances d'un pays. La combinaison financière de ce triumvirat fameux n'était pas plus ingénieuse qu'une autre, et il serait difficile d'expliquer pourquoi le « Crédit babylonien » obtint tout d'abord la confiance du public. Les affaires financières ont leur destin comme les livres, comme tout le reste, et les engouements de la masse échappent plus à l'analyse que les caprices d'une jolie femme.

Le fait est que le succès du Crédit babylonien fut d'abord immense, et que l'empressement des actionnaires permit à Gaspard Lecesne, à Van der Witt et à Gianidracchi de réaliser des sommes colossales.

Gianidracchi, toujours prudent, se mettait beaucoup moins en évidence que ses deux associés. Il affectait des airs modestes, n'allait plus guère au

Mouvement, et vivait en bon petit rentier dans un joli petit hôtel ou plutôt dans un joli petit chalet, situé à Neuilly, près du Bois de Boulogne.

Van der Witt, au contraire, était devenu un des lions du tout Paris ; tout le monde connaissait ce grand et gros homme de soixante ans, rouge, bruyant, l'œil petit et vif, le nez en massue, la lèvre inférieure en quête d'un tuyau de pipe, parlant avec un accent flamand à faire frémir, portant les modes du surlendemain, et étalant des brillants, des émeraudes et des saphirs, comme le Grand Mongol ou le schah de Perse. On eût dit un personnage de Téniers habillé par Grévin. Son habileté financière brillait dans ses yeux verdâtres, mais sa sensualité se trahissait dans sa bouche lippue : cette sensualité bestiale et bête qui l'avait poussé à protéger d'abord, à épouser ensuite, la fille aînée de Pietro Gianidracchi !...

La belle Fiammina abusait carrément de la situation. Son zèle à gaspiller l'argent égalait presque l'ardeur de son mari à en gagner. Non seulement elle semblait prendre à tâche de ruiner Van der Witt, mais elle le compromettait avec une sorte de rage sans que la sérénité vaniteuse du financier en reçût la plus petite atteinte. Fiammina aimait toujours les artistes en général et Bernard Duconseil en particulier ; mais Bernard Duconseil avait, autant que Van der Witt, sujet à se plaindre de l'inconstance toute messalinienne de l'ex-ballerine.

Le père Gianidracchi avait eu quelque peine à caser Paolina, sa jolie cadette. Cette jeune personne, quand elle n'était que simple danseuse et fille d'un marchand mal famé, montrait déjà de déplorables dispositions. La fortune subite ou plutôt subitement affirmée de son père, n'avait opéré aucun changement dans sa conduite. Elle avait cessé d'être danseuse, mais elle avait énergiquement refusé d'entrer dans une maison d'éducation anglaise comme le « Vieux » lui en avait fait la proposition. Petit sujet à la Porte-Saint-Martin et à l'Opéra, elle avait beaucoup affligé son père en montrant un faible pour des jeunes premiers, jolis garçons mais sans le sou.

Plus tard, elle montra un penchant au moins suspect pour le brillant vicomte de Versac. Gianidracchi aimait mieux cela, quoique le vicomte fût absolument ruiné. Il offrit même à Paolina de tenter une démarche qui pouvait avoir pour résultat de la rendre vicomtesse ; mais Versac, lui indiquant alternativement la porte et la fenêtre, le mit en demeure de choisir, et Gianidracchi n'insista pas. Blackboulé dans le monde aristocratique, Gianidracchi songea au monde politique. Gaspard Lecesne avait paru apprécier vivement les charmes de Paolina ; Gianidracchi lui fit remarquer quel avantage il aurait de devenir le beau-frère de Van der Witt, leur chef de file à tous deux. Mais Gaspard Lecesne lui laissa délicatement comprendre qu'il n'avait jamais aspiré à la main droite de la douce enfant. Du reste, Paolina ne pouvait souffrir l'homme politique et le traitait volontiers de « vieux singe », bien

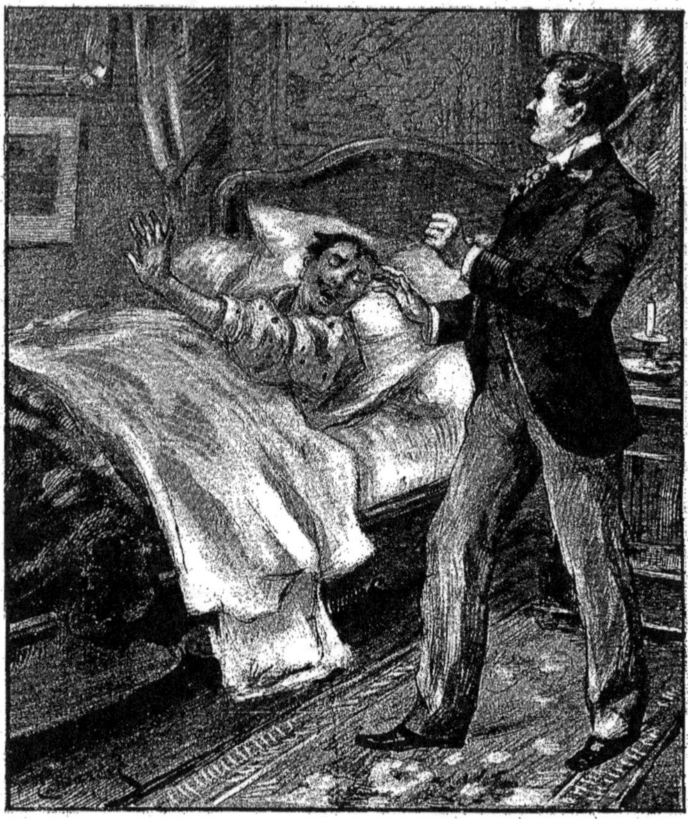

Que de sang ! Que de sang ! (Page 205.)

qu'avec sa laideur spirituelle il passait pour avoir eu pas mal de bonnes fortunes dans tous les mondes.

Sur ces entrefaites, Paolina s'éprit du colonel Floresco, ce Roumain très parisien que l'on a vu déjeûner chez le prince Bolstoï. Floresco était plus ruiné encore que le vicomte de Versac et ne portait comme titre que celui de colonel, sans qu'il fût d'ailleurs possible de savoir quelle espèce de régiment il avait jamais commandé ; mais, pour une raison ou pour une autre, il était bien vu dans le *high-life*... et puis, on pouvait l'aider à s'enrichir. Gianidracchi

SON ALTESSE NOUNOUCHE   26

offrit la main droite de Paolina, Floresco l'accepta sans trop d'hésitation. Paolina devenait Mme Floresco et on l'appela la « colonelle », selon la coutume du dix-huitième siècle ressuscitée en son honneur.

Pour Floresco, délivré de ses soucis d'argent, il se rangea tout à coup et devint le plus paisible des beaux bruns, d'où résulta un grand refroidissement chez Paolina : chose assez inattendue, elle s'avisa tout à coup que son ex-adorateur Gaspard Lecesne était très gentil et avait encore un regard très... éveillé. Gaspard Lecesne comprit la situation, en profita, en vieux renard, et tout Paris jouit du spectacle piquant d'un colonel jeune et beau dandinifié par un politicien laid et vieux. Ces *revanches*-là ne sont pas rares et consolent d'aucuns dont la barbe s'argente !...

Comme on voit, le comte d'Arrabengoa et le chevalier d'Etchalar entraient tout de go dans un milieu essentiellement parisien. Ils étaient dans le train. Ils n'avaient qu'à se laisser aller.

Gianidracchi avait pris ses précautions avec le « comte ». Il s'était fait promettre à *temps* un million sur l'immense fortune de Mme de Woutremont lorsque le comte l'aurait en sa possession. De plus, il détenait les lettres de la trop imprudente Angela. Ainsi pourvu, il n'hésita pas à se comporter fort généreusement avec le comte. Il lui fit gagner pas mal d'argent à la Bourse, le patronna, le fit mousser, mais habilement, discrètement, sans le compromettre.

Roger avait perfectionné ses manières. Celui qui, sous le nom de marquis de Bugloz, avait fait illusion à Naples pouvait bien faire illusion à Paris sous le nom de comte d'Arrabengoa... surtout nanti d'excellentes références.

Il connut Versac, qui connaissait tout le monde. Versac l'apprécia, le présenta, en fit son ami le plus intime. On sait qu'il parvint même à l'introduire dans le très inaccessible salon de la duchesse de Roigny.

Les choses allèrent un peu moins aisément pour l'ex-Bigruche, passé chevalier d'Etchalar. D'abord Jacques Lefeuve était beaucoup plus connu à Paris que M. « Chavigny », resté mystérieux pour tous. Et puis il manquait non seulement de galbe, mais de *manières*, et il devait être fort difficile de le faire passer pour un homme du monde.

Gianidracchi lui avait, d'ailleurs, fait une tête admirable. Perruque noire, barbe teinte, teint ambré. Il était méconnaissable. Les meilleurs tailleurs de l'Europe avait transformé ce magot en cavalier d'assez bonne tournure... et l'accent espagnol qu'il avait soigneusement contracté dans l'Amérique du Sud, complétaient la transformation. Les protecteurs de Bigruche s'étaient, tout d'abord, fort inquiétés de sa persistance à employer des mots d'argot, mais ils s'aperçurent que l'argot était fort bien porté dans le monde où l'on s'amuse, et le chevalier d'Etchalar pouvait bien se permettre telle fantaisie de langage, que se permettaient des baronnes authentiques et des marquises contrôlées.

Gianidracchi et Roger Bugloz avaient longtemps agité la question de savoir si on mettrait Jupiter et Toto dit Mes-Puces dans la confidence. Il eut été fort dangereux que ces deux personnages découvrissent le subterfuge de M. Chavigny et de Bigruche. Après mûres réflexions, on décida que Toto et Jupiter seraient admis dans la grande conspiration, quitte à se méfier et à les *tenir* le plus possible.

Toto et Jupiter étaient d'ailleurs devenus de tels personnages, qu'ils n'avaient pas besoin de petites canailleries anti-confraternelles pour faire leurs affaires. De valet de pied au cercle du *Mouvement*, Jupiter était devenu chef du personnel, puis gérant. Il remplaçait Gianidracchi et opérait sous ses ordres. Ces « évolutions » sont habituelles dans les cercles comme le *Mouvement*, et tel « gentleman » qui, la veille, disait à Jupiter : « Valet de pied, apportez-moi un consommé froid ! » l'appelait le lendemain : « M. Thomassin » gros comme le bras : car Jupiter avait pris enfin son véritable nom, beaucoup moins compromis que ses pseudonymes. Le vieux coquin, longtemps rasé, portait de nouveau sa barbe majestueuse. Mis le plus correctement du monde, tenant la tête haute et toisant fièrement les plus huppés, il était intimidant, presque terrible. Robert Templier lui-même ne le tutoyait plus, et se demandait si M. Thomassin était bien ce même Jupiter qui posait dans les ateliers et hantait les tapis-francs.

Le gérant d'un cercle comme le *Mouvement* s'enrichit vite, pour peu qu'il ait plus d'habileté que de scrupules.

M. Thomassin, protégé par Gianidracchi et Van der Wit, achetait du bien un peu partout, et âgé de plus de soixante ans, passait presque sans transition, de la misère à l'opulence. Il était devenu l'intime de Toto, qui, lui aussi, avait fait du chemin.

De groom au *Mouvement*, il était devenu croupier. Le croupier Petit-Louis — c'est ainsi qu'on le nommait — était même le plus habile des croupiers de la capitale. A dix-huit ans, grâce à l'habile maniement des jetons, des « plaques » et des « poissons », grâce à des prêts plus qu'usuraires faits à des joueurs malheureux, grâce à d'ingénieux accords avec des joueurs dénués de préjugés, Petit-Louis avait réalisé une vraie fortune. Alors il cessa le métier lucratif mais peu considéré de croupier et, malgré son jeune âge, entra dans les bureaux du banquier Van der Witt pour y remplir des fonctions importantes, quoique officiellement mal définies.

M. Louis Hérault se mit alors à apprendre l'orthographe, acquit une instruction superficielle, se donna de belles manières, s'habilla somptueusement, mais avec goût... Il était, comme on sait, fort joli garçon et son air « dangereux » ajoutait puissamment à ses séductions, à une époque et dans un monde où l'on est considéré en raison de la crainte que l'on inspire.

A dix-neuf ans, ce sinistre Chérubin, remarqué par Mme Van der Witt, bientôt affiché par elle comme favori en titre, était devenu un « gommeux » fort en vue dans le Paris interlope. On se rappelait qu'il quittait à peine son siège de croupier ; les moins dégoûtés ne lui tendaient d'abord qu'un doigt, mais il prenait la main tout entière et on n'osait la lui retirer.

Un jour, à la Bourse, un remisier un peu plus âgé que lui, lui parla sur un ton par trop cavalier. Louis Hérault le toucha de son gant, un duel s'ensuivit et le remisier reçut un grand coup d'épée en pleine poitrine. Il ne mourut pas et devint l'ami intime de Louis Hérault.

Le jeune drôle était absolument « dans le train ». Il n'avait plus, lui aussi, qu'à se laisser aller...

Cependant il n'avait pas rompu toutes relations avec ses anciennes connaissances, sans rester tout à fait chef de bande, il continuait à exercer un puissant « patronat » sur une foule de jeunes drôles, jadis ses complices.

D'abord il avait pris Schlütz, dit Kiki, à son service. On se souvient du mauvais tour que Kiki lui avait joué un soir au Palais-Royal.

Louis Hérault aurait pu se venger de diverses façons ; il s'était décidé pour l'« humiliation ». Kiki mourant de faim, après la dissolution de la bande des *Mouch'-moi-donc*, avait été trop heureux d'entrer chez son ex-chef comme simple valet. Louis l'avait pourvu d'une belle livrée bleu et jaune, et se régalait de l'appeler « drôle », « faquin » et « maroufle », le tout accompagné de nasardes et de coups de pied à la façon de la Comédie-Française. Schlütz ou « Tom » (c'était son nouveau nom) ne pouvait dénoncer son ancien chef sans risquer lui-même la *Nouvelle*, ou pis que cela.

De plus, le métier de valet, chez Louis Hérault, était, en somme, fort lucratif : Schlütz ou « Tom » prenait donc son mal en patience, tout en nourrissant, au fond de son cœur ulcéré, de vagues projets de revanche.

Marembal, dit *Frétille*, dit *Grelot*, s'était aussi fait domestique ; mais, renvoyé de chez son maître, il s'était remis sous la protection de son ancien chef, ainsi que Garrigou, dit *Gascon*, dit *Lagardère*, autres débris des *Mouch'-moi-donc*. Louis ne les avait pas pris à son service intime, mais il avait manœuvré de manière à les faire entrer dans une très bonne maison. On sera mieux renseigné plus tard à cet égard.

Il va sans dire que M. Thomassin et M. Louis Hérault gardaient envers M. le comte d'Arrabengoa et M. le Chevalier d'Etchalar une réserve discrète et convenable.

Une fois les conventions souscrites entre ces gens de bien, il ne fut plus question du passé.

Même en parlant entre eux, M. Thomassin et M. Louis Hérault ne prononçaient jamais le nom de Chavigny ou de Bigruche... et Gianidracchi surveillait tout ce joli monde de son œil fin, vif, dur et caressant.

VI

LE RÉVEIL DU PARRICIDE.

Le comte d'Arrabengoa et son indispensable Etchalarh abitaient en commun un hôtel en miniature, situé au fond d'un jardin assez spacieux, dans le quartier tout neuf, aujourd'hui fort élégant, naguère infâme, qui avoisine l'avenue de Courcelles.

Cette cohabitation était une sorte de bravade, car on avait dit dans le temps que « Bigruche » suivait la fortune de M. « Chavigny »; mais les deux amis vivaient maintenant dans des régions si éloignées de leurs anciens complices ! Et puis leurs protecteurs Lecosne, Van der Witt et même Gianidracchi, étaient devenus de tels personnages !...

Leur installation, œuvre d'un tapissier, ami du vieux Gianidracchi, était confortable et de très bon goût. Ils étaient servis par des domestiques anglais qui ne soupçonnaient rien de leur origine et jouissaient dans leur voisinage d'une excellente réputation.

Le « Comte » avait les allures d'un viveur discret, et ses nombreuses visites à la princesse de Woutremont l'avaient classé parmi les galants de haut vol. Le « Chevalier » était notoirement l'amant en titre de Fanny Meuilhard. Cette liaison, objet des longs vœux de Jacques Lefeuve, s'était effectuée tout naturellement, grâce à l'intervention charitable du bon Gianidracchi et même à celle du jeune Anatole Meuilhard, employé, comme Louis Hérault, chez le banquier Van der Witt. Fanny venait souvent chez les deux amis, mais habitait un appartement en plein boulevard, recevait toujours nombreuse compagnie, et passait pour tromper *déjà* le brillant Etchalar, qui, de son côté, passait pour s'en soucier assez peu.

. . . .

Un matin, le « Chevalier », en veston de velours noir, était planté devant le lit du « Comte », lequel, couché sur le dos, le visage pâle et couvert de sueur, semblait en proie à un cauchemar abominable.

— Mon père !... mon père !... disait le misérable, mon père !... Ah ! c'est horrible !... Je ne veux pas, non je ne veux pas !... Oh ! ces yeux fixes, toujours ces yeux fixes... Que de sang ! que de sang !

— Hé !... comte ! cher comte !... cria le chevalier en secouant brusquement Roger, car un immense sentiment d'horreur avait dominé son désir d'en apprendre davantage.

Roger se réveilla en sursaut et fixa un regard effrayant sur son ami.

— Au diable ! dit-il ; je rêvais !...

— Un fichu rêve, hein ?... demanda Etchalar.

— Un fichu rêve, oui !... Sonne donc mon valet de chambre.

— Un instant...

— Pourquoi un instant ?... Comme tu as un drôle d'air !... Et puis que venais-tu faire ici ?...

— Ma foi, rien ; voir si tu étais disposé à venir faire un tour au bois avant déjeuner !... Du reste, félicite-toi que ce soit plutôt moi qu'un autre qui aie entendu ce que tu as dit en rêve...

— Hein ?... j'ai parlé ?...

— Oui. et très haut, et, si tu continues à parler très haut comme cela en dormant, tu pourras bien, un de ces jours, être réveillé par les gendarmes.

— Tonnerre de Dieu ! Veux-tu te taire ! Qu'ai-je donc dit ?

— Tu as parlé de quelqu'un qui est mort... de ton père... c'est dangereux, mon cher.

Le « Comte » devint vert et s'élança de son lit.

— Malheureux ! cria-t-il, tu n'as rien entendu, jure-le, ou je t'étrangle.

Le « Chevalier » se dégagea des mains de Roger et reprit, en haussant les épaules !

— Tu as eu tort de ne pas te confier à moi, voilà tout. Tu as manqué de franchise... Il y a des secrets qu'on ne peut garder... Ils s'échappent comme la vapeur d'une locomotive, en rêve ou autrement...

Le « Comte » se calma soudain, passa sans rien dire un coin-de-feu de cachemire rouge et s'assit dans un fauteuil.

— Jacques, dit-il, je te jure ! sur mon âme, si j'en ai une, que ce n'est pas moi qui ai tué mon père !

— Ma foi, tant mieux ! dit le « chevalier », en laissant échapper une sorte de soupir. Je ne suis pas bégueule, mais le parricide est un peu raide, et j'aime autant que mon meilleur ami... Enfin, suffit !... Mais alors, pourquoi ces cauchemars, qui ressemblent diablement à des remords ?

— Ce sont des remords, en effet. Ce n'est pas *moi* qui ai tué mon père, mais c'est *ma main*.

— Aïe ! aïe !...

— Je te répète, Jacques, je te répète que si ma main a frappé mon père, ç'a été sans le concours de ma volonté...

— Hum !...

— Ou plutôt contre ma volonté. Ecoute-moi, tu me croiras... Jacques ne me regarde pas comme cela : il faut absolument que tu m'écoutes.

— Voyons, calme-toi, dit Jacques, effrayé de l'exaltation de Roger.

— Tu as raison, reprit Roger, je m'emballe et ça ne sert à rien ; mais je te prie de m'écouter et de ne pas me regarder comme cela !... Mon père avait été sévère avec moi, c'était un vieux dur-à-cuire, un partisan du vieux système ;

Il me battait comme plâtre à l'occasion... Au fond, un brave homme, et qui, m'adorait. Je te jure que je ne lui en ai jamais voulu : seulement j'étais impossible à élever quand j'étais petit ; plus tard, les passions me dominèrent... Je partis, je menai une vie de bâton de chaise. Tu sais comment je me trouvai à Naples et comment j'y ratai la plus belle affaire qu'il soit possible d'entreprendre. Obligé de quitter Naples, j'errai, mourant de faim, j'arrivai à Barcelonnette, et je me cachai dans les environs.

« J'eus l'idée d'aller trouver le vieillard, de lui demander pardon... et de quoi vivre. Je n'osai pas. Tout en sachant qu'il m'adorait, j'en avais peur. Toute réflexion faite, je résolus de le voler. Je savais qu'il cachait son argent dans une armoire placée dans le salon. Je connaissais le moyen d'entrer dans la maison par derrière, en grimpant sur le toit d'une étable. La nuit était obscure et pluvieuse, le matin approchait, j'entrai dans la maison, puis dans le salon, et je me mis à crocheter la serrure... Attends !... je me souviens, oui, c'est cela... l'aube commençait à poindre, mais le salon était tout à fait obscur, j'avais allumé une lanterne sourde ; une sorte de pressentiment me fit tourner la tête... Le vieillard était étendu en robe de chambre sur son canapé. Que faisait-il là à pareille heure ?... Son grand œil verdâtre s'ouvrit... il se fixa sur moi ; le vieillard restait pourtant immobile. Te dirais-je que j'eus peur ?... Non, ce n'est pas assez... le mot « peur » n'exprime pas ce que je ressentis, c'était de l'horreur ; oh ! une horreur intense, invincible, effroyablement torturante. Le vieillard me voyait, et cependant il ne bougeait pas. Croyait-il rêver ?... Pourquoi donc ne bougea-t-il pas ?... Il me prenait en flagrant délit de vol, moi, son fils, et il ne disait rien... J'avais dans ma poche, pour mon usage personnel, un rasoir bien affilé, enveloppé dans du papier blanc, je le pris... Ne me regarde donc pas comme cela, Jacques !... Je te dis que je le pris machinalement, sans intention... Pourquoi le vieillard restait-il ainsi dans son demi-sommeil, les prunelles fixes ? J'aurais dû crier... mais ma voix restait clouée dans ma gorge desséchée. Tout à coup, d'un bond, je fus près du vieillard et sa gorge fut coupée... Je dis que sa gorge fut coupée ; car, pas un instant, entends-tu bien ? pas un instant, je n'eus la *volonté* d'accomplir ce forfait abominable.

Si j'avais été arrêté et traduit devant la justice, mon avocat eût peut-être essayé de plaider la folie momentanée, ce que les médecins criminalistes appellent maintenant l'« impulsion », on se serait moqué de lui et l'on m'aurait envoyé à l'échafaud. Eh bien, Jacques, je te le jure, mon avocat aurait eu raison ; tandis que *cela* se passait, tout en mon âme protestait ; cela se passait non seulement *sans moi*, mais *contre moi*... Oui, je sais, c'est insensé, c'est ridicule, c'est grotesque, c'est abominablement absurde ce que je te dis là ; eh bien, cela *est* pourtant, oui, cela *est*... J'ai tué mon père contre ma volonté, le cœur frémissant, éprouvant à ce moment même des sentiments d'affection filiale que je n'avais jamais connus, l'âme saturée de remords... Je l'ai tué, parce

que j'avais peur, et, cela va te paraître plus absurde que tout le reste, parce
qu'en faisant cela, je me disais que je commettais le crime le plus hideux qui
se puisse commettre...

Jacques, pourquoi l'homme nerveux qui se penche sur un abîme est-il
forcé de s'y précipiter?... Parce qu'il a peur... et parce que ce qui lui cause
de l'horreur *l'attire* pourtant indiciblement...

Bref! j'ai égorgé mon père... puis j'ai quitté sa maison... après avoir volé
un portefeuille qui se trouvait dans une armoire et contenait cent mille francs.

Oui, je l'ai volé, volé, volé!... et ne me dis pas que cela prouve la prémé-
ditation... j'ai été voleur de plein gré; mais je maintiens ce que j'ai dit, j'ai
été parricide involontaire...

Le misérable s'arrêta dans son affreux récit. Jacques le regardait toujours,
mais restait silencieux.

Roger reprit:

— Je quittai la maison du vieillard, je me mis à errer dans la campagne;
mourant de soif, j'entrai dans une auberge de rouliers, sur la route d'Italie;
je me fis servir du pain et du vin... et à travers les vitres je vis passer la vieille
servante de mon père... Il me sembla qu'elle me jetait en passant un regard
terrible. Ma peur redoubla... Je quittai le pays avant qu'on soupçonnât rien de
mon crime... On ne le connut que vers l'après-midi, car la pauvre Nanette est
morte de saisissement devant son vieux maître égorgé... Heureusement on me
croyait mort... Ce fut « M. Chavigny » qui vint à Paris, possesseur de trente
mille francs. J'avais voulu jouer en Allemagne, et j'avais perdu la plus grosse
part de l'argent volé à mon père... Tu sais le reste... Suis-je un parricide,
dis?... ou plutôt ne me réponds rien... Tiens, aide-moi à m'habiller... Je
deviendrais fou!

Le chevalier se mit d'assez bonne grâce à remplir l'office subalterne que son
ami réclamait.

— Mon cher comte, dit-il tout à coup, sais-tu ce qui nous perd? C'est que
nous ne sommes pas assez canailles, ou plutôt que nous ne sommes pas des
canailles assez complètes... Toute réflexion faite, autant aurait valu être
d'honnêtes gens...

Le «comte» haussa les épaules:

— Avec cela que tu serais maintenant un gentilhomme cousu d'or si tu étais
resté honnête!

— Qui sait?... J'avais quelque instruction et je ne suis pas plus sot qu'un
autre. J'aurais pu être avocat, puis député, puis ministre. Tout le monde peut
arriver par ce temps de démocratie... et je n'aurais pas toujours peur d'être
reconnu et arrêté. Voilà, c'est l'idée d'avoir Fanny qui m'a perdu... j'étais trop
rageur et trop pressé... et maintenant que je l'ai...

— Tu en as assez?...

Bolstoï se leva d'un bond, se jeta sur Samoïlof. (Page 216.)

— Pas précisément. Mais je ne l'aime plus comme avant. Elle est encore plus commune que nos anciennes amies, tu sais ?...

— Tu exagères...

— Non, tu ne t'imagines pas ce qu'il y a de vulgarité chez cette fille... elle me fait honte... et puis elle m'ennuie... Roger eut un rire bruyant et nerveux. Tout en procédant soigneusement à sa toilette, le misérable essayait de se distraire des sinistres pensées qui l'obsédaient.

— Voyez-vous ça, dit-il, M. Jacques Lefeuve qui trouve la belle Meuilhard trop commune pour lui !...

Son Altesse Nounouche   27

— Jacques Lefeuve?... eh bien, quoi, Jacques Lefeuve?... après Jacques Lefeuve?... C'est un nom qui en vaut bien un autre... il a été porté longtemps par de braves gens... il est encore porté par une brave femme.

— Peuh!... fit Roger.

— Ne prends pas ces airs-là, Roger Bugloz, reprit Jacques, j'ai rencontré ma mère l'autre jour... elle est domestique chez les Bourgoin... des notaires, très honnêtes... Elle accompagnait la jeune dame au marché... Elle est heureuse; elle me croit mort... Je suis sûr qu'elle m'a pleuré... Pour un rien, vois-tu, je l'aurais embrassée...

Roger prit un air sombre.

— Je n'ai pas connu ma mère, moi, dit-il, elle est morte presque tout de suite après ma naissance... Si je l'avais connue, je n'en serais peut-être pas où j'en suis. Elle aurait adouci notre caractère, au vieux et à moi... Bast! parlons d'autre chose, veux-tu?

— Soit!... Où en sont tes affaires avec la princesse?

— Elles vont bien, sois tranquille à cet égard.

— Je ne le suis guère, à te parler franchement; le jour où il plaira à Mme de Woutremont de te dénoncer, je ne nous vois blanc ni l'un ni l'autre.

— Me dénoncer?... Je l'en défie bien...

— Peuh! tu es bien assez orgueilleux pour croire qu'elle t'aime encore...

— Je sais bien qu'elle me déteste, va!... tout en conservant un je ne sais quoi des sentiments du passé... C'est une femme, après tout... et j'ai eu son premier amour... Mais, tout en me détestant, il faut bien qu'elle me subisse... La rupture avec moi, c'est son déshonneur... Elle le sait, elle n'en doute pas... c'est aussi le déshonneur d'Amélia... d'Amélia qu'elle destine tout simplement à un des plus grands seigneurs de l'Europe, au prince Bolstoï.

— Mais, croit-elle que tu serais homme à...

— A me perdre pour me venger?...

Elle n'en doute pas, et elle a raison de n'en pas douter. Ou je serai son mari, ou je reprends avec toi la vie d'aventures. Nous verrons ce que pensera son noble admirateur, le marquis de Crozant, lorsqu'il saura que la fière princesse de Woutremont a été la maîtresse d'un repris de justice, a indignement trompé son mari et a présenté au monde, comme sa cousine et sa filleule, la bâtarde de son amant déshonoré... Tant pis!... Si cela était, elle l'aurait voulu; je le regretterais surtout pour la pauvre Amélia; elle adore Bolstoï, qui commence à l'aimer... Pauvre Amélia! C'est ma fille après tout...

Et Roger ajouta d'une voix profonde, qui remua les entrailles de son complice :

— Parce que j'ai été mauvais fils, ce n'est pas une raison pour que je sois mauvais père.

Tous deux gardèrent un assez long silence.

Roger reprit enfin :

— Tout ira bien, va !... La princesse sera ma femme, je resterai le comte d'Arrabengoa, tu resteras le chevalier d'Etchalar... et Amélia sera heureuse.

— Et elle continue à ne pas reconnaître en toi l'homme qui l'a blessée ?...

— Elle a eu des doutes, elle a cru aussi reconnaître Bigruche dans l'ami de l'ami de sa mère... Mais la princesse a été la première à la supplier d'oublier le passé et de ne jamais en souffler mot. Elle a eu peur de moi, peur de nous sans trop savoir pourquoi... Plus tard, elle m'embrassera comme son père... Le reste ne sera qu'un cauchemar vague, de plus en plus effacé... Allons, je suis prêt... va t'habiller à ton tour et fais atteler la victoria. Nous allons faire un tour au Bois... j'ai plus besoin que jamais de me distraire.

Il n'est pas d'amour sans peine,
Sans amour point de plaisir...

Après la première visite du « comte d'Arrabengoa », la princesse de Woutremont s'était hâtée d'aller trouver son conseiller ordinaire, l'excellent maître Bourgoin. Elle s'attendait à ce que le notaire lui prescrivît d'aller immédiatement tout confier à la justice. Mais maître Bourgoin pensait que, puisqu'on s'était décidé à « côtoyer la ligne droite », il valait mieux temporiser. Il conseilla donc à la princesse de recevoir jusqu'à nouvel ordre son persécuteur et, s'il le fallait, de le bercer de vaines espérances jusqu'à ce qu'on eût trouvé un moyen efficace de se débarrasser de lui. Il espérait que Roger Bugloz serait démasqué par quelque autre victime. Quant à lui offrir de l'argent, il n'y pensa guère. Il comprenait très bien que Roger Bugloz voulait non pas une partie de la fortune de la princesse, mais toute sa fortune. De plus, Roger n'abandonnerait jamais l'espoir de conquérir une place définitive et inattaquable dans le plus grand monde.

La princesse reçut donc le « comte d'Arrabengoa » surmontant sa haine et son dégoût, et prenant son mal en patience.

La pauvre femme souffrait cruellement. C'était un remords vivant et perpétuel qui s'installait dans sa maison.

Mais il y avait pire. Avant le départ de Victor de Crozant pour l'Afrique, on avait cru à une liaison un peu trop intime entre le marquis et la princesse. On s'attendait à voir cette situation se régulariser au retour de Crozant et le « monde » fut déçu et même fort scandalisé en constatant que non seulement Mme de Woutremont tardait à épouser le marquis, mais encore qu'elle entretenait des relations d'une assiduité quelque peu suspecte avec un étranger aussi lancé dans le monde viveur que le comte d'Arrabengoa.

Mme de Woutremont se trouvait cette fois presque compromise, et la jalousie croissante de Victor de Crozant la mettait dans une position de plus en plus pénible et délicate.

Elle n'éprouvait pas pour le marquis cet amour emporté et romanesque qu'elle avait jadis éprouvé pour le misérable Roger Bugloz ; mais elle l'aimait sincèrement, d'un amour basé sur l'estime, et désirait de tout son cœur devenir la compagne de sa vie. Hélas ! elle ne pouvait se résoudre à lui avouer que le comte d'Arrabengoa n'était qu'un aventurier de la pire espèce, et que cet aventurier avait été son amant, qu'en épousant le prince de Woutremont elle avait abominablement trompé cet excellent homme, qu'Amélia était sa fille, à elle, oui sa fille, mais aussi sa bâtarde !...

Lorsque Victor de Crozant exprimait les sentiments jaloux que lui causait l'intimité apparente du comte d'Arrabengoa et de la princesse, Mme de Woutremont lui répondait fièrement qu'elle se croyait au-dessus de tout soupçon, qu'elle recevait le comte parce qu'elle devait le recevoir et que, si elle retardait un mariage auquel elle ne renonçait pas, c'était pour des raisons qu'elle ne dirait que plus tard.

Le marquis se désolait, perdait courage, mais devenait plus amoureux que jamais.

La malheureuse Angèla ne souffrait pas seulement dans ses sentiments et sa réputation, elle souffrait aussi pour sa fille. Amélia n'avait pas tardé à comprendre qu'un grand malheur planait sur sa « marraine » et sur elle-même.

La présence du comte d'Arrabengoa lui avait tout de suite causé une mortelle inquiétude. Malgré le changement merveilleux de physionomie que Roger devait à la haute habileté de Gianidracchi, Amélia avait soupçonné d'abord, puis à peu près reconnu le misérable qui était venu la prendre chez la Mouchotte et l'avait blessée d'un coup de revolver. Elle ne faisait guère qu'entrevoir le « chevalier d'Etchalar » de temps à autre, mais peu à peu ce gentilhomme lui rappelait l'affreux « Phénomène ». Elle eût voulu s'expliquer avec sa marraine, mais celle-ci ne la laissait jamais aborder ce sujet. Elle arrivait même, en ce cas, à lui parler avec une sorte de dureté qui effrayait et affligeait la pauvre enfant au delà de toute expression.

Que signifiait donc tout cela ?...

Pourquoi le hideux, l'abominable, le terrible passé ressuscitait-il ainsi sous des formes nouvelles ?

Pourquoi la princesse de Woutremont recevait-elle le comte mystérieux, puis pleurait-elle quand il était parti ?

Pourquoi la princesse défendait-elle formellement à sa filleule de lui parler de sa mère et de son père ?

Amélia se demandait qui elle était elle-même, et commençait à craindre que son bonheur n'eût été que momentané ou même illusoire.

D'ailleurs, elle devenait de plus en plus jolie. Sa nature robuste et méridionale triomphait de ses inquiétudes morales : à seize ans, elle en paraissait dix-huit. Son teint avait pris un éclat quasi-fantastique et ses yeux lançaient des flammes. Quant à son étoile rouge, elle passait pour une grâce de plus. Amélia était bien décidément une des beautés les plus célèbres de la capitale.

Ce n'est pas que la princesse la produisît beaucoup. Elle craignait des rencontres avec les odieux personnages qui avaient torturé Amélia à son arrivée dans Paris. Elle ne la conduisait que dans quelques maisons soigneusement choisies : jamais aux courses, bien rarement au théâtre.

Son but était de la marier le plus tôt possible au prince Bolstoï. Elle avait cru que le jeune Russe ne reconnaîtrait jamais, dans l'élégante jeune fille pleine de vigueur et de santé, la frêle et haillonneuse mendiante qui conduisait un faux aveugle et mentait en balbutiant. Elle le croyait d'autant plus que, lorsque Bolstoï avait vu « Nounouche », elle portait, comme on s'en souvient, un bandeau de laine noire qui cachait l'étoile de son front.

Bolstoï n'avait pas tardé à répondre à l'affection d'Amélia. Il avait subi l'irrésistible influence d'un de ces terribles regards de jeunes filles, chargés d'effluves innocemment amoureux, regards formidables et doux, dont la pure jeunesse garde le privilège, et qui, heureusement d'ailleurs, manquent à l'arsenal des grandes et savantes coquettes.

En épousant une Quintiliani, le seigneur Russe ne se mésalliait pas, et la princesse de Woutremont, qui n'avait qu'Amélia pour héritière, était aussi riche que lui. Bolstoï fréquenta donc tout d'abord chez la princesse comme fiancé probable d'Amélia. Les jeunes gens se voyaient même assez librement pour se faire part de leur loyale et ardente affection.

Peu à peu, cependant, les assiduités singulières du comte d'Arrabengoa, les allures inquiètes de Mme de Woutremont, certains vagues propos mondains, jetèrent comme une incertitude pénible dans l'esprit de Bolstoï. Et puis, en regardant sa chère Amélia ou en pensant à elle, il se disait : « Où donc ai-je vu ce visage ? ». Cette pensée devenait une obsession. Un instant, il songea au singulier épisode de l'aveugle, qui avait failli lui devenir funeste, comme on s'en souvient. Oui, c'était bien à la prétendue « Marie Garnier » que ressemblait la riche et belle héritière des Quintiliani et des Woutremont.

Mais il repoussa une idée qui lui parut même ridicule. C'était une coïncidence bizarre, et voilà tout.

Cependant sa nature si franche et si naïve le poussa un jour à confier à Mme de Woutremont ses « visions » singulières. La princesse avait une belle occasion de tout avouer au plus discret et au plus généreux des hommes. Mais elle n'en eut pas le courage ; elle aima mieux persister à marcher sur la corde raide au dessus d'un abîme plus terrible que les chutes du Niagara. Elle affecta de rire des folles imaginations de son jeune ami, insista sur la naissance romanesque, mais régulière, de sa filleule, s'armant du semblant d'état civil que l'habile maître Bourgoin avait trouvé le moyen de constituer à « Nounouche » sans enfreindre dangereusement la loi humaine.

Pourtant, lorsque Nicolas Bolstoï la pressa de lui accorder la main de sa filleule, elle le supplia d'attendre. La princesse voulait être délivrée des persécutions de l'infâme Bugloz, avant d'épouser Victor de Crozant et de marier

Amélia. C'était un désir honorable et légitime: mais ces atermoiements perpétuels augmentaient les cruelles difficultés de sa situation.

Après avoir atteint Mme de Woutremont, les médisances du monde s'attaquèrent à la pauvre Amélia. Sa beauté prenait, sans qu'elle s'en doutât, quelque chose de provocant et pour ainsi dire d'agressif: elle avait une gorge outrageusement belle et des cheveux scandaleusement beaux. Cela joint à une réserve qu'on croyait orgueilleuse et qui n'était que douloureuse, réserve coupée par des crises singulières de juvénile vivacité, avait induit les bonnes âmes à regarder la filleule de la princesse comme une jeune personne passablement excentrique, coquette, *capiteuse*, en somme assez dangereuse.

Ces « potins » misérables parvenaient peu à peu aux oreilles du prince Bolstoï. Il les méprisa d'abord. Peu à peu, il en éprouva une sorte d'inquiétude qui n'avait encore rien d'outrageant pour Amélia. Une nouvelle démarche de sa part auprès de Mme de Woutremont, pour conclure son mariage, était restée sans résultat. Amélia, qu'il voyait toujours de temps à autre, semblait contrainte en sa présence. Son inquiétude vague se faisait poignante. Il ne comprenait plus... Il souffrait dans son amour, et son amour changeait de nature.

Le jeune prince avait traversé la haute vie sans rien perdre de sa pureté morale presque angélique ; il avait aimé Amélia d'un amour absolument éthéré ; mais voici que d'étranges préoccupations compliquaient ce doux sentiment. Il souffrait, en regardant Amélia, de la trouver si jolie. Les choses vaguement défavorables qu'il entendait dire d'Amélia le torturaient sans qu'il y ajoutât foi. Et plus le doute s'infiltrait dans son âme, plus son amour prenait de violence.

Il tomba dans une sombre mélancolie, entremêlée d'accès de colère qui surprenait ses amis. De fort charmantes femmes essayèrent de le consoler. Il ne comprit même pas. La vénérable duchesse de Roigny qui, l'aimait comme son fils, le prit un jour à part et lui dit :

— Eh bien, mon cher enfant, où en est votre mariage avec la petite Quintiliani?

— Je ne sais, madame, répondit Bolstoï, les larmes aux yeux. Je n'y comprends rien ; Mme de Woutremont paraissait désirer cette union comme moi-même et, à présent, elle s'obstine à la retarder. Cela m'afflige doublement, car Amélia, devenue princesse Bolstoï, serait à l'abri de propos odieux...

— Odieux ! vous exagérez, mon enfant. On n'a pas tenu de propos odieux sur Amélia. On aurait eu tort, d'ailleurs...

— Ah ! merci, madame !...

— Chut ! attendez, mon ami ; Melle Quintiliani est au-dessus des calomnies... graves... Je suis persuadé qu'on n'a rien de sérieux à lui reprocher ; mais, enfin, si votre mariage n'a pas lieu, j'en serai personnellement bien aise.

— Que voulez-vous dire, de grâce ?

— Rien d'offensant pour vos sentiments, mon cher ami. Je ne dis pas que la petite Quintiliani ne soit pas un bon parti, mais il vous faut mieux à vous,

Paris.-Imp. PAUL DUPONT (6).

mon enfant, qui portez un si grand nom et qui avez à continuer les traditions d'une si sainte mère !...

— Je vous en prie, madame, expliquez-vous mieux, vous me torturez...

— Hé là ! calmez-vous !... n'exagérons rien... Prenez les choses comme je vous les dis et voyez-les comme elles sont.

Amélia est charmante, mais enfin, je ne sais pas moi, elle a une éducation étrange. On la montre trop et trop peu. On l'habille trop coquettement. Elle a des airs d'enfant gâtée qui contrastent avec d'autres airs trop *profonds* pour une jeune fille. Et puis sa marraine... mon Dieu, je sais ce que vous allez me dire... on la calomnie. C'est possible, je le crois, je n'en doute pas, mais pourquoi donne-t-elle prise à certains propos ?... Enfin, puisque vous voulez que je vous parle franc, votre mère, si elle vivait, rêverait pour vous une autre alliance que celle des Quintiliani.

Bolstoï ne put rien tirer de plus de la duchesse de Roigny. Il n'y avait rien dans tout cela qui dût le décider à rompre son mariage avec Amélia ; mais son trouble croissait et son amour aussi.

Il n'avait pas exagéré, hélas ! en disant que la pauvre Amélia devenait l'objet de calomnies odieuses...

Un affreux racontar, émanant peut-être de quelque antichambre, était parvenu et s'accréditait dans certains salons. On avait *vu* un jeune homme, très joli garçon, mais appartenant au monde le plus interlope, se glisser, la nuit, dans le jardin de l'habitation d'Arcueil. Ce jeune homme n'était autre que Louis Hérault, l'ancien croupier du cercle du *Mouvement*, le favori de la baronne Van der Witt, le *gommeux* si suspect, mais envié déjà !

On saura en temps et lieu l'origine de ce racontar abominable. Il arriva jusqu'à Bolstoï perfidement, discrètement, mettant le comble au trouble moral du jeune prince...

Un matin, il rêvait tristement dans son cabinet de travail, quand un huissier lui annonça : « M. Samoïlof » ; il avait ordonné qu'on laissât toujours entrer ce pauvre diable, envers lequel il se croyait de grands devoirs à remplir. Samoïlof, toujours en guenilles, et évidemment ivre, entra, saluant jusqu'à terre, et prit la main du jeune prince, qu'il baisa.

— Dieu soit avec vous, petit père ! lui dit-il en russe.

— Et avec votre esprit, Nicétas Ivanowitch, répondit le prince. Qu'est-ce qui vous amène ?

— Pas ce que tu crois, Nicolas Alexandrowitch, reprit Samoïlof ; tu me donneras de l'argent si tu veux ; mais d'abord tu écouteras un bon conseil... le conseil d'un humble serviteur de ton père.

— Allons, parlez, Nicétas Ivanowitch, mais parlez vite et clairement.

— Dieu et saint Nicolas gardent ton âme, petit père ; Alexandre Alexandrowitch, qui t'engendra, m'a cruellement traité ; mais, si bas que je sois tombé, je ne souffrirai pas que son fils soit dupe des méchants. Nicolas

Alexandrowicth, on veut se jouer de toi. Tu veux épouser la filleule d'une princesse, n'est-ce pas?... Eh bien, elle n'est pas digne de toi.

Bolstoï se leva d'un bond, se jeta sur Samoïlof et le renversa d'une poussée.

— Dieu bénisse ta main tout de même, petit père! dit Samoïlof en se relevant d'un air piteux.

Le jeune prince frappa du pied avec impatience.

— J'ai eu tort, dit-il; pardonnez-moi, Nicolas Ivanowitch. Mais de quoi diable êtes vous venu me parler?

— Petit père, reprit le vieux cosaque, je vis misérablement, parmi les pauvres et les pervers. J'ai rencontré une vieille femme, la Mouchotte : elle elle a vu la filleule de la princeese de Woutremont, elle l'a reconnue, elle a pris des renseignements; c'est Nounouche, une fille d'aventure, une pauvresse, plus misérable que moi; elle est née dans le midi de la France. On a entendu dire qu'elle allait épouser un prince, le prince Bolstoï; le prince Bolstoï est le fils de mon maître, je ne veux pas, je ne veux pas, je ne veux pas...

Le vieux Cosaque parlait comme dans un rêve, les yeux fixes et distillant les larmes de l'ivresse.

Bolstoï le regarda, haussa les épaules, puis prit quelques louis d'or dans son gousset.

— Tiens, dit-il en français, va finir de te soûler, malheureux !

Il jeta les louis sur le tapis. Samoïlof les ramassa, salua et sortit en trébuchant.

Le soir même, Bolstoï rencontrait Mme de Woutremont et Amélia à l'Ambassade de Russie. Il les salua froidement et passa. En passant ainsi, il se disait à lui-même qu'il faisait une mauvaise action. Devait-il écouter les commérages d'un monde méchant et les divagations d'un sauvage ivre ? En réfléchissant, il comprit qu'il avait injurieusement agi envers Amélia parce que sa chevelure lui avait paru trop luxuriante et ses yeux trop étincelants.

Le lendemain, il recevait ce billet, qui le troubla plus que tout le reste et le désespéra en le charmant :

« Il faut absolument que je vous parle, mon prince, et que je vous parle en secret. Venez à Arcueil à minuit, escaladez le mur et attendez-moi sous la tonnelle qui est à gauche.

« AMÉLIA »

Leurs lèvres s'unirent dans un brûlant et interminable baiser. (Page 220.)

VIII

LE RENDEZ-VOUS.

L'incroyable « démarche » d'Amélia avait causé à Nicolas Bolstoï une impression qu'il eut été lui-même tout à fait impuissant à définir.

La lettre de la jeune fille était de nature à justifier, dans une certaine mesure, les bruits fâcheux qui couraient sur son compte ; mais le prince aimait mieux y voir l'indication d'une grande naïveté et d'une touchante franchise de caractère.

Tout son être frémissait à l'idée de ce rendez-vous romanesque; mais ses pensées tumultueuses n'avaient rien de suspect. Le mysticisme de Bolstoï avait fait place à des idées religieuses très nettes et très arrêtées. Sa vertu, dont on riait un peu, s'appuyait maintenant sur des bases solides et inébranlables. Et cependant des éléments passionnels d'une nature inquiétante et nouvelle avaient germé dans son âme et se développaient subitement au seul contact du billet d'Amélia...

Le soir, il fit atteler un coupé sombre, sans chiffre et sans armoiries, et ordonna à son cocher de le conduire en pleine campagne, assez loin de l'habitation de la princesse de Woutremont.

L'hiver avait fait place au printemps; la soirée était chaude et électrique, l'air s'emplissait de senteurs vertes et irritantes, les étoiles palpitaient dans le ciel noir. Bolstoï attendit l'heure et se rendit au pied du mur qu'il devait franchir avec escalade, comme l'avaient franchi trois ans auparavant « Nounouche » et « M. Chavigny »

Un instant, il hésita. En obéissant aux ordres d'Amélia, ne trahissait-il pas la confiance de Mme de Woutremont ?

D'autre part, Amélia ne pouvait-elle avoir très réellement et très *honorablement* besoin de lui parler en secret ?

Leste et robuste comme un gabier, il fut sur le mur en un clin d'œil, sauta dans la terre humide et courut s'asseoir sous la tonnelle qu'Amélia lui avait indiquée. Son cœur battait à grands coups, un frisson de fièvre parcourait ses bras et ses épaules; il essuya la sueur glacée qui baignait son front.

Douze coups tintèrent à une horloge lointaine et, immédiatement, Amélia se dressa devant lui, comme une apparition fantastique, sans qu'il l'eût vue arriver.

La jeune fille était sévèrement vêtue d'une robe sombre très montante, les cheveux et le front cachés par une capeline noire.

Bolstoï la voyait mal, à la lueur tremblotante des étoiles; mais il devinait qu'elle était d'une pâleur mortelle.

La première, elle parla; elle parla d'une voix basse, fiévreuse, entrecoupée.

— Ah! dit-elle, mon prince, qu'avez-vous dû penser?...

Bolstoï s'était brusquement levé à sa vue:

— J'ai pensé, mademoiselle, dit-il, que vous avez eu foi en mon honneur de chrétien et de gentilhomme, et je vous remercie cordialement et respectueusement.

Amélia lui tendit la main. Il la saisit vivement, et tous deux s'assirent sur le banc de la tonnelle.

— Nous n'avons jamais pu nous parler avec une liberté absolue, mon prince, reprit Amélia, et depuis la froideur cruelle que vous nous avez témoignée à l'Ambassade de Russie, ma marraine a déclaré que jusqu'à nouvel ordre nos rapports seraient interrompus ; voilà pourquoi je vous ai donné ce rendez-vous, confiante, comme vous l'avez dit, en votre honneur de gentilhomme... et de chrétien. Voulez-vous m'écouter avec bienveillance et me parler à cœur ouvert ?

— Je suis à vos pieds, mademoiselle, murmura Bolstoï, dont le cœur battait plus fort.

La « vertu » du jeune prince n'avait point sa source dans un tempérament froid et calme, comme l'eussent pu supposer quelques sceptiques. Nicolas Bolstoï était de la race de ces chevaliers antiques, chantés par les vieux romanciers, et que Cervantès parodia. Les hautes préoccupations d'une existence éminemment intellectuelle, les fatigues d'une vie très active, la pratique habituelle d'une piété touchant à l'illuminisme, contenaient sa fougue sans refroidir son sang.

Il était comme Amadis, continent et passionné. Cette fois, ses sens, encore neufs, luttaient terriblement contre son âme ; il attendait ce que dirait Amélia, plus pâle qu'elle, mais la bouche desséchée et brûlante, les yeux humides et enflammés.

Après quelques secondes de silence, Amélia reprit la parole :

— Un homme comme vous ne peut mentir, mon prince, dit-elle ; vous avez donc dit la vérité quand vous m'avez dit que vous m'aimiez et que vous vouliez m'avoir pour femme. Si vos sentiments ont changé, c'est que vous avez cru vous être trompé sur les miens ; c'est que vous ne me croyez plus digne de vous... Oh ! je vous prie, laissez-moi parler... J'ignore ce qu'on a pu vous dire de ma marraine et de moi ; mais je devine qu'on vous a dit quelque chose ; quoique bien jeune, j'ai trop souffert pour ne pas comprendre la vie. Vous pensez qu'il y a un secret dans notre maison. Et vous avez raison, il y en a un.

Bolstoï tressaillit.

— Si ce secret n'était qu'à moi, continua la jeune fille, je vous le confierais sans hésiter, à vous, le plus loyal des hommes et le meilleur des amis. Mais il est à d'autres, et puis... je ne le connais pas tout entier. Sachez seulement, et c'est pour vous dire cela que je vous ai donné ce rendez-vous qui a dû vous paraître si hardi et si étrange, sachez que, ma marraine et moi, nous avons un ennemi terrible et mystérieux, contre lequel vous serez peut-être un jour appelé à nous secourir ; sachez aussi que le secret de mon existence, que vous connaîtrez un jour, car je veux que vous le connaissiez, n'a rien qui puisse me rendre indigne de vous, que je désire de tout mon cœur être à vous, et que je ne serai jamais à d'autre qu'à vous. Voilà, mon prince, ce que je voulais vous dire et ce que je n'aurais peut-être pu vous faire savoir sans cet entretien secret. Je mourrais trop désolée si je ne vous avais pas ouvert mon âme autant que mon devoir me le permet...

Je vous en conjure donc, attendez que je puisse vous en dire davantage et gardez votre amour, ou du moins votre estime à la pauvre Amélia...

Il y avait dans les singulières paroles de la jeune fille un accent de franchise si pénétrant que Bolstoï n'eut pas un instant l'idée de les suspecter, en dépit de certaines réticences assez inquiétantes en elles-mêmes. Il chercha quelque chose à lui dire, mais ne trouva rien.

Son trouble devenait poignant, intolérable; il comprenait maintenant pourquoi Amélia voulait le voir et s'expliquer personnellement avec lui : mais sa bonne fortune lui montait à la tête : à la lueur des étoiles, Amélia lui paraissait d'une beauté surhumaine. Les yeux scintillants de la jeune fille, où ses regards plongeaient, prenaient des proportions immenses, puis se fondaient en un seul horizon sans fin, coloré de lueurs indicibles.

Le violent amour du jeune homme fit, en quelque sorte, explosion et jaillit de sa bouche en quelques paroles brûlantes et folles; Amélia était émue, leurs doigts s'entremêlèrent et leurs lèvres s'unirent dans un brûlant et interminable baiser...

Ce fut un baiser passionné, magique et sublime, la caresse si délicieusement insensée de deux cœurs innocents et de deux épidermes vierges. Amélia et son fiancé avaient traversé, l'un la boue immonde de la pègre prostituée, l'autre les enivrantes séductions de la haute vie, sans rien perdre de leur pureté native, et leur loyal enlacement ne pouvait que faire sourire l'ange gardien, qui sans doute, les abritait sous la même aile blanche, à la lueur harmonieuse de cette chaude nuit de printemps...

Tout à coup Amélia jeta un cri et se dégagea.

— Mon ami, dit-elle, voulez-vous bien me permettre que je me retire ?

C'était une *permission* qu'elle demandait.

Le prince comprit qu'elle était toute à lui.

Il chancela et s'appuya sur une branche de la tonnelle. Il eut l'idée de lui dire : restez !... Mais il redevenait maître de sa pensée; il se dit qu'elle était sa fiancée et qu'il devait respecter en elle la sainteté future de son foyer conjugal.

— Partez ! dit-il. Adieu !... quoi qu'il arrive, comptez sur moi !

Et il s'élança sur le mur et, de là, dans la campagne... pleine du chant moqueur et gai des grillons.

IX

UNE REDOUTE AU *Mouvement* — PROVOCATION.

— Comme tu es agité et nerveux, mon cher Crozant ! Tu as absolument voulu me conduire à l'Opéra, bien que tu saches que je déteste la musique en général, et celle de la *Juive* en particulier... Et maintenant, tu ne peux tenir en place, et tu veux me mener, *proh pudor* !... à une *Redoute* dans un tripot !...

Ainsi parlait le duc de Luzençay au marquis de Crozant, sur le perron du somptueux monument construit par M. Garnier.

Tous deux descendirent et se dirigèrent lentement vers le boulevard des Italiens.

— Je suis nerveux, en effet, répondit Crozant. Tu l'as vu, encore, toujours *lui*, dans la loge de Mme de Woutremont ?...

— Sans doute, je l'ai vu... puis je l'ai revu devant la porte de l'amphithéâtre, et j'ai entendu qu'il disait : « Etchalar, allons à la redoute du *Mouvement*. »

— Ah !... tu as entendu cela ?

— Oui, et toi aussi... et c'est pour cela que tu veux me mener rue Laffitte.

— Eh bien, quand cela serait ?

— Ce serait absurde, voilà tout ; pardonne cette franchise toute militaire à un simple pékin.

— Pourquoi absurde ?

— Voyons, Victor... Tu veux chercher une querelle à ce M. d'Arrabengoa, hein ?... me trompé-je ?

— Ma foi, franchement, je ne serais pas fâché d'avoir une affaire avec lui.

— Et tu as compté sur moi pour t'assister ?

— Un peu, je l'avoue.

— Eh bien ! cher ami, tu as eu tort.

— J'ai eu tort ? s'écria Crozant d'un air peiné.

— Oui, reprit le duc, tu as eu tort. Il n'y a aucune raison pour que tu te battes avec cet étranger. Suis bien mon raisonnement : ou M. d'Arrabengoa est un fort galant homme comme beaucoup de gens l'affirment, et alors il a parfaitement le droit de rechercher l'intimité de Mme Woutremont, qui, de son côté, n'ayant contracté aucun engagement formel avec toi, a parfaitement le droit de te le préférer ; ou M. d'Arrabengoa est, comme tu le supposes un aventurier suspect, et alors le commandant marquis de Crozant a le devoir de le démasquer, mais ne doit pas se compromettre en se mesurant avec lui...

— Oh ! c'est d'une logique rigoureuse, dit le marquis, avec quelque amertume. Je ne suis pas de force à discuter avec un argumentateur de ta force. Au revoir donc, mon cher Luzençay, je vais entrer tout seul à la Redoute.

— Non pas, non pas !... s'écria le duc, dont la bonne figure de savant allemand, s'illumina d'un sourire. Je te suis et je t'empêcherai, tant que je le pourrai, de faire quelque chose que tu regretterais plus tard... Tu es libre de m'en vouloir ; mais pour se fâcher il faut être deux, comme disent les bonnes gens : je reste ton ami...

— Viens donc, dit le marquis, et qui vivra verra !...

La Redoute battait son plein quand les deux amis entrèrent dans le cercle de la rue Laffitte.

Dans le verstibule, ils rencontrèrent Robert Templier, que tous deux connaissaient, car le jeune maître, en adoptant la barbe et les cheveux à la Henri III, s'était mis à fréquenter le meilleur monde, ou son esprit humoristique et paradoxal obtenait pas de mal de succès.

— Vous ici, monsieur le duc ! exclama Robert, en prenant la main que Luzençay lui tendait cordialement.

— Mon Dieu, oui ! répondit le duc ; cela vous scandalise, cher maître ?

— Non, mais cela m'étonne.

— Et moi, demanda le marquis en souriant, êtes-vous aussi étonné de me voir ici ?

— Oh ! vous, mon commandant, répliqua Robert (qui était capitaine de territoriale), vous en avez bien vu d'autres en Afrique !...

Luzençay et Crozantse mirent à rire, et tous trois pénétrèrent dans le hall, où les danseurs s'empêtraient parmi la foule toujours croissante.

— Tiens, mais le coup d'œil n'est pas mal, dit le duc.

— Pas d'harmonie dans la couleur, reprit Robert ; et puis cette lumière électrique est odieuse.

— Vous trouvez ? demanda le duc ; regretteriez-vous le gaz ?...

— Je regrette l'huile, dit Robert.

Le duc fit la grimace.

— Tous les goûts sont dans la nature, dit-il. N'importe, beau coup d'œil !... société un peu mêlée, hein ?...

— Oh ! très peu, reprit le peintre. Les estimables curieux comme vous, le commandant et moi, sont en minorité. La canaille domine.

— Peste ! vous êtes vif ! dit le duc, en regardant autour de lui, un peu effrayé du libre langage de Templier.

— Ah ! si vous aviez fréquenté le *Mouvement* comme moi, vous seriez de mon avis, allez !... Quel tripot !... J'y ai laissé plus d'argent qu'il ne m'en faudrait pour fonder un bon intérieur bien confortable...

Les yeux de Templier devinrent rêveurs, et il murmura un nom : «Jeanne»; mais il secoua la tête, se mit à rire et reprit gaiement :

— Vous voyez ce triumvirat ; il sera maître de Paris avant peu... à moins que M. le juge d'instruction n'intervienne inopinément.

Et Robert désignait Van der Witt, Gaspard Lecesne et Gianidracchi, qui causaient dans un coin.

— Ah ! voilà l'honorable Caron Van der Witt, dit le marquis ; vous savez qu'on est exposé à le rencontrer maintenant. Il m'a été présenté, l'autre jour, chez Mme de Fermont. J'ai été un peu froid.

— Hé ! hé !... dit le duc, c'est une organisation financière. La société de crédit marche admirablement.

— Est-ce que tu y as des fonds ? demanda Crozant d'un air un peu moqueur.

— Non, répliqua très sérieusement le duc. En somme, je ne crois pas à ces prospérités-là... C'est artificiel... Tout cela finira par un cataclysme à la Bourse. Et, voyez-vous, messieurs, un pays qui cherche sa richesse ailleurs que dans l'agriculture et l'industrie...

— Ah ! Réginald, est-ce que tu vas nous faire une conférence ? interrompit le marquis.

— Non, j'ai fini... C'est M. Gaspard Lecesne, ce petit homme à figure rusée ?

— Oui, dit Robert. Et ce vieux coquin vénérable, c'est Gianidracchi. Un ex-usurier, très escroc... que vous rencontrerez peut-être un jour et qu'on vous présentera...

— Vous n'êtes pas rassurant, M. Templier, dit le marquis.

— Ah ! mon commandant, reprit Templier, vous ne savez pas qui vous êtes exposé à coudoyer ici... et même ailleurs. Voici la baronne Van der Witt et la colonelle Floresco : ce sont les filles de Gianidracchi ; je les ai connues danseuses et scandalisant les coulisses même par leurs déportements. Aujourd'hui, elles vont « dans le monde » et ont des amies dans les cours étrangères. Vous voyez cette jolie femme en robe paille, garnie de dentelles noires. Eh bien ! je l'ai connue, il y a trois ou quatre ans, dans des *tapis francs*, elle s'appelait Giroflée et était la maîtresse d'un *louchebem*.

— D'un quoi ?... demandèrent Crozant et Luzençay, en duo.

— Ah ! c'est juste ; vous ne comprenez pas ce patois-là, vous, messieurs. *Louchebem* veut dire « garçon boucher » dans une langue inconnue aux salons... même à ceux qui reçoivent Van der Witt.

— Et maintenant, que fait-elle, cette Giroflée ?

— Mais elle est l'épouse légitime de M. Hugues Tarpiaux.

— Hugues Tarpiaux ? demanda le duc, un publiciste ?

— Oui, jadis poète et crevant de faim. Giroflée, qu'il a ramassée dans je ne sais quel ruisseau, mais qui n'est point sotte, l'a décidé à renoncer à la poésie et à se consacrer aux articles... anacréontiques. Il a réussi, a gagné beaucoup d'argent et, maintenant, il fait la pluie et le beau temps à l'*Évolution*, le journal fondé par Gaspard Lecesne pour soutenir le « Crédit Babylonien ».

— Mais il fait même de la politique, dit le duc.

— A tour de bras !... et il raille les poètes. Oh ! c'est un homme pratique, un homme d'affaires, un homme de chiffres ! Bonsoir, Tarpiaux !...

Ces derniers mots s'adressaient à Tarpiaux lui-même, qui venait de passer, rajeuni de dix ans par les teintures et un râtelier, le nez au vent, le jarret tendu, fidèle d'ailleurs à ses goûts excentriques, car il portait un habit noir à vastes revers de velours et un pantalon collant comme un maillot.

— J'ai lu des articles de M. Tarpiaux, dit le duc ; il y en a même qui ne sont pas mal. Comment diable un poète a-t-il pu se transformer en homme politique ?

— Le journalisme moderne est plein de ces surprises, monsieur le duc, reprit Templier. Tenez, vous voyez ce grand flandrin à figure pâle et glabre et à profil de polichinelle : c'est Anatole Meuilhard, frère de la fameuse Fanny. Il est commis chez Van der Witt et... critique dramatique à l'*Évolution*.

— Critique dramatique ?

— Oui. Tout simplement parce qu'il adore les billets de faveur. Il sait à peine lire et écrit « omelette » avec un « h » ; mais, selon que l'*Évolution* est en bons ou en mauvais termes avec tel ou tel théâtre, il déclare que la nouvelle pièce est « splendide » ou « infecte ». Gaspard Lecesne est enchanté et les lecteurs aussi !...

Le jeune Anatole s'arrêta devant Templier.

— Bonjour, vieux, dit-il ; je suis éreinté, j'ai un mal de tête fou : j'arrive des Français...

— Ah ! et que jouait-on ? demanda le peintre.

— Une reprise de *Don Juan*, de Molière...

— Est-ce bien ?

— Il y a beaucoup de talent, parbleu ! mais c'est bien « mil huit cent trente ».

Et le jeune Anatole disparut dans la foule.

— Je ne regrette pas d'être venu, dit le duc de Luzençay.

Un curieux personnage, laid, mais drôle, porteur d'un nez abusif et contrariant, venait de succéder à l'éminent critique de l'*Évolution* devant Robert, le duc et le marquis.

— Tiens, Templier, dit-il ; bonjour, cher ami. Je viens de lire le nouveau volume de Taine... eh bien, mon cher, c'est écrasant ; oui, écrasant pour la Révolution... Ah ! j'en suis revenu maintenant, de mes idées démocratiques... Lis cela, cher ami, lis cela !

Et l'homme au nez abusif se fondit dans la cohue.

— Quel est ce monsieur ? demanda le duc.

— C'est Broizilles, dit Robert.

— Broizilles, du Palais-Royal ?

— Lui-même.

— Je me le figurais autrement... dans la vie privée.

On étouffait dans le hall. Le peintre, Luzençay et Crozant, allèrent se rafraîchir au buffet.

Le duc s'effaça courtoisement pour faire place à Fanny Meuilhard, superbe dans sa robe vieil-or, qui s'approchait des sandwiches au bras du chevalier d'Etchalar.

Tout en grignotant des petits pains au foie gras, la grande artiste ne quittait pas de l'œil Louis Hérault, qui flirtait dans un coin, avec deux jolies filles portant le même costume blanc et vert d'eau lamé d'argent.

— Quel groupe charmant ! dit le duc en fixant sur eux son regard doux et naïf.

« M. de Crozant vous voudrez bien, me rendre raison de l'outrage que vous m'avez fait? »
(Page 229.)

— Ah! monsieur le duc... fit Robert avec une sorte de gravité; si vous saviez qui sont ces gens-là! Il y a plus de canaillerie dans ces trois jolies petites têtes que dans tout le reste de l'assemblée... et ça n'est pas peu dire. Ce jeune blondin a été ici, groom, puis croupier. Aujourd'hui, il est commis chez Van der Witt et ami intime, très intime de la baronne, et il vient ici en invité de marque.

Le marquis leva brusquement la tête, qu'il tenait inclinée depuis un instant, et jeta un regard ardent sur Louis Hérault. Quelque chose des calomnies dont la pauvre Amélia avait été l'objet était venu jusqu'à lui, augmentant ses angoisses morales. Il détestait la « filleule » de la princesse, même avant ces bruits déplorables, sans savoir pourquoi, instinctivement, persuadé que la jeune fille était un des obstacles qui se plaçaient entre lui et Mme de Woutremont. Du reste, lui aussi se disait qu'il avait vu Amélia autrefois; mais il ne songeait pas à la petite conductrice du faux aveugle. Son inquiétude restait vague.

— C'est là M. Louis Hérault? dit-il. Il est joli garçon, mais il a une bien mauvaise figure.

— Et les jeunes filles, deux sœurs sans doute? interrogea le duc.

Robert se mit à rire.

— Pas précisément, dit-il. Elles sont très unies entre elles, mais pas par les liens du sang. L'une s'appelle Mlle Zizi, l'autre Mlle Caramel. Je les ai vues vendre de petits bouquets, il y a trois ans, sur le boulevard Montmartre, et elles ont été mêlées à un procès intenté à une horrible vieille nommée la Mouchotte. Pendant quelque temps elles ont disparu; puis, tout à coup, ont les a vues très embellies, roulant carosse autour du lac. Oh! ce sont des célébrités!...

— Elles ont l'air du dernier bien avec le jeune Louis Hérault.

— Oh! ils se connaissent depuis longtemps. Je ne voudrais pas faire un jugement téméraire, mais...

Un gros homme tout essoufflé, interrompit Robert en se jetant presque dans ses bras. Il tenait un carnet à la main droite et, de la main gauche, épongeait désespérément son front gluant de sueur.

— Ah! Robert, mon petit Robert, s'écria-t-il, tu vas être mon sauveur... Dis-moi des noms, toi qui connais tout le monde, dis-moi des noms, beaucoup de noms. Il faut que cette petite fête me rapporte au moins dix louis... On attend ma copie à l'*Évolution*... J'ai bien quelques noms, mais c'est des noms de *muffs*!... au moins presque tous, tiens: Gaspard Lecesne, c'est le patron! Van der Witt et la belle baronne, le maëstro Sougnant: quel raseur celui-là avec son Wagner! Robert Temp...

— Merci, interrompit Robert, tu me classes parmi les *muffs*...

— Non, tu sais bien que je t'aime; mais vois-tu, il me faut des noms chics, un tas de noms chics; nos lecteurs sont tous républicains, mais ils n'aiment que les noms chics!...

— Allons, tu fais de moi tout ce que tu veux, dit Robert.

— Ah! merci!... sais-tu qui est cet étranger, avec un bonnet persan?

— C'est Tamasp-Kouli-Khan.

— Tu en es, sûr?

— Parbleu!

— Comment que ça s'écrit?

— Comme ça se prononce.

— Merci. Et cette grosse dame, qui a une si belle rivière de diamants?

— C'est Mme de Tencin... Vois-tu, elle cause avec Fontenelle.

— Qui ça, Fontenelle?

— Ce petit vieux!... Ah! ça, tu fais du reportage et tu ne connais pas Fontenelle?...

— Si fait, parbleu! Je ne connais que lui. Et ce gros monsieur qui vient lui parler?

— Ça, c'est Arnaud d'Andilly; maintenant voilà le colonel Héautontimoroumenos, attaché à l'ambassade de Grèce.

— Ah! très chic. Attends! Comment dis-tu? Héauton...

— ... Timoroumenos.

— Ça fait une ligne, quatre sous!... Un joli nom!...

— Tiens! voilà Lazarelles de Tornier, Lopez de Vega, et le comte Interlopez de la Puente-a-Pitra y todos los Santos!...

— A la bonne heure, c'est pas des *muffs*!...

— A droite, là, tu vois bien, c'est Flaquette, l'inventeur de la roue qui porte son nom....

— Ah! un industriel... pas le prince! dit le gros homme d'un air de souverain mépris.

— Tu veux des noms aristocratiques? Eh bien, voilà le marquis de Bièvre. Tu sais bien, celui qui fait tant de calembours.

— Parbleu! Je ne connais que lui! Farceur de marquis!... Dis-moi, y a-t-il des hommes politiques?...

— Je crois qu'on attendait Pitt et Cobourg; mais ils doivent être occupés. Le traité d'Utrecht et la Pragmatique-Sanction leur donnent tant d'ouvrage!...

— Oh oui!... fit le gros homme d'un air profond.

— Et maintenant, mon vieux, laisse-moi tranquille, hein?... J'ai fait de mon mieux... Tiens, voilà Bernard Duconseil là-bas, il te donnera des noms aussi bien que moi-et dans le même genre.

— Merci, dit le gros homme.

Il éponge son front, avale deux verres de champagne, et se précipite sur les pas du peintre Bernard Duconseil, qui le renseigna consciencieusement sur une vive discussion entre M. de Jarnac et M. de la Chataigneraie, discussion qu'on aurait beaucoup de peine à arranger, en supposant qu'on l'arrangeât.

— Eh bien! dit Crozant, en riant malgré ses préoccupations obsédantes, les lecteurs de l'*Évolution* auront de quoi s'amuser demain matin.

— ... Si nous sortions? On étouffe ici plus que dans le hall!...

— Oui, allons-nous-en, dit avec empressement le duc de Luzençay.

— Je voudrais bien voir la salle de jeu...

— Mais on ne joue pas aujourd'hui.

— Pardon, monsieur le duc, fit Robert; au *Mouvement*, le jeu ne chôme jamais.

— Mais nous n'avons pas le droit d'entrer, n'étant pas du cercle?

— Pardon, monsieur le duc, les membres des grands cercles de Paris sont inscrits d'office au *Mouvement*.

Luzençay envoya mentalement au diable leur trop officieux cicerone, et tous trois entrèrent dans la salle de jeu.

La salle de jeu regorgeait de monde. Il y avait un triple cercle de pontes autour de la grande table où le comte d'Arrabengoa taillait, l'œil doux, le front haut, le geste libre et élégant.

En face de lui se tenait un vieux croupier à tête blanche et à profil de voltairien, qui maniait, avec une prestesse de jongleur ou d'escamoteur, sa longue palette d'ébène et des amas formidables de plaques en nacre chatoyante, de jetons d'ivoire, de louis d'or et de billets de banque.

Le comte était en gain, en gain prodigieux, abattant neuf, abattant huit, distribuant des *bûches* sur le tableau de droite et le tableau de gauche. Des murmures s'élevaient. On disait : c'est un massacre, c'est la *banque-rasoir*, *insensé !*... Puis parmi les grognements éclataient des rires amers, et de ci, de là, flamboyaient des yeux irrités et soupçonneux.

— N'importe ! s'écriaient quelques *pontes*, quel beau banquier !...

— Est-ce que vous trouvez cette veine-là naturelle ? demanda Crozant à Robert.

— Peuh !... répondit le peintre, pas plus surnaturelle que les expériences de Robert Houdin.

— Allons-nous-en ! dit Luzençay.

Robert avait jeté sur le tapis les quatre billets de cent francs qu'il avait en poche, et ils avaient été successivement cueillis par l'impitoyable palette d'ébène.

— Allons-nous-en, reprit le duc.

— Attends un peu, que diable !... répondit Crozant ; et il se mit à darder sur le « banquier » un de ces regards fixes et magnétiques qui forcent le « regardé » à lever la tête.

Le comte reconnut son rival, avec lequel il n'avait jamais eu que des rapports polis mais d'une froideur glaciale.

Le regard du marquis persistait.

Le comte d'Arrabengoa fit un signe à un valet de pied et lui dit quelques mots à l'oreille.

Après un mouvement de surprise très visible, le valet fit le tour de la table et vint au marquis de Crozant.

— Monsieur, dit-il à voix basse, M. le comte d'Arrabengoa prie monsieur de vouloir bien ne pas le regarder ainsi : ça gêne son jeu.

Crozant toisa le valet avec hauteur.

— Allez dire à ce monsieur, fit-il d'une voix très sonore, qu'il a bien tort de se préoccuper de mes regards et de mon attention. Je n'ai jamais pu rien comprendre aux tours d'escamotage.

Tous les assistants avaient entendu ces sanglantes paroles, et le valet de pied pouvait se dispenser d'aller les transmettre à qui de droit. Le comte d'Arrenbengoa ne sourcilla pas.

— Parti pour dix, dit-il; pas d'objection?...

Il distribua un sept à droite, un sept à gauche et tira neuf.

— Une sébille, cria le croupier.

— Combien y a t-il? demanda le comte avec le plus grand calme.

— Cent cinquante mille francs environ, dit le croupier.

Le comte fit signe à un garçon de jeu.

— Occupez-vous de ça Jamin, dit-il.

Il se leva nonchalamment et marcha d'un pas tranquille vers le marquis de Crozant.

— Monsieur, lui dit-il, vous venez de m'adresser une injure inexplicable et gratuite; êtes-vous décidé à la maintenir?

— Je n'ai rien à vous répondre, monsieur, dit Crozant sans quitter le comte du regard.

— Tout le monde est témoin, reprit le comte d'un air digne et comme attristé, que j'ai fait preuve, en cette occasion, d'une patience exemplaire. J'avais mes raisons pour cela. Monsieur de Crozant, voudrez-vous bien me rendre raison de l'outrage que vous m'avez fait?

— Oui, monsieur, répondit sèchement le marquis.

— Je vous remercie, fit le comte, et je vais vous mettre en rapport avec deux de mes amis, MM. d'Etchalar et de Versac, qui ne refuseront pas de m'assister en cette circonstance.

Le comte s'éloigna. Crozant se tourna vers Luzençay:

— Je ne te demande pas d'être mon témoin, dit-il.

— Mon cher ami, répondit le duc, j'ai fait ce que j'ai pu pour t'éviter une folie. Tu l'as faite et plus forte que je ne croyais; maintenant mon affection l'emporte: je suis à ta disposition.

Crozant pris vivement la main du duc et s'adressa au jeune peintre:

— Monsieur, dit-il, voudrez-vous bien me faire l'honneur d'être aussi mon témoin?

— Avec bonheur, dit étourdiment Robert, emporté par la joie d'être d'un duel si magnifiquement parisien.

Crozant sourit légèrement et serra la main de l'artiste.

Le chevalier d'Etchalar et le vicomte de Versac, ce dernier l'air embarrassé, se dirigeaient vers Crozant.

— Acceptez tout ce que ces messieurs voudront, dit le marquis, qui ajouta *in petto*:

— Pauvre Versac, quel rôle il en est arrivé à jouer!

X

OU L'EX-TOTO-MES-PUCES PARVIENT A STUPÉFIER L'EX-CHAVIGNY PAR SON AUDACE.

Cet incident avait causé une vive émotion au *mouvement*. On ne parlait que de cela, en se retirant, car le jour commençait à poindre, et, après un souper pantagruélique, chacun rentrait chez soi.

Tandis que Luzencay, Versac, Etchalar et Templier, étaient en pourparlers, le « comte d'Arrabengoa » causait dans l'embrasure d'une fenêtre avec Gianidracchi.

— Oui, disait le comte, il vaut beaucoup mieux en finir. Ce Crozant était ma vraie pierre d'achoppement. Une fois ce bon jeune homme enterré, Angéla n'aura plus aucune raison pour me refuser sa main.

— A moins, répondait Gianidracchi, qu'exaspérée par la mort de soun bien-aimé elle né broule ses vaisseaux et ne sé décide à tout avouer...

— N'aie pas peur, mon bon Piétro, il en serait ainsi si Angéla aimait Crozant: mais elle ne l'aime pas. Je m'y connais. Elle l'estime, voilà tout, et elle tient à son estime. Elle craindra toujours de perdre sa situation dans le monde en avouant la vérité... Et puis, tu sais qu'elle veut marier sa fille à Bolstoï.

— C'est zouste... ma reste à savoir si tou touras moussu lé marquis.

— N'en doute pas; j'ai exigé le pistolet, tir à volonté.

— C'est oun militaire, il tire peut-être bien.

— Je te répète que c'est un « bon jeune homme », c'est même un espèce de bigot: il sera troublé sur le terrain, il visera mal où ne visera pas du tout; moi j'ai un tir infaillible... tu sais bien !

— Enfin, que veux-tu, zé souis inquiet ! zé tiens tant à toi, cer ami !...

— Et au petit million que je t'ai promis, hein ?

— Et aussi au petit million, zé l'avoue.

Le vieux coquin se disait *in petto* que, si le « comte » était tué, il trouverait toujours le moyen de tirer son épingle du jeu. N'avait-il pas en sa possession les lettres compromettantes d'Angéla ?

— Allons, bonne çance, dit-il, ent endant ses longs doigts crochus à Roger.

— A bientôt ! dit le « comte ».

Il allait rejoindre Etchalar, qui devait l'attendre chez eux, quand Louis Hérault se présenta brusquement devant et lui barra, en quelque sorte, le passage.

— Pardon, monsieur le comte, dit Louis Hérault, qui, d'après les conventions, parlait à Roger comme si « M. Chavigny » n'avait jamais existé. Pardon, monsieur le comte, je voudrais bien avoir un entretien particulier avec vous.

— Ce serait très volontiers, cher monsieur Hérault, répondit le « comte »; mais je suis à la minute. Vous savez que je me bats dans quelques heures.

— C'est précisément pour cela que je tiens à vous parler sans retard, reprit Louis avec fermeté : mon ami, M. Thomassin veut bien me prêter son cabinet.

— Soit, fit Roger; mais soyez bref, je vous prie.

Ils pénétrèrent dans le cabinet de l'ex-Jupiter — un cabinet petit, mais fort bien meublé et très confortable.

— Veuillez vous asseoir, monsieur le comte, dit Louis, qui prit lui-même un siège.

— Selon votre désir j'entre dans le sujet sans préambule... Il est infiniment probable que vous tuerez le marquis de Crozant : car votre intention est de le tuer, et vous tirez merveilleusement au pistolet; mais, enfin, à la grande rigueur, vous pourriez bien être tué vous-même...

— Ah! fi! monsieur Hérault, la vilaine hypothèse! dit le comte en riant.

— Hélas! monsieur le comte, le hasard est si grand! Donc, je le répète, vous pourriez bien être tué vous-même, et il y a une chose que je tiens à obtenir de vous, tout de suite, sans délai, tant que suis sûr de pouvoir l'obtenir.

— Et c'est!...

— Monsieur le comte, je sais que vous pouvez ordonner chez Mme la Princesse de Woutremont, comme chez vous.

— Hein?...

Chut!... écoutez-moi avec calme. J'aime Mlle Amélia, qui est, je le sais aussi, votre fille et celle de la princesse, et je voudrais qu'avant de vous battre vous décidassiez Mme de Woutremont à m'accorder sa main.

— Ah! ça, mon cher monsieur Hérault, est-ce que vous devenez fou?

— Mais non, monsieur le comte, je veux devenir sage, me ranger, faire une fin... Et c'est pour cela que j'ai l'honneur de vous demander la main de votre fille, Mlle Amélia.

Louis dardait sur le « comte » ses deux beaux yeux bleus d'une prodigieuse impudence. Le « comte » se renversa sur sa chaise, croisa ses jambes et dit sur un ton calme et poli :

— Mon cher monsieur Hérault, il faut être raisonnable. Vous feriez un parti fort sortable, car personnellement vous êtes très bien et votre situation chez Ven der Witt est excellente. Mais Mlle Amélia Quintiliani, que rien ne vous autorise à regarder comme ma fille, porte un des plus beaux noms de l'Europe : elle voudra, en se mariant, trouver un nom aussi beau que le sien, et vous conviendrez, que c'est un désir bien naturel et bien légitime.

— Monsieur le comte, reprit Louis, j'ai eu des commencements difficiles, mais j'appartiens à une famille plus qu'honorable. Mon père était capitaine d'artillerie, et ma mère, que j'ai eu le malheur de perdre il y a trois ans, s'appelait avant son mariage, Mlle de Fazeuil. Je prendrai le nom d'Hérault de

Fazeuil : il me semble que cela n'écorche pas trop les oreilles. Et puis, ajouta Louis, en lançant à son interlocuteur des regards lancinants, et puis c'est un vrai nom, cela, un nom qui m'appartient, un nom que je pourrai porter toute ma vie sans risquer qu'on vienne un jour me l'arracher comme un masque !...

Roger éprouva ce qu'éprouve un dompteur quand un lion mal disposé le regarde de travers.

— Si je faiblis, je suis perdu ! pensa-t-il.

Et sa voix devint dure et brutale.

— Faites-vous allusion à quelqu'un, Toto dit *Mes-Puces* ? demanda-t-il.

— Oui, reprit Louis, je fais allusion à vous, monsieur Chavigny !...

Roger ne put réprimer un soupir de soulagement. Louis ignorait Roger Buglou ; il connaissait l'aventurier et l'escroc, il ne connaissait pas le parricide.

— A nous deux, Toto ! pensa Roger.

— Mon garçon, dit-il tout haut, il y a des gens que le bohème Chavigny pourrait craindre dans une certaine mesure et dont il pourrait redouter les indiscrétions ; mais Toto dit *Mes-Puces* n'est pas de ces gens-là. Supposez qu'il veuille nuire à Chavigny, il lui ferait peut-être perdre une fort belle position mondaine... mais supposez que Chavigny veuille prendre sa revanche de Toto dit *Mes-Puces*, il lui ferait perdre sa jolie tête blonde. La partie n'est pas égale. L'assassin du vieux baron du boulevard de Courcelles n'est pas encore trouvé, mais on pourrait mettre la police sur la trace...

Malgré son impudence, Louis devint pâle. Cependant il ne se démonta pas.

— Vous seriez en mesure de désigner, avec preuves à l'appui, l'assassin du boulevard de Courcelles ? demanda-t-il avec un rire insolent.

— Voulez-vous risquer l'aventure ? demanda le « comte » sur un ton railleur et hautain.

Louis ne répondit pas.

Le « comte » avait barre sur lui ; il se hâta de profiter de l'avantage.

— Mon cher monsieur Hérault, dit-il, si vous m'en croyez, nous mettrons fin à cet entretien désagréable pour nous deux... surtout pour vous. Si vous persistiez à entrer en lutte avec le comte d'Arrabengoa, je me permettrais de vous rappeler la fable du *Pot de fer* et du *Pot de terre*, que mame vot' mère, née de Fazeuil, a dû sans doute vous faire réciter dans votre blonde enfance. Au surplus, j'ajouterai un mot pour votre gouverne : si vous continuez, comme par le passé, à parler d'une façon peu convenable de Mlle Amélia, et, à la compromettre par des simulacres de visites nocturnes — vous voyez que je suis bien informé — il pourrait en résulter des choses fâcheuses pour vos oreilles...

Le comte se leva ; Louis en fit autant. Il était blême et ses yeux avaient pris une expression de rage vraiment terrible.

— Alors, mon vieux Chavigny, tu ne veux pas me *coller* Nounouche ? dit-il en riant d'un rire affreux.

Il venait d'être frappé d'une balle en pleine poitrine. (Page 236.)

Le comte tira un cigare de sa poche, l'alluma paisiblement et sortit sans répondre.

— Va, grommela Louis, si tu es en fer, moi je suis en caoutchouc vulcanisé. C'est peut-être moins noble, mais ça casse moins...

Une portière de reps rouge venait de s'ouvrir et livra passage à M. Thomassin.

— Eh bien, Louis? dit-il.

— Eh bien, il m'a envoyé *dinguer*. voilà tout !

— Carrément?

SON ALTESSE NOUNOUCHE   30

— Oh ! carrément !

— Et que vas-tu faire ?

— Prendre ma revanche.

— Voyons, Louis, réfléchis-bien et pas de bêtises. Nous avons été mis au courant d'une partie des affaires de M. le comte d'Arrabengoa et de M. le chevalier d'Etchalar ; mais tu ne dois pas oublier que ces messieurs n'ignorent pas tout ce qui nous concerne...

— M. le comte vient de me le rappeler tout à l'heure, répondit amèrement Louis Hérault. Le démasquer ne me servirait pas à grand'chose, d'ailleurs. Ce que je veux, c'est Amélia ou Nounouche... Ah ! ces messieurs ne nous avaient pas parlé de la petite demoiselle !... Heureusement, ma police est bien faite... Je n'ai jamais cessé de l'aimer, vois-tu, et maintenant, je la veux, il me la faut, à tout prix je l'aurai...

— Prends garde que ce ne soit au prix de ta situation, Louis. Tu t'attaques à plus fort que toi !...

— Je ne crois pas.

— Enfin, quel est ton projet ?

— Je veux forcer le comte et la princesse à me donner leur fille... Car Chavagny a beau dire, Amélia est sa fille.

— Les forcer, comment ?...

— En l'enlevant, d'abord.

— Peuh !... les enlèvements ne sont plus de notre temps, mon garçon...

— Laisse-moi donc tranquille ! les journaux sont pleins de récits ou de faits qui ne sont plus de notre temps. Rien n'arrive si souvent que ce qui est censé ne plus arriver !...

— D'abord, ce ne sera pas commode de l'enlever. Comptes-tu attaquer sa voiture à main armée à la tête de tes *Mouch'-moi-donc ?*.

— Ne blague pas : ça pourrait se faire si je voulais... Mais j'ai un moyen plus sûr. Je compte la faire cueillir bien tranquillement dans son lit, tandis qu'elle dormira et la faire transporter quelque part où elle sera bien épatée de se trouver...

— Mais c'est de la folie, mon pauvre Toto !

— Pas le moins du monde, mon vieux Jup. Ignores-tu donc que j'ai trouvé le moyen de faire entrer dans la maison de la princesse, comme groom et comme valet de pied, deux de nos meilleurs... *Mouch'-moi-donc ?*

— Je savais cela. Ah ! si tous les riches habitants de Paris savaient qui ils ont pour fidèles serviteurs...

— Chut ! n'insiste pas !...

— Continuons.

— Je vais donner mes instructions à Marembal. Il trouvera moyen de faire prendre à la petite quelque chose de soporifique... Rien n'est plus aisé... Je serai aux environs de la maison avec Zanzibar... Enfin, je t'expliquerai ça quand ce sera fait. Adieu, à bientôt.

— Louis, prends garde...

— Au revoir ; fie-toi à moi.

Louis sortit. Jupiter leva les épaules et s'en alla de son coté.

Louis Hérault, de retour chez lui se donna le plaisir — plus dangereux qu'il ne le supposait — de malmener un peu Kiki, lequel lui parla respectueusement et à la troisième personne, en l'habillant...

Vers midi, revêtu d'un complet extrêmement simple, Louis se dirigea à pied vers l'infâme quartier qui va de la Seine au boulevard Saint-Germain, entre la rue de la Harpe et la place Maubert.

XI

LA RENCONTRE.

Après une courte entrevue, il avait été décidé, par les témoins du « Comte d'Arrabengoa » et ceux du marquis de Crozant, qu'une rencontre était inévitable et qu'elle aurait lieu au bois du Vésinet.

Le « Comte », à qui l'on ne pouvait dénier la qualité d'offensé, et qui, par conséquent, avait le choix des armes, exigeait, comme on le sait, les pistolets avec tir à volonté. Conformément au vœu de leur client, le duc de Luzençay et Robert Templier avaient accepté sans élever la moindre objection, bien que le tir à volonté ne fût guère dans les usages actuels.

A onze heures du matin, tout le monde était au lieu du rendez-vous.

Crozant était venu en landau, avec ses témoins, après s'être vêtu de la redingote noire de rigueur. Il était fort pâle et paraissait triste. Ses témoins ne pouvaient attribuer cette attitude à ses appréhensions, car le marquis était d'une valeur héroïque et en avait souvent donné des preuves. Evidemment, le marquis comprenait à quel point un pareil duel l'amoindrissait. En cherchant au « Comte d'Arrabengoa » une querelle pire qu'une querelle d'Allemand, une querelle vraiment insensée, il avait, sans contredit, non pas forfait à l'honneur, mais manqué à ses devoirs d'homme du monde.

Les assiduités du « Comte » chez Mme de Woutremont pouvaient lui causer un chagrin réel, mais ne justifiaient aucunement le sanglant outrage qu'il avait jeté à la face d'un homme contre lequel on n'articulait aucun grief précis et justifié.

Luzençay eut la délicatesse et le bon goût de ne faire aucune allusion au sujet de la querelle ; quant à Robert Templier qui, dans l'occasion, ne manquait pas de tact, il imitait le silence de son cotémoin.

Le « Comte » était fort calme et causait presque gaiement avec Etchalar et Versac — ce dernier dominant à peine l'ennui que lui causait sa situation.

Tous échangèrent un salut correct et courtois, et les adversaires furent placés à vingt pas, selon les conventions. On tira les pistolets au sort: ce fut ceux du marquis de Crozant qui furent désignés.

Le temps était très beau, très pur, un peu trop chaud pour la saison. Les arbres doucement agités par la brise printanière, s'emplissaient de chants d'oiseaux. Au loin, on entendait le long et strident sifflet d'un train-express, mêlé au bruit sourd des wagons sur les rails.

— Faites, messieurs, dit Versac.

Les deux pistolets s'abaissèrent. Les deux coups partirent presque simultanément. Le « Comte d'Arrabengoa » tressaillit; la balle de son adversaire venait d'effleurer son oreille gauche; quant au marquis de Crozant, il eut un soubresaut, tourna sur lui-même et tomba, à genoux d'abord, la face contre terre ensuite; il venait d'être frappé d'une balle en pleine poitrine.

— Victor!... Victor!... s'écria le duc en se précipitant sur son ami.

— Ah! quel malheur!... dit Versac, blême, les lèvres tremblantes, frappant la terre des pieds furieusement.

Un médecin qui s'était tenu à l'écart pendant le combat, mais que Luzençay avait prié de venir, accourut et défit prestement la redingote du marquis, tandis que Luzençay, pris d'une sorte de frisson, lui tenait la tête appuyée sur ses genoux.

Le comte s'approcha le chapeau à la main.

— Je crois inutile de vous dire, messieurs, fit-il d'une voix grave et triste, combien je regrette l'issue de cette rencontre. Vous me rendrez la justice que je n'avais rien fait pour qu'elle eût lieu, et qu'en agissant comme j'ai agi, c'est mon honneur, gratuitement atteint, que j'ai défendu et vengé.

Il s'inclina et se retira après avoir échangé quelques mots à voix basse avec ses témoins.

— Eh bien, docteur? demanda le duc.

— Un instant!...

Le médecin regarda le landau qui attendait à quelques mètres.

— Il faudrait transporter M. le marquis dans sa voiture, dit-il, mais je crains...

— Est-ce grave?

— Très grave.

— Il ne nous entend pas?

— Oh! non...

— Avez-vous de l'espoir?

Le docteur pinça les lèvres, mais ne répondit rien.

XII

OÙ L'ON RETROUVE LES BOURGOIN.

En épousant Mlle Donnabel, Gaston Bourgoin n'avait pas quitté son père et sa mère. Il habitait un petit appartement attenant au leur, dans l'hôtel de la rue Louis-le-Grand. Mme Bourgoin lui avait cédé la bonne Mme Lefeuve, mère de Bigruche dit « le Phénomène ». Il vivait paisiblement chez lui... mais voyait ses parents toute la journée.

La comédie organisée par Me Bourgoin et Robert Templier avait eut décidément le meilleur résultat.

Tout à fait guéri de ses aspirations à la « vie fiévreuse», Gaston n'était point fâché cependant de se poser en jeune homme qui a beaucoup vécu. La jeune femme ne l'en aimait pas moins, au contraire; malgré son éducation sévère et bourgeoise, elle n'eût été flattée que médiocrement d'épouser un vertueux Thomas Diafoirus, frais émoulu du collège, niais, dadais et pédant. Elle trouvait, d'ailleurs, que son cher Gaston avait peut-être été trop loin... mais au fond, elle ne lui en voulait pas.

Gaston et Émilie s'aimaient, avant leur mariage, d'un amour calme, mais sincère. Après, ils s'adorèrent. Émilie était fort jolie, Gaston n'était pas mal. Émilie avait un cœur tout neuf, et Gaston, rentré dans le droit chemin, devenait un gaillard solide et bien portant. Il se destinait au notariat et se proposait de succéder à son père. Il travaillait assidûment, sans ardeur fébrile, sans zèle exagéré, toujours très préoccupé de procurer à sa jeune femme toutes les distractions possibles.

Me Bourgoin, dont la situation devenait de plus en plus prospère, leur avait donné une petite voiture et un cheval. Gaston médiocre cocher, mais se formant peu à peu dans l'art du sport, conduisait souvent Émilie, le matin, au Bois ou dans la campagne. Ils organisaient, à eux deux, de petites parties fines, quelquefois mystérieuses. On les surprenait en bonne fortunes dans des cabinets particuliers du Café-Riche ou de la Maison-d'Or. Ils allaient beaucoup au théâtre, surtout à l'Opéra et à l'Opéra-Comique, car Émilie était devenue très bonne musicienne et commençait à savoir qu'il existe d'autres « maestri » que son professeur M. Charamanton.

Ils aimaient aussi le Français, le Gymnase et le Vaudeville; mais Émilie persistait à trouver le Palais-Royal trop léger et les Variétés trop peu variées. Le monde l'attirait peu, et Gaston en était bien aise. Non pas qu'il fut jaloux, mais parce qu'en sa qualité de petit-fils de cultivateur soissonnais, il aimait bien ne pas dépenser des sommes folles pour des toilettes qui ne servaient qu'une fois.

Du reste, les deux époux ne s'en tenaient pas exclusivement à leurs agréables tête-à-tête, Gaston recevait volontiers ses amis et ceux de sa femme. Le gros M. Dusuzeau venait quelquefois chanter, dans leur petit salon, des chansonnettes dont ils riaient aimablement. Robert Templier n'avait pas abandonné son « élève » qui, maintenant, lui faisait de la morale, et lui démontrait par des arguments difficiles à réfuter qu'un homme qui joue tant qu'il a de l'argent en poche doit toujours finir par perdre.

Robert approuvait, promettait de se corriger, puis allait consciencieusement perdre dans les tripots tout ce qu'il gagnait par son travail.

Les jeunes époux était très fiers de connaître intimement un artiste aussi « en vue »; mais peut-être étaient-ils plus fiers encore de connaître Nicolas Bolstoï, car le jeune prince aimait beaucoup Gaston et avait très volontiers cultivé sa connaissance.

Bref, Gaston eût été le plus heureux des futurs notaires si son frère Frédéric ne lui eût donné de vives inquiétudes.

On sait quel dragon de vertu était M. Frédéric Bourgoin, à l'époque où son puîné courait Paris avec Templier, courtisait ostensiblement Fanny Meuilhard et acceptait en échange d'une reconnaissance de cent louis une carabine historique qu'il vendait six francs. M. Frédéric reculait d'horreur devant de pareils déportements. Il n'avait eu ni enfance ni jeunesse; à huit ans, il ignorait les toupies; à vingt-cinq, il ignorait les femmes; à trente, il avait tous les défauts d'un vieillard jaloux et cacochyme... Mais vers trente-trois, une étrange révolution s'accomplit tout à coup dans son être physique et moral. A première vue, M. Frédéric restait le même, petit, malingre, bas sur pattes, mal vêtu, roulant la tête comme un perroquet et jetant son grand nez en avant, comme un corbeau qui pique dans le crottin...

Mais il avait perdu l'espèce d'entrain tatillon qui le distinguait. Lui qui, naguère, montrait aux auteurs de ses jours un empressement presque exagéré et mêlait une sorte d'obséquiosité désagréable à son honorable respect familial, il semblait éviter son père, son frère et même sa mère, la moins intimidante assurément des créatures humaines.

Souvent il dînait en ville, et il ne disait pas chez qui.

Un soir, il fit avertir qu'il ne rentrerait pas.

Deux ou trois fois il découcha sans crier gare.

Un beau jour, on le vit apparaître en complet de *cheviot* gris clair, et en cravate cerise, ce qui fit rire son père, mais troubla sa mère. Quant à Gaston il déclara qu'il n'était pas fanatique de la cravate blanche, mais que Frédéric avait une tenue peut-être un peu risquée pour un juge au tribunal de la Seine.

Le plus curieux, c'est que cette tenue n'avait pas influé sur le caractère de Frédéric. Il était même plus maussade et plus « renfermé » que jamais.

Quinze jours durant, il se calfeutra, dînant dans sa chambre, disant qu'il était un peu souffrant, mais refusant de dire ce qu'il avait. La vieille Lefeuve, qui, une nuit, vint lui ouvrir à une heure passée, remarqua qu'il sentait les alcools et qu'il était pâle comme un mort. Elle ne dit rien, mais n'en pensa pas moins.

Les jours s'écoulaient, et Frédéric dépérissait à vue d'œil. Il ressemblait maintenant au squelette d'un fœtus de cigogne...

Un après-midi, Gaston faisait paisiblement sa petite correspondance particulière dans son petit bureau particulier, quand Mme Lefeuve entra sur la pointe des pieds, son balai à la main...

— Monsieur Gaston ! dit-elle.

— Ah ! c'est vous, madame Lefeuve ? Vous m'avez fait peur. Qu'est-ce qu'il y a donc ?

— C'est quelque chose que je voudrais bien dire à monsieur Gaston, mais je n'ose pas.

— Bah ! dites-le tout de même.

— Monsieur Gaston sait combien je tiens à sa famille : eh bien, M. Frédéric pourrait bien y causer des désagréments.

Gaston fronça le sourcil.

— Là ! j'étais sûre de vous fâcher... Qu'importe si je me trompe ? c'est de bon cœur, le bon Dieu me *sugera*. Et puis, moi, si je potine auprès de vous, ça n'aura pas d'inconvénients, mais, si d'autres potinent ailleurs... ça sera pas drôle.

Gaston haussa les épaules.

— Enfin parlez, fit-il, et dites tout.

La vieille commère fut comme soulagée par cette permission octroyée pourtant d'assez mauvaise grâce.

— *Savez* ce qu'on dit dans l'quartier, monsieur Gaston ?... Eh ben, on dit que m'sieu Frédéric a des allures. Je sais ben qu'un jeune homme peut avoir des allures sans qu'y ait de quoi fouetter un chat. Monsieur Gaston a eu des allures comme tout le monde, mais il y a allures et allures, et tant qu'aux allures de m'sieu Frédéric, paraîtrait qu'c'a rien de trop beau.

— Expliquez-vous donc mieux, fit Gaston impatienté.

— Fâchez pas, monsieur Gaston. Ils disent donc que, lorsqu'il a été *çargé* d'une instruction, y a dans les six mois ou un an, relativement à je ne sais pus quelle affaire de tapage noctambule, M. Frédéric a dû interroger une femme nommée ou *susnommée* la Mirguette, et qu'il s'en est amouraché. Or, il faut vous dire, monsieur Gaston, que cette Mirguette passe dans le monde pour être la bonne amie d'un nommé Bégoche, un garçon boucher, un vrai galopin, dont j'ai une dent contre lui, vu qu'il a beaucoup contribué, dans un temps, à me débaucher défunt mon fils Jacques, un garçon intelligent comme pas un, qu'avait si bien commencé et qu'a si mal fini !...

La vieille commère se mit à pleurer d'un air si désolé que Gaston en fut touché.

— Allons, calmez-vous, madame Lefeuve, dit-il avec bienveillance.

Mme Lefeuve essuya ses yeux avec son tablier et reprit :

— Pour ce qui est de la Mirguette, a n'est pas belle du tout, veu que c'est une grande maigre, avec des taches de rousseur comme s'il en pleuvait, et une perruque rouge à faire peur aux bœufs, sauf votre respect, et que mame Frémusson, qu'est des Batignolles, mais que je vois des fois chez la concierge d'en de face, dit que c'est une ex-paysanne bête comme ses pieds et qui lève le coude comme un templier polonais : mais ça ne serait rien. C'qui y a d'pis, c'est que M. Frédéric pourrait bien, un jour ou l'autre, attraper qu'équ'mauvais coup de la part de Bégoche, un mandrin qui n'a rien de sacré, sans compter qu'un juge de la magistrature... Enfin c'que j'en ai dit, c'est par intérêt pour la famille ; j'en parle à monsieur Gaston parce que, monsieur Gaston étant le frère de M. Frédéric, ça ne sortira pas de la famille... Enfin bref !... je...

— C'est bien, interrompit Gaston. Merci, madame Lefeuve ; mais gardez tout ça pour vous.

— Comme la tombe, dit la commère.

Elle fit une révérence et sortit. Sa démarche avait quelque chose d'assez impertinent ; mais Gaston ne pouvait douter des bonnes intentions d'une personne aussi parfaitement honnête que la pauvre vieille Lefeuve.

Après quelques hésitations, il se rendit dans le cabinet de son père.

M° Bourgoin était debout devant sa glace et rajustait sa cravate blanche, tandis que son vieux domestique tenait prêts sa canne et son chapeau.

— Je voudrais vous parler, mon père, dit-il.

— Impossible pour le moment, mon ami, répondit le notaire, qui semblait préoccupé et affairé, contre son habitude. Du reste, je devine ce que tu veux me dire... C'est à propos de Frédéric, n'est-ce pas ?...

— En effet, mon père.

Le notaire se mit à rire.

— Étrange chose que la vie ! dit-il ; on dit que rien ne recommence : tout recommence, au contraire. Il y a trois ans, c'était ton frère qui venait me parler de toi... Et, en même temps, une grande dame venait recourir à moi pour...

— Une grande dame ?

— Oui... je te parlerai peut-être de cela plus tard. Je suis à la seconde. On m'attend. Il s'agit de choses de la plus haute gravité... Quant à Frédéric, ma foi, c'est la nature qui se venge. Elle se venge bêtement, par exemple ! Je sais tout, va ! J'espère que ce n'est qu'une crise. Allons, au revoir, Gaston.

Et M° Bourgoin laissa Gaston tout interloqué !

Pardon, pardon, mon ami! murmura-t-ollo (Page 242).

X

LES AVEUX D'ANGELA.

Roger était un merveilleux tireur, mais non tout à fait un tireur infaillible, l'infaillibilité n'étant point de ce monde. Il avait visé son adversaire au cœur et la balle de son pistolet s'était logée dans la poitrine de Victor de Crozant. Une ligne de près, le marquis mourait comme froudroyé.

En réalité, il était dangereusement atteint, mais le médecin s'était montré trop pessimiste en laissant entendre au duc de Luzençay qu'il n'y avait plus d'espoir.

C'était miracle que la balle du « comte » n'ait pas tué Victor sur le coup, mais il ne fallait pas absolument un miracle pour qu'en l'état de choses il revînt à la vie et même à la santé.

Dès qu'il eut repris connaissance, ce qui arriva assez vite, grâce au bons soins du docteur, de Luzençay, de Templier et de Nicolas Bolstoï, accourus à la première nouvelle du duel, sa première pensée fut pour Mme de Woutremont.

Il envoya immédiatement son valet de chambre dire à la princesse qu'il venait d'être blessé, peut-être à mort, dans un duel avec le comte d'Arrabengoa, et qu'il voulait absolument qu'elle lui accordât quelques instants d'entretien.

La princesse, qui, assez souffrante, depuis quelques jours ne sortait plus guère et recevait très peu de monde, s'habilla tout affolée et, avant d'aller chez le colonel qui s'était réinstallé dans son hôtel, envoya un mot à Me Bourgoin, le priant de venir immédiatement lui parler à l'église Notre-Dame-des-Victoires.

Le notaire s'y rendit au plus vite et trouva la princesse en prière, les yeux baignés de larmes.

— Sortons, lui dit-elle.

Elle le fit monter en voiture près d'elle et, parlant comme une folle, lui apprit qu'ils se rendaient chez le marquis de Crozant blessé, mourant peut-être, à qui elle voulait *tout dire*.

Le bon notaire avait depuis longtemps jugé comme il convenait la nature exaltée et mal équilibrée, trop vive... et trop timide de la malheureuse Angéla. Il s'efforça de la calmer, la blâmant avec une grande douceur et une parfaite délicatesse, de tomber d'un excès dans un autre, et de faire succéder une *franchise* trop précipitée à une *dissimulation* trop persistante.

Mais la princesse était affolée et ne voulait rien entendre. Cette fois, il lui semblait qu'elle venait de mettre le comble aux fautes de sa vie, en causant la mort du plus aimable et du plus estimable des hommes.

Versac s'était joint à Templier, à Luzençay et à Bolstoï, quand la princesse et Me Bourgoin entrèrent dans la chambre du blessé.

A la vue de son ami, étendu dans son lit, le teint cadavéreux, les yeux creusés, les lèvres blanches et entr'ouvertes, l'Italienne perdit tout sentiment des convenances et se précipita à genoux, couvrant de larmes et de baisers la main de Victor de Crozant.

— Pardon, pardon, mon ami ! murmura-t-elle.

— C'est à moi de vous demander pardon, madame, dit Crozant d'une voix faible. Je suis dans mon tort : j'ai cherché une querelle parfaitement injuste à un de vos amis...

Angéla l'interrompit et se leva d'une pièce.

— L'homme qui vous a blessé n'est pas mon ami, dit-elle; c'est mon plus cruel ennemi...

Elle allait continuer, quand le notaire l'interrompit d'un geste brusque et plein d'autorité.

— Excusez-moi, madame, dit-il, mais il faut absolument que j'intervienne. Vous avez de graves révélations à faire à M. le marquis de Crozant; mais lui seul et le prince Bolstoï, intéressé comme lui à savoir la vérité, peuvent et doivent vous entendre. J'oserai donc prier M. le vicomte de Versac et M. Robert Templier, ainsi que M. le docteur, de vouloir bien se retirer un instant.

— Volontiers, dit le duc; mais M. de Crozant est-il en état de supporter cette conversation?

— Si elle n'est pas trop prolongée, dit le docteur.

— Je parlerai vite et je serai brève, dit la princesse avec un triste sourire.

Luzençay, Versac, et le docteur se retirèrent dans un salon attenant à la chambre du marquis, et Mme de Woutremont fit en quelques paroles rapides, fiévreuses, mais précises et d'une franchise absolue, le récit de sa malheureuse et romanesque existence.

Quand elle eut fini, Victor de Crozant lui tendit la main :

— Hélas! madame, dit-il, pourquoi n'avez-vous pas parlé plus tôt?

— C'est ce que me conseillait cet honnête homme, répondit la princesse, en désignant Mᵉ Bourgoin ; mais je n'en ai pas eu le courage. Et maintenant que je vous ai tout avoué, mon ami, me croyez-vous encore digne de vous?

— Je vous aime, dit Victor en lui prenant la main.

En quelques paroles chaleureuses, Nicolas Bolstoï protesta qu'il aimait Amélia plus que jamais, depuis qu'il connaissait le secret de sa naissance.

Mᵉ Bourgoin intervint alors de nouveau et interrompit ces expansions. Il ne fallait pas se faire illusion. Le malentendu qui avait trop longtemps existé entre la princesse, le marquis et Bolstoï, était dissipé: c'était un grand pas de fait; mais tout n'était pas fini. Le devoir de la princesse était maintenant de continuer le rôle qu'elle avait joué depuis son retour du lac Majeur. Elle n'avait plus le droit de révéler publiquement le secret de la naissance d'Amélia. Il fallait absolument se débarrasser des persécutions de Roger Bugloz.

Angéla savait, par les menaces de Roger, que ce dernier avait eu l'infamie de déposer en lieu sûr les lettres qu'elle avait écrites dans l'égarement de la passion et de la jeunesse. Il fallait ravoir ces lettres, mais comment?

— Il y a à Paris, dit le notaire, une agence Fothernigham, Krebbs et Cⁱᵉ, qui se charge de commissions bien délicates. Un de mes amis a eu d'excellents rapports avec ces gentlemen et ils l'ont aidé à retrouver une somme énorme qui avait été prise dans sa caisse... L'important serait de savoir où sont les lettres en question. Pour moi, elles doivent être chez ce vieux coquin de Gianidiacchi, le complice de Roger Bugloz à Naples et à Paris. Toutes réflexions faites, ajouta le perspicace officier ministériel, elles sont chez lui.

— C'est-là qu'il faudra les aller chercher.

— C'est-là que nous les trouverons...

Cependant le docteur frappa à la porte et dit que la conversation avait assez duré.

Bolstoï prit le premier congé du blessé et de la princesse. Il avait reçu une lettre éplorée du vieux Samoïlof, qui se mourait dans une masure de Grenelle, et le suppliait de venir lui porter secours.

XIV

BOLSTOÏ, CHEF DE BRIGANDS.

Les *bonneteurs*, ces truands très modernes, ont pris une grande place dans les préocupations du public et de la police. C'est une catégorie fort originale de malfaiteurs, et depuis assez longtemps leurs exploits défrayent les conversations de Paris et même de la province. Ces exploits laisseront une légende quand le « bonneteau » sera « vieux jeu » et se verra remplacé par quelque autre duperie plus progressiste.

Tout le monde sait en quoi consiste le jeu du « bonneteau ». Comme autrefois les chansons de Thérésa pénétraient dans les salons, ce jeu canaille a pénétré, à titre de curiosité, dans les cercles les plus distingués. On s'en est même diverti dans le meilleur monde, et de fines et blanches mains se sont exercées à faire apparaître ou disparaître l'*as de pique* ou le *valet de cœur*.

Si les bonneteurs trouvent toujours une clientèle de jobards, c'est que beaucoup de gens croient qu'il suffit de connaître leurs *trucs* pour les mettre dedans. Mais, tout en se servant des mêmes *trucs*, ils continuent à faire d'innombrables dupes, grâce à leur prestigieuse habileté de mains et à leur bagout impudent et vertigineux.

Ce qu'on connaît peu ou mal, c'est l'organisation des bonneteurs ; car ils sont organisés administrativement.

Leur champ d'opérations principal s'étend en deçà et au delà des fortifications entre le pont du chemin de fer de ceinture et le carrefour des Quatre-Chemins.

Les bonneteurs des Quatre-Chemins sont organisés en véritable société coopérative et en réelle société de secours mutuels contre la police. Les Quatre-Chemins forment une position stratégique, où les luttes entre la police et les bonneteurs prennent d'épiques proportions. C'est surtout le samedi, le dimanche et le lundi que les bonneteurs opèrent. Des éclaireurs sont postés aux alentours des postes de police. Si le commissaire quitte son bureau, il est immédiatement signalé et filé jusqu'au lieu de rassemblement des agents. Dès qu'il paraît sur la zone, toute la séquelle disparaît.

A l'époque — toute récente — où se passe cette histoire, l'audace des bonneteurs avait pris de telles proportions que le commissaire de Pantin avait dû lever une véritable armée pour leur tenir tête. C'était, d'ailleurs, une armée de volontaires, composée en grande partie de garçons bouchers — ennemis naturels des bonneteurs et des *mecs*.

On parle encore dans le quartier des abattoirs de cette mémorable campagne où les *louchebem* — qui ne sont pas tous des gredins comme notre ami Bégoche — se signalèrent par des faits d'armes dignes de passer à la postérité la plus reculée.

Pendant plusieurs jours, une bataille en règle s'engagea avec des chances à peu près égales ; mais les blouses violettes triomphèrent enfin, grâce à un fort appoint d'agents de police avec ou sans uniforme, que le commissaire leur envoya : à partir de ce moment, toutes les nuits de véritables chasses à l'homme eurent lieu autour des fortifications. Aujourd'hui les bonneteurs ont redoublé de prudence... Sur les talus des fortifications, un clairon sonne l'air de la *Casquette du père Bugeaud* : aussitôt les bonneteurs prennent la fuite et se dispersent au loin.

Les uns rentrent chez eux, les autres vont exercer leur coupable industrie dans des trains de chemin de fer. Au risque d'effrayer notre bienveillant lecteur, nous lui dirons qu'il existe actuellement plus de cinquante brigades de bonneteurs capables de tout. Les plus habiles opèrent en wagon ; les plus dangereux, dans les carrefours déserts, aux Quatre-Chemins et au pied du viaduc du Point-du-Jour...

Il y avait foule au carrefour des Quatre-Chemins, ce soir-là, vers cinq heures. Une foule peu élégante, par exemple, où dominait la blouse et où régnait la casquette.

Un chenapan grêlé comme une poêle à frire, expectorait son boniment au milieu d'un cercle de badauds, les uns à figures niaises, les autres à figures vicieuses et futées.

— Allons, messieurs, où est la rouge ?... la voilà, la rouge... Ah ! la voilà bien.. Voyez messieurs !... Zut ! j'ai perdu.

Il paya cinq francs à un petit jeune homme vêtu comme un modeste employé, qui lui offrit sa revanche.

Cette fois, le grêlé gagna dix francs.

— Bravo, Criblard ! dit un grand gaillard à cheveux et à barbe jaunes

Le petit jeune homme allait risquer vingt francs, quand l'air du *Père Bugeaud* se fit entendre au loin.

— A une autre fois ! dit Criblard, en se hâtant de remettre son jeu de cartes dans sa poche et de filer.

— Viens-tu, Jonquille? cria-t-il à l'homme aux cheveux jaunes.

Quelques instants après, ils étaient attablés chez un marchand de vins de la rue Lafayette.

— Ça a biché?... demanda Jonquille.

— Pas de trop... Trente balles... à grand peine.

— Y a mieux à te proposer.

— Une affaire?

— Une vraie. Tu sais que je demeure à Grenelle et que j'ai pour voisin de palier un vieux cosaque?

— Un Prussien, le père Samoïloff, connu!

— Eh bien, y se meurt, et il a écrit à quelqu'un de venir lui porter des secours.

— Pas à moi, pour sûr?

— Pas à toi, mais à un de mes anciens amis...

— A savoir?

— A savoir, le prince Bolstoï, qui nous a si bien arrangés.

— Et puis après?

— Et puis après, le prince viendra tout seul... selon sa coutume.

— Et puis après?

— Et puis après, on refera connaissance avec lui, voilà tout.

— Compris, mais je croyais que t'y en voulais.

— J'y en veux pas, c'est un zigue! mais j'en veux à sa bourse.

— Et combien serons-nous?

— Toi, moi, Prusco-le-Hulan, et Pitrasse.

— Deux ex-Mouch'-moi-donc.

— Oui.

— Quatre... c'est pas trop.

— C'est assez. On sera plus *mariolle* que l'aut'fois. Et puis nous n'avons plus cette moule de Bégoche.

— J'téc... il est dans la haute bouc-moqueur, sc'usez du peu!

— Sans compter qu'il a la Mirguette, une chouette marmite.

— All'est pourtant bien laide... mais les gens de la socliété sont si bêtes!... Assez causé; à quelle heure?

— L'putôt possible; c'est l'heure que le prince vient ordinairement.

— C'est pas tout près; cassons-nous la!

Ils se mirent en route.

. . . .

Nous sommes dans la plus laide maison de la rue Frémicourt.

Dans une chambre à peu près sans meubles, sur un mauvais lit de sangle, parmi des guenilles sans nom, un corps humain est étendu. C'est le pauvre Samoïloff, qui vient de mourir avec des larmes d'ivrogne dans les yeux et une vague prière sur les lèvres.

A la porte du bouge, un jeune homme roux à figure impudente fait le guet... c'est Pitrasse. Près du lit se trouvent trois hommes : Criblard, Jonquille et Prusco-le-Hulan. Ce dernier est un ancien balayeur allemand que nous avons vu figurer dans la bande à Toto-Mes-Puces. Il est petit, gras, blond filasse, les yeux louches et d'un bleu malsain.

— Il a *gourcoulé* trop tôt, ce *birbanche* de malheur, dit Criblard ; ça gêne nos combinaisons.

— Bast ! on s'en tirera tout de même ! dit Jonquille... Pas de pipelet dans la maison, pas d'aut's locataires que Bibi et la mère Trémouillat du premier, qu'est aveug'... Allons-y gaiement.

— Hum ! dit le Hulan, en blein chur, ça n'être bas gommode.

— Tais-toi, Bismarck, dit Jonquille. J'ai remarqué que les coups faits en plein jour étaient plus rarement découverts que les autres.

Joinquille avait raison ; le Hulan et Criblard approuvèrent. Cependant on frappa à la porte. Pitrasse entra, suivi du prince Bolstoï, en habit noir et pardessus gris, prêt à aller dîner dans le monde — portant pour seule arme un petit bambou à pomme d'argent.

— C'est ici, mon bon monsieur, dit Pitrasse.

Bolstoï entra, ôta son chapeau, s'approcha du lit de Samoïloff, sans faire attention à Jonquille et aux autres, et dit :

— Pauvre homme ! il est mort : j'aurais dû venir plus tôt.

Ses yeux se dirigèrent vers la table boiteuse où était une bouteille d'eau-de-vie à peu près vide.

— C'eût été inutile, dit-il mélancoliquement.

Il fit un signe de croix sur le front du mort et dit :

— Que Dieu ait son âme !

Il se retourna.

Criblard, Jonquille, Pitrasse et Prusco l'entouraient, l'air déjà menaçant.

— Ah ! ah !... je vous reconnais, dit le prince à Jonquille ; c'est vous que j'ai eu le regret de jeter dans le canal Saint-Martin. Ça ne vous a pas trop enrhumé, mon garçon ?

Criblard tira un revolver de sa poche et le dirigea sur le front du prince.

— Pas un geste et pas un cri, dit-il, ou vous êtes mort... Vous avez de l'argent sur vous, donnez-le et je vous tiens quitte de mon bain.

Le prince haussa les épaules et répondit :

— Je ne vous donnerai rien ; ce serait lâche et immoral... de plus, ce serait bête. Vous ne me laisseriez pas sortir vivant d'ici, une fois mes poches vides.

— Alors, dit Criblard, monseigneur préfère qu'on lui fasse son affaire d'abord ?

— Vous ne me ferez pas mon affaire, car j'ai un coup à vous proposer... et un coup bien meilleur que celui que vous avez machiné auprès du lit de mort de ce pauvre homme.

— Hein?... fit le quatuor stupéfait...

— Commencez par abaisser votre revolver, mon ami, reprit le prince en s'adressant à Criblard. Ce n'est pas qu'il me gêne, mais vous vous fatiguez le bras et j'en aurai besoin. Je reprends. Savez-vous combien j'ai dans ma poche? Vingt-cinq louis. Une misère! Je ne vous crois pas si sots, que de risquer votre tête pour si peu. Voulez-vous gagner vingt-cinq mille francs chacun?

Instinctivement les quatre gredins reculèrent.

— Monseigneur nous fait celui de se moquer de nous? dit Jonquille.

— Pas du tout, dit froidement le prince. Avez-vous entendu parler d'un vieux gredin, beaucoup plus gredin que vous, qui se nomme Gianidracchi?

— Giani?... s'écria Criblard. Oui, on lui vendait des choses, autrefois... Au jour d'aujourd'hui, il est dans la haute, encore plus que Bégoche...

— Eh bien, reprit Bolstoï, ce vieux coquin a eu sa possession des lettres *qu'il me faut.* Si nous trouvons ensemble le moyen de les lui faire restituer, je vous donne vingt-cinq mille francs à chacun. Après le coup si vous ne vivez pas honnêtement, ce sera votre faute.

— Est-ce que c'est sérieux? demanda Jonquille.

— Regardez-moi tous les quatre, dit le prince, là, entre les deux yeux: ai-je l'air de quelqu'un qui plaisante ou qui serait capable de s'abaisser à un mensonge ou à une trahison?

Le regard du prince était superbe. Ils furent subjugés.

— Ça peut se faire, dit Jonquille.

— Es-tu fort?... demanda le prince.

— Assez!...

— Serre un peu mon poignet.

Jonquille prit la main du prince.

— Serre-donc!... cria Bolstoï.

Jonquille serra... mais poussa un cri:

— Vous êtes trop fort pour moi, monseigneur, dit-il.

— N'importe, tu as assez de poigne pour la besogne que je veux te donner. Où te reverrai-je?

— Demain, à deux heures, square Saint-Jacques. Je sais où demeure le vieux. Au revoir, monseigneur.

Bolstoï sortit après avoir annoncé qu'il veillerait à ce que Samoïloff eût un enterrement convenable.

Le vieux Gianidracchi habitait seul sa petite maison, n'ayant pour le servir que son ancienne servante et son ancien commis. Ce dernier ne couchait pas chez lui et ne venait que le jour. Gianidracchi n'avait point peur des voleurs; car, au su de tout le monde, il ne gardait jamais chez lui que l'argent strictement nécessaire à son modeste ménage.

Quand elle se réveilla un jeune homme se tenait debout devant elle. (Page 255).

Ce soir-là — deux jours après la visite du prince Bolstoï — l'affreux bonhomme se déshabillait paisiblement au pied de son lit après avoir jeté un coup d'œil de connaisseur à deux ou trois beaux objets d'art ancien qui ornaient seuls sa chambre à coucher fort simple.

— Hé, hé!... murmurait-il — dans ce jargon franco-italien qu'il avait adopté même pour ses *à parte* — quand il eut mis sa robe de chambre, cé bon moussé lé marquis, il va sans doute rétrouver ses nobles ancêtres... Allons, cé cer comte d'Arrabengoa, il va dévénir l'huroux époux de la belle princesse...

Et Gianidracchi il aura son pétit million... ounn pétit million, il né séra pas mauvais à azouter aux autres gagnés dans mon pétit commerce... et dans l'entreprise dé cé bon baron Van der Witt, mon aimable gendre. Per ézemple, zé crois qué z'ai bien fait dé réaliser mes pétits bénéfices au « Crédit Babylonien »...

La grosse banque, elle commence a le battre en brèce et... Allons, couce-toi, bon Gianidracchi, couce-toi et dors comme oun brave homme qué sa conscience il est tranquille...

A ce moment, le vieux coquin entendit un bruit étrange, une sorte de gémissement dans la chambre où couchait sa vieille servante... chambre située juste sous la sienne.

— Hé!... qu'est-ce que c'est? se demanda-t-il Baï! la vieille elle a lé caucemar ; sans doute, son conscience il n'est pas tranquille...

Gianidracchi avait ôté sa robe de chambre et se disposait à écarter ses draps, quand la porte de sa chambre s'ouvrit après un bruit sec, comme si elle avait été crochetée.

Un homme, la figure couverte d'un masque de papier noir, était sur le seuil, un revolver à la main, et il visait le vieux misérable :

— Ne bouge pas, ou je fais feu! dit il.

Trois autres hommes, également masqués de noir, venaient d'entrer.

Gianidracchi, éperdu de peur, tremblait de tous ses membres, mouillant de sueur la longue chemise qui seule couvrait son vieux corps émacié.

Tout à coup, un jeune homme élégamment vêtu, et sans masque, apparut parmi les quatre terribles intrus.

Gianidracchi reconnut immédiatement le prince Nicolas Bolstoï.

— Comment! c'est vous, mon prince, dit le vieillard comme rassuré. Permettez-moi de faire osserver à Votre Essélence qui cette pétite plaisanterie, il n'est pas d'oun goût bien pour!...

— Ce n'est pas une plaisanterie, signor Gianidracchi, dit le prince en fixant sur le vieillard un regard qui n'avait rien de rassurant. Nous sommes entrés chez vous avec escalade et effraction ; nous avons bâillonné votre servante, sans lui faire aucun mal, d'ailleurs, et je compte l'indemniser grassement ; quant à vous, écoutez-moi bien : vous détenez des lettres, écrites par une personne qu'il est inutile de vous mieux désigner, à un gredin nommé Roger Bugloz. Je veux ces lettres!

Gianidracchi fit mine de se diriger vers la fenêtre, mais quatre canons de revolver lui firent autour de la tête comme une couronne funèbre. Le prince restait les bras croisés, le regardant fixement.

— Eh bien, dit-il, ces lettres?...

Gianidracchi se mit à pleurer.

— Ma ché... ma ché... dit-il, zé né sais soulament pas cé qu'il veut dire, Votre Essélence...

Bolstoï fit à Jonquille un geste accompagné d'un regard où le « Cosaque » se révélait.

Jonquille tira une corde de sa poche et s'approcha de Gianidracchi.

— San Gennaro ! s'écria le vieux coquin, secoué d'un tremblement qui mettait en branle les bibelots sur les étagères, m'a cé oun rêve... Vis n'allez pas m'assassiner, zé pense ?

— Non, fit Bolstoï, mais vous exécuter tout simplement. Jamais, jamais, entendez-vous bien, jamais criminel ne mérita la mort comme vous la méritez. Il n'y a pas, dans l'histoire de la coquinerie humaine, un crime plus hideux et plus lâche que celui que vous avez machiné contre une honnête femme et la plus pure des jeunes filles : la loi vous atteindrait, mais pas en proportion de votre culpabilité ; il me plaît de la braver pour venger ce qu'elle serait impuissante à venger. Vous allez me livrer les lettres que je vous demande ou vous allez mourir.

— Au sec... hurla Gianidracchi.

Il ne put achever : Criblard, Pitrasse et le Hulan l'avaient assis dans son fauteuil, la bouche solidement bâillonnée.

— Faites ! dit le prince à Jonquille.

Jonquille ligotta les doigts du misérable et serra de toute sa force. Gianidracchi fit un soubresaut, les yeux s'injectèrent, le sang vint à ses ongles.

— Voulez-vous obéir ? demanda le prince, toujours impassible.

Gianidracchi fit signe que oui.

On ôta son bâillon.

— Où sont ces lettres ? demanda le prince.

— Jé né sais pas...

Jonquille serra de nouveau ; mais, en même temps, Pitrasse et le Hulan tamponnaient la bouche du hideux vieillard.

— Voulez-vous obéir ? reprit le prince.

Gianidracchi fit un nouveau signe.

— Essélence, dit-il alors d'une voix lamentable, comment oun gentilhomme a-t-il lé courage dé toturer oun *povero vecchio* comme moi.

— Comment avez-vous le courage de torturer deux femmes ? répondit froidement Bolstoï...

— Grâce ! murmura Gianidracchi...

— Je ne vous ferai pas grâce reprit Bolstoï ; mais il me répugne de vous faire souffrir davantage : donnez-moi ces lettres, ou je jure Dieu que ce n'est plus le poignet qu'on vous serrera... c'est la gorge.

Gianidracchi jeta un regard désespéré sur la figure du jeune prince : il aurait voulu croire encore à une horrible mystification, mais l'œil de Bolstoï était terrible, sans expression violente cependant. La nature sauvage du Cosaque avait pris le dessus. Le Scythe farouche remplaçait le Slave mystique. Gianidracchi se sentit perdu.

— Essélence, dit-il, zé vais vis douner ces lettres... ma laissez-moi vis espliquer...

— Oh! pas un mot! dit le prince. Ces lettres et voilà tout!

Terrifié, le vieillard se leva, marcha, toujours suivi des quatre canons de revolver jusqu'à la cheminée, toucha le chambranle, ouvrit une cachette, prit un paquet de lettres et les remit à Bolstoï.

Le prince défit la faveur qui liait le paquet et regarda l'écriture.

— C'est cela, dit-il, je sais que vous pouvez les avoir fait autographier ou copier; mais, ajouta-t-il avec un sourire, ça n'est pas du tout la même chose, n'est-ce pas, signor Gianidracchi?... Et maintenant, honnête homme, allez porter plainte si cela vous plaît: si nous comparaissons tous deux devant la justice française, nous verrons lequel fera la meilleure figure.

Bolstoï sortit avec ses quatre complices... Gianidracchi restait sur son fauteuil comme frappé de la foudre.

Le lendemain de cet exploit magnifique et insensé, le jeune Russe courait à Arcueil et se rendait chez la princesse.

Il accourait, l'âme débordant de joie; mais une désespérante surprise l'attendait.

Amélia avait disparu pendant la nuit... Et on ne pouvait deviner ce qu'elle était devenue, d'autant qu'elle n'avait emporté aucun vêtement.

C'était le plus stupéfiant et le plus effrayant des mystères.

XV

LA MOUCHOTTE TUE LE VEAU GRAS.

Amélia, en apprenant la blessure de M. de Crozant, avait éprouvé un vif chagrin. Le soir, quand sa mère revint à Arcueil, apportant quelque espoir, et l'air sinon joyeux, au moins enfin consolé, Amélia, qui ne demandait qu'à voir les choses le plus favorablement possible, s'était retirée dans sa chambre avec un sentiment très doux, qui ressemblait a du bonheur.

Son habitude était de prendre avant de s'endormir, une tasse de tilleul froid aromatisé de fleur d'oranger. Ce soir-là elle trouva à son breuvage un goût bizarre, quelque peu amère. Elle y fit d'ailleurs peu d'attention et, après avoir dit sa prière, elle s'endormit d'un lourd sommeil.

Quand elle se réveilla, il faisait nuit noire autour d'elle, et elle en fut très surprise; car, n'aimant pas l'obscurité, elle laissait toujours ses volets ouverts. Rien ne lui était plus agréable que les gais rayons de l'aurore, frappant ses yeux à son réveil.

Instinctivement, elle allongea les bras et heurta un mur nu, froid, humide... Elle chercha la sonnette pour appeler la femme de chambre et ne la trouva pas : une odeur fade et ignoble remplissait ses narines, quelque chose passa rapidement sur ses pieds... ce pouvait être un rat ou une souris. Epouvantée, Amélia poussa un grand cri...

Un ricanement strident lui répondit ; une main tira des rideaux en face d'elle, et un jour douteux éclaira vaguement une grande pièce triste comme une cave, délabrée, meublée de quelques débris sordides.

Au milieu se tenait la Mouchotte.

Oui, c'était bien la Mouchotte, la Mouchotte plus hideuse que par le passé ; la Mouchotte avec ses énormes yeux égarés, sa bouche de bête fauve, ses guenilles infectes, sa férocité gouailleuse, son cynisme implacable.

— Eh bien, ma chérie, dit-elle, es-tu mieux maintenant ?... As-tu fait un bon somme ?... Ah ! tu as été malade pendant longtemps, bien malade, bien malade, tellement que tu ne t'es pas aperçue quand nous avons déménagé de Montmartre... Je ne sais pas tout ce que tu as rêvé pendant ta fièvre... Tu te croyais riche... tu appelais tes domestiques... Tu parlais à une belle princesse... Ah ! c'était rien farce !...

Et la Mouchotte éclata de rire sur nouveaux frais.

Amélia s'était crue d'abord en proie à un mauvais rêve. Peu à peu, le sentiment de la réalité lui était revenu. Elle était d'une nature énergique et son esprit avait une vivacité toute particulière. Elle se dit que, depuis longtemps, elle vivait entourée d'étranges secrets ; que sa marraine et elle avaient des ennemis puissants et mystérieux ; que deux des valets de la maison d'Arcueil lui inspiraient depuis longtemps une invincible défiance ; elle se souvint du goût bizarre de son tilleul de la veille et du lourd sommeil qui s'était subitement emparé d'elle. Elle eut un soupçon de ce qui avait dû se passer.

— Madame, dit-elle en jetant sur la Mouchotte un regard vif et ferme, je ne suis plus la pauvre petite fille d'il y a trois ans... J'ai été enlevée la nuit dernière par des traîtres et des malfaiteurs et conduite ici, chez vous ou du moins près de vous !... Mais ne croyez pas venir aisément à bout de votre ancienne victime. Donnez-moi mes habits et laissez-moi quitter ce grabat et retourner chez moi... ou prenez garde à vous !...

La Mouchotte se mit à battre des mains et à gambader comme une vieille guenon prise de folie.

— Ah ! vingt dieux de vingt dieux ! dit-elle, c'est c'te maudit fièv' qui te tient toujours... Attends, ma chérie... s'il faut te tirer un peu de sang pour te calmer, on t'en tirera...

Les yeux de l'horrible vieille avaient pris une telle expression qu'Amélia se recula jusqu'au mur, épouvantée.

— Ingrate ! continua la Mouchotte ; parler ainsi à c'te pauv' maman Mouchotte qui t'aime tant ! Eh ben oui, là, c'est vrai t'avais pas rêvé, c'est pouré d'bon que t'avais fichu le camp chez des gens de la haute, chez des rupins, chez des *boul' Germ'*, mais nous t'avons retrouvée, à c't' heure, nous ne te quitterons pas. Ah ! mais non ! Malheur que mes moyens me permettent pas cd' tuèr le veau gras en l'honneur de l'enfant prodigue... mais j'ai là un lapin de la mère Michel que j'ai tué à c' matin de dessus le toit et qu'en tiendra lieu tout de même... tu verras ça pour ton dîner : on dirait du veau ! aux petits oignons, ça sera un manger des dieux !

Et la Mouchotte se mit à danser, prise d'un véritable accès de folie méchante !

La colère et l'indignation suffoquaient Amélia. Surmontant sa terreur, elle s'élança du grabat en chemise, se jeta sur la Mouchotte, la repoussa et courut vers la porte, qu'elle ouvrit : il n'y avait devant elle qu'un boyau étroit, obscur, infect.

— Au secours ! cria-t-elle.

— Eh bé, quoi qui gn'a ? dit une voix enrouée. Et une apparition monstrueuse, plus effroyable que la Mouchotte elle-même, se dressa devant la pauvre enfant.

C'était un fort gaillard vêtu en cocher de fiacre, et dans lequel Amélia aurait pu reconnaître Zanzibar si ce misérable n'avait pas été récemment défiguré par un ulcère qui lui avait dévoré un œil, le nez et la lèvre supérieure.

A la vue de ce monstre, Amélia cacha sa figure dans ses mains et se recula jusqu'au grabat où la Mouchotte l'abattit d'un coup de poing.

La jeune fille se redressa et se mit à appeler à l'aide de toute sa force. Mais la Mouchotte et Zanzibar, crièrent plus fort qu'elle, comptant bien la décourager par cette cruelle parodie.

— Au secours ! au secours ! criait Amélia.

— Aux armes, citoyens !... formez vos bataillons ! vive la ligne !... hurlait Zanzibar, tandis que la Mouchotte, les poings sur les hanches et le nez au vent, lançait en tyrolienne le cri traditionnel :

— Ma botte d'asperges !... Ma botte d'asperges !...

Amélia comprit que ses cris seraient inutiles : elle se tut.

Zanzibar lui dit alors très doucement, montrant ses longues dents déchaussées et laissées à nu par l'ulcère de la lèvre :

— Voyez-vous, princesse, c'est pas la peine d'égosiller vos amours de petits poumons pour appeler à votre secours. Vous êtes ici dans un quartier retiré et tranquille, où nous n'avons que des amis et où la police ne pénètre guère... Et puis la maison est très sourde. Et maintenant, princesse, comme malgré tout il vaut mieux vous faire perdre l'habitude de pousser des cris de merlusine, je vais me permettre de vous affliger une légère correction.

Zanzibar s'empara d'un nerf de bœuf ; mais la Mouchotte s'élança vers lui.

— Non ! moi, moi, dit-elle... Tiens-la, toi ; c'est moi qui vais travailler.

Malgré son courage, Amélia se sentit défaillir.

— Grâce ! dit-elle.

— Soit, dit la Mouchotte, nous te faisons grâce, pour cette fois ; mais sois sage, ou ce qu'on t'a fait dans le temps à Montmartre n'est que de la Saint-Jean à côté de ce qu'on te fera ici.

Amélia restait anéantie, protégeant sa poitrine nue contre les dégoutantes œillades du lépreux, prise d'un tremblement qui devint bientôt une attaque de nerfs.

La pauvre enfant était dans un état déplorable, ses dents claquaient et ses mains se tordaient comme dans l'agonie.

La Mouchotte fut-elle émue d'une subite pitié ou obéissait-elle à des ordres mystérieux ?... Elle prit dans sa poche un élégant petit flacon et le porta sous les narines frissonnantes d'Amélia, qui se calma et s'endormit en quelques secondes.

XVI

UN SAUVEUR.

Quand elle se réveilla, elle se trouvait toujours dans son grabat au fond du bouge de la Mouchotte ; mais ni la Mouchotte ni Zanzibar n'étaient là. En revanche, un jeune homme délicieusement joli garçon et mis avec un *chic* suprême se tenait debout devant elle.

Dès que la jeune fille eut ouvert ses yeux effarés, il se découvrit et salua avec une respectueuse courtoisie :

— Me reconnaissez-vous, mademoiselle ? dit-il d'une voix douce et musicale.

Amélia n'eut pas de peine à reconnaître l'ex-Toto-Mes-Puces. Elle l'avait déjà vu et reconnu dans Paris, sachant qu'il s'appelait, maintenant, M. Louis Hérault et qu'il était attaché à la fortune de Van der Witt, mais ignorant quels bruits affreux couraient sur une prétendue liaison d'elle avec lui...

— Oui, monsieur, je vous reconnais, dit sèchement Amélia.

— Il est tout naturel, mademoiselle, que vous me voyiez sous un jour défavorable, reprit Louis. Vous m'avez connu dans une bien mauvaise période de ma jeunesse ; mais je vous jure que je ne suis plus le même et que, si vous me connaissiez maintenant, vous n'hésiteriez pas à écouter avec bienveillance ce que je tiens à vous dire, avec un profond sentiment de douleur et de respect.

De prime abord, la présence de Louis Hérault avait effrayé Amélia presque autant que celle de la Mouchotte et de Zanzibar ; mais elle n'avait jamais su à quel point ce misérable avait mérité l'exécration de tous. Elle ne se souvenait que de sa déclaration d'amour, si mal orthographiée, mais en somme plus comique qu'odieuse. Et puis il était si beau, si élégant, il semblait si doux avec ses longues paupières baissées sur ses yeux bleus, que la malheureuse enfant éprouva un plaisir relatif à le voir près d'elle.

— J'ai eu une enfance bien orageuse, ou plutôt bien coupable, mademoiselle, fit Louis, les cils humides, car il avait le don précieux des larmes volontaires, mais, ma pauvre mère, que j'ai eu la douleur de perdre, il y a trois ans, m'a béni en mourant, et sa bénédiction m'a transformé. Je me suis souvenu que j'étais le fils d'un gentilhomme et d'un brave officier ; je voulais m'engager, mais la délicatesse de ma constitution m'en a empêché et puis il n'y a pas de guerre à présent, la France n'est pas en péril !... Il me fallait du travail, n'importe lequel... J'ai eu le courage d'accepter d'abord des fonctions serviles, dans un grand cercle de Paris : j'en ai du reste été récompensé, car cela m'a procuré la connaissance d'hommes considérables, qui m'ont trouvé un travail plus noble et qui m'ont poussé dans le monde. Aujourd'hui, je suis riche... et je serais le plus heureux des hommes, si je n'avais pas deux grands sujets de douleur.

Louis Hérault prit un petit mouchoir de batiste, le passa doucement sur ses yeux rougis et continua.

— C'est ma sœur d'abord, dit-il, ma pauvre sœur, qui a disparu et qui mène loin de moi une vie indigne du nom qu'elle porte..., et puis c'est... c'est vous, mademoiselle.

— Moi ? s'écria Amélia.

— Oui, vous. Oh ! écoutez-moi avec patience, vous n'aurez pas à vous en repentir. Quand nous étions encore enfants tous les deux, je me suis permis de vous dire que je vous aimais ; vous étiez, alors comme aujourd'hui, sous la dépendance de cette abominable femme qu'on nomme la Mouchotte... Oh ! ne niez pas... c'est bien vous qu'on appelait Nounouche... et ne vous indignez pas, je ne me permettrai plus de vous dire que je vous aime. Maintenant, ce serait un manque de respect dont Louis Hérault de Fazeuil est incapable ; mais, vous souffrirez peut-être que je vous dise que j'ai pour vous un culte réellement religieux, un dévouement sans borne, et que je souffre de vos malheurs plus que je ne souffrirais des miens... Vous avez été enlevée de chez Mme la princesse de Woutremont par ordre d'un ennemi puissant, mademoiselle... et je vais vous le nommer. C'est le soi-disant comte d'Arrabengoa, de son vrai nom Chavigny !

— Ah ! s'écria la malheureuse fille, je m'en doutais !...

— Chavigny a voulu vous séparer de Mme de Woutremont, mademoiselle, vous garder seule en son pouvoir, et malheureusement Mme de Woutremont ne peut plus rien pour vous, car vous ne lui êtes rien, elle a trompé le monde en vous présentant comme sa filleule et sa pupille ; celui qu'elle a désigné

« Coucou ! Qui est là ? » (Page 262.)

comme votre père n'a jamais eu d'enfant, et c'était pour avoir quelqu'un près
d'elle qu'elle vous avait fait passer pour sa parente.

— Mais qui suis-je donc, moi ?...

— Je le sais, mademoiselle, mais souffrez que je ne vous le dise pas encore...
la désillusion serait trop cruelle.

— N'importe, la princesse ne m'abandonnera pas.

— Elle vous a déjà abandonnée, mademoiselle ; elle ignore où vous êtes...

— Mais de grâce, monsieur, allez le lui dire...

Son Altesse Nounouche   33

— Hélas ! c'est impossible ; elle est partie pour l'Angleterre pour y épouser Chavigny...

— Elle a pu oublier M. de Crozant ?

— M. de Crozant est mort hier de sa blessure !...

Amélia se sentait défaillir ; mais elle fit un effort surhumain pour surmonter son émotion.

— Monsieur, dit-elle, si vous avez de l'affection pour moi, rien ne vous empêche de me tirer d'ici. J'ai des amis puissants ; soyez assez bon pour aller chez Mme la marquise de Guabriac.

Louis secoua mélancoliquement la tête.

— Ce sera inutile, dit-il, Mme la marquise de Guabriac ne fera rien pour la *prétendue* filleule d'une femme qu'elle ne veut plus jamais revoir.

— Eh bien, allez chez le prince Nicolas Bolstoï.

Un éclair passa dans les yeux de Louis ; mais Amélia ne le vit pas.

— Le prince Nicolas Bolstoï a été tué en duel par le chevalier d'Etchalar, l'ami et l'âme damnée de Chavigny.

— Ah ! ce n'est pas vrai ! Vous mentez ! vous mentez ! s'écria la jeune fille, s'asseyant brusquement sur son lit, sans faire attention qu'elle livrait sa poitrine d'albâtre aux regards de Louis.

— Hélas ! mademoiselle, ce n'est que trop vrai, reprit le misérable ; et, aujourd'hui même, vous en aurez la preuve.

— Mais, au nom du ciel, comment avez-vous su que j'étais ici ?...

— Je vous en instruirai plus tard, mademoiselle ; qu'il vous suffise de savoir que je viens pour vous sauver et que je brave la mort pour cela. J'ai gagné la Mouchotte et son complice à prix d'or : je vais vous faire apporter des vêtements convenables, nous partirons ensemble, mais en secret, car si l'on vous voyait, vous seriez perdue : une fois hors de danger, je ne vous demanderai pas de répondre à mon amour... mais... mais...

Attiré, fasciné par la beauté qu'Amélia lui révélait inconsciemment, Louis balbutiait et laissait voir le regard atroce de ses jolis yeux couleur de pervenche. Amélia était trop intelligente pour ne point s'être méfiée tout d'abord du jeune misérable. Cependant elle hésitait encore...

Mais les regards du Louis Hérault furent une révélation : elle ramena d'un geste rapide la couverture sur sa poitrine et s'écria d'une voix énergique :

— Je vous répète que vous mentez, monsieur ; le prince Bolstoï n'est pas mort ; ma marraine n'est pas partie pour épouser M. d'Arrabengoa, je m'appelle véritablement Amélia Quintiliani... J'ignore qui m'a fait enlever... c'est sans doute ce M. d'Arrabengoa... Mais, voulez-vous que je vous dise ? Vous êtes son complice... et j'aime mieux rester avec la Mouchotte que d'aller avec vous !...

Le sang affluait aux joues de la jeune fille, ses yeux lançaient des éclairs, ses lèvres frémissaient, ses longs cheveux s'éparpillaient autour d'el'e, sur la chair nue qu'elle essayait en vain de cacher.

Elle était superbe ainsi : Louis dans toute la fougue de l'âge et dont la corruption précoce n'avait pas éteint l'ardeur junévile, perdit subitement la tête.

— Ah ! Nounouche, s'écria-t-il, comme tu es belle et comme je t'aime !...

— Laissez-moi, cria la jeune fille ; lâche ! lâche que vous êtes !... A moi !... au secours !...

Elle labourait la face du misérable avec ses ongles. Le désespoir décuplait ses forces, elle le repoussa si violemment qu'il tomba à la renverse.

Alors il se releva en pleurant — tout de bon, cette fois. Maintenant, il suppliait, il demandait pardon. C'est lui qui implorait sa grâce. On pouvait bien l'écouter... il parlerait tranquillement... il avait eu un moment d'oubli... c'était bien excusable, à son âge... Au surplus, tout ce qu'il avait dit était vrai... il ne pouvait pas en dire davantage... mais il dirait tout plus tard... Pour le moment, l'important était de s'enfuir... Il adorait Mlle Amélia, mais il attendrait qu'elle voulût bien répondre à son amour. Pourquoi n'y répondrait-elle pas ? Sa fortune était bien à lui, il l'avait gagnée par son travail ; il s'appelait Louis de Fazeuil.

Le coquin sanglotait ; il s'était assis sur une chaise boiteuse et s'épongeait le front et les yeux avec son mouchoir devenu grisâtre. L'amour avait rendu ce joli scélérat amèrement ridicule.

Amélia le regardait un peu adoucie, inconsciemment un peu narquoise. Sa nature très féminine lui inspirait l'idée qu'elle eût mieux fait de profiter de la passion évidemment sincère, de ce misérable pour sortir du bouge de la Mouchotte... quitte à se délivrer ensuite de Louis le plus vite et le plus ingénieusement possible.

C'était l'annonce de la mort de Bolstoï qui avait exalté Amélia au point de lui faire perdre l'instinct de ruse inné chez toutes les femmes et très vivant chez les plus innocentes.

— Dites la vérité, s'écriait-elle tout à coup ; le prince Bolstoï est-il mort ?

— Non... oui... je ne sais pas... vous l'aimez donc bien ?...

Amélia triomphait malgré son désespoir.

Elle sentait bien qu'à présent elle dominait le misérable.

— Si vous m'aimez, dit-elle, laissez-moi en repos, au moins aujourd'hui...

— Soit... je reviendrai... demain...

— Demain, si vous voulez.

— Je vous en prie, ne me laissez pas partir désespéré ; dites-moi que vous m'aimerez peut-être un jour.

— Qui sait !...

— Alors, vous me permettez... de vous sauver.

— Oui... à demain.

— A demain.

Louis envoya un baiser à la jeune fille et s'élança dehors.

Zanzibar et la Mouchotte l'attendaient dans le couloir.

— Eh-bien ? demanda le lépreux.

— ... Parbleu ! répondit Louis, en arrangeant sa cravate.

— Alors vous allez partir ?...

— Demain !...

Louis sortit et, quittant la rue des Anglais — car c'est dans cet horrible quartier que se trouvait le repaire de la Mouchotte — se dirigea vers chez lui.

Amélia, restée seule, se leva vivement et chercha quelques habits : il n'y en avait aucun dans le bouge. Dans un coin, sur un tas de détritus, elle vit un long débris de verre, pointu comme un stylet. Elle le regarda un instant, le prit, le mit sous son traversin et se recoucha.

XVII

Toto, homme a bonnes fortunes.

Louis Hérault habitait un charmant rez-de-chaussée de la rue Saint-Georges, tout près du somptueux hôtel de son patron, le baron Van der Witt, hôtel situé rue d'Aumale.

Le jeune drôle avait acquis le goût « parisien » avec la fortune, l'orthographe et une magnifique recrudescence d'audace.

On entrait chez lui par une antichambre gentiment décorée de bibelots japonais ; puis, dans un petit salon tendu et drapé de nacarat, où l'on remarquait un bahut d'ébène incrusté d'argent et de nacre, et des meubles de satin noir richement brodés de soie rouge ; sa chambre à coucher était une vraie chambre de fille : toute tendue de peluche réséda, encombrée de raretés bêtes et coûteuses, avec un grand lit de milieu en bois laqué blanc à filets roses, et une jolie peinture de Bernard Duconseil, représentant un femme nue qui essaye un loup de velours rouge devant une psyché.

A son retour de la rue des Anglais, Louis se jeta sur un pouf et se mit à crier :

— Tom !...

Tom (ci-devant *Kiki*) accourut :

— Monsieur a appelé ? demanda-t-il.

— Naturellement, imbécile, puisque tu es venu. Tiens, prends mes gants, ma canne et mon chapeau, et donne-moi à boire.

— Qu'est-ce que monsieur veut boire ?

— Du plomb fondu, animal!...

Tom avait bien envie de faire remarquer combien sa question était naturelle et combien la réponse de « monsieur » était absurde et discourtoise, mais « monsieur » avait l'air si mal disposé qu'il n'osa pas.

— Donne-moi un verre d'eau avec du jus de citron... et porte-moi le citron ici... je n'ai pas envie que tu le presses de tes sales pattes de voyou!

Tom sortit et revint un instant après avec un citron et un verre d'eau sur une assiette.

Louis goûta l'eau.

— Tu appelles ça de l'eau fraîche, tête de pioche?... cria-t-il.

— Mais, monsieur.

— C'est ça que tu veux que je boive en plein mois de juin, espèce d'âne!...

Et Louis jeta le contenu du verre à la figure de Tom, qui se secoua comme un chien mouillé.

— Si tu n'étais que voleur! reprit l'irascible *dandy;* mais tu es bête comme tes pieds... Allons, tire-les, tes pieds; je t'ai assez vu.

Tom se retira en murmurant:

— Ça veut faire le gentilhomme et voilà comme ça parle; ah malheur!...

Louis, resté seul, se mit à rêver.

L'enlèvement de la pauvre Amélia avait été exécuté avec une habileté merveilleuse et par des moyens extrêmement simples.

On sait que Marembal dit « Frétille », et Garrigou, dit « Lagardère » étaient entrés comme domestiques chez la princesse de Woutremont, pour servir les intérêts de leur patron. Comment Louis avait-il pu les placer dans une si bonne maison?... Tout simplement en soudoyant un habile directeur de bureau de placement, chez qui il savait que la princesse avait fait des démarches. Du reste, Marembal et Lagardère étaient des jeunes gens de mine très avenante et de manières très respectueuses; sous les noms de Claude Maréchal et de Bastien Bonnafoux, ils prirent la livrée de la princesse et se montrèrent serviteurs aussi zélés qu'intelligents.

Le soir de l'enlèvement, « Bastien » qui était du dernier bien avec Mlle Ernestine, femme de chambre d'Amélia, n'avait pas eu la moindre difficulté à détourner son attention et à mêler un narcotique au tilleul de « mademoiselle ».

Une fois la princesse, Amélia et tous les gens de la maison endormis, « Bastien » et « Claude » s'étaient introduits dans la chambre de la jeune fille, l'avaient enveloppée dans une couverture et descendue au jardin. Une petite porte que la princesse croyait condamnée, mais qu'on avait secrètement rendue à son usage depuis deux jours, s'ouvrait sur la campagne où Zanzibar attendait avec un fiacre.

Peu de temps après, Amélia toujours endormie, était déposée sur le grabat de la Mouchotte, dans l'infâme repaire de la rue des Anglais.

— Le coup a été supérieurement exécuté, se disait Louis; mais, moi, j'ai mal joué mon rôle... J'ai été vraiment au-dessous de tout. Pourquoi me suis-je emballé!... il fallait jouer serré et convaincre, peu à peu cette petite... qui, décidément, n'est pas bête!... ou alors, perdant la tête, il fallait aller jusqu'au bout. Elle a de la poigne, mais j'en ai plus qu'elle!... Je n'ai pas osé, voilà ; je n'ai pas osé... j'en suis trop amoureux... Ah! si je pouvais maintenant trouver « M. le Comte » et lui dire: « Vous cherchez Amélia? Eh bien, moi, je sais où elle est, mon gentilhomme; elle est dans un bouge, et elle a été à moi... Maintenant, voyez si S. Exc. le prince Bolstoï voudra encore d'elle, si vous aurez le toupet de me dénoncer à la police... ou si vous préférez, tout simplement donner Mlle Amélia... Je-ne-sais-qui... à M. Louis Hérault de Fazeuil!... Enfin, nous verrons demain.... Peuh! demain, ce sera la même chose... encore des grimaces... Et je serai ridicule comme aujourd'hui; car, il n'y a pas à me le dissimuler, j'ai été ridicule...

Louis était tellement absorbé, qu'il n'entendit pas la porte du salon s'ouvrir. Une jeune et jolie femme venait d'entrer et lui mit ses deux mains sur les yeux.

— Coucou! qui est-là? dit-elle.

— Flûte!... répondit Louis, chez qui le petit voyou parisien reparaissait plus souvent qu'il n'eût fallu.

— Ah! tu n'es pas aimable, mon *loulou*, dit la belle baronne Van der Witt, car c'était elle-même; si c'est comme ça que tu reçois ta Fiammina...

Louis se leva brusquement.

Il y avait déjà quelque temps qu'il avait assez de la belle Fiammina. Il s'était servi du caprice de l'ex-danseuse pour se fourrer dans la maison Van der Witt et faire sa pelote; mais à présent sa pelotte était faite et il n'ignorait pas, ce que l'ensemble de Paris ignorait encore, que le Crédit Babylonien, jusqu'alors si prospère, menaçait ruine, déjà secrètement atteint par les sapes de la haute banque.

— Ah! çà, dit-il d'une voix furieuse, est-ce que vous n'allez pas me fich' la paix, vous?...

Fiammina tomba dans un fauteuil et se mit à sangloter.

— Oh ! Loulou dit-elle, prise d'une suffocation d'enfant; moi qui t'apportais un si joli petit chien !

En effet, un amour de petit havanais, blanc et brillant comme de l'argent, le cou entouré d'une petite faveur lilas, gambadait dans le salon et vint se frotter aux jambes de Louis.

— Veux-tu te sauver, sale bête! cria Louis, en donnant au pauvre petit chien un coup de pied qui l'envoya « dinguer » au bout du salon.

— Ah! c'est trop fort!... dit Fiammina dont les sanglots redoublèrent.

Depuis quelques jours, Louis avait manifesté le désir d'avoir un petit chien havanais, et l'ex-danseuse s'était donné une peine du diable pour lui en trouver un tout à fait joli. Elle arrivait tout heureuse, s'attendant à des remerciments bien sentis... et voilà comme on la recevait!

— Viens ici, viens, Froll; viens, mon chéri, viens, la fifille à sa mère, dit-elle, en prenant dans ses bras le havanais, qui poussait des cris lamentables.

Louis, comprenant que sa mauvaise humeur et ses inquiétudes l'avaient mené trop loin, allait sans doute s'excuser, quand la porte s'ouvrit et Fanny Meuilhard entra, toute sautillante.

— Bonjour, *Lovis!* dit-elle...

Elle s'arrêta brusquement en apercevant Fiammina, qui eut l'air fort contrarié et cessa immédiatement de pleurer.

— Ah! mille pardons, madame la baronne, dit Fanny en pinçant les syllabes à l'anglaise selon sa coutume quand elle voulait avoir l'air distingué. Je suis désolée, croyez-moi, de troubler votre tête-à-tête.

— Vous ne le troublez pas, madame, répondit Fiammina en lui adressant une révérence classique, que Mme Mérauté eût approuvée; je suis ravie de vous voir, au contraire... il est toujours agréable de se trouver en présence d'une grande artiste.

Fanny fit, à son tour, une révérence qu'eût approuvée M. Febvre et dit, toujours avec son accent anglais de cérémonie:

— C'est vous qui méritez ce titre, Madame!

Louis maudissait *in petto* cet imbécile de Tom, grâce à qui on entrait chez lui comme dans un moulin. Mais la jalousie contenue et secrètement rageuse de ses deux... admiratrices lui causait une satisfaction qu'il avait peine à contenir, malgré son trouble moral.

— Oh! reprit Fiammina, moi, je n'appartiens plus au monde des arts... mais ma qualité de femme du monde ne m'a point fait oublier que j'y ai appartenu.

Fanny se mordit la lèvre inférieure.

— Femme du monde! dit-elle; ah! oui, c'est juste... femme du monde!...

— Eh bien, quoi? répliqua Fiammina, devenue très rouge, femme du monde, sans doute... Je pense que ce titre peut bien être attribué à la femme légitime du baron Van der Witt.

— Le baron, ah! oui le bâââron!... fit l'actrice avec une ironie évidente.

Fiammina devint pourpre, plaça le petit chien sur un fauteuil et croisa les bras.

— Peut-être serait-il moins convenable de le donner, ce titre-là, madame, à la maîtresse d'un *rastaquouère*, qui sort on ne sait d'où! (Fiammina n'était pas dans la confidence de la grande intrigue menée par M. son père.)

Fanny se redressa sous ce coup de boutoir. Elle abandonna l'accent anglais, mit ses mains sur ses hanches et, malgré elle, se souvint qu'elle était née faubourienne.

— Ben, vrai, dit-elle, on sait d'où il sort, M. le bâââron... il y a même des gens qui se souviennent de l'avoir vu vendre des contremarques devant le théâtre de la Monnaie...

— C'est faux ! cria Fiammina.

— C'est vrai !... Depuis, il a été employé chez un armateur de Rotterdam, et chassé pour... pour...

— Pour quoi ?...

— Je le dirai, puisque vous le voulez... pour vol !... Van der Witt, le bâââron Van der Witt, connu, ma belle : il ne vaut pas mieux que ton père, le plus filou des usuriers de Paris avant cette flibusterie du Crédit Babylonien.

— Cette flibusterie !... Est-ce que ton *type* du Brésil aurait un sou dans cette fliblusterie ?... Et ton frère Totole, n'a-t-il pas été trop heureux de gagner quelques sous chez mon mari ?

— Anatole n'a pas besoin de toi pour vivre... il ne restera pas longtemps chez vous, va, ma biche : sa plume lui suffira.

— Sa plume ! non, mais je me tors !... la plume de Totole !... Avec ça qu'ils ont des plumes ces oiseaux-là... des écailles, oui !...

Fanny bondit sous l'injure, et un magnifique crépage de chignons allait sans doute succéder à cette discussion peu parlementaire, quand Tom entra tout effaré...

— Monsieur le baron, dit-il, voici la voiture de M. le baron...

— Mon mari !... Zut !... je suis fichue, s'écria Fiammina tout effarée ; depuis quelque temps, il n'est plus le même, il s'est mis à être jaloux.

En effet, un changement fâcheux se produisait dans le caractère de Van der Witt : sa fatuité sereine avait fait place à une inquiétude agressive... Evidemment, l'état menacé de ses affaires financières influait sur l'esprit de cet honnête homme.

— Cachez-vous, cachez-vous !... fit Louis avec empressement.

— Mais où ?... où ?... où ?...

Tom venait d'ouvrir la salle à manger, une pièce minuscule, où Louis déjeunait quelquefois, mais fort rarement.

Fanny, oubliant son chaud attrapage de tout à l'heure, poussa vivement son ennemie dans la salle à manger, puis dans une sorte de placard dont elle renferma la porte... après quoi elle rentra au salon, où le baron venait de s'asseoir.

— Tiens, mademoiselle Meuilhard, dit Van der Witt en se levant pour saluer l' « étoile »... Ah ! vous savez, je le dirai au chevalier...

— C'est en tout bien tout honneur, monsieur le baron, dit Louis en faisant des mines.

— Je n'en doute pas, mon cher, reprit le baron ; madame voudra bien m'excuser si je vous emmème... Nous avons à causer de choses sérieuses.

— Faites donc, dit Fanny en se dirigeant vers la porte.

Le petit havanais, voyant qu'on ne s'occupait plus de lui, ce qui de tout temps a été fort désagréable aux chiens en général et aux havanais en particulier, s'était planté devant Van der Witt, auquel il adressait de vives observations en langue canine.

Fiammina se mirait dans les boutons de la livrée de Kiki. (Page 268).

Fanny le prit sous son bras.

— Viens, ma cocotte, dit-elle.

Et, sans plus de façon, elle l'enleva comme s'il lui eût appartenu de tout temps et sortit après avoir lancé un adieu très coquet à Louis et au baron.

— Allons, venez avec moi, je vous emmène dans ma voiture, dit Van der Witt à son subordonné.

Il avait l'air préoccupé et même fort soucieux. Sa grosse figure avait jauni, ses pupilles étaient dilatées; ses lèvres blanchâtres; son nez en massue paraissait plus incliné vers la terre que de coutume et ses mains semblaient vouloir se faire plus petites pour rentrer complètement dans ses manchettes.

Louis se doutait bien de ce que lui voulait son « patron ». Depuis longtemps, Van der Witt le chargeait de commissions ou de missions délicates, dont il s'acquittait avec prestesse et intelligence.

Louis, qui avait les relations les plus étendues avec la bohème folliculaire, petit monde où il trônait et faisait loi, excellait à obtenir, de tel ou tel personnage influent, dans telle ou telle feuille publique suffisamment vénale, des réclames, des notes rectificatives, des insertions de tout genre, utiles à ses entreprises financières.

Le « Crédit Babylonien » périclitant tout à coup, Van der Witt avait plus que jamais besoin de son petit « Mercure ».

Mais Louis ne pensait qu'à sa dangereuse intrigue personnelle. Il n'écoutait même pas le banquier, projetant de ne pas attendre au lendemain pour aller revoir Amélia...

En sortant, il lança un coup de pied à Tom, et lui dit à demi-voix :

— Tu avais bien besoin de laisser entrer tout ce monde, espèce de « vache ! ».

Appelez un brave ouvrier : voleur, assassin, escroc, souteneur, traître, parricide... il vous répondra des injures ou rira peut-être. Appelez-le « maladroit » il se jettera sur vous, essaiera de vous tuer, même si vous lui avez décoché cette épithète en forme de plaisanterie.

Cette susceptibilité semble illogique, elle est la logique même...

Schlütz dit *Kiki*, dit *Poturon*, dit *Tom*, avait patiemment souffert que son maître l'injuriât classiquement dans la langue de l'ancienne comédie.

Les qualificatifs de faquin, maroufle, sac-à-vin, n'avaient même pas effleuré son épiderme luxembourgeois ; les épithètes de voleur, idiot, imbécile, crapule, etc, etc., chatouillaient à peine le dit épiderme, fait, par ailleurs, aux coups de pied et aux nasardes : mais lorsque Louis Hérault, ci-devant Toto dit *Mes-Puces*, l'eut appelé « vache », Kiki déborda de haine et de fureur. Il résolut de se venger, mais rêva la plus atroce des vengeances ; et cette suceptibilité subite était dans l'ordre !...

L'ouvrier vit du travail de ses mains ; l'appeler « maladroit », c'est l'attaquer dans son existence même.

Le bandit n'a qu'un ennemi perpétuel, c'est l'agent de police.

Or, le mot de « vache » s'applique aux agents dans la langue de la pègre. Être surnommé « Mort-aux-Vaches » est le plus grand honneur que puisse obtenir un bandit parisien ; mais l'appeler « vache », c'est lui faire plus qu'une injure, c'est l'atteindre mortellement dans ce qu'il a de plus cher et de plus sacré. Un chevalier du treizième siècle, dont on brisait le bouclier en place publique, n'était pas plus humilié. Il fallait que Toto eût tout à fait perdu la tête pour qualifier de «vache» un de ses anciens complices!...

Lorsque la voiture du baron Van der Witt eut disparu, emportant Louis Hérault, Schlütz se mit à rire d'un rire féroce.

— Tu ne porteras pas ça en paradis, Mes-Puces, dit-il. Quand je devrais aller sur la place de la *Roquette* pour y éternuer dans la cuvette de la Camarde, je donnerai de tes nouvelles à M. le comte d'Arrabengoa.

Un bruit singulier interrompit les réflexions de Kiki. C'était quelque chose comme un gémissement. Le gros Luxembourgeois se souvint alors qu'on avait enfermé la pauvre Fiammina dans un placard et que tout le monde l'y avait oubliée. Quelques minutes s'étaient écoulées seulement, mais cela suffisait pour qu'elle étouffât.

— Mince!... dit Kiki qui se hâta d'aller ouvrir.

Fiammina, presque suffoquée, sortit et tomba sur un fauteuil.

— Ouf! dit-elle!... j'étouffais!... Est-il parti?

— Madame la baronne, dit Tom en reprenant sa physionomie officielle, M. le baron est parti avec monsieur.

— Et l'autre?

— Mlle Meuilhard? Partie aussi, avec le chien de madame la baronne.

— Pas gênée!... Enfin, elle en aura plus soin que ce gredin de Louis... Quel petit gueux, hein?...

— Oh! oui, madame la baronne!

— J'en suis tout à fait dégoûtée depuis que j'ai été enfermée dans ce placard. Ça sentait la sardine gâtée là-dedans, et il me semblait que ça venait de lui. Pouah! je ne pourrai plus le voir en peinture, maintenant.

— Madame la baronne a bigrement raison.

— Je n'ose pas encore rentrer chez moi; j'ai dit que j'allais dîner chez papa, à Neuilly, je comptais dîner avec cette gouape de Loulou... Le baron n'aurait qu'à revenir à l'hôtel, ça serait des questions à n'en plus finir... Je ne sais pas ce que j'ai, mon estomac fiche le camp.

L'ex-ballerine, avant d'être dans les grandeurs, ne dédaignait pas la fréquentation des machinistes de l'Opéra; elle avait pris en leur compagnie des manières libres et dégagées, qui reparaissaient à l'occasion, et, en l'espèce, mettaient Kiki fort à son aise.

— Mame la baronne, dit-il, veut-elle un petit verre de curaçao avec eun'larme de cognac et un peu d'suc'?... Tel euq'ça, pour vous r'fich' les boyaux d'équerre!...

— Si tu veux, répondit-elle sans sourciller.

Kiki prépara ce breuvage des dieux et, distraitement, se servit lui-même, après avoir servi Mme la baronne.

La belle Fiammina ne parut pas choquée du tout.

— A ta santé! dit-elle.

— A la vôtre! dit Kiki.

Fiammina regarda Tom et se mit à rire. La grosse figure blondasse et efféminée du drôle lui plaisait décidément.

— Tu n'es pas mal, dit-elle; tu ressembles à Cochard.

— Qui ça, Cochard?

— Un machiniste de l'Opéra que j'ai connu dans le temps. Gentil, mais une vadrouille; les premiers temps que j'étais avec Vander, n'avait-il pas le toupet de m'écrire... moi qui m'étais donné tant de peine pour conserver ma bonne réputation!...

— Et j'y ressemble?

— En plus gras. De quel pays es-tu?

— Du Luxembourg; mais je suis venu tout gosse à Paris.

— C'est comme moi. Je suis née à Naples, mais je suis venue à Paris toute gosseline.

— Tiens! nous sons presque pays, alors!...

— C'est bête, ce que tu dis là; mais c'est drôle!

La conversation devint de plus en plus intime. Fanny eut faim. Kiki parla d'un restant de pâté de Strasbourg. Il y avait aussi de quoi faire une salade. Au bout d'une heure, Fiammina se mirait dans les boutons de la livrée de Kiki...

Enfin, ils se quittèrent. Tom se hâta de se rendre rue de la Michodière, dans une sorte de *bar*, fréquenté surtout par les bookmakers.

Depuis pas mal de temps, Bégoche occupait une place importante dans la corporation des bookmakers. Avant de se lancer dans la «pègre», il avait été, comme on sait, garçon boucher. Un de ses frères servait chez un maquignon et, grâce à lui, il avait eu des relations avec la basse clique du *turf*. Délivré des mains indiscrètes de la justice, il avait repris ces précieuses relations. Profitant des conseils fraternels et d'une certaine disposition pour l'escroquerie, il avait réussi à mettre dedans quelques pauvres diables d'ouvriers férus de la manie des courses. Peu à peu il était devenu bookmaker; il baragouinait un peu d'anglais, son frère, le sous-maquignon, ayant habité Londres; il avait une tête de boule-dogue pleine de couleur locale. Il s'habilla d'étoffes à carreaux, se coiffa d'un chapeau melon, prit Mirguette pour compagne de ses jours, la battit comme plâtre et la dirigea savamment et fructueusement dans les sentiers du vice lucratif.

Associé avec un nommé Loker — bookmaker... et affilié à la maison Fotheringham et Cie — il trouva le moyen de gagner beaucoup d'argent à l'aide d'un truc possablement ingénieux: il installa, rue de Hanovre, une petite agence de courses et il supposait des *races* à tel ou tel endroit d'Angleterre où il n'y en avait pas la moindre. Il donnait une liste de chevaux aussi fictifs que la *race;* les paris s'engageaient; au jour dit, un ami de Loker expédiait d'Angleterre une dépêche télégraphique affichée dans le bureau, et il est inutile de dire que c'est toujours le cheval sur lequel on avait le moins parié qui gagnait; donc: encaissement considérable et payement à peu près nul.

C'était de l'économie politique !

Les choses allaient fort bien entre les deux associés, mais ils eurent des discussions d'intérêt qui dégénéraient souvent en querelles.

Au moment où Kiki entrait dans le bar de la rue de la Michodière, Loker, un grand homme roux et borgne était en train de crier, en s'adressant à quelques confrères, attablés ou debout devant le comptoir :

— *I must say that master Bégoche is not a gentleman !...*

Et Loker expliquait que, non seulement Bégoche avait brisé le cœur (*broke the hart*) d'une jeune lady nommée la Mirguette, mais encore qu'il osait s'approprier, pour son usage personnel, l'argent gagné d'une façon ou d'une autre par cette jeune lady.

A cette imputation flétrissante, trois grognements se firent entendre, Bégoche protesta vivement, mais Loker se plaça devant lui dans la première position de la boxe.

— *Go ahead !* cria un géant américain, d'une voix de tonnerre.

— *Now te hn ! Come !... Come !...* disait Loker, les yeux brillants d'héroïsme.

Bégoche se leva et mettant à profit son expérience faubourienne, au lieu de boxer selon les règles adoptées dans la majestueuse Albion, envoya en plein dans la poitrine de son ex-associé un magnifique coup de pied qui le renversa les quatre fers en l'air.

— Chouette ! Bégoche !... cria Kiki.

Mais les bookmakers et les jockeys anglais qui se trouvaient dans le *bar* n'étaient pas de l'avis de Kiki. Cette nouvelle infraction aux lois de la *gentlemanerie* les avait exaspérés. Après avoir relevé l'infortuné Loker, que la *bar-maid* réconfortait avec un verre de whisky, ils se jetèrent sur les *french-dogs*, à qui ils eussent fait un mauvais parti si Bégoche et Kiki n'avaient pas pris la fuite sur les grands boulevards, où toute la séquelle anglaise aima mieux ne pas les suivre, — peu curieuse qu'elle était d'éveiller l'attention de la police.

— Tu voulais me parler, Tom ? demanda *mister* Bégoche, quand ils eurent un peu repris haleine, chez un marchand de vins de la rue Taitbout.

— D'abord, ne m'appelle plus Tom : je ne suis plus Tom, vu que je ne veux plus rentrer chez cette canaille de Mes-Puces.

— T'a fait des mistouffes ?

— M'a appelé « vache ».

Bégoche poussa un cri d'horreur ; mais il se souvint qu'il n'était plus de ce monde et dit :

— *Shoking !*

— Alors poursuivit Kiki, si je quittais ce *particulier*, crois-tu que tu pourrais me trouver de la belle ouvrage dans ta partie ?

— Savoir !

— Enfin?...

— Dis pas non !... me v'là brouillé à mort avec Loker: nous pourrions bricoler quéq'chose ensemb'. En attendant, tu pourrais me surveiller un peu la Mirguette.

— Al'en a b'soin ?...

— J'téc! un'tête ed linote.. Pas pour deux sous de sens commun.

— A t'trompe?...

— Oh! ça, non !... l'honnêteté même... A me rapporte tout, le soir... ou le matin...

— Eh bien !... nous verrons... J'vas près du parc Monceau chez le comte d'Arrabengoa.

— Tiens ! tu y trouveras la Mirguette.

— Pas possible ?

— Pour sûr !... elle y est invitée avec son nouveau type, un magistrat, s'il te plaît, qu'a fait connaissance du comte dans des endroits où qu'on rigole ! A propos, je l'vois quel'fois aux courses, ce comte d'Arrabengoa; trouve pas qui te rappelle quéqu'un?

— Non !... qui?

— M'sieur Chavigny.

— J'lai guère connu.

— C'est comme son ami, le « chevalier » d'Etchalar... Y a des moments que je jurerais que c'est Bigruche.

— Phénomène?

— Oui !...

— C'est donc ça ! je me disais aussi: j'ai vu c'te trompette-là quèque part. Après tout, rien d'étonnant... du moment que, Mes-Puces est devenu M. Louis Hérault !... Au fond, je m'en fiche.

— Moi aussi... mais je surveille tout de même. Mais quèqu'tu vas y faire, chez le comte en question?...

— Ça, c'est mon affaire !

— Pas gentil !

— Te dirai tout plus tard.

— Vrai de vrai?

— Foi d'veau !...

— Eh bé, na revoir.

— Au plaisir.

Kiki se leva, laissant à l'opulent « gentleman rider » le soin de payer les consommations.

Quelques instants plus tard, Kiki se trouvait en présence du comte d'Arrabengoa, devant qui les domestiques l'avaient introduit sans difficultés, le connaissant de vue comme le valet de chambre de M. Louis Hérault.

— Qu'est-ce que vous me voulez, Tom? demanda le comte d'un air surpris.

— Vous apprendre quelque chose qui vous intéresse, monsieur le comte, répondit Kiki.

— Parlez vite, fit le comte en levant les épaules. Je suis à table… et j'ai du monde.

— Je parlerai vite, monsieur le comte. Mon maître m'a maltraité et je n'ai plus de raison pour le servir, malgré les infamies qu'il commet!…

— Ah! si vous êtes venu ici pour me débiter des potins de domestiques…

— Mamz'elle Amélia est enlevée; c'est y un potin, ça?…

— Amélia, enlevée?

— Oui, monsieur le comte.

— Par qui?

— Par Toto… par Louis Hérault, je veux dire…

— Comment le sais-tu?…

— « Monsieur » ne se gênait guère avec moi… il croyait si bien me tenir!… il m'a dit une partie de la chose, et j'ai deviné le reste. Mam'zelle Amélia a été enlevée par les nommés Marembal et Garrigou, placés comme domestiques par « monsieur » chez Mme la princesse de Woutremont… Elle est actuellement rue des Anglais, à l'hôtel du Grapin… sous la surveillance de la Mouchotte.

— Ah! mille tonnerres!…

— J'ai cru devoir dire ça à monsieur le comte, parce que je sais que monsieur le comte s'intéresse à mam'zelle Amélia et à Mme la princesse de Woutremont.

Le comte s'était calmé tout à coup. L'audace de Louis Hérault l'avait d'abord mis hors de lui; mais, en réfléchissant, il se disait qu'il pouvait tirer un grand parti de cette catastrophe même.

Maintenant qu'il savait que la pauvre enfant était enfermée, il voulait se servir de cela pour violenter le consentement de sa mère au mariage qu'il poursuivait depuis si longtemps.

— Merci de vos renseignements, mon garçon, dit-il froidement à Kiki. S'ils sont exacts, vous serez récompensé, croyez-moi !

— J'espère bien que monsieur le comte ne me laissera pas dans l'embarras.

— Tenez, voilà deux louis; c'est un petit à compte. Maintenant, laissez-moi.

Kiki salua et sortit.

Le « comte » rentra dans la salle à manger, pleine de bruit.

<h2 style="text-align:center">XIX</h2>

PECTORIS ANGOR.

On festoyait vivement dans la salle à manger tendue de cuir de Cordoue, rouge et or, et meublée de vieux chêne.

Les hôtes du comte et du chevalier étaient le vicomte de Versac, Fanny Meuilhard, Zizi, Caramel, la Mirguette et le déplorable Frédéric Bourgoin, décidément lancé sur le tard dans la « grande vie », et galvaudant d'un air à la fois extatique et penaud sa dignité de magistrat dans les endroits les plus interlopes.

Frédéric était en habit noir, portant un ruban étranger qu'il avait obtenu pour faire plaisir à la Mirguette. Sa tête ressemblait de plus en plus à la tête d'un squelette d'oiseau, ses yeux étaient éteints, comme vides, et le mouvement semi-giratoire, à la mode des perroquets, était remplacé par un tremblement continuel, sentant fort la paralysie.

La Mirguette n'était plus la petite paysanne niaise et émaciée que nous avons vue chez la Mouchotte, mendiant pour le compte de l'horrible mégère, en portant sur ses bras les bébés que l'on faisait pleurer à l'aide de sinapismes pour exciter la pitié des passants.

C'était une grande fille maigre, mais assez robuste, bêtement rousse avec des taches de son, l'œil impudent et faux, vêtue avec un mauvais goût criard, parlant d'une voix enrouée et mêlant des intonations faubouriennes à un reste d'accent campagnard. Les quelques bons sentiments qui pouvaient subsister dans son âme avaient été bien vite détruits au contact de l'affreux Bégoche. La Mirguette était une drôlesse sans intelligence, sans cœur et sans tête, absolument laide et qui, malgré cela, obtenait une sorte de succès dans le « monde où l'on s'amuse ».

Elle comptait parmi les « tendresses » de Paris. On citait son nom dans les journaux. Elle exerçait sur les moins prévenus un peu de l'influence malsaine qu'elle exerçait sur le pauvre Frédéric. Il y avait quelque chose de contagieux et d'épidémique dans sa nature viciée.

— Eh bien, eh bien?... que devenez-vous? demanda Versac, très « allumé » quand le comte se remit à table.

— Un quémandeur... ne faites pas attention, répondit le comte.

— Un quoi?... Qu'est-ce qu'il a dit? demanda la Mirguette à Fanny Meuilhard.

— Un « quémandeur » vous ne savez pas ce que c'est? répondit Fanny avec la hauteur convenable à une grande artiste qui parle à une simple hétaïre.

— Non, puisque je vous le demande.

— Est-elle bête, cette Mirguette! dit Zizi... Un quémandeur, c'est un mendiant.

— Ainsi, ajouta perfidement Caramel, tu étais une quémandeuse, toi, quand tu courais les rues avec des bébés sur les bras.

— Ah! ça, c'est *rosse*, murmura Zizi à demi-voix.

Mirguette sentit le coup de boutoir.

— Eh! dis donc, la belle brune, dit-elle, c'est pas à toi à me reprocher ça, nous étions ensemble!...

Angéla, Angéla cria-t-il, revenez à vous. (Page 277.)

— Oui, reprit Caramel, mais, moi, je vendais des fleurs... C'est bien plus gentil.

Ces demoiselles étaient déjà fort lancées, sans cela elles se fussent bien gardées de rappeler un passé aussi fâcheux. Fanny exprima ouvertement le dégoût que lui inspirait cette discussion plus répugnante que byzantine ; Frédéric semblait navré, mais ne disait rien.

Cependant la discussion entre les trois ex-pensionnaires de la Mouchotte avait pris des proportions homériques. Ces jeunes personnes s'injuriaient

Son Altesse Nounouche   35

avec une richesse linguistique inconnue aux héros grecs eux-mêmes, et leurs imputations réciproques prenaient un caractère tout spécial, qui semblait fort divertir Versac, mais gênait le reste de l'assistance.

Fanny, tout à fait indignée, se mit à brocher sur le tout. Son « attrape » précédente avec Mme Van der Witt l'avait déjà fort énervée ; elle se leva et cria, en s'adressant à son noble protecteur, le chevalier d'Etchalar :

— Voilà !... ça t'apprendra aussi à inviter de ces femmes-là !... Si tu me respectais seulement pour deux sous, est-ce que tu m'exposerais à entendre de pareilles choses ?...

— Allons ! en voilà assez, dit Etchalar en la regardant fixement.

Jacques avait l'air sérieux et soucieux.

Pendant la discussion précédente, Roger lui avait glissé à l'oreille l'histoire de l'enlèvement d'Amélia... et lui avait dit quel parti il comptait en tirer.

Fanny, un peu effrayée, se calma. Mais la Mirguette, furieuse, se mit à crier en lui montrant le poing :

— Ces femmes-là ! Est-ce que tu n'en es pas, de ces femmes-là ?... Eh ! va donc, cabotine !... C'est-y une raison parce que tu joues la comédie comme les paillasses ou les singes savants, pour que tu sois autre chose que nous ?...

La Mirguette n'avait pas achevé sa phrase, que Fanny lui lançait à la tête le contenu de sa coupe de champagne. Mais le liquide, mal dirigé alla offenser les yeux, les narines et la bouche de l'infortuné Frédéric, qui se mit à gémir et à éternuer d'une façon si drôle qu'une diversion s'opéra instantanément.

Ces dames se mirent à rire comme des petites folles, et Versac battit des mains, tandis que Jacques disait tout bas à Roger :

— Nous avons eu tort d'inviter toute cette gouape... Fanny, c'était déjà bien assez... Nous nous déclassons... sans compter que Zizi, Caramel ou la Mirguette pourraient bien nous reconnaître.

— Bast ! répondit Roger ; moi, elles ne m'ont peut-être jamais vu ; quant à toi, elles t'auraient déjà reconnu. Il n'est pas mauvais d'habituer toute la clique à notre figure actuelle. Si nous craignions d'être reconnus, nous n'aurions pas un moment de tranquillité !... Et puis, j'ai voulu me distraire un peu... Au diable !... si je n'avais pas cette nouvelle préoccupation, je m'amuserais beaucoup... Tu vas voir ce que ça va devenir tout à l'heure.

La scène changeait en effet. Après s'être prises aux cheveux, toutes ces dames étaient devenues bien tendres. Fanny reconnaissait qu'elle avait eu tort et qu'il ne fallait mépriser personne... Elle ajoutait qu'après tout elle aimait autant la Mirguette que sa propre sœur...

Zizi et Caramel, attendries, se mirent à s'embrasser en pleurant, et se prodiguèrent des diminutifs dans une langue non classée, tandis que Frédéric Bourgoin murmurait, avec un air de gâteux prématuré :

— C'est ça, à la bonne heure ! On serait toujours si heureux si l'on savait s'entendre !

Versac accordait à cette scène un sourire approbateur. Le pauvre garçon était tombé bien bas. Après le duel du comte d'Arrabengoa et du marquis de Crozant, et la visite de la princesse de Woutremont au marquis blessé, il aurait dû comprendre que sa place n'était pas auprès du « gentleman brésilien »; mais il croyait avoir fait son devoir en prenant assidûment des nouvelles du marquis, maintenant hors de danger, et les « gentilshommes brésiliens » l'amusaient... sans compter qu'ils lui prêtaient de l'argent.

Après avoir doucement souri, Versac se mit à chanter avec l'accent ouvrier :

> L'enfant perdu, que sa mère abandonne,
> Trouve toujours un asile au saint lieu.

Sur quoi, Zizi lui jeta un sou, qu'il empocha en disant:

— C'est toujours un sou, *quoué!*...

Plaisanterie exquise et qui fit pâmer d'aise toutes ces dames.

Cependant, Frédéric venait d'être pris d'une migraine atroce, et la Mirguette lui bassinait le front avec du vinaigre. Zizi et Caramel, les cheveux dénoués, valsaient éperdument, tandis que Versac chantait à tue-tête le *Beau Danube bleu*, et que Fanny prodiguait au chevalier des tendresses romantiques, fort mal reçues par l'ex-Bigruche...

Ce dernier, tout à fait guéri de sa passion, de plus en plus féru d'idées de réhabilitation morale, regardait Frédéric et songeait que sa vieille mère, à lui, était au service de ce malheureux. Il pouvait lui faire un sort, maintenant : il était riche; pourquoi n'essaierait-il pas de la voir?... Mais elle refuserait son argent... La pauvre vieille était si honnête!... S'il lui en faisait parvenir secrètement.

A ce moment, un domestique entra effaré, et vint parler à l'oreille du « comte », qui sortit vivement.

— Encore un *commandeur?* dit Mirguette...

Le « comte » se trouvait en présence de la princesse de Woutremont.

Il eut peine à la reconnaître, tant le chagrin l'avait changée en quelques jours, on pourrait dire : en quelques heures. Angela paraissait vieillie de dix ans, et son visage flétri semblait déjà stigmatisé par la mort.

Roger ne put retenir un cri de surprise... Il y avait de la pitié dans ce cri.

La princesse sembla le comprendre.

— Monsieur, dit-elle en joignant les mains, je vous en conjure, ayez pitié de moi !

— Que voulez-vous dire, madame? demanda Roger en avançant un fauteuil que la princesse ne prit pas.

— Vous devinez bien ce qui m'amène?

— Non, madame, mais je suis heureux et fier de votre visite.

— Oh ! ne raillez pas, monsieur, ce serait trop cruel. Rendez-moi ma fille !

— Votre fille ?... Mais, madame, elle n'est pas en mon pouvoir...

— Amélia a disparu de chez moi. J'ai fait faire de vaines recherches. Le bruit de sa disparition commence à se répandre.

La pauvre enfant sera compromise, perdue, déshonorée, elle qui a déjà tant souffert des calomnies des sots et des méchants... J'ai tout compris, allez ! c'est vous qui me l'avez ravie, pour me forcer à être à vous. On me conseille de tout dire à la justice, de vous dénoncer, mais à tout prix je veux éviter le scandale ; j'ai tenu à venir moi-même vous supplier... Il y a eu, sans doute, un moment où vous avez éprouvé pour moi quelque chose qui ressemblait à de l'affection... Ne soyez pas sans pitié... rendez-moi ma fille !

— Madame, je vous affirme que ce n'est pas moi qui ai fait enlever Amélia. Un hasard vient de m'apprendre sa disparition. Je suis à même de savoir où elle est, et, si vous voulez me jurer sur votre salut que vous m'accorderez votre main, nous allons, vous et moi, chercher notre enfant.

— Ah !... vous voyez bien que c'est vous qui me l'avez prise !...

— Non, c'est un coquin à qui je n'ai pas voulu promettre sa main... Ce rapt a été dirigé contre moi autant que contre vous...

— Eh bien, rendez-la moi, puisque vous pouvez savoir où elle est.

— Elle est dans un lieu où elle ne saurait rester une heure de plus sans être à tout jamais déshonorée ; elle est entre les mains d'un misérable qui veut sa perte avec autant d'ardeur que vous voulez son salut... Jurez d'être à moi ; je sais que vous tenez ces serments-là, jurez d'être à moi et nous allons la chercher...

La figure de la princesse se décomposait à vue d'œil. Depuis assez longtemps, elle souffrait d'une angoisse vague à la poitrine, quelque chose comme une suffocation accompagnée d'une sensation pénible, mal définissable.

— Monsieur, dit-elle en rassemblant toutes ses forces, prenez garde !... vous m'avez poussée à bout, j'en suis arrivée au désespoir. Je vous ai dit tout à l'heure qu'on m'avait conseillé de vous dénoncer : vous paraissez n'avoir attaché aucune importance à ces paroles ; mais sachez que j'ai tout avoué à des amis sûrs, que j'ai des confidents de notre situation réciproque, que plusieurs hommes influents connaissent votre infamie et que, si vous ne me rendez pas immédiatement ma fille, vous allez être livré à la justice.

Roger se mordit les lèvres jusqu'au sang et ses yeux devinrent phosphorescents, comme chaque fois que la colère le dominait.

— Madame, dit-il d'une voix profonde, je n'ai qu'un mot à vous dire. Si vous ne faites pas le serment que je vous demande, Amélia deviendra, avant demain matin, de gré ou de force, la maîtresse d'un assassin...

Angéla s'appuya au bras du fauteuil qui était derrière elle, et porta sa main à sa poitrine. Les yeux se couvraient d'un nuage, son sein haletait ; elle tomba assise, poussant un cri qui glaça Roger de terreur.

— Oh ! dit-elle, j'étouffe... j'étouffe...
C'est la mort !...

C'était la mort, en effet, et sous la forme la plus tragique, peut-être.

La princesse venait d'être saisie d'un accès de cette maladie mystérieuse et terrible dont le nom scientifique, *pectoris angor*, sonne comme un glas d'agonie.

L'angine de poitrine est, dit la science, une lésion intermittente du cœur. Elle se produit sans anévrisme, sans hypertrophie, spontanément, tuant presque toujours du premier coup, laissant dans le cas contraire une indicible impression d'horreur dans l'âme de la victime, car aucune maladie n'est aussi abominablement torturante. C'est un écrasement du sternum, un broiement de l'aorte et du cœur, un déchirement des épaules et des bras, c'est surtout une suffocation épouvantable, le manque absolu de souffle, le *non-respirer* avec toutes ses affres !

Les émotions pénibles causent souvent cette impitoyable affection. La princesse avait trop souffert. Elle mourait martyre...

Tout ce qu'il y avait d'humain dans l'âme de Roger Bugloz se réveilla. Le scélérat se sentit pris d'une grande pitié.

— Angéla, Angéla, cria-t-il, revenez à vous!... Si je voulais vous épouser, c'est surtout parce que je vous aime à la folie. Je vous le jure sur la tête de notre enfant... Revenez à vous, de grâce ! nous allons chercher Amélia.

Le bruit redoublait dans la salle à manger. Des voix éraillées chantaient :

Titine n'est plus demoiselle,
Tant mieux pour elle ;
C'est Guguss' qu'est son mari,
Tant pis pour lui.

— Taisez-vous donc, tas de crapules ! cria Roger...

Une convulsion dernière venait d'abattre la princesse sur le fauteuil. Elle était morte.

Roger lui ferma les yeux et se précipita dans la salle à manger.

— Silence ! cria-t-il ; une femme vient de mourir ici. Monsieur de Versac, vous êtes un gentilhomme ; monsieur Bourgoin, vous êtes un magistrat, je vous demande et vous enjoins de veiller sur elle... Vous, les autres, allez-vous-en !... Viens, Jacques.

— Où donc? demanda Jacques stupéfait.

— Nous allons chercher Amélia.

XX

UN CHATIMENT

Après avoir reçu les confidences et les commissions du baron Van der Witt, Louis Hérault se dirigea, sans but arrêté, vers le quartier de Cluny. En route, il rencontra, dans une voiture découverte, sa sœur Jeanne, en compagnie du peintre Robert Templier.

— Un barbouilleur, pensa Louis; un fichu goût qu'elle a, Jeannette! Jolie comme elle est, elle pouvait trouver mieux.

Il entra dans un restaurant du boulevard Saint-Michel, dîna lentement et but coup sur coup un assez grand nombre de petits verres de Kummel. Il venait de prendre une grave résolution et voulait se donner du courage.

Assez avant dans la soirée, il se rendit dans le bouge de la Mouchotte.

— Déjà vous? dit la mégère.

— Oui, je ne veux pas attendre à demain.

— Comme vous voudrez.

— Que fait-elle?

— Elle dort.

En effet, Amélia, cédant enfin à la fatigue, s'était profondément endormie.

Louis la regarda quelque temps sans rien dire; puis se tournant vers la Mouchotte :

— Allez-vous-en, dit-il.

La vieille obéit et alla retrouver Zanzibar, décidément passé à l'état de geôlier auxiliaire, et avec qui elle se livra à une chaude partie de rams.

Resté seul, Louis s'approcha de la jeune fille, dont un souffle agité soulevait la poitrine découverte.

— Non, dit-il, je ne puis pas... Décidément, on est trop bête quand on est amoureux pour de bon...

A ce moment, un grand bruit se fit dans la pièce où se tenaient la Mouchotte et Zanzibar.

— Tonnerre!... cria Louis, qui donc est là?

Deux hommes venaient d'entrer de force. Il reconnut Roger et Jacques.

— Arrière, drôle! dit le comte en le prenant par le bras et en le faisant pirouetter.

Roger s'élança vers le lit d'Amélia.

La jeune fille venait de se réveiller en sursaut ; ses yeux brillaient de fièvre, sa figure était rouge et égarée... Elle poussa un cri de rage, en voyant le misérable à qui elle attribuait les malheurs de sa mère et les siens. Elle saisit le fragment de verre en forme de stylet qu'elle avait caché sous son traversin et, d'un geste éperdu, en frappa la gorge de Roger.

Le sang jaillit en gerbe brûlante sur la poitrine et le visage de la malheureuse enfant, rendue comme insensée par la fièvre et le désespoir. Elle avait atteint l'artère... Elle avait frappé son père à mort...

Les yeux du misérable prirent une indicible expression d'horreur. Il ouvrit la bouche comme pour s'écrier : « Quel châtiment ! » et s'abattit sur le sol, agonisant, les bras agités en l'air et les cheveux hérissés sur son front blanc comme de la cire.

Amélia s'était évanouie... son arme à la main.

Jacques s'approcha d'elle et, d'un geste rapide, l'enveloppa dans sa couverture.

— Que vas-tu faire ? demanda Louis éperdu.

— L'emporter...

— Je te le défends...

— Lâche-moi, coquin !...

Louis tira de sa poche un élégant poignard à manche d'ébène, monté en argent.

— Prends garde, Bigruche ! dit-il.

Jacques le repoussa... Louis le frappa en pleine poitrine, mais un vigoureux coup de poing l'abattit près du cadavre de Roger.

Emportant Amélia, toujours sans connaissance, Jacques sortit du bouge sans opposition de Zanzibar et de la Mouchotte absolument stupéfiés... La voiture du « comte » attendait à la porte, conduite par un impassible cocher anglais.

— Où vais-je la conduire ? se demanda Jacques... Roger est mort ; le parricide a été tué par sa fille... Je n'ai plus qu'à fuir de Paris, maintenant... Bien heureux si j'échappe à la police... mais avant, je voudrais faire quelque chose de *propre*... Elle n'a plus de mère, la pauvre petite... Si je la conduisais chez son fiancé, chez le prince Bolstoï ?... Non, il y a mieux... Je ferai d'une pierre deux coups. James, allez rue Louis-le-Grand, chez M. Bourgoin, notaire... Vous connaissez la maison.

La voiture partit au grand trot.

. . . .

La veillée s'était prolongée dans la loge du concierge de la rue Louis-le-Grand.

La vieille Lefeuve racontait une foule de choses palpitantes à M. et à Mme Dauphin, les préposés à la garde de l'immeuble habité par les Bourgoin, quand un bruit terrible de sonnette les fit tous sursauter.

— Voilà! voilà!... dit Mme Dauphin en tirant fièvreusement le cordon

On venait de parler « voleurs »; ce n'est donc pas sans une terreur véritable que M. Dauphin, Mme Dauphin et la vieille Lefeuve virent un homme, nu-tête, pâle, les cheveux en désordre, portant une jeune fille évanouie, faire irruption dans la loge.

— Bonté divine! cria Mme Dauphin, qu'est-ce que cela?...

— C'est une jeune fille qu'il faut confier aux bons soins de Mme Bourgoin, la jeune, fit Jacques d'une voix faible et comme s'il avait grande hâte de parler avant de se trouver mal. Elle s'appelle Amélia Quintiliani... sa mère vient de mourir... elle avait été volée par des bandits... Avertissez le prince Nicolas Bosltoi...

Après avoir déposé Amélia sur un canapé, Jacques s'affaissa dans un fauteuil.

De ses doigts tremblants, il ouvrit son gilet; sa chemise apparut toute dégouttante de sang.

— Miséricorde!... vous êtes blessé, dit Mme Dauphin.

— A mort, probablement, reprit Jacques avec un sourire amer.

— Mais c'est M. le chevalier d'Etchalar, fit M. Dauphin, homme très répandu et qui connaissait tout Paris.

— Il n'y a plus de chevalier d'Etchalar, dit Jacques, en essuyant péniblement la sueur gluante qui couvrait son front... Je suis *réglé*. Dans la voiture, je me demandais si j'arriverais vivant jusqu'ici; j'ai pu cependant porter la demoiselle... Allons, maman, laissez-la un instant, elle n'est pas morte... Et moi, je vais mourir.

La vieille Lefeuve, qui s'était mise tout de suite à prodiguer à la jeune fille les soins usités en pareil cas parmi les commères, leva la tête et ouvrit de grands yeux.

— Ne me reconnaissez-vous pas? reprit Jacques, tandis que les époux Dauphin le considéraient bouche béante. Je suis Jacques... Je suis votre fils!...

— Jacques!... Jacques!... balbutia la vieille.

Comment eût-elle reconnu son malheureux fils dans cet élégant étranger, vêtu comme un prince, pourvu d'une si belle chevelure et d'une si belle barbe noire, tout couvert de bijoux, portant du linge qui semblait émaillé!...

Elle le regarda fixement, et cria tout à coup:

— C'est lui, c'est lui!... Jacques! mon Jacques!... Mon Dieu! un médecin, un médecin et un prêtre!...

— Inutile, maman, tous les deux arriveraient trop tard. Je voulais faire quelque chose de propre et vous embrasser avant de mourir. Je suis content... Après tout, je ne regrette pas trop la vie... Au fond, c'est une fière drogue.

Jacques suffoquait; sa mère, délaissant Amélia, se précipita sur lui: il mourait en ricanant, mais avec une expression assez douce dans les yeux.

A la porte, les chevaux piaffaient.

Pour la vingtième fois, peut-être, Jeanne posait pour Robert. (Page 282.)

XXI

Chez Robert Templier.

Robert Templier habitait, comme on sait, un petit hôtel près du parc Monceau, non loin de la résidence de MM. d'Arrabengoa et d'Etchalar.

Ce petit hôtel était une de ces bonbonnières modernes qui imitent gentiment

la Renaissance et ne laissent point que d'être confortables dans leurs proportions réduites.

L'atelier était d'ailleurs vaste et plein de curiosités de tous les âges, depuis les
scarabées égyptiens jusqu'aux briquets des fantassins de 1830. On voyait sur
les meubles de chatoyantes étoffes de Gênes et de Venise, et sur les murs une
foule d'ébauches joliment jetées par Robert, et dénotant une rare facilité et
mieux que cela.

Un plafond vitré et une grande baie distribuaient le jour dans les pièces, et
çà et là des armes poudreuses étaient entassées sans ordre.

Ce jour-là — quinze jours après les tragiques événements que nous venons
de rapporter — Robert était assis devant une vaste toile. En face de lui était
assise Jeanne Hérault, toujours jolie, mais plus pâle, plus défaite que jamais...

Pour la vingtième fois peut-être, Jeanne posait pour Robert. Il l'avait peinte
en jeune fille à l'église, en Marguerite de *Faust*; en paysanne bretonne et
même — c'était la note moderniste — en petite blanchisseuse.

Jeanne se prêtait à toutes ces poses ultra-décentes avec d'autant plus de plaisir
qu'elles lui permettaient de vivre; car Robert les rémunérait avec la plus
parfaite délicatesse.

De plus, Robert lui confiait des travaux d'aiguille, commandés, disait-il, par
de vielles dames très respectables, et qui, en réalité, n'étaient qu'un prétexte
pour procurer à Jeanne de suffisants et convenables moyens d'existence.
Jeanne devinait tout cela, mais n'hésitait pas à accepter les bienfaits du jeune
artiste. Sa grande préoccupation avait été, tout d'abord, de payer sa dette envers
Gaston Bourgoin, qui, disait-elle, s'était montré si bon et si gentil pour elle.
Robert lui en avait donné la facilité, à sa grande joie, et la reconnaissance de
la pauvre fille n'avait pas tardé à faire place à un autre sentiment.

Jeanne aimait Robert, sans vouloir se l'avouer à elle-même...

Comment, elle la pauvre fille, pouvait-elle aspirer à l'affection légitime d'un
grand artiste ?...

Mais un nouveau malheur vint la frapper, un malheur plus terrible, plus
irréparable que tous les autres. Cette fois elle devait renoncer à tout jamais à la
main de M. Templier. Espérer encore être sa femme eût été presque un sacrilège !

Les tragiques événement relatés plus haut avaient eu de grandes suites. Tout
Paris retentissait du bruit du procès qui se préparait. Les journaux parlaient
encore à mots couverts d'une affaire criminelle qui éclipserait toutes les causes,
célèbres y comprises l'affaire Fualdès et l'affaire Lafarge. La mort de Mme de
Woutremont chez un aventurier faussement appelé le comte d'Arrabengoa, le
meurtre de ce dernier dans un bouge de la rue des Anglais, l'enlèvement de la
belle Amélia Quintiliani, l'assassinat du chevalier d'Etchalar... qui n'était que
Jacques Lefeuve, l'arrestation de Gianidracchi et de Louis Hérault, inculpé
d'une série de crimes anciens et nouveaux, crimes à faire pâlir ceux de
Lacenaire ou de Troppmann, quel formidable, quel effrayant imbroglio !

La pauvre Jeanne voyait ses plus tristes pressentiments se réaliser. Son frère était en prison, menacé d'un arrêt impitoyable... Comment eut-elle pu, maintenant, aspirer à porter le nom d'un honnête homme ?

— Voyons, Jeanne, dit Robert, un peu de courage, que diable ! et faites-moi une autre mine que cela. Vous avez vraiment trop *d'expression* pour une simple étude de jeune fille...

— Pardonnez-moi, monsieur Robert, répondit Jeanne ; mais je ne puis vraiment surmonter mon chagrin. Je pense toujours à... à...

— A ce petit malheureux ! Eh ! que voulez-vous, ma chère petite amie : il serait pourtant trop injuste que vous fussiez punie de ses méfaits...

— Hélas ! c'est comme cela, monsieur Robert, et il faut bien que ce soit juste, puisque Dieu le veut ainsi.

— Eh bien, non !... Dieu ne veut pas cela, et je pense même qu'il veut le contraire !... Vous souffrez d'une genre de peine qu'à mon avis il faut surmonter.

Robert laissa sa palette et ses pinceaux, et se mit à parcourir son atelier avec une certaine agitation.

— Voulez-vous que je vous fasse mes confidences, Jeanne ? dit-il. On peut se parler librement entre gens qui ont souffert. Croyez-vous que je n'ai pas été gravement atteint dans mes sentiments de famille, moi ?... Je suis le fils d'un militaire, comme vous, mais il vivait séparé de ma mère parce que... Oh ! ça me brûle la langue de vous dire cela... parce que ma mère s'était montrée indigne de lui ; j'ai une sœur qui a chanté sur des théâtres de genre, et qui est maintenant la femme d'un Allemand millionnaire ; elle porte un grand nom et un titre de comtesse. Elle a voulu m'enrichir, mais je ne lui ai même pas répondu ; malgré son mariage, elle est morte pour moi. J'ai travaillé comme un ouvrier jusqu'à ce que la notoriété me soit venue... Vous voyez que j'ai eu mes tourments moraux, moi aussi, ma pauvre Jeanne, et, quoiqu'en apparence moins terribles que les vôtres, ils ont eu peut-être quelque chose de plus poignant. On peut vous parler de votre mère, à vous !

Le sceptique Robert avait l'air tellement ému que Jeanne crut devoir lui prendre la main.

Robert tressaillit à ce doux contact. Peu à peu, lui aussi, s'était mis à aimer la jeune fille. Mais il avait toujours affecté de la traiter en camarade. Robert n'était pas un ange, mais, malgré les irrégularités de sa vie, pouvait passer pour un galant homme. C'était précisément parce qu'il s'était montré bienfaisant envers Jeanne, qu'il ne voulait pas laisser percer la moindre velléité galante.

— Allons, dit-il, remettons-nous à l'ouvrage. Ne nous attendrissons pas, Jeannette, ce serait dangereux... pour moi.

Il s'assit derechef.

Jeanne avait repris la pose, quand le jeune rapin qui servait à Robert d'élève et de groom à l'occasion, entra sans cérémonie dans l'atelier et dit :

— Maître, il y a là deux *pantes* qui vous demandent.

— Tâche de parler convenablement, quand il y a des dames, répondit le « maître ». Quels sont ces messieurs ?

— C'est pas des messieurs... c'est des hommes. Il y en a un qui est M. Etienne, notre encadreur.

— Fais-le entrer, fils de Jocrisse, dit Robert en riant.

Etienne Fourgeaud et son gendre Duguernet entrèrent, vêtus cérémonieusement, pâles comme des morts, si pâles que Robert fit un soubresaut à leur aspect.

— Etienne, dit-il, qu'as-tu donc ? T'est-il arrivé un malheur ?...

— Oui, monsieur Robert, un grand malheur... et à vous aussi.

— A moi ?

— Oui !... Vous m'aviez confié soixante mille francs, monsieur Robert...

— Eh bien ! tu les as mangés avec des actrices ?...

— Non, mais je les ai mis dans la banque de Van der Witt, avec mes propres fonds, hélas ! Vous m'aviez dit de faire pour le mieux... Je croyais c'était ça le mieux... et tout le monde croyait aussi... Et ça avait l'air vrai, puisque vos soixante mille francs étaient devenus quatre-vingt mille, et que je me réjouissais de votre surprise le jour de votre mariage...

Eh bien, m'sieu Templier, tout ça c'est rasé... La banque du *Crédit Babylonien* a fait banqueroute... La Société Van der Witt était la bande à Vidocq ! Nos papiers sont bons à nettoyer les vitres !... Van der Vitt est en fuite... on court après lui... Et voilà !...

— Que le diable t'emporte ! dit Robert.

— Non, monsieur Robert ; mais que le bon Dieu me prenne !... Je veux mourir maintenant...

Et le pauvre homme se mit à pleurer.

Voir pleurer un ex-sous-officier de zouaves est un spectacle particulièrement attendrissant. La mauvaise humeur de Robert fit place à une grande pitié.

— Allons, ne pleure pas, vieille bête, dit-il ; ça ne va pas à ton genre de beauté ! Quant à mourir, je te le défends ! La patrie peut avoir encore besoin de toi... Et puis, est-ce que par hasard tu crois que je te tiens quitte !...

Etienne se leva brusquement ; ses yeux brillaient.

— Ah ! vous avez raison, m'sieur Templier, dit-il ; moi et mon gendre que voici...

Duguernet salua.

— Moi et mon gendre que voici, nous avons bon pied, bon œil, après tout. Nous allons nous remettre au travail... Et tous les ans, vous aurez la moitié de ce que nous gagnerons à nous deux... Pas, Duguernet ?

— Comme de juste, répondit le brave ouvrier.

— Tu aurais tort de trop te préoccuper de tout cela, Etienne, dit Robert avec une sorte de gravité. Si j'avais eu ces soixante mille francs en ma possession, il y a quelques mois, il est plus que probable qu'ils eussent passés aux mains de quelques gens du *Mouvement* ou des autres *claque-dents* de la capitale...

Aujourd'hui, je regrette de ne pas les avoir... mais qui sait si je pourrais en faire l'usage que je voudrais ?... Bref, mon vieux frangin, essuie tes yeux, dis bonjour à Mlle Jeanne, que tu n'as même pas saluée, en homme mal élevé que tu es, et fiche-moi la paix... j'ai à travailler... Tu comprends que ce n'est pas le moment de *faignanter*. Quant à nos comptes, nous les règlerons un jour, mais je te défends absolument de m'en reparler le premier...

Le vieux zouave sourit sans cesser de pleurer.

— M'sieur Templier, dit-il, vous êtes un zigue !... Tant qu'à mam'zelle, elle sait bien que si je ne l'ai pas saluée, le cœur n'y est pour rien. Honneur aux braves et respect aux dames, c'est la devise du soldat français. Pas, Duguernet?

— Pour sûr.

A demi consolé, les deux bonnes gens prirent congé de Robert, qui se remit à sa peinture, comme s'il venait de recevoir la visite d'un importun quelconque.

— Vous êtes bon, monsieur Robert, dit Jeanne, après un moment de silence. Comme, avec votre air de brusquerie, vous avez consolé ce pauvre homme !

— La peste l'étouffe, l'animal !... Aussi ça m'apprendra à me confier aux capacités financières d'un zouzou... Il est vrai que, si j'avais remis mes fonds entre les mains d'un homme du métier, j'aurais risqué d'être chapardé sans intermédiaires... et voilà tout.

— Heureusement, M. Robert, quelques coups de pinceaux répareront ce désastre.

— Hélas ! ma pauvre Jeanne, vous en parlez bien à votre aise. La peinture est dans le marasme... Elle a eu son *Krach*... comme la banque à Vander !... Voulez-vous que je vous dise, ma chère enfant? Je risque fort à présent de rester à tout jamais un pauvre diable... Et c'est dommage. L'histoire de mes soixante mille francs m'a corrigé du jeu... Je ne sais pas pourquoi, mais je sens que c'est comme ça... Pas de chance !... Être corrigé du jeu au moment où on n'a plus le sou...

Robert poussa un gros soupir et se remit au travail.

— Peuh !... dit-il, je quitterai ce *palazzo*, je me remettrai dans une mansarde, je bûcherai ferme pour payer mes dettes...

— Vos dettes?

— Oui, ma chère; et je ne vous dirai pas à combien elles se montent, car cela navrerait votre bon petit cœur... Ah ! Jeannette, Jeannette, je vais refaire connaissance avec ma vieille amie, la misère !...

Jeanne eut un tressaillement. Elle rougit, baissa les yeux, puis, tout à coup, se leva et s'avança vers le jeune artiste.

— Robert, dit-elle, vous allez trouver cela monstrueux; mais je suis presque heureuse de ce que vous venez de me dire... Il vous faut quelqu'un, maintenant, pour vous consoler, vous servir, vous aider à vivre... Je sais que je ne puis être l'épouse d'un honnête homme, mon nom est flétri, déshonoré, il ne doit pas être accolé au vôtre, qui est illustre: vous seriez peut-être coupable envers vous-même en prenant pour femme la sœur de... Louis Hérault; mais moi, entendez-vous bien, Robert, je ne veux pourtant pas vous quitter. Vous m'avez sauvée de la misère et du désespoir : je veux, je veux absolument vous aider à supporter l'adversité. Je serai votre amie, votre servante, votre... Ah! Dieu! Je ne sais plus ce que je dis... Mais je vous demande de faire de moi votre compagne comme vous l'entendrez, et si ce que je dis là est mal, que Dieu me pardonne, lui qui voit le fond de mon pauvre cœur!...

Robert était déjà aux pieds de Jeanne.

— Vous serez ma femme, Jeanne, dit-il; vous serez ma femme devant Dieu et devant les hommes; et ce n'est pas une faveur que je vous accorde: c'est une grâce que je vous demande. Vous venez de me montrer ce que vous valez.

Je remercie cette vieille bête de Fourgeaud maintenant... Sans la catastrophe qu'il est venu m'annoncer, qui sait si nous nous serions jamais si bien compris?

Le peintre se releva, se mit à rire, fit une pirouette et s'écria:

— Le prince Bolstoï m'a promis un jour d'être mon premier témoin quand je me marierais. Fourgeaud sera le second. Un prince et un ébéniste! est-ce assez modernisse?...

XXII

LES ANGOISSES D'UN SCÉLÉRAT.

— A mort!... condamné à mort!... moi tout seul, Kiki en fuite; Gianidracchi en fuite: circonstances atténuantes pour tous les autres... A mort, moi seul, à mort!... Mais on ne me laissera pas exécuter... Non!... je suis si jeune... à peine vingt ans, à peine, à peine... pas même vingt ans!... Le vieux Président ne veut plus qu'on exécute personne... excepté les parricides! Les parricides!... Ah! tonnerre de dieu! à quoi est-ce que je pense là?... je le suis aussi, moi parricide, on ne m'en a pas accusé, mais j'ai tué ma mère... oui, je l'ai tué... et plus cruellement qu'avec un poignard... Ah! ça me portera malheur, cela!... C'est pour cela que le vieux Président me laissera tuer comme un chien!...

Telles étaient les horribles pensées qui roulaient dans la tête de Louis Hérault, assis sur son lit, dans une cellule de la Roquette, les mains emmaillotées par la camisole de force, l'œil hagard, les lèvres blêmes et pendantes.

— Allons, jeune homme, dit un des gardiens, venez jouer à l'écarté, ça vous dissipera...

Louis secoua la tête.

— Voulez-vous une cigarette?

— Non!...

— Voulez-vous lire?... Voici des histoires de voyages, tout à fait rigolottes...

— Quel a été le dernier exécuté?...

— Bast! ne pensez pas à ça!...

— Quel âge avait-il?

— Un vieux...

— Oui, un homme mûr, n'est-ce pas? Le Président ne laisse pas exécuter les jeunes gens, les tout jeunes gens?...

— Mais non, mais non!...

— Vous dites ça pour me consoler, mais si ma grâce avait dû venir, elle serait déjà venue... ou plutôt non, c'est bon signe... Le vieux Président ne me laisserait pas si longtemps dans l'incertitude s'il devait me laisser exécuter... N'est-ce pas que c'est bon signe?...

— Mais oui, mais oui!...

— Dites-moi donc quelque chose de plus... sérieux!...

— Eh ben, mon petit, savez-vous ce que vous feriez si vous étiez raisonnable?

— J'écrirais encore au Président.

— Non!... faut pas non plus le raser, cet homme, il a tant d'occupation!... Je recevrais M. l'aumônier... Un chic *pékin*, M. l'aumônier, il vous a des boniments qui consoleraient... un rat pris au piège.

Louis devint plus pâle et jeta autour de lui des regards furieux.

— C'est donc que mon compte est réglé, que tu me parles du ratichon! hurla-t-il. Mais non, je ne veux pas mourir comme ça, entends-tu!... C'est pas le bon Dieu qu'il me faut... c'est... c'est... Allons, faites-moi donner de quoi écrire, enlevez-moi la camisole, je veux encore écrire au vieux Président!...

— Ah! fichez-moi la paix à la fin! cria le gardien; c'est vrai, ça: je fais tout ce que je puis pour vous amuser et voilà comme vous me recevez! C'est bon, débrouillez-vous tout seul.

— Mon ami... mon bon ami... pardonnez-moi, répondit Louis, devenu si humble et si plat qu'il causait plus de dégoût que de pitié. C'est si horrible, voyez-vous, d'être menacé de mort à mon âge... et de cette mort-là... Ah! c'est que j'ai vu la chose... c'est épouvantable, voyez-vous!... Et puis j'étais arrivé à une si belle situation... C'est me punir plus qu'un misérable va-nu-pieds, moi... Il faudrait que M. le Président sût cela... On devrait égaliser les choses, que diable!... Six semaines de ce supplice et puis, la *Nouvelle*, ce serait bien assez, n'est-ce pas, mon ami, ce serait bien assez? Voila ce que je voudrais écrire au chef de l'Etat... J'avais oublié de le lui écrire...

Le gardien haussa les épaules et ne répondit rien.

La porte venait de s'ouvrir.

Le directeur apparut.

— Hein ?... ma grâce ?... ma grâce ?... s'écria Louis.

Le directeur secoua doucement la tête.

— Louis Hérault, dit-il, il y a là deux personnes qui ont obtenu la faveur de vous visiter dans votre cellule. Voulez-vous les recevoir ?

— Qui ?... qui ?... dit-il. Ont-ils vu le Président ?

— C'est votre sœur et votre beau-frère.

— Ah ! qu'ils entrent !... Ils ont été demander ma grâce, n'est-ce pas ?

Le directeur sortit un instant puis ramena Robert Templier et Jeanne, maintenant sa femme.

— Jeanne !... Jeanne !... cria le misérable. Tu vois où l'on m'a mis !... As-tu demandé ma grâce ?...

Jeanne défaillit, Robert lui pressa vivement la main, lui murmurant à l'oreille :

— Courage !

— Louis, dit la jeune femme, qui avait à peine la force de parler, j'ai pensé que ma visite te ferait du bien. Je n'ai pas voulu t'abandonner en ce cruel moment... Veux-tu m'embrasser ?...

— Mais enfin, reprit Louis, les yeux congestionnés, les veines énormes, la bouche frémissante, as-tu vu le Président ?... Vous, monsieur Templier, une célébrité, l'avez-vous vu ?... Me fait-on grâce, oui ou non ?... Voilà deux mois que je suis ici ... je suis devenu un squelette... Si vous venez me consoler, c'est que vous savez que je vais être exécuté demain... Ah ! mon Dieu ! mon Dieu !... je ne veux pas !... c'est trop affreux !...

— Louis, reprit Jeanne, tandis que Robert se détournait, déguisant son dégoût à grand'peine, Louis, si tu voulais seulement dire une petite prière... tout de suite... avec moi...

— Alors, ça y est !... hurla le misérable, dont le désespoir devenait de plus en plus humiliant et répugnant... Alors c'est fini !... Vous savez que c'est fini... Eh bien, vrai !... c'était bien la peine de venir me relancer !... Et l'autre, avec sa prière... Ah ! vous croyez que c'est fini, vous ?... Mais on a vu des grâces arriver au dernier moment... N'est-ce pas, Monsieur le directeur, qu'on a vu des grâces arriver au dernier moment ?

— Hon !... hon !... dit le directeur.

— Mon frère, mon cher frère, mon bon Louis, consens seulement à recevoir l'aumônier, reprit Jeanne, prise d'un tremblement nerveux.

Alors Louis entra dans une colère épouvantable. Il injuria Jeanne, il outragea Robert, il poussa des cris inarticulés... Enfin, il retomba sur le sol, au pied de son lit, complètement épuisé, véritable guenille humaine...

— On ne m'a pas laisser écrire au Président, hier, c'est illégal, cela ! Louis

Natinska allait et venait de table en table. (Page 295.)

avait parlé comme dans un rêve, tout à coup il se réveilla tout à fait: sa figure se décomposait à vue d'œil. Les tortures morales de ce scélérat tiraient ses traits, devenus hideux, comme l'eussent fait des tortures physiques. Ses yeux se striaient d'ocre et de carmin, ses joues se creusaient, son nez se pinçait, la bile envahissait son sang, une bave filante mouillait ses lèvres bleuies; il tremblait si violemment que son lit battait un roulement sur le carrelage.

— Messieurs, disait-il, mes bons messieurs du bon Dieu, ça n'est pas possible ce qu'on vient de me dire... J'étais si heureux de vivre!... J'avais si bien réussi!... Abandonner tout cela... M. le Président ne sait pas à quel point c'est dur pour moi, messieurs, sans ça il me ferait grâce... Je vous en prie, qu'on aille le trouver, qu'on le réveille, j'ai des révélations à lui faire... Grâce, grâce!... c'est abominable de m'assassiner comme cela.

Louis s'arrêta épuisé de fatigue.

Alors le directeur reprit:

— Mais que diable, laissez-moi donc parler... Vous avez votre grâce!...

— Ma grâce!... ma grâce!... murmura Louis...

Les assistants crurent qu'il était devenu complètement idiot.

— Je rêve!... je rêve!... disait Louis... Oui je rêve... Ne me réveillez pas... si l'on me réveillait maintenant ce serait pour me dire que je vais être guillotiné.

Le misérable avait commis de tels crimes, que le directeur de la prison ne pouvait éprouver le plaisir qu'on éprouve immanquablement lorsqu'on apprend à un condamné qu'il a sa grâce.

Cependant, cet homme, très doux et très humain, n'eût point préféré annoncer à Louis son exécution immédiate.

L'égarement du jeune assassin l'attendrissait même dans une certaine mesure.

Il s'approcha de lui et lui dit avec une grande douceur:

— Allons, calmez-vous, Louis Hérault. Vous ne dormez pas, vous êtes bien éveillé : quelle que soit l'énormité de vos crimes, il plaît à M. le Président de la République de vous faire grâce. Il a cédé à un sentiment d'humanité qui le pousse à ne plus laisser exécuter que les parricides. Peut-être ne sommes-nous pas loin du jour où, comme en Belgique, la peine de mort, sans disparaître de nos codes, disparaîtra de nos mœurs. Votre sœur et votre beau-frère, un artiste de haut talent, ont intercédé pour vous auprès du Président de la République. Leur insistance a prévalu. Dans quelques jours, on vous conduira au Palais de justice pour assister à l'entérinement de vos lettres de grâce... Votre peine est commuée... Vous serez envoyé à la Nouvelle-Calédonie... Là, si vous vous conduisez bien, votre sort sera tolérable...

Louis regardait toujours le directeur d'un air égaré.

Tout à coup, il se mit à bondir sur son lit et un flot de paroles s'échappa de ses lèvres.

— *Chouette*!... s'écria-t-il, la Nouvelle!... *Chouette*!... On dit que c'est un pays très sain!... Je vas m'établir là une petite installation, j'ne vous dis que ça... Et des femmes, il paraît qu'on vous expédie des stocks de petites femmes premier numéro.

Louis oubliait le rôle de *gentleman* qu'il avait joué pendant quelque temps. Il redevenait dans son délire le voyou que nous avons connu.

— Pas vrai, Monsieur le directeur, reprit-il, pas vrai que la Nouvelle est un pays charmant?... Et puis on s'en réchappe de la Nouvelle... Non! non!...

je n'ai rien dit, faites pas attention, Monsieur le directeur, je n'ai rien dit...
Je ne veux pas m'en réchapper... Je suis soumis aux lois, à la gendarmerie,
à la Chambre des députés et à tout le bataclan... Qu'est-ce que j'ai donc !...
Ah ! zut !... la tête me tourne... Je n'y vois plus, je suis comme pochard...

Et le misérable, s'élançant hors de son lit, se mit à sauter dans la cellule
comme un insensé, après quoi il tomba épuisé et resta sans connaissance...

*
* *

La grâce accordée à Louis Héraut n'avait pas fait bon effet à Paris.

Malgré l'adoucissement des mœurs, et bien que la sensibilité du public se
change de plus en plus en sensiblerie, l'avis général était que le Président de la
République aurait dû laisser exécuter le précoce scélérat.

La vérité est que le chef de l'État s'était laissé attendrir ou influencer par
les supplications de Jeanne Héraut et de Robert Templier.

La première était une charmante personne et le second était un artiste déjà
célèbre. Or, le chef de l'État était admirateur du beau sexe et ami des
Beaux-Arts.

C'était d'ailleurs un homme de sang-froid et qui voyait les choses de
haut.

Il ne se laissa donc pas émouvoir par les épigrammes que les journaux ne
lui épargnèrent point à cette occasion.

Car il n'y a point à se le dissimuler, Louis Héraut eut une mauvaise presse.

Quelque chose de son attitude, ignoblement lâche durant son séjour à la
Roquette, avait transpiré dans le public.

Or, en France, la lâcheté ne se pardonne pas : le jeune coquin, qui
se regardait d'abord comme un scélérat de quelque envergure, objet même de
l'admiration malsaine de quelques cœurs corrompus ou de quelques cerveaux
détraqués, n'était plus maintenant que le plus abject et le plus vil des misérables.

Peu a peu la presse cessa de s'occuper de lui.

Avant même qu'il partît pour les pays lointains où le gouvernement lui
offrait une hospitalité si peu désirable, il était complètement oublié.

Est-ce à dire qu'il ne devait plus jouer aucun rôle sur cette terre ?

C'est ce que nous saurons dans la suite de ce récit.

Disons-le maintenant, Gianidiacchi était en fuite.

On ignorait ce qu'il était devenu.

D'aucuns prétendaient qu'à la suite des émotions causées par la visite inattendue du prince Bolstoï et de ses « complices », il était mort de la jaunisse
dans un hôtel d'Angleterre.

La Mouchotte, Jupiter, Zanzibar, Bégoche, Marenbal, Garigou étaient en prison ou au bagne.

On disait que La Mouchotte avait tenté de s'évader en incendiant sa cellule; le feu l'avait horriblement atteinte.

Elle était aveugle et souffrait perpétuellement.

Peut-être la retrouverons-nous plus tard.

Ainsi que quelques autres personnages que nous devons provisoirement abandonner.

FIN DE LA PREMIÈRE PARTIE.

SECONDE PARTIE

BONHEUR MENACÉ

I

EN UKRAINE.

Le domaine de Daschof, situé sur les bords du Dniéper, à quelques lieues de la ville de Kief, est un des plus riches et des plus beaux de la Petite-Russie.

Avant que l'empereur Alexandre II n'eût supprimé d'un trait de plume le servage dans son vaste empire, le domaine de Daschof était qualifié domaine de *vingt mille âmes*, c'est-à-dire que vingt mille paysans appartenaient en toute propriété aux Princes Bolstoï possesseurs du domaine de Daschof.

L'abolition du servage, quoique portant une sérieuse atteinte aux intérêts de la famille Bolstoï, ne l'avait point ruinée et l'avait même laissée très puissante et très opulente.

On sait que l'Ukuaine est la plus riche et la mieux cultivée des provinces de l'immense empire Russe.

Cette contrée bénie arrosée par le Dniéper produit en abondance toutes sortes de céréales, de légumes, de fruits; la culture de la betterave notamment y donne de magnifiques résultats.

Les propriétaires de l'Ukraine sont presque tous industriels en même temsp qu'agriculteurs, car ils exploitent avec le plus grand succès des distilleries et des raffineries célèbres dans le monde entier.

Le château de Daschof est une résidence peu ancienne, mais fort luxueuse qui remonte aux premières années de ce siècle.

Elle a été bâtie dans ce style raide et froid que nous appelons le style du premier Empire et consiste en un seul corps de bâtiment rectangulaire entouré de *communs* bâtis en bois et recouverts en chaume selon l'usage de la Petite-Russie.

Le château ne comporte qu'un rez-de-chaussée et un étage.

Au rez-de-chaussée se trouvent les salons de réception, la salle à manger et la bibliothèque.

Le tout meublé et tendu à la mode française de 1808.

Au premier étage, sont les petits appartements aménagés d'une façon plus conforme aux habitudes modernes.

Le château est entouré d'un vaste parc ou si l'on veut, d'un grand jardin anglais.

Pendant toute la durée de l'exil du prince Bolstoï le château de Daschof, quoique provisoirement confisqué par le Tsar, avait été soigneusement entretenu grâce aux soins des serviteurs du Prince.

Ce dernier était adoré de ses vassaux et tous espéraient qu'un jour ou l'autre il rentrerait en grâce auprès de l'empereur de Russie et reviendrait en Ukraine pour ne plus jamais quitter son château.

Un jour, son intendant, Michel Ocipowitch Lapoukine, annonça aux paysans une grande nouvelle.

Le *Barine* (seigneur) allait quitter la France et rentrer en Russie.

Le Tsar et lui étaient redevenus les meilleurs amis du monde et le Prince partagerait son temps entre la Cour de Pétersbourg et son domaine de Daschof.

Il ramenait avec lui une épouse belle comme le jour et dont la fortune égalait la sienne.

Ce que disait l'intendant, à la grande joie des paysans de Daschof, était d'ailleurs parfaitement vrai.

Par suite des effroyables émotions qu'elle avait éprouvées Amélia, fut longtemps entre la vie et la mort.

Émilie et Gaston Bourgoin lui prodiguèrent les soins les plus tendres et la remirent enfin en bonne santé aux mains du Prince Bolstoï qui, plus que jamais, voulait l'avoir pour compagne de sa vie.

Narguant l'immense scandale causé à Paris et dans toute l'Europe par la mort de la Princesse de Woutremont et le procès Hérault, Bolstoï avait épousé sa bien-aimée à l'Église Russe de Paris ; puis, apprenant que grâce à l'intervention d'amis puissants il était rentré en grâce auprès du Tsar, qui même approuvait son mariage romanesque, il s'était préparé à partir pour ses domaines de Russie emmenant avec lui Robert Templier et Jeanne, après avoir richement doté cette dernière.

Le projet du prince était de présenter solonellement sa femme à la cour, puis de s'installer dans l'Ukraine pour y vivre en grand seigneur, presque en souverain.

La vérité nous oblige à ajouter qu'à ce moment il avait quelque peu oublié ses doctrines et ses visées socialistes et qu'il songeait plus au bonheur de sa jeune femme qu'à celui de l'humanité.

Il espérait à force d'amour faire oublier à la pauvre Amélia ses souffrances et ses malheurs passés, et de fait, depuis son mariage, Amélia était aussi heureuse qu'on peut l'être quand on a l'esprit obsédé de souvenirs poignants.

Elle adorait son mari, elle n'était point insensible à l'idée de vivre désormais en grande dame, mais c'est surtout dans la pratique de la bienfaisance et de la charité qu'elle espérait trouver ses meilleures consolations...

.I

UN CABARET DANS LA PETITE-RUSSIE.

Ce jour-là — c'était un dimanche — il y avait nombreuse réunion au cabaret de Tarass Koukoubenko, un des plus joyeux moudjicks du domaine de Daschof, et un de ceux qui savaient le mieux — selon le proverbe cosaque — tirer un bœuf du ventre d'un cochon de lait.

Le cabaret de Tarass Koukoubenko ne ressemblait guère aux « établissements » parisiens dont nous avons eu l'occasion de parler dans le cours de cette histoire.

Figurez-vous un vaste parallélogramme, très bas de plafond et dont le sol était simplement de terre battue et dont les murs faits de bois peint de couleur voyante étaient recouverts d'images de sainteté.

Ces *icones*, c'est ainsi qu'on les appelle en Russie, étaient l'objet de la plus grande vénération de la part de tous les hôtes du cabaret.

Avant de prendre place devant les tables grossièrement sculptées et peinturlurées comme les murs, ils s'inclinaient devant les portraits de Saints ou de Saintes, en faisant un nombre incalculable de signes de croix...

Le maître du lieu, Tarass Koukoubenko était un homme très blond, au nez camard et aux yeux forts écartés du nez.

Il offrait le plus drôle de spécimen du type cosaque qui se puisse imaginer.

On eût dit une de ces caricatures si fort à la mode en 1815 et destinées à ridiculiser les Russes, alors nos ennemis les plus cruels, aujourd'hui nos meilleurs amis !...

Tarass Koukoubenko était vêtu à la vieille mode cosaque, c'est-à-dire qu'il portait un bonnet de peau de mouton, une blouse rouge à ceinture de cuivre, de larges pantalons de velours noir et des bottes jaunes, souples comme si elles eussent été faites en peau de gant.

Presque tous les autres paysans avaient modernisé leurs costumes. Beaucoup portaient de larges casquettes plates et des redingotes assez semblables à ce que nous appelons des « redingotes à la propriétaire », mais tous avaient de larges culottes et des bottes en cuir souple.

La fille de Tarass, la jolie Natinska, allait de table en table, apportant selon les commandes des consommateurs, des fioles d'eau-de-vie, des pots de kwass (cidre de grain), des bouteilles de bière, ou des saucissons tordus dans les formes les plus bizarres.

Natinska était une belle fille brune, aux yeux verts, petite mais bien découplée, potelée, mais de formes élégantes, qui faisait l'admiration de tout le pays, car elle savait rester sage en se montrant très accorte, défendant hautement les intérêts de son père, et joignait une coquetterie fort affriolante à une bonté de cœur incontestable.

Ce jour là elle semblait moins gaie que de coutume, et son père la grondait doucement à ce propos.

— Allons, Natinska, ma jolie colombe, mon joli pigeon, disait-il, faisons meilleure mine que cela aux clients... Par saint Nicolas !... on dirait que tu as des peines de cœur... Souviens-toi, ma tourterelle, que nous devons aux gens qui nous font l'honneur de s'asseoir à nos tables, non seulement du bon *kwass*, mais une bonne mine...

Un jeune paysan qui avait entendu ce petit discours ôta sa longue pipe de sa bouche et dit en s'adressant à Natinska.

— Le fait est, belle Natinska, que vous paraissez rêveuse... Ne devriez-vous pas être heureuse comme nous le sommes tous?...

— Heureuse?... Et pourquoi serais-je heureuse? demanda la jeune cabaretière.

— Pourquoi?... Mais parce que le « père » va revenir...

Natinska devint rouge comme une cerise et disparut dans l'office.

Qui donc le jeune paysan désignait-il de ce nom le « père » ?

C'était le jeune prince Bolstoï.

En Russie, il y a un bizarre mélange de respect obséquieux et de familiarité presque enfantine dans les relations sociales.

Un employé du gouvernement appelle son ministre « Excellence » « Gracieuse excellence » ou même « Grande lumière », mais un moudjick appelle « *Batouchka* » père, ou petit père, son seigneur... et le czar lui-même.

Ce mot de « père » appliqué à un seigneur qui est parfois un adolescent, n'est-ce pas quelque chose de touchant... quoique un peu ridicule?

Lorsque Vahinska eut disparu dans l'office quelques paysans se mirent à rire.

Tarass fronça le sourcil.

— Pourquoi donc riez-vous, gros sangliers? dit-il.

Le jeune paysan qui avait parlé à Natinska ôta de nouveau sa pipe de sa bouche et répondit :

— Parce que ta fille est partie en boudant.

— Elle ne boude pas... Elle trouve vos façons insolentes, voilà tout !...

— Tais-toi mon oncle; (1) toi-même, tu la grondais tout à l'heure, à cause de la mine qu'elle nous faisait.

____

(1) Dans la petite Russie, les jeunes gens appellent « mon oncle » les hommes de plus de quarante ans.

La vieille sortit en jetant sur l'aubergiste un regard ironique. (Page 300.)

— Mais Natinska!... J'en ai le droit, moi, de la gronder puisque je lui
ai donné le jour... Lui as-tu donné le jour toi, Ostap Ivanowitch?... Non,
alors mets un verrou à tes lèvres... Après tout, si ma fille est triste et boudeuse,
malgré la joie que nous éprouvons tous, c'est une lubie de femme... Toutes les
femmes ont des lubies... Olga, ma défunte épouse, pleurait quand il faisait du
vent...

— Tu aurais beau pérorer, mon oncle, dit un autre jeune paysan déjà un
peu ivre, nous savons très bien pourquoi ta fille es triste et boudeuse.

Son Altesse Nounouche   38

— Ah ! ah !... Parle donc, toi qui es si malin.

— C'est parce que le « père » va revenir.

— Imbécile !... Ne sais-tu pas, que le « père » est son ami d'enfance?..

— Justement elle est amoureuse de lui.

— Oui !... oui !... firent plusieurs voix, elle est amoureuse de lui.

Tarass devint très rouge.

— Il faut que vous soyez plus bêtes que les bêtes de l'arche de Noë, dit-il, pour que vous teniez de pareils propos... Pensez-vous que mon enfant est assez folle pour lever les yeux vers son seigneur ?

— Pourquoi pas? dit un troisième jeune homme ; tous les hommes sont frères et toutes les femmes sont sœurs. Ignores-tu, mon oncle, que le czar Pierre a épousé la fille d'un cabaretier?

Tarass devint pensif.

— C'est pourtant vrai, dit-il, mais c'était dans les temps anciens... Ces choses-là n'arrivent plus aujourd'hui... Et pourtant on dit que le moment n'est pas loin où nous serons les égaux des *boyards* (seigneurs) et des *tchinownicki* (employés).

Un petit ricanement de crécelle se fit entendre dans un coin.

— Qui donc a ri comme cela? demanda Tarass.

— Inutile de le demander, mon oncle, c'est Ivan-Georgewitch.

Tout le monde se tourna vers le rieur.

Ivan-Georgewitch, fils du Pope Ivan Stephanowitch Pouléschine, était un jeune homme petit, maigre, pâle, d'aspect à la fois maladif et inquiétant.

Sauf une large casquette noire, il était vêtu à la mode européenne ordinaire.

Il avait été étudiant à Kief, mais on l'avait chassé de l'université, à cause d'une histoire d'amour romanesque, disaient les uns, à cause de ses idées subversives, disaient les autres.

Très brun de peau avec des cheveux noirs comme l'aile du corbeau, le visage aquilin et les yeux vifs et toujours en mouvement, le jeune étudiant semblait en proie à une agitation incessante, à un trouble mental perpétuel.

Ses longues mains blafardes, semblables à de monstrueuses araignées blanches ne restaient jamais en repos.

Il regardait les yeux en dessous, d'un air malveillant et ironique.

En somme, bien qu'il fût fort intelligent et que l'ensemble de sa personne ne manquât pas de distinction, il était fort peu sympatihque.

— Pourquoi, ris-tu ainsi Ivan-Georgewitch? demanda Tarass...

— A cause des sottises que vous dites, répondit l'étudiant en avalant un verre d'eau-de-vie.

— Et quelles sottises disons-nous?

— Pourquoi, les répéter? n'est-ce pas assez quelles aient été dites une seule fois?

— Voilà qui est bien parlé, murmura un vieux cosaque, somnolent et à tête toute blanche.

— La peste soit du fils du Pope ! dit Tarass, en frappant du pied : il trouve toujours à redire à tout ce qu'on dit, mais quand on lui demande de s'expliquer il vous glisse dans la main, comme un poisson du Dnieper.

L'étudiant se mit à ricaner.

— Je me suis trop expliqué dans ma vie, dit-il, c'est pour cela que je n'étudie plus à Kief et que j'ai bien manqué faire un voyage en Sibérie ; il faut parler assez, mais pas trop : un mot suffit au sage. Il y a pourtant une chose que je puis vous dire : c'est que si vous espérez devenir les égaux des seigneurs sans rien faire pour cela, vous êtes plus fous que les plus fous et plus imbéciles que les plus imbéciles.

— Ecoute, Ivan-Georgewitch, dit Tarass, en s'approchant de l'étudiant et en le regardant dans les yeux, je dois être un sage, car tes mots me suffisent et, sans en avoir l'air, je vois bien ou la puce te pique. On prend de drôles d'idées en étudiant dans les grandes villes et puis on vient les colporter dans les campagnes. Si ton père le Pope Georges n'était pas toujours saoûl, il te dirait que nous sommes sur terre pour nous soumettre à la volonté de Dieu et attendre de lui seul les améliorations que nous espérons dans cette vie.

— Ainsi-soit-il, mon Oncle, dit un jeune paysan, pris subitement d'une folle gaîté d'ivrogne. Allons plus de querelles, embrassez-vous sur vos museaux de chien, *Christos Anesti* ! soyons tout à la joie, si Natinska boude et pleure, laissons-la bouder et pleurer, le « Petit Père revient » vive le Petit Père !

— Et vive aussi sa jeune épouse ! crièrent plusieurs voix.

— A la bonne heure, dit Tarass, voilà qui est parlé en bons cosaques ! que Dieu bénisse la chère épouse de notre seigneur et que le diable confonde ceux qui pensent que ma fille Natinska pourrait-être assez folle pour être jalouse d'elle.

Le fils du Pope fit de nouveau entendre son ricanement de crécelle.

— Il fut un temps, dit-il, ou la noble dame dont vous parlez aurait pu être jalouse de Natinska et des plus pauvres filles de ce pays-ci.

— Que veux-tu dire ? demanda Tarass en ouvrant de grands yeux.

— Vous ne lisez pas les journaux, oncle Tarass ?

— Je m'en garderai bien, les journalistes sont tous des coquins !

— S'ils ne sont pas des sorciers, grommela un vieux Cosaque.

— Mais où veux-tu en venir, avec tes journaux ? reprit Tarass.

— Un mot suffit au sage, dit l'étudiant ; je parle toujours assez, mais jamais trop ; les journaux parlent quelquefois trop dans les autres pays, chez nous jamais assez. Je baise respectueusement les mains de Mme la princesse Bolstoï ; et si je m'étais trouvé dans les rues de Paris lorsqu'elle y vendait des petits bouquets de violettes, je lui aurais volontiers donné ma pratique.

— Tu parles comme dans un rêve, dit Tarass en levant les épaules, et le diable lui-même ne serait pas assez malin pour pouvoir te comprendre ; je t'engage d'ailleurs à te taire, car tes propos ne plaisent guère aux honnêtes gens qui t'écoutent.

Quelques murmures commençaient, en effet, à se faire entendre, et les paysans jetaient sur l'étudiant des regards rien moins qu'aimables.

Peut-être même les choses eussent-elles tourné assez mal pour le trop bavard étudiant, si l'entrée d'une vieille femme, toute couverte de haillons, n'était venu faire diversion.

— Ah! te voilà, Eudoxie, dit Tarass, en s'empressant de mettre dans le tablier de la vieille une tranche de jambon, un morceau de pain et quelques gâteaux au miel.

La vieille femme fit une sorte de révérence, marmotta une prière, puis, se tournant vers l'assistance, elle dit, d'une voix éraillée:

— Le Christ soit avec vous, mes petits pigeons; aucun de vous ne veut que je lui dise la bonne aventure?

— Non, non, non! firent plusieurs voix.

— Tu as du jambon et des gâteaux, Eudoxie, dit Tarass, montres-nous tes talons, tu n'as plus rien à faire ici.

La vieille sortit, après avoir jeté sur l'aubergiste un regard ironique de ses yeux ulcérés.

— La peste soit de la sorcière! dit-il; heureusement ma fille n'était pas là, elle était bien capable de lui jeter un sort, car je veux être pendu si elle n'a pas le mauvais œil.

— J'espère bien que, quand le seigneur sera revenu, il l'expulsera du pays, dit un gros homme à mine sagace.

— Il est bien trop bon pour cela, reprit Tarass; il lui fera l'aumône tous les jours, et il aura raison, car il ne faut jamais se mettre mal avec les sorciers et les sorcières.

L'étudiant, voyant que la colère qu'il avait excitée par ses propos s'était subitement apaisée, crut devoir reprendre la parole:

— Seigneur frère, dit-il, je passe près de vous pour un païen, mais, au fond, je crois à une foule de choses et notamment aux sorciers et aux sorcières. Eh bien! voulez-vous que je vous dise? en France, tous les hommes sont des sorciers et toutes les femmes sont des sorcières.

— Ah! tu exagères, Ivan Georgewitch, s'écria Tarass, tandis que tous les paysans, vivement impressionnés, dirigeaient leurs yeux arrondis vers l'étudiant, qui gardait un sérieux imperturbable.

— Je n'exagère pas dit-il et je ne puis même vous dire que la moitié de la vérité, sans quoi vous mourriez tous de peur...

Les paysans de l'Ukraine ont conservé pour la plupart une âme fort naïve, mais ils sont loin d'être obtus et lorsqu'ils ne se trouvent point sous l'abrutissante influence de l'eau-de-vie, savent très bien associer deux idées et tirer des conclusions. Que les femmes françaises fussent des sorcières, cela ne le étonnait pas outre mesure, car ils avaient cette méfiance naturelle de l'étranger qui caractérise les races primitives; mais si les femmes françaises étaient sorcières ou du moins, si beaucoup d'entre elles entretenaient des rapports avec le diable, c'était donc une sorcière que leur cher seigneur, le bien-aimé prince Bolstoï allait leur ramener?... ce pénible soupçon avait germé d'autant plus rapidement dans leur cerveau rudimentaire, que tout, en adorant leur seigneur, ils n'ignoraient point, que ce dernier avait été longtemps en disgrâce à cause d'opinions téméraires qu'il professait? Quelles étaient ces opinions, ils ne s'en rendaient pas bien compte, mais il était évident, pour eux, qu'à un moment de sa vie, le prince Bolstoï avait gravement déplu à Dieu et à l'Empereur, ce qui est tout un. Ils lui pardonnaient mentalement ses erreurs passées en faveur de son repentir et ils étaient heureux de savoir que leur seigneur était rentré en grâce auprès de Dieu et auprès du Tsar, mais un sentiment pénible venait de se réveiller dans leur âme sous l'influence des perfides paroles de l'étudiant Ivan-Georgewitch.

Leur esprit était trop simple, pour qu'ils soupçonnassent les intentions méchantes du fils du pope.

Ivan-Georgewitch était très en avance sur ces compatriotes, il appartenait à cette catégorie des blagueurs à froid qui florissent à Paris, à Londres ou à Berlin, mais dont un paysan de l'Ukraine ne peut pas même soupçonner l'existence. Ces mystifications le consolaient des chagrins intimes qui rongeaient son âme et servaient d'exutoire à ses sentiments violents et envieux.

Ces natures-là ne peuvent être que fort rares dans des contrées de mœurs primitives et rudimentaires, Ivan-Georgewitch restait donc une sorte d'énigme pour ses compatriotes. Ils ne l'aimaient peut-être pas, même le détestaient-ils, mais ils le regardaient non sans raison comme très supérieur à eux au point de vue de l'intelligence et du savoir et se demandaient souvent, avec une étrange anxiété, s'ils devaient lui imposer silence comme blasphémateur, ou l'écouter comme un oracle.

Donc les paroles d'Ivan-Georgewitch avaient porté, et tous les bons cosaques qui se régalaient au cabaret de Tarass se demandaient maintenant si l'épouse de leur seigneur n'avait pas eu des rapports plus ou moins suspects avec les esprits infernaux.

L'étudiant était beaucoup trop fin pour n'avoir point compris jusqu'à quel point il avait agi sur l'esprit de ces naïfs auditeurs; il se réjouissait intérieurement d'avoir déjà nui au prince Bolstoï et à sa jeune épouse et il se proposait de compléter et de parfaire cette œuvre exécrable.

Connaissant bien ses compatriotes, il avait à peu près renoncé à exercer sur eux une influence révolutionnaire; les idées nihilistes n'auraient eu aucune prise sur ces hommes d'une intelligence comparable à celle de nos paysans du xiie siècle.

Le mieux, pour les influencer, était de se borner aux insinuations nivelleuses, à exciter peu à peu et sournoisement les instincts d'envie qui se trouvent au fond de tout cœur humain et de s'accommoder à leurs superstitions, à leurs visions et à leurs chimères.

— Voulez-vous, reprit Ivan Georgewith, que je vous raconte l'histoire d'un jeune russe, de mes amis, qui s'était laissé prendre aux charmes d'une actrice française ?

Cette proposition fut accueillie avec une sorte d'enthousiasme ; les bons cosaques, qui tout à l'heure n'étaient pas éloignés de casser la tête à l'étudiant nihiliste, buvaient maintenant ses paroles.

Comme les bas bretons, avec lesquels du reste ils ne sont pas sans analogie, les paysans de l'Ukraine adorent les histoires à faire peur.

Le soir, dans leurs assemblées, ils se narrent des contes épouvantables où le diable, les sorciers et les vampires jouent un grand rôle.

Quelquefois, ces récits insensés les impressionnent à tel point, qu'ils interrompent le narrateur et ne lui rendent la parole que quand ils ont réconforté leur âme par une prière à la Vierge ou aux Saints.

Il arrive aussi qu'ils sont tellement épouvantés par les contes qu'ils viennent d'entendre, qu'ils n'osent rentrer chez eux et passent la nuit dans la maison hospitalière, couchés sur le sol de la cuisine et enveloppés dans leur touloup de peaux de moutons.

C'étant bien assuré de l'attention de ses auditeurs, le fils du pope commença en ces termes :

III

OU L'ÉTUDIANT IVAN GEORGEWITH RACONTE UNE HISTOIRE FANTASTIQUE.

« Ce que je vais vous raconter ne date pas d'hier, mais ça n'en est pas moins parfaitement authentique. Dans ce temps-là, la ville de Kief appartenait aux Polonais et les jeunes gens y faisaient leur éducation dans un séminaire dirigé par un très-féroce recteur nommé Adam Laptachinski ; leur vie n'était point précisément douce pour un oui ou pour un non on leur donnait une mesure de *gros pois*, c'est-à-dire, qu'après les avoir mis nus comme des vers, on les étendait sur le sol, on les faisait tenir par quatre de leurs camarades et on les frappait avec un knout, jusqu'à ce qu'ils fussent couverts de sang ; même, dans les cas graves, on aspergeait leurs plaies avec de l'eau-de-vie ou on les saupondrait de sel, ce qui, comme bien vous pensez, leur faisait faire de vilaines grimaces.

« Ce n'est pas tout : comme par tradition, et qu'ils fussent de familles riches ou de familles pauvres, leurs parents les laissaient à peu près sans le sou, ils logeaient en ville dans de véritables taudis et étaient souvent obligés de tendre la main, de voler aux étalages des petits gâteaux ou des graines de pastèques ou de se réunir en bandes pour chanter dans les rues ou jouer toutes sortes de farces et de parades.

« On les traitait comme des mendiants et tout homme armé avait le droit de les tirer par la touffe de cheveux qu'ils portaient au sommet de leur tête rasée ; ajoutez à cela, qu'au séminaire, on ne leur apprenait rien d'utile et qu'on leur enseignait seulement l'art de discuter en latin sur des choses auxquelles personne n'a jamais rien compris.

« Cela étant donné, il est facile d'imaginer que beaucoup d'entre eux enterraient leurs livres et prenaient la fuite, errant au hasard dans la campagne et préférant tout à la vie de misères et de souffrances qu'ils menaient au séminaire de Kief.

« Or, c'est justement ce que fit l'étudiant Stanislas Micaïlowitch Galksenki, un jour qu'il avait eu trop à souffrir des sévices du recteur et de ses suppôts.

« Après avoir erré plusieurs jours sans oser demander l'hospitalité aux paysans de peur d'être reconnu comme écolier du séminaire de Kief et ramené pieds et poings liés au recteur, il se coucha sur l'herbe et se dit en lui-même :

« Puisqu'il faut mourir, autant mourir de faim que d'autre chose et ici qu'ailleurs.

« Au moment où il se tenait à lui-même ce propos désespéré, il vit passer devant ses yeux, et comme dans un rêve, une étrange cavalcade. C'étaient des hommes attifés de costumes bizarres, les uns marchant à pied et traînant la jambe, les autres montés sur des chevaux maigres et difformes comme celui de l'Apocalypse, puis, dans des charrettes, des femmes jeunes et vieilles non moins bizarrement attifées que les hommes.

« Bien que peu expérimenté, Stanislas connaissait assez les choses de ce bas monde pour deviner qu'il se trouvait en présence d'une de ces troupes d'aventuriers errants, que les Français nomment Bohémiens ; les Italiens, Zirgari ; les Allemands, Ziguener ; les Espagnols, Gitanos et les Hongrois et nous, Tziganes. — Êtres bizarres et mystérieux, dont la véritable origine est inconnue et qui parcourent tous les pays, disant la bonne aventure, vendant des remèdes pour toutes les maladies, exhibant des ours, des singes ou des perroquets, chantant, dansant, volant et même assassinant au besoin ; on sait qu'ils ne se gênent guère pour ravir les enfants à leurs parents ; c'est une de leurs spécialités ; ce sont, d'ailleurs, de damnables sorciers et qui entretiennent des relations les plus intimes avec tous les diables de l'enfer. Deux ou trois d'entre eux s'étaient arrêtés pour regarder d'un œil curieux le pauvre Stanislas, qui, étendu sur le sol, pâle de faim et grelottant la fièvre, faisait plus de pitié que d'envie.

« Tout à coup, un gaillard gigantesque qui semblait être le chef de la bande, et qui l'était en effet, interpella l'écolier.

« Il parlait assez bien le petit russien, car on sait que ces gens-là parlent à peu près toutes les langues.

— « Eh! frère, dit-il, te voilà, étalé comme un porc; est-ce paresse, est-ce maladie?

— « Je meurs de faim et de fatigue, répondit Stanislas.

— « Et où dirigeais-tu tes pas?

— « Où la Providence voulait meconduire.

— « Viens avec nous, frère. Tu es jeune et joli garçon; tu es fort, tu peux nous rendre des services; je t'offre du pain, de la viande, du vin et une bonne voiture pour faire la route. Mon nom est Bogdano, je suis bateleur de mon état, mais très honnête homme. Viens avec nous, te dis-je, et tu verras que, dans notre troupe, on n'engendre pas la mélancolie.

« Stanislas éprouvait quelques hésitations. Devait-il suivre ces gens dont il connaissait les mœurs suspectes? D'autre part, fallait-il qu'il se laissât mourir de faim ou qu'il s'exposât à être ramené au terrible recteur de Kief par des gens qui reconnaîtraient sa qualité et son costume.

« La terreur qu'il éprouvait en songeant aux mauvais traitements qui l'attendaient au séminaire l'emporta sur ses scrupules et il dit à Bogdano, en se soulevant à démi :

— « J'accepte tes propositions, mon Oncle; seulement aide-moi à me lever car mes forces s'en sont allées je ne sais où.

« Avec l'aide des bateleurs, Stanislas put gagner une des charettes de la troupe.

« Là quelques femmes noires comme des diables et sales comme des truies le réconfortèrent en lui faisant manger de la viande salée et en lui faisant boire de très bons vins évidemment volés dans la cave de quelques seigneurs

« Voilà donc notre ami transformé en bateleur errant; on lui apprit à exécuter divers exercices, tels que la danse des œufs et une foule de tours d'escamotage.

« Il était fort adroit et profitait à miracle des leçons qu'on lui donnait bientôt; il fut en état de participer aux exercices de la troupe et de rendre de réels services à Bogdano.

« Au surplus, il était heureux de constater que ses nouveaux compagnons étaient moins méchants qu'ils étaient noirs. Il y avait cependant dans la troupe de Bogdano une personne qui jetait le trouble dans son âme sensible et impressionnable. On l'appelait Dorothée; elle différait essentiellement de ses compagnes, tandis que ces dernières avaient les cheveux noirs et emmêlés, tandis que leur teint rappelait le vieux cuir sali par l'usage, tandis qu'elles exhalaient une insupportable odeur de bouc, Dorothée était blonde comme les blés, blanche comme le lait, propre comme une pièce d'or, et sentait l'ambre et le musc.

« Ces habits nétaient pas beaucoup plus riches que ceux de ses compagnes, mais elle les portait avec beaucoup de grâce et de coquetterie.

« Rien n'était doux et troublant comme le regard de ses yeux couleur de

Eh bien, lis, dit l'étudiant en tendant le journal à la jeune fille... (Page 312.)

pervenchées. Sa spécialité était de chanter en jouant du tambour de basque ou de la guitare ; elle avait une voix tellement belle, qu'on ne pouvait l'entendre sans se sentir ému jusqu'aux larmes.

« Pourquoi Stanislas éprouvait-il un sentiment presque pénible lorsqu'il se trouvait en sa présence ?

« Lui-même n'aurait point su répondre à cette question.

« Certes, Dorothée ne lui montrait nulle malveillance, elle était même ex- rêmement aimable pour lui ; mais plus elle se montrait aimable et plus il se sentait mal à l'aise.

« Un jour, Dorothée lui déclara tout franchement qu'elle l'aimait et qu'elle entendait faire de lui son mari ou son amant.

« Stanislas éprouva un sentiment fort singulier : il était à la fois ravi et épouvanté. Bien qu'ayant dix-huit ans à peine, et quoique élevé sous la sévère égide du recteur de Kief, il n'ignorait point ce que c'est que l'amour, et il se disait en lui-même qu'une tendre liaison avec une fille aussi belle que Dorothée devait être fertile en inexprimable plaisir.

« D'autre part, il avait toujours entendu dire, par les personnes les plus dignes de foi, que se donner à une sorcière, c'était se livrer au diable.

« Dorothée était-elle une sorcière ?

« Stanislas conservait quelques doutes à cet égard.

« Evidemment, elle n'était pas de la même race que ses compagnes ! Qui était-elle et d'où venait-elle ? Stanislas ne tarda pas à le savoir.

« Dorothée était Française et avait été volée par Bogdano à ses parents, aux environs d'une grande ville.

« Evidemment, elle était de bonne famille : la délicatesse de ses traits, la finesse de ses mains, l'exiguïté et la cambrure de ses pieds en témoignait.

« Il y avait donc des chances pour que Dorothée ne fût pas sorcière et Stanislas allait répondre à sa flamme amoureuse, lorsqu'un cauchemar qu'il eut pendant une nuit d'orage vint subitement changer ses dispositions.

« Il rêva que durant un entretien plus que tendre qu'il avait avec Dorothée, la jolie Française s'était tout à coup transformée en une hideuse vieille femme au bec d'oiseau de proie, aux serres de vautour et dont les orbites renfermaient deux charbons ardents en place de globe oculaire.

« L'horrible vieille sautait sur ses épaules et à grands coups de bâton le forçait à courir dans une steppe immense, sous un ciel rouge comme du sang.

« A un moment donné, des milliers de monstres, plus effroyables les uns que les autres s'élançaient en poussant d'épouvantables hurlements ; à l'horizon, des flammes immenses brillaient sinistrement et une voix mystérieuse et profonde murmurait à l'oreille de l'écolier : tu vas en enfer, tu vas en enfer !

« Stanislas se réveilla le front couvert d'une sueur froide, le rêve qu'il venait de faire lui parut un avertissement du ciel et il résolu d'imposer silence, à ses sentiments amoureux et de rester sourd aux aimables propositions de la belle Dorothée.

« La blonde Française éprouva un violent chagrin de la froideur subite de celui dont elle croyait déjà posséder le cœur.

« Elle perdit toute retenue et se conduisit à peu près comme cette impudique Mme Putiphar, dont mon vénéré père vous a quelquefois parlé dans ses prédications.

« De son côté, Stanislas se montra aussi héroïquement vertueux que le jeune Joseph, fils de Jacob, tant et si bien que, dans son irritation, la belle française lui donna quelques coups de poignard dont ses compagnons crurent qu'il était mort.

« En gens peu scrupuleux, ils l'abandonnèrent dans un fossé ; de bons paysans le recueillirent, le soignèrent, le rappelèrent à la vie et même, sur sa prière, intercédèrent auprès de ses parents qui étaient eux-mêmes de simples paysans, pour qu'ils lui pardonnassent, le reprissent avec eux et lui épargnassent dans l'avenir les ennuis et les tourments du séminaire de Kief.

« Les parents de Stanislas, quoique fort irrités contre lui, se montrèrent miséricordieux ; ils consentirent à ce qu'il habitât désormais près d'eux et à ce qu'il terminât son éducation chez un pope des environs, qui passait pour un très savant homme.

« Stanislas, au bout de quelques années, devint pope lui-même et fut envoyé par l'autorité ecclésiastique comme chapelain auprès du prince Casimir Kottemski, un des plus riches et des plus puissants seigneurs de la petite Russie.

« Le prince Casimir était un homme de plaisir, qui avait l'habitude de satisfaire toutes ses fantaisies et aimait à parcourir le monde ; il allait tantôt en Allemagne, tantôt en Italie, tantôt en France, semant partout d'or à pleines mains et étonnant l'Europe par son faste, tout en la scandalisant un peu par ses désordres.

« Pendant un voyage qu'il fit en France, le pope Stanislas, apprit, par la rumeur publique, qu'il s'était acoquiné avec une célèbre actrice d'un théâtre de Paris, et qu'il était tellement amoureux d'elle qu'il songeait à l'amener dans son château en Ukraine.

« Ces bruits n'étaient que trop fondés et, un beau jour, le prince Casimir revint en compagnie d'une fort belle dame blonde, aux yeux bleus, que Stanislas reconnut avec épouvante pour cette Dorothée qu'il avait aimée autrefois, d'une si étrange façon.

« Dorothée s'appelait à présent Athénais de Saint-Phal, et elle était renommée dans toute l'Europe pour son talent de cantatrice.

« Elle aussi, elle reconnut Stanislas et, le prenant un jour à part, elle lu déclara qu'elle l'aimait toujours. qu'elle le préférait de beaucoup au prince Casimir, bien qu'il fût jeune et beau, et que, si elle s'était donnée à ce grand seigneur, c'était tout simplement pour l'amour de son or.

« Le pauvre Stanislas, qui comme chrétien avait cru devoir pardonner à Dorothée sa tentative d'assassinat, éprouvait de nouveau les troubles amoureux qui l'avaient agité jadis, mais, il se disait, qu'en cédant au désir de la cantatrice française, il pécherait doublement, comme homme et comme prêtre du Seigneur.

« Cependant, l'amour l'aurait peut-être emporté sur l'esprit, comme dit mon vénéré père, si le bruit n'avait pas couru dans le pays, que Mme Athénaïs était bien positivement et bien décidément sorcière.

« On citait à l'appui de cette assertion des preuves irrécusables ; trois petits enfants que la belle dame avait pris dans ses bras et caressés étaient morts dans les vingt-quatre heures, sans qu'on pût deviner de quelles maladies.

« Une jeune Cosaque, avec qui le prince Stanislas s'était montré un peu trop familier, était devenue presque subitement aveugle, évidemment, par la diabolique influence de l'étrangère.

« Enfin Osipowitch, qui n'avait jamais menti, affirmait que, revenant de la ville par une nuit de clair de lune, il avait vu passer au-dessus de sa tête un femme, toute nue, à cheval sur un hibou et qu'il l'avait parfaitement reconnue pour Mme Aténaïs de Saint-Phal.

« Il n'y avait donc plus de doute possible, la belle Athénaïs n'était qu'une infâme sorcière ; non seulement Stanislas résita à ses impudiques avances, mais il la menaça, si elle insistait, de tout dire au prince Casimir.

« Il fallait que la passion qu'il avait inspirée à la belle Française fut bien sincère et bien violente, car la malheureuse dépérissait à vue d'œil.

« Un moment vint où, au grand désespoir du prince Casimir, elle refusa de sortir de ses appartements et même de prendre aucune nourriture.

« Le prince lui offrait vainement de l'or, des bijoux et des friandises de toutes sortes.

« — O ma colombe ! lui disait-il, si vous désirez que je décroche les étoiles pour vous en faire un collier, je vous jure, foi de gentilhomme, que je vais tenter l'aventure.

« Désirez-vous faire dissoudre des perles dans du vinaigre comme la belle Cléopâtre ? Avez-vous envie de manger la lune comme une crêpe ? Souhaitez-vous de vous venger de quelque ennemi ? vous n'avez qu'à parler, homme ou femme, je ne lui laisserai pas un pouce de peau sur le corps.

« Mais Athénaïs restait insensible aux brûlantes objurgations de son amant et refusait toujours de prendre aucune nourriture ; quand elle fut sur le point de mourir, elle demanda qu'à défaut de prêtre catholique, le pope Stanislas vint entendre sa confession.

« Malgré l'effroi qu'il éprouvait, Stanislas ne pût refuser d'accomplir son devoir ; il se rendit près de la moribonde qui, au lieu de se confesser, lui dit à l'oreille :

« — Ecoute, prêtre : tu as dédaigné mon amour, mais je me vengerai ; je vais aller retrouver mon maître Satan et c'est de l'enfer que je t'enverrai de mes nouvelles.

« Stanislas essaya de lui adresser quelques admonestations et de la ramener au bien, mais la diabolique personne lui répondit par un affreux éclat de rire et blasphéma en rendant le dernier soupir.

« Le prince Casimir fut absolument navré de cette mort, il fit appeler Stanislas et lui tint ce langage :

« — Ecoute, pope, nous allons célébrer les obsèques de Mme Athénaïs.

Il y a quelques jours, sentant sa fin prochaine, elle m'a exprimé ses dernières volontés.

« Son corps, mis en bière, restera exposé un jour et une nuit dans la chapelle de mon château avant d'être inhumé, toi; tu passeras toute ta nuit en prières auprès du cercueil; tel est le désir de Mme Athénaïs et tel est mon ordre. »

« Stanislas s'inclina; bien qu'il éprouvât les plus cruelles appréhensions, il avait trop le sentiment de ses devoirs de prêtre pour refuser de passer une nuit en prières auprès du cercueil d'une morte.

— « Je ferai mon métier, se dit-il à lui-même, la sorcière dût-elle sortir de son cercueil et venir vers moi pour m'étouffer dans ses bras. »

« Les obsèques de Mme Athénaïs furent célébrées, puis un jour s'écoula, puis la nuit vint, et le pope Stanislas fut mis en demeure par le prince Casimir d'accomplir sa promesse et de faire son devoir.

« Après s'être réconforté en buvant trois ou quatre gobelets d'eau-de-vie, notre ami se rendit à la chapelle; au milieu, sur une sorte d'estrade, était placé le cercueil, tout en bois d'ébène et orné de clous d'argent; pieusement, Stanislas s'agenouilla et essaya de vaincre ses terreurs en s'absorbant dans ses prières.

« Tout-à-coup, il entendit un bruit singulier, quelque chose comme des chuchotements dans l'air autour de lui; il lui semblait que des centaines d'êtres invisibles causaient à voix basse dans la chapelle.

« Il se leva, saisi d'une indécible terreur, et essaya de se précipiter hors du saint lieu, mais toutes les portes étaient fermées à triple tour de clé et le pauvre homme dut se résigner à rester dans la chapelle, en compagnie du cercueil de la sorcière.

« Il s'en tint, d'ailleurs, le plus éloigné possible, et se colla contre un mur, incapable, désormais, de dire une seule prière.

« Les chuchotements avaient cessé, mais des phénomènes encore plus inquiétants venaient de se produire: la lampe du sanctuaire et les cierges qui entouraient le cercueil s'étaient subitement éteints et la chapelle était éclairée d'une lueur blafarde venue on ne sait d'où, car, en dehors, la lune était voilée de nuages et la nuit restait parfaitement obscure.

« Aux chuchotements discrets avaient succédé des ricanements diaboliques qui partaient de tous les coins de la chapelle sans que l'on pût apercevoir les rieurs.

« Tout-à-coup, avec un craquement sinistre, le couvercle du cercueil éclata et Mme Athénaïs se dressa toute droite, enveloppée de son linceul, les cheveux épars et les yeux flamboyants.

« En un clin d'œil, elle fût en face de Stanislas qui, éperdu de terreur, ferma les yeux et essaya de s'enfoncer dans le mur.

« Le malheureux se sentit étreindre par deux bras irrésistibles, tandis que des lèvres glacées se collaient à sa bouche ; un froid mortel lui pénétra jusqu'au cœur et il s'évanouit.

« Le lendemain, les gens du château qui venaient pour le délivrer furent stupéfaits de trouver le cercueil ouvert et vide tandis que le pope Stanislas était étendu sur le sol de la chapelle.

« On eut beaucoup de peine à le faire revenir à lui ; du reste, ce fut pour bien peu de temps qu'il reprit connaissance car, après avoir répété trois fois le *Kirie Eleison* et fait un très bref récit de ce qui lui était arrivé dans cette nuit d'horreur, il expira. »

IV

NOIRS PROJETS D'IVAN GEORGEWITCH.

Les paysans de Daschof avaient entendu des centaines d'histoires plus effroyables que celles de l'infortuné pope Stanislas.

Le récit d'Ivan Georgewitch les impressionna pourtant d'une façon toute particulière.

L'étudiant avait une manière de conter fort impressionnante, et puis, les paysans ne pouvaient songer sans frémir aux noirceurs de la Française Athénaïs ; car ils se disaient, à part eux, que leur nouvelle dame était Française et que, par conséquent, elle pourrait bien être sorcière.

Aucun d'eux, d'ailleurs, ne fit cette réflexion à haute voix.

Un silence glacial avait succédé au tumulte de tout à l'heure.

Ivan Georgewitch se réjouissait dans son cœur du succès qu'il venait d'obtenir, il était heureux d'avoir semé des germes de méfiance et peut-être de haine dans de bons et braves cœurs et il comprit d'autant mieux que son succès était complet lorsqu'il vit Natinska, qui se tenait debout non loin de lui, les yeux grands ouverts et les mains croisées sur son tablier dans une attitude qui ne laissait aucun doute sur l'impression profonde que lui avait causé le récit des malheurs du pope Stanislas.

— Ah ! ah ! te voilà rentrée, Natinska, dit l'étudiant en cherchant à donner les inflexions les plus douces à sa voix aigrelette.

— Oui, répondit la jeune fille, je suis rentrée, j'ai entendu ton histoire. Tu parles bien, Ivan Georgewitch.

— Je sais d'autres histoires bien autrement curieuses, Natinska, répondit l'étudiant. J'en sais qui t'intéresseront, toi, plus que tout autre et je te les raconterai quand nous serons seul à seul.

Ce dernier membre de phrase ne choqua personne l'idée: qu'Ivan Georgewitch aurait voulu se trouver en tête à tête avec Natinska pour quelques motifs plus ou moins suspects ne serait venue à aucun des assistants et pas plus au père de la jeune fille qu'aux autres.

Ivan Georgewitch était un être bizarre et tellement différent des autres jeunes gens de son âge, que c'est tout au plus si on le considérait comme un homme.

Les paysans de Dashof ignoraient le mot « intellectuel » dont on abuse si fort en France de nos jours, mais instinctivement ils devinaient que l'étrange rejeton du pope Georges devait vivre surtout d'une vie nerveuse et cérébrale et se préoccupait fort peu des plaisirs et des satisfactions ordinaires à la vulgaire humanité.

Cependant, la nuit approchait et le cabaret Koukoubenko se vidait peu à peu.

Les paysans « Petit Russien », n'aiment pas à rentrer trop tard chez eux, surtout lorsqu'ils viennent d'entendre une histoire à faire peur.

Tel cosaque, qui la lance au poing, se battrait comme un héros, tremblerait de peur de rencontrer, dans la nuit noire, vu, le terrible roi des gnomes, dont le visage est de fer et dont on ne peut regarder les yeux flamboyants dans la nuit sans être frappé de mort subite.

Un moment vint où Ivan Georgewitch se trouva seul dans le cabaret avec Natinska.

Le gros Koukoubenko était allé dans sa cuisine donner un coup de main à Sophie Euphronowa, préposée à la confection de ses ragoûts.

— Tu as des histoires à me conter, Ivan Georgewitch, dit Natinska en s'approchant de l'étudiant qui était resté accoudé à sa table le menton dans sa main et l'air rêveur.

— J'en ai plusieurs, j'en ai beaucoup, répondit l'étudiant; mais, toi-même, n'as-tu point de confidences à me faire ?

Natinska devint toute rouge.

— Je te comprends, Ivan Georgewitch, dit-elle; tu veux revenir à la conversation de tout à l'heure, à cette conversation qui m'a fait fuir dans l'office... Ah ! ah ! tu voudrais me confesser, fils de pope !... attends pour cela d'être pope toi-même.

Ivan Georgewitch fit entendre son petit ricanement de crécelle.

— Je comprends ton rire, reprit Natinska; pope, tu ne le seras jamais, tu es bien trop impie pour cela.

Sais-tu ce qu'on dit de toi dans le pays? que tu ne crois pas en Dieu et que tu ne fais jamais le signe de la croix devant les Icones.

— Pures calomnies ! répondit l'étudiant, dont la mince figure prit une expression de moquerie méphistophélique.

Je crois en Dieu, à sa grande barbe blanche et aux nuages de ouate sur lesquels il est à cheval.

Quant aux signes de la croix, regarde et écoute.

Et l'étudiant s'inclina dans le direction d'une des nombreuses images de sainteté qui ornaient la salle du cabaret en se signant et en disant d'une voix onctueuse :

— *Eis to onomâti tou pátros, kai tou iou, kai tou Agiou onomatos, amen.*

Au nom du Père, et du Fils et du Saint-Esprit (en grec).

— Ce serait très bien, ce que tu faisl à, Ivan Georgewitch, dit Natinska, oui, ce serait très bien si tu étais sincère ; mais on ne sait jamais si tu parles sérieusement ou si tu te moques du monde. C'est drôle : à ne te rien cacher, je me méfie de toi et il y a dans tes regards quelque chose qui m'attire ; suis-je donc un petit oiseau et serais-tu une couleuvre ?...

— Je suis un honnête étudiant, qui te connais depuis ton enfance, et qui s'intéresse à toi, Natinska ; et c'est avec peine que je te vois partager les préjugés de tous ces rustres à mon égard.

Pourquoi ne serions-nous pas amis? pourquoi ne me prendrais-tu pas pour confident, moi qui suis trop malingre et trop laid pour qu'on me soupçonne jamais d'être ton galant?

— Mais par Saint-Nicolas, Ivan-Georgewitch, je n'ai aucune confidence à faire à personne !

— Pas même, à propos du prince ?

— Quel prince ?

— Le prince Bolstoï, notre très gracieux seigneur.

— Pas même à son sujet, Ivan-Georgewitch, et si tu ne veux pas que je te confonde avec les rustres qui s'enivraient là tout à l'heure, au nom du ciel, ne pense pas aussi bêtement qu'eux.

Comment peux-tu croire, toi un savant, que j'aime un homme aussi au-dessus de moi, que l'est « *notre petit père?* »

— L'amour ne raisonne pas, ma colombe : il est aveugle et il est sourd, il ne voit pas les obstacles et n'écoute point la raison ; et, d'ailleurs, pourquoi le prince Bolstoï ne répondrait-il pas à l'amour d'une fille d'aubergiste? sais-tu bien quelle fille il a pris pour femme ?

— Hein? Quoi? que dis-tu? dit Natinska, en se rapprochant vivement.

L'étudiant tira de sa poche un vieux journal.

— Tu sais lire, Natinska? dit-il.

— Sans doute, répondit la jeune fille, d'un ton quelque peu offensé.

— Si je ne m'abuse, tu comprends le russe?...

Cette question qui peut paraître étrange à nos lecteurs était toute naturelle, car les « Petits Russiens » parlent un dialecte qui diffère autant du russe que le patois provençal diffère du français.

— Oui, répondit Natinska, je comprends le russe, car ma défunte mère, Eudoxie Alexandrowna, était fille d'un marchand de Saint-Pétersbourg.

— Eh bien, lis, dit l'étudiant en tendant le journal à la jeune fille et en lui indiquant du pouce le passage dont elle devait prendre connaissance.

Le père t'attend, Ivan Georgewitch, viens vite te mettre à table. (Page 320.)

D'un mouvement brusque, Natinska s'empara du journal, s'assit tout près de l'étudiant et lut à haute voix ce qui suit :

« Sa Gracieuse Excellence le prince Bolstoï est sur le point de rentrer en Russie, où sa Haute Majesté le Tsar daignera lui faire le meilleur accueil. Son Excellence ramène de France une jeune et charmante épouse qui fera l'ornement de nos salons aristocratiques.

« Elle est, paraît-il, la proche parente de la princesse de Woutremont, née Quintiliani, récemment décédée.

Son Altesse Nounouche   40

« Mademoiselle Amélia Quintiliani, tel est le nom de la nouvelle princesse Bosltoï, est d'autant plus intéressante, que sa vie fut très romanesque et très agitée. Par suite de circonstances que nous ignorons, elle fut ravie à sa famille par des rodeurs parisiens, qui la forcèrent de mendier dans les rues et de vendre des petits bouquets en implorant la charité des passants.

« Ils firent même pis que cela, car ils la contraignirent un jour à participer à une expédition nocturne qu'ils firent dans un château des environs de Paris.

« Le hasard ou plutôt la Providence voulut que ce château fut précisément habité par la princesse de Woutremont.

« La princesse reconnut sa parente que ces gens avaient fait prisonnière après l'avoir blessée d'un coup de revolver, la prit avec elle et lui fit donner une haute éducation.

« Le prince Bolstoï, qui la rencontra dans les salons parisiens, s'éprit de sa beauté et de ses vertus ; mais le malheur s'acharnait contre la charmante Amélia Quintiliani et, par suite d'un rapt habilement combiné, elle retomba entre les mains de ses premiers persécuteurs.

« Grâce à Dieu, elle put de nouveau se soustraire à leur abominable pouvoir et le prince Bolstoï, infiniment heureux de la retrouver, l'épousa solennellement dans une des églises les plus aristocratiques de Paris.

« On voit que l'existence de la princesse Bolstoï fut un véritable roman, ce qui ajoutera un charme nouveau à ses grâces naturelles. »

Lorsqu'elle eut fini la lecture de cet *écho mondain*, Natinska jeta sur Ivan un regard un peu déçu. Son visage prit une expression encore plus triste qu'auparavant et elle dit en levant les épaules :

— Tu m'avais fait entendre, Ivan Georgewitch, que ce journal contenait des choses défavorables sur la princesse Bolstoï.

— Eh bien ?

— Eh bien, je ne vois rien qui ne lui soit très favorable, au contraire.

— C'est que tu ne sais pas lire entre les lignes, mon pauvre petit pigeon.

— Entre les lignes, il n'y a rien, Ivan Pétrowitch, je ne peux donc pas lire entre les lignes.

— Ta naïveté m'amuse, ma petite pomme verte, je veux dire que tu ne comprends pas le sens caché de l'article du journal dont tu viens de prendre connaissance.

En France, les journalistes sont trop libres, dit-on ; non seulement ils peuvent médire des grands, mais il leur est permis de les calomnier.

Dans l'empire du Tsar, il en est autrement, et les folliculaires doivent soigneusement veiller sur leur plume lorsqu'ils parlent de l'Empereur, des fonctionnaires ou des seigneurs, s'ils ne veulent pas faire le voyage de Sibérie ou même périr sous le knout.

Le journaliste qui a écrit ce que tu viens de lire s'est déjà montré fort hardi et, malgré l'apparence élogieuse et flatteuse de son article, s'il avait à faire à un seigneur moins tolérant et moins libéral que le prince Bolstoï, il pourrait bien payer fort cher sa témérité.

Mais moi qui comprends les choses à demi-mot, et qui, lisant beaucoup de journaux, non seulement russes, mais étrangers, suis au courant de tous les scandales de l'Europe, je puis rétablir la vérité et te dire, d'une façon exacte, ce que c'est que la nouvelle princesse Bolstoï.

Le journaliste te dit qu'elle a été ravie par des rôdeurs parisiens, cela est bien vague; qu'ils la forçaient à vendre des bouquets de violettes dans les rues de Paris, voilà qui est beaucoup plus clair.

Je ne veux pas te faire rougir, Natinska, et alarmer ta pudeur en te disant quel hideux métier font les malheureuses petites vagabondes parisiennes, sous prétexte de vendre des bouquets de violettes aux jeunes et vieux libertins de la capitale de la France, mais tu n'es plus une enfant et tu n'es pas une sotte et certainement tu me comprendras à demi-mot.

Notre nouvelle princesse a donc fait, dès son enfance, le plus triste et le plus humiliant des métiers; pis que cela, elle a été associée à une bande de malfaiteurs; comment la princesse de Woutremont a-t-elle été amenée à la prendre avec elle et à la faire passer pour sa parente? je l'ignore mais je pense qu'il y a là-dessous quelques ignobles histoires de chantage...

— De chantage? demanda Natinska.

— Oui, reprit l'étudiant, de chantage; on ignore ces manœuvres-là, dans nos naïves campagnes, mais je puis te faire comprendre en quelques mots ce que c'est que le chantage.

Un misérable, ordinairement des plus basses classes, a été mis par des circonstances particulières, au courant d'une faute commise par quelque personnage haut placé: il tient donc, en quelque sorte, son sort entre ses mains et le force par ses menaces de dénonciation, soit de le couvrir d'or, soit de faire telle ou telle chose souvent fort répréhensible. Pour moi il est évident que les complices, ou les patrons, de l'intéressante Amélia, ont fait chanter la princesse de Woutremont et l'ont forcée à adopter et à enrichir une des leurs.

Quant à cette histoire d'expédition nocturne et de coups de révolver, c'est un simple conte à dormir debout.

Voilà donc, l'intéressante Amélia lancée dans le grand monde, le prince Bolstoï s'amourache d'elle, elle devrait-être au comble du bonheur; mais le cœur des femmes est un abîme de bizarrerie ou même d'insanité: la petite gaillarde avait conservé des relations avec quelque jeune coquin de sa bande, elle enrage de ne pouvoir se trouver assez souvent avec lui, son amour insensé l'aveugle et l'égare, elle quitte sa protectrice et retourne près de ses amis. Cela te paraît bien invraisemblable, ma pauvre Natinska; mais, si tu connaissais les petites drôlesses parisiennes, tu verrais que rien n'est plus naturel; celles d'entre elles qui ont la bonne chance de trouver des amants jeunes, beaux, nobles et riches, n'hésitent jamais à les tromper avec les pires rôdeurs de barrières.

Quelquefois même, je devrais dire souvent, elles abandonnent les plus belles situations pour reprendre une vie d'opprobres et de misère.

Un invincible pouvoir les attire vers la fange, elles ont la nostalgie du ruisseau; mais si les drôlesses sont folles, leurs riches et leurs nobles adorateurs ne sont pas moins insensés.

L'intéressante Amélia a quitté la princesse de Woutremont, pour aller retrouver quelque abject petit amoureux, le prince Bolstoï le sait, tu crois qu'il va mépriser et haïr une semblable gueuse? ah bien, oui! plus elle est méprisable et plus il la désire, plus elle est haïssable et plus il l'adore, son cœur est plein de cette jalousie qui est le piment de l'amour et sa folie va jusqu'à vouloir en faire sa femme légitime, de cette gourgandine, qu'il aurait pour maîtresse dans les prix doux.

Chose étrange, c'est dans les plus hautes classes, qui devraient être les plus intelligentes et les plus instruites, que se trouvent les amoureux les plus bêtes et les plus extravagants.

Les feuilles publiques racontent tous les jours la lamentable histoire d'un grand seigneur, quelquefois d'un prince de sang royal, qui a rompu avec toute sa famille et toutes ses relations pour épouser une danseuse, une écuyère de cirque, parfois une fille du trottoir qui lui prouvera sa reconnaissance en le ruinant et en le trompant avec des misérables de son espèce.

Natinska écoutait bouche béante les propos d'Ivan Georgewitch, le poison de la calomnie pénétrait peu à peu dans son âme ardente et naïve, prédisposée à croire tout le mal qu'on pourrait lui dire de la nouvelle princesse; elle ne doutait pas un instant qu'Ivan fût dans le vrai.

Elle le regardait comme un esprit supérieur et admirait sa puissance de déduction; la vérité est que la pauvre fille nourrissait depuis son enfance un amour insensé pour son seigneur.

Elle était sa sœur de lait, ils avaient grandis ensemble, le prince l'avait traitée avec une familiarité quasi fraternelle et elle avait été éprise de lui bien avant de savoir ce que c'est que l'amour.

Son chagrin avait été violent, quand elle avait entendu dire que le prince s'était attiré les colères de l'Empereur et s'était vu forcé de s'exiler en France.

On disait autour d'elle que le jeune Bolstoï, abandonnant les pieuses traditions de sa famille, écoutait les perfides suggestions des impies et des révolutionnaires, qu'il fréquentait à Paris des hommes sans foi ni loi, pour qui Dieu n'était qu'un vain mot et qui rêvaient de renverser les souverains et de bouleverser le monde.

Comme tous ses compatriotes, Natinska confondait les nihilistes avec les sorciers.

Pour elle, un ennemi du Czar était nécessairement un suppôt du Satan.

Elle s'imaginait que dans les réunions des sociétés secrètes on se livrait à d'épouvantables incantations, en même temps que l'on parlait politique, et que le diable lui-même présidait à la fabrication des engins meurtriers dont les révolutionnaires se servaient pour assassiner ou terroriser leurs adversaires.

Le désespoir de la jeune fille eût été complet, si elle n'avait pas entendu dire que le jeune prince était peut-être plus à plaindre qu'à blâmer, que certains de ces égarements partaient d'un bon naturel et qu'un temps viendrait où il obtiendrait, grâce à son repentir, le pardon de Dieu et celui de l'Empereur.

Lorsqu'elle apprit que le prince était rentré en grâce auprès du Czar et qu'il allait vivre dans ses terres de l'Ukraine la jeune fille fut comme folle de joie.

Mais lorsqu'elle sut, qu'il amenait avec lui une épouse belle et adorée, elle se sentit prise d'une sorte de fureur jalouse.

Avait-elle donc espéré qu'un jour ou l'autre, son jeune seigneur répondrait à ses tendres sentiments?

Assurément non, ou, du moins, si cet espoir existait au tréfond de son cœur, elle ne se l'avouait pas à elle-même.

Mais sa passion était plus forte que tout raisonnement, et plus l'amour qu'elle ressentait lui apparaissait absurde et même criminel, plus il était invincible.

Les calomnies trop efficaces d'Ivan Georgewitch étaient venues à propos, pour donner en quelque sorte un corps à sa haine.

Maintenant qu'elle était bien persuadée que la nouvelle princesse était une mauvaise femme, une créature maudite, peut-être une amie de Satan, elle ne se faisait plus aucun scrupule non seulement de la haïr, non seulement de lui souhaiter tout le mal possible, mais encore de chercher à lui nuire par les plus terribles moyens.

Si la haine de cette malheureuse fille trouvait une explication et peut-être une excuse dans son amour insensé, celle qu'Ivan Georgewitch portait au prince et à sa nouvelle épouse était absolument inexcusable.

Je dis inexcusable, mais non point inexplicable; l'étudiant souffrait de ce mal horrible qu'on appelle l'envie, il en voulait à l'humanité tout entière de de ce qu'il était né pauvre, obscur, débile et assez laid.

Fils d'un boyard, il eût été sans doute d'une insolente fierté avec ses inférieurs.

Fils d'un humble pope de village, il exécrait toutes les supériorités sociales.

Ses idées réformatrices n'étaient que le masque et le déguisement dont il parait ses sentiments jaloux.

Étudiant à Kief, il avait laissé percer ses opinions subversives; peu s'en était fallu qu'on l'envoyât en Sibérie; on s'était contenté de l'expulser de l'Université et de le renvoyer dans sa famille.

Quoiqu'il fût oisif et à charge à son père et à sa mère, tous deux l'avaient très bien accueilli et cherchaient à calmer, à force de tendres soins, les colères qu'ils devinaient en lui.

Mais la jalousie sociale du jeune homme ne faisait qu'accroître de jour en jour, et le prochain retour du prince Bolstoï venait lui fournir un aliment nouveau.

Le prince s'était toujours montré excellent pour Ivan, qu'il avait connu dans sa prime jeunesse; mais cette bienveillance n'était point faite pour désarmer l'étudiant.

Affligé d'une nature absolument ingrate, il en voulait aux gens en raison directe du bien qu'ils lui avaient fait.

Il était donc bien résolu à *se venger* du prince Bolstoï et son dessein était d'ameuter contre lui l'opinion de toute la contrée.

On a vu avec quelle astuce il avait commencé cette triste campagne vis-à-vis des paysans de Daschof; il avait usé d'une grande réserve et d'une extrême prudence.

Mais avec Natinska, il croyait pouvoir agir beaucoup plus ouvertement; il suivait avec une atroce volupté les progrès du poison qu'il venait de verser dans l'âme de la jeune fille.

Il ne doutait pas, maintenant, qu'elle ne fût toute disposée à s'associer à ses noirs projets.

Natinska était plus intelligente et plus instruite que les jeunes paysannes des alentours.

Son amour contrarié aidant, elle était capable de choses terribles contre la princesse et contre le prince lui-même.

Pendant un long espace de temps les deux jeunes gens restèrent silencieux se regardant les yeux dans les yeux, se comprenant d'autant mieux qu'ils ne se disaient rien.

Ils allaient reprendre leur conversation lorsque Koukoubinko sortit de la cuisine.

— Allons, ma fille, dit-il, il faut se mettre à table et manger le pain du bon Dieu. Ivan Georgewitch, ce n'est pas pour te mettre à la porte, mais ton père et ta mère doivent t'attendre. *Oust! Oust!* montre-moi tes petits talons français; va mon mignon, va, mon délicat seigneur, et dis à ton vénérable père que je baise ses mains bénies.

— Au revoir « mon oncle », répondit l'étudiant. Dieu me garde d'être importun! Digérez-bien votre cochon de lait.

Et l'étudiant sortit de l'auberge après avoir jeté à Natinska un regard expressif.

V

OU L'ON FERA CONNAISSANCE AVEC LE POPE GEORGES.

Ivan Georgewitch, les mains derrière le dos et les yeux baissés, se dirigeait mélancoliquement vers la demeure paternelle, — une assez pauvre demeure, en vérité, quoiqu'elle fût en somme plus confortable que celle de la plupart des popes de l'Ukraine.

C'était une petite maison à la façon du pays, bâtie en bois et recouverte d'un crépi blanc; le toit était de chaume; à l'intérieur il y avait une cuisine, une chambre de réception qui servait aussi de salle à manger et deux chambres à coucher, une pour le pope et sa femme, l'autre pour leur fils; quant à la servante, elle couchait dans une sorte d'annexe qui n'était point sans analogie avec un toit à lapin.

Autour de la maison il y avait un assez grand jardin où poussaient quelques fleurs et qui produisait des choux, des pommes de terre, et des betteraves en quantité suffisante pour la consommation de la famille.

Disons-le à ce propos, la situation des popes russes n'est point comparable à celle des prêtres français.

Si nos curés de campagne vivent parfois assez pauvrement, ils jouissent du moins d'une réelle considération dans les pays ou les idées religieuses ont encore quelque crédit, les paysans les respectent et les riches propriétaires, voire les châtelains, les traitent d'égal à égal.

En Russie, il n'en va pas ainsi et le pope est maintenu dans une condition subalterne qu'on s'explique difficilement lorsque l'on songe que la Russie est de tous les pays de l'Europe celui où les idées religieuses ont conservé le plus d'influence.

On a pour le pope un respect très limité et tout extérieur ou, pour mieux dire, qui se borne à des formalités.

Le paysan qu'il rencontre s'incline profondément devant lui en mettant la main sur son cœur; mais, quand il s'est redressé, il lui parle plus que familièrement et même ne lui épargne point certaines plaisanteries d'un goût assez contestable.

Le seigneur qui le reçoit lui baise dévotement la main et lui demande sa bénédiction, mais il l'envoie dîner à la cuisine où les valets, après l'avoir salué, font de leur mieux pour le griser afin de s'amuser à ses dépens.

Ces mœurs sont bien loin des nôtres, mais il ne faudrait point conclure de ce qui précède que le clergé russe soit bas et vil.

Dans ce pays de foi ardente, l'humilité et la pauvreté des ministres du Seigneur sont prises au sérieux: on baise la main du pope comme prêtre, mais comme homme on le met au rang des derniers moujicks.

Les popes ne souffrent point de cette situation; quoi qu'en ait dit la calomnie, ce sont pour la plupart de forts braves gens qui aiment tendrement leur famille et se préoccupent très sincèrement du salut de leurs paroissiens.

On leur a beaucoup reproché leur tendance à l'ivrognerie, mais il ne faut pas oublier que cette tendance est commune à tout bon moscovite ou à tout bon cosaque; que les climats ont leurs nécessités ou leurs fatalités et qu'en Russie, comme du reste en Allemagne ou en Suède, abuser un peu de la dive bouteille passe dans toutes les classes pour un péché mignon...

Ivan Georgewitch était sans doute un peu en retard, car sa mère l'attendait déjà à la porte du jardin. Eusébia Michaïlowna, femme du pope Georges, était une grosse dame d'environ quarante-cinq ans, dont la mise n'annonçait aucune coquetterie, mais qui, cependant, était encore fort agréable à voir.

Elle avait de longs cheveux mêlés d'or et d'argent qui tombaient en tresses sur ses épaules grassouillettes et qu'entourait une sorte de diadème en velours noir orné de petites paillettes rouges et bleues.

Ses yeux gris étaient d'une extrême douceur et un sourire très bon égayait sa face toute blanche.

Elle était vêtue d'une sorte de chemise de flanelle rouge, d'un jupon de velours noir et d'une sorte de fichu de tricot blanc.

— Oh là! dit-elle, le père t'attend, Ivan Georgewitch, viens vite te mettre à table, les *galouchkis* vont refroidir.

— C'est bien mère, répondit l'étudiant en levant légèrement les épaules.. Froids ou chauds, ils n'en seront pas moins insipides et indigestes.

Eusébia Michaïlowna leva les yeux et les mains au ciel.

— Eh bien! dit-elle, voilà comment on parle dans ces universités maudites, qui sont bien l'œuvre de Satan. Vierge Marie! intercédez pour nous, mon fils a blasphémé, car c'est blasphémer que maudire la nourriture que le Seigneur nous accorde... Allons, entre, entre, mon cher fils, je t'ai déjà dit que le père attendait.

L'étudiant suivit sa mère dans la salle où le couvert était mis et où le pope Georges était attablé.

Le pope Georges était un homme grand et maigre, aux sourcils épais, au nez aquilin, à la longue barbe, dont l'air et les façons austères étaient corrigés par la douceur de son regard.

Le comte Obrénof offrait la main à la princesse Amélia. (Page 327.)

Il avait remplacé sa haute coiffure cylindrique par une petite calotte de soie noire et attaché une large serviette autour de son cou de façon à protéger sa longue robe de drap râpée jusqu'à la corde.

— Allons! mon fils, dit-il, en tendant sa main à Ivan, le pain du Bon Dieu nous attend.

Ivan baisa le bout des doigts de son père et prit brusquement place à table, tandis qu'une servante très brune et assez mal tenue déposait sur la table un pot de kwass et une sorte de saladier rempli de boulettes de pâte à moitié cuites arrosées de beurre fondu : ce sont ces boulettes que l'on pique avec des petites brochettes de bois pour les porter à sa bouche que les Petits-Russiens appellent les galouchkis.

Il n'y a pas de nourriture plus lourde et moins savoureuse, mais les habitants de l'Ukraine ont le palais peu délicat et, pourvu qu'ils aient leur ration de très forte eau-de-vie, ils se contentent de la nourriture la plus grossière ou du moins la plus simple.

Le commencement du repas fût triste et silencieux. Après que le pope Georges eut dit les prières d'usage, les trois convives se mirent à manger sans rien dire.

Le pope et son épouse se remplissaient avec délices des boulettes de pâtes lourdes et Ivan Georgewitch avait un appétit de vingt ans qui triomphait de ses répugnances gastronomiques.

Bientôt, cependant, la conversation s'engagea entre le père et le fils : la mère restait silencieuse.

En Russie, dans les classes inférieures, la femme élève peu la voix devant son mari et même devant ses enfants mâles ; en somme, elle est tenue dans une situation relativement subalterne — c'est un reste des mœurs orientales...

— Ivan, dit le pope d'une voix grave, sinon sévère, je suis de moins en moins content de toi !

— Et qu'as-tu à me reprocher, père ? répondit l'étudiant sur un ton assez respectueux, car ses idées subversives n'arrivaient point à contre-balancer absolument l'influence de son éducation patriarcale.

— Lorsque tu as été expulsé de l'Université de Kief, je t'ai pardonné de toute mon âme : Dieu nous donne l'exemple du pardon, mais il pardonne seulement au repentir, et en cela aussi nous devrions suivre son exemple ! Or, mon fils, je crains bien que tu ne te repentes pas.

— Et de quoi me repentirais-je, père ?

— Mais de tes erreurs, je pense !

— Êtes-vous bien sûr que je sois dans l'erreur ?

— Je n'en suis que trop sûr, hélas !

La figure de l'étudiant prit une légère teinte d'ironie qui n'échappa point complètement à son père.

— Père, dit-il, j'ai déjà essayé de vous démontrer que les doctrines pour lesquelles j'ai été expulsé de l'Université de Kief ne diffèrent guère de celles de Notre Seigneur Jésus-Christ.

— Qu'oses-tu dire, téméraire ?

— Ne t'irrite point, père, et suis mon raisonnement : Le Christ n'est-il pas venu proclamer l'égalité des hommes sur la terre ?

— L'égalité devant Dieu seulement ; n'a-t-il point dit : Serviteurs, obéissez à vos maîtres ?

— Il a dit aussi : Il faut rendre à César ce qui appartient à César ! Il a ordonné aux riches de donner tous leurs biens aux pauvres.

— Oui, mais il a ordonné aux pauvres de prendre leur mal en patience et de pardonner même aux mauvais riches, se réservant de punir lui-même le riche égoïste et le pauvre révolté.

— Il a chassé les vendeurs du Temple et a ainsi protesté lui-même contre la ploutocatie.

— C'est une interprétation toute arbitraire d'un grand acte de Notre Seigneur; d'ailleurs, mon pauvre Ivan, tu devrais comprendre que ton père n'est point assez sot pour se laisser prendre à tes propos ironiques. Tu n'as point le droit de t'abriter sous les doctrines du Christ, car tu les renies dans ton cœur. Tu ne crois point que le Christ soit fils de Dieu, car tu ne crois point en Dieu. Tu es si loin de professer une religion toute de sacrifice et de dévouement que tu t'es fait le sectateur de cette abominable philosophie qui proclame le droit exclusif de l'*égoïsme* ou de l'*égotisme*. Je ne suis point si fort ignorant que tu le supposes et je sais très bien que les penseurs de ton espèce croient que leur *Moi* seul existe et que le reste n'est que chimères ou fantômes. Comment osent-ils après cela afficher la prétention de travailler au bonheur universel? Voilà ce que je ne puis comprendre et ce qui montre chez eux un manque de logique à stupéfier tous les hommes de bon sens...

Ivan était devenu plus pâle que de coutume et il allait probablement répondre avec quelque aigreur à son, pèrelorsqu'il s'aperçut que la physionomie de ce dernier avait tout à coup changé d'expression. De sévère, elle était devenue bonnasse.

Cela tenait à une chose toute simple: la femme du Pope Georges prévoyant que la discussion de son mari et de son fils pouvait bien tourner au vilain, s'était avisée d'un expédient dont elle avait déjà usé avec succès en des circonstances analogues.

Elle était sortie sur la pointe du pied et était revenue apportant deux bouteilles d'un vin de champagne qu'elle tenait en réserve pour les grandes occasions.

Le pope Georges qui était à l'ordinaire d'une exemplaire sobriété ne résistait guère, il faut le dire, aux séductions d'une bouteille coiffée de papier doré.

Le champagne était son péché mignon.

Son visage se détendit, un large sourire éclaira sa face austère et il s'écria en frappant des mains:

— Voilà une bonne idée, ma femme devant Dieu et ma sœur en Jésus-Christ!

— Le vin, quand on le prend sans excès n'inspire que des pensées douces et bienveillantes, Notre-Seigneur le Christ n'en a point interdit l'usage; la preuve, c'est qu'aux noces de Cana il a changé l'eau en vin... Floc! voyez comme le bouchon saute au plafond! Bois, mon fils, bois, ma femme, une seconde bouteille succèdera à cette première: Dieu le permet, Dieu le veut!

Malgré l'amertume qui remplissait son âme, Ivan ne pouvait s'empêcher de rire et de l'innocent subterfuge de sa mère et du naïf enthousiasme de son père ; du reste, lui non plus ne détestait point le champagne et quelques gobelets de la magique liqueur eurent bientôt adouci dans une certaine mesure l'acrimonie de ses sentiments.

Ce fut donc avec un sourire assez doux qu'il écouta une nouvelle semonce de son père... mais combien moins sévère que la première !

— Mon fils, disait le pope, l'œil brillant et la joue enluminée, je te connais, tu es pessimiste !... tous les jeunes gens de ton âge le sont !... et comme vous avez tort... la vie a du bon !... c'est un présent dont nous devons remercier Dieu tous les jours... je sais bien que vous espérez une vie meilleure sur cette terre... vous comptez améliorer votre sort sans le secours de Dieu... Folie, folie, triple folie !... Notre devoir est de prendre la vie comme elle vient et la société comme elle est... ne me parle point de l'égalité des conditions, elle ne peut exister dans ce bas monde... Si tu pouvais rendre tous les hommes aussi riches les uns que les autres, l'envie ne subsisterait pas moins sur cette terre, les hommes laids jalouseraient les jolis garçons et les malades jalouseraient ceux qui jouissent d'une bonne santé... Le moment ne viendra jamais où tous les hommes seront également riches, beaux et bien portants... Toi et tes pareils vous voudriez tout simplement prendre la place de ceux qui sont plus heureux que vous : sans doute vous vous montreriez alors plus égoïstes qu'eux ; on n'est révolutionnaire que quand on est pauvre ; quand on est devenu riche, on veut conserver ses richesses et on se garde bien de les distribuer à l'humanité souffrante... Et d'ailleurs, n'y a-t-il point ici-bas un va-et-vient perpétuel qui devrait satisfaire vos idées revendicatrices !... tel meurt de faim aujourd'hui qui sera millionnaire demain... plusieurs descendants de notre Grand Rurick sont aujourd'hui des mendiants et il y a des souverains qui descendent des plus humbles familles. Le roi de Suède est le petit-fils d'un pauvre avocat béarnais. On a vu un aubergiste gascon sur le trône de Naples et un des ancêtres de notre auguste Empereur était un pope aussi pauvre et aussi modeste que le pope Georges... renonce à tes sinistres chimères, mon cher Ivan, reprends le cours de tes études, entre dans le *Tchin* (emplois publics): dans quelques années tu seras l'égal d'un Galitzin ou d'un Troubtzkoï, tu marcheras de pair avec notre *petit père* le prince Bolstoï. Devant l'Empereur comme devant Dieu, un *Thinovnick* (employé du gouvernement) est aussi noble qu'un *boyard* (gentilshomme de race)... ainsi le veulent les lois de l'empire... comme je serai fier mon fils lorsqu'on t'appellera Excellence, gracieuse Excellence, ou même grande Lumière !

Et le pope Georges, selon l'habitude des petits russiens, lorsqu'ils ont quelque peu caressé la dive bouteille, se mit à fondre en larmes, exemple qui fut immédiatement suivi par sa femme et sa servante.

Ivan lui-même, attendri par quelques nouvelles libations, oublia bientôt ses colères et ses rancunes et l'on put voir toute la famille du pope Georges s'embrasser en pleurant, et proclamer, à l'exemple du docteur Pangloss, que « tout va pour le mieux dans le meilleur des mondes ».

V

PRÉSENTATION A LA COUR ET ENTRÉE TRIOMPHANTE AU CHATEAU.

Tandis que l'étudiant, Ivan Georgewitch, préparait de longue main, ses agissements machiavéliques et se disposait, à force d'habileté, à perdre son seigneur et l'épouse de ce dernier dans l'esprit des paysans de Daschof, le prince Bolstoï présentait sa jeune femme à l'Empereur de toutes les Russies.

La Cour de Saint-Pétersbourg n'est pas aussi « collet monté » que celle de Londres ou que celle de Vienne, et les Czars, tout en se réservant le droit d'interdire aux membres de la noblese russe telle ou telle alliance, se montrent à cet égard beaucoup plus tolérants que les souverains allemands.

Ce qu'il pouvait y avoir d'équivoque ou de mystérieux dans les origines d'Amélia n'avait donc point nui à la jeune femme auprès du Czar et de son entourage.

Ces malheurs l'entouraient même d'une sorte d'auréole qui la rendait particulièrement sympathique aux nombreuses personnalités de l'aristocratie Russe, portés à aimer les romans.

La curiosité qu'excitait son apparition à la Cour n'avait rien de malveillant, au contraire ; du reste, elle plût tout de suite au Czar ; la famille impériale l'adopta immédiatement, et cela suffisait pour que les plus réfractaires s'empressassent de lui faire l'accueil le plus chaleureux.

Ceux qui la soupçonnaient de n'être pas une Quintiliani parfaitement authentique et ceux qui n'ignoraient pas dans quel abominable milieu elle avait vécu pendant quelque temps, furent tout particulièrement charmés de sa beauté blonde, de sa distinction naturelle et de la parfaite bonne grâce de ses manières.

Le léger voile de mélancolie qui restait étendu sur son âme, malgré son bonheur présent, n'était point fait pour déplaire à des Slaves portés eux-mêmes aux rêveries et à la tristesse.

Bref, elle fut accueillie presque avec enthousiasme dans la société Pétersbougeoise.

Quant au prince Bolstoï, on fut charmé de le revoir : ses tendances progressistes, et même ses chimères sociales, ne déplaisaient point dans un pays où les plus récalcitrants, aux idées nouvelles sont, inconsciemment, férus d'idées d'améliorations humaines.

Nous avons dit que le prince avait emmené avec lui le peintre Robert Templier et sa jeune femme, Jeanne Hérault : Robert, quoiqu'il ne fût jamais venu en Russie, n'était point inconnu à Saint-Pétersbourg. Quelques riches amateurs de la société russe avaient acheté plusieurs de ses tableaux.

Il avait fait le portrait d'une des dames d'honneur de l'Impératrice, la princesse Godnief et cette œuvre d'art, exposée à Paris, à un des salons des Champs-Élysées, avait eu un succès européen.

Le jeune peintre fut donc reçu avec la plus grande faveur par la société Pétersbourgeoise, et il eut la satisfaction de se dire qu'il devait ce bon accueil au moins autant à son talent personnel qu'au patronage du prince Bolstoï.

Jeanne, elle-même, fut fort bien reçue, quoique certaines personnes n'ignorassent point qu'elle était la sœur d'un abominable bandit, dont le procès avait ému l'Europe entière.

Disons-le cependant, cette triste parenté mettait le jeune couple dans une situation assez délicate, Jeanne éprouvait un véritable embarras, lorsque quelque grande dame de la société Pétersbourgeoise lui témoignait de la bienveillance ou de l'amitié.

La pauvre fille n'était guère habituée à fréquenter le grand monde, mais on sait quelle était d'une bonne origine et quelle ne manquait point de distinction naturelle.

Elle ne se fut donc point trouvée déplacée dans un milieu social élevé, si elle n'eut eu conscience de la défaveur que jetait fatalement sur elle les crimes de son frère ; par bonheur, beaucoup de ceux qui la recevaient, l'acceptaient en leur compagnie comme l'épouse légitime d'un artiste célèbre, sans s'inquiéter ni s'enquérir de sa parenté.

Quant à ceux qui savaient quel monstre elle avait pour frère, ils avaient l'esprit assez élevé pour ne rien dire autour d'eux et pour oublier eux-mêmes cette fâcheuse circonstance.

Nous le répétons, la société russe est d'une tolérance dont on ne se fait guère d'idée dans les autres pays de l'Europe.

Bolstoï, Amélia, Robert et Jeanne menèrent donc une vie très heureuse durant les deux mois qu'ils passèrent à Saint-Pétersbourg. Ils étaient logés dans une maison de la perspective Newski, qu'un des parents du prince, le comte Bélisiarief, avait mise à sa disposition.

Le deuil d'Amélia et celui de Jeanne empêchaient qu'ils assistassent à des fêtes, mais faisaient qu'ils devaient se borner à des représentations officielles et à des réceptions tout intimes.

Ils ne purent donc fréquenter les théâtres ni les autres lieux de plaisirs ; mais ils s'en plaignirent d'autant moins qu'ils éprouvaient un bonheur tout particulier à vivre ensemble dans une douce et discrète intimité et que l'obligation où ils se trouvaient de limiter leurs relations mondaines était très favorable à la réserve que leur imposaient certaines circonstances précédentes de leur existence.

Il convient d'ajouter qu'Amélia avait l'âme trop haute pour en vouloir à Jeanne de sa parenté avec son odieux persécuteur ; l'horreur que lui inspirait le jeune assassin ne rejaillissait point sur sa sœur.

Les deux jeunes femmes s'étaient senties tout de suite attirées l'une vers l'autre et ce qui eût irrémédiablement séparé deux natures moins généreuses était devenu entre elles un doux lien de plus.

Au bout de deux mois, les deux ménages partirent pour l'Ukraine et firent le voyage jusqu'à Kief en chemin de fer, dans des wagons spéciaux achetés par le prince Bolstoï pour cette occasion solennelle.

Ah ! ce fut une belle fête à Daschof et, de mémoire de Cosaque, on n'avait point vu un gentilhomme reçu aussi cordialement et aussi pompeusement sur ses terres !

Lorsque le prince et sa compagnie apparurent dans un superbe landau attelé de quatre chevaux, il s'éleva une clameur d'enthousiasme.

Les paysans de tout âge et de tout sexe, vêtus de leurs plus beaux atours, faisaient la haie sur le passage du landau, dans le plus pittoresque pêle-mêle.

Les hommes coiffés du bonnet de fourrure ou de la large casquette et vêtus de blouse d'un rouge éclatant, les femmes portant le diadème pailleté et la jupe de velours noir avec application de soie multicolore.

Lorsque le prince fut arrivé dans la cour du château, son intendant Nikita s'approcha du landau, dont il ouvrit respectueusement la portière, tandis qu'un gentilhomme du voisinage, le comte Obrénof, remplissant les fonctions de grand maréchal de la noblesse de la province, offrait la main à la princesse Amélia, et qu'un autre gentilhomme, Michel Lazarief, aidait Mme Templier à descendre de voiture.

Alors s'avança une députation de jeunes filles, toutes vêtues de blanc et les cheveux flottants sur les épaules, qui, après avoir chanté une sorte d'hymne à la gloire du prince Bolstoï, offrirent à Amélia une magnifique corbeille de fleurs et une autre corbeille toute remplie de petits gâteaux au miel et à l'angélique.

Cependant, deux domestiques avaient apporté sur un plateau une certaine quantité de verres remplis de vin de Champagne, et le comte Obrénof porta solennellement la santé du prince Nicolas Bolstoï, de la princesse Amélia Bolstoï, du grand artiste Robert Templier et de la charmante Mme Templier.

Le prince, la princesse, Robert et sa femme firent raison au comte Obrénof, un immense *hourrah* s'éleva dans les airs et la noble compagnie entra au château, où un splendide repas était servi.

Pourquoi Amélia sentit-elle son cœur se serrer en pénétrant dans cette riche et seigneuriale demeure ?

Pourquoi le souvenir de ses malheurs passés se dressa-t-il dans son âme plus attristant que jamais?

Pourquoi son bonheur présent ne la fit-il point tressaillir d'une joie pure et sans mélange?

Pourquoi enfin, se sentit-elle prise d'une crainte subite de voir ses épreuves recommencer alors que logiquement elle devait croire à un bonheur définitif?...

Tout le monde a ressenti, dans le cours de son existence, ces étranges pressentiments.

Trop souvent hélas! ces vagues menaces de la destinée sont suivies d'effets. Nous verrons en temps et lieu si les tristesses préventives de la princesse Amélia étaient justifiées.

VI

OU L'ON RETROUVE LOUIS HÉRAULT.

Si vous le permettez, nous reviendrons à Louis Hérault, à l'ex-Toto dit Mes Puces, qui a joué un rôle si important dans la première partie de ce récit.

On sait que, grâce à l'intervention de sa sœur et de son célèbre beau-frère, le Président de la République avait commué la peine de mort prononcée contre lui par le Jury de la Seine en celle des travaux forcés à perpétuité.

On a vu avec quelle joie délirante le jeune misérable avait accueilli la nouvelle de sa grâce ou plutôt de sa commutation de peine.

De la Roquette, il avait été transféré à la prison de la Santé et de la prison de la Santé au fort de l'île de Ré, où il attendait son transport dans la colonie lointaine où l'Administration française allait lui offrir une hospitalité gratuite, mais certainement peu luxeuse.

Maintenant qu'il était sûr d'avoir la vie sauve, le jeune bandit avait repris ses cyniques et insolentes allures d'autrefois.

Nous le retrouvons à l'île de Ré dans une cellule un peu plus vaste que celle de la Roquette, mais meublée d'une façon aussi rudimentaire.

Louis Hérault, vêtu d'une veste et d'un pantalon de grosse étoffe brune et coiffé d'un béret assorti est assis sur l'escabeau de bois qui lui sert d'unique siège.

—Malheur! se dit-il à lui-même, ce qu'on s'ennuie dans cette résidence! Je regrette presque mon palais de la Grande-Roquette, sauf la perspective d'éternuer dans la cuvette de la *camarde*, on y était vraiment pas trop mal! Les

Montrez la plus grande confiance à qui vous parlera après vous avoir exhibé un bijou
comme celui-ci. (Page 335.)

gardiens étaient aux petits soins pour moi et je les gagnais à l'écarté et au piquet
tant que je voulais.

On me donnait des livres un peu bêbêtes, mais c'était une distraction tout
de même, et pour la nourriture, je n'avais point à me plaindre.

Tous les jours de la *bidoche*, des omelettes tant que j'en voulais ; de temps
en temps le *rátichon* m'apportait secrètement dans sa poche un petit flacon
de « martel » dont il me faisait boire une gorgée à la barbe des gardiens qui
faisaient semblant de ne rien voir.

Son Altesse Nounouche							42

A présent, va te faire fiche! seul, toujours seul, et, quant à la nourriture des *faillots* du pain noir et du château Wallace.

Tandis que Louis se livrait à ses mélancoliques réflexions, la porte de la cellule s'ouvrit et un homme en petite tenue d'officier entra :

Louis reconnut immédiatement le commandant du fort.

— Louis Hérault, dit ce dernier, c'est demain que vous quittez l'île de Ré, le navire qui doit vous transporter à votre destination est prêt à partir, je viens vous avertir, afin que, si vous aviez envie de voir M. l'aumônier avant votre départ, vous puissiez satisfaire ce désir.

— Je vous remercie, monsieur le commandant, répondit Louis Hérault sur un ton respectueux, mais avec une nuance d'ironie, je n'ai pas eu beaucoup l'occasion de pêcher depuis que je suis dans cette demeure hospitalière ; je n'aurais pas grand chose à raconter à M. l'aumônier, et je me fais un scrupule de le déranger pour rien.

Le commandant leva légèrement les épaules.

— En vous faisant cette proposition, dit-il, j'accomplis une formalité ; s'il vous plaît de mourir dans l'impénitence finale, je m'en moque comme d'une guigne !

Louis pâlit légèrement.

— Mourir, dit-il, pourquoi me parlez-vous de mourir, monsieur le commandant? n'ai-je point ma grâce? M. le Président n'a-t-il point commué ma peine?

Le commandant fit entendre un petit rire sec.

— Nous sommes tous condamnés à mort, mon garçon, dit-il, et c'est une peine que les Présidents de République, les Empereurs et même le Pape ne sauraient commuer.

Le visage de Louis Hérault se détendit et lui aussi se mit à rire.

— Vous voulez dire que je mourrai un jour ou l'autre, monsieur le commandant, fit-il, je m'y attends, mais le plus tard possible, n'est-ce pas? Je je ne suis pas pressé, je suis jeune et bien portant ; la camarde attendra !

La figure du commandant prit une expression assez sévère.

— On crève à tout âge, mon garçon, dit-il, et moi, qui ne suis plus jeune, j'ai enterré déjà pas mal de galopins aussi bien portant que vous et puis, vous savez, il ne faut pas vous faire illusion, vos chances de passer l'arme à gauche augmenteront pas mal dans le cours de votre petite villégiature. D'abord vous allez voyager en mer...

— Oh! j'ai l'estomac solide.

— Il y a les naufrages.

— Je nage comme un poisson.

— S'il vous prenait envie de vous révolter à bord, vous avez à faire à un commandant qui ne badine pas, il vous ferait jeter à la mer comme un panier de poissons pourris.

— Monsieur le commandant, si j'ai eu du penchant à la révolte, les épreuves m'ont corrigé ; je serai doux et respectueux envers toutes les autorités navales ; je suis, d'ailleurs, de bonne famille. et je sais comment on doit se comporter dans le monde. Papa était officier et maman s'appelait Mlle de Fazeuil. Pour moi, comme vous ne l'ignorez sans doute pas, après différentes traverses, j'aurais fini par devenir un jeune homme très bien, si l'amour ne m'avait pas fait commettre quelque légèreté ; je ferais maintenant partie du *High-Life* parisien...

— Je sais, mon garçon, que vous êtes très fort, mais je ne vous engage pas à faire le malin quand vous serez à Cayenne !

Louis Hérault devint blême et eut un tressaillement douloureux.

— A Cayenne ! s'écria-t-il, c'est donc à Cayenne que l'on m'envoie ?

— Parfaitement.

— Ah malheur ! malheur ! j'espérais aller à la Nouvelle !

Et Louis Hérault cachant sa tête dans ses mains se mit à sangloter.

Pourquoi le nom de Cayenne est-il resté un épouvantail pour les condamnés et pourquoi beaucoup d'entre eux envisagent-ils la Nouvelle-Calédonie comme une sorte de paradis terrestre ? C'est ce que nous ignorons ; ces deux colonies ne sont pas plus malsaines l'une que l'autre, et les déportés de Cayenne ne subissent pas un sort plus rigoureux que ceux de la Nouvelle-Calédonie.

Mais, aucun raisonnement ne peut avoir d'action contre certains préjugés et le commandant du fort, qui en somme était un assez bon diable, eut beau affirmer à Louis Hérault que Cayenne ou la Nouvelle c'était *kif-kif*, le jeune gredin, n'en manifesta pas moins le plus violent désespoir.

Dans son imagination assez active, Cayenne c'était le bagne classique avec la chaîne, le boulet, la soupe aux gourganes, le travail en plein soleil sous le bâton des gardes chiourmes, la schalgue et toutes les autres misères racontées dans les romans feuilletons.

La Nouvelle, au contraire, c'était l'existence libre et poétique du colon sur une terre fertile et sous un ciel clément !

Toto, dit Mes-Puces, qui malgré son frottement au monde élégant était resté plein de préjugés habituels aux gens de sa sorte, s'imaginait qu'à la Nouvelle on lui donnerait tout de suite une délicieuse petite maisonnette, agrémentée d'un parterre, d'un potager et de quelques terres de rapport, et même que l'administration lui fournirait pour compagne quelque superbe brune ou quelque ravissante blonde qui embellirait ses jours et lui ferait oublier ses récentes déceptions amoureuses.

Hélas ! il fallait renoncer à ces doux rêves. Louis en ressentait un véritable désespoir et malgré les réconfortantes assurances du commandant du fort qui lui promettait un sort presque enviable s'il se conduisait bien, sa cynique gaieté fit place à une agitation fébrile, qui rappelait celle que le jeune gredin avait manifestée lorsqu'il se croyait à la veille d'être guillotiné.

VII

LOUIS HÉRAULT REÇOIT UNE VISITE QUI LE STUPÉFIE, MAIS QUI LUI MET
UN PEU DE BAUME DANS LE CŒUR,

Louis Hérault et ses compagnons d'infortune devaient effectuer leur départ sur le navire transport de l'État, le *Rapide*.

Pour des raisons qui ne nous intéressent nullement, le départ du *Rapide* fut retardé de quelques jours.

Louis Hérault qui ne savait plus s'il devait se réjouir ou se chagriner de ce retard, rêvait tristement dans sa cellule, lorsqu'un matin, un brigadier de service entra et lui dit :

— Louis Hérault, attendez-vous à recevoir une visite.

Le jeune coquin releva vivement la tête, et une légère rougeur lui monta aux joues ; pour les malheureux dans sa situation, une visite est toujours un grand événement.

Qui donc pouvait venir le voir ? Qui s'intérressait encore à lui ? Était-ce sa sœur, était-ce son beau-frère ?

— Une visite ? dit-il. Quelle visite, s'il vous plait ?

— On ne m'a point défendu de vous le dire, répondit le brigadier : c'est comme qui dirait un savant.

— Comment, un savant ?

— Oui, une espèce de médecin qui a obtenu la permission de vous voir, et même de vous voir sans témoins, parce qu'il est très bien avec le ministre de la justice, avec la dame et la demoiselle du Président de la République.

— Un médecin ? Mais je ne suis pas malade !

— S'agit pas de maladie. Ce savant-là s'est fait une *espécialité* d'examiner la *caboche* des criminels. Il paraît que vous autres, messieurs les *grinches* et les *escarpes*, vous n'avez pas le crâne fait comme celui de tout le monde. Il y a aussi quelque chose de particulier dans vos yeux, dans votre nez, dans votre bouche, dans votre menton, enfin dans toute votre *bobine*.

Ces messieurs les savants examinent tout cela à seule fin de découvrir la cause de vos crimes, et de vous empêcher d'en commettre de nouveaux.

— Très flatté de l'intention, dit Louis en ricanant. Et comment l'appelle-t-on, ce type-là ?

— Le docteur Closterman.

— Un *Alboche*, alors ?

— Oui, cela doit être une tête carrée, ou quelque chose comme cela. Je viens vous avertir à seule fin que vous le receviez gentiment.

— Soyez tranquille, monsieur le brigadier, quoique dans le malheur, on est homme du monde ! Vous pouvez faire entrer votre savant, on le recevra avec tous les honneurs dus à sa *loufoquerie*.

Le gardien sortit.

Une heure plus tard environ, le docteur Closterman était introduit dans la cellule de Louis Hérault par le brigadier, qui, tout de suite, se retira discrètement.

Louis s'attendait à voir un vieux savant en lunettes d'or, avec une cravate blanche et une longue redingote noire, mal coupée.

Il fut donc tout surpris de se trouver en présence d'un homme encore jeune, vêtu d'un élégant complet de coupe anglaise et portant à sa cravate de soie bleue une fort belle épingle de diamant.

Ce personnage avait, d'ailleurs, un type allemand très caractérisé.

Ses cheveux blonds, sa barbe dorée encadrant un visage blanc et rosé, ses yeux d'un bleu très doux, son léger embonpoint, enfin toute sa personne dénotait un homme de race germanique appartenant aux classes élevées de la société.

Ses manières étaient fort douces, mais avec quelque chose de décidé.

Ses yeux prenaient de temps à autre une expression un peu troublante. De doux comme la fleur du myosotis, ils devenaient tout à coup tranchants comme une lame de damas.

Ce fut sur le ton de la plus parfaite politesse qu'il adressa la parole au jeune prisonnier.

— Monsieur, lui dit-il, avec un léger accent tudesque, ma visite vous surprendra sans doute...

— Elle me charme, dans tous les cas, répondit Louis Hérault, devenant à son tour très *gentleman* et se souvenant qu'il avait été une manière de *gommeux* parisien.

— Vous ne vous doutez guère de ce qui m'amène auprès de vous, reprit le docteur Closterman.

— Je vous demande mille pardons, monsieur le docteur, on m'a déjà instruit de l'objet de votre démarche ; et je vous prie de croire que je suis trop au courant des choses modernes pour en avoir ressenti un étonnement exagéré. Vous êtes, si je ne m'abuse, un de nos craniologues les plus distingués ; vous vous imaginez, en examinant mes bosses, découvrir la cause de mes faits et gestes et peut-être même un remède à mes instincts criminels...

— Vous êtes dans une erreur complète, monsieur. Tel est le prétexte de ma visite. La vraie raison est tout autre...

Les yeux de Louis Hérault s'écarquillèrent d'étonnement.

— Qu'est-ce donc qui vous amène? demanda-t-il.

— Le désir de vous être utile.

— Vous ne me connaissez donc?

— Beaucoup plus que vous ne pouvez vous l'imaginer.

— Mais qui donc êtes-vous?

— Je ne vois aucune difficulté à vous l'apprendre.

— Parlez, je vous en conjure!

— Je m'appelle, comme vous le savez sans doute, le docteur Closterman, je suis médecin de Son Altesse Sérénissime, le grand duc Othon de Kirck-Berghen, j'ai obtenu, de mon gracieux Souverain, la permission de faire un voyage scientifique en France, en Espagne et en Italie, enfin dans ce qu'il est convenu d'appeler les pays de races latines; mon but est de faire des études physiologiques, psychologiques...

— A merveille, monsieur le docteur, mais cela ne me dit pas comment vous me connaissez, pourquoi vous me faites l'honneur de vous intéresser à ma personne, et ce que vous comptez faire pour me témoigner les bonnes dispositions dont vous semblez animé à mon égard.

Le docteur sourit légèrement.

— Voilà bien les Français, dit-il, oui voilà bien le caractère impétueux et impatient des Celto-latins: il faudrait tout leur dire à la fois!... prenez patience, mon jeune ami, d'autant plus qu'il me serait impossible ou du moins qu'il m'est absolument interdit de répondre à toutes vos questions. Vous allez partir pour Cayenne, n'est-pas?

— Hélas oui!... j'aimerais bien mieux partir pour la Nouvelle-Calédonie.

— Vous avez le plus grand tort!

— Pourquoi donc ai-je le plus grand tort?

— Parce qu'il est beaucoup plus facile de s'évader de Cayenne que de la Nouvelle-Calédonie.

Louis Hérault tressaillit vivement.

— Hein!... Quoi!... dit-il, il est donc question de me faire évader?

— Mon Dieu, oui, mon cher monsieur.

— Et qui donc s'intéresse assez à moi pour vouloir me rendre ce service?

— C'est ce que je ne dois pas vous dire. Sachez seulement que des personnages haut placés ont intérêt à votre évasion et qu'ils comptent se servir de vous pour des choses de la plus grande importance. Je vous engage fortement à n'être ni impatient, ni curieux, ni indiscret; je sais que c'est beaucoup demander à un Français de votre âge, mais il y va de votre liberté, de votre vie, et, j'insiste sur ce mot, de votre fortune.

— Soit, monsieur le docteur. Quoique jeune, j'ai l'expérience de la vie, vous pouvez donc compter sur ma prudence et, quoique votre démarche me cause la plus grande surprise, je ne chercherai pas à en savoir plus long que vous ne voulez m'en dire pour le moment, et je vous jure de me conformer à vos instructions.

— Aveuglément?

— Aveuglément! je vous obéirai comme un jésuite au chef de sa compagnie, je serai entre vos mains, comme un cadavre, *perinde ac cadaver*; vous voyez qu'on a des lettres!

— Voilà qui est bien dit... et s'il en est ainsi, vous pouvez compter, non seulement sur une évasion prochaine, mais sur une destinée des plus enviables. Nous sommes, malheureusement, obligés de vous laisser faire le voyage de Cayenne, une évasion est impossible ici et il n'y a rien à faire tant que vous serez sur le *Rapide*. A Cayenne, des agents, aussi habiles qu'audacieux, s'occuperont de vous tirer des griffes de la chiourme. Quant à vous, vous n'avez que deux choses à faire, vous bien conduire, de façon à vous attirer les bonnes grâces de vos surveillants, et faire tout ce que vous pourrez pour apprendre l'allemand.

— Apprendre l'allemand! mais ça ne me sera pas facile.

— Je ne vous demande que de faire ce que vous pourrez; il se trouvera assez probablement parmi vos compagnons d'infortune des gens qui parleront la langue allemande; liez-vous avec eux et tâchez de vous faire initier à leur idiome. A Cayenne, vous aurez quelque loisirs : je prendrai mes mesures pour vous faire parvenir une grammaire allemande et quelques autres ouvrages pédagogiques appropriés à la circonstance; vous êtes fort intelligent, fort débrouillard, et je suis convaincu qu'en peu de temps vous deviendrez un germanisant fort passable. Du reste, quand vous serez libre, nous nous retrouverons et je me chargerai de compléter votre éducation.

— A merveille!... bien que tout cela me semble extraordinaire et même invraisemblable, la confiance renaît en mon âme : j'espère en vous, M. le docteur, et, je vous le répète, je me livre entièrement à votre discrétion. J'aurai sans doute de vos nouvelles à Cayenne?

— Assurément, et montrez la plus grande confiance à qui vous parlera de ma part après vous avoir exibé un bijou comme celui-ci.

Et le docteur Closterman tira de la poche de son gilet un porte-crayon en or surmonté d'une émeraude en forme de cachet.

— Et maintenant, reprit le docteur, adieu, mon jeune ami, ou plutôt au revoir.

— Et mes « bosses »! demanda Louis, chez qui le gamin de Paris ne disparaissait jamais complètement.

Le docteur se mit à rire.

— Je les connais sans vous avoir examiné, dit-il; vous avez la bosse du meurtre, celle du vol et celle du libertinage; je ne manquerai pas, d'ailleurs, de faire un rapport consciencieux sur l'état craniologique de l'intéressant assassin Louis Hérault et de communiquer ce précieux document aux principales sociétés savantes du monde civilisé.

Et le docteur, après avoir fait un signe de la main à son nouvel ami, tira le cordon de sonnette qui se trouve, en cas de besoin, dans toute chambre de prisonnier.

La porte s'ouvrit, le brigadier reparut et le docteur, après un nouveau salut, celui-là plus cérémonieux, sortit de la cellule, laissant Louis Hérault dans un état d'agitation mental bien facile à comprendre.

VII

QUI CONTIENT QUELQUES DÉTAILS SUR LE DOCTEUR CLOSTERMAN.

Après son entrevue avec Louis Hérault, le docteur Closterman ne prolongea pas son séjour à l'île de Ré.

Il se rendit immédiatement à Paris et descendit à l'hôtel du *Rhin*, établissement assez élégant où se logeaient volontiers les membres de l'aristocratie allemande.

Le docteur n'était point un inconnu à Paris.

Depuis quelques années il y venait souvent, il y faisait des séjours assez prolongés, et il avait trouvé le moyen de se faufiler dans des milieux divers.

On l'avait accueilli d'autant plus favorablement que son souverain le Grand-Duc Othon-de-Kirck-Berghen affichait de la sympathie pour la France et de l'antipathie pour la Prusse.

Du reste, le docteur était un homme aimable, de bonnes façons, de mœurs douces, et doué, au plus haut degré, de cette qualité si nécessaire à qui veut réussir, qu'on pourrait appeler la dextérité sociale.

C'était un causeur spirituel, érudit, intéressant et sans pédantisme, ce qui est rare chez les Allemands.

Il s'occupait beaucoup de ces questions de magnétisme, d'hypnotisme, de suggestion, si fort à la mode de nos jours, et, s'il y avait chez lui quelque charlatanisme, il le dissimulait fort adroitement.

Tout en restant sympathique, il était l'objet de pas mal de potins.

Ses origines étaient mal connues. Il ne paraissait pas plus de quarante ans, mais certaines personnes affirmaient qu'il devait en avoir près de cinquante.

On le disait Autrichien d'origine et l'on prétendait qu'il avait d'abord servi comme chirurgien dans l'armée autrichienne.

Comment avait-il quitté le service de l'Autriche, c'est ce qu'on ignorait; ce qu'il y a de certain, c'est qu'il était resté quelques années à Constantinople comme médecin du Sultan.

Enchanté, monsieur le baron, je crois que nous avons trouvé le jeune homme qu'il nous faut.
(Page 339.)

Quelques mauvaises langues laissaient entendre qu'il s'était enrichi en rendant au Grand Turc des services peu avouables, mais on ne précisait rien à cet égard; et comment aurait-on pu soupçonner de quelque action malhonnête ou criminelle un homme doué d'une aussi bonne figure?

Le docteur avait eu le bon esprit de se faire d'assez intimes relations dans le monde officiel.

Il voyait, presque dans l'intimité, des députés, des sénateurs, des ministres, et était même reçu avec quelques faveurs chez le président de la République.

Il n'avait eu garde d'oublier les personnalités en vue de la presse parisienne.

On le voyait souvent dans les bureaux de rédaction, flatteur, insinuant, obtenant, sans avoir l'air de les quémander, les réclames dont il avait besoin.

Cette situation dans le monde parisien explique comment le docteur Glosterman avait pu obtenir de voir sans témoins le jeune détenu de l'île de Ré et de se livrer sur lui à des études phrénologiques.

Il avait suivi avec assiduité les débats du procès de Louis Hérault et il avait dit et répété partout qu'il donnerait tout au monde pour pouvoir étudier les « bosses » de ce criminel exceptionnel.

Il voulait aussi le faire parler et obtenir de lui des aveux et des déclarations qui pouvaient être fort précieux soit pour la science, soit pour la justice.

Pour cela, il fallait qu'il vît Louis Hérault seul à seul.

Après quelques tergiversations, on lui accorda tout ce qu'il voulut.

A peine de retour à l'hôtel du Rhin, le docteur commença par rédiger un article où il rendait compte de sa mission scientifique qu'il envoya immédiatement à un des organes les plus importants de la presse parisienne.

Quand il eut fini son travail, il était environ six heures du soir.

Le docteur se mit en habit noir, monta dans une des voitures de l'hôtel qu'il gardait à sa disposition pendant tout son séjour à Paris, et se fit conduire d'abord au cercle aristocratique dont il avait été reçu membre temporaire, ensuite dans un des plus élégants restaurants des boulevards où l'attendait depuis quelques minutes un personnage habillé comme lui de la façon la plus correcte.

Ce personnage était un homme de haute taille, très robuste bien qu'il parût âgé d'une soixantaine d'années, ayant comme le docteur un type germanique assez accentué, mais d'une distinction et d'une haute allure qui dénonçaient la plus noble origine.

Son front large et un peu fuyant était ombragé de cheveux blancs assez épais et naturellement bouclés, un collier de barbe argenté entourait son visage long assez fortement coloré au profil aquilin et éclairé par des yeux gris clairs d'une expression un peu dure et même assez troublante.

Il y avait quelque chose d'impérieux dans toutes les façons de ce personnage, mais ce quelque chose était corrigé par une certaine douceur de parole une grande courtoisie et une réelle distinction.

— Ah! ah! vous voilà de retour, docteur, dit-il en excellent français.

Et il tendit la main au médecin qui la prit en s'inclinant.

Le personnage de haute taille ajouta :

— Vous êtes exact au rendez-vous que vous m'avez donné de là-bas. C'est fort bien. J'ai retenu un cabinet particulier et nous allons pouvoir causer à notre aise.

Un maître d'hôtel d'aspect très correct s'approcha des deux Allemands et dit d'un air tout particulièrement respectueux :

—.Si monsieur le baron veut bien me suivre, je vais le conduire au 18; ces messieurs seront là aussi tranquilles que possible.

Quelques minutes après, le vieux gentilhomme et le docteur avaient pris place devant une table très richement et très confortablement servie et se livraient à une causerie vive et animée, parlant tantôt allemand et tantôt hongrois et semblant tous deux très préoccupés de quelque importante question.

Disons-le avant d'aller plus loin, l'ami du docteur Closterman se nommait le baron de Rosenberg, comme lui il habitait le Grand-Duché de Kirck-Berghen.

Longtemps, il avait rempli les fonctions de Chancelier du Grand-Duc, puis, à la suite de dissentiments assez mal connus, il s'était retiré dans ses terres où il vivait en gentilhomme chasseur, ayant l'air de négliger complètement toutes les questions politiques.

Il venait à Paris beaucoup plus rarement que le docteur, et il y connaissait fort peu de monde.

Bien qu'il eût des parents et des alliés dans la noblesse française, il ne fréquentait point le Faubourg-Saint-Germain.

Il ne faisait partie d'aucun club et occupait habituellement une chambre assez modeste au Grand-Hotel.

Les rares Parisiens qui le connaissaient ne s'occupaient guère de lui.

Il passait pour un homme assez maussade, une sorte de misanthrophe, peut-être sournoisement libertin et en somme assez peu sympathique.

X

— Eh bien, docteur, dit le baron après avoir donné ordre au garçon de ne revenir que quand on le sonnerait, eh bien! docteur, êtes-vous content de votre voyage?

— Enchanté, monsieur le baron, et je crois que nous avons trouvé le jeune homme qu'il nous faut.

— Alors cette ressemblance !

— Est inouïe, inimaginable, stupéfiante! Je l'avais déjà remarqué durant le procès et c'est ce qui m'avait suggéré l'idée de vous faire venir à Paris, mais j'ai vu le *sujet* de près et je suis resté confondu. En vérité ce garçon ne ressemble pas à... qui vous savez, c'est *lui-même!* sa mère, si elle pouvait revenir en ce monde, s'y tromperait en dépit de la voix du sang : c'est *lui-même*, vous dis-je, et je ne crois pas que deux jumeaux se soient jamais ressemblés à ce point.

— Voilà qui est providentiel ! Dieu nous vient en aide, à moins que ce ne soit le diable. Mais, dites-moi docteur, ce jeune drôle est-il assez intelligent pour servir nos projets ?

— J'en réponds, monsieur le baron, je l'avais d'ailleurs jugé au moment de sa comparution devant la Cour d'assise de la Seine. C'est un gaillard aussi intelligent que vicieux, remarquablement bien doué et qui eût pu arriver aux plus hautes situations s'il eût fait un meilleur usage des facultés que lui avait accordées la nature.

Le baron de Rosenberg fit entendre un petit ricanement.

— Ne dites donc pas de naïveté, docteur, fit-il, et ne vous posez pas en moraliste, je vous jure que cela ne vous va guère. D'ailleurs, en cette occasion, vos reflexions morales sont singulièrement déplacées ; c'est précisément parce que le jeune coquin que vous êtes allé visiter à Il'le de Ré a fait le plus mauvais usage de ses facultés, que nous sommes amenés à le pousser vers une très haute position... S'il avait été honnête homme et fût resté fidèle à ce qu'il est convenu d'appeler le devoir, que serait-il devenu plus tard : notaire, avoué, magistrat, préfet de première classe ?... les belles situations que voilà, surtout dans un pays où les fonctions publiques perdent de plus en plus leur prestige !... Supposez qu'il soit devenu ministre ; que dure un ministère en France, à présent ? quelques mois, Quelques jours, peut-être quelque heures. Voulez-vous admettre qu'il eût été un jour élu Président de la République ?... C'est un bel emploi je n'en disconviens pas et qui peut permettre de s'enrichir en peu de temps, mais une fois rendu à la vie privée le Président n'est plus rien.

— Hélas ! monsieur le baron, la situation que nous destinons à notre jeune ami a quelquefois d'étranges retours !

— Il ne s'agit pas de cela... Enfin, vous dites, mon cher Closterman, que ce petit bandit français est assez intelligent pour seconder nos projets, remplir nos intentions, enfin nous donner satisfaction pleine et entière ?

— Oh ! pour cela, monsieur le baron, j'en réponds.

— Tant mieux, tant mieux! et j'ai la plus grande confiance dans vos appréciations, mon cher docteur. Mais, ce n'est point tout d'avoir trouvé un *sujet* ressemblant assez à... qui vous savez pour jouer le rôle que nous lui destinons, encore faut-il qu'il soit à notre disposition.

— Rien de plus juste, monsieur le baron.

— Mais il n'y est pas, à notre disposition !... Il est entre les mains de gens qui ne le lâcheront pas aisément. Car vous êtes de mon avis, n'est-ce pas, les fonctionnaires français ne se laissent pas aisément corrompre ; et nous aurions beau répandre l'or à pleines mains, que nous n'aurions guère de chance de délivrer notre intéressant captif.

— Je pense, en effet, monsieur le baron, que ce n'est pas par la corruption que nous devons essayer de mener à bien nos projets. En France, on a vu de hauts personnages politiques accepter des pots-de-vin, mais il est certain que les humbles employés se montrent, généralement, très scrupuleux à cet égard, et je pense qu'il serait fort difficile de soudoyer un gendarme, un gardien de la paix ou même un garde-chiourme. Mais je compte faire l'économie de tous pots-de-vin et, lorsque notre jeune homme sera arrivé à destination nous aviserons aux moyens de le faire évader et de lui faire revoir la vieille Europe.

— Mais encore, ce moyen, quel sera-t-il?

— Je vous avoue, monsieur le baron, qu'à ce point de vue, je ne suis pas plus fixé que vous. Ce qu'il y a de certain, c'est qu'il est beaucoup plus facile de faire évader un détenu du pénitencier de Cayenne que de la Roquette ou de la forteresse de l'Ile-de-Ré. Après tout, nous avons du temps devant nous. Il est bon que, tout d'abord, nous préparions l'opinion publique dans le grand-duché de Kirck-Berghein.

— Oh! mon cher docteur, je crois que nous n'aurons pas grand'chose à faire pour cela.

— C'est votre impression?

— Oui, c'est mon impression! Le mécontentement des habitants de Kirck-Berghein s'accroît de jour en jour, le grand-duc devient de plus en plus impopulaire, la noblesse lui reproche certaines de ses idées et de ses tendances modernistes, la bourgeoisie lui en veut de conserver certaines traditions féodales et de rester fidèle à la vieille étiquette de Cour, à laquelle presque tous les princes allemands ont renoncé. Le peuple murmure, parce qu'il est pauvre et parce qu'il souffre. Enfin, mon cher docteur, à vous parler franchement, je crois que, pour l'instant, nous avons intérêt à modérer le mécontentement public plutôt qu'à l'exaspérer. Nous aurions à craindre que les sujets de Son Altesse Sérénisisme n'attendissent point pour se soulever la délivrance de notre prisonnier. Voyez-vous d'ici la République proclamée à Kirck-Berghein?

— Eh! eh! monsieur le baron, ce ne serait peut-être déjà pas si mauvais.

— Vous trouvez, docteur?

— Assurément. La République ne durerait pas six mois à Kirck-Berghein.

Au bout de quelques jours peut-être, nos compatriotes demanderaient une restauration. Or, comme ils ne consentiraient sûrement pas à restaurer le grand-duc actuel... vous devinez le reste!

— Mon cher docteur, ne prenons point le chemin des écoliers. Il ne m'est pas prouvé du tout que le régime républicain ne durerait que quelques jours ou même quelques mois à Kirck-Berghein. Il vaut mieux nous en tenir à notre premier plan et travailler l'opinion publique dans le sens... que vous savez.

— Oh! l'opinion publique est déjà préparée: on murmure dans les tavernes et même dans quelques salons que la folie du prince Édouard n'est pas réelle ; que c'est contre tous droits, contre toute justice, contre toutes raisons que ce malheureux jeune homme est enfermé et caché à tous les yeux ; quelques-uns commencent même à dire tout bas que c'est un jeune prince plein d'intelligence et de bon vouloir, qui a pu acquérir une grande instruction en dépit de ses persécuteurs et qui serait beaucoup plus apte que le grand-duc Othon à faire le bonheur de nos compatriotes.

— Certes, je le sais aussi bien que vous ; je me réjouis fort de ces dispositions et, tout en ayant l'air de prendre la défense de notre souverain, je fais tout ce que je peux pour augmenter l'estime que nos compatriotes peuvent avoir pour son infortuné parent.

— Oh ! monsieur le baron, nous savons quelle est votre habileté, votre finesse, votre diplomatie ; vous rendriez évidemment des points à Talleyrand et à Machiavel...

— Vous me flattez, docteur, mais j'accepte vos compliments, car je les crois parfaitement sincères... Mais nous avons mieux à faire que de nous complimenter. Quel est l'homme que vous envoyez à Cayenne pour préparer les voies ?

— Oh ! un gaillard aussi entreprenant que rusé. Je ne vous l'ai pas présenté parce qu'il fallait qu'il effectuât son départ sans tarder ; mais je vous réponds de lui : c'est un maître homme ! Il va là-bas sous prétexte de faire du commerce, mais il ne s'occupera, en réalité, que de notre affaire.

— Est-ce un Allemand ?

— C'est un cosmopolite. Il est probable qu'il connaît le lieu de sa naissance mais il ne le dit pas ; pendant quelque temps, il a passé pour très « Parisien », mais je le soupçonne d'être originaire de Naples. Il a été mêlé ici à des quantités d'intrigues, côtoyant toujours la police correctionnelle, mais se tirant des plus mauvais pas avec une merveilleuse facilité.

— Et il se nomme ?

— En dernier lieu, il portait le nom de vicomte de Gesti ; à Cayenne, il s'appellera M. Verckein et passera pour un négociant flamand.

— Saura-t-il contrefaire l'accent flamand ?

— Il sait contrefaire tous les accents et je ne serais pas étonné qu'il parlât toutes les langues. Enfin, monsieur le baron, c'est l'homme qu'il nous faut, et je vous garantis qu'il réussira pleinement dans ses entreprises.

— Alors, à sa santé !

— Et à celle du prince Edouard !

Et les deux amis, après avoir vidé une coupe de champagne, se mirent à parler de choses indifférentes.

XI

A CAYENNE — BAGNES ANCIENS ET PÉNITENCIERS MODERNES.

Le voyage de France à Cayenne s'effectua, sans encombre, pour Louis Hérault et ses compagnons ; parmi eux ne se trouvait aucun des complices de l'*ex-Toto* dit *Mes Puces*.

C'étaient des gredins quelconques, sans caractère et sans relief, pour lesquels Louis Hérault professait le plus souverain mépris.

Eux, au contraire, avaient une très grande considération pour Louis Hérault, et ils le traitaient avec tout le respect que comportait sa situation dans la haute *pègre*.

Durant le voyage, Louis mena une conduite exemplaire, il s'attira même la sympathie du commandant et des officiers en exerçant une bonne influence sur ses compagnons, et en empêchant, à deux ou trois reprises, que des actes d'indiscipline ne se produisent parmi les déportés.

Arrivé au pénitentier, il étonna les autorités et le personnel du lieu par sa bonne tenue, sa douceur, son obéissance, sa parfaite soumission aux règlements.

Une réputation abominable le précédait, les autorités de la colonie pénitentiaire avaient été mises en garde contre lui par les plus mauvais renseignements émanant du parquet de Paris.

Elles éprouvèrent donc une indicible surprise en voyant le jeune chef de bandits, si redouté, se montrer doux comme un mouton.

Ce changement dans les mœurs d'un coquin, d'une coquinerie exceptionnelle, aurait pu paraître suspecte aux autorités de la colonie pénitentiaire, mais il n'en fut pas ainsi.

La chiourme manque de psychologie. Elle est assez *simpliste* par nature et nul ne soupçonna qu'en se conduisant d'une façon si exemplaire Louis Hérault avait tout simplement pour but de préparer une évasion en gagnant la confiance de ses gardiens.

La vie du jeune gredin fut, tout d'abord, assez tolérable.

Le pénitencier de Cayenne n'était point le lieu d'horreurs qu'il avait supposé.

Disons-le, à ce propos, le sort des condamnés aux travaux forcés a été bien adouci depuis quelques années.

De tout temps, de grands esprits. et aussi quelques esprits médiocres, se sont occupés de la grave question des prisons et des bagnes.

Lorsque les forçats subissaient leur peine à Toulon, à Rochefort, à Brest, les appréciations les plus contradictoires étaient publiées à leur sujet, soit dans les journaux, soit dans les brochures, soit dans des ouvrages spéciaux.

Les uns présentaient les bagnes comme de véritables enfers terrestres : pour eux, les forçats étaient plus cruellement punis que ne le comportaient leurs méfaits, fussent-ils incendiaires ou assassins; ils les montraient les chevilles meurtries par un anneau de fer, traînant perpétuellement un boulet, toujours frémissants sous le bâton du garde-chiourme, travaillant, même malades, l'été sous le soleil ardent, l'hiver dans la boue glacée et n'ayant pour se soutenir qu'une nourriture insuffisante et corrompue.

D'autres, au contraire répétaient à tous les échos que les peines infligées aux forçats étaient dérisoires, qu'ils étaient plus heureux que beaucoup d'ouvriers et que la plupart des paysans et que leur nourriture valait, pour le moins, celle des soldats.

Ils se scandalisaient de voir des gens condamnés aux travaux forcés pour des crimes les moins excusables passer une bonne partie de leur journée à ne rien faire, se payer toutes sortes de fantaisies pourvu qu'ils eussent quelque peu d'argent à leur disposition, servir comme domestiques chez des particuliers de la ville, avec la permission, très facilement accordée, des autorités du bagne, et même parfois errer librement dans les rues, coiffés de leur bonnet vert, couverts de leur casaque rouge, ou même quelquefois correctement vêtus en bons bourgeois.

Il était difficile de tirer une conclusion de renseignements à ce point contradictoires : aussi l'ensemble du public resta-t-il longtemps très mal informé au sujet des bagnes et des geôles.

En transportant les condamnés à Cayenne ou à la Nouvelle-Calédonie, le Gouvernement français avait pour but d'adoucir le sort des dits condamnés et d'utiliser plus efficacement leur travail.

Le règlement du pénitencier de Cayenne est devenu de moins en moins rigoureux.

Les déportés vivent d'abord dans un établissement salubre où ils sont astreints à des travaux variés, presque toujours en rapport avec le métier qu'ils exerçaient ou les fonctions qu'ils remplissaient avant leur condamnation.

Le matin, après un appel, on leur distribue une *gobette*, c'est-à-dire un verre de vin; leur régime alimentaire est à peu près celui des soldats de l'infanterie de marine.

S'ils se conduisent bien, on leur concède au bout de quelques années un terrain qu'ils cultivent à leur gré, tout en restant sous la surveillance de l'Administration pénitentiaire.

Ils peuvent faire venir leur femme, s'ils en ont une; se marier, s'ils sont garçons, et finalement faire souche de bons petits propriétaires coloniaux.

Louis Hérault se sentait donc assez rassuré sur son sort, même en supposant

Vous aurez tout cela, Monseigneur. (Page 352.)

qu'il ne pût parvenir à s'évader, mais il était loin de renoncer à l'espoir de redevenir libre.

Il avait pris très au sérieux la visite du docteur Closterman et comptait absolument sur les promesses de ce mystérieux personnage.

Fidèle à ses recommandations, il faisait de son mieux pour s'initier à la langue allemande; à ce point de vue, le hasard l'avait bien servi; comme il ne connaissait aucun métier, on l'avait mis en apprentissage dans un atelier ou se confectionnaient des abat-jour, des écrans, des éventails et autres menus objets d'une exécution facile.

SON ALTESSE NOUNOUCHE   44

Or, le directeur de cet atelier était un Alsacien, qui parlait non seulement le patois de son pays, mais l'allemand classique.

Il consentit à donner des leçons à Louis Hérault et, comme les dispositions aux travaux intellectuels sont fortement encouragés dans les pénitenciers modernes, le jeune coquin put se procurer aisément une grammaire, un manuel de conversation et même quelques romans qui lui permirent en peu de temps de parler et même d'écrire assez proprement la langue de nos voisins d'outre-Rhin.

Cependant, les jours et les mois se passaient et Louis Hérault restait absolument sans nouvelles du personnage qui devait venir le trouver de la part du docteur Closterman et lui montrer le petit porte-crayon d'or, emblème de sa délivrance.

Il ne perdait point l'espoir d'ailleurs ; c'est avec confiance et componction qu'il attendait son *messie*.

Dans ses nuits d'insomnie, il se demandait avec une certaine anxiété ce que le docteur Closterman comptait faire de lui après son évasion ; il se doutait bien qu'on le destinait à quelque chose d'assez suspect, mais on sait combien peu son âme était scrupuleuse ; il était préparé à tout et bien résolu à ne reculer devant aucune manœuvre, aucune intrigue, aucun forfait pour se procurer enfin l'existence opulente et heureuse qu'il avait toujours rêvée et qu'il avait un instant entrevue.

Il convient de constater que sa future évasion n'était pas la seule chose qui préoccupât l'esprit du jeune gredin.

Les terreurs qui avaient suivi sa condamnation à mort, la joie que lui avait fait éprouver sa commutation de peine, les inquiétudes qui l'avaient tourmenté durant son séjour au fort de l'île de Ré, la visite du docteur Closterman et les nouvelles perspectives que cette visite lui avait ouvertes, tout cela l'avait empêché de songer beaucoup à la jeune fille pour laquelle il avait éprouvé un si criminel, mais si ardent amour, à l'ex-pensionnaire de la Mouchotte, à Nounouche devenue Amélia Quintiliani, puis l'épouse du prince Nicolas Bolstoï.

Bien que très peu au courant de ce qui ce passait dans le monde, Louis Hérault avait appris le mariage d'Amélia. Maintenant que ses préoccupations étaient devenues moins poignantes et que sa vie matérielle se faisait plus supportable, il éprouvait une jalousie furieuse.

Sa passion s'était réveillée dans toute son ardeur, nous pouvons même dire avec une intensité nouvelle.

L'image d'Amélia hantait sans cesse son esprit.

— Quel que soit mon sort après mon évasion, se disait-il, le principal but de mon existence sera de retrouver Amélia, de la revoir, de la posséder en dépit de tout et de tous ! S'il me faut aller la chercher dans les steppes de la Russie ou même dans le Caucase, j'irai ! S'il faut de nouveau l'enlever, je l'enlèverai ! Malheur à qui s'opposera à mes désirs ; je tuerai son mari, je tuerai

Paris-Imp.Paul.Dupont(Cl.)

ses amis, je tuerai ses serviteurs et je la tuerai elle-même s'il n'y a que ce moyen-là d'empêcher qu'elle soit à un autre qu'à moi.

Telles étaient les idées qui se pressaient dans la tête de Louis Hérault, lorsqu'un des hauts fonctionnaires du pénitencier le fit appeler dans son cabinet.

XII

LOUIS HÉRAULT SAIT ENFIN POUR QUEL MOTIF LE DOCTEUR CLOSTERMAN DÉSIRAIT LE FAIRE ÉVADER.

Ce n'est pas sans une vague inquiétude que Louis Hérault se rendit chez l'inspecteur Bénard qui le faisait appeler.

Il avait conscience de s'être très bien conduit depuis son entrée dans le pénitencier et de n'avoir mérité aucun reproche des autorités.

Mais, en semblables lieux, il y a toujours à craindre des faux rapports, des dénonciations injustes.

Tandis que Louis Hérault se demandait de quel méfait ou de quelle irrégularité on avait pu l'accuser, un employé l'introduisait dans le cabinet de M. Bénard, qui, levant les yeux vers lui un peu brusquement, lui dit d'une voix brève, mais nullement malveillante :

— Louis Hérault, on est assez content de vous ici. Vous vous êtes comporté de façon à vous attirer notre bienveillance et même quelques faveurs; aussi vais-je vous en accorder une.

Louis Hérault s'inclina.

Il avait la joie dans l'âme.

Tout à l'heure il craignait une punition, voilà qu'on lui promettait une récompense. Mais quelle serait cette récompense ?

Louis Hérault bouillait d'impatience de le savoir.

Après un court intervalle de silence, M. Bénard reprit :

— On vous a placé, à votre arrivée ici, dans un atelier où se fabriquent de petits objets moitié de fantaisie, moitié d'utilité; vous êtes assez adroit de vos mains et vous avez acquis une réelle habileté dans l'art de découper, de peindre et de monter un écran et un abat-jour.

Il y a près d'ici un négociant d'origine flamande, l'honorable M. Werckein, qui emploie un grand nombre de jeunes nègres des deux sexes, et qui désirerait leur procurer une distraction utile à eux et à lui-même, en leur apprenant à confectionner, à leurs moments de loisir, les petits bibelots que vous confectionnez si bien. M. Werckein nous a fait demander si nous voulions bien permettre qu'un des détenus de notre atelier vînt chez lui donner quelques leçons à ses négrillons et à ses négrillonnes. Il est fort rare que nous accordions de telles permissions ; nous nous y décidons cependant, lorsque nous avons affaire à un détenu qui s'est très gentiment conduit... et à condition, bien entendu, qu'il soit accompagné d'un gardien offrant toutes les garanties désirables. Il va sans dire que nous autorisons le gardien et le détenu à accepter une légère rétribution. Dès ce soir, vous vous rendrez chez M. Werckein avec le gardien Orsini, et je vous engage à ne point abuser de l'insigne faveur que l'on vous accorde et à montrer, en vous conduisant mieux que jamais, que vous êtes reconnaissant de la bienveillance que l'on vous témoigne.

Louis Hérault s'inclina derechef, mit d'un air de componction sa main sur son cœur, essaya de donner à ses traits l'expression la plus reconnaissante possible et sortit du cabinet de M. Bénard, silencieux et contrit, comme s'il eût été trop ému pour pouvoir prononcer un mot.

Le jeune coquin était dans la joie de son cœur.

Évidemment, le commerçant qui l'*empruntait* au pénitencier était l'agent du docteur Closterman..

Par malheur, Louis Hérault aurait bien de la peine à s'entretenir seul à seul avec lui.

On lui adjoignait le gardien Orsini. Or, ce fonctionnaire subalterne était un Corse d'une nature intraitable, très sévère avec les condamnés et horriblement redouté de tous les détenus.

Il suffisait, d'ailleurs, de le voir pour être fixé sur son caractère.

C'était un homme petit, ramassé, mais d'une force véritablement herculéenne.

Quelques-uns prétendaient qu'à l'instar de Milon de Crotone il eût été capable de tuer un bœuf d'un coup de poing.

Ses petits yeux gris brillaient d'une lueur sinistre ; une épaisse moustache et une longue barbiche donnaient à sa figure quelque chose de militaire et même de martial ; enfin, on devinait à première vue que c'était un gaillard avec lequel il ne fallait pas plaisanter.

Du reste, on ne lui reprochait aucune injustice, il était dur, mais équitables.

On lui eût offert des sommes énormes, qu'il n'eût participé à aucun acte illégal.

Quelques détenus instruits ou lettrés le comparaient volontiers au Javert des *Misérables* de Victor-Hugo.

— Impossible de rien faire de sérieux tant que je serai sous la surveillance d'un pareil homme, se disait Louis Hérault ; comment parviendrons-nous, M. Werckein et moi, à déjouer sa vigilance, c'est ce que j'ignore ! L'avenir me l'apprendra, car il est évident que je dois sortir d'ici et que le diable lui-même me protège.

M. Verckein occupait une jolie habitation non loin des établissements pénitenciers.

Quoique tout nouveau venu dans la colonie, il était fort considéré des autorités, et assez bien vu par les propriétaires des environs.

Il avait débarqué à Cayenne avec une forte paccotille « d'articles de Paris » qu'il vendait aux nègres et surtout aux négresses, dans les conditions les plus renumératrices.

Son projet, disait-il, était d'initier les naturels à la fabrication de certains *bibelots* dont la France a pour ainsi dire la spécialité.

Il avait pris à son service plusieurs de ces petits nègres à peu près vagabonds qui pullulent dans la contrée et prétendait viser un but particulièrement moralisateur en leur donnant le goût du travail et en leur enseignant un métier aussi propre qu'honnête.

Touché de la philanthropie de ce galant homme, les autorités du pénitencier lui avaient volontiers permis de s'adjoindre un condamné intelligent et adroit pour l'aider pendant quelque temps dans son industrie.

Louis Hérault et son gardien Orsini furent reçus avec enthousiasme dans l'habitation de M. Werckein.

Il fut convenu que le jeune condamné donnerait environ deux heures de leçon aux petits ouvriers nègres du philanthrope flamand, puis réintégrerait l'établissement pénitencier.

Orsini ne le perdrait point de vue, tout en lui laissant la liberté de causer en tête à tête, avec M. Werckein, cela durerait environ deux mois et M. Werckein donnerait une rétribution convenable au jeune condamné et à son gardien sans oublier la caisse de secours de l'établissement pénitencier, où il verserait une somme à sa discrétion.

Louis Hérault fut tout d'abord frappé de l'aspect de son nouveau patron.

C'était un homme d'un âge incertain, qui pouvait avoir quarante ans et qui pouvait en avoir soixante.

Il avait les cheveux et la barbe d'un blond très ardent, et Louis, très expert dans la matière, jugea tout de suite qu'ils devaient être teints.

M. Werckein avait les traits fins et un peu effacés, sa figure était extrêmement mobile, il devait prendre avec facilité toutes sortes de déguisements et se transformer à son gré.

Il avait une voix douce et parlait lentement avec un accent flamand assez prononcé.

— Ce doit être mon homme, se dit Louis Hérault.

Du reste, s'il avait quelques doutes à cet égard, ils furent bientôt dissipés, car, très adroitement et sans affectation, M. Werckein écrivit quelque chose devant lui, à l'aide d'un crayon d'or surmonté d'un petit cachet d'émeraude.

C'était bien l'objet, dont avait parlé le docteur Closterman.

— Allons ! pensa Louis Hérault, l'heure de ma délivrance approche.

Plusieurs jours s'écoulèrent, durant lesquels Louis Hérault remplit très consciencieusement et très intelligemment son rôle d'instructeur professionnel.

Les petits négrillons l'adoraient et le farouche Orsini lui-même éprouvait quelque attendrissement en le voyant à l'œuvre.

M. Werckein répétait partout qu'il n'avait jamais connu un si charmant garçon.

Lorsqu'il se trouvait tout seul avec le jeune condamné et son gardien, M. Werckein ne manquait jamais de leur faire servir quelques rafraîchissements, et, à plusieurs reprises, il trouva le moyen d'avoir avec Louis Hérault quelques conversations *apartées* sans que les soupçons du Corse fussent éveillés le moins du monde.

Une de ces conversations fut assez longue et, vu son importance, mérite d'être rapportée.

— Alors, monsieur Werckein, c'est bien vous dont M. le docteur Closterman m'a fait l'honneur de me parler dans la prison de l'île de Ré ?

— C'est moi-même, mon jeune ami.

— Alors, c'est à vous que je devrai ma délivrance ?

— Mon Dieu, oui.

— Mais quel moyen emploierez-vous pour me tirer de ce triste lieu. ?

— Permettez-moi de rester encore muet à ce sujet. Je suis en train de mûrir mon plan. Tout ce que je peux vous dire, c'est que, avec de la prudence, de la patience et beaucoup d'audace, nous réussirons dans nos projets.

— Alors tout va bien, car je suis prudent, patient, et je ne manque pas de *culot*... Mais voulez-vous me permettre encore une question, monsieur Werckein ?

— Volontiers, sauf à ne pas y répondre.

— J'ai cru comprendre que ce n'était pas uniquement pour mes beaux yeux que le docteur Closterman désirait me tirer d'ici.

— En effet, vos yeux sont fort beaux, mais ce n'est point du tout pour eux que nous voulons vous rendre la liberté.

— Quel est donc votre but?

— Je ne vois pas grand inconvénient à vous le dire ; j'ajoute même qu'il y a avantage à ce que vous le sachiez le plus tôt possible : cela vous encouragera et décuplera vos forces ; nous voulons faire de vous...

— Quoi donc?

— Une Altesse Sérénissime.

— Hein?... Quoi?... Comment?... Vous moquez-vous de moi?

— Je n'en ai nulle envie et vous allez me comprendre pour peu que vous m'écoutiez avec attention. Avez-vous déjà entendu parler du grand-duché de Kirck-Bergheim?

— Bien vaguement, à vrai dire.

— C'est un État qui faisait jadis partie de la confédération germanique et qui n'a pas été médiatisé, c'est-à-dire qu'il garde son autonomie et même son indépendance. Depuis plusieurs siècles, les ducs de Kirck-Berghein règnent

sur ce petit État qui a à peu près l'étendue du département de la Seine.
L'avant-dernier prince souverain eut un enfant, le prince Edouard, qui, dès
ses premières années, donna de vives inquiétudes à sa famille. Ces inquiétudes
se réalisèrent bientôt. A l'âge de douze ans à peu près, le prince Edouard donna
des signes non équivoques de folie. On chercha à dissimuler cette triste situation au peuple de Kirck-Bergheim et le prince Edouard fut enfermé dans un
château situé aux environs de la ville. A la mort de son père, son cousin le
prince Othon fut d'abord proclamé régent. Puis, étant donnée la folie du prince
Edouard, on le reconnut comme grand-duc souverain de Kirck-Bergheim. Le
grand-duc Othon est maintenant assez impopulaire et quelques bons patriotes,
considérant que ces tendances ne sont pas conformes aux idées de progrès
partout admises dans l'Europe moderne, songent à le détrôner et à le remplacer par...

— Par la République?

— Non, l'État de Kirck-Bergheim n'est pas mûr pour la République : les bons
patriotes dont je vous parle veulent tout simplement restaurer le prince légitime,
l'héritier direct des grands-ducs, le jeune Edouard, en un mot.

— Mais puisqu'il est fou!

— Quand on le remettra sur le trône de ses pères, il ne sera plus fou...

— On espère donc le guérir?

— Non... mais on le délivrera des maux de cette vie, grâce à quelques potions
pharmaceutiques habilement préparées. En d'autres termes, quand on le
proclamera grand-duc, il ne sera plus fou, il sera mort!

— Je ne comprends pas du tout.

— Vous allez comprendre. On s'occupe actuellement, et non sans succès, de
persuader à la population de Kirck-Bergheim que le prince Edouard n'est pas
fou le moins du monde, qu'il est parfaitement capable de régner et qu'il faut
voir en lui l'intéressante et infortunée victime des indignes manœuvres du
grand-duc Othon.

A un moment bien choisi, après avoir décrété la déchéance du grand-duc
actuel, on montrera au peuple, non point le pauvre Edouard qu'on aura fait
disparaître, mais un beau jeune homme qui par un singulier hasard lui
ressemble trait pour trait...

— Et ce jeune homme, c'est?...

— C'est vous!

— Moi?

— Vous-même. Vous êtes le sosie du prince Edouard, vous lui ressemblez à
tel point qu'il faudrait vous voir l'un à côté de l'autre pour se rendre compte
des différences qui existent entre vous. Ces ressemblances étranges sont, en
somme, assez communes dans la nature. Elles ont donné naissance à la théorie
des *hommes doubles*, si chère à quelques philosophes allemands...

— Alors, vous songez à m'élever à la dignité de grand-duc?

— Mon Dieu, oui. Je suis du moins l'agent de personnages qui ont cette pensée.

— Et ils espèrent me faire accepter par le peuple de Kirck-Berghein et me faire reconnaître par les gouvernements européens?

— Ils sont convaincus que tout cela se fera sans grande difficulté. Je vous répète que le grand-duc Othon devient de plus en plus impopulaire, que, grâce aux intrigues de vos *partisans*, sa chute sera accueillie avec enthousiasme par le peuple de Kirck-Berghein. Quant aux gouvernements européens, ils n'auront aucune raison pour ne pas vous reconnaître. Depuis longtemps déjà le bruit court que le prince Édouard est injustement enfermé et qu'il est revenu à la raison en supposant qu'il ait jamais été aliéné; du reste, je puis vous dire que vos *partisans* sont fort bien vus à la cour de l'Empereur d'Allemagne et que votre *restauration* sera regardée d'un œil très favorable à Berlin.

— Avec cela, ce pauvre Édouard boira de la mort aux rats !

— La raison d'État excuse tout. Je pense, d'ailleurs, que de pareilles considérations ne sont point faites pour arrêter un gaillard de votre espèce?

— Oh ! ce ne sont pas les scrupules qui m'étouffent. Ma conscience ne m'a jamais gêné aux entournures. D'ailleurs, moi, je ne le connais pas, votre Édouard, et je ne vois pas pourquoi je m'attendrirais sur son sort. Un fou, un idiot, un gâteux, ce n'est pas intéressant... Seulement, je me dis comme cela, en moi-même, qu'il pourrait bien m'en arriver autant qu'à lui, le jour où j'aurai cessé de plaire aux respectables personnages que vous appelez mes partisans...

— Vous n'avez rien à craindre. Ceux qui préparent votre avènement auront le plus grand intérêt à votre conservation. Peut-être vous demandera-t-on de suivre telle ou telle ligne politique, de favoriser tel ou tel personnage, de servir la fortune de tel ou tel autre.... Mais vous conviendrez que cela sera fort juste et que c'est bien le moins que vous montriez quelque reconnaissance à des gens qui vont vous chercher dans un bagne pour vous placer sur un trône.

— Oh ! je ne suis point assez sot pour croire que c'est gratuitement que l'on me rend un pareil service. En ce bas monde, personne ne donne rien pour rien, les hommes politiques moins que tous autres. Je m'attends donc à être l'instrument de quelques personnages passablement ambitieux; mais zut ! je m'en fiche, je gouvernerai comme il leur conviendra; l'essentiel, c'est que je mène une bonne vie, que je m'amuse, que je rigole, que je me paye de bons dîners, du vin de champagne, des petites femmes en veux-tu en voilà; que j'aie de beaux habits, des boutons de chemise en brillants, des montres en or à répétition, de beaux chevaux et de belles voitures, et tout le tremblement...

— Vous aurez tout cela, monseigneur.

Louis Hérault avait pris sa course. (Page 339.)

— C'est cela, appelez-moi monseigneur, ça chatouille agréablement l'oreille, et puis cela me change; ce n'est pas comme cette vieille ganache de président qui me disait : « Accusé, levez-vous !... » A vous dire vrai, j'ai déjà été traité en *gentleman*; il fut un temps où je vivais en gommeux et où je me faisais appeler M. de Faseuil gros comme le bras. Mais entre *gentleman* et prince il y a une nuance. Vous verrez, vous verrez, je ne jouerai pas mal mon rôle d'Altesse... Il y a un uniforme, pas vrai?

— Oh! vous aurez plusieurs uniformes, car non seulement vous commanderez l'armée de Kirck-Berghein, mais encore vous serez colonel honoraire d'un régiment de hussards en Prusse et d'un régiment de dragons en Autriche.

— Chouette, alors !... Seulement, il faut que je me perfectionne dans la langue allemande. Je la baragouine bien un peu, mais c'est encore insuffisant...

— Patience, vous arriverez à parler allemand comme Gœthe lui-même, vous avez le temps de vous instruire. Nous ne sommes pas encore à Kirck-Berghein.

— Pour sûr, que nous n'y sommes pas encore ! Quand je pense aux difficultés de mon évasion, cela me flanque une douche. Enfin, je me fie à vous, et j'espère que, grâce à votre habileté, j'aurai avant peu quitté l'enfer de Cayenne, pour le paradis de Kirck-Berghein.

Louis Hérault et M. Werckein ne prolongèrent point leur conversation. Ils s'en étaient dit assez pour ce jour-là.

XIII

DE L'UTILITÉ DES « PRI-PRI » OU « BIRI-BIRI » AU POINT DE VUE
DES ÉVASIONS.

Rentré au pénitencier, Louis Hérault, qui était un homme d'action, mais en même temps un imaginatif, se livra à mille projets d'avenir et construisit des centaines de châteaux en Espagne.

Tout d'abord, il s'était demandé si M. Werkein ne se payait pas sa tête.

Il se doutait bien que, en le faisant évader du bagne, le docteur Closterman avait de graves projets; mais eût-il pu imaginer qu'on voulût faire de lui un prince régnant. Jamais semblable chimère n'eût hanté son cerveau, même excité par le vin ou surchauffé par l'ambition.

Il avait donc craint d'être victime d'une sorte de mystification, et, il lui avait fallu quelque temps pour envisager la question à son véritable point de vue et comprendre que le prétendu négociant flamand lui parlait le plus sérieusement du monde.

Alors, c'était donc vrai !... on lui destinait un trône, on lui réservait un sceptre et une couronne ! Certes, l'État où il devait régner n'était pas un grand État, c'était une de ces petites principautés comme il y en avait tant en Allemagne avant l'unification de l'Empire, et comme il en reste encore quelques-unes.

N'importe!

On lui eût dit :

— Jeune homme, vous êtes Tsar de toutes les Russies, qu'il n'eût pas été plus heureux.

Louis Hérault s'était déja senti transporté de joie lorsque, de petit vagabond, il était devenu une manière d'homme du monde. Mais, cette fois, il s'agissait d'une bien autre transformation.

De détenu, de galérien, de forçat, il allait devenir presque un roi.

Dans une sorte d'extase, il se voyait assis sur un trône d'or, entouré de courtisans en riches habits, le saluant jusqu'à terre et même restant prosternés devant lui, le front et les mains sur des tapis d'Orient.

On l'appelait Altesse, on lui donnait du Monseigneur, il recevait des ambassadeurs et des ministres plénipotentiaires, il passait des revues en costumes tout chamarrés d'or, il discutait avec les autres princes régnant au sujet des destinées de l'Europe ; enfin, selon l'expression de *Gil-Blas*, il marchait déjà dans un rêve étoilé.

Par moment, son enthousiame se calmait, et il songeait, non sans quelques mélancolies, aux pièges de toutes sortes qui lui seraient sans doute dressés, lorsqu'il serait grand-duc de Kirck-Berghein.

A certains égards, il serait à la merci de ceux qui auraient préparé son avènement.

Les personnages de son entourage le plus intime n'ignoreraient point ce qu'il était en réalité, c'est-à-dire un voleur et un assassin évadé du bagne de Cayenne. Quelle facilité n'auraient-ils donc point à le faire chanter! Il est vrai que, du moins provisoirement, leurs intérêts étaient mêlés aux siens; mais cela durerait-il toujours et le moment ne viendrait-il pas où les sombres intrigants qui auraient fait de Louis Hérault le prince Édouard de Kirch-Berghein songeraient à se débarrasser de lui avec autant de désinvolture qu'ils s'étaient débarrassés du véritable prince Édouard?

Lorsque Louis Hérault envisageait cette éventualité, il se sentait pris d'un frisson intérieur, mais il ne tardait pas à secouer ses tristes pensées, à imposer silence à ses noirs pressentiments et il se disait en faisant claquer son pouce :

— Bast! ce sera au plus malin !

Une autre pensée préoccupait vivement notre futur grand-duc.

Avant de monter sur le trône de Kirck-Berghein, il fallait qu'il s'évadât.

Or, ce n'est pas chose facile de s'évader de Cayenne, même lorsqu'on est devenu colon et qu'on n'est soumis qu'à une assez vague surveillance.

C'est précisément parce que les autorités du pénitencier connaissent les immenses difficultés qu'il y aurait à leur échapper que leur vigilance semble parfois s'endormir et qu'elles se montrent souvent d'une surprenante tolérance vis-à-vis des détenus de bonne conduite.

Mais Louis Hérault conservait toujours le meilleur espoir et restait persuadé qu'avant peu quelque navire rapide le porterait vers la vieille Europe — vers cette Europe, où il allait retrouver sa bien-aimée Nounouche, Amélia, la princesse Bolstoï !

— Ah ! ah ! mon prince, disait-il en lui-même, à nous deux, maintenant, je suis plus prince que vous; je suis une Altesse, moi, et vous n'êtes qu'une Excellence. Si jamais nous nous trouvons en présence l'un de l'autre, vous m'appellerez monseigneur et je vous appellerai monsieur. — Vous avez pris la bonne amie du pauvre Louis Hérault pour en faire votre femme légitime ; eh bien, le prince Edouard de Kirck-Berghein vous prendra votre femme pour en faire sa maîtresse...... Comment arriverai-je à m'emparer d'Amélia, je l'ignore encore ; mais, plus que jamais, je suis sûr qu'elle sera à moi. Si un malheureux vagabond a pu l'enlever à ses protecteurs, dans une ville comme Paris, comment un puissant prince n'arriverait-il pas au même but, dans un pays à moitié barbare, dont les habitants sont réputés pour leur vénalité. Par ruse ou par violence, je m'emparerai d'Amélia, elle sera ma maîtresse ; peut-être même, si elle est suffisamment gentille avec moi, consentirai-je à en faire mon épouse légitime. Je pense que, son mari actuel une fois estourbi, elle sera trop heureuse de devenir grande-duchesse de Kirck-Berghein. Voyez-vous cela d'ici : Son Altesse Nounouche !... Voilà qui sera farce en vérité !... Je sais bien que, si je consentais à élever la petite jusqu'à moi, la chose n'irait pas toute seule ; mes ministres voudront me faire épouser quelque princesse de mon rang, ils trouveront mauvais qu'un Kirck-Berghein se mésallie... Hélas ! peut-être serai-je contraint de leur céder, la politique a ses exigences, et un prince régnant ne peut pas disposer de son cœur et de sa main aussi facilement qu'un simple gentilhomme... Eh bien, soit ! va pour le mariage princier ! Epousons une fille du prince de Galles ou de l'empereur de Russie ou du roi de Suède ; bien que ce dernier ne soit qu'un Bernadotte — petite noblesse ! — s'il le faut, Nounouche ne sera que ma maîtresse. Je me réjouis de la tête qu'elle fera en retrouvant Louis Hérault dans le prince Edouard de Kirck-Berghein. A coup sûr, elle croira à une simple ressemblance, et mon avis est que cette ressemblance, loin de faire tort à mes amours, les serviront, singulièrement. La petite me gobait sans vouloir se l'avouer à elle-même. Je suis sûr qu'au fond du cœur elle me préférait à cette panade de prince Bolstoï. Elle ne voulait pas d'un voleur et d'un assassin, voilà tout. Simple scrupule de petite fille bébête. Ce qu'elle va m'adorer maintenant !... Ah ! j'en ris de joie et j'en pleure de tendresse.

Deux mois se passèrent sans que Louis Hérault eût l'occasion de causer librement avec M. Werckein.

Le jeune bandit commençait à s'énerver et même à se décourager, lorsque le soi-disant négociant trouva moyen d'avoir avec lui une conversation que le gardien Orsini ne put même soupçonner.

— Louis, dit M. Werckein, le moment de votre délivrance approche.

— Ah ! bien, vrai, il en était temps.

— Ne perdons pas de minutes en vaines paroles... Vous êtes homme à comprendre à demi-mot ?...

— Je m'en vante !

— Etes-vous très robuste ?

— Je suis surtout très adroit.

— Eh bien, dans quelques jours, au moment où je vous reconduirai, Orsini et vous, à la porte de mon jardin, vous donnerez au gardien un coup de poing suffisant pour l'étourdir, vous me passerez la jambe de façon à me jeter les quatre fers en l'air et vous prendrez la course dans la direction de la plantation connue sous le nom de Tingoë, habitée par un mulâtre nommé M. Alidor...

— Parfait ! Je me sauve, on me rattrape, j'écope de cent coups de nerfs de bœuf sur le bas des reins et je reste jusqu'à la fin de mes jours en proie aux sévices de la chiourme...

— Non, mon garçon. Orsini et moi, et d'autres peut-être, nous nous mettrons à votre poursuite, mais nous ne vous attraperons pas si vous avez su prendre une avance suffisante et gagner à temps le *pri-pri* qui se trouve près de la maison du sieur Alidor. Vous savez, je suppose, ce que c'est qu'un *pri-pri* ?

— Assurément. C'est comme qui dirait une fausse prairie ou une fausse pelouse. Vous croyez mettre le pied sur un amour de petit gazon et, floc ! vous êtes englouti dans de la boue liquide. Le gazon n'est qu'un amas de végétation couvrant une mare. Il y a longtemps que j'ai entendu parler des *pri-pri* que les nègres appellent aussi *biri-biri*.

— Voilà qui est bien... Vous gagnez donc le *pri-pri* susmentionné ; une fois que vous l'avez atteint... vous disparaissez...

— Hein ?... Quoi ?... Vous voulez que je meure étouffé dans la boue ? Eh bien, elle est bonne, celle-là ! Vous m'offrez un trône et un titre de grand-duc et vous tenez votre promesse en me donnant le moyen de faire le plongeon dans une mare !

— Attendez donc ! Vous ne me laissez pas achever ! Sur la gauche de la fausse pelouse, dans la direction de l'habitation du sieur Alidor, il y a une grosse touffe ou plutôt un vrai massif de ces grandes et belles plantes dont j'ignore le nom scientifique, mais que les naturels du pays appellent des *altéas*. Si vous piquez une tête au milieu de ces *altéas* ou simplement si vous sautez dans ce massif, vous ne perdrez pas pied et vous ne vous trouverez point dans de la boue liquide, mais dans de la belle eau claire. Notez bien que ce détail topographique n'est connu que d'Alidor et de moi. Les gens qui se seront mis à votre poursuite vous croiront bel et bien englouti dans le *pri-pri* et s'imagineront que vous avez voulu en finir par un suicide avec les ennuis et les inquiétudes du régime pénitencier. Ce qui émergera de votre personne sera suffisamment caché par les *altéas*. Vous resterez bien tranquille dans l'eau pendant quelque temps et au bout d'un laps qui ne sera pas trop long, je l'espère, des amis à moi viendront vous délivrer. Vous resterez caché quatre ou cinq jours dans l'habitation du mulâtre que j'ai acheté, fort cher d'ailleurs, et que je regarde comme un complice sûr. Lorsque le moment opportun sera venu, on dissimulera votre personnalité sous un déguisement et sous un maquillage approprié à la circonstance et... à partir de ce moment, je me charge de tout. Soyez tranquille sur l'événement. Vous vous embarquerez et vous gagnerez l'Europe sans exciter les soupçons de qui que ce soit. Vous m'avez bien compris, n'est-ce pas ?

— Oh ! je vous ai très bien compris. Il y a un grand danger à courir, mais qui ne risque rien n'a rien, et que ne ferait-on pas pour devenir « Altesse Sérénissime » et troquer le béret des forçats contre une couronne ducale ?

— Voilà qui est bien parlé. Vous êtes un garçon résolu et je vois qu'on peut compter sur vous.

— Reste à savoir à quel moment j'aurai à donner le coup de poing à Orsini et à vous le croc en jambe ?

— Lorsque, sous un prétexte ou sous un autre, j'aurai prononcé, en parodiant l'accent anglais, ces deux mots : *All right!*

— Alors, tout est entendu.

Ce jour-là, Louis Hérault regagna la colonie pénitentiaire plein d'espoir et la joie au cœur.

COMMENT, APRÈS BIEN DES TRAVERSES, LOUIS HÉRAULT FINIT PAR REGAGNER LA VIEILLE EUROPE.

— *All rigth!* dit Werckein, lorsque après une journée de travail il se trouva en compagnie du gardien Orsini et du condamné Hérault devant la porte de son jardin.

A quel propos le soi-disant Flamand avait-il poussé cette exclamation anglaise? Voilà qui importe peu et nous n'avons point à nous en occuper.

Ce qu'il y a de certain, c'est que cette interjection avait à peine été proférée que le gardien Orsini reçut dans le creux de l'estomac un formidable coup de tête, tandis que M. Werckein, la jambe accrochée par le pied de Louis Hérault tombait, conformément à son programme, les quatre fers en l'air.

Le gardien Orsini gisait étendu sur le sol, le thorax meurtri, privé de la quantité d'air respirable nécessaire à la vie, pâle comme un mort, incapable de faire un mouvement et, en réalité, plus mort que vif.

Louis Hérault avait pris sa course et avait déjà une avance considérable lorsque plusieurs nègres et deux ou trois soldats de l'infanterie de marine, qui se trouvaient là par hasard, se mirent à sa poursuite en criant :

— Arrêtez-le! arrêtez-le !

En quelques minutes, l'éveil fut donné à l'établissement.

On se hâta de porter secours au malheureux Orsini qui n'avait pas repris connaissance et à l'honorable M. Werckein qui feignait d'avoir le pied foulé et jouait la souffrance avec un parfait naturel.

Quant au fugitif, on ne s'en préoccupait guère. Il était sans exemple, en effet, qu'une évasion, tentée dans de pareilles circonstances, ait pu réussir.

D'ordinaire, le fugitif errait plusieurs heures ou plusieurs jours, et, après avoir vainement tenté de trouver un refuge soit chez quelque colon, soit chez quelque cultivateur nègre, venait piteusement se remettre à la merci des autorités pénitentiaires.

Les forçats de Cayenne ne peuvent guère se soustraire à la surveillance de leurs gardiens que grâce à la complicité des habitants libres. Or, il leur est à peu près impossible de se créer des complices; ils sont beaucoup plus détestés et beaucoup plus malmenés par les colons et par les nègres que par les fonctionnaires chargés de leur surveillance.

Il arrive souvent que les malheureux disparaissent dans quelque *pri–pri*. Ceux qui parviennent à gagner les forêts deviennent immanquablement la proie des fauves encore assez nombreux dans ces parages.

Lorsqu'un forçat évadé ne reparaît plus, on en conclut assez généralement qu'il a été englouti dans la vase ou dévoré par une bête féroce. Ausssi ne se donne-t-on pas grand mal pour remettre la main sur les fugitifs.

Cependant, Louis Hérault courait grand risque d'être rattrapé et ramené à qui de droit, car, malgré l'avance qu'il avait prise, les gens zélés qui le poursuivaient ne l'avaient point encore perdu de vue lorsqu'il fut à proximité de l'habitation du mulâtre Alidor.

Le jeune coquin commençait à perdre le souffle et à éprouver l'horrible angoisse du cerf aux abois, lorsqu'il aperçut le massif d'*altéas* que lui avait signalé l'honorable M. Werckein.

— Je n'ai qu'à m'engager là-dedans, pensa-t-il, et ces imbéciles se garderont bien de m'y suivre ; ils riront de mon imprudence ou se moqueront de ma témérité et ils me croiront à tout jamais disparu dans un abîme de fange.

Tout en faisant ces consolantes réflexions, le jeune bandit ne se sentait pas pleinement rassuré.

Depuis son arrivée à Cayenne, il avait été épouvanté par les récits locaux de malheureux disparus dans les *pri-pri*. Ces fausses prairies sont aussi traîtresses et aussi impitoyables que les sables mouvants ; quiconque y met le pied est irrémédiablement perdu.

En certains endroits, les végétations cachent, il est vrai, une eau claire dans laquelle ont peut nager à condition d'être un nageur hors ligne. Mais l'endroit où il allait s'engager était-il de ces endroits-là ? et, en ce cas, pourrait-il se soutenir sur l'eau au milieu des épais feuillages de l'*altea* ?

M. Werckein lui avait affirmé qu'il trouverait pied dans le massif ; mais le soi-disant négociant avait-il des tuyaux certains ?

Les idées se pressaient, dans la tête de Louis Hérault, avec une vertigineuse rapidité.

On sait que dans les moments d'agitation morale les pensées vont vite. C'est ainsi que les gens qui tombent d'un lieu élevé voient en quelques secondes toute leur existence défiler devant les yeux de leur esprit.

Cependant il n'y avait plus à hésiter : il fallait s'engager dans le *pri-pri* ou tomber entre les mains des poursuivants, devenus de plus en plus nombreux.

— A la garde du diable ! dit Louis à haute voix.

Et d'un bond d'acrobate, il s'élança dans le massif.

Il était temps.

Avant de s'immerger, il entendit des éclats de rire derrière lui.

— Bon !... disaient plusieurs voix, *il n'aura plus besoin de boire !*

Louis venait de disparaître sous l'eau.

En vrai gamin de Paris, il était passé maître dans l'art de la natation.

Il en connaissait toutes les rubriques.

Plonger et rester sous l'eau de longues minutes n'était qu'un jeu pour lui.

A l'occasion, il eût pu jouer le rôle *d'homme-poisson*.

Mais, quelle que fût sa force comme plongeur, il ne pouvait rester éternellement dans l'élément liquide.

Il avait tout de suite touché le fond et sentait qu'un simple coup de pied pouvait le ramener sur l'eau...

Mais, il n'avait pas *pied* comme le lui avait affirmé Werckein, et, gardant son sang-froid malgré son anormale situation, il se disait que, revenu à la surface, il se trouverait empêtré dans les végétations et, par conséquent, en grand danger de se noyer.

D'autre part, s'il nageait, on pourrait apercevoir sa tête...

Ses persécuteurs s'étaient-ils éloignés ?

Grave et délicate question.

Cependant il n'y avait plus à tergiverser.

La suffocation arrivait.

Louis sentait qu'il ne pouvait rester plus longtemps sans air.

L'eau lui entrait dans le nez, dans les oreilles... Si un mouvement convulsif ou involontaire lui faisait ouvrir la bouche, il était perdu.

Lorsque Louis revint, à lui, il était couché dans un bon lit. (Page 364.)

Alors, vaille que vaille, il donna un fort coup de pied et se trouva la tête hors de l'eau, tout environné de feuilles d'altéa.

Il regarda autour de lui.

Ses yeux troublés ne virent rien — rien que des feuilles d'un vert pâle et des fleurs rouges.

Le froid de l'eau l'avait saisi et commençait à le paralyser.

Très péniblement, il se soutenait à la surface; tantôt par le mouvement classique des pieds et des mains, tantôt en s'accrochant à quelque branche qui ne tardait pas à se briser sous ses efforts.

SON ALTESSE NOUNOUCHE   46

A un moment donné, ses pieds touchèrent une surface solide sans que sa tête et même ses épaules disparussent sous l'eau.

— Me voilà sauvé ! pensa-t-il.

Et il essaya de se dresser, de se tenir debout.

Bientôt il n'eut plus d'eau que jusqu'un peu au-dessus de la ceinture.

Mais il glissait sur la surface solide, toute gluante de fange grasse et il lui fallait des prodiges d'équilibre pour ne pas plonger de nouveau.

— Au diable !... se disait-il, il n'est pas de saltimbanque capable de se tenir debout en une pareille situation !... De quelle façon me tirer de là ?... Je ne sais trop comment je suis entré dans ce maudit *pri-pri*, encore moins sais-je comment j'en pourrai sortir... Et puis ce n'est pas tout d'en sortir... une fois sur la terre ferme, qui me dit que je ne me retrouverai pas entre les mains des argousins !... M. Verckein m'avait dit que quelqu'un viendrait me tirer d'ici... Hélas ! je ne vois rien venir, rien... que la nuit qui de plus en plus s'avance.

Tout à coup, une pensée cruelle se fit jour dans le cerveau surchauffé du jeune coquin.

— Le Verckein, en prétendant me donner les moyens de fuir, a tout simplement voulu se débarrasser de moi, dit-il *in petto*; mais quel intérêt a-t-il donc à me faire disparaître ?... Parbleu ! c'est bien simple. Leur projet politique de Kirck-Berghein n'avait aucune chance de réussir ; ils s'en sont aperçus, et, très fâchés de m'avoir fait leur confident, ils veulent tout bonnement m'anéantir... Peut-être aussi m'ont-ils tout à coup jugé indigne de suivre leur dessein. Peut-être me trouvent-ils trop peu distingué et trop peu intelligent pour jouer le rôle de prince allemand... Ah ! malédiction, si je parviens à me tirer de cet abominable marécage, je me hâterai de réintégrer le bagne, je me soumettrai à tous les châtiments que l'on voudra m'infliger ; mais j'aurai du moins la satisfaction de me venger, de dénoncer ces misérables qui songent à trahir leur prince.... Les autorités pénitentiaires se hâteront d'instruire le grand-duc régnant de Kirck-Berghein de ce qui se machine contre lui. Le docteur Closterman et ses dignes complices seront pendus... On doit encore pendre en Allemagne... Oh ! sang et tonnerre !... Il me semble les voir *gambiller* au haut de la potence, et cette imagination me réjouit le cœur... Elle me console presque dans mon infortune.

Après des efforts surhumains, Louis Hérault était enfin parvenu à se tenir dans une position plus tolérable.

Il était maintenant moitié assis, moitié couché sur des branches qui le meurtrissaient douloureusement, mais qui le soutenaient assez bien.

Ses pieds seuls trempaient dans l'eau.

Le froid, qui d'abord l'avait saisi de façon à le maintenir dans un état de suffocation des plus inquiétant, semblait s'atténuer.

Son sang se remettait à circuler.

Mais, s'il souffrait moins physiquement, son état moral n'était pas meilleur.

Les dernières lueurs — lueurs sanglantes — avaient disparu au zénith.

Au couchant empourpré avait succédé la nuit noire...

Louis contemplait mélancoliquement les innombrables étoiles qui scintillaient dans le ciel obscur.

De temps à autre le cri d'un ourow-kourow — l'oiseau de malheur de ces contrées — interrompait le silence nocturne.

— Malheur, malheur! pensait Louis Hérault, je vais mourir de faim dans ce lieu d'horreur! Personne, personne ne viendra donc à mon secours?

Un bruit assez léger, une sorte de frôlement attira son attention... des craquements suivirent comme si quelqu'un brisait des branchages auprès de lui.

Une lueur d'espoir brilla dans l'âme enténébrée du misérable.

Viendrait-on enfin à son secours?

Devait-il compter sur les promesses de Verckein?

Allait-il voir paraître le mulâtre Alider ou quelqu'un de ses domestiques?

De nouveau, tout était retombé dans le silence.

Louis Hérault eut envie de crier au secours.

Il n'osa pas.

Son angoisse le reprit et bientôt elle se changea en une terreur intense, épouvantable, voisine du plus absolu désespoir.

Quelque chose de noir, de plus noir que la nuit venait de se dresser devant lui.

Ce quelque chose avait des mouvements bizarres.

On eut dit un long, un très long fantôme avec des yeux flamboyants.

La vision se précisa.

Malgré l'obscurité, Louis Hérault, vit en face de lui un boa constrictor de la plus belle espèce.

A cette heure, en pareil lieu, c'était la mort inévitable. Et quelle mort!...

Souvent, à l'établissement pénitentiaire, Louis Hérault avait frémi en écoutant les récits et et les légendes relatives au monstrueux serpent, l'hôte le plus redoutable des Guyanes!

L'homme le plus leste, ayant tous ses mouvements parfaitement libres, échappait à grand'peine au terrible et formidable reptile...

Que pouvait, pour se sauver de ses atteintes, un malheureux presque enchaîné par des branchages, brisé de fatigue, malade d'angoisse, transi par le froid?

Louis connaissait, par ouï-dire, les effroyables *facultés* du boa constrictor.

Il savait qu'en l'entourant, en l'enserrant de ses replis, le boa pouvait briser les os non seulement d'un homme, mais d'un cheval ou même d'un bœuf...

Qu'après avoir vomi sur la plus énorme proie une bave visqueuse et empoisonnée, il pouvait l'engloutir péniblement, sans doute, mais entièrement.

Après cet abominable festin, le boa succombait souvent... Mais rien, rien ne pouvait sauver le malheureux être enchaîné, pétri, humecté, avalé par le monstre — le monstre plus redoutable que les dragons des contes de fées ou de la mythologie.

On se souvient des folles terreurs éprouvées par Louis Hérault après sa condamnation à mort.

Comme beaucoup de bandits de son espèce, Louis était à la fois audacieux et lâche.

Sa commutation de peine lui avait causé une joie délirante.

Hélas!... avait-il été tiré des mains du bourreau pour tomber dans la gueule d'un boa!

L'infortuné, baigné d'une sueur froide, les yeux hors de la tête, tremblant de la tête aux pieds, claquant des dents, murmurant des mots inintelligibles, eut offert à qui l'eut pu voir, le plus lamentable des spectacles.

C'était une incarnation de la peur.

C'était la peur elle-même!

Le boa après s'être dressé comme une colonne vivante se recourbait, doucement, lentement, et maintenant sa tête large et plate était tout près du visage blême de Louis Hérault.

Les yeux du monstre avaient un éclat phosphorescent.

Sa langue fourchue allait caresser hideusement sa victime...

C'était trop d'épouvante pour une âme de scélérat...

Louis s'évanouit...

Mais avant qu'il eût perdu connaissance, il lui avait semblé voir briller une lueur et entendre retentir une détonation.

. . . .

Lorsque Louis Hérault revint à lui, il était couché dans un bon lit et à son chevet un homme très brun, vêtu d'étoffe blanche comme celle dont les colons de Cayenne ont coutume de s'habiller lui offrait un cordial dans une cuiller d'argent.

Instinctivement, Louis goûta au cordial qu'il trouva d'un goût délicieux.

Une douce chaleur se répandit dans tous ses membres et il reprit conscience de son identité...

— Où suis-je? murmura-t-il.

Car le souvenir des événements que nous venons de raconter était encore fort confus dans son esprit.

— Chut!... fit l'homme brun, ne parlez pas encore, buvez une nouvelle cuillerée de ce cordial et reposez-vous: vous êtes chez des amis...

Louis parcourut des yeux la pièce où il se trouvait.

C'était une chambre de petite dimension, éclairé par en haut et ayant toutes les apparences d'une sorte de cachette.

Des nattes recouvraient les murs et couvraient le sol. Peu de meubles et tous à la façon créole.

Peu à peu la mémoire revenait au jeune coquin.

— Ah! ah! fit-il tout à coup, c'est vous M. Alidor?...

— Lui-même, dit le mulâtre en souriant et en montrant un ratelier de dents longues et d'une éblouissante blancheur.

— Vous êtes l'ami de M. Verckein?

— L'ami, ce serait beaucoup dire... Je me suis entendu avec lui pour favoriser votre évasion. C'est une affaire qu'il m'a proposée. J'ai accepté parce qu'elle m'a paru avantageuse... et voilà tout!

Alidor parlait avec cet accent un peu enfantin des gens de couleur qui suppriment les « r » et ont une tendance à remplacer les « c » par des « z » et les « z » par des « d ».

Sa figure nullement désagréable un peu jeunette et un peu vieillotte à la fois, exprimait beaucoup de ruse et de finesse.

Ce mulâtre était en même temps assez sympathique et un peu inquiétant.

— Je n'insiste pas, lui répondit Louis Hérault. Peu m'importent les vraies relations que vous avez avec M. Werckein. L'important est que vous et les vôtres, vous vous employiez efficacement à ma délivrance.

— Vous pouvez compter sur moi et sur les miens, reprit le mulâtre. Vous êtes ici absolument en sûreté.

— Vous ne pensez pas que les argousins viendront m'y chercher?

— Je suis sûr du contraire. Au pénitencier on vous croit mort, noyé dans un *pri-pri*, dévoré par les bêtes sauvages.

Louis eut un long frémissement.

Il songeait au boa qui avait été sur le point de le dévorer.

— A propos de bêtes sauvages, dit il d'une voix tremblante, ai-je rêvé qu'un serpent monstrueux...

— A failli faire de vous sa proie?... Nullement, vous n'avez pas rêvé, c'est bien la stricte, la terrible vérité!...

— Grand Dieu!... Je frémis en y songeant. A qui dois-je mon salut en cet effroyable moment?

— A ceci, dit en souriant le mulâtre.

Et d'un geste doux et un peu comique, il désignait une carabine de précision placée dans une des encoignures de la pièce.

— De grâce, expliquez-vous, dit Louis frémissant d'impatience.

— C'est simple comme bonjour. Sur le conseil de M. Werckein, vous vous êtes engagé dans le *pri-pri* qui se trouve près de mon habitation...

— Et j'ai joliment failli y rester...

— Je ne pouvais aller vous tirer du massif avant la nuit; c'eût été plus qu'imprudent. Lorsque je suis venu vous chercher, il faisait nuit noire; j'avais emporté avec moi ma bonne carabine; bien m'en a pris. En même temps que je vous apercevais empêtré dans les branchages et les jambes dans l'eau, je voyais l'énorme boa qui se disposait à vous étouffer d'abord, à vous avaler ensuite. Tirer sur lui, c'était risquer de vous casser la tête; il fallait essayer pourtant de vous débarrasser du monstre. J'ai fait feu et j'ai atteint le reptile au bon endroit au moment où il commençait à vous caresser la figure avec sa langue fourchue. Le monstre est tombé sur vous et je vous prie de croire que ça n'a pas été une petite affaire de vous ramener sur la terre ferme.

— Alors, cher monsieur, non seulement vous êtes mon hôte, mais vous êtes mon sauveur !

— Mon Dieu, oui, cher monsieur.

— De plus vous allez m'aider à quitter la Guyane.

— C'est chose convenue.

— Certes, je vous dois une grande reconnaissance !

— C'est possible. Mais je vous en dois une aussi ; car votre présence ici m'a fourni l'occasion de faire une excellente affaire avec M. Werckein. Je ne vous dissimule pas que ma conduite n'a pas été dictée uniquement par l'intérêt que je vous porte, quoique vous me soyiez personnellement très sympathique. M. Werckein a, paraît-il, un grand intérêt à vous faire évader et à vous aider à gagner l'Europe. Quel est son but, je l'ignore et ne cherche point à le savoir. Je suis d'une nature très discrète et vous n'avez à craindre de ma part : ni question importune, ni bavardage imprudent...

— Voilà qui est bien, monsieur Alidor. Je suis moi-même très prudent et très discret. Vous trouverez bon cependant que je vous adresse quelques questions...

— Parlez, cher monsieur, je suis absolument à vos ordres.

— Par quels moyens M. Werckein et vous comptez-vous me faire quitter la Guyane ?

— Dans quelques jours, vous sortirez de chez moi sous un déguisement. Vous monterez à cheval avec deux nègres à ma dévotion, dont je suis parfaitement sûr. Vous gagnerez un endroit de la côte nommé Sainte-Florence et vous monterez dans une barque qui vous conduira jusqu'à un navire aux couleurs françaises, lequel vous transportera à Saint-Nazaire. Là vous trouverez des amis qui vous diront ce qui vous restera à faire.

— Reverrai-je M. Werckein ?

— Un jour viendra sans doute où vous le reverrez en Europe.

— Et sous quel déguisement vais-je quitter la Guyane ?

— Sous le déguisement le plus propre à vous attirer des marques universelles de respect. M. Werckein a tout prévu. Vous porterez l'habit des prêtres des Missions étrangères. Vous couvrirez votre tête blonde d'une perruque noire et je me charge de changer, à l'aide de blanc d'œuf et de brou de noix votre teint de lys et de rose en teint basané. Avec une paire de lunettes vous serez absolument méconnaissable.

— Et vous êtes sûr qu'un navire français m'attendra en vue de Sainte-Florence ?

— Au jour et à l'heure dite, oui, parfaitement.

— Personne ne soupçonne ma présence chez vous?

— Personne des gens dont vous avez quelque chose à craindre. Les autorités pénitentiaires ne doutent pas que vous ayiez été englouti dans la vase comme tant d'autres fugitifs. Elles ne se donneront point la peine de faire rechercher votre corps et votre mort sera officiellement annoncée à qui de droit, tandis que vous vous disposerez à regagner la vieille Europe.

— Et partirai-je bientôt?

— J'ignore le jour précis de votre départ. J'attends les ordres de M. Werckein. D'ailleurs, il est nécessaire que vous preniez quelques jours de repos; vous venez d'éprouver de violentes émotions et vous aurez encore quelques fatigues à supporter, car votre voyage à cheval d'ici à Sainte-Florence ne laissera pas que d'être long et fatigant. Je suis parfaitement en état de vous donner des soins, car j'ai des notions de médecine et je possède une petite pharmacie complète. Donnez-vous donc patience et attendez l'heure de votre départ sans énervement.

— Je m'en remets complètement à vous, cher monsieur; mais vous dites que le voyage d'ici à Sainte-Florence sera long?

— Long et peut-être dangereux, car vous aurez de grands bois à traverser.

— J'entends; et ils sont mal habités! J'ai à y craindre la rencontre de quelques confrères de mon ami le boa.

— Je ne veux rien vous dissimuler, car vous êtes un jeune homme énergique, et il convient que vous envisagiez la question sous son véritable aspect. Outre les reptiles et les fauves, vous aurez à craindre les *Pianakotaws*.

— Miséricorde! qu'est-ce que c'est que ces animaux-là?

— De terribles animaux, en vérité, quoiqu'ils appartiennent à l'espèce humaine.

— Comment! il y a donc encore des tribus sauvages dans la Guyane française?

— Oui et non. Il n'y en a point à demeure, mais de temps en temps, par intermittences, on voit apparaître dans nos forêts et même aux environs de nos plantations, des groupes de bandits nomades, sinistres et tristes restes des anciennes tribus caraïbes. Les *Pianakotaws*, jadis très nombreux dans la Guyane hollandaise, ont été en grande partie massacrés, puis dispersés, il y a un peu plus d'un siècle, par un certain capitaine Van Tromp; mais ils ne sont pas complètement anéantis et surgissent parfois autour de nous sans que l'on sache d'où ils viennent et sans que l'on se doute du chemin qu'ils prendront pour disparaître quand on commencera à leur donner la chasse.

— Diable! Et si je tombais aux mains de quelques-uns de ces lascars?

— Ma foi, mon cher monsieur, vous risqueriez fort d'être scalpé.

— Je n'aimerais pas beaucoup cela. Mais, en me racontant que les

Pianakotaws voudraient s'offrir ma chevelure, n'est-ce pas vous-même qui vous payez ma tête? Je croyais que l'on ne scalpait plus... que dans les romans de M. Gustave Aymard.

— Ne croyez donc pas que les bonnes habitudes se perdent aussi facilement qu'on le dit!

— Au surplus, le sauvage qui essayera de me scalper sera bien attrapé en s'apercevant que je porte perruque!

— A la bonne heure! Je vois que vous êtes un luron et que vous prenez les choses comme elles doivent être prises, et maintenant prenez quelque repos, dormez tranquillement; personne ne viendra vous déranger dans cette cachette hospitalière. Quand le moment sera venu, je vous apporterai moi-même un bon petit dîner et j'espère que vous y ferez honneur.

Le mulâtre se retira en souriant après avoir adressé à son hôte un aimable signe de la main, et Louis Hérault, à demi tranquillisé, céda au sommeil qui le pressait et s'endormit aussi paisiblement qu'un enfant.

Bientôt pourtant des rêves bizarres vinrent agiter son sommeil: il se voyait sur un trône, tenant une carabine à la main et les pieds placés sur un boa enroulé en guise de tabouret. Un sauvage tout tatoué, coiffé de plumes de perroquet, se précipitait sur lui un *tomahawhc* à la main, lorsqu'il se réveilla en sursaut.

Près de son lit était non pas un sauvage, mais un mulâtre, l'excellent Alidor, en train de disposer quelques victuailles sur une table de bambou.

Louis, que ces émotions avaient creusé, se mit immédiatement à faire honneur au repas qu'on lui servait.

Lorsqu'il eut absorbé de grand appétit un plat de riz à la créole et quelques petits oiseaux sautés à la casserole, son hôte plaça devant lui un mets dont l'aspect l'intrigua tout d'abord. Cela ressemblait à un tronçon de quelque énorme poisson arrosé de beurre ou d'huile et saupoudré de poivre rouge.

— Qu'est-ce que cela, s'il vous plaît? demanda Louis en plantant sa fourchette dans cette chair mystérieuse.

— Mangez d'abord, et je vous le dirai ensuite, répondit Alidor en souriant.

Louis porta une bouchée à ses lèvres, puis dit, après l'avoir absorbé:

— Eh! mais, ça n'est pas mauvais: c'est même très bon! On dirait de l'anguille?

— Cela vaut n'importe quelle anguille, répondit Alidor, et cela vaut même mieux, car il y a plus à manger. C'est un morceau de votre ennemi le boa.

Louis, les yeux écarquillés et la bouche béante resta un instant immobile, la fourchette en l'air.

— Que le diable vous emporte! dit-il enfin. Avez-vous donc juré de me faire mal au cœur?

— Bast! Pourquoi auriez-vous mal au cœur? En quoi un boa diffère-t-il d'une grosse anguille? Sachez, pour votre gouverne, qu'il se nourrit plus

Par une belle nuit étoilée, il prit la campagne avec Jupiter. (Page 370.)

proprement. D'ailleurs vous le trouvez bon, n'est-ce-pas? Mangez-le donc sans remords! Il n'en aurait pas eu, lui, s'il vous avait mangé! Et puis, il ne faut pas vous le dissimuler, pendant votre voyage, jusqu'à Sainte-Florence, vous ne serez peut-être pas fâché de trouver de temps en temps un bon morceau d'anguille terrestre!

Louis Hérault se rendit aux bonnes raisons du mulâtre et, après avoir mangé sans trop de dégoût une bonne tranche de son ennemi, il savoura d'excellentes confitures de goyaves et arrosa le tout d'une bouteille de prétendu vin de champagne, qui, en somme, n'était pas trop à dédaigner.

Son Altesse Nounouche   47

Quelques jours s'écoulèrent.

Le nègre qui devait accompagner Louis dans son voyage lui fut présenté.

C'était une sorte de géant couleur de suie nommé — ou surnommé Jupiter.

M. Alidor affirma, de nouveau, à son hôte qu'il pouvait compter absolument sur cet homonyme du père des dieux et des hommes.

Les nègres fidèles ne le sont pas à demi. Lorsque, pour une raison ou pour une autre, ils s'attachent à leur maître, ils sont à lui corps et âme. Or, Jupiter s'était attaché à M. Alidor, et cela suffisait pour qu'il se dévouât sans restrictions à son protégé, quel qu'il fût.

Lorsque Louis eut complètement repris ses forces, on disposa tout pour le départ.

Alidor le grima le plus habilement du monde et, lorsqu'il eut revêtu la soutane et la robe, Louis Hérault, transformé en missionnaire, eût fait illusion à Saint-Ignace lui-même.

Par une belle nuit étoilée, il monta à cheval et prit la campagne avec Jupiter, lui-même, fort convenablement monté, car M. Alidor avait une écurie renommée dans le pays.

Le voyage fut long et pénible, car il fallait dépister une poursuite improbable, mais possible, et arriver à Sainte-Florence sans être vu de ceux dont on avait quelque chose à craindre.

Traverser des forêts, sinon vierges, du moins demi-vierges, comme les héroïnes de M. Marcel Prévost, n'est point chose aisée, surtout à cheval. Mais Jupiter était un gaillard pour qui la topographie de la Guyane avait peu de secrets et qui au besoin se montrait aussi bon sapeur que bon écuyer.

Jupiter était peu loquace et, quand il parlait, il parlait le patois créole, que Louis Hérault ne comprenait que très vaguement.

On comprend donc que nos deux aventuriers durent échanger peu de propos durant leur hardi et ardu pèlerinage.

Ils chevauchaient généralement la nuit, prenant des chemins ou des sentiers que Jupiter découvrait avec une habileté merveilleuse.

Il semblait les deviner.

Louis Hérault se disait:

— Lorsque je serai prince souverain, je ferai venir Jupiter dans mes États et je lui conférerai le titre de général en chef... Jamais militaire ne fut meilleur stratégiste !

Le jour, Jupiter et Louis Hérault dormaient à l'ombre des arbres gigantesques.

A vrai dire, Louis ne dormait que d'un œil.

De suspects frôlements qu'il entendait autour de lui le maintenaient dans un état perpétuel d'inquiétude.

Il craignait toujours de voir ramper un reptile monstrueux ou bondir une bête fauve affamée de chair et altérée de sang.

D'ailleurs — et cela redoublait son angoisse — il savait que les boäs ne sont pas les plus redoutables des serpents de la Guyane.

Leur énormité même permet de les apercevoir de loin et de les éviter.

Mais il y a dans ces contrées, si pleines de périls, un petit serpent jaunâtre, pas beaucoup plus gros qu'un ver de terre, dont la morsure est mille fois plus à craindre que celle de la vipère.

Quiconque est seulement effleuré par sa dent venimeuse peut dire adieu à la vie.

Or, le moyen d'éviter un ennemi aussi minuscule — dont rien, rien ne peut annoncer l'approche?

On comprend donc que Louis Hérault, doué, comme on le sait, de plus d'imprudente audace que de noble courage, devait reposer péniblement à l'ombre des grands arbres et sur les herbes verdoyantes, quelque fût le charme apparent de la retraite choisie par son guide dans les grands bois.

Ce n'est guère que brisé par la fatigue qu'il s'endormait...

Et généralement, il avait à peine commencé à goûter un peu de repos que Jupiter le réveillait et lui signifiait qu'il était temps de se remettre en route.

Leur voyage durait depuis dix jours environ.

Une nuit, ils dormaient dans la forêt, lorsque Louis fut réveillé en sursaut par un cri déchirant.

A la pâle clarté de la lune il vit son compagnon, debout, qui arrachait de son sein quelque chose de mince et de jaunâtre qui se tordait...

— Qu'est-ce?... qu'y a-t-il donc?... demande Louis.

— Moi perdu!... moi mordu!... hurla le nègre.

Il venait de jeter loin de lui un petit serpent et était tombé à genoux.

Louis, instinctivement, s'avança vers lui...

— *Missié* Hérault, dit le nègre, vous par pitié tiré coup de fisil à moi!...

— Que je vous tire un coup de fusil?... répondit Louis éperdu, êtes-vous fou, mon brave Jupiter?

Mais le nègre, d'un geste désespéré, lui indiquait sa carabine couchée sur l'herbe, près des chevaux attachés à des branches.

D'une voix horriblement altérée et parlant toujours ce bizarre patois créole que Louis comprenait si mal, le nègre lui expliqua son infortune.

Il venait d'être mordu à la mamelle droite par ce petit serpent jaune, pas beaucoup plus gros qu'un ver de terre, dont la morsure ne pardonne jamais.

Il devait survivre plusieurs heures, peut-être plusieurs jours, mais à un moment donné, il deviendrait couleur de vert-de-gris, puis violet, puis d'un rouge livide et il mourrait après une épouvantable agonie.

Le malheureux suppliait son compagnon de lui épargner les affres d'une pareille mort...

Mais Louis Hérault restait sourd à ses lamentables supplications.

Que deviendrait-il, au milieu des forêts, si son guide l'abandonnait?

Il s'efforçait de démontrer à Jupiter que la blessure du petit serpent jaune n'était peut-être pas mortelle.

Il affirmait avoir entendu dire, par le médecin de pénitencier, qu'avec la force de volonté on survivait aux venimeuses morsures des reptiles.

Louis, pris d'une folle terreur à l'idée de rester seul et de mourir de faim dans les forêts, pleurait, bavait, se roulait à terre... dans un état plus lamentable que le nègre lui-même.

Tout à coup Jupiter se calma.

Froidement, il s'empara de la carabine, l'arma, l'appliqua sous son menton et fit partir la gâchette à l'aide de l'orteil de son pied nu.

Une détonation retentit et la cervelle du nègre jaillit de son crâne...

Son corps fit un tour sur lui-même et s'affaissa sur le sol.

Louis, béant d'horreur, restait debout, les bras ballants, muet, immobile...

Le jour venait de se lever, mais les joyeux rayons du soleil ne pouvaient dissiper les ténèbres du désespoir qui avaient envahi l'âme du forçat fugitif.

Qu'allait-il faire?

Qu'allait-il devenir?

La topographie de la contrée lui était inconnue.

Les provisions que lui et le nègre avaient emportées étaient presque épuisées.

Jupiter lui avait dit qu'ils approchaient du but et que les provisions qu'ils avaient encore en leur possession leur suffiraient amplement... Mais ce but, dont on approchait, où était-il?

De quel côté, Louis devait-il diriger ses pas pour arriver à la mer, pour parvenir à ce lieu de Sainte-Florence où un navire l'attendait?

Louis eut d'abord la pensée d'enfourcher un des chevaux et d'errer au hasard, comptant sur la chance pour arriver à bon port

Mais l'idée de chevaucher seul sous les grands arbres, dans ces forêts où les sentiers praticables sont si rares et si difficiles à trouver, cette idée le remplit de terreur.

Peut-être valait-il mieux rester en place, espérer, attendre.

Attendre quoi?...

Ce qu'attendent les malheureux, une aumône, un bienfait du destin ou de la Providence.

Mais, qui donc pourrait venir à son secours?

Personne! Décidément, personne!

Au contraire, il avait tout à craindre des créatures humaines qui se présenteraient devant lui.

Qui donc pouvait passer par ces grands bois, sinon ces terribles *Pianakotaws*, ces brigands sauvages, qui avaient conservé l'abominable coutume de scalper leurs prisonniers ou mieux de les attacher au poteau des supplices, et de les faire expirer dans d'atroces souffrances?

A un moment donné, Louis Hérault sentit que le cœur lui manquait; évidemment, il allait s'évanouir.

A tout prix, il lui fallait trouver des forces. Dans le sac aux provisions dont son guide s'était muni, il y avait une grosse gourde pleine de rhum.

Louis s'en empara, la porta à ses lèvres et but à longs traits.

Dans son affolement, le malheureux venait de compliquer la triste situation où il se trouvait.

Il ressentit comme une brûlure à la gorge et dans l'estomac; il eut un étourdissement et tomba comme une masse.

En croyant reprendre des forces, il s'était privé de toute énergie et de toute activité.

Il était ivre, effroyablement ivre. Ivre de cette ivresse alcoolique qui constitue une véritable intoxication.

Il n'avait plus nettement conscience de sa situation presque désespérée, mais une mortelle angoisse ne lui en étreignait pas moins le cœur.

Il ne savait plus au juste pourquoi il était perdu; mais il se sentait perdu tout de même.

De vives souffrances physiques s'ajoutaient à ses tourments moraux : il lui semblait qu'un cercle de fer lui enserrait les tempes et qu'un poids énorme oppressait sa poitrine.

Une grande nausée l'envahissait et sa langue était tellement aride et tellement brûlante que dans son délire il la croyait incandescente.

Combien de temps resta-t-il en cet état couché près du cadavre de Jupiter, tressaillant de temps en temps aux hennissements des chevaux impatients? Il n'eut point su le dire.

Vers le milieu de la journée, alors qu'un soleil de plomb pesait sur son crâne, il tomba dans une sorte d'engourdissement qui ressemblait au sommeil et le ciel était rouge des mourantes clartés de l'occident, lorsque cessa cette sorte de léthargie qui fit place à une agitation fébrile des plus pénibles.

Louis Hérault se leva à grand peine, et allait essayer de faire quelques pas quand il sentit une lourde main qui se posait sur son épaule.

Il se retourna en poussant un grand cri et resta immobile d'épouvante en se voyant entouré d'une dizaine de personnages absolument hideux, qu'il reconnut tout de suite pour ces indiens nomades, nommés *Pianakotaws*, dont lui avait parlé Alidor.

C'étaient des grands gaillards taillés en hercules, quoique d'une extrême maigreur.

Leurs cheveux noirs étaient relevés sur leur crâne comme une sorte de chignon et ornés de plumes multicolores.

Leurs visages étaient peints en rouge corail avec, autour des yeux, des cercles noirs figurant des serpents.

Ils avaient un nez long et recourbé, orné d'un gros anneau de métal.

Leurs lèvres minces étaient colorées en bleu et laissaient voir, en s'entr'ouvrant, de longues dents recouvertes d'un enduit noir et luisant.

Ils portaient une sorte de tunique faite de lambeaux d'étoffe grossière et quelques plumes de perroquet, et un large pantalon d'épaisse toile écrue recouvrait leurs longues jambes.

Ils avaient les pieds nus et peints en rouge comme leur visage.

Des pistolets ou des revolvers étaient passés à leurs ceintures faites de joncs tressés; et ils tenaient à la main de longues carabines d'un modèle suranné, mais qui devaient être d'un excellent usage.

A leur côté pendait, au bout d'une longue ficelle, un petit couteau, assez inoffensif d'aspect, mais, qui n'était autre que le trop fameux *tomahawck*, ou couteau à scalper.

Louis fut pris d'un tremblement nerveux.

Il sentit tout son sang refluer vers son cœur et une sueur gluante et glacée couvrit ses mains et son visage.

— Messieurs, messieurs, dit-il, rendu idiot par la terreur et oubliant que les sauvages de la Guyane ne devaient guère entendre le français, messieurs, mes bons messieurs, ayez pitié de moi! Je ne vous ai rien fait, moi! Je suis un pauvre garçon inoffensif, injustement condamné et déporté au pénitencier de Cayenne, qui essayait de recouvrer sa liberté!... Mon guide et mon compagnon est mort comme vous le voyez... De grâce, ne me faites pas de mal et soyez assez bons pour m'indiquer le chemin qui conduit à Sainte-Florence... Mais, suis-je assez bête! Vous ne comprenez pas un mot à ce que je vous dis... Vous n'en aurez pas moins pitié de moi, car, vous voyez que je tremble, que j'ai peur, que je vous supplie de m'épargner!

Et le misérable éclata en sanglots, tomba à genoux en se tordant les mains de désespoir.

Les sauvages lui lançaient des regards à la fois méprisants et haineux.

Si Louis Hérault avait été plus au courant de leurs mœurs et plus au fait de leur caractère, il aurait compris qu'il avait pris le plus mauvais moyen pour s'attirer leur sympathie ou même leur pitié.

Les sauvages en général, et les Caraïbes en particulier, estiment avant tout le courage et ont le plus profond dédain pour la poltronnerie.

Chez eux un lâche passe pour le plus vil et le plus immonde des animaux, et, en revanche, il n'est point rare de les voir s'enthousiasmer pour un ennemi valeureux: quelquefois même, ils l'adoptent pour un des leurs et vont jusqu'à le prendre pour chef.

Tandis qu'un des *Pianakotaws*, après avoir consciencieusement fouillé les poches de Louis Hérault et l'avoir débarrassé d'une assez bonne somme qu'Alidor avait mis à sa disposition de la part du docteur Closterman, le mettait nu comme un ver, d'autres détachaient les chevaux et s'apprêtaient à les emmener.

Ils ne négligèrent pas de s'emparer du sac de provisions et de dépouiller le cadavre de Jupiter aussi complètement qu'ils avaient dépouillé la carcasse à demi-morte du misérable Louis.

Puis, l'un deux, ayant chargé sur son épaule le jeune coquin, rendu inerte par la terreur, toute la troupe se mit en marche et s'enfonça dans les grands bois dont ils connaissaient les arcanes encore mieux que le nègre défunt.

La frayeur avait mis Louis Hérault dans un état de prostration voisin de de la plus complète insensibilité.

Il se laissait emporter par le géant peint en rouge sans faire un mouvement et sans proférer un son.

De temps en temps, une sorte de hoquet ou de sanglot annonçait seul qu'il était au nombre des vivants.

Ses idées se brouillaient de plus en plus et bientôt il n'éprouva plus que ce sentiment poignant mais indéterminé qui caractérise certains cauchemars.

Combien de temps dura cette nouvelle pérégrination?

Louis Hérault eût été absolument incapable de le déterminer.

Un violent accès de fièvre, qui venait de le prendre, avait changé sa prostration en état comateux et, lorsqu'il revint à lui, il se trouva dans une sorte de *gourbi*, creusé en terre et recouvert d'une solide toiture ce branchages.

Ses mains ni ses pieds n'étaient attachés ; mais, quand même il eût été moins faible, il lui eût été impossible de sortir de cette bizarre prison, car il n'apercevait aucune issue, et, sauf les clartés solitaires qui filtraient par le toit de branchages et lui permettaient de distinguer assez nettement ce qui l'entourait, il aurait pu se croire enterré vivant.

A des douleurs de tête très violentes et causées par sa fièvre et à ses inquiétudes morales venait se joindre une soif intolérable

— De l'eau! de l'eau! cria tout à coup le misérable.

Puis, il se mit à se rouler dessus le sol en se déchirant la poitrine avec ses ongles.

Pour la première fois de sa vie, il songea au suicide.

Ses tortures physiques et morales étaient maintenant plus fortes que son violent amour de l'existence.

Au moment où il se désespérait le plus, il vit apparaître un sauvage près de lui, sans qu'il lui fût possible de deviner par où cet homme était entré.

— Ma dernière heure est arrivée! pensa Louis.

Et il ferma les yeux, restant immobile comme certains animaux, quand ils se sentent menacer d'un coup mortel.

Mais quelle fût sa stupéfaction lorsqu'il entendit le sauvage lui dire avec le plus pur accent parisien :

— Eh bien, mon vieux, ça ne va donc pas?...

Louis fut d'abord tellement stupéfait qu'il ne sut que penser.

Rêvait-il? était-il éveillé? quelle était cette nouvelle surprise du destin, cette nouvelle mystification du hasard.

Après quelques hésitations, il ouvrit les yeux.

C'était bien un sauvage qui était devant lui, un vrai caraïbe, un vrai *Pianakotaw*?

Il ne différait en rien de ceux qui l'avaient fait prisonnier dans la forêt.

C'était le même costume rudimentaire, mais pittoresque...

C'était le même tatouage bizarre et hideux.

C'était le même air hagard, farouche, impitoyable.

N'était-ce donc pas lui qui venait de parler?...

Comment eût-ce été lui?

Comment ce *Pianakotaw* eût-il su s'exprimer en français et surtout avec l'accent des faubouriens de Paris?

Et cependant, il n'y avait que lui dans le *gourbi*.

Louis essaya de recupérer son sang-froid et regarda fixement le sauvage.

Ce fut alors qu'il remarqua que ce dernier avait une sorte de panier sous son bras.

— Eh bien, répéta le sauvage, ça ne va donc pas?...

— Pas trop! répondit Louis. Mais dis-moi comment..

Le sauvage éclata de rire.

— Comment je me trouve ici?... pourquoi je parle si bien français et ayant parfaitement l'air d'un Peau-Rouge, hein?...

— En effet, tout cela m'intrigue passablement.

— Je me mets, bien à ta place, va!... Mais avant d'aller plus loin, réponds moi à ton tour. As-tu faim?...

— Ah oui!... Et surtout soif!

— Allons, ma vieille branche, mange et bois à ton aise. Nous causerons plus tard.

Et le Peau-Rouge faubourien, s'étant assis par terre en face de Louis Hérault, tira de son panier une bouteille recouverte d'osier et pleine de vin, une énorme tranche de jambon et un oiseau rôti, lequel ressemblait fort à un faisan, enfin un pain blanc comme s'il sortait d'une boulangerie viennoise.

Louis commença par boire une large lampée; puis il se jeta sur les victuailles et ne s'arrêta que lorsqu'il se sentit plein jusqu'à l'œsophage et lorsque sa mâchoire, à force de fonctionner, eut attrapé une sorte de courbature.

— Ouf!.. dit-il. Cela va mieux.

— Allons, si ça va mieux, tout va bien, dit le sauvage.

Et, après avoir sorti du panier une petite fiole de forme aplatie, pleine d'une liqueur d'un brun doré, il ajouta :

— Un coup de rhum, hé?...

— Non!... non!... pas de rhum! Au nom du ciel, pas de rhum!... exclama Louis, encore sous le coup de son affreuse crise d'ivresse alcoolique.

Le sauvage donna un assez long baiser à la fiole. (Page 377.)

— Comme tu voudras... Moi, j'aime le rhum, je ne te le cacherai pas plus longtemps.

Et le sauvage donna un assez long baiser à la fiole aplatie.

— A ta santé, mon vieux... mon vieux?...

Louis Hérault fut sur le point de dire son vrai nom.

Mais sa méfiance d'escarpe eut raison de cet accès tout provisoire de franchise et de sincérité.

— Je me nomme Théodore Lambrequin...

Son Altesse Nounouche   48

— Ce n'est pas vrai, mais je m'en fiche, répliqua le sauvage en riant.

— Et pourquoi n'est-ce pas vrai ?

— Parce que tu as hésité un instant avant de me répondre, tu as *tiqué*, comme disent les joueurs de baccarat... Ensuite, parce que Lambrequin, ça n'est pas un nom; c'est tout au plus un surnom. L'on ne s'appelle pas Lambrequin, à moins que ce ne soit dans les pièces du Palais-Royal...

Louis était de plus en plus stupéfait, vu qu'il trouvait au fond de la Guyane un sauvage qui non seulement parlait français, mais encore était au courant des théâtres parisiens.

— Moi, reprit le sauvage, je ne fais pas de cachotteries. Ici je m'appelle *Twawowan-Hook*, ce qui signifie le *Héros de glace*; mais à Paris, rue Saint-Jacques, où je suis né, on m'appelle Isidore Brousseau, ou plus familièrement Zidore ou Dodore.

— Alors, tu es Parisien ?

— Comme père et mère... et toi aussi ?

— Moi je...

— Allons, ne fais pas le malin: tu es Parisien de Paris et tout dernièrement tu étais en villégiature au pénitencier de Cayenne.

— Comment sais-tu ça ?

— Je n'en sais rien, mais je le devine et j'en suis sûr ! A cette heure, te voilà nu, nu comme un ver... mais quand mes camarades t'ont rencontré dans la forêt, tu étais déguisé en jésuite avec des lunettes et une perruque noire. Penses-tu que je puisse être un moment dupe de ce déguisement? Pour quelle moule me prends-tu?... Par suite de circonstances que j'ignore, mais que tu me diras sans doute, tu t'es évadé du pénitencier en compagnie d'un nègre et grâce à la complicité de je ne sais qui... Est-ce vrai?... ai-je du flair?...

— Tu étais né pour être juge d'instruction...

— Et me voilà chef de Peaux-Rouges !...

— Hein !... tu es chef?...

— Eh ! mon Dieu, oui, et à la suite de circonstances bien singulières, va !...

— Quoi qu'il en soit, mon vieux Zidore, tu peux me protéger?...

— Oui et même te sauver, mais à condition d'être prudent. Je ne veux pas me brouiller avec mes... subordonnés et tu leur as souverainement déplu, tu sais?

— Vraiment?...

— Ah! tu peux le dire !

— C'est étonnant... je me croyais plus sympathique...

— Ah! bien, tu n'es pas fat à moitié, toi !... Ne t'y trompes pas, mon pauvre soi-disant Lambrequin, tu étais peut-être sympathique aux *gonzesses* de Montmartre ou de la Villette, mais tu ne le seras jamais aux *Pianakotaux*.

— Et pourquoi, s'il te plaît?...

— Parce que tu es trop *taffeur*

— Malhonnête, va !...

— Je suis franc... tu es *taffeur*, tu es *traqueur*, tu es poltron comme une fouine, quoi ?..

— Parbleu, je voudrais bien savoir qui n'aurait pas eu peur à ma place !...

— Tout le monde a le droit d'avoir peur, mon vieux lapin, le tout est de ne pas le laisser voir...

— Tu es bon, toi !...

— Je n'étais pas présent à ta capture, mais il paraît que tu t'es conduit comme le dernier des pleutres...

— Oh ! si l'on peut dire !

— Or, mes braves Pianakotaws ont horreur des poltrons, si bien que leur projet bien arrêté est de...

— De me scalper ?...

— Mieux que cela !

— Hein ?... pas de mauvaise plaisanterie !...

— Mieux que cela, te dis-je !... Quand ils ont affaire à un prisonnier qui a du poil au menton, ils le scalpent, le brûlent ou l'écorchent vif !...

— Merci !... si c'est comme ça qu'ils leur témoignent leur sympathie !...

—C'est leur façon d'honorer le courage... ils le mettent aux plus rudes épreuves pour le mieux faire ressortir...

— Charmant !

— Mais quand ils ont affaire à un poltron...

— Achève !

— Ils le mettent à broche et ils le mangent !

— Hein ?... ils sont donc anthropophages, les *Pianakotaws*?

— Pas habituellement ; mais l'anhtropophagie est une vieille coutume de leurs ancêtres, à laquelle ils reviennent de temps à autre, dans les occasions exceptionnelles.

— Par exemple quand ils ont capturé un taffeur ?...

— Et que cette capture coïncide avec quelque fête commémorative.

— Ah !... et il y a bientôt une fête commémorative ?...

— Dans quelques jours.

— Brrr !...

— Et ils se proposent de te servir sur ma table pour honorer le jour où leur bon Dieu, le nommé Mama-Jumboë, a créé le ciel et la terre... Sais-tu quel prétexte j'ai pris pour t'apporter de riches victuailles ?... J'ai dit que je voulais que tu sois gras à souhait quand j'aurai à te déguster... Tu as sans doute remarqué que les mets que je t'ai offert étaient fortement épicés...

— En effet, mais je ne déteste pas ça.

— Eh bien, pour que tu aies meilleur goût, on le savait saupoudrés avec un poivre du pays, très aromatique et très précieux !...

— Merci de l'attention !...

— Il n'y a vraiment pas de quoi.

— Mais alors, je suis perdu, moi !...

— Allons ! calme-toi, soi-disant Lambrequin, ne t'ai-je pas dit que j'étais le patron ici, et qu'en m'y prenant bien, je pourrais te tirer d'affaire ?

— Ah ! merci pour cette bonne parole !... Mais dis-moi, sans indiscrétion, comment es-tu devenu, toi Parisien natif de la rue Saint-Jacques, chef de ces sauvages errants ?

— En m'attirant leur sympathie lorsqu'ils m'ont fait prisonnier.

— Et comment t'y es-tu pris ?...

— En montrant un courage extraordinaire...

— Mais je croyais qu'ils scalpaient les braves pour honorer leur bravoure.

— Les braves, oui, mais les excessivement, extraordinairement, invraisemblablement braves, ils leur offrent d'être des leurs, et à l'occasion de les commander.

— Alors tu es excessivement, extraordinairement, invraisemblablement courageux ?

— Moi ?... Veux-tu savoir la vérité... Je suis plus poltron que toi !...

— Ah ! voilà qui est fort par exemple !... Est-ce que tu te payes ma tête ?...

— Je le pourrais sans difficulté, même sans figure de rhétorique, mais je te parle sérieusement, je suis plus poltron que toi !... Mais je le suis autrement, voilà tout...

— Alors je ne comprends pas...

— Tu vas comprendre... As-tu jamais vu guillotiner ?

— Mieux que cela, illustre chef, j'ai failli l'être moi-même...

— A la bonne heure, j'aime à t'entendre parler avec cette franchise... Eh bien, si tu as vu guillotiner des types, tu as dû remarquer que les uns criaient, pleuraient, se débattaient... c'étaient des poltrons...

— Je ne te dis pas le contraire...

— D'autres avaient l'air absolument impassibles ; pas un muscle de leur visage ne bougeait ; ils regardaient devant eux ; c'étaient...

— Des crânes ?...

— Non ! non, c'étaient des poltrons, plus poltrons que les autres. Les premiers gardaient assez de force pour protester et se débattre. Ils avaient conscience du danger, donc ils gardaient quelque force de vitalité et d'énergie... Les seconds étaient anéantis, inconscients, réduits à l'état de statue ou de mannequin par le voisinage de la *camarde*...

— Et cependant, c'étaient les seconds dont on louait le courage dans les journaux.

— Parbleu ! voilà comment l'on a toujours écrit l'histoire...

— Mais enfin où veux-tu en venir ?

— Simplement à ceci : je suis né, comme presque tous mes semblables, avec la peur naturelle des coups ; mais ; chez moi, cette peur est tellement forte,

qu'elle me paralyse, me donne toutes les apparences de la plus parfaite
impassibilité, et par conséquent peut passer pour le comble de sang-froid et du
courage auprès d'esprits parvenus.

— Ah! ah! je commence à te comprendre.

— Je me doutais bien que tu étais intelligent.

— Mais continue de grâce... Je serais bien curieux de connaître ton histoire...

— Mon Dieu! je n'ai aucun motif pour te la cacher.

Isidore Brousseau donna un nouveau baiser à la fiole de rhum et reprit:

— Je t'ai dit que j'étais né rue Saint-Jacques!...

— Je la connais, j'y ai travaillé...

— Je devine dans quelle partie: moi j'étais fils de libraire et j'apprenais le
métier de relieur...

— Mâtin, tu dois être instruit alors!

— Peuh! on a sa petite teinte de littérature: je lisais beaucoup, étant *gosse*,
surtout des livres de voyages. M. Jules Vernes n'eut jamais un admirateur
plus passionné que moi. Mais, à te parler franchement, ces récits ne me donnaient
pas le désir d'avoir personnellement des aventures. J'étais né casanier et pot-
au-feu au delà de toute expression. Comme je te l'ai déjà avoué, le moindre
danger me produisait un tel effet que je tombais dans une espèce de torpeur
morale que l'on prenait pour un sang-froid héroïque. Ainsi, par exemple, pendant
la guerre de 1870, je dus faire parti d'un bataillon de marche de la Garde
nationale. On m'avait élu capitaine sur ma bonne mine. A Champigny, le
sifflement des balles me produisit un tel effet que je me mis à marcher droit
devant moi sans savoir où j'allais et même sans rien voir de ce qui m'entourait,
exactement comme un somnambule. C'est ainsi que je me trouvai pour ainsi
di.e nez à nez avec les *Pruscos*. Par un hasard extraordinaire, je n'attrapai
pas une égratignure, mais mes supérieurs furent assez « bonne tête » pour attribuer ma conduite extravagante au désir d'entraîner mes hommes; ils me
proclamèrent le brave des braves et je fus décoré de la médaille militaire et
de la croix de la Légion d'honneur...

— Ah bien! voilà ce qui s'appelle de la veine! Mais, pacifique comme tu
l'étais, qui diable a pu te donner l'idée de venir chercher aventure dans ce chien
de pays?... Est-ce que tu aurais eu quelques petites difficultés avec la Justice?

— Mon Dieu, non! Si cela était, je te le dirais franchement. Je ne fais pas de
cachotteries, moi. Mais cela n'est pas. La vérité est qu'ayant fait de mauvaises
affaires et ne sachant où donner de la tête, j'ai demandé une concession de terrain
dans une de nos colonies au gouvernement de la République française qui ne
put me la refuser vu ma brillante conduite pendant la guerre de 1870. Ce fut
dans ce chien de pays, comme tu dis élégmament, que l'on me concéda des terrains
considérables qui n'avaient qu'un inconvénient, c'est que pour les défricher,
les cultiver, les rendre productifs et habitables, il fallait une mise de fonds
énorme. Je ne te raconterai pas tous les mécomptes que j'éprouvai dans ce

maudit *patelin*. Sache seulement qu'un beau jour il m'arriva ce qui vient de
t'arriver. Les *Pianakotaws* me chopèrent dans les bois et m emmenèrent
prisonnier dans leur *wig-wam* ou, si tu aimes mieux, dans leur campement.
Tu juges un peu de ma *frousse !* Mais, comme à l'ordinaire, elle se traduisit par
une apparence de sang-froid et de mépris de la mort qui épata ces bonnes *poires*
de sauvages. Tout d'abord ils projetèrent de m'attacher au poteau des supplices
et de me scalper, puis de me brûler dans le but d'honorer mon courage. Mais,
une fois attaché au poteau, le *taf* me fit tellement perdre la tête que je devins
absolument gâteux et que je me mis à chanter :

> As-tu vu Bismarck
> A la porte de Châtillon
> Qui battait sa femme
> A grands coups de bâton !

Cette fois l'enthousiasme des *Pianakotaws* fut à son comble. Il y a dans
leurs traditions une vieille prédiction d'après laquelle leur tribu reprendra
son ancienne splendeur le jour où un « visage pâle » sera à leur tête.
J'étais évidemment le « visage pâle » désigné par le sort. Un des sauvages
qui parlait le patois créole, patois que je parlais moi-même, me proposa de
me nommer chef de la tribu des *Pianakotaws*. J'aimais encore mieux cela
que d'être scalpé ! On me fit subir de terribles épreuves dont je me tirai très
honorablement grâce à mon sang-froid, fruit ordinaire de mon *trac*. On me
rasa la tête, on me tatoua, on me passa un anneau dans le nez, ce qui me
gêne horriblement pour me moucher, et me voilà chef de tribu...

— Chef absolu ?

— Pas précisément. Mes *lascars* continuent à me surveiller et ne me
permettent pas la moindre infraction à leurs traditions. En somme, en devenant
leur chef, je n'ai pas cessé d'être leur prisonnier...

— J'entends. C'est comme en Turquie. Le sultan est maître absolu ;
seulement, quand sa conduite déplaît aux *Ulémas*, on l'étrangle ou on lui
ouvre les veines.

— Tu l'as dit, c'est *kif-kif* ! Ajoute à cela qu'il m'a fallu fortement turbiner
pour apprendre la langue des *Pianakotaws* et le maniement de leurs armes.
Il faut dire que ma position sociale a bien aussi quelques agréments. Quand
il y a un butin, à moi le dessus du panier. J'ai comme qui dirait un sérail de
petites sauvagesses qui ne sont fichtre pas piquées des vers ! Mais que veux-tu,
je n'étais pas né pour mener une vie d'aventures et porter un anneau dans
le *pif*. Comme on dit à la Comédie-Française :

> Monté sur le faîte j'aspire à descendre.

De plus, j'ai la nostalgie de la rue Saint-Jacques et des grands boulevards

Bref, je rêve de m'évader et, si tu veux, nous allons patricoter quelque chose pour nous esbigner ensemble.

— Je te crois que je le veux ! Mais comment nous y prendrons-nous ?

— Tu le sauras plus tard : laisse-moi faire ; seulement je viens de te montrer une entière franchise et je veux que tu me rendes la pareille. Je puis t'être utile et mon flair me dit que tu peux m'être utile aussi lorsque nous serons revenus dans les pays civilisés.

— Oh ! ne te monte pas le coup, grand chef ! Je suis un bien humble personnage.

— Hum !... hum !... Quelque chose me dit que tu ne dois pas être le premier venu. Une certaine distinction naturelle... Ce déguisement... ce nègre qui t'accompagnait. Voyons, sois franc et fais-moi tes confidences.

Louis Hérault hésitait encore : devait-il dire toute la vérité ? Devait-il raconter à Isidore Brousseau quelque histoire de fantaisie ?

Toutes réflexions faites, il se dit que le mieux et le plus facile étaient de montrer quelque franchise, quitte à ne dévoiler que la portion de vérité qu'il lui conviendrait de faire connaître.

— Confidence pour confidence, dit-il : mon vrai nom est Louis Hérault ; j'ai été dès ma prime jeunesse chef d'une bande de *Pianakotaws* parisiens qui ne scalpaient pas les *pantes*, mais qui les soulageaient quelquefois de leurs porte-monnaie. Je reconnais que j'avais le plus grand tort de mener cette existence, mais que veux-tu ? On est jeune, on n'a pas le sens moral encore bien développé. On a été mal élevé, quoi ! Bref, j'ai été un beau jour chopé par la *rousse*. J'ai passé en cour d'assises et j'ai été envoyé au pénitencier de Cayenne. Là, j'ai fait connaissance d'un brave habitant qui s'est intéressé à moi et m'a procuré un déguisement et un guide pour m'aider à gagner un endroit de la côte appelé Sainte-Florence où un navire m'attendrait... Mon guide, mordu par un serpent, s'est fait sauter le caisson et, resté seul dans la forêt, j'ai été capturé par tes *lascars* dans les circonstances que tu sais. Voilà mon histoire.

— Louis Hérault, tu n'es pas gentil.

— Pourquoi donc ça ?

— Parce que tu fais des cachotteries à ton ami Zidore.

— Je te jure que je t'ai dit la vérité !

— Possible ! Mais pas toute.

— Pourquoi me dis-tu cela ?

— Écoute, Louis Hérault : je suis entré une première fois dans ton *gourbi* sans que tu t'en doutes, tu dormais alors, mais d'un sommeil bigrement agité et, dans ton délire, tu parlais d'un titre d'Altesse, d'une couronne ducale, d'une conspiration tramée en ta faveur, d'un petit État allemand. D'une ressemblance extraordinaire entre toi et un jeune prince. D'un docteur qui avait préparé ton évasion...

— Quand on rêve tout haut, on ne sait pas ce qu'on dit !

— Possible ! mais on dit quelquefois ce qu'on sait... Et puis écoute. Si tu étais une simple gouape parisienne, je ne pense pas qu'on aurait frété un vaisseau exprès pour aider à ton évasion ! Voyons, songe que tu as tout intérêt à être d'une entière franchise avec moi, qu'il m'a déjà fallu pas mal de diplomatie pour pénétrer dans ton *gourbi* et pour t'apporter moi-même à manger sans éveiller les soupçons des camarades, que je devrai encore déployer beaucoup d'habileté pour t'aider à sortir d'ici et à gagner Sainte-Florence. Enfin, que si tu me décourageais par ton manque de sincérité, je pourrais très bien te lâcher et te livrer au couteau et à la mâchoire des camarades...

— Allons ! je vois qu'il faut tout te dire. Mon intention était d'ailleurs de ne rien te cacher, mais je voulais doser mes confidences. Enfin, puisque tu veux tout savoir tout de suite, je vais parler.

Et Louis Hérault, bien résolu de ne point faire les choses à demi fit à Isidore Brousseau un récit complet de son existence agitée.

Il ne dissimula rien, ni ses méfaits, ni ses crimes, ni ses amours avec l'ex-Nounouche devenue princesse Bolstoï.

Il raconta même dans les détails les plus circonstanciés ses rapports avec le docteur Clostermann, M. Werckein et le mulâtre Alidor, et mit son nouvel ami complètement au courant de la scélérate comédie politique qui se préparait dans le grand duché de Kirck-Berghein et dont il devait être le protagoniste.

En se montrant aussi communicatif, le jeune drôle ne faisait point que céder à un besoin d'expansion qui d'ailleurs eût été explicable dans la situation où il se trouvait.

Il avait à l'occasion l'esprit prompt et la réflexion rapide, et il venait de se dire qu'il aurait sans doute grand avantage à se faire un allié ou un complice qui, tout en partageant sa fortune, l'aiderait à se défendre au besoin contre les intrigants qui travaillaient à lui procurer une couronne, mais qui, un jour ou l'autre, pouvaient très bien se retourner contre lui et le trahir avec autant de désinvolture qu'ils trahissaient leur maître actuel.

Tout bien considéré, Isidore Brousseau était l'homme qu'il fallait au futur grand-duc de Kirck-Berghein.

Isidore n'était certainement pas le premier venu.

S'il était poltron, sa poltronnerie lui avait toujours servi au lieu de lui nuire.

Il ne manquait pas d'instruction et s'il parlait parfois comme un gavroche, d'autres fois il s'exprimait presque en érudit et même en homme comme il faut.

Il était difficile de voir sous son hideux tatouage quelle mine il aurait vêtu à l'européenne, mais Louis Hérault, assez bon physionomiste et doué de pas mal d'intuition, croyait deviner que le visage de son nouvel ami, bien et dûment débarbouillé, ne serait pas plus désagréable qu'un autre, et que le natif de la rue Saint-Jacques porterait suffisamment bien la jaquette, le smoking, l'habit noir ou même l'uniforme de chambellan.

Louis comprit que c'étaient le poteau des supplices et le bourreau. (Page 388.)

Il deviendrait donc un complice fort présentable et il faudrait bien que le docteur Clostermann et les autres conjurés le missent dans l'affaire qui se machinait quand ils sauraient que Louis Hérault avait été obligé, pour son propre salut, à lui faire ses confidences et à le prendre comme auxiliaire.

Bien qu'Isidore Brousseau n'eût jamais eu de démêlés avec la justice, Louis Hérault pensait qu'il ne devait pas être exagérément scrupuleux.

Il se félicitait donc d'avoir eu confiance en lui et maintenant augurait très favorablement de l'avenir.

Lorsqu'il eut terminé son récit et officiellement proposé à Isidore Brousseau de le faire participer à sa fortune politique, Isidore parut enchanté et lui fit les serments les plus solennels de dévouement, de loyalisme et de fidélité.

Mais il s'agissait maintenant, pour les deux nouveaux amis, de s'évader du *wig-wam* sans éveiller les soupçons des *Pianakotaws* et de gagner l'endroit de la côte désigné sous le nom de Sainte-Florence.

Isidore Brousseau affirmait qu'il trouverait le moyen de tromper la vigilance de ses guerriers et d'atteindre la côte.

Mais ce moyen, quel était-il ? C'est ce qu'Isidore ne disait pas encore.

Cependant, lorsqu'il eut pris congé de lui, Louis Hérault sentit ses craintes s'atténuer fortement.

L'espoir renaissait en son âme angoissée.

Ce qui l'inquiétait le plus maintenant, c'était l'état de nudité complète où les sauvages l'avaient mis.

Non point qu'il souffrît du froid, car la température était fort élevée, mais, il se disait, non sans raison, que coucher nu sur la mousse humide n'est pas précisément le moyen d'éviter ces terribles fièvres paludéennes qui rendent si redoutable tout séjour dans les forêts de la Guyane.

— Hélas ! pensait-il, si j'échappe aux couteaux des Peaux-Rouges, j'ai bien des chances pour ne pas échapper aux atteintes de la maladie. J'ai déjà eu un très violent accès de fièvre et je sens aux frissons qui m'envahissent que je ne vais pas tarder à en avoir un autre. Allons, du courage, morbleu ! du courage ! J'ai bien mangé et bien bu, cela me préservera de l'humidité. Ne nous laissons pas déprimer, réagissons, réagissons ! J'ai entendu dire que la force morale pouvait triompher de tous les maux physiques.

Et sur cette pensée consolante, Louis Hérault s'endormit d'un sommeil cette fois assez calme.

Lorsqu'il se réveilla, il faisait grand jour dans son *gourbi* et plus que jamais il se livrait à ses réflexions pleines d'incertitude lorsque quelque chose tomba à ses pieds sans qu'il pût savoir d'où cela venait.

Il supposa cependant que cela avait dû passer par quelque interstice du branchage.

C'était une pierre enveloppée d'un morceau de papier.

D'instinct, il comprit que c'était une missive qu'on lui faisait parvenir parce singulier moyen.

Il se hâta de dérouler le papier et lut ce qui suit, tracé avec une substance rouge qui était peut-être de l'encre, mais qui était peut-être du sang.

    « Mon cher ami,

« Ça ne va pas tout seul, mais ne t'inquiète pas ; et quoi qu'il t'arrive, ne perds pas courage et compte sur ton ami qui ne t'abandonnera pas ; quand même tu te trouverais en face de la mort, crois à ton salut et, je te le répète, compte sur ton ami.

ZIDOR. »

Ce billet n'était pas de nature à rassurer complètement Louis Hérault, étant donné surtout qu'il était extrêmement énervé par tant d'émotions successives.

Cependant, il se dit plus que jamais qu'il fallait réagir et montrer de la force morale.

En réalité, les extraordinaires épreuves auxquelles il avait été soumis— épreuves d'un ordre si particulier et si nouvelles pour lui— commençaient à modifier sa nature.

Il était toujours pourvu de plus d'audace et d'impudence que de courage dans le véritable et noble sens du mot.

Mais maintenant une sorte de constance ou de patience se formait en lui.

Ce n'était plus le bandit parisien si lâche devant la mort par la guillotine et qui donnait aux gardiens de la Roquette le vilain spectacle de la faiblesse absolument seule et de la terreur absolument vile.

Ces aventures si variées et si inattendues finissaient par lui faire un tempérament d'aventurier.

Et puis, il avait échappé depuis quelque temps à des dangers si immédiats et si formidables qu'il en était arrivé à avoir confiance dans sa bonne étoile.

Il avait été condamné à mort et avait obtenu sa grâce presque au pied de l'échafaud.

Il s'était trouvé face à face avec un boa *constrictor* et une balle magiquement heureuse l'avait délivré d'un tel ennemi.

Il avait été capturé par des sauvages et le chef de ces sauvages était un de ses compatriotes dont il s'était fait un ami et un allié et qui travaillait à sa délivrance.

Que conclure logiquement de toutes ces choses plus qu'extraordinaires, presque surnaturelles ?

Évidemment que le destin le protégeait et qu'il était réservé à quelque chose de prodigieux.

Ne pouvait-il pas, ne devait-il pas se considérer comme un élu de la destinée ; comme un de ces êtres privilégiés que quelque puissance supérieure guide protège, conduit par la main ?

En bien réfléchissant, il se disait maintenant qu'aucune fatalité ne le pouvait atteindre ; et, dans tous les cas, qu'il fallait montrer une énergie morale extraordinaire, réagir, réagir et toujours réagir.

Il n'en passa pas moins la journée dans un état anxieux que compliquait la fièvre.

De plus, la faim et la soif recommençaient à le tourmenter.

D'autre part, il se sentait rassuré en songeant qu'on ne lui apportait plus à manger.

— C'est sans doute, pensait-il, qu'on a renoncer à m'engraisser. On aurait donc changé d'idée et on ne songerait plus à me servir comme pièce de résistance à la table du grand chef?

La journée s'écoula

La nuit vint.

Encore une nuit de sommeil assez calme.

Puis de nouveau les rayons de l'astre du jour filtrèrent à travers les branches.

Louis Héraut constatait avec plaisir et même avec quelque fierté que plus le temps s'écoulait, et plus il envisageait l'avenir avec sang-froid et avec bon espoir.

Il fut pris cependant d'un grand tremblement nerveux, lorsqu'à une heure qu'il conjectura être la méridienne il vit les branchages du gourbi s'écarter et quatre *Pianakotaws* gigantesques pénétrer dans son gourbi.

Ce fut alors qu'il comprit que les branchages avaient été arrangés de façon à constituer une sorte de porte secrète, ce qui avait permis à Isidore Brousseau de surgir près de lui, sans qu'il comprît comment il était entré.

Les quatre sauvages s'approchèrent de lui et s'emparèrent de sa personne, assez doucement, du reste, et sans la moindre brutalité.

Heureusement, il se souvint des recommandations contenues dans le billet du grand-chef et garda une telle attitude, que les *Pianakotaws* durent revenir un peu sur la mauvaise impression que sa bruyante poltronnerie leur avait causée tout d'abord.

Il eut assez de force morale pour réprimer son tremblement dans une certaine mesure et s'aperçut aux regards, que les quatre sauvages échangèrent rapidement entre eux, qu'il était quelque peu remonté dans leur estime.

Mais ses terreurs le reprirent soudain, lorsqu'il se trouva dehors en leur compagnie.

Et, de fait, ce qu'il vit autour de lui n'était pas précisément fait pour le rassurer.

Il se trouvait au milieu d'un campement composé de gourbis comme celui où il avait été enfermé et de vastes tentes en peau de bêtes et entouré de fortifications en terre, en branchages et palissades de bois, dont l'organisation faisait honneur aux Vauban tatoués qui les avaient construites.

Autour de lui, s'agitait toute une population d'hommes armés jusqu'aux dents, de femmes recouvertes de pagnes multicolores et d'enfants tout nus qui couraient, se vautraient, sautaient, rampaient avec des allures et des attitudes de chat sauvage.

Au milieu du campement se dressait un haut poteau de bois peint en rouge pourvu d'une sorte de carcan et d'une grosse chaîne de fer.

Près du poteau se tenait un sauvage plus gigantesque, plus affreusement tatoué que les autres, presque entièrement nu et si absolument décharné qu'il eût pu s'exhiber comme homme squelette.

Louis comprit que c'étaient le poteau des supplices et le bourreau.

Instinctivement, ses yeux cherchèrent un protecteur.

Il aperçut le grand chef, ou plutôt Isidore Brousseau qui, assis sur une sorte de tertre et entouré de femmes fumant le calumet, le regardait d'un œil paisible, sans que, d'ailleurs, il pût rien découvrir de sympathique ou d'encourageant dans son regard.

Cette apparente indifférence le glaça et le navra.

Son ami l'abandonnait-il?

Allait-il le voir expirer dans les supplices sans rien tenter pour le sauver?

De nouveau le découragement, le désespoir s'emparèrent de son âme.

Mais il put constater combien Isidore Brousseau avait raison, quand il disait que la terreur poussée à son paroxysme pouvait avoir des airs de stoïcisme et louer le sang-froid et le courage de manière à faire illusion au plus observateur.

Louis Hérault n'avait plus la force de crier, de se lamenter, d'implorer la pitié et de solliciter la clémence.

Son tremblement convulsif avait fait place à une immobilité marmoréenne, et ce fut sans un geste et même sans un mouvement quelconque qu'il se laissa attacher au poteau des supplices et qu'il vit le sauvage gigantesque et décharné accumuler des fagots de bois sec autour de ses jambes et s'approcher de lui son couteau à scalper à la main.

De nouveau Louis jeta un regard vers le grand chef qui gardait toujours son attitude impassible.

— C'est fini, pensa-t-il. Je vais être scalpé d'abord et brûlé ensuite... Ah ! si je pouvais m'évanouir ou, mieux que cela, mourir subitement.

Le bourreau s'était approché de lui son *toma hawck* entre ses dents.

Louis poussa un cri aigu...

Le bourreau prit son *tomahawck* en main et en appliqua la pointe près de la tempe du misérable.

A ce moment, une détonation épouvantable fit trembler la terre...

Non loin du poteau du supplice, une immense colonne de feu et de fumée s'éleva vers le ciel, momentanément obscurci.

En quelques secondes, l'espèce de carrefour qui devait servir de théâtre au supplice de Louis Hérault fut désert...

Tous les *Pianakotavos* s'étaient précipités vers le lieu du sinistre...

Car c'était un sinistre qui venait de se produire dans le *wig-wam*...

Disons-le tout d'abord, les *wig-wams* des Indiens caraïbes sont de véritables camps retranchés avec fossés, remparts, arsenaux et poudrières.

Les guerriers caraïbes ne sont pas de ces héros primitifs qui se servent dans les combats de flèches, de zagayes, de massues ou de frondes.

Depuis longtemps, depuis plus d'un siècle, ils ont des fusils — souvent d'un excellent modèle — des pistolets, des revolvers et parfois même des canons.

Ce sont les meilleurs tireurs du monde.

A cet égard, ils rendraient des points aux chasseurs tyroliens.

Leurs armes et surtout leur poudre sont pour eux des objets non seulement précieux, mais sacrés.

Ils les conservent avec un soin extrême, avec amour, avec religion, avec superstition.

Dans un *wig-wam*, ou campement indien, l'explosion d'une poudrière est considéré comme la plus désolante des catastrophes.

En réalité, c'est un malheur à peu près irréparable, car les Indiens nomades, toujours en état de guerre et de rébellion, sont dans l'impossibilité presque absolue de renouveler leurs munitions et leurs provisions.

Perdre leur poudre, c'est en être réduit à errer sans défense par les grands bois, ou même à se livrer pieds et poings liés aux autorités coloniales.

Grâce à leurs camps retranchés au fond des forêts et à leur armement, les Pianakotaws étaient presque inexpugnables.

C'est à peine si, de temps en temps, on expédie contre eux quelques compagnies d'infanterie de marine, qui se bornent d'ailleurs à tuer les Indiens vagabondant parmi les bois, mais ne se risquent presque jamais jusqu'à leurs *wig-wams*. On compte sur l'alcoolisme et diverses maladies pour éliminer complètement cette race de bandits et ce n'est que lorsque leurs attaques contre les plantations se réitèrent par trop qu'on se décide à opérer contre eux... Mais pour qu'on les laisse jouir de cette impunité relative, il faut qu'ils soient encore suffisamment redoutables. Or, sans leur poudre, les malheureux deviennent de très vulgaires escarpes ou même des fantoches à peu près inoffensifs.

Ces considérations expliquent comment, en présence de l'explosion qui venait d'avoir lieu, tous les *Pianakotaws*, y compris le bourreau scalpeur, s'étaient portés sur le lieu du sinistre, sans plus s'occuper du « visy-pale » dont ils allaient faire leur victime.

Louis Hérault restait béant en présence de cet affolement général.

Absolument affolé lui-même, il avait gardé à peine assez de raison pour se demander si la catastrophe dont il devinait la nature allait servir à son salut

Tout à coup un homme, un Indien, se dressa devant lui.

Était-ce encore le bourreau ?

Non !... Louis reconnut le chef des *Pianakotaws*, son compatriote, Isidore Brousseau.

— A moi !... à mon secours !... murmura-t-il, car il n'avait plus la force de crier.

En un clin d'œil et avec une dextérité de prestidigitateur, Isidore l'avait détaché du poteau.

Non moins rapidement, il avait jeté sur ses épaules nues une espèce de tunique de grosse toile.

— Chut !... dit-il, ne prononce pas une syllabe de plus, ne pousse pas un cri surtout et suis-moi...

Louis fit un effort pour courir, mais ses jambes se dérobaient sous lui.

— Mon Dieu ! mon Dieu !... je m'évanouis ! fit-il d'une voix mourante.

Isidore lui appliqua son couteau sur la gorge.

— Suis-moi ou je te saigne! dit-il.

Cette réaction produisit son effet.

De même que l'on a vu des paralytiques recouvrer subitement l'usage de leurs jambes en présence d'un danger suprême, de même Louis Hérault, sous l'impression de la sinistre menace de son ami, retrouva quelque énergie.

Du reste, Isidore Brousseau l'avait pris sous l'aisselle et il le portait plutôt qu'il ne l'entraînait.

Louis, les yeux troublés et obscurcis, s'agitait comme dans un rêve.

Il ne savait plus au juste où il était.

Il entendait vaguement les cris des Indiens furieux et désespérés; une fumée épaisse tourbillonnait autour de lui, une âcre odeur de poudre le prenait à la gorge.

Sans qu'il sût comment, il se trouva à cheval, menant une course folle en compagnie d'Isidore, à travers une sorte de longue clairière, ressemblant à une immense allée dans un parc démesuré.

Louis était excellent cavalier, car il avait pris des leçons d'équitation alors qu'il se disposait à jouer à Paris le rôle de gommeux et de clubman.

Il se tenait donc ferme sur sa bête, bien qu'elle n'eût ni selle, ni bride, ni étrier.

Ainsi faisait son compagnon, qui, grâce à sa fréquentation des tribus indiennes, avait pris l'habitude de monter et de diriger sans difficulté les chevaux à poil.

Ce fut une course folle, une fantastique chevauchée, comme celles de Lénora dans la ballade de Bürger ou des Walkyries dans l'opéra de Wagner.

Louis avait perdu non seulement toute idée d'orientation, mais toute notion du temps...

De quel côté se dirigeait-il, depuis combien de temps courait-il, quelle heure pouvait-il être, autant de questions auxquelles il eut été bien embarrassé de répondre.

Il faisait presque nuit lorsque Isidore Brousseau cria :

— Halte !

Louis savait comment un habile écuyer peut arrêter net un cheval lancé au galop en lui mettant tout à coup la main sur le naseau.

Ainsi fit-il et son cheval s'arrêta en même temps que celui d'Isidore.

— Maintenant, pied à terre !... commanda Brousseau :

Louis, dont les forces étaient revenues, sauta à bas de son cheval.

— Suis-moi, reprit Brousseau.

Et laissant les deux chevaux, les deux compagnons s'enfoncèrent dans des massifs d'apparence inextricable.

Lorsque les deux compagnons furent blottis dans le fourré, Isidore Brousseau prit le premier la parole.

— Eh ben, mon vieux copain, fit-il, que dis-tu de celle-là ?

— Je ne dis pas grand'chose, répondit Louis, car je suis trop ahuri pour savoir au juste si je dors ou si je veille. Je me demande si je ne vais pas me réveiller dans le dortoir du pénitencier ou même dans ma cellule de la Roquette...

— Tu ne dors pas. Tu es parfaitement éveillé et si tu veux m'écouter un instant, je te raconterai tout ce qui s'est passé.

— J'ouvre mes oreilles comme des portes cochères, mais avant d'aller plus loin, dis-moi, nos chevaux ?...

— Ils iront où il voudront. Nous n'avons plus besoin d'eux maintenant ; ils ne pourraient même que nous nuire pour ce que nous avons à faire.

— Soit ! Bonsoir aux bidets ! Et maintenant je t'écoute.

— Voilà : mon intention était de te sauver et de m'évader avec toi. Tout ce que je pouvais dire en ta faveur à mes bons *Pianakotaws* ne pouvaient que nous nuire à tous d'eux. Tout ce que j'ai pu faire, c'est de les dissuader de te manger en ragoût ou en salmis. Je leur ai juré sur leurs grands dieux Mamma-Jumboë et Yavan que les gens de ton pays — un pays européen que j'ai inventé pour la circonstance — étaient tous tellement malsains qu'on ne pouvait les boulotter sans risquer de contracter les plus terribles maladies...

— Bien obligé ! Voilà qui a dû me poser auprès des belles Indiennes de ton campement.

— Aurais-tu préféré être sauté à la casserole comme un foie de veau ?

— Pour sûr que non ! Tu vois bien que je rigole. Continue, grand chef.

— Il fut donc décidé qu'on ne te servirait pas à la table d'honneur et qu'on se contenterait de te scalper comme un teigneux, puis de te flamber comme un porc. Je devais assister à la petite fête avec toute ma cour. Vrai de vrai ! cela m'eût fait de la peine de te voir enlever la peau de la tête. Mais en somme j'étais assez tranquille sur ton sort, car il venait de me pousser une idée que je qualifierai de *lumineuse* sans être taxé d'exagération. Je suis un peu chimiste, un peu physicien et un peu mécanicien. Je sais comment il faut s'y prendre pour mettre le feu quelque part à l'aide d'une mèche disposée et allumée de telle façon que l'incendie et l'explosion éclatent dans un temps exactement déterminé. Je fus assez adroit et assez heureux pour faire sauter la poudrière du wig-wam au moment même où allait commencer ton exécution. J'étais bien sûr qu'en présence d'une telle catastrophe pas un Indien ne resterait sur le lieu où se donnait la petite fête dont tu étais le héros. Tous, hommes, femmes et enfants devaient se porter vers le lieu du sinistre. Et tous devaient être tellement affolés que je pouvais te délivrer et filer avec toi tout à mon aise. C'est ce qui arriva. J'avais préparé à cet effet les deux chevaux avec lesquels tu avais entrepris ton voyage ; je connais très bien la topographie de la sauvage contrée où nous nous trouvons. Je la connais encore mieux que mes hommes et j'ai su prendre un tel chemin que je suis convaincu qu'ils ne nous retrouveraient pas en supposant que la stupéfaction et le désespoir qu'a dû leur laisser l'explosion de leur poudrière leur eussent permis de se mettre à notre poursuite.

Comme Isidore l'avait prévu, une barque y attendait Louis Hérault. (Page 397.)

— Je te remercie de tout mon cœur de ce que tu as fait pour moi, mon cher Isidore Brousseau. Mais tu conviendras que nous n'avons guère lieu d'être rassurés sur l'avenir.

— Pourquoi donc ça?

— Dame! tous deux seuls, perdus dans ces grands bois, loin de toute habitation, sans vivres, sans vêtements — moi du moins — dans l'impossibilité de gagner Sainte Florence: je me demande ce que nous allons devenir.

— Ne te monte pas la tête; et laisse-moi rétorquer tes arguments. D'abord, nous ne sommes pas perdus dans ces grands bois, car, comme je te l'ai dit, la topographie de cette contrée n'a aucun mystère pour moi. Nous ne sommes pas sans vivres, car il y a autour de nous des fruits délicieux, des racines excellentes et des sources de très bonne eau. De plus, j'ai là, sous mes vêtements, des lanières de viande sèche et une fiole de rhum — oh ! je suis homme de précautions !... et tout à l'heure tu vas voir quelle bonne petite dînette nous allons faire. Tu manques, dis-tu, de vêtements et je reconnais que l'espèce de tunique que je t'ai jetée sur les épaules ne constitue pas un complet à la mode de Paris. Quant à moi, je suis un accoutré en Indien, ce qui ne sera pas une recommandation si nous tombons aux mains de quelque soldat ou de quelque colon. Mais rassure-toi, quand il en sera temps et que tu seras suffisamment reposé, je te guiderai vers un endroit où nous trouverons des habits convenables, des vivres et peut-être même quelque peu d'argent. Je me propose de faire disparaître mon tatouage, grâce à des procédés que je connais.

Quand nous aurons figure humaine, nous gagnerons très facilement Sainte-Florence, car je te répète qu'il n'y a ici personne qui, mieux que que moi, connaisse le pays.

— Reste à savoir si nous trouverons le navire sur lequel je devais m'embarquer.

— Ce doute est assez naïf ! Quand un navire a été frété pour transporter un personnage d'une aussi haute importance que Son Altesse sérénissime le prince Édouard de Kick-Berghein, il reste à sa disposition tout le temps voulu. Les gens qui t'attendent en vue de Sainte-Florence se doutent bien que tu n'as pu effectuer ton voyage sans être arrêté par quelque difficulté. Ils prendront patience s'il y a lieu, et tu peux être persuadé qu'à notre arrivée à la côte nous trouverons et le navire qui t'attend et la barque qui doit t'y conduire. Maintenant que te voilà rassuré, cassons une croûte, buvons un bon coup, faisons un bon somme ! Je t'éveillerai quand le temps sera venu de reprendre notre route.

Réconforté, Louis Hérault mangea de bon appétit et s'endormit d'un sommeil assez paisible.

Il faisait encore nuit lorsque son compagnon le réveilla.

Longtemps, ils marchèrent par d'étroits sentiers uniquement dûs à la nature.

Il arrivait qu'ils étaient obligés de se frayer péniblement un chemin à travers des entrecroisements de lianes et de branchages.

D'autres fois, il leur fallait escalader de monstrueuses palissades formées par ces énormes racines qui sortent de terre, se tordent comme des serpents et joignent souvent un arbre à l'autre.

Malgré les fatigues et les perpétuelles inquiétudes d'un pareil voyage, l'état physique et moral de Louis Hérault était assez bon.

En dépit de sa lâcheté intermittente, mais souvent très vile, le jeune coquin ne manquait pas de ressort.

Il était d'un tempérament nerveux; il avait fait fort peu d'excès et en somme offrait une résistance peu commune.

L'espoir qui maintenant l'animait et croissait de moment en moment décuplait ses forces.

Qu'il marchât ou qu'il se reposât, du moment qu'il ne causait point avec son compagnon, il se repaissait par avance de tout ce qui lui arriverait d'heureux lorsqu'il aurait ceint la couronne grand' ducale de Kirck-Berghein.

Il va sans dire que maintenant l'image de Nounouche revenait sans cesse à son imagination.

Le souvenir de l'ex-pensionnaire de la Mouchotte, devenue la princesse Amélia Bolstoï, le hantait tellement qu'il ne cessait de parler d'elle, bien que ces épanchements ne fussent peut-être pas conformes à la prudence.

Isidore, qui ne semblait pas de complexion très amoureuse ou qui, du moins paraissait envisager d'une façon assez cavalière les choses de l'amour, raillait de temps en temps son exaltation romanesque.

D'autres fois, il lui faisait de la morale, il lui reprochait de se laisser aller à des rêveries de jeune homme, fort dangereuses pour un homme politique.

Sa passion pour la petite Bolstoï pourrait le mener très loin.

S'il se fourrait dans la tête de l'épouser, cela lui causerait énormément de tracas.

D'abord, il faudrait l'amener à divorcer, ce qüi ne serait pas commode, puisqu'elle aimait son mari.

Et puis, que dirait la noblesse de Kirck-Berghein, si son Altesse Sérénissime, le grand-duc Edouard, demandait la main d'une simple princesse russe, d'une naissance d'ailleurs assez équivoque?

Quant à faire sa maîtresse de la petite Bolstoï, cela n'irait pas non plus sans de grosses difficultés.

Ce n'était plus la première venue. Elle appartenait maintenant au monde le plus aristocratique.

On ne pouvait songer à l'acheter comme un « demi-castor ».

Le mieux pour Son Altesse Sérénissime était de faire un grand mariage, un mariage politique; ce qui, d'ailleurs, ne l'empêcherait point de songer à la bagatelle.

Jeune, joli garçon et prince régnant, il aurait toutes les mondaines, demi-mondaines, cantatrices, danseuses ou grandes hétaïres qu'il voudrait.

Il n'aurait qu'à se baisser et choisir dans le tas.

L'important était qu'il ne se laissât point aller à faire du sentiment.

Rien ne nuit aux hommes politiques comme le sentiment.

Un homme d'Etat qui se sent réellement pincé doit fuir comme la peste l'objet de sa passion.

Car si l'amour vif et sincère fait quelquefois accomplir de belles actions, il fait bien plus souvent faire toutes sortes de sottises.

L'amour est le roi des pâtissiers. C'est le grand producteur de brioches.

Louis Hérault écoutait assez bénévolement ces dissertations politico-philosophiques.

Il ne désapprouvait point son compagnon et rendait volontiers hommage à sa connaissance des hommes et des choses.

Il lui promettait même de suivre ses conseils et d'éviter les brioches du grand pâtissier.

Mais au fond du cœur, il caressait plus que jamais l'espoir de posséder Nounouche et ne renonçait point au projet de l'élever jusqu'à lui lorsqu'il serait définitivement en possession du grand-duché de Kirck-Berghein.

Toutes ces cogitations le maintenaient dans des dispositions plutôt favorables.

De plus en plus, il oubliait les fatigues du voyage.

Ce qui lui avait été d'abord le plus pénible, c'était de marcher nu-pieds.

Le bon Dieu ne lui avait pas mis des semelles de bois sous la plante des pieds, comme disent les petits Bretons, qui professent volontiers le plus souverain mépris pour les produits de la maison Godillot.

Peu à peu, cependant, la tendre peau du jeune Parisien s'était faite à ce rude régime.

D'ailleurs, Isidore Brousseau habitué aux vicissitudes de l'existence errante et forestière, lui avait enseigné l'art de se préserver des ampoules en s'enveloppant les pieds de mousse et de feuilles fraîches.

De temps à autre, Louis se demandait ce que son compagnon avait voulu dire en lui parlant d'un endroit où ils trouveraient des habits, des vivres et peut-être un peu de *galette*.

Une sorte de timidité, dont il n'aurait pu déterminer la cause, l'empêchait d'interroger Isidore Brousseau à cet égard.

Il soupçonnait, d'ailleurs, qu'il y avait là-dessous quelque chose pas très catholique, mais on sait que les scrupules ne le gênaient guère et que les considérations d'ordre moral n'exerçaient pas une grande influence sur ses décisions.

Un jour vint, d'ailleurs, où il sut à quoi s'en tenir sur le sujet susmentionné.

Il s'agissait de pénétrer dans une petite case déserte entourée d'une minuscule plantation et habitée par un vieux nègre et sa vieille négresse depuis un bon nombre d'années.

Ce Philémon noir et cette Baucis couleur d'ébène étaient de très bonnes gens, anciens esclaves qui cultivaient à eux deux leur petit domaine et que leur pauvreté ou quelque autre mystérieuse considération avait mis jusqu'alors à l'abri des exactions et des sévices de leurs voisins les Indiens nomades.

Cette pauvreté n'allait pourtant point jusqu'à la misère.

Salvator, le vieux nègre et Rosita, la vieille négresse, avaient, outre les produits de leur terre, des armoires assez bien pourvues d'habillements et de linge et même quelque argent dans des bas de laine ou quelque autre récipient aussi naïf.

En cette occasion, Louis Hérault put constater qu'il n'avait point fait un jugement téméraire en supposant son compagnon aussi libre que lui de scrupules et de préjugés.

Isidore Brousseau lui proposa tout nettement d'être plus féroce et moins chevaleresque que les hideux *Pianakotaws* et d'envoyer dans un monde meilleur les deux pauvres vieux pour s'emparer de leurs dépouilles et assurer de cette façon le succès de leur voyage.

Louis Hérault eut un mouvement sinon de révolte, du moins de surprise.

Cette expédition lui parut dépasser un peu les bornes de la malhonnêteté, mais Isidore Brousseau lui fit observer que, dans la situation où ils se trouvaient l'un et l'autre, le pillage de la plantation Salvator était tout simplement acte de conquérant.

Cette conquête était, comme les conquêtes officielles des chefs militaires reconnus, justifiée par la raison d'État.

Son Altesse Sérénissime le grand duc Edouard de Kirck-Berghein ayant pour but de faire le bonheur de ses sujets et de les guider dans la grande voie du progrès et des lumières avait pour devoir de s'assurer les moyens d'arriver jusqu'à eux.

Cette considération devait primer toutes les autres dans son esprit.

Qu'était-ce, en effet, que la vie d'un vieux nègre et d'une vieille négresse à côté de l'existence, de la prospérité, du bonheur de tout un peuple ?

Fallait-il que le futur souverain de Kirck-Berghein mourût obscurément dans les forêts de la Guyane, alors que la Providence l'avait destiné à reconstituer la société Kirck-Berghinoise ?

Non, assurément.

Cette mort eût été un suicide. Pis que cela ; un acte antipatriotique, un crime de lèse-nation.

Or, il n'y avait qu'un moyen de la conjurer : se procurer des ressources, grâce au sacrifice du chétif Salvator et de la chétive Rosita, personnages non seulement sans importance, mais absolument inutiles à l'humanité, et par conséquent supprimables à merci.

Il ne fallait pas de si beaux raisonnements et point n'était besoin d'une si belle logique pour convaincre l'ex-chef de la bande des *Mouche-moi donc,* laquelle n'était pas beaucoup moins féroce que la tribu des *Pianakotaws.*

Disons donc sans plus de développement que l'expédition de la petite plantation Salvator s'effectua conformément au programme d'Isidore Brousseau.

Le vieux couple nègre fut *cambriolé* et *refroidi* sans la moindre difficulté et d'après les us et coutumes de la pègre parisienne ; et nos deux compagnons, suffisamment pourvus de vêtements convenables, bien débarbouillés et ayant repris la mine de colons quelconques, atteignirent sans encombre la côte, à l'endroit dit Sainte-Florence.

Comme Isidore l'avait prévu, une barque y attendait Louis Hérault ; et un nautonnier bien stylé n'eut pas de peine à le reconnaître d'après les renseignements qu'on lui avait donnés.

Dans quelles conditions le futur souverain de Kirck-Berghein effectua-t-il son embarquement et comment s'y prit-il pour faire accepter son compagnon de voyage, c'est ce que la suite nous apprendra.

XIV

A KIRCK-BERGHEIN.

Il est impossible d'imaginer une plus charmante résidence que la ville grand-ducale de Kirck-Berghein.

Située dans une des plus poétiques et des plus fertiles régions de l'Allemagne méridionale, elle offre tout l'intérêt des vieilles cités et en même temps beaucoup du confort des agglomérations modernes.

Kirck-Berghein, comme Saint-Sébastien, en Espagne, et comme Bergame, en Italie, est divisé en deux parties ou plutôt en deux villes : la vieille et la nouvelle.

Le vieux Kirck-Berghein remonte haut et a tout le caractère des temps gothiques.

Un superbe château, longtemps ruiné, restauré à la fin du dernier siècle, domine tous les environs.

Il servit longtemps d'habitation aux princes souverains, lesquels règnent sur le grand-duché depuis les premier temps du moyen âge.

A demi détruit au xviie siècle pendant la guerre de Trente ans, abandonné, puis restauré comme nous venons de le dire, il fut transformé d'abord en une sorte de musée archéologique, ensuite en... en... dirons-nous en prison ? — ce n'est pas précisément le mot — mais en lieu de captivité pour le prince Édouard devenu fou, remplacé par son parent, le grand-duc Otton, et interné dans les circonstances que nous avons déjà signalées.

Autour du gigantesque monument se groupent des maisons à pignons, dans le style du xvie siècle, coquettement habillées de plantes grimpantes, quelques-unes ornées d'enseignes ou d'armoiries, surannées peut-être, mais assurément fort pittoresques.

L'hôtel de ville, rappelant celui de Bruxelles — en moins monumental — s'élève dans la vieille ville et fut longtemps l'objet de l'admiration des artistes et des simples voyageurs.

On admire aussi, dans le vieux Kirck-Berghein, de nombreuses tavernes dans ce style *moyenâgeux* que les brasseries parisiennes s'efforcent si gauchement d'imiter.

La nouvelle ville, séparée de la vieille par une belle promenade désignée sous le nom de *l'Allée des platanes*, est saine, fraîche, pimpante et a quelque analogie avec le quartier qui avoisine notre parc Monceau.

C'est là qu'est situé le palais grand-ducal actuel, un vaste monument entouré d'un joli parc, fort convenablement et même luxueusement aménagé, mais construit dans le style « empire » dont la raideur glaciale déplaît aux esprits vraiment esthétiques.

C'est, en somme, une sorte de caserne, élégante, somptueuse même, mais enfin une caserne.

Du reste, la véritable caserne qui abrite la petite garnison du grand-duché, et qui fait face au Palais sur la grande place de Kirck-Berghein, est le digne pendant de la seigneuriale habitation.

Il serait inutile de chercher dans le nouveau Kirck-Berghein, quelques-unes de ces tavernes *moyenâgeuses* qui font l'ornement de l'ancien.

Mais on y trouve deux bons hôtels avec éclairage électrique, sonneries *idem*, cabinets de toilettes, salles de bains, table d'hôte et garçons luxembourgeois parlant anglais et français, enfin tout ce qui constitue le luxe et l'agrément des hôtels nouveau jeu.

On y trouve aussi deux cafés à la façon parisienne, plus un théâtre bâti sur le modèle de celui de Bordeaux, où l'on joue des œuvres musicales et littéraires empruntées à la France, à l'Italie et quelquefois même à l'Allemagne.

Les Kirck-Berghenois aiment fort la musique et s'en font gloire.

D'aucuns prétendent que le goût qu'ils manifestent pour Wagner manque un peu de sincérité et que, dans leur for intérieur, ils préfèrent la *Nonne* au *Tanhauser* et *Fra Diavolo* au *Maîtres-chanteurs* ; mais nous ne nous permettrions pas d'accuser de *snobisme* de braves Allemands qui jouissent d'une grande réputation de franchise.

Ce qu'il y a de certain, c'est que, dans les rues de Kirck-Berghein, on entendait fredonner le plus souvent des airs de Ruini ou d'Auber, de Bellini ou d'Hérold.

Longtemps la population de Kirck-Berghein et des campagnes avoisinantes furent les gens les plus gais du monde.

N'ayant point d'impôts à payer, ne craignant aucune guerre, ne s'occupant jamais de politique, vivant à l'aise avec des revenus restreints, consommant leurs produits sur place, jamais préoccupés de questions économiques, ils se laissaient aller doucement au courant de l'existence.

Les jeunes gens et les jeunes filles ne songeaient qu'à l'amour, les mères de famille qu'à leurs maris et à leurs enfants, les hommes mûrs qu'au tabac de Karnarti, à leur pipe de porcelaine, à leur poulet frit, à leur porc rôti aux confitures de framboises, à leur bière nouvelle et à leur vin vieux.

Il y avait parmi les ouvriers gantiers et les ouvrières dentelières qui formaient la population travailleuse de la ville et des environs quelques grincheuses personnalités qui protestaient de temps à autre contre l'inégalité des fortunes et des conditions, et trouvaient injuste que les gentilshommes du pays vécussent somptueusement sans rien faire, tandis que les artisans vivaient chichement en se livrant à un labeur souvent pénible.

Mais cela est purement humain, et tant que les hommes seront inégaux il y aura des gens qui se plaindront de l'inégalité — tout en reconnaissant d'ailleurs, au fond de l'âme, que l'égalité absolue est la plus décevante des chimères.

Les bons bourgeois raillaient un peu la très sévère étiquette de la petite Cour des-grands ducs — mais c'était une raillerie sans amertume et sans aigreur, quelque chose comme une aimable note voltairienne bémolisée par la bonhomie allemande.

Les nobles étaient fort entichés de leur noblesse, mais en dehors des questions de préséance à la Cour, montraient assez volontiers cette qualité que les Allemands appellent le *gemuth*, mot tout spécialement germanique et que l'on pourrait traduire en français par les mots *intimité sociale*.

Les grands-ducs qui s'étaient succédé à la résidence avaient été fort populaires — sauf de très rares exceptions.

Bien rarement cependant ils avaient manifesté quelques vélléités progressistes.

Ils se montraient fort attachés aux anciennes coutumes et conservaient précieusement leur étiquette traditionnelle, étrange composé de niaiseries et de chinoiseries. C'est ainsi que nul ne pouvait être présenté au grand-duc dans le Palais s'il n'était pas noble. Les simples bourgeois lui étaient présentés dans le parc; mais il avait le droit de les inviter à dîner, ce qu'il faisait d'ailleurs toutes les fois que le 1 o.rgeois lui plaisait, car il ne demandait qu'à se distraire.

Les nobles seuls pouvaient assister aux fêtes de la Cour.

Les officiers roturiers avaient la permission de s'y montrer, mais ils ne pouvaient figurer dans les quadrilles.

Les dames d'origine noble qui avaient épousé des roturiers étaient exclues de la Cour. De sorte que les officiers roturiers pouvaient pénétrer dans les salons du grand-duc, tandis que leurs légitimes épouses ne le pouvaient ¡ as, appartinssent-elles aux premières familles du grand-duché.

Le grand-duc Othon fut le premier qui essaya de modifier ces coutumes surannées et, tranchons le mot, parfaitement ridicules.

Mais il le fit fort timidement et de façon à mécontenter les nobles et à ne point satisfaire les bourgeois.

Il restait néanmoins assez populaire, bien qu'il fût arrivé au pouvoir dans des circonstances singulières et encore quelques peu suspectes.

On se souvient que l'ordre de primogéniture avait été interrompu en sa faveur, vu l'état mental du grand-duc légitime, le prince Edouard.

Derechef, le Grand duc se leva. (Page 408.)

Cette mesure toute politique parut tout d'abord assez naturelle à la population.

On ne s'étonna point, outre mesure, de voir un jeune prince aliéné exclu du pouvoir, et même de le savoir enfermé dans une sorte de forteresse.

Mais un moment vint où d'étranges bruits commencèrent à circuler, relativement au prince captif.

Quelques-uns voulaient voir dans son exclusion et dans sa réclusion une abominable manœuvre du grand-duc Othon et de quelques intrigants politiques.

Il y avait un journal à Kirck-Berghein — un seul! — et il n'osait faire la moindre allusion aux choses susmentionnées, car il touchait une subvention de la Cour.

Mais de petits pamphlets anonymes et manuscrits circulaient dans les tavernes et même dans certains salons, et ces libellés comparaient malicieusement la situation du prince Édouard, à Kirck-Berghein, à celle du prince Mourad à Constantinople. Or, on sait que beaucoup de gens prétendent que le prince Mourad n'a jamais été fou, qu'il vit encore, et qu'il subit une triste réclusion pour faire place à son père Abdul-Aziz.

Les potins ottomans sont peut-être calomnieux. Les racontars concernant le prince Édouard l'étaient certainement. Le pauvre prince était fou, pathologiquement, et absolument fou....

Et, si par ordre du grand-duc régnant on le cachait à tous les yeux, c'était pour éviter aux Kirck-Bergheinois l'attristant et humiliant spectacle d'un prince d'antique et illustre race, en proie aux affres et aux ignominies d'une démence qui allait du gâtisme à la fureur.

Quoiqu'il en soit, les susdits racontars furent l'origine de l'impopularité du grand-duc Othon.

Cette impopularité ne fit que croître et cela dans d'effrayantes proportions.

Aux imputations concernant son malheureux parent, se joignirent des accusations d'un ordre tout différent.

Ce qui rendait ces accusations particulièrement dangereuses et difficiles à combattre, c'est qu'elles restaient dans un certain vague.

Chacun médisait du grand-duc, selon ses tendances ou ses opinions particulières.

Les progressistes l'accusaient d'être rétrograde, les conservateurs découvraient en lui des tendances révolutionnaires, les hobereaux et les militaires se plaignaient de ce qu'il favorisait la bourgeoisie et le peuple.

Les bourgeois et les artisans objurguaient son entêtement aristocratique.

Les piétistes se lamentaient sur ses tendances libre-penseuses.

Les libre-penseurs se moquaient de sa religiosité persistante.

Il y avait à Kirck-Berghein une petite Université dont les étudiants s'étaient toujours fait remarquer par leur loyalisme.

Voilà maintenant que ces jeunes gens se mettaient dans l'opposition. Ils se répandaient en épigrammes et en chansons satiriques contre le grand-duc et même contre son épouse, la très inoffensive et très insignifiante Wilhelmine de Thamburg, une médiocre princesse, fille d'un petit souverain médiatisé, que le grand-duc, avait épousé à cause de sa grosse fortune personnelle et qui, après dix ans de mariage, ne lui avait pas donné un seul héritier.

On sait déjà quel parti le baron de Rosenberg, le docteur Clostermann et l'autres intrigants comptaient tirer de cette situation.

Leur projet était d'exaspérer l'opinion publique contre le malheureux Othon, qui les croyait ses plus fidèles serviteurs.

Si le prince Édouard avait été réellement victime de l'ambition de son cousin, si sa folie eût été fausse et sa réclusion arbitraire, c'est sans doute en faveur de ce jeune prince qu'ils eussent tenté une révolution ou plutôt une restauration.

Ils eussent compté alors user et abuser pour leur fortune particulière de l'influence qu'ils eussent eue tout naturellement sur le nouveau grand-duc.

Mais, comme nous l'avons déjà dit, le prince Édouard était absolument incapable de régner. Il fallait donc trouver quelqu'un à mettre à sa place.

Quelle bonne fortune d'avoir rencontré de par le monde un jeune homme de son âge qui lui ressemblait à s'y méprendre !

Ce jeune homme était prisonnier. Il s'agissait de le délivrer et de le faire secrètement pénétrer à Kirck-Berghein !

Il s'agissait ensuite d'acheter à prix d'or tous ceux qui pouvaient connaître la supercherie, d'intéresser le public à la personne du prince captif, puis, au moment opportun, de faire disparaître complètement le pauvre fou, de lui substituer l'ex-forçat et de tenter un coup de main définitif.

Un tel programme ne se réalise pas sans peine, mais au moment où nous en sommes de ce récit, le plus gros de l'ouvrage était fait.

Le faux Édouard avait débarqué en Europe après des péripéties dont on connaît une partie.

On était parvenu à le cacher à Kirck-Berghein et on attendait le moment favorable pour le présenter au peuple.

Le moment était venu d'anéantir celui qu'il devait remplacer.

C'était le docteur Clostermann qui s'était chargé de ce soin.

On va voir avec quel sinistre machiavélisme il s'acquitta de cette sombre tâche.

XV

OU L'ON ASSISTERA A UNE ÉDIFIANTE CONVERSATION
ENTRE LE GRAND-DUC OTHON ET LE DOCTEUR CLOSTERMANN.

Le grand-duc était un homme de quarante-deux ans environ, d'une taille assez élevée, au teint brun, aux cheveux noirs, aux yeux gris, portant une moustache et une barbe en pointe, et qui avait plutôt l'air d'un Italien ou d'un Français du Midi que d'un fils de la Germanie.

Son allure ne manquait pas de fierté et sa physionomie avait quelque chose de martial.

Le grand-duc portait fort bien le costume militaire, mais rien au monde n'était trompeur comme ces apparences.

Jamais prince ne fut plus hésitant, plus irrésolu, moins énergique, plus dépourvu d'esprit de suite, de constance et de fermeté.

Il y avait dans sa tête un véritable chaos d'idées contradictoires.

Tantôt, il s'entichait d'idées de rénovation sociale et faisait mine de favoriser les idées niveleuses et partageuses qui font tant de progrès dans le monde moderne.

Tantôt, il se montrait épouvanté de l'influence croissante de ces doctrines et il affichait les résolutions les plus énergiquement réactionnaires, ne parlant plus que de mesures impitoyables et de répression sans merci.

Parfois, il s'enthousiasmait pour les découvertes scientifiques qui mettent le plus en péril la foi naïve de nos pères.

D'autres fois il se donnait des airs de prince chrétien et d'apôtre couronné, affectant d'envier le sort des *csars* de Russie qui sont non seulement les chefs temporels, mais les chefs spirituels de leurs États.

En somme, le grand-duc était d'une intelligence fort ordinaire. Avec cela peu scrupuleux et féru de cette déplorable idée que, pour réussir dans le monde moderne, il faut savoir être au besoin quelque peu « canaille ».

Il avait l'habitude de se tenir dans son cabinet de travail durant toute la matinée.

C'est à ce moment qu'il recevait ses confidents les plus intimes.

C'est ainsi que nous le voyons vers dix heures du matin, assis devant son vaste bureau de cœur de chêne sculpté, en face du docteur Clostermann qui avait été autorisé lui-même à prendre un siège.

— Comment se porte Votre Altesse, ce matin ? dit le docteur en regardant le prince d'un air de respectueux attachement.

— Je ne vais pas mal, docteur, répondit le grand-duc. Je crois même que je ne me suis jamais aussi bien porté. D'ailleurs, ce n'est pas précisément comme médecin que je vous ai fait appeler ce matin. Vous êtes assurément un fort habile praticien, mais il me plaît de voir en vous autre chose que mon médecin ordinaire. Je vous considère un peu comme une sorte de ministre secret. Savez-vous bien, docteur, que je vous ai toujours regardé comme un des plus fins politiques de notre temps ?

— Votre Altesse me comble ! Et j'eusse été très fier de la servir comme homme politique. Et je me prends parfois à regretter que l'humilité de ma naissance ne me permette point de remplir les fonctions de ministre de Votre Altesse.

— Fi donc ! docteur. Pensez-vous que d'aussi mesquines considérations seraient de nature à arrêter un progressiste comme moi ? Songez donc qu'à une époque où la France était encore plus aristocrate que ne l'est maintenant l'Allemagne, Mazarin et Dubois, qui n'étaient pas mieux nés que vous, ont été premiers ministres... Je ne renonce pas au plaisir de vous élever aux premières dignités de l'État, mon cher docteur, car je vous sais gré de votre fidélité à toute épreuve et de votre empressement à prendre mes intérêts. Je vous avais chargé tous ces jours-ci de surveiller les manifestations de l'opinion publique et de me donner votre avis à cet égard. Voyons, qu'avez-vous à me dire ?

— Monseigneur, me permet-il de lui parler avec une entière franchise?

— Je vous l'ordonne.

— Eh bien! monseigneur les dispositions de vos sujets deviennent de plus en plus inquiétantes.

Le prince eut un geste d'impatience.

Il se leva brusquement et se mit à marcher d'un pas fiévreux. Après quelques secondes, il s'arrêta devant le docteur et lui dit un peu brusquement :

— Je m'en doutais, mais enfin que me reproche-t-on?

— Tout et rien, monseigneur, ou si vous voulez, rien de précis. Les masses ont leurs caprices comme les jolies femmes. Elles aiment les gens ou les prennent en grippe souvent sans savoir pourquoi ni comment.

— Les *gens!*... les *gens!*...

— Excusez moi, monseigneur, je voulais dire les princes! ..

— A la bonne heure...

— Il faut me pardonner, monseigneur, si je n'ai pas les vraies formules... Je suis un plébéien, moi!

— N'insistez pas, docteur, vous savez bien que je ne vous en estime pas moins, mais continuez de grâce!...

— Continuer?... c'est que je ne sais trop ce que je dois vous dire encore, monseigneur.

— Vous me disiez que la population capricieuse ne m'aimait guère, et vous ne me disiez pas pourquoi... voyons, soyez absolument franc...

— Mais je ne demande que cela, monseigneur !

— Je sais qu'on fait courir des bruits absurdes au sujet de mon malheureux cousin le prince Édouard : qu'est-ce qu'on dit, en somme?

— Oh! Votre Altesse le sait bien!

Le grand-duc se remit à marcher dans le cabinet, puis reprit sa place devant son bureau.

— Docteur, fit-il, vous m'avez promis de me parler en toute franchise...

— Je le promets de nouveau à Votre Altesse.

— Le bruit court que le prince Édouard n'est pas fou... qu'il est arbitrairement reclus, que j'abuse de ma situation pour le persécuter, le martyriser...

— Tels sont en effet les bruits qui s'accréditent et circulent de plus en plus dans le grand-duché de Kirck-Berghein.

— Mais, docteur, c'est affreux, cela!...

— Je ne vous dis pas le contraire, monseigneur.

— Que faire pour conjurer ces odieux racontars?

— Ah! voilà!...

— Mais parlez!... parlez donc!...

— Il y aurait un moyen.

— Dites, lequel?

— Hélas! monseigneur, je n'ose pas.

— Pourquoi donc?

— Parce que je reconnais que le moyen que je vais vous proposer n'est pas excellent.

— Dites toujours.

— Voilà, monseigneur. Si vous convoquiez tous les notables du grand-duché... ou plutôt une délégation des notables... et que vous leur montriez le prince Édouard... A son seul aspect tout doute cesserait...

— Eh!... j'y avais pensé, mon cher docteur!

— Je sais bien que ce procédé aurait de grands inconvénients. Il s'agit de convaincre l'ensemble de la population et non quelques notables... On ne manquerait pas de dire que ceux qui certifièrent la folie du prince Édouard seraient tout simplement vendus à la Cour...

— Eh bien alors?...

— Je vous avais avertis, monseigneur, que le moyen que je proposais à Votre Altesse ne me paraissait pas excellent.

— Tout serait à recommencer au bout de quelques mois, c'est bien évident!...

— Tant que le prince Édouard vivra...

— Eh bien quoi? Achevez...

— Il aura des partisans.

— Des partisans?... Etes-vous fou, docteur?

— Le mot de partisan n'est peut-être pas tout à fait exact, monseigneur, mais je n'en trouve pas d'autre...

— Enfin que voulez-vous dire! Vous est-il donc si difficile de parler clairement?...

— Oh! très difficile, monseigneur...

— Essayez cependant, mon cher docteur.

— Quand je parle des partisans du prince Édouard, je ne veux pas dire qu'il y ait des gens qui cherchent à vous supplanter pour le mettre à votre place, non!... mais enfin, mais enfin...

— Achevez! au fait!

— Votre Altesse a constaté elle-même que d'étranges bruits couraient sur la réclusion du prince Édouard... Les esprits prévenus qui ne croient pas à sa démence s'intéressent à lui... C'est naturel, c'est humain, c'était inévitable!... En somme, s'il n'était pas atteint d'aliénation mentale, s'il était capable de régner, c'est lui qui serait le souverain légitime de Kirck-Berghein.

— Je le sais bien!... Inutile de me le rappeler!...

— Monseigneur, je vous parle sans rien dissimuler, mais je ne vous dis que ce qu'il est nécessaire de vous dire... il y a donc des gens qui doutent de la folie du prince Édouard et qui savent que, jouissant de sa raison, il serait le légitime possesseur de la couronne ducale... de là à être son partisan il n'y a pas loin...

— Vous n'avez que trop raison, mais que faire?... que faire?... puisqu'il ne serait pas suffisant de montrer ce malheureux aux notables du pays!... Nous ne pouvons cependant pas convoquer toute la population de Kirck-Berghein faire défiler tous mes sujets, hommes, femmes et enfants, devant ce malheureux jeune homme qui ne sort du plus hideux état de prostration que pour entrer en fureur...

— Ce serait choquant, monseigneur, et d'ailleurs bien peu pratique... Ah! si le prince Édouard était mort...

— Eh bien, quoi, s'il était mort?...

— Il n'y aurait rien de choquant à exposer son corps en une chapelle ardente... et alors à convoquer toute la population à défiler devant sa dépouille mortelle et à constater son décès...

— Oui... Vous avez raison.... Mais mon infortuné cousin n'est pas mort.

Le grand-duc fit encore quelques pas dans la chambre, puis se rassit à son bureau et posa son front dans sa main.

Il resta assez longtemps silencieux.

Enfin il releva la tête et fixa sur le docteur un long regard empreint de tristesse et d'inquiétude.

— Docteur, dit-il, je ne suis pas un méchant homme. Dieu sait que je n'ai jamais souhaité le mal de personne, surtout d'un membre de ma famille, mais je dois convenir qu'il serait bien heureux pour le grand-duché de Kirch-Berghein que le prince fût décédé...

— Ajoutez, monseigneur, dit Clostermann, que ce serait bien heureux pour lui-même. Connaissez-vous rien de plus triste que la situation de cet infortuné jeune homme?...

— Rien assurément!...

— Il y a des aliénés qui sont absolument inconscients d'eux-mêmes, qui végètent plutôt qu'ils ne vivent, qui sont des automates plutôt que des animaux, ceux-là ne sont pas à plaindre... On dit qu'ils ne souffrent pas... Il serait pourtant souhaitable qu'ils disparussent, ils sont inutiles et offrent un spectacle navrant, humiliant pour l'humanité... Mais le prince Edouard n'est pas de ces malheureux relativement heureux, il souffre physiquement, il y a des moments où il a conscience de son état et alors ses tortures morales sont abominables;.. Ses fureurs de plus en plus fréquentes offrent un danger perpétuel pour ceux qui le savent... Bref!...

— Bref?

— Ah ! monseigneur, je n'ose dire ce que pourtant je voudrais exprimer... il y a en ce monde de bien sots préjugés, et l'humanité obéit à des scrupules bien insensés... Un infortuné est atteint d'un cancer qui le ronge, qui ne permet aucun espoir de guérison, qui le tue à coup sûr, mais lentement et avec d'atroces souffrances... Est-ce humain de prolonger sa vie?... Ne serait-il pas beaucoup plus sage d'abréger sa lamentable existence?...

— Je vous comprends, dit vivement le grand-duc. Mais pour le mom n n'ajoutez pas un mot... Nous allons reprendre cette conversation tout à l'heure...

— Aurais-je eu le malheur de déplaire à Votre Altesse? reprit Clostermann en affectant un air de pénible surprise; je n'ai rien dit qui soit de nature à m'attirer le mécontentement de mon souverain et je vous prie, monseigneur, de croire que je parlais philosophiquement, théoriquement, d'une façon spéculative et abstraite.

Le grand-duc leva les épaules d'un air d'impatience, puis, de rechef, se leva et se remit à arpenter son cabinet.

Il était devenu fort pâle.

Ses yeux brillaient d'un feu sombre; il marchait avec une agitation manifeste, les mains derrière le dos, fronçant parfois les sourcils d'un air sinistre.

Le docteur restait assis, parfaitement calme en apparence.

Sa grasse figure n'exprimait aucun sentiment suspect. Il avait l'air d'un bon patricien qui vient de donner une consultation à un client frappé d'une indisposition sans grande importance.

Il ne doutait pas, d'ailleurs, que ses paroles n'eussent produit leur effet sur le grand duc.

Clostermann était un misérable absolument dénué de sens moral, mais aussi intelligent que perspicace.

Il connaissait bien son souverain et lisait dans son cœur à livre ouvert.

Il savait à quel point la présence du pauvre fou dans le vieux château de Kirck-Berghein pesait au prince Othon.

Il ne doutait pas qu'Edouard fût une sorte de cauchemar vivant, qui agitait les jours et les nuits de son cousin.

Ce n'était donc point sincèrement qu'il craignait d'avoir déplu au grand-duc par d'odieuses insinuations.

Clostermann était, au contraire, bien persuadé qu'il venait d'acquérir un nouveau titre à la confiance et à la sympathie de son maître.

Patiemment il attendit que ce dernier reprît la parole.

— Docteur, dit le grand-duc en interrompant sa marche, mais sans se rasseoir à son bureau, docteur, il faut parler net en ce bas monde. Si mon pauvre cousin Edouard mourait, ce serait un grand bonheur pour l'Etat, une véritable délivrance pour lui et pour moi un réel soulagement. Certes, sa mort,

« Je le sens bien ! je suis fou!... » (Page 416.)

quelque naturelle qu'elle fût, donnerait lieu à certains soupçons : mais ces
soupçons malveillants seraient moins dangereux pour moi que l'état d'incertitude
et d'hostilité où sa réclusion maintient aujourd'hui mes sujets...

Le grand-duc s'arrêta, troublé, hésitant, pris d'un léger frisson qui
n'échappa point à Clostermann.

— Ajoutez, monseigneur, dit le docteur, que si le prince Edouard revenait à
la raison...

— Hein?... que dites-vous? exclama le grand-duc, qui de blême, devint
pourpre. Que dites-vous?... est-ce que cela serait possible?...

SON ALTESSE NOUNOUCHE   52

— Quelques-uns de mes confrères croient sa maladie incurable, mais je ne suis pas tout à fait de leur avis.

— Jamais vous ne m'aviez parlé dans ce sens...

— L'occasion ne s'en était point présenté, monseigneur... Du reste que Votre Altesse ne se méprenne pas sur le sens de mes paroles. Je ne prétends pas que la folie du prince soit susceptible d'une guérison complète.

— Eh bien alors?...

— Mais le prince a ce que nous appelons « des rémissions », c'est-à-dire des moments où il a conscience de sa situation, où la raison lui revient d'une façon provisoire et éphémère... Il est encore jeune, fort jeune... et il serait possible qu'un jour il reprît pour assez longtemps les apparences de la raison et de la santé; alors qu'arriverait-il?... que l'idée de reprendre sa place germe dans sa tête exaltée, qu'il trouve le moyen de se mettre en communication avec quelques-uns de vos ennemis, et voyez quel danger pour vous!... Mais, en ce cas, ce n'est pas seulement vous, monseigneur, qui seriez en péril, c'est l'État, car je ne crois pas à la guérison définitive du pauvre insensé; au bout d'un temps plus ou moins long, sa raison péricliterait de nouveau et votre peuple se trouverait dans la plus triste situation où puisse se trouver un peuple... Il aurait un fou à sa tête...

— Mais c'est terrible ce que vous me dites-là, docteur!

— C'est terrible, en effet.

— Que faire, mon Dieu, que résoudre?...

— Que Votre Altesse suive les inspirations de sa conscience!... qu'elle se laisse guider par la raison d'État!...

— Ah! docteur, la raison d'État fait commettre de cruelles actions!

— Oui, monseigneur, mais elle les excuse, elle les justifie, elle les sanctifie...

— C'est vrai... Qu'est-ce que la vie d'un homme auprès du salut d'un pays?...

Le prince et le médecin restèrent quelque temps silencieux.

Ils se regardaient de temps à autre.

Parfois, ils semblaient vouloir éviter leurs regards réciproques.

— Docteur, fit tout à coup le grand-duc redevenu très pâle, *vous en chargez-vous?*

— Oui, monseigneur.

— Et... à quelles conditions?

— Comment Votre Altesse l'entend-elle? et de quelles conditions veut-elle parler?

— Mais d'abord des conditions... pécuniaires.

— Ah! monseigneur, c'est me faire injure!

Votre Altesse ne me croit-elle point capable de servir gratis Elle et ma patrie?

— Je n'aime pas à être servi gratuitement, monsieur: cela coûte trop cher.

— C'est bien, monseigneur; j'aime, moi, cette rondeur en affaires. Cinq cent mille marcs en espèces, le domaine de Kricworth en dotation et le grand-cordon de votre ordre.

— Accordé!

— Maintenant, il faut que Votre Altesse me donne les moyens de la servir en cette occasion efficacement et sans danger ni pour Elle, ni pour moi, ni pour la tranquillité du pays.

— C'est juste.

— Le docteur Luthroth, qui est actuellement près du prince Édouard, est un homme inaccessible à quelque séduction que ce soit...

— Je le destituerai.

— Gardez-vous-en bien, monseigneur; accordez-lui, au contraire, immédiatement, quelque faveur toute spéciale, et puis...

— Et puis?...

— Envoyez-le en mission.

— En mission?

— Oui, je sais que mon excellent confrère, très fatigué de son service auprès du prince Édouard, s'éloignerait volontiers pendant quelque temps de Kirck-Berghein.

— Voilà qui est excellent!...

— Monseigneur est connu et particulièrement honoré pour les idées progressistes et humanitaires; ne pourrait-il charger le docteur Luthroth de parcourir la France et l'Angleterre pour y étudier l'organisation des établissements de charité?

— Rien de plus facile; et vous croyez que le docteur Luthroth accepterait volontiers cette mission?

— Il serait ravi, enchanté, aux anges.

— Et il ne trouvera point surprenant que vous le remplaciez pendant son voyage?

— Il trouvera cela tout naturel et, de fait, la chose ne pourra surprendre personne. Ne me suis-je pas occupé spécialement des maladies nerveuses? N'ai-je pas fait des études approfondies sur les diverses formes d'aliénation mentale?...

— C'est une justice à vous rendre...

— Personnellement, le docteur Luthroth a grande confiance en moi: c'est une fort belle âme, une nature d'élite, qui ne soupçonne jamais le mal...

— Ce que nous méditons est donc mal, monsieur?...

— Loin de là, monseigneur; mais c'est une façon de parler.

— Et quant aux domestiques qui entourent mon jeune cousin?

— Votre Altesse n'a pas à s'en préoccuper. Je m'en charge.

— Je me fie entièrement à vous, docteur.

Maintenant, dites-moi, quel moyen comptez-vous mettre en œuvre?...

Le docteur eut un léger frémissement.

— Je vois, dit-il, que Votre Altesse n'y va pas par quatre chemins et qu'Elle aborde nettement la question.

— Au point où nous en sommes, monsieur, toute feinte et tout artifice de langage seraient de vraisenfa ntillages.

— Je suis absolument de l'avis de Votre Altesse.

— Songez, monsieur, que l'autopsie du prince Édouard sera faite par plusieurs de vos confrères et en présence de mes ministres...

— Ne craignez rien, monseigneur, je connais les substances qui agissent sans laisser de traces... Et, puisque nous parlons sans ambages et sans circonlocutions, je dirai à Votre Altesse, qu'en cette occurrence l'atropine doit faire merveille...

— Pourquoi l'atropine?.

— Parce qu'elle fera mourir le prince Édouard d'une congestion cérébrale qui paraîtra le résultat tout naturel d'une de ses crises si fréquentes.

— Et l'atropine ne laisse pas de trace?

— Non, quand on sait en user habilement.

— Et vous êtes sûr de vous?

— Absolument sûr, monseigneur; Votre Altesse peut être absolument tranquille. Tout ira le mieux du monde et sans éveiller les soupçons de qui que ce soit.

— C'est bien!... Demain je vous remettrai les cinq cent mille marcs en bank-notes anglaises et de la main à la main.

— Tout bien réfléchi, Votre Altesse agira prudemment en y ajoutant encore cent mille marcs... Je pourrai avoir besoin d'*arguments irrésistibles* vis-à-vis du personnel domestique du château.

— Soit; mais évitez les complicités inutiles...

— Oh! oui, je les éviterai!

— Quant au domaine que vous me demandez, je ne crois pas prudent de vous en rendre immédiatement possesseur; cela pourrait faire naître de fâcheux soupçons.

— Votre Altesse a parfaitement raison; j'attendrai tant qu'il lui plaira.

— Quant au moment d'agir...

— Laissez-m'en juge, Monseigneur.

— Soit: je vous en laisse juge... Et maintenant, docteur, au revoir...

Le grand-duc avança la main comme pour serrer celle du docteur... Mais il la retira aussitôt comme pris d'une irrésistible répugnance.

Le docteur salua et sortit.

XIV

OU LE LECTEUR ASSISTERA A UN NAVRANT SPECTACLE.

Trois jours après la conversation relatée plus haut, le docteur Luthroth partait en mission et le docteur Clostermann prenait sa place auprès du prince Édouard.

L'installation du malheureux jeune homme au vieux château était des plus simples.

Une chambre à coucher, une salle de bain servant de cabinet de toilette, une sorte de salle de récréations contenant toutes sortes de jeux destinés à distraire le pauvre fou, une terrasse très élevée au-dessus du sol et entourée d'un grillage de fer... et c'était tout.

Son personnel domestique n'était pas non plus très compliqué.

Une vieille gouvernante nommée Vanda, deux laquais, Fritz et Wolfgang, puis, en bas, dans les cuisines, un chef et deux marmitons, qui d'ailleurs ne communiquaient jamais avec le « malade ».

Disons-le tout de suite, le docteur Closterman n'avait que faire de demander cent mille marcs au grand-duc, pour acheter le silence de ces gens-là.

Depuis pas mal de temps, la chose était faite.

Loin de s'attacher à l'infortuné à qui ils devaient donner des soins, ils l'avaient pris en véritable haine...

Et le docteur Clostermann n'avait eu aucune peine à les faire entrer dans la conspiration odieuse et sinistre qui comptait déjà tant d'adhérents à Kirck-Berghein.

Cette valetaille savait même qu'on allait remplacer Édouard par un *sosie*...

Mais quel était ce *sosie* et d'où venait-il, c'est ce qu'ils ignoraient absolument.

Du reste, ils ne s'en inquiétaient guère ; l'important pour eux était d'être débarrassés de l'insupportable malade qu'ils avaient pris en grippe et d'obtenir les magnifiques récompenses qu'on leur avait fait entrevoir.

Les conjurés pouvaient compter sur ces valets...

Leur intérêt répondait d'eux.

. . . .

— Luthroth!... où est Luthroth!... demanda le prince Édouard en sautant de son lit.

Il était fort matin, mais il faisait grand jour et le soleil dardait ses rayons sur les traits émaciés et convulsifs du pauvre fou...

Le prince ressemblait prodigieusement à Louis Hérault.

Mais c'était un Louis Hérault vieilli par la souffrance... et les mauvais traitements.

Il avait, comme le bandit parisien, les yeux bleus, les cheveux blonds, le teint blanc...

Mais les yeux, cerclés de bistre, gardaient une douloureuse expression d'égarement. Parfois ils prenaient un aspect tellement horrible qu'on ne pouvait les regarder...

Ses cheveux, rarement coupés, rarement peignés, s'éparpillaient en mèches inégales autour de sa tête...

Malgré sa salle de bain et son cabinet de toilette, le jeune prince était d'une affreuse malpropreté.

Ses gens avaient toutes les peines à le laver et à l'habiller...

Souvent ce n'était qu'à force de coups et en l'attachant qu'ils parvenaient à le faire tenir tranquille.

Le docteur Luthroth, homme honnête et même bon, fort partisan du système de la douceur vis-à-vis des aliénés, s'opposait le plus qu'il pouvait à ce qu'on maltraitât son « malade ».

Mais il n'était pas toujours là...

Et, d'ailleurs, il arrivait parfois que lui-même avait recours à quelque violence pour venir à bout du frénétique...

— Luthroth!... où est Luthroth? demanda le prince Édouard.

Malgré l'égarement persistant de ses yeux, il était relativement calme.

C'était, sans doute, un de ces moments de rémission qui devenaient de plus en plus rares.

Fritz qui était de service s'approcha de lui.

— Il est en voyage, monseigneur, répondit-il d'un ton assez respectueux.

— En voyage? Pourquoi en voyage? demanda le fou...

— Il est allé se reposer et se distraire à la campagne, monseigneur.

— Et pourquoi ne m'a-t-il pas emmené?... Crois-tu donc, Fritz, que je n'en aurais pas besoin, moi, de me reposer et de me distraire?

— Un de ces jours il vous fera venir près de lui... Allons, monseigneur, soyez raisonnable, venez que votre bon Fritz vous fasse votre toilette.

Le « bon Fritz » était un grand coquin, maigre et courbé, mais robuste malgré ses soixante ans, et qu'on n'eût pas aimé à rencontrer au coin d'un bois, car les yeux ternes n'avaient rien de bien rassurant.

Edouard le craignait beaucoup... Et en ce moment de calme, il était d'autant plus disposé à « être raisonnable » qu'on venait de lui dire que le docteur Luttroth, son protecteur ordinaire, n'était pas là.

Il se remit donc d'assez bonne grâce entre les mains du vieux laquais qui l'emmena dans le cabinet de toilette.

— Là, dit-il, on va vous faire propre comme un sou, monseigneur... Tendez votre figure... que je la nettoie avec cette éponge... Oh ! la belle éponge !... Vos mains à présent !... Fi ! le vilain sale... Avec quoi diable avez-vous joué?... Heureusement nous avons du savon... Oh ! le beau savon...

— Fritz, je ne veux pas que tu me peignes...

— Et pourquoi donc ça, monseigneur?

— Parce que tu vas encore m'arracher des cheveux !...

— Ah ! il n'y a pas de danger, monseigneur... Voyez quel beau petit peigne... en vraie écaille blonde !...

— Il a des vilaines dents... Il me fait peur...

— Voyons, monseigneur, soyez sage. Ne recommencez pas vos bêtises ou nous allons nous fâcher.

Le fou se mit à trépigner comme un enfant.

— Je ne veux pas que tu me peignes, Fritz, criait-il. Pourquoi veux-tu toujours me peigner?... à quoi cela sert-il, puisque je ne vois personne?... D'ailleurs, je te dis que ce peigne me fait peur avec ses dents.

Le visage de Fritz devint mauvais.

— Ecoutez, Edouard, dit-il, si vous ne vous tenez pas tranquille, je vais vous montrer un instrument qui n'a pas de dents, mais qui vous fera encore plus peur...

Le fou se calma soudain et Fritz se mit à peigner assez rudement ses longs cheveux dorés... puis il lui passa une chemise blanche et le revêtit d'un complet d'intérieur en cachemir bleu.

Quand le prince fut habillé, Fritz le conduisit dans la salle de récréation où il le plaça devant une table sur laquelle il y avait deux ou trois jeux de cartes et de domino.

— Là, dit-il, amusez-vous bien gentiment, en attendant votre déjeuner.

Le jeune homme eut un triste sourire, prit place devant la table et se mit à construire des « châteaux », en psalmodiant d'une voix douce et mélancolique :

— Luttroth est en voyage, Luttroth est en voyage... Pourquoi est-il en voyage?... Que fait-on lorsqu'on voyage?... Je pense qu'on va là-bas, là-bas, par delà les terrasses, où c'est vert et où le ciel est bleu!... Pourquoi ne m'emmène-t-on pas en voyage, moi?... Je voudrais voir les arbres de près... et les fleurs aussi... C'est si beau les arbres, c'est si beau les fleurs !... On me dit que je suis trop enfant pour sortir... Il y a bien longtemps qu'on me dit cela... Je suis presque aussi grand que Fritz et que Wolfgang,... Est-ce qu'on me dira que je suis enfant jusqu'à ce que je sois aussi vieux qu'eux?... Hélas! non, je ne suis pas un enfant !... Si on ne me laisse pas sortir, c'est que je suis malade...

bien, bien, bien malade. Oh oui ! je suis bien malade !... En ce moment je ne souffre pas trop... Mais, d'autres fois, quelles tortures !... Il y a quelqu'un, il y a un diable qui m'arrache les yeux et m'y verse du plomb fondu... Mes yeux sont brûlés, mais ils repoussent toujours... Et tous ces monstres que je vois... qui me poursuivent... qui me menacent de leurs doigts crochus... qui ouvrent leurs gueules sanglantes pour me dévorer... Ah ! par moments ma tête est fendue !... Je le sens bien... Je suis fou ! je suis fou !...

« Je voudrais avoir auprès de moi quelqu'un qui m'aimerait ; personne ne m'aime ici ; pas même Luttroth... Il est moins méchant que les autres, mais il n'est pas toujours bon. Quelquefois lui aussi, il me fait les gros yeux... Et puis l'on me bat !... Oh ! que leurs coups me font mal !... Et pis encore, oh oui, pis encore ! lorsqu'on me verse de l'eau sur la tête !... C'est comme une barre de fer glacée qui me tomberait sur le crâne... Ah ! les vilaines gens !... les vilaines gens !...

« Je voudrais avoir une mère... J'en avais une autrefois... Oui, j'avais une mère, c'était même une maman... mais elle est morte ! morte !... On m'a dit qu'elle était avec le bon Dieu... ça veut dire qu'elle est morte... Ah ! je voudrais mourir aussi, pour aller la rejoindre... Vanda n'est pas une maman... Ce n'est qu'une femme... Encore est-ce une femme ?... Elle a de la barbe comme un homme... Hou ! hou ! hou !... qu'elle est laide !...

A ce moment, comme mû par un mystérieux instinct, le fou se retourna brusquement.

Il se trouvait en présence d'un inconnu.

Le docteur Clostermann venait d'entrer.

Edouard avait déjà aperçu le médecin, mais seulement pendant une crise ; il ne le reconnut pas.

Certes, le docteur Clostermann n'avait pas une physionomie sinistre.

On sait que c'était un homme blond, pourvu d'un joli embonpoint et d'une figure plutôt sympathique qu'antipathique.

Cependant, il y avait dans ses yeux, d'ordinaire assez doux, quelque chose de tout particulier...

Son aspect épouvanta le prince...

Il n'en fallait pas plus pour lui donner un accès de folie furieuse.

Il se leva d'un bond et se mit à sauter dans la chambre en criant :

— Hui !... hui !... Au feu ! au feu !... Quel est cet homme ?... Encore un monstre ?... Chassez ces démons noirs qui me regardent avec leurs yeux blancs... Hui !... hui !... que me veulent ces grosses mouches qui bourdonnent autour de moi... A l'aide ! à l'aide !... On veut m'assassiner !... Malédiction !... Je casse tout !...

Et renversant la table, le malheureux se mit à piétiner sur les cartes en s'arrachant les cheveux.

Fritz et Wolfgang venaient d'entrer, le premier muni d'un fouet, le second portant une camisole de force.

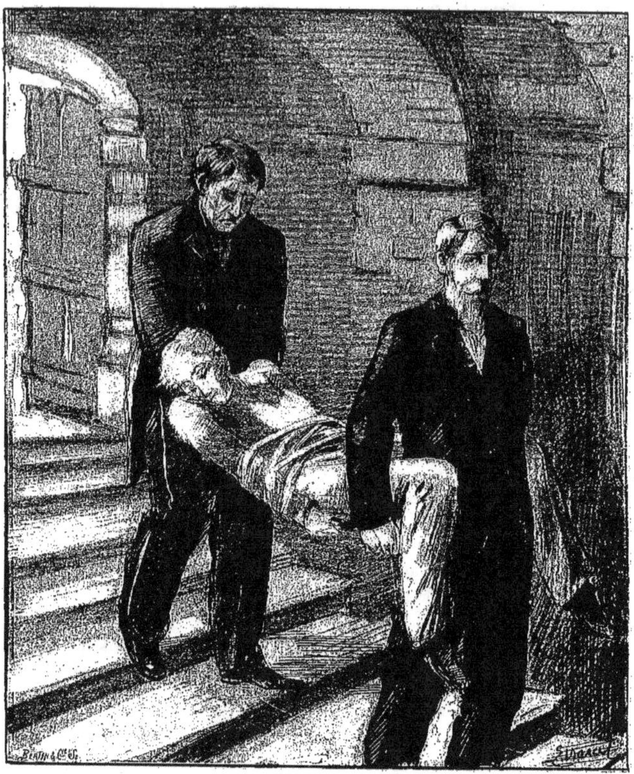

— Allons, reprenons notre fardeau et en route pour les entrailles de la terre!... (Page 420.)

— C'est inutile, dit le docteur à Fritz.

Puis, s'adressant à Wolfgang :

— Faites, dit-il.

Wolfgang était un hercule de quarante-cinq ans d'une figure plus douce que celle de Fritz, mais aussi brutal et beaucoup plus robuste que lui.

En un clin d'œil, il eut renversé le pauvre fou et, malgré sa résistance désespérée, il parvint à lui passer la camisole de force...

Alors Fritz et lui le portèrent sur son lit où ils l'attachèrent solidement.

Son. Altesse Nounouche53

Le malheureux continuait à divaguer.

— Lâches !... lâches !... hurlait-il la face pourpre et les yeux hors de la tête... Vous êtes plus méchant que les diables qui m'entourent !... Lâches ! lâches !... Si Luthroth était ici, il ne me laisserait pas martyriser ainsi... A moi !... au secours !... Chassez ces grosses mouches, écrasez ces araignées monstrueuses... Ah ! voilà des serpents et des rats maintenant... Il est bien clair que tous ces animaux viennent de la lune... La lune est un sac plein de vilaines bêtes; quand il crève, elles tombent sur moi... Hui ! hui ! il pleut des araignées, des mille-pattes et des mouches noires... Au secours !... au secours ! Personne ne viendra donc à mon secours ?...

— Si, mon garçon !... dit le docteur avec un sourire méphistophélique; si, je vais y aller, à ton secours; grâce à moi tu seras bientôt délivré de tous les maux de ta triste existence...

Closterman, Fritz et Wolfgang échangèrent un sombre regard.

Tous trois étaient devenus verdâtres, mais ils restaient parfaitement calmes.

— J'avais parlé d'atropine à Son Altesse, murmura le docteur Closterman, comme se parlant à lui-même, mais c'est bien compliqué, la mort par l'atropine... voilà qui est bien plus simple.

Le médecin avait pris dans la poche de sa jaquette une petite fiole et un morceau de plume d'oie.

— C'est de l'acide prussique, dit-il froidement... Allons, mon jeune ami, on va vous faire mourir sans vous faire souffrir.

Closterman trempa la plume d'oie dans la petite fiole et s'approcha du lit.

Wolfgang cacha ses yeux dans ses grosses mains, et Fritz détourna la tête.

Doucement, délicatement, il mit en contact les barbes de la plume avec une narine du prince Édouard...

Le malheureux secoua vivement la tête et se raidit dans un soubresaut... Sa bouche se contracta, son nez se pinça, ses couleurs disparurent...

Et ce fut tout...

— C'est fait !... dit le docteur.

Les deux valets regardèrent le cadavre...

— Heureusement ça n'a pas été long, dit Fritz avec un soupir de soulagement.

— *Times is money*, dit le docteur. Maintenant ne perdons pas de temps à causer. Vous savez ce qu'il nous reste à faire.

Les valets firent un signe affirmatif.

— Tout est près dans le souterrain ?

— Oui, monsieur le docteur, répondit Fritz ; nous ne savions pas si c'était pour ce matin, mais tout est près tout de même.

— Alors, à nous deux nous allons descendre le corps par l'escalier secret.

Wolfgang recevra le déjeuner quand on le montera des cuisines. Les gens d'en bas sont à nous, mais il est inutile qu'ils sachent rien pour le moment.

— Bien, monsieur le docteur, dit Wolfgang.

— Où est Vanda? demanda Closterman.

— En ville, monsieur le docteur.

— Bon... A l'œuvre, Fritz !

— Je suis à vos ordres, monsieur le docteur.

XVII

DANS LES OUBLIETTES.

Le vieux château de Kirck-Berghein était abondamment pourvu de portes secrètes, d'escaliers dérobés, de cachettes, de souterrains, d'oubliettes et toutes sortes d'autres choses du même genre qui caractérisaient les antiques demeures féodales.

Les serviteurs préposés à la garde du prince Edouard avaient eu le loisir d'étudier tous ces coins et recoins mal connus ou tout à fait inconnus des autorités de Kirck-Berghein.

Fritz et Wolfgang avaient reçu l'ordre de s'arranger de façon à ce qu'immédiatement après la mort du prince Edouard on pût descendre son corps dans la plus profonde des oubliettes et là le consumer jusqu'à ce qu'il n'en restât plus une parcelle qui ne fût réduite en cendres.

Justement, il y avait dans un des cachots du vieux château un fourneau de brique qui avait servi, dit-on, à de sinistres usages.

Le cachot où se trouvait ce fourneau s'appelait la *chambre aux juifs.*

Au moment où nous en sommes, Wolfgang, Fritz et le docteur Clostermann en connaissaient seuls l'existence.

Tandis que Wolfgang attendait que l'on montât le déjeuner du prince, conformément aux instructions de Clostermann, le docteur et Fritz prenaient le corps du malheureux jeune homme l'un par les pieds l'autre par la tête, et se dirigeaient à travers un entre-croisement de couloirs obscurs jusqu'à une salle complètement démeublée et lambrissée de panneaux de bois noirci par le temps.

Sans hésitation, ni recherches, le valet de chambre posa le doigt sur une sorte de bouton dissimulé dans un des coins de la chambre et aussitôt un panneau s'abaissa bruyamment laissant voir une ouverture étroite et obscure.

Le docteur eut un moment de recul.

— Au diable ! dit-il, est-ce que nous allons nous engager là-dedans ?

— C'est absolument nécessaire, monsieur le docteur, répondit le valet.

— Mais nous n'y verrons goutte.

— Vous m'excuserez, monsieur le docteur. Nous aurons à descendre quelques marches avec précaution, mais au bout de quelques minutes nos yeux s'habitueront à l'obscurité et nous arriverons sans encombre à la *chambre aux juifs.*

— Déposons un instant le cadavre sur ce plancher, dit Clostermann. Je vais jeter un coup d'œil là-dedans.

Ils déposèrent le cadavre et tandis que Fritz restait comme en sentinelle près de ces misérables restes, le docteur pénétrait dans l'ouverture, tâtonnait avec ses mains et ses pieds et trouvait immédiatement les marches humides et effritées d'un antique escalier de pierre.

En même temps, une sensation de froid lui arrivait au visage comme une bouffée d'air malsain, et une odeur très âcre de moisissure le prenait à la gorge.

— Il faut absolument nous procurer une lampe ou un flambeau quelconque, dit-il en se retournant vivement vers Fritz.

— Sauf le bon plaisir de monsieur le docteur, nous n'allumerons ni lampe ni flambeau !

— Et pourquoi donc ?

— Parce que le long de l'escalier il y a de petites ouvertures étroites qui communiquent sur l'Esplanade et que, si l'on y voyait circuler de la lumière, cela pourrait intriguer les passants.

Quand nous arriverons à la partie souterraine de l'escalier, nos yeux seront suffisamment habitués à l'obscurité pour que nous arrivions aisément au cachot. Là nous trouverons tout ce qu'il faudra pour nous éclairer, s'il en est besoin.

— Vous avez raison, mon cher Fritz, il est inutile d'éveiller les soupçons des promeneurs et des soldats du poste. Allons, reprenons notre fardeau et en route pour les entrailles de la terre !

Le docteur resaisit de nouveau le cadavre du prince Edouard par la nuque tandis que le vieux valet appliquait les deux jambes sur ses hanches et les y maintenait solidement avec ses mains encore robustes.

La descente dans le noir commença sans trop de difficulté.

La pente de l'escalier était assez douce et bientôt un peu de jour pénétra par d'étroites ouvertures.

Conformément à la prédiction de Fritz, ses yeux et ceux du docteur s'accoutumèrent aux ténèbres relatives dans lesquelles ils marchaient et ils purent apercevoir suffisamment les murailles toutes givrées de salpêtre pour se guider très sûrement dans leur descente.

Au bout d'un temps assez long, ils mirent le pied sur un sol gluant et arrivèrent devant une petite porte de bois vermoulue que Fritz ouvrit rien qu'en la poussant du pied.

Derrière cette porte était la *chambre aux juifs*.

Les deux hommes y pénétrèrent et, lorsqu'ils eurent laissé tomber le cadavre sur les dalles humides, Fritz dit à voix basse comme s'il eût craint d'être entendu d'un autre que du docteur :

— Soyez paisible, monsieur le docteur, vous n'y voyez guère, mais ici je vais faire de la lumière.

Le vieux coquin tira de sa poche une boîte d'allumettes, en fit partir une et alluma quatre ou cinq chandelles de résine appliquées au mur à l'aide d'engins de fer rouillé.

Le docteur put alors examiner à loisir la *chambre aux juifs* et tout ce qu'elle contenait.

Il serait impossible d'imaginer rien de plus lugubre que cette salle souterraine.

Les murs étaient littéralement tapissés de toiles d'araignées larges et noires comme des voiles de veuve.

D'autres toiles pendaient de la voûte comme des espèces de stalactites.

Les araignées qui le cachaient-là devaient être grosses comme des crabes.

De gigantesques scolopendres effarouchées par la lumière subite couraient çà et là le long des murs, tandis que d'énormes batraciens sautaient en coassant dans les coins, semblables à ces animaux fantastiques que les sorcières amènent au sabbat.

Des chauves-souris aux larges ailes voletaient autour des flambeaux, puis allaient s'appliquer à la voûte et de nouveau se mettaient à sillonner l'air alourdi, contribuant pour une bonne part à l'aspect infernal de ce sombre lieu.

Le docteur remarqua tout de suite le grand fourneau de briques surmonté d'un grillage de fer qui faisait saillie et occupait presque entièrement un des des côtés du cachot.

Près du fourneau une ample provision de charbon de terre avait été disposée par les soins de Fritz et de Wolfgang.

— Monsieur le docteur sait-il à quoi servait ce fourneau dans les anciens temps ? demanda Fritz en clignant de l'œil d'un air équivoque

— Assurément pas à faire cuire de la choucroute, mon bon Fritz, répondit le médecin. Du reste, soyez certain que j'en peux déterminer le primitif usage pour le moin aussi bien que vous. Je pourrais vous dire aussi pourquoi cette horrible cave a été appelée la *chambre aux juifs*.

— Sauf votre respect, monsieur le docteur, je serais curieux de le savoir.

— Eh bien, mon bon Fritz, vous allez être satisfait. Dans l'Allemagne moderne, on n'aime pas beaucoup les juifs, mais les antisémites actuels sont de tendres agneaux si on les compare à ceux du moyen âge. Dans les premiers temps où ce château servait de résidence aux antiques seigneurs de Kirck–Berghein, on se croyait tout permis vis-à-vis des enfants d'Abraham. Presque tous les châtelains de la contrée avaient dans les souterrains de leurs châteaux un caveau aménagé comme celui-ci. Malheur aux marchands juifs qui leur tombaient sous la main lorsqu'ils avaient besoin d'argent, ce qui leur arrivait souvent, car ces preux chevaliers avaient l'âme trop haute pour se connaître en affaires. La pauvre Juif était entraîné près du fourneau ; on le mettait nu comme notre premier père, on l'attachait sur cette grille et, après avoir frotté son corps avec de l'huile pour empêcher le rôti de brûler, on allumait un feu doux sous ses épaules et sous ses reins. Dans cette position on lui demandait où il cachait ses trésors et, s'il refusait de répondre, ce qui arrivait quelque fois, on le grillait comme saint Laurent... Mais, assez causé, n'est-ce pas? Préparez le fourneau et allumez-le. Pendant ce temps je vais démaillotter notre sujet.

Le vieux valet remplit le fourneau de charbon et y mit adroitement le feu, puis le corps émacié du malheureux Edouard fut placé sur la grille et, rapidement, la crémation commença.

Le cadavre se couvrit d'énormes ampoules tandis que ses chairs crépitaient avec un bruit strident et sinistre.

Bientôt la peau prit une teinte violacée et éclata de toute part tandis que les yeux devenus tout blancs sortaient peu à peu de leurs orbites et pendaient sur les joues qui fondaient sous l'action du feu.

Le cadavre, se racornissant avait l'air de se tordre et prenait une apparence de vie qui donnait à ce spectacle un caractère d'indicible horreur.

Tandis que Fritz attisait le feu, avec une fiévreuse activité, le docteur Clostermann regardait brûler le cadavre, murmurant entre ses dents :

— Comme c'est long! mon Dieu, comme c'est long!

La chose allait vite cependant et le corps du misérable fou ne fut plus bientôt qu'une masse carbonisée qui n'avait plus forme humaine.

Une abominable odeur suffoquait le docteur et son complice.

— Quelle puanteur! murmurait Clostermann, et on ne s'explique guère que le maréchal de Reys pouvait brûler parfois quatre ou cinq corps d'enfants dans la cheminée même de sa chambre à coucher.

— Qu'était-ce donc, ce maréchal de Reys, monsieur le docteur? demanda Fritz en levant la tête.

— Un galant homme, aussi brave que charitable, mais, qui était affligé d'une singulière manie. De temps en temps, il fallait qu'on lui amenât des petits enfants qu'il s'amusait à martyriser de toutes les façons, après quoi, il les réduisait en cendres.

— Et qu'est-ce qu'on lui a fait à lui, monsieur le docteur?

— On l'a brûlé à son tour, répondit Clostermann.

— Ah ! tant mieux ! tant mieux ! exclama Fritz avec élan.

Le vieux coquin était de la race de ces sensibles qui pleurent aux *Deux Orphelines* ou aux *Deux Gosses* après avoir cambriolé et assassiné quelque pauvre vieille bourgeoise.

Cependant, le docteur s'était approché du fourneau et, à l'aide d'une sorte de poker, il frappait à grands coups sur les restes calcinés de sa victime.

Quelques instants encore, et l'incinération fut complète.

Il ne restait plus du pauvre fou que quelques imperceptibles fragments d'os qui eussent été très difficiles à reconnaître dans une instruction judiciaire bien menée.

Les cendres de la victime furent éparpillées sur le sol et délayées à grand renfort de seaux d'eau. Elles se confondirent avec la boue séculaire des larges dalles et le docteur Clostermann s'écria, après un ricanement sinistre :

— Le prince Édouard est mort, vive le grand duc Édouard !

XVIII

OÙ NOUS RETROUVONS LOUIS HÉRAULT

Avant d'aller plus loin, il est bon, pour la clarté de la logique de ce récit, que nous revenions à Louis Hérault et à son compagnon Isidore Brousseau, ex-chef des *Pianakotaws*.

D'après le programme de M. Werkein, Louis et le nègre Jupiter devaient se trouver, à une époque à peu près fixe, sur la côte de Guyane en vue du vaisseau destiné à ramener Louis en Europe.

Le nègre, fort intelligent et parfaitement stylé par son maître, devait lui servir de guide non seulement durant le cours du voyage, mais encore à son arrivée en vue du navire.

C'était lui qui devait faire les signaux nécessaires et échanger une sorte de mot d'ordre avec le marin qui conduirait Louis Hérault à bord.

Sa mort tragique et prompte ne lui avait pas permis de donner à Louis ces renseignements pour le moins fort utiles.

Louis avait eu la chance de retrouver un autre compagnon de route, capable de le guider jusqu'à Sainte-Florence, mais il se demandait comment une fois arrivé là, il se ferait reconnaître des gens du navire qui l'attendait.

Il se demandait aussi, comme on le sait déjà, comment il s'y prendrait pour faire accepter son nouvel ami dont il comptait se faire le plus utile des auxiliaires et qu'il n'eût abandonné pour rien au monde.

Bientôt, du reste, il eut lieu de se rassurer.

En arrivant à Sainte-Florence, les deux compagnons aperçurent avec joie un navire aux couleurs françaises, mouillé à peu de distance de la côte.

Deux ou trois barques étaient amarrées à la côte même et, sur la falaise, deux tentes de toile annonçaient un petit campement.

Louis comprit tout de suite que le lieu dit Sainte-Florence était un lieu abandonné, ordinairement désert et nullement surveillé.

L'endroit avait donc été parfaitement choisi pour son embarquement.

A peine, lui et son compagnon eurent-ils été aperçus par les gens du campement, que ces derniers s'avancèrent vers eux.

Un Allemand d'assez bonne mine, agent du baron de Rosemberg et du docteur Clostermann, lui dit qu'il l'attendait depuis quelques jours et qu'il commençait à être fort inquiet.

Louis, après s'être réconforté à l'aide d'un bon repas, lui raconta par le menu toutes les péripéties de son voyage.

Il crut politique de s'expliquer franchement au sujet d'Isidore Brousseau.

Du reste, l'Allemand ne fit aucune difficulté à accepter ce nouveaux conjuré.

Un homme aussi expérimenté, un aventurier qui avait passé par de telles épreuves, pouvait et devait rendre de très grands services à la cause du faux prince Édouard.

Louis apprit que le vaisseau sur lequel il allait s'embarquer était un vaisseau allemand qui s'était indûment paré les couleurs françaises et qui, d'ailleurs, reprendrait ses couleurs en approchant de l'Europe.

Tous les hommes qui le montaient étaient à la dévotion des intrigants qui méditaient la chute du grand-duc Othon.

Le voyage s'effectua sans le moindre incident et le navire, favorisé par un bon vent, aborda à Saint-Nazaire après trois mois de traversée.

Pendant le voyage, Louis Hérault s'était perfectionné dans l'étude de la langue allemande.

De plus, il avait adopté un nouveau déguisement.

Grâce à une barbe postiche et à une paire de lunettes, il pouvait passer pour un honnête négociant allemand retour d'un voyage au long cours.

Tandis que le navire restait dans le port de Saint-Nazaire sous un prétexte quelconque, Louis, Isidore et l'Allemand, qui répondait au nom de Taupnitz, se rendirent tranquillement par le chemin de fer dans le grand-duché de Kirck-Berghein.

A peine arrivé à la résidence, Louis, soigneusement caché dans une maison isolée de la vieille ville, eut tout de suite une entrevue avec le docteur Clostermann.

Ils se trouvèrent en présence d'un vieillard qui venait d'allumer une torche. (Page 431.)

Le docteur le combla de joie en lui annonçant que son avènement au trône grand-ducal était tout proche et en adoptant son ami Isidore Brousseau avec encore plus de facilité que ne l'avait fait Taupnitz.

Clostermann fut enchanté de la façon dont Louis parlait l'allemand.

Il était maintenant très difficile de le distinguer d'un Allemand véritable.

D'ailleurs, s'il y avait quelque imperfection dans son langage et s'il avait un accent tout autre que celui du pays, tout cela pouvait facilement être mis sur le compte de la longue réclusion qu'il serait censé avoir subie.

SON ALTESSE NOUNOUCHE 54

Peut-être le machiavélique docteur n'avait-il pas vis-à-vis de l'ex-chef des *Pianakotaws* autant de bienveillance qu'il lui en témoignait et il se pourrait bien faire qu'il se proposât de se débarrasser en temps et lieu de ce complice inattendu.

Mais il croyait prudent de ne point contrarier son futur souverain à son sujet, et puis il se disait qu'après tout Isidore pouvait être un auxiliaire des plus précieux.

Il va s'en dire que Louis et Isidore étaient tenus au courant, jour par jour ou plutôt heure par heure, et des dispositions des habitants de Kirck-Berghein et des diverses mesures prises par les conjurés.

Louis apprit les noms des principaux meneurs.

Les uns, comme le baron de Rosemberg et un certain comte de Kumrick étaient parfaitement au courant de la substitution qui devait s'opérer en faveur de l'ex-bandit parisien.

D'autres, le baron de Golberg, le baron d'Altembourg, le comte Wilhem Vinkremnitz s'imaginaient de très bonne foi conspirer pour leur souverain légitime.

C'étaient de fort honnêtes gens, d'autant plus disposés à regarder Othon comme un usurpateur que sa politique ambiguë et équivoque leur déplaisait tout souverainement.

Comme ils avaient l'âme assez naïve et l'esprit facile aux influences, on leur avait fait croire que le prince Édouard faible, maladif et parfois en proie au délire dans son enfance, jouissait maintenant de toute sa santé et de toute sa raison; que si, parfois, il feignait la folie, c'était pour donner le change à ses persécuteurs; qu'il agissait en ce cas comme le Lorenzaccio d'Alfred Musset, lequel faisait semblant d'être vil et lâche pour que nul ne soupçonnât ses héroïques projets; qu'il ne demandait qu'à monter sur le trône de ses pères et que le grand-duché n'aurait jamais eu de plus intelligent et de plus vaillant souverain.

Les progrès du parti *Édouardiste* avaient été si rapides à Kirck-Berghein que le docteur Clostermann et le baron de Rosemberg craignaient que ce mieux ne fût l'ennemi du bien.

Louis parlait très convenablement l'allemand ! Voilà qui était entendu, et, physiquement, il pouvait très bien passer pour un prince de vieille race.

Mais ne subsisterait-il point dans son attitude, dans ses manières, dans son langage quelque chose qui trahirait l'ancien bohème ou plutôt l'ancien *escarpe* qu'il avait été?

Le docteur et le baron eussent voulu avoir le temps de le styler comme il faut, de le mettre au point, de faire de lui un irréprochable jeune seigneur.

Mais le temps pressait.

L'occasion offrait sa chevelure et les bons politiques savent que l'occasion est comme ces jolies femmes qui ne pardonnent jamais à ceux qui ont négligé de les prendre alors qu'elles s'offraient.

D'ailleurs, l'isolement et l'internement du jeune « prince » ne pouvaient-ils pas expliquer les lacunes de son éducation. aussi bien que les incorrections de son langage ?

Il fallait donc profiter du moment, agir vite, ne point perdre un temps précieux, ne se laisser influencer par aucune considération d'ordre secondaire.

C'est alors que le docteur Clostemann eut avec le grand-duc Othon l'importante entrevue à laquelle nous avons fait assister le lecteur.

Peu de jours après, le véritable prince Édouard mourait dans les horribles circonstances que l'on connaît.

Lorsque ses misérables restes eurent été quasiment anéantis, le premier soin du docteur Clostermann fut de se rendre, en compagnie du baron de Rosemberg dans la maison qui servait de cachette au faux prince Édouard.

D'ordinaire, il ne s'y rendait que la nuit ; mais maintenant il était si près du but et sûr de l'atteindre qu'il ne daignait même plus prendre de vulgaires précautions.

Ils trouvèrent Louis Hérault en train de faire une partie de bésigue chinois avec son ami Isidore Brousseau, qui avait consenti à lui servir provisoirement de secrétaire, de valet de chambre et même de cuisinier.

Louis avait enlevé sa barbe postiche et repris sa physionomie naturelle.

Il portait un élégant complet de cheviotte noire pointillée de blanc et une cravate de soie blanche ornée d'une petite épingle surmontée d'une turquoise.

Le baron et le docteur constatèrent avec plaisir qu'il avait fort bon air.

Ils entrèrent le chapeau à la main et saluèrent Louis avec une solennité qui lui indiqua que quelque chose d'important allait se débattre.

Prenant déjà au sérieux son rôle de prétendant, il congédia Isidore d'un geste amical mais péremptoire, et l'ancien chef des *Pianakotaws* qui avait parfaitement le sentiment de la situation sortit sans observation aucune.

— Monseigneur, dit le baron de Rosemberg, lorsque Louis lui eût fait signe de s'asseoir, ainsi qu'au docteur Clostermann, monseigneur, nous venons apporter nos félicitations à Votre Altesse.

Le baron s'exprimait avec un sérieux parfait, et Louis comprit qu'il n'était plus temps de rire et qu'il fallait maintenant entrer en plein dans la peau de son personnage.

— Alors, tout va bien ? demanda-t-il d'un ton suffisamment majestueux.

— Tout va à merveille, monseigneur, fit le docteur Clostermann. Le malheureux être que vous devez provisoirement remplacer au Vieux-Château a disparu de ce monde. Il ne reste plus trace de lui. Vous êtes maintenant, et pour toujours, le vrai, le seul prince Edouard de Kirck-Berghein !

— Et bientôt, ajouta le baron, vous serez notre grand-duc.

— Voulez-vous, messieurs, me permettre une observation? demanda Louis d'un air de condescendance.

— Nous sommes aux ordres de Votre Altesse, répondit le baron.

— Faire disparaître un malheureux idiot abandonné de sa famille et livré sans défense à une valetaille parfaitement vénale n'était peut-être pas très malaisé. Mais me mettre à sa place d'abord et ensuite à celle du grand-duc actuel offrira sans doute de bien plus grandes difficultés?

— Pas tant que vous le croyez, monseigneur, répondit Rosemberg.

— Les choses iront pour le mieux, ajouta Clostermann.

— J'en accepte l'augure, reprit Louis. Mais soyez assez bons pour me dire d'abord comment vous vous y prendrez pour me faire pénétrer dans le Vieux-Château, qui, si je ne m'abuse, est gardé jour et nuit par un poste de vingt hommes commandés par un capitaine : est-ce que ces militaires seraient déjà acquis à ma cause?

— Ils le sont en effet, monseigneur, dit Clostermann, mais ils ne doivent tout de même point vous voir pénétrer dans le château, car ils ignorent la substitution que nous allons opérer et se croient appelés à prendre un jour ou l'autre les armes pour le vrai prince Edouard.

— Alors, comment pénétrerai-je dans le château?

— Par un souterrain qui va du Château à une lande rocheuse situé à sept ou huit cents mètres d'ici.

— Et personne ne connaît ici l'existence de ce souterrain?

— Je vous demande pardon, tout le monde le connaît au contraire, seulement on croit à tort que ce passage est obstrué et impraticable depuis des siècles. Nous seuls et quelques rares amis savons qu'il n'en est rien. Vous entrerez donc au château cette nuit même et sans avoir à craindre quoi que ce soit.

— Voilà qui est parfait. Maintenant, messieurs, êtes-vous bien sûrs d'amener ici un mouvement populaire en ma faveur?

— Absolument sûrs, monseigneur. Nous avons si habilement travaillé que dans l'élite de la société Kirck-Bergheinoise, on est persuadé que vous êtes depuis longtemps victime d'une détention monstrueusement arbitraire. Un parti légitimiste très ardent et très convaincu vient de se former dans votre aristocratie et la Cour du grand-duc est pleine de gens qui depuis, quelques jours, le regardent comme un usurpateur.

— Mais la bourgeoisie?... mais le peuple?

— Les bourgeois et les artisans vous sont également acquis.

— Vous croyez qu'ils ne préféreraient pas la proclamation de la République à une Restauration légitimiste?

— Le grand-duché de Kirck-Berghein n'est pas encore mûr pour la démocratie, monseigneur. Quelques meneurs appartenant généralement à la classe moyenne avaient bien essayé dans ces temps derniers de pousser le peuple dans le sens républicain ; mais nous n'avons pas eu de peine à leur persuader qu'ils avaient plus d'intérêt à entrer dans l'aristocratie qu'à la combattre et nous avons apprivoisé ces farouches démocrates en leur promettant des titres nobiliaires. Quant aux étudiants et aux militaires, ils seront vos plus chauds partisants.

— Alors je n'ai plus, messieurs, qu'à vous remercier et à bénir la Providence... Et vous dites que c'est cette nuit même que je dois pénétrer au château par le souterrain ?

— Cette nuit même, monseigneur.

— Viendrez-vous me chercher ?

— J'aurai cet honneur ; je viendrai moi-même. Comme déguisement vous reprendrez simplement votre barbe postiche. Avec un mac farlane et un chapeau mou vous serez suffisamment déguisé. Au château vous revêtirez les costumes d'intérieur portés par le prince Edouard. Dans une autre conversation que nous aurons ensemble je dirai à Votre Altesse de quelle façon elle doit s'y prendre pour que son identité ne laisse aucun doute même aux plus défiants.

— A cette nuit donc, messieurs, et que Dieu vous garde !

Louis Hérault, qui avait beaucoup fréquenté l'Ambigu, prononça ces paroles sur un ton mélodramique qui eût fait rire un Parisien, mais excita l'admiration des deux Allemands.

Lorsqu'ils furent sortis, Louis Hérault rappela son ami Isidore.

L'ex-chef des *Pianakotaws* rentra sur la pointe des pieds et salua d'un air respectueux.

— Monseigneur m'a appelé ? demanda-t-il.

Louis Hérault éclata de rire.

— As-tu fini, Sophie ? s'écria-t-il. Alors on ne tutoie plus les amis à présent ? Est-ce parce que je vais être proclamé grand-duc ? Je te tutoyais bien, moi, quand tu étais grand-chef !

— Il y a une nuance, monseigneur, reprit Isidore. Et vous ne permettriez certainement pas que l'on comparât vos futurs sujets aux Indiens de la Guyane. Il n'y a donc aucune parité entre votre situation présente et ma situation passée. D'ailleurs je suis absolument convaincu que vous me saurez gré d'avoir conservé les distances entre nous, du moins quant à la forme. Bonaparte a favorisé particulièrement ceux de ses camarades qui ont cessé à temps de le tutoyer. Un jour viendrait où vous croiriez devoir vous-même me rappeler au sentiment des convenances. C'est une initiative que j'aime mieux prendre personnellement. Donc, si vous le voulez bien, à partir de ce jour vous êtes pour moi le prince Edouard de Kirck–Berghein, et je suis pour vous monsieur... (nous verrons à me trouver un nom), votre secrétaire particulier et votre chef des commandements.

— Ah ! ah ! telle est la situation que vous avez choisie... elle est modeste !

— Je me garderais bien, monseigneur, de débuter dans ma carrière politique en excitant la jalousie de votre entourage. Je suis tout simplement un Français quelconque qui vous aura été recommandé par vos amis et que vous avez choisi comme lecteur, secrétaire, etc. etc. Je puis vous rendre de très grands services dans cet emploi modeste et d'apparence subalterne. Plus tard, nous verrons de quelle façon Votre Altesse pourra récompenser mes bons et loyaux services. Ce dont je suis certain, monseigneur, c'est que je ne trouverai pas en vous un ingrat et que Votre Altesse se souviendra que je lui ai quelque peu sauvé la vie dans des circonstances délicates dont nous ne reparlerons plus jamais, même dans l'intimité.

Louis Hérault était trop intelligent pour ne pas comprendre ce qu'il y avait de tact et d'habileté dans la conduite d'Isidore Brousseau.

Il se dit en lui-même qu'un tel gaillard était à ménager et qu'il fallait s'en servir sans chercher trop brutalement à l'exploiter.

Il résolut donc de se laisser appeler Altesse par son copain et même de le traiter de supérieur à subordonné mais, d'un autre côté, de se montrer plus aimable que jamais envers lui et de rapprocher les distances par une familiarité convenable.

C'est ainsi que lorsque, selon la coutume, Isidore Brousseau lui eût préparé son petit dîner, il exigea qu'il prît place à sa table et mangea avec lui.

A son tour, Isidore apprécia le tact de son « prince », de sorte que le meilleur accord s'établit entre les deux copains qui, plus forts que les augures, avait le sang-froid de se regarder sans rire.

Vers minuit, le docteur Clostermann, pas précisément déguisé, mais vêtu à peu près comme un petit bourgeois ou un artisan aisé, se présenta chez le « prétendant » qu'il trouva tout prêt à le suivre.

Ils sortirent.

Le temps était beau, mais il n'y avait point de lune et la nuit restait assez sombre.

En quelques minutes, on eut atteint la lande rocheuse où se trouvait l'entrée du souterrain qui communiquait avec le Vieux-Château.

Cette entrée offrait toute l'apparence d'une grotte passablement embroussaillée.

— Les habitants du pays n'ont jamais la curiosité de pénétrer dans cette grotte? demanda Louis.

— Ils s'en gardent bien!... Les hommes sérieux sont persuadés que le souterrain auquel elle sert d'entrée est absolument obstrué à mi-chemin, qu'il s'y produit des éboulements perpétuels et qu'une exploration serait à la fois peu intéressante et très dangereuse. C'est, d'ailleurs, une opinion que je me suis efforcé d'accréditer dans un but que Votre Altesse comprendra sans peine. Quant aux bons naïfs, ils s'imaginent que le souterrain est non seulement rempli de serpents venimeux et de chauves-souris monstrueuses, mais encore qu'il est hanté par les gnomes... Quant à nous, monseigneur, qui savons à quoi nous en tenir, nous allons pénétrer dans le souterrain d'un pied délibéré.

Louis Hérault comprenait que la moindre hésitation de sa part produirait le plus mauvais effet; mais il manquait un peu d'enthouisiasme.

Ce trou noir et béant ne lui semblait pas d'un aspect flatteur et, s'il ne croyait pas aux gnomes, il croyait aux serpents et aux chauves-souris et n'aimait pas beaucoup ces animaux-là.

— Mais, fit-il observer, nous n'avons pas de lumière, mon cher Docteur!

— Ne vous inquiétez pas, monseigneur, nous allons en avoir. Il y a là dedans un fidèle serviteur qui est déjà posté pour nous attendre et qui éclairera notre marche à l'aide d'une torche de résine.

— Vous êtes sûr de cet homme?

— Comme de moi-même.

Louis Hérault n'hésita plus. Et, pour accentuer son air de décision, il entra le premier dans la grotte, suivi de près par Clostermann.

A peine avaient-ils fait quelques mètres sur un terrain que les cailloux roulants rendaient difficile et presque dangereux, qu'ils se trouvèrent en présence d'un vieillard très maigre qui venait d'allumer une torche.

A l'aspect de Louis, le vieillard poussa un cri et fut pris d'un tremblement nerveux.

— Qu'avez-vous donc, Fritz? demanda le docteur d'un air sévère.

— Dieu soit avec nous, monsieur le docteur, répondit le vieux domestique, mais je ne puis en croire mes yeux... C'est lui... c'est lui-même!

— Qui lui? imbécile!

— Celui que vous avez tué et que nous avons brûlé! reprit Fritz perdant complètement sa tête.

— Nous n'avons tué et brûlé personne, triple brute! s'écria le docteur en lançant sur Fritz un regard de magnétiseur. Tu as devant toi le prince Edouard qui va rentrer au Château. Il n'y a jamais eu d'autre prince Edouard.

— Je le sais, monsieur le docteur, je le sais, se hâta de dire Fritz. Il n'y a que les mauvaises langues qui pourraient soutenir le contraire! monseigneur peut-être sûr que le vieux Fritz lui est dévoué corps et âme!

— Allons, assez causé, maudite ganache! dit le docteur...

Et le vieux Fritz se mit en marche, levant sa torche pour éclairer le « prince » et le médecin.

Louis et Clostermann s'avançaient péniblement, laborieusement, glissant sur les pavés humides, chassant contre les énormes cailloux, parfois trébuchant et tombant sur les genoux ou... de l'autre côté.

La torche de résine éclairait leur marche sans cependant dissiper les ténèbres qui les environnaient.

De temps en temps, quelque énorme oiseau de nuit volait autour de la torche...

Sur leur tête, ils entendaient, d'une manière continue, un singulier frémissement.

— Qu'est-ce cela? demanda Louis.

— Le susurrement des chauves-souris, répondit le docteur. Il y en a des millions collées à ces voûtes: sous nos pieds, leurs déjections fourniraient assez de *guano* pour fumer pendant un siècle toutes les terres du grand-duché.

Cependant, Fritz s'était retourné.

— Courbez-vous, messieurs, dit-il, la voûte s'abaisse.

On venait de pénétrer dans un boyau étroit... Bientôt il fallut quasiment ramper.

Une très pénible sensation de froid humide s'emparait de Louis...

De larges gouttes d'eau tombaient sur ses épaules... Il en entendait clapoter d'autres autour de lui.

Enfin, de nouveau, le souterrain s'élargit.

Le moment vint où il marchait dans l'eau... à quatres pattes.

On se trouva bientôt en face d'une sorte d'escalier taillé dans le roc.

— Faites bien attention, dit le docteur, il n'y a pas de rampe, l'escalier est rapide et les marches glissantes!

Louis était adroit et, malgré ses fatigues, encore solide.

Il gravit l'escalier le plus lestement du monde à la suite du vieux Fritz qui lui-même s'en tirait fort bien...

Mais il n'en était pas de même du docteur, qui, passablement replet et médiocre gymnaste montait à grand'peine et se livrait, pour ne pas tomber, à des contorsions assez grotesques.

Louis avait quelque envie de rire, mais il se contint dans la crainte de contrevenir à sa dignité de « prétendant ».

En haut de l'escalier, il y avait une lourde porte de fer.

Fritz l'ouvrit après avoir fait jouer des ressorts assez compliqués.

Alors l'on découvrit un autre escalier moins escarpé et moins glissant.

Il montait jusqu'à une nouvelle porte en fer non moins lourde que la première, mais que Fritz ouvrit aussi aisément.

Puis ce fut un long, très long couloir encore plus obscur que le souterrain.

Au bout de ce couloir, il y avait une ouverture tellement basse qu'on dut se mettre presque ventre à terre pour le franchir.

Enfin, ce fut le grand jour.

On se trouvait dans les anciennes cuisines du château, dont on ne faisait d'ailleurs plus usage depuis des siècles.

Louis admira l'immensité des cheminées dans lesquelles on pouvait faire rôtir un bœuf tout entier. Là Fritz éteignit et déposa sa torche.

Après quelques autres pérégrinations moins compliquées, on pénétra dans les appartements du défunt prince Édouard.

Fritz laissa le docteur et le « prétendant » en tête à tête.

Louis Hérault demanda un poulet et une salade... (Page 434.)

— Monseigneur, dit le docteur, vous n'avez plus qu'une chose à faire : à vous mettre au lit et dormir du paisible sommeil, privilège des bonnes consciences... après toutefois avoir fait votre toilette de nuit.

— Ce ne sera pas du luxe, répondit Louis, ce petit voyage souterrain m'a mis dans un état de malpropreté qui n'est pas ordinaire.

— Voici une salle de bains avec tout ce qu'il faut pour se laver... voici du linge de nuit... une carafe d'eau, du sucre et un verre... Monseigneur peut se défaire sans l'assistance d'un valet de chambre?

— Oh! parfaitement!......

— Alors j'ai l'honneur de présenter mes respectueux hommages à Votre Altesse et de lui souhaiter bonne nuit.... Ah! encore quelque chose. S'il plaît à Votre Altesse.... si par hasard vous n'aviez pas sommeil, voici, dans ce pli, quelques instructions... si Votre Altesse me permet cette expression.... sur l'attitude que vous voudriez bien prendre devant une délégation des notables de Kirck-Berghein qui vous sera présentée d'un moment à l'autre.

— Vous reverrais-je d'ici là, docteur?

— Je l'ignore, monseigneur.

— Bonne nuit, docteur!

— Bonne nuit, monseigneur.

Et le docteur se retira, après une profonde révérence.

Resté seul, Louis Hérault procéda à sa toilette de nuit, puis se mit au lit.

Mais, comme il était beaucoup trop agité pour pouvoir se livrer au sommeil, il se mit à lire le papier que lui avait remis Clostermann.

Ce papier contenait des instructions très précises sur ce qu'il devait dire pour produire une illusion complète aux yeux de tous.

Il commençait à faire jour lorsque Louis Hérault se laissa aller au sommeil.

Mais bientôt il fut réveillé par Fritz qui lui dit que ses habits souillés par le voyage dans le souterrain avaient été anéantis et qu'il allait pouvoir revêtir un costume d'intérieur congruant à sa situation.

Il demanda ensuite ce que Son Altesse désirait prendre à déjeuner.

Louis Hérault demanda un poulet rôti et une salade, qu'on ne tarda pas à lui apporter.

Puis, il s'endormit de nouveau, et la journée était déjà fort avancée lorsqu'il se décida à se lever et à s'habiller.....

X

LA RÉVOLUTION A KIRCK-BERGHEIN.

Au moment convenu, le docteur Clostermann s'était rendu près du grand-duc Othon pour toucher les sept cent mille marcks convenus; cinq cent mille pour lui; deux cent mille pour acheter le silence des gens du château.

— Je vous apporterai demain des nouvelles du prince Édouard, avait-il dit au grand-duc.

Et-ce dernier lui avait répondu :

— C'est bien ! Merci. Je vous attendrai à trois heures de l'après-midi.

A l'heure précise, le docteur se présenta au Palais et fut immédiatement introduit dans le cabinet de travail de son souverain.

— Eh bien ? dit le grand-duc en se levant brusquement.

Le docteur fixa sur le prince un regard d'une impudence extraordinaire.

— Monseigneur, dit-il, j'ai une bien bonne nouvelle à annoncer à Votre Altesse.

— Ah ! ah ! fit le prince en cherchant à paraître parfaitement calme.

— Oui, reprit le docteur. Le prince Édouard va beaucoup mieux !

Le grand-duc éprouva une telle surprise qu'il resta immobile pendant quelques secondes, les yeux écarquillés et la bouche entr'ouverte.

— Comment avez-vous dit cela, docteur ? demanda-t-il enfin.

— Je dis, monseigneur, reprit Clostermann, que j'ai trouvé le prince Édouard beaucoup mieux que je ne m'y attendais et que j'ai immédiatement essayé un traitement hydrothérapique qui, je le crois, va faire merveille. Non-seulement la santé physique du prince est satisfaisante, mais sa santé morale, si j'ose ainsi dire, s'améliore d'heure en heure ; et je m'empresse de le dire à Votre Altesse, car je sais combien elle s'intéresse à son jeune parent et combien elle serait heureuse de le rétablir elle-même sur le trône grand-ducal de ses pères.

Le grand-duc était retombé sur son fauteuil.

Son visage s'était décomposé et couvert d'une pâleur mortelle.

— Çà ! docteur, dit-il, vous moquez-vous de moi ?

— Comment monseigneur peut-il prêter une intention aussi impertinente au plus humble et au plus respectueux de ses serviteurs ?

— Voulez-vous bien me dire, monsieur, ce qui était convenu entre nous ?

— Votre Altesse le sait aussi bien que moi ! Il était convenu que je donnerais mes soins au prince Édouard et que je ferais tout mon possible pour le rendre à la raison et à la santé.

Le grand-duc eut toutes les peines du monde à réfréner sa colère.

Il dut faire appel à toute son énergie, à toute sa fierté, à tout son orgueil et aussi à toute sa prudence pour contenir sa colère et son indignation.

Il y parvint d'ailleurs, et c'est avec une apparence de calme et de froideur qu'il dit à Clostermann :

— C'est bien, monsieur, vous êtes un traître et un maître-chanteur ! Vous êtes de plus un immonde filou. En vous mettant en lutte ouverte avec votre souverain, vous renouvelez l'histoire du pot de fer et du pot de terre. Sortez ! Et, une fois dehors, tenez tous les propos qu'il vous plaira de tenir !

Le grand-duc avait désigné la porte d'un geste assez théâtral.

— Je ne comprends absolument rien à ce que me dit Votre Altesse, dit-il avec le plus grand sang-froid. Mais je lui obéis sans murmurer.

Il s'inclina et sortit.

Le grand-duc avait immédiatement compris le danger de sa situation.

Il était maintenant au courant des dispositions de plus en plus hostiles de ses sujets à son égard.

Évidemment, il était entouré d'ennemis, et voilà que les gens sur les quels il comptait le plus se tournaient contre lui, le trahissaient et le volaient avec la dernière impudence sans qu'il pût rien faire contre eux.

Malgré son caractère incertain et hésitant, aiguillonné par l'imminence du danger, le grand-duc prit immédiatement une résolution qui lui parut absolument opportune et tout à fait politique.

Il fit immédiatement afficher une proclamation ainsi conçue :

« PEUPLE DE KIRCK-BERGHEIN,

« Des bruits aussi absurdes que calomnieux ont été propagés contre votre
« souverain par des ennemis de la patrie et de la maison de Kirck-Berghein
« qui en est, j'ose le dire, l'incarnation.

« On a prétendu, dans certains milieux, travaillés par l'esprit révolutionnaire,
« que mon malheureux cousin, le prince Edouard, était victime d'une réclusion
« arbitraire et qu'il jouissait de toute sa santé et de toute sa raison.

« C'était dire que je me rendais vis-à-vis de lui coupable du plus
« abominable des forfaits, que je commettais un crime impardonnable de lèse-
« humanité et de lèse-nation. Bref, que je n'étais ici qu'un usurpateur et qu'un
« tyran.

« Je suis personnellement très au-dessus de ces odieuses calomnies et je
« sais qu'elles n'ont eu aucune prise sur la partie honnête et éclairée de mes
« Etats.

« Mais je veux que les esprits les plus prévenus eux-mêmes ne conservent
« aucun doute au sujet de la situation de mon infortuné parent.

« J'ai donc décidé que le prince Edouard, tenu en traitement au Vieux-
« Château par ordre de sa famille, et avec l'assentiment des ministres et du
« Conseil d'Etat de Kirck-Berghein, serait visité par le syndic de chaque
« corps de métier, M. le bourgmestre, le général Vonkarcher, commandant
« en chef de l'armée et de la milice de Kirck-Berghein et par vingt citoyens
« choisis parmi les négociants patentés et désignés par le sort.

« A cette délégation, se joindront, selon leur bon plaisir, M. le Recteur
« et MM. les professeurs de l'Université et ceux de mes sujets qui sont
« pourvus du grade de docteur en médecine.

« Cette députation verra le jeune prince et aura tout le loisir de l'interroger
« et de l'examiner.

« Quand la députation aura rempli son mandat, un rapport officiel, signé

« de tous les délégués, sera imprimé et distribué dans mes Etats à trois cent
« mille exemplaires.

« Ainsi devront cesser les bruits abominables qui tendraient à jeter les
« plus odieux soupçons sur le gouvernement de Kirck-Berghein et sur moi-
« même.

« Sur ce, peuple de Kirck-Berghein, je prie Dieu qu'il vous ait en sa sainte
« et digne garde.

« Donné en mon palais, le... »

Avant de faire afficher cette proclamation, le grand-duc l'avait communiquée
à ses ministres qui l'avaient pleinement approuvée.

Le grand-duc comptait beaucoup sur sa proclamation.

Il espérait non seulement que la visite des délégués au prince Édouard
ferait cesser les bruits relatifs à la réclusion du malheureux fou, mais que par
un effet de réaction toute naturelle on cesserait désormais d'incriminer la
politique intérieure et extérieure.

Le grand-duc avait cependant remarqué que, tout en donnant leur entière
adhésion à sa proclamation, ses ministres et ses conseillers lui avaient
témoigné une sorte de froideur à laquelle il n'était pas habitué.

Quant au docteur Closterman, il ne l'avait pas revu...

Il se demandait de quelle façon il se vengerait de lui.

Mais il jugeait à propos d'attendre, pour punir ce peu féal serviteur, d'avoir
reconquis sa popularité.

Disons-le, l'effet produit par la proclamation du grand-duc n'avait point été
mauvais pour lui.

Beaucoup de ceux qui accusaient le plus vivement le grand-duc d'usurper le
pouvoir et de martyriser son jeune cousin hésitaient maintenant et se
montraient moins affirmatifs.

Au moment convenu, les délégués, après s'être réunis en comité dans une
des salles de l'hôtel de ville, se rendirent quasi processionnellement au Vieux-
Château.

Il avait été convenu que le bourgmestre poserait des questions au jeune
prince et que le docteur Merckeim, un des meilleurs médecins de la ville,
l'examinerait médicalement.

Aucun des serviteurs ordinaires du prince ne devait assister à cette
visite.

Louis, bien stylé, se préparait à se tenir, à répondre selon les instructions de
Closterman.

On l'avait arrangé de façon qu'il ne parût pas trop bien portant...

Il fallait qu'il eût l'air d'avoir souffert de la prison.

Mais il fallait aussi qu'il parût de tempérament robuste et résistant.

Lorsque les délégués pénétrèrent dans la salle de récréation, il était en train
de lire un volume de voyages.

Il se leva, joua bien la surprise et salua ces messieurs d'un air aussi digne que courtois.

La vérité historique nous oblige à dire qu'il eut quelque peine à réprimer une envie de rire à l'aspect du bourgmestre, le vénérable M. Drosselmeyer.

C'était un vieillard édenté qui semblait être sorti d'une fabrique de joujoux de Nuremberg.

Son nez et son menton fraternisaient par-dessus sa bouche mâchonnante, une paire de besicles d'or d'un modèle tout à fait suranné protégeaient ses yeux clignotants et il portait un habit bleu à boutons dorés pour le moins aussi démodés que ses besicles.

Mentalement le futur grand-duc dit:

— Mince de poire!...

Il convient de constater ici que, si le vénérable M. Drosselmeyer était un grotesque en apparence, il avait beaucoup de bon sens et comptait parmi les personnalités les plus respectables et les plus intelligentes du grand-duché.

Cet honnête homme jouissait, dans le pays, d'une très haute considération.

Il était fort riche et suffisamment charitable, ses opinions politiques étaient sages et modérées.

Tout en aspirant à de justes réformes, il n'était pas homme à vouloir troubler le pays par des innovations trop hardies ou des tentatives trop téméraires.

Il n'avait jamais fait d'opposition au grand duc et s'était toujours montré vis-à-vis de lui plein de respect et de loyalisme, mais il avait toujours évité tout acte qui eût pu le faire taxer de courtisanerie.

Le grand-duc lui ayant offert le titre de baron, il avait refusé sans affectation et sans pose.

Jusqu'à ces derniers temps, il n'avait prêté qu'une oreille distraite aux accusations qui circulaient sur son souverain.

Mais depuis quelques jours il éprouvait quelque trouble...

Il se sentait envahi par un doute pénible.

Ce fut avec empressement qu'il se chargea du mandat de chef de la délégation envoyée au prince Édouard.

Cet homme de bien était heureux de savoir à quoi s'en tenir sur la délicate question qui agitait si fort ses concitoyens.

En apercevant le « prince » devant la table où il lisait, il eut un mouvement de surprise.

Il s'attendait à voir *dans tous les cas*, un jeune homme maladif, affaibli, au regard effaré et douloureux...

Or, il se trouvait devant un garçon qui assurément semblait avoir souffert, mais qui était évidemment bien constitué.

Quant à ses yeux, ils étaient clairs, calmes, brillants d'intelligence.

— Monseigneur, dit le bourgmestre avec une solennité peut-être un peu comique, monseigneur, ne vous alarmez pas, vous voyez devant vous une délégation de notables de la ville qui viennent présenter leurs hommages à Votre Altesse et s'informer des nouvelles de sa santé.

— Monsieur, répondit Louis, d'une voix douce et en assez bon allemand, je vous suis reconnaissant de cette attention. Mon désir est de vous en remercier de bon cœur; mais je crains de m'exprimer avec maladresse; il y a si longtemps que je suis privé de toute communication avec les hommes!

Les délégués échangèrent un rapide regard.

Evidemment ce n'était pas la réponse d'un fou.

Cependant ces messieurs étaient encore en méfiance.

Ils n'ignoraient pas que les aliénés ont souvent des moments lucides et que parfois ils parlent d'une façon absolument raisonnable et sensée.

Le bourgmestre reprit la parole.

— Monseigneur, dit-il, c'est pour votre plus grand bien que vous avez été maintenu ici en traitement. Vous avez été malade, bien malade.

Le « prince » eut un triste sourire.

— Monsieur, dit-il, vous paraissez disposé à m'adresser une série de questions et moi je suis tout prêt à vous répondre; mais d'abord, à qui ai-je l'honneur de parler ?

— Je suis le bourgmestre de la ville; Votre Altesse sait ce que c'est qu'un bourgmestre ?

— Oui... On m'a laissé croupir dans l'ignorance... Je ne suis peut-être pas aussi instruit que la plupart des jeunes gens de mon âge, mais je sais, cependant, qu'un bourgmestre est un magistrat. Je suis ravi de vous voir, monsieur le bourgmestre, et j'ai bien des choses à vous dire...

— Parlez, monseigneur; j'aime autant que vous vous expliquiez sans attendre mes questions.

— J'ai souvent été maltraité ici, monsieur, et j'ai quelque raison pour me croire entouré d'ennemis. Monsieur le bourgmestre veut-il bien me jurer sur le Christ qu'il vient ici poussé un sentiment de bienveillance à mon égard ?

— Je vous le jure sur le Christ, monseigneur, dit le bourgmestre en levant la main.

— Et dites-moi, de grâce, par qui êtes-vous envoyé près de moi ?

— Par votre auguste parent, monseigneur, le grand-duc Othon de Kirck-Berghein..

Le « prince » sourit d'une manière équivoque.

— Et bien, messieurs, reprit-il, vous pouvez dire à mon auguste cousin, que je m'étonne fort qu'il m'ait tenu si longtemps dans la déplorable situation où je suis ici...

De nouveau les délégués s'entre-regardèrent; cette fois ils n'avaient presque plus de doute.

Le prince ne devait pas être fou.... Même dans leurs moments de rémission, les aliénés ne s'expriment pas avec cette lucidité et cette netteté.

— Messieurs, reprit le « prince », je reconnais que dans les premières années de mon adolescence certains accidents cérébraux que j'ai éprouvés ont pu nécessiter du soin et faire croire que ma raison était en péril. Depuis, si j'ai eu quelques accès de fureur et de longs moments d'abattement, les uns et les autres étaient causés par les mauvais traitements que j'avais à endurer ici.

— De la part de qui, monseigneur?

— De la part des serviteurs que l'on m'a imposés.

Ici il est bon d'ouvrir une parenthèse...

Fritz, Wolfgang et Vanda avaient consenti, en acceptant leurs rôles dans cette abominable comédie, à ce qu'on accentuât la dureté qu'ils avaient montrée vis-à-vis du pauvre fou.

Il était convenu qu'on feindrait une grande indignation contre eux, qu'il serait même question de les arrêter et de les incarcérer ; mais qu'on leur donnerait les moyens de gagner l'étranger où ils vivraient d'une grasse pension annuelle.

Le bourgmestre examina assez longtemps le « prince » et reprit d'une voix pleine de sympathie :

— Daignez nous dire, monseigneur, en quoi consistaient les mauvais traitements dont vous parlez. Que Votre Altesse s'explique librement et sans ambages... Je vous répète, monseigneur, que nous aimons mieux vous entendre vous expliquer vous-même que répondre à nos questions.

— Messieurs, depuis que je suis enfermé ici, j'ai toujours été maltraité. Le docteur Luthroth me montrait seul quelque bienveillance. Encore cette douceur était-elle temporaire. Parfois il donnait ordre à Fritz et à Wolfgang de me battre, et il lui est arrivé de me frapper lui-même. Or, je n'ai jamais rien fait qui justifiât de pareils sévices. Si je me permettais de rappeler aux gens de mon entourage que j'avais l'honneur d'être un prince de la maison Kirck-Berghein, ils m'invectiaient brutalement et prétendaient que j'avais la manie des grandeurs.

Si leur insolence me mettait en colère, ils me soumettaient au supplice de la douche ou me fouettaient jusqu'au sang. Si je résistais, ils m'emmaillotaient dans une camisole de force et me laissaient souffrir de la faim et de la soif pendant plusieurs jours. J'avoue que, soumis à un pareil traitement, j'ai dû avoir des accès de rage qui devaient ressembler à la folie furieuse. Je n'ai commencé à jouir d'un peu de bien-être qu'il y a quelques jours, lorsque le docteur Clostermann eût remplacé le docteur Luthroth. Je crains bien que le docteur Clostermann lui-même n'ait cru à mon état de folie, mais sa conviction a été que ma folie était susceptible de guérison. Il a défendu à mes gens de me frapper. Il leur a donné l'ordre de me parler respectueusement. Il a modifié ma nourriture qui était insuffisante et détestable. Il m'a fait donner du linge frais et des habits propres. Il m'a promis de me procurer d'autres livres que les niais bouquins dont on m'avait gratifié jusque-là. Il m'a même fait espérer que l'on m'enverrait des professeurs chargés de parfaire mon éducation

Il salua et sorti à reculons. (Page 448.)

naturellement fort incomplète. Grâce à ces soins et à ces bons procédés, j'ai
senti l'espoir renaître en moi ; mon esprit s'est apaisé et les quelques symptômes
d'égarement que je pouvais présenter ont certainement disparu à tout jamais.

Puisque vous m'êtes envoyé par mon cousin le grand-duc Othon de Kirck-
Berghein, je vous supplie de lui dire qu'on l'a indignement trompé quand on
lui a dit que j'étais fou ; que ma réclusion dans ce vieux château est une
monstrueuse injustice et que, d'ailleurs, je ne lui demande qu'une chose : c'est
qu'il me rende la liberté et me permette de voyager pendant quelque temps

Son Altesse Nounouche   56

pour me former et pour m'instruire. Je me mets sous votre protection, messieurs, et je compte absolument sur votre bonté et sur votre justice.

Louis s'arrêta et joua très-bien une vive émotion.

Il trouva même le moyen de se faire venir les larmes aux yeux.

L'impression produite par son petit speech sur les délégués, fut extrêmement vive.

Ils furent tous si persuadés que le prince Édouard avait toute sa raison, que les médecins présents à l'entrevue ne jugèrent même pas à propos de l'examiner d'une façon spéciale.

Pour tous les délégués sans exception, le jeune prince était tout simplement la victime de l'ambition du grand-duc Othon.

Le malheureux Édouard était non seulement raisonnable, mais doué de beaucoup d'intelligence et d'esprit naturel.

Il ferait un excellent grand-duc et il n'y avait aucune raison désormais pour le priver du sceptre et de la couronne auxquels il avait droit par sa naissance.

L'entretien se prolongea encore quelque temps, puis les délégués prirent congé du « prince » après lui avoir exprimé, dans les termes les plus chaleureux, leurs respects et leur sympathie.

Les délégués eurent ensuite, et sans plus tarder, une longue conférence dans une des salles de l'hôtel de ville.

A la suite de cette conférence, il fut décidé que le bourgmestre irait trouver le grand-duc Othon de la part de tous les délégués et aurait avec lui une conversation décisive et dont le résultat serait rendu public.

Le grand-duc, averti de la visite que devait lui faire le bourgmestre, le manda immédiatement près de lui et le reçut, seul à seul, dans un petit salon de ses appartements particuliers.

Le grand-duc ignorait encore l'impression produite sur les délégués par le prince Édouard, mais il éprouvait sans doute quelque inquiétude, car le vénérable M. Drosselmeyer remarqua son air soucieux et son agitation nerveuse difficilement réprimée.

— Asseyez-vous, monsieur le bourgmestre, dit le grand-duc, en indiquant au magistrat un pliant qui se trouvait en face de lui.

M. Drosselmeyer fit une révérence et s'assit.

— Eh bien, monsieur le bourgmestre, demanda le prince en essayant de prendre un air calme et souriant, vous avez vu mon jeune et malheureux parent ?

— Oui, monseigneur, nous l'avons vu, nous l'avons interrogé. En un mot, nous nous sommes acquittés avec tout le zèle et la conscience possible de la mission que Votre Altesse avait daigné nous confier.

— Et... quel est le résultat de votre enquête ? Quelles conclusions avez-vous tirées de l'examen auquel vous avez soumis le prince Édouard ?

— Monseigneur, notre conviction est que le prince Édouard jouit de la plénitude de sa raison.

— Qu'osez vous dire ?

— La pure et simple vérité, monseigneur.

— Ce que vous dites est impossible ! ce que vous dites est absurde ! J'admets que, comme le dit le docteur Clostermann, l'état mental du prince Édouard s'est quelque peu amélioré. Mais on ne guérit pas subitement d'une folie qui date de l'enfance ! Vous aurez vu le prince dans un moment lucide. De là, votre illusion. Et je m'étonne fort, laissez-moi vous le dire, que des hommes sérieux, intelligents et instruits aient pu prendre pour un retour à la raison ce qui n'était qu'une rémission toute provisoire et toute momentanée !

— Le prince Édouard n'avait pas à revenir à la raison, monseigneur, car notre avis à tous est qu'il n'a jamais été aliéné.

— Ah çà ! mais, êtes-vous fou, vous-même ? Ou bien est-ce moi qui suis en délire ? Il y a longtemps que je n'ai vu mon pauvre cousin. Le spectacle qu'il offre est trop affligeant et même trop répugnant pour que je le recherche. Mais j'ai été autrefois témoin, moi-même, de ses effroyables crises et de ses hideuses prostrations...

— Le prince Édouard nous a très nettement expliqué comment certaines crises nerveuses dont il a souffert dans son enfance ont pu faire croire à des esprits prévenus qu'il était dans un état de démence.

— Qu'est-ce à dire, monsieur ? Et qu'entendez-vous par vos « esprits prévenus » ?

— Votre Altesse ne doit voir dans ce que je dis rien d'irrespectueux ou de téméraire, et puisqu'elle nous a chargés d'une mission, je lui demande la permission d'en rendre compte en mon âme et conscience de et la façon la plus complète.

— Soit, monsieur, je vous écoute !

— J'avais donc l'honneur de vous dire, monseigneur, que le prince Édouard nous a très bien fait comprendre comment ses nervosités d'enfant ont pu être prises pour de la folie. Cet infortuné jeune homme aurait eu besoin d'être soigné avec affection et dirigé avec douceur. Il ne s'est jamais vu entouré que de docteurs systématiques et de serviteurs tyranniques jusqu'à la férocité. De là ses accès de fureur et ses longs abattements. Le prince s'est expliqué avec nous, sur ce sujet, avec tant d'intelligence et de présence d'esprit, qu'il ne nous reste plus aucun doute sur sa parfaite santé mentale. Si Votre Altesse daigne elle-même rendre visite au prince, elle pensera certainement comme nous. Aucun de nous, monseigneur, n'a eu l'idée de suspecter, en cette occasion, la conduite de Votre Altesse. Nous sommes tous convaincus que, dès l'origine de la reclusion du prince Édodard, Votre Altesse a été égarée par de faux rapports. Du reste, l'initiative que vous avez prise, en nous déléguant auprès du prince Édouard est une preuve irréfutable de votre bonne foi...

— Je vous remercie de ces bonnes paroles, monsieur le bourgmestre, dit le grand-duc avec un peu d'ironie et d'amertume. Je pense bien que personne ne s'est jamais permis de mettre en doute la bonne foi du grand-duc Othon de Kirck-Berghein !

— Personne n'est à l'abri de la calomnie, monseigneur, et les plus grands princes peuvent être l'objet d'injustes soupçons. Vous le savez, vous-même, et vous avez reconnu dans votre proclamation que quelques-uns de vos sujets n'avaient plus en vous une entière confiance. Il n'est que trop vrai que les bruits les plus défavorables ont circulé sur votre conduite vis-à-vis du prince Édouard. Mais comment ces bruits subsisteraient-ils et comment ne retrouveriez-vous pas toute la confiance de vos sujets, étant donnée la démarche qu'assurément vous allez faire...

— De quelle démarche voulez-vous parlez, monsieur ?

— Mais, monseigneur, je pense que vous n'hésiterez pas soit à vous rendre auprès du prince Édouard, soit à le mander près de vous afin de vous assurer par vous-même que vos délégués ont bien jugé de la situation du jeune prince et qu'il est aussi raisonnable que vous et moi.

Le grand-duc devint pourpre de colère et ses yeux lancèrent des flammes.

— Je vous trouve bien hardi, monsieur, dit-il, de venir me dicter une ligne de conduite, et vous vous trompez fort si vous croyez que je vais céder à la pression que vous essayez d'exercer sur ma personne. Et d'abord je trouve très extraordinaire que vous vous soyez présenté seul devant moi pour me rendre compte d'une mission dont j'avais chargé les principales notabilités de ma bonne ville. Qu'est-ce qui me dit que vous êtes bien l'interprète de la délégation envoyée par moi au Vieux-Château ?...

Le vieux bourgmestre se redressa avec un tel air de dignité que sa figure perdit tout son caractère comique et que le fantoche de Nuremberg prit un air de sénateur romain.

— Monseigneur, dit-il, votre triste supposition ne saurait atteindre un homme de mon âge et de mon caractère ! Vous-même n'avez point cru une minute que j'étais capable de venir ici sans l'assentiment ou plutôt sans le mandat exprès de mes collègues. Je suis le fidèle interprète de leurs pensées et de leurs désirs, et ces pensées et ces désirs sont partagés, n'en doutez pas, par toute la population du grand-duché !

— Eh bien, monsieur, je ne m'en abstiendrai pas moins de faire la démarche que vous avez l'impertinence de me proposer.

— Et pourquoi donc, monsegneur ?

— Je n'ai pas de comptes à vous rendre, mais je veux vous répondre tout de même. Je ne ferai pas cette démarche parce qu'elle est ridicule en elle-même et serait humiliante pour moi. Je sais, à n'en pas douter, que le prince Édouard est absolument fou ; et qui, pis est, fou incurable. Je regrette qu'une réunion d'hommes qui passent pour honnêtes et sages aient pu se faire illusion au point de voir un homme raisonnable dans cet aliéné. Et je ne puis m'empêcher de soupçonner vos collègues et vous, je ne dirai pas encore de félonie, mais du moins de mauvais vouloir à mon égard. Il est évident pour moi maintenant que quelque chose de sinistre se trame contre ma personne ; que je suis entouré d'ennemis et que bien des gens, en qui j'avais la plus entière confiance, se disposent à me trahir.

« Je lis clairement dans votre jeu, messieurs, continua le grand-duc à qui la colère faisait perdre maintenant toute retenue et toute prudence. Oui, je lis clairement dans votre jeu ! En cherchant à me démontrer que le prince Edouard n'est pas fou et que, par conséquent, j'occupe indûment sa place, vous voulez m'amener à une abdication ! Mais vous n'y parviendrez pas !... Non, vous n'y parviendrez pas !

— Daignez rentrer en vous-même, monseigneur, reprit le bourgmestre, et, de grâce, envisagez la question avec plus de sang-froid ! Quel intérêt aurions-nous à vous faire abdiquer, si nous ne pouvions réintégrer le prince Edouard dans ses droits ? Et comment pourrions-nous le faire monter sur le trône que vous occupez s'il était vraiment fou furieux ?

— Et, que sais-je, moi ? serait-ce la première fois que des politiciens ou des factieux machineraient des complots dans un but aussi absurde qu'odieux !... Du reste, ne vous y trompez pas, Drosselmeyer !... je ne suis pas du tout disposé à me laisser détrôner comme un roi de féerie. Que vous soyez assez bêtes pour rêver la restauration d'un prince gâteux ou que vous soyez assez sots pour chercher à démocratiser le pays et à y établir la république, je saurai vous mater... Oui, par mes ancêtres !... je saurai vous mater !...

— Je vous supplie de nouveau de revenir à vous, monseigneur... Vous ne savez pas à quoi vous vous exposez avec ces colères aveugles et cet entêtement inexplicable !...

— Silence, bourgmestre !... Votre insolence passe les bornes... Qui donc vous a donné le droit de me parler sur ce ton ?...

— De longues années de services, monseigneur, et un inaltérable attachement à votre famille.

— Ah ! il est joli, votre attachement à ma famille !... et vous êtes un loyal sujet, vous qui visez à révolutionner mon grand-duché !

— Dieu m'en garde, monseigneur !... Je songe à lui rendre la paix et la tranquillité, au contraire !

— Je suis le seul juge de ce qui peut assurer la paix et la tranquillité ici, entendez-vous, monsieur Drosselmeyer ?... S'il faut avoir de la poigne, j'en aurai... Vous verrez à vos dépens que je suis homme à faire un coup d'État... à vous enlever les libertés que je vous ai octroyées... J'emploierai la force, s'il le faut !...

— Non, monseigneur, vous n'emploierez pas la force contre vos sujets !

Le bourgmestre avait prononcé ces paroles avec le plus grand calme du monde.

Cette façon de s'exprimer, à la fois douce et cavalière, mit le comble à la fureur du grand-duc.

Littéralement, il écumait.

— Et pourquoi, s'il vous plaît, n'emploierai-je pas la force? dit-il.

Drosselmeyer reprit, de plus en plus calme:

— Parce que votre armée ne vous suivrait pas .

— Hein?... que dites-vous, vieux fou que vous êtes!...

— Je dis, monseigneur, que votre armée ne vous suivrait pas. Le brave et loyal soldat qui commande à vos troupes faisait parti de notre délégation...

— Je le sais bien, et je m'étonne de ne point le voir ici à votre place...

— Il est tout prêt à s'expliquer avec vous, monseigneur, et il vous dira que, comme nous tous, il est persuadé que le prince Edouard est victime d'une méprise... sinon d'un crime...

— Ce qui veut dire que lui aussi est disposé à me trahir?...

— Nullement, monseigneur...

— Alors, que signifient vos paroles?

— Tout simplement que toute la population de Kirck-Berghein est maintenant d'accord pour vous demander...

— D'abdiquer?

— De reconnaître les droits du prince Edouard et de lui céder la place...

Le grand-duc suffoquait.

Il n'avait plus la force de parler.

Jamais il n'avait éprouvé surprise pareille.

Il ne doutait point — et pour cause — de la folie du prince Edouard; en lui expédiant la délégation des notables, il croyait avoir fait un coup de maître. Et voilà maintenant que son procédé, pourtant naturel et même louable, se tournait contre lui... voilà que les délégués constataient que ce fou avéré, que cet aliéné indiscutable jouissait de toute sa raison!... voilà que ceux qu'il croyait le plus attachés à sa personne se tournaient contre lui... voilà que le bourgmestre Drosselmeyer, qu'il était habitué à considérer comme un simple grotesque se dressait devant lui, spectre revendicateur, fantôme vengeur, ange exterminateur peut-être!...

Comme il lui parlait, ce bourgmestre!...

Respectueux d'abord, puis insolent, il était devenu impérieux et comminatoire.

Les rôles se trouvaient renversés.

Le sujet commandait et menaçait.

Le prince était bien près d'avoir peur!

Enfin, il fit un grand effort sur lui-même et dit avec quelque dignité:

— Je puis conclure de vos paroles, monsieur, que je suis fort impopulaire dans mon État. S'il en est ainsi, je ne suis pas la première victime de l'injustice du peuple. J'ignore en quoi j'ai démérité de mes sujets. Tous mes efforts ont tendu au bonheur de mon peuple et à la prospérité de mon pays. Peut-être me suis-je trompé; nul n'est infaillible... Dieu, qui voit mon âme, sait que mes intentions ont toujours été bonnes. Je ne crois pas que, jamais, le grand-duché de Kirck-Berghein ait été plus prospère qu'il ne l'est aujourd'hui... Il est certain, d'ailleurs, que rien n'est plus désobligeant pour un prince que de régner sur des gens qui ne l'aiment point... Si je n'écoutais que mes tendances personnelles, j'abdiquerais volontiers; j'irais vivre à Paris ou à Londres de la vie d'un gentilhomme opulent; mais, si j'agissais ainsi, je commettrais une lâcheté, je serais coupable d'un crime de lèse-nation. Qu'arriverait-il, en effet, si j'abandonnais le pouvoir?... Ou que l'on mettrait à ma place un prince que je sais être un insensé et qui, eût-il quelques instants lucides, compromettrait très bravement la prospérité et l'honneur du grand-duché, ou que l'on se lancerait dans des aventures révolutionnaires qui serait le signal d'une irrémédiable décadence... ou de l'annexion pure et simple à l'empire d'Allemagne... Je ne puis accepter cette odieuse alternative et, dussé-je succomber à la tâche, je veux sauver mon peuple malgré lui... Oui, je veux le sauver du désordre, de la honte et de la misère... Une faction se dresse contre moi? soit!... Je ferai appel à ceux de mes sujets qui me sont restés fidèles... Si au moment suprême je suis abandonné de tous, je ferai comme le czar Pierre, je découvrirai ma poitrine et je dirai: « Frappez, assassinez-moi. Vous êtes des ingrats, mais je vous pardonne! »

Le grand-duc avait parlé avec quelque sincérité.

Le vieux Drosselmeyer se sentit ému.

Les larmes lui vinrent aux yeux et il fut pris d'un léger tremblement.

— Monseigneur, dit-il, si j'ai eu le malheur de vous offenser, permettez-moi de vous en faire mes très humbles excuses, car telle n'était point mon intention.

J'ai cru devoir vous parler avec fermeté et je me promets d'insister encore... respectueusement, au sujet de ce que je crois être votre devoir. Mon grand âge et les services rendus me donnent quelques droits à la franchise, souffrez que j'en use. Vous commettez une grave erreur, cher et noble prince, en croyant à la folie de votre jeune cousin Édouard. Comment avez-vous pu vous tromper si complètement et si longtemps, je l'ignore, mais je dois vous avertir que nul être, doué de la dose ordinaire de bon sens, ne croira à la folie du prince Édouard après vingt minutes de conversation avec lui. Convoquez les plus illustres aliénistes de l'Europe, du monde entier, ils jugeront l'état mental de ce jeune homme comme nous l'avons jugé nous-mêmes... Voudriez-vous rendre universel un scandale qu'on peut encore sinon étouffer, du moins atténuer. Je vous en conjure, monseigneur, au nom du bonheur de vos sujets et au nom de votre propre honneur, abdiquez de bonne grâce, proclamez que jusqu'à ce jour vous vous êtes considéré comme le régent du grand-duché, et soyez vous-même le promoteur de la restauration du prince Édouard. Ce faisant, vous éviterez à votre pays les malheurs d'une révolution violente et dont les dernières conséquences sont impossibles à prévoir...

— Assez, monsieur ! interrompit le grand-duc. Je pense que vous et vos collègues de la délégation me laisserez quelque temps pour réfléchir. Dites au commandant de mes troupes, qui était des vôtres, que je compte sur lui pour maintenir l'ordre jusqu'à ce que j'ai pris une décision. S'il agissait autrement, il serait coupable de haute trahison. Je compte aussi sur votre influence pour calmer l'effervescence populaire. En me refusant ce service, vous commettriez une action abominable... Au revoir, monsieur, je ne vous retiens plus.

Le bourgmestre avait bien envie d'ajouter encore quelques mots, mais le geste du grand-duc était si impérieux, que le vieux bourgeois se laissa intimider.

Il salua et sortit à reculons.

XX

L'ÉMEUTE.

Malgré la discrétion des membres de la délégation, le résultat de leur visite avait presque immédiatement transpiré.

Avant même que le bourgmestre n'ait été reçu en audience particulière par le grand-duc, toute la ville était en émoi. Ce n'était pas encore le désordre, mais c'était le calme précurseur des grandes crises.

Comment le public avait-il pu être instruit d'une chose soigneusement tenue secrète par des personnes discrètes et prudentes?...

Nous l'ignorons, mais l'histoire de l'humanité est pleine de ces anomalies.

On croirait qu'il y a dans l'air des forces mystérieuses qui propagent les événements avant que les masses aient pu en avoir normalement les nouvelles.

C'est ainsi que la défaite de Waterloo était connue à Paris au moment même où la garde impériale battait en retraite...

C'est ainsi que la mort tragique et bizarre du fils de Napoléon III était connue en France presque au moment où le jeune prince mourait d'un coup de zagaye.

A Kirck-Berghein ce fut une traînée de poudre.,

Cependant au dehors l'émeute redoublait. (Page 454.)

Dans les salons et dans les tavernes, sur les places publiques et dans les arrières-boutiques, ce ne fut qu'un cri :

— Décidément le prince Édouard est un martyr, et le grand-duc Othon un usurpateur !

Selon les milieux, ce fait — reconnu indiscutable *a priori* — fut différemment commenté.

Au milieu du vieux quartier, non loin du château, il y avait une vaste taverne qui servait de rendez-vous aux étudiants, aux jeunes bourgeois férus d'idées littéraires ou artistiques, aux peintres, aux musiciens, aux poètes, enfin à tout ce qu'il y avait de vivant et d'intellectuel dans le grand duché.

Ce fut dans cette taverne que les bruits défavorables au grand-duc furent le plus rapidement colportés et le plus violemment commentés.

D'ordinaire, on y faisait assez volontiers de l'opposition, mais d'une façon discrète.

Il y avait à Kirck-Berghein une police aussi vigilante que zélée, et les lois du pays permettaient au gouvernement de sévir d'une façon fort rude contre les perturbateurs avérés.

Mais maintenant les opposants ne craignaient plus la police.

On eût même dit qu'ils croyaient à une certaine complicité de sa part, tant le gouvernement du grand-duc était discrédité.

. . . .

Il était environ quatre heures de l'après-midi.

Toutes les tables de la taverne étaient occupées.

La bière coulait à flots, d'épais nuages de fumée obscurcissaient l'atmosphère et il se faisait une prodigieuse consommation de jambon, de saucisses et de petites galettes salées.

Les casquettes rouges des étudiants faisaient des taches brillantes parmi la cohue des chapeaux noirs.

Çà et là, on apercevait des gens de la banlieue et de la campagne restés fidèles au costume national, et leurs grands tricornes, leurs longues redingotes vertes, leurs gilets jaunes et leurs culottes de velours noir mettaient dans la foule une note curieusement pittoresque.

De blondes servantes coiffées de petits béguins dorés et vêtues d'un corsage de velours vert et d'une jupe de drap rouge couraient çà et là, la mine affairée, portant avec adresse les assiettes de viande froide ou des pots de bière.

Un personnage long et maigre, coiffé d'une casquette en peau de chien et qu'on reconnaissait tout de suite pour le maître de l'établissement, donnait des ordres d'une voix enrouée et, tout en déployant beaucoup d'activité, montrait quelque inquiétude au sujet de la sécurité de son matériel.

Les propos s'entrecroisaient dans l'air et plus d'une longue pipe de porcelaine s'éteignait sans qu'on songeât à la rallumer, chose inouïe dans une taverne allemande.

C'était un intraduisible brouhaha agrémenté du cliquetis des chopes, des assiettes, des bouteilles et des verres.

— En voilà assez, n'est-ce pas? Il y a trop longtemps qu'on se moque de nous…

— Liebmann a raison. Son Altesse le grand-duc n'est qu'un fumiste, comme disent les Français.

— Vous avez de jolis euphémismes, maître Ritzerfeld! Dites que c'est un infâme scélérat!

— Le *studiosus* a raison ! A bas le grand-duc !

— Messieurs, messieurs, je vous en prie, pas de cris séditieux dans ma maison !

— Laisse-nous tranquilles, *tavernier du diable*, comme disent les Français.

— Oui, laisse-nous tranquilles. Nous n'avons peur de rien maintenant. Les crimes de notre souverain sont démasqués, les délégués ont pu constater que le prince Édouard n'était pas plus fou que vous et moi. Il devrait déjà être à la place d'Othon qui, lui, devrait être à la sienne !

— Chouster a bien parlé. A bas Othon ! vive Édouard !

— Messieurs, messieurs, de grâce !...

— Gargotier, mets un bœuf sur ta langue, comme disaient les Grecs. Tout le pays est avec nous. Notre vénérable bourgmestre se mettra à notre tête, s'il le faut.

— Certainement ! certainement !... Et les militaires aussi !.., Et aussi les gens de police !... Vive l'armée ! vive le baron Kunerich !

— Oui, vive l'armée ! vive Édouard !

— Assez parlé, assez crié ! Des actes ! des actes !

— Au Vieux-Château !

— Non ! non ! D'abord au palais !

— Chez le bourgmestre ! vive Drosselmeyer !

— Citoyens ! voulez-vous que je vous dise ?

— Oui, oui !

— Non ! non !

— Écoutez l'orateur... Monte sur la table, Krumnach !

— A la porte, Krumnach ! a la porte, le chevelu ! A bas l'anarchiste !

— Citoyens, compagnons, écoutez-moi...

— Prends garde de casser les choppes avec tes gros souliers.

— Compagnons, n'imitons pas ces Romains imbéciles qui se réunissaient pour le choix d'un tyran ! Si nous renversons un grand-duc, que ce ne soit pas pour mettre un autre grand-duc à sa place !...

— Il a raison ! A bas les grands-ducs ! A bas les oiseaux de nuit ! Vive la lumière ! vive le progrès !

— Imitons nos voisins les Français, délivrons-nous à jamais du despotisme.

— Parfaitement. Vive la République !

— Elle est vieillie, la République. Elle n'a plus de dents. Vive le communisme !

— Vive l'anarchie !

— Non, non ! A bas les *bousingots* !

— Vive le prince Edouard !

— Messieurs, détruisons d'abord, nous reconstruirons ensuite.

— C'est cela ! c'est cela ! A bas Othon, à bas Wilhelmine ! Mort aux traîtres, mort aux menteurs, mort aux usurpateurs !

— *Hoch! hoch! hoch!* pour le prince Edouard! Au palais! au palais!

A ce moment, un groupe d'étudiants se présenta, accompagné de soldats qu'ils venaient d'enivrer.

— Messieurs, dit l'un d'eux, l'usurpateur a donné ordre que l'on braque les canons sur le peuple, mais la troupe est avec nous! Allons chercher le prince Edouard et mettons-le à notre tête pour marcher contre le tyran!

Une immense clameur s'éleva et une tempête d'applaudissements éclata.

Au grand désespoir du cabaretier, la foule se rua dehors sans prendre le moindre souci de payer les consommations.

En quelques minutes, la ville fut toute transformée et offrit l'aspect inquiétant des jours de grandes émeutes.

Toutes les devantures de magasins étaient fermées.

De prudentes bourgeoises matelassaient leurs fenêtres.

Des groupes compacts, recrutant au passage une quantité de badauds, se dirigeaient soit vers la maison du bourgmestre, soit vers le palais du grand-duc, soit vers le Vieux Château.

Bien qu'il eût fait partie de la délégation et qu'il ne conservât guère de doutes sur l'indignité du grand-duc, le commandant de la force armée avait pris la résolution de maintenir l'ordre.

Il était assez bien disposé à favoriser un changement de gouvernement et à collaborer à la restauration du prince Edouard; mais il voulait que tout se passât dans les formes et désirait que le grand-duc légitime dût son avènement à un acte politique et non à une émeute.

Aux premiers symptômes de tapage, il avait donc fait mettre la garnison sous les armes.

Les postes du palais, du Vieux-Château et de l'hôtel de ville étaient doublés.

Des patrouilles circulaient dans les rues et le régiment de cavalerie se tenait, prêt à tout événement, sur le champ de manœuvres.

Le commandant avait vu un instant le grand-duc et la grande-duchesse et leur avait dit, assez froidement d'ailleurs, que l'ordre serait maintenu le plus possible dans les rues de la ville et que, dans tous les cas, leurs personnes seraient respectées.

Bientôt le commandant militaire put se rendre compte de l'inutilité de ses efforts.

Il fut d'abord évident que la troupe et la population étaient toutes disposées à fraterniser.

Dès que la foule apercevait l'uniforme bleu et orangé des soldats du grand-duc, elle poussait des hurrah et criait: « Vive l'armée! »

Quant aux soldats, ils répondaient souvent en criant : « Vive le peuple! » et il arrivait que des officiers eux-mêmes souriaient et saluaient du sabre.

Devant la maison du bourgmestre, les militaires mêlèrent leurs acclamations à celles de la foule.

Le poste du Vieux-Château s'opposa si mollement à l'envahissement des étudiants émeutés, qu'en quelques minutes, le faux prince Édouard fut enlevé et porté en triomphe jusqu'à l'hôtel de ville où la troupe l'acclama avec plus d'enthousiasme que les émeutiers.

Jusqu'alors l'émeute avait été bruyante, mais en somme assez inoffensive.

Devant le palais grand-ducal, elle changea de caractère et tourna au tragique.

Aux premiers symptômes de désordre, le grand-duc avait pu faire sortir sa femme du palais sans que personne s'en aperçût et lui faire donner asile dans une famille toute dévouée à la dynastie et qui habitait dans la banlieue de la ville.

Quant à lui, il avait exprimé la résolution de ne point céder devant l'émeute et de se faire tuer à son poste, s'il le fallait.

Il avait à son service particulier une compagnie de trois cents gardes du corps connus sous le nom des *Trabans du grand-duc*, et recrutés dans les milieux les plus dévoués à la personne du prince Othon et de son épouse.

Ils étaient commandés par un grand seigneur allemand encore tout jeune et parent des Kirck-Berghein, le prince Gaspar Babinheim.

Les trabans étaient de fort beaux hommes, presque des géants, qui portaient un uniforme d'un goût suranné, mais d'un aspect magnifique.

Coiffés d'une mitre de cuivre, vêtus d'un habit rouge à brandebourgs d'or, ils vous ramenaient au temps du grand Frédéric.

Le grand-duc les réunit autour de lui dans la grande cour du palais et leur déclara qu'il se mettait sous leur protection et qu'il comptait absolument sur eux en ces terribles circonstances.

Le prince Gaspar s'approcha du souverain et, ayant porté la main à sa mitre, lui dit d'une voix émue :

— Monseigneur, quoique Votre Altesse eût probablement pu éviter les troubles qui se produisent aujourd'hui à Kirck-Berghein, nous ne laisserons pas envahir le palais confié à notre garde et nous mourrons jusqu'au dernier pour la vie et pour le prestige de Votre Altesse Sérénissime.

Ce petit *speech* causa au grand-duc une forte pénible émotion.

Il en conclut qu'au fond du cœur ses trabans le jugeaient aussi mal que tous ses autres sujets et que, s'ils devaient se battre pour lui, ils ne le feraient que poussés par un sentiment d'honneur chevaleresque aussi démodé que leur uniforme.

Ces braves gens allaient donc peut-être succomber victimes de leur loyalisme et donner leur existence pour une cause à laquelle ils n'étaient plus attachés.

Du reste, le grand-duc comprenait bien que, moralement du moins, tous ses serviteurs l'avaient abandonné et que ceux qui restaient autour de lui n'y restaient qu'à contre-cœur.

L'idée lui vint donc d'envoyer quelques-uns de ses aides de camp dire à la foule qu'il était tout prêt à abdiquer et à céder sa place au prince Édouard.

Mais un sentiment d'orgueil l'arrêta dans cette voie.

Ses résolutions pacifiques n'eurent que la durée d'un éclair.

Il se dit à lui-même qu'il serait trop vil et trop lâche s'il permettait à des rebelles de le renverser en faveur d'un insensé.

Et, après avoir remercié ses trabans, sans avoir l'air de comprendre ce qu'il y avait d'équivoque dans le discours de leur jeune chef, il les disposa dans le palais de la façon qu'il crut la plus favorable à sa défense, puis il se rendit dans son cabinet de travail en compagnie de ses secrétaires et de ses aides de camp.

Cependant, au dehors, l'émeute redoublait de violence.

Trois canons, placés devant la porte du palais, avaient été immédiatement abandonnés par les artilleurs de la petite armée régulière.

La troupe était partout mêlée à la foule, quelques soldats avaient mis la crosse en l'air. D'autres avaient jeté leurs fusils.

Les officiers qui circulaient soit à pied, soit à cheval, étaient vivement acclamés.

La plupart gardaient une attitude absolument froide et réservée; mais quelques-uns répondaient par des saluts aux acclamations de la foule.

Lorsque le cortège d'étudiants qui portaient le prince Édouard en triomphe apparut sur la grande place, les cris et les applaudissements devinrent frénétiques.

Le bourgmestre, le baron de Kuncrich, le baron de Rosemberg, le docteur Clostermann et plusieurs autres peronnages d'importance avaient rejoint le cortège et faisaient signe à la foule de se calmer.

Leur projet était de conduire le jeune « prince » jusqu'à l'entrée principale du Palais, d'arborer un drapeau parlementaire et de demander au grand-duc Othon d'entrer en conférence avec lui.

Par ce moyen, de plus graves désordres auraient pu être évités.

Mais un incident inattendu vint subitement corser la situation de la plus déplorable façon.

Une troupe de gens d'assez mauvaise mine apparut tout à coup au milieu de la foule, précédée d'un drapeau rouge et noir et poussant les cris de :

— A bas les grands-ducs ! Vive la République ! vive la Sociale !

Ces cris trouvèrent quelques échos dans la foule.

On entendit même vociférer : « Vive l'anarchie ! »

Alors des collisions se produisirent de toutes parts; on dut se hâter de transporter le soi-disant prince Édouard dans un local servant de salle de concert et de salle de spectacle, et quelques étudiants, mêlés d'officiers et de soldats, se réunirent autour de lui en guise de gardes du corps.

Cependant le grand-duc, apprenant ce qui ce passait, avait changé d'attitude.

Il encourageait ses trabans à la défense et leur disait que c'était maintenant aux pires ennemis de l'ordre qu'ils avaient à faire.

Les pierres pleuvaient sur les fenêtres du palais, des centaines de vitres volaient en éclats.

Un traban, blessé au front par une pierre, perdit la tête, ouvrit une fenêtre et fit feu sur la foule.

Ce fut le signal de l'attaque contre le palais.

En quelques minutes, les portes furent brisées ou défoncées, et légitimistes et démocrates, poussés par une même haine contre l'usurpateur, se précipitèrent dans le palais, bousculant tout, cassant tout et poussant des cris de mort.

Les trabans, exaspérés à leur tour, se défendirent de leur mieux.

Les cours du palais, les escaliers, les galeries furent bientôt encombrés de morts et de blessés, et inondés de sang.

Le grand-duc, entouré de furieux, eût été infailliblement massacré si un secours bien inattendu n'était venu détourner la mort qui planait sur sa tête.

Paris.-Imp.Paul.Dupont(Cl.)

XXI

OU LE LECTEUR RETROUVE DEUX DE SES ANCIENNES CONNAISSANCES.

Le grand-duc, malgré le peu de fermeté de son caractère, avait une attitude assez digne.

Il était pâle, mais se tenait droit, regardant bien en face les affolés qui le menaçaient.

Il avait revêtu un uniforme militaire chamarré d'argent et s'était coiffé d'un chapeau à claque ombragé de plumes de coq.

Ainsi ce malheureux prince avait vraiment grand air...

Bien que son âme fût remplie de terreur, il allait mourir dignement...

Les foules sont aisément cruelles et tel homme qui serait inoffensif, isolé, commet les plus noires actions lorqu'il est excité par la multitude.

La certitude de la culpabilité de l'usurpateur avait poussé au dernier degré l'exaspération des émeutiers.

La colère populaire qui grondait sourdement était arrivée à son paroxysme.

Un homme du peuple à moitié ivre — un boucher peut-être — armé d'une sorte de hachoir, s'était avancé vers l'usurpateur.

— A mort !... à mort !... hurlait-on autour de lui... Il a fait tirer sur le peuple.

Le hachoir allait s'abattre sur le prince...

Tout à coup un bras énergique arrêta la main du meurtrier.

— Arrêtez !... cria une voix.

Ce cri avait été poussé en français, et cette circonstance causa une surprise générale à laquelle le grand-duc dut probablement son salut.

— Arrêtez !... arrêtez !... cria une autre voix...

Ce cri avait aussi été poussé en français.

Deux hommes de belle taille et de belle tournure, dont la mine et la mise dénonçaient des *gentlemen* du plus grand monde, s'étaient tout à coup placés devant le prince Othon.

Cette intervention de deux étrangers causa une indicible surprise à la foule...

Elle fut d'autant plus efficace que les Français étaient extrêmement bien vus dans le grand-duché — surtout par la classe moyenne et par le peuple.

Un des deux Français reprit la parole, en allemand cette fois, mais avec un accent qui dénonçait son origine française...

— Messieurs, dit-il, je suis le duc de Luzençay-Roigny, mon ami se nomme le marquis de Crozant ; nous n'avons aucune qualité pour intervenir dans vos querelles, nous sommes de simples touristes et notre but, en venant ici, était de visiter une belle et pittoresque contrée... Mais nous savons que les citoyens de Kirck-Berghein aiment les Français et, d'autre part, votre État est très sympathique à la France ; peut-être cela nous donne-t-il quelques droits à vous avertir que vous allez commettre un crime inutile et faire jaillir sur vos glorieuses annales une tache de sang que rien ne saurait effacer...

La hardiesse, la crânerie, même insensée, surtout insensée, produit toujours sur les foules une irrésistible impression.

Les émeutiers, qui allaient devenir des assassins, s'étaient d'abord arrêtés sous le coup de la stupéfaction.

Maintenant un sentiment plus noble, plus vraiment humain, les envahissait.

Loin de se choquer de l'immixtion de deux étrangers dans les affaires de leur pays, ils furent comme terrassés d'admiration en présence de cette chevaleresque audace.

L'effet produit fut d'autant plus considérable, que le nom du duc de Luzençay était maintenant connu dans l'Europe entière.

Les travaux économiques et politiques du gentilhomme progressiste, son dévouement à toutes les nobles causes, son ardeur pour le bien, avaient fait de lui une célébrité ou même une illustration universellement honorée.

Dans la foule, le silence est aussi contagieux que le tumulte.

Ceux qui entouraient le grand duc étaient restés immobiles et bouche béante... Cette attitude se propagea en quelque sorte avec la rapidité de l'éclair... On n'entendit plus que des clameurs lointaines...

Monseigneur, répondit le duc, nous n'avons fait que notre devoir. (461.)

Le duc de Luzençay put continuer sa harangue sans être interrompu.

— Je vois, dit-il, que nous nous comprenons et que vous ne restez pas sourds à mes supplications. Comme je vous l'ai déjà dit, mon ami et moi nous nous trouvons ici presque par hasard ; nous ne savons pas au juste la cause de la terrible émotion qui règne en votre ville. La haute réputation d'honneur et de loyalisme que les citoyens de Kirck-Berghein ont dans le monde entier nous est garant que vos griefs doivent être justifiés... Mais quels que soient les torts que vous ayez à reprocher à celui qui est présentement votre souverain, le massacrer sans entendre sa justification serait un forfait indigne d'un peuple civilisé...

Nous croyons savoir que, dans les circonstances actuelles, l'élite de la nation est avec vous et que le jeune prince que l'on vient de délivrer a pour lui les plus hauts et les plus honorables fonctionnaires du grand-duché; mais, si vous restaurez votre prince légitime, tuer sans défense celui qui occupait indûment sa place serait abominable... Vous vous mettriez ainsi au ban de l'Europe... Vous risqueriez, permettez-moi de vous le dire, de vous faire rayer du nombre des nations indépendantes et autonomes !...

Ces dernières paroles, qui, en d'autres circonstances, eussent peut-être excité la colère de la population de Kirck-Berghein, eurent un résultat excellent.

Depuis longtemps les habitants du grand-duché craignaient une annexion de l'empire allemand.

Ils avaient toujours été séparatistes déterminés.

Leur furieuse indignation ne leur avait point fait perdre complètement de vue cette préoccupation.

Tout en acclamant le prince Édouard, tout en maudissant et en menaçant le prince Othon, les Kirck-Bergheinois se disaient, au tréfond de leur cœur :

— *Si pourtant nous allions devenir Prussiens!*...

Déjà séduits par l'héroïque attitude des deux gentilshommes français, les émeutiers furent complètement rappelés à eux par les dernières paroles du duc de Luzençay.

Des acclamations succédèrent au grand silence :

— Vive la France!... vivent les Français!...

Profitant de ces dispositions favorables, le duc de Luzençay, le marquis de Crozant et plusieurs officiers du palais entraînèrent le grand-duc dans une salle écartée et les trabans échappés au massacre, assistés de quelques soldats et même de quelques étudiants, se mirent en sentinelle devant la porte.

Pour le moment le grand-duc était sauvé.

. . . .

Avant d'aller plus loin, nous devons dire par suite de quelles circonstances le duc de Luzençay et le marquis de Crozant se trouvaient à Kirck-Berghein.

Ces retours en arrière sont une condition essentielle des longs récits.

Les éviter serait nuire à la clarté d'une histoire...

On se souvient sans doute que le marquis de Crozant avait été grièvement blessé en duel par Roger Bugloz transformé en comte d'Arranbengoa.

La balle du misérable l'avait atteint, non mortellement, comme ses amis l'avaient craint, mais profondément.

Le digne gentilhomme fut longtemps, très longtemps, entre la vie et la mort.

Lorsqu'il fut guéri de sa blessure, il fut atteint d'une maladie de langueur compliquée d'un tel affaiblissement moral que l'on craignait pour sa raison.

Quand il fut hors de danger, et que sa forte constitution eut définitivement triomphé des divers maux dont il avait souffert, son ami, le duc de Luzençay, qui ne l'avait guère quitté durant sa maladie, le mit délicatement au courant des tragiques et étranges événements qui avaient suivi son duel.

Malgré toutes les précautions que sut prendre le duc pour lui annoncer la mort de la pricesse de Woutremont, cette mort lui porta un coup terrible et peu s'en fallut qu'il ne retombât dangereusement malade.

Il fut d'ailleurs heureux d'apprendre qu'après bien des traverses Amélia était enfin parfaitement heureuse.

De nouveau, le marquis parvint à réagir et reprit la vie normale.

Mais il dut renoncer à continuer sa carrière militaire, car il souffrait maintenant, par suite des lésions intérieures causées par sa blessure, d'une sorte de maladie nerveuse qui se manisfestait par des crises fréquentes et pénibles.

Un instant, il eut l'idée d'abandonner le monde et de se retirer dans quelque monastère.

— La vie, disait-il, ne lui offrait plus aucun agrément. Il n'y avait plus, pour lui, de bonheur possible sur cette terre.

Libre penseur, il se serait suicidé; bon catholique, il devait entrer en religion.

Sans le heurter directement, le duc de Luzençay parvint à combatre efficacement ces mélancoliques ou mystiques dispositions.

Il démontra au marquis qu'un homme de son rang, de son âge et de son intelligence n'avait point le droit de déserter la vie et il finit par lui persuader que ce qu'il avait de mieux à faire c'était de reprendre possession de lui-même et de prendre sans tarder le plus de distractions possible.

— Ecoute, Crozant, lui dit-il un jour. Sais-tu ce que nous devrions faire? Nous devrions faire un grand voyage en Europe. Un voyage d'études et d'agrément. Et nous profiterions de l'occasion pour aller rendre visite au gentil petit ménage Bolstoï. Le prince et la princesse habitent l'Ukraine, un pays charmant, très pittoresque et très curieux. Nous serions reçus à bras ouverts et, qui sait, peut-être trouverais-tu là-bas quelque belle Slave aux cheveux blonds et aux yeux noirs qui te ferait reprendre du goût pour la vie?

— Ne compte point là-dessus, répondit Crozant. Je resterai toujours fidèle à la mémoire de celle que j'ai perdue. Mais je serais très heureux de voir de près le bonheur de sa fille. Partons le plus tôt possible.

— Et, avec ta permission, nous prendrons le chemin des écoliers. Il y a, dans l'Allemagne méridionale, un petit Etat que je serais bien aise de visiter.

— Le grand-duché de Gérolstein, peut-être ?

— Non, monsieur le mauvais plaisant, le grand-duché de Kirck-Berghein.

— Peuh ! c'est tout comme !

— Pas précisément. Mais il est certain qu'à quelques points de vue le grand-duché de Kirck-Berghein ressemble un peu à un grand-duché d'opérette. Mais seuls, les esprits superficiels pourraient s'arrêter à ce rapprochement Je t'assure que le petit Etat de Kirck-Berghein est fort intéressant à étudier au point de vue politique, économique, ethnologique et artistique. La ville est charmante; les campagnes qui l'entourent sont riches et bien cultivées. Ils y a une Université, qui ne manque point d'importance. De très curieuses traditions historiques, des monuments anciens d'un caractère tout particulier. L'État est régi par une sorte de Constitution assez originale qu'il faut absolument que j'étudie de près pour mon prochain ouvrage. Le grand-duché de Kirck-Berghein est, de tous les petits États allemands, celui qui a conservé le plus d'autonomie. C'est, en somme, un État indépendant et qui échappera peut-être toujours à l'envahissement progressif du grand empire fondé par M. de Bismarck...

— Je t'avoue que tout cela me laisse froid, mon cher Luzençay; mais, en ta compagnie, toutes les pérégrinations me sont agréables.

Partons donc par Kirck-Berghein, puisqu'il te plaît ainsi. Tandis que tu te livreras à tes profondes études, j'irai faire de longues promenades dans la campagne... A propos, connais-tu quelqu'un dans ce pays de cocagne?

— Je n'y connais pas grand monde. J'ai eu des relations vagues avec un certain baron de Rosemberg qui, paraît-il, est une manière de personnage à Kirch-Berghein. Mais c'est un homme peu sympathique, de manières assez équivoques et avec qui je ne suis point désireux d'entrer en relations intimes. J'irai lui faire une visite de politesse et ce sera tout.

— Comptes-tu voir le grand-duc?

— Il faudra bien aller lui présenter nos hommages. Mais j'ai entendu parler de lui en termes peu favorables et je le verrai le moins possible.

— En quittant Kirck-Berghein, où irons-nous?

— Si tu n'y vois pas d'inconvénient, nous nous rendrons à Vienne, où nous séjournerons une quinzaine de jours. De là nous irons à Kiew, ce qui nous rapprochera beaucoup de nos petits amis Bolstoï.

— Ton programme me va parfaitement, et je te suivrai partout avec la docilité d'un disciple.

Très peu de jours après cette conversation, les deux amis se mettaient en route.

A Munich, où ils s'arrêtèrent quelques jours, ils apprirent que quelque agitation régnait dans le grand-duché de Kirck-Berghein. Mais cette considération ne modifia en rien leurs projets, et ils se gardèrent d'autant plus de changer leur itinéraire qu'une crise politique à Kirck-Berghein leur semblait devoir être beaucoup plus amusante que terrible.

Le hasard voulut qu'ils fissent leur entrée dans la ville au moment même où les désordres commençaient.

Ils y assistèrent d'abord en curieux et se mêlèrent à la foule.

Bientôt une certaine émotion les gagna. Ce qu'ils entendaient autour d'eux leur prouvait à quel point la population était indignée et irritée contre le grand-duc Othon.

A un moment donné, ils furent entraînés par la foule dont ils n'auraient pu se dégager, même avec les plus grands efforts, et ils se trouvèrent dans le Palais au moment des collisions et des massacres.

Nous venons de raconter comment, grâce au sang-froid et à l'habileté oratoire du duc de Luzençay, ils parvinrent à sauver la vie au grand-duc, et comment ils furent assez heureux pour obtenir que ce malheureux prince fût enfermé, sous bonne garde, dans une des salles de son palais.

Malgré les terribles émotions qu'il venait d'éprouver, et bien que l'on entendît encore l'émeute gronder dans la ville, le grand-duc eut assez de sang-froid pour remercier en fort bons termes les deux généreux étrangers qui venaient d'exposer si vaillamment leur vie en sauvant la sienne.

— Monseigneur, repondit le duc, nous n'avons fait que notre devoir !

— Vous l'avez fait héroïquement, messieurs, répondit le souverain. Permettez-moi de vous demander à qui je dois l'éminent service qui vient de m'être rendu et dont je serai à tout jamais reconnaissant.

— Voici mon ami, le marquis de Crozant, monseigneur ; je suis, moi, le duc de Luzençay, tout au service de Votre Altesse.

— Je connaissais vos noms, messieurs, reprit le grand-duc, et il faut m'excuser si je ne vous connaissais point personnellement. J'ai très peu quitté mes États et je connais le monde parisien moins que je ne devrais et ne le voudrais. Je bénis la Providence, messieurs, qui vous a amenés à Kirck-Berghein. Mais je n'oserais vous engager à y rester plus longtemps. J'ignore à quels excès peuvent en arriver les malheureux égarés qui se sont mis en révolte ouverte contre moi. Peut-être, à un moment donné, votre noble et vaillante action pourrait-elle mettre votre existence en danger. J'en serais inconsolable !

—Monseigneur, dit Crozant, mon ami Luzençay et moi ne vous abandonnerons point tant que vous serez en péril. Nous vous prions de disposer de nous ; trop heureux si nous pouvons encore être utiles à Votre Altessse.

— Je vous remercie du fond du cœur, reprit le grand-duc. Et votre concours m'est précieux. Un moment, je me suis cru abandonné de tout mon entourage ordinaire, mais j'espère qu'une réaction va se produire en ma faveur. Ceux de mes sujets qui sont là près de moi m'en sont garants.

En disant ces mots, le grand-duc jetait autour de lui des regards où il y avait de l'inquiétude et de l'espoir.

Un des étudiants qui se trouvaient dans la salle prit la parole :

—Monseigneur, dit-il, tant que nous serons là, vous n'aurez pas à craindre qu'on essaye de nouveau d'attenter à vos jours. Nous persistons à vous demander de céder la place à notre souverain légitime, mais, si vous voulez bien obtempérer à ce juste désir, toute la population de Kirck-Berghein veillera certainement à ce que vous puissiez quitter le pays en toute sécurité et choisir en toute liberté le lieu de votre résidence !

Un murmure approbateur accueillit ces paroles, et le grand-duc comprit bien que, si sa vie était sauve, il ne pouvait maintenant compter sur ses serviteurs les plus intimes pour essayer de se maintenir au pouvoir.

Il fut pris d'un grand abattement, mais désireux de faire preuve d'énergie en présence des deux Français, il se raidit, se redressa et dit d'une voix brève et saccadée :

— J'ignore, monsieur, si tous mes sujets pensent comme vous. S'il en est ainsi, je reconnais que ma place n'est plus dans cette résidence. Mais ne croyez pas que je l'abandonne docilement et sans protestations pour aller chercher un asile sur la terre étrangère ! Il s'en est fallu de peu que je ne fusse massacré par un malheureux égaré à qui je pardonne de grand cœur. J'ai remercié et je remercie encore les hommes héroïques qui m'ont sauvé la vie. Mais sachez bien tous que j'affronterai de nouveau le fer des meurtriers plutôt que de me soumettre à des exigences iniques et illégales !

A ce moment, la porte de la salle s'ouvrit et donna passage au baron de Rosemberg, accompagné de quelques officiers et de quelques soldats.

Le baron marcha droit au grand-duc et lui dit d'un ton respectueux, mais ferme :

— Monseigneur, vous êtes déchu du pouvoir. Malgré quelques tentatives d'opposition démagogique, le prince Edouard vient d'être proclamé grand-duc de Kirck-Berghein. Un ministère est constitué et, en ma qualité de chancelier, je viens vous prier de vouloir bien vous constituer prisonnier et attendre au Vieux-Château les décisions de la Haute-Cour qui sera appelée à statuer sur votre sort.

Le grand-duc, en proie à une indignation impossible à décrire, avait été pris subitement d'un tremblement nerveux qui le secouait des pieds à la tête.

Sa figure devint écarlate, ses yeux s'injectèrent; il fit le geste de porter la main à son épée, puis il tomba lourdement, terrassé par une attaque d'apoplexie.

XXII

TOTO-MES-PUCES GRAND-DUC DE KIRCK-BERGHEIN.

La tentative d'opposition socialiste ou anarchiste n'avait point abouti.

De vives collisions s'étaient produites sur la grande place entre les révolutionnaires et les partisans de la restauration du prince Edouard.

Force était restée à ces derniers qui avaient eu avec eux tout l'élément militaire.

Ei les démonstrations révolutionnaires de la minorité eurent pour résultat de hâter la proclamation du prince Edouard.

On sait que le « prince » avait été mis par ses amis à l'abri des violences démocratiques.

Tandis qu'on veillait autour de lui, les notables s'étaient réunis à l'hôtel de ville sous la présidence du bourgmestre et, sans plus de cérémonie, un gouvernement provisoire avait été constitué.

Par décision de ce gouvernement provisoire, le prince Edouard devait être immédiatement proclamé grand-duc, tandis que le prince Othon, provisoirement interné au Vieux-Château, serait mis en accusation et inculpé de haute trahison envers son prince légitime et envers l'Etat.

Dès que cette décision fut connue, un calme relatif se rétablit en ville. Les chefs militaires purent réunir leur petite armée et la distribuer dans les divers quartiers selon les besoins de la cause et de façon à assurer l'exécution des ordres du gouvernement provisoire.

Tandis que le grand-duc, après avoir reçu les soins nécessaires était transporté au Vieux-Château dans un état fort grave, Louis Hérault était provisoirement installé à l'hôtel de ville, car il ne pouvait décemment effectuer son entrée au palais où tout était brisé et où le sang venait de couler à flots.

Un appartement fort confortable avait été improvisé à l'usage du nouveau souverain, et une garde d'honneur composée de soldats et d'étudiants était chargée de veiller sur sa sûreté.

La proclamation solennelle de l'ex-Toto-mes-puces devait avoir lieu au premier jour avec accompagnement de grandes fêtes publiques.

Le nouveau grand-duc était à demi-fou de joie et d'orgueil et il comprenait bien que maintenant rien ne pouvait s'opposer à son avènement.

Pendant l'émeute, tandis qu'on le portait en triomphe, il n'était pas sans quelque *trac*.

On sait que, s'il avait beaucoup d'aplomb, il manquait de véritable héroïsme.

Les cris de la foule, les bagarres, les coups de fusils lui causaient de pénibles sensations ; et il se disait en lui-même qu'il serait bien cruel d'éprouver quelque fâcheux accident au moment de s'asseoir sur un trône et de ceindre une couronne.

Mais maintenant il était tranquille, absolument tranquille et attendait avec une facile résignation le moment où on l'installerait dans *son* palais de la Grande-Place.

Peu à peu le calme s'était complètement rétabli dans le grand-duché.

Les gouvernements de l'Europe et notamment celui de l'empire allemand qui s'étaient fort émus de la grande émeute de Kirck-Berghein et du renversement du grand-duc Othon semblaient accepter la situation sans trop de difficultés.

Si le mouvement avait eu lieu dans le sens révolutionnaire, les gouvernements n'auraient sans doute pas montré cette mansuétude, et très probablement c'en était fait de l'autonomie du grand-duché.

Mais le rétablissement du prince légitime sur le trône grand-ducal ne donnait pas à l'Allemagne un prétexte suffisant pour s'annexer un petit État qui se montrait très fier et très jaloux de son autonomie et dont l'adjonction à l'empire n'eût pas été sans de grandes difficultés.

L'empereur d'Allemagne intervint cependant directement pour que le procès de haute trahison que l'on préparait contre le prince Othon ne fût pas entamé.

Il fut convenu que l'on feindrait de croire à la bonne foi de l'ex-grand-duc et que dès que son état de santé le permettrait, il pourrait se rendre librement dans les pays qu'il choisirait pour résidence.

L'attaque du prince Othon n'avait été qu'une fausse attaque, une sorte de congestion cérébrale dont il ne tarda pas à se remettre, sans qu'aucune trace de paralysie subsistât dans son organisme.

Le grand-duc, consciencieusement soigné, puis mis au courant de la situation, choisit Paris pour résidence, et son départ s'effectua presque sans que la population s'en aperçût.

Peut-être gardait-il au fond du cœur quelque velléité de revanche, mais il n'en manifestait rien aux quelques personnes sans importance qui avaient consenti à l'accompagner dans son exil.

Il gardait même pour lui les sentiments de haine profonde que lui inspiraient les Rosemberg, les Clostermann et tous les autres félons qui l'avaient si indignement trahi.

Le duc de Luzençay et le marquis de Crozant avaient pu lui dire adieu avant leur départ pour l'Autriche, et, pour des raisons de convenance faciles à comprendre, ils avaient quitté le grand-duché sans prendre congé du nouveau souverain autrement que par l'envoi d'une lettre respectueuse.

Du reste, d'après les explications qu'on leur avait données, les deux gentilhommes français étaient maintenant persuadés que la déchéance du prince Othon et la restauration du prince Edouard étaient parfaitement justifiées et tout à fait conforme au droit des gens.

La fête donnée à Kirck-Berghein en l'honneur de l'avènement du prince Edouard fut fort brillante et tout le corps diplomatique y prit part.

Le nouveau grand-duc, installé, au palais avait tout de suite conquis la sympathie de son entourage.

Ses imperfections mêmes contribuaient à exciter l'intérêt général.

On n'était point surpris qu'un jeune prince, tenu en état de réclusion depuis son enfance, commît de temps à autre quelques incorrections de langage et se montrât peu initié aux lois de l'étiquette.

On lui trouvait quelque chose d'original et de hardi qui plaisait extrêmement et l'on songeait avec attendrissement aux souffrances qu'il avait si longtemps supportées sans que son énergie et sa bonne humeur en fussent réellement atteintes.

Il les conduisit en poste dans ses domaines. (Page 469.)

Du reste, le baron de Rosemberg et le baron Clostermann ne quittaient jamais Son Altesse et l'empêchaient de se laisser aller à quelqu'une de ces gaffes qui sont toujours à craindre avec les gaillards de cette espèce.

L'ex-Toto-Mes-Puces avait tenu sa promesse envers Isidore Brousseau et il avait trouvé le moyen, avec l'aide de ses dignes complices, de le faire accepter par tout le Kirck-Berghein comme un gentilhomme français de la plus grande valeur qui devait lui servir de secrétaire particulier et en même temps, de professeur de littérature.

SON ALTESSE NOUNOUCHE   59

Isidore Brousseau et Louis Hérault, bien que restant souvent en tête à tête, ne parlaient jamais du passé et évitaient tout ce qui pouvait le remémorer.

Isidore appelait Louis « Monseigneur » ou « Votre Altesse ».

Louis appelait Isidore : mon « cher Saint-Geniès » (car on l'avait affublé du titre de vicomte et du nom de Saint-Geniès).

Il y avait peu de temps que Louis Hérault avait été solennellement proclamé grand-duc et il commençait à peine à se mettre au courant des affaires de l'État, lorsque, un matin, le docteur Clostermann qui le voyait librement seul à seul, en sa qualité de médecin ordinaire, lui dit :

— Je suis heureux de féliciter votre Altesse. Le commencement de son règne est du meilleur augure.

L'aristocratie, la bourgeoisie et le peuple du grand-duché sont ravis de la Restauration du prince Édouard. Dans très peu de temps, Votre Altesse sera en situation de s'occuper des affaires de l'État aussi bien et mieux que n'importe quel souverain d'Europe. Tout va donc pour le mieux... du moins à Kirck-Berghein.

— Que voulez-vous dire ? répondit le « grand-duc », et pourquoi cette restriction ?

— Je veux dire, Monseigneur, qu'il y a quelque part une personne dont l'existence peut encore constituer un danger pour vous.

— Je crois vous entendre, docteur. Vous voulez parler de quelqu'un qui serait peut-être assez impertinent pour reconnaître un certain Louis Hérault, ancien forçat, en la personne de Son Altesse Sérénissime le prince Édouard, grand-duc de Kirck-Berghein ?

— Assurément non, monseigneur. Pour tout le monde, Louis Hérault s'est noyé dans la boue liquide d'un *pri-pri* de la Guyane. Ceux qui pourraient constater une ressemblance frappante entre ce jeune homme et Votre Altesse, parleraient de cela comme d'une simple curiosité physiologique.

— Alors, de qui voulez-vous parler, docteur ?

— Du prédécesseur de Votre Altesse, du prince Othon.

— Othon ? Mais on dit qu'il est à moitié gâteux, le pauvre homme, et qu'à Paris il passe sa vie dans les théâtres à petites femmes.

— Mon avis, Monseigneur, est qu'il cache son jeu ; et qu'il n'a pas abandonné l'espoir de reprendre sa place ici. Certes, il ne se doute guère du vrai moyen que nous avons employé pour le mettre à la porte. Mais il se doute qu'il y a dans les événements qui viennent de se passer à Kirck-Berghein quelque mystère étrange. Sans découvrir la vérité, il pourrait en arriver à la soupçonner, à en avoir une idée embryonnaire. Il a des amis actifs et puissants dans le milieu diplomatique. Il est encore jeune, fort riche et dénué de tout scrupule... Bref, je crois que nous aurions tout intérêt à nous débarrasser complètement de lui.

— Peste ! comme vous y allez, docteur ! Parlons sans ambages. Vous voudriez que je le fisse assassiner ?

— Mon Dieu oui !... adroitement... délicatement... et tel est aussi l'avis de notre ami le baron de Rosemberg.

— Encore un crime !

— Cela vous effraie ?

— Hum ! le crime ne m'effraie guère, mais cela va nous faire un nouveau complice et c'est ce qui ne me va pas beaucoup !

— Pourquoi un nouveau complice ?... Vous avez votre homme sous la main.

— Qui donc ? Vous, peut-être ?...

— Non, pour le moment, je crois de notre intérêt réciproque que nous ne nous quittions pas.

— Alors, de qui voulez-vous parler ? Du baron de Rosemberg ?

— Non pas. Sa présence est aussi nécessaire ici que la mienne; et puis, l'homme chargé de cette mission délicate doit pouvoir approcher l'ex-grand-duc sans le mettre en défiance. Je crois que M. votre secrétaire particulier est tout à fait l'homme qu'il nous faut.

— Je ne suis pas de votre avis, docteur.

— Pourquoi donc ?

— Parce que le prince Othon se méfiera tout autant de mon secrétaire particulier que de vous ou du baron de Rosemberg.

— Aussi, M. le vicomte de Saint-Geniès ne se présentera-t-il pas dans le monde parisien comme votre secrétaire particulier. Quand on a eu autant d'aventures, on ne doit pas être en peine de changer de personnalité. De chef caraïbe, il est devenu secrétaire particulier d'un prince allemand. De secrétaire particulier, il peut devenir... n'importe quoi, c'est une chose à décider ultérieurement. Quant à M. le vicomte de Saint-Geniès, il sera sensé être absent, soit pour remplir une mission dont l'aurait chargé Votre Altesse, soit pour des affaires de famille. Du reste, son absence ne produira aucun effet dans le grand-duché. On le connaît peu et on ne lui attribue aucune importance.

— Soit. Mais je ne veux point qu'il se charge de ce dont vous venez de me parler... J'ai une bonne raison pour cela.

— Votre Altesse daignera-t-elle me dire quelle est cette raison ?

— Je n'y vois pas grand inconvénient. Nous sommes si bien faits pour nous comprendre, et nous avons tant d'intérêt à ne nous rien cacher l'un à l'autre !

— Daignez parler, monseigneur.

— Vous voulez que je me débarrasse du prince Othon, n'est-ce-pas ?

— Oh ! oui.

— Je le veux bien, moi. Mais il y a un autre homme dont je veux également me débarrasser.

— Et cet homme est ?

— Un simple particulier, très noble et très riche, il est vrai. Un prince russe qui habite l'Ukraine.

— Et son nom?

— Vous tenez à le savoir?

— Votre Altesse n'a-t-elle pas intérêt à ce que je sois au courant de tout ce qui la concerne?

— J'en conviens. Le prince en question se nomme le prince Bolstoï. Il a épousé une femme que j'aime. Je veux qu'elle soit à moi et vous devez comprendre que ce jeune boyard est de trop sur la terre!

— N'insistez pas, monseigneur. J'étais à Paris au moment où se passaient certains événements, et je devine de qui et de quoi vous voulez parler. Loin de moi la pensée de mettre obstacle à vos désirs! Si le prince Bolstoï doit mourir, qu'il meure! Mais un souverain doit faire passer les intérêts de sa couronne avant ceux de ses amours... Telles sont les cruelles exigences de la politique. Commencez donc par anéantir votre plus dangereux ennemi; vous verrez ensuite à faire disparaître votre rival.

— Vous avez peut-être raison, docteur.

— Certes oui, j'ai raison. Il serait bien fâcheux, convenez-en, que pour une affaire de cœur, nous perdissions, vous et moi, le fruit d'une des plus belles intrigues qui aient jamais été machinées en ce bas-monde! Méfiez-vous des amourettes, monseigneur, et encore plus des grandes amours. C'est de votre âge, mais il n'y a pas d'âge pour les souverains. Vous ne voudriez point, n'est-il pas vrai, nous faire repentir de vous avoir si ingénieusement donné un sceptre, une couronne, une grande fortune et une liste civile?...

Il y avait presque une menace dans ces paroles du docteur. Le « grand-duc » le comprit bien et il se dit que le moment n'était pas encore venu de faire acte d'indépendance.

— Allons, fit-il, je me range de votre avis, mon cher docteur, et je sais que M. le vicomte de Saint-Geniès ne demandera qu'à se mettre à notre disposition. Oh! c'est un homme précieux, un homme sûr!

— J'en suis convaincu, monseigneur. M'autorisez-vous à étudier et à préparer cette affaire avec lui?

— Je vous donne carte blanche..

— Alors, monseigneur, vous pouvez être certain que, d'ici à peu de temps, vous serez définitivement délivré du prince Othon. Et cela si gentiment, qu'aucun soupçon ne planera jamais sur votre auguste tête.

— C'est bien, docteur. Vous pouvez vous retirer. Voici bientôt l'heure du déjeuner et je reçois aujourd'hui le ministre d'Autriche.

XXIII

OÙ NOUS NOUS RETROUVONS EN UKRAINE.

Après avoir séjourné quelque temps à Vienne, selon leur programme, le marquis de Crozant et le duc de Luzençay se mirent en route pour la Russie.

Ils étaient annoncés et le prince vint lui-même les chercher dans la capitale de la petite Russie pour les conduire en poste dans ses domaines.

La « revoyance », comme disent les bonnes gens, fut des plus cordiales.

Le duc, le prince et le marquis s'embrassèrent comme de simples artisans ou de bons petits bourgeois.

Tous trois avaient les larmes aux yeux...

Il est des cœurs si simples et si fiers qu'ils résistent même à la desséchante influence de la haute vie.

Durant le voyage de Kiew à la terre de Daschoff, les trois amis rappelèrent les événements tragiques auxquels ils avaient pris part

Le duc raconta au prince Bolstoï la révolution de Kirck-Berghein, que le jeune boyard connaissait d'ailleurs dans tous ses détails, car les journaux de l'Europe en avaient longuement parlé.

Bien qu'un peu revenu de ses idées *avancées*, Bolstoï s'étonna que les habitants de Kirck-Berghein n'aient pas profité de l'occasion pour se mettre en république et essayer quelques réformes sociales.

Il félicitait, d'ailleurs, très chaleureusement les deux gentilshommes français d'avoir si courageusement et si heureusement protégé la vie du grand-duc Othon.

— Vos noms resteront historiques, dit-il... Pardon !... ils l'étaient déjà !... Je voulais dire que vous avez glorieusement continué les chevaleresques traditions de vos ancêtres...

— Vous êtes mille fois aimable, répondit le duc de Luzençay, souriant enfin de la naïveté de Bolstoï, et, d'ailleurs charmé de voir que cet excellent jeune homme était toujours le même...

— Je dois vous dire, reprit le prince, que Sa Majesté le czar, que j'ai vu à mon dernier voyage à Pétersbourg, a été ravi de votre conduite. Sachant que j'attendais votre visite, il m'a ordonné de vous présenter à lui...

— Ce sera un grand honneur et un grand bonheur pour nous, répondit Crozant.

— Mon cher prince, reprit Luzençay, nous parlons de tout le monde excepté de vous et de votre exquise jeune femme... Nous espérons que vous êtes parfaitement heureux ?

— Oh ! parfaitement heureux, mon cher duc: j'adore Amélia et j'ai tout lieu de croire que mon amour est payé de retour... Dieu n'a pas encore béni notre union au point de nous donner un enfant, mais nous ne désespérons pas, non, nous ne désespérons pas !...

— Mon cher prince, dit Crozant, voulez-vous me permettre une observation ?

— Parlez, je vous prie.

— Vous vous dites parfaitement heureux ?

— Sans doute !

— Eh bien, il y a dans votre physionomie quelque chose qui m'inquiète...

— Quoi donc, marquis ?

— Quelque chose comme un voile de mélancolie...

— Laisse donc, reprit Luzençay, laisse donc, Crozant, parce que tu as toujours eu un petit fond d'hypocondrie, tu t'imagines que tout le monde est comme toi !

— Je persiste à dire que notre ami Bolstoï doit avoir quelque chose qui l'attriste !

— Eh bien, vous avez deviné juste, marquis, j'ai en effet quelque chose qui m'attriste.

— Eh ! grand Dieu ! fit le duc, que peut-il vous manquer ?... Vous êtes jeune, vous êtes beau, vous êtes opulent. vous êtes adoré de votre femme... vous avez d'excellents amis partout !

— Hum ! hum !

— Pourquoi ce « hum ! hum !... » Auriez-vous à vous plaindre de ce peintre que vous avez emmené avec vous, ou de la jeune femme !...

— Certes non !... Templier est un grand cœur et un grand talent, et la jeune femme est de tous points charmante !

— Eh bien, alors ?...

— Vous savez, mes chers amis, que mon plus cher désir fut toujours d'être aimé et estimé de ces bonnes gens qui furent autrefois mes serfs et qui sont aujourd'hui mes serviteurs et mes amis.

— S'ils ne vous aiment pas, ils sont bien ingrats !...

— Oui, car moi, j'ai consacré ma vie à leur bonheur...

— Mais êtes-vous sûr qu'ils ne vous aiment pas ?

— J'ai du moins beaucoup perdu de ma popularité...

— Voilà qui est surprenant !... Mais comment se manifeste l'impopularité dont vous vous plaignez ?...

— Je ne dis pas que je suis impopulaire... ce serait aller trop loin... Dieu me garde de calomnier mes braves cosaques... Mais je suis moins populaire qu'autrefois. Je m'en aperçois à mille petites choses insignifiantes en elle-mêmes, presque terribles dans leur ensemble...

On me salue toujours respectueusement, mais moins cordialement qu'autrefois ; les enfants sont moins empressés à me dire : — Bonjour, petit père !... parfois on cesse de parler quant je m'approche...

— Et à quoi attribuez-vous cela ?

— D'abord au progrès des idées nihilistes... Oh ! ne souriez pas, messieurs ; je devine ce que vous pensez... Vous vous dites que j'ai récolté ce que j'ai semé, que je suis puni par où j'ai péché, que j'ai peut-être contribué à propager moi-même les dangereuses tendances dont je serai peut-être un jour la victime...

Soit... vous avez peut-être raison, mais je n'insiste pas... il me serait trop pénible de discuter ce sujet... Les idées révolutionnaires ne sont pas seules à éloigner mes paysans de ma personne et de celle de ma femme... Je redoute encore plus les vieux préjugés...

— Que voulez-vous dire ?...

— Mon cher duc, vous n'avez jamais habité la Russie, je crois ?...

— Non... J'y suis allé en simple touriste... Je compte maintenant mieux étudier ses mœurs...

— Eh bien, vous ne tardez pas à vous apercevoir que les anciennes superstitions, au lieu de disparaître sous le souffle des idées nouvelles, ont semblé prendre chez nous une nouvelle vigueur...

— Mais quel rapport cela peut-il avoir...

— Avec mon impopularité ?... C'est bien simple !... Les paysans petits-russiens ont une tendance à se défier des étrangers, et surtout des étrangères... Or, ma femme est étrangère !...

— Et ces imbéciles se méfient d'elle ?... A quel point de vue, grand Dieu !...

— J'ose à peine vous le dire.

— Parlez, de grâce : vous nous intriguez énormément.

— Eh bien, mon cher, il y a autour de ma maison des gens assez stupides ou assez méchants pour dire que ma femme a le pouvoir de jeter de mauvais sorts...

— Diantre !... voilà qui est grave, en effet... il ne faut pas avoir de ces réputations là dans les campagnes... même dans nos campagnes françaises qui passent pour relativememt éclairées...

— Vous voyez bien que je n'ai pas tort de m'alarmer !...

— Mais non ! mais non ! Si vous ne vous faites pas illusion à vous-même, si ce que vous dites est vrai, cet état de choses n'est pas sans remède.

— Hélas ! je crains bien que si... J'ai peur que les choses aillent toujours en s'aggravant.

— N'y a-t-il pas parmi vos vassaux ?...

— Ah ! de grâce, marquis, ne me parlez pas de vassaux !...

— N'y a-t-il pas, parmi vos villageois, quelque individu, un plus instruit que les autres, qui pourrait par ses affirmations faire cesser ces bruits idiots !...

— Il y a dans mes domaines un jeune homme fort instruit, et qui me paraît assez attaché, c'est le fils du pope.

— Aïe ! aïe ! aïe !

— Pourquoi cette exclamation, mon cher duc ?

— Parce que je crois qu'il faut se méfier des fils de popes... C'est souvent parmi eux que se recrutent les meilleurs nihilistes.

— Ivan Georgewitch est en effet un homme à idées avancées... mais il sait que je suis moi-même fort libéral... D'ailleurs, il ne croit pas aux sorcières, lui !... et je sais qu'il fait son possible pour démontrer à mes paysans l'absurdité de leurs superstitions...

— Alors vous pensez que ce jeune homme vous est attaché ?

— J'en suis convaincu.

— Eh bien, moi, à votre place, je me méfierais...

— Hélas !... vous êtes comme ma femme, vous... elle se méfie de lui !

— Les femmes ont le flair très fin, mon prince. Vous feriez bien de partager la méfiance de la vôtre...

— Mon ami Templier fréquente beaucoup Ivan Georgewitch !

— Ah !... Et qu'est-ce qu'il en dit ?

— Peuh ! il se réserve...

— C'est un artiste prudent...

— Au fond, je crois qu'il pense comme Amélia, et que, s'il ne me dit rien, c'est de peur de m'affliger.

— Ce Templier me fait l'effet d'être un garçon d'esprit !

— C'est du moins un grand artiste !

— Il est bien heureux d'avoir trouvé un protecteur comme vous.

— Oh ! ne dites pas cela, messieurs: mon ami Templier eût réussi en France comme ici. Son mérite est immense...

— Oui, mais sa conduite peu exemplaire...

— Il était joueur, il ne l'est plus.

— En êtes-vous sûr ?

— Absolument sûr. On joue beaucoup chez moi... les soirées sont si longues quelquefois... impossible de lui faire prendre une carte... même au *poker.*

— Même au *poker* ? Diantre, c'est un critérium cela !...

— Comment, mon prince, au joue au *poker* chez vous ?... en Ukraine ?

— Mais parfaitement, cela vous étonne, marquis ?

— Oui... Je croyais que vous ne jouiez qu'au bésigue chinois ou à la bouillotte ?

— Pourquoi pas au *loto* ou au *jeu de l'oie,* renouvelé des Grecs ? Ah ! çà, messieurs les Parisiens, nous prenez-vous pour des sauvages ?...

— Dieu nous en garde !

Le prince lui toucha doucement l'épaule. (Page 479.)

— Peut-être pensiez-vous que nous passions notre temps à chasser l'ours ?

— Comment ! vous ne chassez pas l'ours ?

— Il y beau temps, messieurs, qu'il n'y a plus d'ours en Ukraine.

— Tant pis, ma foi !... Je me faisais une fête...

— De chasser à l'ours ?

— Mon Dieu, oui !...

— Eh bien, mon cher duc, rayez cet espoir de vos papiers... Tout ce que je puis vous offrir, ce sera des chasses...

— Au loup ?

— Pas même au loup !... Au renard...

— Eh ! mais, c'est très amusant, la chasse aux renards...

— Et encore les renards sont-ils rares chez nous.

— Nous n'aurons que plus de mérite...

Ce fut en tenant de ces propos tantôt intéressants, tantôt oiseux, que les trois amis arrivèrent au domaine de Daschoff.

Le prince leur avait ménagé une réception assez solennelle.

Certes, on ne se fut point douté que la popularité du prince périclitât, tant les paysans du domaine se montraient empressés à faire bon accueil à ses hôtes.

Luzençay et Crozant revirent avec bonheur l'aimable Amélia, qu'ils trouvèrent fort embellie.

Ils remarquèrent, du reste, que, comme son époux bien aimé, elle avait dans l'expression de son visage quelque chose de mélancolique, sinon d'attristé.

Tous deux eurent la même idée.

Ils se dirent que Bolstoï et sa charmante épouse sentaient leur bonheur menacé...

Quelque noir pressentiment pesait sur leur âme, comme un vague mais angoissant cauchemar.

Que craignaient-ils ?

La diminution de leur prestige et de leur popularité dans le domaine de Darchoff, n'expliquait point cette inquiétude...

Les deux gentilshommes parisiens se sentirent eux-mêmes affligés de l'affliction de leurs amis...

Ils se montrèrent tout courtois et même fort gracieux envers Templier et sa jeune femme.

Peut-être se disaient-ils, au fond du cœur, que la sœur du bandit Louis Hérault, quelque vertueuse et charmante qu'elle pût être, était une étrange compagne pour la princesse Bolstoï ; mais ils étaient trop galants et de trop haute éducation pour rien laisser percer de cette impression.

Du reste, Jeanne ne tarda point à faire absolument leur conquête.

Au bout de quelques jours, ils eussent été les premiers à féliciter Bolstoï d'avoir donné l'hospitalité à cet humble mais si gentil ménage.

Ils étaient faits pour comprendre ce qu'il y avait de spirituelle et intelligente fantaisie, en même temps que de solide et lumineux talent, chez le peintre, et d'exquise bonté en même temps que de parfaite bonne pâte féminine chez l'élue de son cœur.

Les gentilshommes des environs rendaient de fréquentes visites au château de Bolstoï et le temps passait le plus gaiment du monde, sans que le voile de mélancolie qui estompait la gaîté des châtelains parût s'écarter ou se dissiper...

Yvan Georgewitch était assez souvent invité au château.

Bien qu'il se montrât respectueux, empressé, obséquieux avec Bolstoï et ses

hôtes, bien qu'il se montrât causeur intéressant et érudit, il avait souverainement déplu au duc et au marquis.

Un jour Bolstoï demanda à Luzençay ce qu'il pensait de ce jeune homme.

— Tout le mal possible, répondit Luzençay.

— Diable !... vous êtes bien pessimiste, mon cher duc, reprit Bolstoï.

— Oh ! non, fit Luzençay. J'ai même toujours passé à Paris pour une bonne âme,
peut-être même une bonne tête... Mes plus chers amis ont parfois, doucement,
raillé ma naïveté ; mais l'âge est venu et mon esprit d'observation s'est
développé... Croyez-moi, mon cher prince, ce petit Yvan est un homme des plus
dangereux.

— Peuh ! je sais bien qu'il a été expulsé de l'Université de Kiev pour ses
tendances nihilistes, mais il a mis beaucoup d'eau dans son vin.

— Dites qu'il y a mis du fiel, mon prince. Je me méfierais beaucoup moins de
lui s'il prêchait ouvertement les dangereuses doctrines des révolutionnaires
russes... Chez tout fanatique, il y a un coin de générosité. Votre Georgewitch
n'est pas un fanatique, c'est une nature de traître...

— Oh ! oh !... vous m'effrayez !

— Tant mieux, mon prince. Puissé-je vous mettre en garde contre votre
pire ennemi !

— Vous croyez que le fils du pope Georges est mon pire ennemi ?

— J'en suis convaincu !...

— Mais je ne lui ai fait que du bien !...

— Mon cher prince, il y a des natures qui pardonnent moins aisément un
bienfait qu'un mal !...

— Hélas ! je le sais bien.

— Le fils du pope est de ceux-là. Il vous en veut parce que vous êtes noble
et qu'il sort du peuple, parce que vous êtes riche et qu'il est pauvre, parce
que vous êtes beau et qu'il est laid à faire peur, parce que vous êtes aimé
d'une délicieuse femme et que pas une fille du pays ne souffrirait son contact.
Plus vous lui ferez de bien et plus il vous en voudra. Les services que vous
pourrez lui rendre serviront d'huile pour raviver le feu de sa haine. Sa douceur
est celle de Judas. Croyez bien qu'il guette le moment de vous perdre ou de
vous tuer... Le véritable artisan de l'impopularité qui vous menace, c'est
lui !

— Lui croyez-vous décidément tant d'influence ?...

— Je lui crois une influence aussi considérable que délétère...

— Enfin que feriez-vous à ma place ?

— Je l'éloignerais d'ici sous un prétexte quelconque...

— Mais je n'ai pas de prétexte, mon cher duc ; Ivan Georgewitch n'est plus
mon serf... Il est aussi libre de ses actions que vous ou moi, grâce à une loi du
Czar, que je suis, du reste, le premier à admirer, à glorifier et à bénir.

— Ne pourriez-vous pas lui faire obtenir quelque bonne place loin d'ici ?

— S'il s'agissait d'un autre, rien ne serait plus facile; mais je ne puis rien tenter dans ce genre en sa faveur.

— Pourquoi donc ?

— Cette question m'étonne de la part d'un homme aussi perspicace. Avez-vous oublié qu'Ivan Georgewitch a été expulsé de l'Université de Kiew à cause de ses opinions avancées, et que moi-même je passe encore pour un esprit assez dangereux auprès de quelques esprits prévenus? M'intéresser trop officiellement à ce garçon, ce serait me faire tort en lui faisant tort à lui-même...

— Je crois que vous avez raison.

— Je n'ai que trop raison, mon cher duc!

— Il faut pourtant qu'il quitte Darchoff dans le plus bref délai... Lui et une autre personne...

— Une autre personne?

— Oui, mon prince...

— Et quelle est cette personne?...

— Je vais vous la nommer tout à l'heure, mais j'ai d'abord quelque chose à vous dire...

— Parlez, parlez vite! Vous me rendez anxieux!...

— Depuis que Crozant et moi nous sommes chez vous, nous avons beaucoup écouté ce qui se disait autour de nous et même, dans votre intérêt, vous n'en doutez pas, nous n'avons pas craint de faire causer quelques-uns des gens de votre entourage. Or, nous avons appris qu'il y avait dans votre domaine une jeune fille qui était folle de vous !

— Vous voulez rire, mon cher ?

— Non pas! non pas! C'est très sérieux, au contraire.

— Et puis-je vous demander le nom de cette jeune fille ?

— On l'appelle Natinska.

— La fille du cabaretier Koukou-Benko ?

— Justement.

— Parbleu! mon cher duc, je sais bien qu'elle a de l'affection pour moi. Et je vous prie de croire que je lui rends la pareille... C'est ma sœur de lait... Nous avons pour ainsi dire été élevés ensemble...

— Je vous répète, mon prince, que l'affection que Natinska a pour vous n'a rien de fraternel .. Cette pauvre fille vous aime d'amour !... Tout le monde le sait ici, excepté vous !... Elle est enragée de jalousie contre la princesse Amélia. Et vous comprenez aisément que ceux qui font courir sur votre jeune femme les bruits absurdes que vous savez trouveront en elle une alliée toute prête...

— Peut-être, mon cher duc, vous êtes-vous arrêté à de simples potins de village. Mais, s'il est vrai que Natinska a de l'amour pour moi, je ne crois pas que cette malheureuse passion la pousse à quelque action blâmable... C'est une très bonne et très honnête créature !

— Hélas ! cher ami, sait-on quels ravages la jalousie peut causer dans une âme primitive ! Lorsque ces petites sauvagesses sont sous l'empire de la passion, elles sont capables de bien des choses !... Ajoutez qu'un de ces jours, quelques échos des malheureuses amours de Natinska peuvent arriver aux oreilles de votre jeune femme. Pourriez-vous affirmer que la paix de votre intérieur n'en souffrirait pas ?... Croyez-moi, vous avez autant d'intérêt à éloigner Natinska qu'Ivan Georgewitch.

— Mais c'est encore moins facile ! Vous semblez toujours croire que nous vivons encore sous le régime du servage ?

— Qu'est-ce qui vous empêche de marier et de doter Natinska ? Le père Koukou-Benko serait enchanté et la petite Cosaque n'oserait refuser. Une fois mariée à un beau gars, bien solide, qui l'emmènerait loin d'ici, il y aurait bien des chances pour qu'elle oubliât peu à peu sa téméraire et malsaine passion.

— Il y a beaucoup de bon et beaucoup de vrai dans ce que vous me dites, mon cher duc. Je vais tâcher d'éloigner Ivan et de marier Natinska. Je désire, d'ailleurs, du fond du cœur, que ces deux jeunes gens soient heureux.

Le duc de Luzençay avait pleinement convaincu le prince Bolstoï.

Pendant plusieurs jours, le prince se creusa la tête pour trouver un moyen d'éloigner Ivan et Natinska sans que leurs intérêts eussent à en souffrir.

Un soir, il se rendit chez le pope Georges au moment où ce dernier achevait de souper en compagnie de sa femme et de son fils, et leur demanda un petit verre d'anisette.

Ces visites familières sont fort en usage dans la Petite-Russie et les gens de condition inférieure se trouvent toujours très flattés de recevoir leur seigneur et de trinquer avec lui.

Lorsque le prince Bolstoï eut bu son petit verre à la santé de la famille du pope Georges, il dit, en s'adressant à Ivan :

— Il y a bien longtemps, Ivan Georgewitch, que j'avais envie de vous proposer quelque chose. Je tiens à parler devant votre père et votre mère. Ne trouvez-vous pas que la vie que vous menez ici est bien peu profitable pour un homme de votre âge et de votre intelligence ?

— C'est ce que mon père et ma mère ne cessent de me répéter, Excellence, répondit l'étudiant avec un sourire équivoque. Mais que puis-je faire, puisque, pour le moment du moins, toutes les Universités de l'Empire me sont fermées !

— Vous pourriez voyager, mon ami ! Il est bien entendu que rien ne forme la jeunesse comme les voyages... Ne seriez-vous point curieux de connaître l'Italie ou la France ?

— Assurément, si, Excellence... Mais les ressources de mon père sont limitées et les voyages coûtent fort cher.

— Vous devez bien penser, mon cher, que, si je vous propose de voyager, c'est que j'ai le projet de vous en donner le moyen... Oh ! ne craignez rien. Votre dignité n'aura point à souffrir de cette combinaison ; car, en visitant l'Italie, la France, l'Espagne, vous pourrez me rendre un réel service... Je compte me remettre au travail d'ici peu de temps et je voudrais écrire un ouvrage sur les tendances politiques et sociales des pays de race latine. Vous êtes fort instruit, très polyglotte et doué de beaucoup de pénétration. Consentiriez-vous à faire pour moi une enquête qui durerait quelques années peut-être, mais qui nous serait assurément très profitable à tous les deux?...

Le pope et sa femme restaient muets d'étonnement en présence d'une proposition aussi innattendue.

Quant à Ivan, il accepta en principe et remercia chaleureusement le prince Bolstoï.

Mais, au fond de l'âme, il se disait :

— Le prince veut nous éloigner ! Méfions-nous.

XXIV

LA SŒUR DE LAIT.

Le prince Bolstoï était rentré chez lui, persuadé qu'il avait fait un heureux. Maintenant, il rêvait de faire une heureuse.

— Il faut, se disait-il, que ma pauvre petite sœur de lait se guérisse de sa funeste passion, si véritablement elle m'aime d'amour. Luzençay a parfaitement raison. Le mieux est que je renouvelle à son sujet l'histoire de Carmosine, d'Alfred de Musset. Amélia et moi, nous l'assurerons de notre grande et éternelle amitié et nous lui donnerons un beau petit mari, grâce à qui elle ne tardera pas à oublier ses chimères. Avant tout, il s'agit de trouver ce mari. Luzençay est d'avis qu'il ne doit pas habiter Daschoff. C'est aussi mon opinion. Cherchons et nous trouverons.

Bolstoï crut bientôt avoir trouvé ce qu'il cherchait. C'était le petit-fils d'un de ses anciens serfs, attaché à une riche maison de commerce d'Odessa en qualité de voyageur.

Quand il venait en Petite-Russie, c'est-à-dire environ deux fois par an, il ne manquait jamais de se rendre à Daschoff, où le prince le recevait d'égal à égal.

Ce jeune homme, qui répondait au nom de Pierre Rizensky, avait souvent dit au prince qu'il serait très heureux de recevoir une épouse de sa main.

Il était beau garçon, bien élevé, homme d'honneur et de bonne conduite et destiné peut-être à devenir millionnaire.

La fille de l'aubergiste Koukou-Benko ne pouvait assurément rêver un plus beau parti.

D'un autre côté, Natinska, richement dotée par le prince, devenait une fiancée fort souhaitable.

Bolstoï commença par mettre Amélia au courant de la situation ; puis il lui demanda si elle voulait assister à l'entrevue qu'il aurait avec Natinska.

Le jeune prince fut désagréablement surpris de l'attitude de sa femme.

Tout en le remerciant de ses confidences, Amélia parut peu charmée de savoir qu'une jeune et jolie fille était amoureuse de son mari.

Elle refusa nettement de voir Natinska et de lui parler ; mais il va s'en dire qu'elle approuva hautement le projet de mariage entre la téméraire petite aubergiste et le futur grand négociant d'Odessa.

— Arrangez tout cela à votre convenance, mon ami, dit-elle au prince. Je crois qu'il est plus décent que je ne m'en mêle pas.

Quelques heures après cet entretien, le prince se rendait chez Koukou-Benko et lui demandait de lui permettre d'avoir une entrevue avec sa fille.

Le gros aubergiste s'inclina jusqu'à terre et conduisit lui-même le prince à la chambre de Natinska, ce qui en Petite-Russie n'avait absolument rien d'inconvenant.

Depuis quelques jours, la jeune fille ne quittait guère sa chambre et, au grand chagrin de son père, elle ne se livrait à aucun travail.

Du reste, comme elle s'affaiblissait de jour en jour et se plaignait de violentes douleurs névralgiques, l'aubergiste n'osait ni la maltraiter, ni même la gronder.

Lorsque le prince entra dans sa chambre, la jeune fille était en prière devant une icone et elle était tellement absorbée qu'elle ne s'aperçut pas que quelqu'un entrait chez elle.

Le prince attendit qu'elle eût fini son oraison et, au moment où elle se levait, il lui toucha doucement l'épaule.

Natinska se retourna et à l'aspect de son frère de lait, poussa un grand cri.

— Jésus ! « petit père », dit-elle, que venez-vous faire ici ?

— Vous voir, Natinska, répondit le prince, et vous consoler, car on m'a dit que vous aviez du chagrin.

— Et qui vous a dit cela ?

— Mais un peu tout le monde ! Il paraît que vous souffrez, que vous ne pouvez vous livrer à vos occupations habituelles, que vous passez votre temps à prier ou à pleurer. Je ne vous demande pas la cause de vos chagrins, mais je viens y apporter un remède.

— Vous, « petit père » ?

— Moi-même. N'est-ce pas mon rôle? Ne suis-je pas votre frère de lait et votre protecteur naturel !

Le prince avait dit cela d'une voix attendrie, en tendant la main à Natinska.

— Que Dieu bénisse vos yeux et votre bouche, « petit père » ! dit la jeune fille en éclatant en sanglots.

— Voyons, calmez-vous, ma petite fleur, reprit le prince en prenant une chaise et en faisant asseoir sa sœur de lait auprès de lui. Je vois ce qu'il vous faut pour que vous soyez heureuse : vous êtes jolie comme un ange, vous êtes délicate comme une grande dame. Vous êtes plus instruite et plus intelligente que toutes vos compagnes. Les durs travaux du ménage vous répugnent et vous fatiguent. Vous êtes faite pour vivre richement, pour porter de beaux habits, pour faire la charité tout à votre aise. Ma chère petite sœur de lait, je veux vous doter et vous marier !

Natinska cessa immédiatement de pleurer. Ses yeux se séchèrent comme par miracle. Elle devint très pâle et dit sèchement :

— Ah !

— Oui, ma petite fleur, reprit le prince et j'ai bien trouvé le mari qu'il vous faut. Vous le connaissez, car son père est né sur mes terres et il vient souvent ici. C'est Pierre Rizenski, un charmant garçon qui deviendra fort riche et qui vous aimera de tout son cœur. Je compte vous doter moi-même et pourvoir à tous les frais de votre noce qui se célébrera sur mes terres; après quoi, vous partirez pour Odessa où vous serez l'égale des personnes du meilleur monde. J'espère, ma chère enfant, que vous n'avez rien à objecter à ce que je vous propose ?

— Excellence, répondit Natinska, gardez votre dot pour des filles plus pauvres que moi et laissez Pierre Rizensky épouser la fille d'un fonctionnaire ou d'un riche négociant qui lui fera plus d'honneur qu'une servante d'auberge !... Pour moi, je n'ai qu'un mot à vous dire : je ne me marierai jamais, jamais, jamais !... Je dois rester fille, Excellence, car je ne saurais faire le bonheur d'aucun homme. Je suis trop malade pour cela. Aujourd'hui, je souffre des nerfs, demain mon cerveau sera pris et je deviendrai folle ou idiote. Mon père m'a plusieurs fois menacée de me battre parce que je ne voulais plus travailler... Pourquoi ne m'a-t-il pas tuée? il aurait abrégé mes souffrances. Ne me parlez plus de me marier, Excellence, et ne revenez plus me voir. Votre présence me fait plus de mal que de bien !...

— Soit, Natinska, reprit le prince, restez fille, puisque cela vous plaît; mais, je vous en supplie, prenez quelques distractions et ne vous laissez pas abattre. Pourquoi ne quitteriez-vous pas Daschoff où vous ne vous sentez pas heureuse? Voulez-vous que je vous trouve une place avantageuse à Pétersbourg ou à Moscou? Voulez-vous que je vous envoie en France ou en Angleterre, dans quelque honorable et riche famille, où vous serez accueillie comme l'enfant de la maison ?

Amélia se mit à pleurer à chaudes larmes. (Page 483.)

— Merci, Excellence. Je ne veux pas guérir de mon mal ; je veux mourir dans la maison de mon père ; et je veux dormir du sommeil éternel à côté de mes ancêtres.

La jeune fille parlait avec une énergie singulière ; Bolstoï comprit qu'il n'obtiendrait rien d'elle, du moins pour le moment.

Il la quitta donc, après lui avoir serré la main, et rentra au château où il fit part à sa femme du mauvais succès de sa tentative.

— Mon cher Nicolas, dit Amélia, je suis désolée de l'entêtement de cette jeune fille. Vous comprenez, d'ailleurs, vous-même, qu'elle ne saurait rester ici. Il est évident que tout le pays est au courant de sa sotte passion. Si son séjour se prolongeait à Daschoff, vous et moi n'échapperions pas à un certain ridicule. Vous devez donc user de votre autorité pour faire partir cette malheureuse enfant.

Le prince fut étonné et un peu choqué de la façon dont Amélia avait prononcé ces paroles.

Pour la première fois de sa vie, la jeune femme s'était exprimée avec une sorte d'amertune.

Pour si naïf qu'il fût, le prince comprit qu'elle était quelque peu jalouse.

Cela lui sembla tout à fait absurde, car il ne connaissait pas encore assez bien le cœur humain en général et le cœur féminin en particulier, pour comprendre que la jalousie est une maladie qui atteint les esprits les plus raisonnables et les cœurs les plus excellents et peut faire dire ou commettre aux plus sages d'inénarrables extravagances !

Il résolut d'ailleurs, de prendre la chose gaiement pour ne point aigrir ou envenimer la situation et ce fut avec son meilleur sourire qu'il répondit à sa femme :

— Ma chère Amélia, vous parlez comme si le Czar Alexandre II n'avait pas aboli le servage en Russie. Je n'ai aucune espèce de droit à expulser Natinska de ce pays. La maison qu'elle habite appartient bel et bien à son père. Lui et elle sont mes égaux devant la loi. Permettez-moi de vous dire, d'autre part, que ni vous ni moi ne sommes ridicules parce qu'il a plu à une petite détraquée de tomber amoureuse de mon humble personne. Je pourrais vous chanter, comme dans le Vaudeville français :

> C'est pas d'ma faute si j'suis aimable,
> C'est la nature qu'est coupable.

On en jase, laissons jaser.

Le prince et la princesse Bolstoï sont au-dessus des potins de village. Laissez-moi vous dire que vous avez tort d'en vouloir à cette pauvre petite Natinska. Vous feriez mieux de chercher avec moi un moyen de la consoler et de la ramener à la raison...

— Dites tout de suite que, au fond du cœur, vous êtes flatté de l'amour de cette petite paysanne !

— Ce que vous dites-là n'est pas digne de vous, Amélia. Et vous me laissez entrevoir des sentiments que je n'aurais jamais soupçonnés dans votre âme !

Les lèvres de la jeune femme se pincèrent, ses yeux prirent une expression tout à fait inaccoutumée et elle dit d'une voix qui n'était plus la sienne :

— Avec toute la délicatesse possible, mon prince, vous me reprochez la bassesse de mes sentiments et pour la première fois vous me faites sentir l'honneur que vous m'avez fait en m'élevant jusqu'à vous...

— Que me dites-vous là, Amélia? Je ne vous reconnais plus. Avez-vous donc à vous plaindre de moi? N'ai-je pas été toujours pour vous un époux fidèle, un ami, un frère? Vous ai-je jamais refusé quelque chose? N'ai-je pas fait de mon mieux pour vous procurer une existence de bien-être et de luxe?

— N'insistez pas, Excellence! Tout à l'heure vous en arriverez à me reprocher vos bienfaits!

— Ah! c'est trop fort! dit le prince dont le visage s'était couvert d'une vive rougeur. Tenez, Amélia, je m'en vais, car je vous dirais des choses que je regretterais ensuite. Si vous voulez bien vous donner la peine de réfléchir, vous comprendrez à quel point vous avez été injuste et ingrate!...

Et le prince sortit en fermant violemment la porte.

Restée seule, Amélia se mit à pleurer à chaudes larmes.

Elle avait honte d'elle-même.

Elle mourait d'envie d'aller se jeter dans les bras de son cher Nicolas et de lui demander pardon, mais pour rien au monde elle n'eût fait cette démarche.

Elle se disait fort bien à elle-même qu'elle venait de faire une scène absurde, que sa jalousie n'avait pas le sens commun.

Mais, si son mari était resté, elle eût continué la scène et il lui plaisait d'être jalouse, bien que cette jalousie la fit réellement souffrir.

Tout en se reprochant son peu de générosité, elle était prise d'une grande colère contre cette fille d'aubergiste qui avait l'audace d'aimer un prince.

Et lorsque, faisant un retour sur elle-même, elle se souvenait qu'elle avait été pire qu'une fille d'auberge, ce souvenir, au lieu de la calmer, l'exaspérait et elle en voulait à Natinska de s'être appelée Nounouche.

C'est en vain qu'elle essayait de reprendre possession d'elle-même, de réfléchir, de raisonner.

Elle était toute à sa passion et, énervée au dernier point, elle alla s'enfermer dans un petit boudoir attenant à sa chambre, et là elle pleura, pleura, pleura comme si elle eût perdu tout au monde, même l'honneur.

La pauvre Amélia était à un certain point de vue excusable: quoique toute jeune encore, elle avait eu une existence tellement agitée, une vie si pleine de contrastes, qu'elle se méfiait perpétuellement de la destinée.

Elle était passée des mains d'un bourreau femelle aux bras de la plus tendre des mères; elle s'était vue, abandonnée de tous, presque en possession d'un abominable bandit, puis elle était devenue l'épouse du bien-aimé de son cœur.

Dès son arrivée à Daschoff, de tristes pressentiments s'étaient emparés d'elle; et la pauvre jeune femme guettait avec une attention torturante et en quelque sorte perverse quelque nouvelle perfidie de la capricieuse fortune.

Puisqu'il était dans sa destinée de voir toujours un bonheur succéder à ses tourments et un malheur succéder à son malheur, qu'allait-il donc lui arriver de nouveau ?

Quelle nouvelle et cruelle surprise lui réservait le sort?

En apprenant qu'elle avait une rivale, qu'une autre femme qu'elle se permettait d'aimer le prince Bolstoï, elle se dit :

— Le voilà, le malheur qui me menaçait ! Il s'incarne dans la personne de cette Cosaque effrontée ! Qui sait si un jour mon mari ne sera pas touché de son impertinente passion ? Qui sait jusqu'où le poussera cette faiblesse qu'on appelle son bon cœur et le désir qu'il éprouve de consoler et de rendre heureuse sa sœur de lait?... Mais non, non, je suis folle! Le prince est l'honneur même, il ne ressemble en rien aux autres hommes de son rang, il mourrait plutôt que de trahir la foi qu'il m'a jurée devant Dieu... Je le crois, je le sais et cependant je continue à être jalouse; et je me l'avoue en frémissant: je voudrais que Natinska fût morte !

Tandis qu'Amélia se livrait à ces déplorables pensées, on frappa discrètement à sa porte.

— Entrez ! dit-elle.

La porte s'ouvrit et Jeanne Hérault entra.

XXV

JEANNE ET AMÉLIA.

Amélia aimait très sincèrement Jeanne Hérault et n'avait eu aucune peine à oublier qu'elle était la sœur de son pire ennemi, de son plus impitoyable persécuteur.

Elle fut donc bien aise de l'avoir près d'elle en ce moment de crise morale.

Se levant vivement et tout d'une pièce, elle se jeta dans les bras de Jeanne, déjà résolue à ne rien lui cacher.

— Madame, chère madame, qu'avez-vous donc? demanda Jeanne.

— Ah ! ma pauvre Jeanne, répondit Amélia, je suis bien malheureuse, allez!

— Vous malheureuse?... comment vous-y prenez-vous pour cela ?

Cette question amicale, mais quasi comique, fit sourire Amélia à travers ses larmes.

— Hélas! ma bonne amie, dit-elle, il semble, en effet, que je devrais être la plus heureuse des femmes... mais il n'en est pas ainsi!....

— Et pourquoi donc?

— Je n'ose vous le dire...

— Excusez-moi, princesse, je ne veux point être indiscrète. Dieu me garde
de forcer vos confidences. Si je me suis permis de frapper à votre boudoir, c'est
que je sais que vous me recevez volontiers à cette heure-ci... Si cependant
vous daignez épancher votre cœur dans le mien, peut-être y trouverez-vous
quelque soulagement?

— Je vous suis bien redevable de votre amitié, ma chère Jeanne... Figurez-
vous que je suis jalouse...

— Vous, jalouse?...

— Mon Dieu, oui!...

— Et de qui, grand Dieu?

— De mam'zelle Natinska Koukoubenko.

— Hélas! princesse, je vois que vous avez prêté l'oreille à de fâcheux racontars...

— Quoi... quels racontars?... Achevez!... achevez donc!...

— Ne vous énervez pas, de grâce, chère madame; je veux dire que l'on vous
a raconté sans doute que Mlle Natinska éprouvait une passion malheureuse
pour le prince Bolstoï...

— C'est mon mari lui-même qui m'a raconté cela!

— Ah!... vraiment!...

— Oui, mais, je vous en prie, ma chère Jeanne, soyez franche avec moi...
Avez-vous entendu dire que... que...

— Quoi donc, princesse?

— Que mon mari pourrait bien répondre à cette passion .

— Assurément non!...

— Personne ne dit cela?

— Personne!

— Vous me le jurez?

— Oh! je vous le jure!

— Cependant on parle de... Natinska... et de mon mari.

— On plaint la pauvre Natinska et l'on dit que Son Excellence le prince
Nicolas ferait bien d'avoir pitié d'elle...

— Pitié d'elle?... Comment l'entendez-vous?...

— Oh! madame, n'interprétez pas mal mes paroles... On veut dire simplement
que Son Excellence ferait bien de pardonner à Natinska... son audace... sa
témérité!...

— Voilà tout.

— Oh! voilà tout!

— J'espère qu'on ne me fait pas entrer dans ces bavardages...

— Nul n'y songe, madame.

— Vous n'avez jamais rien entendu dire de moi.

— Mon Dieu, madame...

— Jeanne, Jeanne, vous hésitez !

— Pourquoi hésiterais-je ?... Les gens de bon sens n'ont jamais pu dire de vous que du bien...

— Les gens de bon sens, bien !... Mais les autres ?

— Eh ! madame, que vous importe les autres !

— Jeanne, ma chère amie, j'ai eu un tort ici... c'est d'être toujours trop bonne, trop polie, trop affable avec tout le monde...

— Ne vous faites aucun reproche, madame : vous avez été ce que vous deviez être...

— Non !... non !... je n'ai pas sauvegardé ma dignité ! J'ai été trop facile, trop familière... Ah ! dorénavant je saurai tenir mon rang, je vous le jure... quant à mam'zelle Natinska, je ne dis pas que je me vengerai d'elle... je ne lui en veux pas, la pauvre fille !.. mais entre elle et moi je maintiendrai les distances.

— Voulez-vous me permettre de vous parler en toute franchise, chère princesse ?...

— Je vous en prie, Jeanne.

— Eh bien, soyez plus accessible que jamais...

— Que voulez-vous dire ?...

— Je veux dire, princesse, que les mauvaises langues se sont exercées sur votre compte, que les paysans à demi sauvages de ces contrées n'aiment guère les étrangers et se méfient d'eux ; enfin...

— Enfin ?...

— Que l'on pousse ici la bêtise et l'absurdité jusqu'à nous accuser d'avoir une influence fatale... quelque chose comme le *mauvais œil* des Italiens... Ne vous irritez pas, princesse, et restez calme au nom du Ciel !... il ne faut pas prendre trop au sérieux les balivernes de paysans fanatiques et ignares... mais enfin, n'oubliez pas que vous devez habiter Darchoff, que votre destinée est de vivre parmi ces êtres primitifs et que le mieux que vous avez à faire est de vous plier à leurs préjugés et à leurs illusions... Je vous supplie donc, princesse, au nom de votre bonheur et de celui de votre mari, d'être de plus en plus affable avec vos paysans, et de leur faire oublier leurs préventions le plus qu'il vous sera possible...

Les paroles de Jeanne Hérault étaient pleine de sagesse et, dans toute autre circonstance, Amélia les eût écoutées avec sympathie et même en eût prudemment profité...

Mais depuis sa petite scène conjugale elle se trouvait dans un état d'énervement qui n'avait fait que s'accroître.

Amélia, quoique d'un heureux naturel et déjà frottée au monde, n'avait pas eu une éducation première assez solide pour réagir efficacement contre certains mouvements passionnels.

Les amicaux avis de Jeanne la mirent littéralement en fureur et achevèrent de troubler sa raison :

— Ah ! ils me prennent pour une jeteuse de sorts ? s'écria-t-elle. Eh bien, tant mieux !... Je voudrais leur inspirer à tous une terreur folle !... Oui, sur ma parole, cela m'amuserait. Ah ! les brutes !... les brutes !... les brutes !... Comme les Czars ont eu tort d'abolir le *knout* dans ce pays-ci... Est-ce que de semblables animaux peuvent être menés autrement qu'à coups de fouet ?

La pauvre Amélia, comme beaucoup de femmes nerveuses, en arrivait, malgré elle, à dire des choses qui étaient à mille lieues de sa pensée... Terribles impulsions, terribles et de provenance mystérieuse, qui ne devraient point engager la responsabilité de ceux qui les subissent, mais qui ont souvent de bien, bien tristes conséquences...

Dans un de ses mouvements convulsifs, Amélia avait ouverte la porte de son boudoir...

Elle criait maintenant sur le grand escalier du château... et les domestiques l'écoutaient avec stupeur.

Bolstoï était accouru...

Il avait pris sa jeune femme dans ses bras, couvrant son visage de baisers, s'efforçant de la calmer, lui demandant pardon de torts qu'il n'avait assurément pas.

Lorsque, aidé par Jeanne et aussi par Templier, il eut porté Amélia sur son lit, la jeune femme eut une violente attaque de nerfs...

Revenu à elle, Amélia s'étonna de s'être mise en un état pareil.

A son tour, elle demanda pardon à son mari... promettant d'être plus raisonnable, moins folle, moins soupçonneuse à l'avenir...

Une tendre réconciliation eut lieu entre les époux... Ils crurent que leurs jours heureux allaient recommencer, qu'ils allaient être de nouveau éclairés par un soleil sans nuage...

Hélas ! jamais leur bonheur n'avait été plus menacé... !

XXVI

LE DRAME DE DASCHOFF

Tandis que Nicolas Bolstoï, Amélia, Templier, Jeanne, le duc de Luzençay et le marquis de Crozant recommençaient à mener gaiement la grande vie de château, les noirs et les venimeux commérages allaient leur train à Daschoff et aux environs.

Le prince avait offert à Yvan Georgewitch de le faire voyager à ses frais...
Pourquoi cet élan de générosité?

Evidemment le prince craignait la surveillance de l'homme le plus instruit et le plus intelligent du village.

Le prince avait eu une entrevue secrète avec Natinska, la fille de l'aubergiste Koukoubenko.

Voulait-il donc faire d'elle sa maîtresse?

La princesse disait maintenant du mal de tous les habitants de Daschoff, on l'avait entendu proférer les plus terribles menaces contre les jeunes gens et les jeunes filles du pays.

Evidemment cette Française était jalouse de Natinska.

Cette jalousie s'expliquait d'ailleurs.

La fille de Koukoubenko était bien plus belle qu'Amélia Quintiliani.

Natinska n'était qu'une paysanne, mais Amélia, qu'était-elle donc avant que le prince l'eût élevée jusqu'à lui?...

Ici les *potins* devenaient sinistrement calomnieux.

Amélia ne s'appelait pas Quintiliani; elle était née d'une famille de mendiants voleurs et assassins. Elle avait fait toutes sortes de métiers, même les plus infâmes... Et cela dès sa plus tendre enfance.

Et puis elle avait le mauvais œil, cela n'était pas douteux.

Peut-être même était-elle sorcière... Oui, décidément elle l'était. Jusqu'à présent on avait pu avoir des doutes; mais maintenant, le moyen de douter?...

Une jeune femme, fort estimée dans le pays, affirmait que, revenant la nuit d'un village voisin de Daschoff, elle avait vu la princesse à cheval sur un grand bouc noir et qui passait avec une rapidité vertigineuse au-dessus de sa tête...

Elle l'avait parfaitement reconnue.

Du reste, le lendemain la princesse n'avait pas quitté son appartement... Preuve qu'elle était brisée de fatigue... suite des orgies du sabat!...

Une autre paysanne, mère depuis quelques mois, jurait ses grands dieux qu'elle avait vu un gros chien noir accroupi près du berceau de son enfant...

Au moment où elle allait appeler son mari pour le chasser, le chien s'était levé et s'était enfui... Mais hors de la maison, il avait tout à coup changé d'aspect... Il avait pris l'apparence d'une jeune et jolie femme très blonde...

Et cette jeune et jolie femme n'était autre que la princesse Bolstoï.

Un de ces jours, un malheur arriverait...

Prophétie trop exacte, hélas!...

Un grand malheur arriva en effet...

Depuis son entrevue avec le prince Bolstoï, la conduite de Natinska avait changée du tout au tout.

Elle avait déclaré à son père qu'elle allait beaucoup mieux, qu'elle était bien décidée à lutter contre sa mélancolie et que, désormais, il pouvait compter sur elle pour faire le ménage et servir les clients.

Alors un spectacle affreux s'offrait à ses regards et le fit reculer d'horreur. (Page 490.)

Le père Koukoubenko était trop madré et trop expérimenté pour ajouter complètement foi à ses belles promesses et avoir pleine confiance dans l'avenir...

Mais il se garda bien d'exprimer des doutes et félicita chaleureusement sa fille de ses bonnes dispositions.

Il fut donc convenu que Natinska travaillerait comme un brave fille et que son père l'éveillerait tous les matins à cinq heures.

Un matin, après avoir bu son premier verre d'eau-de-vie et fumé une bonne pipe, le père Koukoubenko s'en alla joyeusement frapper à la porte de sa fille.

A sa grande surprise, rien ne répondit.

— Au diable la dormeuse ! dit l'aubergiste. Eh ! Natinska ! Natinska !... Ne m'entends-tu donc pas, mon petit pigeon ?...

Toujours même silence.

Koukoubenko se baissa, colla ses lèvres au trou de sa serrure et se mit à crier :

— Eh ! fille de mes œuvres... veux-tu donc désespérer ton vieux père en retombant dans tes habitudes de fainéantise ?

Rien ! rien ! rien !

Le vieil aubergiste commençait à être inquiet, et, comme il arrive souvent chez les gens de son caractère, son inquiétude se tournait en colère.

— Natinska !... Natinska !... criait-il. Je me donne au diable si tu n'es pas punie de ta paresse... Ouvre, ou par les os de ton grand'père, je te mettrai nue comme un petit saint Jean et je te fouetterai jusqu'à ce que tu deviennes couleur de cerise.

Evidemment, si Natinska eût été à même d'entendre son père, une pareille menace ne fût point restée sans réponse...

Mais, rien ne bougeait dans la chambre de la jeune fille.

Eperdu, Koukoubenko s'écria :

— Ma fille !... ma fille !... Est-elle morte ou l'a-t-on enlevée ?... Ah ! je vais en avoir le cœur net.

Il courut chercher une hache et, d'un seul coup, il enfonça la porte...

Alors un spectacle affreux s'offrit à ses regards et le fit reculer d'horreur.

Natinska était étendue au pied de son lit dans une mare de sang.

Ses yeux étaient encore grands ouverts, et, bien qu'éteints comme deux globes de verre dépoli, exprimaient une indicible épouvante.

Sa chemise était imprégnée de sang ; le sang avait jailli partout dans la chambre, il y en avait jusque sur les icones, jusque sur les poutres du plafond.

Muet de désespoir et d'horreur, le vieil aubergiste s'approcha du cadavre et constata qu'il avait la gorge largement ouverte, un flot de sang s'était échappé par là...

De plus Natinska était blessée à la tête, et ses mains semblaient tailladées...

La malheureuse fille avait dû soutenir une lutte terrible contre son assassin.

Lorsque la première stupeur fut passée, l'aubergiste se mit à pousser des cris lamentables.

Il ouvrit la fenêtre donnant sur la principale rue du village et cria :

— Au secours ! au secours ! Ma fille est assassinée !... On a tué ma pauvre Natinska !

En quelques minutes, l'auberge fut pleine de monde.

La chambre de Natinska ne tarda point à être envahie.

C'étaient des lamentations à fendre le cœur...

Les propos les plus incohérents s'entrecroisèrent.

— Calme-toi, Koukoubenko, le Seigneur le voulait ainsi !

— Ne dites point cela !... le Seigneur ne veut pas le mal...

— Il prend quelquefois des enfants de la terre, pour en faire des anges du ciel...

— Il ne les fait pas mourir de cette façon alors ! Il a pris ma pauvre femme il y a peu de temps, mais elle est morte dans son lit, assistée par les ministres dela religion...

— Grand Dieu, que de sang elle avait !...

— Qui eût dit cela ?... Elle était si pâle depuis quelque temps !

— Quel est le lâche qui a pu ainsi égorger une pauvre fille ?...

— Peut-être s'est-elle tuée elle-même... Elle était si triste !...

— Ne dites pas que ma fille s'est tuée !... La pauvre colombe avait trop de religion pour cela !...

— Il faudrait la remettre sur son lit...

— N'y touchez pas...

— C'est juste !.... Il ne faut pas y toucher jusqu'à ce que les magistrats soient venus...

— Est-on allé chercher le *soudiebny slievatel* (juge d'instruction)?

— On vient d'y courir, mais il y a loin d'ici à Kiew.

— En attendant, le maire va venir.

— Et le prince aussi, je pense...

— Son Excellence va venir...

— Voici Son Excellence.

Bolstoï, pâle comme un spectre, venait d'entrer dans la chambre de la victime.

Il était accompagné du maire de Daschoff, un brave vieillard à barbe blanche, du pope Georges, d'Ivan Georgewitch, du duc de Luzençay, du marquis de Crozant et du peintre Templier.

— Mon « frère », mon ami, dit le prince en se jetant dans les bras de l'aubergiste, combien je prends part à votre douleur !...

— Dieu vous bénisse, « frère » ! Jamais malheur comparable ne frappa un honnête homme !... Ma fille, ma pauvre fille ! ma chérie, ma colombe ! ma belle et pure Natinska, quel mal avait-elle fait dans ce monde, et quel ennemi pouvait-elle avoir ?... Et la voilà, maintenant, la voilà, couchée, glacée dans tout son sang !.... Dieu peut-il permettre de telles choses ? Est-il juste, est-il bon, lui qui laisse s'accomplir de pareilles horreurs ?...

— Tais-toi, fils ! dit le pope Georges, ne blasphème pas... Dieu permet ce qu'il veut et sait ce qu'il fait... Ni toi, ni moi ne sommes juges de ses décrets...

— Tu parles bien, prêtre, reprit Koukoubenko, oui, tu parles bien, ta

langue est dorée, et on l'a bien ciselée pour l'éloquence dans ton séminaire...
Mais tu dis des choses faciles, pope Georges ; il t'est aisé d'entendre les plaintes
des autres, toi qui n'a pas sujet de te plaindre... Ton fils vit, ta femme vit,
tes coqs et tes poules vivent ; moi j'ai tout perdu, car Natinska était toute ma
famille, c'était ma fille, ma femme, ma mère et ma servante ; et ma petite
sainte, et la fée bienfaisante de ma maison!... En la perdant, je perds mon
bonheur et ma fortune, ma joie et mon argent... Qui viendra dans mon
auberge maintenant ? Natinska ne sera plus là pour servir les clients... Je
n'aurai plus que des filles de service, laides et couvertes de taches de
rousseur... A qui donnerai-je mon baiser et ma bénédiction le soir et le
matin, qui priera pour moi devant les icones, pour qui vais-je amasser de
l'argent ? Oh ! oh ! oh !... pope Georges, il te faudra coudre mes lèvres avec
du fil de laiton, si tu ne veux pas que je blasphème !

Et le pauvre Koukoubenko terrassé par son désespoir tomba en syncope.

Tandis qu'on lui prodiguait les soins nécessaires, le maire de Daschoff
prenait la parole.

— Remettons-nous le cadavre sur le lit, Excellence ? demanda-t-il au
prince...

— Sans doute, il ne peut pas rester dans cette situation jusqu'à l'arrivée du
juge d'instruction, répondit le prince.

Le maire fit un signe, et quelques paysannes replacèrent Natinska sur son
lit où elles l'arrangèrent décemment.

— Le médecin va-t-il bientôt venir ? demanda le maire.

— Je crois que le voici, répondit un paysan.

La foule venait de s'écarter pour faire place au docteur Pancratieff, le seul
médecin patenté qu'il y eût aux environs.

Le docteur Pancratieff était un homme de cinquante-cinq ans environs, aux
yeux doux, aux cheveux longs, à la barbe fournie, qui avait le type petit-russien
très accentué, mais s'habillait à la dernière mode de Paris ou plutôt de
Londres.

Fils d'un paysan de Daschoff, il avait fait de très bonnes études en Allemagne
et en France. il était frotté de littérature, imprégné de métaphysique et offrait
un singulier mélange de naïveté slave, de pédantisme germanique et de
scepticisme français.

De même que les médecins du temps de Molière citaient continuellement
Aristote, Hyppocrate, et et Gallien, il ne cessait de citer Kane, Shopenhauër...
et M. Renan.

Une de ses prétentions — sa prétention primordiale même — était d'avoir
un diagnostic infaillible, et cela non seulement en médecine, mais en toutes
sortes de choses.

Il se vantait de deviner au premier coup d'œil non seulement le caractère
d'une maladie, mais le caractère d'un homme.

D'un pas moitié dégagé. moitié hésitant, le docteur s'approcha du lit, puis il se mit à examiner le cadavre, en ayant l'air de dire :

— Attention ! le docteur Pancratieff va vous dire non seulement comment Natinska fut assassinée, mais encore pourquoi on l'a assassinée... Qu'avez-vous affaire du juge d'instruction puisque le docteur Pancratieff est là ?

Comme il fallait déshabiller le cadavre, le docteur manifesta le désir d'être laissé seul, en compagnie du maire et du prince, tous deux représentant d'une façon diverse l'autorité.

La foule qui encombrait la chambre se retira...

Les visages étaient fort sombres et le prince observa quelques regards qui l'inquiétèrent...

Après un examen attentif, le docteur Pancratieff se prononça.

La fille de Koukoubenko devait avoir été assassinée vers trois heures du matin.

Le premier coup avait été porté à la gorge avec un instrument fort tranchant, peut-être un poignard japonais.

Ce premier coup, atteignant les cordes vocales l'avaient rendu aphasique, c'est-à-dire incapable de proférer un cri, mais il n'avait pas immédiatement occasionné sa mort.

La jeune fille, probablement surprise dans son sommeil, avait pu s'élancer hors de son lit...

Elle avait dû lutter contre son assassin, comme en témoignaient les coups à la tête et les hachures des mains.

Du reste, la blessure de la gorge était nécessairement mortelle...

Tout le sang de l'infortunée devait s'écouler par cette large entaille,

Lorsque le médecin eut rédigé son rapport, que signèrent conjointement à lui le maire et le prince, on rhabilla Natinska, mais on ne devait pas procéder à la toilette funèbre avant l'arrivée du juge d'instruction.

Ce dernier, au reçu de la dépêche annonçant le drame de Daschoff, s'était hâté d'accourir en poste, accompagné par son greffier et deux agents de police.

Selon la coutume il devait commencer son enquête sans l'assistance du prince, du maire et de tout autre habitant de Daschoff.

Il faisait nuit noire, lorsque les instructeurs pénétrèrent dans la maison de Koukoubenko.

L'aubergiste, au lit, gravement malade, n'avait pu les recevoir.

On attendait un moment favorable pour l'interroger.

Cependant le prince était retourné au château dont tous les hôtes étaient dans la plus poignante émotion.

Amélia s'était retirée dans ses appartements où elle n'avait reçu personne, pas même Jeanne Templier.

Le prince se fit annoncer à elle.

Elle le reçut immédiatement.

Depuis leur petite scène conjugale, les deux jeunes époux s'étaient complètement réconciliés.

Ils échangèrent donc un cordial baiser, et le prince prit le premier la parole.

— Eh bien, Amélia, dit-il, pourquoi cette réclusion, toute la journée ? Seriez-vous souffrante ?

— Non, mon ami, répondit la jeune femme, mais vous comprenez quelle triste émotion j'ai dû éprouver en apprenant la mort de cette pauvre fille.

— Inutile de vous dire, Amélia, que mon émotion n'a pas été moins profonde.

— Je la plains de tout mon cœur et je déplore très sincèrement sa fin tragique, mais mon chagrin vient se compliquer d'une singulière inquiétude.

— Que voulez-vous dire ?

— En vérité, mon ami, j'hésite à m'expliquer franchement.

— Il le faut pourtant, ma chère Amélia.

— Eh bien, mon ami, je crains que vos paysans...

— Achevez ?

— Ne m'accusent d'être pour quelque chose dans le meurtre de cette pauvre jeune fille.

— Vous ?... s'écria Bolstoï en devenant très pâle.

Amélia sourit légèrement.

— Oh ! reprit-elle, je ne crains pas qu'on m'accuse de l'avoir fait assassiner, car ce serait là une accusation tellement ridicule que vous et moi nous contenterions de la mépriser et d'en rire, mais j'ai peur, que dans leur naïveté superstitieuse, toutes ces bonnes gens ne prétendent que j'ai porté malheur à Natinska... Vous savez qu'on m'accuse déjà de *jettatura*...

Bolstoï avait l'air beaucoup plus préoccupé que sa femme.

Il fronça les sourcils et devint sombre.

— J'espère, Amélia, dit-il, que ces sottises s'évaporeront comme de légers nuages... En présence d'un drame trop réel, nos paysans oublieront leurs absurdes chimères.

— De quel ton vous me dites cela, mon cher Nicolas !... Je vois que vous partagez mes tristes pressentiments.

— Allons, ne vous énervez pas, Amélia. Il est évident que la mort tragique de Natinska va nous causer de gros ennuis, sans compter le très sincère chagrin qu'elle nous fait éprouver. Mais c'est une raison de plus pour conserver toute notre énergie, tout notre sang-froid, et ne point user vos forces en vaines inquiétudes. Je vous laisse, chère amie : reposez-vous, dormez en paix, calmez votre esprit, tout finira bien, soyez-en sûre.

De nouveau, les jeunes époux échangèrent un baiser et Bolstoï prit congé de sa femme avec la tendresse galante qu'il montrait d'habitude.

XXVII

OU LE PRINCE BOLSTOÏ REÇOIT LA VISITE DU JUGE D'INSTRUCTION PETCHELIKOF,

Trente-huit heures s'étaient écoulées depuis l'assassinat de la pauvre Natinska.

Le prince Nicolas Bolstoï travaillait dans son cabinet, lorsqu'un domestique vint lui dire :

— Un homme est là, qui demande Votre Lumière.

— Quel homme ?

— C'est, je crois, le magistrat de Kiew.

— Le juge d'instruction ?

— Le juge d'instruction, comme l'a dit Votre Lumière.

— Faites-le entrer dans le salon des Boiseries. Je vais le recevoir.

Le prince se rendit dans le salon où il recevait les gens de marque, et le juge d'instruction ne tarda pas à l'y rejoindre, annoncé solennellement par un huissier à chaîne d'argent.

Le juge d'instruction Petchelikof était un homme encore assez jeune, qui ressemblait plus à un officier qu'à un magistrat.

Un regard aigu, pénétrant, presque inquisitant, perçait sous ses lunettes montées en vermeil.

Il s'inclina profondément devant le prince qui lui dit, après après lui avoir avancé lui-même un fauteuil :

— Veuillez vous asseoir, monsieur le juge.

— Aux ordres de Votre Excellence, répondit le juge.

Et il s'assit.

— Dites moi, je vous prie, monsieur le juge, ce qui me vaut l'insigne honneur de votre visite...

— Votre Excellence doit bien penser que je viens lui parler du crime affreux qui a ensanglanté son domaine.

— Je le pensais, en effet... Votre instruction est terminée ?

— Oui, Excellence... Et je viens vous en rendre compte.

— Je vous sais gré de cette marque de déférence, monsieur le juge ; mais je n'ai aucun droit à contrôler vos recherches.

— Vous avez le droit d'en connaître le résultat, mon prince...

— Veuillez donc parler, monsieur le juge.

— Avec votre permission, je procéderai par ordre.

— Je vous écoute.

— Je commencerai par exprimer un regret... Il est fâcheux que l'on ait cru devoir remettre le cadavre de Natinska sur son lit... Il eût été beaucoup plus régulier et plus légal de la laisser dans la position où l'avait trouvé son père.

— Je suis en partie responsable de cette irrégularité, monsieur le juge; la pauvre Natinska était tombée dans une situation peu décente...

— Je n'insiste pas, mon prince; cela ne nous a pas empêchés de reconstituer le crime. Vous savez déjà, mon prince, que la jeune fille a d'abord reçu un coup d'instrument tranchant à la gorge, que, ses cordes vocales ayant été coupées, elle n'a pu faire entendre un cri, qu'elle a lutté contre son assassin...

— Je sais tout cela...

— Quel est cet assassin?... Est-ce un voleur?... Non, assurément...

— Comment pouvez-vous l'affirmer, monsieur le juge?

— J'ai pour cela toutes sortes de raisons, Excellence.

— Je vous écoute.

— Vous savez aussi bien que moi, mon prince, que les crimes de droit commun sont extrêmements rares dans ce pays.

— Oui, monsieur le juge, et j'en suis fier.

— Il y a à Darchoff et autour de vos domaines des maraudeurs, mais on n'y voit point de voleurs... surtout de voleurs assassins. Ceux que la misère pousserait au crime sont retenus par leurs principes religieux et aussi par l'esprit charitable de la contrée. Vos paysans sont comme vous, Excellence, ils ne refusent jamais l'aumône...

Le prince sourit et s'inclina.

— Les vagabonds, les bohémiens, qui de temps en temps traversent le pays, sont eux-mêmes des gens assez inoffensifs. Leurs méfaits ne dépassent pas quelques innocentes rapines. Il y a vingt-cinq ans, un tzigane vola le petit enfant d'un paysan de Daschof. Depuis, ce crime ne fut point renouvelé. Les tziganes errants ne volent que des choux, des betteraves ou des pommes. Mais il y a une raison plus péremptoire pour que le vol n'ait pas été le mobile du meurtre de Natinska.

— Et cette raison?

— C'est qu'aucun meuble n'a été dérangé ni fracturé dans la chambre de la jeune fille ou dans toute autre pièce de l'auberge. Natinska n'a pu crier, nul n'a entendu le bruit de la lutte qu'elle a soutenue avec son assassin. Le voleur eût donc pu opérer à l'aise. Or, je vous le répète, rien n'a été volé chez Koukoubenko, il n'y a pas même eu tentative de vol.

— Voilà qui est probant!

Bolstoï anéanti, s'était affalé sur son fauteuil. (Page 501.)

— N'est-ce pas, Excellence ?

— Oh ! c'est tout à fait mon avis.

— Nous entrons donc dans la catégorie des crimes passionnels.

— Que voulez-vous dire ?

— Que l'assassin de Natinska a dû obéir à une passion... la haine, le jalousie, la vengeance ?

— Hélas ! la pauvre enfant n'avait pas d'ennemis.

La figure du juge prit une expression équivoque.

Son Altesse Nounouche   63

— Ce n'est pas ce qu'on dit dans le pays, Excellence...

— Ah !... Et que dit-on dans ce pays ?

— J'y arriverai tout à l'heure, mais je veux procéder par ordre, comme j'ai eu l'honneur de vous le dire. Nous avons dû, d'abord, nous demander si le crime avait été commis par quelque homme de la maison. Ce qui rendait cette hypothèse assez vraisemblable, c'est qu'il nous était impossible de deviner par où le meurtrier était entré dans la chambre de la jeune fille. Mais, un examen plus attentif nous permit bientôt d'acquérir la conviction que le criminel était venu du dehors...

— Ah ! ah !...

— Oui... La chose nous semble de toute évidence...

— Et pourquoi ?

— Etes-vous jamais entré dans la chambre de Natinska, mon prince ?

— J'y suis entré une fois, dit Bolstoï.

Et ses joues se couvrirent d'une légère rougeur, qui n'échappa point au juge d'instruction.

— Si vous êtes entré dans la chambre de Natinska, reprit Petchelikof, vous vous rendez un compte exact de l'état des lieux. La porte d'entrée donne sur un petit escalier tournant. Elle était fermée à double tour et Natinska avait placé la clef sous son traversin. Rien n'a été tenté pour l'ouvrir, avant que Koukoubenko ne l'eût enfoncée d'un coup de hache. La serrure était intacte. En face de la porte, le lit de la jeune fille, qui occupait tout ce côté de la chambre. A droite, une fenêtre donnant sur la cour de l'auberge ; ce n'est point par là que l'assassin est passé ; cette fenêtre n'avait pas été ouverte ; il eût d'ailleurs été impossible de l'ouvrir de l'extérieur et le mur ne présente aucune trace d'escalade. A gauche, une autre fenêtre donnant sur le village. A cette fenêtre, il manquait un carreau de vitre. Il n'avait point été remplacé, ce qui n'a rien d'étonnant, vu la nonchalance de nos paysans. Natinska se garantissait du vent ou de la pluie par un simple rideau. De prime abord, il paraissait impossible qu'un homme eût passé par là. Pur effet d'optique !... Nous n'avons pas tardé à nous convaincre qu'un adulte mince, élancé et habile en gymnastique, y pouvait passer fort aisément...

« Cette fenêtre est élevée de trois mètres seulement au-dessus du sol. L'accès en est facile à l'aide d'une échelle, et même... retenez bien ceci, Excellence... à l'aide d'un bond avec coup de pied contre le mur et comme en pratiquent souvent les clowns ou les acrobates les plus ordinaires...

« Or, il y a une forte éraflure à mi-chemin de la fenêtre au sol. Et dans cette éraflure on reconnaît l'empreinte d'un bout de soulier ou de bottine.

« Evidemment, l'assassin a pu bondir jusqu'à la fenêtre, s'asseoir sur l'entablement extérieur, passer par l'ouverture recouverte d'un morceau d'étoffe facile à soulever et s'élancer jusqu'au lit de Natinska...

— Voilà, monsieur le juge, qui tendrait à prouver que le meurtre a été

commis par un de ces bohémiens errants auxquels vous faisiez allusion tout
à l'heure.

— Oui, s'il ne se trouvait pas ici même, à Daschof, un jeune homme d'une
vigueur et d'une agilité exceptionnelles, qui, il y a quelques jours, en se jouant,
a accompli un tour de force analogue au grand ébahissement de nos bons
Cosaques....

— Et cet homme?...

— Habite votre propre château, Excellence.

— Son nom?...

— Robert Templier!

— Mon hôte?... Ce jeune peintre de tant de talent et de tant d'honnêteté?

— Lui-même.

— Allons donc, monsieur, vous êtes fou!...

— De grâce, mon prince, n'oubliez pas que je viens ici revêtu d'un caractère
officiel, que je représente Notre Père l'Empereur de toutes les Russies.

— C'est juste, monsieur, je vous prie de m'excuser et de continuer.

— De graves soupçons se sont donc portés presque tout d'abord sur le sieur
Robert Templier...

— Voulez-vous me permettre de vous faire observer, monsieur, que ce jeune
artiste est, par son passé, à l'abri de tout soupçon?...

— Hum! hum!... Permettez-moi de vous faire observer à mon tour,
Excellence, que le sieur Robert Templier est un aventurier français, dont la
conduite fut, de notoriété publique, fort dissipée, et qui a cru devoir épouser la
propre sœur d'un assassin!...

— N'oubliez pas, monsieur, que M. et Mme Templier sont mes hôtes et que
ma protection les couvre!...

— Vous êtes connu, mon prince, pour professer une grande indépendance
d'idées. Vous ne voyez pas les choses comme tout le monde. Il vous est arrivé,
à l'instar du prince Rodolphe, des *Mystères de Paris*, de prendre sous votre
haute protection des gens qui s'étaient exposés à toutes les rigueurs de la
vindicte publique.

Bolstoï avait peine à contenir son indignation.

Peu s'en fallut que d'un coup de son poing herculéen il n'étendît sur le
parquet cet insolent magistrat.

Son atavisme de grand seigneur russe le poussait à faire saisir le juge par
quelques-uns de ses *moujicks* et à lui faire donner le *knout*.

Mais, grâce à un effort de volonté quasi surhumain, il resta calme.

— Monsieur le juge, dit-il, si j'ai essayé parfois de ramener des égarés au
bien par des procédés inusités, j'ai cru faire mon devoir; Dieu a vu mon âme...
Quant à M. Robert Templier et sa jeune femme, je vous jure, sur mon honneur
de gentilhomme, que ce sont les plus honnêtes gens du monde, qu'il n'y a
aucun fait répréhensible dans leur passé et qu'ils sont incapables non

seulement d'un abominable forfait, mais de la moindre indélicatesse...
D'ailleurs mon ami Templier pourra aisémentétablir un alibi.

— Je ne le pense pas, mon prince...

— Et pourquoi donc?

— Parce qu'une personne dont je n'ai nulle raison pour suspecter la parole,
affirme l'avoir vu, d'une fenêtre de sa maison, se diriger vers deux heures et
demie du matin vers l'auberge de Koukoubenkou.

Le prince haussa les épaules.

— Quelle est cette personne? dit-il. Que faisait-elle à deux heures et demie
du matin à sa fenêtre? Comment admettre que Robert Templier a osé escalader
un mur en pleine rue, lorsqu'il était exposé aux regards de tout le village?

— Je ne vois aucun inconvénient à répondre sans plus de retard à vos
questions, mon prince; la personne dont je parle, c'est Ivan Georgewitch.

— Le fils du Pope?

— Oui, Excellence...

— N'oubliez pas qu'il a été expulsé de l'Université de Kiew pour ses doctrines
subversives...

— Et vous, n'oubliez pas, Excellence, que vous avez professé des idées qui
n'étaient pas sans analogie avec celles d'Ivan Georgewitch... On peut être
révolutionnaire sans être capable d'un faux témoignage; n'est-ce point votre
avis?

— Que diantre Ivan Georgewitch faisait-il à sa fenêtre au milieu de la
nuit?

— Ivan est un homme d'imagination, un poète, un rêveur...

— Oui, il faisait des ballades à la lune?

— Pourquoi pas?

— Et Robert Templier qui habite un petit appartement ici même, avec sa
jeune femme... comment est-il sorti du château sans éveiller l'attention de qui
que ce soit... même de son épouse?...

— Rien ne prouve, Excellence, que Mme Templier ne soit complice de son
mari.

— Mais les autres habitants du château?...

— Le sieur Templier pouvait avoir des complices ici-même.

— Qu'osez-vous dire?

— J'ose dire ce que je dois dire, mon prince... Il va falloir bien du courage
pour achever... Je crois, en mon âme et conscience, que le sieur Templier n'a
pas agi pour son propre compte; il a tué Natinska pour satisfaire une vengeance;
la vengeance d'une personne qui vous tient de près...

— Hein?... m'accuseriez-vous moi-même, monsieur le juge?

— Non, mon prince, j'ai même tout lieu de croire que, si vous aviez été
averti du crime abominable qui se préparait, vous l'eussiez empêché par tous
les moyens possibles. A mon avis, à l'avis de tous mes collègues de l'instruction,

le sieur Robert Templier n'a été que l'agent de Mme la princesse Bolstoï, née Amélia Quintiliani !

Le prince fut frappé en plein cœur.

Certes, il ne s'attendait pas à un coup pareil.

Cependant, depuis la mort tragique de Natinska, il était assailli par les plus sinistres pressentiments.

Son émotion était trop violente, il était trop terrassé par la surprise pour avoir la force de se lever de son siège.

Les yeux dilatés, la bouche béante, blanc comme un spectre, il regardait le juge fixement...

Tout à coup une réaction s'opéra.

Il poussa un cri qui n'avait rien d'humain et se précipita sur le juge.

On sait que Nicolas Bolstoï était d'une force herculéenne.

S'il eût atteint Petchelikof, ce dernier était perdu.

Mais Petchelikof avait prévu le cas.

Il donna un coup de sifflet, quelques gendarmes (1) apparurent et s'emparèrent si brusquement du jeune prince qu'il n'eut pas la possibilité de donner suite à sa fureur.

— Excellence, lui dit le juge tandis qu'il était comme paralysé par les robustes mains des quatre gendarmes, il y a quelques années les choses ne se seraient pas passées ainsi. Peut-être une instruction eût-elle été faite, mais quel qu'en eût été le résultat, on eût étouffé l'affaire. Aujourd'hui, grâce aux admirables réformes introduites dans l'empire par S. M. le czar Alexandre II, tous les Russes sont égaux, sinon socialement, du moins devant la loi. Vous trouverez donc bon, Excellence, que je vous empêche, par tous les moyens légaux, de vous opposer à l'action de la justice, et que je continue mon instruction en toute liberté et selon les formes voulues... Capitaine, veuillez garder Son Excellence à vue dans ce cabinet et veillez à ce que vos hommes le traitent avec tous les honneurs dus à son rang et à son caractère.

Bolstoï, anéanti, s'était affalé sur un fauteuil.

Le juge Petchelikof lui fit un profond salut et sortit du cabinet de l'air triomphant d'un fonctionnaire, parti de très bas, qui a la satisfaction d'humilier un grand seigneur.

(1) En Russie, les *gendarmes* portent exactement le même nom qu'en France.

XXVIII

OU AMÉLIA SE DEMANDE SI ELLE RÊVE.

Peu à peu des troupes nombreuses étaient arrivées de Kiew.

Elles entouraient le château, et cette précaution était nécessaire car la population s'était tout à coup exaltée au point de mettre en danger la vie de tous les hôtes de Daschof.

Tandis qu'une indicible émotion régnait dans tout le village, tandis que le prince Nicolas Bolstoï, subitement atteint d'une congestion cérébrale, délirait dans son lit, tandis que Robert Templier, Jeanne, et même le marquis de Crozant et le duc de Luzençay étaient gardés à vue, le juge Petchelikof, convenablement installé dans un des grands salons du château, naturellement entouré de gendarmes et d'officiers, assisté d'un greffier, d'un juge suppléant et de plusieurs hommes de police, faisait comparaître devant lui Mme la princesse Amélia Bolstoï.

On sait que, depuis quelques jours, Amélia était assiégée de sombres pressentiments.

Elle s'attendait à ce que les ignorants paysans de Daschof l'accusassent d'avoir porté malheur à la pauvre Natinska... mais qu'on lui reprochât de l'avoir fait assassiner par Robert Templier, voilà qui dépassait les plus sinistres suppositions.

Il n'y avait pas à en douter cependant, telle était bien l'imputation qui pesait sur elle !

Les bruits du dehors l'en avaient instruite avant même qu'elle fût appelée devant le juge d'instruction.

Le juge Petchelikof s'inclina, lorsqu'elle entra, et fit signe à un officier de lui approcher un siège.

La jeune femme, vêtue d'une robe d'intérieur fort simple, était pâle, mais d'apparence calme.

Elle s'assit et fixa un regard très franc et très lumineux sur le juge.

Heureusement pour sa dignité, elle était parvenue à reprendre possession d'elle-même.

— Madame, dit le juge, puis-je vous interroger? Etes-vous en état de me répondre ?

— Sans doute, monsieur, répondit la princesse avec quelque hauteur.

— Il serait régulier, madame, que je vous posasse quelques questions relatives à votre naissance, mais peut-être ne pourriez-vous pas y répondre suffisamment.

— En effet, monsieur, je n'ai jamais connu mon père.

— Vous avez passé vos premières années aux environs de Barcelonnette, chez de pauvres paysans?

— Oui, monsieur.

— Vous êtes venue toute jeune à Paris?

— Oui, monsieur.

— Et pourquoi y êtes-vous venue?

— Les gens qui avaient élevé mon enfance étaient morts : on m'avait envoyée pour y trouver un certain Richard que je n'ai jamais vu ni connu. Je suis alors tombée dans les mains d'une abominable femme, appelée la Mouchotte, qui me battait cruellement pour me forcer à mendier.

— Ne vous a-t-elle pas contraint d'exercer quelque métier plus suspect?...

— Je crois comprendre ce que vous voulez dire, monsieur, et franchement vous auriez pu m'épargner cette question désobligeante. Enfin, puisqu'il faut vous répondre, je vous dirai que je suis sorti des griffes de cette furie aussi innocente que j'y étais entrée et que les ignominies que j'entendais chez elle restaient pour moi lettre morte.

— Vous avez participé à une tentative de vol par effraction chez Mme la princesse de Woutremont.

— J'y ai été contrainte... Et j'en bénis le Ciel, car c'est grâce à cela que j'ai retrouvé ma chère marraine...

— Vous avez vécu pendant quelque temps dans le plus grand monde parisien sous l'égide de Mme la princesse de Woutremont... Un jour, vous êtes revenue chez la Mouchotte.

— Dites, monsieur, que j'ai été de nouveau volée par des misérables qui m'ont remis au mains de cette mégère.

— Il y avait dans la compagnie de cette Mouchotte, un jeune scélérat nommé Louis Hérault, dit *Toto-Mes-Puces*. Quelques personnes ont prétendu...

— Assez, monsieur! par respect pour moi et pour la justice, assez!... Vous en avez déjà trop dit... Je vous jure que vous allez commettre une infamie, monsieur le juge! Permettez-moi de vous faire observer, d'ailleurs, que ce dont vous me parlez là n'a rien affaire avec ce dont vous vous occupez aujourd'hui.

— J'en conviens, madame. Peut-être ai-je un peu dépassé mon mandat en désirant être trop méthodique...

— C'est mon sentiment, monsieur... De grâce, venez-en aux faits qu'on a l'étrange idée de me reprocher.

Le juge Petchelikof se sentait assez mal à l'aise.

Il s'était imaginé qu'il allait terroriser une pauvre petite femme, d'une origine problématique, nouvellement parvenue aux grandeurs, probablement fort ignorante, et voilà qu'il se trouvait en présence d'une vraie grande dame, énergique et fière, qui lui répondait avec autant de convenance que de dignité, et semblait parfaitement à même de le ramener aux convenances s'il était tenté, de s'en écarter.

Petchelikof, comme nous l'avons déjà constaté, était parti de rien. Son père était un simple moujik qui, protégé par un riche marchand, avait pu faire donner quelque éducation à son fils et le pousser dans le *Tchinn* (emploi public).

S'il n'eût point réussi aussi rapidement, Petchelikof fût peut-être devenu nihiliste.

Il appartenait à cette catégorie de déclassés qui fournissent le principal contingent du parti révolutionnaire en Russie.

Mais tout lui avait souri : il était arrivé jeune au grade de juge d'instruction et il professait les opinions les plus conservatrices...

Du reste son « conservatisme » ne l'empêchait point de haïr, au fond de l'âme, les membres de la véritable aristocratie.

Très dédaigneux pour le peuple dont il sortait, il enviait la noblesse qui ne le regardait pas comme un noble proprement dit et refusait de le classer parmi les gens du monde.

De là l'espèce de joie, ou, pour mieux dire, le véritable bonheur qu'il avait éprouvé en humiliant le prince Nicolas Bolstoï, un des plus riches et des plus nobles représentants de l'aristocratie russe.

Il espérait se donner un plaisir analogue, plus vif peut-être, en faisant comparaître la princesse Amélia devant lui...

Il était fort déçu.

Mais c'était un homme trop intelligent et trop politique pour pousser trop loin les choses quand il s'agissait de gens aussi considérables que la châtelaine de Daschof.

En présence de l'attitude de la princesse, la sienne changea presque subitement et ce fut avec une extrême douceur et toute la bonne foi possible, qu'il continua son interrogatoire.

— Madame, dit-il, lorsque vous êtes venue habiter le château de Daschof en compagnie du prince Nicolas, votre époux, vous avez été tout d'abord fort bien accueillie par la population de ces contrées.

— En effet, monsieur.

— Un moment est venu pourtant où les paysans de Daschof vous ont témoigné quelque défiance.

— On me l'a dit, monsieur ; mais, à vous parler franchement, je ne m'en étais pas aperçue.

— Il faut excuser les gens ignorants et primitifs, madame...

— Oh ! je leur pardonne de tout mon cœur.

Je ne répondrai rien à cette absurde accusation, Monsieur... (Page 507.)

— Loin de moi la pensée de vous adresser des reproches intempestifs, mais ne croyez-vous pas que, en vous montrant moins fière, plus familière avec ces bonnes gens...

— Je ne me suis jamais montrée fière avec personne, monsieur, encore moins avec les humbles qu'avec les puissants. Ce qu'on a pu prendre, à certains moments, pour de la fierté ou de l'orgueil, n'était qu'une timidité bien excusable chez une jeune femme encore fort novice et à peine délivrée d'une vie de souffrances et d'angoisses perpétuelles.

Son Altesse Nounouche   64

— Vous êtes très attachée à votre mari?

— Oh oui, monsieur, je l'aime de tout mon cœur!...

— Il serait donc assez naturel que vous ayez éprouvé des sentiments jaloux...

— Pourquoi les aurais-je éprouvés, monsieur? Le prince est le modèle des époux...

— Je n'en veux point douter, madame, mais vous avez pu croire le contraire?

— Je n'ai jamais cru le contraire, monsieur.

— Vous avez maintenant intérêt à l'affirmer... N'avez-vous pas, à diverses reprises, exprimé des doutes fâcheux sur les relations de votre mari et de Natinska?

Amelia parut hésiter.

Petchelikoff reprit, toujours sur le ton le plus doux:

— Vous ne s'auriez nier, madame, qu'il n'y ait eu entre le prince Bolstoï et vous quelques scènes pénibles... des scènes de jalousie... de véritables querelles de ménage?

— Je vous demande pardon, monsieur, je le nie formellement.

— Cependant ces scènes ont été entendues.

— Par qui?

— Par vos gens.

— Je ne pense pas que la justice russe ait assez peu de souci de sa dignité pour s'arrêter à des racontars de valets ou de serfs. Il est possible que mon mari et moi ayons eu quelques petites discussions, mais elles étaient sans nulle importance.

— On vous a entendu proférer à haute voix des menaces contre Natinska.

— On a cru entendre des menaces, monsieur, on s'est trompé... Je n'ai jamais menacé personne...

— C'est bien, madame, je n'insiste pas... Il y a longtemps, n'est-il pas vrai, que vous connaissez le sieur Robert Templier?

— Assez longtemps, oui, monsieur.

— Cet artiste a épousé la sœur d'un jeune homme que vous avez beaucoup connu à Paris.

— Mon excellente amie Mme Templier, a, en effet, le malheur d'être la sœur d'un jeune scélérat, frappé par la justice française... mais ce n'est pas la faute de cette très honorable jeune femme, et, bien que j'aie eu fort gravement à me plaindre de son frère, j'ai pour elle la plus vive amitié et la plus profonde estime.

— N'est-ce pas vous qui avez insisté pour que le prince Bolstoï amenât à Daschof le ménage Templier?

— Non, monsieur. Tel était le désir personnel de mon mari... Je dois avouer que ce désir comblait tous mes vœux.

— Je dois vous dire, madame, que vous êtes fortement soupçonnée de vous être servie du sieur Templier pour exercer une vengeance contre Natinska ..

— Je ne répondrai rien à cette absurde accusation, monsieur... du moins en ce qui me concerne. Quant à M. Robert Templier, je serais curieuse de savoir sur quoi l'on base l'inculpation portée contre lui?

— Il a été vu se dirigeant, à deux heures du matin, vers l'auberge de Koukoubenko.

— Et par qui, s'il vous plaît?

— Par Ivan Georgewitch.

— Ivan Georgewitch en a menti !

— Cela est facile à dire, madame. Au surplus, il va être confronté avec le sieur Templier... Nous verrons bien ce qu'il résultera de cette confrontation.

— Dieu est trop juste, pour qu'elle ne tourne pas à la confusion d'Ivan Georgewitch, monsieur le juge... Quant à moi, je ne vous dirai plus rien; il serait donc absolument superflu de continuer cet interrogatoire.

Malgré la ferme déclaration de la princesse, le juge Petchelikof essaya de poser encore quelques questions à la princesse, mais elle s'enferma dans un mutisme absolu, et le magistrat finit par ordonner qu'on la reconduisît dans ses appartements où elle devait rester sous la surveillance des hommes de police et dans l'impossibilité de communiquer avec son mari.

Quelques instants après, Robert Templier était introduit auprès du juge Petchelikof.

XXIX

OU LE JUGE PETCHELIKOF A DU FIL A RETORDRE.

Le jeune artiste, sans professer des opinions subversives, n'avait pourtant pas la superstition de la justice.

Il respectait la magistrature comme une institution nécessaire, mais il ne regardait pas les juges comme des êtres surhumains.

Il n'était donc point homme à se laisser intimider par ces regards sévères, ces sécheresses d'élocution ou ces sourires ironiques dont les juges d'instruction font volontiers usage en Russie, comme en France et dans tous les pays.

Ce fut d'un pas assez délibéré qu'il se présenta devant le juge Petchelikof qu'il salua courtoisement, mais sans respect exagéré.

Le juge commença par lui poser quelques questions assez banales sur sa profession, sa nationalité, son existence à Paris, ses relations avec le prince et la princesse Bolstoï, et Robert répondit à toutes ces questions avec autant de calme que de netteté.

— Vous avez épousé en légitime mariage une certaine Mlle Jeanne Hérault? continua le juge.

— En effet, monsieur.

— Vous n'ignoriez point que cette personne avait pour frère un misérable que la justice a condamné?

— Non, monsieur, je ne l'ignorais point.

— Comment se fait-il que vous ayez contracté un pareil mariage?

Robert Templier eut peine à contenir son indignation.

— J'ai épousé Jeanne, dit-il, parce que j'ai vu en elle le modèle de toutes les vertus. Je ne pense pas qu'il soit d'usage en Russie de rendre les sœurs solidaires ou responsables des crimes de leurs frères. Dans tous les cas, tel n'est pas l'usage en France. Je vous ferai d'ailleurs remarquer, monsieur, que mon mariage n'a rien à voir avec les singuliers incidents qui m'amènent devant vous.

— Vous n'avez pas la prétention, monsieur, de régler les questions que je dois vous poser?

— Non, monsieur, mais j'ai la prétention de ne répondre qu'à celles qui me paraîtront raisonnables et topiques.

— Je vous prie, monsieur, de le prendre d'un peu moins haut.

— Dieu me garde, monsieur, de manquer de respect à la justice russe! Mais veuillez ne pas oublier vous-même que j'ai eu l'honneur d'être reçu et accueilli avec la plus grande considération par Sa Majesté l'empereur de Russie; qu'il trouverait certainement fort mauvais qu'un Français, son hôte, fût victime d'une erreur judiciaire dans ses Etats et que, dans tous les cas, il serait le premier à ordonner que je fusse traité par les fonctionnaires de Kiew avec toute la politesse possible et tous les ménagements désirables.

Robert Templier avait, comme on dit, trouvé le joint.

Rien n'était plus capable que les paroles qu'il venait de prononcer, de jeter du trouble et de l'hésitation dans une âme de fonctionnaire moscovite.

Petchelikof se souvint que, en effet, Robert Templier avait été présenté au Czar par le prince Bolstoï, que le Czar lui avait témoigné beaucoup d'intérêt et de sympathie, et l'avait immédiatement décoré d'un de ses ordres les plus recherchés.

Son zèle accusateur se refroidit comme par enchantement et il se demanda s'il n'avait pas intérêt à trouver innocents et la princesse Bolstoï et le jeune artiste soupçonné d'avoir été l'instrument de sa vengeance.

— Monsieur, reprit le juge d'un ton singulièrement radouci, je ne demande qu'une chose, c'est de reconnaître l'iniquité des accusations que les gens du pays portent contre votre personne... et contre celle de Mme la princesse Amélia Bolstoï.

— S'il en est ainsi, monsieur le juge, rien ne vous sera plus facile que de reconnaître l'iniquité, l'inanité et l'absurdité de ces accusations.

— Cependant, monsieur, vous me permettrez de vous faire observer que des charges fort graves pèsent sur la princesse et sur vous.

— Je ne vois pas cela du tout, monsieur. Je sais déjà, par les propos qui sont dans l'air ambiant, ce que l'on reproche à la princesse Amélia. On l'accuse d'avoir fait assassiner, par jalousie, une jeune fille de la dernière classe du peuple, qu'elle soupçonnerait d'avoir eu quelques galants rapports avec son mari. C'est idiot. La princesse sait très bien que son mari est incapable de trahir les serments solennels qu'il lui a faits au pied des autels. Le prince Nicolas n'est pas un de ces gentilshommes qui considèrent le mariage comme une simple formalité et n'ajoutent qu'une importance relative aux obligations qu'il comporte.

Le prince a épousé par amour Mlle Amélia Quintiliani et il mourrait plutôt que de faillir à ses devoirs envers elle. Si cependant, il lui arrivait, dans un mouvement d'aberration, de se laisser aller à quelque amourette extra-conjugale, la princesse Amélia en concevrait peut-être un violent chagrin, mais cela ne la pousserait certainement pas à commettre un crime abominable. Quant à moi, monsieur, aucune charge sérieuse ne pèse sur moi...

— En êtes-vous bien sûr, monsieur?

— Parfaitement sûr. Je sais déjà qu'un seul témoin dépose contre moi, c'est le nommé Ivan Georgewitch, le fils du pope de cette paroisse. Or, je mets ce jeune homme au défi de prouver ce qu'il avance contre moi.

— Mon intention, monsieur, était de vous confronter avec Ivan George-witch...

— Ah! parbleu, voilà une excellente idée, monsieur le juge! Je connais déjà cet « intellectuel » et je ne serais pas fâché de me retrouver face à face avec lui.

— Vous allez être satisfait, dit le juge en fixant sur Robert Templier un de ces regards qu'il croyait intimidants.

Quelques instants après, Ivan était introduit.

L'étudiant était fort pâle, mais gardait une bonne attitude.

Il mit sa main sur son cœur et fit un profond salut au juge Petchelikof; après quoi, il s'inclina presque aussi profondément devant Robert Templier, lequel lui rendit son salut d'une façon assez cavalière.

— Ivan Georgewitch, dit le juge, vous avez porté de graves accusations contre Mme la princesse Bolstoï et M. Robert Templier, ici présent. Voulez-vous bien les répéter?

— J'oserai faire observer à Votre Lumière, répondit Ivan d'une voix très douce, que je n'ai porté d'accusation ni contre la princesse Bolstoï, ni contre M. Templier, ni contre qui que ce soit. J'ai constaté que la malheureuse Natinska, fille de l'aubergiste Tarass Koukoubenko avait au fond du cœur un amour maladif ou peut-être criminel pour son seigneur le prince Nicolas, que le prince était allé la visiter seul à seule dans sa chambre, que la princesse et le prince avaient eu, à ce propos, de très violentes scènes conjugales et que la princesse avait fait entendre des paroles de haine et de vengeance dont son entourage s'était vivement ému. Tout ce que je dis là, monsieur le juge, est, en quelque sorte, de notoriété publique. J'ai dit aussi que le prince Bolstoï avait cherché à m'éloigner de son domaine de Daschof et m'avait proposé de voyager quelque temps à ses frais pour parfaire mon instruction, mais je ne vois là-dedans qu'une preuve de bonté de la part de Son Excellence. Quant à M. Robert Templier, j'ai simplement dit... et je le répète... que la nuit même où fut assassinée Natinska, je l'ai vu se diriger vers l'auberge de Tarass Koukoubenko.

— Vous avez rêvé cela, mon cher monsieur Ivan, répondit Robert avec un calme un peu ironique, tous les paysans petits-russiens sont un peu visionnaires, c'est bien connu. La nuit de l'assassinat, j'étais bien paisible dans mon appartement du château et je n'en ai point bougé.

— Quel intérêt aurai-je à dire ce que je dis, si ce n'était point vrai? reprit Ivan Gœrgewilch.

— Quel intérêt aviez-vous à faire croire à tous les bons Cosaques des environs que la princesse Amélia était une sorcière, ou quelque chose approchant?

— Moi, monsieur, j'ai cherché à faire croire cela?

— Oui, monsieur. Plus que personne, vous vous êtes évertué à répandre sur la princesse Amélia des bruits aussi absurdes que calomnieux.

— Mais, monsieur, comment aurai-je pu dire que la princesse était sorcière, moi qui fais ouvertement profession de ne pas croire aux sorciers et qui, même à cause de cela, passe dans le pays pour un abominable libre-penseur?

— Oh! monsieur Yvan, vous êtes un habile homme! Vous vous dites un « intellectuel » et vous êtes naturellement fort intelligent, et il ne vous a point été difficile, tout en continuant à afficher votre incrédulité et votre scepticisme, de faire entendre à vos naïfs compatriotes que l'étrangère épousée par leur seigneur était une de ces créatures maudites qui portent malheur, jettent des sorts et accomplissent toutes sortes d'autres méfaits fantastiques. C'est peut-être en ayant l'air de prendre sa défense que vous avez le plus contribué à la compromettre...

— Oh! oh! monsieur, vous me faites l'effet d'être un profond psychologue.

— Peuh! je n'ai pas précisément cette prétention, mais j'ai beaucoup vécu et beaucoup vu, et je crois être doué d'un esprit assez observateur.

En apparence, vous n'aviez aucun intérêt à faire passer la princesse pour une sorcière, à jeter le plus possible le trouble dans son ménage, à m'accuser, moi, d'avoir, par ordre de la princesse, égorgé une pauvre fille innocente et inoffensive; et cependant rien ne me serait plus aisé que d'expliquer comment et pourquoi vous vous êtes livré à d'aussi odieuses manœuvres.

Vous êtes haineux, monsieur Yvan, vous êtes jaloux de toutes les supériorités sociales; votre âme est en proie à ce démon révolutionnaire et anarchiste qui a déjà causé tant de malheurs dans votre pays; vous haïssez le prince et la princesse parce qu'ils sont riches et nobles, et que vous êtes pauvre et roturier; vous me haïssez, moi, parce qu'on me dit du talent, parce que je suis plus fort et mieux bâti que vous, parce que je suis amicalement reçu chez des gens qui vous feraient manger dans leurs cuisines avec leur moujiks, vous haïssiez la pauvre Natinska sans doute parce qu'elle vous avait avoué qu'elle aimait son seigneur et parce que vous eussiez trouvé plus naturel et plus légitime qu'elle vous aimât vous-même. Il n'y aurait donc rien d'étonnant à ce que vous fussiez l'auteur principal de toute cette abominable intrigue.

Ivan avait écouté ce petit réquisitoire sans trouble apparent. Lorsque Robert eut fini de parler, le fils du pope se tourna vers le juge Petchelikof et lui dit, après s'être incliné devant lui, la main sur le cœur:

— Votre Lumière est témoin que les rôles sont intervertis. C'est moi qui tout à l'heure, vais être obligé de démontrer mon innocence.

— Taisez-vous, Ivan Georgewitch, dit le le juge. Vous n'avez à craindre aucune iniquité tant que je serai chargé de l'instruction de cette affaire. Il est bon, cependant, de constater tout d'abord que ce que vous articulez contre M. Robert Templier est une accusation absolument personnelle. Vous affirmez, mais vous ne prouvez pas. Vous *seul* avez vu M. Robert Templier sur le chemin qui conduit à l'auberge de Tarass Koukoubenko. Peut-être serait-ce le cas de vous rappeler ce principe de droit romain : *Testis unus, testis nullus.*

— D'autres que moi ont constaté que M. Robert Templier était d'une agilité extraordinaire et que lui seul aurait pu faire le tour de force accompli par l'assassin de Natinska et qui consistait à se hisser sans échelle jusqu'à la fenêtre de sa chambre.

— Vous n'avez point à faire valoir ici les témoignages d'autrui. Quant au vôtre, je vous répète que c'est une accusation toute personnelle.

— Je n'ai rien fait qui permette à qui que ce soit de douter de ma parole, monsieur le juge. Quant aux injures toutes gratuites que M. Templier vient de proférer contre moi, je pense que Votre Lumière en a déjà fait justice.

Le juge Petchelikof fronça légèrement les sourcils.

— Vous ne devez pas vous servir d'expressions blessantes vis-à-vis de M. Templier, dit-il. En somme, en vous taxant d'esprit haineux, il n'a fait que confirmer votre réputation.

— Comment! ma réputation? Que veut dire Votre Lumière?

— Du calme! du calme, Ivan Georgewitch!... On ne peut vous reprocher aucun fait d'indélicatesse, je le sais, mais vos idées subversives ne sont que trop connues; elles ont motivé votre expulsion de l'Université de Kiew... On vous sait ennemi de la noblesse...

— Rien n'est plus faux, monsieur le juge. J'ai professé, dans ma pieuse jeunesse des opinions libérales, que l'on a fort mal interprétées. Quant à la noblesse, je l'honore infiniment. Son Excellence le prince Bolstoï peut dire que je me suis toujours montré absolument respectueux vis-à-vis de lui. Je n'ai de haine ni de jalousie pour personne. M. Robert Templier s'imagine que je le déteste parce que je suis une manière d'avorton et qu'il est, lui, fort comme Hercule et beau comme Adonis; mais il se trompe lourdement. Ses avantages naturels et ses grâces physiques me laissent absolument froid.

N'étant pas de son métier, je n'ai aucune raison pour jalouser son talent. Si on le reçoit bien chez les seigneurs d'alentour, je lui en fais mon compliment. Il peut être certain, d'ailleurs, que, tout en lui faisant bonne mine, Leurs Excellences ont le plus profond mépris pour un plébéien de son espèce... ils le font asseoir à leur table, mais c'est surtout pour se divertir de ses *lazzi*... c'est ainsi que François Ier trinquait avec son bouffon Triboulet et que le prince Potemkin déjeunait tous les matins avec un petit bossu chargé de le faire rire... quant à moi, je ne dîne pas dans la cuisine des boyards par la raison que je ne vais jamais leur demander à manger. Les galouchkis maternels me suffisent. M. Templier ose prétendre que j'en voulais à Natinska parce qu'elle aimait le prince Nicolas et que moi elle ne m'aimait pas. Ah! la pauvre colombe, que Dieu ait son âme! Je ne lui en voulais pas d'aimer le prince, mais je la plaignais de tout mon cœur d'être atteinte d'une pareille passion, je supposais que cela devait mal finir, et, en effet, cela a fort mal fini.

Natinska ne m'aimait pas, du moins d'amour; aucune femme ne m'aime, c'est tout naturel, car je suis une sorte d'épouvantail. Mais ce n'est assurément point cela qui pourrait ulcérer mon âme, et je me vante d'être trop bon philosophe pour que les vétilles humaines exercent une influence sur moi.

Au surplus, en disant ce que je savais sur Mme la princesse Bolstoï et sur M. Robert Templier, j'ai fait strictement mon devoir, et maintenant à la garde de Dieu, auquel je crois, quoi qu'en disent les mauvaises langues!

Pendant qu'Ivan Georgewitch parlait, le juge Petcehlikof n'avait cessé de l'observer et ce magistrat, qui en somme, n'était point un sot, avait été vivement frappé de l'air méphistophélique qui régnait sur son visage encore plus étrange que laid, et de la sanglante ironie que laissaient deviner ses paroles.

Evidemment, le fils du pope était un très méchant homme, et il n'était point douteux que son âme fût rongée par la haine et l'envie.

Quelle différence entre lui et Robert Templier, dont les yeux brillaient de franchise et dont les paroles étaient d'une netteté parfaite!

Qui sait si le jeune artiste n'avait pas vu juste en accusant le fils du pope d'atroces machinations? qui sait si Ivan lui-même n'avait pas couronné son

Voyez donc, dit le marquis en désignant l'horizon, quel singulier soleil couchant! (Page 518.)

œuvre en assassinant Natinska et en essayant de faire retomber ce crime sur la tête d'Amélia et de Robert Templier?

Le juge se disait en lui-même qu'il aurait tout avantage à donner à son instruction une orientation nouvelle.

En haut lieu, on lui serait beaucoup plus reconnaissant d'avoir démontré la culpabilité d'un misérable étudiant, fortement soupçonné de nihilisme, que celle de personnes appartenant à l'aristocratie russe.

Après être resté quelques instants comme abîmé dans des réflexions profondes, il finit par décider que Robert Templier et Ivan Georgewitch seraient conduits sous bonne escorte à la prison de Kiew.

Quant à la princesse Bolstoï, elle resterait au château de son mari sans aucune surveillance, « du moins apparente. »

Lui-même, le juge Petchelikof, accompagnerait à Kiew Robert Templier et Ivan Georgewitch, et le ministre de la Justice serait immédiatement avisé des nouveaux incidents relatifs au drame de Daschof.

XXX

LE COQ ROUGE.

L'arrestation d'Ivan Georgewitch et son départ pour Kiew causèrent un immense étonnement à la population de Daschof.

Certes, la popularité de l'étudiant nihiliste n'était pas du meilleur aloi.

Comme on le sait déjà, tout en admirant son intelligence et son instruction, ses compatriotes se méfiaient un peu de son caractère et de ses doctrines; mais enfin il était des leurs, c'était leur frère et, ce n'est pas sans une douloureuse surprise qu'ils le voyaient accusé de diaboliques machinations et peut-être même d'assassinat.

Le pope Georges, frappé au cœur par la mésaventure de son fils, ne contribua pas peu à changer cet étonnement en colère et en indignation.

Le pope était, comme on l'a vu, un homme doux, pacifique, véritablement évangélique, d'une réelle vertu et d'un grand bon sens.

Mais il adorait son fils. Tout en blâmant ses dangereuses idées, il se refusait absolument à le croire capable de perfidie ou de violences.

Sa fureur fut indicible lorsqu'il sut que le juge Petchelikof soupçonnait ou plutôt accusait son fils et pour le moins de faux témoignage. Lui, d'ordinaire si prudent et si réservé, il se mit à parcourir le pays, pérorant, déclamant, pleurant, déclarant que les réformes introduites par le Czar Alexandre II, en Russie, étaient toutes illusoires et que, comme au temps jadis, les seigneurs avaient tous les droits et tous les privilèges, tandis que les paysans étaient taillables et corvéables à merci, et perpétuellement exposés aux sévices de l'autorité administrative ou judiciaire.

Si le père d'Ivan s'agitait ainsi, sa mère manifestait une exaltation encore plus terrible.

Dans sa naïveté et son ignorance, la bonne femme se faisait une effroyable idée des prisons de Kiew et des instructions judiciaires dans les grandes villes.

Elle voyait son pauvre Ivan enchaîné dans quelque obscur caveau, dévoré par la vermine ou assiégé par les rats.

Elle s'imaginait qu'on allait lenourrir d'eau croupie et de pain desséché, qu'on l'accablerait d'injures et peut-être même qu'on le ferait mourir sous le *knout*.

La malheureuse mère, littéralement folle, ne cessait de pousser des cris lamentables; elle restait fermée à toute consolation et vouait à la vengeance céleste le juge Petchelikof, le prince Bolstoï, Amélia, le duc de Luzençay, le marquis de Crozant, Robert Templier et sa femme.

Peu à peu les colères du pope et de son épouse gagnaient la population de Daschof.

Les paysans causaient d'un air sombre, dirigeant de temps en temps des regards noirs vers le château.

Tarass Koukoubenko, que la mort de sa fille avait failli tuer de chagrin et qui était resté quelques jours au lit dans un état fort inquiétant, parcourait maintenant le village joignant ses propos irrités à ceux du pope Georges et de son épouse.

A présent, l'aubergiste accusait sans détour la princesse Amélia d'avoir fait assassiner sa fille par jalousie.

Il affirmait hautement que Robert Templier était un aventurier de la pire espèce, un scélérat parisien capable de tous les crimes.

Quant au prince Nicolas Bolstoï, s'il n'était pas complice de l'égorgement de Natinska, au moins en était-il responsable dans une certaine mesure, car il fallait qu'il fût insensé ou pervers pour s'entourer de gens suspects ramassés dans les bas-fonds de la ville la plus corrompue du monde.

N'avait-il pas épousé une coureuse des boulevards qui, dès les premières années de son enfance, faisait les plus hideux métiers, qui, notoirement, avait été la maîtresse d'un chef de brigands resté légendaire dans toute l'Europe.

La présence d'une telle créature dans un village cosaque était une insulte à Dieu, à la Patrie et au Czar.

Il fallait en finir.

Les obsèques de Natinska, retardées par ordre des autorités judiciaires, furent célébrées avec une lugubre solennité qui ne calma pas la foule — bien au contraire.

Le prince Bolstoï voulut y présider en personne, accompagné de ses hôtes, le duc de Luzençay et le marquis de Crozant.

Quant à la princesse, elle était trop souffrante pour quitter la chambre.

Le prince put tout de suite s'apercevoir, aux sombres regards que l'on jetait sur lui, des détestables dispositions de ces paysans à son égard.

Il n'en prononça pas moins sur la tombe de Natinska un discours ému qui fit fondre en larmes tout l'auditoire.

Les touchantes paroles du jeune prince détendirent quelque peu l'esprit des paysans.

Ils se disaient que, personnellement, leur seigneur était bon et humain et qu'il ne devait être pour rien dans l'assassinat de la fille de Tarass Koukoubenko.

Son principal tort était d'avoir associé à sa vie une Française ou une Italienne de mœurs suspectes, peut-être voleuse et peut-être sorcière.

Le jour des obsèques, aucune manifestation hostile ne fut dirigée contre le Château.

Cependant, il semblait évident à tous les esprits impartiaux et pacifiques que le juge Petchelikof avait commis une grande faute en ne laissant pas à Daschof une quantité de gendarmes suffisante pour protéger les hôtes du Château.

En réalité, le juge n'avait laissé à Daschof que quelques hommes de police, sans armes, chargés de surveiller la princesse Amélia et d'empêcher qu'elle ne quittât le pays.

Le prince Bösltoï ne tarda pas à être averti des dangers qu'il courait et il accueillit ces bruits sinistres avec la généreuse étourderie qui était bien dans son caractère.

Il croyait à la douleur des paysans de Daschof, mais non à leur colère.

D'ailleurs, il ne doutait pas que quelques mots de lui ne fussent suffisants pour les apaiser.

Ne les avait-il point vivement émus en prononçant son discours sur la tombe de Natinska?

Les Cosaques des environs ne pouvaient, d'ailleurs, oublier ce qu'ils devaient à son père et à lui.

Le duc et le marquis étaient loin de partager l'optimisme du prince Nicolas, et, il fut décidé que l'un deux partirait immédiatement pour Kiew, dans le but de demander aux autorités des troupes destinées à protéger le prince et la princesse.

Il s'informerait en même temps de ce que devenait l'instruction dirigée à la fois contre Robert Templier et contre Ivan Georgewitch, et, au besoin, il s'adresserait au gouverneur de la province, représentant direct de l'Empereur, pour lui demander la mise en liberté d'un Français, follement et stupidement accusé d'un crime abominable.

Crozant se dévoua pour remplir cette mission.

Il prit un des meilleurs chevaux de l'écurie du prince et en quelques heures il fut à Kiew.

Le juge Petchelikof, chez lequel il se rendit tout d'abord refusa de le recevoir.

Il alla donc chez le gouverneur, le comte Gabowsky, qui le reçut le plus courtoisement du monde.

— Je vais envoyer immédiatement cinq cents hommes de troupe à Daschof, dit-il; mais il m'est impossible d'intervenir pour le moment dans l'instruction dirigée par le Parquet de Kiew contre le nommé Ivan Georgewitch et le peintre français Robert Templier. Les autorités judiciaires sont aujourd'hui fort jalouses de leur indépendance et Sa Majesté le Czar encourage volontiers ces dispositions, car il tient à ce que l'on sache bien que, si l'empire russe est un pays de pouvoir absolu, l'arbitraitre n'y règne plus comme autrefois. Les lois sont aujourd'hui faites pour tout le monde et applicables à tout le monde, et il existe chez nous autant de garanties juridiques pour les citoyens de toutes conditions, qu'en Angleterre ou qu'en France. Il est donc nécessaire que l'instruction relative au crime de Daschof suive son cours et, tant qu'un tribunal compétent ne se sera pas prononcé, le Czar lui-même n'interviendra pas dans cette grave et ténébreuse affaire.

Le marquis n'insista pas et obtint la permission de revenir à Daschof en compagnie de l'officier qui conduirait les cinq cents hommes envoyés par le gouverneur — lequel était investi, selon l'usage, d'une autorité à la fois civile et militaire.

Le départ de la troupe eut lieu le lendemain même de la visite faite par le marquis au comte Grabowsky.

Le comte avait envoyé cinq cents dragons sous la conduite d'un major que le marquis de Crozant connaissait déjà, l'ayant rencontré dans le monde à Paris.

Pendant toute la route, il fut question du drame de Daschof et le marquis de Crozant ne fut nullement surpris d'apprendre que cette étrange et tragique aventure avait déjà jeté le trouble et l'émotion dans toute l'Europe.

Les journaux français en étaient remplis et, comme ils pouvaient s'exprimer beaucoup plus librement que les journaux russes, ils se livraient aux hypothèses les plus hardies et aux commentaires les plus risqués.

Il y en avait qui, en brouillant les choses comme à plaisir, essayaient de rattacher le mystérieux assassinat de Natinska Koukoubenko aux incidents émouvants et compliqués auxquels les hôtes du château de Daschof avaient déjà été mêlés à Paris.

Il va sans dire que tout cela manquait de logique et de cohésion, mais cela donnait prétexte aux reporters et aux chroniqueurs à écrire beaucoup de lignes et, par conséquent, à gagner beaucoup d'argent.

Du reste, les journaux français ou autres ne se prononçaient pas d'une manière trop formelle en cette occasion.

Ils publiaient les nouvelles de Russie aussitôt qu'elles leur étaient parvenues par le télégraphe et en tiraient les conclusions les plus favorables à la cause qu'ils défendaient ou qu'ils prétendaient défendre.

Les journaux conservateurs prenaient violemment partie contre l'étudiant Ivan Georgewitch, fortement accusé de nihilisme.

Les organes révolutionnaires plaidaient chaleureusement sa cause et s'efforçaient de faire retomber toute la responsabilité du crime sur les châtelains de Daschof.

Le marquis de Crozant essaya de connaître l'opinion personnelle de l'officier de dragons ; mais ce dernier, tout en parlant beaucoup, ne disait que ce qu'il voulait dire.

Les Slaves sont passés maîtres dans l'art d'être à la fois très bavards et très discrets.

C'est, lorsqu'ils ont l'air le plus léger et le plus étourdi qu'ils en usent avec le plus de prudence.

C'est d'ailleurs, un des caractères distinctifs des races longtemps opprimées....

Cependant, on approchait du domaine de Daschof.

Le soir tombait sur les vastes plaines.

— Voyez donc, dit le marquis en désignant l'horizon, quel singulier soleil couchant!

L'officier de dragons jeta un cri, auquel répondit une clameur de ses soldats.

— Qu'y a-t-il donc? demanda le marquis, en proie à un sinistre pressentiment.

— Ce n'est pas le soleil couchant, reprit l'officier.

— Qu'est-ce donc?

— C'est le *Coq rouge*!

— Le *Coq rouge*? que voulez-vous dire?

— Que les paysans de Daschof se sont révoltés et que le château est en feu.

— Ah! grand Dieu! tâchons d'arriver à temps pour sauver mes amis.

L'officier commanda le triple galop et au bout de quelques minutes le marquis de Crozant ne tarda pas à se convaincre de la trop parfaite véracité des paroles de l'officier de dragons.

Il voyait maintenant distinctement la superbe habitation du prince Bolstoï en proie aux flammes et prête à s'écrouler dans un brasier immense.

Le ciel semblait tout entier d'un rouge ardent, obscurci, par endroits, d'une fumée épaisse et noire.

La silhouette du château se dessinait en vigueur sur ce fond incandescent et l'on voyait des jets de flamme claire s'échapper des fenêtres, tandis que la toiture tombait poutre par poutre, remuant dans sa chute des monceaux d'étincelles éblouissantes.

A mesure que la troupe approchait on entendait plus distinctement les cris de haine d'une foule en délire.

C'était bien la révolte suivie d'incendie et probablement de massacres! c'était bien le *Coq rouge*!

Quiconque a habité quelques temps la Russie, ou est quelque peu pénétré de littérature russe, connaît cette pittoresque et bizarre expression qui n'est point un mot d'argot moderne, mais remonte aux temps les plus reculés.

Ce serait une grande erreur de croire que les serfs russes ont toujours été des esclaves parfaitement doux et soumis.

Il y eut en Russie, à des époques diverses de nombreux mouvements comparables ou similaires à cette effroyable révolte de paysans, connue sous le nom de *Jacquerie* et qui épouvanta la France au XIVe siècle.

L'espèce de révolution tentée par Pougatchef ne fut, en somme, qu'une *Jacquerie* et l'on en peut dire autant des sanguinaires expéditions de ces formidables et atroces azaporogues dont Nicolas Gogol a chanté les abominables exploits.

Disons-le, d'ailleurs, ces révoltes ne naissaient point d'un esprit révolutionnaire comparable au nihilisme ou à l'anarchisme moderne.

La plupart du temps, elles étaient toutes locales, uniquement causées par l'insupportable tyrannie de médiocres seigneurs et n'atteignaient en rien le prestige ou l'autorité du Czar.

Le Czar, pour les paysans révoltés, restait « le père », celui vers qui s'envolaient les vœux et les prières des misérables, l'être surhumain et bienfaisant qui représentait Dieu sur la terre et devait nécessairement, à un moment ou à un autre, réparer les torts des grands et panser les plaies des petits.

Si les propagateurs de nihilisme ont obtenu si peu de succès auprès des classes populaires en Russie, c'est qu'ils s'avisaient de prêcher la révolte directe contre le Czar.

Ils eussent obtenu bien d'autres résultats en excitant les moujiks à la haine et au mépris de l'aristocratie de naissance ou de l'aristocratie d'argent.

Mais, pour l'homme du peuple moscovite, le Czar est et restera toujours sacré, et ce n'est pas au moment où un empereur de Russie avait, d'un seul trait de plume, rendu la liberté à près de cent millions d'esclaves, qu'il pouvait être opportun de s'élever contre le pouvoir impérial.

En revanche, les rapports entre les anciens seigneurs et les anciens serfs n'ont point gagné en cordialité depuis quelques années.

Les anciens seigneurs, que l'émancipation des serfs a fortement atteint dans leur fortune, en ont conservé une sorte de rancune contre les paysans et, ces derniers, d'abord tout surpris de se trouver libres, croyant à peine à leur bonheur, conservant malgré leur nouvelle situation quelque chose de l'humilité du serf, acquièrent de plus en plus le sentiment de leur émancipation et, par suite d'une réaction bien humaine, tendent parfois à devenir d'autant plus insolents qu'ils étaient plus serviles.

Dans les domaines où les seigneurs sont le plus populaires une certaine défiance existe entre eux.

Les paysans qui les honorent et les aiment encore sont de plus en plus disposés à accueillir les bruits défavorables à leur renommée.

Nous avons vu, d'ailleurs, avec quelle habileté Ivan Georgewitch avait profité de ces dispositions pour changer en méfiance d'abord, en haine ensuite, l'affection que les paysans de Daschof avaient pieusement conservée au prince Nicolas Bolstoï.

Jamais œuvre infernale ne fut entreprise et accomplie avec plus de perfidie et de patience.

Le jeune nihiliste avait commencé par jeter le discrédit sur la compagne du prince. Il n'avait pas eu grand'peine à persuader aux naïfs paysans de Daschof, que cette étrangère était quelque chose comme une sorcière vendue à Satan ; puis, profitant de l'amour insensé que Natinska éprouvait pour le prince, il avait imaginé tout le roman dont l'égorgement de la malheureuse jeune fille avait été le dénouement hideux.

Comme on l'a déjà deviné, lui-même profitant de sa connaissance approfondie des êtres de l'auberge de Koukoubenko, avait pénétré dans la chambre de Natinska et l'avait égorgée sans pitié pendant son sommeil.

Comment ce misérable avait-il eu le courage de tuer ainsi une jeune fille à laquelle il n'avait rien à reprocher, qui, même, lui avait toujours montré quelque affection et quelque confiance ?

C'est le secret de ces âmes perverses pétries de haine, de jalousie et de rancune dont les crimes consternent et stupéfient le genre humain, si bien qu'on éprouve une sorte de soulagement à les attribuer à la simple aliénation mentale.

Après avoir tué Natinska, Ivan Georgewitch avait manœuvré de telle façon que la princesse Amélia et le peintre Robert Templier devaient nécessairement être soupçonnés du crime.

Sans le sang-froid et la présence d'esprit de Robert, le juge Petchelikof eut certainement conclu selon les désirs du misérable.

Du reste, il favorisait dans une certaine mesure ces abominables désirs en faisant arrêter Ivan Georgewitch et en le conduisant à la prison de Kief.

Cette arrestation, en effet, changea en inexprimable fureur la douleur et la colère des habitants de Daschof.

Quelques paroles prononcées soit par le père d'Ivan Georgewitch, soit par quelques autres notables du pays, eurent un effet immédiat et terrible.

Un moment vint où tout eût été inutile pour conjurer les fureurs de la foule.

A d'autres cris déjà fort menaçants avait succédé ce cri terrible entre tous :

— *Au coq rouge ! au coq rouge !*

XXX

EN PLEINE RÉVOLTE.

Au moment où les dragons et le marquis de Crozant entraient dans Daschof, le village offrait le spectacle du plus effroyable désordre.

Hommes, femmes, enfants couraient çà et là comme des insensés, armés de fusils de chasse, de bâtons ou de fourches ; quelques-uns agitant des torches, d'autres portant des lambeaux d'étoffe rouge sur de hautes perches.

Mais achève, achève donc! (Page 523.)

Tandis que la plupart poussaient des cris de vengeance et de mort, quelques-uns, pénétrés d'épouvante, jetaient des regards lamentables sur le vaste incendie qui éclairait d'une lueur sanglante et sinistre cette scène de folie et d'horreur.

Sans même attendre le commandement de l'officier, les dragons avaient mis le sabre à la main et, d'un mouvement spontané que rien n'eût pu réprimer, chargeaient la foule qui, d'abord, se dispersait, puis, bientôt, se réformait en groupes de plus en plus menaçants.

Bientôt, des pierres furent lancées contre les soldats et même quelques coups de feu retentirent.

Son Altesse Nounouche   66

Ce fut le signal d'un véritable massacre.

Les dragons, ivres d'indignation, se mirent à sabrer tout ce qui se trouvait à leur portée.

Le sol se couvrit de cadavres mutilés et de blessés hurlant de douleur.

Puis, dans les campagnes environnantes, on put voir des fugitifs courant devant eux les mains et les bras au ciel, et criant:

— On tue nos femmes et nos enfants, que Dieu et les saints nous vengent!

Cependant, les rues du village ne tardèrent point à se vider. Les paysans, affolés de peur et peut-être émus d'un commencement de remords, s'enfermaient et se barricadaient chez eux.

Il y en avait qui restaient dans la rue agitant, soit leur bonnet de fourrure, soit leur mouchoir blanc, ou même tombant à genoux et se frappant le front et la poitrine en signe de repentir. Ce fut à l'un d'eux que l'officier et le marquis s'adressèrent pour avoir des nouvelles des hôtes du château de Daschof.

Cet homme — un très vieux Cosaque qui bégayait en parlant — leur apprit que presque tous les domestiques du château avaient été assommés ou égorgés, que le prince, la princesse, le duc de Luzençay et Mme Templier avaient été enfermés dans un des caveaux de l'habitation avant que l'on eût enduit les murs de pétrole et qu'on y eût mis le feu.

Selon toute apparence, aucun d'eux n'avait pu échapper à l'incendie. Ils devaient, à ce moment, être réduits en cendres.

L'indignation de l'officier et la douleur du marquis de Crozant furent inexprimables.

Après son court récit, le vieux Cosaque avait pris la fuite et quelques soldats, mis au courant de la situation, sabraient et écrasaient sous les pieds de leurs chevaux tous ceux qui se présentaient à leurs regards, quelle que fût d'ailleurs leur attitude.

Il ne fallait point songer à approcher du château.

Les flammes qui s'élevaient jusqu'aux nuages brûlaient littéralement l'atmosphère à plus de deux cents mètres.

Quelques maisons avoisinantes avaient déjà pris feu.

L'officier de dragons songeait à sortir du village et à bivouaquer aux environs, en attendant des renforts de Kiew, mais le marquis de Crozant ne pouvait se résoudre à quitter les environs du château.

Il lui paraissait invraisemblable que les paysans révoltés eussent poussé la férocité jusqu'à enfermer les hôtes de Daschof dans un caveau pour qu'ils y fussent brûlés vifs.

Mais à qui pouvait-il demander de nouveaux renseignements? que pouvait-il obtenir de gens furieux ou terrorisés qui ne différaient guère des malheureux enfermés dans les maisons de fous? Cependant l'idée lui vint d'aller frapper chez le pope Georges qu'il avait toujours regardé comme un homme sage et vertueux et, tandis que l'officier disposait sa troupe de façon à être le plus possible maître de la situation, le marquis se dirigea vers l'habitation du desservant.

Le pope était devant sa porte, nu-tête, les cheveux épars, la barbe en désordre, d'une pâleur mortelle et les paupières rouges.

A peine eut-il aperçu le marquis, qu'il courut vers lui.

— Que d'horreurs! dit-il, que d'horreurs! Dieu me punira, moi qui, pendant quelques temps ai poussé ces pauvres insensés à la révolte, au lieu de réconforter leur âme et d'apaiser leur esprit. J'étais indigné de l'arrestation de mon fils, car il est innocent... oui, monsieur, il est innocent... mais j'aurais dû m'incliner devant la volonté de Dieu. Hélas! au moment fatal, j'ai fait ce que j'ai pu pour réparer mes torts, mais il était trop tard... Mon châtiment commence... Ma femme est folle... complètement folle... elle s'est ouvert la tête en la frappant contre la muraille... Elle va probablement mourir et je ne sais ce qu'est devenu le médecin...

— Misérable! s'écria le marquis en saisissant le pope à la gorge et en le secouant avec violence, qu'avez-vous fait de mes amis, le prince Bolstoï et le duc de Luzençay? qu'avez-vous fait de la princesse Amélia?

Le pope se mit à pleurer à chaudes larmes.

— Que le Très-Haut nous pardonne à tous, noble seigneur, dit-il, et que sa sainte volonté soit faite!... Moi et trois ou quatre autres braves gens, nous avons pu arracher aux furieux les deux jeunes dames, la princesse et l'épouse du peintre français... Quant au prince et à son ami...

— Achève... achève donc!

— On trouvera peut-être leurs restes calcinés dans les ruines du château...

— Ah! les infâmes scélérats!... Mon pauvre Luzençay!... Mais la princesse... où est la princesse?

— Vous n'aurez pas à aller loin pour la trouver, noble seigneur. Je lui ai donné asile dans mon humble maison. Elle, et son amie la Française essaient maintenant de rappeler ma pauvre femme à la vie.

Elles-mêmes sont à demi folles de douleur. Cependant, elles ignorent encore le sort de notre pauvre prince.

— Je veux les voir... je veux les voir immédiatement.

— Qu'à cela ne tienne, noble seigneur. Vous pouvez entrer dans le logis du vieux prêtre.

Et le marquis de Crozant pénétra chez le pope, sans même faire attention qu'à quelque distance de lui le tumulte recommençait.

Quelques paysans avaient tiré de leurs fenêtres sur la troupe, et tout indiquait que de nouvelles scènes de massacre allaient ensanglanter le village de Daschof, si calme et si paisible avant que le nihiliste Ivan Georgewitch n'y eût exercé sa diabolique influence.

XXXI

AMÉLIA VEUVE.

La femme du pope Georges était dans son lit, la tête entourée de bandelettes et plongée dans un état comateux.

Sa servante, à genoux devant une icone, restait immobile comme une statue.

Près du lit étaient assises la princesse Amélia et Jeanne Templier, à peine vêtues, et dans une attitude qui témoignait d'une sorte d'égarement.

A la vue du marquis, elles se levèrent toutes deux d'un mouvement rapide, et Amélia s'écria, en étendant ses mains vers Crozant:

— Mon mari?... avez-vous vu mon mari?

Crozant, accablé de chagrin par la mort tragique de son vieil ami Luzençay, avait grand'peine à rassembler ses idées. Il se demandait anxieusement s'il devait avouer l'abominable vérité à la princesse ou, à l'aide d'un pieux mensonge, lui dissimuler encore son malheur.. Décidément il ne se sentait pas le courage d'apprendre à la pauvre jeune femme que son bien aimé mari n'était plus, selon toute apparence, qu'un monceau d'os calcinés.

— Madame, dit-il, nous pensons que le prince et mon ami Luzençay ont échappé aux massacres du château et doivent être partis pour Kiew.

Il était impossible d'imaginer une plus maladroite hypothèse.

La princesse se récria:

— Parti pour Kiew, sans s'informer de mes nouvelles, sans chercher à me revoir? Allons donc, monsieur, cela est impossible!

Crozant essaya de trouver autre chose, mais il balbutia, prononça des mots sans suite, et Amélia reprit d'une voix qui trahissait le plus intense désespoir:

— Inutile de me cacher la vérité, monsieur. Mon pauvre mari est mort, massacré par ces frénétiques et peut-être consumé par les flammes. Hélas! lorsque le prêtre et quelques paysans nous ont emmenées de force, Jeanne et moi, hors du château, mon mari et M. le duc de Luzençay luttaient déjà désespérément contre des agresseurs ivres de fureur et d'eau-de-vie, qui parlaient de les brûler vifs.

J'ai perdu connaissance une fois dehors. Je n'ai repris mes sens que dans cette maison où j'ai dû donner des soins à cette malheureuse femme subitement frappée d'aliénation mentale... Ecoutez la fusillade... On se bat encore dans les rues... Ah! puissent les soldats ne pas laisser ici un être vivant!... Si mon mari est mort, je veux qu'il soit vengé, je le veux... je le veux... je le veux!

— De grâce calmez-vous, madame! dit Crozant épouvanté de l'exaltation de la jeune femme. Rien ne prouve que votre mari ait été tué...

— Tout le prouve au contraire, reprit Amélia dont l'exaltation allait croissant. Tout le prouve et vous n'en doutez pas vous-même. Si le prince vivait, il serait ici près de moi.., Hélas! il est mort!... Je ne le verrai plus jamais!... Mon pauvre ami!... J'ai peut-être contribué à sa fin tragique!... Oui, j'y ai peut-être contribué en déplaisant par mes façons aux sauvages de ce pays... Mais, grand Dieu! pouvais-je me douter qu'ils me prendraient pour une sorcière, qu'ils oseraient m'accuser d'avoir fait assassiner Natinska!... Ah! pourquoi ai-je quitté Paris?... pourquoi n'ai-je pas décidé mon mari à rester en France? J'ai vu bien des scélérats à Paris, j'ai vécu avec eux, j'ai été leur victime, mais aucun ne serait capable des actes de cruauté commis par ces barbares... Il est vrai qu'ils sont fous! Mais que Dieu leur pardonne s'il lui plaît, moi je ne puis leur pardonner... Ah! mon pauvre ami!... ah! mon pauvre mari!...

Amélia s'était laissée tomber dans les bras de Jeanne Templier qui, les yeux pleins de larmes, couvrait son front de baisers sans trouver un mot à lui dire.

Le marquis pensa que le mieux était de tout avouer à l'infortunée jeune femme et de la mettre nettement au courant de la situation.

Il ne fallait point qu'elle restât à Daschof; il était même nécessaire qu'elle quittât le village le plus tôt possible, et, pour l'y décider, le mieux était de lui démontrer qu'elle n'avait aucun espoir d'y revoir même les restes de son bien-aimé.

Le marquis, dont les dires furent appuyés par le pope Georges, apprit donc à Amélia que son mari et le duc de Luzençay étaient morts dans les flammes et seraient avant peu recouverts par les ruines du château de Daschof.

Bien qu'Amélia doutât peu de son malheur avant ce sinistre aveu, cette déclaration la fit tomber dans une syncope qui pouvait être mortelle.

Le pope Georges, le marquis de Crozant et Jeanne Templier, aidés par la servante, eurent les plus grandes peines à la faire revenir à elle.

Après avoir repris ses sens, elle resta d'ailleurs, dans un tel état de prostration, qu'elle entendait à peine ce qu'on lui disait et ne pouvait prononcer une parole.

Cependant, quelques soldats commandés par un sous-officier étaient venus se mettre à la disposition du marquis de Crozant.

Le sous-officier annonça que les paysans venaient de faire décidément leur soumission. Beaucoup d'entre eux avaient été faits prisonniers et seraient probablement conduits à Kiew sous bonne escorte, lorsque les renforts qu'on attendait seraient arrivés.

Le marquis prit ses dispositions pour conduire immédiatement la princesse et Jeanne Templier à Kiew.

Les deux pauvres femmes faisaient d'ailleurs, machinalement, tout ce qu'on leur disait.

On put à grand'peine se procurer une *tarantass*, et le voyage s'effectua rapidement et sans incident digne de remarque.

Le gouverneur civil et militaire de Kiew mit à la disposition de la princesse Bolstoï un petit hôtel attenant à sa résidence.

Jeanne Templier devait rester près d'elle, et quelques domestiques soigneusement choisis étaient chargés de leur service.

Il fut convenu que, tandis que l'instruction du drame de Daschof se poursuivrait, le marquis de Crozant verrait librement la princesse, mais elle devait elle-même rester à la disposition des autorités judiciaires.

Dès que sa santé le permettrait, elle comparaîtrait de nouveau devant le juge d'instruction.

Du reste, sans lui rien affirmer on lui donnait à entendre que les odieux soupçons qui avaient plané sur elle, relativement à la mort de Natinska, se dissipaient de plus en plus.

L'instruction tournait décidément en faveur de Robert Templier et contre Ivan Georgewitch, et l'abominable révolte des paysans de Daschof était bien faite pour confirmer la justice dans cette idée, que le prince Bolstoï et tous les siens avaient été victimes de ténébreuses et atroces machinations.

Jeanne Templier, réconfortée par ces nouvelles, aurait bien voulu voir son mari, mais le juge Petchelikof, qui tenait beaucoup à passer pour impartial, ne voulut point lui faire cette faveur.

Jusqu'à nouvel ordre, Robert Templier devait rester au secret.

Jeanne renonça donc pour le moment à son cher désir et consacra tout son temps à consoler Amélia qui, d'ailleurs, comme l'héroïne biblique, ne voulait point être consolée parce que son bien-aimé n'était plus.

XXXII

NOUVELLE INSTRUCTION.

Les mœurs judiciaires de la Russie moderne ressemblent beaucoup aux nôtres.

Le temps n'est plus où les lois d'Ivan le terrible avaient cours dans l'empire des Czars.

Pierre le Grand et la grande Catherine avaient profondément modifié la législation de leur pays.

Paul Ier, un fou atroce, qui avait des moments de pleine lucidité et de grande humanité, abolit la peine de mort, sauf pour les crimes politiques et la remplaça par le *knout* ou l'*exil* en sibérie.

Mais ce fut surtout Alexandre II qui changea profondément la législation moscovite.

En abolissant le servage, en rendant la liberté à des millions de paysans, en faisant d'eux des citoyens et des propriétaires, il avait rendu nécessaire une refonte complète du Code civil et du Code criminel.

Les relations sociales n'étant plus les mêmes, les usages et coutumes judiciaires devaient nécessairement faire place à d'autres.

Aujourd'hui, en Russie, les criminels politiques sont parfois traités assez arbitrairement, mais les criminels de droit commun ont, pour le moins, autant de garantie qu'en France, en Italie ou en Allemagne.

L'instruction de tous faits délictueux est d'abord confiée à un juge délégué qui procède exactement comme les nôtres.

Une chambre des mises en accusation décide du renvoi de l'affaire devant la cour d'assises.

Cette cour se compose d'un magistrat faisant les fonctions de ministère public, d'un président, de deux assesseurs et d'un greffier.

L'institution du jury existe en Russie dans les mêmes conditions que chez nous.

Les jurés sont pris, soit parmi les propriétaires, soit parmi les négociants, soit parmi les maires des villages.

Les avocats plaident en toute liberté et montrent vis-à-vis des magistrats la plus parfaite indépendance.

Peut-être était-il nécessaire de faire ces quelques observations, car beaucoup de personnes s'imaginent, à tort, qu'un procès en Russie se juge tout autrement que dans le reste de l'Europe.

L'instruction de l'assassinat de Natinska Koukoubenko se poursuivait avec activité, lorsque la révolte des paysans de Daschof et l'incendie du château du prince Bolstoï vint donner une nouvelle importance et un nouveau caractère à cette ténébreuse affaire.

Il était maintenant avéré que, depuis longtemps, Ivan Georgewitch cherchait à semer dans le cœur de ses compatriotes des germes de haine, de rancune, de révolte et de vengeance. Ses insinuations et ses déclamations étaient certainement pour quelque chose dans les effroyables excès auxquels venait de se porter une population naguère honnête, douce et soumise. Et cela n'était point fait pour prévenir en sa faveur le juge Petchelikof.

La révolte et l'incendie de Daschof avaient tout de suite paru connexes au meurtre de Natinska, si bien que le juge Petchelikof fut chargé de l'instruction de cette nouvelle affaire.

On lui adjoignit deux de ses collègues, le juge Varine et le juge Petrowsky.

Quatre cents paysans environ avaient été arrêtés et conduits à Kiew.

Ils étaient maintenant épouvantés eux-mêmes de ce qu'ils avaient fait.

Le remords les accablait au point de les rendre presque intéressants aux yeux des magistrats instructeurs.

Évidemment, ils avaient agi sous l'empire d'un véritable délire, car leur douleur était absolument sincère.

Tous déclaraient que, depuis longtemps, leur esprit avait été *travaillé* par le fils du pope Georges.

Ce maudit étudiant était un véritable sorcier qui les avait contraints à commettre le plus lâche et le plus cruel des attentats.

A présent qu'ils étaient revenus à la raison, ils n'hésitaient pas à déclarer que la princesse Amélia et le peintre Robert Templier ne devaient point être rendus responsables de la mort de Natinska.

Cette pauvre fille avait dû être victime soit des bohémiens qu'on avait d'abord soupçonnés, soit d'Ivan Georgewitch lui-même. Au surplus, les paysans, hommes et femmes, disaient en pleurant qu'ils étaient prêts à subir leur châtiment, qu'ils l'acceptaient même avec joie en expiation de leur crime et de leurs péchés et que MM. les juges et MM. les jurés agiraient conformément aux volontés de Dieu en punissant de la façon la plus sévère les assassins du meilleur seigneur qui eût jamais résidé en Petite-Russie.

Cette attitude des paysans prisonniers décida du sort de la princesse Amélia et de Robert Templier.

Le jeune peintre put avoir une entrevue avec sa femme et, dès le lendemain de cette entrevue, on vint lui apprendre qu'une ordonnance de non-lieu avait été donnée en sa faveur et qu'il allait être remis en liberté.

Le gouverneur de Kiew vint lui-même apprendre à Amélia qu'il ne restait plus de traces des odieux soupçons qui avaient pesé sur elle !

Il ajouta que Leurs Majestés l'Empereur et l'Impératrice désiraient qu'elle se rendît immédiatement à Pétersbourg.

Leurs Majestés voulaient la consoler elles-mêmes de l'indicible malheur qui venait de fondre sur elle et s'occuper sans plus de retard de lui assurer un avenir aussi paisible et aussi heureux qu'il se pourrait.

Il fut donc convenu que la veuve du prince Bolstoï se rendrait immédiatement aux ordres de Leurs Majestés et que le marquis de Crozant lui servirait de chevalier servant jusqu'à Pétersbourg.

Quant à Robert Templier et à sa femme, ils devaient rester à Kiew à la disposition des magistrats instructeurs — mais cette fois comme témoins seulement.

Le jeune couple fut traité le plus honorablement du monde par le gouverneur de la ville qui le logea dans la maison même où avait demeuré la princesse Amélia.

Je n'ai jamais menti, Excellence! (Page 535.)

Ivan Georgewitch devenu accusé, d'accusateur qu'il était, devait subir journellement de longs interrogatoires.

Non seulement on l'accusait d'avoir assassiné Natinska, mais on le rendait responsable des monstrueux événements qui avaient succédé à ce crime et qui stupéfiaient et épouvantaient l'Europe et le monde civilisé.

L'étudiant nihiliste se défendait avec autant d'audace que d'intelligence.

Il dissimulait à merveille les terreurs qu'il éprouvait.

Du reste, ses « principes » mêmes excluaient tous remords.

SON ALTESSE NOUNOUCHE 67

Il ne restait pas grand chose d'humain dans cette âme corrompue, pervertie, enténébrée par les doctrines que l'on connaît. Bien qu'il fût tenu au secret le plus rigoureux et qu'il n'eût de rapports qu'avec le directeur de la prison de Kiew et les magistrats instructeurs, il se doutait bien qu'il trouverait des défenseurs dans les groupes révolutionnaires des divers pays de l'Europe.

Cette idée lui causait une sorte de joie et le réconfortait dans une certaine mesure.

D'ailleurs, si les interrogatoires auxquels il était quotidiennement soumis étaient fatigants et pénibles, dans sa prison on le traitait avec une certaine douceur. Il avait craint, d'après certaine légende que lui-même s'était plu à propager, d'être clandestinement soumis à des vexations, peut-être même à des tortures.

Mais bientôt il put se convaincre que la Russie d'Alexandre II n'était pas celle d'Ivan le terrible ou même de Pierre le Grand.

Il habitait une chambre assez vaste, bien aérée et pourvue de tous les objets nécessaires.

Deux fois par jour, on lui apportait un repas convenable, composé de soupe, de viande ou de poisson, de pâtisseries et de fromage.

Il lui était permis d'acheter du vin et du café avec les petites sommes d'argent que lui envoyaient ses parents — lesquels n'avaient point été arrêtés.

L'usage de l'eau-de-vie lui était interdit; encore pouvait-il s'en procurer quelques verres, grâce à la complicité des gardiens ou à la mansuétude du directeur.

Il éprouva une grande irritation et un violent chagrin lorsqu'il apprit l'attitude des paysans de Daschof à son égard, et il versa même quelques larmes — qui n'étaient point jouées — lorsque le juge Petchelikof lui eut dit que son père lui-même l'accusait d'avoir propagé partout où il avait pu les plus exécrables doctrines.

La vérité est que, tout en voulant défendre leur fils, le pope et sa femme n'avaient pas peu contribué à le compromettre.

Tous deux étaient à moitié fous de chagrin et d'inquiétude, la seconde surtout qui se ressentait encore des blessures qu'elle s'était faites à la tête.

On juge du parti qu'un homme comme Petchelikof pouvait tirer des aveux ou des réticences d'aussi naïfs égarés.

En somme, les affaires d'Ivan Georgewitch tournaient de plus en plus mal, et le jour où il apprit son renvoi devant la cour d'assises de Kiew, il perdit à peu près tout espoir de salut.

XXXIII

POLÉMIQUES.

Le grand procès qui se préparait à Kiew avait mis en émoi toute la presse de l'ancien et du nouveau monde.

De vives polémiques s'engageaient de toutes parts à ce sujet, mais c'est surtout à Paris qu'elles étaient ardentes et prenaient un caractère de plus en plus bizarre et inattendu.

D'abord, tous les journaux français s'étaient montrés unanimes à protester contre l'arrestation d'un de nos compatriotes aussi honorablement connu que le grand artiste Robert Templier.

Lorsqu'il fut mis en liberté, toute la presse parisienne eut des cris de triomphe et chanta des hymnes en l'honneur de l'alliance franco-russe.

Mais bientôt quelques journaux, parmi les plus subversifs, se mirent à prendre la défense du jeune et intéressant nihiliste accusé d'un assassinat qu'il n'avait sans doute pas commis, car aucune charge sérieuse ne pesait sur lui, et on ne pouvait lui reprocher que son ardent amour pour le progrès et les lumières.

Cette façon d'envisager le procès de Kiew mit en fureur la presse française patriotique.

Les publicistes qui, plus ou moins timidement, avaient pris la défense d'Ivan Gœrgewitch, furent qualifiés d'internationalistes, de sans-patrie, de mauvais Français.

Il ne leur manquait plus que de demander la nouvelle arrestation de Robert Templier et même de sa femme.

Peu à peu les polémiques s'aigrirent à tel point que la discussion dévia complètement.

Il ne fut plus question — ou presque plus — du procès de Kiew; on se perdit en des personnalités affreusement blessantes.

Il y eut des journaux qui ne craignirent pas de rappeler que Mme Jeanne Templier était la sœur de l'assassin Louis Hérault.

Les adversaires se jetaient à la tête les injures les plus violentes, les accusations les plus odieuses.

Jamais le mur Guilloutet n'avait subi de tels assauts.

Il vint un moment où l'on ne reprocha plus aux défenseurs d'Ivan Georgewitch d'être révolutionnaires ou anti-patriotes, mais où l'on rappela qu'ils avaient été malheureux en ménage, qu'un de leurs fils ou qu'une de leurs filles avait mal tourné, ou tout autre chose ayant aussi peu de rapport avec les drames de Daschof.

De leur côté, les défenseurs du nihiliste ne se bornèrent plus à appeler leurs adversaires « obscurantistes » ou « ennemis du progrès », mais ils leur rappelèrent qu'ils avaient fait un pouf à la bourse ou qu'ils avaient trempé dans telle ou telle spéculation véreuse.

Les polémistes en arrivèrent à se reprocher d'être laids, d'être bossus, d'être bancals, ou de ne pas savoir tenir sa fourchette à table.

Si le procès d'Ivan Georgewitch et des paysans de Daschof avait dû se juger à Paris, les jurés n'eussent su quelle contenance faire et quelle décision prendre, car, lorsqu'il était question d'Ivan Georgewitch, à peu près tous les Parisiens se mettaient à divaguer, soit dans un sens, soit dans un autre.

En Allemagne, en Angleterre, en Italie, aux Etats-Unis, etc., etc., les polémiques, d'abord assez vives, s'étaient bientôt apaisées.

Un certain nombre de journalistes, qui suivaient l'affaire autant que le leur permettaient les dires discrets de la presse russe, soutenaient bien encore que l'étudiant progressiste était accusé, sans aucune espèce de preuves sérieuses, d'avoir assassiné une jeune fille et excité les paysans de Daschof à la révolte.

Mais ils développaient cette thèse avec un certain calme et quelque dignité.

En Russie, les journaux étaient fort réservés et l'autorité veillait à ce que les feuilles étrangères ne vinssent pas troubler les cervelles moscovites.

Si, dans son pays, Ivan Georgewitch avait des partisans, ils gardaient assez généralement leur opinion pour eux.

La population de l'immense empire était à peu près unanime à maudire l'assassin présumé de Natinska et l'allumeur évident de l'incendie de Daschof.

Ce fut donc dans les plus défavorables circonstances qu'Ivan Georgewitch comparut devant ses juges.

XXXIV

LA COUR D'ASSISES A KIEW.

Le drame de Daschof était terrible, mais en somme, peu compliqué.

L'instruction de cette affaire fut donc menée rapidement. Bien qu'elle restât mystérieuse, elle pouvait être présentée au jury d'une façon assez simple.

D'ailleurs, les magistrats instructeurs avaient reçu, de haut lieu, l'ordre de ne pas faire traîner un procès qui agitait vivement toute l'Europe.

Quatre mois environ après le meurtre de Natinska et l'incendie du château de Daschof, l'étudiant Ivan Georgewitch comparaissait devant la cour d'assises de Kiew, en compagnie de trois cents paysans des deux sexes.

L'assassinat de la fille de Koukoubenko et l'attentat contre les hôtes du château de Daschof avaient été amalgamés en une seule cause.

L'étudiant était accusé d'avoir égorgé Natinska Koukoubenko dans son lit, après s'être introduit dans sa chambre avec escalade et effraction ; d'avoir calomnieusement accusé de ce crime deux personnes qui en étaient absolument innocentes, Mme la princesse Bolstoï, née Amélia Quintiliani et M. Robert Templier, artiste peintre, citoyen français, et, aussi, d'avoir excité par des dires calomnieux et, par ses prédications subversives la population de Daschof au meurtre, au pillage et à l'incendie, et, par conséquent, d'avoir été complice des horreurs qui s'étaient passées à la résidence du prince Bolstoï.

Les paysans étaient accusés de s'être révoltés contre les autorités et les troupes de l'Empereur, d'avoir mis le feu au château de Daschof et d'avoir volontairement fait périr dans les flammes Son Excellence le prince Nicolas Bolstoï et M. le duc de Luzençay, citoyen français.

Ivan avait choisi pour défenseur Me Boleslas Isakowski, le plus connu des avocats.

Me Jean Lubomirof devait défendre d'une façon globale les trois cents paysans.

Leur cause étant la même, un seul défenseur pouvait très bien exposer les raisons qui militaient en leur faveur.

M. le conseiller de justice Paul Ovdonof devait présider les assises, assisté des conseillers Krileff et Rancowith.

Le procureur général Vinceslas Babarine devait occuper le siège du ministère public, et les douze jurés avaient été tirés au sort parmi les membres de la noblesse régionale et parmi les maires de villages.

Le jour où s'ouvrirent les audiences, la ville de Kiew présentait une animation extraordinaire.

Les hôtels regorgeaient de monde.

Des curieux et des reporters judiciaires étaient accourus de tous les points du monde civilisé.

Toute la garnison de Kiew avait été mise sur pied pour assurer le maintien de l'ordre.

Du reste, il n'y avait point à craindre de mouvement populaire hostile à la justice.

Si l'étudiant nihiliste comptait quelques partisans parmi ses camarades de l'Université, ils étaient peu nombreux et se gardaient bien d'exprimer leur opinion, même timidement.

Quant aux bourgeois et aux gens du peuple, le drame, ou plutôt les drames de Daschof les avaient pénétrés d'horreur, et l'on peut dire que l'assassinat de Natinska et l'assassinat plus horrible encore du prince Bolstoï et du duc de Luzençay ne contribuèrent pas peu à amener cet esprit de réaction contre toute idée révolutionnaire qui anime actuellement l'empire des Czars.

C'étaient donc plutôt sur la sûreté des accusés que sur celle des magistrats qu'il était urgent de veiller.

La foule entassée autour du palais de justice de Kiew poussait des cris de mort contre Ivan et ses complices et, à plusieurs reprises les *gardavoï* (gens de police) durent charger les moujiks à coups de poing et à coups de fouet.

La salle des assises de Kiew est beaucoup plus vaste que celle de Paris et diffère assez sensiblement de nos salles d'audience françaises.

C'est un spacieux rectangle dont le plafond, placé très haut se creuse, en voûte.

Les murs sont peints à fresque de personnages symboliques et d'attributs se rapportant à la justice et à ses œuvres.

L'ensemble de la décoration est dans le style byzantin.

Au fond du prétoire se détache, sur un carré de velours noir, un grand Christ de cuivre doré dont les yeux, la bouche et le sang sont figurés par des pierres polychromes.

Les magistrats, disposés comme chez nous, sont assis devant de petites tables recouvertes de tapis rouges à crépines d'or : leur costume rappelle celui des popes, ils sont revêtus de longues robes noires et coiffés de bonnets cylindriques.

Les avocats sont habillés d'une façon similaire.

Pour la circonstance, on avait dû modifier l'aménagement de la salle des assises de Kiew.

Une sorte de tribune faisant face au banc des jurés avait été improvisée à l'usage des trois cents paysans, de l'étudiant Ivan Georgewitch et des nombreux gendarmes chargés de les garder ou de les surveiller.

Quant aux innombrables curieux, munis de cartes ou non, on les avait entassés dans la salle, très difficilement et comme on avait pu.

La plus étrange promiscuité régnait dans ce public composé des éléments sociaux les plus variés et les plus différents.

Les hauts fonctionnaires et les principaux membres de la noblesse avaient pris place derrière les magistrats ; mais, sur les bancs du public, des femmes élégantes et des gens du meilleur monde étaient assis côte à côte avec des paysans, des artisans, des femmes galantes, voire parfois des vagabonds de la dernière catégorie.

Les étudiants avaient été systématiquement écartés du palais de justice.

Quelques-uns, cependant, avaient pu se glisser dans la salle des assises où ils montraient la plus grande réserve et affectaient la meilleure tenue.

Lorsque les accusés furent introduits, un grand mouvement se fit dans le public, et les huissiers, assistés de *gardavoï*, eurent quelques peine à rétablir la tranquillité.

Le président réclama le calme au nom de la justice et du Czar, et ce fut au milieu du plus profond silence qu'un huissier-audiencier, remplissant l'office de nos greffiers, lut l'acte d'accusation. Ce document, bien que complet, était rédigé avec un laconisme qui eût fort étonné un des membres de nos Parquets.

Les événements de Daschof y étaient racontés d'une façon brève, rapide, mais saisissante, comme dans un résumé historique.

Le caractère et la conduite d'Ivan Georgewitch et de ses complices y étaient appréciés sévèrement, mais sans vaine déclamation.

Dès que la lecture de l'acte d'accusation fut terminée, le président procéda à l'interrogatoire du principal accusé.

Après les formalités d'usage et les questions de rigueur, il lui dit:

— Ivan Georgewitch, vous savez de quoi vous êtes accusé et vous connaissez les charges qui s'élèvent contre vous. La loi s'oppose à ce que vous prêtiez serment, mais je puis et je dois vous adjurer au nom de Dieu et des saints de ne rien cacher à la justice et de dire toute la vérité.

— Je n'ai jamais menti, Excellence, répondit l'accusé, et je respecte trop la justice pour ne pas lui montrer autant de franchise que de soumission.

— Voilà qui est bien parlé, Ivan Georgewitch, et, puisque vous êtes si franc, vous ne nierez point que vous ayez oublié, dès votre prime jeunesse, les enseignements du pope, votre père, et que vous ayez professé, à l'Université, les idées les plus perverses et les plus dangereuses.

— Plaise à Votre Excellence, j'ai fait comme la plupart des jeunes gens de ma génération, c'est-à-dire que je me suis laissé séduire par des idées de progrès dont je reconnais aujourd'hui la vanité et le néant.

Cette humble réponse étonna manifestement l'auditoire.

Les quelques étudiants présents à l'audience échangèrent des regards désappointés.

On s'attendait dans le public à une toute autre attitude de la part de l'étudiant Ivan Georgewitch. Beaucoup s'imaginaient qu'il allait transformer le banc des accusés en une sorte de chaire ou de tribune, d'où il prêcherait ses doctrines subversives et téméraires.

Certes, le malheureux garçon n'y semblait point disposé.

Les doigts entrecroisés, les yeux baissés, les épaules hautes, il offrait l'aspect le plus piteux, et, son but était évidemment d'attendrir ses juges par ses airs onctueux et soumis.

Était-ce le bon moyen de faire croire à son innocence?

En France peut-être non, en Russie peut-être oui.

L'étudiant Ivan Georgewitch s'était dit que ce qu'il avait de mieux à faire, était de se défendre pied à pied et avec la plus grande énergie, sans se départir des façons les plus respectueuses. Et, à vrai dire, il n'avait point mal raisonné.

Ce fut d'un ton doux et presque paternel que le président continua son interrogatoire.

— Ivan Georgewitch, dit-il, je serais ravi que vous eussiez reconnu la vanité et le néant de vos doctrines prétendues progressistes, s'il est possible, et je le souhaite de tout mon cœur, que les épreuves que vous venez de subir vous aient ramené au bien; mais malheureusement pour vous, vous n'en êtes pas moins coupable de crimes monstrueux dont vous devez compte à Dieu, à Sa Majesté le Czar, à la justice et à la société...

— Je demande pardon à Votre Excellence, reprit l'étudiant, mais je dois affirmer, devant l'image du Christ et des saints, que je suis absolument innocent des crimes que l'on m'impute.

— Tel n'est point l'avis de la justice, puisque vous avez été maintenu en état d'arrestation et renvoyé devant la cour de Kiew... Vous avez été expulsé de l'Université de cette ville?

— Oui, Excellence.

— Et pourquoi en avez-vous été expulsé?

— Pour quelques propos u peun hardis et, d'ailleurs, assez mal interprétés.

— Quand vous êtes revenu dans votre village de Daschof, le prince Bolstoï habitait encore Paris?

— Oui, Excellence.

— Il était adoré des paysans de Daschof, et l'on attendait son retour avec la plus grande impatience.

— Je n'y contredis point, Excellence.

— Vous faisiez alors votre possible pour changer en haine les sentiments de respect et d'affection que les paysans de Daschof avaient pour leur seigneur.

— C'est ce que je prends la liberté de nier avec énergie.

— Bien des gens en témoigneront.

— Ils se trompent, Excellence, ils sont tout à fait dans l'erreur et je les défie de citer un propos de moi ayant pour but de déconsidérer Sa Très Regrettée Excellence, le prince Nicolas Bolstoï.

— Oh! vous êtes un garçon fort intelligent, très prudent et *très malin*, comme disent les Français, et vous n'auriez eu garde d'attaquer de front le prince Nicolas Bolstoï. C'est peu à peu et avec la plus perfide discrétion que vous avez déversé dans leur esprit le poison de la calomnie. On vous dira tout à l'heure que vous insistiez perpétuellement sur les injustices sociales et que vous cherchiez à monter la tête aux paysans en leur exagérant l'inégalité qui existe encore entre eux et les nobles.

On vous dira aussi que, même avant son arrivée à Daschof, vous avez cherché à jeter la défaveur sur la personne de Mme la princesse Bolstoï, née Amélia Quintiliani. Vous vous êtes efforcé de la faire passer aux yeux des paysans de

Amélia remercia du geste et s'assit. (Page 542.)

Daschof, pour une sorte d'aventurière. Pis que cela, vous avez essayé de persuader à nos compatriotes que cette charmante et pure jeune femme était en rapport avec les puissances infernales, de sorte, que pour atteindre votre but, vous vous adressiez tantôt aux passions révolutionnaires qui troublent les sociétés modernes, et tantôt aux préjugés surannés, aux superstitions ridicules qui égaraient les anciennes sociétés...

— J'affirme, Exellence, que mes propos ont été aussi mal interprétés au village de Daschof qu'à l'Université de Kiew. J'ai pu parler à mes compatriotes d'égalité et de fraternité et faire luire à leurs yeux l'espoir de réformes sociales favorables à leurs intérêts, mais je ne leur ai jamais dit de mal d'aucun des membres de la noblesse de la contrée et j'ai toujours respecté dans mes discours celui que mon père considérait comme son seigneur. Peut-être ai-je raconté aux paysans de Daschof des contes fantastiques à dormir debout, c'est l'usage dans nos veillées, mais jamais je n'ai prétendu que la princesse Amélia Bolstoï eût un rapport quelconque avec les sorcières ou les vampires dont je narrais les sinistres exploits.

— Vos insinuations étaient prudentes, je vous le répète, mais elles étaient d'autant plus dangereuses. Du reste, le résultat de vos manœuvres ne tarda point à se produire. A peine Leurs Excellences le prince et la princesse Bolstoï furent-elles installées au château de Daschof avec leurs amis de France qu'ils devinrent absolument impopulaires.

— Je le sais, mais ce n'est point ma faute.

— Assurément si, c'est votre faute.

Tel est le fruit de vos perfidies préméditées.

— Mais, Excellence, quel intérêt avais-je à nuire au prince, à la princesse et à leurs amis?

Le prince Nicolas n'avait jamais fait que du bien à ma famille et à moi.

— Ivan Georgewitch, il y a des natures qui pardonnent plus difficilement le bien qu'on leur fait que le mal qu'on leur cause, et, tout me porte à croire que vous êtes une de ces natures-là.

Vous êtes notoirement envieux et rancunier. Vous avez fait le mal pour le plaisir de faire le mal...

— Daignez me permettre de vous dire que ce sont là des hypothèses gratuites de Votre Excellence.

— Je ne vous permets pas de dire cela, Ivan Georgewitch: je suis incapable d'un jugement téméraire, et je ne crois pas avoir jamais manqué à la charité chrétienne. En vous accusant de manœuvres perfides et de propos calomnieux, je me base sur les témoignages nombreux et respectables qui vont se produire à cette barre.

Le président et l'accusé tournèrent assez longtemps dans le même cercle, l'un posant toujours à peu près les mêmes questions, l'autre faisant toujours à peu près les mêmes réponses.

Enfin, le président en arriva aux faits reprochés à Ivan.

— Quel a été l'emploi de votre journée, le jour de l'assassinat de Natinska? demanda le président.

Ivan répondit:

— Mon existence à Daschof était tout ce qu'il y a de plus monotone: je faisais le lendemain ce que j'avais fait la veille. Ce jour-là, comme les autres jours, je me suis levé vers sept heures du matin, j'ai fait un premier déjeuner avec mon père et ma mère; je suis allé me promener dans la campagne, emportant avec moi un roman français dont j'ai lu quelques passages. Je suis rentré à la maison vers onze heures, j'ai de nouveau pris un repas avec mes parents, j'ai assez longuement causé avec mon père, puis je me suis mis à travailler.

— A quels travaux vous livriez-vous à ce moment? à des travaux philosophiques, sans doute?

— Excusez-moi Excellence, je m'occupais surtout de littérature et spécialement de littérature française. Le prince Nicolas Bolstoï m'avait offert de visiter la France à ses frais. J'avais accepté avec le plus grand plaisir et je devais partir dans un bref délai.

— Avez-vous passé toute la soirée avec vos parents?

— Je suis sorti quelques instants avant le dîner.

— Vous avez dîné en famille?

— Oui, Excellence, et je me suis couché de très bonne heure, car j'avais une assez forte migraine.

— Vous avez dit dans l'instruction qu'aux premières heures matinales vous vous êtes mis à votre fenêtre et vous avez aperçu M. Robert Templier qui se dirigeait vers l'auberge de Koukoubenko. Persistez-vous dans cette déclaration?

— Oui, Excellence, j'y persiste.

— Vous avez tort, car M. Robert Templier prouvera qu'il a passé la nuit au château de Daschof et n'a point quitté, jusqu'à l'heure habituelle de son lever, l'appartement qu'il occupait avec son épouse, Mme Jeanne Templier.

— Plus que jamais je persiste à affimer que j'ai vu, cette nuit-là, M. Robert Templier se diriger vers l'auberge de Koukoubenko.

— L'accusation prétend que vers deux heures du matin vous êtes sorti de la maison paternelle...

— Cela eût été impossible sans la permission de mes parents. Mon père a l'habitude, avant de s'endormir, de s'assurer que je suis dans ma chambre et de fermer toutes les portes de sa maison à la clef, au verrou et à la barre de fer.

— Une des fenêtres de votre chambre donne sur la voie publique, mais l'autre donne sur le jardin de votre père. L'accusation prétend que vous avez sauté dans le jardin par cette fenêtre, qui n'est élevée du sol que de trois mètres environ.

— Je ne suis guère fort en gymnastique, Excellence, et je suis beaucoup plus habitué aux travaux intellectuels qu'aux exercices du corps.

— A votre âge, accusé, quand on n'est pas infirme, il n'est guère difficile de sauter de trois mètres de haut sur la terre labourée.

— Mais il me fallait sortir du jardin...

— L'accusation prétend que vous avez grimpé aux espaliers du mur et que vous avez sauté dans un terrain vague d'où vous avez pu gagner aisément l'auberge de Koukoubenko. Vous avez franchi la fenêtre de la chambre de Natinska et vous avez pu accomplir votre abominable forfait.

— C'est-à dire, Excellence, que l'on m'attribue des excercices de clown, à moi qui n'ai jamais pu jouer à saute-mouton lorsque j'étais au collège. (*rires*.)

— Ivan Georgewitch, ces plaisanteries sont fort déplacées; je crains que vous n'ayez pas le sentiment exact de votre position. Allons, allons! vous n'êtes point si maladroit et si débile que vous voudriez le faire croire. Des témoins diront qu'à l'occasion vous savez montrer de la vigueur et de l'agilité.

Il y a sur le mur du jardin de votre père des traces évidentes d'escalade. De qui pourraient-elles provenir? Est-ce du pope Georges? est-ce de son épouse? est-ce de votre servante? Assurémment, non. Elles proviennent donc de vous, il n'y a pas le moindre doute à cet égard.

— J'affirme que je n'ai jamais escaladé le mur du jardin de mon père et que je serais tout à fait incapable d'un pareil tour de force; encore moins aurais-je pu me hisser jusqu'à la chambre de Natinska.

— La jeune fille a eu la gorge coupée dans son lit, elle n'a pu crier, mais elle a un instant lutté contre son assassin. Or, lorsque les soupçons se sont portés sur vous, vous avez été soigneusement examiné par les médecins et on a trouvé des traces d'égratignures sur votre poignet et sur vos doigts.

— Je ne saurais dire d'où elles venaient; peut-être d'une caresse un peu vive du chat de mon logis.

— On a trouvé épars, au pied du lit de Natinska, des cheveux semblables aux vôtres.

— Je n'ai rien à répondre à cela; MM. les jurés jugeront s'ils doivent prêter une attention quelconque à un fait aussi vague et aussi insignifiant...

— Dans une conversation que vous avez eue quelques jours avant le crime avec des paysans de Daschof, vous avez dit que le meilleur moyen de se débarasser d'un ennemi c'était de le frapper à la gorge, parce qu'alors il ne pouvait point crier.

— J'ignore où et quand j'ai tenu ce propos. Il est par lui-même fort peu caractéristique, tout le monde eût pu en dire autant...

— Ce propos est plus caractéristique que vous ne voudriez le faire croire.

Il indiquait, pour le moins, de singulières préoccupations. Pendant les quelques jours qui ont procédé le crime, vous étiez sombre, vous sembliez agité et inquiet.

— Hélas! Excellence, c'est mon humeur ordinaire. Ma vie à Daschof n'était pas fort heureuse, et comme tous les jeunes gens de ma génération, je suis plus triste que gai... c'est le mal du siècle...

— Après la mort de Natinska, vous vous êtes efforcé de faire retomber la responsabilité du crime sur la tête d'un innocent, d'un remarquable artiste, citoyen d'une nation amie de la Russie et que Sa Majesté le Czar a daigné recevoir avec bienveillance...

— J'ai fait ce que ma conscience me commandait, je n'avais aucun motif de haine contre M. Robert Templier. Si j'ai dit l'avoir vu la nuit se diriger vers l'auberge de Koukoubenko, c'est que je l'avais vu.

— Vous avez fait votre possible pour qu'on le crût l'agent de Mme la princesse Bosltoï.

— J'ai dit ce que je croyais être la vérité. Mme la princesse Bolstoï haïssait notoirement Natinska. La pauvre fille n'avait, et ne pouvait avoir, aucune autre ennemie dans le village. Du reste, M. le juge Petchelikof partagea immédiatement mes soupçons ou plutôt mes convictions, et il a fallu des circonstances toutes particulières pour qu'il se tournât contre moi.

— Je vous engage, Ivan Georgewitch, à ne tenir aucun propos irrespectueux pour la justice et ses représentants.

Les magistrats instructeurs avaient d'abord fait fausse route, ils l'ont reconnu et nul ne saurait les en blâmer... Bref, vous persistez à affirmer que vous êtes innocent de l'assassinat de Natinska Koukoubenko?

— Je l'affirme.

— Et vous prétendez toujours que l'auteur de cet assassinat est M. Robert Templier, agissant en cette circonstance par ordre de Mme la princesse Bolstoï?

— Je ne suis point accusateur public, Excellence, je me borne à dire que j'ai vu M. Robert Templier se dirigeant à deux heures du matin vers l'auberge de Koukoubenko et que, de notoriété publique, Mme la princesse Bolstoï était follement jalouse de la malheureuse Natinska.

— C'est bien. Votre interrogatoire est terminé; l'audience est suspendue.

Durant la suspension d'audience, une grande agitation, mal réprimée par les huissiers et par les *gardovoï*, régna dans la salle et dans les couloirs du palais de justice.

La majorité de l'assistance était hostile à Ivan Georgewitch.

Cependant, bien des gens avouaient que les charges produites contre l'étudiant n'étaient point aussi écrasantes qu'ils l'avaient pensé, d'autres allaient plus loin et disaient qu'il y avait contre Ivan que des présomptions morales, que son attitude subversive et révolutionnaire, son caractère aigu et jaloux, pouvaient seuls faire planer sur lui quelques soupçons, mais que les autres faits dont on arguait contre lui n'avaient rien de probant.

En somme, sans cesser précisément de le croire coupable, on s'accordait à dire que le ministère public aurait quelque peine à démontrer sa culpabilité.

A la reprise de l'audience, le président commença l'interrogatoire des nombreux accusés.

La plupart d'entre eux avouèrent sans ambages leur participation à la révolte de Daschof et témoignèrent d'un profond repentir.

Il y en avait qui pleuraient à chaudes larmes, se frappaient violemment la poitrine et faisaient des douzaines de signes de croix.

Chose singulière, les femmes montraient plus d'énergie que les hommes et leurs réponses témoignaient de plus d'intelligence et de fermeté.

Beaucoup d'accusés chargèrent terriblement Ivan Georgewitch et affirmèrent qu'ils avaient eu la tête montée par ses insinuations et ses déclamations.

D'après eux, l'étudiant était capable de tous les crimes, et lui seul avait pu avoir l'idée infernale d'égorger Natinska dans son lit.

Quelques paysans firent entendre, dans un langage frustre et grossier, qu'ils avaient été suggestionnés par le fils du pope, et que ce maudit sorcier les avait forcés, par ses maléfices et sa diabolique puissance, à incendier le château de Daschof et à se révolter contre les troupes de l'Empereur.

L'interrogatoire des accusés dura trois jours, bien que chaque paysan n'eût à répondre que très brièvement aux questions du président.

Puis, ce fut l'audition des témoins.

Elle dura aussi plusieurs jours, car les témoins étaient nombreux et quelques-uns s'exprimaient avec la plus grande difficulté.

L'entrée de la princesse Amélia Bolstoï causa une indicible émotion.

Ce fut d'abord un grand murmure, puis un profond silence.

Tous les regards étaient dirigés vers la jeune veuve qui s'avançait vers la barre, ravissante et majestueuse sous ses vêtements de grand deuil.

Les souffrances et les fatigues avaient modifié la beauté d'Amélia, mais ne l'avait point diminuée.

Avec ses yeux cernés et ses joues amaigries elle était plus jolie, et surtout, plus intéressante que jamais.

Le président lui adressa un respectueux salut et fit signe à un audiencier de lui avancer un fauteuil.

Amélia remercia du geste et s'assit immédiatement.

Le président procéda à son interrogatoire avec la plus grande courtoisie et la plus grande douceur.

Il affecta de ne point dire un mot de la vie agitée et romanesque qu'Amélia avait menée jusqu'à son mariage avec le prince Nicolas Bolstoï.

Toutes les questions du président portèrent sur les faits qui s'étaient produits au moment de l'assassinat de Natinska Koukoubenko.

Amélia répondit avec beaucoup de modération et de convenance ; elle avoua franchement que, à un moment donné, elle avait ressenti quelque jalousie contre Natinska.

Elle avait appris que la malheureuse jeune fille aimait son mari, et cette idée lui avait causé un sentiment pénible.

Mais cet égarement avait été de fort peu de durée et elle n'avait point tardé à reconnaître à quel point ses soupçons étaient enfantins et ridicules.

Du reste, même quand elle était en proie à ce léger accès de jalousie, elle n'avait jamais eu la moindre haine ni la moindre rancune pour Natinska.

Elle eût même été disposée à lui faire tout le bien possible.

La princesse savait que des bruits très fâcheux avaient couru sur son compte à Daschof et aux environs.

Elle ne pouvait douter que l'auteur de ces odieux racontars ne fût Ivan Georgewitch lui-même.

Ce jeune homme était-il, comme la justice l'en accusait, l'auteur du meurtre de Natinska ?

La princesse n'osait l'affirmer, mais ce dont elle ne doutait pas, c'est qu'Ivan Georgewitch n'eût, par ses abominables prédications, excité les paysans de Daschof à la révolte, au pillage et à l'incendie.

Amélia émut vivement l'assistance en racontant les scènes d'horreur dont elle avait été témoin au moment de l'invasion du château par les paysans mutinés.

Elle avait vu plusieurs de ses domestiques écharpés sous ses yeux, elle ne se rendait pas bien compte de la façon dont elle avait été sauvée au moment où les flammes et la fumée commençaient à envahir les appartements du château.

Tous les gens qui l'entouraient avaient l'air de fous furieux.

Quelques-uns ressemblaient à des diables incarnés.

Pendant quelque temps, elle avait perdu connaissance, puis s'était retrouvée dans la maison du pope Georges en compagnie de son amie, Mme Jeanne Templier.

Elle ignorait alors l'épouvantable sort de son époux et du duc de Luzençay.

Quand elle avait appris la vérité, peu s'en fallut qu'elle devînt folle de douleur, mais Dieu avait permis qu'elle survécût à ses malheurs, qu'elle gardât toute sa raison et qu'elle fût en état de demander justice.

Jeanne Templier fit une courte déposition dans le même sens que la princesse. Elle jura devant Dieu que son mari n'avait point quitté leur appartement la nuit de l'assassinat de Natinska Koukoubenko.

Puis ce fut le tour de Robert Templier.

Il eut le bon goût de ne pas montrer trop d'acrimonie contre celui qui avait essayé de le perdre par le plus impudent des faux témoignages.

Sa déposition fut modérée dans la forme, mais très nette et très précise.

Il affirma que, depuis l'arrivée du prince Bolstoï et de sa femme au château de Daschof, Ivan Georgewitch n'avait cessé de manœuvrer de façon à exciter contre eux la haine des paysans.

Il jura qu'il n'avait point quitté son appartement la nuit du meurtre de Natinska.

Il insista sur les admirables vertus de la princesse Bolstoï, et dit combien il était absurde de lui attribuer un sentiment, même fugitif, de rancune ou de vengeance.

Le marquis de Crozant témoigna dans le même sens que Robert Templier.

L'assistance ne vit pas sans émotion l'aubergiste Koukoubenko s'approcher de la barre.

Ce pauvre homme n'était plus reconnaissable.

Depuis la mort de sa fille, il n'avait cessé d'être malade.

Au moment de la révolte de Daschof, il était au lit, en proie à la fièvre et au délire.

Koukoubenko avait maigri et des rides profondes sillonnaient son visage.

C'était maintenant un vieillard. Avec ses cheveux blancs et ses yeux creux, on lui eût donné soixante-dix ans.

Il marchait d'un pas chancelant, s'appuyant sur sa grosse canne.

Il répondit aux questions du président d'une voix faible et chevrotante, les yeux pleins de larmes.

Il déclara que le prince Bolstoï et son épouse étaient incapables d'une mauvaise action et même d'une mauvaise pensée ; que, si quelque soupçon avait pu s'élever contre eux dans son esprit, il en demandait bien humblement pardon à Dieu, à la Vierge et aux saints.

Quant à Ivan Georgewitch, il l'avait longtemps admiré pour son savoir et son éloquence, mais maintenant il le regardait comme un révolutionnaire dangereux, capable de tous les crimes. Il ne pouvait affirmer que ce nihiliste fût l'assassin de sa fille, mais ce dont il était bien certain c'est que, par ses mauvais propos, il avait brouillé la cervelle et perverti le cœur des paysans de Daschof.

On avait songé à entendre comme témoin le pope Georges et sa femme, mais, toute réflexion faite, on fut d'avis qu'une telle déposition aurait quelque chose d'affligeant et même d'immoral.

La servante du pope ne fut pas entendue non plus.

De nombreux témoins se succédèrent, tous très défavorables à l'accusé.

Après l'audition des témoins le procureur général prit la parole.

Dans un long discours, ressemblant très peu par la forme au réquisitoire de nos magistrats, il s'efforça de démontrer que, seul, Ivan Georgewitch, avait pu avoir l'infernale idée d'égorger Natinska et de faire retomber la responsabilité de ce crime sur des têtes innocentes.

Quant à sa participation morale aux effroyables scènes de la révolte de Daschof, elle ne faisait aucun doute.

C'était bien lui qui, par ses diaboliques prédications avait transformé en tigres ou en chiens enragés, des paysans naguère doux comme des moutons.

Le procureur général fit un éloge dithyrambique du grand artiste Robert Templier, que l'accusé avait abominablement calomnié au mépris des lois divines et humaines.

Il chanta aussi les louanges de la princesse, et surtout, du prince Bolstoï.

Ce dernier était le modèle des gentilshommes et des seigneurs.

Sa mort tragique faisait de lui un saint et un martyr, dont le souvenir vivrait perpétuellement dans la mémoire de l'empire russe et de toutes les nations civilisées.

Le procureur général s'éleva ensuite avec une sorte d'éloquence contre l'invasion des idées révolutionnaires en Europe.

Altesse, je vous présente Mme la princesse Amélia Bolstof. (Page 551.)

Il engloba, dans ses malédictions de zélé fonctionnaire, toutes les sectes révolutionnaires.

Les simples libéraux ne trouvèrent pas plus grâce devant lui que les plus féroces anarchistes.

Du reste, une réaction violente se manifestait dans l'empire russe contre les perturbateurs de la société.

La révolte des paysans de Daschof était un fait isolé, résultat des abominables manœuvres d'un scélérat.

Son Altesse Nounouche   69

Dans toute l'étendue de l'empire russe, le peuple se montrait de plus en plus fidèle au Czar, de plus en plus respectueux envers ceux qui avaient l'insigne honneur de le représenter.

La jeunesse des écoles, qui avait causé autrefois quelques inquiétudes au gouvernement, donnait maintenant l'exemple du plus édifiant loyalisme.

Les révolutionnaires étaient isolés, objets de la défiance et de la réprobation générales.

Cependant, leur influence était encore à craindre dans une certaine mesure, car nul ne peut répondre de l'avenir.

Il fallait donc profiter des tragiques événements de Daschof pour faire un grand exemple.

Depuis plus d'un siècle, la peine de mort était abolie en Russie, excepté pour les attentats politiques dirigés contre le Czar.

Les accusés ne pouvaient donc payer leurs crimes de leur vie, mais, grâce à Dieu, les lois russes permettaient encore de donner satisfaction à la conscience publique vivement émue par le plus lâche et le plus abominable crime des temps modernes.

Et, tout en regrettant qu'on ne pût appliquer aux accusés les terrifiantes lois édictées par Ivan le terrible, le procureur général requit contre eux l'application la plus sévère des lois actuelles.

Le défenseur d'Ivan Georgewitch avait une mission fort délicate à remplir.

Il devait faire de son mieux pour sauver son client en évitant de choquer et le gouvernement et l'esprit public qui a plus d'importance en Russie qu'on ne le croit généralement.

Il commença par présenter son client comme un malheureux garçon, d'une intelligence vive, mais d'un caractère faible, physiquement disgracié par la nature, et victime pendant quelque temps des doctrines dangereuses que le procureur général venait de flétrir avec tant de justesse et d'éloquence.

Il est vrai que, par une mesure peut-être un peu trop sévère, Ivan George-witch avait été expulsé de l'Université de Kiew, mais la vie paisible qu'il menait à Daschof, au foyer paternel, n'était-elle pas un sûr garant que ce pauvre jeune homme avait renoncé à ses dangereuses chimères politiques et sociales?...

Si Ivan fût resté le révolutionnaire que l'on prétend, n'eût-il point quitté son village, n'eût-il point fait partie d'une de ces innombrables sociétés secrètes qui s'efforcent de troubler l'Europe?...

On prétend qu'Ivan prêchait depuis longtemps la révolte à ses compatriotes et qu'il cherchait notamment à les exciter contre le fils de leurs anciens seigneurs.

Mais n'est-il point évident que les paroles d'un jeune homme lettré et imaginatif peuvent être mal interprétées par ceux auxquels elles s'adressent ou par ceux qui les entendent, surtout quand son auditoire se compose de gens ignorants et naïfs?...

Si Ivan avait tenu sur le prince et la princesse Bolstoï les scandaleux propos qu'on lui prête, le prince Nicolas l'eût-il admis dans sa compagnie, l'eût-il invité à sa table avec les gentilhommes des environs, lui eût-il montré une inaltérable bienveillance?..

Le défenseur ne voulait point incriminer les dépositions de M. Robert Templier et de M. le marquis de Crozant.

Il ne doutait point de la parfaite bonne foi de ces galants hommes, mais il les croyait égarés par l'antipathie que le fils du pope leur inspirait.

Ivan, lui-même, pouvait s'être trompé en croyant voir M. Robert Templier se diriger à deux heures du matin vers l'auberge de Koukoubenko; mais pouvait-on affirmer qu'il ne se trompât pas de bonne foi?

Quant à l'assassinat de la jeune Natinska, il resterait sans doute toujours enveloppé d'un impénétrable mystère.

Il était déraisonnable d'en accuser une femme aussi accomplie que la princesse Amélia et un éminent artiste comme le peintre français Robert Templier.

Mais, n'était-il point aussi déraisonnable d'en accuser un pauvre jeune homme qui, sauf des chimères politiques et sociales, s'était toujours montré le plus doux et le plus inoffensif des humains?

Dans tous les cas, si quelques soupçons pouvaient s'élever contre Ivan Georgewitch, ce n'était que des soupçons moraux.

Non seulement, il n'y avait point de preuves matérielles du crime qu'on lui imputait, mais les charges qu'on élevait contre lui ne soutenaient pas l'examen.

Après avoir longuement exposé et discuté ces charges, le défenseur d'Ivan fit observer que nous n'étions plus au temps où de barbares jurisconsultes émettaient cette théorie:

« Plus le crime est horrible et moins on doit exiger de preuves contre l'accusé. »

Dans la société moderne on pense au contraire que plus les faits reprochés à un accusé sont graves, plus on doit exiger, pour le condamné, que les charges produites contre lui soient accablantes.

Grâce au progrès des lumières et à l'adoucissement des mœurs judiciaires, le doute bénéficie toujours à l'accusé.

Il en est ainsi en Angleterre et en France, pourquoi en serait-il autrement dans l'empire russe, civilisé grâce aux efforts et à la sagesse des Czars?

Ivan Georgewitch devait donc sortir indemne de cette déplorable affaire.

S'il avait à se reprocher quelques inconséquences, n'en était-il pas assez puni par les angoisses de la détention préventive, par les tortures de longs et sévères interrogatoires, par la nécessité où il se trouverait certainement de quitter son pays et de vivre à l'étranger, en pauvre exilé?

Le défenseur essaya ensuite d'attendrir les jurés en leur faisant un tableau navrant de la douleur du pope et de sa femme.

Ces bonnes gens devaient-ils voir leurs dernières années désolées par l'impitoyable condamnation de leur fils? Non, messieurs les jurés ne le voudraient point, et, dans leur clémence, reflet de celle de Sa Majesté le Czar, ils permettraient que le pauvre et humble étudiant fût mis en liberté.

La tâche de l'avocat chargé de défendre d'une façon globale les paysans révoltés de Daschof n'était point plus aisée que celle de l'avocat d'Ivan Georgewitch. Il n'avait qu'un moyen de se tirer d'affaire, plaider l'ignorance et la crédulité de ces pauvres cosaques. Sans se joindre formellement aux accusateurs d'Ivan Georgewitch, il laissa entendre que les déclamations de cet étudiant révolutionnaire n'avaient point été étrangères au coup de folie dont le prince Bosltoï et le duc de Luzençay avaient été victimes, car il n'y avait point à s'y tromper, les paysans de Daschof avaient été pris d'un accès de démence subite.

L'histoire n'offrait-elle pas d'autres exemples de ces aliénations collectives?

Un homme peut commettre un crime sans en être responsable... tous les philosophes et tous les jurisconsultes en demeurent d'accord.

En ce cas, il obéit à des influences occultes que la science connaîtra et analysera peut-être plus tard, mais qui, pour le moment, restent absolument mystérieuses.

Or, ces influences occultes peuvent agir sur plusieurs cerveaux simultanément.

N'a-t-on point vu, au moyen âge, des populations entières se mettre à divaguer et à danser jusqu'à tomber dans l'état du plus complet épuisement?

N'a-t-on point vu, au xviiiᵉ siècle, tous les habitants d'un village suédois s'entr'égorger et même s'entre-dévorer sans que rien n'expliquât ces actes de fureur?

Il ne faut pas perdre de vue que les malheureux qui ont incendié le château de Daschof et fait périr dans les flammes le prince Bolstoï et le duc de Luzençay étaient, à l'ordinaire, des gens doux, paisibles, soumis aux lois, adorant Dieu et honorant le Czar, incapables d'une mauvaise action, absolument inoffensifs.

Il y avait parmi eux des femmes qui s'étaient toujours conduites en irréprochables mères de famille, des jeunes filles d'une chasteté exemplaire.

Leur acte de sauvagerie ne pouvait donc être attribué qu'à un accès d'aliénation mentale.

Ce n'est point eux qui ont agi, ils n'ont été que les passifs instruments d'un mystérieux pouvoir. Ils ont été les victimes d'une innommable influence, leur attitude actuelle ne le démontre-t-elle pas victorieusement?

Aucun de ces infortunés n'a nié les faits qu'on lui reproche, nul n'a tenté de les justifier ou même de les excuser, tous déclarent qu'ils accepteront humblement le châtiment qu'on leur infligera, et qu'ils essayeront de s'en faire un mérite devant Dieu.

Ces êtres, si doux avant la révolte, si humbles après la révolte, si véritablement chrétiens, peuvent-ils être raisonnablement déclarés responsables d'un acte, si sauvage qu'il dépasse toute vraisemblance?

L'avocat concluait assez vaguement.

Il n'osait demander l'acquittement pur et simple de ses clients, mais il suppliait les jurés et les juges de se montrer vis-à-vis d'eux aussi miséricordieux que possible.

En Russie, le résumé du président n'a point été aboli comme chez nous.

Le président des assises résuma donc les débats avec clarté et avec une certaine impartialité, et, quand il eut fini, les jurés entrèrent dans la salle de leurs délibérations.

Le jury délibéra longtemps et rapporta un verdict affirmatif sur toutes les questions.

Les paysans révoltés furent condamnés aux mines en Sibérie ; quant à l'étudiant nihiliste, la cour le traita avec une impitoyable sévérité : il devait subir l'exil perpétuel en Sibérie et être soumis au régime pénitentiaire le plus rigoureux.

Pendant toute la durée de son existence, il vivrait uniquement de pain et d'eau et serait astreint à un jeûne complet de deux jours par semaine.

Tous les mois, pendant un an, il recevrait dix coups de *Knout* et pendant les rares intervalles du travail forcé, aurait les épaules chargées d'une sorte de cangue à la manière chinoise.

En entendant cet arrêt impitoyable, le malheureux Ivan tomba évanoui, et il était encore privé de connaissance lorsqu'on le ramena à la prison où, immédiatement on l'enferma dans un cachot.

L'arrêt de la cour d'assises de Kiew parut fort juste aux populations.

A peine avait-il été rendu, que la princesse Bolstoï reçut une lettre du grand maréchal de la Cour qui lui enjoignait de se rendre immédiatement à Saint-Pétersbourg, où elle devait rester tout le temps de son deuil sous la protection directe de l'Empereur et de l'Impératrice.

Amélia accueillit cet ordre avec une certaine joie.

Le marquis de Crozant lui offrit de l'accompagner à Saint-Pétersbourg, et même de s'y installer près d'elle.

Le marquis avait reporté sur Amélia une partie de l'affection qu'il avait pour sa mère.

Peu à peu, cette amitié avait augmenté d'intensité et tendait même à changer de caractère.

Crozant se demandait maintenant, avec quelque inquiétude, s'il n'était point amoureux de la princesse. Bien qu'il fût encore relativement jeune, il se trouvait si disproportionné d'âge avec Amélia, que les sentiments qu'elle lui inspirait lui apparaissaient comme quelque chose de dangereux, presque de coupable.

Aussi se gardait-il bien de rien laisser deviner à la jeune veuve, et Amélia était tellement absorbée dans sa douleur qu'elle ne voyait dans le marquis de Crozant qu'un ami dévoué, un protecteur, une sorte de tuteur.

Tel était l'état d'âme du marquis et de la princesse lorsqu'ils arrivèrent à Saint-Pétersbourg.

XXXIV

COMMENT AMÉLIA FUT PRÉSENTÉE A UN GRAND-DUC ALLEMAND DONT L'ASPECT LUI CAUSA
UNE INCROYABLE SURPRISE ET UNE INDICIBLE ÉMOTION.

Robert Templier et sa femme étaient partis pour Saint-Pétersbourg en même temps que la princesse et le marquis.

Le Czar avait fait dire au jeune maître qu'il désirait le dédommager de son mieux des désagréments qu'il avait subi dans ses États et que un jour ou l'autre, il lui confierait d'importants travaux.

Robert Templier était bon Français, mais savait que nul n'est prophète dans son pays, et, bien qu'il eût quelquefois la nostalgie de Paris, il ne voyait aucun inconvénient à habiter un pays où l'aristocratie est hospitalière et généreuse et où, grâce à la protection du souverain,on peut aspirer aux plus grands honneurs et aux plus grands bénéfices.

Il s'installa donc avec Jeanne dans un confortable appartement situé non loin du somptueux hôtel dont le Czar avait fait présent à la veuve du prince Nicolas Bolstoï.

Quant au marquis de Crozant, il reçut l'hospitalité du premier attaché à l'ambassade de France, le baron Trigault, qu'il avait connu et fréquenté à Paris.

Le grand deuil d'Amélia lui interdisait la plupart des distractions qu'elle eût pu prendre dans la capitale de la Russie, mais la pauvre jeune femme n'avait aucune envie de se distraire.

Elle passait ses journées et ses nuits à penser à l'époux bien aimé qu'elle avait perdu dans de si tragiques circonstances.

Si elle avait eu moins d'affection pour le marquis de Crozant, pour Robert et pour Jeanne Templier, elle eût sans doute préféré la solitude à leur compagnie.

L'Empereur et l'Impératrice lui avaient prodigué les marques de la plus réelle estime et de la plus grande sympathie.

Par leur ordre, des services solennels avaient été célébrés dans tout l'empire pour le repos de l'âme de Nicolas Bolstoï.

Au bout de deux mois, Leurs Majestés invitèrent la jeune veuve à assister aux petites réunions de famille qui avaient lieu au palais tous les samedis soirs.

Ces réunions étaient tellement intimes qu'Amélia pouvait s'y rendre décemment, malgré son grand deuil.

Le marquis de Crozant et Robert Templier n'y étaient point invités, mais Leurs Majestés les recevaient souvent avec la plus gracieuse cordialité.

Un soir, Amélia, entrant dans le petit salon où se tenaient les réunions familiales, aperçut assez vaguement un nouveau visage, un jeune homme blond, aux yeux bleus portant un uniforme d'officier étranger fort riche et fort élégant, qui causait, en buvant du thé, avec un des grands-ducs.

La Czarine prit la jeune femme par la main et, la conduisant près de l'étranger, dit avec un doux sourire :

— Altesse, je vous présente Mme la princesse Amélia Bolstoï dont vous connaissez assurément les grands malheurs et la haute vertu.

Le jeune homme s'inclina, tandis qu'Amélia lui faisait une révérence de Cour.

Mais lorsqu'elle eut levé les yeux sur lui, elle eut toutes les peines du monde à retenir un grand cri, et ne put réprimer un tressaillement qui fut remarqué par toute l'assistance.

L'officier étranger, le jeune homme blond que la Czarine venait d'appeler Altesse, c'était Louis Hérault, en personne, mêmes traits, mêmes yeux, même expression de visage; ce n'était pas de la ressemblance, c'était de l'identité. Amélia se demanda si elle était devenu folle.

Pendant son séjour à Daschof, elle avait appris la mort de Louis Hérault dans les marais de la Guyane.

Louis Hérault n'était donc plus de ce monde.

D'ailleurs, en supposant que le bruit de sa mort fût un faux bruit et qu'il eût pu s'échapper du pénitencier de Cayenne, était-il possible qu'il se fût transformé en prince, en Altesse, en officier général?

— Son Altesse Sérénissime le grand-duc Edouard de Kirck-Berghein, dit la Czarine.

Amélia connaissait le nom et les étranges aventures de ce jeune prince allemand.

Elle savait que, longtemps enfermé comme fou par un perfide parent, par un odieux usurpateur, il avait été tiré de prison par quelques amis fidèles et restauré solennellement sur le trône-grand-ducal de ses ancêtres.

Sans avoir jamais vu le grand duc Edouard, Amélia s'intéressait vivement à lui, elle en avait souvent causé avec son mari et ses amis de Daschof.

Ce jeune prince lui apparaissait comme un véritable héros de roman ; elle eût voulu participer à sa restauration et à son triomphe.

Elle lisait avec une sorte d'avidité tout ce que les journaux de l'Europe disaient de lui : et le prince Edouard avait une bonne presse.

De toute part on le présentait comme un jeune souverain plein d'avenir.

On louait son esprit libéral, son amour du progrès, son désir de faire renaître la prospérité dans le grand duché de Kirck-Berghein, ses tendances conciliantes vis-à-vis des autres Etats, ses manières cordiales et familières, et surtout son ardeur à s'instruire et à réparer le temps perdu dans la sombre prison où la perfidie du prince Othon, son cousin, l'avait tenu enfermé depuis son enfance.

Et voilà qu'Amélia se trouvait en présence de ce prince de roman ou de contes de fées.

Elle se l'était imaginé, blond, joli garçon, avec des yeux bleus.

C'était bien comme cela qu'il était, mais il ressemblait traits pour traits au plus abominable petit scélérat qui ait jamais excité l'indignation dans la société parisienne.

Oui, il ressemblait traits pour traits à Louis Hérault, à l'ami de la Mouchotte, au chef de la bande des *Mouch'—moi-donc*, à Louis Hérault le voleur, l'assassini le ruffian, le groom larron, le croupier filou, le gommeux interlope, le gibier de cour d'assises, le forçat de Cayenne !

La stupéfaction d'Amélia redoubla lorsque le grand-duc Édouard prit la parole.

Il s'exprimait en français, sans accent, ou plutôt avec un accent parisien assez sensible et sa voix était bien celle de Louis Hérault, celle du coquin qu avait tenté de violer Amélia dans l'antre de la Mouchotte.

— Madame, dit le grand-duc, je n'ai pas besoin de dire à Votre Gracieuse Excellence, combien j'ai compati à l'horrible malheur qui l'a frappée. Je n'avais point le plaisir de connaître le prince Nicolas Bolstoï, car vous savez sans doute que j'ai vécu longtemps loin du monde, en ermite ou plutôt en reclus, mais j'avais entendu dire le plus grand bien de celui que vous pleurez.

C'était un homme excellent, éclairé, un bon chrétien et un philanthrope sincère. Sa mort tragique a causé la plus grande émotion dans toute l'Europe et dans mes Etats, en particulier.

Daignez agréer mes condoléances et croire au bonheur que j'éprouve de faire la connaissance d'une personne aussi intéressante et aussi accomplie que Mme la princesse Bolstoï.

Amélia essaya de faire une réponse convenable aux compliments du grand-duc, mais son émotion était telle, qu'elle ne put que balbutier et articuler faiblement quelques mots sans suite.

Cet embarras ne surprit point outre mesure ; on le mit sur le compte de la douleur qu'éprouvait la jeune femme et que les paroles du grand-duc venaient de raviver.

Bientôt une longue conversation s'engagea entre le Czar et le grand-duc.

Pendant ce temps, tous les assistants restèrent respectueusement silencieux.

Amélia, frappée de l'aisance et même de la compétence avec laquelle le prince Edouard traitait les questions politiques et sociales du jour, se taxait elle-même de folie pour avoir pu croire un instant que ce jeune souverain, que ce grand seigneur, que cet homme de science et de tact, n'était autre qu'un petit voyou parisien, devenu gommeux par occasion, mais que cette fortune provisoire avait fort mal décrassé.

Savez-vous avec qui je me suis trouvée hier, dans le petit salon de Sa Majesté? (Page 554.)

Non, il ne pouvait y avoir rien de commun entre Son Altesse Sérénissime le grand-duc Edouard de Kirck-Berghein et *Toto* dit « *mes puces* » ou même M. Louis Hérault de Fazeuil.

Du reste, un certain changement physique qui s'était produit chez Louis était de nature à enlever tous les doutes qui pouvaient subsister dans l'esprit d'Amélia. Louis avait positivement grandi, il avait surtout grossi.

Tout en restant d'un galbe assez élégant, il avait acquis un léger embompoint. Des moustaches assez épaisses ombrageaient ses lèvres. Ses yeux bleus s'ils n'avaient pas changé de couleur, avaient changé d'expression.

Son Altesse Nounouche   70

Ils n'avaient plus ces lueurs féroces qui troublaient et déconcertaient tout à coup ceux qui étaient en train d'admirer sa jolie figure.

Ses gestes, jadis un peu brusques, étaient devenus, souples, calmes et posés.

Ajoutons qu'il restait très peu d'inflexion parisienne dans son langage et qu'il était arrivé, grâce à une force de volonté vraiment extraordinaire, à se défaire des expressions parfois un peu trop pittoresques qu'il affectionnait dans sa prime jeunesse.

En somme, ce bandit transformé en prince souverain faisait absolument illusion.

Lorsque l'heure fut venue de se retirer, Amélia prit congé de Leurs Majestés et adressa une révérence de Cour au grand-duc en lui demandant mentalement pardon des absurdes et téméraires idées qui lui étaient venues dans l'esprit.

Le lendemain elle revit, comme tous les jours, Robert, Jeanne et le marquis de Crozant.

Elle crut ne devoir rien dire à Robert et à Jeanne, mais s'étant trouvée en tête à tête avec le marquis, elle eut quelque hâte de lui communiquer ses impressions de la veille.

— Savez-vous, dit-elle, avec qui je me suis trouvée hier, dans le petit salon de Sa Majesté?

— Je le sais déjà, princesse, répondit le marquis. Vous vous êtes trouvée avec Son Altesse Sérénissime le Grand-duc Edouard de Kirck-Berghein.

— Le connaissiez-vous déjà?

— Pas précisément, mais je connaissais son prédécesseur, le grand-duc Othon. Je crois même vous avoir déjà raconté comment ce pauvre Luzençay et moi nous lui avons sauvé la vie.

— En effet, je connais ce glorieux épisode de votre existence... Le grand-duc Edouard est arrivé au pouvoir dans des circonstances bien singulières...

— Il faut en convenir, princesse. Ah! il est entouré d'une auréole romanesque peu ordinaire. Son avènement bizarre et subit a défrayé pendant quelque temps toutes les conversations. Sa visite annoncée ici depuis un mois environ avait par avance ému toutes les belles Pétersbourgeoises, et, comme le grand-duc est fort joli garçon...

— Vous trouvez?

— On le dit. Moi, je ne l'ai pas encore vu. Mais voulez-vous que je vous dise franchement ma façon de penser, princesse? Ce jouvenceau couronné a causé quelque impression sur votre esprit.

— Une très grande et très forte impression, en effet, monsieur le marquis.

— Hein? Quoi? Il est donc si beau que cela?

— Il ressemble traits pour traits...

— A qui donc?... achevez...

— A un jeune scélérat qui a joué un grand rôle dans ma vie et exercé une terrible influence sur mon existence... à Louis Hérault, enfin...

— Peuh ! cela n'a rien d'étonnant. *Toto* dit « *mes puces* » était blond, il avait plutôt l'air d'un Allemand ou d'un Anglais que d'un Français, il y avait quelque distinction dans sa tournure. Donc, rien de bien surprenant à ce qu'il ressemblât à une altesse tudesque.

— Ah ! cher monsieur, il ne s'agit point ici d'une vague ressemblance, c'est une similitude absolue ; et, chose prodigieuse, c'est la même voix, et presque les mêmes intonations.

— Allons, allons, princesse, votre jeune imagination travaille.

— Je vous jure que je vous dis la pure vérité. D'ailleurs, vous ne tarderez pas à en juger vous-même.

— Et avez-vous fait part de vos impressions à Mme Jeanne Templier, à la sœur de Louis Hérault ?

— Ma foi, non, je n'ai pas osé, j'aurais craint de lui rappeller mal à propos de trop cruels souvenirs.

— Vous avez sagement agi, madame. Du reste, un de ces jours, Mme Templier se trouvera certainement en présence du grand-duc, et il sera curieux de constater si elle est frappée, comme vous, de la ressemblance du prince Édouard avec Louis Hérault.

— Oh ! elle en sera certainement frappée.

— C'est étrange, princesse, comme l'aspect du grand-duc vous a agitée...

— Votre étonnement me surprend, monsieur le marquis. Pouvais-je retrouver sans émotion Toto dit « mes puces » dans le salon de Sa Majesté l'empereur de toutes les Russies ?

— C'est juste, mais je ne sais ce que je dis. De grâce, princesse, excusez-moi.

Cette conversation avait laissé au marquis de Crozant une impression fort désagréable.

Du reste, il lui eût été impossible d'analyser ses sentiments.

Quoi d'étonnant à ce qu'Amélia eût été frappée et même émue de la ressemblance du prince Édouard et de Louis Hérault ?

Assurément, cela était tout à fait naturel, tout à fait normal.

Et, cependant, le marquis en voulait à Amélia.

Sans qu'il osât se l'avouer à lui-même, il la soupçonnait, maintenant, d'avoir autrefois éprouvé pour le jeune bandit un de ces sentiments malsains dont les âmes les plus pures et dont les esprits les plus élevés ne sont pas toujours à l'abri.

Certes, il ne doutait pas qu'Amélia eût combattu ce sentiment et qu'elle n'eût fait son possible pour se persuader à elle-même que Louis Hérault lui faisait horreur.

C'était très sincèrement et de très grand cœur qu'elle s'était donnée au prince Bolstoï ; mais, enfin, peut-être y avait-il eu un moment où le joli bandit aux yeux bleus avait agité ses nerfs.

Le cœur féminin n'est-il pas le plus mystérieux et le plus insondable des abîmes?

N'arrive-t-il point à la femme la plus irréprochable dans sa conduite d'éprouver d'inavouables sentiments?

Ne peut-elle point aimer et mépriser en même temps?

Dans l'opéra de *Don Juan*, la noble et chaste Dona Anna ne préfère-t-elle pas, au fond du cœur, l'élégant scélérat qui l'a violée et qui a assassiné son père, au bon et chevaleresque Don Octavio, qui l'adore et lui a toujours montré le dévouement le plus absolu?...

Le marquis de Grozant passa une nuit fort agitée; il ne put goûter un seul instant de repos.

Il avait beau traiter d'absurdes les idées qui l'assaillaient, elles revenaient avec d'autant plus de persistance qu'il mettait d'énergie à les repousser.

— Après tout, se disait-il, si Amélia a jadis éprouvé quelque chose qui ressemblât à de l'amour pour Toto dit « mes puces », qu'est-ce que cela peut me faire? Est-ce que cela me regarde?

N'a-t-elle pas lutté contre ce triste entraînement et n'est-elle pas restée digne de mon estime et de mon affection?

Pourquoi suis-je hanté d'idées qui ressemblent à de la jalousie?

Serais-je donc amoureux d'Amélia, comme je l'ai été de sa mère?

Cela serait passablement ridicule.

Et, cependant, il y a des moments où je me dis que la veuve de ce pauvre prince Nicolas ne pourrait trouver de meilleur soutien que moi-même. Je ne suis pas encore un vieillard que diable!

Etant données les habitudes mondaines, je peux encore passer pour un jeune homme.

Dans le peuple et dans la petite bourgeoisie, on est presque un vieux monsieur à quarante ans, dans notre classe quarante ans c'est le plus bel âge... oui, mais quand on a quarante ans, on ne tarde guère à en avoir cinquante et à cinquante ans on est vieux dans toutes les classes... Au diable! vais-je être pris de ce que Balzac appelle la préoccupation climatérique... Ah! je suis sur une mauvaise pente!... tâchons de chasser toutes ces idées importunes qui bourdonnent autour de moi comme autant de frelons...

Le marquis parvint enfin à penser à autre chose, mais il n'en fut pas moins triste.

Il était maintenant envahi par le souvenir de son pauvre ami Luzençay.

Il se rappelait avec attendrissement leurs premières relations, alors que tout leur souriait et que l'avenir leur apparaissait couleur de rose.

Il ne se seraient jamais douté alors des étranges et terribles incidents qui devaient agiter leur existence.

Oh! extravagante cruauté du destin! Ce doux et charmant Luzençay, féru d'un si ardent et si naïf amour pour l'humanité, ce candide progressiste, cet utopiste aimable et laborieux devait-il donc être un jour brûlé vif par des sauvages en délire !

Quel homme était mieux fait pour expirer paisiblement dans son lit, entouré d'amis, consolé par une épouse affectionnée et des enfants chéris?...

Une grande amertume se répandait dans l'âme du marquis de Crozant.

Il se sentait repris par cette mélancolie et cette misanthropie qui avaient désolé une partie de sa jeunesse.

Comme autrefois, il lui prenait des envies de s'enfermer dans un couvent ou de s'aller cacher dans un désert.

La matinée était assez avancée lorsque, brisé par l'énervement, il s'endormit d'un lourd sommeil.

XXXV

TOTO, DIT « MES PUCES » A UNE IMPORTANTE CONVERSATION AVEC L'EMPEREUR DE TOUTES LES RUSSIES.

Il ne faut pas trop s'étonner si l'ancien chef des *Mouch'moi-donc* était devenu, en si peu de temps, un petit souverain fort présentable.

Le drôle, on le sait, avait l'esprit vif, prompt et compréhensif.

Sorti d'une bonne et honorable famille, une certaine distinction physique subsistait chez lui, malgré son affreuse déchéance morale.

Il avait la ferme et énergique volonté d'être à la hauteur de sa nouvelle situation.

Il était entouré de conseillers fort intelligents.

Le docteur Clostermann, notamment, était pour lui un guide très fin et très sûr.

En peu de temps, Louis apprit à parler l'allemand et à l'écrire le plus purement du monde.

Il se corrigea de tous les petits tics, de toutes les habitudes qui pouvaient dénoncer ou faire soupçonner son passé.

Il acquit de très bonnes manières, fut au courant de tous les raffinements mondains, devint excellent écuyer d'assez bon cavalier qu'il était et sut autant et plus de politique que la plupart des petits souverains ses pareils.

Sa première idée — dont il fit part au docteur Clostermann et au baron de Rosemberg — fut de se faire une grande popularité en donnant aux habitants de Kirck-Berghein une Constitution extrêmement libérale.

Ses instincts le portaient plutôt du côté du pouvoir personnel.

Il s'était montré fort autoritaire lorsqu'il était chef de bandits, mais il tenait à se poser en homme de progrès et il voulait, selon la formule, marcher avec son temps.

Après l'avoir respectueusement félicité de ses belles dispositions, le docteur Clostermann lui dit :

— Votre Altesse Sérénissime doit, à mon avis, se borner à donner à son peuple l'illusion d'une Constitution libérale et progressiste. Elle fera bien de réserver pour elle et pour ses conseillers intimes la plus grande part possible d'autorité. Votre prédécesseur, monseigneur, n'a fait que s'aliéner l'estime et l'affection du pays avec ses essais de réformes. Rien, d'ailleurs, n'est facile comme de reconquérir la part de pouvoir qu'il avait aliénée. Il suffit pour cela d'employer certains mots qui flattent agréablement l'oreille des pupulations modernes. Pourvu qu'on leur persuade qu'elles marchent en avant, rien n'est aisé comme de les ramener en arrière. Elles tiennent beaucoup à ce qu'on parle de leur liberté, mais au fond elles se moquent fort d'être libres, elles éprouvent même une certaine jouissance à se sentir dominer par une main robuste. Elles ont sincèrement soif d'égalité, et c'est sur ce sujet qu'il faut surtout leur faire illusion. En ayant l'air d'abolir les anciens privilèges sociaux, on peut aisément constituer une hiérarchie sociale très solide et très bien graduée. Bref, monseigneur, il faut, en bon prince et en prince intelligent raffermir *notre* puissance en ayant l'air de travailler à celle du peuple.

Le nouveau grand-duc comprit très bien ce que disait son conseiller.

Il institua une sorte de chambre de représentants qui semblaient librement élus par la nation tout entière, mais qui n'étaient, en somme, que des fonctionnaires publics; c'est ce qu'on appelle le *suffrage universel dirigé*.

Il abolit la vieille et puérile étiquette de la Cour et décréta que tout le monde y pouvait être admis, quelles que fussent ses origines et sa naissance.

Avant lui, il était assez difficile aux jeunes gens de la bourgeoisie d'obtenir un grade dans l'armée. Il voulut que les grades fussent accessibles à toutes les capacités. Il se réserva le droit de distribuer de nombreux titres de noblesse et de créer, en quelque sorte, une nouvelle aristocratie en face de l'ancienne.

Toutes ces mesures ne déplurent pas trop à la noblesse et enthousiasmèrent la bourgeoisie et le peuple.

Grâce à elle, le nouveau grand-duc put édicter certaines lois restrictives et coercitives qui faisaient de son pouvoir une sorte de césarisme.

Les intrigants qui avaient favorisé son usurpation n'en conservaient pas moins sur lui une influence contre laquelle il lui eût été difficile de lutter.

Trop de gens, hélas! connaissaient son secret pour qu'il pût espérer se débarrasser, un jour, d'un entourage gênant et peut-être tyrannique.

Il ne pouvait rien faire sans l'assentiment du baron de Rosemberg, du docteur Clostermann et de son ami Isidore Brousseau.

Du reste, pour le moment, tous se montraient vis-à-vis de lui, parfaitement respectueux et se gardaient bien de faire, en quelque circonstance que ce fût, quelque malsonnante allusion au passé.

Les complices du grand-duc étaient bien résolus à ne jamais le contrarier lorsque leur intérêt ne serait point en cause,

C'est ainsi qu'ils lui permirent sans difficulté d'abroger une ancienne loi du grand-duché, d'après laquelle il ne pouvait épouser légitimement et ouvertement qu'une princesse appartenant à une maison régnante ou du moins médiatisée.

Cette mesure du grand-duc fut mise sur le compte de ses tendances progressistes, mais en réalité, Louis voulait tout simplement se réserver le droit d'épouser Amélia après avoir fait disparaître son mari d'une façon ou d'une autre.

L'amour du jeune coquin pour la princesse Bolstoï était tellement sincère qu'il n'eût fait d'elle sa maîtresse que si c'eût été le seul moyen de la posséder.

Il rêvait de l'élever jusqu'à lui et, dans son for intérieur il répétait souvent :

— Amélia sera grande-duchesse. Sera-ce assez drôle : *Son Altesse Nounouche !*

Les choses en étaient là lorsque le docteur Clostermann conseilla au grand-duc de faire un voyage en Europe et de visiter d'abord l'empereur d'Allemagne, son suzerain, ensuite trois ou quatre des souverains qui s'étaient montrés sympathiques à son avènement.

C'est ainsi qu'il se présenta à la Cour de Russie où on lui fit l'accueil le plus cordial.

Louis avait éprouvé une immense joie en apprenant la fin tragique du prince Bolstoï.

Amélia, désormais, était libre, et rien, sans doute, ne l'empêcherait de demander sa main.

Amélia voudrait-elle rester éternellement veuve ? Ce n'était guère présumable et il n'y avait point apparence qu'elle refusât une couronne grand-ducale.

Certes, elle éprouverait une vive émotion en constatant la ressemblance du prince Edouard et de son ancien persécuteur Louis Hérault, mais ce ne pouvait être un motif de refus ; qui sait même si cette ressemblance ne constituerait pas une sorte d'attrait, étant donnés le nervosisme et les tendances romanesques de la jeune femme ?

Le grand-duc était si bien résolu à épouser Amélia dans le plus bref délai qu'il profita d'un tête-à-tête intime avec le Czar pour lui faire part de ses projets.

Il se garda bien de laisser entendre qu'il avait connu jadis la princesse Bolstoï et affirma que, en la voyant dans la réunion familiale de l'Empereur, il avait reçu le coup de foudre.

Son amour était subit, mais absolument sincère, définitif, inaltérable et, à l'expiration du deuil de la princesse Bolstoï, il voulait l'élever jusqu'au trône de Kirck-Berghein.

Le Czar manifesta un grand étonnement; puis il dit au grand-duc sur un ton de bienveillante protection que justifiait sa supériorité hiérarchique :

— Je serais assurément très flatté, prince, de voir une de mes sujettes devenir l'épouse de Votre Altesse, mais l'intérêt que je vous porte m'incite à vous donner le conseil de réfléchir mûrement avant de contracter une union qui sera regardée partout comme une mésalliance.

— Votre Majesté me permettra de lui faire observer, répondit le grand-duc, que la Constitution de mon pays me permet de choisir mon épouse légitime dans tous les rangs de la société.

— Je connaissais cette nouvelle disposition de votre Constitution, et l'on dirait vraiment que vous prévoyiez vos amours actuelles lorsque vous l'avez provoquée. Dieu me garde de blâmer vos tendances progressistes et même égalitaires, et peut-être agiriez-vous fort sagement et en grand politique si vous alliez prendre votre épouse au foyer d'un modeste, mais fidèle serviteur de la maison de Kirck-Berghein. Je vous vois très bien épouser la fille d'un officier, ne fût-il pourvu d'aucun titre nobiliaire. Mais introduire dans vos États, en qualité de souveraine, une étrangère, même pourvue d'un titre de princesse russe, cela me semblerait un acte léger et peut-être imprudent. Ne voyez dans ce que je vous dis rien de défavorable à la princesse Bolstoï : c'est une charmante personne, d'une irréprochable vertu et que des malheurs exceptionnels ont rendu exceptionnellement intéressante. Mais je vous répète que, choisissant votre épouse hors de vos États, votre intérêt, je dirais presque votre devoir, est de la prendre dans une maison régnante ou médiatisée. Vous êtes d'assez haute origine pour trouver aisément parti et vous avez, en somme, le loisir de faire votre choix.

— Votre Majesté oublie que je suis amoureux.

— Hélas! c'est le sort des princes de sacrifier souvent leurs passions à leur devoir. D'autres vous conseilleraient peut-être de prendre une épouse de votre rang et de faire de la pauvre Amélia votre maîtresse. Je me garderai bien de jouer près de vous ce rôle de Méphistophelès. Je suis d'avis qu'un souverain doit à ses sujets l'exemple des vertus familiales et, d'ailleurs, ma conviction est que la princesse Bolstoï resterait insensible à toutes les tentations et que jamais elle n'outragerait la mémoire de son mari en devenant la maîtresse du plus puissant souverain de l'univers.

— Je n'ai jamais eu l'idée d'offrir ma main gauche à la princesse Bolstoï, c'est ma main droite que je veux lui offrir. Je prie Votre Majesté de croire que j'ai le sentiment de ce que je dois à ma naissance et à ma situation, mais je ne puis m'imaginer que je ferai tort à mon peuple en lui donnant pour souveraine une femme exquise, éminemment respectable, née d'un sang noble et veuve d'un des plus grands seigneurs de votre empire.

Le Czar resta un instant silencieux.

— Prince, dit-il, je vous ai dit ce que je croyais vous dire. Mon avis était

Lorsque le grand-duc entra, Robert, Jeanne et le marquis étaient dans l'atelier. (Page 566.)

et est encore que votre intérêt et celui de votre pays était que vous contractiez une alliance conjugale qui fût en même temps, une alliance politique. Je ne vous ai point convaincu, et je n'insiste pas; vous êtes maître de votre personne et libre de vos actes. D'ailleurs, je vous le répète, vous me faites honneur en choisissant votre épouse dans les rangs de ma noblesse, et je m'offre à instruire moi-même la princesse Amélia de vos projets lorsque je pourrai, décemment, lui parler d'une union future.

Le grand-duc exprima chaleureusement sa reconnaissance au Czar et, ce jour là leur entretien ne se prolongea pas plus longtemps.

Son Altesse Nounouche   71

XXXVI

LES SOUPÇONS DE ROBERT TEMPLIER.

Quelques fêtes furent données à Pétersbourg en l'honneur de Son Altesse Sérénissime le grand-duc Edouard de Kirck-Berghein.

La princesse Amélia Bolstoï n'y assista point à cause de son deuil.

Le marquis de Crozant, Robert Templier et sa femme n'y assistèrent point non plus.

Ils avaient pris la résolution de vivre, pendant quelque temps, comme s'ils étaient personnellement en deuil.

Le jour de la revue cependant, ils crurent pouvoir, sans inconvenance, regarder défiler les troupes et les états-majors, d'une fenêtre.

C'est ainsi qu'ils aperçurent le grand-duc Edouard.

A peine l'eurent-ils vu qu'ils s'entre-regardèrent.

Tous trois avaient eu la même idée.

Jeanne était devenue toute pâle.

Ce grand-duc allemand, ce prince souverain fêté par l'Empereur de toutes les Russies, ce jeune potentat devant qui on venait de faire défiler toutes les troupes du Czar, c'était Louis Hérault, c'était Toto, dit *Mes puces*, c'était le chef de la bande des *Mouch'-moi-donc*.

Jeanne prit, la première, la parole :

— Monsieur le marquis, dit-elle, et toi, mon cher Robert, n'avez-vous pas été frappés de la ressemblance du grand-duc de Kirck-Berghein, avec quelqu'un que nous avons connu ?

Comme on le sait, le marquis n'ignorait pas la ressemblance prodigieuse qui existait entre le grand-duc et Louis Hérault.

Il s'attendait à l'exclamation et à la question de la jeune femme, mais il garda le silence et laissa parler Robert Templier.

— Parbleu ! dit le peintre, il n'y a pas d'erreur, comme on dit à Paris. Cette Altesse allemande, c'est mon honorable beau-frère lui-même !

— Vous voulez dire, répondit Crozant, que le grand-duc de Kirck-Berghein ressemble au malheureux Louis Hérault...

— Il lui ressemble tellement que je me demande si ce n'est point lui.

— Ça ne peut pas être lui, dit Jeanne, puisque, comme nous l'avons appris, il s'est noyé dans les marais de la Guyane. Et puis, en supposant qu'il ait survécu, comment aurait-il pu devenir prince d'un Etat allemand? Cependant, je dois dire que son aspect vient de me causer une impression singulière. Non seulement, je suis frappée de la ressemblance qui vous a étonné tous deux, mais je sens, au fond de mon cœur, quelque chose d'indéfinissable où il y a de la terreur et de l'attendrissement.

— C'est la voix du sang, dit Robert Templier avec un demi-sourire...

Le soir, les trois amis dînèrent ensemble dans l'appartement du marquis et, comme bien l'on pense, ils reparlèrent de cette ressemblance qui les avait si fort émus.

— J'ai réfléchi, dit Robert, et, tout bien considéré, j'arrive à cette conclusion : que son Altesse Sérénissime le grand-duc Edouard de Kirck-Bergheim pourrait bien être mon beau-frère lui-même.

Jeanne rougit et leva légèrement les épaules.

Le marquis prit un air un peu sévère.

— Mon cher ami, dit-il, j'aime beaucoup votre tournure d'esprit, et vos plaisanteries humoristiques me plaisent fort. Mais vous m'accorderez que ce n'est point le cas de faire de l'humour et vous avez dû comme Mme Templier et comme moi-même, éprouver un sentiment pénible à l'aspect du prince allemand. Je ne vous l'avais pas encore dit, mais pourquoi vous le cacherai-je? La princesse Amélia, qui a été présenté au grand-duc, se ressent encore de la douloureuse émotion qu'elle a éprouvée en retrouvant, en ce jeune souverain, les traits du malheureux dont elle a eu tant à souffrir dans sa prime jeunesse...

— Mais, je ne fais point d'humour, mon cher marquis, répondit Robert, et je vous jure que je n'ai point du tout le cœur à plaisanter.

— Alors, dit Jeanne, pourquoi émets-tu l'idée que le prince Edouard pourrait bien être mon frère?

— Je l'émets parce qu'elle m'est venue, voilà tout.

— Mais, fit observer le marquis, c'est le comble de l'absurdité.

— Croyez-vous?

— J'en suis sûr.

— On voit des choses bien extraordinaires, en ce bas monde...

— Je l'avoue, reprit le marquis, Louis Hérault serait devenu président de quelque République, ou roi d'une Araucanie ou d'une Patagonie quelconque, que cela ne m'aurait point surpris outre mesure, mais comment voulez-vous admettre qu'il ait été proclamé prince souverain par les citoyens de Kirck-Bergheim?

— Vous oubliez, marquis, dans quelle circonstance cette proclamation a eu lieu...

— Pardieu, non, je ne l'oublie pas, car, comme vous ne l'ignorez point, j'ai assisté à la terrible émeute qui en fut le prélude.

— Suivez bien mon raisonnement, marquis, et toi, ma chère Jeanne, ne perds pas une de mes paroles.

— Nous écoutons, dirent Jeanne et le marquis, simultanément.

Robert huma lentement quelques gorgées de café, se renversa sur sa chaise et dit avec un sérieux et une gravité auxquels il n'était pas accoutumé :

— Le bruit a couru que Louis Hérault s'était noyé dans les marais de la de la Guyane, mais il est certain que son corps n'a pas été retrouvé, par conséquent sa mort n'est qu'une hypothèse, ou, si vous le voulez, une probabilité. Il n'y aurait rien d'invraisemblable à ce qu'il se fût évadé de Cayenne et à ce qu'il fût rentré en Europe. Qui vous dit que, errant de pays en pays, il n'a pas été rencontré par quelque intrigant ayant intérêt à renverser le grand-duc Othon de Kirck-Bergheim. Cet intrigant aura été frappé de la ressemblance de cet obscur vagabond avec le prince Edouard enfermé comme fou, dans la forteresse de Kirck-Bergheim. Il l'aura adroitement substitué au prince Edouard, et les partisans de ce dernier n'y auront vu que du feu. D'adroits conspirateurs leur auront fait croire que le prince Edouard n'avait jamais été fou, que le grand-duc Othon le détenait arbitrairement dans le vieux château et que la justice, l'équité et l'intérêt du pays exigeaient qu'on le rétablît sur le trône de ses pères...

— Mais, mon cher maître, dit en riant le marquis, c'est un conte d'Edgard Poë que vous nous racontez là !...

— Le vrai est quelquefois plus invraisemblable que les contes les plus extravagants, mon cher marquis.

— Votre supposition ne m'en semble pas moins fort gratuite.

Pourquoi ne pas admettre, tout simplement, qu'une ressemblance extraordinaire existe entre le prince et le forçat. Ces ressemblances-là ne sont pas sans exemples dans l'histoire de l'humanité. Ignorez-vous qu'elles ont causé des quantités d'erreurs judiciaires ?

— À vous parler franchement, je ne trouve pas que le prince Edouard ressemble à Louis Hérault ; mon avis est qu'il est Louis Hérault lui-même. Il ne s'agit point ici d'une simple similitude de traits. Quand le prince défilait sous nos fenêtres, j'ai surpris un de ses regards... oh ! j'ai bonne vue... Ce regard était exactement celui de Louis Hérault. Mon métier de portraitiste, ma pratique déjà longue de cet art tout particulier ont donné à mes sens une acuité particulière qui peut aller jusqu'à la divination.

Je serais curieux de savoir au juste ce que la princesse Amélia a éprouvé en se trouvant face à face avec le grand-duc.

Vous me dites qu'elle a été douloureusement émue d'une ressemblance. Je crois que là ne se sont point bornées ses impressions. Elle a dû se dire, comme moi, qu'Edouard et Louis, c'était le même homme.

Louis a été mêlé trop intimement aux incidents de sa vie pour qu'elle n'ait point gardé de sa personne le plus intense et le plus ineffaçable souvenir. Se trouvant en sa présence, elle n'a pu se tromper...

Les paroles de Robert faisaient éprouver au marquis de Crozant un sentiment extrêmement pénible, mais il cherchait à le vaincre et se refusait à accepter les dangereuses pensées qui envahissaient son cerveau.

— Et vous, madame, demanda-t-il, en se retournant vers Jeanne avec une certaine brusquerie, votre avis est-il que Louis Hérault et Édouard de Kirck-Berghein, ne font qu'un ?

— Hélas ! monsieur, dit Jeanne, je ne sais que penser, je voudrais me trouver quelques instants en présence du grand-duc, il me semble qu'alors j'acquiérerai une conviction.

— Rien ne serait plus facile, madame, que de vous faire présenter à lui.

— C'est à quoi il faudra en venir, dit Robert. Pour mon compte particulier, je tiens absolument à regarder le grand-duc dans le blanc des yeux, à le faire parler, à le surprendre lorsqu'il dira des choses indéfinissables, mais de nature à me révéler son identité...

— Plus je réfléchis, dit Crozant, et plus vos soupçons me semblent insensés, permettez-moi de vous le dire. Que Louis Hérault ressemble parfaitement au prince Édouard, voilà qui est admis, mais qu'en si peu de temps ce jeune homme, sans instruction, ait pu apprendre l'allemand, transformer son accent parisien, acquérir des manières de Cour, de façon à faire illusion à toute une population, voilà qui dépasse toutes les limites de la vraisemblance.

— Hélas ! monsieur le marquis, dit Jeanne, il ne faut pas oublier que Louis était d'une intelligence extraordinaire et qu'avant sa condamnation il s'était déjà frotté à un monde, peut-être interlope, mais assez élégant. Du reste, tout ce que nous dirons ici sera complètement inutile; il est absolument nécessaire que nous soyons présentés au grand-duc.

Crozant abonda dans ce sens.

Pour des raisons que l'on devine, il eût voulu que la romanesque et invraisemblable hypothèse de Robert Templier fût l'exacte vérité.

Comme il eût été heureux de pouvoir démontrer à la princesse Amélia que ce charmant grand-duc n'était, en réalité, qu'un forçat évadé, qu'un assassin, un voleur, que son persécuteur, enfin !...

Il promit aux jeunes époux de s'entremettre pour que la présentation eût lieu dans le plus bref délai et de façon à ne point rompre le deuil volontaire auquel Robert Templier, Jeanne et lui-même s'étaient astreints. Il s'adresserait au grand maréchal de la Cour avec lequel il était dans les meilleurs termes. Au besoin, il s'adresserait au Czar lui-même.

XXXVII

CURIEUSE ENTREVUE.

Le grand maréchal de la Cour était un homme plein de tact et qui, dans les circonstances les plus délicates comme dans les plus communes occasions de la vie, trouvait toujours ce qu'il y avait de mieux à faire.

Robert Templier lui ayant fait part de son désir d'être présenté au grand-duc de Kirck-Berghein, le grand-maréchal lui promit d'amener dans son atelier le jeune souverain allemand qui, disait-il, aimait beaucoup les arts et serait extrêmement flatté de connaître une des gloires de la peinture française.

Peut-être même commanderait-il son portrait à M. Robert Templier

Robert fut averti, la veille, de la visite du grand-duc.

Il en avisa le marquis de Crozant.

Lorsque le grand-duc entra, accompagné d'un aide de camp et du grand-maréchal de la Cour, Robert, Jeanne et le marquis étaient dans l'atelier et, Louis Hérault, remarqua leur émotion, non sans être ému lui-même.

Ce n'est point sans quelque hésitation qu'il avait accepté la proposition du grand-maréchal de la Cour, et il n'envisageait point sans trouble la perspective de se trouver en présence de gens qui l'avaient connu à Paris et même de sa propre sœur.

Mais il était d'un naturel trop audacieux pour céder à ces hésitations, et il se disait qu'en pareil cas mieux valait risquer le tout pour le tout et, comme on dit, prendre le taureau par les cornes.

D'ailleurs, quand même sa sœur le reconnaîtrait formellement, que risquait-il ?

Elle n'oserait jamais manifester ouvertement sa conviction.

Dans le cas où elle la manifesterait, elle passerait simplement pour une folle.

Louis Hérault se raffermit donc dans sa résolution d'affronter les regards de sa sœur, de son beau-frère et de qui que ce fût.

Le sourire sur les lèvres, affectant cet air doux et gracieux que les princes savent si bien prendre, il suivit le grand-maréchal de la Cour dans l'atelier du peintre français.

— Monseigneur, dit le grand-maréchal, Votre Altesse veut-elle me permettre de lui présenter M. le marquis de Crozant, M. Robert Templier et Mme Templier?

— Je connaissais déjà le nom de M. le marquis de Crozant, répondit le grand-duc. Je crois même qu'il se trouvait à Kirck-Berghein au moment de ma restauration, et je prends cette occasion de le féliciter de son attitude héroïque en faveur de mon prédécesseur, le grand-duc Othon.

— J'ai fait simplement mon devoir, monseigneur, répondit le marquis.

— Je prie monsieur Robert Templier de ne pas m'en vouloir si je lui avoue que j'ignorais son nom, reprit le grand-duc.

Je suis encore une manière de sauvage, très peu au courant des questions d'art, bien que je m'y intéresse avec autant d'ardeur que de sincérité. Hélas! ce n'est pas sans quelque dommage que l'on a passé son enfance et une partie de sa jeunesse enfermé dans une forteresse. Mais je répare de mon mieux le temps perdu et j'espère bientôt me mettre au niveau de la civilisation européenne.

Robert observait attentivement le grand-duc tandis qu'il parlait.

Il s'exprimait facilement, avec une sorte de gaieté, de bon ton, et véritablement il était bien peu vraisemblable que l'ex-chef de bandits ait pu prendre, en si peu de temps, des manières aussi mondaines et aussi aristocratiques.

Cependant Robert Templier, très observateur comme on le sait déjà, remarquait que quelques inflexions parisiennes se mêlaient au léger accent tudesque de Son Altesse.

Cet accent était-il donc feint?

Comment un prince qui n'avait jamais mis les pieds à Paris aurait-il eu cette tendance au parisianisme du verbe?

Le grand-duc s'était tourné vers Jeanne et lui adressait quelques compliments d'une parfaite courtoisie et d'un goût irréprochable.

Il la regardait bien en face, fixant sur elle ses beaux yeux bleus, tandis que Jeanne, émue au dernier point, cherchait au contraire à éviter son regard.

La jeune femme croyait bien reconnaître son frère; mais, comme son mari, elle s'étonnait du changement radical qui s'était produit dans sa manière d'être.

Elle se souvenait de l'insolence, de l'impudence, de la grossièreté de Toto, dit *Mes puces*.

Et, les comparant à la politesse douce et noblement aisée du prince allemand, elle se disait que, bien décidément, il ne pouvait y avoir aucun rapport entre son frère et le grand-duc, sinon un rapport physique très exceptionnel et très bizarre.

Robert n'avait point abandonné son projet de faire dire au « grand-duc » quelque chose qui révélât ses origines et son passé.

Mais comment devait-il s'y prendre?

Il cherchait et ne trouvait rien.

La conversation ne tarda pas à devenir générale. Elle fut d'ailleurs insignifiante, comme il arrive toujours en pareille occurence, et, après avoir adressé au peintre français quelques éloges hyperboliques sur son génie et son talent, le prince lui dit :

— Je compte vous revoir bientôt, monsieur et cher maître. Mon séjour à la Cour du Czar doit se prolonger encore quelque temps, je compte emporter quelques précieux souvenirs de Saint-Pétersbourg et un des plus précieux sera mon portrait peint par vous, si voulez bien me faire cette faveur.

— Je serai très heureux et très honoré, monseigneur, de mettre mes faibles talents au service de Votre Altesse, répondit Robert en s'inclinant profondément.

— Je vous ferai avertir de ma prochaine visite, reprit le grand-duc. Maintenant, je vais prendre congé de vous et vous rendre à vos travaux. Madame, daignez agréer mon hommage.

Au revoir, monsieur le marquis.

Et le grand-duc se retira avec le grand-maréchal de la Cour et l'aide de camp, laissant Robert, Jeanne et le marquis de plus en plus perplexes.

En demandant à Robert de faire son portrait, le grand-duc faisait preuve d'audace assurément, mais, en somme, agissait avec intelligence.

Sûr de lui, quant aux façons, et se croyant désormais incapable d'une « gaffe », il était bien aise de dissiper définitivement les doutes qui pouvaient s'élever sur son identité dans l'esprit de son beau-frère et de sa sœur.

Du reste, Jeanne, Robert et le marquis s'étaient conduits, durant l'entrevue, avec tant de tact que rien n'avait percé de leurs soupçons et leur émotion, assez manifeste, pouvait très bien passer pour une marque de déférence vis-à-vis d'une Altesse authentique.

Le jour vint où le grand-duc posa dans l'atelier de Robert Templier.

Il s'y était rendu tout seul pour bien montrer au jeune peintre qu'il ne redoutait point un tête-à-tête avec lui.

Pour la circonstance, le grand-duc avait revêtu un uniforme bleu de ciel, à parements et à collet jonquille, avec épaulettes et aiguillettes d'argent.

Son pantalon était noir, à bandes d'argent.

Il tenait à la main un bicorne en forme de « frégate » orné d'un panache en plumes de coq, blanches et jaunes.

Le jeune maître le félicita sur le bon choix de son habillement et se mit immédiatement à l'œuvre.

Il était de ceux qui font volontiers causer leurs modèles, cela entretient la flamme de la vie dans leurs regards et favorise la ressemblance.

Quant au grand-duc, il ne demandait évidemment qu'à parler.

— Comptez-vous revenir bientôt à Paris? demanda-t-il à Robert.

Le grand-duc reçut une lettre chiffrée d'Isidore Brousseau. (Page 575.)

— Ma foi, monseigneur, répondit le peintre, je ne saurais rien vous dire de précis à cet égard. Dieu me garde de renier mon pays, mais j'avouerai à Votre Altesse que je me plais beaucoup à Saint-Pétersbourg et que j'y resterai peut-être tant que Sa Majesté le Czar m'honorera de ses faveurs.

— On dit pourtant que Paris est la ville incomparable et que qui l'a habité trouve maussade le séjour de toute autre capitale européenne. Mme Templier n'est-elle point Parisienne ?

— Elle a du moins habité Paris à peu près toute sa vie, monseigneur.

— Je parierais qu'elle y reviendrait plus volontiers que vous et que, au bord de la Néva, elle regrette les bords de la Seine?

— Si elle désirait rentrer à Paris, monseigneur, je me hâterais de me conformer à ses désirs; mais, à vous parler franchement, je crois qu'elle n'est point pressée de revoir les bords fleuris de la Seine. Paris ne lui rappelle que de pénibles et même de tragiques souvenirs. Votre Altesse saura un jour ou l'autre qu'un membre de sa famille a été compromis dans un terrible procès criminel...

— J'ignorais ce détail, mon cher maître, et je vous prie de me pardonner si je vous ai rappelé quelque chose de désagréable.

Le grand-duc avait parlé avec un naturel parfait et Robert commençait à croire que ses soupçons étaient absolument chimériques.

— Monseigneur, reprit-il, si je ne suis pas enthousiaste de Paris, je ne veux pas, comme on dit familièrement, en dégoûter les autres, et j'engage respectueusement Votre Altesse à aller y passer quelque temps. Ce n'est peut-être pas la plus belle ville de l'univers, mais je crois bien que c'est encore la plus gaie, et celle qui offre le plus d'attraits à un homme jeune, riche et jouissant d'une bonne santé.

— Pourquoi dites-vous « encore, » mon cher maître? Croyez-vous donc qu'il fut un temps où Paris était plus agréable et plus gai qu'il ne l'est aujourd'hui?

— Peut-être, monseigneur, suis-je déjà un de ces vieux radoteurs qui trouvent que tout dégénère et que tout allait mieux de leur temps. Mais la vérité est que j'ai gardé un souvenir attendri et même enthousiaste du Paris de mon enfance. Je ne veux point médire du régime actuel et j'évite avec soin de parler politique; mais je crains bien que la République ne soit pas aussi favorable à la gaieté et à l'élégance d'une capitale que ne l'était l'empire ou que ne le serait la royauté.

Le défaut d'une Cour et de tout ce qui s'ensuit se fait sentir dans la capitale de la France. Nos troupes sont excellentes, mais mal habillées.

Je regrette les brillants uniformes de la garde impériale. Les boulevards et les Champs-Elysées sont toujours très mouvementés, mais s'encanaillent quelque peu. Les mœurs démocratiques font des progrès dont Votre Altesse ne saurait avoir une idée, et peut-être croira-t-elle que j'exagère quand je lui dirai que le grand chic dans le monde élégant est maintenant de mêler des mots d'argot aux conversations.

— J'avais déjà entendu dire cela; mais, je vous prie, qu'est-ce donc au juste que l'argot? N'est-ce point le patois du petit peuple parisien?

— Pas précisément, monseigneur. Au temps jadis, le petit peuple de Paris parlait, en effet, une sorte de patois qui ressemblait à celui de l'île de France; mais l'argot n'a rien à voir avec cet idiome. Il procède de la langue mystérieuse que parlaient au moyen âge les voleurs, les meurtriers, les mendiants, les bohémiens de toutes sortes qui vivaient parqués dans un immonde quartier appelé la Cour des miracles.

— Et la langue de ces coquins s'est perpétuée jusqu'à nos jours dans la ville de Paris ?

— Mon Dieu, oui, monseigneur; avec de grandes modifications, il est vrai. Un bohémien, ou mieux un truand du temps de Louis XI retrouverait bien quelques mots de sa langue dans la conversation d'un escarpe moderne, mais il ne le comprendrait point. Certains mots d'argot sont passés dans la langue usuelle et tendent même à devenir académiques, d'autres demeurent dans les bas-fonds sociaux.

— Il paraît, je me souviens maintenant de l'avoir entendu dire, que cette langue est parfois d'un pittoresque saisissant.

— Parfois, oui, mais la plupart du temps elle n'est qu'ignoble.

Beaucoup de mots n'ont aucun sens et ont été choisis arbitrairement par les immondes personnages qui les emploient. Savez-vous, par exemple, monseigneur, comment on dit en argot: « Je te reconnais, mon ami. » Eh bien, l'on dit : « *Je te dégote, Toto, dit « mes puces* ».

Le grand-duc ne broncha pas.

A vrai dire, depuis quelques instants, la conversation de Robert Templier l'avait mis en défiance.

Il s'attendait à quelque chose de dangereux pour lui.

Il était sur ses gardes.

Il reçut donc le choc sans sourciller.

Robert constata son calme absolu, mais remarqua que son visage avait légèrement pâli et qu'une sorte d'éclair avait passé dans ses yeux.

Le grand-duc continua du reste la conversation le plus gaiement du monde, demanda encore à Robert une foule de renseignements sur l'existence parisienne et se retira l'air enchanté.

XXXVIII

COMMENT LE « GRAND-DUC ÉDOUARD » SE DEMANDA S'IL DEVAIT ÊTRE FRATRICIDE.

Si Louis Hérault avait montré un magnifique sang-froid en présence de l'attaque directe de Robert Templier, il ne laissa pas d'être singulièrement troublé quand il se trouva seul.

Point de doute à conserver.

Robert soupçonnait la vérité et, par conséquent, Jeanne et, sans doute, le marquis de Crozant la soupçonnaient aussi...

Louis était trop intelligent pour ne pas avoir compris et analysé la ruse de Robert...

Le peintre avait conduit la conversation assez ingénieusement pour en arriver à formuler la phrase d'argot destinée à jeter le trouble dans l'âme du « grand-duc ».

Mais, en présence du beau sang-froid dont le « grand-duc » avait fait preuve, les soupçons de Robert subsisteraient-ils encore ?

Là était toute la question.

Si les soupçons de Robert étaient dissipés, s'il ne croyait plus que le grand-duc Edouard n'était autre que « *Toto dit Mes Puces* », nul doute qu'il ne fît partager sa conviction à sa femme.

En ce cas, Louis n'avait rien à craindre ni de la part de Robert, ni de la part de Jeanne. Quant au marquis de Crozant, il le redoutait beaucoup moins, et ce pour des motifs que l'on devine sans peine.

Mais si Robert persistait à croire que l'ancien chef de la bande des « *Mouch'-moi-donc* » et Son Altesse Sérénissime le grand-duc Edouard de Kirck-Berghein ne faisaient qu'un, quel danger imminent !... quelle situation troublée !...

Or, plus Louis réfléchissait et plus il penchait vers cette dernière hypothèse.

Oui, décidément les soupçons de Robert devaient persister.

Il se trouvait donc, lui, le prince allemand si favorablement accueilli à la Cour du Czar, à la merci des racontars et des agissements d'un rapin...

Cette situation était inacceptable.

Il fallait qu'il se décidât à se débarrasser de Robert.

Le jeune bandit parisien qui autrefois *surinait* un *pante* pour deux louis, ou même moins, se croyait obligé maintenant d'excuser les meurtres.

Il avait entendu parler de la « raison d'État » et très gravement, persuadé lui-même qu'il était sincère en ses cogitations, il arguait mentalement de la « raison d'État » pour se décider à se débarrasser de Robert.

— Je dois sa disparition non seulement à ma propre sécurité, se disait-il, mais au bonheur et à la prospérité de mon peuple. Je ne suis pas un simple particulier ; j'ai charge d'âmes. Je n'ai point le droit d'agir à ma guise et selon les caprices de mes goûts et les suggestions de ma conscience. Je me dois à mon pays, voilà une considération qui prime toutes les autres. Or, que deviendrait le grand-duché de Kirck-Berghein si mes véritables origines venaient à se découvrir ?... Son prestige serait compromis, sa tranquillité présente ferait place à des troubles d'abord, à une révolution ensuite — enfin au démembrement ou plutôt à l'annexion définitive... Le prince Othon serait peut-être restauré pour quelques jours ; mais le parti carrément révolutionnaire ne tarderait pas à triompher. Mon aventure ne servirait qu'à dégoûter un peu plus les Kirck-Berghénois de toutes sortes de princes. On proclamerait donc à Kirck-Berghein la république socialiste ou pis que cela. Ce mouvement, non seulement révolutionnaire mais anarchiste, ne serait point toléré par l'empereur d'Allemagne, et mon grand-duché se verrait absorbé dans l'empire allemand... Que deviendraient alors la paix, la liberté la prospérité relative dont il jouit à l'heure actuelle? Le service obligatoire, les impôts onéreux, la participation forcée aux terribles guerres que l'on peut prévoir, qui apparaissent déjà à l'horizon... Tel serait son lot, tel serait son partage!... Je frémis, rien qu'en y pensant! Non, jamais, jamais je n'exposerai mon pays à de pareilles calamités! Je veux que le petit Etat de Kirck-Berghein reste ce qu'il est maintenant: un petit Etat libre, riche et peuplé; je veux que les troubles qui y ont précédé mon avènement ne s'y renouvellent plus... Mais, pour obtenir ce résultat, il faut que je reste sur le trône, que je l'occupe en toute sécurité; qu'aucune préoccupation étrangère à mon gouvernement ne vienne m'obséder... Il faut donc que Robert disparaisse... Robert et Jeanne... oui, Jeanne elle-même... C'est ma sœur, mais que sont les considérations de famille auprès de la « raison d'Etat »? Rien assurément!... D'ailleurs, Jeanne Hérault, Jeanne Templier n'est pas de ma famille. C'est une pauvre fillette parisienne, fille d'un vieux soldat et d'une vieille bonne femme depuis longtemps disparus, sœur d'un petit sacripant mort dans les *pripri* de Cayenne. Moi je suis le grand-duc Edouard de Kirck-Berghein; ma famille est une des plus anciennes de l'Europe; je puis marcher de pair avec les représentants des plus nobles maisons régnantes. Que peut-il y avoir de commun entre cette pauvre fillette et un homme de ma sorte? Allons, allons, il faut que Robert et Jeanne aillent rejoindre leurs très modestes aïeux!...

Cependant Louis hésitait encore...

Non pas qu'il éprouvât un reste d'affection pour sa sœur.

Comme on a pu le voir déjà, il n'avait jamais aimé Jeanne.

Dès sa première enfance, il l'avait détestée.

Bien qu'il eût été longtemps l'objet des préférences de sa mère, il était jaloux de sa sœur: cette jalousie était le comble de l'injustice et de l'aveuglement; mais on sait que Louis Hérault était né avec une exécrable nature.

Ce n'est donc pas par un reste d'affection pour sa sœur qu'il hésitait à la faire assassiner ou à la faire disparaître de toute autre façon.

Ce n'était pas non plus par pitié.

Le misérable avait un cœur d'airain...

Il incarnait l'égoïsme et les plus abominables instincts.

Il était absolument sourd à la voix du sang.

Seulement il lui répugnait maintenant, dans une certaine mesure, d'avoir recours à des moyens à la fois mesquins et violents, à des procédés de bandit subalterne, à des expédients de vulgaire scélérat.

Ce n'était pas par noblesse de sentiment... c'était par amour-propre, ou, si l'on veut, par snobisme.

Il se disait qu'un prince régnant doit agir en grand.

Déclarer la guerre, faire mourir des milliers d'hommes sur le champ de bataille. soit!

Mais faire assassiner un jeune homme de peu, une jeune femme de rien… de pauvres artistes, de petits bourgeois, fi donc!… Ça sentait son aventure de bas étage.

C'était du moins d'un *parvenu*… et Louis avait la prétention d'être un *arrivé*…

Et puis, comment et par qui faire assassiner sa sœur et son beau-frère?

S'il prenait le parti de devenir doublement fratricide, qui donc serait le complice de son nouveau forfait?

Isidore Brousseau?…

Certes, ce personnage était tout indiqué pour une pareille œuvre…

Mais on sait qu'Isidore était occupé ailleurs…

Sur l'ordre de son prince, il habitait Paris, surveillant les pas et les démarches du prince Othon, de l'ex-grand-duc exilé, attendant le moment de le faire disparaître.

Ce pauvre Isidore Brousseau n'avait pas le don d'ubiquité. Malgré son activité dévorante, il ne pouvait tout faire à la fois.

Il n'eût point été raisonnable d'exiger qu'il *s'occupât*, en même temps, du prince Othon qui habitait Paris et des époux Templier qui habitaient Pétersbourg.

Fallait-il donc charger un autre de cette nouvelle besogne?

Le faux Edouard de Kirch-Berghein disposait d'assez d'argent pour trouver des « gens de main », mais il redoutait, avec raison, de multiplier le nombre de ses complices.

Trop de gens étaient déjà au courant de ses affaires…

D'ailleurs, c'est à Pétersbourg même qu'il aurait dû se débarrasser de son beau-frère et de sa sœur, et, en Russie, il n'avait personne sous la main. Essayer de faire assassiner à Pétersbourg des gens qui y recevaient l'hospitalité du Czar lui-même était vraiment par trop dangereux.

Il est bon de constater, à ce propos, que l'aide de camp qui l'accompagnait dans son voyage était un brave et digne officier, dupe de très bonne foi des intrigues du baron de Rosemberg et du docteur Clostermann et qui s'imaginait servir le très légitime héritier de ses princes.

Donc, rien à faire avec ce militaire…

Et tous les autres gens de la suite du grand-duc étaient dans le même cas.

Il avait mis une certaine coquetterie et éprouvait une certaine volupté toute particulière à s'entourer, dans son voyage, de gens d'un rang distingué et d'une honorabilité parfaite.

Que faire donc?

Temporiser?…

Mais le danger était pressant.

D'un moment à l'autre, Robert pouvait soit tenir des propos destinés à le perdre, soit commettre quelque étourderie et quelque indiscrétion.

Le peintre était honnête, intelligent et parfois un peu braque.

Louis le redoutait tout spécialement pour ces deux qualités et pour ce défaut.

Un instant, le faux Edouard eut l'idée de prendre son beau-frère à part, de lui tout avouer, de lui offrir d'être son complice...

Mais, étant donné le caractère de Robert, c'était terriblement s'exposer.

C'était se désarmer et lui remettre en main des armes redoutables.

Louis avait le moyen d'acheter, même pas cher, la complicité de Robert.

Mais Robert se laisserait-il acheter?

Tout son passé protestait contre cette supposition.

Le grand-duc en était à ces agitations morales, lorsqu'il reçut une lettre chiffrée d'Isidore Brousseau.

Cette lettre avait grand intérêt pour lui et parvint même à le distraire provisoirement de ses sinistres préoccupations.

Isidore Brousseau lui donnait des nouvelles de son prédécesseur détrôné, le grand-duc Othon.

Ce malheureux prince vivait à Paris dans les conditions les plus déplorables.

La société parisienne lui avait fait fort grise mine.

Bien peu de gens ajoutaient foi à ses protestations, et presque tout le monde le croyait le plus impitoyable des persécuteurs et le plus cynique des usurpateurs.

Son expulsion du trône de Kirch-Berghein, d'ailleurs officiellement acceptée par l'empire allemand et par les chancelleries européennes, semblait fort juste au monde parisien.

Othon avait eu, dès son arrivée, une assez mauvaise presse.

Presque tous les organes français de quelque importance s'étaient montrés sinon malveillants, du moins extrêmement froids pour cet hôte peu sympathique.

Quelques-uns même l'avaient formellement attaqué.

Une « feuille de chou » qu'il subventionnait pour le défendre était l'objet des railleries et du mépris universel.

Cependant, le prestige d'un grand nom est encore tel dans notre société prétendue démocratique, que quelques salons distingués s'étaient ouverts devant le prince Othon.

De riches financiers, juifs ou chrétiens, particulièrement flattés de recevoir un prince même détrôné, même taré, même disqualifié, allaient jusqu'à lui prêter de fortes sommes.

Mais il en faisait, pour le moment, un triste usage.

Ses malheurs semblaient avoir totalement égaré son esprit et oblitéré son sens moral.

La vie du prince Othon était, en définitive, si misérable et si précaire, sa santé s'affaiblissait tellement et ses facultés mentales périclitaient à tel point, qu'Isidore Brousseau se demandait si le mieux n'était pas de laisser aller les choses et d'attendre patiemment que le prince Othon mourut de sa belle mort...

On avait pu croire, pendant quelque temps, qu'un parti *othoniste* ou *othonien* pouvait se former dans le grand-duché de Kirch-Berghein.

Mais il n'en était rien.

Pour le moment, du moins, la popularité du prince Edouard était générale indiscutée.

Si le prince Othon parvenait à intéresser quelques gens à sa fortune, ce ne pouvait être que des étrangers sans consistance, de vagues étrangers dont le but réel serait de l'exploiter de leur mieux.

En terminant sa lettre, le fidèle Isidore se mettait à l'entière disposition de son souverain. Il s'offrait à *en finir* dans un bref délai, si cela plaisait à Son Altesse; mais il affirmait de nouveau que le prince Othon devenait de moins en moins dangereux et que, par conséquent, *rien ne pressait*.

Cette longue missive causa une singulière impression à Louis Hérault.

Elle aurait dû le rassurer et le réconforter : elle lui inspira une forte méfiance.

Isidore Brousseau lui paraissait agir contre ses intérêts, et il se disait :

— Quelle raison ce gaillard-là a-t-il d'agir contre moi?

Pensée compliquée et bien digne d'un petit Machiavel de son espèce.

Il ne comprenait pas qu'un sicaire, devant débarrasser son souverain d'un rival, insistât sur ce point que ce rival n'était plus dangereux.

C'était diminuer l'importance de la mission.

C'était, par conséquent, en minorer le prix.

Louis ne pouvait s'imaginer qu'Isidore avait agi avec une honnêteté relative et conformément aux intérêts de son patron.

Voilà que, maintenant, il soupçonnait Brousseau d'une velléité de trahison.

Il l'accusait mentalement de se rapprocher du prince Othon et d'entrer dans une combinaison ou une intrigue politique destinée à le ramener au pouvoir.

Ces idées étaient insensées...

Mais Louis ne pouvait se résoudre à croire tout simplement au dévouement de Brousseau.

Cela lui eût semblé naïf.

Il avait la manie très moderne de vouloir absolument être très « malin ».

Mais la lettre d'Isidore lui apportait un nouveau trouble.

Devait-il rappeler cet agent et le charger de quelque autre mission?

Devait-il le laisser à Paris ?

Devait-il lui donner ordre d'en finir le plus vite possible avec le prince Othon?

Fallait-il le laisser libre d'agir à sa fantaisie? fallait-il contrarier ses projets ?...

Où était la sagesse? où était l'imprudence ?

Où était l'habileté? où était la maladresse?

Louis prit le parti d'envoyer à Brousseau une lettre chiffrée, très affectueuse et pleine d'expressions de confiance.

Sous la porte cochère, deux valets jasent... (Page 580.)

Dans cette lettre, il remerciait son ami de son zèle et de ses soins et il le priait d'attendre les événements à Paris et de faire pour le mieux...

Au surplus, tout cela ne lui dictait point sa conduite relativement à son beau-frère et à sa belle-sœur.

Tandis qu'il se creusait la tête pour trouver une solution à cet égard, il s'aperçut, à certains symptômes qui ne sauraient tromper un homme de tact, que sa visite en Russie avait assez duré.

Lors d'une dernière entrevue intime qu'il eût avec l'empereur de Russie, Sa

SON ALTESSE NOUNOUCHE 73

Majesté lui reparla de ses projets d'union légitime avec la princesse Amélia Bolstoï.

Plus que jamais, le grand-duc se montra épris d'Amélia.

Le Czar parut beaucoup plus favorable à cette union qu'il ne l'avait été tout d'abord.

— J'ai sondé la princesse Amélia, dit-il, et je lui ai discrètement fait part de vos sentiments. Comme je devais m'y attendre, et comme le comportait sa situation, cette charmante jeune femme m'a répondu avec la plus grande réserve. Veuve depuis si peu de temps et privée de son mari dans d'aussi tragiques circonstances, elle ne pouvait accueillir qu'avec une froideur... du moins apparente... la perspective d'une union nouvelle... fût-ce avec un prince régnant...

— Alors, Sire, dit le grand-duc avec quelque vivacité, vous croyez que je dois renoncer...

— A obtenir la main de la princesse Bolstoï?... Mais pas du tout... En manifestant la froideur dont je vous parle, elle a agi en femme bien apprise, voilà tout... J'ai cru lire dans ses yeux qu'elle serait aussi flattée qu'heureuse de devenir grande-duchesse de Kirch-Berghein.

— Ah ! Votre Majesté me comble de joie... Mais qu'elle me permette de lui demander un conseil : que devrai-je faire, comment devrai-je agir vis-à-vis de la princesse Bolstoï une fois rentré à Kirch-Berghein ?

— Votre conduite est tout indiquée. Je garde Amélia à Pétersbourg jusqu'à l'expiration de son deuil. L'impératrice et moi l'entretiendrons dans des dispositions favorables vis-à-vis de vous. Je vous avertirai lorsque, décemment, vous pourrez lui écrire et lui faire faire diplomatiquement des propositions...

— Vraiment, je ne sais comment remercier Votre Majesté...

Louis était réellement ému.

La bonne volonté du Czar l'étonnait au dernier point, surtout étant donnée sa primitive attitude beaucoup moins propice, comme on le sait.

La vérité est que le mariage de la princesse Bolstoï et du grand-duc de Kirch-Berghein, qui avait d'abord paru au Czar une sorte de monstruosité, était maintenant loin de lui déplaire.

Le Czar en avait causé avec quelques-uns de ses conseillers.

Ces conversations l'avaient complètement retourné.

On lui avait fait observer qu'il n'était pas du tout dans l'intérêt de la Russie que le grand-duc de Kirch-Berghein épousât une princesse allemande. Son alliance ne pouvait être que bonne pour l'empire du Czar; mais il n'était peut-être point, dans la hiérarchie des souverains, en assez belle posture pour épouser une archiduchesse russe : pourquoi donc n'épouserait-il pas la veuve d'un des plus grands seigneurs de la Russie... cette veuve portant d'ailleurs un des beaux noms de la noblesse européenne ?

Le Czar avait cédé à ces raisons sans grande difficulté.

De là, le patronage qu'il accordait à l'union d'Amélia et d'Edouard.

Deux jours après son entrevue intime avec l'empereur, le grand-duc de Kirch-Berghein reprenait la route de son État...

Il la reprenait sans s'être arrêté à aucune résolution relativement à Robert, à Jeanne ou au marquis de Crozant.

— Hélas! se disait-il dans son wagon spécial, c'est décidément un métier difficile, que celui d'usurpateur!

FIN DE LA DEUXIÈME PARTIE.

TROISIÈME PARTIE

LA GRANDE-DUCHESSE

I

LES LARBINS CAUSENT.

Au quai de Billy.

Un petit hôtel moitié brique et moitié pierre — fade imitation du style Louis XIII — construction récente ayant remplacé une des vieilles masures avoisinant la manutention.

Sous la porte cochère, deux valets jasent paisiblement.

L'un d'eux est un gros homme rasé de frais, vêtu de noir, qui pourrait être un magistrat de province, mais qui n'est qu'un maître d'hôtel.

Un quelque chose de solennel et même de majestueux...

Mais sa prunelle pâle garde un je ne sais quoi de doux et d'humble qui dénonce le domestique... le domestique de bonne maison et très bien stylé.

En somme, une manière de personnage.

Ce n'est rien moins que M. Mathieu, maître d'hôtel de S. A. S. le prince Othon, ex-grand-duc de Kirck-Berghein.

L'autre est long, mince, fluet, très pâle...

Cinquante ans environ... de petits favoris gris en pattes de lapin, des yeux de myope, le nez long et busqué, l'air obséquieux et fin.

C'est M. Jamin, premier valet de chambre du prince Othon.

Nos deux fonctionnaires causent entre eux, parlant d'une voix discrète, en personnes de bon ton — et en gens qui n'aimeraient pas à être entendus par tous les passants.

— Eh bien, monsieur Jamin, dit le maître d'hôtel, commencez-vous à vous habituer à monseigneur?

— Vous avez une manière libre de vous expliquer, mon cher monsieur Mathieu, répond le valet de chambre, qui me déconcerte un peu... Assurément, je ne me plains pas de l'idée que monseigneur a eue de chasser tout ce qu'il y

avait d'Allemands dans son personnel pour prendre des domestiques français...
Cependant, je dois dire que, ayant servi toute ma vie, ou à peu près, dans de
grandes maisons de l'aristocratie française, j'ai peine à m'habituer aux façons
des Allemands.

— Ah ! vous trouvez qu'il y a grande différence entre les gentilshommes de
votre pays et ceux d'Outre-Rhin ?

— Je le trouve et je l'affirme... Vous n'êtes pas sans avoir entendu dire que
jadis nos rois, les rois de France, considéraient tous les autres souverains de
l'Europe comme des rois de province ; eh bien, mon cher Mathieu, moi, il me
semble que tous les nobles qui ne sont pas Français...

— Sont des nobles étrangers...

— Ou des *rastaquouères*...

— Alors, d'après vous ?

— Eh bien quoi, d'après moi ?

— Monseigneur serait un *rastaquouère* ?

— Je ne vais pas jusque-là, mon cher Mathieu... Et je vous répète que je
suis un peu *shocking* ou choqué de votre liberté de langage... Le prince
allemand que j'ai l'avantage de servir ne saurait passer précisément pour un
rastaquouère. Les *rastaquouères* à proprement parler, sont très bruns et ils
viennent du Mexique, du Pérou, du Brésil ou de tout autre pays aussi méridional qu'exotique. Les Anglais et les Allemands ne sont donc pas des *rastaquouères*, à proprement parler. Ils peuvent même passer pour très réellement
chics, les Anglais surtout... Quant aux Allemands, ils persistent à garder
quelque chose de tudesque ou de rustique, ce qui est tout comme... vous me
comprenez, n'est-ce pas ?

— Bref, monsieur Jamin, avec votre air de ne pas avoir l'air, vous continuez
à bêcher monseigneur...

— Vous me connaissez mal, monsieur Mathieu. Je veux dire seulement que
Son Altesse ne pourrait entrer en ligne de compte avec les gentilshommes
français chez qui j'ai eu l'insigne honneur de servir comme valet de chambre.

— Je vous crois !...

— C'est comme qui dirait une vraie généalogie, un véritable livre d'or, mon
bon Mathieu. Tout jeune, à peine au sortir de l'enfance, comme dit la romance,
j'ai été *groom* chez M. le vicomte de Kermadeuc... Dame ! ça ne me rajeunit
pas !... Dans ce temps-là, les gentilshommes comme M. de Kermadeuc s'appelaient
encore des « lions »... Plus tard on les a appelés des « gandins » ; maintenant
on dit des « gommeux ». Nous autres, on nous appelait des « tigres »... Ça,
je n'ai jamais su pourquoi...

— Et vous étiez heureux chez M. le vicomte de Kermadeuc ?

— Comme un coq en *plâtre*... sauf, excepté, de temps à autre un coup de
pied au derrière... Mais j'avais quinze ans alors, ça ne tirait pas à conséquence,
et puis M. le vicomte avait une façon de donner les coups de pied, qui sentait

son gentilhomme d'une lieue... Il faut être né pour savoir donner des coups de pied comme cela ; un parvenu essayerait qu'il n'y arriverait pas... J'ai quitté M. le vicomte quand il est mort... tué en duel par un de ses collègues du *Jockey-Club*... Malgré ma fidélité, je ne pouvais pourtant le suivre jusqu'au fond de la tombe...

— Je me mets bien à votre place... Et de chez M. le vicomte de Kermadeuc, où êtes-vous allé ?

— Chez le marquis de Pencoët...

— Encore un Breton ?...

— J'aime les Bretons ; leur fidélité aux bons principes me plaît infiniment. M. le marquis de Pencoët était le modèle des royalistes...

— Et vous donnait-il aussi des coups de pied quelque part ?...

— Jamais !... J'avais vingt ans alors... J'étais un homme. M. le marquis était un fort bon maître. Et quel homme pieux !... A la semaine sainte, il lavait les pieds à des pauvres, à qui j'avais préalablement fait prendre un bain. Tous les vendredis il faisait maigre. A Pâques, nous allions communier ensemble !...

— Vous et lui ?

— Lui et moi. Il trouvait cela conforme à l'humilité chrétienne.

— Ah ! voilà qui est farce, par exemple !

— Je ne vois pas ce que cela peut avoir de « farce », mon cher Mathieu... Vous n'aurez jamais le sentiment de ce qui est beau et poétique, j'en ai bigrement peur !... Pour vous finir, M. le marquis de Pencoët était donc un maître exquis. Je serais volontiers mort à son service... Mais M. le marquis a jugé à propos de prendre les devants... Après avoir perdu M. le marquis, je suis entré chez le duc de Roigny, qui presque tout de suite m'a donné à son fils, M. le duc de Luzençay...

— Celui qui est mort si malheureusement en Russie ?

— Vous l'avez dit, Mathieu...

— Oh ! je sais comment il a été brûlé dans un château en Cosaquie...

— Hein ?... Comment dites-vous cela ?...

— Dame ! il a été brûlé dans le pays des Cosaques... j'appelle ce pays la Cosaquie !...

— Vous n'êtes pas fort en géographie, mon collègue ! Apprenez, pour votre gouverne, que le pays des Cosaques s'appelle l'Ukraine ou la Petite-Russie...

— Ah ! tout le monde ne peut pas être un savant comme vous, monsieur Jamin.

— Je n'ai pas la prétention d'être un savant, mais je suis plein de cœur... J'ai versé des larmes, des larmes bien sincères, lorsque j'ai appris le trépas de mon ancien maître...

— Malgré ça, vous n'aviez pas pu vous entendre avec lui ?

— Il est vrai que je n'étais pas resté longtemps à son service.

— Pourquoi donc ?

— Faut-il vous parler franchement, Mathieu ?

— Je vous en prie.

— Eh bien, M. le duc de Luzençay ne *compâtissait* pas avec mes idées...

— Voyez-vous ça ?

— Non, il ne *compâtissait* pas... Oh ! c'était un fort grand seigneur, d'illustre et historique famille, très généreux ; jamais un mot trop vif... le cœur sur la main... Mais il avait des doctrines subversives, si j'ose m'exprimer ainsi.

— Pas possible !

— Comme j'ai l'honneur de vous le dire...

— Il était républicain ?

— Il n'était pas républicain, si vous voulez ; mais il s'occupait de questions sociales, et voyez-vous, par le temps qui court, on ne peut guère s'occuper de questions sociales sans être socialiste !

— Socialiste?... un millionnaire !

— Que voulez-vous? aujourd'hui c'est le monde renversé !.. M. le duc avait des lubies de l'autre monde... Il cherchait à faire le bonheur du peuple, comme si un gentilhomme millionnaire devait chercher à faire un autre bonheur que celui de sa famille et de ses serviteurs !... Il écrivait même des livres, je vous demande un peu !... il fréquentait des députés de la gauche !...

— Ça prouve que c'était un esprit ouvert au progrès !...

— Laissez-moi donc tranquille, avec votre progrès... c'est avec ces mots-là que l'on met tout à feu et à sang... Tenez, Mathieu, voulez-vous que je vous dise ?...

— Dites toujours !

— Eh bien, mon opinion unique et personnelle est que la mort de M. le duc a été comme qui dirait un châtiment de la Providence.

— Oh ! oh !

— Je maintiens mon dire. M. le duc a été assassiné...

— Brûlé, vous voulez dire...

— Eh, bien oui, brûlé par des révolutionnaires, des buveurs de sang... Eh bien, il a dû se dire en expirant dans le brasier : « Jésus, mon Dieu ! C'est moi-même qui ai allumé le foyer où je péris ! »

— Ah ! vous allez un peu loin...

— N'interprétez pas mal mes paroles, monsieur Mathieu. Je n'en ai pas moins pleuré M. le duc de Luzençay : mais... enfin, n'en parlons plus, monsieur Mathieu, cela me trouble l'intellect et me fait trop de peine... Bref, j'avais quitté M. le duc de Luzençay pour cause d'incompatibilité politique et autre. Ma petite pelote était faite alors, déjà mon projet était de revenir dans mon pays, le Poitou, et de vivre paisiblement à la campagne, jusqu'à la fin de mes jours. Mais la Providence en a décidé autrement. On m'a proposé d'entrer chez monseigneur... On m'a dit qu'il y avait gros à gagner... Ce n'est pas cette considération qui m'aurait décidé; mais être premier valet de chambre chez un grand-duc, c'est flatteur... Autrefois ça anoblissait.

— Peuh! un grand-duc détrôné!.. et qui passe pour avoir commis des crimes politiques...

— Qu'importe?.. Les souverains détrônés ont un prestige de plus, celui du malheur... voyez Henri V et Pie IX...

— Ça, c'est vrai!...

— Pour ce qui est du crime politique, il n'y en a pas, c'est bien simple!... La politique excuse tout!

— Ah! bien, vrai! Vous avez une façon d'arranger les choses, vous!...

— Tous les *penseurs* sont de mon avis. Tous les philosophes vous diront que, lorsqu'un souverain commet un crime et que c'est pour le bien de ses sujets...

— Oui! Mais c'était pas pour le bien de ses sujets que monseigneur avait enfermé comme fou un de ses petits cousins qui ne l'était pas...

— Rien ne nous empêche de croire qu'il était de bonne foi.

— Eh bien, moi, je ne voudrais pas faire un jugement téméraire, mais je disais que Son Altesse savait très bien que son petit cousin n'était pas plus fou que dessus ma main...

— Chut!... Ne jugeons personne... surtout le souverain... Moi, ce que je reproche à monseigneur, c'est son manque de chic... un noble de province que je vous dis!... Allez donc le comparer à un membre de l'aristocratie française!

— Dame! c'est une tête carrée!

— Et puis il reçoit parfois une fichue société!

— C'est peut-être la politique qui veut ça.

— Possible, mais ça offusque mes principes. Ah! mon pauvre Mathieu! le monde, le vrai monde est bien froid pour monseigneur...

— C'est rapport à sa conduite politique.

— Je ne le crois pas... Le vrai monde pardonne tout au prince, pourvu qu'il ait du chic et de la tenue... Malheureusement, monseigneur manque de tenue et s'affiche d'une façon déplorable!

— Faut bien qu'il prenne des distractions, puisque madame son épouse ne vit plus avec lui et est rentrée dans sa famille.

— Pas une raison pour mal choisir ses relations intimes. Voyez Louis XIV: il a eu des ribambelles de maîtresses, mais toujours des femmes du monde... Vous m'objecterez que Louis XV s'est acoquiné avec des bourgeoises et même des grisettes, mais je vous répondrai que c'est sous son règne que la France a commencé à perdre le respect. Aussi. qu'est-il arrivé?... qu'on a fait la Révolution et guillotiné Louis XVI.

— Ah! vous avez la langue bien pendue, vous!

— Je suis plein de cœur, voilà tout!

— Alors vous trouvez que Mlle Fanny Meuilhard?

Un homme, jeune encore, se dirigeait vers le petit hôtel. (Page 586.)

— N'est pas une relation pour un prince de Kirck-Berghein, parfaitement !...

— C'est une belle femme !

— Laissez-moi donc tranquille... des cheveux teints, fardée comme un merlan
prêt à frire, des toilettes voyantes... aucun talent comme actrice...

— Eh ! eh ! je l'ai vue dans une féerie et elle m'a plu !

— Ce sont ses mollets et ses épaules qui vous ont plu, gros libertin !

— C'est possible... mais c'est une belle femme tout de même.

Son Altesse Nounouche

74

— Mon cher Mathieu, je crains que vous n'ayez le sens esthétique un peu oblitéré...

— Ah ! flûte!... si vous employez toujours de grands mots !...

— J'emploie des mots conformes à mes tendances et à mon éducation... Mais, n'insistons pas sur ce sujet délicat. Savez-vous ce que je reproche le plus à Mlle Fanny Menilhard ?

— Non... dites...

— C'est les personnages interlopes qu'elle entraîne à sa suite et dont elle encombre les salons de monseigneur.

— Peuh!... quels personnages interlopes ?

— Mais son frère, par exemple... sous prétexte qu'il est journaliste !

— J'avoue que ça n'est pas grand'chose...

— Et tous ces autres bohèmes de quatre sous qu'on fait avaler à monseigneur comme la fleur des pois...

— Eh bien, monsieur Jamin, voulez-vous savoir mon avis...? c'est ces gens-là qui donnent un peu de gaîté aux salons de monseigneur... sans eux, ils seraient tristes comme des prisons.

— Ça, c'est possible!... Tiens! tiens !... qu'est-ce qui nous arrive?... ça n'est pas de la société de monseigneur.

Un homme encore jeune, de belle tournure et de mise élégante, se dirigeait vers le petit hôtel, évidemment dans l'intention de s'y présenter.

— Tiens, dit M. Jamin, mais je le reconnais... c'est M. le marquis de Crozant.

— Pas possible, fit M. Mathieu, je le croyais en Russie.

— Il en est revenu, voilà tout.

II

POURQUOI ET COMMENT LE MARQUIS DE CROZANT SE TROUVAIT A PARIS.

Comme on le sait déjà le marquis de Crozant éprouvait une sorte de jalouse inquiétude au sujet des rapports de la princesse Amélia et du « grand-duc » de Kirck–Berghein.

Le jour vint où, d'après certaines conversations de la société pétersbour-geoise, il put craindre qu'un sérieux projet de mariage légitime, d'union spéciale, existât entre Amélia et le prince Edouard.

Du reste, bien qu'il vît la princesse plus souvent que jamais, rien venant d'elle ne pouvait l'éclairer.

Amélia qui lui avait toujours témoigné une grande confiance, qui affectait toujours de le traiter en ami, se montrait maintenant, de plus en plus fermée.

Sa cordialité d'antan se changeait en simple politesse.

Crozant connaissait trop le monde pour se tromper sur ces symptômes.

Il observait la jeune femme avec une attention intense et anxieuse.

Il remarqua qu'au départ du prince Edouard, Amélia témoigna quelque tristesse et resta plusieurs jours sans sortir et même sans voir personne.

Cependant, il avait acquis la certitude qu'aucune entrevue n'avait eu lieu entre Edouard et Amélia.

Ce furent quelques mots de l'empereur lui-même, qui, sans être absolument affirmatifs, le mirent au fait de la situation.

Il apprit, à son grand chagrin, qu'une union entre la veuve du prince Bolstoï et l'héritier du trône grand-ducal de Kirck-Berghein était à l'état de projet.

Cette union était non seulement bien vue, mais encouragée par le Czar et la Cour de Russie.

Les Chancelleries de l'Europe l'accueilleraient avec faveur.

Le grand-duc la désirait ardemment, et la princesse Bolstoï, sans s'être formellement prononcée, semblait y acquiescer avec plaisir.

Le marquis n'essaya pas de faire parler Amélia.

Il la visita même de moins en moins souvent.

En revanche, il ne se trouvait jamais avec Robert Templier et sa femme sans amener la conversation sur le « *Sosie* » de « Toto dit Mes Puces ».

Plus son chagrin croissait, plus sa jalousie s'accentuait (car c'était bien de la jalousie) et plus il se sentait disposé à partager les soupçons de Robert.

Si, pourtant, il pouvait démontrer à Amélia que son « prince charmant », son grand-duc de conte de fées n'était qu'un odieux usurpateur, qu'un abominable imposteur, qu'un chef de bandit, qu'un forçat qu'elle avait, elle en particulier, toutes sortes de raisons pour exécrer et pour maudire !...

Que deviendrait alors la sympathie, ou l'amour ressenti par elle pour Son Altesse Sérénissime?

Que deviendrait l'espèce d'entraînement bizarre et *vicieux* qui l'entraînait vers ce souverain qui ressemblait tant à un bandit?

Evidemment, lorsqu'elle saurait la vérité, elle reculerait d'horreur devant son propre rêve...

L'entraînement se changerait en répulsion... Elle verserait des larmes amères sur son aberration... Elle demanderait mentalement pardon aux mânes de son époux outragé par une sorte d'adultère posthume.

Peut-être cependant, dans ce cas ne renoncerait-elle pas à se donner un guide...

Elle était si jeune!... Pouvait-elle passer le reste de sa vie dans la solitude et l'abandon ?...

Et le guide, qui pouvait-il être, sinon le marquis lui-même?...

Sinon son meilleur ami; celui qui l'aurait sauvée du plus grand malheur qu'elle pût éprouver, de la plus cruelle humiliation qu'elle pût subir?

Allons, décidément, le marquis aimait Amélia...

Décidément, comme il arrive si souvent, les sentiments jaloux avaient servi d'aiguillons à la passion.

Il était donc bien résolu à éclairer Amélia...

Mais comment l'éclairer?

Lui faire part du soupçon de Robert?

Cela eût été parfaitement inutile.

Faire appel à son propre souvenir?

Inutile aussi... Amélia, maintenant, était décidée à ne point reconnaître Louis Hérault dans le prince Edouard de Kirck-Berghein. L'épreuve tentée par Robert Templier, lorsqu'il prononça devant l'ex-chef des bandits la phrase d'argot dont on se souvient, n'avait pas été concluante.

Elle avait corsé les soupçons de Robert, mais voilà tout.

Le marquis renonça donc à en parler à la princesse.

Il résolut même de retarder toute explication avec elle, jusqu'au moment où il pourrait lui apporter des preuves irréfutables de l'identité de Louis Hérault.

Mais ces preuves, où les prendrait-il?

Il réfléchit longtemps.

Enfin, il prit congé du Czar, fit une visite d'adieux à Amélia (l'entrevue fut des plus froides), serra la main de Robert et de Jeanne, sans s'expliquer trop clairement sur ses projets, et partit pour la France.

Arrivé à Paris, son premier soin fut de se présenter au prince Othon.

Certes, il était autorisé à faire cette visite.

N'avait-il pas sauvé la vie du prince lors de l'émeute de Kirck-Berghein?

III

CONVERSATION ENTRE LE MARQUIS DE CROZANT ET L'EX-GRAND DUC OTHON DE KIRCK-BERGHEIN

Après les formalités ordinaires, le marquis fut introduit dans un petit salon du premier étage, attenant à la chambre à coucher du grand-duc et où ce dernier se tenait en petit négligé d'intérieur.

Le marquis trouva le prince Othon fort changé.

Il avait vieilli ; ses cheveux s'étaient éclaircis et blanchissaient aux tempes. Sa barbe était longue et peu soignée, une grande mélancolie régnait dans ses yeux.

Cependant, à la vue du marquis, un éclair avait passé dans ses prunelles.

Il se leva vivement et marcha vers le visiteur, les mains tendues en avant...

Puis des paroles, des paroles fiévreuses, entrecoupées, se pressèrent sur ses lèvres...

— Vous !... vous !... mon cher marquis !... quelle joie de vous voir... Je n'avais pas eu ce plaisir depuis l'affreux malheur de Dashof !... Pauvre duc de Luzençay, cœur si noble... esprit si éclairé !... quelle fin tragique !... Ah ! que n'étais-je là pour vous rendre vos bons offices !... Vous m'avez sauvé la vie à Kirck-Berghein... J'aurais exposé mon existence pour tirer ce pauvre duc des mains de ces forcenés... Mais, asseyez-vous, marquis, asseyez-vous là, près de moi : je ne puis vous exprimer le bonheur que me cause votre visite.

Le marquis prit place près du prince détrôné, et ce dernier continua de l'interroger d'un ton agité...

— Vous avez vu mon successeur là-bas ? dit-il avec un ricanement amer ; les journaux sont pleins de son succès à la Cour du Czar...

— J'ai été vaguement présenté au prince Edouard, dit le marquis.

— Mais, au nom du ciel !... reprit le prince Othon, comment ces intrigants s'y sont-ils pris pour dissimuler la folie ou l'imbécillité de ce malheureux ?

Crozant regarda le prince Othon bien en face.

— Votre Altesse me permettra de lui parler en toute franchise ? dit-il.

— Si vous agissiez autrement, vous ne seriez plus mon ami.

— Eh bien, monseigneur, le jeune homme qui s'est présenté il y a quelque temps à l'empereur de Russie, sous les nom et titre de grand-duc Édouard de Kirck-Berghein, n'est assurément ni fou, ni imbécile !..

— Vous êtes certain de ce que vous avancez là ?

— Oh ! absolument certain, monseigneur.

Le prince Othon s'était levé...

Il marchait en long et en large dans son petit salon, les yeux baissés vers le tapis, les mains derrière le dos.

Tout à coup, il s'arrêta et fixa un regard sombre sur son visiteur.

— Alors, monsieur, dit-il, c'est moi qui suis un imbécile et un fou !... Je me demande si je rêve... si je suis bien *moi*... si je suis à Paris... si j'ai habité Kirck-Berghein, si j'ai connu le docteur Clostermann, si c'est bien le marquis de Crozant que j'ai là devant mes yeux... Sur mon honneur et ma conscience, monsieur le marquis, mon cousin Édouard était fou... fou à lier... pathologiquement fou... Par quel miracle de la science a-t-il guéri ?... Est-ce un prodige céleste ?... Est-ce le résultat d'une intervention diabolique ?... Le docteur Clostermann ne serait-t-il pas le diable lui-même ?...

— Daignez vous calmer, monseigneur, dit Crozant, sincèrement ému par l'agitation de l'ex-grand-duc.

— Eh ! monsieur, le moyen de rester calme en présence d'événements aussi bien faits pour affoler, pour déconcerter ?

— Monseigneur, je crois déjà avoir prouvé à Votre Altesse que je lui étais respectueusement dévoué ?

— Certes !

— Eh bien, je vous affirme, monseigneur, que, si j'ai quitté la Russie et que si je suis revenu dans cette ville de Paris, qui ne me rappelle que de tristes souvenirs, c'est dans le but unique de rendre service à Votre Altesse...

— Je vous remercie de grand cœur ; mais expliquez-vous, de grâce.

— Vous étiez de parfaite bonne foi, monseigneur, en laissant votre jeune cousin enfermé dans le vieux château de Kirck-Berghein...

— En avez-vous jamais douté ?...

— Certes non, monseigneur. L'émeute qui vous a renversé du trône de vos pères vous a paru lâche, inique, absurde !...

— Telle elle me paraît encore...

— D'après Votre Altesse, cette révolution est le résultat d'abominables intrigues ?...

— Et le fait d'exécrables intrigants...

— Votre Altesse n'a-t-elle jamais soupçonné ces intrigants d'avoir substitué au prince Édouard quelque autre jeune homme ?...

— Parbleu, marquis, ce soupçon m'est venu, mais je ne m'y suis point arrêté.

— Et pourquoi donc, monseigneur ?

— Parce qu'il m'a semblé par trop romanesque et que je suis un homme positif.

— Eh ! monseigneur, n'avez-vous pas remarqué que la vie réelle est pleine d'incidents tellement romanesques qu'on n'oserait les raconter dans un roman de peur d'être accusé d'invraisemblance...

— Vous avez peut-être raison, marquis.

— J'ai assurément raison, monseigneur.

— Mais considérez, je vous prie, tout ce qu'il faudrait supposer pour que votre hypothèse fût admissible... D'abord les conspirateurs auraient dû chercher un jeune homme du même âge que le prince Édouard et offrant avec lui une ressemblance parfaite... ces choses ne se trouvent jamais quand on les cherche...

— Mais elles peuvent se présenter fortuitement. Qui vous dit, monseigneur, que l'idée de la conspiration ne soit pas née dans le cerveau d'un des conspirateurs, précisément parce qu'il avait fait rencontre du *ménechme* ou du *sosie* du prince Édouard.

— A la rigueur, ce serait possible !... mais que de difficultés pour opérer la substitution !

— Des difficultés oui, mais des impossibilités, non !

— Il fallait d'abord que le *sosie* d'Édouard pût disparaître sans que l'on soupçonnât sa disparition...

— Il suffisait pour cela qu'on le crût mort.

— Il fallait ensuite que le prince Édouard lui-même fût anéanti...

— Ces choses-là peuvent se faire.

— Comme c'est compliqué, marquis !

— Bien compliqué, en effet, monseigneur !

— Savez-vous bien, mon cher monsieur de Crozant, que, si j'exprimais publiquement de pareilles idées, je serais bientôt la risée de l'Europe ?

— Cela dépend, monseigneur.

— Comment cela dépend ?

— Sans doute... Si vous pouviez appuyer vos dires sur de bonnes preuves... sur de sérieuses présomptions seulement...

— Oui... mais d'où tirer ces preuves ? où prendre ces présomptions ?

— Votre Altesse me regarde comme un homme sérieux, je l'espère ?

— Oh ! comme un homme aussi sérieux qu'intelligent.

— Eh bien, monseigneur, sur mon honneur de gentilhomme et d'officier français, les présomptions dont vous parlez, je les ai...

— Est-ce possible ?

— Oh ! je n'affirme encore rien ; je puis me tromper... Cependant, je crois connaître le jeune homme qu'on a substitué au pauvre fou du vieux château de Kirck-Bergheim et qui occupe maintenant si indûment votre place.

— Et ce jeune homme ?...

— Que Votre Altesse veuille bien se donner patience ; pour me faire comprendre d'elle, il est nécessaire que je procède méthodiquement. Vous souvenez-vous, monseigneur, d'un procès criminel qui fut jugé à Paris et où un jeune bandit nommé Louis Hérault fut le principal accusé ?

— Oui... j'en ai lu le compte rendu dans les journaux français.

— Eh bien, monseigneur, ce Louis Hérault qui est *censé* s'être noyé dans les marais de Cayenne ressemblait traits pour traits au prince Édouard.

Le prince Othon tressaillit.

— Attendez, attendez, dit-il en faisant un brusque signe de la main... Oh ! oui !... quelle révélation !...

— Une révélation, monseigneur ?...

— Attendez !... attendez !... au moment de ce procès, l'homme que je suppose avoir été le meneur de toute cette intrigue se trouvait à Paris... Il a assisté au procès de Louis Hérault, j'en suis sûr... Mieux que cela, je sais de source certaine, bien qu'il ne m'en ait jamais parlé, qu'il a obtenu de voir ce jeune bandit dans sa prison, sous prétexte d'examiner ses traits, de se livrer sur lui à des études phrénologiques, que sais-je ?...

— Mais, voilà qui est très caractéristique, monseigneur !... Tel fut le début de l'intrigue dont vous avez été victime. Votre docteur Clostermann et quelques complices ont fait évader Louis Hérault de Cayenne, ils l'ont introduit dans vos États, ils ont fait disparaître le prince Édouard...

— Dieu du ciel !... nous tenons le fil de cette intrigue abominable.

— Oh ! pas encore, monseigneur, ne nous emballons pas, de grâce !...

— Cependant, tout m'apparaît clair à cette heure !...

— Hélas ! monseigneur, je crains que Votre Altesse n'aille d'un extrême à l'autre. Tout à l'heure elle manquait trop de confiance ; je la soupçonne maintenant d'être trop confiante.

— Cependant, marquis...

— *Piano, piano*, monseigneur, la ressemblance de Louis Hérault et du prince Édouard, la visite de Clostermann à Louis Hérault sont de sérieuses présomptions, mais non pas des preuves...

— C'est juste !

— Cependant, encore deux ou trois indices comme ceux-là, et vous serez fondé à provoquer une enquête, à faire un appel à l'Europe.

— Ah ! vive Dieu, c'est ce que je compte faire !

— Inutile de dire à Votre Altesse qu'elle peut compter sur moi.

— Merci ! merci !... Vous êtes mon meilleur ami !

— Votre Altesse n'en compte pas, en effet, de plus dévoué.

— Soyez aussi mon conseiller. Que dois-je faire ?... J'ai bien ici un journal à ma dévotion, mais il faut reconnaître qu'il n'a pas la moindre influence... Ne pensez-vous pas qu'actuellement tous mes efforts devraient tendre à créer dans les principales villes de l'Europe des journaux dévoués à ma cause ?

— Ah ! monseigneur, des journaux ! des journaux !...

— Eh ! mais, mon cher marquis, vous ne me paraissez point avoir grande confiance dans l'influence de la presse ?

— Permettez, monseigneur, je crois à l'influence de la presse, mais je ne regarde pas les journaux comme les plus sérieux agents de succès politique. Je crois qu'un organe important peut très efficacement servir une cause, mais à condition qu'elle soit déjà sympathique à l'opinion publique. Malgré le préjugé courant, je ne pense pas qu'un publiciste, pour si éloquent et habile qu'il soit, crée de toutes pièces un mouvement d'opinion. En réalité, les journalistes les plus puissants sont ceux qui flattent habilement et éloquemment une tendance ou une manie du public.

— Mais qui créera cette tendance ou cette manie ?

— Ah ! qui peut le dire, monseigneur ? Les courants d'opinion publique, comme les courants d'atmosphère, proviennent de causes mystérieuses. Au surplus, d'après mon humble avis, ce n'est point aux masses que Votre Altesse doit d'abord s'adresser. Les journaux à sa dévotion ne pourraient s'empêcher de donner tout d'abord à leurs polémiques des allures de scandale qui nuiraient

— Tiens! c'est toi Sqite-Flemme ? dit-elle. (Page 597.)

à votre prestige au lieu de le servir. Le scandale est dans les mœurs du journalisme actuel...

— Je ne vous dis pas le contraire, marquis, mais enfin à qui devront s'adresser mes protestations ?...

— Il me semble qu'il serait bon de leur donner tout d'abord un caractère exclusivement diplomatique. Lorsque nous aurons acquis la conviction que le soit disant prince Édouard n'est qu'un usurpateur et un imposteur, vous enverrez à l'empereur de Russie et à l'empereur d'Allemagne un représentant digne de vous et chargé de révéler la vérité et de plaider votre cause. Alors, seulement, il sera bon de faire intervenir la presse européenne.

— Vous parlez d'or, mon cher marquis, et je suis tout à fait de votre avis. Il s'agit, maintenant de trouver des preuves irréfutables de la trahison du docteur Clostermann et de l'imposture du prétendu prince Édouard. Nous allons nous occuper de cette affaire; mais, pour l'instant, je me sens un peu fatigué et je vous serais reconnaissant de me laisser seul. Voulez-vous venir me voir demain, à la même heure?

— Je suis absolument aux ordres de Votre Altesse

— Au revoir donc, que Dieu vous garde!

Le marquis s'inclina et sortit.

III

LE NOUVEL AVATAR D'ISIDORE BROUSSEAU.

Comme on le sait déjà, Isidore Brousseau était passé maître dans l'art de se transformer.

De gamin de Paris, il était devenu chef d'une tribu de sauvages, puis secrétaire particulier d'un grand-duc allemand.

Au moment où nous en sommes de ce récit, il était à Paris chargé de surveiller de près le prince Othon et de choisir le moment le plus favorable pour le faire disparaître de cette terre.

Pour accomplir cette mission, il lui avait fallu, encore une fois, faire peau neuve, changer de nom, de qualité et de visage.

Rien de tout cela ne le gênait.

Il s'appelait maintenant Gontran de Sainte-Gemme, se disait issu d'une bonne famille méridionale dont il était le dernier représentant, et prétendait avoir voyagé pendant toute sa jeunesse dans de vagues Amériques où il avait fait sa fortune.

Bien pourvu d'argent par ses protecteurs de Kirch-Berghein, il pouvait sans difficulté, jouer le rôle de gentilhomme cosmopolite, et cela sans avoir trop les allures d'un rastaquouère.

Il s'était soigneusement fait une tête d'homme brun, moustaches sans exagération et s'était donné la tournure d'un cavalier assez fringant et peu disposé à se laisser marcher sur le pied, affectant d'ailleurs, quand l'occasion le voulait, beaucoup de politesse et une grande amabilité.

Après avoir séjourné pendant quelque temps dans un hôtel assez élégant de la rue St-Honoré, il avait loué un charmant petit entresol sur la place Vendôme et l'avait fait meubler et décorer en moins d'une semaine par une des nombreuses maisons qui ont la spécialité de ces tours de force.

Il s'était donné une voiture au mois, un valet de chambre et un groom.

En attendant qu'il fût reçu d'un cercle, il dînait dans les grands restaurants du boulevard.

Ses habits étaient de la meilleure coupe, et il payait toujours comptant et sans compter.

On comprend que, dans de semblables conditions, il n'avait point tardé à faire d'assez nombreuses connaissances dans divers milieux parisiens.

Il s'était bien gardé de se faire donner des lettres de recommandation par ses protecteurs de Kirck-Berghein.

Il était censé ne connaître que de nom, et encore assez vaguement, ce grand-duché qui, pourtant, venait de faire beaucoup parler de lui.

Son but était de se faire présenter à l'ex-grand-duc par quelques amis de ces viveurs parisiens dont le prince Othon avait eu, dans son affolement, l'assez mauvaise idée de s'entourer.

Le soi-disant Gontran de Sainte-Gemme manœuvra si bien qu'il était arrivé à ses fins après trois ou quatre mois de séjour à Paris.

L'ex-grand-duc était assoiffé de distractions.

La verve méridionale de Gontran l'amusait et le charmait.

Il ne tarda point à le recevoir dans son intimité et, certes, ce gentleman très gai et un peu tapageur, était bien le dernier qu'il eût soupçonné de nourrir de noirs projets contre lui.

Il ne doutait point que les intrigants qui l'avaient détrôné n'eussent envoyé à Paris des émissaires chargés de le surveiller et peut-être de l'assassiner.

A ce point de vue, bien des gens lui étaient suspects, mais jamais, jamais ses soupçons ne se seraient arrêtés sur le joyeux Sainte-Gemme.

Il eût même été tout disposé à le ranger parmi ses confidents et ses conseillers s'il ne se fût un peu méfié de sa légèreté d'esprit.

Isidore était donc en fort bonne posture pour observer ce qui se passait dans l'entourage du prince Othon et l'on a vu, par la lettre qu'il avait écrite au nouveau grand-duc de Kirck-Berghein, qu'il était fort au courant de tout ce qui se passait à l'hôtel du quai de Billy.

La déchéance morale du prince Othon lui avait paru telle, qu'il renonçait presque à l'idée de le rayer du nombre des vivants.

Il prévoyait le moment où ce prince d'illustre maison tomberait dans une si complète déconsidération qu'il n'y aurait plus rien à redouter de lui.

En ce cas, pourquoi commettre un meurtre, chose toujours dangereuse?

Il va sans dire que Gontran de Sainte-Gemme s'était introduit dans l'intimité de la maîtresse en titre du prince Othon, et notre aventurier se demandait comment Fanny Meuilhard avait pu s'emparer à ce point, sinon de l'âme, au moins des sens, d'un homme de haute origine et d'intelligence assez cultivée.

Fanny était toujours l'assez vulgaire cabotine que nous avons connue dans la première partie de ce récit; mais, par un de ces phénomènes parisiens qui sont si fréquents à notre époque, son succès comme artiste et comme femme avait toujours été en croissant; ses défauts même se tournaient en élément de réussite. Sa mauvaise éducation lui donnait un piquant tout particulier, et l'on répétait comme des merveilles les diverses sottises qui tombaient de ses lèvres.

Bien que le prince Othon fût un prince déchu, et même, aux yeux de beaucoup de gens, déshonoré, la belle Fanny fut cependant assez flattée d'être remarquée par lui.

On l'appelait Altesse, on lui donnait du « monseigneur ».

Les gens les plus haut placés le traitaient avec un respect apparent et, malgré ses malheurs politiques, il avait à sa disposition de quoi entretenir ses maîtresses sur un bon pied.

A partir du moment où elle devint la favorite attitrée de l'ex-grand-duc, Fanny Meuilhard fit tous ses efforts pour se donner des airs de grande dame.

Elle *coupa* toutes ses relations un peu communes et, dans l'intimité, elle laissait entendre qu'un jour ou l'autre elle amènerait le prince Othon à divorcer, à abandonner complètement sa femme, dont il était d'ailleurs séparé, et à l'épouser, elle, Fanny, légitimement et solennellement.

Du reste, la future grande-duchesse ne se privait pas de tromper son amant princier.

Elle jugeait, non sans raison, l'ex-grand-duc assez vaniteux, assez faible et assez illusionné pour ne s'apercevoir de rien.

Et puis, elle était de plus en plus pénétrée de cette idée — une des turlutaines des femmes de sa sorte — que, plus on agit mal avec les hommes, et plus on se les attache.

Parmi les heureux mortels que la belle Fanny honorait de ses faveurs, Isidore occupait le premier rang.

Il avait tout de suite énormément plu à la fille Meuilhard, et cela précisément parce qu'elle avait flairé en lui un aventurier fort suspect.

Certes, elle ne se doutait point de la vérité et on l'eût fort surprise en lui disant que son « caprice » avait été grand chef d'une tribu de sauvages et se trouvait à Paris dans le but de faire disparaître un jour ou l'autre l'ex-grand-duc de Kirck-Berghein.

Mais elle eût été beaucoup moins étonnée, en apprenant que M. Gontran de Sainte-Gemme s'appelait tout simplement Isidore Brousseau et n'était pas d'une naissance plus relevée que la sienne.

Aussi, dans ses moments d'abandon, appelait-elle son ami : « Sainte-Flemme ».

Cette plaisanterie lui paraissait extrêmement piquante et elle regrettait de ne pouvoir la répéter en public.

Mais une telle familiarité l'eût compromise. Une future grande-duchesse ne doit pas se permettre des facéties aussi montmartroises.

Trois ou quatre jours après la visite du marquis de Crozant au prince Othon, Isidore se présenta à l'hôtel de Fanny Meuilhard — une charmante habitation situé près du Ranelagh et que le grand-duc avait fait meubler avec autant de luxe que de goût.

IV

COMMENT ISIDORE BROUSSEAU FUT MIS SUR LE « QUI VIVE »
ET SE VIT FORCÉ DE REDOUBLER DE VIGILANCE.

La belle Fanny, souffrant encore d'un reste de migraine, était étendue sur un sofa dans son boudoir « rose thé », lorsque son ami Gontran fut introduit près d'elle par sa première femme de chambre.

— Tiens, c'est toi, Sainte-Flemme? dit-elle, en enlevant de son nez un petit flacon de sels anglais, tu viens à propos. Je m'ennuyais comme un goujon dans une contrebasse. Sans compter que je viens d'avoir un mal de tête fou.

— Et cela va mieux; chère belle? demanda Sainte-Gemme en s'asseyant près du sofa où languissait sa belle amie.

— Oui, à présent ça va mieux, mais avant ton arrivée, je me sentais encore toute chose. Raconte-moi quelques potins pour me distraire.

Qu'est-ce qu'on dit dans le monde élégant?

— Pas grand' chose d'intéressant, ma pauvre amie, et toi que m'apprendras-tu de nouveau?...

— A propos de quoi?

— Mais, à propos de Son Altesse, par exemple?

Isidore avait d'assez sérieuses raisons pour adresser cette question à Fanny Meuilhard.

Il avait appris le retour à Paris du marquis de Crozant et sa visite au prince Othon.

Cette visite, en elle même toute naturelle, l'inquiétait assez vivement.

Fanny se mit à rire.

— Son Altesse est toujours la même dit-elle. Ce cher Othon m'aime de tout son cœur. Je me dis même qu'il faut que je sois bien ingrate pour lui faire des traits avec toi. Mais, que veux-tu, mon cher Sainte-Flemme? tu n'es pas tout jeune, tout jeune, tu n'es pas joli, joli, mais tu es irrésistible et, lorsque je serai la femme légitime du grand-duc, je te ferai nommer son premier ministre.

— Pour cela, ma toute belle, il faudrait que Son Altesse remontât sur le trône de ses pères.

— Eh bien, qu'est-ce qui te dit que ça n'arrivera pas?

— Ma pauvre Fanny, tu aurais bien tort de te faire des illusions à cet égard. L'affaire du prince Othon est réglée. Il mourra dans la peau d'un prince détrôné.

— Savoir!

— Oh! tu peux lui en parler à lui même, je suis bien sûr qu'il est de mon avis.

— Eh bien, ma petite Flemme, c'est ce qui te trompe, il n'est pas du tout de ton avis, au contraire...

— Tu me stupéfis! ne m'avais-tu pas dit toi même?...

— Qu'il était découragé? oui, c'était vrai, il y a quelque temps, mais maintenant c'est changé. Le prince est, comme on dit, remonté sur sa bête, en d'autres termes, il est plein d'espoir maintenant.

— Ah! il t'a fait des confidences?

— Des demi-confidences, mais j'espère en savoir plus long avant peu. Le grand-duc est très expansif sur l'oreiller.

— Mais enfin qu'est-ce qu'il t'a dit?

— Voyez-vous le vilain curieux!

— Dame! puisque je dois être premier ministre.

— C'est juste. Eh bien, ma petite Flemme, le grand-duc m'a dit qu'il avait, dans les hautes régions, des amis honorables et puissants qui s'intéressaient à lui.

— Est-ce qu'il ne t'a pas parlé du marquis de Crozant?

— Tiens, comment diable sais-tu cela?

— C'est mon petit doigt qui me l'a dit.

— Ce que ton petit doigt ne t'a pas dit, c'est que le grand-duc et ses amis pourraient bien être, avant peu, à même de démontrer que le prince Edouard, qui l'accusait d'usurpation, est lui-même un misérable usurpateur... Mais qu'as-tu donc? On dirait que ça te bouleverse!...

— Ça ne me bouleverse pas, mais ça m'étonne joliment. Veux-tu que je te dise, ma pauvre Fanny? le prince Othon a eu la tête tournée par ses malheurs; ça arrive, ces choses-là.

— *Turlututu*, je te dis que c'est très sérieux.

— Mais, comment le prince Edouard serait-il un usurpateur?

— Ah! dame, je n'en sais rien, moi! Le prince ne m'en a pas dit plus long.

— Comment! il ne t'a dit que cela?

— Pour le moment oui, mais je te répète que j'en saurai davantage. Je sais les moyens de faire jaser Son Altesse. J'ai une manière à moi de lui appliquer la question ordinaire et extraordinaire. Mais si nous parlions d'autre chose, hein? Je pense que tu n'es pas venu me voir pour faire de la politique?...

Isidore ne crut pas devoir insister pour le moment et la conversation prit un cours particulièrement aimable.

Mais, lorsqu'une heure après, Isidore quitta l'hôtel de Fanny Meuilhard, il avait un air préoccupé qui n'eût point échappé au plus vulgaire observateur.

Il était trop intelligent et trop perspicace pour n'avoir point deviné, au moins en grande partie, ce qui se passait.

La visite du grand-duc Edouard à l'empereur de Russie lui avait déjà causé quelque inquiétude.

Il savait que Louis Hérault retrouverait à Saint-Pétersbourg des gens qui l'avaient déjà vu à Paris, lorsqu'il était une célébrité de la pègre et, parmi ces gens, il y avait sa sœur et son beau-frère.

Cependant Isidore comptait, soit sur le prestige qui s'attache à un prince, soit sur les changements physiques qui s'étaient opérés en la personne de Louis Hérault, pour que ce dernier ne fût pas reconnu, même par Amélia, même par sa sœur.

S'était-il donc trompé?

Tout l'indiquait maintenant.

L'entrevue du prince Othon et du marquis de Crozant, retour de Russie, était absolument caractéristique.

Le marquis, à la suite de conférences avec Amélia, Robert Templier et Jeanne, avait dû soupçonner la vérité sur la substitution aussi audacieuse que criminelle grâce à laquelle un forçat évadé avait succédé au grand-duc Othon sur le trône de Kirck-Berghein, et il était venu faire part de ses soupçons au prince exilé, tout en se mettant, sans doute, à sa disposition et à son service.

Tout bien considéré, Isidore Brousseau regardait comme à peu près impossible que les amis et partisans du grand-duc Othon pussent établir sur des bases quelque peu sérieuses des accusations qu'ils seraient disposés à porter contre le prince Edouard.

Cependant, il ne fallait point se dissimuler que la situation se compliquait fortement et il était difficile de prévoir ce qui arriverait si le prince Othon reprenait l'offensive et provoquait une enquête internationale au sujet de l'avènement de son successeur.

Isidore regrettait vivement à cette heure de n'avoir point suivi les avis du docteur Clostermann et du baron de Rosemberg qui eussent voulu être débarrasser, dans le plus bref délai, du grand-duc détrôné.

Isidore s'en voulait d'avoir fait le temporisateur.

Il était désolé d'avoir cédé à un reste de scrupules et en même temps à des idées vaniteuses, qui le poussaient à jouer le rôle d'homme politique, plutôt que celui d'assassin vulgaire.

— J'ai manqué le coche, se disait-il, en marchant avec agitation, oui, j'ai manqué le coche. Rien n'était plus simple et plus facile, il y a quelque temps, que d'attirer Othon dans un piège et *l'escoffier* de façon à ce que l'on crût à un crime ordinaire, à un meurtre quelconque, comme il s'en commettant à Paris tous les jours. Quoi d'étonnant à ce qu'un prince qui court la prétentaine et se montre noctambule acharné soit victime de quelques escarpes complices de quelques drôlesses? Il y aurait bien eu des clabauderies, un certain nombre de journalistes grincheux eussent fait quelques allusions désobligeantes pour le grand-duc Edouard, mais cela n'eût duré qu'un instant et tout serait rentré dans l'ordre. Que faire maintenant? Nous voici dans un cercle vicieux. Si j'en finis tout de suite avec le prince Othon, ce ne sera plus de simples clabauderies. D'énergiques protestations peuvent s'élever dans toute l'Europe. Si je temporise encore, le prince Othon et ses amis vont dresser leurs batteries avec la plus grande activité. Je ne crois pas au succès définitif de leur entreprise, car je les défie bien maintenant de démontrer que le grand-duc Edouard et le bandit Louis Hérault ne font qu'un. Mais quel scandale et quelles complications du diable!... Je vais, sans doute, tomber en disgrâce, moi!... Il est vrai que je tiens le grand-duc Edouard et ses complices, mais vrai de vrai, ça me répugnerait de faire chanter de bons copains. Allons! ne nous énervons pas et tâchons de nous tenir le mieux possible au courant de de la situation. Une visite à Son Altesse Sérénissime le prince Othon s'impose évidemment, mais j'ai bien peur que cet auguste personnage soit moins expansif avec moi qu'avec cette drôlesse de Fanny... Ah! les grands de la terre choisissent bien leurs confidents... Tiens, tiens, mais c'est précisément parcequ'ils les choisissent mal que ce gâteux d'Othon pourrait très bien montrer quelque confiance!... Jusqu'à présent j'avais affecté avec lui des airs légers et frivoles. S'il faut changer d'attitude, on en changera. Isidore Brousseau est de la race des caméléons.

V

OU ISIDORE BROUSSEAU SE MONTRE PROFOND POLITIQUE

Isidore n'eut pas grand'peine à trouver une occasion d'entretenir le prince Othon en tête-à-tête.

Seulement, cette fois, au lieu de divertir Son Altesse par ses ordinaires *concetti*, il affecta un air très malin, un air entendu, il parla de choses et d'autres, de contingences très diverses, de façon à passer pour un esprit essentiellement pratique, pour un homme très sérieux sous des apparences parfois frivoles, enfin pour un gaillard à consulter.

Son Altesse le grand-duc Édouard de Kirch-Berghein.

Le prince, hésitant et faible par nature, très susceptible d'être influencé et suggestionné, fort atteint moralement par les malheurs exceptionnels dont il venait d'être victime, fut frappé du nouvel aspect que se donnait son bouffon ordinaire.

Comme tous les gens de son caractère — et dans sa situation — il avait en quelque sorte soif d'expansion.

Le prétendu Gontran de Sainte-Gemme n'eut donc pas grand'peine à le faire jaser.

SON ALTESSE NOUNOUCHE   76

Sans s'expliquer clairement, et tout en se croyant très prudent et très réservé, le prince avoua au faux Saint-Gemme qu'il espérait travailler efficacement à sa revanche contre le prince Edouard.

Il lui laissa entendre que son successeur n'était qu'un aventurier servi par d'autres aventuriers, un forçat évadé mis à sa place par des traîtres et des filous.

Il lui fit comprendre aussi qu'il devait ces révélations à un gentilhomme français, tout fraîchement revenu de Pétersbourg.

Saint-Gemme se borna pour l'instant à féliciter le prince des motifs qu'il avait d'espérer.

Il ne chercha, du reste, à provoquer aucune nouvelle confidence et eut même quelque hâte à changer la conversation, tout en continuant à parler comme un homme plein d'intelligence et de sens pratique...

De retour chez lui, il écrivit au baron de Rosemberg une lettre cryptographique par laquelle il le priait de se rendre au plus vite à Paris.

Le baron obéit à cette injonction et eut avec Isidore une entrevue aussi nocturne que clandestine, dans un lieu soigneusement choisi et convenu d'avance.

— Bien que votre lettre fût fort peu explicite, dit le baron, j'en ai conclu, mon cher monsieur Brousseau, que des choses graves se passaient ici...

— Des choses fort graves, en effet.

— Expliquez-vous...

— Prêtez-moi une oreille attentive...

Et laconiquement, mais avec la plus parfaite clarté, Isidore mit le baron absolument au courant de la situation.

Le baron était devenu fort pâle, il mordait sa moustache avec un air de fureur concentrée et dardait sur Isidore des yeux pleins d'irritation.

— Eh bien, monsieur Brousseau, dit-il d'un air méprisant, où se retrouvaient toute sa supériorité et toute sa morgue d'homme *né* parlant à un plébéien, eh bien, voilà le résultat de vos tergiversations, de vos hésitations... tranchons le mot, de votre faiblesse, je ne veux pas dire de votre lâcheté... En serions-nous où nous en sommes, si vous aviez accompli votre mission ?... De quoi étiez-vous chargé, en quittant le grand-duché pour venir à Paris ?... De faire disparaître le prince Othon. Si cet homme était mort, qui donc songerait à le rappeler au pouvoir ?... Qui donc songerait à rechercher les vraies origines du grand-duc actuel ?... Ah ! vraiment, monsieur, en vous choisissant comme agent, nous avons eu la main bien malheureuse... Comment faire maintenant pour réparer vos incroyables bévues ?

Isidore avait subi cet orage de reproches, cette tempête de récriminations avec le plus grand calme.

Lorsque le baron eut cessé de parler et se fut arrêté tout essoufflé et haletant, il lui dit fort doucement :

— Monsieur le baron, les reproches que vous venez de m'adresser, je me les suis adressés à moi-même...

— Eh ! monsieur, il était bien temps !

— Attendez... Laissez-moi achever, je vous prie...

— Soit. Que voulez-vous dire ?

— Qu'après avoir mûrement réfléchi et qu'après avoir eu une assez longue conversation avec le prince Othon, je suis enchanté d'avoir agi comme j'ai agi.

— C'est-à-dire de n'avoir point agi du tout...

— Précisément, monsieur le baron. Suivez bien mon raisonnement. Je suppose que j'aie, avec toute l'habileté possible, envoyé le prince Othon rejoindre ses ancêtres, Robert Templier en aurait-il moins reconnu Louis Hérault dans la personne de notre souverain ? En aurait-il moins fait part à quelques-uns des partisans de l'ancien grand-duc ? Alors que serait-il arrivé ?... Que la disparition du prince Othon, pour si adroitement pratiquée qu'elle ait pu être, serait devenue une charge de plus contre nous. Jugez un peu du scandale dans toute l'Europe !

— Et à présent vous croyez pouvoir éviter un scandale ?

— Non... Je compte au contraire l'exciter... et le diriger.

— Ma foi, voilà qui est trop fort pour moi et je n'y comprends rien.

— Oh ! vous allez comprendre, monsieur le baron... Je connais le prince Othon, je l'ai pratiqué : ça n'a jamais été un aigle et ses malheurs ont contribué à brouiller sa cervelle. Permettez-moi cette expression familière et parisienne, ce grand-duc est le roi des *gaffeurs*. Ajoutez à cela que, sauf le marquis de Crozant, son entourage se compose de fort tristes gens, de personnages parfaitement capables de le pousser à toutes les sottises possibles.

— Soit ! Mais à quoi voulez-vous en venir ?

— A ceci, monsieur le baron. Entreprise par des hommes aussi sérieux qu'intelligents, aussi honnêtes que pratiques, la campagne que le prince Othon médite contre nous serait extrêmement difficile à mener à bonne fin. J'ose même dire que le succès en serait absolument impossible. Songez donc qu'il ne reste plus trace du véritable Edouard, que quantité de gens qui l'avaient vu croient de très bonne foi le reconnaître en la personne de Louis Hérault, que le faux prince Edouard est aujourd'hui officiellement reconnu par l'empereur d'Allemagne, l'empereur de Russie et toutes les chancelleries de l'Europe ; que les autorités de Cayenne sont prêtes à affirmer que Louis Hérault est mort et que jamais fonctionnaire colonial ne se risquera à reconnaître un ancien forçat dans le grand-duc actuel de Kirck-Berghein. Si donc, je le répète, des hommes d'honneur impeccable et de haute intelligence méditaient de révéler au monde notre... acte politique, ils se heurteraient certainement à des difficultés insurmontables. Mais supposez cette campagne menée par un prince affolé, affaibli, abruti plus qu'à demi par la haute ou basse noce, par des agités, des hurluberlus, des farceurs, des gens tarés ou déconsidérés, ne devra-t-elle pas tomber dans le plus absolu et dans le plus odieux ridicule ? Crozant, qui, lui, est un homme loyal et assez intelligent, passera pour un illuminé ; quant à

Robert Templier, on le traitera de fumiste, de loustic d'atelier... Et quant à la veuve du prince Bolstoï, bien que vous ayez jugé à propos de me faire des cachotteries à cet égard, je sais qu'elle est déjà à peu près officiellement fiancée à notre jeune souverain ; or, il faudrait bien mal connaître le cœur des femmes pour croire que, dans des circonstances pareilles, elle consentirait à reconnaître son ancien persécuteur dans son fiancé actuel. Elle veut être grande-duchesse, la belle mignonne, et elle le sera !... Je vois déjà en elle notre principale auxiliaire...

— Ce que vous dites, monsieur Brousseau, ne manque ni de sens, ni de logique ; mais nous allons jouer gros jeu !...

— Ce n'est pas nous qui avons créé la situation, monsieur le baron ; telle qu'elle est, il faut l'accepter et y faire face.

— En résumé, quel est votre plan ?

— Rester à Paris ; voir de plus en plus le prince ; perdre Crozant dans son esprit, ou du moins affaiblir de mon mieux la confiance qu'il a dans ce galant homme ; l'encourager, au contraire, à se fier aux gens les plus dangereux de son entourage ; l'inciter, puisqu'on ne peut l'empêcher de tenter ce scandale, à le faire le plus *salement* possible ; enfin, le rendre à tel point grotesque et abominable dans le monde entier, que nous pourrons le laisser mourir de sa belle mort... ou crever de sa belle crevaison.

Le baron n'était plus en colère...

C'étaient maintenant des regards admiratifs qu'il jetait sur Isidore Brousseau.

— Savez-vous bien, dit-il, que Machiavel et le docteur Clostermann ne sont que des enfants auprès de vous ?

Devant ce délicat compliment, Isidore s'inclina.

— Mille fois trop aimable, monsieur le baron ! dit-il... Alors vous approuvez mon plan ?

— Oui, et je réponds d'avance de l'acquiescement du docteur et de Son Altesse.

— Retournez donc à Kirck–Berghein... Votre présence ici ne pourrait que nous nuire... Avant six mois, l'ex-grand duc Othon sera l'homme le plus avili et le plus méprisé de l'Europe.

VI

LOUIS HÉRAULT SONGE TOUJOURS A SON MARIAGE, MAIS IL N'EST PAS A LA NOCE.

La popularité du faux Edouard de Kirch-Berghein allait toujours en croissant.

Ses sujets avaient été extrêmement flattés de l'accueil qu'on lui avait fait à l'étranger et particulièrement à la Cour de Russie.

Depuis son retour dans ses Etats, on l'avait comblé de marques de sympathie.

Il ne pouvait sortir sans exciter l'enthousiasme.

Le vieux bourgmestre Drosselmeyer l'avait pris en sincère affection et se montrait extrêmement fier d'avoir contribué à son avènement; or, on sait quelle influence Drosselmeyer avait sur la bourgeoisie.

La classe moyenne voyait par ses yeux et parlait par sa bouche.

Les étudiants aimaient ce prince jeune et dont l'esprit semblait ouvert aux idées généreuses.

Les militaires appréciaient en lui quelque chose de crâne et de hardi.

Comme il était joli garçon, les femmes étaient pour lui.

Elles lui savaient gré de sacrifier ses préjugés de race et peut-être même ses intérêts politiques à ses sentiments intimes et son prochain mariage avec la jeune princesse Amélia Bolstoï lui donnait quelque chose de romanesque qui charmait toutes les âmes sensibles du grand-duché.

Le faux Edouard était donc le plus heureux des hommes et des princes, et, comme rien n'inspire plus heureusement que la réussite, il se montrait de plus en plus habile dans son gouvernement.

Il n'était point sans inquiétude, il est vrai, sur ce que ses complices, que maintenant il trouvait trop nombreux, pourraient exiger de lui.

Mais, jusqu'à ce moment, ils s'étaient montrés assez raisonnables et l'immixtion du baron de Rosemberg et du docteur Clostermann dans les affaires de l'Etat lui avait été, en définitive, fort utile.

Seuls, ses projets de mariage avec Amélia auraient pu changer la nature de ses relations avec son entourage, mais l'adhésion que l'empereur de Russie avait donnée à cette alliance fermait la bouche aux plus récalcitrants.

Les choses en étaient là, lorsque le baron de Rosemberg revint à Kirch-Berghein et rendit compte à son souverain de l'entrevue qu'il avait eue à Paris avec Isidore Brousseau.

Le docteur Clostermann considéra la situation comme très grave et très fâcheuse ; quant à Louis Hérault, il fut littéralement affolé.

Ses conseillers intimes, comprenant le danger de cet affolement, le réconfortèrent de leur mieux.

Dissimulant leurs propres inquiétudes, ils s'évertuèrent à lui démontrer que, grâce à l'habileté d'Isidore Brousseau, la campagne que le prince Othon allait entreprendre contre lui ne pouvait que tourner à la confusion dudit prince Othon et à sa gloire à lui.

Un grand nombre de scandales politiques, financiers et judiciaires avaient alors éclaté dans divers pays de l'Europe.

Tout le monde commençait à en être extrêmement dégoûté.

On était avide de repos et de *propreté.*

Les « calomnies » lancées par le prince déchu contre son successeur ne pouvaient manquer de causer une indignation universelle.

Louis Hérault partageait volontiers les opinions de ses conseillers, mais parfois ses anxiétés le reprenaient et il les exprimait soit au baron de Rosemberg, soit au docteur Clostermann.

Le docteur, quoiqu'au fond du cœur il fût moins optimiste que le baron, faisait alors tout son possible pour rassurer le grand-duc.

— Nous avons trop de complices, disait Louis. Ceux qui nous restent à la Guyane, comme M. Verckhein, par exemple, ne sont-ils pas un danger?

— Tous ont intérêt à la conservation de Votre Altesse. Ne craignez rien d'eux. Il n'est pas un seul de vos agents passés ou présents qui ait la moindre envie de vous trahir.

— Une chose m'inquiète tout particulièrement, docteur. Si le prince Othon affirme, d'après certains témoignages, que je suis l'ancien forçat Louis Hérault, on commencera peut-être par s'indigner de son audace, mais quand on saura que ce même Louis Hérault a été autrefois follement amoureux de la jeune femme dont je brigue maintenant l'alliance, cela ne jettera-t-il pas quelques doutes sur mon identité dans certains esprits?

— Cela fera causer évidemment, monseigneur, et il est à prévoir que vos ennemis se serviront de cet argument. Mais, tout bien réfléchi, il tournera, comme les autres, à leur confusion. On regardera l'amour du prince Edouard pour une femme, que son *sosie* Louis Hérault avait aimée, comme une coïncidence un peu bizarre, mais en somme piquante. L'on blâmera violemment vos détracteurs d'éclabousser de leur venin une jeune et intéressante princesse, et

l'on dira qu'en employant contre vous de tels arguments, votre prédécesseur
Othon oublie qu'il est gentilhomme. Bref, puisque la crise qui nous menace
est inévitable, faisons bravement face à l'orage et disons-nous bien, car c'est
la vérité, que Votre Altesse sortira de cette crise plus brillante, plus sympathique et plus prestigieuse que jamais.

VII

OU L'ON RETROUVERA TROIS CREDINS
QUI ONT FIGURÉ DANS LA PREMIÈRE PARTIE DE CE RÉCIT.

Nos lecteurs n'ont sans doute pas oublié le triste triumvirat auquel Paris
avait dû la fondation du Cercle du « Mouvement » et le lancement de l'affaire
du *Crédit Babylonien*.

Après le mauvais tour que le prince Bolstoï lui avait joué et qui lui avait
causé une si grande frayeur, tout en atteignant gravement sa fortune, le vieux
Napolitain Gianidracchi s'était réfugié à Londres où il avait vécu obscurément,
ne communiquant avec aucune de ses anciennes connaissances, pas même avec
ses deux filles qui, d'ailleurs, avaient complètement disparu de la circulation
et dont on n'entendait plus parler.

Un jour vint où le vieux recéleur se crut assez oublié pour pouvoir rentrer
à Paris, ville plus favorable que Londres aux petites opérations qu'il comptait
bien reprendre, car, malgré son âge avancé et sa santé affaiblie, il n'avait point
renoncé au projet de refaire sa fortune.

A Paris, il avait retrouvé ses deux anciens complices Van der Witt et
Gaspard Lecesne.

Le premier, après avoir fait quelque temps de prison, avait été gracié et
végétait misérablement dans les bas-fonds de la finance véreuse.

L'autre, Gaspard Lecesne, beaucoup mieux servi par la chance et par son
audace, était parvenu à faire croire que, dans l'affaire du *Crédit Babylonien*,
il avait été beaucoup plutôt une victime qu'un coupable.

Il continuait donc sa carrière d'homme politique, bien que, pour le moment,
il ne fît partie d'aucune de nos assemblées délibérantes.

Du reste, s'il n'avait pas changé de caractère, il avait modifié son attitude.

Il ne faisait plus le démocrate à présent et ne se vantait plus de sortir des
derniers rangs du peuple.

Pour une raison ou pour une autre, il affectait de parler avec un certain
dégoût des doctrines républicaines qui, disait-il, n'avaient point du tout donné
à la France ce qu'elle était en droit d'attendre d'elles.

Il répétait volontiers qu'un peuple ne peut vivre sans religion et que les nations ont besoin d'une aristocratie.

C'est sans doute en partant de ce dernier principe qu'il sollicita et obtint un titre de comte romain.

Il fut quelque temps sans oser mettre sur ses cartes de visite son titre et sa couronne, mais le jour vint où il se fit désigner dans les journaux sous le nom du comte Lecesne.

On en rit d'abord un peu, puis on n'y fit plus attention et même on n'eut plus envie de rire lorsqu'on l'entendit appeler « monsieur le comte », par les garçons de restaurants.

Du reste, son titre ne lui avait pas encore ouvert les salons du faubourg Saint-Germain, et le parti conservateur, sans précisément dédaigner ses avances, restait encore assez froid à son égard.

En attendant le moment où il pourrait faire figure dans l'aristocratie française, le comte Lecesne s'était introduit dans l'entourage de l'ex-grand-duc Othon et il n'avait pas tardé à faire connaissance du sémillant Gontran de Sainte-Gemme, lequel avait immédiatement deviné en lui un personnage dont on pouvait se servir.

Quant à ses deux anciens copains, Gianidracchi et Van der Witt, malgré les quelques dissensions qui avaient pu exister entre eux à l'époque du krack du *Crédit Babylonien* et malgré leur obscurité et leur misère présentes, il ne dédaignait point de les voir quelquefois.

Il comptait les utiliser ou les exploiter un jour.

Tandis que Gianidracchi vivait dans un taudis de la rue Thérèse et que Van der Witt errait de logements en logements, toujours sous le coup de nouveaux désagréments judiciaires, le comte Lecesne était installé dans un assez bel appartement de la rue Taitbout.

Il lui restait encore de quoi vivre très largement et même mener un certain train, mais nul n'aurait su dire ni le chiffre de sa fortune, ni la façon dont il l'avait acquise ou conservée.

Depuis qu'il ne se posait plus en parvenu de la politique et qu'il essayait de se guinder au rang d'homme du monde, l'ex-républicain prenait un caractère de plus en plus équivoque, mais cela ne nuisait pas autant à son prestige qu'on le pourrait croire, les générations modernes ayant un faible pour ceux qui passent pour plus *malins* que scrupuleux.

Si donc, au moment où nous en sommes de ce récit, Gianidracchi, Van der Witt et Gaspard Lecesne n'étaient plus constitués en triumvirat, ils étaient plus que jamais disposés à *patricoter* ensemble une de ces affaires ou une de ces intrigues qui sont la spécialité des gens de leur espèce.

Ils n'attendaient qu'une occasion et cette occasion devait bientôt se présenter.

— Je prends définitivement congé de Votre Altesse... (Page 613.)

VIII

COMMENT UN MARQUIS TRÈS RESPECTUEUX FUT AMENÉ A ROMPRE EN VISIÈRE A UN GRAND-DUC PEU RESPECTABLE.

Un matin, le marquis de Crozant et le prince Othon déjeunèrent en tête à tête à l'hôtel du quai de Billy.

La conversation roula d'abord sur des choses indifférentes.

Son Altesse Nounouche   77

Ils parlèrent théâtre en mangeant des œufs brouillés aux truffes et causèrent d'un scandale du jour en mangeant un perdreau froid.

Au café, l'ex-grand-duc renvoya le maître d'hôtel et les deux valets de pied qui servaient et resta seul avec le marquis.

— Eh bien, dit-il, si nous causions de notre grande affaire?

— Je n'osais en prendre l'initiative, monseigneur, répondit Crozant, mais j'en ai le plus grand désir.

— Avez-vous trouvé un moyen d'entamer la question? de faire entendre à l'empereur d'Allemagne et à l'empereur de Russie que mon successeur n'est qu'un forçat évadé et que son avènement au grand-duché de Kirck-Berghein est la plus atroce mystification des temps modernes?

— Monseigneur, les moyens les plus simples sont généralement les meilleurs et la ligne droite est, géométriquement et politiquement, le plus court chemin d'un point à un autre. Mon humble avis est qu'il faut nous assurer d'abord, par une enquête faite soigneusement, mais rapidement, à Paris, au fort de l'île de Ré et au pénitencier de Cayenne, que le condamné Louis Hérault a été en rapport avec le docteur Clostermann et quelques autres intrigants; que le bruit de sa mort a été un faux bruit et qu'il a pénétré dans vos États sous un déguisement. Vous enverrez alors à l'empereur d'Allemagne un homme de confiance qui lui exposera la situation et l'invitera à faire faire lui-même une enquête...

— Permettez, marquis, mais vous ne me dites là rien de nouveau, vous m'aviez déjà proposé cela ou quelque chose d'analogue. Persistez-vous à croire que nous aurions tort de créer tout d'abord un mouvement d'opinion en Europe?

— Mais ce mouvement, comment le créer?

— A l'aide d'un journal.

— Je crois avoir déjà eu l'honneur de m'expliquer sur ce sujet avec Votre Altesse.

— Oui, je sais que vous n'êtes pas très partisan de la presse.

— Daignez ne rien exagérer, monseigneur. Je crois qu'on peut faire usage de la presse, mais avec prudence. C'est une arme à deux tranchants qui blesse et tue souvent celui qui en fait usage.

— Vous parlez comme un sage de la Grèce, et j'entends faire usage de mon journal en homme habile et prudent.

— Alors Votre Altesse est parfaitement décidée à s'adresser d'abord à l'opinion publique?

— Oui. Je crois l'enquête dont vous me parlez absolument inutile. L'abominable supercherie dont je suis la victime fait-elle un doute dans votre esprit?

— Oh! pas le moindre, monseigneur, et, pour moi, le grand-duc actuel de Kirck-Berghein et le forçat Louis Hérault ne font qu'un. Mais enfin, pour créer un mouvement, il nous faut des preuves.

— Insinuons, dénonçons, affirmons; nous verrons à prouver ensuite.

— Je vous avoue, monseigneur, que je ne comprends pas très bien cette façon de procéder.

— C'est que vous êtes un homme d'un autre âge, mon cher marquis ; on me l'a dit, et je m'en étais déjà aperçu. Je ne connais pas de plus galant homme que vous, et je rends hommage à votre belle intelligence, mais peut-être n'êtes-vous pas à l'unisson de notre société moderne. Je crains que vous n'ayiez des préjugés, ou, si vous le voulez, des scrupules intempestifs...

— J'avoue que je ne comprends pas très bien ce que veut dire Votre Altesse...

— C'est pourtant bien simple. Nous avons affaire à des coquins, et votre projet serait sans doute de les attaquer avec des armes loyales et honnêtes. Erreur capitale. On ne combat pas un escarpe comme un gentilhomme.

— Pour continuer votre image, monseigneur, je vous dirai que j'aime mieux me servir d'une épée que d'un poignard ; l'arme est plus noble, mais aussi elle est plus longue.

— Erreur, mon cher marquis, erreur. Il faut savoir se servir, au besoin, du poignard, du couteau et de la flèche empoisonnée. Les temps héroïques sont passés, comme l'a dit un homme d'État français dont je ne me souviens plus du nom. Nous ne sommes plus à l'époque des luttes chevaleresques. Je suis un prince moderne, moi, tout ce qu'il y a de plus moderne. J'ai été assez dupe comme cela, et je prétends ne plus l'être...

— Je crois comprendre, monseigneur, que, sous l'influence de quelques conseillers qui me sont inconnus, vous avez le projet d'ouvrir votre campagne en soulevant un scandale ?

— Eh ! mon Dieu, oui, mon cher marquis. Le scandale est l'arme moderne par excellence.

— Alors, bien décidément, Votre Altesse va fonder et subventionner un journal ?

— Oui. La feuille de chou qui soutenait timidement mes intérêts est devenue tout à fait insuffisante.

— Il faut beaucoup d'argent, monseigneur, pour fonder aujourd'hui un journal à succès.

— On m'a mis en rapport avec trois gaillards intelligents, très entendus en affaires et qui s'offrent à me trouver deux millions avant un mois. On dépensera un million en réclames et en installation, puis on marchera avec l'autre. On m'affirme que, si cette affaire est bien menée, le journal rapportera au lieu de coûter.

— Et Votre Altesse me permettra-t-elle de lui demander quels sont les hommes qui lui prêtent assistance dans cette affaire ?

— Sans doute, sans doute. Je n'ai rien de caché pour vous, mon cher marquis. Connaissez-vous monsieur Gontran de Sainte-Gemme ?

— J'en ai entendu très vaguement parler, monseigneur.

— C'est un garçon d'esprit, très répandu dans le monde parisien et beaucoup plus sérieux que je ne l'aurais cru tout d'abord. Il m'a mis en rapport avec un ancien député républicain rallié aux idées monarchistes et récemment fait

comte par le pape. Vous le connaissez certainement de nom : c'est le comte
Gaspard Lecesne.

— Gaspard Lecesne, monseigneur? Mais c'est un politicien taré jusques aux
moelles.

— Un homme très capable, paraît-il.

— Oh ! c'est un malin, je ne dis pas non. Il a réussi à se tirer d'affaires fort
vilaines...

— Oui, un malin, un malin ! Il agira, pour moi, de concert avec deux
hommes non moins intelligents que lui. Un financier nommé Van der Witt
et un négociant italien nommé Gianidracchi.

— Je crois rêver en vous entendant parler, monseigneur. Van der Witt est
un banquier véreux condamné à la prison, à la suite de la trop célèbre déconfiture du *Crédit Babylonien*. Quant à Gianidracchi, c'est un usurier et un recéleur qui eût été mêlé aux plus tristes affaires criminelles s'il n'eût pas quitté la
France pour quelque temps.

Le marquis de Crozant s'imaginait qu'il allait atterrer le prince Othon par
ses terribles révélations. A son grand étonnement, le grand-duc resta parfaitement calme et lui dit, avec un fin sourire sur les lèvres :

— Eh ! mon cher marquis, je n'ignorais rien de ce que vous me dites là ;
mais, pour arriver, en ce bas monde, il faut savoir utiliser les gredins. Les
honnêtes gens sont, d'ordinaire, de déplorables hommes d'affaires. Faire de la
politique avec leur aide, c'est être d'avance condamné à l'insuccès. Toute
politique scrupuleusement loyale est frappée de stérilité.

— Je ne suis point de votre avis, monseigneur, et j'oserai appeler
l'attention de Votre Altesse sur ce que pensera le public lorsqu'il la saura
associée à des rastaquouères, à des politiciens palinodistes, à des banquerou-
tiers frauduleux et à des recéleurs.

L'ex-grand-duc se mit à rire.

— Le public dira, répondit-il, que je marche avec mon temps et que je suis
moi-même un malin. En êtes-vous donc encore à croire que la société moderne
a le respect des hommes vertueux? Je suis tenté d'admettre qu'elle les méprise
profondément, au contraire. Comme ils se trompent, ceux qui s'imaginent
déconsidérer tel ou tel député en insinuant ou en affirmant qu'il a touché
des pots-de-vin ou s'est livré à toute autre manœuvre plus ou moins suspecte !
Ses électeurs l'en estiment davantage : « C'est un malin, disent-ils, et nous en
ferions bien autant à sa place. » Gaspard Lecesne est, m'a-t-on dit, de la race
des Mazarin et des Dubois, qui n'étaient pas des modèles de vertu, bien qu'ils
vécussent à des époques que vous regrettez sans doute. C'est un homme qui,
avant peu, comptera dans le parti légitimiste, lequel sent bien que, s'il ne se
modernise pas, il n'a plus de raison d'être. Van der Witt n'a pas réussi dans
sa dernière grande entreprise, mais il n'a fait que ce que font les autres
grands financiers. Soyez convaincu qu'un succès lui rendra la considération,

si tant est qu'il l'ait perdue. Quant au signor Gianidracchi, je sais aussi bien que vous que c'est une affreuse canaille et vous pouvez être certain de ne le point coudoyer dans mes salons, mais c'est un homme extrêmement malin, encore plus malin que les autres et qui me sera particulièrement précieux, car il a beaucoup connu le jeune bandit Louis Hérault. Inutile d'insister, n'est-ce pas ?...

— En effet, monseigneur, vous n'avez pas besoin d'insister ; je suis fixé maintenant sur vos tendances et vos projets.

Je vois que vous êtes en proie à la grande préoccupation moderne ; *être malin* vous semble l'idéal. Vous êtes féru de cette idée, qu'il est impossible de réussir en agissant honnêtement et loyalement et il vous semble, non seulement que la politique excuse tout, mais implique nécessairement des actes pour le moins suspects. Vous ne voulez voir dans les hommes d'État du passé que leurs côtés défectueux. Ce sont leurs pires actions qui vous charment et vous séduisent. Je perdrais sans doute mon temps à vous démontrer que les grands hommes d'État comme saint Louis ou Henri IV n'usèrent jamais que de procédés avouables, ou même louables, et que les grands politiques pourvus de plus d'intelligence que de scrupules, comme Philippe le Bel, Louis XI ou Richelieu, ont fait pour le moins autant de mal que de bien. Bonaparte n'a rien gagné au meurtre du duc d'Enghien et, après avoir contribué au renversement de Charles X, son roi légitime, Louis-Philippe d'Orléans a été lui-même contraint de finir comme un banqueroutier...

— De grâce, marquis, point de grandes phrases, point de déclamations à la Jean-Jacques Rousseau ! Je veux arriver et je veux prendre les moyens nécessaires pour atteindre mon but. Je persiste à croire que des gaillards habiles et dénués de préjugés me rendront de meilleurs services qu'un groupe de preux chevaliers comme vous.

— Ma foi, monseigneur, cette parole me met à mon aise. Sans être d'aussi grande maison que les Kirck-Berghein, je me trouve cependant trop bon gentilhomme pour fraterniser avec des politiciens véreux, des banquiers faillis et des recéleurs. Sans compter la horde de journalistes sans foi ni loi, et très probablement sans talent, dont vous allez vous entourer. J'avais cru bien faire en servant votre cause, je vois que c'était une illusion. En restant à votre service, je me mêlerais tout simplement à une intrigue qui ne peut aboutir qu'aux plus tristes scandales sans bénéfice pour vous et pour le bon droit.

— C'en est trop, monsieur ! Jamais personne n'a osé me parler avec cette liberté.

— Tant pis pour vous, monseigneur. Il est bon que les princes entendent quelquefois la vérité.

— Je n'ai de leçons à recevoir de vous ni de personne. Veuillez sortir.

— Je prends respectueusement et définitivement congé de Votre Altesse Sérénissime.

IX

LE « BON DROIT. »

A la suite de la vive discussion qui s'était élevée entre lui et le prince Othon, le marquis de Crozant était reparti pour la Russie, où nous le retrouverons en temps et lieu.

Un mois environ après son départ, tout le Paris boulevardier et même tout le Paris mondain étaient émus par la nouvelle d'un nouveau grand journal intitulé le *Bon Droit* et qui devait paraître au premier jour.

On n'était pas encore bien fixé sur le but de cette publication, ni sur les moyens et les ressources dont pouvaient disposer ceux qui allaient la lancer et l'entreprendre.

Les renseignements les plus contradictoires circulaient à ce sujet.

Quelques-uns parlaient d'une publication destinée à donner une vie nouvelle au parti monarchiste français; d'autres prétendaient que le *Bon Droit* serait une feuille internationale, mais spécialement destinée à amener une entente, une réconciliation et même une alliance entre la France et l'Allemagne.

La plupart ne parlaient de la nouvelle entreprise que d'un ton assez gouailleur et, avec leur flair de Parisiens, prévoyaient une de ces nombreuses gazettes à *manchettes* et à scandales, dont l'éclosion a lieu si aisément dans l'atmosphère parisienne, mais dont l'existence est généralement fort éphémère.

La direction du *Fureteur*, journal aussi tapageur que boulevardier, était tout particulièrement émue par la prochaine apparition du *Bon Droit*.

Elle flairait une concurrence, et, tous les soirs, les plus ou moins éminents écrivains qui déversaient leur prose dans le *Fureteur* avaient des conversations à bâtons rompus dans le genre de celle-ci :

— Vous savez, messeigneurs, à l'heure où nous écrivons ces lignes, j'ai des *tuyaux*.

— Sur quoi?

— Sur le *Bon Droit*, parbleu! Est-ce qu'on parle d'autre chose que du *Bon Droit*?

— Qui est-ce qui fait l'affaire?

— Plusieurs types. D'abord il y a Gaspard Lecesne...

— Le comte Lecesne, vous voulez dire ?...

— Oui, conte à dormir debout... Si c'est ça tes tuyaux, je ne t'en fais pas mon compliment. Tout le monde sait déjà que ce gentilhomme est dans l'affaire, mais ce n'est certainement pas lui qui fournit la « galette ».

— Je ne t'ai pas dit que c'était lui... Il y a encore Van der Witt...

— Van der Witt ? Mais il n'a pas le sou !

— Ne croyez donc pas ça, naïf enfant. Le vieux farceur cache son jeu. Un de ces jours il reparaîtra plus brillant que jamais.

— Moi, je crois bien que Van der Witt n'a pas le sou ; mais il est encore en rapport avec des gens qui ont un très gros sac et je pense que c'est comme intermédiaire qu'il est dans la chose.

— Vous verrez que les juifs sont là-dedans.

— Parbleu ! ils sont partout, même dans les journaux que l'on fonde contre eux.

— Le tout est de savoir s'il y a vraiment de la « galette ».

— On parle de deux millions.

— Deux millions ?... Oh ! ma mère ! peux-tu dire des stupidités comme ça !...

— Dame, mon vieux lapin, pour fonder un journal en cette fin de siècle, il faut ça au moins. Un million pour les réclames et l'installation, et un million pour marcher un an.

— Alors Gaspard Lecesne serait directeur politique ?

— On le dit.

— Et qui serait rédacteur en chef ?

— On parle du sympathique Hugues Tarpiaux.

— Eh ! ce n'est pas un si mauvais choix.

— Fichez-moi donc la paix ! Un bafouilleur, vieux jeu en diable, un ex-poète décadent qui s'habille encore comme Barbey d'Aurevilly.

— Heu... heu !... il a un certain tour de main. Et puis, cet ex-bohème qui vivait autrefois avec quarante sous par jour est maintenant un bourreau d'argent.

— Ça promet de beaux jours à la caisse du *Bon Droit*.

— Mon cher, il ne faut pas dire de mal des besogneux. Ils cherchent des idées avec une activité dévorante et ils en trouvent presque toujours.

— Tiens, voilà Chalamel ! Je parie qu'il a aussi des « tuyaux ».

— Sur le *Bon Droit* ?... Parfaitement.

— Eh bien, parle, jase, dégoise, jaspine, jette ton venin...

— Voilà. Le *Bon Droit* aura pour but de propager les nouvelles idées de M. le comte Gaspard Lecesne, c'est-à-dire les idées monarchiques. Il combattra toutes les doctrines révolutionnaires, depuis les plus modérées jusqu'aux plus violentes, depuis l'opportunisme jusqu'à l'anarchie. Mais il servira tout spécialement les intérêts d'un certain prince détrôné que je vous laisse à deviner.

— Le roi de Naples, peut-être ?

— Idiot, va !

— Les héritiers du roi de Hanovre ?

— Il n'en a pas.

— Mourad-Effendi ?

— Qui ça, Mourad ?

— Le frère du Sultan.

— Ne dites donc pas de stupidités ! Je ne veux pas vous laisser chercher plus longtemps. Il s'agit du grand-duc Othon de Kirck-Berghein.

— Othon ? Mais il avait déjà une feuille de chou à son service...

— Oh ! à son service, très vaguement. Le *Bon Droit* sera en partie destiné à soutenir que son successeur, le jeune Edouard, n'est qu'un vil usurpateur.

— Il aura de la peine à accomplir cette tâche.

— Je ne sais pas trop comment Othon s'y prendra pour plaider sa cause. Je connais toute son histoire. Il a une rude veine de n'avoir pas été fusillé dans son pays. Ici, presque tous les gens propres lui tournent le dos. Enfin, peut-être pourra-t-il pêcher en eau trouble.

— Eh bien, moi, messeigneurs, j'ai une idée.

— Ah ! bah !

— Une *interview* s'impose.

— Tu veux interviewer Gaspard Lecesne, Van der Witt, le grand-duc Othon ?

— Non. Ils ne me diraient rien... Mais le grand-duc Edouard a un ministre plénipotentiaire à Paris ; je le connais un peu. Il doit savoir quelque chose... Ça me donnera au moins deux cent cinquante lignes de bonne copie... J'y vais de ce pas.

Le représentant du prince Edouard à Paris était un bon jeune homme, marié à une charmante petite femme, qui était encore à l'université de Kirck-Berghein au moment de l'avènement de Louis Hérault, et qui n'avait pas un instant soupçonné l'abominable supercherie dont son souverain légitime était victime.

Le baron Wilfrid de Vogler servait, du meilleur de son cœur, le soi-disant prince qu'il avait chaleureusement acclamé lors des émeutes de Kirck-Berghein.

Il va sans dire qu'il n'avait aucun rapport avec le prince Othon, dont il ne parlait jamais, d'ailleurs, qu'avec une réserve courtoise.

Le jeune baron, fort reçu dans la haute société parisienne, ne voyait que le monde le plus select, et sa jeune femme était extrêmement fêtée dans les salons les plus exclusifs du noble faubourg.

Les affaires du grand-duché étaient, pour l'instant, fort peu compliquées et le baron de Vogler vivait en homme de loisir et de plaisir, fort peu préoccupé de politique.

Une horde de camelots criaient le *Bon Droit* sur les boulevards. (Page 620.)

Pour la première fois depuis son arrivée à Paris, il recevait la visite d'un *interviewer*.

Bien qu'il n'eût pas pour les journalistes une considération exagérée, il crut devoir prendre son air le plus gracieux pour le recevoir.

— Monsieur le baron, dit l'interviewer, je suis rédacteur au *Fureteur* qui, comme vous le savez assurément, est un des journaux les plus importants et les plus sérieux de Paris.

— Et que puis-je pour votre service ? demanda le baron.

SON ALTESSE NOUNOUCHE   78

— Me renseigner sur un point délicat.

— Oh! oh!

— Je n'y vais pas par quatre chemins. N'avez-vous pas entendu dire, monsieur le baron, qu'un journal nommé le *Bon Droit* allait paraître?

— Je crois en avoir ouï parler, monsieur, mais je vous avoue que cette nouvelle ne m'a guère ému.

— Vous n'êtes pourtant pas sans savoir, monsieur le baron, que le *Bon Droit* sera en partie destiné à soutenir la cause du prince Othon?

— Si le *Bon Droit* n'a pas d'autre but, il n'offrira pas un bien grand intérêt à ses lecteurs.

— Eh! eh! il ne faut pas en jurer, monsieur le baron, le public actuel est assoiffé de scandale.

— J'espère pour le prince Othon qu'il plaidera sa cause d'une façon courtoise et modérée. Quant aux arguments qu'il pourrait invoquer en faveur de sa restauration, je vous avoue que je ne vois pas trop où il les prendrait.

— C'est justement à ce sujet que je voudrais avoir une conversation avec vous, monsieur le baron.

— Mais, mon cher monsieur, je n'ai absolument rien à vous dire. Vous savez dans quelle circonstance le souverain actuel de Kirck-Berghein a pris le pouvoir. Je n'ai pas à vous faire l'historique de cet événement. Tout ce que le prince Othon peut dire, pour plaider sa cause, c'est qu'il était de bonne foi en croyant à la folie du prince Edouard. C'est, du reste, parce qu'il a bien voulu admettre cette bonne foi, que le gouvernement de Kirck-Berghein n'a pas mis le prince Othon en jugement.

L'interviewer du *Fureteur* ne put rien tirer de plus du baron de Vogler.

Il en conclut que ce jeune diplomate était extrêmement fort.

La vérité est que le baron ne savait rien du tout.

Bien que les intrigants qui gouvernaient son pays le destinassent à un rôle — et quel rôle! — dans la nouvelle comédie qu'ils méditaient, ils ne l'avaient avisé de rien concernant la campagne de scandale que le prince Othon allait ouvrir.

Cependant l'apparition du *Bon Droit* était imminente.

Les fonds étaient trouvés, mais ce n'était grâce ni à Van der Witt, ni à Gaspard Lecesne, ni à Gianidracchi.

C'était le prince Edouard qui avait fourni lui-même de quoi l'attaquer, tout en s'arrangeant, comme on va le voir, pour que l'arme dangereuse et envenimée qu'il mettait à la disposition de son ennemi tournât contre lui.

Van der Witt, promu à la fonction d'administrateur général du journal le *Bon Droit*, avait loué, sur le boulevard des Capucines, un assez vaste appartement qu'il avait fait aménager d'une façon médiocrement confortable, mais extrêmement prétentieuse.

Il y avait un cabinet pour M. le comte Lecesne, directeur politique, un autre cabinet pour M. Hugues Tarpiaux, rédacteur en chef.

M. l'administrateur général, lui-même, s'était réservé une pièce assez vaste et bien aérée.

Quant aux rédacteurs, ils devaient travailler en commun, dans une salle longue, étroite, et où on était obligé d'allumer le gaz en plein jour.

La rédaction fut rapidement embrigadée.

M. Gontran de Sainte-Gemme se chargeait des échos mondains, rubrique qui devait prendre une grande importance dans un journal aussi aristocratique que le *Bon Droit*.

M. Anatole Meuilhard, frère de la belle Fanny, devait faire la critique théâtrale.

Des chroniqueurs et des reporters nombreux, mais étrangement choisis, furent réunis, grâce aux soins du sémillant Gontran de Sainte-Gemme.

Tout ce qu'il y avait, dans le journalisme parisien, de fruits secs, d'écrivains tarés, de pamphlétaires venimeux, mais sans talent, et de « maîtres chanteurs » avérés furent réunis en un ridicule et odieux faisceau.

Avant même son apparition, le *Bon Droit* était un journal déshonoré aux yeux des gens d'un peu d'intelligence et de cœur.

Cela n'empêchait pas des quantités de bons jeunes gens, pleins d'illusion et d'espérances, de venir encombrer les antichambres du *Bon Droit*.

Ils pénétraient timidement, leurs manuscrits sous le bras, demandant à parler soit à M. le comte Lecesne, soit à M. Van der Witt, soit à M. Hugues Tarpiaux.

Ils ne manquaient jamais d'appeler ce dernier « cher maître ».

On les évinçait, d'ailleurs, plus ou moins poliment, selon l'état des nerfs ou la bonne ou mauvaise digestion de M. Hugues Tarpiaux, de M. Van der Witt ou de M. le comte Lecesne.

Aux chroniqueurs on répondait :

— Notre rédaction est au complet.

On affirmait aux romanciers que le *Bon Droit* avait des feuilletons pour deux ans au moins et que MM. Zola, Daudet, Anatole France, Paul Bourget, Xavier de Montépin, Émile Richebourg, enfin toutes les gloires du roman français, et même quelques-unes des gloires du roman étranger, s'étaient empressés de répondre à l'appel du *Bon Droit* et de lui envoyer leurs plus brillants et leurs plus purs chefs-d'œuvre.

En réalité, le *Bon Droit* n'avait sur la planche qu'un roman-feuilleton soigneusement choisi par Gontran de Sainte-Gemme.

C'était une inqualifiable ordure due à la plume d'un des plus infâmes grimauds de Paris.

Le prince Othon avait d'abord été épouvanté en apprenant que cette ignominie allait paraître au rez-de-chaussée d'un journal destiné à défendre ses droits, mais Gontran de Sainte-Gemme n'avait pas eu grand'peine à lui démontrer que l'art sauvait tout, que la haute littérature faisait tout accepter et que rien n'était moderne et parisien comme de publier une œuvre obscène écrite dans un style tarabiscoté et solennel.

Lorsqu'une horde de camelots crièrent le *Bon Droit* sur le boulevard et dans les rues de Paris, une certaine curiosité fit enlever assez aisément quelques milliers de numéros. .

Jamais factum plus honteux n'était sorti d'une presse rotative.

Le *Bon Droit* ne faisait aucune allusion, même éloignée, aux affaires du grand-duché de Kirck-Berghein, mais il se posait tout de suite en journal à scandale avec des allures de chantage.

Au bout de quelques jours, les camelots eurent beau s'égosiller, la vente baissa considérablement.

C'était le moment de réveiller l'attention publique par ce qu'on appelle, en argot du métier, « un coup de pistolet ».

Alors la vraie campagne commença.

Hugues Tarpiaux, qui dans son for intérieur n'était pas bien convaincu du bon droit du prince Othon et même était tenté de regarder comme un roman de haute fantaisie l'histoire du forçat évadé substitué au prince aliéné, n'en était pas moins disposé à jouer son rôle avec ardeur et toutes les apparences de la bonne foi.

L'ex-bohème avait maintenant grand besoin d'argent.

Il s'habillait d'une façon de plus en plus excentrique et de plus en plus coûteuse, et ne comprenait pas que l'on pût dépenser moins d'un louis à son dîner.

Sur les indications de Gontran de Sainte-Gemme, chargé par le prince Othon de faire une enquête préalable, il raconta à sa façon et sous la forme d'un conte chinois, mais avec les plus transparentes allusions, l'histoire du forçat devenu grand-duc.

Il va sans dire que le machiavélique Isidore Brousseau ou Gontran de Sainte-Gemme s'était bien gardé de raconter à Hugues Tarpiaux les choses telles qu'elles s'étaient passées. Il les avait rendues non seulement invraisemblables, mais absurdes.

D'après sa version, le docteur Clostermann, désigné sous un nom chinois tout à fait grotesque, aurait fait évader Louis Hérault de l'île de Ré, et cela, avec la complicité des autorités du fort.

C'était donc un faux Louis Hérault qui s'était noyé dans les marais de la Guyane.

Le bandit parisien aurait vécu caché dans le grand-duché même, apprenant l'allemand et se formant aux bonnes manières en attendant la mort de son *sosie* le prince Édouard, etc., etc., etc.

Malgré les noms chinois, tout Paris comprit le sens de ce conte.

Ce fut un cri d'indignation, un tolle général.

Gaspard Lecesne, qui, quoique directeur politique, n'était qu'à moitié au courant de la situation, trembla pour son avenir politique et donna bruyamment sa démission.

Toute la presse parisienne protesta contre les accusations et les insultes dirigées contre un jeune prince très sympathique à la France et ami particulier de notre allié l'Empereur de Russie.

On incita le représentant du prince Édouard à porter plainte contre le *Bon Droit* qui pouvait et devait être poursuivi conformément à la loi pour outrages à un souverain étranger.

Mais le baron de Vogler, qui avait reçu ses instructions, répondit que Son Altesse le grand-duc de Kirck-Berghein dédaignait des attaques qu'il regardait comme l'œuvre d'un cerveau détraqué.

Alors Hugues Tarpiaux engagea plus franchement la campagne. Usant de certaines circonlocutions, et sans prononcer le nom du grand-duc Édouard de Kirck-Berghein, il affirma que ce jeune souverain n'était autre que l'assassin Louis Hérault, et, entre autres preuves, il citait ses fiançailles, maintenant connues de toute l'Europe, avec la veuve du prince Bolstoï, qui avait notoirement connu et *aimé*, dans sa prime jeunesse, le chef de la bande des « Mouch'-moi donc ».

L'indignation redoubla et, sauf quelques bohèmes au cerveau fêlé et quelques femmes plus ou moins hystériques que la scandaleuse histoire racontée par le *Bon Droit* séduisait et même enchantait, la réprobation fut unanime.

Ce fut surtout contre le prince Othon que se tourna l'opinion publique.

Comme l'avait bien prévu le machiavélique Isidore Brousseau, on lui reprocha avec la dernière amertume de calomnier une femme et d'oublier ainsi tous ses devoirs de gentilhomme.

Ses salons furent absolument désertés; ils se vidèrent comme par enchantement.

Beaucoup de ses domestiques eux-mêmes l'abandonnèrent.

Le malheureux prince, l'œil effaré, mesurait l'abîme de plus en plus profond qui s'ouvrait devant lui.

Un horrible vertige le prenait.

Il se sentait irrémédiablement perdu.

Il se disait maintenant que nul argument ne pourrait être présenté en faveur de sa cause.

Les preuves les plus flagrantes demeureraient impuissantes et se heurteraient à tout jamais contre l'entêtement d'un public prévenu.

Il comprenait, à cette heure, quelle irréparable faute il avait commise en s'entourant de gens tarés et suspects et en se laissant séduire par cette idée, aussi absurde que moderne : il faut absolument être canaille pour être habile et en politique les hommes honnêtes et droits sont plus nuisibles qu'utiles.

Combien il regrettait de ne point avoir écouté les conseils du marquis de Crozant!

Il était tenté de lui écrire une lettre d'excuses, de le prier de quitter de nouveau la Russie et d'accourir à son aide.

Mais une honte le retenait.

Son orgueil de prince l'empêchait de reconnaître franchement ses torts et puis il se disait que, maintenant, le loyal marquis de Crosant refuserait de défendre une cause qui avait été juste, mais que d'abominables procédés avaient flétrie et déshonorée.

— Je suis poursuivi par la fatalité, disait-il en lui-même, comme les héros des tragédies grecques. Jamais le destin ne se joua plus cruellement d'un homme et je ne puis dire comme Oreste dans la tragédie de Racine :

Eh bien, je suis content, et mon sort est rempli!

Le misérable prince se trompait, du reste. Son sort n'était point rempli et un nouveau malheur, plus effroyable que tous les autres, l'attendait.

X

UNE ALTESSE SÉRÉNISSIME ACCUSÉE D'ASSASSINAT.

Ce soir-là, vers sept heures et demie, le prince Othon s'était attablé pour dîner dans sa salle à manger solitaire, servi par un des rares domestiques qui lui étaient restés fidèles.

Il avait à peine terminé son repas, qu'un valet de pied vint l'avertir que M. Foucault, commissaire aux délégations judiciaires, désirait lui parler et attendait dans le petit parloir du rez-de-chaussée.

Le prince eut un ricanement.

— Viendrait-on m'arrêter ? pensa-t-il.

Presque amusé par l'absurdité de cette hypothèse, il descendit au parloir où il trouva un homme robuste, correctement vêtu, à tournure militaire et ceint d'une écharpe tricolore.

Cette écharpe agaça fortement l'ex-grand-duc.

— Qui êtes-vous, monsieur ? demanda-t-il avec une certaine brusquerie. Qui êtes-vous et que me voulez-vous ?

Le commissaire, son chapeau d'une main et un papier de l'autre, répondit avec le plus grand calme :

— Je croyais qu'on m'avait annoncé à Votre Altesse, dit-il. Je suis monsieur Foucault, commissaire aux délégations judiciaires.

— Soit. Que me voulez-vous ?

— Monseigneur, je viens, nanti d'un mandat d'arrêt dirigé contre vous par monsieur le juge d'instruction Boisgelin.

Le visage du prince s'empourpra et l'ex-grand-duc, se redressant de toute sa hauteur, répondit d'un ton aussi méprisant que s'il eût été encore sur le trône de Kirck-Berghein :

— Or çà, monsieur, quelle est cette mauvaise plaisanterie ? Ignorez-vous que les princes étrangers résidant en France ont des immunités et ne peuvent être arrêtés sur l'ordre d'un juge d'instruction ?

— Les princes régnants, oui, monseigneur. Mais vous me permettrez de vous faire observer que vous n'êtes pas un prince régnant. Si l'on vous donne encore le titre d'Altesse, c'est par pure courtoisie. Le gouvernement régulier de Kirck-Berghein a prononcé légalement votre déchéance et vous habitez Paris à titre de simple particulier. Vous tombez donc sous le coup des lois françaises, tout aussi bien que les vingt-cinq ou trente mille Allemands qui résident en notre capitale.

Le mandat dont je suis porteur est parfaitement régulier et valable. Force doit rester à la loi et j'ose espérer que Votre Altesse voudra bien me suivre de bonne grâce et ne point me contraindre à des procédés violents dont je serais désolé.

— Mais enfin, monsieur, répondit le prince, de quoi m'accuse-t-on ?

— Je n'ai pas qualité pour vous le dire, monseigneur, répondit le commissaire de police, monsieur le juge d'instruction vous en instruira lui-même.

— Je suppose qu'on ne me rend pas responsable des extravagances publiées dans un journal sous prétexte de défendre mes intérêts et de soutenir ma cause ?

— Je comprends que monseigneur renie des champions aussi maladroits que les rédacteurs du journal auquel il fait allusion, mais il ne s'agit point là d'une affaire de presse.

— Je comprends. Le gouvernement français, cédant à certaines suggestions que je devine, veut m'expulser. C'est son droit strict, mais vis-à-vis d'un homme dans ma situation il pourrait s'y prendre avec plus de bonne grâce et de délicatesse. Faire reconduire à la frontière, de brigades en brigades, un prince de Kirck-Berghein, traiter un souverain exilé comme un anarchiste ou un malfaiteur, c'est un acte odieux et que l'Europe jugera sévèrement. Je n'aurais pas cru la République française aussi... démocratique. Au surplus, je ne demande pas mieux que de quitter Paris et je désire me diriger vers Londres où j'espère trouver des procédés plus corrects et plus polis.

— Alors, Votre Altesse veut bien me suivre et monter dans la voiture qui nous attend à la porte ?

— Oui, monsieur, je suis à vous. Montrez-moi le chemin.

Le commissaire et le prince montèrent dans une voiture qui avait stationné devant l'hôtel du quai de Billy, entouré d'agents discrètement dissimulés, et il était environ neuf heures du soir lorsque l'ex-grand-duc fut introduit dans le cabinet du juge d'instruction Boisgelin qui, à son aspect, se leva vivement et lui avança lui-même un fauteuil avec toutes les marques possibles de respect.

M. Boisgelin était un magistrat encore jeune, dont la figure, ombragée de cheveux blonds et encadrée de favoris couleur d'or, avait quelque chose de très aimable et de très gracieux.

Il n'était évidemment pas de ces magistrats loups-garous qui procèdent par intimidation et n'aiment rien tant que de terroriser les inculpés.

C'était un magistrat instructeur extrêmement insinuant, qu'il eût affaire à des accusés de marque ou au dernier des *chemineaux*.

Il se disposait à prendre la parole lorsque le prince Othon le prévint :

— Monsieur le juge, dit-il, je devine ce qui m'amène devant vous. Votre gouvernement prétend me faire quitter le territoire français. J'ignorais que, d'après vos lois et vos usages, les expulsions d'étrangers étaient entourées de formalités aussi choquantes, et je trouve, permettez-moi de vous le dire, fort extraordinaire que, vu ma qualité, votre gouvernement n'ait pas cru devoir faire une exception en ma faveur.

Le juge fixa quelque temps ses yeux bleus clairs sur le visage du prince, puis lui dit sur un ton d'extrême urbanité :

— Monseigneur, Votre Altesse est dans l'erreur. Il n'est point question de l'expulser du territoire français.

— Mais alors, monsieur, pourquoi me forcer à comparaître devant vous?

— Votre Altesse va le savoir. Mais je lui demande la permission de procéder par ordre. D'abord, une simple question : Votre Altesse n'est point sortie de son domicile depuis ce matin?

— Non, monsieur. Il y a même soixante-douze heures que je n'ai pas quitté mes appartements.

— Votre Altesse n'a lu aucun des journaux du soir?

— Non, monsieur. Je suis dégoûté des journaux.

— Alors Votre Altesse ne saurait rien concernant l'assassinat de son compatriote, le jeune baron de Vogler?

— Vogler assassiné? Que me dites-vous là, monsieur le juge? Mais c'est affreux, cela! Son père était un de mes amis intimes. Quant à lui, il a déserté ma cause, mais je suis absolument convaincu qu'il était de bonne foi. C'était

Il l'étrangla dans son lit. (Page 630.)

un charmant et excellent homme et s'il lui est arrivé malheur, je le déplore du plus profond de mon âme.

Le juge d'instruction observait attentivement le prince.

L'air de sincérité de l'ex-grand-duc l'impressionnait.

— Voulez-vous être assez bon, monsieur le juge, reprit Othon, pour me dire dans quelle circonstance ce malheureux jeune homme a été assassiné?

— Veuillez me prêter la plus grande attention, monseigneur. Le baron de Vogler et sa femme habitaient un petit hôtel, une sorte de pavillon, situé au

Son Altesse Nounouche. 79

milieu d'un jardin dans le quartier du Ranelagh. Depuis quelques jours, il vivait seul, car madame la baronne était en visite dans la Touraine, chez une de ses amies, la marquise de Rieussec, qui habite le château de la Ferté.

Hier soir, il était allé à l'Opéra et avait rencontré, au foyer de la danse, plusieurs jeunes gens de ses amis avec lesquels il était allé souper à la *Maison d'Or*. Vers trois heures du matin, un fiacre l'avait ramené à son hôtel. Son valet de chambre, qui couchait au-dessus de son appartement, l'entendit distinctement rentrer, faire sa toilette de nuit et se mettre au lit. Le lendemain matin, lorsqu'il vint, selon la coutume, le réveiller et lui apporter une tasse de café à la crème, il fut tout surpris de le trouver sourd à ses appels et de le voir complètement immobile. Il ne tarda pas à acquérir la certitude que son maître était mort et un médecin, mandé à la hâte, constata que le baron avait été étranglé dans son lit. L'instruction commença immédiatement. Aucune trace d'effraction n'existait dans l'appartement de la victime. Ses papiers et ses valeurs n'avaient point été dérangés. On n'avait point touché à quelques objets précieux placés sur sa cheminée. Le vol n'avait donc point été le mobile de cet assassinat et, de plus, il paraissait évident qu'aucune personne étrangère à la maison n'avait pu s'introduire dans la chambre du baron. Son personnel domestique se composait, à ce moment, d'un valet de chambre, d'un groom, d'un cocher, d'un valet d'écurie, d'une cuisinière et d'une aide de cuisine. Tous ces gens couchaient, soit dans le petit hôtel, soit dans un corps de bâtiment situé au fond du jardin. Tous furent arrêtés et mis à la disposition de la justice.

Les soupçons ne tardèrent pas à se porter sur un jeune domestique de nationalité étrangère qui, tout récemment encore, était au service de Votre Altesse.

— A mon service?

— Oui, monseigneur.

— Et comment se nomme ce garçon?

— Reynold.

— Il est vrai que j'ai eu à mon service un groom de ce nom. C'était un assez mauvais drôle qui m'a quitté je ne sais pourquoi et que, du reste, j'aurais mis à la porte. J'ignorais absolument qu'il fût entré au service du baron Wilfrid de Vogler.

— Reynold nie absolument être l'auteur de l'assassinat du baron de Vogler, mais les charges les plus graves pèsent contre lui et je ne vous dissimulerai pas que nous avons la conviction arrêtée que ce jeune homme est, dans cette circonstance, votre mandataire et votre agent.

Le prince Othon bondit sous cette accusation.

Son visage s'empourpra et ses yeux lancèrent des flammes indignées.

— J'avais bien entendu dire, fit-il, que les magistrats français étaient prompts à accuser les gens et qu'en France, dans ce pays de liberté, il ne faisait point bon d'être soupçonné par quelqu'un de la police ou de la justice, mais je n'aurais jamais cru qu'un homme de ma sorte pût être l'objet d'une imputation aussi abominablement grotesque.

— Je prie Votre Altesse de se calmer et de ne pas perdre de vue ses véritables intérêts. La loi m'arme de pouvoirs terribles et je serais au désespoir de me voir contraint à traiter un prince de Kirck-Berghein comme un vulgaire malfaiteur. Veuillez ne point oublier, monseigneur, que vous êtes ici pour répondre clairement, nettement, à toutes les questions que je jugerai à propos de vous poser.

Ces paroles assez fermes avaient été articulées avec la plus grande douceur.

Le prince fit les plus grands efforts pour surmonter son indignation et sa colère et ce fut avec une apparence de calme et de placidité qu'il répondit :

— Soit, monsieur, interrogez-moi, je vous répondrai de mon mieux.

— Votre Altesse n'ignorait certainement pas l'odieuse campagne qu'un journal nommé le *Bon Droit* a dirigée contre le grand-duc régnant de Kirck-Berghein ?

— Je ne vois aucune difficulté à vous avouer que j'ai pris moi-même l'initiative de cette campagne. Seulement elle n'a pas été conduite comme je l'eusse désiré et je reconnais que, en défendant mes intérêts, les rédacteurs du *Bon Droit* ont manqué de prudence et même de dignité.

— On peut s'étonner, monseigneur, que vous n'ayez pas, dès le début, arrêté d'aussi tristes agissements.

— J'ai essayé, mais je n'ai pas pu. Au surplus, permettez-moi de vous faire observer, monsieur le juge, que la campagne politique du *Bon Droit* n'a rien à voir avec l'assassinat du baron Wilfrid de Vogler.

— Il me semble au contraire, monseigneur, que la connexité de ces deux faits saute aux yeux. Le baron de Vogler était, depuis quelque temps, décidé à porter plainte, au nom de son gouvernement, contre le journal le *Bon Droit* et contre vous qui en étiez le fondateur avéré. Le bruit courait, de plus, que le gouvernement de Kirck-Berghein, désireux de se défendre contre vos inqualifiables attaques, allait prendre une sorte de revanche contre vous en faisant publier, dans des organes honnêtes et sérieux, des documents écrasants et dont la divulgation eût été votre condamnation définitive. Ces documents se trouvaient entre les mains du baron de Vogler, votre intérêt était de les faire disparaître en même temps que le baron.

— Je vous ferai remarquer, monsieur, que, d'après ce que vous m'avez dit vous-même, rien n'a été dérangé dans les papiers de monsieur de Vogler.

— J'ai simplement constaté, monseigneur, que l'on n'avait pas touché à son argent, à ses valeurs, à ses objets précieux, mais nous ignorons encore si des papiers importants n'ont pas disparu de chez lui. D'ailleurs, une perquisition va être pratiquée dans l'hôtel de Votre Altesse. Demain je vous ferai subir un nouvel interrogatoire, mais je ne veux pas prolonger celui de ce soir, tenant compte de votre fatigue et de votre émotion. Un appartement vous a été préparé à la Conciergerie, on va vous y conduire.

— C'est-à-dire, monsieur, que sans preuves, sans présomptions sérieuses, un prince allemand est arrêté par ordre du gouvernement français sous une atroce et absurde inculpation ?... J'en appellerai à l'Europe, n'en doutez pas, monsieur.

— Votre Altesse fera à cet égard ce qu'elle jugera convenable. La France a montré, en maintes occasions, qu'elle ne craignait pas les menaces étrangères. Du reste, je crois que Votre Altesse se ferait une étrange illusion si elle s'imaginait que l'empire allemand ou toute autre puissance européenne est disposé à intervenir en sa faveur.

Ces dernières paroles parurent faire une terrible impression sur l'ex-grand-duc.

Il devint d'une pâleur mortelle et l'on put voir qu'il luttait contre un évanouissement ou une syncope.

Pour la première fois, peut-être, le misérable prince se rendait compte de son isolement et de l'absolue déconsidération dans laquelle il était tombé.

Evidemment, il n'était plus qu'un embarras pour l'empire allemand.

La désastreuse campagne qu'il avait entreprise à l'aide du *Bon Droit*, en compagnie de tout ce qu'il y avait de plus taré à Paris et en France, rendait maintenant impossible la défense de son bon droit et, pis que cela, lui avait à tout jamais aliéné les sympathies des gouvernements et des chancelleries.

Peut-être même, en le faisant arrêter avec cette promptitude et cette brutalité, le gouvernement français était-il convaincu qu'il serait plutôt agréable que désagréable à l'empire allemand.

La République française entretenait les meilleurs rapports avec le grand-duché de Kirck-Berghein et il n'y avait rien d'étonnant à ce que ses magistrats se montrassent aussi rigoureux que possible pour l'assassin présumé du représentant du grand-duc Edouard.

Le prince Othon se trouvait donc dans les plus sombres dispositions d'esprit lorsqu'il fut introduit, par le directeur de la Conciergerie, dans un petit appartement qu'on lui avait préparé.

Cet appartement, qui fut plus tard occupé par le duc d'Orléans lorsqu'il vint s présenter pour tirer à la conscription, se composait d'une chambre à coucher et d'un cabinet de toilette pourvu de tous les objets que rendent nécessaire l'hygiène et le confort.

Rien, d'ailleurs, de plus mélancolique que ces deux pièces creusées en voûte dans le style ogival et rappelant les cachots de drame ou d'opéra.

Le directeur de la Conciergerie fit savoir à l'ex-grand-duc qu'on lui apporterait sans retard des vêtements, du linge, et que ses repas lui seraient servis à son heure et à son gré.

Le prince Othon passa une nuit atroce et ce ne fut qu'au grand jour que, terrassé par la fatigue et l'énervement, il put goûter un peu de repos.

XI

COMMENT ET POURQUOI LE BARON DE VOGLER AVAIT ÉTÉ ASSASSINÉ.

Quel était l'auteur de l'assassinat du baron Wilfrid de Vogler et quel but poursuivait le misérable ?

Nous n'étonnerons personne en disant qu'il faut voir, là encore, la main des terribles intrigants qui avaient trouvé le moyen de détrôner le grand-duc Othon et de le remplacer par un forçat évadé.

Il s'agissait de perdre à tout prix le prince exilé et de rendre désormais absolument impossible une nouvelle campagne en sa faveur qui, mieux menée cette fois, pouvait devenir fort dangereuse pour le prétendu prince Edouard et ses complices.

Louis Hérault, le docteur Clostermann et le baron de Rosemberg, après avoir tenu un conseil privé, imposèrent à Isidore Brousseau un plan qui dépassait en noir machiavélisme tous les agissements auxquels il s'était livré jusqu'alors.

Il fallait qu'il s'arrangeât pour que le prince Othon fût accusé avec de grandes apparences de vérité d'avoir fait assassiner le très aimable et très sympathique baron Wilfrid de Vogler.

C'était un coup définitif, mais hardi à tenter.

Isidore Brousseau, ou Gontran de Sainte-Gemme, n'était pas homme à reculer devant une pareille entreprise.

On sait quelle était la force, l'audace, l'adresse physique, l'incroyable souplesse et le prodigieux sang-froid de ce redoutable aventurier.

Il en était arrivé à faire de la politique comme Talleyrand, mais il n'avait point perdu ce tour de main qui lui permettait de faire du brigandage comme Cartouche.

Isidore Brousseau était maintenant apte à exercer le métier de ministre ou celui de cambrioleur.

Très au courant de tout ce qui se passait chez le prince Othon, il sut qu'un assez mauvais sujet, nommé Reynold, avait quitté son service pour rentrer chez le baron de Vogler.

Immédiatement, une idée lumineuse, « ou plutôt illuminée des flammes de l'enfer », surgit dans son cerveau fécond.

Il fallait que le baron de Vogler fut trouvé mort dans son lit, qu'on attribuât son meurtre à Reynold et que Reynold passât pour l'agent du prince Othon.

Gontran de Sainte-Gemme, qui avait eu soin de ne pas trop se compromettre, tout en faisant notoirement partie de la rédaction du *Bon Droit*, profita de ses nombreuses relations à Paris pour faire courir le bruit que le prince Othon redoutait extrêmement d'être encore plus compromis qu'il ne l'était déjà, grâce à des documents que le représentant du grand-duché de Kirck—Berghein était tout disposé à livrer à la publicité.

Il prêtait même, à ce propos, de sinistres paroles, de véritables menaces au grand-duc déchu.

Lorsque ces potins eurent fait leur chemin, il profita de ce que le baron Wilfrid de Vogler était seul dans son petit hôtel du Ranelagh, pour s'introduire chez lui par la cheminée comme un simple escarpe et pour l'étrangler dans son lit, ayant soin d'exécuter cet exploit de façon qu'on ne lui attribuât pas pour but le vol ou tout autre motif analogue.

Comme son expédition avait été menée assez adroitement pour qu'il ne restât aucune trace, ni de son entrée dans la chambre de sa victime ni de son évasion par le toit et le jardin, les magistrats qui commencèrent l'enquête n'hésitèrent pas à accuser le jeune Reynold, le seul des domestiques du baron qui eût une réputation suspecte.

Mais Reynold venait de quitter le service du prince Othon et il devenait vraisemblable que c'était par ordre de ce dernier qu'il était entré chez le baron de Vogler.

De là à conclure que Reynold était le *sicaire* du prince Othon, il n'y avait qu'un pas et l'ex—grand-duc était à ce point compromis et exécré à Paris, que les soupçons de la justice prirent immédiatement les proportions d'une véritable certitude.

Si bien que, à la grande joie d'Isidore Brousseau, le malheureux prince fut arrêté quelques heures après l'assassinat du baron de Vogler.

XII

OTHON AU DÉSESPOIR.

Comme le prince Othon l'avait prévu, l'instruction de son procès commença sans qu'aucune influence étrangère vînt entraver l'action de la justice française.

L'Allemagne tenait — provisoirement du moins — à ce que l'on sût bien qu'elle n'acceptait plus aucune solidarité avec un usurpateur tombé peu à peu, et de chute en chute, jusqu'aux plus fangeux bas-fonds de la vie parisienne.

Le malheureux Othon avait tout le monde contre lui.

La justice se montrait de plus en plus sévère et le public de plus en plus hostile.

On l'avait laissé à la Conciergerie pour lui épargner la honte d'un transfert à Mazas, mais il avait été mis au secret le plus rigoureux.

On ne lui permettait de communiquer avec personne et il n'avait pu encore faire choix d'un avocat.

Pour comble de malheur, Reynold, accusé d'être son complice, après avoir énergiquement protesté de son innocence, avait fini par se laisser *travailler* (c'est le mot consacré), par le magistrat instructeur.

Ce garçon de dix-huit ans, sans instruction, assez vicieux, mais complètement dépourvu d'intelligence, pressé par les questions du juge d'instruction, épouvanté par ses menaces, séduit par ses promesses, avait fini par avouer un crime dont il était absolument innocent.

On lui avait laissé entendre que, en confessant qu'il avait été l'agent de son ancien maître le prince Othon, il se concilierait les faveurs de la justice et obtiendrait probablement sa grâce.

Reynold avait dit tout ce qu'on avait voulu lui faire dire.

Confronté avec le prince Othon, écrasé par le mépris de ce dernier, il avait pleuré, était tombé dans des attaques de nerf, tout en persistant dans ses *aveux*.

Fanny Meuilhard avait été mise elle-même en état d'arrestation, mais relâchée au bout de quarante-huit heures, à condition qu'elle se tiendrait à la disposition de la justice.

On avait perquisitionné longuement et minutieusement dans l'hôtel du quai de Billy et dans les bureaux de rédaction du *Bon Droit*.

Des papiers insignifiants, des écrits sans aucune portée, avaient été saisis et interprétés de la façon la plus défavorable au prince Othon.

Tous ses amis, tous ses complices de la veille, y compris sa belle maîtresse, l'abandonnaient maintenant et même le chargeaient à qui mieux mieux.

Le grand-duc Édouard avait envoyé à Paris un nouveau ministre plénipotentiaire et ce ministre n'était autre que le baron de Rosemberg.

On verra bientôt que ce choix n'était pas sans but.

Rosemberg avait tout d'abord déclaré que son auguste souverain n'entendait peser en rien sur les décisions de la justice française.

Il ne lui demandait ni de venger son malheureux ami le baron de Vogler, ni d'épargner son triste parent, le prince Othon.

Bien que le baron de Rosemberg fût beaucoup moins sympathique au monde parisien que le baron de Vogler, il avait été fort bien accueilli, et, très habilement, par ses dires, ses propos et son attitude, il avait contribué à exaspérer encore l'opinion publique contre son ancien souverain.

Le prince Othon, quoiqu'il n'eût aucune nouvelle du dehors, pressentait ou devinait que sa situation devenait de plus en plus désespérée.

Allait-il donc, lui, le descendant d'une des plus vieilles races de l'Europe, comparaître en cour d'assises entre deux gendarmes ?

Serait-il exécuté, place de la Roquette, comme les plus vils rôdeurs de barrière ?

Combien il regrettait maintenant de n'avoir pas été jugé, condamné et fusillé comme usurpateur dans son propre pays, lors de l'avènement du prince Édouard !

C'eût été injuste, mais moins humiliant.

Il serait mort en gentilhomme et en soldat, et, si la postérité eût persisté à le regarder comme criminel, elle l'eût rangé parmi les criminels politiques.

Parfois, lorsqu'il se trouvait en présence du juge d'instruction, il avait envie de protester, non seulement contre sa détention actuelle, mais contre son expulsion du grand-duché de Kirck-Berghein.

Hélas ! il se rendait bien compte qu'en continuant à dénoncer son successeur comme un faux prince et un aventurier, il ne ferait que nuire à sa cause.

L'idée lui était venue d'invoquer le témoignage du marquis de Crozant.

Le bon sens et la logique l'eussent certainement voulu, mais sa dépression morale était telle, qu'il n'osait pas.

Il craignait maintenant de nuire à ce galant homme, de le perdre peut-être, sans aucun profit pour sa cause.

Du reste, comme on le verra plus tard, les sentiments du marquis à son égard avaient changé du tout au tout et il n'avait plus grand'chose à attendre de lui.

Ce fut comme distraitement et sans ajouter d'importance à ce détail qu'il fit choix d'un avocat, lorsque cela lui fut permis.

Me Savoisy, qu'on lui avait désigné, était un homme d'un assez beau talent, mais prudent et même timoré.

Il ne fit rien pour le réconforter et lui remonter le moral.

Il lui conseilla même, en présence des aveux de son complice, de tout dire au juge d'instruction.

C'était, d'après lui, le seul moyen d'obtenir des circonstances atténuantes.

Le prince Othon, de plus en plus déprimé, en arriva bientôt à demander à son avocat un moyen de se suicider dans sa prison ; mais Me Savoisy, homme bien pensant et catholique convaincu, lui répondit que le suicide n'était jamais permis ; qu'en pareil cas il serait pour le moins aussi déshonorant qu'une exécution publique et que, si le prince ne pouvait parvenir à sauver sa tête, au moins devait-il songer à sauvegarder son âme.

Othon en était arrivé au dernier degré du découragement et se trouvait dans un état voisin de l'abrutissement complet, lorsque le directeur de la Conciergerie vint lui annoncer une nouvelle qui le surprit au point de redonner quelque vivacité à son esprit.

Sa maîtresse, Fanny Meuilhard, avait obtenu la permission de le voir dans sa prison et cette visite aurait lieu au premier jour.

Fanny Meuilhard exhiba la lettre qui devait lui servir de laisser-passer. (Page 640.)

XIII

COMMENT FANNY MEUILHARD REÇUT UNE VISITE A LAQUELLE ELLE NE S'ATTENDAIT GUÈRE

La belle Fanny n'avait pas été médiocrement impressionnée par l'arrestation de son amant et surtout par la sienne.

Mais elle ne tarda pas à être rassurée, du moins en ce qui la concernait.

SON ALTESSE NOUNOUCHE 80

M. Boisgelin lui posa quelques questions relatives au grand-duc et auxquelles elle répondit sans trop se préoccuper de justifier son triste protecteur.

Elle s'attacha à prouver qu'elle était parfaitement innocente, soit de la campagne de presse dirigée contre le grand-duc Édouard, soit de l'assassinat du baron Wilfrid de Vogler.

Comme, en somme, il n'y avait aucune charge contre elle, M. Boisgelin lui permit de rentrer dans son domicile, lui enjoignant toutefois, comme on le sait déjà, de se tenir à la disposition de la justice.

Fanny reprit donc son petit train-train ordinaire, évitant cependant de trop se montrer dans les lieux publics et même de recevoir trop de visiteurs.

Parmi ceux qui venaient la voir, le plus assidu était son frère Anatole qui, depuis la déconfiture du *Bon Droit* dont il était un des rédacteurs les plus distingués, venait volontiers la *taper* de sommes variant entre cent sous et cinq louis.

La belle Fanny, qui, par tempérament, n'était pas faite pour le recueillement et la retraite, commençait, selon sa propre expression, à s'embêter au point d'avaler sa langue.

Elle passait des journées entières dans son cabinet de toilette à fignoler sa beauté, ou dans son petit salon-boudoir à lire d'un œil distrait des romans plus ou moins lestes ou plus ou moins sentimentaux.

Pour le moment, l'argent ne lui manquait pas, mais elle n'avait pas fait d'assez fortes économies pour être tranquille sur l'avenir.

N'ayant plus rien à attendre du lamentable prince Othon, elle envisageait, non sans inquiétude, la nécessité de trouver un autre protecteur.

Hélas! les grands-ducs, même détrônés, même déconsidérés, ne foisonnent pas sur le pavé de Paris, et la belle Fanny se disait mélancoliquement qu'elle aurait quelque peine à retrouver un ami auquel on donnerait le titre d'Altesse.

Cependant, comme sa liaison avec un prince authentique l'avait mise en goût d'aristocratie, elle se promettait de choisir, autant que possible, son futur protecteur dans les rangs de la meilleur noblesse soit française, soit étrangère.

Elle caressait justement ces rêves d'avenir, nonchalamment étendue sur un sofa, dans son petit salon-boudoir, lorsque sa fidèle soubrette lui apporta la carte de M. le baron de Rosemberg, ministre plénipotentiaire du grand-duché de Kirck-Berghein.

— Tiens, tiens, dit-elle, qu'est-ce qu'il me veut, cet animal-là?... Enfin, nous allons bien voir. Fais-le entrer, il ne me mangera pas.

Le baron entra, très correct dans sa longue redingote boutonnée et d'aspect militaire.

Fanny admira ses belles moustaches grises et son air imposant.

— Il n'est pas aussi jeune et aussi gentil que le petit Vogler, dit-elle à part. Ça ne fait rien, on voit tout de suite que c'est un homme chic et un type sérieux.

— Madame, dit Rosemberg quand il se fut assis, ma visite doit bien vous surprendre?

— Elle me surprend agréablement, monsieur le baron, répondit Fanny en pinçant ses syllabes à l'anglaise, ce qui, comme nous avons déjà eu occasion de le constater, était sa manière de se donner l'air distingué.

— Je dois vous sembler bien hardi de venir vous visiter sans vous avoir été régulièrement présenté, mais j'espère que vous excuserez cette incorrection, car j'ai des choses aussi importantes que confidentielles à vous communiquer.

— Parlez, monsieur le baron.

— Je commencerai, madame, par vous adresser mes condoléances au sujet des vifs désagréments que vous avez éprouvés en ces temps derniers.

— Ah! ne m'en parlez pas, monsieur le baron, j'en suis encore malade. Être déçue dans mes affections... apprendre qu'un homme que j'aimais et que je respectais n'est qu'un vil assassin... me voir compromise moi-même dans cette abominable affaire... il y avait de quoi devenir folle! Je vous jure, monsieur le baron, que cela m'avait mis dans un état affreux.

Et Fanny versa quelques larmes à demi sincères.

— Daignez-vous calmer, belle dame, dit le baron sur le ton de la plus exquise galanterie, nul n'a pu vous soupçonner sérieusement d'avoir été la complice de ce malheureux prince Othon. Messieurs les magistrats français, en vous inquiétant, ont voulu faire du zèle... c'est assez leur habitude... mais soyez sûre que toute l'Europe est avec vous.

Fanny, très flattée, se redressa.

— Oui, madame, l'Europe est avec vous, reprit le baron de Rosemberg, et je suis chargé de venir vous présenter les témoignages de sympathie de mon gouvernement.

— Est-il possible, monsieur le baron? Moi qui croyais que toutes ces histoires-là allaient horriblement nuire à ma considération!

— Votre considération est au-dessus de toute atteinte, belle dame, dit le baron en réprimant une envie de rire. Quant à votre renommée, elle ne peut que s'accroître par suite de ces événements.

— Ah! vous croyez qu'en définitive ça me fera une réclame?

— Une réclame énorme, madame, et dans quelque temps un membre de la Chambre des lords vous proposerait de vous épouser en justes noces que cela ne m'étonnerait nullement.

— Oui, on dit que les Anglais aiment beaucoup les dames qui ont fait parler d'elles.

— C'est un des traits caractéristiques de l'aristocratie britannique.

— Pourtant, épouser une personne dont l'*ami* est mort sur un échafaud...

— Le prince Othon ne mourra pas sur un échafaud ..

— Oui, vous dites ça parce que maintenant la guillotine est au ras de terre.

— Mais non, mais non !... J'entends que le prince Othon ne sera point exécuté, par la bonne raison qu'il ne passera pas en jugement.

— Vous croyez, monsieur le baron ?

— J'en suis sûr.

Ces dernières paroles avaient été articulées de telle sorte que Fanny eut un frisson.

Le baron et elle se regardèrent quelques secondes silencieusement; puis le baron dit d'une voix basse et un peu solennelle :

— N'est-ce point votre avis, madame, qu'il serait déplorable de voir un prince de l'antique et illustre maison de Kirck-Berghein figurer en cour d'assises, subir publiquement les interrogatoires d'un président et mourir honteusement de la main du bourreau en compagnie de son complice, un misérable laquais ?

— Hélas ! vous avez bien raison, monsieur le baron, dit Fanny sincèrement émue.

— Assurément il vaudrait mieux, pour son auguste parent mon souverain, pour tout le grand-duché de Kirck-Berghein, pour le gouvernement français, pour vous et pour le prince lui-même, qu'il mourût dans sa prison.

— Ma foi, monsieur le baron, c'est tout à fait mon avis. J'ai lu dans les journaux que le prince était très malade. Il serait bien à désirer qu'il n'arrivât pas jusqu'au jour de sa comparution en cour d'assises. Mais voilà !... C'est justement quand on désire la mort des gens qu'ils ont l'âme vissée dans le corps... Voyez les oncles à héritages : ils ont beau être goutteux, poitrinaires, diabétiques, albuminuriques ou même cancéreux, c'est presque toujours eux qui enterrent leurs héritiers.

— Hélas ! madame, vous pourriez ajouter que le prince Othon n'est pas aussi malade qu'on se l'imagine, il est déprimé moralement, voilà tout.

— Alors, monsieur le baron, ce serait lui rendre un rude service que de lui faire passer les moyens de sortir de cette vallée de misère..

— C'est votre opinion, madame ?

— Pour sûr.

— Vous regarderiez cela comme une bonne action ?

— Oh ! mais oui.

— Vous n'éprouveriez aucun remords de rendre ce suprême service au grand coupable qui fut votre ami et votre protecteur ?

— Je ne dis pas que ça ne me ferait pas de l'effet... mais, pour des remords, je n'en aurais aucun et je crois que tous ceux qui ont connu et aimé le prince penseraient comme moi.

— Je vois, madame, que nous sommes faits pour nous entendre... Alors, si l'on vous en donnait la possibilité, vous apporteriez au prince ce qu'il lui faudrait pour éviter la honte d'un jugement et d'une exécution ?

Fanny devint très pâle, mais sa figure prit un air d'énergie et de résolution.

qui ne lui était pas habituel, et ce fut sur un ton de très profonde et très réelle émotion qu'elle répondit :

— Je vous ai déjà dit, monsieur le baron, que cela me ferait un terrible effet de rendre un pareil service au prince Othon. Vous me prendriez sans doute pour une hypocrite si je vous disais que j'ai été follement amoureuse de lui ; mais, enfin, il m'a témoigné beaucoup d'affection, il s'est montré très bon et très généreux avec moi ; nos deux existences ont été mêlées pendant assez longtemps. Les malheurs du prince m'ont causé beaucoup de chagrin et ce n'est pas de sang-froid et sans énervement que je contribuerai à sa mort, cette mort fût-elle une délivrance. Mais c'est tellement mon avis que l'avantage du prince serait de mourir avant de comparaître devant la justice, que je n'hésiterais pas à lui apporter soit un poignard, soit du poison, soit un revolver, et de l'encourager à en faire usage. Je pense, d'ailleurs, que le prince n'aurait pas besoin d'être encouragé et qu'il remercierait du fond du cœur celui qui lui épargnerait le désagrément de s'entendre dire : « Accusé, levez-vous ! »

— Eh bien, chère madame, vous êtes, si vous le voulez, à même d'épargner ce désagrément à votre protecteur. Je vais vous parler en toute franchise et même vous confier un secret d'État.

L'Allemagne, le grand-duché de Kirck-Berghein et le gouvernement français sont d'accord pour reconnaître que le prince Othon ne doit pas comparaître devant la cour d'assises de la Seine et avoir la tête tranchée place de la Roquette. Une conférence secrète a eu lieu sur ce sujet entre l'ambassadeur d'Allemagne, le garde des sceaux et votre serviteur. Il a été convenu que le prisonnier de la Conciergerie serait mis à même de se suicider, mais que la chose aurait lieu de telle sorte qu'on n'accuserait ni l'Allemagne, ni le grand-duché de Kirck-Berghein, ni le gouvernement français de lui en avoir fourni le moyen.

Il est beaucoup plus correct et plus convenable que l'instrument de suicide ait été notoirement apporté au prince par quelqu'un de ses amis particuliers. Nous avons pensé à vous ; on ne trouvera pas trop invraisemblable que le prince Othon, qui n'est plus au secret, ait témoigné le désir de vous voir et que la permission lui en ait été accordée, et que, dans ce cas, vous ayez procuré à cet infortuné ce qu'il lui fallait pour mourir proprement. Vous verrez donc le prince. Vous le verrez sans témoins. La chose est convenue. Vous aurez tout le loisir de vous entretenir avec votre *ami* et de l'encourager à la mort. Maintenant, dites-moi, vous qui connaissez Son Altesse, quel est, d'après vous, le suicide qui lui répugnerait le moins ?

Bien qu'elle fût sincèrement émotionnée, cette question amena un sourire sur les lèvres de Fanny.

— Vous me demandez ça, dit-elle, comme vous me demanderiez s'il préfère à son déjeuner une côtelette ou un bifteck. A ce point de vue, je pourrais vous renseigner. Les plats favoris de ce pauvre Othon étaient le poulet à la marengo et la mayonnaise de homard. Quant au mode de suicide qui aurait sa préférence, je l'ignore totalement. Pour moi, si j'avais à faire le plongeon dans l'autre monde, j'aimerais assez un peu d'acide prussique dans un joli petit flacon de cristal de roche monté en or, avec couvercle à mon chiffre. On dit aussi que de s'ouvrir les veines dans un bain est une manière très agréable d'en finir. On s'en va doucement comme si l'on s'endormait. Ce n'est pas une agonie, c'est un *dodo*.

— Eh bien, madame, nous avions justement pensé à la saignée dans une baignoire. Ce suicide a un double avantage, il est très doux, presque voluptueux et le patient ne risque point de manquer son coup comme il arrive quand il use du revolver ou du poignard. Tenez, voici un canif, un amour de petit canif à manche de nacre et à lame d'argent. Vous n'aurez qu'à le présenter à votre ami. J'ai la conviction qu'il en fera bon et prompt usage.

Fanny redevint très pâle et ce fut d'une main tremblante qu'elle prit l'objet, tout en murmurant:

— En effet, il est gentil, très gentil. Mais, s'écria-t-elle tout à coup, êtes-vous bien sûr, monsieur le baron, qu'on me recevra à la Conciergerie?

— J'ai déjà eu l'honneur de vous dire, chère belle, que tout était convenu. Vous n'avez qu'à vous présenter demain vers deux heures de l'après-midi. Et maintenant, je vais prendre congé de vous; nous n'avons plus rien à nous dire... pour le moment du moins.

Ce « pour le moment » avait été prononcé d'un air doux et galant qui frappa Fanny.

— Est-ce que ce vieux voudrait succéder au prince? pensa-t-elle. Au fait, pourquoi pas? Ce n'est pas un printemps, mais il est bien de sa personne. Il doit être *galetteux*, et puis enfin, un *plénipot*, c'est toujours un grand personnage. Par exemple, je crois qu'on ne le mènerait pas aussi facilement que cette pauvre grand-ducaille. Il doit y avoir des moments où il n'est pas commode, mais j'aime assez ça, moi!... Après tout, qui vivra verra!

Le baron de Rosemberg était sorti.

Fanny, restée seule, contempla assez longuement le joli petit canif, puis le serra dans un « bonheur du jour » et se livra à de profondes méditations.

Certes, elle n'envisageait pas, sans un certain frémissement, la perspective de sa visite au prisonnier de la Conciergerie.

Elle croyait déjà le voir pâle, maigri, échevelé, fixant à terre un regard désolé, et, dans sa naïveté de fille de théâtre qui connaît peu de chose de la vie réelle et a toujours vécu dans un monde factice, elle s'imaginait que son amant gémissait dans quelque obscur cachot, n'ayant pour lit que de la paille humide, pour boisson que de l'eau croupie et pour nourriture que du pain noir.

Bientôt, du reste, ces images lugubres firent place à d'autres images beaucoup plus flatteuses, mais non moins fausses et illusoires.

— Suis-je bête! disait-elle *in petto*. Est-ce qu'on traite les princes et même les gens du grand monde comme des gouapes vulgaires? Je parie qu'on a meublé à Othon un chouette petit appartement avec chambre à coucher, cabinet de travail, salon, salle à manger, cabinet de toilette, salle de bain et tout ce qui s'ensuit. N'importe! aller le voir dans des conditions pareilles, c'est une corvée qui n'est pas ordinaire. Et puis, vrai de vrai, ça me fera quelque chose. Il n'était pas mauvais diable, ce pauvre Othon! C'était un assez bel homme, encore vert à ses heures, et puis si comme il faut quand il le voulait. Il y a des moments où je me demandais si je n'avais pas comme un béguin pour lui. Malheureusement on ne peut pas avoir un vrai béguin pour ceux qui casquent. C'est bête, mais c'est comme ça! Oui, je serai très émue en revoyant ce pauvre chéri! Et lui donc! Je l'entends. Il va se répandre en protestations d'amour, et me voyez-vous d'ici lui disant: « Ce n'est pas tout ça, mon loup, il faut t'ouvrir les veines dans un bain parfumé, avec cet amour de petit canif. » Ah! bien, merci, en voilà une entrevue amoureuse!... J'aime mieux ne pas y penser... C'est trop lugubre... ça me donne la petite mort!...

Lorsque Fanny était parvenue à bannir ces idées sinistres, elle éprouvait une sorte de fierté à jouer un rôle politique; car, enfin, il n'y avait pas à s'y tromper, c'était bien une mission politique qu'elle allait accomplir.

Oh! elle avait le sentiment de la situation.

Puisque les gouvernements de l'Europe avaient confiance en elle, elle justifierait cette confiance.

Le baron de Rosemberg avait eu la délicatesse de ne pas lui demander le secret (quel homme bien élevé!); mais, ce secret, elle le garderait scrupuleusement.

Non, on ne saurait jamais qu'elle avait agi au nom de l'empire allemand, du grand-duché de Kirch-Berghein et du gouvernement français.

Tout le monde croirait que c'était de son propre mouvement qu'elle avait apporté à son amant le moyen d'échapper à la honte.

Comme son prestige s'en augmenterait!

Quel cachet romanesque cela lui donnerait!

Quelle pharamineuse réclame!

Son nom était déjà célèbre, il allait devenir illustre.

Il remplirait les journaux écrits dans toutes les langues; il ferait retentir tous les échos du monde civilisé et pénétrerait même dans les pays sauvages.

Il deviendrait aussi fameux que les noms de Bonaparte, Coquelin aîné ou Sarah-Bernardt.

Bien sûr que plusieurs membres de la Chambre des lords ne manqueraient pas de venir lui demander sa main — et sa main droite, s'il vous plaît.

En somme, Fanny se trouvait dans des dispositions d'esprit plus heureuses que tristes lorsqu'elle reçut un pli destiné à lui servir de laissez-passer à la Conciergerie.

XIV

ÉMOUVANTE ENTREVUE.

Fanny Meuilhard, à qui l'on avait dit quelquefois qu'elle était une des reines de l'élégance parisienne, se demanda quelle toilette elle devait mettre pour aller voir un prince prisonnier.

D'une part, elle n'eût pas été fâchée d'*épater* le personnel de la Conciergerie par une mise extrêmement luxueuse.

D'autre part, elle se rendait compte qu'un peu de simplicité était plus seyant lorsqu'il s'agissait d'une entrevue d'un caractère aussi triste et même aussi dramatique.

Toute réflexion faite, elle se décida pour un chapeau noir à plumes mauves et un long pardessus de velours noir couvrant presque entièrement une robe de drap violet.

Elle monta dans son coupé et dit à son cocher :

— Touchez à la Conciergerie.

Le cocher parut étonné, ce qui réjouit Fanny ; mais à peine fut-elle enfermée dans son coupé qu'une grande émotion la prit.

— Ce pauvre chéri ! pensait-elle. Dire que c'est la dernière fois que je le verrai ! et puis quelle tête va-t-il faire quand je lui présenterai le petit canif ?

Arrivée devant la sombre et classique maison, Fanny Meuilhard exhiba la lettre qui devait lui servir de laissez-passer et se livra à la conduite d'un employé en uniforme qui lui témoignait toutes sortes d'égards.

En traversant les couloirs aux voûtes ovigales, elle se disait que c'était bien ainsi qu'elle se figurait une prison.

Son cœur palpitait et elle était en proie à un véritable étourdissement lorsqu'elle pénétra dans la chambre du prince.

Il arrive qu'une grande émotion donne aux perceptions une vivacité, une acuité, une rapidité toute particulière.

Fanny, d'un seul coup d'œil, vit tous les détails du triste réduit.

Le lit de fer, la table couverte d'un tapis verdâtre et pourvue de tout ce qu'il faut pour écrire.

Le prince était assis sous la fenêtre. (Page 641.)

Un canapé, des fauteuils, des chaises dans le style lourd de la Restauration.

Le prince était assis, sous la fenêtre très haut percée, dans une large bergère recouverte en tapisserie aux petits points, et un vif coup de lumière l'éclairait tout entier, à la Rembrandt.

Fanny s'attendait à le voir changé, mais pas à ce point-là.

L'infortuné n'avait plus figure humaine, il ressemblait plutôt à un spectre qu'à un être vivant.

Ses cheveux et sa barbe, qu'il avait laissé pousser très longs, étaient devenus

Son Altesse Nounouche   81

d'un gris jaunâtre et son visage, d'une pâleur terreuse, avait maigri au point de rappeler une tête de mort.

Il était vêtu d'une très ample robe de chambre de tartan brun et noir dont les larges plis faisaient encore ressortir son extrême maigreur.

Des manches, émergeaient des bras et des mains de squelette.

La tête penchée sur la poitrine, le regard fixe et brillant de fièvre, les pieds agités d'un mouvement choréique, le prince incarnait hideusement l'angoisse et le désespoir.

A l'aspect de Fanny, il eut un grand tressaillement, se leva, marcha vers elle et lui prit les deux mains.

— Ah! Fanny, Fanny, dit-il, je m'attendais à vous voir! On m'avait annoncé votre visite. C'est sans doute vous qui avez témoigné le désir de venir consoler le pauvre prisonnier? Combien je vous suis reconnaissant et comme je vous remercie! Vous vous intéressez donc encore un peu à moi? Tout le monde m'abandonne maintenant. On m'a permis d'écrire à ma femme, mais elle ne m'a pas répondu. Nous ne vivions pas en très bon accord. N'importe! je suis si malheureux et si injustement frappé par le destin! Il n'y a plus en Europe un seul être vivant qui m'ait conservé un peu d'affection ou de sympathie; il n'y a que vous, Fanny!... Ah! je savais bien que vous aviez bon cœur... je l'ai souvent dit à ceux qui cherchaient à me séparer de vous. J'espère que vous ne me croyez pas coupable, Fanny?... je suis le jouet d'une abominable mystification de cette puissance cruelle et occulte que l'on appelle parfois la Providence. Je ne comprends rien à ce qui m'arrive... je vis dans un perpétuel cauchemar... Allons, ma belle Fanny, asseyez-vous, prenez place dans ce fauteuil... Vous êtes toujours jolie, vous, plus jolie que jamais...

Fanny éclata en sanglots.

Elle éprouvait maintenant une très sincère pitié pour ce malheureux être qui avait marché de pair avec les souverains de l'Europe et qui, maintenant, était tombé plus bas que le plus infime des vagabonds.

Ce n'est point qu'elle le crût innocent.

Elle partageait l'opinion générale et regardait Othon comme un grand criminel.

Elle se disait même qu'elle l'eût mieux aimé avouant franchement et hautement ses forfaits ou, du moins, les expliquant par la politique; mais, même coupable, elle s'intéressait à lui, et jamais, assurément, dans ses moments de relative prospérité, il ne lui avait inspiré des sentiments ressemblant davantage à de l'affection.

Le malheureux prince s'était mis à pleurer comme elle.

Ils s'embrassèrent longuement, et ce ne fut qu'au bout de quelques minutes que Fanny put prendre la parole.

— Est-il possible que je vous revoie en pareille situation, mon cher prince! lui dit-elle. Mais, voyons, il n'est pas possible que votre noble et puissante famille n'intervienne pas en votre faveur; ce serait bien la première fois que l'on verrait un grand-duc, qui a régné en souverain, comparaître en cour d'assises et être jugé par douze épiciers !

Le prince secoua mélancoliquement la tête et eut un sourire amer.

— Cela paraît le comble de l'invraisemblance, dit-il, mais cela est pourtant. Déchu du trône de Kirck-Berghein, je ne suis plus, d'après les lois et les traditions internationales, qu'un simple particulier justiciable des tribunaux ordinaires, soumis au Code pénal comme tout le monde. Je sais bien que la honte de mon jugement rejaillira sur les membres de ma famille... Il fut un temps où ils n'eussent jamais permis que la justice flétrît, même à bon droit, un homme sorti de notre race. Mais, à présent, les princes, les rois, les empereurs affichent un souci de la légalité et de l'égalité qui n'est qu'une vile flagornerie à l'adresse de la roture jalouse et de la populace révoltée. Et cependant je ne puis croire encore que l'on me laisse mourir sur la place de la Roquette... Non, non... c'est impossible... c'est impossible !

— Oui, mon cher prince, c'est impossible. D'abord, si vous passez en jugement, il n'est pas dit que vous serez condamné.

Othon leva les épaules et eut un rire sarcastique.

— Détrompez-vous, Fanny. Bien que je sois innocent des infamies dont on m'accuse, tout m'accable, tout me condamne. Mon avocat lui-même est absolument découragé. Il est évident que cet homme, assez remarquable dans son métier pourtant, me défendra sans entrain, sans conviction, fort maladroitement peut-être. Quant à moi, je suis hors d'état de me défendre convenablement... mes forces sont épuisées... Il a fallu votre visite pour me redonner cette apparence de vie. Oui, oui, si je comparais devant les douze épiciers dont vous parlez, ils seront trop heureux de condamner un prince. Je serai une nouvelle victime de la démagogie toujours envahissante. Mais est-il donc possible qu'on me laisse figurer en cour d'assises ? Lorsque le duc de Praslin assassina sa femme, on lui épargna les hontes du jugement, on lui donna les moyens de mourir à son gré...

L'ex-grand-duc avait repris son attitude de cadavre et, de nouveau, il fixait sur le sol ses prunelles pleines d'horreur et de désespoir.

— Voilà le moment ! pensa Fanny.

Et d'une voix tremblante et douce, posant doucement sa main sur le genou du prisonnier, elle dit :

— Alors, mon cher prince, vous auriez de la reconnaissance à qui vous procurerait les moyens d'éviter la cour d'assises ?

Othon se redressa brusquement et ses joues s'enflammèrent.

— Oh ! oui, dit-il, je lui serais reconnaissant. Je regarderais cela comme la plus grande marque d'amitié, d'amour ou même de respect qu'on puisse me donner aujourd'hui. J'ai supplié mes gardiens de me laisser suicider, mais ils se sont bornés à me dire que mon devoir d'homme et de prince était de vivre

pour essayer de démontrer mon innocence. Assurément, ils avaient raison,
ces hommes!... tel serait mon devoir; mais je ne me sens pas la force de lutter
seul contre toutes les puissances de l'enfer et de prendre la fatalité corps à
corps. Si, plus tard, mon nom est réhabilité, tant mieux. Pour le moment, je
suis trop las de souffrir et je consentirais que l'univers entier me crût
définitivement coupable, à condition que l'on me donnât les moyens de me
poignarder, de m'empoisonner ou de me brûler la cervelle dans cette cellule.
Mais, hélas! on a éloigné de moi tout objet dangereux. Il y a un médecin
chargé d'examiner ou d'analyser les aliments que l'on me sert... Je n'ai à ma
disposition ni couteau, ni ciseaux, ni rasoirs. On me surveille méticuleusement
lorsque je suis à ma toilette, et je ne vois vraiment pas comment je m'y
prendrais pour mettre fin à mes jours.

Après avoir fixé sur le prince un long regard baigné de larmes, Fanny lui
dit :

— Il y a quelqu'un, mon cher bien-aimé, qui ne veut pas que vous soyez
outragé par la vile populace, soit dans la salle des assises, soit sur la place de
la Roquette. C'est moi, moi votre petite Fanny, moi dont vous avez été le
tendre amant et le généreux protecteur. Je vous jure sur tout ce que j'ai de
plus cher que, s'il suffisait de donner ma vie pour sauver la vôtre, je la
donnerais de grand cœur. Mais, hélas! cela ne suffirait pas... S'il faut que vous
mouriez, mourez au moins en homme de cœur qui refuse de courber la tête
devant les injustices de la société.

Fanny était trop femme de théâtre pour qu'il n'y eût pas un peu de cabotinage
dans sa phraséologie, mais il serait inexact de dire qu'elle jouait la comédie en
témoignant son émotion.

C'est très réellement qu'elle était touchée du malheur de son protecteur,
de l'acte terrible qu'il allait perpétrer et dont elle se faisait la complice.

Une sueur froide couvrait son visage et sa main tremblait violemment
lorsqu'elle tendit au prince le petit canif à manche de nacre et à lame d'argent.

— Oh! merci, merci! s'écria l'infortuné en saisissant l'objet avec un
empressement fébrile. Voilà qui tient peu de place et qui peut faire de bonne
besogne. Rien n'est plus facile que de cacher cet objet à mes gardiens... C'est
une arme terrible pourtant dans sa grâce minuscule, dans sa mignonne
gentillesse. Je m'étais souvent dit, en des temps moins malheureux, que, si
jamais je me suicidais, j'userais du procédé cher aux grands voluptueux de
l'ancienne Rome... Ils s'ouvraient les veines dans un bain parfumé... Ces
gens-là savaient vivre et savaient mourir.

Le prince éclata de rire.

Il avait l'air d'un fou.

Fanny avait eu l'idée sinistrement naïve d'insister sur les agréments de
l'ouverture des veines dans un bon bain, mais l'émotion la paralysait
absolument. Elle suffoquait... Tout dansait autour d'elle.

Il lui sembla que le prince prenait une apparence fantastique, devenait gigantesque et se livrait à des contorsions démoniaques. Enfin, sa vue s'obscurcit tout à fait, le cœur lui manqua et elle tomba évanouie.

— Au secours ! au secours ! cria le prince, après avoir soigneusement caché le petit canif.

Il y avait dans un coin de la chambre une sonnette d'alarme.

Le prince pressa le bouton électrique et un gardien apparut aussitôt.

— Que l'on donne des soins à cette pauvre enfant ! dit l'ex-grand-duc qui avait repris tout à coup un air d'autorité.

Il avait vainement essayé de placer Fanny sur sa bergère, mais ses forces le trahissaient.

Ses bras affaiblis, presque atrophiés, ne pouvaient la soulever.

Le gardien, homme robuste, assit le plus aisément du monde la pauvre fille sur le grand fauteuil.

— C'est l'émotion, dit-il. Ça se conçoit. Cette dame a l'air d'être en marbre.

— Allez vite chercher le médecin ! dit le prince en trépignant d'impatience.

Le gardien était un Flamand de Dunkerque, à qui rien ne faisait perdre son sang-froid.

Il leva ses gros yeux bleus vers le prisonnier et lui dit doucement :

— Pas besoin de médecin, monseigneur, pas même besoin d'un tas de médicaments. N'avez-vous point ici du vinaigre de toilette ?

— Si fait, si fait, dit le prince.

Il courut à son cabinet de toilette et en rapporta un flacon de vinaigre de Bully.

— Bon, cela ! dit le Flamand. Rien de tel pour faire revenir les petites dames ! Seulement, voilà ! faut de la vigueur pour les frotter.

Le gardien, après avoir versé une bonne quantité de vinaigre dans la paume de sa main droite — une main rude et même rugueuse — se mit à frictionner le visage et les mains de Fanny, comme s'il eût voulu lui enlever la peau.

Ce remède énergique eut un prompt et plein succès.

Fanny, dont la syncope n'avait pourtant rien d'artificiel, ouvrit brusquement les yeux et s'écria :

— Nom d'un petit bonhomme ! qu'est-ce qui me frotte comme ça ? Ah ! bien vrai, en voilà une invention !... Tiens, c'est vous, monsieur l'employé ! J'aurais dû m'en douter... Monseigneur aurait eu la main plus douce... Vous, je ne sais pas ce que vous avez fait dans votre jeunesse... Pour sûr que vous n'étiez pas peintre en éventail... je n'ai jamais senti des patoches comme les vôtres... Mince de peau de requin !

— Voilà, dit le gardien. Moi, je ne vais pas chercher midi à quatorze heures. Vous sentez-vous tout à fait remise, ma petite dame ?

—Oui, dit Fanny, me voilà tout à fait *comfortable*, comme disent les Anglais.

Le gardien reprit un air officiel.

— Monseigneur, dit-il en se tenant au port d'armes, je suis chargé de dire à Votre Altesse, de la part de monsieur le directeur, que, si vous désiriez dîner avec madame, ça serait à la volonté de Votre Altesse.

Le prince et Fanny s'entre-regardèrent.

Ni l'un ni l'autre ne semblaient enthousiasmés par l'idée de prolonger leur entretien.

L'espèce d'affection qu'ils éprouvaient l'un pour l'autre avait-elle donc cessé tout à coup?

Assurément non; mais l'évanouissement de Fanny avait, en quelque sorte, coupé leur tendre émotion.

Leurs impressions réciproques venaient de changer de nature.

Ils comprenaient instinctivement que maintenant ils n'auraient plus grand' chose à se dire, qu'un tête-à-tête serait un embarras pour tous les deux.

Certes, il n'en eût pas été ainsi si Fanny eût été l'épouse, la fille ou la sœur du prince Othon.

Mais les liaisons irrégulières, basées sur un caprice plus ou moins durable ou une passion plus ou moins transitoire, ont toujours quelque chose d'équivoque et ne vont point sans mélange d'éléments bizarres et déconcertants.

Bref, Othon et Fanny crurent bon de se faire immédiatement des adieux éternels.

Ils prièrent le gardien de les laisser seuls quelques instants, pleurèrent quelque temps dans les bras l'un de l'autre; après quoi, Fanny reprit, dans son coupé, le chemin de sa résidence, tandis que le prince, resté seul, s'affalait dans sa bergère et fixait ses yeux brillants de fièvre non plus sur le tapis, mais sur le petit canif à manche de nacre et à lame d'argent.

XV

LE BAIN SANGLANT.

Le prince Othon, après le départ de Fanny, resta longtemps dans un état de prostration presque comateux.

On eût dit qu'il avait perdu la faculté de penser ou, du moins, de réunir et d'associer des idées.

Tout à coup, cependant, il reprit possession de lui-même, et cela fut sinistre et cruel.

Lui qui, tout à l'heure, avait éprouvé une joie presque délirante en se voyant en possession d'un instrument de suicide, voilà que l'horreur de la mort le saisissait à la gorge.

Depuis longtemps il avait perdu tout sentiment de foi.

Les croyances religieuses de ses jeunes années, qui n'avaient jamais été bien vives, avaient complètement disparu de son âme.

Il était fermement persuadé que la mort, c'est l'anéantissement.

Ce n'étaient donc point les craintes d'une nouvelle existence d'expiation qui lui causaient un terrible frisson.

Le néant lui apparaissait comme une suprême délivrance et il ne regrettait rien de la vie.

Il avait trop souffert pour désirer autre chose que de ne plus souffrir.

Ce n'étaient pas non plus les douleurs physiques inhérentes à un suicide qui l'épouvantaient.

Il se disait qu'une saignée est bien peu douloureuse et que la mort par l'évacuation du sang doit beaucoup ressembler à un impérieux et doux sommeil.

Il savait que l'illustre médecin Cardan, qui avait obtenu la permission de se livrer à des expériences scientifiques sur un condamné à mort, lui avait demandé, après lui avoir ouvert les quatre veines :

— Souffrez-vous, mon ami ?

— Non, lui avait répondu le patient, je m'endors, bonsoir.

Donc le prince Othon n'était pas impressionné par l'idée de souffrance ; mais une image l'obsédait maintenant.

Il se voyait lui-même, glacé, tout blanc, les yeux fixes et vitreux, la bouche grande ouverte dans un bain de pourpre.

Il entendait les cris d'horreur poussés par les gardiens et cette double hallucination lui causait une impression non seulement pénible, mais insupportable.

Allait-il donc reculer devant un suicide libérateur ?

Manquerait-il de courage au point d'attendre le jugement de la cour d'assises et le couteau de la guillotine ?

Et l'on saurait qu'il avait eu en mains les moyens de se détruire lui-même.

Comment le jugerait-on ?

Que penseraient les souverains de l'Europe ?

Que penserait la noblesse allemande ?

Que dirait Fanny Meuilhard ?

Elle se moquerait de lui assurément et son affection se changerait en écrasant mépris.

Et cependant, tout bien réfléchi, il n'avait pas le droit de se tuer.

Mourir, c'était s'avouer coupable, et il était innocent.

Son devoir était de défendre son honneur, fût-ce devant les douze misérables prolétaires ou roturiers qu'on appelle des jurés.

Oui, mais qui donc, dans le monde civilisé, lui rendrait justice et qui satisferait-il en accomplissant son devoir jusqu'au bout ?

Dieu ?... il était athée.

Les mânes de ses ancêtres ?... il était matérialiste.

Sa propre conscience ?... il regardait ce qu'on appelle la conscience comme un phénomène incompréhensible, mais sans valeur particulière.

Allons, décidément, il devait en finir avec tant de malheurs et tant de honte.

Se suicider, c'était tout simplement bannir un songe importun, un cauchemar intolérable.

Depuis longtemps déjà, il était victime d'événements tellement illogiques et tellement absurdes, qu'il avait le droit de se croire en proie à une série de mauvais rêves, et d'ailleurs l'existence de tout être humain n'est-elle pas un rêve ?

Oh ! ne plus rêver !... dormir toujours, dormir du grand sommeil inconscient et définitif !

Voilà ce qu'il voulait, voilà ce à quoi il aspirait.

Peu à peu le calme était revenu dans ses idées.

Il pouvait maintenant se livrer à des réflexions sérieuses et profondes.

Tout d'abord, il avait regardé comme tout spontané l'acte de Fanny Meuilhard et il éprouvait une vive reconnaissance pour cette fille de théâtre qui avait eu souci de son honneur et avait tenu à lui épargner les pires angoisses et les dernières hontes.

Mais, maintenant, il se disait que Fanny Meuilhard pouvait bien être tout simplement l'instrument de puissances supérieures.

Ce qui était la vérité lui apparaissait assez nettement.

Fanny n'aurait pas pénétré aussi aisément dans sa prison sans une permission d'une nature toute spéciale.

Son cousin, le grand-duc Edouard et le gouvernement français s'étaient mis d'accord pour lui envoyer un instrument de suicide, de telle façon qu'un doute restât toujours dans l'esprit public à ce sujet.

Sa mort occasionnerait des racontars et des commérages, mais on ne saurait rien de précis.

Officiellement, ou plutôt selon les apparences les plus sérieuses, ce serait Fanny qui lui aurait fourni le canif.

Haute politique et fine diplomatie !

Quel mauvais tour le prince Othon jouerait au grand-duc Edouard et même au gouvernement français en se laissant traîner en cour d'assises, puis sur la bascule de la guillotine !

Quel embarras pour l'empire d'Allemagne et pour toutes les monarchies de l'Europe !

Quand il songeait à cela, sa figure prenait une expression méphistophélique, puis il s'invectivait lui-même et se traitait d'insensé qui ne savait pas envisager sa situation en face.

Il prit le petit canif à manche de nacre qu'il regarda longtemps... (Page 652.)

Pourquoi tout ce temps perdu en inutiles cogitations? que n'en finissait-il immédiatement puisque rien ne l'en empêchait?

Il n'avait qu'à sonner le gardien, qu'à se faire préparer un bain.

Une fois dans sa baignoire, il trouverait bien le moyen de s'ouvrir les veines, en supposant même que le gardien restât près de lui.

Mais quelque chose lui disait que, cette fois, on ne refuserait pas de le laisser seul.

Il se leva, s'approcha du bouton électrique et allait y poser le doigt lorsqu'il s'arrêta net, pris d'une faiblesse, prêt à s'évanouir.

Son Altesse Nounouche   2

De nouveau, il venait de se voir lui-même, blanc comme une statue de plâtre, avec des taches rouges aux bras et au cou.

— Allons, se dit-il, je suis décidément un lâche, mais si je renonce à user du petit canif, il faudra affronter le grand couteau et alors je vais être poursuivi par des hallucinations auprès desquelles celles que j'ai subies jusqu'à présent ne seront que de douces et poétiques visions.

Le prince Othon avait entendu raconter une exécution à la Roquette par un officier de sa petite armée qui était venu passer quelque temps à Paris et avait pu, grâce à des complaisances administratives, assister au réveil, à la toilette et à la décollation d'un condamné à mort.

C'était épouvantable.

Cet officier avait été longtemps poursuivi par le souvenir de cette tête coupée, toute sanglante, roulant des yeux blancs et que l'exécuteur avait pris par une oreille pour la placer dans le grand panier destiné à recevoir le corps du supplicié.

— Honte à moi, se disait l'ex-grand-duc, si j'étais exécuté en public lorsque l'on m'a donné les moyens de mourir paisiblement loin des regards de la canaille!

Et, de nouveau, sa résolution était prise.

Cependant un gardien apparut.

— Voici l'heure du dîner, dit-il, monseigneur désire-t-il qu'on le serve?

Le prince eut un petit rire strident.

— Oui, dit-il, servez-moi. J'ai bon appétit, très bon appétit.

Tandis qu'on dressait son couvert, le prince se promenait, en sifflotant entre ses dents, dans son petit appartement.

— Il fut un temps, se disait-il, où je trouvais étrange et absurde la conduite des gens qui font un bon repas avant de se suicider. Maintenant, cela me paraît tout naturel. La viande et le vin donnent du courage. Et puis, pourquoi ne pas goûter un dernier plaisir avant de quitter cette terre?... Seulement ce repas va retarder mon suicide de quelques heures... On refuserait sans doute de me préparer un bain avant que ma digestion ne soit faite... Allons, allons... attendons à demain matin; quelque chose me dit qu'après les agitations de cette journée, je goûterai un peu de repos et que quelques heures de sommeil, rafraîchissant mon cerveau et calmant mes esprits, me permettront de mourir convenablement en homme et en philosophe.

La figure du prince était plus animée que de coutume, presque gaie lorsqu'il se mit à table.

Selon l'usage, il était servi par un employé subalterne de la prison et un gardien en uniforme.

Depuis bien des jours, les repas du prince avaient été aussi mornes que silencieux.

Il mangeait très peu, presque péniblement, n'adressant jamais la parole à ses gardiens.

Il était extrêmement rare qu'il exprimât un désir gastronomique ou qu'il se plaignit de la mauvaise confection d'un plat.

Ce soir-là, après avoir mangé son potage, il dit avec une sorte d'entrain fiévreux :

— Ce potage est excellent, il n'y a qu'en France que l'on sache faire du consommé. Le consommé est une spécialité française et en même temps un préjugé français. C'est une tisane très agréable, mais nullement nourrissante... Les médecins le savent bien, seulement ils n'osent pas le dire, tant les préventions sont fortes dans ce pays-ci... Versez-moi à boire, je vous prie... Ce vin n'est pas mauvais... c'est du petit bourgogne, oh ! je m'y connais.

Le prince but deux rasades coup sur coup.

Son visage s'empourprait, ses yeux brillaient d'un éclat encore plus fiévreux et il se mit à divaguer d'une façon qui surprit et impressionna péniblement les deux employés de la Conciergerie.

— Dans nos pays, on boit les meilleurs vins de France... Nous ne buvons pas de la bière en mangeant comme vous vous l'imaginez ici... Les Parisiens boivent beaucoup plus de bière et consomment beaucoup plus de choucroute que les Allemands... Les Français sont plus fanatiques de Wagner que les Berlinois... Un jour viendra où les Français seront plus Allemands que les Allemands... Tous vos petits jeunes gens sont enthousiastes de Schopenhauer qu'ils se gardent bien de lire... ils sont pessimistes de confiance... Quant à Schopenhauer, c'était un joyeux pessimiste, il adorait le champagne et les jolies femmes...

La figure du prince changea tout à coup d'expression et son regard devint sombre.

— *Rien* ! dit-il. *Rien* ! C'est par ce mot que Schopenhauer termine son œuvre... Il n'y a rien, il n'y eut jamais rien... Ce que le vulgaire appelle Dieu, c'est l'inintelligible inintelligent... Redonnez-moi de ce ragoût... c'est, je crois, ce qu'on appelle du veau à la bourgeoise... c'est bon, mais un peu fade... L'autre jour, vous m'aviez servi du poisson à la sauce verte que j'avais mangé avec plaisir... Je pense que l'on m'a préparé du café ?

— Certainement, monseigneur, dit le gardien.

— Par une faveur toute particulière, on me permet de boire du cognac. Vous m'en donnerez deux verres, je fumerai un bon cigare, je me coucherai comme une marmotte jusqu'à demain matin.

Lorsque le prince eut fini de dîner, les deux employés se hâtèrent de desservir.

Tandis qu'ils emportaient le matériel de table, l'un d'eux dit à l'autre :

— Il n'est pas aussi fier qu'à l'ordinaire, l'*Alboche*, il nous a parlé comme à des frères. C'est sans doute la visite de sa connaissance qui l'a ragaillardi.

— Mon pauvre vieux, répondit l'autre, tu ne sais pas ce que tu dis. Tu manques d'expérience. Moi, je suis un vieux brisquard, je m'y connais. Le prince est très malade, entends-tu ?... il n'arrivera certainement pas jusqu'au jour de son procès... le médecin le sait bien et monsieur le directeur aussi, à preuve qu'il m'a dit, aujourd'hui même : « Ne contrariez le prince en rien ; il est inutile maintenant de le surveiller ; s'il manifeste le désir de rester seul, au moment de sa toilette, retirez-vous sans réflexion ».

— Vous avez raison, l'ancien, ça prouve qu'on le croit trop bas pour essayer quelques *galipettes*.

— Malade... très malade... Je parierai n'importe quoi que, une fois couché, il ne se lèvera plus... Quand un homme, après être resté silencieux pendant plus de huit jours, se met à jacasser comme ça, c'est que son cerveau se prend. Cent francs contre dix sous que le prince va avoir une fièvre cérébrale.

— Ça se pourrait bien.

Comme il l'avait espéré, le prince s'endormit d'un lourd sommeil dès qu'il fut au lit, mais il faisait encore nuit noire lorsqu'il se réveilla en sursaut.

Alors, de nouveau, il fut pris par ses cruelles hésitations ; mais, maintenant, les idées se formaient dans sa tête avec une singulière lenteur.

Il y avait en son cerveau comme un engourdissement, grâce auquel ses souffrances morales étaient beaucoup moins vives que la veille.

Quand il fit jour, il sonna et ordonna qu'on remplît sa baignoire et qu'on le laissât seul.

Il fut surpris — peut-être déçu — de la docilité et de la promptitude avec lesquelles ses désirs furent accomplis.

Lorsqu'il se trouva seul, en présence de sa baignoire pleine, il prit le petit canif à manche de nacre qu'il regarda longtemps, puis qu'il porta à ses lèvres avec un geste d'un comique lugubre.

— Il ne faut pas grand'chose pour détruire une œuvre de Dieu, dit-il. Le plus petit fabricant de Châtellerault peut avoir raison de Jéhovah.

Il éprouva une sensation voluptueuse en s'immergeant dans l'eau tiède et parfumée.

— C'est dommage, pensa-t-il, qu'on ne puisse pas s'endormir ainsi dans l'éternité, et que, avant de passer de vie à trépas, il faille encore accomplir une petite formalité... Heureusement je suis calme et fort maintenant, ou, plutôt, mes fatigues mentales m'ont mis dans un état d'abrutissement qui m'empêche de trop réfléchir... Finissons-en avec promptitude et sérénité.

Le prince connaissait très bien l'anatomie.

En deux secondes, il se fut ouvert les artères.

— Ça va tout seul, dit-il tout haut.

Mais un effroyable vertige le prit.

Il lui semblait qu'il flottait dans une mer de sang.

En même temps, il éprouva une sensation qui dépassait en horreur tout ce qu'il aurait pu imaginer.

C'était une suffocation, une impossibilité complète de respirer et une constriction abominablement douloureuse de la poitrine et de l'estomac.

— Mon Dieu ! mon Dieu ! pensait le misérable, est-ce donc aussi difficile que cela de mourir !

Tout lui apparaissait rouge maintenant.

De terribles hallucinations remplaçaient les objets qu'il était accoutumé de voir autour de lui.

Il n'était plus dans sa chambre, il n'était plus dans son bain.

Comme les damnés du Dante, il était emporté au fond des abîmes par un irrésistible tourbillon.

Il tournait dans le vide entouré de spectres informes, les oreilles pleines d'un bruit de tempête.

Enfin ce fut la nuit, la nuit toute noire.

L'agonie finissait et le malheureux entrait dans l'immense inconnu.

Vers dix heures du matin, le directeur de la prison se fit introduire chez le prince et les employés qui l'accompagnaient remarquèrent qu'il ne fût point trop surpris en voyant Othon de Kirck-Berghein tout blanc, inerte et glacé dans un bain de sang.

XVI

QUI CONTIENT DES CHOSES DIVERSES.

La mort du prince Othon fut un soulagement pour toute l'Europe, elle ne causa pas le scandale auquel on aurait pu s'attendre.

On ne tarda pas à savoir dans quelle circonstance l'ex-grand-duc s'était suicidé.

Les uns prétendirent que Fanny Meuilhard lui avait de son propre mouvement apporté le petit canif à manche de nacre, les autres affirmèrent que la belle actrice avait servi d'agent à l'empire d'Allemagne et au grand-duché de Kirck-Berghein.

On crut assez généralement que le gouvernement français était averti de ce qui se passerait et que c'est pour cela que Fanny avait trouvé si aisément accès à la Conciergerie.

Quelques polémiques s'engagèrent dans les journaux sur ces sujets, mais bientôt tout cela s'apaisa.

On était alors dans une époque fertile en scandales ; un scandale chassait l'autre comme un clou chasse un autre et, au bout de quelques semaines, il ne fut pas plus question du suicide du prince Othon que de la mort de Néron ou de Caligula.

On sait que le marquis de Crozant était retourné à Pétersbourg, près d'Amélia et des époux Templier.

Ce qui s'était passé à Paris avait produit une évolution complète dans l'esprit du marquis.

Non seulement la façon dont la cause du prince Othon avait été soutenue l'avait révolté, mais encore elle avait complètement modifié son opinion à l'égard de l'ex-grand-duc et de son jeune successeur. Il ne croyait plus à la bonne foi du premier et il s'en voulait à lui-même d'avoir cru à la scélératesse et à la fourberie du second.

Il regrettait amèrement de s'être laissé influencer par une ressemblance physique au point de croire à une histoire de substitution toute romanesque et même absolument invraisemblable.

Il avoua son « erreur » à la veuve du prince Bolstoï et lui fit ses plus humbles excuses pour avoir voulu, d'ailleurs dans les meilleures intentions, entraver sa fortune et s'opposer à son bonheur.

Amélia ne lui garda point rancune. En vraie femme, elle lui pardonnait d'autant plus volontiers qu'elle le sentait épris d'elle et qu'elle comprenait bien que la jalousie n'était point étrangère à ses agissements.

Si les événements de Paris avaient radicalement changé les opinions et les dispositions du marquis de Crozant, elles avaient exercé une influence beaucoup moins définitive sur l'esprit de Robert Templier et sur celui de sa femme.

Robert et Jeanne continuaient à soupçonner fortement Son Altesse Sérénissime le prince Edouard de Kirck-Berghein de n'être autre que le bandit et forçat Louis Hérault, mais ils n'eussent osé émettre leurs soupçons devant aucune des personnes avec lesquelles ils étaient en relation.

Grâce à l'effroyable et puissant machiavélisme d'Isidore Brousseau et des autres complices du faux Edouard, toute l'Europe était unanime à regarder les accusations portées contre le grand-duc actuel de Kirck-Berghein, par son prédécesseur, comme la plus sotte et la plus folle infamie de ce siècle.

Les rares personnes qui avaient eu vent du rôle joué en cette occasion par le marquis de Crozant l'avaient vivement blâmé, en dépit de sa résipiscence.

Il n'y avait plus maintenant que quelques bohèmes détraqués et quelques femmes hystériques qui crussent ou affectassent de croire à l'aventure du forçat devenu prince régnant.

Louis Hérault pouvait être d'autant plus tranquille qu'il ressemblait de moins en moins au chef des « Mouch'moi-donc », au gommeux Louis de Fazeuil et au déporté de la Guyane.

Il avait positivement grandi, mais il avait surtout grossi. Son embonpoint —

que nous avions déjà signalé — s'était accentué au point de lui faire perdre un peu de sa poésie ; mais il ne s'en plaignait pas, comprenant très bien lui-même que, de plus en plus, il se *dépersonnalisait* ou se métamorphosait.

Il vivait dans le meilleur accord avec ses complices qui, sous son égide, mettaient le grand-duché en coupe réglée sans que les braves citoyens de ce petit Etat s'en aperçussent ou, du moins, s'en plaignissent.

Clostermann, Rosemberg et leurs créatures s'enrichissaient paisiblement, soit en établissant une station thermale avec maison de jeux tout près de la résidence, soit en lançant une vaste affaire de mines qui, d'après eux, se trouvait dans les montagnes de la partie est du grand-duché.

Peu à peu, ces messieurs monopolisaient toutes les industries et le bon public ne leur en voulait point parce qu'il s'imaginait qu'en s'enrichissant ils travaillaient à la grandeur et au prestige de leur pays.

Le « prince Edouard » ne les gênait en rien, bien qu'à présent il ne se crût point tout à fait sous leur domination et, même, se sentit de force à leur tenir tête s'ils devenaient trop exigeants et s'ils tournaient au chantage.

Il était de plus en plus populaire et tout lui réussissait.

Depuis que ses fiançailles avec la veuve du prince Bolstoï étaient connues de toute l'Europe, il était entré en correspondance avec sa bien-aimée.

Il écrivait à Amélia des lettres fort tendres et d'autant mieux rédigées que le docteur Clostermann, homme d'esprit et très fin lettré, y collaborait.

Amélia, qui portait encore le deuil du prince Bolstoï, lui répondait sur un ton discret et réservé, mais ses lettres laissaient percer une très vive sympathie et il était évident que la jeune femme l'aimait, non seulement pour ses titres et sa couronne, mais encore pour lui-même.

Louis Hérault était donc extrêmement heureux et il n'y avait plus au monde que deux êtres humains qui lui portassent ombrage : sa sœur et son beau-frère.

Ils ne lui inspiraient point assez d'inquiétude pour qu'il songeât, maintenant, à se débarrasser d'eux par quelque moyen perfide ou violent.

Mais il croyait devoir les faire surveiller de près, pour agir ensuite vis-à-vis d'eux, comme le commanderaient les circonstances.

Or, nul n'était plus propre à cette besogne que le fidèle Isidore Brousseau.

N'avait-il point fait merveille à Paris et n'était-ce point grâce à son activité et à son adresse que Louis pouvait maintenant jouir en paix de sa fortune et de son triomphe ?

Mais il fallait qu'Isidore Brousseau fît encore peau neuve.

Le sémillant Sainte-Gemme s'était — volontairement d'ailleurs — trop compromis à Paris dans les affaires du prince Othon pour qu'il pût faire bonne figure à Pétersbourg et s'y introduire avec succès, soit dans la société russe, soit dans la colonie française.

On sait, d'ailleurs, que les *avatars* les plus extraordinaires n'effrayaient pas ce singulier personnage.

Il était propre à tous les métiers, il savait singer les façons de toutes les classes sociales et — comme le classique Vidocq — changeait de figure et d'allures à volonté.

C'était le dieu Protée fait homme et descendu sur cette terre.

Il se demanda assez longtemps sous quelle forme il apparaîtrait à Saint-Pétersbourg et quels étaient la tête et le costume qui convenaient le mieux au but qu'il poursuivait.

Il voulait, le moins possible, laisser les choses au hasard ; mais, comme il ne savait pas au juste comment il en userait vis-à-vis de ceux qu'il était chargé de surveiller — en attendant quelque chose de plus grave — le choix d'un *avatar* n'était pas la chose la plus simple du monde.

Enfin, comme il parlait très bien l'anglais et savait à merveille contrefaire l'accent *yankee*, il se décida à se transformer en citoyen de la libre Amérique.

Ce déguisement ou cette métamorphose offrait un avantage particulier.

Les États-Unis sont tellement vastes qu'il est bien difficile d'y faire une enquête sur un vague planteur ou négociant qui voyage en Europe pour son plaisir.

Les *yankees* bien pourvus d'argent sont toujours sûrs d'être favorablement accueillis, ils incarnent ce mythe, cher aux hôteliers, aux joailliers et aux femmes galantes, que l'on appelle « le riche étranger ».

Leur assurance souvent impertinente et leurs dollars leur servent toujours de passeport suffisant et, même entre eux, ils sont de relations faciles et nullement disposés à se livrer à des enquêtes réciproques.

Le physique d'Isidore Brousseau se prêtait très bien à sa nouvelle métamorphose. Il devint chauve, d'un blond roussâtre, jaune de teint, avec une grande barbe qui ombrageait tout le bas de la figure, sauf la lèvre supérieure soigneusement rasée.

Il se munit d'une ample provision de complets à grands carreaux, de riches costumes du soir, d'une profusion de linge magnifique et de quelques bijoux d'assez mauvais goût, mais d'un grand prix.

Il erra quelque temps en Allemagne, fit un court séjour à Varsovie et enfin arriva à Saint-Pétersbourg, où il descendit à l'hôtel de *l'Aigle Noir*.

Il lui restait à faire la connaissance de Robert Templier ; mais rien n'est plus aisé que de s'introduire chez un peintre, surtout quand le portrait est une de ses spécialités.

Isidore Brousseau, qui avait adopté le nom de Samuel Garfield et ne craignait pas d'accentuer la note excentrique, demanda qu'on lui indiquât un portraitiste habile.

Il avait la fantaisie de se faire peindre en costume de Cosaque ou de Tcherkess.

On lui indiqua plusieurs artistes et notamment un jeune Français de grand talent, très répandu dans la société pétersbourgeoise, fort bien vu à la Cour du Tsar et qui répondait au nom de Robert Templier.

M. Samuel Garfield remercia du renseignement et, dès le lendemain de son arrivée à Pétersbourg, il se rendait chez Robert.

Samuel Garfield entra. (Page 658.)

XVII

COMMENT ROBERT TEMPLIER PAYA BIEN CHER LE PLAISIR
DE FAIRE UNE CHARGE DE RAPIN.

La situation de Robert Templier à Pétersbourg devenait, de jour en jour, plus brillante et plus lucrative.

La haute société russe raffolait de lui et se montrait extrêmement aimable pour sa femme.

Son Altesse Nounouche 83

Il ne suffisait pas aux nombreuses commandes qui pleuvaient chez lui et s'était adjoint quelques jeunes élèves de nationalité russe qui l'admiraient sincèrement et imitaient avec ardeur jusqu'à ses défauts.

Il s'était fait construire, sur les bords de la Néva, un magnifique atelier aménagé de la façon la plus confortable et la plus pratique, mais meublé avec une grande simplicité.

Robert commençait maintenant à trouver ridicule tout ce bric-à-brac de vieilles tapisseries, d'antiques armures, de bahuts vermoulus d'une vétusté plus ou moins authentique, d'étoffes orientales d'une authencité plus ou moins contestable, de japonaiseries, de chinoiseries que le *snobisme* moderne avait mis si fort à la mode dans le monde des artistes et même dans celui des bourgeois.

Le nouvel atelier de Robert était un vaste parallélogramme, aux murailles très élevées, peintes d'un ton neutre et n'ayant pour tout ornement que quelques bustes de plâtre et quelques toiles de grands maîtres.

Toute la pièce était richement éclairée par le haut et l'on n'y voyait qu'une grande table en cœur de chêne, quelques vases de vieille faïence toujours garnis de fleurs par les soins de Jeanne, des chevalets, des palettes, des boîtes à couleur, des châssis et des toiles de grandeurs diverses; enfin l'attirail ordinaire des dessinateurs et des peintres.

Les nombreux visiteurs qui venaient à l'atelier de Robert ne manquaient jamais de le féliciter sur la simplicité de son installation, mais ces félicitations n'étaient pas toujours parfaitement sincères, car les peuples jeunes ont toujours le goût des ornementations somptueuses et même prétentieuses.

Un après-midi Robert, seul dans son atelier, était en train de préparer une toile lorsque son domestique vint lui annoncer M. Samuel Garfield, citoyen des États-Unis.

— Fais-le entrer, dit le jeune artiste flairant une commande.

Samuel Garfield entra et Robert eut quelque peine à réprimer son envie de rire à la vue de ce gros homme à la barbe rousse, coiffé d'une casquette qui ressemblait à une mitre et vêtu d'un complet à fond chamois et à carreaux verdâtres.

— Ma foi, pensa-t-il, voilà bien le Yankee classique! Ce gentleman a l'air tellement américain que je suis tenté de croire que cela n'est pas sérieux. Il est plus américain que nature. Il est heureux, d'ailleurs, que mes élèves soient aujourd'hui en « vadrouille », ils se seraient tordus à l'aspect de cette caricature de mister Jonathan.

— Monsieur, dit-il en marchant vers son visiteur, puis-je savoir ce qui me vaut l'honneur de votre visite?

— Aoh! certainement, répondit le faux Yankee. Il faut bien que je vous dise pourquoi je suis venu ici, sans cela vous ne le sauriez pas.

— Vous me semblez, monsieur, un logicien de première force.

— Exquiousez-moi, monsieur le peintre, je ne suis pas logicien, je suis Virginien.

— Je veux dire, monsieur, que vous raisonnez fort juste.

— Aoh! yes, monsieur, je résonne comme un tam-tam.

— Prenez donc, je vous prie, la peine de vous asseoir.

— Je veux bien, car je suis fatigué... Je viens de si loin !

— Vous en avez bien l'air. Et à qui ai-je l'honneur de parler?

— Samuel Garfield, mais, chez moi, on m'appelle Sam. Je suis tout récemment arrivé à Pétersbourg. J'ai entendu parler avantageusement de votre talent et je viens vous commander mon portrait. Quand pourrez-vous le faire et combien me prendrez-vous ?

— A la bonne heure, voilà ce qu'on peut appeler traiter une affaire à l'américaine. Ne perdons pas de temps, *times is money*. Je ne suis point trop pris ces jours-ci et je puis m'occuper de vous quand vous voudrez. Quant au prix, ce sera cinq cents louis.

— Aoh ! ce n'est pas assez. Je vous offre mille louis.

— Va pour mille louis, je n'aime pas marchander.

— Seulement...

— Ah! il y a un seulement?

— Oui, il y en a un. Je voudrais être représenté dans un costume pittoresque.

— Mais alors, monsieur, vous n'avez point à vous déshabiller. Je vous assure que votre veston et votre pantalon sont d'une couleur locale extrêmement remarquable.

Mister Samuel Garfield se mit à rouler de gros yeux.

— Monsieur le peintre, dit-il, je ne suis pas venu en Russie pour me faire portraiturer en habit de Yankee.

— Je pourrai vous peindre en gladiateur si le nu ne choque pas vos idées morales et religieuses.

— Aoh! j'y avais bien pensé, car je suis bâti comme Hercule lui-même, mais mes compatriotes sont un peu puritains et ils pourraient être scandalisés si, même en peinture, je me montrais à eux sans veste et sans culotte.

La vérité est que je voudrais être peint en Cosaque du Don, en Kalmouk, en Baskhir, enfin quelque chose comme cela. Vous devez avoir des costumes conformes à mes désirs?

Robert faisait des efforts héroïques pour ne pas éclater de rire.

Son interlocuteur gardait un sérieux et une solennité d'un comique absolument irrésistible.

— Je n'ai point de costumes chez moi, dit-il, mais rien n'est plus facile que de s'en procurer. Je vous vois assez en Baskhir, avec un bonnet d'astrakan et tout un arsenal de pistolets et de poignards à votre ceinture. Seulement, il fudraa mettre des moustaches : il n'y a pas de Baskhir sans moustaches.

— Aoh ! rien n'est plus facile.

— Eh bien, cher monsieur, veuillez revenir demain. D'ici là, je me serai procuré tout ce qu'il faut.

— Voilà qui est entendu. Je suis descendu à l'hôtel de l'*Aigle Noir*.

— On y est fort bien, mais c'est un peu cher.

— Jamais assez cher pour moi.

— Tous mes compliments.

— Au revoir, monsieur le peintre.

— Au revoir, mister Garfield. Alors, c'est convenu : demain à deux heures.

Le Yankee quitta l'atelier, laissant Robert en proie à une hilarité facile à comprendre.

Isidore Brousseau était l'homme des résolutions promptes.

La courte conversation qu'il venait d'avoir avec Robert Templier l'avait convaincu qu'il fallait au plus vite faire disparaître ce jeune artiste de la surface du globe.

— Ce gaillard-là, pensait-il, est malin comme un singe. De plus, d'après certains indices, il me semble évident qu'il est têtu comme un Breton. Etant donné qu'il a fortement soupçonné mon gracieux maître, Son Altesse Sérénissime le grand-duc Edouard de Kirck-Berghein, de ne faire qu'un avec le bandit Louis Hérault, il est clair comme le jour qu'il le soupçonne encore. Ma conscience me fait un devoir de consulter Son Altesse sur ce que je dois faire. Mais, si Son Altesse y consent, le sieur Robert Templier ne tardera pas à aller rejoindre ses ancêtres.

Sans plus tarder, Isidore Brousseau envoya une lettre cryptographique au grand-duc et attendit patiemment la réponse.

Cependant, Robert Templier, qui, au milieu des grandeurs, avait parfois la nostalgie de la vie de rapin, se réjouissait dans son cœur d'avoir sous la main une aussi « bonne tête » que mister Samuel Garfield.

Instinctivement, il n'aimait pas les Yankee.

Ce peuple de négociants orgueilleux de leurs richesses et assoiffés de jouissances grossières (c'est au moins ainsi qu'il les jugeait) lui déplaisait fortement.

Imbu de préjugés assez communs chez les Français et surtout chez les artistes, il regardait la civilisation américaine comme une sauvagerie prétentieuse.

Il eût volontiers répété le mot de Baudelaire : » La société des Etats-Unis, c'est une barbarie éclairée au gaz. »

Robert reprochait aux Américains d'avoir laissé mourir dans la misère le grand conteur Edgar Poë pour lequel il professait une admiration sans bornes.

Il était donc ravi de s'amuser un peu aux dépens d'un Yankee et il cherchait quelque bonne façon de faire partager son divertissement à sa femme, à ses élèves et à quelques-uns de ses amis.

Le pauvre garçon, qui s'en voulait un peu de sa malice, ne se doutait guère à quel point il servait les noirs projets du faux Garfield.

Avec le plus grand empressement, il raconta tout à Jeanne, à ses élèves, Alexis Dourenko, Bobilas Moïnof et Constantin Marcolikof, puis à quelques autres personnes de son entourage.

Il ne dit rien ni à Amélia, qui vivait à peu près exclusivement à la Cour et que maintenant il voyait moins souvent qu'auparavant, ni au marquis de Crozant qui, de plus en plus mélancolique, ne semblait guère disposé à prendre part à des charges d'atelier.

Le lendemain, à l'heure convenue, il était encore seul lorsque mister Garfield se présenta.

— Eh bien, dit le Yankee, vous êtes-vous procuré tout ce qu'il faut?

— Sans doute, répondit Robert. Mais j'ai pensé qu'un costume de Cosaque irait mieux à votre mâle beauté qu'un costume de Baskhir.

— Va donc pour un costume de Cosaque.

— J'en ai deux ou trois superbes.

— *All right!*

— Oui, mais cela ne va pas tout seul. Il y a quelques petites difficultés.

— Quelles difficultés?

— Vous ne connaissez pas les lois de l'empire russe?

— Ma foi, non.

— Ah! ce sont de drôles de lois, allez! Pierre le Grand a bien civilisé la Russie, mais il reste ici des traditions, des coutumes et même des ordonnances qui rappellent les plus terribles temps de la barbarie.

— Vraiment?

— C'est comme j'ai l'honneur de vous le dire. Ainsi, il est défendu, sous peine de mort, à qui que ce soit, qui n'est pas né sur les terres du Tsar, de revêtir un costume de Cosaque à moins de s'être fait recevoir *zaporogue*.

— Zaporogue? Qu'est-ce que c'est que cela?

— Les zaporogues, cher monsieur Garfield, constituent une sorte de francmaçonnerie militaire et, si vous voulez être fixé à ce sujet, je vous engage à lire les œuvres de Nicolas Gogol, un auteur russe qui avait tant de génie qu'il en est mort. Pour être zaporogue, il n'est pas absolument nécessaire d'être né sujet de l'Empereur de toutes les Russies, ou même d'être de race slave. Un citoyen d'un pays quelconque peut aspirer à cet honneur s'il consent à remplir les conditions nécessaires. Une fois reçu zaporogue, il a le droit non seulement de s'habiller en Cosaque, mais encore de caracoler dans l'état-major du Tsar. De plus, partout où il trouve des confrères en zaporoguisme, il est sûr d'être protégé, soutenu, défendu envers et contre tous, enfin de ne manquer de rien, en quelques circonstances que ce soit.

Tandis qu'il parlait, Robert surveillait l'effet de ses paroles sur le visage de son client.

Isidore Brousseau gardait l'apparence de solennité niaise qu'il avait adoptée.

Au fond de l'âme, il se disait:

— Toi, mon bonhomme, tu es un être précieux, tu médites quelques bonnes farces qui me p. mettront de donner suite à mes projets diplomatiques.

— Monsieur le peintre, dit-il, je serais très heureux et très fier d'être reçu zaporogue. Et à quand la cérémonie, s'il vous plaît ?

— Ah ! c'est juste. Les Yankee n'aiment pas à attendre : *time is money*. Eh bien, voulez-vous après-demain, à cette heure-ci ?

— *All right !*

De retour à son hôtel, Isidore Brousseau trouva la réponse cryptographique de son gracieux souverain.

Le grand-duc Edouard ne voyait aucune difficulté à ce qu'il fît disparaître son beau-frère, à condition cependant que cela fût fait sans présenter le moindre danger et sans entraîner le moindre inconvénient.

Quant à sa sœur Jeanne, il entendait qu'on la laissât vivre, du moins provisoirement.

Quelles que fussent ses convictions intimes, elle ne machinerait certainement rien contre son frère.

Au surplus, si elle devenait dangereuse, on verrait plus tard ce que l'on pourrait faire.

Ainsi nanti de pleins pouvoirs, Isidore Brousseau se réjouit dans son cœur de la vengeance qu'il tirerait bientôt de l'insolent Robert Templier.

— Ah ! tu as l'air de me trouver une « bonne tête », mon petit rapin ; eh bien, prends garde à la tienne ! Tu serais moins *rigolo*, si tu savais combien elle est peu en sûreté sur tes épaules !

Robert Templier passa toute la soirée à organiser, avec ses amis, sa petite farce du lendemain.

Oh ! il ne s'agissait point d'une de ces mystifications cruelles, d'une de ces brimades méchantes dont on a parfois usé dans certains ateliers.

Robert voulait que sa « charge » fût tout à fait inoffensive, d'abord parce qu'il n'était pas un mauvais diable, ensuite parce qu'il comptait bien faire le portrait du bon Yankee après l'avoir reçu zaporogue.

Bien qu'il fût maintenant presque riche, il n'était pas homme à sacrifier vingt mille francs au plaisir de blaguer un Américain.

On ferait subir à mister Garfield quelques épreuves amusantes, mais nullement blessantes pour son amour-propre.

On donnerait même à la cérémonie un caractère assez vraisemblable et assez sérieux pour que le bon Yankee ne fût point désillusionné.

Bref on s'amuserait gentiment et la petite fête se terminerait par un excellent dîner dont Robert ferait galamment tous les frais.

Jeanne, qui devait assister à la chose derrière un paravent, puis faire les honneurs du dîner, n'avait point osé s'opposer aux projets de son mari ; elle les désapprouvait cependant.

Ces facéties de rapin ne lui semblaient pas très dignes d'un artiste arrivé à la gloire, et puis un vague pressentiment lui faisait craindre que tout cela tournât mal.

Mais, en somme, elle excusait son mari et n'était point trop choquée de voir sa nature de gamin de Paris reparaître de temps à autre.

Robert venait de terminer sa toilette du matin et s'amusait, par avance, de ce qui devait se passer dans l'après-midi, lorsque son domestique lui fit passer deux cartes de visite.

L'une était celle de John Clarkeson, attaché à l'ambassade des États-Unis, l'autre celle du colonel William Sanders, de New-York.

— Tiens, tiens, tiens, se dit Robert, que veut dire cela ?

Il donna ordre de faire entrer les deux visiteurs dans son salon et bientôt se trouva en présence de deux gentlemen qui le saluèrent avec une courtoisie un peu froide.

L'attaché d'ambassade était un homme de taille moyenne, très blond, portant de fines moustaches et une barbe en pointe et ayant parfaitement l'air d'un membre de la plus haute aristocratie anglo-saxonne.

Il était correctement vêtu d'une jaquette noire, d'un gilet blanc et d'un pantalon quadrillé blanc et noir.

D'une de ses mains, gantée de jaune, il tenait un chapeau brillant comme un miroir et de l'autre un jonc précieux surmonté d'une pomme en lapis lazzuli.

Une grosse perle de la plus belle eau était fixée au milieu de sa cravate-écharpe de satin noir à pois rouges et ses pieds minuscules étaient chaussés de bottines vernies d'une forme et d'un brillant irréprochables.

Le colonel dont Robert n'ignorait point le nom — car il avait joué un rôle important pendant la guerre de sécession — était un vénérable géant de soixante à soixante-dix ans dont la figure ombragée de cheveux blancs et ornée d'une magnifique moustache noire avait quelque chose de sympathique et de martial à la fois.

Sa taille robuste était enserrée dans une redingote grise d'une coupe militaire dont les longs pans tombaient sur un pantalon noir à bandes de soie.

— Oh ! oh ! pensa Robert, voilà qui m'a tout l'air d'une affaire. Il faut d'abord rendre une justice à ces messieurs, que ce sont des témoins fort décoratifs.

— Monsieur, dit le colonel après les formalités d'usage, vous devez vous douter de ce qui nous amène ici, mon ami et moi.

— Ma foi, mon colonel, je ne m'en doute guère, répondit Robert.

— Alors, monsieur, je vais m'expliquer. Un de nos compatriotes, homme très respectable, nommé monsieur Samuel Garfield, est venu nous trouver hier et nous a consultés au sujet de relations qu'il avait entamées avec vous. Il résulte de ses confidences non seulement que vous vous êtes indignement moqué de lui, mais encore que vous méditez de le rendre victime d'une amère mystification qui le rendrait la risée de tout Pétersbourg. Nous avons l'amour-propre national fort chatouilleux et nous ne souffrirons pas qu'un homme honorable, ayant la qualité de citoyen américain, soit outragé sur la terre étrangère...

Le colonel fit une pause et Robert en profita pour prendre la parole.

— Ma foi, mon colonel, dit-il, je vous avoue que votre visite me déconcerte un peu. Je commence par vous dire que, si monsieur Samuel Garfield tient absolument à avoir une affaire avec moi, je suis entièrement à sa disposition. Un bon Français ne refuse jamais de croiser le fer ou d'échanger une balle avec un adversaire digne de lui, mais, entre nous, je crois que votre compatriote et vous prenez trop au sérieux une plaisanterie bien inoffensive...

— Il n'y a pas de plaisanteries inoffensives, monsieur, répondit le colonel, du moins lorsqu'elles s'adressent à un homme qu'on ne connaît pas intimement. Que vous badiniez avec des amis de votre âge et de votre état, c'est votre affaire et c'est la leur, mais les citoyens des Etats-Unis n'ont point coutume de badiner entre eux. Ils ont, en vrais gentlemen, le respect des autres et d'eux-mêmes, et ils ne supporteront jamais qu'un étranger, envers lequel ils n'ont eu que des procédés courtois, se permette de les prendre pour le plastron de leurs facéties.

Le colonel américain s'exprimait avec un léger accent, mais en très bon français.

Il avait une parole calme et grave qui en eût imposé à tout le monde.

Robert éprouva une assez désagréable émotion.

Certes, il n'était pas poltron et une affaire d'honneur ne l'effrayait point, mais il lui semblait bête d'exposer sa vie pour une farce d'atelier, et puis il était douloureusement impressionné à l'idée du chagrin qu'éprouverait sa jeune femme en le voyant aller se mesurer avec un adversaire susceptible et même rageur.

Certaines légendes relatives à l'habileté des Yankee comme tireurs lui revenaient en tête et ne laissaient pas que de l'inquiéter.

— En sa qualité d'offensé, le Garfield choisira le pistolet, se disait-il, peut-être même demandera-t-il le revolver. En ce cas, gare à ma caboche !

Cependant il ne laissa rien percer de ses impressions et ce fut d'un ton ferme qu'il répondit :

— Messieurs, je regrette que monsieur Garfield ait pris si fort au sérieux un badinage innocent. Peut-être aurais-je dû songer que les citoyens de la libre Amérique sont de relations moins faciles que les Russes ou les Français. Ce qui est fait est fait. J'ai offensé monsieur Garfield et je lui dois une réparation. J'aurai l'honneur de vous mettre en rapport avec mes témoins.

L'attaché d'ambassade intervint alors.

Lui aussi parlait très correctement le français et s'exprimait avec une grande facilité :

— Monsieur, dit-il, nous savions par avance que nous avions affaire à un

Robert tomba la face contre terre, droit comme une planche. (Page 669.)

homme de cœur, mais ne vous semble-t-il pas que, avant de régler les conditions d'une rencontre, il faudrait peut-être chercher le moyen de l'éviter ?

— C'est tout à fait mon avis, monsieur, et, si vous voulez m'indiquer ce moyen, je vous en serais fort reconnaissant.

L'attaché d'ambassade tira de sa poche une feuille de papier soigneusement pliée et la présenta à Robert en lui disant :

— Vous n'auriez qu'à signer ces quelques lignes.

Robert déplia le papier et lut ce qui suit :

SON ALTESSE NOUNOUCHE   84

« Je, soussigné, exprime à l'honorable Samuel Garfield, citoyen de New York, tous mes regrets pour avoir oublié ce que je devais à son âge et à sa situation ».

Robert se mit à rire.

— Voilà, dit-il, ce qu'on peut appeler des excuses à l'américaine, c'est expressif et concis : *time is money* !

Et il rendit le papier à l'attaché d'ambassade qui le remit dans sa poche en disant :

— Alors, monsieur, vous refusez de faire des excuses ?

— Oh ! carrément !

— Nous n'avons donc plus, dit le colonel, qu'à nous retirer et attendre vos témoins.

— Vous ne les attendrez pas longtemps, messieurs.

Tous trois échangèrent un salut et les Américains se retirèrent.

Il ne faut pas trop s'étonner qu'Isidore Brousseau ait eu l'aplomb de s'adresser, en cette circonstance, à deux Américains aussi authentiques que haut placés.

Les citoyens des États-Unis sont les gens les moins formalistes du monde ; tel est, d'ailleurs, la conséquence du système administratif très simplifié qui a cours dans leur pays.

Il suffit qu'on se dise comme eux citoyen de la libre Amérique, que l'on demande leur aide ou que l'on implore leur protection, pour qu'ils se mettent immédiatement à la disposition du requérant.

L'idée ne leur viendra jamais de se livrer à une enquête quelconque pour savoir si le Yankee qui s'adresse à eux est un Yankee bon teint.

On sait que, pour se faire naturaliser citoyen des États-Unis, il suffit d'une simple déclaration faite en ce sens.

De même, tout homme qui, sur la terre étrangère, se proclame Américain devant un Américain est présumé sincère et peut compter sur la plus complète solidarité.

Le colonel et l'attaché d'ambassade avaient donc reçu avec le plus grand empressement leur « compatriote » Samuel Garfield.

Un peu surpris, mais, en somme, charmés de ses naïves questions, ils avaient commencé par le mettre en garde contre les fumisteries du peintre français, puis en étaient venus à lui déclarer que ce mauvais plaisant d'artiste s'était indignement moqué de lui et que l'honneur des États-Unis, ainsi que sa propre gloire, exigeaient qu'il demandât à M. Robert Templier une réparation par les armes.

Les deux Américains s'étaient rendus près du jeune peintre, espérant l'intimider par la fermeté de leur attitude et l'amener à faire des excuses.

Ils étaient navrés du mauvais succès de leur mission, car, bien que fort chatouilleux sur le point d'honneur, ils comprenaient combien il était ridicule que deux honnêtes gens cherchassent à s'entre-tuer à propos d'une charge d'atelier

Le soir même de leur visite à Robert, ils reçurent celle de ses témoins : le marquis de Crozant et un jeune Français nommé M. Desjardins, venu à Pétersbourg pour étudier le russe et dont Robert Templier avait fait connaissance depuis quelque temps.

Le colonel ayant déclaré que son client, qui avait le choix des armes en sa qualité d'offensé, désirait se battre au pistolet, le marquis de Crozant et M. Desjardins déclarèrent que, sur ce point, ils accorderaient tout ce qu'on demanderait.

Il fut entendu qu'on échangerait une balle à vingt pas et que, si la rencontre n'avait pas de résultat après ce premier essai, l'honneur serait déclaré satisfait.

Rendez-vous fut pris pour le lendemain matin, dans un bois d'arbres résineux situé loin de Saint-Pétersbourg et où l'on n'avait pas à craindre l'intervention des *gardarvoï*.

Robert, quand il sut que tout était réglé, montra beaucoup de calme extérieur. au fond, il était navré.

Sa jeune femme avait aisément deviné tout ce qui se passait — les épouses aimantes ne se trompent jamais en pareil cas; à défaut de renseignements positifs, elles ont des intuitions surprenantes.

A la suite d'une assez longue conversation, Robert avait fini par tout avouer à Jeanne.

La pauvre jeune femme s'était raidie de son mieux contre son chagrin et son inquiétude.

Elle savait bien qu'elle essayerait vainement d'empêcher son mari d'affronter les dangers d'un duel ; d'ailleurs, elle-même était trop soucieuse de l'honneur du nom de Templier pour protester contre l'accomplissement d'un devoir.

Si Robert Templier eût fait des excuses à ce gros Yankee, elle l'eût trouvé plus raisonnable, mais elle ne l'en eût point aimé davantage.

Elle était fière d'avoir pour mari un homme qui se trouvait sans trembler devant la pointe d'une épée ou la gueule d'un pistolet.

Pourtant elle ne pouvait pas s'empêcher de dire en soupirant :

— N'est-il point déplorable qu'un pur enfantillage ait de pareilles conséquences !

En réfléchissant bien, elle comprenait que Samuel Garfield était dans son droit en ne permettant pas qu'on lui marchât sur le pied, même avec des bottines vernies, même avec des mules de satin.

Au collège, les farces se règlent avec un coup de poing ; plus tard, elles se payent au prix d'un coup d'épée.

Robert fut charmé de voir sa femme si courageuse et si sensée.

Des pleurs, des cris, des attaques de nerfs l'eussent impressionné profondément et peut-être découragé.

Il était heureux de saluer en Jeanne la fille du vieux soldat, décoré de l'étoile des braves.

Il lui parla donc de l'affaire en toute liberté et, le matin, avant de partir avec ses témoins, il lui donna un tendre baiser d'époux en même temps qu'une robuste poignée de mains de camarade.

Les Américains et les Français se dirigèrent vers le bois, en voiture et par des chemins opposés.

Ils arrivèrent sur le lieu du combat à peu près au même moment.

Le choix du terrain fut bientôt fait.

C'était une sorte d'allée aménagée par la nature.

Le marquis de Crozant compta les vingt pas et, du bout de sa canne, marqua la place des deux adversaires.

Lui qui connaissait Robert Templier de longue date et l'avait toujours regardé comme un garçon très brave et même un peu *braque*, il était surpris de son extrême pâleur et de son regard trouble.

— Ce pauvre garçon aurait-il peur? se disait-il. Serait-ce un brave intermittent? Que diable! quand on se mêle de faire des fumisteries, il faut savoir en supporter les conséquences.

La vérité est que Robert était envahi par les plus noirs pressentiments.

Il se sentait perdu. Il disait mentalement adieu à Jeanne et à tous ceux qui lui étaient chers.

Ce n'est point qu'à ce moment il songeât à la proverbiale habileté des enfants du nouveau monde comme tireurs au pistolet, mais il sentait sur sa tête la main pesante de la fatalité et un souffle de tête de mort lui caressait le front et les joues.

Et puis, tandis qu'il prenait place en face de son adversaire, une idée sinistre et bizarre l'obsédait.

Peu à peu elle prenait des proportions d'un violent soupçon, puis le soupçon se changeait en une quasi-certitude.

Cet Américain plus yankee que nature devrait être quelque émissaire de Louis Hérault, transformé en prince Edouard, lequel était bien résolu à se débarrasser de tous ceux qui pouvaient mettre en doute son identité.

Et, à coup sûr, le faux Edouard devait avoir choisi, en cette circonstance, le plus habile tireur au pistolet qu'on ait pu trouver.

Robert, qui, à la suite de conversations avec Amélia et le marquis de Crozant, avait fini par se persuader à lui-même qu'Edouard était bien l'héritier direct et légitime des grand-ducs de Kirck-Berghein, était honteux maintenant d'avoir partagé cette illusion et se sentait fort humilié d'être tombé dans le piège que lui avait tendu le prétendu Yankee.

— Je ne suis qu'un sot, pensait-il, et j'aurais dû comprendre qu'on n'était ridicule et bête à ce point que lorsqu'on le faisait exprès.

Mais alors quelle naïveté ou quelle sottise de sa part d'exposer son crâne ou sa poitrine à la balle d'un aussi sinistre histrion!

Un duel, dans ces conditions, n'était-il pas la dernière des duperies et devait-il être esclave du point d'honneur jusqu'à succomber bénévolement sous les coups d'un assassin stipendié?

Sous l'empire des idées qui se succédaient dans son cerveau avec une rapidité vertigineuse, il fut sur le point de s'écrier :

— Messieurs, ce duel est impossible! Mon adversaire n'est qu'une sorte de cabotin payé par un vil usurpateur pour m'envoyer dans l'autre monde. Faites-le arrêter, qu'on l'examine, qu'on le fouille, qu'on fasse une enquête à son sujet et l'on découvrira qu'il n'est probablement pas citoyen des Etats-Unis, mais sujet du grand-duché de Kirck-Berghein.

Oui, Robert fut sur le point de pousser un cri de détresse, mais il eut assez d'empire sur lui-même pour le retenir.

S'il se trompait pourtant? Quelle honte aux yeux de toute l'Europe!

Il passerait pour un lâche qui a usé du plus grossier subterfuge pour se dérober au danger d'un duel au pistolet.

Allons! le vin était tiré, il fallait le boire...

Le marquis de Crozant dirigeait le combat.

— Messieurs, dit-il, veuillez vous mettre en position. Il est entendu que vous tirez au commandement et non à volonté : *Etes-vous prêts? Feu!* un, *deux, trois!*

D'après les règles du duel, les adversaires devaient tirer entre *un* et *trois*.

Les deux coups partirent en même temps.

Le faux Yankee ne broncha pas, mais Robert fit trois tours sur lui-même, puis tomba la face contre terre, droit comme une planche.

Un flot de sang mêlé de matière blanchâtre se répandit autour de son visage.

La balle de son adversaire avait pénétré entre ses deux yeux et lui avait mis la cervelle en miettes.

Le malheureux était mort sans pousser un cri, sans exhaler une plainte.

Le marquis de Crozant poussa une exclamation de douleur et tomba à genoux près du corps du jeune artiste, tandis que le jeune M. Desjardins restait immobile, comme pétrifié.

Le colonel américain, la tête découverte, s'approcha et dit doucement :

— Mes amis et moi sommes navrés du résultat de cette rencontre. Nous n'avons, je crois, plus rien à faire ici, sinon rédiger en hâte le procès-verbal. Notre ami l'honorable Samuel Garfield fera bien de quitter la Russie le plus rapidement et le plus secrètement possible, et notre devoir est de l'y aider.

Crozant, qui s'était relevé, s'inclina sans rien dire.

Il fit signe aux cochers des voitures et aux deux valets qui les accompagnaient, de venir s'occuper du cadavre.

Le procès-verbal fut immédiatement rédigé et signé à l'aide d'un petit nécessaire de poche contenant tout ce qu'il fallait pour écrire et dont, en homme pratique, le colonel américain s'était muni.

Les trois citoyens des États-Unis, après avoir courtoisement salué, disparurent sans qu'on s'inquiétât de savoir où ils allaient et, pendant ce temps, le marquis de Crozant et M. Desjardins, suivant à pied la voiture où l'on avait placé le cadavre du pauvre Robert Templier, se dirigeaient vers une grosse auberge située non loin du lieu de la rencontre.

L'aubergiste, à qui l'on graissa fortement la patte, permit que le cadavre fût provisoirement déposé sur un de ses lits.

Le jeune Desjardins resta dans la chambre, tandis que le marquis de Crozant, reprenant en voiture le chemin de Saint-Pétersbourg, allait annoncer la fatale nouvelle à la veuve de Robert Templier.

Jeanne, qui était restée toute la matinée accoudée à sa fenêtre, voyant le le marquis revenir tout seul, eut le parfait pressentiment du malheur qui la frappait.

Elle se précipita au-devant de Crozant, pâle, tremblante, les yeux brillants de fièvre.

— Ah ! je comprends tout ! dit-elle. Il est mort, il est mort, n'est-ce pas ?

Le marquis, trop suffoqué par l'émotion pour pouvoir articuler un mot, fit un signe affirmatif.

Alors la jeune femme se laissa tomber dans un fauteuil, toute blême, les lèvres décolorées, mais ne versant pas une larme.

Lorsque la douleur est intense à ce point, on ne peut pas pleurer ; les larmes ne viennent que lorsqu'elle s'apaise un peu, elles suivent la détente des nerfs.

— Ah ! mon Dieu ! mon Dieu ! dit Jeanne en tordant ses doigts entrelacés, mourir ainsi ! Et pour quel motif ! payer de sa vie une plaisanterie dont tout le monde aurait dû sourire !... L'honneur est satisfait maintenant... Quelle ironie amère !... quel sot préjugé, ce qu'on appelle l'honneur !... Ah ! je suis bien coupable, monsieur le marquis !... J'aurais dû à tout prix m'opposer à ce duel ridicule autant qu'abominable. J'aurais dû m'attacher, me cramponner aux vêtements de Robert pour l'empêcher de sortir d'ici ?... j'aurais dû me laisser traîner jusqu'au lieu du combat. Il n'aurait pu avoir lieu en ma présence et mon mari vivrait encore...

— Calmez-vous, madame, répondit le marquis de Crozant, vous avez fait ce que vous deviez faire... Vous avez agi en femme de cœur et de tact. Étant données nos mœurs actuelles, votre mari ne devait point faire d'excuses à ce butor américain et, s'étant incontestablement moqué de lui, il fallait bien qu'il lui accordât une réparation par les armes.

— Ah ! taisez-vous, monsieur le marquis ! L'adversaire de mon mari n'est qu'un assassin !

— Ne dites point cela, chère madame, vous vous rendriez coupable d'une injustice qui rejaillirait sur moi-même. Nous n'aurions point souffert qu'il se passât rien d'irrégulier. Quant à l'adversaire de votre mari, c'est un tireur d'une habileté rare, mais je dois convenir qu'il a été parfaitement correct.

Jeanne se mit à rire en grinçant des dents.

— Oui, dit-elle, il a tué mon mari dans les règles... Oh! je n'ai rien à dire!... Il faut bien que je sois satisfaite puisque ses témoins sont satisfaits... tout le monde a été très *correct* en cette occasion... Robert a fait son devoir, j'ai fait mon devoir, vous et monsieur Desjardins avez fait votre devoir... Eh bien, non, non, mille fois non... vous n'avez pas agi comme vous l'auriez dû... Je vous le dis en face et je vous le répéterai toute ma vie.

Le marquis ne reconnaissait plus Jeanne, ce n'était plus la même femme.

Elle, autrefois d'un naturel si doux et qui, dans les plus cruelles épreuves, montrait tant de constance et d'aménité, elle avait pris une expression de visage absolument terrible.

Elle offrait maintenant quelque ressemblance avec une jeune panthère, tant son regard et son rictus étaient sauvages et féroces.

— Que me reprochez-vous, madame? demanda Crozant d'un ton parfaitement doux et courtois.

— Je vais vous le dire, reprit Jeanne d'une voix haletante. Vous n'étiez pas plus tôt parti pour cette funeste rencontre, qu'une idée m'est venue. Elle n'a cessé de m'obséder. Vous auriez dû l'avoir comme moi. Comme moi, vous auriez dû vous dire que ce duel n'était pas possible...

— Et pourquoi, madame, n'était-il pas possible?

— Comment! vous ne me comprenez pas?

— Hélas! non, madame.

— Ne voyez-vous pas que ce Samuel Garfield était un faux Américain qui mystifiait amèrement mon mari, tandis que mon mari s'imaginait le mystifier doucement. Il faisait l'imbécile, il jouait la naïveté. Il allait au-devant des railleries.

— Mais pourquoi, grand Dieu?

— Parce qu'il voulait une affaire, parce qu'il comptait sur son habileté d'assassin pour tuer mon pauvre Robert.

— Eh! madame, vous rêvez! permettez-moi de vous le dire! Quel intérêt cet étranger pouvait-il avoir à faire périr un peintre de grand talent, un homme infiniment honorable, un excellent garçon qui n'avait pas un ennemi?

— Ah! vous croyez cela, vous, qu'il n'avait point d'ennemi! Vous oubliez celui qui avait grand intérêt à le faire disparaître et qui, un jour, essayera certainement de me faire disparaître à mon tour! Vous tressaillez, monsieur le marquis? Je vois que vous m'avez comprise... C'est de mon frère que je parle, de mon frère à qui je ne pardonnerai jamais d'avoir fait mourir ma mère de chagrin, de l'avoir littéralement tuée sous mes yeux...

— Votre frère, madame? il est mort dans les marais de la Guyane...

— Allons donc! vous croyez cela, vous? Eh bien, moi, si je l'ai cru, je ne le crois plus... Mon frère n'est pas mort dans les marais de la Guyane... il est vivant, bien vivant, trop vivant! Il règne dans la principauté de Kirck-Berghein, sous le nom du grand-duc Edouard... Oh ! je l'ai bien reconnu et, quels que soient les changements qui se soient produits dans son extérieur, quelles qu'aient été d'abord mes propres hésitations, je suis parfaitement sûre que Louis Hérault et le prince Edouard ne font qu'un. Il veut se débarrasser de tous les gens qu'il redoute. Je vous l'ai déjà dit, et je vous le répète : ce prétendu Américain n'était que son émissaire... Vous auriez dû vous en douter... vous auriez dû avoir la même idée que moi. Vous êtes très coupable de n'avoir pas deviné dans ce Yankee grotesque le sicaire de l'usurpateur de Kirck-Berghein. Et, maintenant, pourquoi tardez-vous à réparer vos torts, pourquoi ne courez-vous pas chez les magistrats leur dénoncer le meurtrier de mon mari ? Cet homme ne sera pas difficile à retrouver. Il faut qu'on l'interroge, qu'on se livre sur lui à l'enquête la plus minutieuse... Mais courez donc, monsieur ! On vous écoutera mieux que moi... vous avez plus d'autorité qu'une pauvre femme. Vous devez m'aider à venger mon mari, puisque vous l'avez laissé tuer sous vos yeux !

— Madame, votre douleur et votre colère vous égarent. Lorsque vous serez de sens-rassis, vous comprendrez à quel point vous avez été injuste envers moi. J'aurais, d'ailleurs, mauvaise grâce à vous blâmer trop énergiquement de prendre le prince Edouard pour Louis Hérault. J'ai moi-même partagé cette erreur et j'ai eu le tort immense de faire naître à ce sujet, dans l'esprit du malheureux prince Othon, des illusions qui lui ont été bien funestes. J'étais, hélas ! poussé par une passion blâmable et dont j'ai fait mon *mea culpa* et je dois dire que, si le prince Othon avait suivi mes conseils, il ne se serait pas lancé dans une campagne de presse qui l'a déshonoré et perdu. Après de mûres réflexions, j'ai compris combien mes soupçons contre le prince Edouard étaient absurdes et à quel point l'histoire de substitution sur quoi ils étaient basés était invraisemblable. Je regrette que, à mon exemple, vous ne soyez pas revenue sur des idées véritablement insensées...

— Vous étiez libre de changer d'avis, monsieur, et je vous estime trop pour vous accuser de palinodies intéressées. Mais, moi, je crois et je sais que le soi-disant prince Edouard est mon frère. Je l'ai vu ; j'ai pu hésiter à le reconnaître, mais, à présent, je suis sûre de mon fait... la voix du sang ne me trompe pas. Je sais bien qu'il y a quelque chose d'odieux dans le fait d'une sœur qui dénonce son frère, mais mon existence a été tellement anormale, qu'on ne saurait apprécier mes actions d'après la commune mesure... Oui, je hais Louis, que j'ai pourtant beaucoup aimé... je le hais parce qu'il a désolé et déshonoré ma prime jeunesse, parce qu'il a fait mourir ma mère de honte et de douleur... enfin, parce que c'est lui qui vient de faire assassiner mon mari, mon mari bien aimé, le seul être dont l'existence me fit aimer la vie.

— Je vous répète, madame, que la douleur vous égare. Je me rendrais odieux et ridicule en accédant à vos désirs, c'est-à-dire en essayant de mettre la police russe sur les traces de l'adversaire de votre mari. Agir de la sorte, après avoir

Les obsèques de M. Templier furent célébrées avec pompe. (Page 674.)

servi de témoin contre lui dans un duel où tout s'est passé correctement, ce serait forfaire non seulement aux convenances, mais à l'honneur.

— C'est bien, monsieur; je n'insiste pas. Vous êtes trop homme du monde pour comprendre les sentiments d'une fille du peuple, et puisque je ne puis compter sur votre aide, j'agirai seule.

— Vous agirez à votre gré, madame; mais, que vous le veuilliez ou non, je reste votre ami. C'est pour demeurer près de vous et de ma chère Amélia que j'ai continué d'habiter Pétersbourg. Votre colère, toute momentanée, je l'espère, ne m'empêchera pas de vous donner un conseil : croyez-moi, ne faites aucune démarche contre monsieur Samuel Garfield, gardez-vous surtout de toute insinuation et, à plus forte raison, de toute accusation contre le grand-duc de Kirck-Berghein. Dans l'état actuel des esprits, elles retomberaient sur vous de la façon la plus funeste.

— Je vous remercie de vos conseils, monsieur, et vous suis reconnaissante de l'intérêt que vous me portez, mais je sais ce que j'ai à faire et je connais mes devoirs... Adieu, monsieur.

— Au revoir, madame, et ne doutez point de mon inaltérable dévouement.

Le marquis sortit, laissant la malheureuse Jeanne dans une surexcitation toujours croissante.

XVIII

LES GRANDES INFORTUNES DE JEANNE

La mort de Robert Templier avait causé une très vive émotion dans la société russe.

On sait que le jeune maître était fort aimé à Pétersbourg.

Tout le monde le plaignit et prit part à la douleur de sa femme, mais quelques-uns saisirent cette occasion pour déverser quelque blâme sur l'esprit léger et moqueur des Français.

Pourquoi ce pauvre Templier s'était-il cru autorisé à mystifier un homme respectable, qui s'était conduit vis-à-vis de lui avec autant de courtoisie que de générosité ?

Les obsèques de Robert Templier furent célébrées avec une certaine pompe.

Toute la colonie française y assista, ainsi que plusieurs membres de la famille impériale russe.

Le Czar s'était fait représenter par un de ses aides de camp.

Pendant la cérémonie, quelques propos circulaient.

On disait que Mme Templier avait porté plainte au parquet de Pétersbourg contre l'adversaire de son mari et avait même demandé, à ce sujet, une audience au Czar, audience qui, d'ailleurs, ne lui avait pas été accordée, on ne savait pourquoi, car elle et son mari étaient fort bien vus à la Cour.

Nous devons dire qu'on n'avait tenu aucun compte des démarches de la pauvre veuve.

En Russie, lorsqu'on ne s'occupe pas de politique et qu'on ne professe aucune idée subversive, on jouit d'une liberté individuelle peut-être inconnue dans les pays prétendus libres.

Samuel Garfield n'était ni un nihiliste, ni un anarchiste, ni un socialiste, ni un libéral.

Il appartenait à une puissante nation qu'à ce moment la Russie avait intérêt à ménager.

Il n'y avait donc aucune raison pour qu'on l'inquiétât de quelque façon que ce fût, à propos d'un duel qui s'était passé conformément aux règles les plus strictes.

Isidore Brousseau put donc disparaître le plus aisément du monde et se préparer à d'autres exercices.

Ses témoins eux-mêmes ne s'inquiétèrent pas de ce qu'il était devenu.

Mais Jeanne ne renonçait point à le retrouver et à se venger de lui.

Elle avait refusé de revoir le marquis de Crozant qu'elle accusait presque de forfaiture.

En revanche, elle s'était montrée affectueuse et reconnaissante envers Amélia qui la visitait chaque jour depuis son malheur et s'efforçait de la consoler.

— Ma chère Jeanne, lui dit-elle, deux jours après les obsèques de Robert, nul autant que moi ne partage votre douleur. J'estimais votre cher mari et ne puis me faire à l'idée que je ne le reverrai plus. Hélas ! il y a des êtres sur qui le destin semble s'acharner. Il ne leur montre le bonheur que pour mieux leur faire sentir les infortunes dont ils l'accablent... Vous et moi sommes peut-être de ces créatures prédestinées à toutes les catastrophes. Quelles étranges alternatives dans toute notre existence ! Toutes deux, nous sommes passées de l'extrême misère et de la plus noire infortune au bonheur et à l'opulence, et nous voilà le jouet des plus tragiques événements... Mon mari meurt victime d'une émeute et d'un incendie... le vôtre est tué en duel dans les circonstances les plus bizarres et les plus inattendues. Quelles nouvelles surprises le sort nous réserve-t-il ? Moi, du moins, j'entrevois, de nouveau un horizon doré. Dieu sait que je n'ai point oublié mon cher Bolstoï, mais une nouvelle affection a succédé à celle que je lui portais. J'éprouve la plus vive sympathie pour l'aimable souverain qui a bien voulu me choisir pour compagne et dont je vais bientôt partager la noble et glorieuse existence...

Tout en parlant, Amélia observait Jeanne.

Elle remarquait qu'un amer sourire plissait sa lèvre et que ses yeux avaient une expression très marquée d'ironie.

Du reste, la jeune veuve gardait le silence et restait immobile sur son fauteuil, abandonnant sa main aux amicales étreintes d'Amélia.

— Nous sommes restées quelque temps à peu près sans nous voir, reprit la princesse, mais ne croyez point que je vous oubliais, ma chère Jeanne. L'affection que je vous ai vouée n'a jamais périclité... Maintenant, si vous le voulez bien, nous ne nous quitterons plus.

— Hélas ! princesse, répondit Jeanne, je le voudrais du meilleur de mon cœur, mais je crains bien que cela soit absolument impossible.

— Et pourquoi donc, ma chère amie ?

— A cause du mariage que vous projetez, princesse.

— Vous me blâmez de ne point rester veuve toute ma vie, d'oublier mon premier mari qui fut mon sauveur et mon bienfaiteur ? Ah ! si vous voulez bien réfléchir, ma chère Jeanne, vous comprendrez que je suis moins coupable que vous ne l'imaginez maintenant...

— Je ne juge pas votre conduite, princesse, et, puisque vous trouvez bon de vous remarier, je n'ai rien à dire à cela. Moi, je compte rester toute ma vie absolument fidèle à la mémoire de celui que je viens de perdre. Nul homme ne lui succédera dans mes affections... Mais chacun comprend ses devoirs à sa façon et aucune loi divine ou humaine ne vous oblige à agir comme moi. Ce qui me désole, je vous le dis franchement, c'est de vous voir épouser celui qui porte aujourd'hui le titre de grand-duc de Kirck-Berghein.

Amélia devint très pâle et abandonna brusquement la main de Jeanne.

— Je vous entends, dit-elle, vous et moi avons été frappées de la ressemblance de Son Altesse le prince Edouard avec un misérable que nous avons trop connu toutes les deux. Cette ressemblance a d'ailleurs frappé d'autres gens que nous et il en est résulté d'abominables attaques contre le grand-duc actuel de Kirck-Berghein. Le bon sens public a fait ample justice de cette scandaleuse campagne entreprise par un usurpateur déchu et la lie de la presse parisienne. Je me suis rendue compte de l'aberration où j'étais tombée en faisant dans mon esprit un rapprochement quelconque entre le prince Edouard et votre misérable frère. J'espérais, ma chère amie, que, comme moi, vous reviendriez à des idées raisonnables et sensées, je vois avec regret que votre esprit est encore en proie au plus étrange égarement.

— De grâce, princesse, faisons notre possible pour que nos bonnes relations ne changent pas de nature. Je vous suis reconnaissante de la bienveillance que vous m'avez toujours témoignée et je vous supplie de croire à ma plus vive amitié. Mais c'est cette amitié même qui me pousse à vous ouvrir les yeux, dussiez-vous en souffrir cruellement. Je vous affirme, je vous jure, que le soi-disant prince Edouard n'est autre que mon exécrable frère, que le monstre qui fut votre persécuteur, qui essaya de vous déshonorer, de vous entraîner dans des abîmes de honte et d'opprobre, et je ne comprends pas comment vous ne l'avez pas reconnu aussi formellement que moi. Certes, il a physiquement changé, mais son regard est resté le même, et quel regard ! Ah ! princesse, est-il bien possible que cette ressemblance — si ça n'est qu'une ressemblance — ne vous ait pas éloignée de celui que vous appelez le grand-duc de Kirck-Berghein ? J'admets un instant que je me sois trompée, que cet homme n'est pas Louis Hérault, mais ce que je ne comprends pas, c'est que, étant en quelque sorte le *sosie* de cet être monstrueux, il vous inspire autre chose que de l'effroi et du dégoût.

— Vous me froissez cruellement, ma pauvre Jeanne... je pourrais même dire que vous m'outragez... mais je ne puis vous en vouloir. Votre légitime douleur a exercé une terrible influence sur vos pensées...

— Dites tout de suite que je suis folle.

— Non, ma pauvre Jeanne, vous n'êtes pas folle, vous êtes exaltée, égarée, voilà tout. Cela vous rend injuste pour vos meilleurs amis. Vous l'avez été pour monsieur de Crozant, qui est bien le meilleur des hommes; vous l'êtes maintenant pour moi, qui suis votre plus intime amie...

— Princesse, pardonnez-moi, mais, au nom de votre propre bonheur, prenez au sérieux tout ce que je vous dis. En épousant le grand-duc de Kirck-Berghein, vous infligez aux mânes de votre mari la plus atroce des injures. Vous lui donnez pour successeur un voleur, un assassin; je pourrais ajouter un parricide...

— Ah! c'en est trop, Jeanne! Je ne puis vous laisser me dire de semblables choses!... Gardez votre opinion, moi je persiste dans mes projets. Pour l'instant je vous laisse... je tiens à rester en bons termes avec vous et, si cette conversation continuait, nous risquerions d'en arriver à une brouille définitive.

Les deux jeunes femmes se quittèrent assez froidement et Jeanne se mit à rédiger un nouveau placet au Tsar.

Elle persistait à lui demander une audience particulière, disant qu'elle avait des choses des plus importantes à lui révéler.

Ce placet resta sans réponse.

Alors Jeanne visita les principales autorités civiles et militaires de Saint-Pétersbourg.

Elle essaya de faire écouter ses accusations contre le meurtrier de son mari.

Tant qu'elle ne parlait que de l'Américain Samuel Garfield, on lui répondait avec douceur et politesse, tout en lui disant qu'il n'était ni opportun ni même possible de rechercher et d'inquiéter un citoyen des États-Unis qui, par goût ou par nécessité, courait le monde.

Mais, lorsqu'elle faisait allusion à la connexité que la mort de son mari pouvait avoir avec la substitution d'un forçat évadé au prince Edouard de Kirck-Berghein, les personnages qu'elle visitait changeaient d'attitude, devenaient froids, prenaient un air sévère et, finalement, la congédiaient sans galanterie.

Lorsqu'elle essayait d'aborder ce sujet avec les hommes et les femmes de la société pétersbourgeoise qui lui témoignaient de l'intérêt, on avait l'air de la plaindre de nourrir de pareilles illusions et, parfois, on lui disait nettement :

— Ah! non, assez de ce roman pharamineux! Qu'on en fasse un feuilleton ou un drame, ou une opérette, ou un poème tragi-comique, mais qu'on n'en parle plus à des gens raisonnables.

Jeanne était exaspérée, elle en arrivait à invectiver ses interlocuteurs de la façon la plus violente.

Rapidement, les sympathies se retiraient d'elle. Ses domestiques, eux-mêmes, commençaient à lui parler avec insolence.

Amélia et le marquis de Crozant ne la voyaient plus.

A sa colère succédait une noire mélancolie.

Elle ne sortait presque plus de son appartement, elle négligeait sa mise, elle perdait l'appétit et le sommeil.

Souvent sa femme de chambre l'entendait parler toute seule.

Un notaire, qui était venu l'aider à mettre en ordre les affaires de son mari et à régler ses propres affaires, disait partout que la raison de la pauvre jeune femme chancelait et qu'il était grand temps que l'on prît soin d'elle.

Les propos de ce personnage, d'ailleurs peu intelligent et bavard comme une concierge, se propageaient avec rapidité.

Un jour, le Tsar, qui recevait souvent le marquis de Crozant, lui dit :

— Mon cher marquis, vous avez ici une jeune compatriote qui est charmante, mais qu'il serait peut-être bon de ramener à Paris et de confier à quelques parents respectables qui puissent prendre soin d'elle.

— Hélas! Sire, répondit Crozant, je devine de qui Votre Majesté veut parler : c'est de la veuve de Robert Templier. Elle n'a plus de famille, ses amis l'abandonnent et je crains bien qu'elle se trouve aussi isolée dans sa patrie que sur les terres de Votre Majesté.

— La princesse Bolstoï et vous, ne pourriez-vous vous occuper d'elle ?

— Nous ne demanderions pas mieux; Sire, mais cette pauvre femme nous a pris en grippe, et je crois que notre intervention dans ses affaires lui ferait plus de mal que de bien. Au surplus, madame Templier est dans une situation indépendante, elle a de quoi vivre largement et le mieux est de la laisser libre. Bientôt, je l'espère, son cerveau, ébranlé par la mort de son mari, reprendra ses assises et elle redeviendra ce qu'elle était autrefois, une douce et charmante femme, digne de respect et d'affection.

Ce jour-là, le Tsar n'insista pas.

Cependant Jeanne restait de plus en plus solitaire et continuait à envoyer aux autorités russes des dénonciations et des requêtes contre le meurtrier de son mari.

Le malheur voulut qu'il lui vînt des auxiliaires aussi dangereux et aussi maladroits que possible.

Quelques jeunes gens et quelques jeunes femmes, plus ou moins névrosés, plus ou moins détraqués, imbus de ces idées de réforme et de révolte qui prennent chez les hommes et les femmes de la race slave, des formes et un caractère si inquiétants, si déconcertants, affectèrent de la regarder comme une victime de l'autoritarisme ou de la tyrannie.

— On ne voulait point l'écouter, disaient-ils, parce qu'elle en savait trop long sur certains faits dont la révélation pouvait troubler l'égoïste quiétude des monarchies européennes.

Un pamphlet de quelques pages, extrêmement violent, imprimé secrètement et propagé avec mille précautions, affirmait que le grand-duc de Kirck-Berghein était bien Louis Hérault, frère de Jeanne et beau-frère de Robert Templier.

Le Tsar était son complice.

C'était lui-même qui avait fait remplacer le prince Édouard par un aventurier de la pire espèce, dont il comptait faire un de ses agents les plus actifs.

Robert Templier avait été tué dans un duel déloyal par un de ces tireurs qui ne manquent jamais leur coup.

Cet homme était à la solde de Louis Hérault qui voulait se débarrasser de son beau-frère et le gouvernement russe avait favorisé sa disparition.

D'autres accusations, moins précises, mais aussi violentes, étaient portées dans ce pamphlet contre le Tsar, la Cour de Russie et même le gouvernement français.

La police put saisir ce libelle et en livrer des exemplaires au pilon.

Mais presque tout le monde l'avait lu à Pétersbourg et l'effet en avait été diamétralement opposé à ce qu'en attendaient les libellistes.

Les journaux officieux demandèrent si les scandales de la campagne parisienne en faveur du prince Othon allaient se renouveler à Pétersbourg.

Les gens sérieux exprimèrent le désir de voir les libellistes arrêtés et expédiés en Sibérie.

Quelques-uns allaient jusqu'à dire que le grand-duc Édouard, ne fût-il qu'un aventurier parvenu, maintenant qu'il y avait fait accompli, le mieux était de le laisser à sa place et de ne point l'attaquer.

Pourquoi troubler le repos de l'Europe pour des questions si embrouillées que personne n'y comprenait goutte? cela nuisait au commerce.

Le mieux était de laisser les choses en l'état et de tâcher de donner un nouvel essor aux affaires.

Les libellistes ne furent point arrêtés ni envoyés en Sibérie; mais Mme Jeanne Templier fut poliment priée de quitter le territoire russe dans le délai de huit jours.

Quand il sut cette nouvelle, le marquis de Crozant se hâta d'aller se mettre à sa disposition et lui offrit de l'accompagner jusqu'à Paris.

Jeanne le remercia sèchement et déclara qu'elle ferait très bien le voyage toute seule.

M. le marquis n'avait que faire de se compromettre avec une pauvre plébéienne comme elle. Sa place était près de la princesse Amélia Bolstoï qui porterait bientôt le titre de grande-duchesse de Kirck-Berghein.

Cet accueil ironique et glacial affligea Crozant, mais ne le surprit point.

Il s'attendait à toutes les rebuffades de la part d'une jeune femme aigrie, buttée et décidément atteinte de la manie de la persécution.

Il laissa donc partir Jeanne toute seule et la pauvre femme quitta Pétersbourg sans même faire ses adieux à Amélia.

Son projet était de vivre à Paris d'une manière extrêmement simple, en petite bourgeoise ou plutôt en femme du peuple.

Ce n'est pas que l'argent lui manquât.

Son mari lui laissait, par un testament rédigé depuis plusieurs mois, toute sa fortune qui était considérable, car Robert avait fortement prospéré comme peintre et ses bénéfices nets se montaient déjà à près de cinq cent mille francs.

Jeanne comptait employer ses ressources soit à des charités diverses, soit à l'œuvre qu'elle avait entreprise.

Et cette œuvre consistait à retrouver le meurtrier de son mari et aussi à démasquer son indigne frère.

En arrivant à Paris, elle descendit dans un hôtel simple, mais confortable, du quartier Poissonnière.

Son arrivée était annoncée par les journaux et, pour éviter les indiscrétions des reporters, elle avait pris un faux nom.

Son premier soin fut d'écrire à un de ses anciens amis que nos lecteurs n'ont sans doute pas oublié et qui n'était autre que l'excellent Étienne Fourgeaud, encadreur de son état et avec qui Robert et sa femme n'avaient jamais cessé de correspondre.

Fourgeaud était veuf maintenant et vivait seul avec une vieille servante.

Ses affaires avaient si bien marché qu'il avait pu rembourser à Robert les soixante mille francs exposés et perdus par lui au *Crédit Babylonien*.

Cette prospérité tenait à une invention dont il était l'auteur.

Il avait trouvé une sorte de pâte qui imitait si parfaitement le bois sculpté que les spécialistes les plus experts n'y voyaient que du feu.

Ce perfectionnement dans l'art de l'encadrement avait fait si grand bruit, que quelques peintres de ses clients lui avaient offert de le faire décorer de la Légion d'honneur.

— Grand merci, leur avait-il répondu, mais ma médaille militaire me suffit. J'aurais été heureux d'être décoré comme soldat, mais comme civil, je n'y tiens guère. Il y a tant de farceurs de pékins qui portent le ruban rouge, qu'il ne me dit plus rien du tout.

Dès qu'il eut reçu la lettre de Jeanne, il se hâta d'accourir à son hôtel.

Il fut frappé du changement qui s'était opéré en elle.

Jeanne paraissait maintenant près de dix ans de plus que son âge ; ses yeux s'étaient creusés, son nez s'était pincé, ses lèvres amincies gardaient constamment un pli amer.

Elle était maigre, fort pâle et souvent secouée par des mouvements nerveux.

Fourgeaud, qui, lui, était toujours le même, se garda bien de laisser voir ses impressions.

Tous deux s'embrassèrent tendrement et chaleureusement.

Le bon Étienne, suffoqué par l'émotion, fut quelque temps sans pouvoir parler.

Le jeune notaire lui saisit vivement les deux mains. (Page 687.)

Enfin il dit :

— Ah ! Jeanne ! ah ! madame ! ah ! ma chère petite amie, comme je suis heureux de vous revoir ! Hélas ! pourquoi faut-il que je vous retrouve dans le chagrin ?... Que d'événements ont eu lieu, que d'événements !... Ce pauvre prince brûlé, notre cher Robert tué en duel !...

— Dites : « assassiné », interrompit Jeanne...

Et tout d'un trait, tout d'une haleine, elle fit part à Etienne Fourgeaud de ses idées, de ses soupçons, de ses projets...

Son Altesse Nounouche   86

— Tout le monde m'a abandonnée à Saint-Pétersbourg, dit-elle, même monsieur de Crozant, même Amélia !... Le Tsar m'a expulsée... les journaux bien pensants m'ont violemment attaquée, mais rien ne me découragera, je persisterai dans mes accusations et je continuerai mon œuvre de justice et de vengeance quand je devrais être seule contre tout l'univers.

Etienne Fourgeaud, qui l'avait écoutée avec la plus grande attention, eut peine à lui dissimuler la pénible impression que lui causaient ses discours.

Il hésitait à lui dire sa façon de penser, de peur de l'affliger, mais il était absolument navré de la voir obsédée par des idées qu'il regardait comme de déplorables chimères.

Esprit très droit, mais un peu étroit, homme d'ordre et de discipline, bonapartiste de tradition et de sentiment, conservateur d'instinct, il avait été, plus que tout autre, indigné des attaques portées par un immonde journal contre un jeune prince qui, bien que de race allemande, se disait l'ami de la France.

Il disait hautement qu'il fallait être fou furieux pour croire que cette abominable petite fripouille de Louis Hérault, ancien chef de la bande des « Mouch'-moi donc », ait pu se faire passer pour un prince et gouverner son grand-duché à la satisfaction de tout un chacun.

Et voilà, maintenant, qu'il retrouvait ces propos grotesques dans la bouche d'une femme de cœur et de bon sens, la propre sœur de Louis Hérault !

Qui est-ce donc qui avait pu lui monter la tête à ce point ?

Elle avait vu le prince en propre personne.

Comment donc pouvait-elle le confondre avec son gueusard de frère ?

C'est ce qu'Etienne Fourgeaud lui demanda très franchement.

Et il ajouta, avec un sourire triste :

— Etes-vous bien certaine que les évènements dramatiques auxquels vous avez été mêlée dans ces derniers temps n'ont point apporté quelque trouble dans votre esprit ? La douleur profonde qui vous a ébranlée après la mort tragique de votre cher mari ne serait-elle point cause...

Mais Jeanne ne le laissa pas continuer.

— N'achevez pas, mon excellent ami, s'écria-t-elle avec une vivacité qui déconcerta Etienne, je vois où vous voulez en venir, vous êtes contre moi comme tous les autres, mais c'est assez que je me sois brouillée avec mes chers amis. Je ne veux pas qu'il en soit de même avec vous... Je ne puis pourtant pas rester seule au monde et, si vous le voulez bien, nous ne reparlerons plus de cette affaire.

— Ma foi, je ne demande pas mieux, répondit Etienne. Je crois que, en oubliant toutes ces idées biscornues et en prenant un peu de distractions que vous le permet votre deuil, vous ne tarderez pas à revenir à la santé et à vous remettre d'aplomb. Maintenant, voyons, comment comptez-vous vivre à Paris ? Si ma pauvre femme était encore de ce monde, je vous offrirais bien de venir demeurer chez nous ; mais, comme je suis veuf, ça ne serait peut-être pas très convenable, quoiqu'à vrai dire un vieux grognard comme moi ne soit pas bien compromettant pour une jeune et jolie femme.

— Je vous remercie bien cordialement, mon cher ami, mais je tiens essentiellement à être chez moi, libre de mes mouvements et de mes actions. Je ne vois pas la nécessité, tout bien considéré, de me donner les embarras d'une installation. Je resterai donc, jusqu'à nouvel ordre, dans cet hôtel qui me semble fort convenable. J'ai beaucoup de démarches à faire... oui, beaucoup, beaucoup...

Les yeux de Jeanne avaient pris une fixité qui alarma Etienne Fourgeaud.

Il comprit que, si Jeanne avait renoncé à lui parler de ses chimères, elle comptait bien en entretenir d'autres personnes.

Craignant de l'irriter en revenant sur ce sujet, il la quitta après quelques paroles banales.

A peine était-il sorti que Jeanne s'habilla d'un tour de main fiévreux, demanda une voiture et se fit conduire rue Louis-le-Grand, chez notre ancienne connaissance, Gaston Bourgoin, qui était devenu un des premiers notaires de Paris.

La mort avait fauché autour de lui.

Il avait perdu, dans l'espace de quelques mois, son père et son frère aîné.

Il les avait sincèrement pleurés, mais il n'y a pas de chagrin qui ne se cicatrise et il vivait parfaitement heureux entre sa mère et sa femme, s'occupant de ses affaires en homme exact mais large d'esprit, et arrivant à la fortune par des chemins semés de fleurs.

Il n'avait jamais cessé de correspondre avec son ancien mentor Robert Templier et la mort tragique du malheureux artiste lui avait fait presque autant de peine que celle de son père et de son frère.

En revoyant Jeanne, il fut tellement ému — bien qu'il s'attendît à sa visite — qu'il fut sur le point de s'évanouir.

Il était alors dans son cabinet de travail et voulait immédiatement faire appeler sa femme et sa mère, mais Jeanne lui dit qu'elle aurait le plaisir de voir ces dames plus tard et que, pour le moment, elle désirait lui parler seule à seul.

— Mais asseyez-vous donc, chère madame, dit le jeune notaire en lui avançant un fauteuil et en prenant place lui-même vis-à-vis d'elle. Je n'ai pas à vous dire, n'est-ce pas ? combien j'ai pris part au deuil qui vous frappe. J'aimais Robert Templier comme un frère, et, si je suis maintenant parfaitement heureux et tranquille, je le lui dois en grande partie... Oh ! ne souriez pas, madame, je ne vous dis que la pure vérité. Comme vous le savez vous-même, c'est grâce à l'ingénieuse amitié de Robert que j'ai pris le dégoût de la vie bruyante et désordonnée et que je me suis affermi dans le désir de mener l'existence d'un honnête bourgeois, bon père, bon mari et bon territorial. Je serais un excellent père si j'avais des enfants... Pour le moment, le ciel me refuse cette joie, mais ma femme et moi ne désespérons point. Au surplus, mes affaires marchent à merveille, je suis le plus jeune de la corporation des notaires parisiens, mais non le moins occupé et je vois avec bonheur ma fortune et mon influence s'accroître de jour en jour.

Jeanne fixait un regard de sympathie sur Gaston Bourgoin qui, malgré sa jeunesse, ressemblait maintenant à son père.

Avec sa petite calotte noire, ses joues pleines, ses favoris en côtelette qui avaient remplacé ses moustaches d'antan et son complet d'intérieur d'une coupe élégante, mais d'un aspect sévère, il réalisait, pour ainsi dire, l'idéal du tabellion.

C'était, dans toute l'acception du mot, le parfait notaire.

Jeanne se disait avec joie qu'un officier ministériel aussi bien posé dans Paris l'aiderait fort efficacement à atteindre le but qu'elle poursuivait.

— Cher monsieur, dit-elle, je suis heureuse que vous ayez conservé un si amical souvenir de mon mari, car je compte avoir recours à vos lumières et à votre influence...

— Vous avez personnellement toutes mes respectueuses sympathies, madame, et vous pouvez compter sur mon entier dévouement. Robert, en mourant, aurait-il laissé une situation un peu compliquée?

— Assurément non, monsieur, ses affaires étaient parfaitement en ordre et je suis en possession de tout ce qu'il m'a laissé par un testament fait peu de temps avant sa mort.

— J'espère, madame, que sa succession vous donne l'indépendance?

— Mieux que cela, monsieur, c'est presque la richesse. Mon pauvre Robert était devenu un des artistes les plus considérés et les mieux rémunérés de l'Europe.

— Vous me voyez très heureux de ce que vous me dites, chère madame.

— Je n'en ai pas moins à vous consulter, monsieur, sur des affaires fort graves. Vous savez, assurément, dans quelles dramatiques et tristes circonstances j'ai dû quitter la Russie. Après la mort de mon mari, j'ai rompu peu à peu avec ses meilleurs amis. Des bruits calomnieux ont couru sur mon compte... Quelques gens, bien intentionnés peut-être, mais assurément fort maladroits, ont pris très inopportunément ma défense. Bref, le Tsar, qui m'avait toujours montré beaucoup de bienveillance, m'a ordonné de quitter la Russie. Tout cela, parce que j'ai dit que mon mari avait été assassiné par le mystérieux Américain qui s'est battu en duel avec lui...

— J'étais instruit, ou du moins à peu près, de tout ce que vous me dites là, chère madame, et vous pouvez être assurée que j'ai partagé vos inquiétudes et vos chagrins bien cordialement et bien douloureusement.

— Ah ! monsieur, je vois que vous me comprendrez, vous, et que je vais enfin trouver un appui, un protecteur. Vous êtes, comme le fut votre père, le conseil et le soutien de ceux que persécutent les iniquités du destin et les injustices des hommes.

Gaston sourit avec modestie et bonhomie.

— J'ai, maintenant, tout le loisir de vous écouter, chère madame, dit-il ; parlez donc, et expliquez-moi vos affaires, sans ambages et sans scrupules.

Jeanne, sur un ton d'exaltation qui étonna et même affligea le jeune notaire, lui raconta tout ce qui lui était arrivé à Saint-Pétersbourg et lui affirma avec la plus grande énergie que le prétendu grand-duc Edouard de Kirck-Berghein était bel et bien son frère, l'assassin, le forçat Louis Hérault.

Gaston Bourgoin, dont le nervosisme d'autrefois avait fait place à un flegme, à un-sang-froid fort précieux dans sa profession, avait écouté la jeune femme sans qu'aucune impression pût se lire sur sa physionomie.

Renversé sur son siège, l'œil à demi voilé par ses paupières, les jambes croisées et les mains sur son ventre, il faisait doucement tourner ses pouces.

Lorsque Jeanne eut cessé de parler, plutôt parce qu'elle était lasse que parce qu'elle avait épuisé son sujet, Gaston ouvrit complètement les yeux, s'accouda sur son fauteuil et dit d'une voix grave et douce :

— Je crains, madame, que vous n'ayiez pas en ces étranges et dramatiques circonstances tout le calme voulu et que vous envisagiez la situation d'une façon plus romanesque que positive.

Jeanne devint très rouge et s'agita sur son fauteuil.

— Eh quoi ! monsieur, s'écria-t-elle, vous aussi vous doutez de mon bon sens, vous me blâmez de vouloir venger la mort de mon mari ?

— Oh ! n'exagérons rien, madame, on peut avoir l'esprit romanesque tout en gardant un sens très droit ; c'est le cas de la plupart des femmes sensibles et nerveuses. Mais les meilleurs esprits peuvent s'égarer légèrement, surtout quand ils ont été frappés par des malheurs réitérés et exceptionnels. Si votre mari a été réellement assassiné, vous auriez grandement raison de chercher à venger sa mort ; mais permettez-moi de vous dire que l'on vous croira bien difficilement lorsque vous affirmerez que notre pauvre Robert a été victime d'un guet-apens et d'un meurtre prémédité. Il a succombé dans un duel à jamais regrettable, mais absolument régulier et réglé par quatre témoins d'une honorabilité absolument incontestable. Il peut se faire que son adversaire soit un personnage plus ou moins équivoque ; mais, en somme, il a correctement essuyé le feu de votre mari et n'a point tiré dans des conditions irrégulières. Je regrette qu'il ne soit pas poursuivi et condamné à une peine quelconque, car le duel me paraît un préjugé barbare punissable par les lois ; mais cet homme a disparu et, quoi qu'il arrive, le gouvernement russe ne demandera certainement pas son extradition. Permettez-moi d'ajouter, madame, que je suis péniblement impressionné par ce que vous me dites au sujet du prince Édouard de Kirck-Berghein. D'abord, quels que soient les torts ou les crimes de votre frère, il y a quelque chose d'un peu choquant de le voir poursuivi par sa propre sœur...

— Que dites-vous, monsieur? Ignorez-vous donc que ce misérable a tué ma mère et qu'il va plonger dans un abîme de honte une jeune femme que je considérais et que je considère encore comme mon amie?...

— Alors, madame, vous êtes bien persuadée que c'est Louis Hérault qui règne dans le grand-duché de Kirck-Berghein sous le nom du prince Édouard?

— Persuadée n'est pas le mot exact, monsieur; j'en suis absolument sûre.

— Hélas! madame, je suis obligé de vous dire qu'une telle affirmation est bien téméraire.

— J'ai vu cet homme, monsieur, et je l'ai parfaitement reconnu. La voix du sang ne trompe jamais!

— C'est ce qui vous trompe, madame. Voulez-vous que je vous en cite un exemple? J'ai beaucoup étudié les livres de droit et connais l'histoire de tous les procès célèbres...

— Eh! monsieur!

— Donnez-vous patience, madame... En 1790, une très honnête femme, nommée Lyonnelle Benoit, reconnut formellement pour son fils un jeune homme accusé d'assassinat... Or, ce jeune homme lui était absolument étranger. Il ressemblait d'une façon frappante au fils de Lyonnelle, et voilà tout. Ah! madame, elle est longue et lamentable, la liste des erreurs judiciaires basées sur de fatales ressemblances!

— Mon Dieu, monsieur, je ne vous dis pas le contraire, mais...

— Vous connaissez, assurément, le triste procès Lesurques!...

— De grâce, monsieur!...

— Lesurques avait le malheur de ressembler à un certain Dubosc, assassin du courrier de Lyon: il fut guillotiné. De proches parents l'avaient eux-mêmes confondu avec Dubosc... Je pourrais vous citer bien d'autres exemples... Vous vous êtes trompée, madame, il n'y a jamais rien eu de commun entre votre frère et Son Altesse le grand-duc de Kirck-Berghein.

— Allons, monsieur, je vois que je ne dois point compter sur votre assistance...

— Oh! que si, madame!... Vous pouvez et vous devez y compter. J'étais l'ami de votre cher mari, je serai le vôtre, que vous le vouliez ou non... Et je ne puis vous donner de meilleure preuve d'amitié que de vous empêcher de vous lancer dans des entreprises qui vous ont déjà compromise et qui vous perdraient sans doute à tout jamais.

— Je n'ai plus rien à vous dire, monsieur, reprit Jeanne en se levant d'un air fier et triste... Je sais à qui je dois m'adresser, puisque tous mes amis m'abandonnent.

Le jeune notaire lui saisit vivement les deux mains...

— Non, Jeanne, non, dit-il avec une émotion cordiale, non, vous ne me quitterez pas ainsi ; vous m'écouterez encore ; vous ne renoncerez pas à me demander mes conseils et à les suivre ; ce sont les conseils d'un galant homme, n'en doutez pas, ce sont les avis d'un ami fidèle, zélé, dévoué... Qu'allez-vous faire, grand Dieu ?... Ah ! je le devine !... vous commettre avec les tristes individus, qui, sous l'instigation du prince Othon, l'usurpateur suicidé, ont entrepris contre le grand-duc de Kirck-Berghein, une campagne scandaleuse, odieuse, abominable, dont se sont indignés les honnêtes gens de tous les partis... Savez-vous bien quels étaient les hommes liges du misérable prince Othon ?... Hélas ! vous les connaissez de nom, pour la plupart. Un banqueroutier : Van de Wett ; un politicien véreux : le comte Le Cesne ; un recéleur, jadis complice de votre frère Gianidracchi ; un bohème de lettres qui avait peut-être quelque talent, mais que ses agissements ont mis au ban de la littérature et de la politique : le libelliste, le pamphlétaire, le calomniateur Hugues Tarpiau ; ajoutez à ces gens-là tous les affamés en quête de subventions, tous les mécontents atteints par la justice, tous les ratés, tous les déséquilibrés, tous les utopistes malsains qui grouillent dans les bas-fonds du journalisme parisien !... Chose bien caractéristique, on a vu des anarchistes prendre les intérêts d'un prince, d'un grand-duc, d'un tyran... du misérable Othon en un mot... Othon, l'assassin du jeune et charmant ministre plénipotentiaire de Kirck-Berghein, s'est fait justice à lui-même en s'ouvrant les veines dans une baignoire ! Il a avoué son crime, oui, il l'a formellement avoué... Et c'est fort heureux ! S'il eût été jugé et condamné, il se serait trouvé des masses de détraqués pour crier à l'erreur judiciaire, à l'iniquité, pour demander la revision de son procès !... Mais, maintenant, il y a unanimité sur son compte ; nul n'oserait plus prendre la défense de ce criminel exécuté par ses propres mains !... Seriez-vous donc la seule à vouloir réhabiliter sa mémoire ?... Ah ! Jeanne !... Jeanne !... Dieu vous préserve d'une telle aberration ! Voyez ce que vos erreurs vous ont déjà valu en Russie : être expulsée par le Tsar... pis que cela ! être défendue par des nihilistes ! Ici, vous ne trouverez plus, pour marcher avec vous, que des anarchistes fous furieux. Les anciens champions du prince Othon le renient eux-mêmes !... Au nom de votre excellente mère, au nom de votre regretté mari, revenez à vous et ne déshonorez pas votre nom !...

Jeanne s'était rassise.

Elle était fort pâle, mais paraissait calme ; Gaston ne pouvait cependant regarder sans trouble ses prunelles brillantes d'un feu pire que celui de la fièvre.

— Monsieur, dit la jeune femme après un assez long intervalle de silence, vous nous avez toujours montré trop d'affection, à mon mari et à moi, pour que je n'écoute pas avec patience tout ce qu'il vous plaît de me dire. Je vous dois une réponse, la voici. J'ai parfaitement reconnu mon frère. C'est lui qui a usurpé le nom et le titre du grand-duc Edouard de Kirck-Berghein. C'est ce misérable forçat qui s'est substitué au souverain allemand. Comment s'est opérée cette substitution, c'est ce que j'ignore. La vérité se découvrira plus tard... C'est lui qui a fait assassiner mon mari par un émissaire très habile tireur au pistolet!... Je ne sais pas si le prince Othon est l'auteur du crime dont on l'a accusé et si son suicide est véritablement un aveu. Ce que je sais bien, c'est qu'il était dans le vrai en accusant son successeur d'usurpation. Il était défendu par des gens peu recommandables... Hélas! monsieur, c'est le sort de toutes les causes difficiles à soutenir, même lorsqu'elles sont justes. Les honnêtes gens ont des timidités peu favorables aux entreprises dangereuses. Il y avait, d'ailleurs, quoi que vous en disiez, des gens fort honorables et fort convaincus, parmi les partisans du prince Othon. C'est à ceux-là surtout que je compte avoir recours, sans toutefois repousser absolument l'assistance des autres. Il y a de terribles nécessités dans la vie. Sachez que je ne reculerai devant rien... devant rien, rien, rien!... pour faire triompher la vérité. Je m'attends à être injuriée, vilipendée, persécutée, mais rien ne me fera céder. Vous m'avez fait observer qu'il y avait quelque chose de choquant à voir une sœur s'acharner contre son frère. Ah! monsieur!... j'ai aimé Louis malgré ses crimes; je ne sais trop si j'aurais agi contre lui, même après son parricide moral; mais je ne lui pardonnerai jamais la mort de mon mari, de mon bien-aimé Robert, qui était tout pour moi!... Et encore, je vous le jure, si Louis était malheureux, pauvre, poursuivi par la vindicte publique, je ne m'acharnerais pas contre lui; mais je ne souffrirai pas que le misérable, qui a tué ma mère et mon mari, règne triomphalement sur une honnête population, soit fêté dans les Cours de l'Europe, épouse une honnête femme qu'il a jadis abominablement outragée et qui est assez aveugle pour ne le point reconnaître!... Je ne le souffrirai pas, vous dis-je!... Et si je le souffrais, je me considérerais comme la dernière des créatures. Il ne me resterait plus que d'aller me jeter à ses pieds, lui demander de me doter et de me marier à quelque grand seigneur!...

Jeanne parlait avec une exaltation contenue, extrêmement impressionnante.

Gaston Bourgoin était fort troublé.

Il comprenait que tous ses efforts pour ramener la jeune femme à ce qu'il croyait être de meilleurs sentiments seraient parfaitement inutiles.

Pour le moment, il résolut donc de ne point heurter Jeanne Templier.

Il se réservait de lui parler encore, de la prêcher, de lui faire toucher la vérité du doigt.

Comme son père, il était aussi têtu que doux.

Il ne se décourageait et ne se rebutait jamais.

— Ma chère Jeanne, dit-il, d'une voix très douce, je n'insiste pas pour le moment. Permettez-moi d'ajouter une chose seulement... Mon père était tout dévoué à madame de Woutremont, la mère d'Amélia; j'ai pris la succession de mon père et je suis tout dévoué à Amélia. Si je croyais que le prince qu'elle

Elle monta, avec lui, dans un fiacre qui l'attendait à la porte. (Page 696.)

regarde comme son fiancé était un forçat évadé, un vil assassin, un abominable parricide, pour rien au monde je ne lui laisserais faire ce mariage !

— Si donc je vous apportais la preuve que le prince Edouard n'est autre que mon frère?

— Je serais le premier à faire mon possible pour empêcher son mariage avec cet homme... Je crois avoir encore quelque influence sur son esprit... J'ai toujours correspondu avec elle...

— Eh bien, cher monsieur, au revoir...

Son Altesse Nounouche   87

— Nous nous quittons bons amis?

— Certes !...

Gaston ne fit rien pour retenir Jeanne. Comme il n'avait rien de caché pour sa femme et pour sa mère, il leur raconta, par le menu, sa conversation avec la veuve du pauvre Robert.

Ces dames avaient d'abord fait à Gaston d'amicaux reproches pour ne l'avoir pas gardée à dîner ; mais, après le récit du jeune notaire, elles convinrent que, avant de la revoir dans l'intimité, il fallait attendre que sa tête se fût un peu calmée.

Gaston était fort inquiet au sujet de Jeanne.

Il songea toute la nuit à la pauvre veuve.

L'excellent homme craignait pour sa raison.

Il reconnaissait que Jeanne lui avait parlé avec un certain calme, qu'il y avait beaucoup de logique dans sa façon de raisonner, que ses idées s'enchaînaient, que ses déductions se suivaient ; mais les aliénés ne s'expriment-ils pas souvent avec une logique stupéfiante ? Le point de départ est faux, mais leurs arguments étonnent maintes fois par leur netteté et même leur puissance.

Ce qui effrayait tout particulièrement Gaston, c'était le regard de Jeanne...

Il se croyait très physionomiste...

Il se faisait même quelque illusion à cet égard.

L'ex- « névrosé » était un simpliste. Son sens était droit, mais un peu étroit ; il avait la rectitude de jugement de son père, mais non son extrême finesse.

Peut-être le vieux notaire n'eût-il point été aussi prompt que lui à repousser la thèse de la substitution du forçat Louis Hérault au prince Edouard de Kirck-Berghein. Peut-être eût-il été frappé des fautes de Jeanne au point de concevoir des doutes sur l'identité du nouveau grand-duc.

Il devait à ses origines villageoises un mélange de défiance et de *roublardise* qui l'avait toujours ou presque toujours préservé des bévues.

Gaston était beaucoup moins paysan et, par conséquent, beaucoup moins roublard et beaucoup moins méfiant.

C'était un Parisien, et, comme tel, il était naturellement porté à subir les influences ambiantes. Il n'aimait point à se mettre en contradiction avec l'ensemble du public honnête et intelligent.

Le public honnête et intelligent s'était vivement prononcé contre le prince Othon et ses partisans, donc le prince Othon et ses partisans étaient des misérables indignes de toute créance.

Le public honnête et intelligent eût certainement regardé Jeanne Templier comme une détraquée, donc Jeanne Templier était menacée d'aliénation mentale.

Gaston Bourgoin ne voyait guère plus loin que cela.

Mais que ferait-il, si la malheureuse Jeanne devenait insensée ?...

Hélas ! il lui faudrait se résoudre à la mettre en traitement chez quelque habile spécialiste.

Il y avait alors, près de Montmorency, un médecin aliéniste, nommé le docteur Jougla qui était en train, de se faire une grande situation dans le monde scientifique. Il tenait une maison de santé fort belle et fort bien située, où il soignait des gens appartenant presque tous à la classe riche, car sa pension était fort chère.

— Si Jeanne devient folle, se disait Gaston, je ne la laisserai certainement pas mettre à la Salpêtrière... S'il fallait payer la pension de ma poche, je la paierais assurément, mais elle est plus qu'à son aise et rien n'empêche qu'elle devienne la pensionnaire du docteur Jougla.

Gaston resta plusieurs jours sans nouvelles de Jeanne.

Il lui écrivit une lettre fort affectueuse, qui resta sans réponse.

Il lui rendit visite à son hôtel, mais elle était absente, et il apprit, non sans inquiétude, qu'elle sortait presque toute la journée et semblait de plus en plus agitée.

Un jour, le jeune notaire reçut la visite du bon Etienne Fourgeaud, avec qui il était resté en relations constantes depuis le mariage de Jeanne et celui d'Amélia.

Gaston était dans son cabinet, lorsqu'on lui amena M. Fourgeaud.

Le vieux soldat était fort pâle et paraissait en proie à une vive émotion.

— Qu'avez-vous donc, Fourgeaud? demanda Gaston en lui faisant signe de s'asseoir.

Fourgeaud s'assit, plaça son chapeau près de sa chaise et prit la parole:

— Monsieur Bourgoin, dit-il, vous avez reçu il y a quelques jours la visite d'une de nos amies?...

— Je devine, mon cher Fourgeaud, répondit Gaston, que vous voulez parler de madame Templier.

— Justement... elle n'est pas revenue vous voir?

— Non...

— Depuis combien de temps, s'il vous plaît?

— Dame! depuis une semaine environ.

— Ah! ah!...

— Pourquoi me dites-vous cela, Fourgeaud?... Pourquoi cette exclamation?

— Eh bien, monsieur Gaston, s'il faut vous parlez franc, je ne suis pas trop content de notre jeune amie.

— A quel point de vue, mon ami?

— Voici. A mon avis, madame Robert ou madame Templier, si vous voulez, a une araignée dans son plafond.

Gaston eut un soubresaut.

Il était à la fois très-peiné et un peu flatté.

Peiné, parce que la pauvre Jeanne allait peut-être devenir folle.

Flatté, parce que ses prévisions se réalisaient; car, en vrai bourgeois français, il avait la coquetterie de ses petites prophéties, même lorsqu'elles étaient sinistres.

— Vous voulez dire, Fourgeaud, que vous craignez que la raison de madame Templier ne s'égare?

— Je crois bien que ça y est, monsieur Bourgoin, et qu'elle est tout égarée.

— Mais, voyons, ne vous trompez-vous point?

— Hélas! non, monsieur Bourgoin! Jugez-en : il paraît que la pauvre mam' Robert a demandé une audience au Président de la République...!

— Heu! ça ne serait pas une preuve de folie.

— Ne recevant pas de réponse, elle s'est présentée elle-même à la présidence.

— Diable!

— On n'a pas voulu la recevoir...

— Et alors?

— Et, alors, elle a fait une scène terrible!

— Ah! mon Dieu!...

— Ça n'a pas eu de suites... On l'a laissée partir après l'avoir engagée à se calmer : mais, séance tenante, elle s'est rendue au ministère de la justice... *idem* au cresson!

— Que voulez-vous dire?

— Autre *rembarrage*, autre scène!...

— Mais c'est lamentable, cela!

— A qui le dites-vous?... Mais ce n'est pas tout!

— Quoi encore?

— Madame Robert, depuis trois jours, court tous les journaux de Paris.

— Hélas! voilà bien ce que je craignais.

— Elle cause au directeur, au rédacteur en chef, au secrétaire de la rédaction; quand ces messieurs ne veulent pas la recevoir, elle cause aux garçons de bureau... Savez-vous comment on l'appelle dans la rédaction?

— Non.

— La *raseuse* en noir.

— Mais, comment savez-vous cela, mon bon Fourgeaud?

— Dame! m'sieu Bourgoin, ça m'est revenu de divers côtés...

— Mais encore?

On m'en a parlé à son hôtel... et puis je vois quelquefois un *reporter*, frère d'un peintre de mes clients, et qui sait tout ce qui se passe dans Paris... pas le peintre, le reporter... C'est lui qui m'en a le plus dégoisé.

— Mon cher Fourgeaud, il ne faut pas conclure de tout cela que madame Templier est devenue folle. Mais il est certain qu'une pareille façon d'agir est de nature à donner quelques inquiétudes à ses amis, il faut absolument que je voie cette pauvre femme.

— Pas facile, monsieur Gaston, elle sort dès le *patron minette*, et elle ne rentre que très tard.

— Attendons encore, dit Gaston en soupirant...

Fourgeaud se retira, le laissant tout pensif et fort attristé.

Deux jours plus tard Gaston lisait cet « entrefilet » dans un journal du matin :

« Hier soir, vers sept heures, une jeune femme en grand deuil, mais mise fort élégamment, s'est présentée chez M. Dumarsan, commissaire de police, et lui a dit :

« — Monsieur le commissaire, faites-moi arrêter... J'ai des aveux à faire au juge d'instruction.

« — Quels aveux, madame? a répondu le commissaire.

« — Je ne puis rien vous dire, à vous. Il faut que je parle à monsieur le juge d'instruction lui-même...

« Comme le commissaire insistait, la jeune femme est entrée en fureur. Elle s'est répandue en injures contre la police et la justice française, disant que les magistrats n'avaient point conscience de leur devoir, etc., etc., etc...

« Après avoir vainement essayé de calmer cette jeune femme, M. Dumarsan, supposant qu'il avait affaire à une folle, ordonna qu'on la conduisît au Dépôt.

« Elle est devenue alors fort tranquille, déclarant qu'elle ne demandait qu'à être arrêtée et qu'à comparaître devant le juge d'instruction.

« Au Dépôt elle a refusé de donner son nom, disant qu'elle ne le révélerait qu'au juge.

« Un des employés du Dépôt, que nous avons vu et interrogé, nous a dit qu'il croyait la reconnaître. D'après lui, ce serait Mme T..., femme d'un peintre bien connu et qui est mort à l'étranger dans des circonstances tragiques.

« Nous n'en dirons pas plus pour l'instant et l'on comprendra notre réserve. »

Cet « entrefilet » causa la plus vive émotion à Gaston Bourgoin.

Evidemment, il s'agissait de Jeanne Templier.

Il se hâta de se rendre à la préfecture de Police et demanda des renseignements au chef de la sûreté lui-même.

Il apprit que la jeune femme en question était bien Jeanne Templier et qu'elle avait déjà comparu devant M. le juge d'instruction Duchesnois.

Gaston, qui connaissait beaucoup ce magistrat, demanda à le voir immédiatement et obtint cette faveur.

M. Duchesnois avait eu une assez longue conversation avec Jeanne.

Il en avait conclu que cette jeune femme était, sinon atteinte de démence, du moins en proie à une sorte de monomanie.

Il avait ordonné qu'on la traitât doucement, qu'on la mît à l'infirmerie du Dépôt et qu'on la soumît à l'examen du médecin attaché à cet établissement.

Gaston insista pour voir la jeune femme, mais le juge d'instruction lui répondit qu'elle ne devait avoir de rapports avec personne avant l'examen du médecin.

Gaston fit observer au juge d'instruction que Jeanne était en possession d'une très jolie fortune mobilière et que, si elle était déclarée démente par le docteur, il fallait qu'on l'envoyât, non dans un asile public, mais dans une maison de santé particulière, celle du docteur Jougla, par exemple.

M. Duchesnois approuva fortement tout ce que lui dit le jeune notaire et lui promit de lui envoyer un mot dès que le médecin du Dépôt se serait prononcé sur l'état mental de sa protégée.

Jeanne s'était fait arrêter à seule fin d'être mise en présence d'un magistrat du Parquet de Paris.

Tout d'abord, elle s'était expliquée devant M. Duchesnois avec beaucoup de calme et même de lucidité.

Elle lui avait raconté ses efforts inutiles pour voir le Président de la République et le garde des sceaux.

Expulsée de Russie, elle venait en France pour accomplir une œuvre double.

D'abord, elle voulait obtenir vengeance de l'assassinat de son mari, ensuite dévoiler l'abominable intrigue par suite de laquelle un forçat évadé qui n'était autre que son frère, avait été substitué à un jeune prince séquestré et atteint d'aliénation mentale.

M. Duchesnois était au courant des mésaventures de Jeanne Templier à Saint-Pétersbourg et il connaissait sur le bout du doigt la campagne menée à Paris en faveur du prince Othon.

Jeanne remarqua, tout de suite, qu'il l'écoutait parler avec défaveur et même, quoiqu'il restât silencieux et immobile, avec une véritable impatience.

Alors elle s'exalta, déclama et, il faut bien le dire, divagua.

Le juge lui répondit avec une froideur et un air de dédain qui achevèrent de la mettre hors d'elle.

Elle se lança dans une véritable diatribe contre le gouvernement et la justice qui restaient inaccessibles aux plaintes et aux réclamations les plus légitimes.

La vie qu'elle menait depuis plus d'une semaine, les nombreuses démarches qu'elle avait faites et qui avaient abouti à des rebuffades souvent grossières, une fièvre lente qui la minait, tout cela avait gravement atteint l'esprit de la pauvre veuve.

Assurément, elle n'était pas folle, mais elle offrait tellement les apparences de la manie délirante que le juge crut devoir la soumettre à un examen médical et que le médecin du Dépôt déclara que la dame veuve Templier se trouvait dans un état mental qui réclamait des soins particuliers et qu'elle devait être internée sans retard dans un asile et soignée conformément aux règles de la médecine aliéniste.

Gaston Bourgoin, averti par un billet du juge d'instruction, eut une conférence avec M. Duchesnois et le préfet de police.

Il fut convenu qu'il prendrait en mains toutes les affaires de la pauvre folle et qu'il la conduirait lui-même à l'établissement du docteur Jougla.

En attendant son départ du Dépôt, on avait logé Jeanne dans une chambre séparée et convenablement meublée.

Elle s'y mourait d'angoisses, lorsque Gaston lui apparut.

— Ah! c'est vous, cher monsieur, dit-elle en se levant vivement. Je suis très heureuse de vous voir. J'ai fort à me plaindre de ces messieurs de la police et de la justice.

Tout en prenant la main de la jeune femme, Gaston l'examinait discrètement. Elle était blême, et ses yeux avaient une fixité pénible à voir.

C'était le résultat des fatigues, des émotions et de l'irritation nerveuse, mais Gaston Bourgoin ne douta pas qu'il ne fût en présence d'une aliénée.

Pourquoi, du reste, eût-il été meilleur observateur que le spécialiste du Dépôt?

— J'ai vu les magistrats, dit-il doucement, et ne doutez pas qu'on fasse droit à vos réclamations.

— Hélas! monsieur, répondit Jeanne, le juge d'instruction avec qui j'ai causé pense, en somme, comme vous-même.

— Oh! mes idées se sont modifiées, chère madame. Peut-être avez-vous mal interprété mes paroles? Ce qu'il y a de certain, c'est qu'on ne négligera rien pour vous satisfaire dans la mesure du possible. Seulement, permettez-moi de vous donner un conseil d'ami : vous êtes fatiguée, surmenée, vous courez risque de tomber malade, ça ne serait pas le moyen d'atteindre le but que vous visez... Une maladie que vous feriez maintenant nuirait gravement à vos intérêts. Ne pensez-vous pas que quelques jours de repos absolu vous feraient du bien?

— Ce qu'il me faudrait, monsieur, c'est le calme de l'esprit, et je ne le retrouverai pas tant qu'on n'aura pas consenti à écouter mes réclamations. Il faut absolument que je voie le chef de l'État et le représentant de la justice française.

— Vous les verrez, madame. Mais nos usages ne permettent point qu'ils reçoivent ceux qui veulent porter plainte contre des souverains étrangers. Or, personne n'ignore à Paris quels sont vos tendances et vos désirs. Mais, si vous voulez suivre mes conseils, je prends l'engagement de vous mettre en rapport avec monsieur le Président de la République lui-même.

— Mais, monsieur, que dois-je faire?

— Prendre, tout d'abord, un repos nécessaire. Si vous voulez bien me permettre de vous conduire dans une petite maison que ma femme et moi avons achetée aux environs de Paris, je vous y donnerai très volontiers l'hospitalité.

— Je vous remercie, monsieur, et je ne refuse pas en principe, car je reconnais comme vous qu'un peu de repos me ferait grand bien, mais il faut d'abord que je sorte d'ici où l'on me retient, j'ignore pourquoi, et que je prépare tout pour mon départ.

— Ne vous préoccupez de rien, madame, j'ai tout prévu.

— Mais, monsieur, encore faut-il que je rentre à mon hôtel.

— Certes, vous y rentrerez, mais si vous le voulez bien, nous allons d'abord faire une petite visite à ma femme qui, justement, nous attend dans notre maison de campagne. Ce n'est pas loin, une voiture nous y conduira très promptement... Nous y dînerons et, dès demain, nous repartirons pour Paris où vous mettrez ordre à vos affaires de façon à ce que vous puissiez passer tranquillement quelques jours avec nous.

— Et vous me promettez que je pourrai voir le Président de la République?

— Je vous le promets.

Jeanne était tellement énervée par ses récentes agitations que l'idée de se reposer quelques jours dans une maison amie lui souriait singulièrement.

Comme l'on croit toujours ce que l'on désire, elle se persuadait à elle-même que Gaston Bourgoin avait fini par reconnaître le bien fondé de ses réclamations et qu'il allait s'occuper activement de lui faire rendre justice.

Très heureuse, d'ailleurs, de quitter la préfecture de Police, elle suivit le jeune notaire et monta presque gaiement, avec lui, dans un fiacre qui l'attendait à la porte.

XIX

LE DOCTEUR JOUGLA ET SON « ÉTABLISSEMENT. »

Le docteur Jougla était un des hommes les plus en vue de Paris, un de ceux que les journaux qualifient volontiers de personnalités essentiellement « parisiennes ».

C'était un bel homme, dont la figure césarienne s'encadrait harmonieusement d'une paire de favoris noirs comme du jais.

Il s'habillait d'une façon sévère, mais avec recherche et élégance, restant fidèle à la redingote noire et à la cravate blanche traditionnelle.

Sorti des derniers rangs du peuple, absolument sans le sou, il s'était poussé dans le monde scientifique avec une stupéfiante rapidité.

Tout d'abord, il avait choisi comme spécialité les maladies nerveuses; par une transition assez naturelle, il était devenu médecin aliéniste.

Remuant, intrigant, doué d'une merveilleuse dextérité sociale, il s'était lié avec plusieurs publicistes qui lui avaient fait, tout gratuitement, une réclame enragée.

Les mauvaises langues lui prêtaient une curieuse mystification qui aurait contribué à le rendre célèbre beaucoup plus que ses travaux.

Elle descendit dans le salon où les pensionnaires étaient réunis en attendant le dîner. (Page 703.)

Il se serait entendu avec une actrice, fort connue dans Paris, qui aurait feint une effroyable maladie nerveuse dont il l'aurait délivrée quasiment en un tour de main.

Ses amis... et ils étaient nombreux... s'élevaient vivement contre ce racontar.

Ils affirmèrent que l'actrice était bel et bien atteinte d'une terrible névrose et que, sans les soins de l'habile docteur, elle n'eût point manqué de mourir dans des souffrances épouvantables et dans les affres de la folie.

Une réputation de charlatan n'est pas pour nuire dans notre société moderne.

Son Altesse Nounouche   88

Le docteur Jougla, passant pour un « malin », trouva d'autant plus de gens disposés à prendre ses intérêts.

Très mondain, très ami du plaisir, mélomane, connaisseur en peinture, boulevardier, spirituel, mais d'un esprit un peu gros, prêt à rendre une foule de services, bon vivant, susceptible de devenir dangereux, il fut de plus en plus répandu, admiré, choyé et redouté.

Tout lui réussissait.

Avec ses bénéfices professionnels, d'abord assez médiocres, il spécula et gagna de fortes sommes.

Il put donc, le plus aisément du monde, fonder près de Montmorency la maison de santé dont nous avons déjà parlé, et où il recevait, en traitement, des névrosés, des hystériques ou des aliénés des deux sexes et appartenant aux classes les plus riches.

En habile homme d'affaires, il faisait payer à leurs familles une très grosse pension, toujours augmentée par de nombreux suppléments, et il s'arrangeait de façon à ce que la dépense réelle de chacun de ses pensionnaires se bornât à une somme infime.

Pour obtenir ce résultat, il usait d'un moyen fort simple.

Il posait en principe qu'une nourriture échauffante, ou même substantielle, est extrêmement nuisible aux gens atteints d'aliénation mentale.

Il les traitait par le lait, l'eau stérilisée et autres denrées ou boissons d'un prix fort peu élevé.

A cela, il ajoutait quelques tablettes prétendues fortifiantes qui étaient censées contenir beaucoup d'éléments nutritifs sous un très petit volume et qui, en somme, n'étaient que des bonbons à bon marché tout à fait inoffensifs.

Comme la sobriété est une excellente chose en elle-même, les névrosés ou les aliénés du docteur Jougla offraient généralement les apparences d'une bonne santé physique. Ils avaient le teint frais des végétariens et n'étaient jamais gênés par un embonpoint exagéré.

Chacun louait donc le traitement de l'éminent spécialiste et, s'il avait encore quelques détracteurs, l'opinion publique ne tardait pas à leur imposer silence.

L'établissement du docteur Jougla était une belle maison de campagne située au milieu d'un grand parc.

Il ne contenait jamais plus de trente « malades » qui vivaient en commun sous la surveillance du docteur, de trois élèves et d'une dizaine d'employés.

On leur procurait une foule de distractions ; souvent même, quelques amis du docteur, appartenant au monde du théâtre, venaient leur donner quelques petites représentations dans un salon aménagé *ad hoc*.

Lorsque l'un des malades devenait dangereux ou même s'agitait un peu trop, on le reléguait dans une cellule spéciale.

Le docteur Jougla professait avec l'illustre Pinel que les aliénés doivent toujours être pris par la douceur.

Il proscrivait même les douches qui, comme on le sait, sont bien plutôt un châtiment qu'un remède, mais il les remplaçait par des chocs électriques aussi douloureux et aussi inutiles au point de vue thérapeutique.

Les malades du docteur Jougla, quand ils faisaient les méchants, étaient donc traités pour le moins aussi cruellement que dans les asiles ordinaires; seulement, comme l'électricité est essentiellement progressiste, nul ne songeait à reprocher à l'éminent spécialiste le moyen coercitif dont il faisait usage contre les récalcitrants ou même les simples gêneurs.

Ce fut chez cet habile homme que Gaston Bourgoin conduisit la pauvre Jeanne.

Pendant tout le petit voyage elle avait été dupe des affirmations du jeune notaire; mais à peine était-elle arrivée à la porte de l'établissement du docteur Jougla, qu'elle comprit toute la vérité.

Alors une grande colère la prit.

Elle couvrit d'injures et Gaston, et le docteur, et tous les employés qui arrivaient à la rescousse.

Gaston s'étant retiré, on enferma la pauvre créature dans une cellule et on lui infligea le supplice des décharges électriques jusqu'à ce que, brisée, anéantie, elle se fût laissée mettre au lit avec la camisole de force.

Il lui fallut plusieurs heures pour reprendre ses sens et recommencer à penser librement.

Alors, elle eut pleine conscience de l'horreur de sa situation.

Elle était victime d'une réclusion arbitraire dans une maison de fous, et l'auteur de cette mesure, ou plutôt de ce crime, était l'homme en qui elle avait le plus confiance !

Était-il possible que le sage, honnête et bon Gaston Bourgoin, un des meilleurs amis de son mari, ait cherché à la faire mourir de honte et de désespoir en ce lieu maudit?

Cette idée l'indignait, lui donnait la fièvre, la jetait dans une sorte de délire.

Enfin, son bon sens naturel reprenant le dessus, elle se dit que Gaston avait dû agir dans une bonne intention, que certainement il l'avait crue folle et que c'était pour son bien qu'il l'avait livrée aux soins..... ou aux sévices du docteur aux favoris noirs.

Tristement et amèrement, elle se demanda si, dans ce qui lui arrivait, il n'y avait point de sa faute.

Elle se rendait compte, maintenant, que son exaltation avait pu passer pour de la démence aux yeux des esprits prévenus, et elle prit la résolution de se montrer désormais si parfaitement calme, qu'il fût impossible de mettre sa raison en doute.

L'espèce de camisole de force dont on l'avait revêtue ne gênait pas beaucoup ses mouvements.

Brisée de fatigue, elle s'endormit d'un profond sommeil et, quand elle se réveilla, il y avait près de son lit une servante entre deux âges, très proprement mise, qui portait sur un plateau un bol de lait et deux œufs à la coque.

— Madame désire-t-elle déjeuner ? demanda la servante, d'un ton parfaitement respectueux.

Fidèle à son programme, Jeanne sourit doucement en lui disant :

— Je déjeunerais volontiers, mademoiselle, mais encore faudrait-il que je sois débarrassée de cette camisole de force.

— Rien n'est plus facile, madame, reprit la servante.

Et, d'un tour de main très adroit, elle rendit à Jeanne la liberté de ses mouvements.

Jeanne déjeuna avec les apparences du meilleur appétit, puis dit, toujours avec son plus doux sourire :

— Ne pourrais-je parler au directeur de cet établissement, mademoiselle ?

— Madame, répondit la servante, monsieur le docteur va avoir l'avantage de se présenter chez vous. Tous les matins, il vient prendre des nouvelles de ses malades.

La servante se retira avec le plateau, et elle n'était pas sortie depuis cinq minutes que le docteur Jougla se présenta, l'air souriant, cravaté de blanc et vêtu d'un élégant complet d'intérieur bleu marine.

— Eh bien ! madame, dit-il, comment vous sentez-vous ?

— Très bien, monsieur le docteur, répondit Jeanne du ton le plus naturel.

L'aliéniste prit une chaise et vint s'asseoir tout près du lit de la malade.

— Monsieur, reprit Jeanne, vous voyez que je suis parfaitement calme et que je n'aurais garde de m'exposer aux cruels traitements que vous m'avez fait subir hier. Je vous prie donc de me répondre bien franchement. Je suis dans une maison de fous, n'est-ce pas ?

Le docteur fit un petit geste de protestation, de sa main grassouillette.

— Vous êtes dans une maison de santé, dit-il.

— Je connais cet euphémisme, reprit Jeanne, et je sais aussi qu'ici les aliénés s'appellent des malades ; mais vous voudrez bien me permettre de vous faire observer que, pour mon compte, je ne suis ni malade ni aliénée.

— Mettons, madame, que vous êtes fatiguée, que vous avez besoin d'un bon air, d'un bon régime, de calme et de repos. Ici, vous trouverez tout cela.

— Je ne nie pas, monsieur, qu'un peu de repos me ferait grand bien. Monsieur Gaston Bourgoin, qui est mon ami depuis longtemps, m'avait offert de me donner l'hospitalité dans une maison de campagne appartenant à lui et à sa femme. Je l'ai suivi, de confiance, et il m'a conduit chez vous. Je ne doute point que cela soit pour mon bien, mais on agit ainsi qu'avec les fous furieux. Or, je vous répète, monsieur, que je ne suis pas folle... Veuillez m'interroger sur n'importe quel sujet, vous verrez bien que je vous répondrai avec la plus grande clarté et la plus parfaite logique.

— Je ne doute point de votre lucidité actuelle, madame, et je vous crois tellement dans votre bon sens que je vais vous parler en toute franchise. Il y a plusieurs sortes d'aliénés ou, si vous voulez, il y a divers degrés dans l'aliénation mentale. Lorsqu'elle est définitivement tournée en paralysie progressive, elle est absolument incurable, mais il y a un moment où elle peut céder à un traitement intelligent et approprié. Les aliénés héréditaires sont condamnés d'avance. Ceux dont le cerveau est momentanément atteint, par suite d'excès de travail forcé ou de grands chagrins, reviennent assez aisément à la raison. Eux-mêmes doivent se prêter au traitement qu'on leur applique et aider le médecin de leur mieux. Il n'y a donc aucune difficulté à les entretenir de leur état dans leur moment de rémission. C'est ce que je fais avec vous, madame, et je vous parle en toute franchise. Vous êtes, non point atteinte, mais menacée de manie délirante avec accès de frénésie ou fureur. Il était tout naturel que vous ne vous rendissiez point compte de votre état, mais il ne pouvait échapper à ceux qui s'intéressent à vous. Vous laisser libre à Paris en ce moment eût été un véritable crime, car... vous l'avez sans doute oublié... vous avez eu déjà plusieurs accès de frénésie...

Le docteur parlait d'un ton insinuant et d'une voix très douce.

Sa franchise plaisait à la pauvre Jeanne, et elle trouvait que, en somme, il ne raisonnait pas mal.

Peut-être avait-elle eu, sans s'en rendre compte, des emportements qui confinaient à la folie furieuse ; en ce cas, un traitement médical pouvait lui être fort utile et même absolument nécessaire.

Son devoir était de rétablir sa santé afin de pouvoir reprendre son œuvre.

Ce fut donc d'un ton de soumission sincère qu'elle dit au médecin :

— Je vous remercie, monsieur le docteur, de m'avoir parlé franchement. Il est possible que j'aie besoin d'être soignée, non comme une folle, mais comme une personne menacée de folie. Je vous demanderai seulement quel traitement vous comptez me faire suivre ?

— Oh ! un traitement fort simple, madame, et qui ne saurait à aucun point de vue vous être désagréable. Vous habitez une belle maison pourvue d'un parc magnifique. Il y a ici une vingtaine de malades, tous gens du meilleur monde, qui vivent en commun. Je me suis bien gardé de séparer les hommes des femmes ; le mélange des sexes ne peut qu'adoucir les mœurs. Lorsqu'un malade est en proie à un accès, je le sépare de la communauté. Ceux qui désirent vivre seuls dans leurs appartements sont parfaitement libres de suivre cette fantaisie, mais je vous engage fortement à vous mêler aux autres malades. Quelques-uns vous intéresseront par leur esprit, d'autres vous divertiront par leurs divagations. Vous êtes, d'ailleurs, instamment priée de ne jamais les contredire. Vous aurez des livres, un piano, des albums de dessins, des ouvrages d'aiguille à votre disposition. Votre régime alimentaire sera doux et léger comme il convient, mais fort agréable. Nous avons, de temps à autre, de petites soirées chantantes et dansantes et même de petites représentations théâtrales. Je vous conjure, madame, de penser le moins possible à vos sujets ordinaires d'inquiétude et je vous enjoins formellement de n'en parler à personne, pas même à moi. Toute allusion que vous feriez aux sujets qui vous ont agité l'esprit et auraient pu vous troubler la raison serait considérée comme un « accès. » Vous me comprenez bien, n'est-ce pas? et il est inutile d'insister...

L'agréable figure du docteur avait pris tout à coup un aspect grave et sévère, et les regards qu'il dardait sur sa nouvelle pensionnaire avaient quelque chose de magnétique.

Jeanne, intimidée, promit au médecin de se conformer à tous ses avis.

— Nous dînons à midi, reprit le docteur. S'il vous plaît de vous rendre dans la salle à manger, vous n'aurez qu'à sonner et une servante viendra se mettre à votre disposition pour votre toilette. Monsieur Gaston Bourgoin, qui est désormais chargé de vos intérêts, a fait apporter ici tout ce qui vous est nécessaire. Vous n'avez à vous préoccuper de rien... Ayez donc l'esprit complètement en repos.

Jeanne avait grande envie de protester contre une ingérence aussi complète dans ses affaires.

Pourquoi, puisqu'on reconnaissait qu'elle n'était point folle, mais simplement menacée de le devenir, la mettait-on ainsi en tutelle?

Si elle n'eut point persisté à regarder le jeune notaire comme le plus honnête homme du monde, elle eût été tentée de l'accuser de manœuvres aussi intéressées qu'indélicates.

Mais elle surmonta la colère qui commençait à bouillonner dans son sein et dit posément au docteur :

— Je descendrai dîner, monsieur le docteur, et je ferai connaissance avec vos pensionnaires.

— Pour le moment, répondit le médecin, ils sont peu nombreux, mais très bien choisis. Allons, chère madame, au revoir; prenez encore un peu de repos et comptez sur mes meilleurs soins et tout mon dévouement.

Le docteur se retira après un salut d'homme du monde et Jeanne reprit le cours de ses réflexions.

Elle était, décidément, bien résolue à faire contre fortune bon cœur et à ne point renouveler les scènes qui avaient trompé tant de gens sur son état mental.

— J'ai affaire à des gens bien intentionnés, se disait-elle, il n'est pas possible qu'ils me gardent ici arbitrairement et sans motifs plausibles. Quand ils s'apercevront que je jouis de toute ma raison, il faudra bien qu'ils me remettent en liberté. Alors, je reprendrai mon rôle de vengeresse, mais je le reprendrai avec tant de calme et de fermeté à la fois qu'il faudra bien que l'on m'écoute et que l'on fasse droit à mes justes revendications.

Quand l'heure fut venue, Jeanne sonna et vit apparaître la servante qui lui avait déjà apporté son premier déjeuner. Elle procéda soigneusement à sa toilette et descendit dans le salon où les pensionnaires étaient réunis en attendant le dîner.

Jeanne fut frappée de la bonne tenue et de l'air parfaitement naturel de tous ces gens dont quelques-uns étaient pourtant des fous incurables.

Ils portaient des costumes d'intérieur d'une coupe élégante et semblaient tous appartenir à la société la plus distinguée.

Une toute jeune femme, aux cheveux roux, et dont le visage très blanc était éclairé par deux yeux noirs, exécutait sur le piano, avec l'aisance d'une virtuose, une sonate de Beethoven.

Un homme d'un certain âge, qui avait l'air d'un magistrat, l'écoutait avec délices, accoudé sur le piano.

Quatre ou cinq autres femmes d'âges divers causaient à demi-voix entre elles en travaillant à des ouvrages de broderie ou de couture.

Un vieillard, à mine d'ancien militaire, était absorbé dans une partie d'échecs ayant pour partenaire un jeune homme très blond, imberbe, aux longs cheveux, qui devait être un artiste ou un poète.

Quatre autres messieurs devisaient entre eux, discutant des questions d'art et de littérature.

Tout le monde se leva à l'entrée de la nouvelle pensionnaire et le docteur Jougla procéda aux présentations, non sans une certaine solennité.

Jeanne ne fit guère attention aux noms qu'elle entendait prononcer.

Elle remarqua seulement que quelques-uns étaient précédés de titres et agrémentés de particules.

Un maître d'hôtel, en habit noir, étant venu annoncer le dîner, les pensionnaires du docteur Jougla prirent place autour d'une table ovale où le couvert était fort proprement mis.

Le dîner se composait d'un potage parmentier, d'œufs sur le plat, de choux-fleurs à la crème et de quelques pâtisseries.

Pour boissons, du lait et de l'eau minérale.

Les convives n'avaient point l'air de se plaindre de ce menu pour le moins frugal et, aussi gais que si on leur avait servi des truffes et du champagne, ils parlaient tous à la fois avec une certaine vivacité, mais sans élever la voix et sur un ton de bonne compagnie.

Jeanne avait pour voisin le vieux monsieur qui écoutait jouer du piano avec tant d'intérêt.

— Madame, lui demanda-t-il, aimez-vous la musique?

— Beaucoup, monsieur, répondit Jeanne, mais je n'y connais pas grand'-chose.

— Tant mieux, madame, répondit le vieillard; pour aimer la musique et pour la comprendre, il ne faut pas s'y connaître. Ceux qui ont étudié l'harmonie, la fugue et le contre-point, ont l'esprit et le cœur desséchés. Les meilleurs connaisseurs en musique sont les lézards, les araignées et les souris blanches. Pour moi, lorsque j'étais souris, il y a bien longtemps de cela, j'appréciais beaucoup mieux la musique que je ne l'apprécie maintenant. Avez-vous jamais été souris, madame?

— Je ne crois pas, monsieur, répondit Jeanne en réprimant une envie de rire.

Elle jeta un regard furtif sur le docteur qui présidait la table et échangea un sourire avec lui.

Cependant sa voisine, une très jolie femme brune, aux yeux bleus ravissants, lui avait touché doucement l'épaule et lui murmurait à l'oreille :

— J'ai une confidence à vous faire, chère madame : la lune se fabrique à Hambourg. C'est un tonnelier boiteux qui la confectionne avec de la toile goudronnée et de l'huile d'olive ; cela constitue un terrain tellement mou que les hommes ne peuvent pas y vivre...

Jeanne cherchait une réponse, mais ne trouvait rien.

Cependant l'ancien militaire s'était mis à raconter, avec beaucoup de verve et d'entrain, des épisodes de la guerre du Mexique.

Il parlait, en homme de bon sens, et il eût été impossible de soupçonner chez lui le moindre égarement, lorsque tout à coup il se mit en tête de vouloir avaler son couteau et sa fourchette.

— Colonel, lui dit sévèrement le docteur, n'avez-vous point de honte, vous, un brave et loyal soldat, d'agir comme un vulgaire saltimbanque?

— Vous avez raison, docteur, répondit le colonel, il faut m'excuser ; vous savez bien que j'ai des moments d'absence ; cela tient à une circonstance assez curieuse de ma vie militaire. Au siège de Pékin ou de Saragosse, je ne me souviens pas au juste, un boulet m'emporta la tête.

Un habile chirurgien me la recolla, mais elle ne put jamais bien reprendre son aplomb. Je crois que je vous ai déjà conté cette anecdote. Nous autres, vieux troupiers, nous nous répétons quelquefois ; mais il faut nous rendre cette justice que nous avons bien des choses intéressantes à raconter.

— Pas tant que les marins, répondit un long et maigre personnage dont les yeux étaient couverts de lunettes bleues. Moi, qui vous parle, j'étais sur le radeau de la Méduse... Nous sommes restés soixante jours sans boire, ni manger... Savez-vous de quoi était composé le premier dîner que l'on nous servit lorsque nous fûmes sauvés comme par miracle?... eh bien! il était composé de biftecks aux pommes de pins et de boudins de limaille de fer. Il y avait de quoi nous tuer si nous n'avions pas eu des estomacs d'autruche.

Le vieillard, qui se trouvait auprès de Jeanne, se pencha à son oreille et lui dit :

— Ce pauvre homme s'imagine avoir été marin. Il n'a jamais voyagé que sur la Seine... De son état, il était chef de bureau à la banque des *comptes*

Un homme, vêtu d'une redingote mal faite, fut introduit dans son cabinet. (Page 708.)

aléatoires. C'est, du reste, un fort honnête homme et qui en manque ni d'esprit, ni d'instruction. Ce qui lui a égaré la tête, c'est la lecture des romans de Fenimore Cooper... Pour moi, je n'aime plus la lecture et je ne prends plus de plaisir qu'à écouter de la musique ou à regarder des images.

Le dîner se passa tout entier en conversations aussi extravagantes, mais toujours paisibles.

Au moment où on se levait de table, il y eut un petit incident.

Son Altesse Nounouche 89

La jolie femme brune s'était mise en devoir de se déshabiller devant tout le monde.

Le docteur fit signe à deux domestiques qui l'emportèrent avec tant d'adresse et de rapidité que ce petit incident passa presque inaperçu.

Jeanne, qui s'était d'abord un peu divertie des divagations de tous ces pauvres gens, se sentait, maintenant, profondément attristée et fortement ennuyée.

Elle était bien résolue à faire cesser au plus vite le ridicule malentendu qui la retenait dans cette maison de fous.

Elle remonta dans sa chambre et sonna pour qu'on lui apportât de quoi écrire, mais la servante lui dit que l'on n'écrivait jamais sans la permission de M. le docteur et que cette permission n'était point accordée avant huit ou dix jours de séjour dans la maison.

Jeanne fut de nouveau sur le point de se mettre en colère, mais elle se souvint des promesses qu'elle s'était faites à elle-même et elle garda son calme.

Elle était bien résolue, maintenant, à ne plus quitter sa chambre et à attendre avec patience le moment où il lui serait permis de correspondre avec Gaston Bourgoin.

XX

UN BON FRÈRE.

Les mésaventures de Jeanne ne pouvaient manquer de parvenir aux oreilles de son frère, le faux Édouard de Kirck-Berghein.

Il avait espéré qu'après la mort de son mari elle se tiendrait tranquille, mais voilà que, au contraire, elle se remuait comme un diable et se joignait à ceux qui osaient encore l'accuser d'usurpation.

Le bonheur avait adouci les mœurs de l'ex-chef des « Mouch'moi donc ».

Il n'eût pas mieux aimé que d'éviter désormais les menus crimes nécessaires à sa sûreté, mais, puisque sa sœur devenait dangereuse, il prit le parti de la faire disparaître comme il avait fait disparaître son mari.

En cette occurence, ce qu'il avait de mieux, c'était de s'adresser à Isidore Brousseau et de lui faire sa nouvelle commande.

Isidore avait réintégré provisoirement le grand-duché de Kirck-Berghein, où il vivait paisiblement sans être soupçonné de qui que ce fût.

Le grand-duc avait souvent des conversations avec lui sans que cela parût anormal.

Un matin, il le fit venir dans ses appartements particuliers.

— Mon cher, lui dit-il, je crains bien d'avoir une mission délicate à vous confier.

Isidore s'inclina.

— Monseigneur, dit-il, sait bien que je suis et serai toujours aux ordres de Son Altesse.

— Il faudrait retourner à Paris.

— Je connais le chemin.

— Prendre une nouvelle forme.

— Monseigneur sait que je me transfigure à volonté.

— Vous n'ignorez pas que ma sœur est à Paris.

— Votre sœur, monseigneur?

— Pardon, je voulais dire, madame veuve Templier, née Jeanne Hérault.

— Ah! très bien, très bien... Je sais en effet, monseigneur, que cette jeune femme est à Paris; et comme je suis très bien informé, je n'ignore pas qu'on l'a enfermée dans un asile d'aliénés.

— Je le savais aussi et je me suis demandé pendant quelque temps si le mieux n'était pas de l'y laisser dépérir paisiblement; mais, comme je suis convaincu qu'elle n'est pas folle, qu'on s'en apercevra un jour ou l'autre et qu'on sera obligé de la lâcher; comme je sais, d'autre part, qu'elle nourrit les plus noirs projets contre moi, je ne serais pas fâché qu'elle allât retrouver son mari au céleste séjour.

— Je vous comprends, monseigneur, et, comme je vous l'ai déjà dit, je suis à vos ordres, mais je ne vois pas bien le moyen de vous satisfaire en cette occasion. Si madame veuve Templier habitait librement Paris, rien ne me serait plus facile de prendre un nouveau déguisement, de la rejoindre... et devinez le reste. Mais comment la tirer des mains d'un docteur qui se fait certainement de fort beaux profits en la gardant comme aliénée dans son établissement?

— Ma foi, mon cher, c'est votre affaire. Je vous dirai comme toujours: agissez pour le mieux. Je m'en remets entièrement à votre habileté et à votre prudence. Jusqu'à présent vous m'avez merveilleusement servi et je suis convaincu que vous continuerez. Il va sans dire que si ce que j'attends de vous était trop difficile et trop compromettant, nous nous en tiendrions là. Quoi qu'il en soit, repartez pour Paris et tenez-moi au courant de toutes vos actions par nos moyens ordinaires.

Isidore n'avait qu'à se conformer aux volontés de son maître.

A tout hasard il partit pour Paris et se fit une tête, en quelque sorte neutre, et qui pouvait être à toutes fins.

XXI

ISIDORE BROUSSEAU REPREND LE COURS DE SES EXPLOITS.

Le docteur Jougla, jouissant d'une célébrité européenne, n'était point surpris lorsque quelque personnage exotique venait lui demander la permission de visiter son « établissement ».

Un jour un homme âgé, portant de longs cheveux d'un blanc jaunâtre et de petits favoris gris, vêtu d'une redingote mal faite et ayant tout l'air d'un savant allemand, se présenta chez lui et fut introduit dans son cabinet.

Il avait d'abord fait passer sa carte où se trouvait gravé ce nom :

Siegfried Schnuspelpold.

Le docteur Jougla se leva et avança un fauteuil au savant allemand.

— Voulez-vous prendre la peine de vous asseoir? dit-il.

— Très volontiers, répondit « Schnuspelpold » avec un accent tudesque assez prononcé.

Et il s'assit.

— Daignez-vous me dire ce qui me vaut l'honneur de votre visite? reprit Jougla en caressant ses longs favoris noirs.

— Monsieur le docteur, permettez-moi d'abord de décliner mes qualités. Je suis membre de la *Société psychologique de l'Allemagne méridionale*, Société dont vous avez sans doute entendu parler?

— Assurément, répondit le docteur, qui pour la première fois de sa vie entendait le nom de la *Société psychologique de l'Allemagne méridionale.*

— On s'est fort occupé chez nous de votre maison de santé, et surtout de votre méthode curative de la folie...

— Vous m'en voyez particulièrement flatté... Et vous venez visiter mon établissement?

— Je ne veux point vous donner la peine de me faire faire cette visite, monsieur le docteur. Je suppose que vos « malades » ressemblent à tous les malades du monde...

— Mon Dieu, oui !

— Ce qui m'intéresse, c'est une conversation avec vous, sur vos théories aliénistes et sur votre système clinique...

— En d'autres termes, vous venez *m'interviewer...*

— C'est cela... Bien que je ne sois point journaliste !

— Vraiment, vous n'êtes pas journaliste?

— Mon Dieu, non !

— Vous m'étonnez!

— Pourquoi donc?

— Parce que tout le monde est journaliste maintenant... Moi-même, je suis journaliste... J'écris dans une foule de feuilles scientifiques...

— Il y a journaliste et journaliste...

— Donc vous venez *m'interviewer*... Eh bien, monsieur Schnuspelpold, je suis tout prêt à vous répondre...

— En quoi consiste l'originalité de votre système curatif de la folie?

— Mon Dieu, je n'ai pas la prétention d'avoir créé un système original... j'ai perfectionné des procédés déjà connus, voilà tout !

— Ah ! voilà tout?

— Cependant, j'ai quelques procédés à moi... Je mêle les sexes... c'est plus gai...

— Vous croyez que cela n'offre aucun danger?...

— Non... à charge de bien surveiller mes pensionnaires... Songez donc, j'ai de fort jolies femmes, j'ai des « malades » jeunes encore...

— Hé! hé!... on m'a parlé d'une de vos nouvelles pensionnaires... madame Robert Templier.

— Tiens !... qui diable a pu vous en parler, dans l'Allemagne méridionale?

— Vous n'ignorez pas, docteur, qu'elle a eu en Russie des aventures qui ont fait un bruit européen...

— Oh ! non, je ne l'ignore pas...

— Franchement, à votre avis, cette jeune femme est-elle folle ?

Le regard de « Schnuspelpold » avait pris une fixité singulière.

Le docteur Jougla resta un moment silencieux.

— Croyez bien, monsieur, dit-il enfin, que si madame Templier, n'était pas en état de démence, je ne la garderais pas ici... Je dois dire que je considère sa « maladie » comme susceptible de guérison.

— Ah ! ah !

— Oui, monsieur, je n'ai, à son sujet, aucune crainte de paralysie générale. Elle a éprouvé de violentes secousses, depuis sa première jeunesse elle a été mêlée à des événements tragiques, la mort de son mari l'a terriblement impressionnée... Elle a maintenant une idée fixe, mais elle n'est atteinte, à proprement parler, ni de la manie de la persécution, ni de la manie des grandeurs, seuls symptômes vraiment indicatifs de folie incurable.

— Alors, docteur, vous êtes sûr de la guérir ?...

— Oh ! je ne dis pas cela. Son état peut s'agraver...

— Dans ce cas, elle serait en danger de mort...

— Assurément.

— Sa mort serait un grand malheur pour vous...

— Certes, elle m'affligerait ! Cette jeune femme ne laisse pas que de m'intéresser.

— Et puis, cette mort nuirait à votre prestige d'aliéniste...

— Ah ! mon Dieu, non !... Je n'ai pas la prétention de guérir la paralysie du cerveau qui est et sera toujours incurable : si madame Templier mourait, on dirait qu'elle a succombé à une paralysie du cerveau... voilà tout.

— En effet, personne ne pourrait vous reprocher sa mort... Ah ! Molière est un grand homme !

— D'accord, mais pourquoi diantre me dites-vous cela, monsieur Schnuspelpold ?

— Je fais seulement allusion à un passage de votre grand comique français : « Un cordonnier, dit-il, ne saurait gâter un morceau de cuir, sans en subir les conséquences, tandis qu'un médecin peut tuer vingt malades sans qu'on lui reproche rien. Les morts sont les personnes les plus discrètes du monde et il est sans exemple qu'un seul d'entre eux soit revenu sur terre pour se plaindre de son médecin. »

— Peste ! monsieur Schnuspelpold, vous connaissez nos classiques...

— Oh ! j'aime les auteurs français du xviiᵉ siècle.

— Et moi aussi.

Depuis quelques secondes le docteur Jougla et le prétendu Schnuspelpold échangeaient des regards singuliers.

Ils étaient de ces gens qui se comprennent à demi-mot.

Le docteur Jougla ne devinait pas facilement le vrai but de la visite de cet étrange savant allemand, mais il le pressentait, il le flairait...

On sait déjà que le fameux aliéniste ne brillait pas précisément par les scrupules.

Il n'avait reculé devant aucun charlatanisme pour établir sa réputation.

Il était homme à ne reculer devant aucun moyen pour augmenter sa fortune. Il avait toutes les ambitions et toutes les cupidités et appartenait à cette catégorie d'intrigants pseudo-scientifiques, dont le trop célèbre La Pommerais est resté le type le plus caractérisé...

Seulement La Pommerais était une sorte de fou dont le crime sautait aux yeux et qui ne pouvait manquer d'être démasqué et condamné, tandis que le docteur Jougla était un homme aussi prudent qu'habile, et tout à fait incapable de se compromettre...

Si le docteur Jougla était prudent, il était aussi expéditif.

Il n'aimait pas le temps perdu.

Nul ne pouvait entendre sa conversation avec Schnuspelpold ; il résolut de brusquer les choses — sans, cependant, rien lâcher de dangereux.

— Il est certain, dit-il, que si cette pauvre madame Templier mourait, personne ne songerait à m'imputer son décès... d'autant plus qu'à l'heure actuelle, je ne vois pas trop qui s'intéresserait à cette malheureuse femme. Son mari est mort, ses amis de Russie ont rompu avec elle, ses amis de Paris la trouvent assez gênante et ne demanderaient qu'à être débarrassés d'elle...

— En revanche, docteur, il pourrait y avoir des gens qui auraient intérêt à sa disparition.

— Vous croyez?

— J'en suis sûr.

— C'est pourtant une pauvre créature bien inoffensive...

— A présent qu'on la croit folle, oui ; mais, supposez que vous soyez obligé de lui rendre la liberté et qu'elle reprenne sa campagne contre le grand-duc Edouard...

— Ah ! vous savez?...

Une flamme passa dans les yeux de « Schnuspelpold ».

— Je sais tout ce qui concerne madame Templier, dit-il.

— Je m'en doutais, répondit froidement le docteur.

De nouveau, les deux dignes personnages s'entreregardèrent quelque temps en silence.

— Madame Templier, reprit enfin « Schnuspelpold », n'est pas très dangereuse pour le moment, nul ne la prend au sérieux. Le public est contre les idées qu'elle voudrait propager, mais vos Français sont changeants comme la lune elle-même... Aujourd'hui, ils regardent madame Templier comme une simple démente, demain ils pourraient la considérer comme une héroïne... Certes, ceux qu'elle voudrait atteindre sont au-dessus de ses attaques, de ses calomnies, de ses divagations ; mais aujourd'hui les gouvernements doivent se défendre contre les mouvements d'opinion... La raison d'Etat autorise, ordonne même bien des choses...

— Oui... oui... vous êtes dans le vrai, dit le docteur, la raison d'Etat ordonne bien des choses...

— Vous êtes un homme de haute intelligence, docteur ; nous nous comprenons, n'est-ce pas?...

— Oui, je crois vous comprendre... cependant, je désirerais que vous fussiez plus explicite.

— Volontiers; si madame veuve Templier meurt, cela ne compromettra pas votre prestige, c'est entendu... Mais cela fera, cependant, un peu de tort à votre maison de santé...

— Oui... c'est possible.

— En ce cas, on pourrait vous allouer une indemnité...

— Combien ?

— Deux cent mille francs.

— Ah ! monsieur Schnuspelpold, madame Templier n'est pas si malade que bien des gens le pensent... Moi, je crois qu'elle guérira...

— Trois cent mille...

— Je crains bien d'être obligé de la laisser libre avant peu.

— Cinq cent mille... mais c'est le dernier mot. Si c'est « non », monsieur « Schnuspelpold » n'a plus qu'à vous tirer sa révérence... Libre à vous de raconter sa visite comme il vous plaira et à qui il vous plaira.

— Comment et quand seront versés les cinq cent mille francs?

— Après la mort bien et dûment constatée de madame Templier.

— Cela demandera un certain temps. *Il faut qu'elle meure notoirement folle furieuse;* ma maison n'est pas exempte de tout contrôle... j'ai des ennemis. Deux cent mille d'avance...

— Soit. Vous recevrez un chèque sur un banquier allemand de Bruxelles.

— A vue?

— Oui.

— Quand le recevrai-je?

— Demain.

— Je pense que nous n'avons plus rien à nous dire.

— Il me reste, docteur, à vous féliciter sur les heureuses innovations que vous avez introduites dans le traitement de l'aliénation mentale...

M. « Schnuspelpold » se leva, serra cordialement la main du docteur Jougla et sortit de la maison de santé.

XXII

LE MARTYRE DE JEANNE.

Comme nous l'avons déjà dit, Jeanne ne quittait plus guère sa chambre, se contentant des distractions que le docteur voulait bien lui permettre.

Mais un jour, la conduite du savant médecin changea du tout au tout.

Il ne lui permit plus aucune lecture, n'alla plus la voir et défendit aux servantes qui lui apportaient ses repas de lui parler.

Elles ne devaient même pas répondre à ses plus pressantes questions.

De plus, son régime fut tout à coup modifié de la façon la plus désagréable.

Elle aimait beaucoup le lait... et l'on sait quel usage ou plutôt quel abus du lait se faisait dans la maison du docteur Jougla...

Or, on ne lui apporta plus de lait ni de crème.

On remplaça cela par de la bière détestable, d'une amertume repoussante.

Il maîtrisa l'infortunée et la roua de coups. (Page **715**.)

Au lieu de légumes, de poissons et de pâtisserie, on lui servit de nauséabonds potages et des ragoûts sans nom.

Elle se plaignait vivement aux servantes qui ne répondaient pas.

Un jour, elle fut reprise d'un de ces accès de colère, qu'elle s'était pourtant promis d'éviter.

Elle demanda le docteur à grands cris.

Le docteur arriva, s'enferma avec elle et l'invectiva de la façon la plus grossière... *mais à voix basse.*

Son Altesse Nounouche   90

La fureur de la pauvre femme redoubla ; alors, il la soumit à l'affreuse torture des décharges électriques.

Jeanne eut un long évanouissement... Quand elle revint à elle, elle s'aperçut qu'on lui avait enlevé la plupart des objets les plus nécessaires à sa toilette.

Elle sonna ; une servante entra et lui dit :

— Que madame se tienne tranquille, ou monsieur le docteur va venir.

— Eh bien, qu'il vienne ! s'écria Jeanne. Je ne me laisserai pas maltraiter sans me plaindre !...

— Bien, madame, dit la servante d'un air narquois.

Et elle sortit.

Un moment plus tard le docteur reparut.

Il était fort pâle.

— Jeanne Hérault, dit-il, tu as tort d'oublier que tu es entièrement sous ma dépendance. Sois *bien sage* ou je te ferai tellement souffrir que tu en mourras avant la fin de la journée...

— Vous ne viendrez pas à bout de moi aussi facilement que vous le croyez, monsieur, répondit Jeanne. Il n'est pas possible que mes cris ne soient pas entendus d'ici par quelqu'un... Je vais appeler au secours, je vais crier..

— Ne vous en privez pas, ma belle, cela me donnera le prétexte de vous électriser de nouveau...

— Vous n'oserez pas m'assassiner... Un jour quelqu'un viendra ici demander de mes nouvelles, monsieur Gaston Bourgoin ou un autre ; je dirai toute la vérité...

— On croira que vous êtes un peu plus folle qu'avant, voilà tout !...

— Mais je n'ai jamais été folle !

— Je le sais pardieu bien !...

— Vous avez l'audace de l'avouer ?

— Mon Dieu, oui, j'ai cette audace...

— Il y a une justice en France...

— Elle ne vous sera pas plus utile que celle du roi de Prusse ; il y a aussi des juges à Berlin...

— Mais c'est affreux !... Vous voulez donc ma mort ?

— Mon Dieu, oui...

— Mais, grand Dieu, que vous ai-je fait ?

— Rien du tout... J'ai intérêt à votre mort, voilà tout.

— Pourquoi donc ?

— Parce que je suis payé pour vous faire mourir.

— Mais par qui ?

— Par votre frère, le faux prince Edouard !...

— Je rêve, je suis la proie d'un cauchemar... Si je répétais vos propos, on ne me croirait pas.

— Je le sais bien... c'est pour cela que je ne me gêne pas.

— Ah! je sortirai d'ici... vous ne m'en empêcherez pas.

La malheureuse se précipita vers la porte...

— Prenez garde, Jeanne, dit le docteur, je suis très fort!...

Il était très fort, en effet...

Il maîtrisa l'infortunée et la roua de coups...

— On dira que c'est toi qui t'es frappé la tête contre les murs, grommela-t-il en frappant.

Jeanne, à demi morte d'indignation et de douleur, s'était affaissée sur le tapis.

— Ah! dit-elle, c'en est trop!... tuez-moi tout de suite, donnez-moi du poison, ce sera moins cruel!...

— Je ne demanderais pas mieux, au fond, je ne suis pas méchant; mais je n'ai pas envie de renouveler l'histoire de mon confrère La Pommerais. Il faut que vous mouriez de folie furieuse et que cela soit bien et dûment constaté par qui de droit. Je n'ai aucune raison de vous cacher mes intentions et mon but. Tout vous dire est évidemment le meilleur moyen de vous exaspérer jusqu'à la frénésie. Je ne dis pas qu'au dernier moment je n'aiderai pas la nature à l'aide d'un petit coup de pouce, mais vous pouvez être sûre que je ne ferai rien qui puisse me compromettre aux yeux de ces messieurs de la justice.

Jeanne, brisée, anéantie, littéralement stupéfiée par cette épouvantable impudence, resta immobile et silencieuse.

Le docteur sortit.

Le lendemain de cette scène, Gaston Bourgoin recevait la lettre suivante :

« Cher monsieur,

« L'état de votre protégée s'est aggravé subitement malgré mes soins. J'avais
« d'abord espéré qu'avec de la distraction, un régime alimentaire très doux, du
« repos d'esprit, madame Jeanne Templier reviendrait à la raison et à la santé
« et, en effet, les premiers jours de son installation chez moi, j'eus lieu d'être
« assez content d'elle. Mais, bientôt, elle retomba dans ses sombres rêveries,
« refusa de quitter sa chambre et fut prise de dégoût pour tous les aliments
« qu'on lui apportait; symptôme très grave : elle, qui était naguère fort soi-
« gneuse de sa personne, se laisse aller maintenant, à une odieuse négligence,
« tranchons le mot, à une affreuse malpropreté.

« La manie de la persécution a pris chez elle des proportions terribles; elle
« accuse tout le monde, sans vous excepter, de machiner sa perte. Elle
« prétend que je suis l'agent de ses ennemis et que j'ai accepté une forte
« somme de son frère, le faux grand-duc de Kirck-Berghein, pour la séquestrer
« ou même l'assassiner.

« Ces fureurs n'ont plus de bornes, maintenant, et je ne sais si je dois prendre
« la responsabilité de la garder chez moi; la laisser sortir de sa chambre serait

« compromettre la sûreté de mes autres pensionnaires. D'autre part, sa santé
« souffrira nécessairement beaucoup de sa réclusion. Je désirerais, cher mon-
« sieur, que vous, qui vous êtes chargé de ses intérêts, vous vinssiez la
« visiter en personne; vous vous rendriez compte de son état actuel et, en
« homme de bon conseil, vous me diriez votre avis sur ce qu'il convient de
« faire dans l'intérêt de cette malheureuse femme. Vous savez que, systéma-
« tiquement, j'écarte de ma maison de santé les fous trop dangereux ou
« absolument incurables. D'autre part, j'aurais quelque regret d'envoyer cette
« infortunée dans quelqu'un de ces asiles d'aliénés où le régime de douceur
« préconisé par le docteur Pinel n'existe guère que de nom.

« Veuillez, cher monsieur, venir me voir le plus tôt possible et annoncez-
« moi votre visite pour que je ne sois pas absent au moment de votre arrivée.

« Agréez, je vous prie, cher monsieur, l'expression de mes meilleurs
« sentiments.

« Docteur JOUGLA.»

Cette lettre affligea beaucoup Gaston Bourgoin, mais ne l'étonna pas outre
mesure.

En lui-même, il augurait fort mal de l'état de Jeanne Templier et il s'attendait un peu à recevoir un jour ou l'autre une lettre qui lui donnerait de
mauvaises nouvelles.

Il répondit immédiatement au docteur Jougla et lui annonça sa visite pour le
lendemain.

Au moment de son arrivée, le docteur fit enlever la camisole de force qu'on
avait mis par son ordre à la pauvre Jeanne, puis il fit remettre en place les
objets de toilette qu'on lui avait enlevés.

Pendant soixante-douze heures, il avait laissé jeûner la malheureuse...

Elle gisait sur son lit, blême, défaite, échevelée, sale à faire peur, ayant à
peine la force d'articuler un mot.

Lorsque Gaston Bourgoin entra dans sa chambre, elle se dressa sur son lit,
d'un mouvement nerveux, étendit ses bras vers le jeune notaire que le docteur
Jougla accompagnait.

— Ah! dit-elle, vous voilà enfin! On ne m'a point permis de vous écrire,
mais on n'a point osé vous refuser de venir me voir. Comment, vous, qui
vous disiez mon meilleur ami, avez-vous pu m'emmener dans ce repaire du
crime?...

Le médecin et le notaire échangèrent rapidement un regard.

Jeanne se rendait compte de l'intérêt qu'elle avait à paraître calme, à
s'exprimer posément.

Elle fit donc son possible pour dominer son irritation nerveuse et, profitant
de la force momentanée et en quelque sorte factice que lui donnait l'aspect

subit de Gaston Bourgoin, elle s'accouda sur son lit et dit avec le plus de tranquillité possible :

— Monsieur le docteur voudrait bien que je me misse en colère, que j'entrasse en fureur, mais je n'en ferai rien. Ecoutez-moi, cher monsieur Gaston : Il se joue ici une abominable comédie... Je ne suis pas folle... je ne l'ai jamais été et le but de monsieur le docteur est de me rendre aliénée... il me l'a avoué lui-même et je vous jure sur la mémoire de mon mari, sur le salut de mon âme, qu'avec un cynisme inimaginable il m'a confessé qu'il était l'agent de mon frère, le faux grand-duc de Kirck-Berghein, et que son but était de me martyriser jusqu'à me rendre folle furieuse et à me faire mourir de ma folie. Il a osé ajouter qu'il m'empoisonnerait sans scrupule s'il ne craignait une enquête judiciaire et s'il ne redoutait le sort de son trop célèbre confrère le docteur La Pommerais. Cher monsieur Gaston, j'accuse formellement monsieur le docteur Jougla de vouloir m'assassiner ; vous assumeriez une terrible responsabilité en me laissant une heure de plus en un pareil lieu. Je demande à être examinée par des médecins et des magistrats, et je vous requiers de venir à mon aide et de me tirer immédiatement des mains de mon bourreau.

Gaston avait d'abord été surpris du ton calme de la jeune femme et de la façon parfaitement logique dont ses idées s'enchaînaient ; mais, lorsqu'elle lui eut parlé des projets meurtriers du docteur Jougla et surtout des inimaginables aveux du savant aliéniste, il ne douta point que sa protégée fût plus folle que jamais.

Du reste, il se garda bien de la contrarier et lui dit d'un ton doux :

— Chère madame, je suis venu ici dans votre intérêt et ne doutez pas qu'il ne soit fait droit à toutes vos requêtes...

La pauvre Jeanne se fit illusion sur les sentiments de Gaston Bourgoin et, persuadée qu'elle l'avait convaincu, elle reprit :

— Vous ne sauriez imaginer, cher monsieur, à quels procédés j'ai été soumise depuis quelques jours. Je vous donne ma parole d'honneur que, depuis soixante-douze heures, je n'ai pris aucune nourriture. Monsieur le docteur m'a dit à moi-même qu'il comptait faire croire à tout le monde que je refusais de manger et qu'il serait obligé de m'injecter du bouillon dans l'estomac à l'aide de la sonde œsophagienne. Vous voyez, monsieur, jusqu'où vont son impudence et sa cruauté. La vérité est que mon estomac est tellement resserré que j'ignore si, maintenant, je pourrais prendre aucune nourriture. L'état de malpropreté où je me trouve doit vous surprendre et vous faire horreur. Sachez que, depuis quelque temps, on m'a privée d'eau et on m'a enlevé les objets les plus nécessaires à la vie intime. Les employés de monsieur le docteur Jougla pourront témoigner de ce que je dis et je vous supplie de les faire interroger par les magistrats.

— C'est entendu, madame, reprit Gaston Bourgoin. Je vais retourner à Paris et je reviendrai avec des personnes compétentes qui feront droit à toutes vos demandes. Ne craignez rien, vous avez en moi un ami fidèle et zélé qui ne cessera jamais de veiller sur vous.

Gaston, en parlant, avait peine à retenir ses larmes.

Il n'eût point cru, même après la lettre du docteur, retrouver la pauvre Jeanne dans un aussi lamentable état.

Il va sans dire que l'idée qu'elle pouvait jouir de sa raison et que ses accusations étaient fondées ne lui vint pas une minute.

En supposant que le docteur fût assez infâme pour commettre les crimes que Jeanne lui imputait, ses employés s'y seraient-ils prêtés ?

Le bon jeune homme ignorait que les employés des maisons de fous sont habitués à une obéissance passive bien autrement rigoureuse que celle des militaires.

Par tradition, par intérêt et par nature, ils ne discutent jamais les ordres de M. le Directeur, et il est de toute évidence que, si les médecins aliénistes avaient des explications à donner à leurs subalternes, ils seraient réduits à l'impuissance.

Ils doivent nécessairement user de procédés dont la portée échappe au vulgaire.

Voilà pourquoi les enquêtes que la justice a quelquefois essayé de diriger contre les aliénistes soupçonnés d'abus ou de manœuvres coupables n'ont presque jamais abouti.

Lorsque le docteur Jougla et Gaston eurent quitté la chambre de Jeanne et furent descendus dans le parc de l'établissement, le jeune notaire donna un libre cours à ses larmes.

— Quel affreux malheur, dit-il, et quelle horrible situation !

— Et maintenant, dit le docteur, à votre avis, que devons-nous faire ?

— On pourrait peut-être donner satisfaction à cette pauvre femme en simulant une enquête de magistrats et de médecins...

— Hélas ! cher monsieur, cela ne ferait que l'exalter davantage.

— Ce qui m'étonne, docteur, c'est son calme apparent.

— C'est un très mauvais symptôme ; lorsque « les malades » ont des intermittences de fureur délirante et de calme raisonnable, il peut y avoir encore quelque espoir, mais lorsque le délire persiste dans les moments de calme, on peut dire que tout est perdu.

— Est-il vrai que cette pauvre créature n'a rien mangé depuis soixante-douze heures ?

— Ce n'est pas vrai, mais il y a bien quelque chose approchant. De temps en temps, elle réclame impérieusement de la nourriture, mais à peine y a-t-elle goûté qu'elle la repousse avec horreur. Je ne veux point vous affliger et vous dégoûter inutilement en vous parlant des perversions de goût où est tombée cette infortunée. Elle a des appétences tellement malsaines et tellement étranges qu'il vaut mieux n'en point parler. Elle refuse énergiquement de procéder à la toilette la plus rudimentaire et affirme qu'on l'empêche de se laver. Cela est très commun parmi les fous agités et, chose bizarre, c'est plus fréquent chez les femmes que chez les hommes. Quoi qu'il en soit, vous comprenez en quel embarras me met la présence d'une pareille pensionnaire dans ma maison.

— Peut-être ferions-nous bien de l'envoyer dans quelque asile de l'Etat?

— J'y ai bien songé, mais des considérations d'humanité me retiennent. Officiellement, dans les établissements de l'Etat, « les malades » sont traités avec douceur, mais dans la réalité ils ont beaucoup à souffrir de la sévérité ou de l'énervement de leurs gardiens. Il faut avoir une patience angélique pour traiter doucement des aliénés tombés dans l'état où se trouve cette malheureuse Jeanne. On a besoin de faire un véritable effort d'intelligence pour se dire qu'ils sont irresponsables, car, en apparence, une méchanceté très réelle s'ajoute à leur égarement. Ils ont, non seulement des violences terribles, mais des perfidies révoltantes. Après avoir excité la pitié, ils en arrivent à exciter l'indignation ; c'est pour cela que, sauf dans des maisons comme la mienne, le régime de la douceur préconisé par le docteur Pinel ne sera jamais qu'une apparence et restera, en réalité, lettre morte. Jadis, on maltraitait les fous et on ne s'en cachait pas. Aujourd'hui, on est censé user vis-à-vis d'eux de la plus grande mansuétude, mais croyez bien qu'à Charenton, à Bicêtre, à la Salpêtrière, à Sainte-Anne, il se passe des choses dont le récit impressionnerait bien péniblement votre cœur sensible...

— Alors, docteur, je vous supplie de garder encore cette pauvre femme.

— Je le ferais volontiers pour vous, cher monsieur, mais je vous ai déjà dit et je vous répète que je me vois dans l'alternative ou de lui laisser une certaine liberté, et par conséquent de compromettre la sûreté de mes autres malades, ou de la tenir enfermée dans sa chambre, et alors de nuire à sa santé et de précipiter la crise suprême.

— Ah! tout cela est horrible. Il y a des moments où l'on se demande s'il ne serait pas humain de mettre fin aux tourments des fous incurables en leur donnant doucement la mort.

Le docteur sourit doucereusement.

— Ce serait peut-être humain, dit-il, mais ce serait aussi fort illégal et jamais mon humanité n'ira jusqu'à contrevenir aux prescriptions du Code. Le devoir du médecin est de prolonger la vie des malades incurables, dût-il en même temps prolonger leurs souffrances. Une civilisation plus avancée et plus scientifique ne trouverait peut-être pas ça très logique, mais il ne faut pas devancer son temps et un homme sage et prudent doit toujours se conformer aux mœurs de son époque.

— Eh bien, docteur, faisons notre devoir chacun de notre côté. Je veille sur les intérêts de la pauvre Jeanne, veillez sur sa santé et sur sa raison. Je vous l'ai confiée et je vous conjure de lui donner encore vos soins, quelque pénible que cela puisse être.

Le docteur poussa un profond soupir.

— Allons, dit-il, je vois qu'il me faut garder cette malheureuse, malgré tous les inconvénients qu'il en pourra résulter pour ma maison et pour moi. Au besoin, je ferai appeler quelques confrères pour constater l'état où elle se trouve. D'ailleurs, mon avis est qu'un fatal dénouement est proche et qu'elle ne peut vivre bien longtemps dans de pareilles conditions.

— Hélas ! docteur, la mort sera pour elle une délivrance et ses amis ne peuvent véritablement point désirer que son existence se prolonge. Pauvre Jeanne ! elle semble avoir été soumise à cette inéluctable fatalité dont parlent les poètes tragiques de la Grèce antique. Sa première jeunesse a été désolée par la misère et par la honte… elle a vu sa mère mourir sous ses yeux de chagrin et de désespoir, elle a vu son frère condamné à mort, puis gracié et renvoyé au bagne. Son mari qu'elle adorait a été tué dans un duel à la fois terrible et ridicule. Son protecteur, le prince Bolstoï, a été brûlé vivant dans le château où il lui donnait asile. Tous ses amis, excepté moi, l'ont abandonnée et, moi qui ne demanderais qu'à lui être utile, je me vois dans l'impossibilité de la servir en quoi que ce soit. J'en suis réduit à désirer que la mort vienne la délivrer de ses tourments moraux et de ses tortures physiques…

Gaston, absolument navré, prit congé du docteur et retourna chez lui, bien persuadé que le célèbre aliéniste était à la fois un des plus grands savants et un des plus galants hommes qu'il y eût dans notre beau pays de France.

A partir de ce moment, les sévices contre Jeanne redoublèrent de férocité.

En quelque sorte couvert par la visite de Gaston Bourgoin, le docteur Jougla ne se gêna plus.

Il regarda sa pensionnaire comme un « sujet » sur lequel il pouvait opérer à loisir.

Ce savant était un scientiste impitoyable.

Avant d'adopter la spécialité d'aliéniste, il avait beaucoup pratiqué la vivisection sur des chiens, des singes, des lapins et toutes sortes d'animaux.

Il était de ceux qui, dans les hôpitaux, regardent les malades non comme des êtres humains ayant une âme immortelle, mais comme des espèces de gorilles sur lesquels toute expérimentation est permise.

On sait combien peu certains docteurs se gênent vis-à-vis des pauvres diables forcés de recourir à l'hospitalité administrative.

Encore ces médecins sans scrupules sont-ils soumis à une sorte de contrôle et exposés à des dénonciations.

Mais que pouvait avoir à craindre le docteur Jougla ?

Il était évident qu'une commission composée des plus grands médecins et des plus intègres magistrats et chargée d'examiner la veuve Templier jugerait son cas exactement comme le naïf Gaston Bourgoin.

Cet interminable pèlerinage est aussi pénible pour les soldats que pour les condamnés. (Page 724.

La veuve Templier avait été internée parce qu'elle avait l'idée fixe que Son Altesse le grand-duc de Kirck-Berghein n'était autre que son frère, le forçat Louis Hérault. Et voilà qu'à présent elle disait bien haut que, de son propre aveu, le docteur Jougla, agent du grand-duc, avait accepté la mission de la faire mourir.

N'était-ce pas la confirmation la plus absolue de sa démence et, après l'avoir entendu débiter de pareilles absurdités, pouvait-on douter qu'elle fût autre chose qu'une folle furieuse, justiciable de la camisole de force, de la douche et même des décharges électriques.

Quant aux employés de l'établissement, comme nous l'avons déjà constaté, il n'y avait point à s'inquiéter de leurs impressions personnelles.

Outre que leurs intérêts les attachaient à la maison de santé où ils étaient grassement payés, leurs dénonciations eussent paru essentiellement suspectes et n'eussent point été prises au sérieux.

Le docteur, très à son aise, s'amusa.

Il essaya, à l'aide de la sonde œsophagienne sur l'estomac de sa victime, des substances qui, tout en hâtant le dénouement fatal, ne pouvaient laisser aucune trace de nature à faire soupçonner un empoisonnement.

Ayant affaire à un sujet extraordinairement énervé et affaibli, il se divertit aux plus curieuses expériences de magnétisme, d'hypnotisme et de suggestion.

Bientôt, il devint maître absolu de la malheureuse et la mit dans un tel état psychique qu'elle n'était plus, entre ses mains, qu'un être absolument passif, ou plutôt une simple machine.

Après avoir vainement attendu le retour de Gaston, Jeanne était tombée dans le désespoir et avait perdu toute énergie, toute faculté de résistance.

Le docteur éprouvait de telles jouissances à user et à abuser de son diabolique pouvoir sur la misérable créature, que maintenant il craignait de la voir mourir trop tôt.

Tantôt il lui imposait des visions épouvantables et la forçait de se promener en esprit dans de véritables enfers, tantôt il lui donnait des douleurs nerveuses que les supplices les plus raffinés du moyen âge n'égalaient point.

Souvent, pris lui-même d'un délire érotique, il faisait de l'infortunée le jouet de ses lubriques fantaisies.

Jeanne, maintenant, n'était plus que l'ombre d'elle-même.

On eût dit un spectre.

Ses regards étaient tellement vagues et incertains, qu'on l'eût prise pour une aveugle.

Les *expériences* du savant docteur n'avaient pas seulement oblitéré son intelligence, elles l'avaient rendue aphasique, c'est-à-dire qu'elle ne pouvait plus prononcer qu'un nombre de mots très limités. Elle répétait toute la journée :

— Louis... parricide... Robert... pas folle !...

Ce fut dans cet état que Gaston la revit.

Le docteur Jougla eut le machiavélisme de la montrer à quelques-uns de ses confrères.

On parla d'elle dans les journaux.

— Encore une victime des intrigues du prince Othon ! s'écriaient quelques publicistes.

Le jour où elle mourut, absolument épuisée et presque sans agonie, il y eut, dans la presse parisienne, un véritable déluge d'articles sentimentaux, humorisques, scientifiques, etc., etc.

Il va sans dire que la presse fut unanime à chanter les louanges de l'éminent docteur Jougla.

Ce grand savant avait montré un dévouement extraordinaire en continuant à donner ses soins à une folle non seulement insupportable par ses fureurs, mais tombée dans l'état de dégradation physique le plus abject et le plus répugnant.

On compara sa noble et généreuse conduite avec les agissements des médecins de l'ancienne école qui enchaînaient les aliénés comme des forçats et traitaient leur folie à grands coups de nerfs de bœuf.

Ces réflexions étaient invariablement suivies d'hymnes enthousiastes en faveur de l'adoucissement des mœurs et des progrès modernes.

Le docteur Jougla, qui était déjà officier de la Légion d'honneur, fut fait commandeur... et il plaça avantageusement les cinq cent mille francs que Son Altesse le grand-duc de Kirck-Berghein lui avait fait tenir en récompense de ses bons et loyaux services.

Gaston Bourgoin, étant donné ses illusions, ne pouvait que se réjouir de voir la mort mettre un terme aux souffrances de sa pauvre amie.

Il la pleura, cependant, et présida à ses obsèques avec sa mère, sa femme et Etienne Fourgeaud.

La cérémonie funèbre fut, d'ailleurs, assez brillante.

Beaucoup d'artistes et de gens de lettres tinrent à honneur d'y assister.

C'était un hommage rendu surtout au talent de Robert Templier.

Un ténor de l'Opéra chanta l'inévitable *Pieta Signore* de Stradella et, au cimetière, un des doyens de la peinture française prononça un discours fort bien tourné qui fit pleurer l'assistance.

Deux jours après cette cérémonie funèbre, personne ne pensa plus à Jeanne dans la ville de Paris, sauf la famille Bourgoin et Etienne Fourgeaud.

Nous devons dire, à la louange d'Amélia, que la mort de Jeanne Templier lui causa une très vive émotion.

Elle éprouva comme un remords d'avoir abandonné cette pauvre femme.

Le marquis de Crozant, qui restait son chevalier servant à Saint-Pétersbourg, la consola de son mieux.

Du reste, l'approche de son mariage avec le grand-duc Edouard constituait une diversion plus que suffisante à son chagrin.

Son deuil était terminé et tout se préparait, à la Cour de Russie, pour son mariage, qui devait avoir lieu dans le plus bref délai.

XXIII

VOYAGE EN SIBÉRIE.

Si vous le voulez bien, nous reviendrons, maintenant, au nihiliste Ivan Georgewitch, si justement condamné au voyage en Sibérie par les magistrats de la cour de Kieff.

La *catène* (c'est-à-dire la chaîne des forçats) a été abolie en France, mais elle existe encore, ou plutôt il existe pis que cela en Russie.

Les déportés partent de la ville, où une condamnation les a frappés, pour le lieu de leur destination, à pied, en troupes nombreuses, enchaînés s'ils font les récalcitrants et escortés par quelques pelotons de soldats.

Ils marchent deux par deux, à petites journées, sans étapes forcées, mais ne prenant de repos qu'avec la permission des chefs de l'escorte.

Des voitures de provisions les suivent...

Elles sont chargées de biscuits extrêmement durs, de sacs de gruau et de barils d'eau.

Les haltes se font généralement dans des villages ou des hameaux.

Les condamnés s'assoient ou se couchent en rond, toujours surveillés par les soldats...

Souvent alors ils reçoivent l'aumône des paysans ; — c'est toléré par les règlements.

Ce que nous allons dire va probablement sembler prodigieux et même invraisemblable ; c'est pourtant la vérité pure...

Il arrive que le voyage des déportés en Sibérie dure six mois et même un an.

Cet interminable pèlerinage est aussi pénible pour les soldats que pour les condamnés.

Sur cinq cents individus constituant la « fournée », trois cents environ arrivent à destination, et, sur cent soldats qui les escortent, de quinze à vingt meurent en route.

Outre les fatigues du voyage, soldats et condamnés sont exposés à toutes sortes d'accidents.

Ils peuvent être pris dans des tourbillons de neige, attaqués la nuit par des troupeaux de loups affamés, saisis dans les régions septentrionales par des froids mortels...

La contrée de Sibérie où l'on dirigeait Ivan Georgewitch et ses compagnons est située très au nord et désignée sous le nom de gouvernement de Kowna.

C'est un pays désolé qui ne produit à peu près aucune végétation, si ce n'est des lichens, et qui reste presque toute l'année enseveli sous la neige.

Les habitants de Kowna appartiennent à une race à part que les ethnologues supposent être d'origine mongole.

Ce sont de petits hommes d'apparence frêle, mais en réalité très robustes, qui, physiquement, ressemblent assez aux Esquimaux.

Ils habitent dans des cahutes creusées sous terre ou dans des maisons construites avec du bois laborieusement amené de contrées voisines.

Leurs seuls animaux domestiques sont le renne et un chien qui rappelle le terre-neuve et dont ils font parfois leur nourriture.

On les connaît sous le nom de Kougousses.

Ils parlent une langue où se retrouvent quelques racines tartares, mais qui ne ressemble en rien aux idiomes mongols connus des linguistes.

Leur costume, composé de peaux de chiens, de loups ou d'ours, est à peu près celui des Lapons.

Ils ont d'assez bons fusils et chassent les loups et des oiseaux divers.

Leurs femmes sont un peu plus grandes qu'eux et, sauf exception, d'une laideur repoussante.

Leur costume ne diffère presque pas de celui des hommes.

Les Kougousses ont été païens ou plutôt fétichistes jusqu'au commencement de ce siècle.

Vers 1802, ils ont été évangélisés et convertis à la religion orthodoxe par un pope finlandais qu'ils vénèrent aujourd'hui comme un saint.

Du reste, leur christianisme est encore mêlé de beaucoup de superstition, restes de leurs anciennes croyances.

Les popes qui dirigent leurs consciences sont Finlandais ou Moscovites.

Aucun Kougousse n'exerce le sacerdoce.

En somme, ces pauvres gens constituent une population extrêmement misérable, de mœurs douces et assez pures, et qui n'a guère comme défaut qu'une ivrognerie commune à presque tous les peuples septentrionaux.

Il y a dans la province de Kowna deux mines d'or auxquelles les Kougousses ne travaillent jamais ; les déportés seuls sont employés à l'extraction des minerais sous la surveillance d'un nombreux personnel administratif dirigé par des officiers et un gouverneur qui a rang de général.

Le travail des mines de Kowna est extrêmement pénible, elles produisent très peu d'or et c'est à grand'peine que l'on arrive à tirer les pépites des minerais.

Des employés chimistes sont affectés à cette œuvre délicate et importante.

Les minerais à l'état brut sont d'abord mis dans des récipients avec de l'eau et du mercure.

Lorsque le mercure est séparé de l'eau et des minerais, il apparaît couvert de petites taches noires.

On le met alors dans une sorte d'étamine que l'on presse de façon à faire sortir le mercure.

De petites paillettes noires restent dans l'étamine et l'on en fait des boulettes minuscules que l'on soumet à une chaleur extrêmement intense ; elles deviennent rougeâtres et, fondues ensemble, forment des lingots de grosseur variable.

Les déportés, sauf de rares exceptions, ne se livrent jamais à ces travaux préparatoires.

Ils piochent dans les mines, chargent les paniers, poussent les petites charrettes, et voilà tout.

Quelques-uns d'entre eux sont soumis à un régime effroyablement sévère.

Ils habitent dans des maisons de bois, sous la surveillance de soldats farouches.

Quelques-uns couchent sur de simples planches et sont enchaînés la nuit.

Leur nourriture consiste uniquement en pain noir et en bouillie de gruau.

Ils ne boivent que de l'eau, sauf le dimanche où on leur octroie un petit verre d'eau-de-vie.

A la moindre faute, ils sont condamnés au knout, et ce châtiment, de plus en plus rare sur le territoire moscovite, est encore fort en usage en Sibérie.

Le knout consiste en un petit bâton au bout duquel est attachée une très longue lanière, le long de laquelle est pratiquée une gouttière et que termine un petit triangle de zinc.

Cette lanière est faite d'un cuir à la fois très dur et très flexible.

Le patient est étendu sur un banc ou attaché à un poteau, nu jusqu'à la ceinture.

Le bourreau lance son instrument à peu près comme une ligne à pêche autour du corps du malheureux, puis il le retire et, comme la gouttière a fait ventouse, il enlève une lanière de peau correspondant à la lanière de cuir.

Une dizaine de coups de knout suffisent pour donner la mort.

Mais il convient de dire que ce que l'on désigne en Russie sous le nom de knout n'est pas toujours l'abominable chose que nous venons de décrire.

Le mot *knout* s'applique aussi au fouet ordinaire et il va sans dire que lorsqu'un criminel est condamné à une centaine de coups de knout, il s'agit de simples coups de fouet.

Il y a aussi des déportés qui sont traités moins durement et jouissent d'une liberté relative.

Hors de leurs heures de travail à la mine, ils sont libres et peuvent lire, écrire, dessiner, faire de la musique et entrer en rapports avec les naturels du pays.

L'Administration tolère même qu'ils choisissent des maîtresses parmi les jeunes Kougousses qui sont bonnes personnes et dont les parents sont d'une tolérance égale à celle des Lapons.

Les évasions sont très rares parmi les déportés de Kowna, et cela pour deux raisons.

D'abord, ils sont soigneusement surveillés, ensuite, s'ils parvenaient à tromper la surveillance de leurs gardiens, ils courraient le plus grand risque de mourir de faim et de froid dans les plaines les plus désolées qui soient au monde.

Ivan Georgewitch ne savait que trop ce qui l'attendait à Kowna ; aussi était-il bien résolu à tenter une évasion pendant la route de Kiew en Sibérie.

Le voyage devait durer six ou sept mois.

Un incident pouvait se présenter durant ce long laps de temps qui favoriserait son évasion.

La troupe de déportés dont il faisait partie se composait de condamnés venant de diverses régions.

On avait prudemment évité de mettre ensemble les habitants de Daschof qui avaient figuré dans le grand procès de Kiew.

Ivan était donc entouré de gens qu'il ne connaissait pas, êtres grossiers et incultes pour la plupart et avec lesquels il ne pouvait avoir que des rapports assez insignifiants.

En habile homme, il avait tout de suite fait son possible pour se mettre bien avec les officiers et les soldats de l'escorte, laquelle se composait de cinquante grenadiers Laptachinski et de vingt-cinq cavaliers cosaques.

Officiellement, les rapports entre les déportés et leur escorte étaient interdits, mais de pareilles prescriptions sont bien peu pratiques lorsqu'il s'agit d'un voyage de près d'un an.

Du reste, le militaire russe, et particulièrement le Cosaque, offre un singulier mélange de férocité et de sensibilité.

En temps de guerre, lorsque le soldat russe ne massacre pas impitoyablement ses ennemis vaincus, il vient à leur secours avec une bonté touchante et même parfois une sorte de délicatesse naturelle qu'on ne trouverait chez aucun homme de guerre de l'Europe.

Lorsque les Russes sont entrés à Plewna, on craignait qu'ils ne massacrassent la garnison turque.

Ils étaient, en effet, fort irrités et dans de féroces dispositions ; mais à la vue des Ottomans malades et affamés, ils furent pris d'un attendrissement soudain et partagèrent avec eux, fraternellement, leurs provisions.

Les soldats et les officiers qui conduisaient Ivan et ses compagnons d'infortune jusqu'à Kowna les eussent mis en pièces, sans pitié ni merci, au moindre symptôme de rébellion.

Mais, ayant affaire à des gens très dociles et bientôt fort affaiblis par les fatigues et les privations du voyage, ils se montrèrent envers eux pleins de douceur et d'humanité.

Ivan Georgewitch, qui offrait les apparences d'une santé délicate et appartenait à une catégorie de condamnés relativement élevée, ne tarda pas à entrer en communications habituelles avec un jeune lieutenant de grenadiers Laptachinski, lequel était lui-même d'une instruction exceptionnelle.

Peu à peu, ils en arrivèrent à s'entretenir soit en latin, soit en grec, ce qui était aussi antiréglementaire que possible, mais remplissait d'admiration les condamnés ainsi que les soldats et les officiers de l'escorte.

Le jeune lieutenant se nommait Borys Tchernaïef et appartenait à une famille de très modestes et très pauvres gentilshommes du gouvernement de Moscou.

Bien que tout d'abord il se montrât fort réservé, Ivan Georgewitch ne tarda pas à s'apercevoir que, tout militaire qu'il était, ce jeune homme avait au fond du cœur des sentiments passablement subversifs.

Il y avait en lui, comme en beaucoup de gentilshommes russes, même appartenant à l'armée, l'étoffe d'un bon nihiliste, mais ses idées se déguisaient prudemment en tendances vaguement progressistes et en aspirations d'un humanitarisme assez mal défini.

Dans une de leurs conversations en langue latine, il n'avait point caché à Ivan Georgewitch l'horreur que lui causaient les crimes pour lesquels la cour d'assises de Kiew l'avait condamné.

Mais le fils du pope protesta de son innocence et plaida sa cause avec tant d'éloquence et tant de verve que Borys Tchernaïef se sentit ébranlé.

Par instinct, le jeune officier se méfiait de la justice.

Il avait peu suivi les débats du grand procès de Kiew et Ivan Georgéwitch n'eut pas trop grand'peine à lui persuader qu'il était victime d'une erreur judiciaire, que ce n'était point lui qui avait égorgé la malheureuse Natinska, qu'il n'était point l'auteur ni même le fauteur de la révolte des paysans de Daschof contre le prince Bolstoï, enfin qu'on lui avait fait un procès de tendances et qu'il avait été condamné par la cour de Kiew uniquement à cause de ses idées avancées, ou plutôt progressistes.

On sait que, malgré sa laideur presque repoussante, Ivan Georgewitch ne manquait pas de séductions.

Il parlait avec facilité et même éloquence.

Sa conversation pleine de traits inattendus et féconde en anecdotes curieuses entraînait facilement le vulgaire, mais exerçait presque toujours une irrésistible influence sur les gens cultivés et férus de chimères progressistes.

Borys Tchernaïef en arriva bientôt à discuter les questions philosophiques et sociales avec le scélérat qu'il était chargé de surveiller.

Le jeune officier était d'une nature confiante et naïve.

Ses idées subversives partant d'un bon naturel restaient encore fort hésitantes.

Il éprouvait une réelle sympathie pour les socialistes, les anarchistes et les nihilistes, mais beaucoup de leurs doctrines l'effrayaient encore, d'autres restaient pour lui inintelligibles ; bref, il avait besoin d'être converti.

La femme de chambre allait sortir, quand il la rappela. (Page 734.)

Ce n'était pas encore un néophyte, c'était un vague croyant, aspirant à la foi complète et même à la pratique.

Ivan craignait beaucoup que ses conversations en latin et en grec avec ce bon jeune homme n'éveillassent les soupçons du chef de l'escorte, mais ledit chef était un officier très brave et très bon homme de guerre, d'une intelligence plus que médiocre et d'une instruction à peu près nulle.

Il s'imaginait que lorsque l'on parlait une langue classique et en usage uniquement dans les collèges et dans les églises, on ne pouvait s'entretenir que de sujets religieux ou littéraires tout à fait inoffensifs ou même parfaitement édifiants.

Il y a encore, dans l'armée russe, quelques bons types comme ce major, mais ils deviennent rares.

Comme il laissait percer son admiration pour la science d'Ivan Georgewitch, le fils du pope en arriva à ne plus se gêner et il se mit à endoctriner Borys Tchernaïef avec une audace et un entrain dignes d'une meilleure cause, trouvant une volupté perverse à prêcher les doctrines les plus antisociales et surtout les plus antimilitaires à la barbe de cinquante grenadiers et de vingt-cinq Cosaques armés jusques aux dents et chargés de le surveiller.

XXIV

OU LA BRUSQUE APPARITION D'UNE FEMME DÉJA CONNUE DU LECTEUR SEMBLE A LOUIS HÉRAULT ET A AMÉLIA UN FUNESTE PRÉSAGE.

Une semaine seulement séparait le faux prince Edouard de Kirck-Berghein du jour de son mariage, jour impatiemment attendu.

L'assassin de Jeanne Templier, l'infâme fratricide, arpentait le tapis d'un luxueux salon du palais grand-ducal et, d'une voix dont le tremblement rapide trahissait une réelle émotion, il murmurait à lui-même :

— Oui, je la désire avec passion, avec frénésie, comme un insensé !... Quelques heures encore, et Amélia sera à moi, tout à moi !... *Nounouche* a fui mes baisers, ou plutôt les baisers de Louis Hérault... et c'est grande dame, princesse de Bolstoï, qu'elle va se donner librement, volontairement à moi... Encore quelques heures et je connaîtrai enfin l'ivresse suprême de la possession de la femme follement désirée !...

A cette troublante pensée, le misérable sentit un voluptueux frisson courir dans tout son être.

Il s'arrêta soudainement et reprit tout haut :

— Il me semble qu'un feu ardent circule dans mes veines. Je ne me souviens pas d'avoir encore éprouvé une sensation pareille... S'il me fallait choisir aujourd'hui entre Amélia et le trône de Kirck-Berghein, je n'hésiterais pas une seconde, j'enverrais à tous les diables la couronne grand-ducale !

— Oh ! n'allez pas faire cette bêtise, monseigneur ! prononça tout à coup une voix derrière lui.

Le faux Edouard tressaillit violemment et se retourna.

Son ami et complice, Isidore Brousseau, dit « de Sainte-Gemme », qui était entré sans qu'il l'eût entendu, s'avançait vers lui, un sourire quelque peu gouailleur sur les lèvres.

— Ah ! c'est vous, mon cher ? dit le grand-duc en reprenant aussitôt possession de lui-même. Les paroles que vous venez d'entendre vous indiquent à quel point je suis amoureux de la princesse Bolstoï.

Isidore observa en souriant :

— Ce n'est plus de l'amour que « Votre Altesse » ressent pour la charmante veuve, c'est de la passion arrivée à son paroxysme...

— Je l'avoue, mon cher.

— Et je ne vous cache pas, monseigneur, que si je n'étais aussi certain que je le suis et l'ai toujours été que vous serez bientôt l'heureux époux de la belle princesse Amélia... car non seulement cette dernière, mais Leurs Majestés le Tsar et la Tsarine désirent que le mariage s'accomplisse... je ne vous cache pas, dis-je, que je serais inquiet, fortement inquiet même pour moi, pour les autres, et...

L'aimable Brousseau fit une légère pause comme pour appeler l'attention ou donner plus de poids à ce qu'il allait dire, et acheva :

— ... pour *vous* aussi, monseigneur !

— Ah ! fit simplement le pseudo-grand-duc en attachant un regard aigu sur le regard de son complice.

Celui-ci reprit d'un ton dégagé :

— Il faut aimer : c'est la loi de nature; mais l'amour ne doit pas exclure la prudence... Or, les plus grands malheurs fondraient sur le prince Edouard et sur ses humbles collaborateurs ou serviteurs, si Votre Altesse Sérénissime commettait jamais... mais cela n'arrivera pas !... la folie d'abdiquer la couronne de Kirck-Berghein.

Et baissant soudain le ton :

— Monseigneur ne songe donc pas à tout ce que perdraient Son Excellence le docteur Clostermann et Sa Seigneurie le baron de Rosemberg, si vous les abandonniez ?

— C'est juste ; ils n'ont pas eu le temps de s'enrichir suffisamment.

— Leur fortune commence à peine, monseigneur, fit Isidore.

Et avec une humilité trop exagérée pour être sincère :

— Aussi, reprit-il, c'est le respectueux compagnon de Votre Altesse qui émet à haute voix cette réflexion. Aussi, je ne crois pas me tromper en disant que le « prince Edouard » signerait sa propre condamnation à mort s'il mettait actuellement sa signature au bas d'une abdication.

Son Altesse Sérénissime eut une légère contraction nerveuse.

Elle avait compris !

Du reste, ce n'était pas la première fois que l'ex-chef de la bande des

Mouch'-moi donc reconnaissait qu'il était et serait probablement toute sa vie l'esclave des Rosemberg, des Clostermann et de leurs créatures.

Jusqu'à ce jour il avait vécu avec ses puissants complices en parfaite intelligence ; outre qu'une noble fierté n'était point sa vertu favorite, ceux qui l'avaient fait le maître du grand-duché de Kirck-Berghein avaient toujours évité avec beaucoup de soin tout ce qui aurait pu froisser l'amour-propre du criminel usurpateur.

Le plus touchant accord régnait donc parmi la petite bande de hardis gredins ; mais il n'était pas dit que cette conformité de sentiments durerait éternellement.

C'est ce que se demandait, non sans une vague inquiétude, le faux prince Edouard ; c'est aussi ce que craignait le prétendu Gontran de Sainte-Gemme, l'audacieux assassin du baron de Volger.

Un silence avait succédé aux paroles d'Isidore Brousseau.

Ce fut celui-ci qui le rompit le premier.

En s'inclinant, il dit au grand-duc :

— Je venais annoncer à Votre Altesse que le docteur Clostermann, le baron de Rosemberg, votre ministre plénipotentiaire, et les cinq officiers supérieurs qui doivent accompagner monseigneur à Saint-Pétersbourg sont réunis dans la salle du Conseil.

— Bien !... Je suis prêt, descendons !

Et le frère de la malheureuse Jeanne, s'étant coiffé de son casque en cuir bouilli, se dirigea vers la porte du salon.

Mais au moment où son compagnon, écartant la lourde tenture, s'effaçait pour le laisser passer, il s'arrêta et lui dit :

— A propos, mon cher ami, avez-vous toujours l'intention d'assister aux cérémonies de mon mariage ?

— Mon Dieu, oui, monseigneur. J'adore les grandes cérémonies, qu'elles soient civiles ou religieuses.

— Mais ne craignez-vous pas que quelqu'un, le marquis de Crozant par exemple, que nous retrouverons là-bas, reconnaisse dans monsieur de Sainte-Gemme l'Américain Samuel Garfield ?

L'assassin de Robert Templier secoua la tête :

— C'est impossible ! dit-il vivement. Si monseigneur m'avait vu métamorphosé en citoyen de la libre Amérique, il aurait été forcé de convenir qu'il y avait entre le ventripotent Samuel à la barbe rousse et l'élégant Gontran de Sainte-Gemme une différence pour le moins aussi grande que celle qui existe entre un bison et une antilope.

— Oh ! je n'en doute nullement, car je connais vos talents, mon cher vicomte. Venez donc à Pétersbourg, puisque cela vous fera plaisir.

Isidore s'inclina légèrement.

Le grand-duc sortit du salon et, suivi de son soi-disant secrétaire particulier, se rendit dans la salle du Conseil.

Il s'entretint, aimable et souriant, avec le docteur Clostermann et le baron de Rosemberg, revenu de Paris tout exprès pour assister au mariage du faux prince Edouard, dont il devait être l'un des témoins, jusqu'au moment où un huissier de haute stature annonça d'une voix sonore que les voitures de Son Altesse Sérénissime étaient rangées au perron.

Tout le monde quitta la salle du Conseil.

Louis Hérault et Clostermann, ayant en face d'eux Gontran de Sainte-Gemme, occupèrent la première voiture; le baron de Rosemberg et les cinq officiers supérieurs prirent place dans les deux autres véhicules, et, à travers un double rang de curieux, le cortège fila au grand trot vers la station du chemin de fer.

En quelques minutes on y arriva.

Un train spécial attendait le jeune souverain et sa suite. On monta aussitôt en vagon, la machine siffla longuement et le court convoi s'ébranla dans la direction de Saint-Pétersbourg.

Vers quatre heures de l'après-midi, le lendemain, le grand-duc de Kirck-Berghein arrivait dans la capitale de la Russie.

. . . .

L'avant-veille du jour fixé pour la célébration du mariage de la charmante veuve du prince Bolstoï avec le grand-duc Edouard, le marquis de Crozant se présentait chez la future grande-duchesse.

Victor de Crozant, nous croyons l'avoir dit, s'était fait le chevalier servant, à Saint-Pétersbourg, de la princesse Amélia.

On sait également qu'il s'était cru un instant amoureux de la jeune femme, et qu'il avait même pensé en son for intérieur que la veuve du malheureux prince Nicolas Bolstoï ne pourrait peut-être pas trouver de meilleur soutien que lui-même.

Puis, il avait été obligé de s'avouer qu'il allait avoir quarante ans, le double de l'âge de la fille de la regrettée princesse de Woutremont; alors, après de sérieuses réflexions, il s'était décidé à rester simplement l'ami fidèle, le conseiller dévoué de celle pour qui il ne voulait avoir que l'affection d'un grand frère pour une petite sœur.

Mais le pauvre marquis se faisait illusion sur le genre de sentiment qu'il nourrissait au fond de son cœur.

Ce qu'il appelait de l'amitié était bel et bien de l'amour.

Et il dut, malgré lui, en convenir lorsque, en lisant la publication du mariage de la princesse, il éprouva une sensation désagréable, douloureuse même, sensation qu'il avait déjà éprouvée une première fois le jour où Amélia lui avait avoué que le prince Edouard avait produit sur elle une grande et forte impression.

Trois heures sonnaient quand le marquis pénétrait chez la princesse Bolstoï et se faisait annoncer.

On l'avait introduit dans un élégant petit salon.

Bientôt une porte s'ouvrit et une soubrette parut.

Cette fille, forte, robuste, qui ne devait pas tarder de coiffer Sainte-Catherine, n'était pas précisément jolie, mais elle était gracieuse et sa physionomie, ouverte et souriante, était très sympathique.

Elle se nommait Julia Zurminden, elle était Alsacienne. C'est le marquis de Crozant, lequel connaissait la famille Zurminden, qui l'avait placée auprès d'Amélia en qualité de femme de chambre.

La soubrette dit, en entrant :

— Madame la princesse prie monsieur le marquis de vouloir bien l'attendre ici quelques minutes ; madame est entre les mains de sa couturière qui ne la retiendra pas longtemps.

— C'est bien, Julia ; j'attendrai, fit le visiteur.

La femme de chambre d'Amélia, après lui avoir adressé un respectueux salut, allait sortir du salon, quand il la rappela :

— Un mot, je vous prie, Julia ?

Celle-ci revint sur ses pas, et en souriant gracieusement :

— Que désire monsieur le marquis ?

— Vous faire une petite recommandation.

— Je suis l'humble servante de monsieur le marquis ; toutes ses recommandations seront fidèlement suivies, il ne l'ignore pas.

— Non, Julia. De plus, comme je sais que vous êtes toute dévouée à votre maîtresse, et que ce que je veux vous charger de faire est pour son bien, je suis d'avance persuadé que vous m'obéirez. Ecoutez...

Victor de Crozant fit une courte pause, comme s'il rassemblait ses idées, puis il reprit d'un ton plus grave :

— Vous seule allez suivre la princesse Amélia au château de Kirck-Berghein, lorsqu'elle sera devenue l'épouse du grand-duc Edouard. Votre jeune maîtresse va se trouver quelque peu dépaysée dans sa nouvelle résidence, au milieu de gens inconnus, entourée de serviteurs dont elle comprendra à peine la langue.

— Oh ! madame la princesse commence à parler assez bien l'allemand. Nous causons très souvent dans cet idiome... depuis quelque temps surtout.

Le marquis poursuivit :

— Votre maîtresse a, je le sais, une réelle affection pour vous. Il est donc certain que non seulement vous serez là-bas sa camériste préférée, mais vous deviendrez encore sa confidente. Le mariage de la princesse va détruire presque complètement les douces et charmantes relations qui étaient un vrai bonheur pour moi... Je crois, je souhaite et j'espère que la princesse Amélia, devenue grande-duchesse, sera heureuse. Mais sait-on jamais ce que nous réserve l'avenir ?

Le marquis prononça ces mots avec un accent qui décelait tout à la fois de la désillusion, de la tristesse et du regret.

Puis il reprit :

— Voici donc, Julia, la recommandation que je tiens à vous faire de vive voix : si, contre toutes mes prévisions, votre maîtresse ne trouvait pas dans son union avec le prince Édouard le bonheur qu'elle a rêvé, et que le Ciel lui doit bien comme dédommagement des malheurs qui l'ont déjà frappée, écrivez-moi aussitôt que vous serez certaine que ma chère princesse, que je considère un peu comme ma fille, n'est pas heureuse. J'accourrai alors pour essayer de la consoler.

— Vous pouvez compter sur moi, monsieur le marquis... Mais où vous écrirai-je ?

— Je vais retourner à Paris, mais je n'y passerai que quelques semaines. Où irai-je ensuite, je l'ignore. Vous adresserez vos lettres à votre frère Frédéric, qui me les fera parvenir. Il sera prévenu et tenu au courant des lieux où le hasard m'aura conduit.

— C'est convenu, monsieur le marquis.

Ce dernier dit encore :

— Soyez toujours fidèle et dévouée à votre jeune maîtresse ; vous en serez doublement récompensée. Et maintenant, allez, Julia, je ne vous retiens plus.

L'Alsacienne fit de la tête un salut au gentilhomme et quitta rapidement le salon.

A peine Victor de Crozant, devenu soudain triste et pensif, était-il seul depuis deux ou trois minutes, que la porte se rouvrit de nouveau et la veuve de Nicolas Bolstoï entra.

Le visiteur se leva d'un mouvement brusque et s'inclina galamment.

Son visage prit un air souriant.

Il ne voulait pas que la jeune femme devinât ce qui se passait en son cœur depuis une semaine.

Amélia lui dit, d'une voix affectueuse et douce :

— Vous voudrez bien m'excuser de vous avoir fait attendre, cher monsieur de Crozant. Lorsqu'on vous a annoncé, je venais de revêtir une toilette splendide, faite à Paris, rue de la Paix.

— Ce qui veut dire qu'elle est ravissante.

— Justement, cher marquis ; vous la verrez bientôt et je vous permettrai de m'adresser vos compliments, ajouta Amélia sur un ton enjoué.

— Hélas ! chère princesse, je ne le pourrai pas... je pars !

Le gai sourire qui voltigeait sur les lèvres carminées de la jeune femme disparut soudainement.

Étonnée, elle s'écria :

— Vous partez !... Ai-je bien entendu, cher marquis ?

— Oui, princesse, je quitterai Saint-Pétersbourg par l'express de minuit quinze. Mais je n'ai point voulu partir sans vous avoir renouvelé les vœux sincères que je forme pour votre bonheur.

— Je vous remercie, cher monsieur de Crozant. Mais laissez-moi vous dire que votre départ précipité sera cause que mon bonheur ne sera pas complet le jour de mon mariage. Je comptais bien avoir près de moi mon plus ancien et meilleur ami... Retardez votre départ de quarante-huit heures, mon cher marquis. Faites cela pour votre petite princesse ?

— Non, je ne puis pas, c'est impossible ! répliqua Victor de Crozant avec une vivacité qui avait quelque chose d'étrange.

Plus doucement, il ajouta :

— Vous viendrez certainement de temps à autre à Paris, chère princesse, ce sera pour moi un grand plaisir de vous revoir.

— Et pour moi une joie bien vive, cher monsieur de Crozant. Faites-moi la promesse de venir passer, à l'époque des grandes chasses, une semaine ou deux à Kirck-Berghein ; et je vous pardonne le chagrin que me cause l'annonce de votre départ.

— Je vous promets d'aller au moins une fois par an vous rendre une petite visite à Kirck-Berghein, mais je ne puis m'engager à y rester aussi longtemps que vous le demandez. Vous n'ignorez pas que j'aime peu les Allemands, et désormais je les aimerai moins encore puisque c'est l'un d'eux qui vous enlève à mon affection.

Le marquis et la princesse causèrent cinq minutes encore, puis cette dernière tendit sa main effilée au gentilhomme français qui y déposa un long et respectueux baiser et partit en disant de sa voix douce et grave :

— Adieu, chère princesse, ou plutôt au revoir !

Une demi-heure plus tard il rentrait chez lui. Il y trouva son compatriote, André Desjardins, qui, on se le rappelle, avait assisté en qualité de second témoin le pauvre Robert Templier, lors de son fatal duel. Le jeune homme dit au marquis :

— J'ai reçu votre petit mot par lequel vous m'annoncez que vous partirez cette nuit. Je regrette que vous ayez avancé votre départ, car j'aurais été bien aise que vous me dissiez vous-même que je me suis trompé !

— Oh ! de quel ton plein de gravité vous me dites cela, monsieur Desjardins. Que vous est-il donc arrivé ? Expliquez-vous bien vite !

— Voici. J'ai cru reconnaître, parmi les personnages de la suite du grand-duc de Kirck-Berghein, l'adversaire de monsieur Robert Templier.

Il n'avait pas achevé que le marquis, devenu subitement très pâle, se dressait debout d'un seul bond.

D'une voix qui tremblait malgré lui, il s'écria:

— Dieu ! serait-ce possible ?... Ah ! si vous ne vous êtes point trompé, si vous avez bien vu, monsieur Desjardins, ce ne serait plus à un duel que tous deux nous aurions assisté, mais à un affreux assassinat... et l'épouse de notre

Une femme se précipita vers le landau découvert du grand-duc. (Page 744.)

infortuné compatriote aurait pressenti la vérité en m'assurant que Samuel Garfield n'était qu'un faux Américain....

Et se rasseyant lourdement :

— Si cela était, quels remords pour moi! ajouta-t-il, se parlant à lui-même d'un ton bas et profondément désolé.

En une même seconde, avec la rapidité vertigineuse de la pensée, venaient de passer, de se succéder, dans le cerveau du marquis, toutes les accusations formulées quelques mois plus tôt devant lui par Jeanne Hérault, veuve de

Son Altesse Nounouche   93

Robert Templier, contre le prince Edouard, qu'elle affirmait n'être autre que son frère Louis, le forçat évadé, qui avait usurpé, disait-elle, le titre du grand-duc de Kirck-Berghein.

Pendant un instant, le trouble du marquis fut extrême.

En passant la main sur son front, il murmura :

— Mais non, c'est impossible! Ce serait trop de crimes!

Il ne pouvait, décidément, pas admettre que le bandit Louis Hérault et le grand-duc Edouard fussent le même personnage qui, pour se débarrasser du peintre et de sa compagne, lesquels auraient pu mettre en doute son identité, avait fait assassiner le premier et enfermer la seconde dans une maison d'aliénés où elle était morte misérablement.

Tout cela lui paraissait trop horrible!

Et puis il y avait cette substitution du forçat au prince allemand qui, pour le marquis, semblait impossible et invraisemblable.

André Desjardins avait bien pensé qu'il provoquerait une certaine surprise chez Victor de Crozant en lui disant qu'il croyait avoir revu l'adversaire de Robert Templier, mais il ne s'était pas attendu à provoquer une émotion aussi forte que celle que, durant une bonne minute, laissa apercevoir le marquis.

Aussitôt que celui-ci eut murmuré sa dernière phrase, M. Desjardins repartit vivement :

— Je vous ai dit, monsieur le marquis, que j'avais *cru* reconnaître... mais je suis loin d'affirmer que l'Allemand, dont « un je ne sais quoi » dans la physionomie m'a brusquement rappelé certaine expression moqueuse du visage de monsieur Garfield, doit être l'adversaire qui a tué notre compatriote.

Il y eut un court silence.

Le marquis de Crozant réfléchissait. Quelque chose de bizarre se passait au plus intime de son être.

Il était persuadé que le prince Edouard, le futur époux d'Amélia, était bien le légitime héritier des grands-ducs de Kirck-Berghein, et il aurait voulu, il souhaitait même, sans oser se l'avouer, que ledit prince ne fût qu'un vulgaire usurpateur.

Avec quelle joie il aurait crié à la princesse Amélia : « N'épousez pas ce prince étranger; s'il n'est pas Louis Hérault, il n'en est pas moins un audacieux aventurier que nous allons démasquer! »

Tout à coup, il dit à son visiteur :

— Vos paroles, cher monsieur Desjardins, m'ont tout d'abord bouleversé. Ce serait si grave si l'Américain Garfield n'avait été qu'un Allemand déguisé, un gredin payé par un autre homme pour chercher querelle à mon ami Robert Templier!

— C'est bien parce que j'ai pensé cela que j'aurais voulu vous montrer le personnage que j'ai vu, ce matin, assis dans la même voiture que le grand-duc de Kirck-Berghein.

Affectant de sourire, André Desjardins acheva :

— Depuis cette rencontre, je me suis demandé une vingtaine de fois : « Ai-je eu la berlue ? Le compagnon du grand-duc a-t-il ou n'a-t-il pas un point de ressemblance avec Samuel Garfield, dont ni vous ni moi n'avons plus jamais entendu parler ?... « A force de me répéter ces interrogations, cela a fini par devenir une obsession ; et franchement ça m'agace !

Victor de Crozant sourit à son tour.

Puis il dit, cachant peut-être une arrière-pensée :

— Je veux essayer de ramener la tranquillité dans votre esprit, mon cher monsieur Desjardins ; de plus, comme vous avez excité ma curiosité en me parlant de votre personnage de la suite du grand-duc, je ne serai pas fâché de voir cet homme, ne fût-ce qu'une minute.

— Alors, monsieur le marquis ?

— Alors, mon cher compatriote, j'ajourne mon départ pour la France. Nous devions dîner ensemble ce soir, rien n'est changé à notre projet, sauf le lieu du repas. Nous dînerons à l'hôtel où le prince Edouard est descendu avec sa suite. Qui sait ! nous aurons peut-être l'occasion de nous rencontrer avec les compagnons de Son Altesse.

— Vous n'êtes pas un inconnu pour le grand-duc. Je crois me rappeler que vous m'avez dit, monsieur le marquis, que vous l'avez vu une ou deux fois dans l'atelier de monsieur Templier, qui faisait à cette époque le portrait du jeune souverain.

— En effet, le prince Edouard et moi nous nous connaissons déjà ; mais je ne vous cache pas que je ne tiens guère à me rencontrer avec lui. Cependant, si, pour approcher de ceux qui l'accompagnent, il faut absolument me faire de nouveau présenter au prince, eh bien, je m'y résoudrai, et vous viendrez avec moi, cher monsieur Desjardins.

— Le lendemain de l'arrivée du grand-duc ici, un journal a donné les noms des principaux personnages de sa suite. J'ai retenu le nom d'un baron de Rosemberg...

— Je le connais, je l'ai vu au palais de Kirck-Berghein. C'est lui qui, devant mon pauvre ami de Luzençay et devant moi, annonça au grand-duc Othon qu'il était déchu du pouvoir.

Et le marquis ajouta :

— S'il n'y a que des barons de Rosemberg pour m'aider à sympathiser avec les sujets du prince Edouard, il s'écoulera des années et des années avant que nous fassions commerce d'amitié.

— Connaissez-vous également, demanda André Desjardins, Son Excellence monsieur Clostermann ?... un docteur devenu ministre.

— J'ai entendu prononcer très souvent son nom, mais je ne le connais pas ni ne tiens aucunement à faire sa connaissance.

M. Desjardins reprit :

— Le grand-duc a encore amené avec lui plusieurs officiers, ainsi que son secrétaire particulier. Je ne me souviens pas de leurs noms.

— Cela ne fait rien, répliqua le marquis. Pourvu que d'un mot, d'un signe ou même d'un simple regard vous me désigniez celui que je suis curieux d'examiner, c'est tout ce qu'il faut.

Et abandonnant son siège :

— Si vous le voulez bien, monsieur Desjardins, nous allons tout de suite nous mettre à la recherche du grand-duc ou plutôt de ses compagnons.

— Je suis à vos ordres, monsieur le marquis, dit M. Desjardins en se levant.

Les deux anciens témoins de Robert Templier sortirent.

La nuit tombait rapidement.

Ils se rendirent ensemble au splendide hôtel où le prince Édouard et ses gens étaient descendus.

Ils s'informèrent.

On leur répondit que le jeune souverain de Kirck-Berghein, accompagné seulement du baron de Rosemberg, était sorti vers le milieu de l'après-midi pour faire quelques visites, mais on ignorait s'il rentrerait dîner à l'hôtel. Quant aux autres personnes de sa suite, se trouvant libres, chacune avait tiré de son côté.

Victor de Crozant dit à son compatriote :

— Allons dîner ; nous reprendrons nos recherches un peu plus tard.

Ils passèrent dans la salle à manger de l'hôtel, salle à manger grandiose qui était brillamment éclairée. Il y avait relativement peu de monde. On leur apporta le menu. Le marquis commanda un repas fin et choisi. Puis ils causèrent de choses indifférentes tout en observant avec soin tous ceux qui de temps à autre entraient soit par la porte qui se trouvait à leur droite soit par celle qui était en face d'eux.

Leur dîner touchait à sa fin ; on venait de leur apporter le dessert, lorsque André Desjardins eut un léger tressaillement.

Tout bas et rapidement, il prononça :

— Nous avons bien fait de venir ici... Voici notre personnage !

Et des yeux il désignait deux hommes qui, guidés par un valet de l'hôtel, pénétraient dans l'immense salle à manger.

L'un, le plus âgé, déjà grisonnant, était le docteur Clostermann ; l'autre, très élégant, très correct, dans son habit noir, était Isidore Brousseau ou le vicomte de Saint-Geniès.

Leur maître, Son Altesse Sérénissime le faux Édouard, dînant chez Leurs Majestés le Tsar et la Tsarine, ils s'étaient décidés à prendre leur repas dans la magnifique salle de l'hôtel, au lieu de se faire servir dans leurs chambres, puis d'attendre ensemble le retour de l'illustrissime souverain de Kirck-Berghein, ex-chef des *Mouch'-moi donc.*

Une table était vacante près de l'entrée de la salle à manger. Le docteur Clostermann la montra de la main au prétendu vicomte qui inclina légèrement la tête, disant :

— Mettons-nous là ; nous y serons très bien !

Et tous deux s'installèrent.

André Desjardins ébaucha une rapide grimace de désappointement et à voix basse, il murmura :

— Puisqu'ils ont eu l'idée, heureuse assurément, de venir dîner dans cette salle, ils auraient bien dû en avoir une autre plus heureuse encore : celle de se placer tout près de nous... Si du moins celui dont nous voulons étudier le visage regardait de notre côté. Mais non, pas du tout ; on croirait presque qu'il fait exprès de nous tourner le dos.

En effet, la position qu'Isidore Brousseau occupait en face du docteur Clostermann ne permettait à nos deux Français que d'apercevoir la nuque et le dos du hardi gredin.

Le marquis de Crozant dit à demi-voix, en souriant :

— Ne nous plaignons pas trop. Notre individu est un peu loin de nous et surtout bien mal placé pour que nous puissions le dévisager ; mais enfin il est là, sous nos yeux, alors qu'il aurait pu dîner autre part que dans cette salle.

— Vous avez raison, monsieur le marquis.

— Surveillons attentivement du coin de l'œil nos deux Allemands. Aussitôt que nous les verrons se préparer à se lever de table, nous les imiterons et nous nous arrangerons de façon à arriver en même temps qu'eux à la porte de la salle.

Trois quarts d'heure s'écoulèrent encore.

Puis le marquis et son convive virent le docteur Clostermann échanger quelques paroles avec le garçon chargé du service de sa table et rejeter sa serviette sur la nappe.

André Desjardins murmura très vite :

— Je crois que voici pour nous le moment de lever le siège ?

— Oui, partons ! répliqua le marquis de Crozant.

Tous deux se levèrent et prirent leurs chapeaux qu'on leur présentait.

Isidore Brousseau et le docteur Clostermann faisaient absolument de même de leur côté.

L'ex-commandant de chasseurs d'Afrique et André Desjardins pressèrent le pas.

Ils arrivèrent, ainsi qu'ils le désiraient, à la porte de la salle à manger au moment où ceux qu'ils surveillaient allaient sortir et ils entendirent distinctement le docteur Clostermann dire en allemand au meurtrier de Robert Templier :

— Mon cher vicomte, vous trouverez au salon de lecture toutes les feuilles que vous aviez l'habitude de lire à Kirck-Berghein

Victor de Crozant retint son compagnon en lui prenant le bras d'un geste amical et des plus naturels.

André Desjardins lui adressa un regard qui signifiait:

— Je vous ai compris. Ils se rendent dans le salon de lecture ; nous aussi nous allons nous y rendre bien tranquillement.

C'est ce qu'ils firent tous deux.

Ils laissèrent au docteur Clostermann et au pseudo-vicomte de Saint-Geniès le temps de s'installer à une grande table, sur le tapis de laquelle se trouvaient les principaux journaux et les principales revues des grandes capitales de l'Europe, ce qui ne fut pas très long ; puis, comme ils avaient toute latitude pour choisir leurs places, ils allèrent s'asseoir sur deux fauteuils, à une courte distance de la table de lecture, d'où ils purent tout à leur aise examiner la physionomie intelligente et rusée de l'assassin du baron de Vogler.

Victor de Crozant avait déplié un journal de Moscou, et, tout en ayant l'air d'en parcourir les longues colonnes, il coulait par-dessus le papier un regard scrutateur, cherchant à saisir sur le visage d'Isidore Brousseau quelques traits de ressemblance avec l'Américain Samuel Garfield, dont sa mémoire avait gardé un fidèle souvenir.

Mentalement le marquis se disait :

— La figure de cet homme ne m'est pas inconnue, je l'ai déjà vue quelque part, j'en jurerais... Mais où et quand l'ai-je vue? Voilà ce que je ne saurais dire exactement.

Pendant quelques minutes il demeura pensif.

Il cherchait, fouillait soigneusement dans ses souvenirs.

Mais au bout d'un moment il secoua la tête et, à part lui :

— Non, je ne trouve pas! murmura-t-il.

De nouveau il leva les yeux sur le compagnon du docteur Clostermann.

A cet instant précis, le secrétaire particulier du grand-duc de Kirck-Berghein glissait un coup d'œil du côté du marquis.

Leurs regards se rencontrèrent.

L'ex-officier français regarda fixement le faux vicomte de Saint-Geniès.

Mais l'ex-chef des Pianakotaws détourna aussitôt les yeux et, sans affectation, les promena lentement sur les quinze ou vingt lecteurs et lectrices qui se trouvaient en ce moment au salon.

Le marquis de Crozant attendit un quart d'heure environ, puis il dit en français à André Desjardins :

— Rien de bien intéressant aujourd'hui; si vous le voulez, nous irons faire un tour tout en fumant un cigare?

— Mais très volontiers, répliqua M. Desjardins en se levant.

Ils sortirent du salon de lecture. Cinq minutes après ils étaient sur le trottoir et le compagnon du marquis demandait rapidement :

— Eh bien... avez-vous reconnu dans notre personnage?...

— Rien qui ressemble à Samuel Garfield... Vous vous êtes donc trompé en croyant reconnaître cet Américain.

— Ma foi, j'aime mieux ça, déclara André Desjardins. J'aurai l'esprit plus tranquille.

Le marquis passa son bras sous le sien et dit à mi-voix :

— Maintenant, je dois vous avouer que le visage de cet Allemand qui fait partie de la suite du grand-duc ne m'est pas inconnu. J'ajouterai qu'il m'est absolument antipathique. Je trouve qu'il y a quelque chose de faux, de cupide, de froidement méchant dans sa physionomie.

— Je suis tout à fait de votre avis.

— Nous nous informerons demain du nom de ce personnage. Ça m'aidera peut-être à me rappeler en quel lieu je l'ai déjà rencontré.

Laissons les deux compatriotes se promener ensemble et retournons rejoindre Isidore Brousseau et Clostermann.

Quelques minutes après la sortie du marquis et d'André Desjardins, le prétendu vicomte de Saint-Geniès dit au docteur :

— Remontons chez Son Altesse; en attendant son retour je vous ferai part de certain petit événement qu'il est utile que vous sachiez.

Ils regagnèrent lentement les appartements du grand-duc.

— Eh bien, qu'y a-t-il donc? interrogea Clostermann aussitôt que la porte eut été refermée sur eux.

— Avez-vous remarqué, dit Isidore à voix très basse, les deux *Français* qui sont entrés au salon de lecture immédiatement après nous?

— C'est à peine si j'ai fait attention à eux... Les connaissez-vous?

— Si je les connais!... Ils étaient les témoins du peintre Robert Templier. L'un est le marquis de Crozant, l'autre se nomme Desjardins.

Le front du docteur Clostermann se rembrunit subitement.

— Oh! oh! fit-il sur le même ton que son complice. Ce n'est certainement pas le hasard qui a conduit ces deux hommes au salon de lecture.

— Ils nous suivaient, nous épiaient, c'est sûr. J'ai observé le manège du marquis de Crozant tandis qu'il faisait semblant de lire. Pourquoi me regardait-il, car c'est sur moi et non sur vous que son œil s'arrêtait? Quelle est la raison de la surveillance dont je parais être l'objet?... Je cherche et ne trouve pas. Je pressens seulement un vague danger.

— Attendons le prince Edouard; tous trois nous aviserons, dit le docteur.

Le grand-duc ne rentra qu'à dix heures du soir. Clostermann, Isidore et le baron de Rosemberg le suivirent dans sa chambre, et quand ils furent à l'abri des oreilles indiscrètes, l'honnête Brousseau expliqua ce qui se passait.

— Si le marquis devient trop gênant, dit froidement Rosemberg quand Isidore eut fini de parler, eh bien, on s'en débarrassera!

— Non, non, plus de crimes! fit Louis Hérault avec vivacité. Dans moins de quarante-huit heures non seulement mon bonheur sera complet, mais tout danger aura disparu pour moi. Que voulez-vous que dise ou fasse le marquis de Crozant, alors que la princesse Amélia, que celle qui fut autrefois *Nounouche*, n'a pas reconnu dans son nouvel époux celui que vous savez !

Devant la volonté formelle du prince, chacun s'inclina. Mais Clostermann et Rosemberg étaient bien résolus à enfreindre la défense de leur maître s'ils jugeaient que ce fût nécessaire pour leur sécurité.

La journée du lendemain s'écoula sans aucun incident.

Puis l'heure, si impatiemment attendue par Louis Hérault, sonna enfin.

Le mariage du faux prince Edouard avec la jeune veuve de Nicolas Bolstof fut célébré avec une certaine pompe. Il serait trop long de faire le récit de la cérémonie religieuse et de la réception qui suivit. Il avait été convenu que le grand-duc et la nouvelle grande-duchesse quitteraient Saint-Pétersbourg vers onze heures du soir de façon à arriver avant midi à Kirck-Berghein où de brillantes fêtes attendaient Leurs Altesses.

A l'heure dite, les nouveaux époux partirent par un train spécial. Un peu avant midi ils débarquaient à Kirck-Berghein, dont la plupart des maisons étaient pavoisées.

Tout à coup, les canons du vieux château tonnèrent, annonçant l'arrivée du souverain et de sa jeune épouse à la population, qui tout entière se pressait dans les rues que devait suivre le cortège.

En descendant de wagon, Leurs Altesses furent d'abord conduites dans un salon superbement décoré, et là le bourgmestre Drosselmeyer lut au jeune couple une adresse de félicitations qui se terminait par les souhaits que toute la ville formait pour le bonheur du prince et de la princesse.

On monta ensuite en voiture. Un grand espace vide avait été conservé devant les portes de la gare. La foule, maintenue par un cordon de troupes, occupait les trois autres côtés de la place.

Au moment où, au milieu de mille acclamations, le cortège s'ébranlait, une femme dont les regards semblaient éteints, se faufilant entre deux soldats, se précipita vers le landau découvert du grand-duc.

La princesse Amélia vit cette femme et la reconnut. Crispant alors ses doigts sur le bras du prince Edouard, elle laissa échapper ce cri :

— *La Mouchotte !...*

Louis Hérault tressaillit malgré lui et devint livide...

Il avait également reconnu l'infâme matrone.

Mais son saisissement n'eut que la durée d'un éclair. Il se tourna vivement vers sa compagne à demi défaillante et d'une voix anxieuse :

— De grâce, dit-il, remettez-vous, chère Amélia... Je comprends que la brusque apparition de cette vieille sorcière ait produit sur votre nature très impressionnable un effet rien moins qu'agréable, mais il ne faut pas vous abandonner ainsi à la frayeur. Vous êtes toute pâle !

Aidée de sa camériste, Amélia fit sa toilette de nuit. (Page 752.)

La nouvelle grand-duchesse répliqua doucement :

— C'est passé... Mais si vous saviez, mon cher prince, tout ce que cette femme, que j'ai parfaitement reconnue — car vivrais-je cent ans je n'oublierai jamais ses traits hideux — si vous saviez, dis-je, tout ce qu'elle m'a fait souffrir dans ma prime jeunesse.

— Je sais que vous avez été fort malheureuse... Mais nous reparlerons plus tard de cette femme ; vous n'avez désormais rien à craindre.

Son Altesse Nounouche.   94

Le ton enjoué, le faux prince Edouard ajouta :

— Allons, allons ! faites comme moi, ma chère Altesse. Souriez à nos aimables sujets qui nous acclament de si bon cœur.

Et en prononçant cette dernière phrase, l'ex-Toto-mes-Puces envoyait, à droite et à gauche, des saluts répétés aux braves bourgeois et honnêtes ouvriers de Kirck-Berghein qui, tout en poussant des hourras enthousiastes, dévoraient des yeux leur jeune et belle souveraine.

Le landau du prince Edouard s'était arrêté une seconde au moment où la Mouchotte, qui fut immédiatement empoignée et emmenée par les soldats, s'était précipitée les mains tendues vers le grand-duc et sa femme; puis la voiture était repartie au trot de ses deux chevaux pur sang.

De la gare jusqu'à la place du palais grand-ducal, où les acclamations devinrent réellement frénétiques, ce fut pour Leurs Altesses une promenade brillante, absolument triomphale.

Si l'on criait beaucoup : « Vive le grand-duc Edouard ! » on criait peut-être plus encore : « Vive la grande-duchesse Amélia ! »

Il faut dire que chacun — aussi bien le sexe faible et charmant que le vilain sexe barbu — chacun s'accordait pour trouver Son Altesse la princesse Amélia gracieuse, aimable et jolie.

La jeune femme était tout émue de la réception qui lui était faite par la population de Kirck-Berghein et son émotion, en mettant une adorable teinte rosée sur ses joues ordinairement pâles, contribuait à la faire paraître plus jolie encore.

Au moment où le cortège déboucha sur la place du palais, les canons du Vieux-Château tonnèrent de nouveau et les cloches de la cathédrale se mirent à sonner à toute volée.

Doucement appuyée au bras de l'heureux prince Edouard, la princesse Amélia pénétra dans le superbe palais grand-ducal.

De nombreuses tables couvertes de fines porcelaines et d'argenterie étaient dressées dans la plus vaste salle de l'édifice.

Sachant qu'à de rares exceptions tous ses sujets aimaient faire bonne chère, le prince Edouard avait voulu qu'en tête du programme des réjouissances qui devaient avoir lieu à l'occasion de son mariage, figurât un festin pantagruélique, auquel étaient invités tous les édiles de Kirck-Berghein, tous les notables bourgeois, toute la noblesse du grand-duché ainsi que ses principaux officiers.

Aussitôt que la grande-duchese Amélia eût été installée à la place d'honneur, et tandis que le brave bourgmestre Drosselmeyer s'asseyait à sa droite, pendant que le baron de Rosemberg faisait de même à sa gauche, Louis Hérault appelait d'un signe un jeune colonel.

Il lui dit rapidement quelques mots à voix basse.

Puis l'officier répondit un « Bien, monseigneur ! » salua et s'éloigna très vite pour transmettre l'ordre que venait de lui donner son souverain.

Une musique militaire attaqua un joyeux pas redoublé.

Le repas commençait.

Il était à ce moment exactement une heure et dix minutes.

La demie de trois heures sonnait quand Leurs Altesses, le prince Edouard et la princesse Amélia, en se levant de table, donnèrent le signal de la débandade des convives, dont la plupart, sans doute pour faciliter leur digestion, allèrent se mêler au bon « populo » qui s'amusait de son mieux en riant, chantant, dansant sur les différentes places et aux croisements de nombre de rues.

Louis Hérault offrit son bras à Amélia, qui avoua franchement à son maître et seigneur qu'elle était un peu lasse, et le couple princier, précédé simplement de deux valets de pied en livrée de gala, gagna le second étage du palais où se trouvaient les appartements particuliers du grand-duc et de la grande-duchesse.

Ils pénétrèrent d'abord dans un vaste et somptueux salon.

Le prince Edouard dit en le traversant dans sa longueur :

— Ce grand salon, ma chère princesse, sépare vos appartements des miens. Ici ont lieu les réceptions officielles.

Les valets de pied ouvrirent successivement plusieurs portes.

Le grand-duc et sa femme se trouvèrent bientôt dans un boudoir tendu de rose clair et meublé avec un goût divinement exquis.

La nouvelle grande-duchesse ne dissimula point son admiration et elle adressa dans un sourire un muet remerciement au faux prince lorsque celui-ci prononça, sur un ton des plus galants :

— Vous voici chez vous, ma chère Altesse. Ce minuscule salon est vôtre; vous y recevrez qui vous plaira. Moi-même je ne me permettrai de venir vous y tenir compagnie que lorsque vous aurez daigné m'y inviter.

Du boudoir on passa dans un élégant cabinet de toilette.

Louis Hérault écarta une riche draperie et dit en souriant :

— Veuillez entrer, princesse !

Amélia entra, fit deux pas et s'arrêta toute rougissante.

Le grand-duc murmurait à son oreille :

— Notre chambre nuptiale... Ici, ma princesse adorée, j'atteindrai dans quelques heures le verdoyant sommet des félicités humaines !

Le cœur d'Amélia battit un peu plus vite.

Mais, chose étrange, que la jeune femme ne put s'expliquer, ce n'était pas une sensation de joie, de douce volupté permise, qui précipitait ainsi les battements de son cœur.

Non. Ce qu'elle éprouvait ressemblait plutôt à un sentiment de crainte, d'effroi, de vague terreur.

L'incarnat de ses joues fit presque soudainement place à une légère pâleur. Louis Hérault remarqua le brusque changement qui venait de s'opérer, mais il n'en soupçonna pas la véritable cause

Il murmura d'un accent tendre et affectueux :

— Je ne veux pas oublier que vous êtes un peu fatiguée, ma chère Amélia, ce qui du reste est fort naturel. Nous achèverons demain de visiter le palais. Je vais vous laisser ; vous pourrez vous reposer jusqu'à la nuit... Nous aurons à paraître sur le balcon et à nous montrer une fois encore à la foule au moment des illuminations...

Plus bas il acheva :

— Ensuite nous serons l'un à l'autre. Nous pourrons enfin nous retrouver en tête à tête, loin de nos sujets importuns dont la présence m'empêche de vous redire combien je vous aime !

Ils revinrent tous deux dans le boudoir à la porte duquel étaient demeurés, pareils à des statues, les valets de pied.

Le grand-duc s'inclina devant la grande-duchesse, mit un baiser passionné sur sa main fine et blanche, et dit :

— A tout à l'heure, ma chère Altesse !

Puis il sortit, suivi des deux valets aussi muets que respectueux.

Restée seule, la grande-duchesse Amélia s'assit sur une ottomane ; puis, sa tête, gracieuse, s'inclina légèrement sur sa poitrine, et, l'œil perdu dans l'infini, elle s'abandonna à une longue rêverie.

Peu à peu elle se sentit envahie par un sentiment d'inexprimable mélancolie. Son cœur se serrait.

A demi-voix elle murmura :

— Mais qu'ai-je donc ?... Pourquoi de tristes pressentiments s'emparent-ils ainsi de moi à cette heure où je devrais être si heureuse ?... Quelle crainte m'agite ?...

Sa poitrine se souleva douloureusement et un soupir s'en échappa.

Elle reprit mentalement :

— La présence dans cette ville de l'horrible mégère, qui fut mon bourreau, est pour moi un funeste présage. Un danger inconnu menace mon bonheur, quelque chose en moi me le dit... N'ai-je donc pas encore assez souffert !... Quelle nouvelle et cruelle surprise me réserve le sort ?

Hélas ! c'était une épouvantable surprise qui lui était réservée.

C'était aussi un grand, un terrible, un effroyable malheur qui la guettait et se préparait à fondre sur elle !

XXV

OU L'IVRESSE D'UN GRAND-DUC ET L'ÉMOTION D'UNE GRANDE-DUCHESSE SE TRANSFORMENT
SOUDAIN EN ÉPOUVANTE ET EN INDICIBLE HORREUR.

A peine le faux prince Edouard fut-il sorti du boudoir où était restée la princesse Amélia, que le tendre sourire qui, une minute plus tôt, errait sur ses lèvres, disparut comme par enchantement.

Son visage devint tout à coup singulièrement grave.

De même que la nouvelle grande-duchesse, il pensait à la Mouchotte, et vaguement inquiet, lui aussi, il se demandait ce que la vieille matrone montmartroise était venue faire à Kirck-Berghein.

Il s'en doutait bien un peu.

Et, tout en descendant le magnifique escalier qui mettait en communication le premier et le second étage du palais grand-ducal, il se disait en lui-même :

— Ah ! çà, est-ce que par hasard cette ignoble sorcière aurait conçu l'idée baroque de me « faire chanter »... Si cela est, il faut que son cerveau soit complètement fêlé !

Il était arrivé dans une vaste antichambre.

S'arrêtant devant un officier de service qui le saluait militairement, il lui dit d'un ton affable :

— Veuillez, monsieur, vous mettre à la recherche de Son Excellence le docteur Clostermann.

— De suite, monseigneur.

— Vous me l'amènerez dans le salon jaune.

L'officier salua et sortit rapidement de l'antichambre, tandis que le grand-duc disparaissait derrière de lourdes et riches tentures.

Cinq minutes ne s'étaient pas écoulées que le docteur Clostermann, l'air satisfait, content de lui, venait rejoindre dans le salon jaune le faux prince Edouard, dont le visage passablement sombre formait un réel contraste avec la figure gaie et souriante de son premier ministre.

Ce dernier fit en entrant :

— Me voici aux ordres de Votre Altesse Sérénissime...

Puis, remarquant l'air grave et songeur de l'usurpateur :

— Oh ! mais, qu'y a-t-il donc ?. ajouta-t-il vivement. Comme vous voilà devenu soucieux, monseigneur !

— J'ai quelque sujet de l'être, en effet, mon cher Clostermann.

Le docteur observa :

— Ce n'est toujours pas de la réception... réception véritablement enthousiaste... que vous a faite la population entière de Kirck-Berghein, dont vous pouvez avoir à vous plaindre, monseigneur ?

— Non certes ! Elle m'a fait éprouver, au contraire, une joie très vive.

— D'où vient, dans ce cas...

— Attendez ! interrompit le grand-duc. Oui, j'ai éprouvé... tout d'abord, une joie très vive. Malheureusement elle a été trop vite gâtée par un incident survenu devant la gare même.

— Comment ! s'écria Clostermann avec un certain étonnement, c'est cela qui rend le front de Votre Altesse si morose... Une vieille femme, une aveugle, m'a-t-on dit, qui a failli se faire écraser par votre voiture.

Louis Hérault eut un imperceptible mouvement d'impatience.

Puis il reprit :

— Souriez, souriez à votre aise, mon cher docteur. Mais je vous avoue que je n'avais nulle envie de sourire sur la place de la gare. J'ai même vu le moment où j'allais être obligé de vous appeler pour que vous veniez donner vos soins à la grande-duchesse, sur le point de s'évanouir.

— En vérité ! murmura le docteur Clostermann stupéfait.

Vivement il demanda :

— Et la cause de cette défaillance de Son Altesse, c'est la vieille aveugle ?

— Oui, c'est l'apparition intempestive de cet affreux oiseau de mauvais augure qui a produit une désagréable impression non pas seulement sur la princesse Amélia, mais encore sur moi qui, du premier coup d'œil, ai reconnu la coquine que je croyais morte ou plutôt crevée !

Le premier ministre ne souriait plus. Sa physionomie était devenue presque aussi sérieuse que celle de son maître.

— Oh ! fit-il, l'incident de la place de la gare est, je le pressens maintenant, plus grave que je ne me le figurais !... Qui donc est cette « coquine » ?

— Tout bonnement la Mouchotte, l'entremetteuse parisienne dont je vous ai plusieurs fois parlé en vous faisant le récit de mes premières aventures... et de celles de...

— Je me souviens, monseigneur, dit vivement Clostermann. Mais depuis combien de temps cette matrone est-elle à Kirch-Berghein et quel est le but de son voyage ici... il est utile que nous le sachions sans retard.

Et faisant un pas vers la porte :

— Je vais sur-le-champ, acheva-t-il, donner des ordres pour qu'on nous retrouve cette Mouchotte et qu'on la conduise au dépôt central.

L'ex-chef de la bande des *Mouch'-moi-donc* l'arrêta d'un mot :

— C'est fait ! A l'heure qu'il est la vieille mégère est en lieu sûr. Ce que je veux vous demander, mon cher docteur, c'est de vouloir bien aller vous-même l'interroger dès ce soir. Je voudrais être fixé sur les intentions de la Mouchotte le plus tôt possible.

Clostermann consulta du regard la pendule monumentale du salon.

— Il est cinq heures et demie, dit-il, j'ai grandement le temps d'aller procéder à l'interrogatoire de notre vieille femme avant le dîner tout intime auquel monseigneur a eu la gracieuseté de m'inviter.

— N'était-ce point tout naturel... N'êtes-vous pas, mon cher Clostermann, avec le baron de Rosemberg, mes bons conseillers, mes deux meilleurs amis?

— Cela est vrai, monseigneur ! affirma le premier ministre.

Et, saluant très bas celui qu'il savait très bien n'être qu'un audacieux gredin, un parricide, un forçat évadé, il sortit du salon jaune.

Le docteur fit atteler un coupé.

Moins de dix minutes après il sautait dans sa voiture qui, aussi rapidement que le permettaient les rues pleines de monde, le conduisit au dépôt central où il fut reçu par le chef de la police de Kirck-Berghein.

— Excellence, dit aussitôt Clostermann, vous avez ici une étrangère, une vieille Française, aveugle, paraît-il, qui a été arrêtée au moment où elle tentait d'approcher du landau de Leurs Altesses Sérénissimes.

— Nous avons effectivement, dans une chambre du dépôt, la vieille personne en question, répondit le chef de la police.

— L'avez-vous déjà interrogée?

— Oui, Excellence, du moins, j'ai essayé ; mais, par la bouche d'une jeune fille qui l'accompagne, laquelle parle et comprend l'allemand, elle n'a pas voulu dire autre chose que ceci : « Je suis venue à Kirck-Berghein pour faire une communication secrète au prince Edouard. »

— Ah ! vraiment, cette aveugle prétend cela ?

— Mon Dieu oui. Je ne voulais pas aller déranger Votre Excellence au milieu des fêtes du palais grand-ducal, mais je comptais vous adresser mon rapport demain matin.

— Je vais vous éviter cette peine, répliqua Clostermann. Vous allez mettre votre cabinet à ma disposition et en même temps donner l'ordre d'y conduire l'étrangère arrêtée. Je l'interrogerai en français.

— Faut-il faire amener également la fille qui lui sert d'interprète ?

— Oui, qu'on l'amène aussi. Seulement vous la garderez dans une autre pièce ; je veux rester en tête à tête avec l'aveugle.

Le chef de la police appela un de ses agents, lui donna ses ordres d'un ton bref, puis guida le ministre jusqu'à son cabinet particulier.

Un instant après l'agent vint annoncer que les deux étrangères attendaient dans le couloir.

— Amenez-moi la vieille d'abord? dit le docteur Clostermann.

Le policier sortit, son chef le suivit; puis le premier reparut presque aussitôt conduisant par le bras une femme, si toutefois on peut appeler ainsi la hideuse créature que l'agent poussa devant Clostermann.

Celui-ci ne put maîtriser un geste de dégoût à la vue de l'ignoble figure de la Mouchotte, figure ridée, parcheminée, toute couturée de brûlures. On sait déjà que l'horrible mégère, avec son front bas et fuyant, ses yeux énormes dont on n'apercevait pour ainsi dire que le blanc, sa bouche tordue par un rictus, avait quelque ressemblance avec une tigresse; elle en possédait, d'ailleurs, la méchanceté, l'audace, la ruse et la cruauté.

Dès que l'agent de police se fut retiré, le docteur dit, affectant un ton bienveillant :

— Il y a une heure à peine, on est venu prévenir Son Altesse le grand-duc qu'une Française, qui venait d'être amenée au dépôt, avait à faire une importante déclaration qui intéressait le prince régnant. Voyons...

La mégère, avec un toupet infernal, l'interrompit brusquement :

— Est-ce vous le prince régnant? demanda-t-elle.

— Non, je ne suis que son ministre, mais je viens de sa part.

— Eh bien, monsieur le ministre, vous répondrez au grand-duc que c'est à lui et pas à un autre que la *Mouchotte*... retenez bien mon nom... que la Mouchotte dira ce qu'elle a à dire.

Et Clostermann, durant vingt minutes, eut beau prier et menacer, il ne put arracher un mot de plus à l'affreuse vieille. Il ordonna de la conduire en prison ainsi que sa compagne qu'il jugea inutile d'interroger ce jour-là, puis retourna auprès du grand-duc, qui, après l'avoir écouté, déclara qu'il se ferait amener la Mouchotte au palais dès le lendemain.

A dix heures du soir, Louis Hérault et Amélia parurent sur le balcon, et, de nouveau la foule les acclama frénétiquement. Vers onze heures, les dernières fusées d'un brillant feu d'artifice ayant été tirées, Leurs Altesses remontèrent chez elles. A la porte de la chambre de la grande-duchesse le prince dit à sa femme :

— A tout à l'heure, ma chère bien-aimée !

Amélia pénétra seule dans la chambre nuptiale. Puis elle sonna Julia; aidée de sa camériste, elle fit sa toilette de nuit et se mit au lit en congédiant l'Alsacienne.

Une dizaine de minutes plus tard la porte s'ouvrit sans bruit, et Louis Hérault, tremblant d'émotion, entra dans la chambre discrètement éclairée par la lueur d'une veilleuse... Son cœur battait à rompre sa poitrine. Amélia, la créature adorée, allait enfin être à lui tout entière. En susurant de tendres mots d'amour, il se glissa dans la couche nuptiale, près d'Amélia tout émue...

Et ce fut pour le misérable comme une explosion de bonheur, de plaisir et de joie, un ravissement suprême, une ivresse divine...

Puis, comme prise de démence, elle bondissait hors du lit... (Page. 754.)

Dans son ivresse folle, il s'oublia... il murmura, éperdu d'amour :

— Ah ! *Nounouche*, *petite Nounouche*, que je t'aime !...

Ce qui se passa alors ne peut se décrire.

La princesse poussa un cri terrible, épouvantable, un cri fou.

— Lui !... lui !...

A ce cri terrifiant et si éloquent aussi, le grand-duc de Kirck-Berghein eut froid jusque dans le cœur.

Cependant, il allait parler.

SON ALTESSE NOUNOUCHE

95

Il n'en eut pas le temps !

Amélia, avec une force surhumaine, le repoussait loin d'elle ; puis, comme prise de démence, elle bondissait hors du lit.

Son visage était devenu plus pâle que celui d'un mort.

Pendant l'espace d'une ou deux secondes, à demi nue, les cheveux en désordre, elle se tint droite, immobile dans la chambre.

Tous ses membres tremblaient.

Ses dents s'entre-choquaient, sa poitrine haletait.

Puis, de ses yeux hagards, agrandis par une horreur inexprimable, la pauvre grande-duchesse regarda autour d'elle.

Elle semblait chercher quelque chose.

Elle cherchait une issue.

Elle voulait fuir, oui, fuir loin de cet homme néfaste, de ce bandit qu'elle venait de reconnaître.

La malheureuse voulait s'échapper de cette chambre à jamais maudite, de cette chambre où elle venait d'appartenir à un faussaire, à un infâme parricide et fratricide, à un forçat évadé !

Brusquement, follement, elle s'élança, se précipita vers la porte du boudoir que masquaient de riches draperies.

Mais le faux prince Edouard, qui, dressé sur son séant, la bouche béante, la face blême, la regardait effaré, comme hébété de stupeur et d'épouvante, le faux prince Edouard devina sa pensée.

Il ne fit qu'un saut, du lit au milieu de la chambre.

Et avant que la princesse Amélia eût seulement pu écarter la lourde portière, sa main frémissante de peur s'abattait sur l'épaule nue de la jeune femme et l'arrêtait.

L'infortunée grande-duchesse chancela.

Elle voulut jeter un nouveau cri d'horreur et de détresse.

Mais de sa gorge étreinte tout à la fois par la honte et la terreur, ne sortit qu'un son rauque, un râle confus, un hoquet de mourante.

Puis sa tête vacilla soudain, se renversa en arrière, et raide, comme foudroyée, elle s'écroula tout d'une pièce sur le parquet.

Louis Hérault poussa un soupir d'allégement.

De ses lèvres sèches et tremblantes s'échappèrent ces seuls mots :

— Ah ! j'aime mieux ça !...

Puis essuyant de la paume de sa main la sueur d'angoisse qui couvrait son front, il demeura pendant un instant immobile, les yeux fixés sur le corps de la malheureuse effondrée à ses pieds.

La scène dramatique qu'on vient de lire n'avait pas, en tout, duré quinze secondes...

Ainsi l'infortunée princesse Amélia avait reconnu, trop tard, hélas ! d'une façon certaine, absolue, indiscutable, que le prétendu prince Edouard était bien Louis Hérault, le frère de sa pauvre amie Jeanne.

Quatre mots et un regard du misérable usurpateur avaient suffi pour le faire reconnaître de celle entre les bras de laquelle il venait, dans une seconde d'oubli irréparable, d'abandonner le rôle de grand-duc qu'il avait si bien joué jusqu'alors, pour redevenir l'ardent, le passionné gredin, l'ex-Toto, dit *Mes Puces*, qui, dans le taudis de la Mouchotte, avait tenté de posséder de vive force Amélia, la mignonne jeune fille que les deux bandits Marembal et Garrigou avaient enlevée, par son ordre, de la villa d'Arcueil et apportée dans l'affreux repaire de la rue des Anglais.

La jeune fille, devenue princesse Bolstoï et aujourd'hui grande-duchesse, n'avait jamais pu oublier la minute angoissante, abominable, où elle avait été si près de devenir la proie de Louis, dit de Fazeuil.

Aussi, le faux prince Édouard, affolé d'amour et serrant dans ses bras l'épouse désirée depuis si longtemps, avait à peine achevé de prononcer en pur français, avec un accent très parisien, cette courte phrase rappelant certaines expressions qu'affectionnait le jeune Toto : « Ah ! petite Nounouche, que je t'aime ! » qu'Amélia reconnaissait et les mots, les mêmes, qu'elle avait déjà entendu murmurer par Louis, et l'inflexion de voix, douce et vibrante, du misérable qui osait l'aimer.

Et ce ne fut pas tout.

En cette seconde suprême, la jeune femme, épouvantée, avait encore reconnu dans le regard étincelant de volupté du faux grand-duc, le regard atroce des jolis yeux couleur de pervenche de Louis Hérault.

Alors, du fond de sa pensée, une lueur jaillit brusquement.

Dans le cerveau d'Amélia un voile se déchira, et, semblable au flamboiement d'un éclair, une vision le traversa.

Ce regard étincelant du grand-duc était le regard de Louis Hérault.

Cette voix du prince Édouard était la voix de Louis de Fazeuil.

Et cette inflexion douce, caressante, avec laquelle le souverain de Kirck-Berghein avait prononcé ces mots « petite Nounouche » était bien celle qui existait dans le langage de l'ancien chef de la bande malfaisante des *Mouch'-moi-donc*.

Donc le grand-duc Édouard était bien Louis Hérault !

Et c'est à ce voleur, ce bandit, cet assassin, qu'elle, la malheureuse veuve du prince Bolstoï, venait de se donner tout entière !

C'est alors que, frissonnante de honte, affolée d'horreur, la jeune femme poussa ce cri d'indicible désespoir :

— Lui !... lui !...

*
* *

Maintenant un silence de mort régnait dans la chambre nuptiale.

Louis Hérault restait immobile.

L'œil fixe, où par instants passait un rapide éclair aussitôt éteint, les sourcils froncés, il continuait à contempler la malheureuse princesse étendue sans mouvement sur le tapis.

Il demeura un assez long moment pensif, ne sachant quel parti prendre.

La terrible sensation d'épouvante qui l'avait envahi un instant auparavant n'était pas complètement dissipée ; il était encore trop troublé pour pouvoir réfléchir avec recueillement.

Enfin il rassembla ses idées, se secoua et dit :

— Allons, voyons donc, je ne vais pas rester toute la nuit ici, sans bouger, avec cette femme à mes pieds !... Elle n'est pas morte, j'espère !...

Il se baissa et appuya la main sur la poitrine d'Amélia.

Lentement il se redressa.

— Non, reprit-il, elle est simplement évanouie, ainsi que je le pensais.

Il réfléchit une seconde encore, puis se baissant de nouveau :

— Je vais toujours la déposer sur le lit ; j'enverrai ensuite chercher le docteur Clostermann pour lui donner ses soins.

Le faux prince souleva assez facilement le corps de la jeune femme et la porta sur le lit. Après avoir ramené les draps sur la gorge si ferme et si blanche de la grande-duchesse, il se rhabilla à la hâte, puis se dirigea vers le boudoir.

A lui-même il murmura :

— Je ne puis appeler Julia, la femme de chambre ; car il est certain, trop certain même, qu'Amélia va m'apostropher sans ménagement aussitôt qu'elle aura repris connaissance.

Au moment où il allait sortir, une pensée l'arrêta soudain.

— Dieu ! la camériste a peut-être entendu le cri aigu, insensé, qu'Amélia a laissé échapper en me reconnaissant... car elle a reconnu Louis Hérault, c'est bien inutilement que je chercherais à me faire illusion.

Puis il eut un geste vague.

— Bast ! fit-il tout haut, qu'elle ait entendu ou non, qu'importe ! Elle ne peut pas savoir...

Le misérable n'acheva pas.

Il tressaillit violemment, devint très pâle et sentit un frisson glacial courir sur ses épaules et dans ses veines.

D'une voix faible, mais cependant distincte, la nouvelle grande-duchesse venait d'articuler cette interjection :

— Horreur ! c'est Louis Hérault !...

Dominant son émotion et ses craintes, celui-ci se rapprocha vivement du lit. Amélia revenait lentement à elle.

Le pseudo-grand-duc pensa :

— Payons d'audace... Qui sait !... Si je pouvais jeter quelques doutes dans son esprit, lui laisser croire qu'elle a été le jouet d'une soudaine hallucination provoquée par ma ressemblance avec... l'autre, les choses pourraient peut-être s'arranger. Essayons toujours !

Il se pencha doucement vers sa femme.

Et d'une voix tendre, affectueuse, mais en lui conservant à dessein un léger, très léger accent allemand :

— Chère Altesse, murmura-t-il, revenez à vous... Parlez-moi... Vous ne vous douterez jamais de l'effroi que votre évanouissement m'a causé.

Amélia ouvrit tout à fait les yeux et le regarda de l'air d'une personne qui n'est pas complètement réveillée.

Le grand-duc se hâta de continuer :

— Vous sentez-vous mieux, ma princesse adorée?... Désirez-vous que je prie votre femme de chambre de vous apporter un cordial?

La voix du faux prince Edouard parut ramener la grande-duchesse au sentiment de la réalité.

Ses forces et son énergie revinrent tout à coup. D'un mouvement brusque, saccadé, elle se mit sur son séant, et étendant les mains devant elle comme pour repousser le contact du grand-duc, elle s'écria avec autant de dégoût que d'horreur et d'indignation :

— Arrière, misérable !... Ne me touchez pas !...

— Quelle folie égare Votre Altesse?... commença-t-il.

Un éclat de rire strident, qui aurait fait mal à entendre, lui coupa brusquement la parole.

Puis, par mots heurtés, la princesse Amélia reprit :

— Votre Altesse?... Vous osez me donner ce titre... dont vous vous êtes affublé... que dis-je ! que vous avez usurpé, volé, en commettant quelque horrible forfait, qui est venu s'ajouter aux crimes déjà nombreux dont vos mains sont souillées depuis votre jeunesse.

— Vous déraisonnez, madame ! dit le grand-duc dissimulant de son mieux le tremblement nerveux qui agitait ses lèvres.

Amélia poursuivit :

— Pour avoir droit au titre de grande-duchesse de Kirck-Berghein, il faudrait que je fusse l'épouse légitime du vrai prince Edouard.

Le frère de Jeanne Hérault osa demander :

— Mais qu'êtes-vous donc, madame?

— Ce que je suis?... répliqua Amélia avec véhémence. Je suis la maîtresse d'un misérable fratricide, d'un évadé du bagne !...

— Votre Altesse est bien réellement devenue folle, et je vais...

— Donner des ordres pour que l'on m'enferme dans une maison d'aliénés... comme votre malheureuse sœur... que vous avez fait tuer !...

Et élevant encore la voix :

— Mais on ne me tuera pas, moi !... Du moins, pas avant que j'aie crié au monde votre scélératesse... que j'aie dévoilé à l'Europe votre infamie... que je vous aie démasqué enfin!...

Le faux prince Edouard frissonna malgré lui, dans son regard passa une flamme mauvaise, et, les dents serrées :

— Taisez-vous, madame! de grâce, taisez-vous! s'écria-t-il.

— Ah! vous avez peur, *Louis Hérault!* vous pâlissez!...

— Oui, de douleur, car je m'aperçois que Votre Altesse extravague et je crains bien que sa démence soit incurable.

Amélia riposta vivement :

— Ah! j'extravague en disant que celui qu'on nomme ici le grand-duc de Kirck-Berghein n'est qu'un scélérat qui porta pendant quelque temps le nom de Louis de Fazeuil et le surnom de Toto, dit *Mes-Puces!*...

Louis Hérault serra ses deux poings de rage.

Sans remarquer ou paraître remarquer l'air menaçant que venait soudain de prendre la physionomie du prétendu prince Edouard, la veuve de Nicolas Bolstoï continua :

— Je n'ai désormais pour vous que haine et mépris... Je n'ai, hélas! pas voulu croire votre sœur Jeanne, mon infortunée amie, quand elle essayait de m'ouvrir les yeux, quand elle tentait de me faire entrevoir l'abîme dans lequel une affection maudite me poussait, quand elle m'affirmait, me jurait que le prétendu prince Edouard n'était que son misérable frère, un escarpe, un assassin!... Je n'ai pas voulu croire ces paroles... J'en suis aujourd'hui cruellement punie!...

Elle avait parlé avec tant de vivacité qu'elle fut obligée de s'interrompre une seconde pour respirer.

Mais elle reprit bientôt avec un accent d'infinie désolation :

— Vous m'avez avilie à mes propres yeux en faisant de moi, je ne dis pas votre femme, car je ne la suis point, notre mariage étant nul, puisque vous n'êtes pas le grand-duc Edouard dont vous avez pris le nom et le titre, je ne suis donc que votre maîtresse!... Vous m'avez perdue, dégradée, en faisant de mon corps votre jouet d'un instant. Cette pensée que j'ai été à vous, que j'ai subi vos caresses, me soulève le cœur... je me fais honte à moi-même...

Et l'infortunée princesse eut un geste de dégoût.

Elle poursuivit, d'un ton énergique cette fois :

— Si vous n'aviez trompé que moi seule, j'irais me cacher au fond d'un cloître, et je laisserais à Celui qui sait tout le soin de vous punir un jour... Vous avez trompé et vous trompez encore tout un petit peuple... Vous avez commis trop de crimes et vous en commettriez certainement d'autres si je ne vous démasquais pas... Il faut que votre châtiment commence en ce monde. Si je me taisais, je deviendrais votre complice... cela ne sera pas!... Je veux, d'ailleurs, faire annuler notre mariage; aussi, pour toutes ces raisons, il faut que je crie bien haut que le soi-disant prince Edouard n'est qu'un vil aventurier, n'est que le forçat Louis Hérault... Et je le crierai jusqu'à ce que Sa Majesté le Tsar de toutes les Russies, ainsi que l'empereur d'Allemagne m'aient entendue !

Le faux grand-duc de Kirck-Berghein manifestait depuis un instant les symptômes d'une colère difficilement contenue.

Elle éclata soudain.

Le pseudo-prince jeta bas le masque, et l'ex-Toto-Mes-Puces, l'ancien chef des *Mouch'-moi-donc* reparut tel qu'Amélia l'avait connu.

Le visage très pâle, les lèvres agitées d'un tremblement nerveux, les bras croisés sur sa poitrine, il vint se planter contre le lit, dont il s'était éloigné de quelques pas tandis que la princesse Bolstoï lui disait tout ce qu'elle avait sur le cœur.

Et d'une voix sourde, ironique, ricanant presque, il dit :

— Vous voudrez bien avouer, madame, que j'ai fait preuve en vous écoutant d'une patience que... « Celui qui entend tout » n'aurait peut-être pas eue... Votre intention, m'assurez-vous, est de crier par-dessus les toits que je ne suis qu'un vulgaire escarpe parisien qui a été assez audacieux pour s'emparer de la couronne des grands-ducs de Kirck-Berghein...

— Et je le prouverai !

— Peut-être, chère princesse... Mais permettez que je continue.

Et le misérable reprit :

— Vous comptez que votre accusation arrivera aux oreilles des deux plus puissants monarques de l'Europe...

— J'en suis positivement certaine.

Le sourire gouailleur de l'ex-Toto s'accentua.

— Je pourrais vous faire observer, chère princesse, qu'une accusation semblable a déjà été portée par le grand-duc Othon...

— Que vous avez fait assassiner ! interrompit de nouveau Amélia.

— Pardon ! le grand-duc, mon prédécesseur, s'est suicidé... Passons ! Je vous disais donc que l'accusation portée contre moi n'a rencontré que des incrédules. Je pourrais ajouter que pour la formuler il faudrait que vous eussiez des preuves, mais des preuves sérieuses, palpables...

— Je les trouverai !

— Oh ! je n'en doute pas ; vous n'aurez, d'ailleurs, pas besoin d'aller très loin pour ça... Je vais vous en fournir ici même.

Et, raillant toujours, le gredin ajouta :

— Vous m'avez dit tout à l'heure que j'étais Louis Hérault, le frère de votre amie Jeanne, l'aventurier assassin, l'évadé de la Guyane...

... Eh bien, soyez satisfaite, j'avoue que vous ne vous êtes pas trompée en reconnaissant en moi le forçat Louis Hérault !

— Oh ! le misérable ! murmura la princesse Amélia indignée, révoltée par tant de cynisme.

— J'ai usurpé la couronne des grands-ducs de Kirck-Berghein... C'est encore vrai !... Mais savez-vous pourquoi j'ai accepté de jouer le rôle de souverain d'une principauté allemande ?...

Une courte pause, puis il reprit :

— Parce que je vous aimais depuis longtemps... depuis toujours, pourrais-je dire ; parce que je voyais dans la haute situation qui m'était offerte le moyen assuré de faire de vous ma femme.

— Vous mentez... je le devine... en cherchant à me faire croire que c'est votre passion, pour moi votre caprice plutôt, qui vous a poussé à usurper la place du véritable prince Edouard et à commettre tous les crimes qui ont suivi cette abominable usurpation.

— Non, je ne mens pas, madame. Rappelez-vous que j'ai abrogé une ancienne loi du grand-duché qui ne me permettait d'épouser légitimement qu'une princesse appartenant à une maison régnante... Or moi, je voulais faire de vous Son Altesse la grande...

— *Son Altesse Nounouche...* sans doute ! interrompit Amélia avec une mordante ironie.

— Vous l'avez dit, madame. Et je ne vous cache pas que j'ai plus d'une fois pensé que ce serait charmant de vous appeler ainsi dans l'intimité... J'aime ce nom de « Nounouche » ; il est si doux à prononcer qu'il m'arrive souvent de le redire pour moi seul.

— Et c'est bien en le prononçant que vous avez trahi votre véritable personnalité... Mais notre entretien a assez duré. Je vous prie de sortir, monsieur, et demain je vous dirai ce que je veux.

— Pardon, madame... Demain ou plutôt aujourd'hui, car il n'est pas loin d'une heure du matin, c'est moi qui vous ferai connaître les volontés du grand-duc. Seulement, en attendant, comme le grand-duc ou Louis Hérault, comme vous voudrez, a tout à craindre d'une personne aussi déraisonnable que vous, souffrez que je vous donne un gardien qui en mon absence surveillera vos faits et gestes.

— Quoi ! vous oseriez ?...

— Vous faire garder à vue ?... Mon Dieu, oui, madame.

— Alors, me voilà votre prisonnière ?...

— Mettons prisonnière. Mais votre captivité sera très douce, chère princesse.

— Eh bien, vous vous trompez, monsieur ! Et c'est sans attendre le jour que je veux quitter ce palais... Un aide de camp de sa Majesté le Tsar nous a accompagnés à Kirck-Berghein ; je vais aller me mettre sous sa protection.

Et en disant cela, la princesse Amélia se laissait glisser sur le tapis et se couvrait hâtivement d'un peignoir blanc enrichi de dentelles que sa camériste Julia avait disposé sur un siège au pied du lit.

— Je vous le déclare de nouveau, madame, vous ne sortirez pas de votre

Elle aperçut Amélia étendue sur son lit. (Page 765.)

chambre! dit alors Louis Hérault, dont le frémissement qui agitait son corps permettait de deviner que le calme qu'il affectait était factice.

Amélia marcha vers la porte. Alors, lui saisissant violemment le bras:

— Pas de scandale, madame. Recouchez-vous!... dit-il.

— Julia, à moi!... au secours! cria la princesse en le repoussant.

— Malheureuse, vous tairez-vous!... grinça le misérable.

Et perdant tout sang-froid, repris par ses instincts mauvais, il leva le poing et le laissa lourdement retomber sur le crâne d'Amélia qui roula à terre, poussa un cri de douleur et s'évanouit.

Son Altesse Nounouche   96

Son front avait heurté un meuble, elle s'était blessée et le sang coulait...

Notre grand-duc fronça le sourcil, mais il n'éprouva ni émotion ni regret de son action lâche et brutale.

Il grommela très bas :

— Pourquoi a-t-elle voulu résister à mes ordres? Je ne pouvais pourtant pas a laisser ameuter tout le personnel du palais.

La vue du sang était désagréable à Louis Hérault.

Il s'agenouilla vivement à côté de sa victime inerte, lui releva la tête, puis, au moyen d'un mouchoir, banda provisoirement la blessure afin d'arrêter le sang qui mettait un large et rouge sillon sur la joue et sur l'épaule de la jeune femme.

Ceci accompli, il l'enleva dans ses bras et la reporta sur le lit où il l'étendit ainsi qu'il l'avait déjà fait une première fois.

Ensuite il se dit :

— Nous pouvons maintenant envoyer appeler le docteur Clostermann.

Il sortit de la chambre, traversa le boudoir, referma avec soin la porte derrière lui, et gagna vivement son appartement particulier.

Aussitôt chez lui, il appuya le doigt sur le bouton d'une sonnette électrique et attendit, arpentant le parquet d'un pas fébrile.

Son attente ne fut pas longue.

Bientôt trois petits coups légers retentissaient à sa porte.

— Entrez! ordonna-t-il à mi-voix.

Son valet de chambre, qui n'était autre que Fritz, l'ancien valet du grand-duc Othon, entra et salua très bas.

— Fritz, rendez-vous immédiatement chez Son Excellence Clostermann. A cette heure-ci il doit être chez lui. Vous le ferez lever et me l'amènerez de suite.

— Oui, Votre Altesse.

— Si par extraordinaire il n'était pas au palais, vous vous informerez du lieu où il se trouve et vous irez me le chercher... Un dernier mot. Il est inutile qu'un autre que vous sache que j'ai fait appeler au milieu de la nuit le docteur Clostermann. Vous avez compris?

— Parfaitement, Votre Altesse.

— Allez donc promptement... J'attends!

Fritz s'inclina avec respect, sortit de la chambre et s'élança, courant presque, dans la direction du logement de Son Excellence Clostermann, qui était situé à l'extrémité de l'aile gauche du palais grand-ducal.

Le docteur était heureusement chez lui. Il était couché et faisait un beau rêve qu'à son grand regret il dut interrompre pour se lever, s'habiller et suivre Fritz qui le quitta à l'entrée de la chambre de Louis Hérault.

— Dieu de nos pères! que se passe-t-il donc, monseigneur?

Celui-ci répondit d'une voix sourde :

— Un terrible danger nous menace... Ma femme m'a *reconnu*... Elle veut demander l'annulation de notre mariage, et *nous démasquer tous!*...

Clostermann sentit un frisson lui passer jusque dans la moelle des os.

— Vous avez laissé votre femme seule, c'est une grave imprudence ! dit-il, oubliant dans son émoi la déférence qu'il affectait vis-à-vis du faux prince.

— Nous n'avons rien à redouter d'elle pour l'instant... Elle est tombée, s'est ouvert le front et s'est évanouie... Venez, je vais vous conduire près d'elle.

Et les deux complices sortirent de l'appartement.

XXVI

OU L'USURPATEUR ET SES COMPLICES TIENNENT CONSEIL.

Pendant que, soucieux et pensif, le pseudo-prince Édouard attendait le docteur Clostermann qu'il venait d'envoyer chercher, un petit incident, que nous devons mentionner en raison des suites qu'il aura dans ce dramatique récit, survenait dans la chambre de Son Altesse la grande-duchesse Amélia.

Le grand-duc venait de refermer la porte du boudoir. Maintenant tout était silencieux dans l'appartement de la princesse.

Au dehors s'éteignaient en une rumeur confuse, les derniers bruits des réjouissances publiques.

Soudain, les tentures masquant la porte qui mettait en communication la chambre d'Amélia et son élégant cabinet de toilette, s'écartèrent légèrement d'abord, puis un peu plus, et dans l'écartement apparut une tête brune dont le visage, aussi pâle que la mort, offrait l'expression d'une frayeur arrivée à son paroxysme.

Ce visage était celui de Julia Zurminden.

La chambre de l'Alsacienne n'était séparée de celle de sa maîtresse que par le cabinet de toilette d'Amélia.

En quittant la nouvelle grande-duchesse, la dévouée cameriste était immédiatement revenue dans sa chambre, laquelle prenait jour par deux fenêtres sur une cour du palais.

Mais elle ne s'était pas mise au lit tout de suite. Elle commençait seulement à se dévêtir lorsqu'elle crut entendre un cri, qui lui sembla venir de la chambre de sa jeune maîtresse.

Ouvrir la porte de sa chambre à elle, se précipiter dans le cabinet de toilette, le traverser en courant et arriver à la porte de la princesse, fut pour la cameriste l'affaire de trente secondes à peine.

A ce même moment, Amélia tombait évanouie pour la première fois.

N'ayant point été appelée, de plus n'étant pas absolument sûre que le cri étouffé qu'elle avait entendu était parti de la chambre de sa maîtresse, Julia n'osa pas entrer.

Elle se contenta de coller son oreille contre la porte, de retenir son haleine et d'écouter avidement.

Rien, aucun bruit.

Le faux prince Édouard, silencieux et immobile, se trouvait à ce moment au milieu de la pièce, regardant sa femme étendue sans mouvement à ses pieds.

L'Alsacienne se dit en elle-même :

— Tout est bien tranquille dans la chambre de madame la princesse ; je me suis donc trompée.

Julia prêta l'oreille encore une seconde, et, n'entendant décidément rien, retourna dans sa chambre.

Toutefois, elle ne se coucha pas. Pensive et distraite, elle s'assit dans un petit fauteuil près d'une fenêtre.

Elle n'aurait pas su exprimer ce qu'elle ressentait. Elle était tout à la fois inquiète et émue, une crainte vague l'envahissait.

Énervée et troublée, elle pensait :

— Je ne sais ce que j'ai, mais je me sens toute drôle. Moi qui ne suis nullement peureuse..., eh bien, voilà que j'ai peur. C'est comme si j'avais un pressentiment que quelque chose de terrible doit se passer dans cet immense palais, où les deux ou trois domestiques que j'ai rencontrés jusqu'à présent ont des physionomies qui ne me reviennent que tout juste.

Peu à peu la cameriste s'assoupit.

Une heure environ s'écoula.

Tout à coup le cri « A moi !... au secours !... » fit tressauter Julia.

Cette fois elle était bien certaine d'avoir entendu crier ; elle avait parfaitement reconnu la voix de sa maîtresse.

Elle bondit de son siège et s'élança dans le cabinet de toilette.

Sa main se posait sur le bouton de la porte de la chambre d'Amélia, quand elle perçut distinctement ces mots prononcés d'un ton menaçant :

— Malheureuse, vous tairez-vous !...

Louis Hérault, sous l'empire de l'effroi et de la colère, avait parlé très haut, ne songeant pas que l'appel poussé par la malheureuse grande-duchesse avait pu attirer l'attention de Julia.

Celle-ci, au moment d'ouvrir la porte, s'était arrêtée interdite.

L'interjection menaçante du prince Édouard était à peine proférée qu'elle entendit une sorte de cri vague, une exclamation de douleur suivie d'un bruit sourd, comme celui d'un corps tombant à terre.

Ensuite plus rien.

L'Alsacienne était devenue de la pâleur d'une morte.

Elle aurait voulu ouvrir, pénétrer dans la chambre de sa maîtresse, savoir ce qui se passait de l'autre côté de l'épaisse tapisserie, elle ne le pouvait pas : l'épouvante paralysait sa volonté.

S'appuyant contre les battants de la porte, le sang comme figé dans ses veines, elle demeura un instant immobilisée dans une attitude de statue.

Mais Julia Zurminden était une vaillante fille.

Au prix d'un violent effort de volonté, elle parvint à reprendre en partie possession d'elle-même.

Rapidement elle réfléchit et se dit :

— Il faut que j'entre. Tant pis si Son Altesse le grand-duc est dans la chambre. Je lui avouerai franchement que j'ai entendu ma bonne maîtresse pousser un cri... Alors je suis accourue.

Elle tourna le bouton de la porte et ouvrit celle-ci sans bruit.

Une seconde elle écouta. Intriguée de ne rien entendre, elle écarta légèrement la portière, passa la tête et regarda dans la direction du lit de la grande-duchesse.

A la lueur de la veilleuse de vermeil qui répandait dans la chambre une clarté discrète, elle aperçut Amélia étendue sur son lit.

Son regard chercha le grand-duc de Kirck-Berghein.

— Son Altesse n'est pas dans la chambre, pensa Julia étonnée

Et soulevant la lourde portière, elle entra vivement.

Elle courut vers la princesse.

Mais brusquement elle s'arrêta, puis tremblante, l'œil effaré, elle recula de trois pas, ne retenant qu'avec peine un cri d'épouvante.

Une horrible sensation de terreur venait de l'envahir tout entière à la vue des larges taches de sang qui maculaient le blanc peignoir et la joue affreusement pâle de la grande-duchesse.

— O mon Dieu ! murmura-t-elle, le prince Edouard a-t-il donc tué sa femme?... Mais non... je deviens folle !

Puis elle s'élança vers le lit, appelant doucement :

— Madame... madame la princesse?... C'est moi, Julia... M'entendez-vous?...

La pauvre grande-duchesse ne pouvait pas l'entendre.

La soubrette se pencha sur elle.

Un souffle léger, à peine perceptible, s'échappait des lèvres décolorées de la victime de Louis Hérault ; son cœur battait toujours.

L'angoisse et la terreur qui étreignaient l'âme de l'Alsacienne diminuèrent d'intensité. Elle pensa :

— Ma chère maîtresse n'est point morte... Elle n'est qu'évanouie... Que dois-je faire?...

Et après une demi-minute de réflexion :

— Que s'est-il passé entre le grand-duc et madame ?... Je ne puis le deviner ; mais ce doit être quelque chose de terrible... C'est forcément le prince qui a attaché ce mouchoir autour du front de sa femme... S'il ne m'a pas sonnée ou appelée, c'est qu'il a des raisons pour cela... Il a dû s'éloigner pour chercher du secours... Donc, il va revenir. Si je reste ici, il se dira que j'ai entendu et les paroles qu'il a prononcées et l'appel désespéré de ma maîtresse... Mon Dieu, que dois-je faire ?

Comme elle se posait pour la seconde fois cette interrogation, le bruit d'une porte qu'on refermait la fit soudain tressaillir.

Un murmure de voix, venant du boudoir, arriva jusqu'à elle.

Instinctivement elle s'éloigna du lit en se disant :

— Son Altesse le grand-duc amène quelqu'un... le docteur Clostermann peut-être. Il vaut sans doute mieux qu'on ne me voie pas.

Sur cette réflexion, Julia souleva la portière et disparut dans le cabinet de toilette.

Il était temps !

Le prince Edouard et Son Excellence Clostermann pénétraient, l'un à la suite de l'autre, dans la chambre d'Amélia.

Ils n'avaient pas fait plus de deux pas que le docteur retenait subitement son compagnon par le bras.

— Eh bien, qu'y a-t-il ? demanda Louis Hérault tout surpris.

— Vous n'avez pas entendu ce bruit ? dit Clostermann à voix basse.

— Non !... Et quel bruit ?

— Comme le craquement rapide du parquet dans la pièce contiguë à cette chambre, répliqua toujours à demi-voix le docteur.

Et voulant en avoir le cœur net, car il était certain de ce qu'il disait (et il ne s'était pas trompé, le parquet avait, en effet, crié sous les pas de la soubrette qui se sauvait dans sa chambre), il écarta vivement la tenture qui masquait l'entrée du cabinet de toilette et ouvrit la porte non sans avoir fait *in petto* la remarque que celle-ci n'était pas entièrement refermée.

Il jeta un regard circulaire dans la pièce, sondant les ténèbres, puis revint dans la chambre où le grand-duc répéta l'interrogation.

— Eh bien ?...

— Personne ! répondit-il. N'importe, prenons nos précautions.

Et ce disant, il refermait soigneusement la porte du cabinet de toilette.

Il ajouta en se dirigeant vers le lit :

— Maintenant, occupons-nous de Son Altesse Sérénissime la grande-duchesse...

Il détacha rapidement le linge qui ceignait le front de la jeune femme toujours inerte et examina la blessure.

L'examen ne fut pas long. Clostermann dit en se retournant :

— Bannissez toute inquiétude, monseigneur : l'*accident* ne sera rien et n'entraînera aucunes suites fâcheuses. Je vais sur-le-champ procéder à un pansement sommaire, puis je m'occuperai de faire revenir à elle Son Altesse la grande-duchesse.

Le docteur Clostermann alla prendre, sur le guéridon où elle était posée, la veilleuse de vermeil, et la présentant à Louis Hérault :

— Je vous serai bien obligé, monseigneur, de vouloir bien m'éclairer tandis que je chercherai les différentes choses dont j'ai besoin.

L'usurpateur de Kirck-Berghein prit la lampe sans dire mot, et suivit Clostermann dans le cabinet de toilette.

Le docteur avisa deux serviettes très fines ; il s'en empara, puis il fit couler de l'eau dans une cuvette et dit au grand-duc :

— Ceci me suffira ; venez, monseigneur.

La blessure qu'Amélia s'était faite en tombant sur l'angle saillant d'un meuble n'était heureusement pas très grave. En moins de dix minutes Clostermann eut achevé son pansement.

Lorsqu'il eut lavé et épongé le sang qui zébrait les joues de la grande-duchesse, il dit à Louis Hérault :

— Veuillez m'attendre ici un instant.

— Où allez-vous donc ?

— Jusqu'à mon appartement, prendre dans ma pharmacie un flacon de sels anglais ainsi qu'une minuscule fiole d'élixir qui nous rendra un très grand service. Je vais et reviens à la hâte.

Sur ce mot, Clostermann sortit promptement de la chambre.

Huit à dix minutes plus tard il était de retour, rapportant, enfouis dans sa poche, plusieurs objets.

La première chose qu'il fit, ce fut de tirer la princesse Amélia de son évanouissement. Il y parvint assez vite.

Deux ou trois tressaillements agitèrent le corps de la jeune femme, un soupir s'échappa de sa poitrine, peu à peu sa respiration devint plus forte et plus régulière, ses longues paupières battirent rapidement, puis se relevèrent à moitié.

Le docteur Clostermann dit alors tout bas :

— Je ne crois pas nécessaire, et vous partagerez certainement mon opinion, monseigneur, je ne crois pas nécessaire, dis-je, que Son Altesse la grande-duchesse se souvienne immédiatement de la scène fâcheuse qui s'est passée entre vous... D'un autre côté, si Son Altesse, à qui un repos un peu prolongé ferait j'en suis sûr beaucoup de bien, pouvait dormir quelques heures, cela nous permettrait d'examiner la... la conduite que vous devrez tenir à son réveil... n'est-ce pas, monseigneur ?

— Allez, je vous ai compris.

— Donc, puisque vous trouvez comme moi, qu'il est essentiel que Son

Altesse repose profondément, je vais lui faire boire une minime dose de cet élixir qui lui procurera un sommeil calme et réparateur de dix à douze heures au moins.

Et tout en disant ce qui précède, Clostermann tirait de sa poche une cuillère d'argent, y versait quelques gouttes d'une liqueur jaunâtre que contenait un petit flacon, remplissait ensuite la cuiller avec l'eau qu'il prit dans une carafe de cristal, et, soulevant légèrement la tête de la princesse Amélia, il lui fit absorber le mélange qu'il venait ainsi de préparer.

L'élixir avait une saveur amère; Amélia ébaucha machinalement une grimace, ce qui prouvait qu'elle était à peu près revenue de sa syncope, ouvrit les yeux, mais les referma presque aussitôt avant d'avoir eu le temps de reconnaître Clostermann debout à son chevet.

Le docteur se courba sur elle, puis se redressant :

— Monseigneur, fit-il tout bas, Son Altesse la grande-duchesse dort; nous pouvons nous retirer, maintenant.

— C'est bien, venez!... Nous avons à causer, repartit Louis Hérault.

Et il se dirigea vers le boudoir.

Clostermann lui dit vivement :

— Je m'assure que personne ne pourra venir troubler le sommeil de Son Altesse et je vous suis, monseigneur.

Il alla pousser le verrou de la porte ouvrant sur le cabinet de toilette, revint éteindre la veilleuse et sortit derrière le grand-duc de Kirck-Berghein.

Un instant après, tous deux s'enfermaient dans la chambre capitonnée de riches tapisseries du faux prince Edouard.

Aussitôt assis vis-à-vis de celui-ci, Clostermann demanda :

— Soyez assez bon pour me dire, monseigneur, comment la princesse Amélia, votre femme, a reconnu en vous... Louis Hérault?

— Comment?... je ne me l'explique pas très bien, mon cher Clostermann. Écoutez, je vais vous dire tout ce qui s'est passé.

— Je vous écoute... Nous discuterons ensuite.

L'usurpateur raconta la sottise qu'il avait commise en appelant la princesse sa *petite Nounouche*, le cri de terreur d'Amélia en le reconnaissant; il répéta le dialogue qui s'établit entre lui et la jeune femme quand celle-ci fut revenue de son évanouissement; enfin, il termina son récit en disant :

— Lorsque j'ai vu que la princesse allait sortir de sa chambre et mettre par ses cris tout le palais en révolution, je l'ai retenue; elle s'est débattue, je l'ai poussée, elle est tombée, sa tête a porté contre l'armoire, je crois; elle s'est de nouveau évanouie ; je l'ai relevée, puis étendue sur le lit et je vous ai envoyé chercher par Fritz... Vous savez aussi bien que moi le reste.

Clostermann resta un moment silencieux, puis quittant son siège :

— Je vais regagner mon appartement; j'ai besoin d'être seul pour réfléchir mûrement aux suites probables du grave événement de cette nuit...

Les quatre gredins se réunissaient dans le cabinet du faux prince. (Page 769.)

A huit heures précises, je reviendrai ici. Le baron de Rosemberg et le vicomte de Saint-Geniès, mandés par mes soins, viendront nous rejoindre. Ensemble nous tiendrons conseil et nous aviserons aux moyens de neutraliser, d'empêcher le danger qui nous menace tous.

Après s'être serré la main, le grand-duc et le docteur se séparèrent.

. . . .

Ce même jour, à huit heures du matin, les quatre gredins : Louis Hérault, Clostermann, Rosemberg et Isidore Brousseau se réunissaient dans le cabinet du faux prince Édouard, dont les portes étaient soigneusement closes.

Le souverain de Kirck-Berghein désigna d'un geste semi-circulaire des sièges à ses estimables complices, et, s'asseyant lui-même en face d'eux, prononça d'un ton courtois :

— Veuillez-vous asseoir, messieurs !

Clostermann, Rosemberg et Isidore Brousseau obéirent.

Ces deux derniers ignoraient complètement le motif de cette réunion en conseil, mais l'heure choisie, qui était quelque peu matinale, la mine soucieuse du premier ministre, le front assombri, l'air inquiet, ennuyé du grand-duc et les précautions prises pour que rien ne transpirât hors du cabinet de ce qui allait être dit dans cette conférence extraordinaire, tout leur faisait pressentir que la ou les questions à traiter devaient être excessivement sérieuses.

Le grand-duc, voyant ses trois compagnons silencieux et attentifs, articula lentement :

— Messieurs, la parole est à Son Excellence Clostermann, qui va vous mettre au courant des événements survenus cette nuit.

Le vicomte de Saint-Geniès ou Isidore Brousseau, assez bavard et surtout fort questionneur de son naturel, poussa un simple « ah ! » prolongé ; mais s'il n'osa pas en dire plus long en cette circonstance, il fixa sur Clostermann des yeux pleins de stupéfaction et qui disaient clairement :

— Parlez, mais parlez donc ?... Quels événements se sont donc passés tandis que je dormais tranquillement chez moi ?

Après s'être recueilli, le ministre de Son Altesse commença :

— Messieurs, je vous prie de me prêter toute votre attention...

Une légère pause, puis sur un ton presque solennel :

— Messieurs, l'heure est grave !

Nouvelle interruption qui ne fut pas sans agacer un peu l'ex-Américain Samuel Garfield, dont l'étonnement se doublait à présent d'une certaine anxiété.

Enfin, l'illustre docteur Clostermann daigna poursuivre :

— Pour la première fois, depuis que, grâce à nos efforts réunis, nous avons fait proclamer le... prince Édouard souverain du grand-duché de Kirck-Berghein, un péril sérieux, un péril très grave, menace la tranquillité de notre généreux prince, ainsi que votre sécurité et la mienne, messieurs.

Isidore Brousseau murmura rapidement :

— J'avais le pressentiment qu'il s'agissait de quelque chose comme ça... Alors, cette fois, c'est sérieux ?

— Vous allez en juger, dit le grand-duc, l'air navré.

Et s'adressant à son ministre :

— Continuez, mon cher Clostermann, ajouta-t-il.

Le docteur reprit :

— Cette nuit, au moment où l'on s'y attendait le moins, la princesse Amélia, devenue par son mariage grande-duchesse de Kirck-Berghein, a reconnu en son époux, et reconnu formellement, le frère de son amie Jeanne Templier… son ancien compagnon Louis Hérault.

Isidore Brousseau exécutait, un peu malgré lui, un léger bond sur son fauteuil.

Le baron de Rosemberg, lui, garda une immobilité sculpturale, mais son visage, ordinairement coloré, prit une teinte livide de trépassé.

Le docteur Clostermann poursuivit plus vivement :

— Si Son Altesse la grande-duchesse voulait s'en tenir à cette « reconnaissance » le mal ne serait pas grand…

— Au contraire, ce serait un bien pour nous ! interrompit Isidore. La grande-duchesse, consentant à garder le secret, deviendrait en quelque sorte notre… alliée — il allait dire complice — et nous n'aurions rien à craindre d'elle tant qu'elle aimerait son Altesse… car vous le savez, rien ne change plus vite que le cœur de la femme !

— Hélas ! cela est vrai ! dit le baron de Rosemberg.

Clostermann reprit :

— L'observation du vicomte de Saint-Geniès est juste ; oui, si notre jeune grande-duchesse aimait son époux, elle se tairait, elle ne voudrait pas provoquer une catastrophe… Mais malheureusement, cet amour, qui nous aurait sauvé tous, n'existe plus.

— Quoi ! est-ce bien possible ? exclama Rosemberg.

— Pourtant la princesse Amélia a fait, en épousant monseigneur le grand-duc, un mariage d'amour ; elle ne l'a point caché.

— Vous avez encore raison, mon cher de Saint-Geniès, répliqua le docteur Clostermann ; mais, je viens de vous le dire, l'amour de la princesse Amélia s'est déjà envolé et ne reviendra plus !

— Clostermann dit vrai, fit gravement Louis Hérault. J'ajouterai que je crois bien que, de mon côté, l'amour que je ressentais pour la princesse n'existera bientôt plus qu'à l'état de souvenir.

— Diable ! diable ! murmura le baron de Rosemberg.

Isidore demanda vivement à l'ex-forçat :

— Alors, que compte faire la grande-duchesse ?

— Demander tout d'abord l'annulation de notre mariage, répondit le grand-duc en fronçant les sourcils.

Clostermann ajouta :

— Ce qui revient à dire que la princesse Amélia est bien décidée à dévoiler aux yeux de l'Europe que le souverain de Kirck-Berghein s'appelle de son véritable nom Théodore-Louis Hérault.

Un lourd silence suivit cette déclaration.

Le prétendu vicomte de Saint-Geniès le rompit le premier pour dire :

— La princesse Amélia prétend avoir reconnu Louis Hérault, soit ! Mais ne serait-il donc pas possible à monseigneur d'arriver à démontrer à sa jeune épouse, par un raisonnement serré, concis, qu'elle se trompe et que le prince Édouard est bien le prince Édouard?

Le premier ministre répliqua :

— Cela, mon cher vicomte, a été ma première pensée. Mais j'ai bien vite compris, et vous allez également le comprendre, que la chose était devenue impossible... Je vais brièvement vous raconter à tous deux ce qui s'est passé entre Leurs Altesses le grand-duc et la grande-duchesse.

Et rapidement, en quelques mots, Clostermann apprit à Isidore Brousseau et à Rosemberg la scène que le lecteur a lue dans le précédent chapitre, et au cours de laquelle le faux prince Édouard avait avoué à sa femme qu'il était, en effet, le frère de Jeanne-Hérault.

Puis il ajouta :

— J'ai fait prendre à la grande-duchesse un soporatif qui lui procurera douze heures de sommeil, et à nous douze heures de tranquillité... Nous allons sur-le-champ, à présent que vous connaissez le danger qui nous menace, discuter ensemble les meilleurs moyens à employer pour nous en préserver et conserver la couronne à monseigneur.

Isidore agita sa tête intelligente et murmura rêveur :

— On peut dire que le mariage de Son Altesse nous a plongés dans le pétrin, et je prévois de nombreuses difficultés pour arriver à en sortir complètement... Enfin, cherchons ensemble!

— Je vous ai avoué, reprit Clostermann, que la situation était grave, toutefois, elle n'est point désespérée.

— Non, sans doute, dit le baron de Rosemberg; mais il est impossible de songer à obtenir le silence de la princesse Amélia...

— Il le faudra bien, pourtant! interrompit Isidore Brousseau.

— Oui, certainement, mon cher vicomte; mais permettez-moi d'achever... Il est impossible de songer à obtenir le silence de la princesse en usant envers elle des moyens employés soit avec l'ex-grand-duc Othon, soit avec la femme du peintre Robert Templier.

— En effet, cher baron, repartit le docteur Clostermann; il faut que la grande-duchesse vive, et elle vivra; mais il faut aussi qu'elle garde pour elle l'aveu que lui a fait monseigneur.

— Vous ne pouvez pas l'enfermer dans une maison d'aliénés.

— Ce n'est pas mon intention, mon cher Rosemberg.

— Alors, dit vivement le pseudo-vicomte de Saint-Geniès, alors, il faudra la tenir prisonnière dans ce palais... Et dame! je ne vous cache pas que l'éclipse totale, la disparition complète de la grande-duchesse, dès le lendemain de son mariage, étonnera furieusement les bonnes gens de Kirck-Berghein et les fera jaser... C'est bien grave!

Clostermann daigna sourire.

— Rassurez-vous, dit-il posément, les habitants de notre bonne ville de Kirck-Berghein ne jaseront pas au sujet de la disparition soudaine de la grande-duchesse.

— Ce qui signifie qu'elle ne disparaîtra pas, alors ?

— Oui et non, mon cher de Saint-Geniès : Son Altesse la grande-duchesse disparaîtra sans disparaître.

— Je ne saisis pas, fit Isidore. Vous avez déjà ébauché un plan, je le vois ; veuillez nous le faire connaître ?

Le ministre reprit son air grave et soucieux, puis il répondit :

— Oui, j'ai échafaudé un plan qui comprend plusieurs parties. J'ai passé à ce travail la moitié de ma nuit.

— Parlez ; nous écoutons attentivement Votre Excellence.

Clostermann poursuivit :

— Je vous avouerai franchement, messieurs, que ce n'est pas sans mal que j'ai fini par trouver un moyen qui, tout en empêchant la grande-duchesse de correspondre ou de s'aboucher avec des personnes étrangères au palais, ne provoquera point les commentaires de la foule. Naturellement, mon moyen est loin d'être parfait ; aussi, je vous prie de me faire part, au fur et à mesure qu'elles vous viendront, de toutes les objections qu'il ne peut manquer de soulever. C'est pour discuter mon plan que nous sommes réunis ici ; ne vous gênez donc aucunement.

Louis Hérault, demeuré silencieux jusque-là, dit à Clostermann :

— Exposez votre projet ; nous vous promettons, le baron, le vicomte et moi, de vous présenter toutes les critiques qui viendront à notre esprit.

— C'est très bien. Maintenant, écoutez.

Et sans se presser, le docteur expliqua son idée.

— Tout d'abord, commença-t-il, j'ai cherché comment il serait possible d'ajourner le petit voyage, la tournée, que le prince Édouard et sa jeune compagne devaient faire dans le grand-duché de Kirck-Berghein.

— Et dont l'itinéraire a déjà été donné par les journaux de la résidence, ajouta le grand-duc.

— En effet, monseigneur, dit Clostermann. Nous nous serions un peu moins pressés de l'annoncer, si nous avions pu prévoir... Enfin !

Lentement, il reprit :

— Eh bien, messieurs, je crois avoir trouvé le moyen d'ajourner le voyage de Leurs Altesses sans provoquer autre chose qu'une vive émotion parmi l'honnête population du grand-duché.

— Et cette émotion ?... voulut dire l'impatient vicomte de Saint-Geniès.

Mais le premier ministre l'arrêta du geste.

— Attendez, très cher !... fit-il en même temps. Supposez que pas plus tard que demain, un accident arrive à Son Altesse Sérénissime, la grande-duchesse ; le voyage ne peut naturellement pas avoir lieu à la date fixée.

— En effet, opina le baron de Rosemberg.

— On annonce le malheureux événement, en ayant bien soin d'ajouter que la blessure que Son Altesse s'est faite au front n'est pas très grave. Cet avis officiel soulève une certaine émotion à Kirck-Berghein ainsi que dans tout le grand-duché, mais la grande-duchesse peut alors rester une et même deux semaines complètement calfeutrée dans sa chambre sans qu'on songe à s'étonner de son éclipse totale,... comme vous le disiez tout à l'heure, mon cher de Saint-Geniès.

Celui-ci repartit aussitôt :

— Votre idée est très bonne, cher monsieur Clostermann. Nous avons déjà la blessure, qui n'est point dangereuse, ainsi que vous nous l'avez affirmé.

— Et je vous ai dit la vérité. D'ici huit jours, la blessure de la princesse Amélia sera guérie.

— Très bien ! Mais l'accident ?... Où sera-t-il censé avoir eu lieu ?

— Au palais sans doute ? dit Rosemberg.

— Non, mon cher baron, répondit le docteur Clostermann.

— Où donc ?

— Oh ! pas très loin ; à une lieue à peine des portes de la ville. Il faut qu'un assez grand nombre de personnes voient la grande-duchesse quand on la ramènera au palais de Kirck-Berghein.

— Vous avez raison, mon cher Clostermann, dit Louis Hérault. De cette façon les gens les plus soupçonneux ne pourront mettre en doute l'accident arrivé à la princesse Amélia.

Isidore Brousseau déclara en souriant :

— Je parie, mon cher docteur, que j'ai deviné quel est le genre d'accident qui doit survenir si à propos à la grande-duchesse.

— Oh ! cela ne m'étonne pas... Mais dites toujours ?

— Eh bien, voici, reprit l'ex-chef des Pianakotaws. Demain, en pleine forêt, Son Altesse fera, ou plutôt sera censée avoir fait une chute de cheval.

— C'est bien cela, cher vicomte, fit le ministre Clostermann. Vous ne commettez une petite erreur que sur le temps... L'accident en question ne pourra avoir lieu qu'après-demain, dans la matinée.

— C'est juste, il faut le préparer.

— Nous aurons à prendre plus d'une précaution, poursuivit Clostermann ; voici comment je voudrais que la chose s'accomplît.

— Nous vous écoutons.

— Nous allons organiser une chasse au sanglier ; les gardes-chasses de la forêt avertis dès aujourd'hui en rabattront bien un. Les invités seront peu nombreux : une dizaine de personnes, pas davantage. Dans la nuit de demain, une voiture fermée transportera du palais à un endroit déterminé de la forêt, la princesse endormie au moyen d'un narcotique. A six heures du matin, tandis que le baron de Rosemberg s'occupera des invités, Son Altesse le grand-duc, le vicomte de Saint-Geniès et moi, nous nous trouverons à l'endroit où la princesse Amélia aura été amenée. Nous aurons naturellement nos montures, ainsi que celle de la grande-duchesse...

Clostermann s'arrêta pour reprendre haleine, car il s'était exprimé assez vite, puis il continua :

— L'accident devant avoir lieu avant la chasse, dans une allée conduisant au rendez-vous que nous fixerons au carrefour de la Croix-de-Pierre, si Son Altesse le veut bien ?...

— Vous avez carte blanche, mon ami, répliqua le grand-duc.

Et s'adressant à tous ses complices, il ajouta :

— Je vous le dis une fois pour toutes, messieurs : tout ce que vous ferez pour moi sera tenu pour bien fait.

Les trois hommes s'inclinèrent légèrement.

Le docteur Clostermann reprit son explication.

— C'est donc convenu, le rendez-vous des chasseurs sera à la Croix-de-Pierre. La grande-duchesse et monseigneur seront censés être montés à cheval sur la lisière de la forêt. Ainsi que je vous l'ai dit, le vicomte et moi serons auprès d'eux... Au moment propice, nous étendrons la princesse au pied d'un arbre, puis nous pousserons immédiatement quelques cris de terreur... le vicomte s'élancera au galop vers le lieu du rendez-vous pour réclamer du secours. Il nous ramènera des gardes-chasse avec une civière ; les invités, vous vous en doutez bien, nous auront vite rejoints sur le théâtre de *l'accident*, d'autant plus que la chasse se trouvera terminée avant même d'avoir commencé.

— Ils trouveront la grande-duchesse évanouie, ou du moins elle leur paraîtra telle, n'est-ce pas ? fit Isidore avec un sourire.

— Mais oui, le sommeil léthargique de l'auguste blessée ressemblera à un évanouissement... Lorsque les invités accourront nous rejoindre, je serai en train d'achever un pansement sommaire... Un peu de sang sur le visage de la princesse et sur mes mains complètera la mise en scène.

— Ensuite ?

— Ensuite, on transportera la grande-duchesse dans le pavillon des gardes de la forêt ; mais elle n'y restera que quelques instants, juste le temps nécessaire pour se procurer une voiture et surtout... surtout pour permettre à la nouvelle de l'accident de se répandre parmi la population de Kirck-Berghein. Vous comprenez pourquoi.

— Parbleu ! s'écria en riant le vicomte de Saint-Geniès. Des portes de la ville au palais grand-ducal, les rues par lesquelles la grande-duchesse devra passer pour rentrer seront pleines de bonnes gens qui croiront que la « chose » est vraiment arrivée.

— On le croira d'autant mieux que les curieux pourront apercevoir son Altesse blessée, assise à côté de moi dans la voiture dont les glaces seront baissées sous prétexte de donner de l'air à la princesse.

— Mon cher baron et vous, vicomte, demanda Louis Hérault, avez-vous quelques observations à présenter ?

— Non, monseigneur, répondit Rosemberg. Je trouve, au contraire, fort bien conçu le projet de Son Excellence Clostermann.

— Je l'approuve également, dit Isidoré Brousseau. Nous aurons ainsi une quinzaine de répit ; ça nous donnera le temps de nous retourner.

— Oh ! j'espère bien pouvoir nous assurer à tous une tranquillité de deux bons mois, déclara modestement Clostermann.

— Comment cela ? demanda le faux prince Edouard.

— En vous envoyant faire un petit voyage en Italie, monseigneur.

— Tout seul ?... je veux dire sans la princesse Amélia.

— Monseigneur voyagera incognito avec... avec une jeune personne qu'il fera passer pour la grande-duchesse de Kirck-Berghein.

Et comme le grand-duc ne paraissait pas accueillir sa proposition avec un immense enthousiasme, Clostermann se hâta d'ajouter :

— Si, au bout d'un mois d'absence, monseigneur désire revenir ici, il le pourra ; seulement, il devra laisser dans quelque coin perdu de la Lombardie, la fausse princesse Amélia sur laquelle veillera notre ami, le vicomte de Saint-Geniès.

— Oh ! moi, je veux bien, répartit celui-ci. Mais où trouverez-vous la femme qui devra jouer le rôle de grande-duchesse pendant que la vraie restera prisonnière dans ce palais ?

— Je n'aurai probablement pas à aller bien loin pour la dénicher.

— Et puis, continua Isidore Brousseau, ça fera une personne de plus dans notre secret. Je crois qu'il vaudrait mieux chercher autre chose.

Clostermann répliqua en souriant :

— La jeune personne que j'ai en vue, mon cher Saint-Geniès, doit connaître déjà une partie de notre secret. En nous quittant, vous irez vous-même vous en assurer. Si elle ne sait rien, j'abandonne mon idée.

Et s'adressant au prince Edouard qui avait l'air préoccupé :

— La personne en question n'est autre que la jolie fille... on m'a affirmé qu'elle était jolie — qui accompagnait la Mouchotte.

Louis Hérault esquissa un geste d'ennui.

— C'est vrai, murmura-t-il, il y a encore cette vieille sorcière que le diable confonde !... Je l'avais oubliée. Il va bien falloir que je l'interroge.

— Je vous la ferai amener ce soir secrètement, dit Clostermann. J'aurai à vous soumettre les dispositions que je compte adopter pour empêcher la princesse de communiquer avec qui que ce soit ; mais avant de rien arrêter, je dois attendre le résultat de la mission que je viens de confier au vicomte, qui va tout de suite se rendre au dépôt pour y interroger la compagne de cette Mouchotte, vous savez, l'aveugle dont je vous ai parlé hier.

— Oui, je sais, répliqua Isidore Brousseau. Peut-être serai-je plus heureux avec la jeune que vous ne l'avez été avec la vieille.

Il reparaissait, accompagné de la jeune fille qui servait de guide à l'horrible Mouchotte. (Page 780.)

Sur ces mots, il salua le grand-duc et sortit vivement du cabinet.

Clostermann se tourna vers Rosemberg.

— Mon cher baron, lui dit-il, à vous, je vais demander un sacrifice qui très certainement vous semblera dur.

Rosemberg s'empressa de répliquer :

— Demandez-moi tous les sacrifices que vous jugerez utiles ; je ne vous en refuserai aucun dès l'instant qu'il s'agit du bonheur et de la sécurité de Son Altesse Sérénissime.

SON ALTESSE NOUNOUCHE   98

Le grand-duc crut devoir récompenser sur-le-champ d'une bonne promesse un si entier dévouement à sa précieuse personne. Il tendit spontanément la main au baron, en lui disant :

— Merci, mon cher Rosemberg... Soyez persuadé que, en temps et lieu, je saurai me souvenir de tout ce qu'on aura fait pour moi.

— Oh ! nous savons tous que Votre Altesse a l'âme généreuse, dit encore Rosemberg avec un sourire.

Et s'adressant ensuite au premier ministre :

— Parlez, mon cher collègue ; quel sacrifice avez-vous à me demander ?

Clostermann répondit :

— Au lieu d'aller reprendre votre poste dans ce bruyant Paris que vous aimez tant, vous resterez auprès de moi, à Kirck-Berghein.

Et en souriant :

— De ministre plénipotentiaire, ajouta-t-il, vous deviendrez gardien ou geôlier extraordinaire, fonctions nouvelles que vous partagerez avec moi... Ça ne vous ennuie pas trop ?

— Mais non, je vous assure, répliqua le baron, qui, au fond, n'était rien moins que charmé du vilain emploi qu'on lui réservait.

Le docteur Clostermann reprit, s'adressant aussi bien au pseudo-grand-duc qu'à Rosemberg :

— La surveillance que nous aurons à exercer dans l'appartement de la princesse Amélia ne sera peut-être pas une sinécure ; tout dépendra de la bonne volonté et du calme de notre... ma foi, disons le mot propre... de notre prisonnière...

— Une question ? interrompit Louis Hérault. Laisserez-vous auprès de la princesse la femme de chambre, Julia, qu'elle a amenée de Saint-Pétersbourg, et qui, je ne vous le cache pas, lui est toute dévouée.

— Oui, monseigneur, du moins pendant quelques jours, répondit le docteur Clostermann.

— Cette servante, continua le grand-duc, est de nationalité française, et je crois que c'est le marquis de Crozant, que vous connaissez tous deux, qui l'a procurée à la princesse Amélia.

— En attendant que nous décidions du sort de cette fille, elle restera prisonnière avec sa maîtresse... Nous réglerons entre nous, ce soir, les heures que nous devrons passer à les surveiller. Fritz et une gardienne nous seconderont... Mais il n'est pas loin de onze heures ; je vais m'occuper de donner des ordres pour la chasse dont nous avons parlé. Pendant ce temps, vous feriez bien, monseigneur, d'aller un peu voir ce qui se passe dans la chambre de la princesse, votre femme.

— Je vais immédiatement suivre votre conseil, dit Louis Hérault. Nous nous retrouverons à midi dans la salle à manger... A tout à l'heure !

Clostermann et Rosemberg se retirèrent ensemble, tandis que leur souverain, redevenu inquiet, se dirigeait vers l'appartement de la grande-duchesse.

XXVII

OU L'ON RECONNAITRA QUE LA MOUCHOTTE EUT, EN VENANT A KIRCK-BERGHEIN,
UNE BIEN FACHEUSE IDÉE.

Un quart d'heure environ après avoir quitté le prince Édouard et ses
honnêtes acolytes, Isidore Brousseau descendait de voiture dans la grande
cour du dépôt central, et grimpait rapidement au cabinet de Son Excellence
le chef de la police de Kirck-Berghein.

En l'absence de celui-ci, il fut reçu par le sous-chef qui, tout en se
confondant en profondes salutations, lui demanda :

— Quel sujet nous vaut l'honneur de la visite de Son Excellence monsieur le secrétaire particulier de Son Altesse Sérénissime?

— Vous avez au dépôt deux Françaises, une jeune fille et une vieille
aveugle..

— Oui, Excellence. La vieille porte un nom bizarre: la Mouchotte...
C'est sans doute cette femme que Votre Excellence désire voir?.

Isidore secoua négativement la tête.

Puis, en souriant avec finesse :

— Non, du tout, répondit-il, j'ai en horreur les vieilles sorcières. On
viendra vous la chercher dans la soirée pour la conduire à Son Altesse le
grand-duc qui veut l'interroger. Je sais d'ailleurs qu'elle ne parlerait pas...
C'est donc avec la jeune fille qui servait de guide à l'aveugle que je voudrais avoir un instant d'entretien.

Le sous-chef de la police s'inclina en disant très vite :

— Je cours donner l'ordre d'amener devant Votre Excellence la jeune
étrangère ; dans une dizaine de minutes, elle sera ici.

Il allait sortir. Le vicomte de Saint-Geniès le rappela.

— Nulle oreille indiscrète ne doit pouvoir entendre l'interrogatoire que
je veux faire subir à la jeune Française. Croyez-vous que dans ce cabinet
nous pourrons nous entretenir sans crainte?

— Oui, Excellence. Du reste, tant que durera l'interrogatoire, je veillerai
à tenir loin de vous les indiscrets ou les importuns.

— C'est très bien, fit le secrétaire particulier du grand-duc. Amenez-moi
donc ici notre jeune étrangère.

Le sous-chef sortit précipitamment.

Les dix minutes qu'il avait demandées n'étaient pas entièrement écoulées qu'il reparaissait accompagné de la jeune fille qui servait de guide à l'horrible Mouchotte.

Sur un geste d'Isidore Brousseau, le policier s'éloigna, et referma la porte.

L'ex-Gontran de Sainte-Gemme, assis le dos tourné à la fenêtre, détailla d'un coup d'œil investigateur celle qu'on venait de lui amener et qui se tenait debout au milieu du cabinet.

En lui-même, il pensa :

— Bigre ! voilà une superbe créature !

C'était vrai.

La compagne de la Mouchotte était une grande et belle fille de dix-huit ans à qui on donnait plus que son âge, car elle était très femme déjà par le développement de ses formes véritablement adorables. Des cheveux épais et soyeux encadraient son front blanc et poli comme le marbre. Ses yeux, largement fendus et surmontés de fins sourcils bien arqués, étaient vifs, pleins de flammes, mais on y découvrait aussi une certaine effronterie qui nuisait à la beauté de l'ensemble.

Elle était modestement vêtue d'un costume bleu foncé, qui dessinait assez bien sa gorge pleine et ses hanches un peu fortes.

Tout en l'observant, Isidore Brousseau se disait :

— Elle n'a pas précisément l'air naïve, ni timide ; mais, en nous y prenant adroitement, nous réussirons sans doute à la faire causer.

Durant le trajet du palais grand-ducal au dépôt, le rusé gredin avait arrêté dans son esprit la forme qu'il donnerait à l'interrogatoire.

D'une voix à la fois douce et grave, il dit en langue allemande :

— Veuillez approcher.

La jeune fille s'avança de trois ou quatre pas.

— Bon ! pensa l'ex-chef des *Pianakotaws*, elle comprend l'allemand.

Il reprit aussitôt :

— Vous êtes Française, m'a-t-on dit ?

— Oui, Excellence.

— De quelle ville ?

— De Bas-Evette, un petit village tout près de Belfort.

— Bien !

Son Excellence fit une pause assez longue ; puis, d'un accent plus onctueux encore, il demanda en français :

— Comment vous nommez-vous, mademoiselle ?

Sans hésiter et dans la même langue, elle répondit :

— Marguerite Kreymer... dite *Margot-la-Blanche*.

Le vicomte de Saint-Geniès sourit. Sa physionomie se fit de plus en plus bienveillante.

Il reprit très doucement:

— J'ai habité Paris et la France pendant plusieurs années, aussi j'aime tout particulièrement les Françaises jeunes, jolies et... *intelligentes.*

Il appuya fortement sur ce dernier mot.

Son regard attaché sur le visage de Margot, il continua :

— Si je vous dis cela, ma chère enfant, c'est pour vous montrer que je suis tout disposé à vous aider à sortir du guêpier dans lequel vous vous êtes fourrée en amenant dans notre ville une vieille radoteuse...

Et, avec un nouveau sourire :

— Vous ne tenez pas, je suppose, à passer deux ou trois mois, sinon plus, enfermée dans l'une des prisons de Kirck-Berghein ?

La belle Marguerite répliqua vivement :

— Oh! mais non, monsieur!... Ce n'est pas du tout pour ça que je suis venue dans votre ville.

— Je n'en doute pas, mademoiselle. Si donc vous répondez avec franchise aux quelques questions que je vais vous poser, on vous accordera, à votre choix, ou l'autorisation de demeurer à Kirck-Berghein autant qu'il vous plaira, ou une somme suffisante pour que vous puissiez retourner à Paris en train direct, au lieu d'être tout simplement reconduite jusqu'à la frontière du grand-duché, comme le sera probablement ce soir la vieille femme qui porte le drôle de nom de la Mouchotte.

Le ton inquiet et étonné, la jeune fille demanda :

— Alors, monsieur... on va renvoyer la Mouchotte, comme ça... tout simplement.

— Hé! mon Dieu, oui!... Que voulez-vous que nous fassions ici d'une pareille folle qui raconte des histoires aussi absurdes, aussi extravagantes que dénuées de sens?...

Et baissant soudain la voix, comme s'il faisait une confidence, le malin Isidore ajouta avec une douce gaieté :

— Ainsi, figurez-vous, ma belle enfant, que cette vieille Mouchotte... où diable a-t-elle été pêcher ce nom!... Donc, figurez-vous que cette Mouchotte, mise en présence de Son Altesse Sérénissime le prince Edouard, nous a raconté qu'elle avait connu à Paris un jeune homme... dont le nom m'échappe, un jeune homme qui, après s'être évadé d'une prison lointaine... de Cayenne, je crois, serait venu dans notre petite, mais très honnête principauté, et qu'il y vivrait actuellement en grand seigneur sous un nom d'emprunt.

Le prétendu vicomte, qui, tout en débitant ces paroles sur un ton enjoué, observait du coin de l'œil la belle Margot, fit une nouvelle pause très courte; puis il reprit, en haussant la voix :

— Après avoir écouté la Mouchotte avec complaisance, Son Altesse le grand-duc lui demanda lui-même:

« — Puisque vous prétendez que votre bandit parisien, devenu gentil-

Paris.—Imp. PAUL DUPONT (Cl.)

homme allemand, fréquente notre Cour, vous pourrez certainement le reconnaître et nous le désigner. Reconnaîtrez-vous sa voix ?

« — Oui, monseigneur, répondit la Mouchotte.

« — Messieurs, ordonna alors Son Altesse en s'adressant à ceux qui l'entouraient, lesquels étaient au nombre de dix, moi compris, chacun de vous va prononcer, de sa voix la plus naturelle, quelques mots devant cette aveugle... Commençons par vous, monsieur le baron de Rosemberg. »

Le baron se plaça devant la Mouchotte et lui demanda si elle était aveugle de naissance. Après le baron de Rosemberg, ce fut le tour d'un autre, je parlai ensuite, puis un quatrième et comme cela jusqu'au dixième et dernier... Ainsi que nous nous y attendions tous, la vieille folle fut obligée de reconnaître que son « jeune homme » n'était point parmi nous...

Après une légère hésitation, Margot-la-Blanche dit, le ton interrogateur, au bienveillant vicomte de Saint-Geniès :

— Alors, monsieur, la Mouchotte n'a pas reconnu le... la personne qu'elle se croyait pourtant certaine de rencontrer dans cette ville ?

— Non, ma chère enfant. Et comme Son Altesse considère que l'invention de la vieille aveugle est une « fumisterie » plutôt qu'un délit, on va tout bonnement la conduire à la frontière si... si elle nous a bien dit la vérité... Et c'est par vous que nous saurons cela.

— Mais, monsieur, vous croyez donc que la Mouchotte...

— Hé ! non, nous ne croyons rien, interrompit Isidore Brousseau d'un ton grave. Seulement la prudence exige que nous nous assurions que la vieille aveugle... qui n'est pas absolument aveugle, n'est point une émissaire de quelque secte de nihilistes maudits ou d'anarchistes.

La jeune fille s'écria vivement, tout inquiète :

— Je vous jure, monsieur, que c'est bien pour voir le prince Edouard que la Mouchotte est venue à Kirck-Berghein.

Isidore Brousseau pensa, intérieurement satisfait :

— Très bien. Voilà déjà une petite phrase qui me prouve que la poulette connaissait le but du voyage de la vieille sorcière. Il s'agit à présent de savoir si la Mouchotte lui a dit, et quelles preuves elle peut donner, que Louis Hérault est devenu le grand-duc de Kirck-Berghein.

Répondant à la déclaration de son interlocutrice, il prononça toujours de sa voix douce et grave :

— Tant mieux pour elle... et, surtout, tant mieux pour vous, ma chère enfant, car je serais véritablement désolé qu'il arrivât malheur à une aussi jolie fille que vous.

Et, lui désignant un siège, ce qu'il n'avait pas encore fait jusque-là :

— Veuillez vous asseoir en face de moi ; je vais vous adresser plusieurs questions auxquelles vous répondrez franchement, n'est-ce pas ?

— Oui, monsieur, répondit Marguerite.

Et elle s'assit vis-à-vis du faux vicomte de Saint-Geniès.

— Allons, c'est bien, fit ce dernier; vous n'aurez pas à vous en repentir.

Et affectant une certaine bonhomie :

— Voyons d'abord... Où avez-vous connu cette affreuse Mouchotte?

— Dans un petit restaurant, ou plutôt une crèmerie, que nous fréquentions toutes les deux.

— A Paris, naturellement?

— Oui, monsieur. Il n'y a pas plus de trois mois que je connais la Mouchotte.

— Quand vous a-t-elle parlé pour la première fois de son intention de se rendre à Kirck-Berghein?

— Quinze jours, pas davantage.

— Savez-vous qui lui a fourni l'argent du voyage?... car vous êtes venues toutes deux par le chemin de fer, et, dame! ça coûte.

— Depuis longtemps, la Mouchotte ruminait dans sa tête le projet de venir dans votre ville, et chaque jour elle prélevait pour son voyage deux ou trois francs sur ce qu'elle gagnait.

— Elle travaillait donc?

— Non, monsieur, mais elle mendiait, ce qui rapporte souvent bien plus.

— C'est malheureusement vrai... Lorsque la Mouchotte a jugé qu'elle possédait une somme suffisante pour le voyage de deux personnes, elle vous a proposé de devenir sa compagne, son guide?

— Oui, monsieur. Elle ne m'a pas caché que si elle s'adressait à moi de préférence à toute autre, c'est qu'elle savait que je parlais allemand, et enfin qu'elle avait besoin de quelqu'un pour la conduire.

— Quelle promesse a-t-elle bien pu vous faire pour vous décider à remplir près d'elle le rôle de caniche?

— Ce qu'elle m'a promis?

— Oui, car ce n'est pas pour le simple plaisir d'accompagner une pareille caricature que vous avez quitté Paris?

— Faire un grand voyage à l'étranger me souriait assez; mais ce qui m'a décidée à partir avec la Mouchotte, c'est qu'elle me promettait... vous allez vous moquer de moi, monsieur...

— Du tout, chère enfant... Achevez?

— Eh bien, elle me promettait une fortune.

— Une fortune!... Comment, vous qui me paraissez fort intelligente, avez-vous pu croire aux paroles d'une mendiante?

— Oh! monsieur, c'est que la Mouchotte n'est pas une femme ordinaire.

Isidore Brousseau se mit à rire doucement :

— En effet, murmura-t-il, c'est absolument le type de la vraie sorcière!

Puis redevenant grave :

— Maintenant, reprit-il, racontez-moi comment la Mouchotte espérait trouver cette fortune dont vous auriez eu votre part?

— Il y a quinze jours, la Mouchotte, qui connaissait mon adresse, se
dt amener au petit hôtel meublé où je demeurais. Aussitôt seule avec
moi dans ma chambre, elle me dit : « Margot, veux-tu gagner vingt
mille francs?

« — Est-ce que ces choses-là se demandent? que je lui répondis en
riant.

« — Ne ris pas, qu'elle reprit; ce que je dis est sérieux.

« — Alors dites-moi ce que je dois faire pour les gagner.

« — Tu vas venir avec moi, en Allemagne; un beau voyage de trois
cents lieues que je t'offre. Nous irons à Kirck-Berghein.

« — Vous y avez donc un héritage à recueillir? lui demandai-je.

« — C'est mieux qu'un héritage, ma fille. Je veux que le grand-duc
de ce pays, là-bas, m'achète mon silence. » Et comme je ne comprenais
pas, elle ajouta: « Tu as sûrement entendu parler, car ça a fait assez grand
bruit, de l'histoire d'un forçat, nommé Louis Hérault, que des gens riches ont
fait évader du bagne pour le mettre à la place d'un prince fou ou idiot... Je sais
bien qu'on a dit ensuite que cette histoire-là n'était qu'une énorme blague.
Mais moi, qui ai connu intimement le beau Toto, un des noms de Louis
Hérault, je sais de quoi il est capable. Ce qui me prouve encore que Louis
Hérault s'est bien glissé dans la peau d'un grand-duc, c'est qu'il va justement
épouser une femme dont il est amoureux depuis des années... Je te conterai
ce roman-là une autre fois... »

Avec un petit air confus, la belle Margot acheva:

— Enfin, monsieur, la Mouchotte parla tant et si bien, que moi, pour
qui voir du pays est un vrai plaisir, je m'engageai, quand elle m'eut montré
l'argent qui devait servir à faire le voyage, je m'engageai à la conduire ici,
à Kirck-Berghein.

— Allons, je vois que la vieille aveugle a dit à peu près la vérité au grand-
duc, fit le vicomte en se levant. Je vous quitte en vous promettant que dans
quelques heures vous serez libre... A bientôt, car je compte vous revoir!

Isidore Brousseau appela le sous-chef de la police, lui recommanda de traiter
avec égards la jeune Française, puis sortit du dépôt.

Un instant après, il était de retour au palais. Il monta directement chez le
docteur Clostermann, avec lequel il eut un entretien secret qui ne dura pas
moins d'une demi-heure. Les deux hommes se rendirent ensuite chez le grand-
duc, qui, en compagnie de Rosemberg, les attendait pour déjeuner, car midi
venait de sonner.

— Monseigneur, dit Clostermann, mettez-vous à table sans moi; je déjeunerai plus tard. Il faut que je sois auprès de la grande-duchesse quand elle se
réveillera. J'ai à lui faire connaître nos... je veux dire vos intentions.

Et il se rendit à l'appartement de la princesse. Dans le boudoir, il trouva
Fritz, qui était de faction. Il lui accorda une heure pour déjeuner. Puis il passa

En lançant ces mots, Amélia se levait sur son séant. (Page 786.)

dans la chambre. Au chevet du lit de sa maîtresse, Julia était assise, se conformant ainsi aux ordres du grand-duc qui l'avait appelée pour qu'elle veillât près de la princesse endormie. Tout en observant celle-ci, le docteur causa environ quarante minutes avec la cameriste.

Soudain, il vit la princesse s'agiter dans son lit, puis passer machinalement la main sur son front.

Alors, sans plus attendre, il dit à Julia :

— Ma fille, retournez dans votre chambre. Je vous appellerai ou votre maîtresse vous sonnera si l'on a besoin de vous.

Son Altesse Nounouche   99

— Bien, Excellence! fit simplement l'Alsacienne, qui voulait éviter de contrarier le premier ministre, qu'elle savait tout-puissant.

Après s'être inclinée respectueusement, elle sortit, et, toute dévorée d'inquiétude, regagna aussitôt sa chambre.

Au moment où elle s'éloignait, la princesse Amélia ouvrait lentement les yeux et les promenait autour d'elle avec étonnement, semblant se demander en quel lieu elle était.

Clostermann, qui se tenait un peu à l'écart, s'avança d'un pas.

Amélia le reconnut.

Un brusque frisson la secoua malgré elle... Elle se souvenait!

Avec la rapidité de l'éclair qui traverse un ciel d'orage, la scène maudite et douloureuse qui s'était passée entre elle et l'homme infâme qui se faisait appeler grand-duc de Kirck-Berghein, se déroula entière dans son cerveau encore alourdi, et, de nouveau, la fit pâlir d'horreur, d'indignation et de honte.

Le front lui faisait mal. Elle y porta la main et sentit les linges qui l'enserraient étroitement.

Se parlant à elle-même, elle murmura à demi-voix :

— Oui, je me souviens, le misérable a eu la lâcheté de me frapper; je suis tombée et en tombant je me suis blessée.

Son regard se tourna vers l'une des fenêtres dont les épais rideaux aux trois quarts écartés laissaient passer un rayon de soleil.

— Il est jour, pensa-t-elle. J'ai dû demeurer longtemps privée de connaissance.

Son Excellence le docteur Clostermann, arrêté près de la porte du boudoir, attendait immobile.

Par déférence, il voulait laisser la princesse Amélia lui adresser la parole la première.

Mais, voyant que la jeune femme ne paraissait faire nulle attention à son importante personne, il se décida à se rapprocher du lit.

Il fit trois ou quatre pas en avant, et, s'inclinant très bas :

— Votre Altesse... prononça-t-il.

La princesse lui coupa subitement la parole.

— Que faites-vous ici, monsieur? demanda-t-elle d'une voix hautaine et avec un air de souveraine grandeur.

Le ministre, subjugué malgré lui, s'inclina de nouveau et balbutia :

— Je viens... envoyé par Son Altesse le prince Edouard...

— Taisez-vous, monsieur! interrompit la princesse d'un ton bref, tranchant, qui cingla, plus vivement qu'un coup de cravache, l'omnipotent et orgueilleux conseiller du faux grand-duc.

En lançant ces trois mots, Amélia se dressait sur son séant d'un mouvement brusque et croisait entièrement sur sa gorge les bords de son peignoir sur la blancheur duquel ressortaient d'une façon éclatante cinq ou six taches d'un rouge vif.

Puis, rivant ses beaux regards sur le visage de Clostermann, elle reprit avec une mordante ironie :

— Vous savez bien, monsieur, que si le misérable que vous avez l'audace d'appeler le prince Edouard avait le moindre droit à ce titre, je ne serais pas, moi, prisonnière dans cette chambre, et vous n'y viendriez pas, vous, pour me dicter les volontés de votre maître, vil et lâche !

Le ministre murmura, l'air attristé :

— La colère... colère bien injustifiée égare Votre Altesse Sérénissime ; mais lorsqu'elle sera plus calme...

— Plus calme ! s'écria la princesse l'œil chargé d'éclairs. Je le deviendrai quand je serai sortie de ce palais qui abrite tant de bandits, quand je serai loin, bien loin du cynique gredin qui a usurpé la couronne du vrai prince Edouard, du malheureux que vous avez tué !...

— Moi ?... moi ?...

— Oui, vous, docteur Clostermann !... Si je conservais quelques doutes, la terreur qui est peinte sur votre visage suffirait à me les enlever... Oui, l'assassin du prince Edouard, c'est vous !

Et de son doigt accusateur, elle désignait le ministre.

Clostermann était devenu d'une pâleur affreuse à voir.

Ses mains tremblaient nerveusement, une sueur froide perlait à son front et le glaçait ; l'épouvante le gagnait tout entier.

Une pensée avait soudain traversé son esprit.

Et mentalement il se disait :

— Le grand-duc a avoué à la princesse qu'il était en effet Louis Hérault ; mais a-t-il poussé la folie jusqu'à lui raconter comment Rosemberg et moi avions fait pour le substituer au prince Edouard enfermé dans une pièce du Vieux-Château ?

Et après une demi-seconde de rapide réflexion :

— Non, je ne peux pas croire cela... Il m'aurait prévenu... Donc, la grande-duchesse n'est sûre de rien ; elle n'a pu faire que de simples conjectures ; et j'ai manqué de sang-froid en l'écoutant.

En un clin d'œil, Clostermann reprit possession de lui-même.

Il redressa brusquement la tête qu'il avait penchée sur sa poitrine, d'un mouvement involontaire, et regarda la princesse.

Amélia le fixait toujours d'un regard empreint d'un profond mépris.

Il lui dit, avec une certaine gravité :

— Je ne m'abaisserai point à réfuter l'outrageante et invraisemblable accusation que Votre Altesse vient de porter contre moi...

— Vous ne le pourriez pas !

Clostermann poursuivit :

— J'ai eu l'honneur de dire tout à l'heure à Votre Altesse que je venais ici envoyé par le prince Edouard...

— Non, monsieur, par un nommé Louis Hérault, rectifia impétueusement la veuve de Nicolas Bolstoï.

— Pour moi, comme pour tous ici, celui que Votre Altesse appelle Louis Hérault est grand-duc de Kirck-Berghein.

— Je plains les habitants de cette principauté !

— Jamais ils n'ont été si heureux qu'actuellement. Mais il ne s'agit point de cela.

— C'est juste ! Vous êtes venu pour me transmettre les ordres d'un forçat évadé... Voyons ce qu'il exige.

— Votre Altesse se trompe ; ce ne sont point des ordres que le prince Ed... que le grand-duc m'a chargé d'apporter ici...

— Ah !... qu'est-ce que c'est donc ? demanda la princesse avec ironie.

Clostermann reprit gravement :

— Le grand-duc m'a chargé de vous soumettre un... arrangement qu'il souhaite vous voir accepter, car il a besoin de quatre ou cinq jours au moins pour réfléchir à la situation qui lui est faite.

— Par sa fourberie ! par ses crimes !

Le premier ministre ne sourcilla pas.

Toujours respectueux et grave, il continua :

— Les menaces de Votre Altesse ont plongé le prince, mon maître, dans un terrible embarras... Le désir, l'intention nettement formulée de Votre Altesse est de se séparer du grand-duc...

— Le plus promptement possible !

— Eh bien, si douloureuse, si pénible que soit pour son cœur aimant la séparation que Votre Altesse exige, le prince n'est pas loin d'y consentir.

— Ah ! vraiment ?

— Mais la chose ne pourrait-elle pas s'accomplir en ayant recours au divorce au lieu de demander l'annulation du mariage ?

— C'est l'annulation de mon mariage que je veux, déclara Amélia avec énergie ; ma résolution restera inébranlable.

— Je supplie Votre Altesse de réfléchir encore.

— C'est inutile, monsieur, répliqua vivement la princesse. Veuillez me dire maintenant ce qu'il me sera permis de faire, et ce qu'il me sera défendu, pendant les cinq jours que votre maître passera à réfléchir ?

— Voici l'arrangement que le prince fait proposer à Votre Altesse... Votre Altesse restera dans son appartement où elle sera servie par la femme de chambre qu'elle a amenée de Saint-Pétersbourg ; mais, ni Son Altesse ni sa chambrière ne devront communiquer avec qui que ce soit... De plus, Son Altesse s'engagera à n'écrire aucun billet, aucune lettre qu'elle pourrait jeter ou faire jeter dans la rue et parvenir ainsi, malgré la surveillance qui sera établie sous les fenêtres, entre les mains de quelque passant indiscret.

La princesse l'avait écouté sans l'interrompre. Quand il eut fini de parler, elle lui demanda d'un ton froidement ironique :

— Et, si je refuse de souscrire à ce que vous appelez un arrangement ?

Clostermann répondit avec une nuance de regret :

— Dans ce cas, nous nous trouverons malheureusement obligés de prendre certaines mesures de précaution. qui offenseront, blesseront la noblesse de sentiments de Votre Altesse.

— Vous me ferez garder à vue, n'est-ce pas ?

Le ministre répliqua très calme :

— Comme le grand-duc ne veut pas vous priver des services de votre dévouée cameriste, ce sera beaucoup plus cette fille que Votre Altesse que les gardiens placés dans ce boudoir devront surveiller.

— Et si, moi, je me révolte, si, après avoir ouvert une des fenêtres de ma chambre, j'appelle les passants à mon aide... mes geôliers oseront-ils poser la main sur moi, princesse russe ?

Clostermann secoua la tête.

— Ils n'en seront pas réduits à cette malheureuse extrémité, répondit-il. On fermera hermétiquement tous les volets ainsi que toutes les fenêtres de l'appartement de Votre Altesse et à celles-ci comme à ceux-là on mettra des cadenas de sûreté.

— Allons, je vois que tous les cas qui pourraient se présenter ont été sérieusement examinés, répliqua la grande-duchesse.

Elle ajouta avec un air de suprême mépris :

— Une honnête femme ne peut accepter aucun arrangement avec un individu condamné pour vols et assassinat. Vous direz donc au sieur Louis Hérault, parricide et fratricide, que la princesse Amélia, sa prisonnière, cherchera à recouvrer sa liberté par tous les moyens qui seront en son pouvoir. Voilà ma réponse!

Clostermann, affectant une profonde désolation, murmura :

— Je supplie Votre Altesse de...

Mais, de la parole et du geste, la princesse l'interrompit tout net.

Elle lui dit, montrant la porte :

— Sortez, monsieur, sortez!... Je n'ai que trop longtemps permis au plus coupable des complices d'un forçat de rester en ma présence.

Le docteur Clostermann s'inclina et sortit de la chambre, dissimulant de son mieux un long frémissement de rage sourde et de haine que la dernière phrase de la princesse Amélia venait de faire naître dans son cœur orgueilleux.

La prisonnière avait parlé au tout-puissant ministre du prince Édouard comme on parle à un valet.

Par deux fois, elle avait cruellement froissé son amour-propre, sa fierté de parvenu.

Aussi, pouvait-elle désormais compter au nombre de ses ennemis l'omnipotent docteur Clostermann.

Et celui-ci ne serait certes pas le moins implacable; ne s'emballant jamais, pesant tous ses actes, les accomplissant froidement, il devait être autrement dangereux que l'ex-Toto, dit Mes Puces.

C'est donc la haine dans le cœur et en songeant déjà à quelque perfide vengeance, que l'assassin du véritable prince Édouard sortit de la chambre d'Amélia.

Le vieux Fritz, revenu depuis un instant à son poste, attendait tranquillement dans le magnifique boudoir.

Le docteur Clostermann lui commanda d'un ton bref :

— Allez me chercher le baron de Rosemberg; il doit être dans la salle à manger de Son Altesse.

— Bien, Excellence.

Le valet de chambre de Louis Hérault disparut promptement.

Moins de cinq minutes après, il revenait, précédé de Rosemberg, qui, en entrant, demandait vivement au premier ministre :

— Me voici, mon cher Clostermann; qu'y a-t-il donc?

— Je vais avoir besoin de Fritz, répondit à demi-voix le docteur; comme nous ne pouvons pas laisser sans surveillance la grande-duchesse, je vous prie de vous installer ici et d'observer tout ce qui pourra se passer dans la chambre de Son Altesse.

— Soyez sans crainte; je ferai bonne garde, affirma le baron.

— Si je ne puis venir vous remplacer, je vous enverrai Saint-Geniès.

Et, faisant un signe au valet de chambre :

— Venez, Fritz, ajouta-t-il; j'ai à vous donner des ordres très importants.

Le ministre et le domestique sortirent du boudoir l'un derrière l'autre.

Dans l'antichambre, Clostermann s'arrêta et, parlant à voix basse, expliqua rapidement à Fritz ce qu'on allait être obligé de faire pour mettre la princesse Amélia et sa chambrière dans l'impossibilité de s'échapper de l'appartement, ni même de pouvoir se montrer aux fenêtres ouvrant sur la place.

Il ajouta :

— Lorsque vous vous serez procuré les cadenas nécessaires, vous viendrez me prévenir. Je serai chez Son Altesse le grand-duc.

— Compris, Excellence.... Et mon collègue Wolfgang?

— Vous l'amènerez avec vous; je puis avoir de nouvelles instructions à vous donner à tous les deux. Et maintenant, Fritz, hâtez-vous!

Tandis que ce dernier allait tout d'abord avertir Wolfgang, l'hercule qui, on s'en souvient sans doute, avait aidé Fritz à préparer l'immense fourneau dans lequel le corps du malheureux prince Edouard, tué sous leurs yeux par Clostermann, devait être incinéré, le docteur se rendait auprès de Louis Hérault, qui, en compagnie d'Isidore Brousseau, causait dans un petit salon contigu à la salle à manger.

Aussitôt la porte refermée, le faux prince Edouard dit à mi-voix :

— Eh bien, mon cher Clostermann?

Celui-ci répliqua d'une voix sourde :

— C'est la guerre !...

— Alors, Son Altesse... ma femme, est bien décidée à me faire sauter, et, du même coup, tous ceux qui me sont attachés?

— Oui, la résolution de la grande-duchesse est irrévocable. Son Altesse m'a prévenu qu'elle userait de tous les moyens possibles pour s'échapper du palais grand-ducal.

— Vos mesures sont prises pour l'en empêcher?

— Oui, monseigneur... D'ici quelques minutes, la chambre de la princesse Amélia sera devenue une prison aussi sûre qu'une cellule du vieux-château... et ses gardiens vaudront mieux que ceux de cette forteresse.

Puis élevant la voix :

— Fritz va venir me retrouver dans un instant; je vous demande donc la permission de déjeuner à la hâte... Ne vous éloignez pas, vicomte.

Clostermann passa dans la salle à manger où son couvert était dressé. En moins d'un quart d'heure, il eut expédié une aile de coq de bruyère rôti, une salade de lapereaux, un ou deux fruits, bu un verre de vin de Bordeaux ; après quoi, il retournait au petit salon.

La conversation entre les trois complices reprit à voix basse.

— Mon cher de Saint-Geniès, dit Clostermann à Isidore, vous avez raconté à monseigneur votre visite à la maison d'arrêt?

— A la compagne de la Mouchotte?

— Oui, à Marguerite Kreymer, appelée aussi Margot-la-Belle.

— Pardon... Margot-la-Blanche ! à cause de la blancheur éclatante qui caractérise son joli visage, rectifia Isidore Brousseau en souriant.

Il ajouta, redevenant grave :

— Oui, mon cher docteur, j'ai raconté à Son Altesse mon entrevue avec la susdite Margot; et, de plus, j'ai affirmé que le cas échéant, cette belle fille, presque aussi blonde que la princesse Amélia, ferait une fausse grande-duchesse point désagréable du tout.

Louis Hérault dit à son tour :

— Ainsi, mon cher Clostermann, vous persistez dans votre idée de m'envoyer passer un mois ou deux en Italie?

— Ce matin, monseigneur, je vous ai dit que ce voyage serait utile à mes projets; eh bien, maintenant que la princesse, votre épouse, s'est nettement déclarée *notre* ennemie, je vous dis : ce voyage est nécessaire. Résignez-vous donc, monseigneur.

— Soit ! puisqu'il le faut... Et je devrai partir?

— Dans une quinzaine, monseigneur. Votre future compagne de voyage ne manque pas d'élégance, paraît-il. Je vais la placer comme seconde chambrière auprès de la grande-duchesse; de cette façon, elle pourra étudier et tâcher d'imiter le ton et les manières de Son Altesse, tout en nous aidant à surveiller nos deux prisonnières.

— Je vois, mon cher Clostermann, que vous avez pensé à tout.

— Je fais de mon mieux, monseigneur, pour nous sortir tous de la situation présente... J'ai encore trouvé quelque chose ; je vous ferai connaître ma nouvelle idée ce soir, lorsque devant vous on aura interrogé la Mouchotte.

— Il est convenu que notre ami Saint-Geniès l'interrogera en mon lieu et place ; elle ne pourra donc pas reconnaître ma voix. Mais pensez-vous qu'elle soit aussi aveugle qu'elle le prétend ?

— Mon Dieu, monseigneur, je ne crois pas que la Mouchotte mente en disant qu'elle ne peut distinguer aucun objet et que c'est tout au plus si elle reconnaît qu'il fait jour ou nuit. Mais, je l'examinerai attentivement, et, s'il est possible de lui rendre la vue, eh bien, je ne négligerai rien pour obtenir ce résultat.

Et l'air mystérieux, Clostermann acheva :

— La Mouchotte, aveugle, n'est bonne à rien... mais si elle y voyait, quel docile instrument entre nos mains, en sachant s'y prendre !

Comme il achevait ces paroles, on frappa à la porte du salon.

C'était le vieux Fritz, accompagné de Wolfgang, porteur d'un paquet.

Clostermann dit vivement à Louis Hérault :

— Monseigneur, montrez-vous un peu à vos officiers et aux gens du Palais. Nous nous retrouverons à l'heure du dîner.

Puis il sortit et, suivi des deux anciens valets du vrai prince Edouard, il retourna aux appartements de la princesse Amélia et fit cadenasser avec soin toutes les portes-fenêtres ouvrant sur le balcon, ainsi que les volets des fenêtres de la chambre de Julia, dont la porte, donnant accès au grand escalier de service, était fermée à clé depuis le matin.

Cet honnête travail ne demanda qu'une heure. Clostermann revint ensuite dans le boudoir, releva Rosemberg de sa faction et prit sa place. Trois heures plus tard, l'hercule Wolfgang monta remplacer le docteur, qui exigea que la porte faisant communiquer le boudoir et la chambre de la princesse fût tenue constamment entre-bâillée.

Clostermann dîna avec ses complices.

Le repas terminé, Isidore, le baron, le docteur et Louis Hérault passèrent dans le cabinet de travail de ce dernier où ils attendirent l'apparition de la Mouchotte que Fritz était parti chercher à la maison d'arrêt.

Comme neuf heures sonnaient, trois coups secs furent frappés à la porte.

— C'est notre vieille sorcière ! murmura Clostermann.

Il ne se trompait pas. Conduite par Fritz, la Mouchotte entra.

Sur un signe du premier ministre, le valet de chambre fit avancer l'aveugle

En un tour de main, Julia mit le couvert. (Page 800.)

jusqu'au milieu du cabinet; puis, sur un nouveau signe, il la laissa et sortit refermant soigneusement la porte.

Le grand-duc, autrement dit Louis Hérault, ex-Toto-Mes-Puces, qui, assis entre Clostermann et Isidore Bousseau, se tenait immobile et muet surtout, leva les yeux sur l'ancien bourreau femelle de la petite Amélia, qui se nommait alors Nounouche.

L'usurpateur de Kirck-Berghein ébaucha, presque malgré lui, une grimace d'aversion et de dégoût.

Il n'avait pas vu de près la Mouchotte depuis le jour où, en compagnie de Jupiter, Morembal, Zanzibar et Garigou, il s'était assis à côté d'elle sur le banc infamant de la Cour d'assises de la Seine.

Certes, à cette époque, la tenancière du taudis de la rue des Anglais était déjà affreuse ; mais Louis Hérault, encore que Clostermann l'eût averti, Louis Hérault était à mille lieues de soupçonner qu'il allait retrouver la vieille mégère aussi repoussante, aussi hideuse.

Pendant une longue minute, les quatre hommes silencieux contemplèrent attentivement l'affreuse créature.

Puis, après avoir échangé entre eux un regard où ils exprimaient toute leur horreur, Clostermann prit la parole :

Lentement et le ton grave, il dit à la Mouchotte :

— Vous avez demandé à être conduite devant Son Altesse Sérénissime le grand-duc de Kirck-Berghein...

— Mais oui, j'ai demandé ça au chef de la police, fit vivement la mégère.

Le ministre poursuivit :

— Vous avez donné comme motif que vous aviez une importante déclaration à faire à Son Altesse.

— Mais parfaitement ; et j'ai dit à vous-même, monsieur le ministre, car je vous remets à votre voix, j'ai dit que je ne voulais parler qu'à Son Altesse et pas à d'autres.

— Eh bien, parlez, vous êtes devant le grand-duc de Kirck-Berghein.

— C'est possible, mais je ne le vois pas... et, avant de rien dire, je voudrais qu'il me dise lui-même que je peux parler sans crainte.

Elle avait à peine achevé, qu'en excellent français, Isidore Brousseau répliqua d'une voix douce et bienveillante :

— Eh bien, ma bonne femme, moi, prince Edouard, je vous autorise à parler en présence de mon premier ministre pour lequel je n'ai aucun secret ; vous pouvez parler sans crainte, quelle que soit la révélation que vous avez à me faire.

La Mouchotte demeura muette.

Sur sa physionomie antipathique, on pouvait lire aisément une profonde surprise qui tenait de la stupéfaction.

Lorsque la matrone avait formé le projet de se rendre à Kirck-Berghein, elle était absolument persuadée que le prince Edouard, dont on s'occupait tant en ce moment, n'était autre que Louis Hérault ; et les sept à huit mois qu'elle avait passés à recueillir l'argent du voyage, et aussi à bâtir des châteaux en Espagne, n'avaient fait qu'affermir sa conviction.

Mais si l'horrible créature possédait une dose d'impudence et de toupet suffisante pour lui faire espérer qu'elle obtiendrait de l'usurpateur tout ce qu'elle désirait, son cerveau obtus n'avait pas assez d'intelligence pour réfléchir

que rien n'était plus facile, vu son infirmité, que de la mettre en présence
d'un personnage qui ne serait pas Louis Hérault.

On devine donc combien dut être profond son étonnement lorsque, ouvrant
toutes grandes ses deux oreilles pour mieux reconnaître la voix de l'ancien
chef de la bande des *Mouch'-moi-donc*, elle entendit un organe très doux,
très affable, mais qui malheureusement ne ressemblait en rien à celui qu'elle
comptait entendre.

Elle n'eut pas, du moins immédiatement, l'idée d'une supercherie, mais elle
pensa tout de suite :

— Si le grand-duc n'est pas Toto-Mes-Puces, j'ai commis une boulette
phénoménale en venant à Kirck-Berghein.

En songeant à l'argent dépensé, et que celui du grand-duc ne remplacerait
pas, elle éprouva une vive déception qui remplaça sur sa vilaine figure la
stupéfaction qui s'y trouvait peinte.

Une grimace tordit ses lèvres.

Louis Hérault, le baron de Rosemberg, le ministre Clostermann et le
pseudo-vicomte de Saint-Geniès se regardèrent en souriant.

Le désappointement, qui avait quelque chose de comique, de l'affreuse
mégère parisienne, les amusait.

Le silence qui avait succédé aux paroles prononcées par Isidore Brousseau,
dura à peu près une minute.

Ce fut le docteur Clostermann qui le rompit pour articuler d'un ton qui
contenait une nuance de sévérité :

— Eh bien, bonne femme, Son Altesse Sérénissime daigne attendre que vous
vous décidiez à parler ?

Encore toute désorientée, la Mouchotte resta muette.

Elle se demandait si elle devait avouer, sans rien cacher, les motifs qui
l'avaient portée à quitter Paris pour venir demander une audience au prince
Edouard.

Le docteur Clostermann fit un signe au vicomte de Saint-Geniès qui dit
aussitôt :

— Puisque cette femme hésite à parler, veuillez, mon cher ministre, lui
démontrer que nous n'ignorons aucunement ce qu'elle est venue faire à Kirck-
Berghein.

Cette fois, ce ne fut ni de l'étonnement ni de la déception que le visage de
l'aveugle refléta, mais une certaine inquiétude.

— Ils ont interrogé la Margot, se dit-elle mentalement, et la Margot a
raconté tout ce qu'elle savait.

Mais elle n'eut pas le temps de se livrer à de bien longues réflexions ; Clostermann se levait et prononçait gravement :

— Votre nom est... ou plutôt vous êtes connue sous le nom peu catholique
de la Mouchotte.

Une légère pause.

— Votre profession : mendiante... Mais, avant votre dernière condamnation à plusieurs mois de réclusion, vous exerciez d'autres professions cent fois moins avouables que celle que je viens d'indiquer.

Un nouveau silence, très court, puis :

— Il y a quelques années, vous exploitiez la charité publique en vous servant de malheureuses fillettes que vous frappiez lâchement, impitoyablement pour un rien, sans raison souvent... Parmi vos infortunées petites victimes, il en était une que vous preniez plaisir à martyriser ; elle s'appelait Nounouche...

Et, avec une certaine brusquerie :

— Vous souvenez-vous de cette fillette? demanda-t-il.

L'audace habituelle de la Mouchotte, qui ne l'abandonnait que très rarement pourtant, était loin à cette heure.

Elle ne comprenait pas encore très bien à quoi tendaient les paroles du premier ministre de Son Altesse Sérénissime ; mais le ton sévère, rude même de sa demande ne lui présageait rien de bon.

Aussi, ce fut de plus en plus inquiète, qu'elle balbutia presque timidement :

— Nounouche... oui, monsieur, je me souviens de cette petite.

— Vous savez ce qu'elle est devenue?

La Mouchotte hésita.

Elle commençait à comprendre et elle avait peur.

Elle avait cru qu'on allait lui parler de l'histoire de Louis Hérault et personne ne lui en disait mot.

Ce qu'on semblait vouloir lui rappeler, c'est la méchanceté, la barbarie, la brutalité, dont elle avait accablé la pauvre petite Nounouche... la jolie blonde, si bonne, si douce, qui aujourd'hui avait droit au titre d'Altesse, qui à cette heure était toute-puissante à Kirck-Berghein et qui allait peut-être vouloir se venger des odieux traitements que lui avait fait subir la Mouchotte.

Voilà pourquoi cette dernière avait peur, car elle ne pouvait pas se douter que la princesse Amélia était prisonnière dans le palais grand-ducal même.

Clostermann répéta sa question :

— Vous savez ce que votre victime est devenue?

— Oui, monsieur... Elle a épousé un prince russe qui a péri dans un incendie; du moins on le croit.

— Ensuite?

Nouvelle hésitation de l'horrible matrone.

Alors parlant plus vivement et plus sévèrement aussi, le docteur Clostermann lui dit:

— Ce que la veuve du prince Nicolas Bolstoï est ensuite devenue, je vais vous l'apprendre... Après la mort de son mari, elle est allée habiter la capitale de la Russie, qu'elle a quittée pour venir résider désormais à Kirck-Berghein dont elle est, aujourd'hui, la souveraine, ayant épousé légitimement le grand-duc Edouard, notre noble et auguste maître... Tout cela, ne les aviez-vous pas ?

— Si, monsieur, avoua la Mouchotte.

— Quant au motif qui vous a amenée dans notre ville, le voici :

Vous vous êtes dit que la princesse Amélia avait certainement caché au grand-duc, son nouveau mari, tout ce qui se rapportait à sa misérable existence, alors qu'elle logeait dans votre taudis, et qu'en la menaçant adroitement de dévoiler ce que vous pensiez qu'elle avait caché, vous en tireriez la forte somme.

L'aveugle voulut protester.

— Je vous assure, monsieur le ministre, que je n'ai jamais...

Clostermann ne la laissa pas achever.

Il reprit brusquement :

— Inutile, bonne femme, d'essayer de nous tromper. Vous vous êtes fait arrêter volontairement, hier, sur la place de la gare. Eh bien, vous avez eu tort. Vous êtes venue de vous-même vous mettre entre les mains de Son Altesse la grande-duchesse de Kirck-Berghein : vous y resterez tant que ce sera son bon plaisir.

La Mouchotte sentit un frisson courir sur ses maigres épaules.

Le ministre continuait :

— Voici maintenant ce que la grande-duchesse a décidé elle-même qu'il serait fait de vous : — Vous serez enfermée, seule, dans le plus profond cachot de la grande prison de Kirck-Berghein. Aucune promenade, ne fût-ce que de quelques minutes, ne vous sera accordée. Pour nourriture, vous aurez du pain et de l'eau ; toutefois le jeudi et le dimanche, vous recevrez une soupe grasse au repas de midi.

Et Clostermann termina par cette phrase qu'il prononça plus lentement, appuyant sur les mots, comme s'il voulait qu'elle restât gravée dans la mémoire de l'horrible femelle :

— Son Altesse la grande-duchesse Amélia ne souhaite pas votre mort ; elle veut simplement que vous soyez punie de tout le mal que vous lui avez fait. Son auguste époux, le prince Edouard, ayant approuvé cette punition comme étant juste et méritée, vous demeurerez donc en prison jusqu'au jour où la grande-duchesse daignera vous pardonner et vous faire grâce... On va vous reconduire au dépôt.

Et il appuya sur un bouton électrique.

Presque aussitôt la porte du cabinet s'ouvrit et Fritz parut.

Clostermann ordonna :

— Reconduisez cette femme à la maison d'arrêt. Demain matin, nous enverrons au chef de la police des instructions qu'il devra suivre et faire exécuter rigoureusement... Allez !

— Très bien, Excellence.

Et le vieux valet s'empara du bras de la Mouchotte qui, hébétée, atterrée par ce coup inattendu, se laissa emmener sans avoir pu trouver un mot de protestation, ni proférer la moindre prière.

Dès qu'elle fut sortie, le docteur Clostermann demanda en souriant à ses trois complices :

— Eh bien, que dites-vous de cette petite condamnation prononcée au nom de la princesse Amélia... qui ne s'en doute pas.

— Je dis, mon cher Clostermann, répliqua Louis Hérault, qui, ne craignant plus d'être entendu par la Mouchotte, pouvait maintenant parler, je dis que, si vous faites traiter cette vieille coquine — qui entre nous le mérite bien, — aussi sévèrement que vous l'avez annoncé, il n'y aura certes pas dans tout le grand-duché de Kirck-Berghien une seconde créature qui haïra, exécrera ma... femme, comme le fera bientôt cette affreuse Mouchotte.

— Et sa haine sera d'autant plus grande, ajouta Isidore Brousseau, que les sacrifices qu'elle a été obligée de s'imposer pour ramasser l'argent du voyage, auront été faits en pure perte... Sans compter tout ce que va lui faire perdre le temps passé en prison qu'elle ne pourra pas employer à mendier à la porte de Notre-Dame ou de Saint-Sulpice, à Paris.

— Je devine, reprit Louis Hérault, quel est votre but en exaspérant la Mouchotte, qui est trop vindicative pour oublier... Vous voulez en faire une mortelle ennemie de la princesse Amélia.

— Vous l'avez dit, monseigneur.

— Cela est très bien, et si votre idée n'est point charitable, elle est du moins bien trouvée. Seulement, mon cher Clostermann, permettez-moi une petite observation.

— Faites, monseigneur.

— Si la cécité à peu près complète de la Mouchotte est inguérissable, je ne vois pas trop comment cette vieille entremetteuse pourra servir nos projets et nous être utile.

— Son Altesse a raison ! approuva Rosemberg.

— Je suis parfaitement de votre avis, monseigneur, répliqua Clostermann.

— Espérez-vous lui rendre la vue ?

— Peut-être, monseigneur. Tandis que vous voyagerez, je la ferai soigner par un médecin oculiste que je connais de longue date. Et, si nous avons la chance de lui rendre, ne serait-ce qu'en partie, l'usage de la vue, je crois que je pourrai obtenir d'elle tout ce que je voudrai, après l'avoir fait sortir de prison.

— Je le crois aussi, dit le baron.

— Par exemple, continua Clostermann, si je disais un jour à cette Mouchotte : la grande-duchesse est seule dans tel endroit écarté ; voici une arme, un stylet, et voilà dix mille francs ; que la grande-duchesse meure et la somme est à vous, je suis absolument certain qu'elle n'hésiterait pas une seconde.

Un instant de silence suivit les paroles du ministre. Louis Hérault, Rosemberg et Isidore Brousseau paraissaient quelque peu pensifs : ils prévoyaient, dans un avenir prochain, un nouveau crime, et, sans se l'avouer, ils en éprouvaient comme une vague inquiétude.

Soudain la demie de dix heures sonna.

Le docteur Clostermann se leva, en disant à Isidore :

— Mon cher de Saint-Geniès, vous allez être assez aimable pour aller relever de sa garde mon valet de chambre Wolfgand. Vers une heure du matin, Son Altesse ira vous remplacer ; puis, à quatre heures sonnantes, je descendrai remplacer Son Altesse.

— Entendu, fit le vicomte en se levant.

Et il sortit après avoir serré la main du grand-duc et de ses deux compagnons.

Ceux-ci échangèrent encore quelques mots avec l'auguste souverain de Kirck-Berghein, puis le quittèrent à leur tour pour regagner leurs appartements respectifs, au troisième étage du palais grand-ducal.

XXVIII

OU LOUIS HÉRAULT ET CLOSTERMANN ONT UN MOMENT DE TERRIBLE ÉMOTION.

— Alors, ma bonne Julia, vous n'avez pas entendu autre chose que ces mots : « Taisez-vous, malheureuse ! »

— Pas autre chose, madame la grande-duchesse.

— Je vous en prie, ne me donnez plus ce titre, s'écria avec une vivacité extrême la princesse Amélia.

— Bien, madame. Je vous appellerai comme je le faisais à Saint-Pétersbourg.

Au moment où l'Alsacienne, debout près de sa maîtresse qui était assise dans un large fauteuil, prononçait cette dernière phrase, on frappa légèrement à la porte du boudoir, et cette porte, qui était déjà à moitié entr'ouverte par ordre de Clostermann, s'ouvrit tout à fait.

Sur le seuil, parut le vieux Fritz, tenant devant lui un grand panier qui renfermait le repas des deux prisonnières.

Il fit un pas dans la chambre.

Julia courut vers lui précipitamment et lui prit le panier des mains.

Le ton respectueux, il dit :

— Son Altesse voudra bien nous excuser si nous ne lui avons pas monté son dîner à sept heures ; mais un accident survenu dans les cuisines a occasionné un léger retard dans le service.

La princesse ne détourna même pas la tête ; elle reprit le livre qu'elle avait posé sur ses genoux et l'ouvrit au hasard.

La cameriste se chargea de répondre pour sa maîtresse.

— C'est bon, retirez-vous ! fit-elle en allemand, d'un ton qui décélait tout autre chose qu'une profonde aménité.

Le valet de chambre sortit.

Du regard, Julia consulta la pendule.

— Il est sept heures et demie, dit-elle. Madame la princesse n'a presque rien mangé à midi, elle doit avoir besoin de prendre un peu de nourriture. Si madame ne mange pas encore ce soir, elle finira par tomber tout à fait malade.

— Je vais essayer, murmura la prisonnière.

En un tour de main, Julia eut recouvert une petite table d'une nappe éblouissante de blancheur et tiré du panier toutes les provisions qu'il contenait. Puis elle poussa la table devant la princesse.

Amélia mangea peu et ne but guère plus qu'elle ne mangea. Il lui sembla que le vin apporté par Fritz avait une légère, oh ! très légère saveur amère ; elle en fit la remarque à Julia, ensuite elle ajouta :

— J'ai fini, vous pouvez desservir... Ou plutôt, non ; asseyez-vous à cette table. Pourquoi ne dîneriez-vous pas ici au lieu d'aller manger seule dans votre chambre. N'êtes-vous pas prisonnière comme moi !

Après avoir fait quelques difficultés, la dévouée cameriste obéit. Elle tira la petite table au milieu de la pièce et dîna rapidement.

Une heure s'écoula.

La princesse et sa chambrière, assises à une courte distance l'une de l'autre, étaient depuis un instant plongées dans de sombres pensées, quand Amélia, relevant soudain la tête, dit à sa compagne :

— Je ne sais ce que j'ai ce soir. Mes paupières s'alourdissent, mes yeux se ferment malgré moi ; je me sens gagnée par une torpeur étrange.

— Moi aussi, madame, j'ai sommeil... mais alors sommeil comme si je n'avais pas dormi depuis huit jours. C'est bizarre ça !

Julia voulut se lever. Mais elle ne put achever son mouvement et retomba ourdement sur son siège. Elle dodelina de la tête puis s'endormit.

Frissonnant de crainte et d'angoisse, Amélia tenta de quitter son fauteuil.

Mais, de même qu'à sa chambrière, les forces lui manquèrent.

Ses jambes fléchirent sous elle, et, à son tour, elle retomba assise dans son fauteuil.

D'une voix anxieuse elle murmura :

Wolfgang avait étendu la princesse Amélia au pied de l'arbre indiqué. (Page 806.)

— Ah! je comprends, à présent : le vin légèrement amer contenait un narcotique... Mais pourquoi? Dans quel but a-t-on voulu m'endormir?... Mon Dieu! mes yeux se ferment...

La grande-duchesse ne put en murmurer davantage.

Elle poussa soudain un long soupir et sa tête se renversa doucement contre le dossier de son siège.

Amélia dormait profondément.

La demie après neuf heures sonna, puis dix heures.

SON ALTESSE NOUNOUCHE   101

Dans la chambre de la princesse régnait un silence de mort.

Tout à coup, la porte du boudoir s'ouvrit aux trois quarts et le colosse Wolfgang apparut, allongeant son cou de taureau.

De ses gros yeux ronds, il scruta la chambre qu'éclairait une magnifique lampe Louis XVI.

Puis un sourire écarta ses lèvres et il se dit tout bas :

— Ça y est !... Je pourrai bientôt en faire autant, mais il faut que j'attende que Son Excellence Clostermann soit venu constater que la princesse et sa camériste dorment réellement.

L'hercule se retira dans l'élégant boudoir, s'installa dans un fauteuil et attendit son maître.

Son attente ne fut pas de longue durée.

A peine était-il assis depuis cinq minutes, qu'il dut se relever précipitamment. Le ministre entrait.

Clostermann demanda à voix basse :

— Eh bien, la grande-duchesse et sa suivante ?...

— Elles dorment toutes deux.

— Je vais m'en assurer.

Et le docteur, poussant tout à fait la porte, pénétra dans la chambre où, à trois pas l'une de l'autre, dormaient d'un sommeil léthargique les deux prisonnières de Louis Hérault.

Il s'approcha d'abord d'Amélia, la regarda une seconde, puis, posant doucement sa main sur son épaule, il la secoua légèrement.

La tête fine et gracieuse de la pauvre princesse vacilla une ou deux fois, mais la dormeuse ne se réveilla pas.

Satisfait, Clostermann se dit :

— Tout va bien. Nous pourrons l'enlever d'ici et la transporter en voiture, sans qu'elle puisse s'y opposer.

Il s'approcha ensuite de l'Alsacienne et la secoua à son tour, mais avec moins de ménagements que sa maîtresse.

Puis, se tournant vers le valet qui était entré après lui dans la chambre :

— Wolfgang, dit-il, vous allez éteindre cette lampe ; vous pourrez ensuite vous étendre sur un sofa et vous reposer jusqu'à deux heures du matin. Nous ne partirons pas avant cette heure-là.

— Très bien, Excellence.

Le docteur Clostermann sortit de la chambre d'Amélia et s'éloigna sans bruit comme il était venu.

Wolfgang ayant exécuté l'ordre de son maître, retourna s'enfouir dans son fauteuil, ferma les yeux et ne tarda pas à ronfler comme un tuyau d'orgue ou une toupie allemande.

La moitié de la nuit s'écoula.

Deux heures du matin allaient sonner, lorsque la porte du boudoir s'ouvrit

de nouveau et le faux prince Édouard entra, suivi du docteur Clostermann
et de Fritz.

L'ancien valet du vrai prince héritier de Kirck-Berghein portait sur ses bras
un costume complet d'amazone.

Clostermann démasqua aussitôt une petite lanterne sourde qu'il tenait à la
main et en dirigea brusquement la lumière sur le visage de l'hercule qui
s'éveilla en sursaut.

Son maître lui dit vivement:

— Debout, Wolfgang, il est l'heure !

— Je suis prêt, Excellence, fit le serviteur en se levant.

— Rallume vite la lampe de la grande-duchesse.

Wolfgang prit la minuscule lanterne que lui tendait le docteur Clostermann,
et en moins d'une minute, la chambre de la princesse Amélia se trouva
éclairée.

Alors, le premier ministre murmura en riant :

— Et maintenant, monseigneur, à l'œuvre... Tâchons de ne pas être de
trop inhabiles caméristes !

Et s'adressant au vieux Fritz immobile :

— Passez-nous l'amazone d'abord.

Le domestique tendit au docteur une longue robe de drap de la plus grande
finesse, qui appartenait à Amélia. Puis Clostermann, aidé de Louis Hérault qui
maintenait debout le corps souple et chancelant de sa jeune femme, se mit en
devoir de revêtir la princesse de son élégante amazone.

Il eut quelque mal à habiller la dormeuse, mais enfin il y arriva.

Tandis que le vieux valet remplaçait par deux petites bottes les babouches
que la princesse avait aux pieds, le docteur examinait la blessure à demi cicatrisée
que la prisonnière, on se le rappelle, s'était faite au front deux jours ou plutôt
deux nuits auparavant.

Au bout d'une demi-heure, la grande-duchesse se trouvait vêtue de son costume de chasse, moins le chapeau qu'on ne devait lui mettre qu'une fois dans
la voiture qui allait la transporter dans la forêt en compagnie du grand-duc et
du docteur.

Clostermann reprit sa lanterne sourde et dit à Fritz :

— Vous vous installerez dans le boudoir et si nous ne sommes pas de retour
lorsque cette femme de chambre s'éveillera, vous la tranquilliserez en lui disant
que sa maîtresse ne peut tarder de revenir.

— Compris, Excellence.

Clostermann se tourna alors vers l'hercule, et, lui désignant la princesse
étendue inerte sur son fauteuil bas :

— Allez, Wolfgang... et faites attention à votre précieux fardeau.

Le colosse enleva dans ses bras vigoureux, aussi aisément que s'il eût
soulevé une plume, le corps gracieux de la jeune femme, et, précédé du

ministre qui l'éclairait, il le porta dans un coupé qui attendait tout attelé dans une petite cour du palais.

Le pseudo-grand-duc, en tenue de chasse, botté et éperonné, descendit derrière les deux hommes.

Clostermann entra le premier dans la voiture dont les stores étaient baissés ; puis Wolfgang déposa, assise à la droite du docteur, la princesse endormie ; Louis Hérault s'installa à son tour à côté de cette dernière qui, de cette façon, se trouva en quelque sorte calée par les deux complices, puis l'hercule ferma la portière du véhicule.

Sur le siège de celui-ci, se tenait, raide comme une statue, le cocher du docteur Clostermann.

Wolfgang lui dit à voix basse :

— En route, Guillaume. Dans une heure, j'irai te rejoindre.

Puis il ouvrit les deux vantaux d'une porte cochère donnant sur la rue qui longeait l'arrière du palais grand-ducal, et le coupé sortit, au pas d'un superbe alezan.

Le cocher avait reçu les instructions de Clostermann ; il savait où l'on allait de si grand matin. Il fit prendre le trot à son cheval, et, le maintenant à une allure modérée, traversa la ville de Kirck-Berghein, puis gagna la route conduisant à la forêt où devait être simulé l'accident dont les suites serviraient de prétexte à la non-exécution du voyage que le prince Edouard avait promis de faire avec la nouvelle grande-duchesse, à travers la principauté de Kirck-Berghein.

Cinquante minutes environ après être sorti de la ville, Guillaume arrêtait le coupé derrière un massif d'arbres, en plein bois et à une courte distance d'un petit étang.

Louis Hérault et Clostermann couchèrent la princesse Amélia sur les coussins de la banquette, puis descendirent tous deux de voiture.

Le cocher avait éteint une des lanternes et baissé considérablement la mèche de l'autre. Le docteur plaça sa montre devant le verre de cette dernière et à la faible lueur qu'elle projetait, regarda l'heure.

Il dit à mi-voix :

— Bientôt quatre heures ; le rendez-vous est pour six heures et demie, nous avons donc du temps devant nous. Voulez-vous, monseigneur, que nous nous promenions un peu sous ces arbres ?

— Je ne demande pas mieux, répliqua le grand-duc.

Et les deux complices de tant de crimes déjà se mirent à arpenter l'herbe épaisse, allant et venant autour de la voiture et s'entretenant à voix basse de leurs différents projets.

Bientôt, une teinte grisâtre commença à poindre dans le ciel, du côté du levant.

C'étaient les premières lueurs de l'aube matinale.

Puis les oiseaux dont la forêt était remplie s'éveillèrent et, par leurs gazouillis joyeux, se préparèrent à fêter le lever du soleil.

A six heures précises, le baron de Rosemberg et le vicomte de Saint-Geniès, celui-ci conduisant en main une jument arabe harnachée d'une selle de dame, débouchèrent d'un petit chemin et vinrent rejoindre le grand-duc et son ministre dissimulés derrière le massif.

Ils étaient suivis par Wolfgang, qui amenait les montures de Louis Hérault et de Clostermann.

Isidore Brousseau descendit de cheval à deux pas du docteur. Le baron de Rosemberg, demeura en selle. Après avoir salué le faux prince Édouard et Clostermann, il dit à celui-ci :

— Nous sommes venus par des sentiers détournés, afin de ne pas nous rencontrer avec les invités de monseigneur, sur lesquels, d'ailleurs, nous avons une demi-heure d'avance.

Le docteur répartit en souriant :

— Eh bien, à présent, mon cher baron, vous allez rentrer dans le droit chemin et vous rendre tout doucement au carrefour de la Croix-de-Pierre, où vous annoncerez la prochaine arrivée de Leurs Altesses.

— Entendu. C'est tout, cher ami ?

— Mais oui... Dans vingt-cinq ou trente minutes, vous serez rejoint par Saint-Geniès qui, la figure bouleversée, vous annoncera... ce que vous savez.

— Une bien douloureuse nouvelle, n'est-ce pas ? fit le baron en riant... A tout à l'heure donc, ajouta-t-il, s'adressant à Isidore Brousseau.

Puis il fit volter sa monture, contourna le massif d'arbres et prit la direction du carrefour désigné comme lieu de rendez-vous.

Un nouveau quart d'heure s'écoula.

Soudain, le docteur Clostermann prononça à demi-voix :

— A cheval, messieurs... et suivez-moi à une quinzaine de pas.

Et à l'hercule qui attendait près de la voiture :

— Faites vite, Wolfgang ; il ne s'agit pas de nous laisser surprendre.

Il n'avait pas achevé que Wolfgang tenait déjà dans ses bras la princesse toujours endormie.

Marchant d'un pas rapide, le docteur et l'hercule longèrent le massif et en moins d'une minute atteignirent un étroit chemin que bordaient deux haies vives pas très hautes.

Un coup d'œil jeté par-dessus l'une des haies suffit à Clostermann pour s'assurer qu'il n'y avait personne dans le chemin.

Alors, parlant très vite :

— Allez, Wolfgang, franchissez la haie et courez déposer la princesse au pied de ce gros arbre, là, en face de nous... Donnez-moi votre fardeau, je vous le passerai !

— Inutile, Excellence, répliqua le colosse.

Et, tout en disant cela, il enjambait l'obstacle et se trouvait dans le petit chemin.

Clostermann eut à peine le temps de prononcer : « Là, c'est parfait, revenez ! » que Wolfgang avait étendu la princesse Amélia au pied de l'arbre indiqué et, de nouveau, avait franchi la haie.

Le docteur se retourna brusquement.

Le grand-duc, tenant par la bride la jument arabe, qui paraissait quelque peu nerveuse, et Isidore Brousseau, conduisant la monture destinée à Clostermann, n'étaient qu'à une douzaine de pas.

Le ministre allongea vivement le bras, désignant sa gauche, et dit ces simples mots :

— Sautez et criez !...

Les deux cavaliers obéirent.

Ils cravachèrent vigoureusement leurs bêtes, passèrent d'un bond par-dessus le léger obstacle dressé devant eux, et jetèrent ensemble un long cri d'effroi qu'on dut entendre d'assez loin. Puis, sautant à terre, coururent vers la princesse auprès de laquelle Clostermann s'agenouillait déjà.

Avec une dextérité surprenante, le docteur détacha et enleva la bande de toile qui entourait le front d'Amélia, et la fit disparaître dans la poche de son habit de chasse.

Il déboucha ensuite un petit flacon rempli d'un liquide épais et rouge, lequel n'était autre qu'un peu de sang fourni par une outarde tuée dans la nuit même ; il en humecta le bout de ses doigts, puis promena ceux-ci sur le front, sur la joue pâle et encore sur la robe de la jeune femme.

Ce petit travail vivement exécuté, il reboucha soigneusement son flacon et, tout en le remettant dans sa poche, dit à Isidore Brousseau :

— Maintenant, mon cher de Saint-Geniès, vous pouvez aller chercher du secours : on peut venir !

L'assassin de Robert Templier et du baron de Vogler se remit prestement en selle et partit au galop dans la direction du carrefour de la Croix-de-Pierre, éloigné de cinq à six cents mètres de l'endroit où le docteur Clostermann, avec un sérieux imperturbable, procédait au pansement de la blessure de la grande-duchesse, en se servant de son mouchoir et de celui du prince Édouard, après les avoir préalablement déchirés en plusieurs bandelettes.

Il n'avait pas tout à fait terminé son prétendu pansement, quand trois cavaliers, que le vicomte de Saint-Geniès avait rencontrés et à qui il avait annoncé d'une voix tremblante le terrible « accident » qui venait d'arriver à la grande-duchesse, s'amenèrent au triple galop et en s'arrêtant s'écrièrent à la fois :

— Ciel ! quel malheur !... Est-ce que la vie de Son Altesse Sérénissime est en danger ?...

Louis Hérault qui, des deux mains, maintenait assise et adossée contre l'arbre la princesse Amélia tout en simulant assez bien un profond désespoir, se tourna vers ses invités plus émus que lui-même et leur répondit avec un accent d'indicible navrement :

— Le docteur Clostermann ne veut pas se prononcer encore ; il espère cependant que le coup terrible qui vient d'ouvrir le front de la grande-duchesse ne sera point mortel.

Soudain, le ministre Clostermann tressaillit violemment.

Ah ! c'est qu'il venait de voir les paupières d'Amélia s'agiter plusieurs fois, et il n'ignorait pas que ces mouvements précèdent généralement de très peu de temps le réveil du sujet qu'on a endormi au moyen soit d'un narcotique, soit d'un anesthésique.

Très bas, il murmura :

— Monseigneur, veuillez vous pencher légèrement.

Le prince Edouard se courba sur la grande-duchesse.

Ce mouvement le rapprocha de la tête de Clostermann qu'il toucha presque, et celui-ci en profita pour lui dire d'un ton si bas que ce fut à peine s'il l'entendit :

— Monseigneur, la princesse va se réveiller... Si elle ouvre les yeux et reconnaît qu'elle n'est plus au palais, avant que j'aie pu l'endormir de nouveau, elle parlera... alors, vous comprenez?

Et du regard il acheva sa pensée :

— Si la princesse parle, nous sommes perdus !

Le faux grand-duc n'avait que trop compris.

Un vague frisson lui passa par tout le corps.

Il pâlit subitement et une sueur froide mouilla son front.

Les trois cavaliers qui avaient mis pied à terre et s'étaient peu à peu approchés, aperçurent la soudaine pâleur qui venait de se répandre sur le visage de Son Altesse.

A leur tour, ils échangèrent entre eux un regard qui disait assez clairement :

— Son Excellence le docteur Clostermann a cru devoir prévenir Son Altesse Sérénissime qu'il redoutait sans doute une issue fatale.

Pour être moins apparente que celle de Louis Hérault qui commençait à trembler de peur, l'émotion que ressentait le docteur Clostermann n'en était pas moins très vive.

Il venait de tirer de sa poche un petit étui de cuir noir. Il l'ouvrit, en sortit un flacon qui contenait la substance narcotique qu'à deux différentes fois, il avait fait prendre à la princesse Amélia, écarta les lèvres de la jeune femme et lui versa dans la bouche sept à huit gouttes de sa liqueur jaunâtre.

Soudain, une idée traversa son esprit.

Il redressa son buste, se tourna vers les trois hommes debout derrière lui et, d'une voix émue, pressante :

— Messieurs, leur dit-il, les secours que j'ai envoyé chercher n'arrivent pas. De grâce, trouvez-moi au moins un peu d'eau !

Les cavaliers ne prononcèrent pas un mot; mais tous les trois sautèrent, ou plutôt bondirent en selle, et, enfonçant leurs éperons dans le ventre de leurs chevaux, s'élancèrent en des directions différentes à la recherche du liquide réclamé par Clostermann.

En les voyant disparaître, ce dernier ne put s'empêcher de sourire.

Louis Hérault poussa un soupir de soulagement.

Il avait tout de suite deviné la ruse que son habile et malin conseiller venait de trouver pour éloigner les importuns invités.

Son émoi et son angoisse diminuèrent de moitié.

Il dit au docteur:

— Mon cher Clostermann, je vous l'avoue très franchement, vos paroles m'ont donné le « trac » d'une façon formidable.

Le ministre expliqua rapidement à demi-voix:

— J'avais mélangé au vin servi hier soir à la princesse une dose de mon élixir soporatif capable de la faire dormir de douze à quinze heures. J'avais supposé qu'elle boirait au moins la valeur d'un verre; malheureusement elle n'en a guère pris que la moitié et voilà pourquoi elle a été sur le point de se réveiller plus tôt que je ne pensais.

— Mais, maintenant, croyez-vous que nous ayons encore quelque chose à craindre? demanda Louis Hérault.

— Mon Dieu... répondit Clostermann avec une hésitation qui raviva soudain l'inquiétude de son poltron de souverain, mon Dieu, tout danger pour nous ne sera passé que lorsque ces rapides battements de paupières, que vous pouvez saisir, auront complètement cessé.

Et, en lui-même, il ajouta:

Mais si, par suite de son état d'assoupissement, l'estomac de la princesse vient à ne pas digérer les quelques gouttes de liqueur que je lui ai versées entre les dents, je me demande ce que je pourrai bien faire pour...

Le galop de plusieurs chevaux interrompit son soliloque. C'était le reste des invités qui accouraient sur le lieu de « l'accident ».

Au même instant le grand-duc murmura d'une voix étranglée:

— Dieu!... Clostermann, la princesse ouvre les yeux!...

C'était vrai.

Les longues paupières d'Amélia se relevaient lentement.

Et, pendant l'espace de trois secondes, trois siècles pour Clostermann et le jeune prince Édouard, elle tint ses yeux grands ouverts.

Mais, subitement, ils se refermèrent.

Et les cavaliers qui arrivaient, conduits par le baron de Rosemberg, n'avaient pas eu le temps de descendre de cheval, que l'infortunée princesse s'endormait de nouveau profondément.

Clostermann lança un regard au grand-duc tout pâle et frémissant d'anxiété, et, du bout des lèvres, proféra ce seul mot:

On se dirigea au pas vers le carrefour de la Croix-de-Pierre. (Page 810.)

— Sauvés !...

Le petit chemin se trouva vite encombré d'hommes et de chevaux. Soudain, une voix s'éleva, disant :

— Place, Messieurs ! place, je vous en prie !

C'était le vicomte de Saint-Geniès qui amenait plusieurs garde-chasses portant un matelas et quatres grosses perches.

En un instant, une civière fut improvisée. On y plaça avec précaution la blessée, que l'on disait évanouie, et, au pas, l'on se dirigea vers le carrefour de la Croix-de-Pierre, tout près duquel était situé le pavillon des gardes de la forêt.

En tête du lugubre cortège, marchaient Louis Hérault et le docteur que précédait un seul piqueur conduisant leurs chevaux.

A voix basse et en français, Clostermann dit au grand-duc :

— Pour cette fois, nous sommes sauvés. Mais, je ne vous cache pas, monseigneur, que tant que la princesse Amélia ne sera point enfermée dans quelque lieu sûr, loin de tout être vivant, je ne serai pas tranquille. Il faudrait si peu de choses pour nous perdre.

L'ex-Toto-Mes-Puces répliqua sur le même ton :

— Et moi, mon cher Clostermann, je vous le dis sincèrement, toutes ces émotions par lesquelles je passe depuis trois jours, m'énervent, me troublent, me surexcitent ; et, si semblable situation devait durer longtemps encore, la place de grand-duc finirait par devenir intenable pour moi.

— Un peu d'énergie et un peu plus de patience, monseigneur, murmura le premier ministre. Le voyage que je vous ai conseillé vous fera grand bien : et quand, dans un mois ou six semaines, vous nous reviendrez, j'aurai, je l'espère, si bien mis la princesse dans l'impossibilité de vous nuire et de nous dénoncer, que vous pourrez vivre heureux et tranquille.

— Je le souhaite et le désire... repartit le grand-duc avec une pointe de mélancolie.

Et, baissant un peu plus la voix :

— Oui, je le désire, répéta-t-il, car je crois qu'il ne serait pas difficile de les compter les « jours heureux » que j'ai passés à Kirck-Berghein depuis que vous avez fait de moi le prince Edouard.

— Allons, allons ! ne vous plaignez pas trop, monseigneur. Vous seriez autrement malheureux, si nous vous avions laissé... là-bas !

Louis Hérault n'osa plus dire mot.

Là-bas signifiait le bagne de la Guyane française.

Clostermann avait donc raison : si mal que puisse être un grand-duc s'ennuyant dans son palais, il était encore cent mille fois mieux qu'un forçat obligé de travailler du matin au soir.

Au bout de dix minutes de marche, on arriva à la maisonnette des gardes forestiers.

La grande-duchesse fut couchée sur un lit de camp en attendant la voiture qu'Isidore Brousseau avait envoyé chercher par Wolfgang.

L'hercule s'était rendu au triple galop à Kirck-Berghein, annonçant à haute voix aux agents de police qu'il rencontrait dans les rues, le malheureux accident arrivé à la grande-duchesse.

Aussi, lorsqu'une heure plus tard on ramena au palais grand-ducal la pauvre Amélia, qu'on avait assise dans le coin capitonné du coupé de Son Altesse, et que le docteur Clostermann, placé à sa droite, soutenait avec une respectueuse sollicitude, ce fut entre un double rang de gens attristés que, sans les voir naturellement, elle dut passer.

Chacun commentait le terrible « accident ».

— C'est avant même que la chasse soit commencée que le malheur est arrivé, disaient quelques uns.

— Il paraît, ajoutaient d'autres, que le cheval de la grande-duchesse a fait un brusque écart qui a désarçonné Son Altesse. Elle a été projetée contre le tronc d'un arbre et, sous le choc, elle a eu le haut du front ouvert. On dit la blessure assez grave.

— C'est vrai, mais elle n'est pas mortelle. Seulement, il faudra peut-être bien que Son Altesse garde le lit plusieurs jours.

— La grande-duchesse n'a tout de même pas de chance ; elle est à peine arrivée à Kirck-Berghein que, dès sa première promenade, elle est victime d'un fâcheux accident.

Pendant que la moitié de la ville discourait ainsi, on réintégrait la pauvre princesse dans sa chambre devenue sa prison.

L'Alsacienne, Julia, venait seulement de s'éveiller du sommeil léthargique provoqué par le narcotique qu'elle avait, sans s'en douter, absorbé la veille, lorsque les deux valets Fritz et Wolfgang, précédés de Clostermann, entrèrent dans la chambre et déposèrent tranquillement sur le lit la grande-duchesse endormie.

A la vue de sa maîtresse toute pâle, et surtout à la vue des mouchoirs tachés de sang qui lui couvraient le front et la tête ; en la voyant habillée d'un costume d'amazone, elle poussa deux longues exclamations arrachées, l'une par l'effroi, l'autre par la stupéfaction.

Mais aussitôt, d'un ton rude, Clostermann lui imposa silence.

— Taisez-vous, ma fille ! lui dit-il. Dans sept ou huit heures d'ici, Son Altesse se réveillera ; vous préviendrez alors le valet qui sera dans le boudoir ; mais, jusqu'à ce moment-là tâchez de vous tenir tranquille.

Puis il sortit, laissant la cameriste, anxieuse et abasourdie, veiller seule auprès de sa maîtresse.

Il était un peu plus de sept heures du soir quand Amélia ouvrit les yeux. Elle se sentait lasse, courbaturée, rompue, sans force et sans volonté ; elle était, en un mot, comme anéantie.

Ce fut d'une voix faible qu'elle répondit à l'Alsacienne qui lui demandait ce qu'elle éprouvait :

— Je ne me sens pas bien. Je suis tout étourdie, mes idées se brouillent dans mon cerveau, et puis, l'estomac me fait mal.

— Ma chère maîtresse, depuis quarante-huit heures, vous n'avez presque rien pris. Que voulez-vous que je demande au valet qui nous garde ?

Amélia n'eut pas le temps de répondre. La porte de la chambre s'ouvrit et Fritz parut, apportant le dîner de la cameriste.

Il s'avança de quelques pas en disant à Julia :

— Voici pour vous. J'attendrai que Son Altesse soit réveillée pour lui monter son repas.

— Eh bien, ma maîtresse est réveillée ; hâtez-vous... Non, attendez !

Et revenant vers la princesse :

— Madame, fit doucement la soubrette, dites-moi ce que vous préférez, je commanderai qu'on vous l'apporte ?

— Ce qu'ils voudront, répliqua la prisonnière avec un geste las.

L'Alsacienne se tourna vers Fritz et dit en allemand :

— C'est bien, hâtez-vous !

A peine le vieux valet eut-il disparu, que la princesse, qui venait de s'apercevoir, non sans une vive surprise, qu'elle était vêtue de son costume d'amazone, demanda à Julia Zurminden :

— Que signifie ce travestissement?... Que s'est-il donc passé pendant mon sommeil?...

— Hélas ! je l'ignore, madame la princesse, répondit vivement la femme de chambre.

Et, brièvement, à voix basse, elle dit son étonnement et sa frayeur lorsqu'elle avait constaté, en se réveillant, que le lit de la princesse était vide et n'avait même pas été défait.

Elle dit ensuite sa stupéfaction quand elle avait vu entrer, portée dans un fauteuil par deux valets, sa chère maîtresse qui était vêtue d'un costume qu'elle ne mettait que pour monter à cheval.

A ce moment, la porte de la chambre fut ouverte de nouveau, et le vieux Fritz reparut portant sur un plateau un consommé fumant et un petit échafaudage de superbes biscuits.

En remettant le plateau à la cameriste, il dit :

— Son Excellence le ministre Clostermann va avoir l'honneur de se présenter devant Son Altesse Sérénissime.

— Voilà une visite qui procurera un grand plaisir à ma pauvre maîtresse, grommela la dévouée Alsacienne.

Fritz ne l'entendit pas. Il était allé reprendre dans un coin du boudoir, son poste d'observation.

Un quart d'heure plus tard, le docteur Clostermann, affectant un air grave, impassible, pénétra dans la chambre d'Amélia qu'il trouva assise sur une chaise longue.

Il s'arrêta à quatre ou cinq pas de la jeune femme et, après s'être incliné légèrement, il prononça :

— Votre Altesse daignera se souvenir qu'il avait été convenu qu'elle choisirait elle-même, à Kirck-Berghein une ou deux chambrières ainsi qu'une lingère, dès qu'elle serait installée au palais grand-ducal...

— Eh bien?...

— Eh bien, comme Votre Altesse doit avoir pour la servir au moins deux femmes de chambre, j'ai l'honneur de l'avertir que demain matin, une seconde camériste lui sera donnée.

— Et cette camériste a été choisie par vous, sans doute?

Sans paraître remarquer le ton aussi ironique que méprisant de l'interrogation de la prisonnière, Clostermann répondit gravement :

— Oui, Votre Altesse, par moi. Et j'ose espérer que vous en serez satisfaite.

— Oh ! pour les services que j'accepterai de cette fille !

— Votre Altesse agira comme bon lui semblera... Cette seconde camériste est Française. Comme elle ne devra pas plus sortir de l'appartement de Votre Altesse que mademoiselle Julia, on dressera à celle-ci un lit au fond du cabinet de toilette, et elle cédera sa chambre à la nouvelle venue.

Il ajouta, d'un petit air menaçant, à l'adresse de l'Alsacienne :

— Je tiens à avertir Votre Altesse que, si les deux cameristes ne s'accordaient pas, on en reléguerait une dans une chambre du dernier étage jusqu'à ce que l'on ait statué sur... ce qu'on fera d'elle.

Puis il s'inclina respectueusement.

La princesse ouvrit la bouche pour exiger qu'il expliquât pourquoi on l'avait emportée hors de sa prison après l'avoir affublée d'un costume d'amazone, mais une rapide réflexion l'arrêta.

Et, secouant la tête, elle murmura très bas :

— A quoi bon !...

Puis, tournant brusquement ses regards du côté opposé à celui où se trouvait le docteur Clostermann, Amélia le laissa se retirer sans répondre à son salut.

Lorsqu'il fut sorti, Julia Zurminden dit à voix basse :

— C'est une espionne qu'on placera demain matin auprès de vous, ma chère maîtresse.

— Tu as raison, ma pauvre Julia... Mais, qui sait?

La princesse resta pendant quelques secondes, une minute peut-être, plongée dans ses réflexions, puis, elle reprit rêveuse :

— Oui, qui sait! Si la jeune fille annoncée est Française, si mon malheur lui inspire quelque pitié, si, enfin, c'est la volonté de Dieu, elle nous aidera à reconquérir notre liberté... et je pourrai faire châtier le misérable !

XXIX

MARGOT-LA-BLANCHE ENTRE EN FONCTIONS.

On se rappelle que le vicomte de Saint-Geniès, autrement dit Isidore Brousseau, avait quitté Marguerite Kreymer, qu'il venait d'interroger en tête à tête
dans le cabinet du sous-chef de la Sûreté de Kirck-Berghein, en lui promettant
qu'elle ne coucherait pas au Dépôt central où elle était retenue depuis trente-six
heures.

L'honnête vicomte tint sa promesse.

Dans la soirée de ce jour, après s'être concerté avec le docteur Clostermann,
il avait chargé Fritz, qui allait se rendre à la maison d'arrêt pour y prendre la
Mouchotte, de faire d'abord sortir la belle Margot et de la conduire dans un
bon hôtel en lui recommandant de n'en pas bouger, avant d'avoir reçu la visite
de la personne avec laquelle elle avait eu un assez long entretien.

Et le vieux Fritz s'était convenablement acquitté de sa mission, gardant
pour lui seul les réflexions plus ou moins morales que la vue du charmant
minois et surtout les beaux yeux fripons de la jeune Française fit naître dans
son esprit.

Le lendemain, entre neuf heures et demie et dix heures du matin, le vicomte
de Saint-Geniès, ex-Gontran de Sainte-Gemme, vêtu très simplement d'un
élégant costume bleu foncé et d'un petit chapeau rond, cela sans doute pour
être moins remarqué des passants, se présenta seul à l'hôtel où devait l'attendre Marguerite Kreymer.

Il se fit immédiatement conduire près de la jeune fille.

L'audacieux assassin du baron de Vogler permit à Margot de le remercier de
sa bonté pour elle ; puis, il lui dit avec un mystérieux sourire :

— Ce que j'ai fait pour vous, ma belle enfant, n'est rien en comparaison de
ce que je compte faire encore... si vous le permettez.

— Ah! monsieur !... s'écria la jolie fille.

Elle ne trouva que ces deux mots, mais elle les lança avec une telle vivacité
qu'ils signifiaient, plus clair que le jour, que si jamais une personne avait la
pensée stupide de s'opposer aux fantaisies du généreux vicomte, cette personne
ne s'appellerait sûrement pas Marguerite Kreymer.

— Allons, je vois que nous nous entendrons vite, bien et complètement, déclara l'estimable Isidore Brousseau.

Et, durant un quart d'heure environ, il expliqua à son auditrice attentive, l'objet de sa visite relativement matinale.

Puis, après avoir glissé dans la main de la blonde enfant, un petit rouleau de pièces d'or, il se leva en disant :

— Occupez-vous sans retard de faire tous les achats que je viens de vous indiquer ; et, à la nuit tombante, tenez-vous prête à suivre le domestique qui hier vous a amenée ici... Maintenant, une recommandation expresse : pas un mot à âme qui vive !

— Je serai muette, monsieur ; je vous le jure !

Sur ce serment presque solennel, le vicomte prit congé de Margot.

Un instant après, la compagne de voyage de la Mouchotte sortit à son tour.

Elle prit une voiture de place qui la conduisit dans un grand magasin de nouveautés, où elle fit emplette d'une robe de soie noire très simple et d'une certaine quantité de lingerie fine.

Elle se rendit ensuite dans une bonne maison de parfumerie. Elle fut reçue par un petit homme très chauve, gros, court, rond comme une boule, énergiquement sanglé dans un frac irréprochable et tiré à quatre épingles.

Elle lui demanda aussitôt qu'elle l'aperçut :

— Monsieur, je voudrais que...

Mais elle s'interrompit subitement, car elle avait prononcé ces paroles en français. Elle allait recommencer sa phrase en allemand, quand le petit bonhomme, qui ne lui arrivait pas à l'épaule, lui dit vivement :

— Non, non, parlez votre langue, mademoiselle ; je parle moi-même assez bien le français.

— Alors, monsieur, je voudrais que vous me vendiez quelque pommade, ou autre produit, qui puisse, en peu de temps, me rendre les mains blanches et moins rêches.

Et la jeune fille montrait deux mains vraiment un peu trop rouges.

— Nous avons ce que vous désirez, mademoiselle. Tenez, ajouta le parfumeur en lui offrant un élégant petit pot de porcelaine, voici un produit fabriqué à Paris par l'éminent chimiste Gaucher.

Et, avec une volubilité qui devenait plus grande à mesure qu'il parlait :

— C'est la « Crème Favorite » sans rivale, employée par toutes les dames du monde, du demi-monde et par les artistes... Cette crème, mademoiselle, préparée avec soin d'après des données savantes et raisonnées, n'a rien de commun avec les produits similaires que vendent les maisons de second ordre... Vous n'ignorez pas, mademoiselle, qu'une préparation destinée à l'entretien de la peau doit posséder les qualités suivantes :

Primo. — Ne pas graisser, ne pas laisser de traces huileuses ;

Secondo. — Etre absolument invisible sur la peau ;

Tertio. — Conserver à la peau une fraîcheur naturelle;

Quarto. — Tonifier l'épiderme et modérément l'adoucir;

Quinto. — Prévenir les rides et les taches de rousseur;

Sexto. — Pouvoir être employée chaque jour sans inconvénient; ne pas arrêter les fonctions de la peau... *et cœtera, et cœtera, et cœtera!...* Eh bien, mademoiselle, la Crème Favorite, un produit parisien, je me permets de vous le répéter, possède toutes les qualités précitées... Son emploi est des plus faciles. Pour faire disparaître les gerçures, les rides, les rougeurs, et surtout rendre la peau douce, lisse et blanche, il suffit de l'appliquer en couche assez épaisse, le soir de préférence... Veuillez en essayer, mademoiselle, et dans quinze jours ou trois semaines vous ne reconnaîtrez plus vos mains!...

Le petit bonhomme paraissait si sûr de ce qu'il disait si vite et si bien, que la belle Margot, qui paraissait, elle, quelque peu ahurie par ce flux de paroles, se laissa rapidement convaincre, et quand le parfumeur lui demanda combien elle désirait de pots de Crème Favorite sans rivale, elle répondit bravement:

— Donnez-m'en trois... Il me faudra bien ça!

On lui fit un petit paquet, elle paya sans marchander le prix qu'on lui demanda, et sortit du magasin de parfumerie escortée jusqu'à la porte par le négociant qui semblait tout aussi enchanté que sa jolie cliente.

Margot reprit pédestrement le chemin de son hôtel.

Tout en marchant, elle pensait en elle-même:

— Ma foi! je commence à ne plus trop regretter d'avoir accompagné la Mouchotte; et même, pour peu que les heureuses choses qui m'arrivent, continuent, je finirai par dire que pour moi Kirck-Berghein vaut cinq cent mille fois mieux que Paris, où les amants vous « lâchent » avec une facilité... qui ne devrait point être permise.

Aussitôt rentrée chez elle, Marguerite Kreymer remplaça les vêtements qu'elle portait par ceux que, d'après ses recommandations, le magasin de nouveautés lui avait immédiatement livrés.

La journée s'écoula lentement.

A mesure qu'approchait l'heure où un larbin, qu'elle avait trouvé fort bien stylé, devait la venir prendre en voiture pour la conduire — du moins elle le croyait — chez son aimable et généreux protecteur inconnu, une légère impatience doublée d'un peu d'énervement s'emparait d'elle.

L'unique cause de son énervement était son incertitude au sujet de ce qui allait résulter pour elle de son entrevue avec l'élégant cavalier que le sous-chef de la police avait devant elle appelé « Excellence ».

Isidore Brousseau, qui joignait à la ruse du renard la prudence du serpent, s'était bien gardé de lui apprendre ce qu'on voulait faire d'elle.

Enfin, la nuit tomba peu à peu; puis, elle fut complète.

Soudain, elle entendit heurter à sa porte.

Elle courut ouvrir...

Elle était dans une cour du palais grand-ducal!... (Page 818.)

C'était le vieux Fritz, qui lui demanda si elle avait empaqueté tout ce qui lui appartenait, et, sur sa réponse affirmative, prit le paquet qu'on lui montra, puis, dit doucement :

— Une voiture vous attend, veuillez me suivre.

Elle ne se fit pas prier.

Moins d'un quart d'heure après être sortis de l'hôtel, Fritz ouvrait la portière de la voiture et lui disait ces trois mots :

— Nous sommes arrivés !

Son Altesse Nounouche

103

Elle sauta légèrement à terre et, d'un rapide coup d'œil jeté autour d'elle, examina le lieu où elle se trouvait.

Elle était dans une cour du palais grand-ducal.

— Venez!... fit simplement Fritz en se dirigeant vers un tout petit perron.

Marguerite le suivit en se disant :

— Ce vieux domestique est très correct, richement mis ; il est peut-être riche ; mais, s'il se ruine jamais, ce ne sera toujours pas en paroles.

Le valet de chambre lui fit monter deux étages par un escalier dont les marches étaient recouvertes de moelleux tapis, puis, il lui ouvrit la porte d'un petit salon luxueusement meublé, et, l'ayant fait entrer :

— Veuillez vous asseoir, dit-il ; je vais avertir monseigneur.

Et il la laissa seule.

A peine la portière fut-elle retombée derrière Fritz, qu'elle murmura tout bas :

— Ah ! ça, où suis-je donc ?... J'ai parfaitement entendu le vieux valet prononcer « monseigneur »...

Et, regardant curieusement de tous côtés, elle ajouta, étonnée :

— Non, mais vrai, c'est réellement épatant ici ! Ce n'est sûrement pas plus beau, ni plus riche chez le grand-duc... On m'apprendrait que je suis dans son palais que ça ne me surprendrait pas plus que ça.

Et, de nouveau, elle écarquillait les yeux, regardant à droite et à gauche.

Jamais de sa vie il ne lui était arrivé de pénétrer dans une demeure aussi somptueuse.

Tous les objets qu'elle apercevait provoquaient son admiration.

Soudain, elle sursauta.

Fritz, qu'elle n'avait pas entendu revenir, tant elle était absorbée dans la contemplation des belles choses qui l'entouraient, lui touchait le bras et lui disait :

— Venez! Je vais vous conduire près de monseigneur.

La belle Margot fut sur le point de demander : « Mais, monseigneur qui?... » Seulement, elle hésita et finalement n'osa pas.

D'ailleurs, son guide n'aurait pas eu le temps de la renseigner.

Il venait d'ouvrir une nouvelle porte. Il s'effaça et dit, en soulevant une lourde tenture :

— Entrez!...

Marguerite Kreymer entra, fit trois ou quatre pas dans une pièce splendidement éclairée, puis, subitement, s'arrêta intimidée, interdite.

Elle était dans le cabinet de travail du grand-duc.

Autour d'une table, trois hommes étaient assis. L'un d'eux s'approcha de la jeune Française en disant, le ton bienveillant :

— Allons, allons, nous avons donc peur à présent?

La compagne de voyage de la Mouchotte leva ses grands yeux sur celui qui venait de parler et reconnut son visiteur de la matinée. Elle lui sourit et, son courage étant revenu, elle murmura :

— Oh ! non, monsieur, je n'ai point peur... seulement, je me sens un peu... un peu toute chose.

— Eh bien, pour vous remettre, ma chère enfant, reprit Isidore Brousseau, souriant à son tour, pour vous remettre tout à fait, je vais provoquer chez vous une certaine surprise.

Et, désignant de la main le faux prince Edouard d'abord, puis le docteur Clostermann :

— Voici, ajouta-t-il, Son Altesse Sérénissime le grand-duc de Kirck-Berghein... et Son Excellence le baron Clostermann, premier ministre et conseiller intime de notre gracieux souverain.

Margot-la-Blanche était certes loin d'avoir reçu une instruction et une éducation soignées — on saura un peu plus tard d'où elle sortait — mais elle s'était frottée, à Paris, pendant près de quinze mois à une demi-douzaine de riches étudiants en droit qui lui avaient inculqué un commencement de connaissance des usages du monde, et puis, pour tout dire, la Margot, au fond, n'était pas bête.

Elle eut donc l'idée, ou la présence d'esprit, d'adresser d'une inclinaison de tête un gracieux salut au grand-duc, puis à son premier ministre, lorsque le prétendu de Saint-Geniès les lui nomma.

Louis Hérault, nonchalamment assis dans son fauteuil, le coude appuyé sur le bras de celui-ci et la joue posée sur sa main à demi fermée, détailla longuement du regard la jolie fille qui se tenait droite et immobile au milieu du cabinet.

Puis, se penchant un peu du côté de Clostermann, qui lui aussi semblait prendre plaisir à regarder l'étudiante parisienne en rupture de brasserie, il lui dit à mi-voix :

— Une ravissante créature, n'est-ce pas ?

— En effet, monseigneur... un teint superbe, des yeux plus superbes encore, et toute jeune, vingt ans peut-être.

Et pour être renseigné tout de suite, le docteur, élevant la voix, demanda à Marguerite Kreymer :

— Quel âge avez-vous, mademoiselle ?

— Bientôt dix-neuf ans, monsieur.

En souriant, le grand-duc lui demanda à son tour :

— Vous vous nommez Marguerite, je crois ?

— Oui, monseigneur ; mais on ne m'appelle guère que Margot.

— Et bien, mademoiselle Marguerite ou Margot, veuillez me permettre de vous dire en toute franchise qu'on a rarement amené en ma présence une jeune personne aussi charmante que vous.

La belle fille rougit au compliment.

Puis, pendant une ou deux secondes, elle fut terriblement perplexe, se demandant ce qui était préférable : ou de baisser pudiquement les yeux sous ceux du prince Édouard, ou, tout au contraire, de le remercier de ses flatteuses paroles par le plus doux regard qu'elle pourrait faire sortir de sa prunelle.

Ce fut pour ce dernier parti qu'elle se décida. Remercier, n'était-ce pas après tout se montrer poli?

Elle remercia donc sans plus tarder; et comme l'on sait déjà que la belle Margot avait de beaux yeux quelque peu fripons, on peut donc être persuadé que, pour être muet, son « merci » n'en fut pas moins des plus expressifs et des mieux adressés.

Ce qui fit dire mentalement au pseudo-prince Édouard :

— Charmante et très dégourdie, cette petite!

A haute voix, et en souriant, il dit à la compagne de voyage de la vieille Mouchotte :

— Notre ambassadeur auprès de vous, le vicomte de Saint-Geniès, ici présent, a dû vous assurer ce matin qu'il ne tenait qu'à vous de faire se changer en une bienheureuse réalité votre beau rêve qui est, nous le savons, de trouver une fortune dans notre bonne et coquette ville de Kirck-Berghein?

— Oui, monseigneur, j'ai assuré cela à cette belle enfant, fit l'ex-chef des *Pianokobuws*.

Il ajouta, avec un accent de complète conviction :

— Et j'ose affirmer à monseigneur qu'elle est toute prête à lui rendre service et à exécuter fidèlement tout ce qu'il plaira à Votre Altesse de lui ordonner.

Le grand-duc demanda avec un bienveillant sourire :

— Est-ce vrai, mademoiselle Margot?

— Mais oui, monseigneur, répondit celle-ci sans la moindre hésitation.

Louis Hérault se tourna alors vers le docteur Clostermann.

Et, comme s'il sollicitait son acquiescement :

— Puisqu'il en est ainsi, dit-il, nous pouvons, je crois, expliquer à cette charmante jeune fille ce que nous attendons de son intelligence, de son adresse et de son habileté.

— Je pense comme Votre Altesse, répliqua Clostermann en souriant.

Et, s'adressant à la compagne de la Mouchotte :

— Mademoiselle Margot, lui demanda-t-il, une place de sept cent cinquante francs par mois, soit vingt-cinq francs par jour, vous irait-elle?

— Ah! comme un gant, monsieur le ministre!...

La vivacité de cette réponse fit plaisir à Clostermann, qui, sans en avoir l'air, observait attentivement son interlocutrice.

Or, il venait de voir briller dans les yeux profonds de l'ex-servante de brasserie, une vive lueur de convoitise; il se dit donc :

— Bon! cette belle fille aime l'argent, nous pourrons faire d'elle tout ce que nous voudrons, en la payant bien.

Et, à haute voix, il reprit :

— Bien, très bien, ma chère enfant. Nous allons donc vous placer en qualité de... demoiselle de compagnie auprès de Son Altesse la grande-duchesse de Kirck-Berghein. Vos fonctions consisteront à... regarder autour de vous, à causer un peu, oh! très peu, mais en revanche, à écouter beaucoup.

— Tout ça, c'est bien facile, dit Marguerite Kreymer en riant doucement, peut-être pour montrer ses dents qui étaient toutes petites et bien rangées.

Clostermann poursuivit avec une certaine bonhomie :

— Sans doute, sans doute; mais, je ne vous ai pas tout dit. La grande-duchesse de Kirch-Berghein est, je ne dirai pas folle, mais enfin, elle est atteinte d'un dérangement cérébral qui nous oblige à la tenir enfermée chez elle et à la faire surveiller nuit et jour...

D'un ton qui décelait une légère inquiétude, inquiétude assez naturelle d'ailleurs, Marguerite demanda vivement :

— Madame la grande-duchesse n'est pas *mauvaise* au moins?

— Oh! du tout, du tout! répéta Clostermann. C'est bien la plus douce créature qui soit au monde... Et puis, vous ne serez pas seule auprès d'elle.

— Ah! elle a déjà...

— Une femme de chambre, qui, justement, est de votre pays.

— C'est une Française? s'écria Margot.

— Oui, une Française, une Alsacienne, repartit Clostermann.

Et, secouant la tête d'un petit air mécontent :

— Malheureusement, continua-t-il, nous n'avons pas une confiance absolue en cette camériste. Aussi, il vous faudra la surveiller presque avec autant de soin que la grande-duchesse Amélia, et nous tenir au courant de tous ses faits et gestes... Cela vous agrée-t-il?

— Mais, parfaitement, monsieur, répondit Marguerite Kreymer qui pensait en elle-même que, pour vingt-cinq francs par jour, elle pouvait bien épier, tromper, trahir même un peu deux femmes qui lui étaient étrangères.

Combien de centaines d'individus qui, pour la même somme, font journellement plus de mal qu'elle n'en ferait, se moquant de leurs semblables, leur mentant, les trompant... ces derniers ne demandant que ça, du reste!

Clostermann reprit :

— Demain matin, je vous présenterai moi-même à la grande-duchesse. On va vous accompagner à votre chambre, c'est-à-dire à celle que vous occuperez cette nuit. Soyez prête à me suivre dès huit heures du matin! Avant de vous conduire près de Son Altesse, j'aurai quelques recommandations assez importantes à vous faire.

En prononçant ces mots, le ministre allongea le bras dans la direction d'un bouton électrique et y appuya doucement l'index.

La porte du cabinet de Louis Hérault s'ouvrit sans bruit et Fritz parut.

Le docteur Clostermann lui ordonna aussitôt :

— Conduisez cette jeune fille à la chambre qu'on a dû lui préparer et assurez-vous qu'il ne lui manquera rien.

Et en souriant à la future espionne, il ajouta :

— Allez, mademoiselle Margot, allez vous reposer et faites des rêves d'or... Cette fois vous pouvez espérer qu'ils se réaliseront bientôt...

— Merci, monsieur le ministre, dit Margot en saluant gentiment.

— Bien... à demain, ma chère enfant.

La jolie fille salua le faux prince Edouard, puis le prétendu vicomte de Saint-Geniès ou de Sainte-Gemme et sortit derrière le vieux Fritz.

Un quart d'heure plus tard, elle se déshabillait et glissait son beau corps aux formes jeunes et fermes entre deux draps blancs, puis fermait les yeux et suivant le doux conseil de l'honnête Clostermann, s'endormit en rêvant qu'elle était devenue millionnaire.

Quant à la Mouchotte, elle l'avait déjà oubliée.

Il était à peine jour lorsque Margot-la-Blanche se réveilla.

Elle commença par retirer les gants qu'elle avait enfilés au moment de se mettre au lit, après avoir eu soin d'enduire ses mains d'une couche copieuse de sa crème sans rivale. Et soit illusion, soit que la chose fût réelle, il lui sembla que sa peau, depuis le poignet jusqu'à l'extrémité des doigts, était déjà moins rouge et beaucoup plus lisse.

A six heures, elle se leva, procéda longuement à sa toilette, s'habilla, se regarda une dernière fois dans la psyché, puis, satisfaite d'elle-même, alla se planter devant une fenêtre de la chambre et attendit.

Il était à ce moment tout près de huit heures.

On frappa trois petits coups à sa porte. Elle s'empressa d'ouvrir.

Au lieu du premier ministre qu'elle s'attendait à voir, ce fut le vieux Fritz qui lui montra son visage, lequel, on le sait, n'était pas des plus agréables à regarder. Néanmoins il fut le bienvenu.

Il apportait, en effet, à la future cameriste, une tasse de succulent chocolat et la blanche Margot était gourmande comme une jolie chatte ; c'était là, du reste, son moindre défaut.

Fritz lui dit, en pénétrant dans la chambre :

— Voici votre déjeuner... Dans un quart d'heure, Son Exellence le docteur Clostermann viendra vous rejoindre.

Effectivement, une quinzaine de minutes après, l'assassin du véritable prince Edouard entrait dans la chambre.

Il referma lui-même soigneusement la porte, prit un siège, commanda à la

jeune Marguerite de s'asseoir en face de lui et, durant un assez long moment,
parla à voix basse.

Lorsqu'il eut achevé, il demanda :

— Vous m'avez bien compris, ma chère enfant?

— Oui, monsieur le ministre, répondit Margot.

— Très bien !... Et maintenant, suivez-moi, fit Clostermann en se levant :
je vais vous conduire près de notre pauvre grande-duchesse.

Ils sortirent tous deux de la chambre, descendirent au deuxième étage,
enfilèrent un vaste corridor et arrivèrent bientôt à la porte des appartements
particuliers de la princesse Amélia.

Cette dernière était levée lorsque Clostermann, après s'être fait annoncer,
entra et dit en désignant Margot :

— J'amène à Votre Altesse la jeune fille dont j'ai eu l'honneur de lui parler
hier.,. Son nom est Marguerite; elle comprend et parle l'allemand.

La prisonnière ne répliqua rien aux paroles du ministre.

Elle se contenta de jeter un froid regard sur la nouvelle venue.

L'impression que produisit Margot lui fut assez favorable. Il est vrai que
la rusée enfant, avec ses yeux baissés, avait un petit air modeste; puis sa
figure ovale, dont son costume noir faisait ressortir la blancheur incomparable, était très avenante; de plus, Amélia, qui était bonne, généreuse et
franche, était un peu trop portée à juger les autres d'après elle-même, ce qui
dans sa situation était un tort.

Bref, la princesse fut tout étonnée de voir que celle que ses ennemis
plaçaient auprès d'elle pour épier ses actes, rapporter ses paroles, ne lui
inspirait pas de l'antipathie, et au fond de son cœur elle s'en réjouit.

Clostermann, après avoir à dessein sans doute prévenu la grande-duchesse
que sa nouvelle servante comprenait l'allemand, se tourna vers Julia Zurminden et lui dit simplement :

— Vous voudrez bien montrer sa chambre à mademoiselle Marguerite.

Il s'inclina ensuite devant la princesse et se retira.

La belle Margot, quelque peu embarrassée de sa gracieuse personne, demeurait immobile au milieu de la pièce, qu'éclairait la lumière d'une haute
lampe.

Amélia devina son embarras; pour y mettre fin, elle dit à sa dévouée
compagne de captivité :

— Faites, Julia, ce que vous a dit Clostermann.

Et à sa nouvelle cameriste :

— Allez, mademoiselle, ajouta-t-elle d'une voix très douce.

Marguerite Kraymer suivit l'Alsacienne qui lui fit traverser le cabinet de
toilette et en lui ouvrant une seconde porte :

— Cette chambre était la mienne... elle sera la vôtre. Je déménagerai
mes effets tout à l'heure.

Julia avait prononcé ces paroles d'un petit ton sec qui indiquait sans aucune dissimulation les sentiments, rien moins que bienveillants, qu'elle nourrissait pour l'espionne du faux grand-duc.

Mais Margot ne parut point s'en apercevoir; elle avait reçu, entre autres instructions de Clostermann, celle d'essayer d'amadouer l'ancienne cameriste de la grande-duchesse.

En pénétrant dans la chambre qui se trouvait plongée dans une quasi-obscurité, car tous les volets étaient fermés et cadenassés, elle murmura avec un accent de la plus parfaite surprise :

— Ah! mon Dieu, comme il fait nuit ici!

— Dame! grommela l'Alsacienne, le grand jour et encore moins le soleil n'ont pas l'habitude d'entrer dans une prison!

— Comment, dans une prison?

— Parfaitement; pas besoin de faire l'étonnée... Vous savez bien ce qui se passe ici, s'écria la cameriste.

Marguerite la regarda une seconde, bouche bée, puis elle dit :

— Non, là, bien vrai, je ne vous comprends pas.

Julia haussa les épaules.

L'ex-servante de brasserie reprit tranquillement :

— Expliquez-moi, mademoiselle Julia, pourquoi vous appelez cette chambre une prison?

L'Alsacienne lui montra les cadenas bouclant les fenêtres.

— Vous voyez ça? fit-elle brusquement.

— Oui... Eh bien?

— Eh bien, toutes les portes et fenêtres, ici, sont fermées comme cela; ce qui démontre surabondamment que la princesse Amélia, ma chère maîtresse, est prisonnière... Ne vous l'a-t-on pas dit?

Marguerite Kreymer répondit avec un accent de sincérité qui, cette fois, n'était pas feinte :

— Je vous assure bien que non... On m'a seulement dit qu'on était obligé de tenir Son Altesse la grande-duchesse enfermée chez elle parce qu'elle était folle... oh! une folie douce! acheva-t-elle vivement à la vue du geste de stupéfaction de l'Alsacienne.

Julia se mit à rire assez haut, tout en retournant, suivie de Margot, dans la chambre de la prisonnière.

Un peu étonnée de cet accès d'hilarité, que rien dans leur triste situation ne paraissait motiver, Amélia demanda à sa cameriste:

— Eh bien, qu'as-tu donc pour rire ainsi?

— Je ris, madame, répliqua aussitôt Julia, parceque le docteur Clostermann et ... *l'autre* veulent vous faire passer pour folle.

La princesse murmura avec tristesse:

Tandis que Julia lui tressait ses beaux cheveux la malheureuse princesse dit doucement. (Page 832.)

— Oh! ma bonne amie, je m'attendais bien à ce qu'ils feraient tôt ou tard courir le bruit de ma soi-disant folie.

Un assez long silence succéda à ces paroles.

La tête légèrement inclinée sur sa poitrine, Amélia restait comme plongée dans une grave méditation.

Elle réfléchissait et se disait que, puisqu'elle avait résolu de tenter d'apitoyer la servante qu'on lui imposait, ou, si elle échouait, de l'acheter et de s'en faire une alliée en lui offrant une somme importante, elle devait, sans

SON ALTESSE NOUNOUCHE.   104

attendre davantage, sonder les sentiments de la nouvelle venue et se décider ensuite pour l'un ou l'autre moyen.

— Dès ce soir, je questionnerai cette jeune fille, fit-elle mentalement.

La journée s'écoula sans incident. La princesse parla peu; elle lut la plus grande partie de l'après-midi; Julia, pour ne point la troubler, parla moins encore, ce qui fit dire *in petto* à la belle Margot qu'elle n'aurait vraiment pas beaucoup de mal pour répéter à Clostermann ce qu'elle avait entendu.

Lorsque les deux cameristes eurent dîné, sans avoir échangé au plus quatre paroles, Amélia invita Margot à s'asseoir non loin d'elle et, d'un ton à la fois très doux et attristé, elle lui dit:

— Voulez-vous, mademoiselle Marguerite, que nous causions un peu?

— Volontiers : je suis entièrement aux ordres de Votre Altesse, répondit l'espionne de Clostermann.

Et elle accompagna son acquiescement d'une respectueuse inclinaison de son buste admirable de formes.

La princesse Amélia reprit avec un mélancolique sourire :

— On vous a dit que j'étais folle; vous le croyez sans doute... Mais j'espère que vous ne serez pas longue à vous convaincre vous-même que l'on vous a indignement trompée.

Marguerite leva deux grands yeux étonnés sur la prisonnière.

Elle avait toujours cru qu'il ne pouvait sortir de la bouche d'une personne dont l'esprit se trouvait dérangé que des choses extravagantes, des phrases dénuées de sens.

Et les paroles prononcées par la grande-duchesse ne lui paraissaient ni absurdes ni extravagantes.

A l'étonnement éprouvé par l'ex-étudiante parisienne se mêlait aussi un peu d'émotion; oh! une très légère émotion; mais enfin, elle existait.

Si la belle Margot ne pouvait prétendre au prix Montyon, car il eût été difficile de la citer comme un modèle de sagesse et de vertu, elle n'avait cependant point l'âme entièrement corrompue; elle n'aurait jamais fait le mal pour le simple plaisir de le faire.

Aussi, les paroles pleines d'exquise douceur de la pauvre Amélia, et surtout la poignante mélancolie dont elles étaient empreintes, avaient-elles mis dans le cœur de Marguerite Kreymer un « quelque chose » qui ressemblait fort à un brin d'attendrissement.

Après un silence de cinq ou six secondes, la princesse demanda à la jeune fille attentive :

— Avez-vous encore votre père et votre mère?

— J'ai encore ma mère, que je n'ai pas revue depuis trois ans... depuis qu'elle s'est remariée avec un tisserand de notre village.

— Et votre village s'appelle?

— Bas-Evette, dans l'arrondissement de Belfort.

— Vous êtes, dans ce cas, fit la prisonnière avec un doux sourire, la compatriote de ma dévouée Julia.

L'Alsacienne, qui était assise dans un coin de la chambre, adressa à sa maîtresse un regard qui semblait dire :

— Je n'en suis guère flattée !

Margot crut devoir déclarer tout le contraire.

Elle dit sur un ton fort aimable :

— Mademoiselle Julia est de mon pays?... Vrai, cela me fait plaisir.

— Pas à moi ! murmura Julia, mais si bas que ni la princesse ni Margot ne l'entendirent.

Amélia reprit doucement :

— Votre langage, qui n'est point celui d'une petite paysanne, la coupe de votre costume, la façon de vous coiffer, tout cela témoigne que vous avez dû servir dans quelque château de votre pays ou, peut-être, dans une bonne maison de Paris ou de toute autre grande ville.

— En effet, madame, répliqua Marguerite.

Et comme le docteur Clostermann ne lui avait pas défendu de raconter ses petites affaires, elle ajouta sans se faire prier :

— J'ai commencé par être ouvrière dans une filature de mon village ; mais comme le métier de dévideuse ne m'allait que tout juste, que j'avais seize ans et ne gagnais presque rien, et puis aussi, comme je ne m'entendais pas très bien avec mon beau-père, je n'ai fait ni une ni deux quand on m'a offert une place de bonne d'enfants chez M. le percepteur de Belfort : j'ai accepté tout de suite.

— Vous êtes restée longtemps à Belfort?

— Oh ! non... mais je dois dire à Votre Altesse...

Ici, Amélia interrompit doucement la jeune fille.

— Appelez-moi simplement « madame », observa-t-elle.

— Bien, madame, répondit Margot.

Puis elle reprit son explication interrompue.

— Je disais à madame que je n'étais restée que très peu de temps à Belfort ; et cela, parce que la femme du percepteur était si exigeante qu'elle ne pouvait conserver aucune bonne. J'étais à son service depuis trois mois lorsque j'ai trouvé une autre place chez des gens riches, qui passaient tout l'été dans leur propriété des environs de Belfort, puis retournaient demeurer à Paris aussitôt qu'approchaient les vilains jours.

— Ce sont ces personnes riches qui vous ont conduite à Paris ?

— Oui, madame.

Tout ce que Marguerite Kreymer avait raconté jusque-là était à quelques petits détails près, l'expression exacte de la vérité. Mais lorsque, poursuivant son récit, elle dit qu'elle avait quitté, au bout d'une année, ceux qui l'avaient amenée à Paris pour entrer chez un grand avocat, alors là, elle altérait, elle faisait même plus qu'altérer la vérité, elle mentait effrontément ; mais elle avait ses raisons.

Elle ne pouvait pas dire que le « grand avocat » était simplement un aimable étudiant en droit qui, l'ayant rencontrée certain soir au bal Bullier, le rendez-vous de la jeunesse turbulente et joyeuse, et ayant remarqué combien elle était jolie, lui avait généreusement proposé de partager avec lui la vaste et belle chambre qu'il occupait dans un hôtel situé à deux pas du jardin du Luxembourg.

Et sans pruderie, sans fausse honte, la charmante Margot avait accepté la proposition de son galant tentateur, lequel s'était empressé d'ajouter qu'avec le logement il y aurait la table, point trop mauvaise, l'entretien et quelques agréables bagatelles.

Il avait même gaîment affirmé qu'elle trouverait chez lui le vrai bonheur et il avait fait un petit jeu de mots permis dans le lieu où ils discouraient.

— Acceptez vite, ma belle enfant, avait-il dit ; et je vous assure que vous serez heureuse comme une « cocotte » en pâte !

Sur quoi, Margot avait accepté son bras.

Après son étudiant en droit, qui ne fut certainement pas son premier amant, la belle Margot en connut d'autres.

Puis elle eut la toquade de se mettre servante dans une de ces coquettes brasseries, si nombreuses au Quartier des Écoles, où les fonctions de l'aimable « servante » consistent à faire servir par les garçons de l'établissement la consommation que désire le client ainsi que le verre de liqueur ou le bock qu'elle a su se faire offrir par ledit client, qui ne peut sincèrement pas refuser à la demande qu'une petite bouche a formulée ainsi :

— Que m'offres-tu aujourd'hui, mon petit chien ? ou mon joli chou ?

Le lecteur indulgent reconnaîtra donc que la belle Margot ne pouvait pas avouer décemment à la grande-duchesse cette dernière partie de sa vie, qui était sinon la plus heureuse, du moins la plus accidentée.

Quand elle eut terminé son récit qu'elle abrégea le plus possible, la princesse Amélia lui demanda :

— Depuis combien de temps êtes-vous à Kirck-Berghein ?

— Depuis sept jours, madame.

— Ah !... une semaine seulement ! fit Amélia un peu surprise.

— Oui, madame, pas plus.

— Qui donc vous a amenée dans cette ville ?

— Une vieille femme, une aveugle.

— Vous dites une aveugle ?

— Oui, madame ; si elle ne l'est pas complètement, elle est néanmoins dans l'impossibilité de se diriger toute seule.

D'une voix un peu anxieuse, Amélia dit avec une légère hésitation :

— Et... elle se nomme ?

— Son véritable nom, je l'ignore, répondit Marguerite Kreymer ; je ne l'ai jamais entendu appeler autrement que la Mouchotte.

— Ah ! la Mouchotte !... répéta vivement la princesse.

— Oui, madame, affirma l'ex-étudiante qui se méprit sur le sens de l'exclamation de la prisonnière.

Il y eut une pause silencieuse de quelques secondes.

Puis, avec une gravité pénétrante, Amélia prononça :

— Ecoutez-moi bien, mademoiselle Marguerite, puisque vous connaissez cette horrible femme nommée la Mouchotte, puisque vous avez consenti à lui servir de guide jusqu'à Kirck-Berghein, vous devez naturellement savoir le but de son voyage ; elle n'a pu moins faire que de vous le dire.

Margot secoua la tête.

Clostermann lui avait fait la leçon et indiqué ce qui lui était permis et même ordonné de dire, et ce qu'elle ne devait pas avouer.

Aussi, ce fut sans l'ombre d'une hésitation qu'elle répondit :

— Hélas ! madame, c'est ce qui vous trompe ; la Mouchotte ne m'a rien dit.

— Rien donné à comprendre non plus ?

— Non, madame. Elle avait promis de m'apprendre un grand secret lorsque nous serions à Kirck-Berghein.

— Mais alors ?... murmura Amélia.

— Mais elle n'avait pas précisé à quel moment elle parlerait ; et comme nous avons été toutes deux arrêtées quarante-huit heures après notre arrivée dans cette ville, elle n'a pas eu le temps de tenir sa promesse.

— Vous me dites bien la vérité ?

— Oui, madame... la vraie vérité, assura Margot.

On voit qu'elle savait fort bien mentir.

Il se fit un nouveau silence de quelque durée.

La princesse Amélia était retombée dans sa grave méditation.

Soudain, relevant sa tête fine, elle dit tout à coup, comme si elle venait de prendre une détermination subite :

— Julia ?...

— Madame la princesse... fit la cameriste qui sursauta, car elle aussi se trouvait à ce moment plongée dans une profonde rêverie.

Amélia lui indiqua de la main la porte du boudoir restée entr'ouverte et lui ordonna à demi-voix :

— Voyez donc, je vous prie, quel est le geôlier qui nous garde ?

L'Alsacienne se leva, marcha vers la porte qu'elle ouvrit toute grande et d'un coup d'œil rapide fouilla l'élégante pièce dans laquelle la princesse n'avait mis les pieds qu'une seule et unique fois : le jour de son entrée au palais grand-ducal.

Julia revint vers sa maîtresse en disant tout bas :

— C'est le vilain Fritz, madame.

— Bien ! répliqua l'infortunée prisonnière, ce valet ne connaît que l'allemand ; donc, en continuant à nous exprimer en français, il nous entendra parler, mais il ne pourra pas nous comprendre.

Et, se tournant vers Margot assise à quatre pas d'elle :

— Mademoiselle Marguerite, reprit-elle, ce que je vais vous dire est bien grave ; la décision que vous prendrez après m'avoir entendue aura pour toutes les deux des conséquences inappréciables... Heureuses pour vous comme pour moi, si mon malheur vous touche et vous fait accepter mes offres... Funestes pour vous et pour moi si vous refusez de me sauver.

Et avec une pénétrante gravité :

— Oui, je dis que si vous refusez de me venir en aide, les conséquences de votre refus seront funestes pour moi, parce qu'il me faudra souffrir sans doute bien longtemps encore avant de pouvoir recouvrer ma liberté. Je dis aussi qu'elles seront funestes pour vous parce que vous deviendrez la complice d'une bande de misérables et que le châtiment qui les frappera un jour vous atteindra avec eux.

En entendant ces paroles, la belle Margot sentit un léger frisson courir entre ses épaules.

Très doucement, Amélia poursuivit :

— Vous êtes certainement prévenue contre moi... Vous conviendrez néanmoins que pour une pauvre folle, je ne déraisonne pas trop.

Marguerite avoua ingénument :

— C'est vrai, madame la princesse.

Cette dernière esquissa un triste et pâle sourire, puis redevenant aussitôt très grave, elle reprit :

— Que je sois atteinte d'aliénation d'esprit ou que cela ne soit pas, vous pouvez vous rendre compte par vous-même que je suis ici réellement prisonnière... Voyez ces volets fermés et cadenassés... écoutez les pas du geôlier qui arpente la pièce voisine !...

On entendait, en effet, le bruit sourd des pas de Fritz qui allait et venait sur le tapis du boudoir.

— Eh bien, continua Amélia d'une voix un peu plus forte et légèrement vibrante, je suis sûre que si vous songez un instant à la cruelle existence que sera la mienne si je dois vivre enfermée ainsi, vous aurez pitié de moi, car vous êtes trop jeune pour que votre cœur soit déjà endurci au point d'être inaccessible à un bon sentiment.

Margot demeura muette, mais il était assez facile de voir qu'elle éprouvait quelque chose. Maintenant était-ce un commencement de pitié, ou simplement un peu d'ennui ? la princesse ne put le deviner.

Elle reprit du même ton :

— Mon seul désir, mon enfant, est de sortir de ce palais pour retourner habiter votre beau pays de France où se trouvent les quelques amis que je possède encore... Si mes amis connaissaient mon infortune, ils viendraient me délivrer.. Mademoiselle Marguerite voulez-vous m'aider à leur faire parvenir une lettre, un billet, un simple mot même?... Je puis vous récompenser généreusement, car je suis riche. Aidez-moi à sortir de cette demeure maudite et j'assure votre avenir.

Margot eut un brusque mouvement : elle dressa l'oreille.

Amélia ajouta vivement :

— Je m'engage à vous remettre, aussitôt libre, la somme de vingt mille francs que s'empressera de m'avancer le premier banquier à qui je m'adresserai...

La même lueur de convoitise, qui avait déjà passé au fond des regards de Margot en présence de Clostermann et du grand-duc lui promettant une fortune, illumina de nouveau ses yeux sombres.

La prisonnière dit encore :

— Ces vingt mille francs que je vous promets ne seront que le premier témoignage de ma reconnaissance ; pour payer la dette que j'aurai contractée envers vous, je vous garderai auprès de moi autant qu'il vous plaira de vivre dans ma maison. Rien ne vous manquera, vous serez pour moi une compagne, une jeune amie même...

Puis, après une pause silencieuse, elle acheva par ces mots :

— Marguerite, acceptez-vous?...

L'embarras de la jolie fille était extrême, comme bien l'on pense.

Que souhaitait-elle en effet?

Une grosse somme d'argent, la plus grosse possible, afin de pouvoir vivre, sinon dans le luxe, du moins dans une confortable aisance.

Or, la princesse lui offrait d'un seul coup vingt mille francs et une place où elle pourrait bien vivre et ne rien faire.

Mais, d'un autre côté, le ministre Clostermann lui avait promis vingt-cinq francs par jour et, de plus, lui avait confirmé les paroles du vicomte de Saint-Geniès qui lui avait dit que si elle savait se montrer adroite et intelligente, sa fortune était faite.

Intérieurement elle se disait :

— Que répondre à la grande-duchesse?... Si je refuse brusquement, je vais la mécontenter, et l'on m'a justement bien recommandé d'éviter ça. Si j'accepte et que la chose arrive aux oreilles du ministre, ça me fera avoir des histoires et je perdrai peut-être plus que je ne gagnerai.

Et cette muette exclamation partit soudain de son cœur :

— Ah! si je savais seulement qui me donnera le plus!...

La princesse Amélia devina sans doute le combat qui se livrait en elle, car elle lui dit avec douceur :

— Vous êtes indécise, ma pauvre enfant ; vous ne savez quel parti embrasser... Eh bien, voulez-vous que je vous accorde trois ou quatre jours pour réfléchir et vous décider?

— Oui, madame, oui, je veux bien ! se hâta de répondre Marguerite qui pensait que de cette manière elle gagnerait toujours du temps.

Elle fit ensuite cette observation assez juste :

— Et puis, madame, je ne vois pas trop comment je pourrai vous rendre service puisque je ne peux pas, moi non plus, quitter ce palais.

— Oh ! on vous permettra bien d'en sortir de temps à autre, ne serait-ce que quelques heures pour vous promener... Mais nous recauserons de cela dans quatre ou cinq jours, quand vous me ferez part, ma chère enfant, de la décision que vous aurez prise.

A ce moment, la pendule sonna dix heures.

La princesse reprit, s'adressant aux deux chambrières :

— Il est tard, Julia va m'aider à me déshabiller et vous irez vous reposer. Vous pouvez même, Marguerite, vous aller mettre au lit tout de suite.

En disant cela, la prisonnière quittait son fauteuil, puis se dirigeant vers le fond de la chambre.

L'ex-étudiante parisienne usa de la permission qui lui était donnée ; elle salua respectueusement celle que Louis Hérault aurait tant voulu appeler « Son Altesse Nounouche » et se retira, après avoir souhaité le bonsoir à l'Alsacienne.

Celle-ci lui répondit un « bonsoir, mademoiselle », assez sec, puis alluma une veilleuse, éteignit la lampe colonne et se mit en devoir de faire la toilette de nuit de sa maîtresse.

Tandis que Julia lui tressait en longues nattes ses beaux cheveux blonds, la malheureuse princesse dit doucement :

— Je crois, ma chère Julia, que tu te résoudras difficilement à faire bon visage à ta compatriote.

— Ça, c'est plus que certain, madame.

— Cependant, elle ne me semble point être méchante...

Julia répliqua avec une certaine vivacité :

— Pas méchante ! pas méchante !... Je ne suis pas de l'opinion de madame... madame est trop bonne vraiment et pense que tout le monde est comme elle... Moi, je crois, au contraire, que cette jeune Française cache son jeu pour mieux vous tromper !

— Mais qu'est-ce qui peut te faire supposer cela ?

— Pour vous le dire au juste, ma chère maîtresse, je serais assez embarrassée. Seulement, j'ai bien observé cette nouvelle venue ; or, pendant un moment elle paraît toute modeste, et un instant après elle a l'air effronté. Aussi, malgré sa figure gentille et assez aimable, elle ne m'inspire point confiance.

La conversation s'arrêta là.

La princesse Amélia se coucha. Julia Zurminden se retira dans le cabinet de toilette devenu sa chambre et se mit au lit.

A quelques pas de lui, se trouvait le docteur Clostermann, debout... (Page 838.)

Vers dix heures et demie, le docteur Clostermann vint remplacer Fritz qui lui dit à voix basse :

— Avant de céder la place à Son Excellence, j'aurais quelque chose à lui communiquer.

— Parlez, mon ami, fit le ministre également tout bas.

— Eh bien, voilà : Son Altesse la grande-duchesse a conversé toute la soirée avec sa nouvelle femme de chambre.

— Ah!... Et naturellement vous les avez écoutées?

Son Altesse Nounouche.   105

— Oui, Excellence... Son Altesse parlait en français ; je n'ai donc pu comprendre que ces trois mots : « vingt mille francs » ; car je sais que ça représente près de six mille thalers, une forte somme ; et voilà pourquoi j'ai pensé qu'il était utile d'avertir Son Excellence.

— Vous avez très bien fait, mon brave Fritz. Maintenant, allez dormir ; moi, je vais veiller ici une partie de la nuit.

Le vieux valet s'inclina et sortit, tandis que Clostermann s'installait, un livre à la main, près d'une petite lampe dans un coin du boudoir.

La nuit s'écoula pour tout le monde dans une tranquillité parfaite.

Vers neuf heures du matin, en apportant le petit déjeuner de la princesse et de ses deux cameristes, Fritz dit à Marguerite Kreymer :

— Veuillez, je vous prie, m'accompagner.

La blanche Margot suivit le domestique qui la conduisit auprès du docteur Clostermann, lequel, après lui avoir désigné un siège, lui demanda, souriant :

— La journée d'hier ne vous a-t-elle pas paru un peu longue ?

— Mais non, pas trop, monsieur le ministre, déclara franchement la compagne de voyage de la Mouchotte.

— Mademoiselle Julia a-t-elle été un peu aimable avec vous ?

Margot eut une petite moue.

— Euh !... *couci-couça !* répondit-elle.

Clostermann répéta, en riant, doucement :

— Ah ! c'est *couci-couça* ?

— Mon Dieu, oui... Je ne peux pas dire qu'elle s'est montrée très aimable, mais elle ne m'a rien dit de désagréable... Elle ne m'a d'ailleurs que fort peu causé.

— Je sais, en effet, que mademoiselle Julia n'est pas précisément une personne loquace, fit le ministre d'un air enjoué.

— Oh ! non !

— Sous ce rapport, elle ne ressemble guère à la grande-duchesse qui aime au contraire à parler beaucoup, n'est-ce pas ?

Voyant que son interlocutrice, qui était en train de se demander où voulait en venir Clostermann, ne répliquait pas sur-le-champ à son insinuation, celui-ci ajouta d'un ton plus grave :

— Est-ce que par hasard la grande-duchesse de Kirck-Berghein ne vous aurait pas adressé la parole ?

— Tout au contraire, madame la princesse m'a causé longuement.

— J'en étais presque certain, fit le ministre de Louis Hérault.

Et reprenant son petit air de bonhomie :

— Voyons, ma chère enfant, reprit-il, dans tout ce que vous a raconté Son Altesse, n'y a-t-il rien qui puisse m'intéresser... quelque chose se rapportant à monseigneur le grand-duc ?... Que sais-je moi !

Une pensée traversa le cerveau de la jeune Margot.

En elle-même, elle murmura :

— Le vieux Fritz doit avoir rapporté au ministre tout ce que la grande-duchesse m'a dit hier soir. On croit qu'il ne comprend pas le français, mais on se trompe sûrement.

Margot, après cette rapide réflexion, n'osa pas cacher à Clostermann l'offre avantageuse pour elle qui lui avait été faite par la princesse Amélia.

Elle lui raconta donc brièvement toute la conversation qu'elle avait eue avec la prisonnière.

L'air souriant du premier ministre avait disparu, son visage était même devenu singulièrement grave.

Il dit à Marguerite, qui l'observait quelque peu inquiète.

— La grande-duchesse aurait fort bien pu, pendant qu'elle était en train, vous offrir tout de suite cinquante mille francs... Elle serait fort embarrassée pour vous en remettre seulement dix mille. Où les trouverait-elle?... A présent, écoutez-moi bien. Si, comme vous nous l'avez promis, vous nous servez fidèlement, vous recevrez, je ne dirai pas cinquante mille francs, je me contenterai de vous en offrir vingt-cinq mille, mais au moins vous les recevrez.

La jolie Margot calcula que c'était déjà cinq mille francs de plus que le chiffre fixé pour la récompense de la princesse Amélia. Elle se hâta donc d'assurer à Clostermann qu'elle était et resterait sa servante fidèle et sûre, et qu'elle le tiendrait au courant des projets de la grande-duchesse, de la pauvre mais bien douce folle.

En la congédiant, Clostermann lui dit :

— Chaque soir, vers dix heures et demie, Fritz, que vous connaissez, ouvrira sans bruit la porte de votre chambre donnant sur le corridor de service. Vous sortirez et viendrez me répéter ce que vous aurez appris.

Margot retourna rapidement auprès de la prisonnière.

Julia Zurminden lui dit aussitôt qu'elle trouverait son déjeuner sur la table du cabinet de toilette.

Bien que n'éprouvant qu'une médiocre sympathie pour sa compatriote, l'Alsacienne, curieuse comme une fille d'Eve, suivit Marguerite dans le cabinet et, d'un ton moitié bourru, moitié aimable :

— C'est sûrement le gros Clostermann et le grand-duc qui vous ont fait demander? dit-elle assez vite.

— C'est le grand-duc.

— Pour savoir tout ce que fait ma chère maîtresse?

— Oui ; mais je ne lui ai pas appris grand'chose.

— Vraiment?... murmura Julia d'un air fort incrédule.

— Vous ne me croyez pas?

— Mais si !... mais si !... Et d'ailleurs, ce que vous faites ne me regarde pas.

Et quittant brusquement sa collègue, Julia passa dans la chambre de la princesse.

Elle s'approcha vivement de celle-ci et, avec une sollicitude respectueuse :

— Ma chère maîtresse, fit-elle à voix basse, laissez-moi vous le redire : j'ai de moins en moins confiance en cette demoiselle Marguerite. Si vous lui dites vos projets, vous verrez, madame, qu'elle vous trahira.

L'Alsacienne ne se trompait pas.

Quatre jours plus tard, la princesse Amélia demanda à Margot :

— Avez-vous pensé, mademoiselle Marguerite, à la proposition que je vous ai faite il y a aujourd'hui cinq jours ?

— Oui, madame.

— Et quelle détermination avez-vous prise ?

— Mon Dieu, madame, je suis toute disposée à vous rendre service ; mais je ne vous cache pas que ce sera difficile ; on m'a prévenue que lorsque, soit pour une course, soit pour me promener, je sortirais du palais, on me ferait accompagner par un valet de pied.

— Vous a-t-on défendu d'écrire ?

— Non, madame.

— Eh bien, vous pourriez et sans vous cacher, dès votre première sortie, jeter à la poste une lettre dont l'adresse serait celle de votre mère. Une seconde missive, portant la suscription d'une autre personne, serait enfermée dans la vôtre.

— Et c'est ma mère qui serait chargée de la faire parvenir ?

— Oui, mon enfant, dit doucement la prisonnière.

— La chose est peut être possible, murmura Marguerite.

La princesse ajouta gravement :

— Et pour que vous ne soyez pas obligée de mentir dans le cas où l'on vous demanderait si dans votre lettre il n'y a pas un billet écrit par moi, c'est ma bonne Julia qui tracera les quelques lignes qu'elle adressera à son frère et que votre mère, j'ose l'espérer, ma chère enfant, ne refusera pas de déposer au bureau de poste de Bas-Evette. Elle n'aura pas besoin d'affranchir, donc aucune dépense pour elle.

— Oh ! ma mère ne peut pas refuser, affirma Margot.

— Eh bien, reprit Amélia, préparez votre lettre dès maintenant ; Julia a dans sa chambre tout ce qu'il faut pour écrire.

Et s'adressant à l'Alsacienne :

— Donne à ta compatriote du papier et une plume. Tu écriras ton billet après elle. Tout étant prêt d'avance, nous ne serons pas prises au dépourvu s'il arrivait qu'on envoyât demain mademoiselle Marguerite faire quelque course hors du Palais.

La fidèle cameriste obéit. Elle retourna dans le cabinet de toilette devenu

sa chambre, et posa sur une table du papier blanc, des enveloppes, une plume
et un petit encrier en disant :

— Voilà, mademoiselle. Quand vous aurez terminé, vous m'appellerez.

Puis elle laissa Margot s'installer devant l'écritoire.

L'ex-servante de brasserie ne mit pas longtemps pour griffonner une
douzaine de lignes gentiment émaillées d'un pareil nombre de fautes d'orthographe... Dame ! chacun écrit comme il sait ! pensa-t-elle tout en priant
simplement sa mère de vouloir bien jeter à la poste la lettre qui accompagnait
la sienne.

Puis s'appliquant de son mieux, elle traça lentement sur une enveloppe et
d'une grosse écriture, l'adresse de Mme Kreymer, qui, depuis qu'elle était
remariée, s'appelait Mme Voiriot.

Cela fait, la belle Margot ne put s'empêcher de sourire en se disant à elle-
même :

— Si cette lettre parvient jamais entre les mains de ma mère ou de mon
beau-père, je veux bien que le loup me croque !

Elle se leva ensuite, marcha jusqu'à la porte de la chambre de la princesse
Amélia, écarta la lourde tenture et prononça à mi-voix :

— Ma lettre est faite, *mam'zelle* Julia !

— Bien ! répliqua cette dernière.

Et tout bas à sa maîtresse :

— Alors, madame, je n'écris pas autre chose que les quinze à vingt mots
que vous m'avez indiqués ?

— Pas autre chose, ma bonne Julia. Ton frère, étant prévenu par monsieur
de Crozant, se hâtera de lui faire parvenir ton billet. Aie soin de te servir
d'un très petit morceau de papier... de la dimension d'une carte de visite, ce
sera suffisant. Moins la lettre de mademoiselle Marguerite sera volumineuse
et lourde, moins on soupçonnera qu'elle contient un deuxième écrit.

L'Alsacienne alla prendre la place que venait d'abandonner sa collègue
Margot, découpa dans une feuille de papier à lettre un petit rectangle et traça
assez rapidement les lignes suivantes, terriblement explicites malgré leur
laconisme :

« Mon bien cher Frédéric,

« *Que monsieur le marquis de Crozant accourre sans tarder ; ma pauvre
maîtresse se meurt lentement.*

« Ta sœur Julia »

Elle souligna d'un trait léger sa courte phrase, écrivit sur une petite
enveloppe la suscription et porta son billet à la princesse Amélia, qui le lut
d'un regard et dit tout bas :

— Merci, ma bonne amie... Que cet appel désespéré arrive sous les yeux du marquis de Crozant et nous le verrons aussitôt accourir pour nous délivrer toutes les deux et... pour m'aider à faire justice! ajouta-t-elle mentalement.

Puis elle glissa le papier dans l'enveloppe et la cacheta elle-même.

Ah! comme la prisonnière de Louis Hérault, grand-duc de Kirck-Berghein, se serait au contraire vite empressée de déchirer et de détruire le minuscule billet, si quelque puissance mystérieuse avait pu lui faire entrevoir les nouveaux malheurs dont il devait être la principale cause, dans un avenir, hélas! fort peu éloigné!

XXX

OU LE PRINCE EDOUARD EST PENSIF, CLOSTERMANN PERPLEXE, ISIDORE BROUSSEAU PERPLEXE ET PENSIF.

Treize jours s'étaient écoulés depuis la nuit terrible et néfaste où la jeune princesse Amélia Bolstoï avait reconnu, avec l'épouvante que l'on sait, dans l'homme devenu son maître et seigneur, le misérable Louis Hérault, l'ancien chef de la bande des *Mouch'-moi-donc!*

Il pouvait être cinq heures de l'après-midi.

Bien qu'il ne fût pas très tard, il faisait presque nuit dans l'intérieur du palais grand-ducal. Il est vrai qu'on entrait dans la seconde quinzaine du mois d'octobre et que, ce jour-là, d'immenses nuages noirs venus du sud versaient une pluie diluvienne, véritable cataracte, sur la coquette ville de Kirck-Berghein, dont les habitants pestaient et rageaient à qui mieux mieux, mais n'avaient garde de mettre le nez dehors.

Dans un petit salon de l'appartement du prince Edouard, deux de nos personnages se tenaient silencieux et immobiles, telles deux statues, à peine visibles dans une demi-obscurité.

L'un était Louis Hérault, enfoui dans un large fauteuil, les yeux perdus dans le vague.

Il semblait profondément plongé dans de sombres pensées.

A quelques pas de lui, se trouvait le docteur Clostermann, debout derrière les hautes glaces d'une fenêtre et regardant machinalement la place du Palais transformée en marécage.

Il y avait dans l'expression de son visage, presque aussi sombre que le ciel, une sorte d'inquiétude vague, pas très fortement marquée sans doute, mais cependant assez visible.

Soudain, les deux hommes tressaillirent en même temps.

Trois petits coups secs retentissaient derrière la portière, qui s'écartait presque aussitôt pour laisser apercevoir la silhouette du vieux Fritz.

Clostermann s'était brusquement retourné.

Le grand-duc releva la tête et demanda vivement:

— Qu'y a-t-il, Fritz?

— Son Excellence le baron de Rosemberg arrive à l'instant et prie Votre Altesse de lui accorder quelques minutes pour changer de vêtements, car tel qu'il s'amène il n'est point présentable.

— C'est bien... Avant de vous retirer, donnez-nous de la lumière, fit le faux prince Édouard.

Le vieux valet de chambre obéit, puis il sortit.

Clostermann vint s'asseoir tout près du grand-duc auquel il dit tout en s'installant dans un fauteuil :

— Une fois la princesse Amélia enfermée dans la maison de campagne du baron de Rosemberg, je commencerai à respirer.

— Je pourrai dire comme vous, lorsque la chose sera faite, murmura le grand-duc; mais avant que ma femme soit conduite là-bas, à Nessenthald, que d'ennuis encore, mon cher Clostermann!

Celui-ci répliqua vivement :

— Dans trois jours, quatre au plus, vos ennuis seront finis, monseigneur ; tandis que les miens dureront jusqu'au moment où j'aurai mis la grande-duchesse à l'abri de toutes les recherches que le marquis de Crozant pourra entreprendre... s'il en entreprend jamais !

— Moi, j'ai bien peur que si !... déclara Louis Hérault. Les deux lignes écrites par la cámériste Julia, et que son frère se serait empressé de faire parvenir au marquis si vous ne les aviez interceptées, me prouvent que monsieur de Crozant, dont les préventions qu'il avait contre moi ne se sont pas complètement dissipées, a dû avoir à Saint-Pétersbourg quelque entretien particulier avec la princesse Amélia, à laquelle il a peut-être prédit que la nouvelle union qu'elle était sur le point de contracter ne serait pas heureuse.

Et, comme se parlant à lui-même, il ajouta l'air pensif :

— Le motif qui poussait le marquis de Crozant à me surveiller, à m'épier — car je suis certain qu'il me faisait surveiller autant et peut-être plus que vous l'étiez vous-même avec de Saint-Geniès — eh bien, le motif qui poussait le marquis à agir ainsi la veille de mon mariage avec la princesse Amélia, je l'ai deviné : il cherchait une dernière fois à découvrir quelque chose qui aurait pu lui donner la certitude que les présomptions qu'il avait, il y a un an, et dont il a cru devoir faire part à feu le grand-duc Othon, étaient fondées.

Et fixant son regard sur le visage soucieux du docteur Clostermann, Louis Hérault acheva très bas :

— Croyez ce que je vous dis là : le marquis de Crozant garde et gardera toute sa vie le soupçon que le prince Edouard de Kirck-Berghein n'a pas toujours été prince et qu'il ne s'est pas toujours appelé Edouard.

— Je ne vous contredirai pas, monseigneur. Mais oublions momentanément le marquis; s'il devenait dangereux, nous possédons ce qu'il nous faut pour l'attirer dans un lieu d'où il ne reviendrait pas.

Comme le ministre prononçait ces mots, la porte du petit salon s'ouvrit, la tenture se souleva et le baron de Rosemberg entra, souriant.

Le grand-duc se leva et lui tendant la main :

— Mon cher baron, fit-il, je vois à votre air quasi-joyeux que vous êtes satisfait de votre petit voyage au hameau de Nessenthald.

Rosemberg répondit :

— On ne peut plus satisfait, monseigneur. En moins de quarante-huit heures, tout ce que je suis allé faire là-bas a été terminé.

— Votre maison de campagne sera-t-elle bientôt en état de recevoir la grande-duchesse? demanda Clostermann.

— Dès demain, elle sera prête. Lorsque ce matin, vers dix heures, j'ai quitté mon habitation de plaisance pour me rendre à la station du chemin de fer qui est située à une bonne lieue de ma propriété, les ouvriers que j'ai fait venir de la ville voisine achevaient de fixer les barreaux de fer, et des barreaux solides, je vous assure, qui doivent protéger les six fenêtres du rez-de-chaussée contre toute tentative d'escalade et d'invasion que voudraient faire des voleurs... C'est cette raison-là que j'ai donnée aux ouvriers serruriers, ainsi qu'au gardien de ma propriété.

— Vous nous assurez de nouveau, dit tout bas Clostermann, que, s'il prenait fantaisie à deux personnes enfermées dans le rez-de-chaussée de votre habitation, de crier très fort, on ne les entendrait pas ?

— Hier, il eût été possible d'entendre leurs cris en longeant le côté gauche de la propriété; aujourd'hui, ça ne se peut plus. Je me suis rendu acquéreur de l'immense prairie, large de cent mètres, qui touche de ce côté le mur de mon clos. Quand cette prairie aura été fermée par une haute palissade... ce qui sera l'affaire de quatre jours, les flâneurs ou les importuns seront forcés de se tenir à plus de cent cinquante mètres du pavillon qui se trouve, je vous l'ai dit, au centre de ma propriété, entièrement entourée de murs très élevés.

— C'est bien, mon cher baron, fit Clostermann. Dans cinq ou six jours, nous conduirons à votre maisonnette de Nessenthald les hôtes qui doivent l'habiter pendant un temps qui sera plus ou moins long... Tout dépendra des événements.

Nous allons, si vous le voulez bien, abandonner le grand-duc et ses deux complices et nous passerons dans le boudoir de la pauvre Amélia où, depuis une heure au moins, Isidore Brousseau, dit *de Sainte-Gemme*, dit *de Saint-Geniès*, etc, était de faction.

— Si je me trouvais en face du misérable Louis Hérault je ne pourrais contenir mon indignation!...
(Page 844.)

A dire vrai, le vicomte ne semblait pas remplir avec une attention excessive sa mission de confiance.

Au lieu de surveiller ce qui pouvait se passer dans la chambre de la prisonnière, il se tenait à demi renversé dans un fauteuil, à la fois pensif, rêveur et surtout perplexe. Le large pli qui se creusait entre ses deux sourcils accusait l'importance des idées qui roulaient dans son cerveau.

Intérieurement, il se disait :

— Ami Isidore, ce que tu vas faire est bien « rosse » tout de même... Allons, avoue donc franchement que tu as peur du machiavélique Clostermann. Si le désir de se défaire de toi lui venait, en deux temps et trois mouvements ton compte serait réglé!... Bast! nous verrons plus tard! Pour l'instant, occupons-nous de ce que nous avons décidé de faire.

En disant cela, il se levait, puis se dirigeait vers la porte de la chambre de la prisonnière et l'ouvrait à demi. N'apercevant que cette dernière qui lisait, assise près de la lampe monumentale, il entra vivement.

A sa vue, Amélia eut un brusque mouvement; tout en continuant à s'avancer, Isidore posa un doigt sur ses lèvres et, quand il fut près de son siège, s'inclina, en prononçant vite et très bas:

— Ne craignez rien, madame; c'est un ami qui vient à vous.... Mais ce que j'ai à vous dire ne doit pas être entendu par... l'espionne de Clostermann. Elle lui répéterait mes paroles et je serais perdu sans aucune utilité pour vous.... Priez donc votre camériste, la vraie, d'occuper l'autre dans sa chambre durant cinq minutes. Je guette du boudoir le signe que vous ferez pour me rappeler.

Et, aussi doucement qu'il était entré, Isidore Brousseau sortit de la chambre, et, se postant près de la porte entre-bâillée, attendit sans bouger.

La pauvre princesse Amélia l'avait écouté d'abord avec un étonnement inquiet, puis son étonnement s'était promptement changé en une réelle stupéfaction.

Et maintenant que le soi-disant secrétaire du grand-duc avait disparu dans le boudoir, elle restait tout interdite, semblant se demander si elle n'avait pas rêvé.

Elle pensait:

— Est-ce que véritablement le vicomte de Saint-Geniès s'est approché de moi?... Est-ce qu'il m'a réellement parlé?

Son regard se tourna vers la porte du boudoir demeurée entre-bâillée.

Elle distingua vaguement une forme humaine, immobile derrière la porte. Alors elle se dit, toute frémissante:

— O mon Dieu! cet homme voudrait-il me délivrer?... Aurait-il la généreuse bonté de me prendre en pitié?... Il est sans doute moins coupable, moins criminel que ceux dont il s'est fait le serviteur... et il veut peut-être séparer sa cause de la leur... Ah! s'il faisait cela, s'il venait à mon aide, quelle immense reconnaissance je lui aurais!

Ces réflexions, qui amenèrent dans ses beaux yeux sombres une vive lueur d'espoir, l'infortunée grande-duchesse les fit en moins de temps que nous n'en mettons à les écrire.

Puis, quittant vivement son siège, elle marcha jusqu'à la porte faisant communiquer sa chambre avec le cabinet de toilette et d'une voix tremblante elle appela deux fois:

— Julia!... Julia!...

L'Alsacienne accourut aussitôt et demanda :

— Qu'y a-t-il, ma chère maîtresse ?

Amélia, qui était revenue vers le milieu de la pièce, lui fit signe de s'approcher. Elle lui dit ensuite tout bas :

— Monsieur le vicomte de Saint-Geniès a une communication secrète à me faire.

— Ah ! le secrétaire de...

— Oui, continua rapidement la prisonnière... Or, il ne voudrait pas que mademoiselle Marguerite l'entendît. Trouve donc une occupation quelconque qui la retienne dans ta chambre ou dans la sienne durant une dizaine de minutes.

— Ce ne sera pas bien difficile, répondit la fidèle cameriste. Je vais lui montrer les divers cadeaux que madame m'a faits.

— C'est cela ! Va vite, ma bonne Julia.

L'Alsacienne disparut dans le cabinet de toilette, après avoir eu la précaution de laisser retomber la lourde portière derrière elle.

La princesse se dirigea alors vers le boudoir.

D'un geste rapide, elle ouvrit la porte restée entre-bâillée.

Isidore Brousseau, debout et immobile, attendait qu'elle l'appelât.

Elle lui dit à demi-voix :

— Venez, monsieur ; je suis seule, et, en parlant bas, nulle personne ne pourra vous entendre.

Sainte-Gemme ou Saint-Geniès regarda d'abord autour de lui. Il vit l'entrée du cabinet de toilette masquée par la draperie ; il fit de la tête un geste qui semblait signifier : c'est très bien !

Puis il se retourna, allongea le bras vers la porte du boudoir et l'ouvrit entièrement en murmurant :

— Comme cela, si quelqu'un entre dans ce petit salon, je l'entendrai et j'aurai le temps de m'éloigner pour ne pas être surpris m'entretenant secrètement avec vous, madame la princesse.

Isidore Brousseau prononça ces derniers mots en s'avançant vers Amélia qui venait de s'asseoir, intriguée et émue aussi, car les précautions que prenait le vicomte lui faisaient pressentir que ce qu'il allait lui apprendre ne pouvait être que quelque chose d'heureux pour elle.

De la main, elle lui désigna un fauteuil.

Le vicomte de Saint-Geniès s'inclina respectueusement, mais préféra demeurer debout à deux pas de la jeune femme.

A voix basse, il commença tout de suite :

— Madame la princesse, le temps me manque pour vous expliquer le ou plutôt les mobiles qui me portent à agir comme je le fais ; je vous les dirai plus tard...

Ici, l'ex-chef des *Pianakotaws* jeta un rapide coup d'œil derrière lui.

S'étant ainsi assuré une dernière fois qu'on ne pouvait pas l'entendre, il reprit très vivement :

— J'ose espérer, madame la princesse, que pour vous soustraire à la douloureuse situation qui vous est faite, que pour mettre un terme à une détention... arbitraire...

— Dites criminelle ! interrompit brusquement la prisonnière.

Isidore Brousseau inclina la tête en signe d'acquiescement.

Ensuite il poursuivit rapidement et à demi-voix :

— Je disais donc que, pour mettre un terme à une détention arbitraire autant que criminelle, j'ose espérer que vous voudrez bien accepter un secours d'où qu'il vienne ?

— Oh ! oui !... s'exclama tout bas la grande-duchesse.

— Bien !... Alors, madame la princesse, vous êtes prête à faire tout ce que je vais vous indiquer, si désagréable que ça vous paraisse ?

— Oui... c'est-à-dire, se reprit Amélia devenant soudain méfiante, c'est-à-dire que je tiendrais à savoir, avant de vous rien promettre, si ce que vou savez à me proposer peut être accepté par moi...

— Vous le pouvez, madame la princesse.

— Parlez, je vous écoute, monsieur, répliqua Amélia.

— Il vous faudra, pendant une journée à peu près entière, vous retrouver en face du grand-duc de Kir...

D'un geste brusque, la prisonnière lui coupa la parole.

Puis une flamme dans le regard, elle déclara assez haut :

— Je ne veux plus rien avoir de commun avec cet homme... D'ailleurs, je le voudrais que je ne le pourrais pas...

— De grâce ! parlez plus bas, madame ! fit vivement le vicomte en étendant la main du côté du cabinet de toilette.

La princesse reprit à demi-voix :

— Ce que vous me proposez est impossible... Si je me retrouvais en présence du misérable Louis Hérault, du forçat évadé, je ne pourrais contenir mon indignation et je lui jetterais à la face tous les crimes qu'il a commis ou fait commettre.

A mesure que la jeune femme proférait ces paroles avec une certaine véhémence, la physionomie si mobile d'Isidore Brousseau prenait une expression soucieuse d'abord, puis réellement navrée.

Il murmura d'une voix grave :

— Hélas ! j'ai le regret de vous le dire, madame la princesse, si vous n'avez pas la force de volonté de maîtriser vos sentiments pendant quelques heures, jamais, non jamais, croyez-le bien, vous ne parviendrez à échapper au triste sort qui vous attend.

— Vous supposez cela, monsieur le vicomte ?

— J'en suis sûr, trop sûr même !

— Pourtant, il me reste des amis... Qui vous dit qu'ils m'abandonneront?...
Pourquoi ne viendraient-ils pas à mon secours ?

Isidore répliqua par cette question :

— Conservez-vous donc l'espoir qu'ils auront un jour connaissance de votre
détresse ?

La prisonnière, ne voulant pas dire au secrétaire particulier du grand-duc
qu'elle comptait, en effet, que, grâce à la généreuse connivence de la belle
Margot, le marquis de Crozant connaîtrait bientôt sa triste situation, répondit
simplement :

— Oui, monsieur, j'ai cet espoir !

Le vicomte murmura comme à regret :

— D'un mot, madame la princesse, je vais malheureusement vous enlever
l'espérance que vous gardez dans votre cœur... Mais je vois qu'il le faut !

Et il ajouta plus vite :

— Les deux lignes signées du nom de votre caménisté Julia, et que vous
aviez enfermées dans le billet écrit par Marguerite Kreymer, sont entre les mains
du docteur Clostermann.

— Oh ! la trompeuse fille ! laissa échapper la pauvre Amélia avec plus de
tristesse que d'indignation.

Isidore Brousseau se hâta de revenir à la charge.

Il reprit d'une voix grave, persuasive :

— Croyez-moi, madame la princesse, n'hésitez pas à saisir l'occasion qui se
présente, et qui ne se renouvellera probablement jamais, de pouvoir reconquérir
votre liberté. Vous en auriez trop grand regret.

— Oui... peut-être ! soupira l'infortunée prisonnière.

Si bas qu'elle eût murmuré ces paroles, le vicomte de Saint-Geniès les
entendit.

Il poursuivit rapidement :

— Pour lutter contre Clostermann... je ne parle pas du grand-duc, il ne
compte pas, lui ! ... pour lutter contre Clostermann, le seul qui soit dangereux,
il vous faudra employer la ruse.

Amélia le regarda d'un air étonné.

— La ruse? répéta-t-elle. Je ne comprends pas !

— Oui, madame la princesse, c'est par la ruse, par la dissimulation, et...
pardonnez-moi cette affirmation... et nul mieux que la femme ne sait adroitement dissimuler... c'est donc en dissimulant que vous arriverez à vous tirer
des griffes de ce démon qui a nom Clostermann.

— Vous avez raison, cet homme doit être sorti des enfers... C'est lui qui
a certainement dirigé tous les fils de l'audacieuse et infâme substitution du
forçat Louis Hérault au malheureux prince Édouard.

— Vous ne vous trompez pas, madame la princesse... Mais les instants
s'écoulent, on peut venir, permettez que j'achève rapidement.

— Je vous écoute.

— Ce soir ou demain, car le temps presse, le docteur Clostermann viendra pour la dernière fois vous proposer un arrangement, une transaction...

— Au nom de son maître ?

— Oui, de son maître... qui ne l'est guère, et pour cause ! s'écria le faux vicomte de Saint-Geniès avec un étrange sourire.

Parlant un peu plus lentement, il reprit :

— Voici en quoi consiste la transaction : Vous vivrez pendant cinq ou six mois, seule avec votre femme de chambre, dans une petite maison de campagne mise à votre disposition par le baron de Rosemberg...

— Un autre misérable, celui-là !

L'ex-chef des *Pianakotaws* n'eut point l'air d'avoir entendu ou compris l'interruption, il se hâta de continuer :

— Au bout de ce laps de temps, on annoncera officiellement que, pour cause d'incompatibilité de caractères, le grand-duc de Kirch-Berghein et la grande-duchesse Amélia viennent de consentir à une séparation amiable en attendant qu'un divorce puisse rendre à tous deux leur liberté pleine et entière.

La princesse répliqua d'une voix qui vibrait malgré elle :

— Si j'acceptais une semblable transaction, monsieur le vicomte, cela équivaudrait à prendre l'engagement de renoncer à dévoiler l'ignominie de Louis Hérault, de renoncer à demander à la justice le châtiment de ce misérable usurpateur et de ses complices.

Isidore Brousseau fit vivement :

— Non, madame la princesse, non du tout, vous ne serez pas obligée de renoncer à vos projets... que j'approuve, que je seconderai même si vous voulez bien m'aider à me mettre à l'abri de la curiosité des juges qui ne me lâcheraient peut-être pas s'ils me tenaient en leur pouvoir...

Les sourcils légèrement froncés, Amélia dit :

— Veuillez vous expliquer, monsieur.

— Écoutez bien, madame la princesse... En répondant au docteur Clostermann, qui ne peut naturellement pas se douter que je vous ai prévenue, en répondant, dis-je, que vous consentez à aller habiter tout autre lieu que le palais grand-ducal, mais que vous vous réservez de lui faire connaître ultérieurement votre détermination définitive au sujet de votre divorce, vous calmez ses craintes, vous lui laissez supposer que vous finirez très probablement par accepter la transaction proposée au nom du grand-duc..., vous faites, en un mot, ce que nous appelons de l'adroite politique...

Amélia murmura gravement :

— Ce qui signifie que je cherche à tromper.

— Non, madame, non !... Vous usez de ruses ; il y a une nuance ! dit le casuiste vicomte en souriant.

Après une très courte pause, il reprit :

— Mais ce n'est pas tout. Quelles que soient les précautions que pourra prendre Clostermann pour vous empêcher, au cours du voyage, de remettre une lettre ou un billet à quelque personnage de votre suite, la chose vous sera sans doute possible; d'autant plus qu'à moitié chemin du village de Nessenthald... c'est ainsi que se nomme le pays où vous devrez vous retirer... le cortège s'arrêtera au château du comte de Kunrick pour y déjeuner...

La princesse interrompit le vicomte.

— Pardon, monsieur de Saint-Geniès, fit-elle. Avant d'aller plus loin, veuillez bien répondre à deux questions.

— A vos ordres, madame la princesse! dit Isidore en s'inclinant.

Amélia lui demanda :

— Le voyage dont vous me parlez est arrêté, déjà annoncé peut-être?

— Oui, madame. Il aura lieu dans cinq ou six jours, au plus tard.

— Si je refuse de quitter le palais grand-ducal pour m'en aller à... à Nessen...?

— Nessenthald... Vingt-trois lieues de Kirck-Berghein.

— Eh bien, si je refuse de m'y rendre, le voyage se fera-t-il tout de même?

— Oui, madame la princesse; car je dois vous dire que Clostermann ne désespère pas de vous voir entrer en composition.

— Ah! vraiment?

— J'ajouterai que, soit qu'il vous plaise de rester enfermée ici, soit que vous consentiez à aller à Nessenthald, vous n'en serez pas moins censée être en voyage avec le grand-duc. De cette manière, Clostermann peut vous garder prisonnière sans qu'on s'en doute seulement.

— Mais, si je vais habiter la maison de campagne du baron de Rosemberg, je n'aurai fait que changer de prison.

— Il est plus que certain, madame la princesse, que vous y serez gardée à vue... Mais vous n'y demeurerez que juste le temps qu'il faudra à monsieur le marquis de Crozant pour vous délivrer.

— Qui donc l'avertira?

— Moi-même, ou plutôt une lettre anonyme qui lui annoncera votre malheur, madame.

— Quoi! vous feriez cela? dit Amélia dont la voix tremblait légèrement, décelant ainsi l'émotion qu'elle éprouvait en cet instant.

Isidore Brousseau répondit d'un ton bas et grave :

— Je le ferai et sans aucun danger pour moi. Le grand-duc et Clostermann ne devineront pas tout de suite que c'est par moi que le marquis de Crozant a eu connaissance de l'endroit où vous êtes retenue captive. Et si je suis ici quand les choses commenceront à se gâter, je m'arrangerai pour filer sans tambour ni trompette et je laisserai le malin Clostermann se débrouiller tout seul.

Il ajouta plus rapidement :

— Si vous restez enfermée à Kirck-Berghein, je ne peux pas écrire à vos amis sans qu'on me soupçonne dès l'arrivée de ces derniers. Si, au contraire, vous allez à Nessenthald, outre que monsieur de Crozant n'éprouvera pour ainsi dire pas de difficultés pour vous délivrer, on ne songera à me soupçonner... on ne fera même plus que me soupçonner... que lorsqu'on aura constaté ma subite disparition. Mais je serai loin !

Et, l'accent persuasif, il acheva :

— Je vous en prie, madame la princesse, réfléchissez bien avant de répondre par un refus formel aux offres d'accommodement que doit vous faire le docteur Clostermann...

Et la saluant avec respect :

— Je me retire, madame, en me permettant de vous conseiller de ne pas laisser deviner à votre camériste Marguerite Kreymer que vous connaissez sa trahison... Méfiez-vous de son petit air patelin.

Isidore Brousseau fit deux pas vers le boudoir.

Amélia l'arrêta en lui disant :

— Encore un mot, monsieur de Saint-Geniès.

— Parlez, madame la princesse.

— Peut-être me déciderai-je, malgré ma répugnance, à me retrouver en présence de Louis Hérault...

— Six ou sept heures désagréables seront bien vite passées, madame. D'ailleurs, exigez de Clostermann que le grand-duc prenne place dans une voiture qui suivra ou précédera la vôtre.

La princesse reprit sa phrase coupée par l'interruption rapide du pseudo-vicomte de Saint-Geniès.

— Peut-être me déciderai-je à suivre votre conseil et à me rendre au village de Nessenthald... Votre intention est d'aider à ma délivrance en écrivant au marquis de Crozant.

— Oui, madame ; c'est, hélas ! tout ce que je peux faire.

— Si vous voulez que votre lettre parvienne sûrement à monsieur de Crozant, adressez-la au frère de ma camériste Julia.

— Entendu ! dit vivement Isidore Brousseau. Je connais l'adresse de monsieur Frédéric Zurminden.

— Alors, c'est bien. Il ne me reste plus qu'une promesse à vous faire. Une fois libre, monsieur de Saint-Geniès, *je me souviendrai !*

Isidore Brousseau s'inclina une deuxième fois et sortit précipitamment de la chambre de là malheureuse prisonnière dans l'âme de laquelle il venait de mettre un doux rayon d'espoir.

Il s'écria d'un ton joyeux : « Ah! que d'eau!... que d'eau!... » (Page 856.)

Ce ne fut que quelques instants avant de passer dans la salle à manger du grand-duc Édouard qu'Isidore Brousseau rejoignit Louis Hérault et ses complices Rosemberg et Clostermann.

Celui-ci disait à ce moment :

— Ce qui me préoccupe le plus, monseigneur, c'est votre départ ou plutôt le départ de la princesse Amélia.

Louis Hérault murmura, l'air pensif :

— Moi, je ne le vous cache pas, je préférerais qu'on enlevât secrètement la grande-duchesse préalablement endormie et qu'on profitât de la nuit pour la transporter à Nessenthald, car, si court que soit le trajet du palais à la gare, j'ai peur qu'elle ne provoque quelque esclandre, quelque formidable scandale qui nous perdra tous.

Clostermann se hâta de répliquer, en affectant une assurance qui n'était pas aussi complète qu'il voulait le faire croire :

— Ce n'est pas cela que je crains, monseigneur. Je suis, au contraire, persuadé que, si la grande-duchesse accepte la transaction que je compte lui soumettre dès ce soir, elle saura rester calme et n'essaiera nullement de causer du scandale.

— Qu'est-ce qui vous rend soucieux, alors ? demanda à voix basse le faux prince Édouard.

— C'est l'arrivée, vraiment inopportune, de l'aide de camp de Sa Majesté la Tsarine.

En entendant ces paroles, le vicomte de Saint-Geniès ne put réprimer un brusque mouvement de surprise.

— Comment ! s'écria-t-il, un aide de camp de Sa Majesté l'impératrice de Russie est arrivé à Kirck-Berghein ?

— Oui, mon cher Saint-Geniès, répondit le premier ministre. Il y a une demi-heure à peine, le comte Andréi Binouskoff, officier de la maison de l'impératrice, s'est présenté ici, envoyé par Sa Majesté la Tsarine, pour avoir des nouvelles de la santé de notre grande-duchesse.

— Vous avez pu lui en donner d'assez bonnes ?

— En effet, reprit Clostermann ; je lui ai dit que, bien que gardant encore la chambre, Son Altesse était parfaitement rétablie de l'indisposition qui avait suivi son malheureux accident ; j'ai ajouté que la grande-duchesse ferait sa première sortie dans cinq ou six jours, puis, qu'elle quitterait Kirck-Berghein, peu agréable à habiter l'hiver, pour s'en aller avec Son Altesse le grand-duc passer quelques semaines en Italie.

Isidore dit en souriant :

— Eh bien, le comte Binouskoff a dû se retirer satisfait ?

— Probablement, mais c'est moi qui ne le suis pas !

— La raison, mon cher monsieur Clostermann ?

— Tout simplement parce que l'envoyé de Sa Majesté la Tsarine a la maudite intention de séjourner, qui sait ? une longue semaine peut-être, à Kirck-Berghein, qu'il ne connaît pas encore.

— Voilà qui est effectivement embêtant, reconnut de bonne grâce l'assassin de Robert Templier.

Clostermann poursuivit avec une certaine vivacité :

— Ah ! si ce n'était que cela, je serais moins perplexe. Mais vous devez comprendre dans quel embarras me plonge la présence dans notre ville de l'aide de camp de l'impératrice de Russie.

— C'est vrai ; on ne peut pas dire au comte Andréi Binouskoff de s'en aller parce qu'il nous gêne.

— On retardera de trois ou quatre jours le départ de la grande-duchesse, hasarda le baron de Rosemberg.

— Nous y serons bien forcés, dit le premier ministre, qui semblait décidément très ennuyé de la visite imprévue de l'officier russe.

Baissant soudain la voix, il ajouta :

— Il vaut encore mieux que les habitants de notre bonne ville s'étonnent de la persistance que semble mettre à ne point se montrer à eux la nouvelle grande-duchesse, que de laisser approcher de la princesse l'aide de camp de Sa Majesté la Tsarine.

— Oui, il faut éviter cette rencontre à tout prix, appuya Isidore Brousseau, surtout après l'entretien que je viens d'avoir avec la princesse Amélia.

Ces derniers mots parurent dissiper un peu, en changeant brusquement le cours de ses pensées, les nuages qui assombrissaient la physionomie habituellement souriante de Clostermann.

Il demanda soudain :

— Apprenez-nous bien vite, mon cher Saint-Geniès, le résultat de la mission que j'ai confiée à votre adresse... votre finesse plutôt ?

L'ex-chef des Pianakotaws répondit, avec un rusé sourire :

— Le résultat dépasse mes espérances.

— Alors vous avez réussi ?

— Entièrement...

— Je vous félicite, car la princesse est fort intelligente.

— Sans doute, mon cher Clostermann ; mais la franchise, l'honnêteté, la bonne foi de la grande-duchesse égalent son intelligence... Je considère donc que je n'ai eu que fort peu de mérite à « mettre dedans » une jeune femme si facile à tromper.

Le faux prince Edouard demanda :

— Ainsi la princesse Amélia a accepté d'aller demeurer pendant quelques mois au hameau de Nessenthald ?

— Oui, monseigneur... c'est-à-dire qu'elle acceptera lorsque Son Excellence Clostermann lui en fera ce soir la proposition.

— Avez-vous appris à la grande-duchesse, fit vivement le ministre, que la lettre de demoiselle Margot, ainsi que le billet de sa cameriste Julia, se trouvaient entre mes mains ?

Le perfide vicomte répondit :

— Oui, mon cher docteur ; l'occasion de lui apprendre la chose s'étant présentée, je me suis empressé de la saisir... et je dois vous avouer que ça n'a pas peu contribué à augmenter la confiance que, presque dès le début de l'entretien, la princesse a daigné m'accorder.

On comprend donc la satisfaction de Clostermann.

Grâce à la perfidie, à la petite infamie commise par Isidore Brousseau trompant la malheureuse princesse, il pouvait faire partir la jeune femme en plein jour ; rien n'indiquerait que la mésintelligence régnait déjà entre le grand-duc et sa jeune femme.

Et lorsque plus tard il annoncerait, par un discret communiqué, que cette dernière prolongerait son séjour en Italie ou ailleurs, et que le prince Edouard rentrerait seul à Kirck-Berghein, il ne viendrait à personne la pensée que la moitié de cette annonce n'était qu'un affreux mensonge.

Qui donc irait jamais soupçonner que celle qu'on croyait en train de voyager par delà les monts, était prisonnière dans un pays perdu, non loin de la frontière du grand-duché.

Personne, c'était matériellement impossible !

Voilà ce que pensait le docteur Clostermann, tout en continuant à regarder les intrépides qui, pour voir sortir du palais le cortège grand-ducal, ne craignaient pas de venir barboter sur l'immense place, qui maintenant était en partie occupée par une compagnie de fantassins.

Soudain, la porte de la pièce spacieuse dans laquelle se tenait le docteur Clostermann s'ouvrit avec un léger bruit.

Un personnage entra, s'écriant d'un ton joyeux :

— Ah ! que d'eau !... que d'eau !... que d'eau !

Le ministre répliqua, souriant :

— Tiens ! vous aussi, mon cher Saint-Geniès, vous paraissez enchanté de ce nouveau déluge !

Et de la main étendue il montrait les larges et hautes vitres des fenêtres contre lesquelles, poussée par un coup de vent, la pluie frappait à ce moment à coups précipités.

Puis, s'apercevant qu'Isidore Brousseau avait endossé un uniforme quelque peu fantaisiste, orné de passementeries d'or et d'argent alternés, mais qui lui seyait fort bien, il reprit l'air enjoué :

— Sapristi ! comme vous êtes beau !

— Ça me rajeunit, hein ?

— De dix ans au moins.

— Euh ! de dix ans, c'est peut-être exagéré ?

— Du tout, mon cher vicomte... Mais pourquoi vous êtes-vous mis aujourd'hui sur votre... voyons, comment diriez-vous à Paris... sur votre trente ?...

— Sur mon trente et un ?

— Oui, c'est bien ça, mais je n'étais pas sûr.

— Pourquoi je me suis mis sur mon trente et un ? s'écria gaiement Isidore Brousseau ; vous tenez à le savoir, mon cher Clostermann ?

Celui-ci fit en riant :

— Oui... si toutefois ce n'est pas être trop indiscret.

Elle apparaissait sur le perron de la cour d'honneur. (Page 864.)

— Oh ! nullement. Ecoutez donc, dit le pseudo-vicomte.

Et changeant de ton :

— Première raison : c'est à moi qu'est échu l'honneur de prendre place dans le coupé de Son Altesse la grande-duchesse Amélia.

— C'est juste ! Alors grande tenue de gala.

— Deuxième raison... Seulement, si vous vous moquez de moi, je n'achèverai pas, je vous en préviens.

— Craignez rien !... Voyons, deuxième raison ?

D'un ton plus sérieux, le gredin ajouta :

— Au sujet des lettres qui vous ont été remises par votre jolie auxiliaire, je me permettrai, mon cher monsieur Clostermann, de vous dire ce que j'ai pensé qu'il serait bon de faire.

— Dites, mon cher Saint-Geniès.

Celui-ci reprit :

— Je crois que vous ferez bien, quand la princesse Amélia aura accepté votre proposition, de retirer de chez elle mademoiselle Marguerite... Je conseillerais même de faire rouvrir les portes-fenêtres de la chambre...

Louis Hérault l'interrompit :

— Mais ces portes-fenêtres donnent sur la place du Palais, dit-il; et, ne craignez-vous pas que la grande-duchesse...

— ....Jette de son balcon quelque mot d'écrit pour faire savoir que depuis bientôt quinze jours elle est retenue prisonnière... C'est bien cela que vous alliez dire, monseigneur?

— Oui, mon cher Saint-Geniès, fit le grand-duc.

— Eh bien, monseigneur, je crois, moi, qu'on n'a rien de pareil à craindre. Au contraire, en agissant comme je viens de l'indiquer, on achèvera de persuader à la princesse qu'on a bien l'intention de lui rendre sa liberté aussitôt qu'elle aura donné son consentement à un divorce qui devra s'opérer sans éclat... Or, la princesse se disant que pour sortir du grand-duché elle pourra toujours, si elle ne voit pas d'autre moyen, consentir à divorcer sans scandale; d'un autre côté, comptant sur la promesse que je lui ai faite d'écrire un billet anonyme au marquis de Crozant pour l'appeler à son secours, elle préférera patienter quelques semaines plutôt que de risquer de tout compromettre, de rendre sa délivrance impossible, en jetant ou en faisant remettre à un inconnu un mot d'écrit qui, au lieu d'être envoyé au sauveur sur lequel elle compte, serait immédiatement porté au prince Édouard ou à son ministre, Son Excellence Clostermann...

Et, souriant, Isidore ajouta :

— La grande-duchesse se dira tout cela, messieurs... si elle ne se l'est pas déjà dit. Voilà pourquoi je crois pouvoir affirmer qu'elle ne tentera rien qui puisse créer des ennuis à monseigneur... Seulement...

Il fit une pause.

Le baron de Rosemberg en profita pour murmurer :

— Ah! il y a un : seulement?

Avec son fin et malin sourire, le vicomte acheva :

— Seulement, il ne faudrait pas que l'aide de camp de Sa Majesté l'impératrice de Russie fût mis en présence de la grande-duchesse; car, dans ce cas, je ne répondrais plus de rien !

— C'est vrai, fit Rosemberg, la grande-duchesse ne laisserait pas échapper une si belle occasion de nous perdre tous.

Clostermann, qui depuis un instant demeurait silencieux et paraissait réfléchir profondément, prit alors la parole.

Il dit au pseudo-vicomte :

— J'adopte pleinement votre opinion et me range de votre avis, mon cher Saint-Geniès. Je ferai, dès demain matin, rouvrir les fenêtres de l'appartement de la princesse Amélia et je retirerai de son service la jeune Marguerite Kreymer.

Et se tournant vers l'ex-Toto-Mes-Puces, tout rêveur :

— Monseigneur, ajouta-t-il, si dans cinq jours le comte Andréi Binouskoff est encore à Kirkc-Berghein, j'espère pouvoir l'en éloigner... Je vous dirai plus tard mon idée, car on vient nous appeler.

En effet, on frappait à la porte du petit salon.

Puis la porte s'ouvrit et le maître d'hôtel annonça solennellement :

— Son Altesse Sérénissime est servie !

A la suite du grand-duc de Kirck-Berghein, le docteur Clostermann, le baron de Rosemberg et le vicomte de Saint-Geniès passèrent lentement dans la salle à manger.

Le peu estimable quatuor de hardis gredins se mit à table, et la conversation roula sur des choses plus ou moins banales ou indifférentes.

XXXI

NOUVELLES INQUIÉTUDES DE CLOSTERMANN.

Il était neuf heures du matin.

La journée s'annonçait mal : une pluie fine, serrée et glaciale, tombait depuis les premières lueurs de l'aube avec une persistance véritablement désespérante.

Aussi les trois quarts des habitants de Kirck-Berghein maudissaient-ils sincèrement le Maître qui d'en haut versait trop généreusement sur leur ville l'élément liquide dont, seules, les grenouilles pouvaient se déclarer heureuses et satisfaites.

C'est que ce jour-là, qui était justement un dimanche, le grand-duc Edouard et la grande-duchesse Amélia allaient partir pour un voyage de deux mois au moins, et, du palais grand-ducal aux portes de la gare, les troupes en tenue de parade devaient former une double haie, avec tambours, clairons, fifres et musiques, pour rendre les honneurs aux deux souverains.

Or, les Kirck-Bergheinois mâles, grands amateurs de spectacles militaires, ne conservaient qu'un bien vague espoir, à la vue de l'eau qui tombait sans discontinuer, de pouvoir s'offrir ce matin–là le gratuit plaisir de contempler les pimpants uniformes, les casques dorés et les bicornes empanachés de l'état-major du prince Edouard.

De leur côté, les jeunes Kirck-Bergheinoises, tout en collant de cinq minutes en cinq minutes, contre les carreaux des fenêtres, un visage plein de mécontentement, se disaient à elles–mêmes :

— Quel temps abominable !... Nous ne pourrons pas mettre le nez dehors ; et, d'ailleurs, Son Altesse la grande-duchesse sera dans une voiture fermée, puis elle n'aura pas revêtu sa plus belle toilette... Donc nous ne verrons rien !

Et tandis que chacun ou chacune proférait les épithètes les moins aimables contre la pluie, celle-ci, impassible et sourde, continuait à tomber et ne semblait point vouloir s'arrêter de sitôt.

Tout le monde ne se montrait cependant pas navré ou mécontent de ce commencement d'un nouveau déluge.

Louis Hérault, Clostermann, Rosemberg et Isidore Brousseau se déclaraient, au contraire, fort satisfaits.

Le premier ministre, seul dans un petit salon de son appartement, murmurait à part lui :

— Je n'aurais pu souhaiter un temps plus favorable... On ne s'étonnera pas trop en voyant la grande-duchesse filer seule vers la station du chemin de fer. Tandis que si, par un beau soleil, on les voyait s'y rendre séparément, chacun dans leur voiture, ça ne pourrait manquer de provoquer quelques commentaires... C'est tout à fait inutile !

Clostermann se dit encore :

— Je ne désire plus qu'une chose, c'est que ce soir, au moment où la belle Margot, transformée en grande-duchesse, montera en wagon avec le prince Edouard, la pluie tombe par torrents. La fausse princesse Amélia aura ainsi une excellente raison pour être emmitouflée jusqu'aux oreilles et, de cette manière, aucun danger qu'on découvre la supercherie... Une fois Leurs Altesses embarquées, plus rien à craindre.

Et c'est tout joyeux que l'assassin du vrai prince Edouard s'approcha d'une haute croisée et plongea son regard sur la vaste place qui, malgré le temps abominable, se peuplait, petit à petit, de parapluies.

Il est vrai que les troupes commençaient à sortir de leurs casernes pour s'en aller occuper les emplacements qui avaient été fixés la veille.

La princesse Amélia, aidée de sa cameriste Julia, achevait de revêtir un élégant costume de voyage.

Elle aussi, mais pour une autre cause que Clostermann, elle éprouvait à cette heure une certaine satisfaction.

Encore quelques instants et elle s'éloignerait, pour n'y revenir jamais — elle le croyait du moins — de cette demeure maudite, de ce palais odieux, où en une même journée l'horreur, le désespoir, le malheur et la honte l'avaient si terriblement frappée.

Aussi, ce matin-là, elle se sentait presque joyeuse.

La pauvre prisonnière, indignement trompée par l'impudent Isidore Brousseau, avait accepté de se rendre au village de Nessenthald et de s'arrêter, pour déjeuner, au château du comte de Kunrick qu'on lui avait dit se trouver sur le chemin de la propriété du baron de Rosemberg.

Elle s'était contentée, lorsque, quatre jours plus tôt, le docteur Clostermann était venu lui proposer la transaction que l'on connaît et qui cachait un piège, elle s'était donc contentée de demander d'être placée aussi loin que possible du faux prince Edouard.

Et Clostermann n'avait pas hésité une seconde à lui promettre qu'on se conformerait à son désir.

Que voulait-il, en effet?

Que désiraient le grand-duc et ses complices?

Tout d'abord montrer la princesse Amélia à la population de Kirck-Berghein, qui l'avait à peine entrevue jusque-là.

Ensuite, pouvoir enfermer dans sa nouvelle prison l'infortunée Amélia, tout en faisant croire qu'elle voyageait à l'étranger.

Si, pour transporter la jeune femme du palais grand-ducal à la maison de campagne qui devait lui servir de prison, on avait été obligé d'employer le moyen qui avait les préférences de Louis Hérault, c'est-à-dire d'enlever de sa chambre la princesse endormie et de la descendre, à la faveur de la nuit, dans une voiture qui l'aurait conduite à Nessenthald, nombre de personnes auraient forcément trouvé plus qu'étrange la conduite de leur jeune souveraine.

On se serait demandé quel était le motif qui avait pu l'obliger à quitter nuitamment, et en quelque sorte clandestinement, la ville de Kirck-Berghein qu'elle habitait depuis si peu de temps.

Il plaisait à la grande-duchesse de s'en aller passer une partie de l'hiver sous un climat plus doux que celui de la petite principauté allemande; rien à critiquer à cela.

Les journaux de la résidence avaient d'ailleurs eu soin, en annonçant le très prochain voyage de Leurs Altesses, de dire que la santé fort délicate de la jeune souveraine nécessitait son prompt déplacement.

Mais enfin ce n'était point une raison suffisante pour expliquer un départ qui ressemblait plutôt à une fuite.

Or, il est certain, indubitablement certain, que les langues auraient marché, que de fort désobligeants commentaires auraient été faits dans la bonne ville de Kirck-Berghein dès que la population passablement susceptible aurait eu connaissance du départ subit, exécuté en secret, de la grande-duchesse Amélia.

— Eh bien, pour la première fois de ma vie, je suis amoureux.

— Amoureux ? répéta Clostermann. De la belle Margot, je parie ?

— Vous l'avez dit !... J'ai passé toute la soirée d'hier en tête à tête avec elle. Dieu ! quelle ravissante créature ?... Ma parole, je crois qu'elle m'a ensorcelé. Et dire que pendant deux mois je vais,...

Isidore s'interrompit brusquement.

Il venait de voir une expression plutôt mauvaise faire grimacer le visage, devenu soudainement grave, de Clostermann.

Ah ! c'est qu'une pensée, rapide comme l'éclair, avait traversé l'esprit du docteur.

Il connaissait trop le tempérament et les mœurs de Louis Hérault pour ne pas être d'avance certain qu'il ne voyagerait pas avec une aussi jolie fille que Margot sans vouloir en faire sa maîtresse.... Mais, si Isidore Brousseau, par pur caprice, sinon par amour véritable, avait la même intention que le faux prince Edouard, et ce n'était malheureusement que trop probable, qu'adviendrait-il alors ? que se passerait-il ?

Surtout que lui, Clostermann, obligé de rester à Kirck-Berghein, ne serait pas auprès du grand-duc et de son compagnon pour s'interposer, quand il le faudrait, entre les deux rivaux.

Car une rivalité était à craindre ; il la pressentait déjà.

Et toute rivalité... rivalité d'amour bien entendu, a toujours entraîné une foule d'événements fâcheux, et même terribles quelquefois.

Comment empêcher cette concurrence, inquiétante, funeste, de deux amis désirant la même créature ?

Et le pauvre Clostermann, qui en moins d'une seconde s'était fait toutes ces réflexions, murmura entre ses dents, presque avec rage :

— Oh ! la femme !... la femme !...

L'ex-chef de *Pianakotaws*, qui l'observait avec un certain étonnement, entendit ce dernier mot, ou plutôt le devina au mouvement des lèvres du ministre mécontent.

Il sourit et, d'un ton imperceptiblement railleur :

— Non, vrai, mon cher monsieur Clostermann, faut-il que vous ayez une dent contre la plus belle moitié du genre humain... pour que la seule annonce d'une petite intrigue amoureuse chasse brusquement votre air joyeux et rende votre visage plus triste qu'un bonnet de nuit !

Clostermann secoua gravement la tête.

Puis il dit :

— Vous riez et plaisantez, vicomte de Saint-Geniès ; mais moi, je ne ris pas et n'en ai nulle envie.

— Pardieu ! je le vois bien.

— Voyons, reprit vivement Clostermann en rivant son regard sur celui de son interlocuteur souriant, voyons, est-ce sérieux, véritablement sérieux, ce que vous venez de me dire ?

— Que je me crois amoureux de la jolie Margot ?

— Oui ?...

— Eh bien, mon cher Clostermann, si fort que ça vous étonne, c'est tout à fait sérieux : j'en pince pour la blonde Marguerite Kreymer.

Le docteur esquissa un nouveau geste de rage.

Et brusquement il s'écria :

— Mais que trouvez-vous donc d'extraordinaire dans cette fille, qui n'est, en somme, qu'une drôlesse ?

— Oh ! drôlesse... le terme est un peu... excessif, repartit Isidore Brousseau. Je conviens que ce n'est pas une vertu, mais enfin...

Clostermann l'interrompit :

— Mon cher ami, vous ne répondez pas à ma question ?

— Ah ! oui, vous voulez savoir ce que je trouve d'extraordinaire dans la jolie Margot... Eh bien, je n'en sais rien du tout...

— Mais alors ?

— Attendez ! Tout ce que je peux vous dire, c'est que moi, qui n'ai jamais perdu mon temps près d'une femme, pas même avec la belle Fanny Meuilhard, j'éprouve un plaisir extrême à admirer les grands yeux de la jolie Margot ; maintenant, est-ce sa jeunesse et son sourire plein de promesses friponnes qui m'émoustillent ? ou bien est-ce toute autre chose que je ne connais pas ?... car, je vous l'ai dit, en chose d'amour je suis encore bien novice, il ne faut point exiger que je vous réponde ; franchement, ça me serait impossible.

L'assassin du baron de Vogler avait prononcé la fin de sa longue phrase d'une voix presque grave.

Mais avec sa mobilité habituelle, il reprit subitement son air enjoué, puis, d'un ton un peu narquois, il interrogea à son tour :

— Me serait-il permis, mon cher Clostermann, de vous demander ce que les femmes vous ont fait pour que vous soyez devenu — car vous l'êtes — leur ennemi irréconciliable ?

Très sérieusement le ministre répondit :

— J'ai toujours considéré la femme comme un être malfaisant...

— Toutes ? pas une petite exception ?

— Je n'en connais pas ; s'il en existe, c'est pour confirmer la règle.

— Diable ! quelle logique !

Clostermann poursuivit :

— Je ne vous dirai pas de remonter dans l'antiquité, ni même de vous rappeler l'histoire des temps modernes pour compter une partie des malheurs dont la femme est l'unique cause... Dieu seul peut en connaître le nombre qui est effrayant.

— Vous me donnez le frisson ! dit le vicomte en riant.

— Je me contenterai de vous prier de jeter un regard sur ce qui se passe dans ce palais... Pouvions-nous, mon cher Saint-Geniès, vous comme moi et comme le prince Edouard, pouvions-nous vivre plus tranquilles, être plus heureux, que nous l'étions il y a trois mois à peine... Non, n'est-ce pas?

— Je l'avoue.

— Oseriez-vous dire la même chose aujourd'hui?

— Dame! je reconnais que depuis quinze jours...

— L'existence que nous menons ici a quelque peu changé?

— Oui; surtout sous le rapport de la quiétude.

— Eh bien, qui donc a fait disparaître notre tranquillité à tous?... Qui donc est cause de l'effroyable situation dans laquelle se débat le prince Edouard, et nous avec lui?...

Ici Clostermann baissa soudain la voix et continua:

— Situation qui ne prendra fin qu'avec la mort de la grande-duchesse. Oui, qui donc est la cause de tout cela?

— Une femme... c'est vrai! murmura Isidore.

Le ministre lui posa la main sur l'épaule.

— Prenez garde, vicomte! prenez garde! dit-il d'un ton bas et grave.

Il fit une légère pause, puis il reprit, parlant un peu plus vite:

— Si le grand-duc n'avait pas aimé la princesse Amélia, il ne serait pas aujourd'hui dans le profond embarras où il se trouve... Aussi, croyez-moi, mon cher Saint-Geniès, ne vous attachez pas à une fille... une jolie fille, je vous l'accorde... dont nous ignorons encore ce que les événements nous obligeront d'en faire...

Si maître qu'il fût de lui, en entendant ces dernières paroles dont le sens caché était terrible, l'ex-chef *des Caraïbes* ne put réprimer complètement un léger frémissement nerveux.

Et ce frémissement, quoique à peine perceptible, le docteur Clostermann, qui avait toujours sa main sur l'épaule du vicomte, le docteur le sentit.

Alors il pensa:

— Décidément, ça va mal. Je ne suis pas débarrassé d'une maudite inquiétude qu'une autre la remplace et me tourmente tout autant... Il va me falloir ouvrir l'œil et surveiller le vicomte... Je lui ai dit tout ce que je pouvais lui dire; allons, maintenant, faire nos recommandations au prince Edouard...

Et regardant vivement du côté de la pendule:

— Dix heures vont sonner, ajouta-t-il à haute voix. Mon cher Saint-Geniès, je vous demande la permission de vous laisser.

— Vous allez chez le grand-duc?

— Oui, et il doit m'attendre. Je lui ai remis hier soir plusieurs pièces à signer; il me reste juste une demi-heure pour l'entretenir de quelques petites affaires heureusement peu importantes.

— Allez donc, mon cher Clostermann. Moi, j'attendrai ici Son Excellence le baron de Rosemberg.

A ce même moment la porte du salon s'ouvrit, et le ministre plénipotentiaire du grand-duc parut.

Clostermann dit alors, en souriant, à Isidore Brousseau :

— Mon cher vicomte, vous n'aurez pas à attendre longtemps.

Puis, en serrant la main que lui offrait le baron :

— Mon cher Rosemberg, je vous laisse avec de Saint-Geniès. A tout à l'heure.

Et il sortit sur ces mots.

Trois ou quatre minutes plus tard, il pénétrait dans l'appartement du faux prince Edouard.

Celui-ci attendait dans sa chambre qu'on vînt le prévenir qu'il était l'heure de partir.

A la vue de Clostermann, il se leva et dit, d'un ton assez joyeux :

— Hein ! quel temps pour me mettre en voyage !

— Mais c'est un temps fait pour *nous!*

— Je suis sûr que, si l'on retardait notre départ seulement de vingt-quatre heures, nous pourrions nous rendre à la gare en bateau.

— C'est bien possible, monseigneur, répliqua Clostermann.

Puis, changeant de ton et devenant grave :

— Permettez-moi de vous faire part d'une très importante communication que j'ai, à dessein, gardée pour la dernière heure.

Le grand-duc se rassit et, désignant un siège à son ministre et conseiller :

— Je vous écoute, mon cher Clostermann.

Le rusé et machiavélique docteur, qui connaissait bien son Louis Hérault et, en descendant le rejoindre, avait eu le temps de réfléchir à ce qu'il allait lui dire, commença ainsi :

— Je ne vous rappellerai pas, monseigneur, les minutes désagréables que vous avez passées en présence de votre femme affirmant que vous étiez Louis... de Fazeuil, un ami de la Mouchotte.

Le grand-duc ébaucha un geste d'ennui.

— Ne me parlez plus de cette ignoble matrone, fit-il en même temps.

Son ministre continua :

— Vous allez, à partir de ce soir, vous trouver dans l'obligation de veiller sur chacune de vos paroles pour ne rien laisser échapper de compromettant en présence d'une compagne qui, connaissant toute l'histoire de Louis Hérault, cherchera à savoir ce qu'il y a de vrai dans ce que lui a raconté, pour la décider à venir à Kirck-Berghein, l'aveugle que...

— Je sais... Passez !

— Comme nous ne saurions prendre trop de précautions pour empêcher nos auxiliaires de nous créer des ennuis ; de plus, comme il est utile, même nécessaire de connaître les pensées de celle que vous allez faire passer pour la princesse Amélia, je lui donne un surveillant qui jour et nuit aura l'œil sur elle et saura la faire causer.

— Ce surveillant ne peut être que Saint-Geniès.

— Oui, je lui ai expliqué mes projets, je lui ai dit mes appréhensions et enfin j'ai obtenu qu'il nous fît le sacrifice de sa liberté...

— Comment cela?

— Pendant toute la durée du voyage il sera l'amant fidèle...

— De Margot?... s'écria le grand-duc avec une extrême vivacité.

En le guettant du coin de l'œil, Clostermann acheva:

— Mais oui... Et, depuis hier, Marguerite Kreymer est la maîtresse du vicomte de Saint-Geniès.

D'un mouvement brusque, saccadé, Louis Hérault abandonna son fauteuil.

Le docteur Clostermann se leva à son tour.

Et, simulant une surprise assez vive, il dit:

— Eh bien !... monseigneur... est-ce que par hasard ce que je viens de vous apprendre vous causerait quelque déplaisir?

L'ex-Toto-Mes-Puces ne répondit pas sur-le-champ.

Il fit trois ou quatre pas du côté de la fenêtre.

Ses sourcils fortement contractés indiquaient clairement qu'il n'était rien moins que content et satisfait.

Toutefois son air de mécontement disparut assez vite.

Il revint vers son conseiller, et, accompagnant ses paroles d'un geste qui signifiait qu'il en prenait son parti, il murmura:

— Je ne vous cache pas, mon cher Clostermann, que ce que vous venez de me dire me contrarie un peu.

— En vérité, monseigneur !...

— C'est comme cela. Moi aussi j'avais des... des vues sur la belle fille qui doit m'accompagner en Italie.

Clostermann, qui dissimulait sa joie sous une nouvelle feinte de surprise, s'écria vivement:

— Est-ce bien possible! Tenez, monseigneur, j'ai peine à croire que vous vous seriez laissé aller à commettre une pareille imprudence... une folie, devrais-je dire !... Vous, monseigneur, devenir l'amant d'une amie de la Mouchotte !... Non, je ne puis admettre cela !

Louis Hérault ne répliqua rien.

En l'observant en dessous, le ministre se dit *in petto:*

— Mon stratagème a réussi bien au delà de mes espérances. Maintenant que le grand-duc croit que c'est « arrivé », il ne voudra pas aller sur les brisées de son ami, qu'il tient du reste à ménager.

La demie de dix heures sonna.

Le docteur Clostermann reprit, tout en se dirigeant vers la porte:

— Le moment du départ approche ; je retourne vite à mon appartement pour enfiler mon pardessus ; je viendrai moi-même vous chercher aussitôt que j'aurai mis la grande-duchesse en voiture.

Et le ministre sortit.

Tout en remontant lestement au troisième étage, il se disait :

— Allons, j'espère en être quitte pour la peur. Je n'ai plus qu'un conseil à donner à Saint-Geniès qui, en l'entendant sortir de ma bouche, va immanquablement se dire dans son langage imagé que j'ai une grosse araignée dans le plafond.

Il retrouva Isidore Brousseau et le baron de Rosemberg causant dans le salon où il les avait laissés.

— Mon cher Rosemberg, dit-il à ce dernier, vous pouvez aller tenir compagnie à monseigneur. Dans une vingtaine de minutes le vicomte passera vous prendre et vous irez ensemble chercher la grande-duchesse.

— Très bien ! fit aussitôt le baron.

Et il s'éloigna rapidement.

Alors souriant, et l'air quelque peu mystérieux, l'assassin du vrai prince Édouard dit au meurtrier du baron de Vogler :

— Mon cher Saint-Geniès, j'ai réfléchi.

— Réfléchi ? répéta celui-ci étonné.

— Mûrement, longuement, déclara Clostermann.

Et se penchant vers l'oreille de l'ancien chef des *Pianakotaws* :

— Oui, ajouta-t-il plus bas, si vous n'êtes pas encore l'amant... heureux de la belle Margot, hâtez-vous de le devenir... C'est tout !

Ainsi que le ministre l'avait prévu, Isidore Brousseau regarda un instant son complice avec un étonnement qui tenait beaucoup de la stupéfaction, semblant se demander si Clostermann se moquait de lui ou bien parlait sérieusement.

Soudain on frappa trois petits coups secs à la porte du salon.

Puis un valet de pied parut et dit :

— Les quatre landaus sont attelés ; on n'attend plus que l'ordre de Votre Excellence pour les faire avancer au grand perron.

— Bien ; je descends donner des ordres, répondit le ministre.

Et s'adressant au pseudo-vicomte :

— Mon cher Saint-Geniès, si vous voulez aller prendre la grande-duchesse ?... Moi, je vais vous attendre en bas.

— Allons, en route ! fit gaiement Isidore Brousseau, et espérons que la journée se passera sans anicroche.

— Oh ! repartit Clostermann, une fois la princesse Amélia au château de notre allié, le comte de Kunrick, le plus difficile sera fait ; le reste ira tout seul... Ah ! encore un mot. N'oubliez pas de rappeler à Marguerite Kreymer

Les officiers et les valets de pied de Leurs Altesses étaient restés à Kirck-Berghein. Le grand-duc et la grande-duchesse devant en effet voyager dans le plus strict incognito, ils n'emmenaient avec eux que le secrétaire particulier du prince Edouard et la première camériste de la princesse Amélia.

C'était du moins ce que tout le monde croyait dans la petite principauté. Mais le lecteur sait déjà que l'infortunée princesse ainsi que sa fidèle Julia ne devaient pas franchir la frontière du grand-duché.

La visite que le jeune souverain daignait faire au comte de Kunrick, l'ami et le complice du baron de Rosemberg, n'avait qu'un but : permettre de substituer adroitement une grande-duchesse d'occasion, une fausse princesse, à la pauvre Amélia.

Pour accomplir le trajet du chemin de fer à la demeure seigneuriale du comte, trajet qui du reste se fit en moins de vingt minutes, l'Alsacienne Julia dut s'installer à côté du cocher de la berline, lequel n'était autre que Guillaume, choisi par Clostermann pour conduire la grande-duchesse du château à sa nouvelle prison.

La camériste ne connaissait pas le cocher de Clostermann, et quand bien même elle l'eût connu, ignorant ce qui se tramait, elle n'aurait sans doute pas éprouvé une bien grande surprise en le voyant sur le siège de la voiture du gentilhomme allemand.

La grande-duchesse ayant accepté le bras que lui offrit avec une respectueuse galanterie le comte de Kunrick, fut conduite par celui-ci dans une vaste salle du château au centre de laquelle une table de six couverts seulement était dressée.

Mais avant que le prince Edouard — qui avec Rosemberg et Clostermann, s'était à dessein arrêté trois ou quatre minutes dans l'immense vestibule sous prétexte de jeter un coup d'œil sur les nombreux trophées de chasse qui le décoraient — fût venu rejoindre la princesse Amélia, son hôte la fit passer dans un coquet salon où se trouvait déjà sa dévouée femme de chambre.

D'un ton qui décelait un profond regret, mais qui — point n'est besoin de le dire — n'était rien moins que sincère, le comte de Kunrick dit à la grande-duchesse :

— Monsieur le vicomte de Saint-Geniès vient de me prévenir que Votre Altesse Sérénissime, un peu souffrante, désirait se reposer une heure ou deux.

— C'est la vérité, monsieur le comte, répliqua doucement Amélia, qui ignorait que son hôte fût de connivence avec ses ennemis.

Le châtelain reprit galamment :

— Les désirs de Votre Altesse sont des ordres pour moi et je m'empresse de m'y soumettre, bien que cela me prive du grand honneur de voir Votre Altesse Sérénissime s'asseoir à ma table.

Et, désignant de la main le fauteuil que Julia avait tiré près de la haute cheminée de marbre, dans l'âtre de laquelle un clair et gai feu de bois jetait sa flamme et sa chaleur, il ajouta :

— Votre Altesse veut-elle que je lui fasse servir à déjeuner ici ? ou préfère-t-elle attendre encore ?

— Je vais d'abord me reposer quelques minutes, monsieur le comte. Lorsque je me serai un peu réchauffée, je déjeunerai auprès de ce bon feu... Mais, je vous en prie, ne dérangez personne ; ma camériste me servira elle-même.

Le comte de Kunrick, ayant installé son auguste visiteuse dans le fauteuil, s'inclina respectueusement et sortit du salon.

L'après-midi s'écoula lentement, trop lentement même, pour tous les hôtes du château.

Le visage de l'usurpateur de Kirck-Berghein resta presque continuellement inquiet ou plutôt pensif.

A plusieurs reprises, en voyant les serviteurs du comte aller et venir autour de la table dont il occupait la place d'honneur, il essaya de se secouer, de réagir contre le sentiment de bizarre mélancolie qui s'était emparé de tout son être.

Mais il ne put y parvenir.

Ah ! c'est qu'il pensait à la princesse Amélia.

Au fond de lui-même, il se disait que, dans quelques instants, il allait se séparer de l'adorable jeune femme qu'il avait sincèrement aimée, aussi sincèrement du moins qu'un individu de sa sorte, vaniteux, charnel et égoïste, était capable d'aimer.

Reverrait-il un jour celle qu'en son cœur, et avec un doux plaisir, un charme extrême, il avait souvent appelé *Son Altesse Nounouche*.

— Nounouche !...

Pourrait-il jamais oublier ce nom qu'à cette heure encore ses lèvres murmuraient tout bas, bien bas, presque malgré lui.

Hélas ! il ne le comprenait que trop... tout était fini, bien fini, entre lui et la charmante princesse Amélia.

Plus jamais il ne pourrait l'étreindre dans ses bras ; plus jamais il n'aurait l'enivrante caresse de ses lèvres qui, en effleurant les siennes, faisaient courir dans ses veines une sensation brûlante, voluptueuse, une sensation de bonheur inexprimable.

Oui, tout était bien fini !

Et c'était cette pensée qui mettait sur le visage et dans les yeux couleur de pervenche du misérable parricide un sombre nuage de tristesse, qui ennuyait fortement ses complices.

. . . .

Seule avec sa fidèle chambrière Julia, la pauvre princesse rêvait, assise au coin de la cheminée du salon où, pour ne pas subir la présence de Louis Hérault, elle avait voulu se réfugier.

Amélia, elle aussi, se sentait envahie par un sentiment de profonde, d'indicible tristesse.

Le souvenir de ses malheurs passés semblait se dresser dans son âme plus attristant que jamais.

La pensée de son infortune actuelle l'accablait de douleur.

L'avenir l'effrayait sans savoir pourquoi.

Elle s'efforçait de n'y point songer.

Mais, hélas! elle y songeait malgré elle. De funestes pressentiments l'agitaient; c'est en vain qu'elle se répétait mentalement la promesse que lui avait faite le vicomte de Saint-Geniès.

Il lui semblait que quelque chose en elle lui disait qu'elle avait tort d'avoir confiance en la parole d'un complice de Louis Hérault et de Clostermann.

Et l'espoir qui soutenait son courage l'abandonnait peu à peu.

Soudain, elle tressaillit.

La porte du salon s'ouvrait. Un valet de pied, apportant de la lumière, entra et dit avec un profond respect:

— Monsieur le comte de Kunrick, mon maître, fait de nouveau demander si Votre Altesse Sérénissime n'a besoin de rien.

— Merci! fit simplement Amélia en secouant la tête.

Le valet de pied posa son flambeau sur un guéridon, s'inclina profondément et sortit.

Une heure s'écoula encore.

Puis la porte du salon s'ouvrit toute grande pour laisser entrer, cette fois, le maître du château et le baron de Rosemberg.

Ils venaient annoncer à la jeune femme que le moment de repartir était venu, si on ne voulait pas arriver trop tard à Nessenthald.

Le baron ajouta:

— Il est six heures et demie, il ne faut guère compter être là-bas avant huit heures, car les chemins ne sont malheureusement point partout en très bon état.

Il ne se trompait, sciemment, que d'une grande heure.

La princesse répliqua en se levant:

— Je suis prête à me remettre en route, messieurs!

Et s'adressant à sa camériste:

— Julia, commanda-t-elle avec douceur, donnez-moi vite ma capote et mon manteau!

En un tour de main, la grande-duchesse fut prête. Précédée du comte et du baron, elle quitta le salon et descendit dans l'immense vestibule où le personnel du château se tenait correctement et respectueusement aligné sur deux rangs.

Le grand-duc et Isidore Brousseau montèrent seuls dans la première voiture dont le cocher était Guillaume. Aucun valet de pied ou autre domestique ne grimpa à côté de lui.

Tandis que le comte de Kunrick s'installait sur le siège de la seconde berline — il avait à haute voix réclamé l'honneur de conduire lui-même sa jeune souveraine — le baron de Rosemberg faisait monter en voiture la princesse d'abord, puis Julia qui prit place à la gauche de sa maîtresse.

Le docteur Clostermann y monta à son tour, le baron le suivit, s'assit à son côté, en face d'Amélia, et se penchant à la portière, que refermait un valet, donna le signal du départ.

Les deux véhicules partirent au grand trot.

Mais, en arrivant au bas de la colline, le comte de Kunrick mit ses chevaux au pas et la voiture du prince Edouard, qui accélérait au contraire son allure, eut bientôt pris une avance assez considérable.

Le comte ne rendit la main à ses deux vigoureuses bêtes, qui rongeaient leurs mors d'impatience, que lorsque les lanternes de la première berline furent complètement devenues invisibles.

Une dizaine de minutes après avoir franchi les grilles du château, la voiture dans laquelle se trouvaient le grand-duc et son prétendu secrétaire particulier s'arrêta brusquement.

A quinze pas du chemin s'élevait une petite maisonnette haute d'un étage seulement. Elle appartenait au domaine du comte de Kunrick qui, la veille, s'était débarrassé momentanément du serviteur qui l'habitait, en l'envoyant à Kirck-Berghein acheter divers objets qu'il devait rapporter.

En arrêtant son attelage, Guillaume fit claquer son fouet.

C'était un signal.

Le vicomte de Saint-Geniès venait de sauter lestement à terre.

Courant presque, il se dirigea vers la maisonnette.

Au moment où il allait atteindre celle-ci, la porte s'ouvrit tout à coup et une ombre s'agita sur le seuil.

L'ombre demanda vivement à demi-voix :

— C'est bien vous, Excellence ?

— Oui, Fritz, c'est moi, répondit Isidore Brousseau.

Et parlant plus bas, si bas qu'on l'entendit à peine :

— Margot est-elle prête ?

— Oui, Excellence, depuis longtemps déjà.

— Vite, qu'elle sorte !... La voiture de la princesse nous suit de près.

Fritz se tourna vers l'intérieur de l'habitation et prononça ce seul mot :

— Venez !

Puis il s'effaça pour céder la place à une deuxième ombre, à laquelle le vicomte de Saint-Geniès dit aussitôt :

— Donnez-moi votre main, car il fait noir comme dans un four.

Margot avança la main et rencontra celle d'Isidore Brousseau qui la guida jusqu'à la voiture où il la fit entrer précipitamment.

moins femme, c'est-à-dire curieuse, elle jeta un coup d'œil sur la carte et lut le nom du visiteur.

— Bonté du Ciel! le beau m'sieu en pardessus noir, c'est un marquis! ça ne m'étonne plus qu'il *soye* si bien!

Elle entra dans sa loge et rangea la carte de visite à côté de la clé de Frédéric.

Il pouvait être huit heures quand le frère aîné de Julia Zurminden rentra de son travail. La concierge lui tendit aussitôt sa clé et le vélin du marquis, puis avec un large sourire :

— Vrai de vrai, fit-elle, vous en avez tout d'même des connaissances chouettes! Tenez, v'la ce qu'on m'a remis pour vous.

Frédéric prit la carte et, s'approchant de la lumière, lut :

MARQUIS VICTOR DE CROZANT

Chevalier de la Légion d'honneur

— C'est mon ancien commandant, dit-il tout étonné.

— Y faudra pas manquer d'aller le voir demain... Mais retournez la carte, il y a « quèque » chose d'écrit derrière.

Il tourna vivement le morceau de bristol.

Voici ce que lui disait le marquis :

« Mon cher ami, arrivé d'hier, je repars dans deux jours; ayant le plus vif désir de vous voir pour une communication importante, je vous attends demain soir à *l'Hôtel-Continental*, entre huit et dix heures. Vous n'aurez qu'à me demander... Cordialement. »

Frédéric Zurminden avait trente ans; il était grand, mince, mais solidement charpenté; son visage ouvert, bien que sabré par une forte moustache dont les longues pointes menaçaient ses oreilles, était très sympathique.

Il avait été pendant cinq années l'ordonnance de Victor de Crozant, qui avait ainsi pu apprécier les qualités de dévouement, de loyauté et aussi de courage de l'Alsacien. Il était actuellement employé comme cocher-livreur chez un grand fabricant de produits chimiques.

Après avoir remercié sa concierge, le frère de Julia grimpa chez lui.

Le lendemain soir, à huit heures et demie, vêtu de ses habits du dimanche, il se présentait à *l'Hôtel-Continental* et demandait le marquis de Crozant.

Moins de cinq minutes après, il était introduit dans l'appartement qu'occupait l'ex-chef d'escadron, qui échangeait aussitôt avec lui une cordiale et énergique poignée de main.

Il lança aux pieds de la « divette parisienne » un superbe bouquet de roses. (Page 887.)

Le marquis commanda deux verres de chartreuse, et, tandis qu'on les servait, il donna à l'ancien soldat des nouvelles de sa sœur Julia.

Puis, lorsque le valet de l'hôtel se fut retiré, il expliqua à Frédéric, attentif, le service qu'il attendait de lui.

Il ajouta ensuite :

— Combien de temps durera mon voyage, je l'ignore ; mais chaque fois que je quitterai un lieu pour un autre, je vous en aviserai télégraphiquement.

— Mon commandant, dit alors Frédéric, vous pouvez compter sur moi.

S'il m'arrive des lettres ou des dépêches pour vous, dès le soir même je vous les expédierai à la dernière adresse que vous m'aurez désignée.

— Merci, mon ami. Je sais qu'on peut avoir pleine confiance en vous.

Après trois quarts d'heure d'entretien, l'ancien commandant de chasseurs d'Afrique serra une seconde fois la main de son ex-ordonnance, et Frédéric Zurminden prit congé du marquis.

Quarante-huit heures plus tard, Victor de Crozant, assis en face du docteur Castinel, roulait, emporté par l'express, vers la frontière d'Italie.

Nos deux voyageurs séjournèrent quatre jours à Turin, autant à Vérone et sept à Milan.

Les matinées étaient consacrées aux travaux du docteur, et, disons-le tout de suite, le marquis fut tout étonné en constatant qu'il s'y intéressait presque autant que son savant compagnon.

Les après-midi étaient employés à se promener soit en ville, soit aux environs. Le marquis devenait alors le cicerone du docteur, lequel ne cachait pas sa satisfaction d'avoir un tel guide.

De Vérone ils se rendirent à Venise.

En y débarquant, M. de Crozant dit au docteur Castinel :

— Puisque vous n'avez aucun établissement scientifique à voir ici, trois jours nous suffiront amplement pour visiter la ville.

Mais le marquis, en affirmant cela, ne prévoyait pas les rencontres étonnantes qu'il allait faire et qui devaient l'obliger de demeurer plus de trois jours dans l'ancienne capitale de la Vénétie.

XXXIII

OU LE MARQUIS DE CROZANT ET LE VICOMTE DE SAINT-GENIÈS ÉPROUVENT UNE SURPRISE TRÈS VIVE, MAIS FORT DISSEMBLABLE.

Le marquis de Crozant et le docteur Castinel étaient descendus à l'*Hôtel Beau-Rivage*, magnifiquement situé sur le quai des Esclavons (*riva degli Schiavoni*).

Le jour même de leur arrivée dans la singulière cité italienne, qui fut longtemps la reine de l'Adriatique, vers cinq heures du soir, nos deux Français montèrent sur le toit, ou plus exatement sur la terrasse remplaçant le toit de l'hôtel, pour y jouir de l'incomparable panorama qui, de cet observatoire, se déroulait à perte de vue.

Sur leur droite et derrière eux s'étendait la ville, *Venezia la Bella*, dont les superbes et nombreux palais de marbre semblaient se mirer complaisamment dans l'eau calme et tranquille de ses canaux sur lesquels glissaient silencieusement et « sans cahot » des centaines de gondoles, qui sont les flacres de cette vieille cité aquatique, bien déchue aujourd'hui.

Devant eux, les îles de San Giorgio et de la Giudecca, couvertes d'édifices religieux. Plus loin le *Lido*, véritable oasis de verdure, entourée de l'onde bleue qui, à cette heure, sous les rayons du soleil couchant, leur paraissait toute constellée de paillettes d'argent et d'or.

Ce soir-là, la température était idéalement douce.

Aussi le marquis et son compagnon, pensifs et rêveurs tous deux, restèrent-ils assez longtemps accoudés sur le balcon de la terrasse.

Ils ne se décidèrent à redescendre que lorsque le soleil eut complètement disparu à l'horizon.

Ayant décidé de dîner à table d'hôte, ils se rendirent dans un petit salon, en attendant l'heure de passer dans la splendide salle à manger.

A peine s'y trouvaient-ils depuis cinq minutes, en compagnie de quelques personnes de différentes nationalités, qu'un employé de l'hôtel s'approcha d'eux et leur dit en excellent français :

— J'ai l'honneur de porter à la connaissance de ces messieurs qu'un grand concert de charité, auquel plusieurs artistes de Paris, de passage ici, ont promis leur concours, doit être donné demain soir au profit des veuves et orphelins des malheureux pêcheurs qui ont péri à la pointe de l'île de Malamocco.

— Un abordage, n'est-ce pas, fit le marquis, entre un bâtiment de commerce français et une barque italienne.

Et s'adressant à M. Castinel :

— Nous étions à Milan quand les journaux ont annoncé l'accident.

— Je me souviens, dit le docteur ; vous m'avez traduit vous-même l'article qui commentait le fatal abordage.

Le marquis reprit :

— Voulez-vous que nous assistions à ce concert?

— Très volontiers, repartit M. Castinel. Tout en participant à une bonne œuvre, nous aurons le plaisir d'entendre des compatriotes.

Victor de Crozant demanda à l'employé de l'hôtel :

— Où aura lieu la fête de charité?

— Au théâtre Rossini, demain soir à huit heures.

— Bien. Je vous prie de nous avoir deux entrées.

— Il y a trois catégories de places : vingt francs... aux fauteuils, puis dix francs et cinq francs.

— Alors, prenez-nous deux fauteuils.

L'employé s'inclina, disant :

— Messieurs, dans une heure vous aurez vos billets numérotés.

Et il se dirigea vers un petit groupe de trois Anglais pour offrir de nouveau des places pour le concert du lendemain.

Un instant après, toutes les personnes attendant dans le salon furent invitées à passer dans la salle à manger.

Le marquis de Crozant et le docteur Castinel étaient encore à table quand on leur apporta un coupon de deux fauteuils d'orchestre, ainsi que deux programmes détaillés de la soirée.

L'ex-chef d'escadron n'eut pas plutôt jeté les yeux sur le feuillet de papier rose, qui donnait, avec le nom des artistes, ce que ceux-ci devaient jouer ou chanter, qu'il eut un petit geste d'étonnement; puis se penchant aussitôt vers son compagnon :

— On nous annonce le concours de grands artistes, fit-il tout bas; eh bien, si tous ressemblent à l'actrice... qui figure à la quatrième ligne...

Le docteur lut à demi-voix sur son programme :

— Madame Fanny Meuilhard...

— C'est ça. Eh bien, si tous possèdent autant de talent que cette demoiselle, la déception du public sera grande... Je crois que nous ferons tout aussi bien ou de rester ici ou d'aller passer la soirée dans un autre endroit que le théâtre Rossini.

M. Castinel répliqua en souriant :

— La troupe italienne vaut peut-être mieux que la Meuilhard... et puis je lis encore, une symphonie pastorale de Beethoven... Allons-y pour la musique du célèbre compositeur allemand.

— Comme vous voudrez, mon cher docteur.

Celui-ci reprit, au bout d'un instant :

— Je n'ai jamais vu cette Fanny Meuilhard, pourtant son nom ne m'est pas tout à fait inconnu.

— Vous avez dû entendre parler d'elle à l'époque du suicide du prince Othon ; les journaux ont assez souvent imprimé son nom.

— Ne parlait-on pas de ses succès au théâtre?

— Oui, pour lui faire de la réclame. Comme femme, elle n'est certes pas mal, mais comme artiste...

— Nulle?

— Absolument! Mais vous la verrez demain soir, et, comme moi, vous reconnaîtrez qu'elle n'est qu'une vulgaire cabotine.

Sur ces mots, le marquis et le docteur se levèrent de table et quittèrent la salle à manger.

Ils sortirent ensuite pour aller faire une petite promenade sur la place Saint-Marc, qui est le lieu de réunion le plus fréquenté par les habitants de Venise et par les étrangers.

Ils employèrent la journée du lendemain à visiter plusieurs palais datant de deux cents, trois cents et même six cents ans, tel le beau palais Foscari, occupé par l'école du Commerce, sur le Grand-Canal.

Après avoir dîné, ils se rendirent, par des rues extraordinairement étroites, au théâtre Rossini.

Ce théâtre est très coquet, mais quelque peu exigu.

Une vieille ouvreuse les guida jusqu'à leurs fauteuils qui se trouvaient au septième rang de l'orchestre et à droite de la scène.

A huit heures et demie précises, le rideau se leva.

La petite salle était comble, archicomble même.

Ainsi qu'il arrive nécessairement dans toutes les fêtes de bienfaisance où figurent des artistes de tous genres, le spectacle était ce qu'on appelle un « spectacle coupé ».

Il y avait de porté au programme deux petites comédies en un acte, deux ballets avec tableaux vivants, de nombreuses chansons ou monologues, et enfin l'inévitable pantomime, sans laquelle, pour le public italien, une fête ne saurait bien finir ni être complète.

La belle Fanny Meuilhard ne paraissait que dans la seconde partie. Elle devait y interpréter une simple chansonnette.

Il était un peu plus de dix heures quand, après un morceau d'orchestre, fort bien exécuté, la grande « artiste » des théâtres de Paris — ainsi le disait le programme — entra bravement en scène.

Elle portait une assez riche toilette rose pâle, largement échancrée dans le dos, plus largement ouverte par devant.

Dame! le moyen de faire autrement, quand on possède des épaules superbes, qu'on désire faire admirer aux spectateurs et surtout aux amateurs!

La charmante « divette » s'avança jusqu'au bord de la rampe, tandis que le pianiste accompagnateur jouait la ritournelle de la chansonnette qu'elle avait longuement répétée.

Et, dans un délicieux sourire, elle annonça :

— *La Marchande de baisers!*

Sortant des lèvres d'une jolie femme, point timide du tout, le titre promettait bien des choses.

D'une voix pas trop désagréable, sans doute, mais qui ne rappelait en rien, oh non! celles de Van Zandt, Sanderson, Galli-Marié ou la Patti, elle commença, ponctuant les paroles de mines adorables :

I

Avec un sourire gracieux,
Je viens offrir ma marchandise ;
Et jamais, je le dis, messieurs,
Marchandise fut plus exquise!...
Pour gagner sa vie ici-bas,
Chacun doit faire quelque chose;
Moi, je vends... mais ne donne pas,
Tout ce qu'offre ma bouche rose.

Et plus fort, en accentuant son sourire :

> Qui veut des baisers ?
> Messieurs, approchez !
> Voyons, qui demande
> Des baisers ?...
> Allons ! qui veut des baisers ?
> Voici la marchande,
> Oui, la marchande de baisers !

De l'orchestre aux dernières galeries éclata un véritable tonnerre d'applaudissements.

La « divette parisienne » chantait naturellement en français, mais les sept à huit cents spectateurs, triés sur le volet, qui remplissaient la salle, tous, ou presque tous, comprenaient notre langue.

Chacun sait, d'ailleurs, que les Italiens riches ou ayant reçu une bonne instruction parlent très correctement le français. Dans la haute société italienne, comme dans la haute société russe, celui qui ne connaîtrait pas notre langue serait taxé d'ignorance.

Subitement, le silence se rétablit.

Fanny Meuilhard attaquait le deuxième couplet.

II

> Vous qui venez d'avoir vingt ans,
> Que le seul mot d'amour enchante,
> Vous verrez combien sont troublants
> Les baisers d'une lèvre ardente...
> Approchez, pauvre amant trahi
> Par une infidèle maîtresse,
> Bien loin du cœur endolori
> Mes baisers chassent la tristesse !

La chanteuse cligna de l'œil pour débiter le couplet suivant :

III

> Pour vous qu'on appelle vieux beau,
> J'ai le baiser qui galvanise.
> Grisant baiser ; c'est mon joyau
> Le plus cher de ma marchandise.
> Je tiens le baiser du désir,
> Baiser divin, baiser suave ;
> J'en ai de frais comme un zéphyr
> Ou d'embrasés comme une lave !

Et distribuant des sourires à droite et à gauche, elle acheva :

> Allons, messieurs, en voulez-vous ?
> J'ai de nombreux baisers à vendre ;
> J'en possède pour tous les goûts :
> Du plus ardent jusqu'au plus tendre !
> Qui veut des baisers ?
> — Approchez !
> Voici la marchande de baisers.
> Qui veut... qui veut des baisers ?

Ce fut au milieu d'un nouveau tonnerre d'applaudissements que la « divette », rose de plaisir, lança, en les répétant, les quatre derniers mots.

Elle dut se trouver satisfaite.

Jamais, dans aucune ville, pas même à Paris où elle comptait, cependant, pas mal d'admirateurs, elle n'avait obtenu un tel succès.

On n'entendait que des retentissants « *bravo!... bravo!... bravissimo!* »

Et les mains battaient, mais battaient avec rage.

Le pauvre chef « direttore dell'orchestra » pensa en devenir sourd.

L'auditoire était positivement fou d'enthousiasme.

Il est vrai que le public était presque exclusivement composé d'Italiens.

La belle Fanny, qui n'avait jamais été à pareille fête, avait à peine quitté la scène que la salle entière la rappela à grands cris.

Elle revint.

Et même, avouons-le, elle ne se fit pas prier pour reparaître.

C'est à ce moment qu'un petit incident eut lieu, provoquant en faveur de la belle « marchande de baisers » une véritable ovation.

Un étranger de vingt-huit à trente ans, mis avec une rare élégance, se pencha légèrement sur le bord d'une avant-scène de balcon — côté gauche — et d'un geste aimable lança aux pieds de la « divette parisienne » un superbe, mais véritablement superbe bouquet de roses.

Tandis que Fanny Meuilhard remerciait d'un divin sourire et d'une gracieuse inclination de tête le galant spectateur, les regards de la moitié de la salle se tournèrent vers ce dernier.

Le marquis de Crozant et le docteur Castinel imitèrent tout naturellement leurs voisins.

L'ex-chef d'escadron tressaillit brusquement.

Et, malgré lui, une brève exclamation s'échappa de ses lèvres.

Puis, mentalement, il se dit :

— Mais non, je ne me trompe pas... cet admirateur stupide, c'est le secrétaire particulier du grand-duc de Kirck-Berghein.

C'était vrai !

Le galant étranger qui venait de jeter à la belle Fanny le superbe bouquet de roses que la « chanteuse » ne méritait certes pas — était en effet le sémillant vicomte de Saint-Geniès.

Mais, hâtons-nous de le dire, ce n'était point pour son compte personnel qu'il avait accompli cet acte de galanterie.

C'était d'après l'ordre, ou plus exactement à la demande de son maître, le pseudo-prince Édouard.

Louis Hérault, *l'ex-Toto-Mes-Puces*, s'était souvenu qu'il avait jadis, alors qu'il se nommait Louis de Fazeuil, obtenu les faveurs de la jolie Fanny, pour laquelle il était le petit *Louis*.

Et la fantaisie lui était tout à coup venue d'adresser à son « ancienne » un remerciement ou un souvenir anonyme sous la forme d'un bouquet splendide.

Le grand-duc de Kirck-Berghein, Isidore Brousseau et leur compagne de voyage, Marguerite Kreymer, étaient arrivés à Venise le matin même.

Ils étaient descendus au *Grand Hôtel Royal.*

Comme le prince Édouard devait garder le plus strict incognito, il s'était fait inscrire sous les noms de comte Louis-Henri d'Hureld ; Margot était devenue la duchesse Marguerite-Amélie. Seul, Isidore Brousseau avait conservé le titre dont il s'était depuis longtemps affublé.

On leur avait remis le programme de la représentation extraordinaire qui devait avoir lieu dans la soirée. Louis Hérault et Isidore Brousseau ayant lu le nom de Fanny Meuilhard, première chanteuse de la troupe française qui faisait une tournée dans la haute Italie, décidèrent sur-le-champ d'envoyer retenir une avant-scène au théâtre Rossini.

Seulement, comme l'ex de Fazeuil ne tenait pas à être reconnu par la belle Fanny, il eut soin de se munir d'une barbe postiche que son ami lui fixa sur le visage durant le trajet de l'hôtel au théâtre, trajet qu'ils effectuèrent dans une gondole couverte.

Du fond de l'avant-scène où, par prudence, ils se tenaient assis, le grand-duc et Margot applaudirent tous deux Fanny Meuilhard qui ramassait son bouquet en saluant.

Un acteur italien succéda à la chanteuse parisienne.

Mais le marquis de Crozant ne s'en aperçut pas.

Debout devant son fauteuil, qui, nous l'avons dit, se trouvait à droite de la salle, il continuait à tenir son regard inquisiteur comme rivé sur l'avant-scène de Louis Hérault.

Et, presque aussi ému qu'étonné, il se disait :

— Je distingue vaguement deux formes humaines en arrière du secrétaire particulier du prince Edouard... Je crois même distinguer une silhouette de femme... Serait-ce le grand-duc et la grande-duchesse?

Il fallut que la personne placée derrière lui le priât poliment de s'asseoir. Il obéit aussitôt, mais continua à regarder du côté d'Isidore Brousseau, cherchant toujours à deviner si c'était la princesse Amélia qui était assise dans l'ombre au fond de l'avant-scène de balcon.

Le docteur Castinel ne tarda pas à remarquer le manège de son compagnon qui ne prêtait plus aucune attention à ce qui se passait sur la scène où deux bons artistes se faisaient applaudir.

Il lui demanda en souriant:

— Cher monsieur de Crozant, qu'apercevez-vous donc de si curieux dans « la loge au bouquet » que vous n'en détachez pas vos regards ?

L'ancien commandant répondit à voix basse:

— J'y devine la présence d'une personne que... je serais heureux de revoir. Si donc vous me le permettez, mon cher docteur, j'irai, ou nous irons nous poster à la sortie du théâtre aussitôt que la représentation sera terminée... Il faut que je sache! ajouta-t-il se parlant à lui même.

Victor de Crozant et le médecin se placèrent à l'extrémité du large couloir. (Page 890.)

— Je vous suivrai, dit le docteur toujours en souriant.

Il était onze heures trois quarts lorsque le rideau tomba sur la scène finale de la pantomime : *Da lo parrucchiere* (chez le coiffeur.)

Avant tout le monde le marquis se leva.

Suivi du docteur, il se hâta d'aller retirer les pardessus qu'ils avaient tous deux déposés au vestiaire.

Puis ils gagnèrent promptement la sortie.

Les spectateurs, en flots pressés, s'amenaient derrière eux.

SON ALTESSE NOUNOUCHE   112

Victor de Crozant et le médecin se placèrent à l'extrémité du large couloir allant du contrôle aux deux portes à doubles vantaux qui ouvraient sur une minuscule place.

Et pendant un assez long moment, un quart d'heure au moins, ils restèrent là, immobiles, semblant attendre et guetter le passage de quelque ami attardé.

La salle se vidait peu à peu.

Enfin un groupe de six personnes, hommes et dames, causant et riant, traversèrent le couloir et sortirent du théâtre.

C'étaient les derniers spectateurs.

Bientôt apparaissaient les ouvreuses. Un à un les becs de gaz s'éteignaient.

Le marquis, l'air tout désappointé, dit à M. Castinel :

— Je n'ai vu personne... et cependant je regardais avec...

Il s'interrompit soudain, puis vivement :

— Oh! j'y songe. Ce théâtre doit avoir une seconde sortie.

— C'est plus que probable, fit le docteur. Cela vous explique pourquoi vous n'avez point vu passer les personnes que vous voulez voir.

Ils sortirent, car on fermait les portes.

Un inspecteur du théâtre allait passer devant le marquis. Celui-ci l'arrêta en le saluant ; puis il lui demanda en italien un renseignement que l'interpellé lui donna le plus gentiment du monde.

Une seconde sortie existait, en effet, derrière le théâtre, mais elle était exclusivement réservée au personnel et aux artistes.

Le marquis de Crozant remercia l'inspecteur, puis, s'emparant du bras de son compatriote, il lui dit à mi-voix :

— Rien ne m'ôtera de l'idée que c'est par la sortie des artistes que les personnes que je guettais ont quitté le théâtre.

Avec une nuance d'étonnement, le docteur observa :

— Mais alors, ce serait à dessein, pour éviter de vous rencontrer, qu'elles auraient quitté la salle par un autre chemin que celui du public.

— Je ne suis pas loin de le croire, dit Victor de Crozant.

Puis, avec une certaine vivacité :

— Vous êtes quelque peu intrigué, mon cher docteur?

— Mon Dieu...

— Ne dites pas non, continua le marquis en souriant; vous devez vous demander qu'est-ce qui peut bien motiver mon attitude... bizarre.

— Certes, mon cher compatriote, je trouve que vous êtes un peu préoccupé, un peu nerveux même... cela ne saurait échapper à l'œil exercé du médecin; mais je n'aurai jamais l'indiscrétion...

— De chercher à en découvrir la cause? dit vivement le marquis.

— Mais oui.

— Eh bien, mon cher docteur, comme il ne s'agit ni d'un secret, ni d'un mystère, je puis vous expliquer les raisons de mon agacement.

L'ex-chef d'escadron s'interrompit pour dire, après avoir rapidement regardé à droite et à gauche :

— Mais nous voici arrivés au bord du canal, et je n'aperçois pas la moindre gondole, pas même une modeste barque. Nous allons être obligés de rentrer pédestrement à l'hôtel.

— Qu'importe ! La nuit est belle, et rien ne nous presse.

— C'est juste ! D'ailleurs, nous sommes à Venise, où une promenade nocturne est toujours poétique et agréable.

Ils reprirent leur marche, et le marquis ajouta :

— Si durant la représentation je vous ai paru distrait, si vous m'avez vu, il n'y a qu'un instant, un peu agacé, énervé, par une attente inutile, c'est que j'ai cru entrevoir, dans l'avant-scène d'où est parti le bouquet tombé aux pieds de Fanny Meuilhard, le grand-duc et la grande-duchesse de Kirck-Berghein... J'aurais voulu acquérir la certitude que je ne me trompais pas. Malheureusement ça m'a été impossible !

— D'où votre énervement.

Après une rapide réflexion, le docteur demanda :

— Mais, mon cher monsieur de Crozant, qui vous a fait supposer que le grand-duc et la grande-duchesse de Kirck-Berghein occupaient la loge d'avant-scène ?

Le gentilhomme répondit :

— Le galant personnage qui a lancé le bouquet n'est autre que le secrétaire particulier du prince Edouard.

— Dans ce cas, le prince et sa jeune femme seraient en train de faire leur voyage de noces... Il n'y a guère plus de quinze jours que leur mariage a eu lieu à Pétersbourg.

— En effet, dit le marquis.

Il fit une légère pause, puis il reprit, comme se parlant à lui-même plutôt que s'adressant à son compagnon :

— Eh bien, ce qui précisément m'étonne, c'est que la princesse Amélia Bolstoï ne m'ait pas dit un seul mot pouvant me laisser croire qu'elle devait se rendre prochainement en Italie.

— C'est assez étrange, murmura le docteur, car je sais parfaitement que depuis la mort terrible du prince Nicolas Bolstoï, un de vos intimes, la princesse vous avait pris pour son conseiller et que vous aviez accepté la surveillance de ses intérêts pécuniaires.

A ce moment, nos deux Français débouchaient sur la place Saint-Marc, pavée de dalles de marbre blanc, sur lesquelles l'ombre de la vieille basilique, éclairée par la lune, se détachait nettement et s'allongeait, s'étalait d'une manière qui avait quelque chose de fantastique.

Ils traversèrent la place dans sa largeur et atteignirent la *Piazzetta* ; cinq minutes après, ils pénétraient sous le péristyle de l'*hôtel Beau Rivage*.

XXXIV

OU, SANS L'AVOUER, CHACUN EST MÉCONTENT.

Le marquis de Crozant ne se trompait qu'à demi, lorsqu'il se disait que le vicomte de Saint-Geniès et les deux personnes qu'il supposait être le grand-duc et la grande-duchesse de Kirck-Berghein avaient quitté le théâtre Rossini par l'entrée des artistes.

C'est effectivement par la porte réservée, donnant accès derrière le théâtre, que le prudent Isidore Brousseau était sorti.

Quant à Louis Hérault et à Marguerite Kreymer, ils avaient purement et simplement passé devant l'ancien officier sans que celui-ci se fût douté le moins du monde que le cavalier à la forte barbe blonde donnant le bras à une jolie femme, n'était autre que le faux prince Edouard, l'usurpateur de la couronne de Kirck-Berghein.

Aussitôt qu'il eût lancé à Fanny Meuilhard le bouquet que l'on sait, Isidore Brousseau avait repris sa place, à la gauche de Margot et du grand-duc, mais un peu en avant de ceux-ci, qui, nous l'avons dit, occupaient le fond de l'avant-scène de balcon.

L'ex-chef des Indiens Pianakotaws, aux yeux fureteurs duquel rien ne pouvait échapper, n'avait pas tardé à remarquer l'attention presque indiscrète dont il était l'objet de la part d'un spectateur assis à l'orchestre.

Il avait alors emprunté la lorgnette de la jolie Margot et, sans affectation, l'avait braquée sur le côté droit de la salle,

Mais son œil avait à peine touché les verres de l'instrument qu'il sursautait tout à coup et poussait une exclamation étouffée.

— Oh!... oh!...

Etonné, le grand-duc lui demanda à voix basse :

— Eh bien, mon cher vicomte, qu'avez-vous donc ?

— Ce que j'ai, monseigneur?... J'ai qu'il m'arrive une surprise bien désagréable !

— Et la raison?

— Une figure de connaissance que j'aperçois dans la salle.

— Qui est-ce donc?

— Je vous le donne en cent, je vous le donne en mille... Mais non, je préfère vous le dire : vous ne devineriez pas.

Et, baissant la voix, Isidore acheva :

— C'est le marquis de Crozant.

— Le marquis de Crozant?... C'est impossible!... laissait échapper presque malgré lui le grand-duc abasourdi.

— Pas si haut, monseigneur, on pourrait vous entendre, dit le prétendu vicomte de Saint-Geniès.

Puis, tendant la lorgnette au frère de la pauvre Jeanne Hérault :

— Penchez-vous de mon côté, monseigneur, mais ne vous montrez pas, car le marquis ne cesse de regarder de notre côté avec une persistance qui commence à m'embêter.

Le grand-duc demanda :

— Où le marquis se trouve-t-il placé?

— Au septième rang des fauteuils d'orchestre, et la quatre, cinq... la sixième place en partant des baignoires... Tenez, il parle au vieux monsieur qui est à sa droite.

— Je le vois!... dit Louis Hérault qui ajouta, l'air inquiet :

— Oui, c'est bien le marquis de Crozant. Comment se fait-il qu'il soit à Venise en même temps que nous?... Est-ce simplement le hasard qui l'a amené ici, ou bien est-ce qu'il nous...

Le vicomte lui coupa la parole.

— Oui, monseigneur, ce doit être le hasard! prononça-t-il vivement, tout en lui lançant un regard expressif qui semblait dire :

— Je n'en crois rien!

Margot-la-Blanche, qui avait écouté en silence cet échange de paroles, ouvrit la bouche pour demander qu'est-ce que c'était que ce M. de Crozant; mais elle se souvint à temps que la grande-duchesse Amélia avait dit devant elle à sa femme de chambre qu'elle comptait être tirée de sa prison par un marquis portant justement le nom de Crozant.

Et, ayant réfléchi qu'elle ferait sans doute bien mieux de se tenir coi, elle rengaina sa question au fond de sa gorge.

Sans en avoir l'air, Isidore Brousseau surveillait le marquis.

Grâce à une habitude acquise alors qu'il vivait chez les Caraïbes, il pouvait voir tout ce qui se passait autour de lui sans paraître le regarder ; il ne perdait donc aucun des regards scrutateurs que l'ancien commandant jetait de demi-minute en demi-minute sur la loge d'avant-scène.

Et, vaguement inquiet, il se disait en lui-même :

— Le marquis nous épie, c'est sûr... Tâchons d'être plus malin que lui.

La représentation finissait dans un bruit formidable de bravos et de frénétiques applaudissements.

Isidore Brousseau vit M. de Crozant abandonner son fauteuil avant que le rideau fût complètement tombé; alors il grommela :

— Parbleu!... Je m'y attendais; il va nous guetter à la sortie... Pas de ça, Lisette!

Et, s'adressant au grand-duc de Kirck-Berghein :

— Monseigneur, vous allez partir seul avec madame la duchesse; vous sauterez dans la première gondole venue et vous vous ferez conduire à l'hôtel, où je vous rejoindrai quand... aussitôt que je pourrai.

— Très bien, mon cher; seulement une observation : je ne parle pas l'italien, moi, et si le conducteur de la gondole...

Le vicomte l'interrompit en souriant :

— Je vous entends, monseigneur; mais n'ayez nulle crainte de rester en route. Dites tout bonnement au gondolier : *Presto! Grand Hôtel Royal.* Il comprendra fort bien, vous verrez!

Puis à la belle Marguerite :

— Vous, ma chère duchesse, faites-moi le plaisir d'enlever tout de suite votre voilette, et donnez-la-moi!

— Mais pourquoi?.

— Parce qu'il le faut! déclara Isidore d'un petit ton sec. D'ailleurs, veuillez vous rappeler, mademoiselle, que vous avez promis de nous obéir sans jamais discuter, ce qui, du reste, ne servirait pas à grand'chose.

Margot lui remit sans mot dire le voile léger qu'elle venait d'enlever.

Le vicomte reprit plus doucement :

— Vous allez sortir de la salle au bras de monseigneur... Evitez de regarder trop fixement à droite et à gauche; vous pourriez attirer l'attention sur vous, et c'est tout à fait inutile.

Louis Hérault et l'ex-étudiante parisienne quittèrent la loge d'avant-scène, suivis jusqu'au bas de l'escalier par Isidore Brousseau.

Tandis que le grand-duc et sa jolie compagne gagnaient le couloir à l'extrémité duquel le marquis de Crozant était déjà en faction, le vicomte de Saint-Geniès se faisait indiquer le chemin conduisant au foyer réservé aux artistes du théâtre Rossini.

Outre qu'il était mis avec la dernière élégance, il paraissait si aimable, et, surtout, il appuyait ses demandes de renseignements d'une petite pièce d'or si reluisante, qu'il était matériellement impossible de refuser de servir de guide à un cavalier qui, bien sûrement, devait être quelque grand seigneur étranger.

L'assassin du baron de Vogler avait dit qu'il désirait saluer l'étoile de la troupe française.

Mais en lui-même il pensait qu'il aimerait tout autant que la belle Fanny Meuilhard eût déjà quitté le théâtre pour ne point la voir.

Ce qu'il souhaitait, et il ne voulait même que cela, c'était de pouvoir sortir par la petite porte réservée aux artistes.

Malheureusement, l'ancienne maîtresse du prince Othon était encore au foyer avec une demi-douzaine d'acteurs français et italiens, quand on amena le noble vicomte de Saint-Geniès.

En s'avançant vers le groupe, Isidore se demandait :

— Fanny va-t-elle me reconnaître?

Il fut rapidement fixé.

A peine s'était-il incliné avec la plus exquise galanterie devant la « divette » que celle-ci s'écria :

— Ah! mon spectateur au bouquet!...

Puis, presque aussitôt, avec un étonnement joyeux :

— Cristinette! est-ce que je rêve!... C'est Gontran de Sainte-Gemme.

Isidore Brousseau dissimula une grimace de contrariété sous le plus aimable et le plus courtois des sourires.

Et, saluant de nouveau :

— Lui-même, madame... Je n'ai pas voulu laisser s'envoler une si belle occasion qui se présentait de venir vous adresser mes plus sincères compliments, et de vous demander, madame...

La belle Fanny l'interrompit en riant :

— Ah! mon Dieu, que voilà des cérémonies!

Et tout à coup, avec sa familiarité de cabotine parisienne :

— C'est trop gênant, s'écria-t-elle; n'en faut pas entre nous, mon petit Gontran!... Sais-tu que tu es vraiment chic?... Quel magnifique bouquet de roses!...

Saint-Geniès ou de Sainte-Gemme, assez embarrassé et ne sachant que répondre, se contenta de sourire.

A ce moment, l'organisateur de la tournée de la petite troupe française, un homme à la figure épanouie, empreinte de bonne humeur, parut dans le foyer, disant d'une voix sonore et pleine de gaieté :

— Eh bien, les enfants!... nous oublions donc qu'un souper de Lucullus réunit ce soir les premiers artistes de Venise et de Paris!

Fanny Meuilhard dit vivement à Isidore :

— Je vous présente notre directeur : monsieur Théo Fauviaux.

Et à ce dernier :

— Le vicomte Gontran de Sainte-Gemme, un de mes anciens amis.

Les deux hommes échangèrent un salut.

Puis M. Fauviaux dit avec une rondeur toute joviale :

— Monsieur le vicomte, si vous voulez être des nôtres ce soir, ou plutôt cette nuit, déclarez-le comme je vous invite... sans façon!

L'ex-chef des Caraïbes remercia vivement, mais fournit un bon prétexte pour décliner l'invitation de l'aimable directeur.

Il demanda ensuite à la « divette » si elle voulait bien lui accorder la faveur de l'aller prendre le lendemain pour déjeuner ensemble.

Fanny Meuilhard répondit d'un ton enjoué :

— Mais tant que tu voudras, mon petit Gontran... Demain, après-demain et encore l'autre après-demain... Nous ne partirons que dans quatre jours.

— Hélas ! moi, ma belle amie, répliqua doucement le pseudo-Gontran, je quitterai Venise demain soir.

Un instant après, l'élégant vicomte serrait la main de Fanny, puis saluait courtoisement son directeur, arrêté sur le seuil de l'entrée des artistes, et s'éloignait rapidement dans la direction du Grand-Canal, où il eut la chance de rencontrer une gondole dans laquelle il sauta avec plaisir.

Une dizaine de minutes plus tard, il était à l'*Hôtel Royal*.

Le grand-duc Edouard n'était pas couché. Il attendait son ami.

Isidore lui demanda à voix basse :

— Eh bien, le marquis de Crozant n'était-il pas en observation ?

— Oui, tout près de la porte... Nous sommes passés à deux pas de lui et naturellement il ne m'a pas reconnu.

— Ça va bien, monseigneur... Seulement comme il pourrait vous rencontrer, et cette fois vous reconnaître, vous partirez demain matin.

— C'est bien ennuyeux, mon cher vicomte !

— Possible, mais il le faut, monseigneur... Il y a un train à dix heures ; vous le prendrez avec Margot, qui, si elle restait ici, ne pourrait que me gêner. Et puis, ajouta-t-il, trop de prudence ne nuit jamais.

— Que comptez-vous faire ?

— M'assurer tout d'abord si le marquis nous suit et, s'il nous file, depuis quand... Nous ne pouvons pas continuer à voyager avec cet homme-là à nos trousses.

— Non, certes !

— Si le marquis est pour nous un ennemi, reprit Isidore tout bas, eh bien, tant pis pour lui... il ne reverra pas la France.

— Mais comment *feras-tu* pour nous en débarrasser ?

— Je ne le sais pas encore. Lorsque je vous rejoindrai, j'aurai fort probablement trouvé un moyen... Nous en recauserons à Vérone où vous m'attendrez.

Louis Hérault murmura, soucieux et mécontent :

— Notre voyage débute mal, et j'ai bien peur que Clostermann n'ait eu une mauvaise inspiration en nous envoyant en Italie.

— Peut-être !... qui sait ?... Mais il est tard, monseigneur ; je vous laisse et passe chez Margot pour la prévenir.

Aux premiers mots de son amant lui annonçant qu'elle partirait le lendemain matin avec le prince Edouard, le nez coquet de la pauvre Marguerite s'allongea de plusieurs aunes.

La prétendue duchesse Amélia se faisait d'avance un doux plaisir de visiter

D'une poussée, il fit voguer son léger bateau sur l'onde tranquille. (Page 898.)

en gondole les palais de marbre de Venise ; et voilà qu'il lui fallait brusquement
quitter la ville des doges sans avoir rien vu.

Néanmoins, elle n'osa rien dire et, seule, une petite moue involontaire permit
de deviner son mécontentement.

. . . .

Vers la même heure à peu près où Louis Hérault et Margot achevaient de
boucler leurs valises et leurs malles, le marquis de Crozant entrait dans la
chambre du docteur Castinel, qui était en train d'écrire, et lui disait :

Son Altesse Nounouche.   113

— Mon cher docteur, j'ai quelques courses à faire qui me prendront peut-être toute la matinée; vous m'excuserez donc si je ne vous tiens pas compagnie.

— Faites vos courses, cher monsieur de Crozant, et sans vous presser même. Pendant ce temps-là, je relèverai mes notes.

Cinq minutes après, le marquis sortait à pied de l'*Hôtel Beau-Rivage*.

Marchant lentement, le front pensif, il suivit le quai des Esclavons jusqu'à la Pazzietta, où se trouve la principale station des gondoles.

— *Al téatro Rossini!* commanda-t-il au gondolier.

— *Si, signore!* fit ce dernier.

Et appuyant l'extrémité ferrée de son unique et longue rame contre l'escalier du quai, d'une vigoureuse poussée il fit voguer son léger bateau sur l'onde tranquille du canal de Saint-Marc.

Le trajet s'accomplit en moins d'un quart d'heure.

Victor de Crozant abandonna sa gondole près de la petite place qui s'étendait devant la façade principale du théâtre.

Il fit rapidement le tour de l'édifice et se trouva bientôt devant l'entrée des artistes et du personnel de la maison.

Le gardien-portier était seul dans sa loge, lorsque le marquis, après avoir frappé doucement, poussa la porte qui était entr'ouverte.

En Italie comme partout, et peut-être mieux qu'en tout autre pays, avec de l'argent, on peut obtenir d'un portier, fût-il un vrai cerbère, tous les renseignements qu'on lui demande.

Pour demeurer muet à la vue d'un ou de plusieurs louis que le questionneur lui montre, il faut que le portier ne sache rien.

Or, le gardien du théâtre Rossini avait remarqué l'étranger qui, la veille, était sorti, passant devant sa loge, avec une artiste de la troupe française et le directeur de celle-ci.

Il put même donner le signalement assez exact du personnage dans lequel Victor de Crozant reconnut sans peine le vicomte de Saint-Geniès.

Le marquis demanda encore :

— Vous êtes bien certain qu'indépendamment du cavalier de l'actrice française, deux autres personnes : un homme et une dame, ne sont pas sorties par la porte du personnel du théâtre?

— Pour ça, j'en suis complètement sûr, déclara le gardien.

— Savez-vous où loge la troupe française?

— A l'hôtel Barozzi, sur la place San Mosé, près du pont.

— Je vous remercie, dit le marquis s'exprimant en italien.

Puis il s'éloigna lentement.

Tout en revenant dans la direction de la place Saint-Marc, il pensait:

— Je ne veux pas aller interviewer moi-même Fanny Meuilhard; je préfère lui adresser quelque agent, que j'enverrai également au théâtre pour interroger l'ouvreuse qui était de service hier aux avant-scènes du premier balcon.

Le marquis de Crozant tira un petit guide de sa poche, le consulta une minute et murmura:

— Une agence anglaise de renseignements existe près du pont du Rialto; j'y trouverai l'homme dont j'ai besoin.

L'ex-chef d'escadron s'orienta, puis d'un pas rapide marcha dans la direction du curieux pont de marbre, aussi vieux que Venise.

Quelques instants après, il franchissait le seuil de l'agence anglaise.

Lorsqu'il en sortit, un individu long et maigre, véritable échalas portant une paire de favoris roux, qui l'avait reconduit jusqu'à la porte, lui dit avec une politesse obséquieuse:

— Demain matin, avant huit heures, Votre Seigneurie aura tous les renseignements qu'elle nous a fait l'honneur de nous charger de lui procurer.

Le marquis retourna à l'*Hôtel Beau-Rivage.*

Onze heures étaient sur le point de sonner à l'horloge du Palais-Ducal, ancienne résidence des doges, quand il rejoignit le docteur Castinel qui, assis devant sa fenêtre, écrivait toujours.

Mais, en voyant entrer son compagnon de voyage, il s'empressa de mettre de côté plume, papier et carnet de notes pour écouter l'ancien commandant de chasseurs d'Afrique.

Le marquis de Crozant, n'ayant aucune raison pour cacher au vieil ami de la famille Bourgoin les démarches qu'il venait de faire pour savoir si le grand-duc et la grande-duchesse de Kirck-Berghein étaient ou n'étaient pas à Venise en ce moment, lui raconta toutes ses courses.

Dans l'après-midi, nos deux compatriotes allèrent faire une longue promenade au Lido.

Pour se rendre à cette île, ils prirent place dans une barque-omnibus.

Le docteur Castinel, désirant étudier de près la population vénitienne, avait pensé, avec raison, du reste, qu'en se servant de ce genre de locomotion, il pourrait aisément satisfaire son désir.

Au moment même où, leur promenade terminée, tous deux s'embarquaient pour retourner à l'*Hôtel Beau-Rivage*, la belle Fanny Meuilhard arrivait au Lido, avec une dizaine d'artistes français ou italiens qu'accompagnait M. Fauviaux.

La soirée parut longue, bien longue même, au marquis de Crozant, qui aurait voulu être au jour suivant pour être fixé au sujet du grand-duc Edouard et de la grande-duchesse Amélia.

Enfin, le lendemain arriva.

L'ancien officier se réveilla de bonne heure, se leva, s'habilla et attendit aussi patiemment que cela lui fut possible.

Huit heures sonnèrent au Palais des doges.

La dernière vibration ne s'était pas encore éteinte, que plusieurs coups discrets retentirent à la porte de sa chambre.

Il se hâta d'aller ouvrir.

Un valet de l'hôtel et un inconnu correctement vêtu étaient devant sa porte. Le premier dit vivement au marquis :

— *Signore*, vous avez donné l'ordre de vous amener, sans la faire attendre, la personne qui viendrait vous demander ce matin.

Et le valet désignait celui qui l'accompagnait.

— Oui, c'est bien, repartit M. de Crozant, qui ajouta, s'adressant à l'inconnu :

— Veuillez vous donner la peine d'entrer, monsieur.

Le visiteur entra et l'employé de l'hôtel referma la porte de la chambre.

Le nouveau venu se nomma, tout en saluant :

— Stefano Vignolli, de l'agence Glarisson et Cie.

Le marquis lui indiqua un siège et s'assit lui-même, disant :

— Parlez-moi d'abord de votre visite au théâtre Rossini ?

Stefano s'inclina légèrement.

— C'est par la fin, observa-t-il, que monsieur le marquis me demande de commencer mon rapport.

— Cela ne fait rien ! répliqua vivement l'ex-commandant.

Nouvelle inclinaison de tête de la part de Stefano Vignolli.

Puis, parlant sans se presser, il dit :

— Suivant les ordres qui m'avaient été donnés, je me suis présenté hier soir, au théâtre, dès l'ouverture des bureaux. J'ai retrouvé aisément l'ouvreuse que j'étais chargé de questionner.

— Que vous a-t-elle appris ?

— Tout d'abord, que l'avant-scène de balcon, numéro un, avait été occupée par trois personnes le soir du concert de charité.

— Y avait-il une jeune femme ? dit vivement le marquis impatient.

— Oui, monsieur, une jeune femme, très jolie, paraît-il.

— Blonde ?

— Très blonde... Elle s'est constamment tenue au fond de la loge avec le moins âgé des deux cavaliers qui l'accompagnaient. L'un, celui qui a lancé un bouquet aux pieds de l'actrice française, est très brun...

— Et l'autre ? celui qui se tenait près de la jeune femme ?

— L'autre est blond ; sa barbe, qu'il porte entière, est même très blonde. Il ne doit pas parler l'italien, car c'est son compagnon qui a été obligé de répondre à deux ou trois demandes de l'ouvreuse.

Après une courte pause, l'agent de la maison Glarisson reprit :

— Dans la journée, entre midi et demi et une heure, je m'étais présenté à l'*Hôtel Barozzi*, où est descendue la troupe française.

— Vous avez pu voir madame Fanny Meuilhard ?

— Non, monsieur le marquis, car cette chanteuse venait justement de partir avec son galant admirateur de la veille...

— Le cavalier au bouquet?

— Lui-même!... Il était venu la prendre pour l'emmener déjeuner dans quelque grand restaurant dont on n'a pu me dire le nom.

— Qui donc avez-vous interviewé?

Stefano répondit en souriant :

— Le directeur de la signora Fanny Meuilhard.

— Monsieur Fauviaux?

— C'est bien cela. Je me suis présenté à lui comme reporter de *la Gazette de Venise*... ce qui d'ailleurs est un peu vrai.

— Et par lui qu'avez-vous appris?

— Un renseignement qui vous paraîtra sans doute assez important.

— Dites vite !

— La signora Fanny Meuilhard connaît depuis longtemps le cavalier au bouquet, qui se nomme, ou plutôt se nommait à Paris, monsieur le vicomte Gontran de Sainte-Gemme.

— Gontran de Sainte-Gemme ! s'écria le marquis de Crozant. Attendez donc !... je crois avoir déjà entendu prononcer ce nom...

Il réfléchit une seconde à peine ; une lueur se fit tout à coup dans son esprit, et il murmura :

— C'est bien ce nom ; je me souviens... Le vicomte de Sainte-Gemme a été un des funestes conseillers du malheureux prince Othon.

Et, tout pensif, comme s'il se fût parlé à lui-même :

— Oh ! voilà qui est très grave... Ce vicomte qui est un intime de Fanny Meuilhard... Est-ce que monsieur André Desjardin, quand à Pétersbourg il me parlait de l'adversaire de Robert Templier, est-ce qu'il aurait entrevu la vérité?

La voix de Stefano le rappela à l'heure présente.

L'agent italien lui disait :

— Je vous demande la permission de continuer, monsieur le marquis.

— Parlez, je vous écoute.

— Ayant appris par monsieur Fauviaux que le galant cavalier de la belle actrice parisienne devait ramener celle-ci vers trois heures, j'allai m'installer dans un café d'où je pouvais facilement apercevoir tous ceux qui approchaient soit à pied, soit en gondole, de l'*Hôtel Barozzi*... Quelques minutes avant trois heures, je vis effectivement arriver une belle jeune femme brune, portant une toilette un peu tapageuse qui me permit de deviner que j'avais devant les yeux l'étoile de la troupe française.

— Euh ! l'étoile ?... Mais continuez, fit Victor de Crozant.

Stefano poursuivit :

— La signora sauta légèrement, de la gondole qui la ramenait, sur les premières marches de l'escalier donnant accès à la terrasse de l'hôtel, échangea

La portière était à peine refermée que Guillaume fouettait ses chevaux qui repartaient au galop.

C'est Fritz qui, par le premier train de cinq heures du matin, avait amené, de Kirck-Berghein à la maisonnette appartenant au comte de Kunrick, la belle Marguerite Kreymer, qui employa les trois quarts de sa journée de captivité à se pomponner, à arranger ses cheveux comme elle avait vu Julia arranger ceux de la grande-duchesse.

Elle s'essaya aussi à singer la démarche souple et gracieuse de la princesse Amélia, relevant la tête comme elle et assommant Fritz par de continuels : « Est-ce ça ?... Est-ce que je marche comme la grande-duchesse ?... Est-ce que je l'imite bien ?... On pourra sans doute s'y tromper ? »

Non, bien sûr, ceux qui connaissaient la toute charmante princesse n'auraient point commis la bévue de prendre Margot pour Amélia : la différence était trop grande, trop visible, sous plus d'un rapport.

Mais ceux qui n'avaient jamais vu la veuve du prince Nicolas Bolstoï, qui savaient seulement par ouï-dire qu'elle était blonde et jolie, ceux-là, naturellement, s'ils avaient aperçu Margot quand elle descendit de voiture et que, au bras du prince Edouard, elle traversa la salle d'attente de la modeste station, puis grimpa lestement dans un wagon-salon des chemins de fer de l'*Union Allemande*, lequel devait être attaché au train direct qui allait les emporter jusqu'à la frontière, ceux-là, disons-nous, ne pouvant que voir les cheveux blonds et la petite capote de Margot, qui avait eu soin de relever jusqu'à ses oreilles le collet de son long manteau, de plus jugeant à la tournure que la personne était jeune et élégante, ils n'auraient pas hésité à se dire : « Voilà Son Altesse la grande-duchesse de Kirck-Berghein. »

Vers le même moment à peu près où Margot, toute frémissante de joie, de plaisir et d'émotion, posait sa main soigneusement gantée dans celle que le grand-duc lui offrait pour descendre de voiture devant la petite gare, la berline mise à la disposition de la véritable princesse, s'arrêtait à son tour en face de la maisonnette dont nous venons de parler.

Le vieux Fritz en avait tiré la porte derrière lui, après le départ de Marguerite ; puis, tenant à la main une énorme valise, il était venu se poster sur le bord du chemin.

Là, il attendit immobile la voiture d'Amélia.

Son attente ne fut pas d'une très longue durée.

Cinq ou six minutes tout au plus après que Margot eut quitté la maisonnette, il vit s'avancer au petit trot la berline de la princesse.

Le comte de Kunrick arrêta brusquement ses chevaux ; le vieux Fritz hissa sa valise sur le siège, escalada ensuite celui-ci, s'assit à côté du gentilhomme allemand et la voiture reprit sa course.

Mais elle n'alla pas jusqu'à la station.

Arrivé à cent cinquante mètres de celle-ci, le comte engagea son attelage sur une route assez large tracée presque parallèlement à la voie ferrée ; puis, de la langue, il fit retentir coup sur coup deux clappements secs, et ses deux chevaux, qui savaient ce que signifiait ce bruit, passèrent du trot au galop.

La malheureuse Amélia roulait, maintenant, dans la direction du hameau de Nessenthald.

Le trajet dura trois heures et parut long non seulement à Amélia, qui avait hâte d'être débarrassée des complices de Louis Hérault, mais surtout à Clostermann et au baron de Rosemberg.

Il n'était pas loin de dix heures lorsque l'hercule Conrad Wolfgang, tenant un falot à la main, ouvrit les grilles de la propriété du baron.

Il s'empressa de les refermer aussitôt que la berline fut entrée.

Cinq minutes plus tard, Rosemberg introduisait la princesse, suivie de Julia, dans une pièce spacieuse doucement chauffée par la chaleur de deux énormes bûches de chêne qui brûlaient dans la cheminée.

Il lui disait ensuite :

— Voici la chambre destinée à Votre Altesse... le cabinet qui lui est attenant servira à votre cameriste... Demain matin on vous apportera de la station de Nessenthald toutes vos malles qui ont dû y être déposées cet après-midi... S'il arrivait que vous eussiez besoin de quelque objet oublié par vous à Kirck-Berghein, vous n'auriez qu'à prévenir Fritz ou Wolfgang qui resteront ici pour servir Votre Altesse.

— C'est bien, monsieur, répliqua froidement la princesse avec une nuance de lassitude.

Le baron de Rosemberg s'inclina respectueusement et se retira.

Il rejoignit dans une pièce du premier étage le docteur Clostermann et le comte de Kunrick.

— Que vous a dit la grande-duchesse ? lui demanda vivement le ministre.

— Rien ! répondit le baron.

— Parfait ! Maintenant on va pouvoir respirer, déclara Clostermann. En dehors des affaires du grand-duché, je n'ai plus à m'occuper que d'une chose... de la vieille Mouchotte.

— Pour lui rendre l'usage de la vue... puis la liberté ?

— Oui, la vue, s'il y a moyen. Quant à la liberté... on se contentera de faire semblant de la lui rendre, dit Clostermann.

Il ajouta, s'adressant au comte de Kunrick :

— Nous n'avons pas de train pour Kirck-Berghein avant minuit ?

— Minuit vingt-cinq.

— Et combien faut-il pour aller d'ici à la station de Nessenthald ?

Ce fut Rosemberg qui répondit :

— Une petite demi-heure, même pas, avec la voiture du comte.

— Alors, reprit Clostermann, nous avons largement le temps de souper et de nous reposer avant de repartir.

Et il sonna Wolfgang pour qu'il s'occupât de déballer avec Fritz, les provisions qu'on avait apportées du château de Kunrick.

Un instant après, le misérable docteur et ses dignes compagnons s'installaient tous trois devant une table chargée de mets froids.

Si vous le voulez bien, nous laisserons ces honnêtes personnages pour suivre le faux prince Edouard, le pseudo-vicomte de Saint-Geniés, et la belle Margot, à cette heure au comble de la joie dans leur voyage en Italie où plus d'une aventure les attendait.

Toutefois, au lieu de nous y rendre directement, nous ferons un large crochet afin de passer par la capitale de la France, où nous n'avons pas remis les pieds depuis le décès de la malheureuse Jeanne Templier, si lâchement martyrisée et assassinée par le cynique docteur Jougla.

Abandonnons donc la pauvre princesse Amélia, que nous retrouverons, du reste, bientôt, et de sa nouvelle prison sautons brusquement à Paris.

<h1 style="text-align:center">XXXII</h1>

L'HOMME PROPOSE, DIEU DISPOSE.

C'est dans un somptueux appartement de l'hôtel *Continental* que nous retrouvons le marquis Victor de Crozant.

N'ayant pas l'intention de séjourner très longtemps à Paris, il s'était installé provisoirement à l'hôtel, renvoyant aux beaux jours de l'année suivante l'exécution du projet qu'il avait fait d'acheter ou de louer un petit hôtel particulier aux environs du Bois de Boulogne.

M. de Crozant qui, on sait pour quelle raison, avait retardé de vingt-quatre heures son départ de Saint-Pétersbourg, avait quitté son compatriote André Desjardins la veille du mariage de la princesse Bolstoï, sans avoir pu mettre un nom sur le visage du secrétaire de Son Altesse le grand-duc de Kirck-Berghein.

Le marquis de Crozant avait déjà voyagé un peu dans tous les pays, aussi était-il assez embarrassé pour dénicher une contrée nouvelle pour lui, où, tout en ayant quelque plaisir à la visiter, il pourrait chasser les idées mélancoliques qui s'étaient emparées de lui et, surtout, trouver l'oubli ou plutôt le remède à la peine secrète que le mariage de la princesse Amélia avait mise au fond de son âme.

— Soyez assez bonne, madame pour remettre ma carte. (Page 879.)

Après avoir bien cherché, il se décida pour le Portugal et le sud de l'Espagne, avec l'intention de pousser une pointe jusqu'à Tanger.

Et il se disait :

— Je ne connais pas le Maroc, si la chose est possible, je le visiterai.

Mais le marquis se trompait.

Il ne devait aller ni au Maroc ni en Portugal.

C'est en Italie, qu'il avait par deux fois visitée, que le hasard ou le destin devait conduire ses pas.

Voici comment il fut amené à changer l'itinéraire de son voyage.

Son Altesse Nounouche.   110

Dès le lendemain de son retour à Paris, il se rendit, entre deux et trois heures de l'après-midi, chez M. Gaston Bourgoin.

Le jeune notaire était justement dans son cabinet de travail lorsqu'on lui remit la carte de M. de Crozant.

— Vite, vite, faites entrer ! ordonna-t-il.

Et abandonnant le vaste fauteuil dans lequel il était plutôt en train de rêver que de travailler, il se porta avec un réel empressement au-devant de son visiteur.

Le marquis entra.

Après avoir échangé les salutations et les compliments d'usage, le notaire désigna un fauteuil à l'ancien commandant de chasseurs d'Afrique, puis, s'étant lui-même assis, il s'écria en souriant :

— C'est une vraie et en même temps une agréable surprise que vous me procurez aujourd'hui, monsieur le marquis.... Mais avouez qu'elles sont un peu trop rares, vos surprises.

Victor de Crozant dit, souriant à son tour :

— Mon retour inopiné va en causer plus d'une encore ; et c'est par vous que j'ai voulu commencer, cher monsieur Bourgoin.

— Alors c'est moi qui ai votre première visite ?

— Mais oui.

— Ça c'est vraiment aimable, monsieur le marquis.... Nous aurons, je l'espère, le plaisir de vous voir de temps à autre, car vous n'avez pas, cette fois, l'intention de retourner passer l'hiver à Pétersbourg ?

— En effet, ce n'est point mon intention.

— Où avez-vous élu domicile.

— Au *Continental*.

— Vous n'allez pas rester indéfiniment à l'hôtel, bien sûr ? s'écria maître Bourgoin.

Et se rappelant soudain qu'il était chargé de surveiller les intérêts d'une jeune et riche cliente, il ajouta vivement avec une certaine bonhomie :

— Eh ! mais, attendez donc, cher monsieur de Crozant, je crois que j'ai votre affaire... une véritable occasion à vous offrir.

— Une occasion ? Un petit hôtel, je gage ?

— Oui, un vrai bijou !... A trois pas des Champs-Elysées... Et je vous assure...

Du geste, le marquis arrêta l'obligeant tabellion.

Puis, avec son sourire un peu mélancolique :

— Permettez, cher monsieur Bourgoin, fit-il. J'ai effectivement l'intention d'acquérir quelque jour un petit hôtel à Paris, mais pas en ce moment ; nous verrons plus tard... l'année prochaine.

— Mais c'est bientôt, l'année prochaine, repartit vivement maître Bourgoin. Nous sommes en octobre, monsieur le marquis.

— C'est juste. Alors ne disons pas l'année prochaine ; pour préciser, mettons dans un an.

Le jeune notaire se caressa doucement le bout du nez, geste qui chez lui indiquait une certaine indécision, et il répéta, un peu navré :

— Fâcheux... fâcheux... très fâcheux ! C'était une affaire assez avantageuse pour vous, cher monsieur de Crozant... et ma cliente aurait été satisfaite. Enfin, on verra plus tard !

— Mais oui, maître Bourgoin... Si je n'accepte pas aujourd'hui votre offre, c'est tout simplement parce que je vais me remettre en voyage.

— Déjà !

— Dans une quinzaine. J'ai des idées noires, mon cher monsieur Bourgoin, j'espère les faire disparaître en voyageant.

Le notaire fixa son interlocuteur.

Puis, avec un sourire bon enfant et plein de finesse :

— Il y aurait encore un autre moyen... hasarda-t-il.

— Un autre moyen ?

— Oui, et un bon, j'en suis sûr !

— Ah ! vraiment ?

— Et qui ne vous empêcherait nullement de satisfaire vos goûts pour les voyages... au contraire : votre plaisir en serait augmenté.

— Vous m'intriguez. Quel est donc ce moyen ?

— Oh ! il est bien simple... Il vous faut prendre une compagne !

— Une compagne ? s'exclama le marquis.

— Oh ! une compagne légitime, bien entendu ! ajouta le tabellion parisien toujours souriant.

L'ex-commandant de cavalerie secoua la tête et dit :

— Vous n'y pensez pas. Je suis trop vieux maintenant.

— Trop vieux, à quarante ans ?

— Quarante-deux ! mon cher monsieur. Et je ne vous parle pas des années de campagnes qui, vous le savez, comptent double.

— Pas pour tout le monde, monsieur le marquis : vous-même en êtes la preuve... D'ailleurs, quarante ans, c'est justement l'âge que nous voudrions qu'eût notre nouveau mari.

— Ah ! nous... c'est une veuve ?

— Oui, une jeune veuve... vingt-neuf ans bientôt... sort d'une excellente famille... noblesse de robe...

Voyant que le marquis ne disait rien, M° Bourgoin ajouta rapidement :

— Pas très grande, mais tout à fait charmante... Fortune convenable... Habite avec son père, depuis la mort de son mari... Voulez-vous que nous...

— Non, ça ne me dit pas, interrompit en riant l'ex-officier de chasseurs d'Afrique.

Mais le jeune tabellion tint à ajouter encore :

— Si vous consentiez, cher monsieur de Crozant, à vous créer une famille en vous unissant à mon aimable cliente... une amie de ma femme, le petit hôtel dont je voulais vous parler...

— Eh bien?

— Eh bien, il ne vous coûterait rien! acheva le notaire gaîment.

Victor de Crozant répliqua d'une voix à la fois douce et grave :

— Je vous remercie sincèrement, cher monsieur Bourgoin, de l'intérêt que vous me portez... mais je ne veux pas me marier, ni aujourd'hui, ni plus tard, ni jamais!

Un moment de silence suivit cette déclaration.

Au bout d'une minute environ, Gaston Bourgoin demanda :

— Dans quel pays comptez-vous promener votre humeur vagabonde?

— Je me propose d'aller faire un petit tour au Maroc, après avoir visité le Portugal.

Comme le marquis achevait ces mots, on frappa à la porte du cabinet.

— Entrez! commanda le jeune notaire.

Un domestique parut et dit tout d'une haleine :

— Monsieur le docteur Castinel, l'ami de monsieur, avant de partir en voyage, vient prendre congé de monsieur.

— C'est bien ; amenez-nous le docteur, ordonna Gaston Bourgoin.

Et se tournant vers le marquis :

— Si mes meilleurs amis se sauvent de Paris les uns après les autres, que vais-je devenir? ajouta-t-il d'un air moitié sérieux, moitié comique.

M. de Crozant allait répliquer de la même façon par une petite phrase consolatrice, mais il n'en eut pas le temps.

Le docteur Castinel entrait.

Le nouvel arrivant, ancien ami de la famille Bourgoin, était un grand et bel homme de quarante-cinq à quarante-huit ans. Sa barbe et ses cheveux bruns étaient parsemés de nombreux fils d'argent.

L'expression de sa physionomie, quoiqu'un peu mélancolique, respirait l'intelligence, la douceur et la bonté.

Le docteur et le marquis se connaissaient déjà pour s'être rencontrés plusieurs fois dans le salon de Mᵉ Bourgoin.

Les deux visiteurs de ce dernier échangèrent une cordiale poignée de main, puis les trois hommes s'assirent. Le notaire dit en riant :

— Mon cher docteur, est-ce que, par hasard, vous aussi, auriez l'intention d'aller faire un petit tour sur le sol africain?

M. Castinel secoua la tête, puis regardant Victor de Crozant :

— Ah! fit-il, monsieur le marquis retourne en Afrique?

— J'ai du moins formé le projet d'aller visiter le Maroc.

— Moi, reprit le docteur, je vais me diriger du côté opposé.

— Où donc? demanda le tabellion parisien.

— En Italie d'abord... Turin et Milan. Puis je me rendrai à Vienne ! ensuite je passerai de l'empire d'Autriche-Hongrie en Roumanie et enfin je pousserai jusqu'à la ville d'Odessa, terme de ma mission.

— Ah ! c'est vrai, s'écria Gaston Bourgoin, on devait vous envoyer étudier le traitement de la rage dans quelques grandes villes... Ainsi c'est à l'étranger que l'on vous envoie ?

— Je pars après-demain soir, par le rapide de huit heures cinquante, mon cher Gaston.

— Et vous partez seul ?

— Hélas ! oui... Aussi je ne vous cache pas que je crains bien d'être plus d'une fois embarrassé en ces contrées dont j'ignore les usages.

Gaston Bourgoin, qui aurait voulu que tous ses amis fussent, comme lui, toujours contents, eut tout à coup une inspiration.

Il demanda à l'ancien commandant de chasseurs d'Afrique :

— Dites-moi donc, cher monsieur de Crozant, est-ce que vous tenez absolument à voir les habitants du Maroc ?

— Pas le moins du monde... Seulement où voulez-vous que j'aille pour ne pas retourner deux fois dans les mêmes pays ?

— Connaissez-vous Odessa ?

— Non, pas encore.

— Alors allez-y, mon cher marquis ! Le docteur Castinel sera enchanté d'avoir un compagnon de voyage aussi érudit que vous...

— C'est la vérité, déclara vivement le praticien.

— Et je suis sûr, continua le jeune notaire en souriant, que pour chasser les idées noires dont vous m'avez parlé, cher monsieur de Crozant, rien ne vaudra mieux que la présence d'un aimable compatriote... Comme ça vous vous rendrez mutuellement service. Hein ? qu'en pensez-vous ?

Le gentilhomme sourit légèrement.

Tandis que le tabellion parlait, il réfléchissait que, s'il poussait jusqu'au Maroc, il devrait, pendant tout le temps qu'il explorerait ce pays, renoncer à recevoir des lettres de France, car la poste, là-bas, sauf à Tanger et à Mogador, n'existe pour ainsi dire pas.

Au contraire, en ne quittant pas l'Europe, si quelqu'un lui écrivait du grand-duché de Kirck-Berghein ou d'ailleurs, il pourrait, après un léger retard, recevoir les nouvelles qu'on voudrait bien lui envoyer.

Et ce fut cette pensée qu'il recevrait peut-être quelque jour un mot d'écrit de la princesse Amélia, de celle qui, malgré lui, occupait toujours une grande place dans son cœur, ce fut cette pensée, disons-nous, qui le décida à suivre le conseil de M⁰ Bourgoin.

En souriant, celui-ci répéta :

— Hein ? que pensez-vous de mon idée ?

— Mais je la trouve très bonne, répondit le marquis; si bonne que j'ai bien envie d'accompagner monsieur Castinel.

— Et j'en serai vraiment heureux, monsieur le marquis! proclama très franchement le docteur.

— Eh bien, c'est dit ; nous irons ensemble à Odessa, reprit l'ancien chef d'escadron. Vous partez après-demain?

— Oui ; mais si vous le désirez, nous pouvons retarder notre départ de deux ou trois jours.

— Inutile, monsieur le docteur ; vingt-quatre heures me suffiront pour rendre visite aux quelques amis intimes que j'ai ici.

Et se levant :

— Mon cher monsieur Bourgoin, je vous demande la permission de vous quitter. Je reviendrai pour vous dire adieu.

Le jeune notaire, tout en lui serrant la main, dit vivement :

— Je vous en prie, monsieur le marquis, faites-moi l'amitié de venir dîner après-demain, avec le docteur sur lequel je compte... Je vous accompagnerai ensuite tous deux à la gare de Lyon.

— Comment vous refuser ?

— Ça, c'est impossible, n'est-ce pas ? ajouta le tabellion en riant.

— Aussi j'accepte, mon cher monsieur Bourgoin, dit le marquis.

Gaston le reconduisit jusqu'à la porte de l'antichambre, et ils se séparèrent, en disant ensemble :

— A après-demain !... Au revoir !

Tout en s'éloignant, le marquis de Crozant pensait :

— L'homme propose et Dieu dispose, a dit la Sagesse des nations. Je voulais me rendre en Afrique ; on veut m'emmener en Russie, jusqu'à Odessa... Eh bien, allons à Odessa.

Mais l'ex-commandant se trompait.

Il ne devait pas mettre les pieds dans l'importante cité russe que baignent les flots sombres de la mer Noire.

En sortant de la superbe demeure du jeune notaire, le marquis remonta dans la voiture de place qui l'avait amené et se fit conduire au n° 30 *bis* de la rue de Sévigné, une des plus tranquilles du si paisible quartier du Marais.

Au bout d'une demi-heure de course, son fiacre le déposa devant une vieille maison datant de deux siècles pour le moins.

La loge des concierges était située dans l'angle d'une vaste cour pavée, dont les dimensions témoignaient qu'à cette époque on n'était pas chiche de terrain comme on l'est aujourd'hui.

Le marquis aperçut, à une dizaine de pas de la loge, une grosse femme au visage réjoui qui, malgré sa corpulence, manœuvrait assez vivement un énorme balai de bouleau.

Jugeant à sa mine et à son occupation que ce devait être la gardienne de l'immeuble, il se dirigea droit à la balayeuse.

Celle-ci, qui était effectivement « madame la pipelette », voyant s'avancer un inconnu de belle tournure et de mise élégante, cessa brusquement de faire mouvoir son balai sur les pavés de la cour.

Et d'un ton plein d'amabilité, ma foi, elle articula bien vite :

— Que demandez-vous, monsieur ?

Sur un ton tout aussi aimable, Victor de Crozant répondit :

— Monsieur Frédéric Zurminden n'est sans doute pas chez lui à cette heure-ci ?

— Non, monsieur.

— Rentre-t-il tard le soir ?

— Ça dépend ousqu'il est allé livrer les marchandises de son patron. Des fois il revient vers sept heures et demie et des fois aussi il est plus de huit heures quand il rentre.

Le marquis tira d'un élégant porte-cartes un rectangle de bristol, traça rapidement au crayon quatre lignes sur le verso et remettant la carte à la portière :

— Madame, lui dit-il, êtes-vous certaine d'apercevoir monsieur Zurminden lorsqu'il rentrera ?

— A *quèque* soit le moment qu'il s'amène, je suis bien sûre de voir m'sieur Frédéric, par la cause qu'il est obligatoirement forcé d'entrer dans ma loge pour y prendre sa clef ; c'est moi qui fait son ménage de garçon *célibataire*.

M. de Crozant ne put s'empêcher de sourire.

Puis, mettant dix francs dans la main de la brave femme, qui de plaisir en devint écarlate, il reprit :

— Soyez assez bonne, madame, pour remettre, ce soir même, ma carte à monsieur Zurminden. Il faut que je le voie demain après son travail ; j'ai une importante communication à lui faire.

L'aimable portière répliqua avec rondeur :

— Vous pouvez vous en rapporter à moi, monsieur ; je m'en vas guetter l'arrivée de mon locataire et en lui donnant votre « petite chose », je lui dirai tout ça que vous venez de me dire.

— Je vous remercie, fit le marquis en se retirant.

— C'est moi, monsieur, qui vous remercie bien ! s'écria la concierge caressant la pièce d'or qu'elle avait glissée dans la poche de son tablier.

Et quand le marquis eut disparu :

— Eh ben ! se dit-elle à elle-même, voilà ça qu'on peut appeler un homme qui a de l'éducation ; il est poli et très généreux. Aussi je vas mettre de côté sa petite machine pour m'sieu Frédéric.

Et comme pour être une fonctionnaire du cordon, elle n'en était pas

quelques paroles ainsi qu'une poignée de main avec le vicomte, puis celui-ci donna un ordre au gondolier, qui vira aussitôt de bord.

— Vous avez eu l'idée de le suivre ?

— Oh ! je l'avais déjà, cette idée, en m'installant dans un coin du café. Au pont Barozzi, non loin de l'hôtel, stationnent toujours quelques bateaux. Il ne me fut donc pas difficile de filer le vicomte de Sainte-Gemme, qui se rendait au *Grand-Hôtel Royal*.

— Il n'a pu se douter qu'il était suivi ? demanda le marquis.

— Non, c'est impossible, car ma gondole se tenait à plus de trente brasses de la sienne ; puis, au lieu de m'arrêter ou de revenir vers mon point de départ, je dis au gondolier de continuer jusqu'à la gare... Ce ne fut que trois heures plus tard que je me présentai au bureau du *Grand-Hôtel Royal*, toujours en qualité de journaliste.

— Monsieur le vicomte Gontran de Sainte-Gemme ? dis-je tout d'abord.

Le gérant me répondit :

— Nous n'avons aucun voyageur s'appelant ainsi.

Il ajouta presque aussitôt :

— Peut-être faites-vous confusion de noms... Nous avons depuis deux jours monsieur le vicomte de *Saint-Geniès*, mais pas de Saint-Gemme.

Victor de Crozant murmura :

— C'est sous le titre de vicomte de Saint-Geniès que je connais depuis quelques semaines l'admirateur de madame Fanny Meuilhard. Quant au nom de Sainte-Gemme, je sais, ainsi que je vous l'ai dit tout à l'heure, que c'était ce nom-là qu'il portait à Paris.

Après un court instant de réflexion, il demanda :

— Avez-vous parlé au vicomte en question ?

— Non, monsieur le marquis, j'ai préféré attendre de vous avoir vu, surtout que je n'avais pas d'ordres... Je me suis dit que, sachant maintenant quel hôtel il habitait, il me serait toujours possible de revenir un peu plus tôt ou un peu plus tard pour l'interviewer.

— Vous avez bien fait, déclara Victor de Crozant. Je me rendrai fort probablement moi-même au *Grand-Hôtel Royal*.

En prononçant cette phrase, il se leva.

Puis il ajouta doucement, semblant réfléchir encore :

— Je vous félicite, monsieur Stefano, d'avoir si habilement rempli la mission que votre directeur et moi vous avions confiée. J'aurai sans doute encore besoin de vos services ; tout dépendra de la visite que je ferai peut-être ce soir à monsieur le vicomte de Saint-Geniès.

— Je suis entièrement à vos ordres, monsieur le marquis, affirma l'agent italien qui s'était levé en même temps que l'ex-chef d'escadron.

Celui-ci le reconduisit jusqu'à la porte de son appartement, et, après s'être salués courtoisement, ils se quittèrent.

Tandis que Stefano Vignolli gagnait le superbe vestibule de l'*Hôtel Beau-Rivage*, le marquis de Crozant s'enfermait dans sa chambre pour réfléchir tranquillement à certaines pensées qu'avait fait naître dans son cerveau la seconde partie du rapport de l'agent italien.

Au bout de quelques minutes, il se dit :

— Pourquoi n'écrirais-je pas à monsieur André Desjardins ? Il trouvera à Saint-Pétersbourg tous les journaux imprimés à Kirck-Berghein, et en les parcourant il verra bien si le prince Edouard et la princesse Amélia ont quitté leur résidence pour s'en aller en voyage à l'étranger.

N'ayant pas sous la main ce qui lui était nécessaire pour écrire, il se rendit dans le salon de lecture, où il trouva tous les objets qui lui manquaient, et, séance tenante, il écrivit une longue lettre à son compatriote André Desjardins.

En glissant sa missive dans une enveloppe, il calcula :

— Quarante-huit heures pour aller à Pétersbourg ; autant pour recevoir la réponse de M. Desjardins... Ajoutons une journée pour un retard imprévu ; dans cinq jours je pourrai être fixé... J'attendrai à Venise.

Après qu'il eut donné l'ordre de faire porter immédiatement sa lettre à la poste, il regagna son appartement.

Un instant plus tard, le docteur Castinel vint l'y rejoindre et lui demander s'ils partiraient ensemble pour Vienne par le premier train du lendemain, ou s'ils iraient à Trieste par le bateau à vapeur du Lloyd autrichien.

Victor de Crozant répondit :

— Cher monsieur Castinel, vous allez certainement vous dire que votre compagnon de voyage est un être bizarre, capricieux, et vous ne serez guère satisfait de lui, j'en ai bien peur !

Le praticien regarda un peu étonné l'ancien commandant.

Puis, avec une nuance d'inquiétude :

— Monsieur le marquis, demanda-t-il, est-ce que vous songez à me laisser en route ?

Ce dernier s'empressa de répliquer :

— Rassurez-vous, mon cher docteur. Je vais, il est vrai, vous abandonner momentanément cinq ou six jours au plus.

— Oui, on dit cela, mais...

— Vous pouvez me croire, cher docteur, interrompit vivement le marquis ; je promets de vous rejoindre soit à Vienne, soit à Bukarest, et nous ne nous séparerons plus jusqu'à la fin de notre voyage.

Le médecin répliqua en souriant :

— Ces paroles et cette promesse me réconcilient un peu avec vous, monsieur le marquis... Je me suis tellement habitué à mon cicerone que, s'il venait à me manquer comme cela, subitement, je serais très contrarié et tout le plaisir que, grâce à vous, j'éprouve à voyager, eh bien, je vous le dis franchement il cesserait du coup.

— J'en serais désolé, cher docteur. Aussi je m'empresserai de vous aller retrouver dès que j'aurai reçu certaine lettre que j'attends.

M. de Crozant et M. Castinel passèrent toute la journée ensemble.

Le marquis, ne voulant pas chagriner son aimable compagnon, renvoya au jour suivant la visite qu'il comptait faire au secrétaire particulier du grand-duc de Kirck-Berghein.

Le lendemain matin, le docteur Castinel quitta Venise.

Resté seul, Victor de Crozant se dit :

— Je me rendrai vers onze heures au *Grand-Hôtel Royal*. Je demanderai le vicomte de Saint-Geniès. J'avouerai à celui-ci que l'ayant reconnu au théâtre Rossini et ayant aperçu ou plutôt entrevu dans sa loge deux personnes, dont une dame, je me suis fait la réflexion que ces personnes étaient peut-être le grand-duc et la grande-duchesse... J'ajouterai que je viens lui demander si je ne me suis point trompé, et, dans le cas où Leurs Altesses seraient en effet à Venise, que je serais réellement heureux de pouvoir leur présenter mes hommages.

Cette résolution prise, le marquis de Crozant gagna la place Saint-Marc et se promena quelques instants sous les arcades.

A dix heures et demie, il prenait place dans une gondole et se faisait conduire à l'*Hôtel Royal*.

Vingt minutes plus tard, son véhicule nautique accostait l'escalier de pierre du débarcadère de l'hôtel.

— Ne vous éloignez pas, dit-il en italien au gondolier.

— *Bene, bene, signor !*

Victor de Crozant pénétra dans le vestibule de l'*Hôtel Royal*.

Un jeune groom vint au-devant de lui.

— Je désire parler au gérant?

— Que Votre Seigneurie daigne me suivre, répondit vivement le petit domestique, qui se dirigea vers l'escalier intérieur.

L'ex-chef d'escadron emboîta le pas au gamin ; celui-ci le conduisit dans une petite pièce située à l'entresol et lui dit :

— Le gérant est en train de déjeuner ; je vais le prévenir que Votre Seigneurie désire lui parler.

Et le petit groom disparut entre les deux battants d'une porte, avec la rapidité d'une anguille entre deux quartiers de roc.

Aussi le marquis n'attendit-il pas longtemps.

Une minute ne s'était certainement pas écoulée lorsque le gérant, en frac noir et cravate blanche, entra dans le salon et tout de suite s'excusa d'avoir fait attendre Sa Seigneurie.

Victor de Crozant lui dit :

— Voyez, madame, voyez ces énormes barreaux de fer! (Page 911.)

— Je désirerais voir un de mes compatriotes, monsieur le vicomte de Saint-Geniès, arrivé ici il y a trois ou quatre jours.

Le gérant de l'hôtel répondit, comme à regret :

— C'est une fatalité, mais Votre Seigneurie arrive une demi-heure trop tard pour rencontrer son compatriote.

— Monsieur le vicomte de Saint-Geniès est sorti?

— Non, pas sorti, mais bien parti !

Le marquis demeura une dizaine de secondes tout déconcerté.

Son Altesse Nounouche.   114

Il demanda encore :

— Les deux personnes descendues ici en même temps que le vicomte sont parties également, sans doute?

— Monsieur le comte d'Hureld et madame la duchesse Marguerite-Amélie ont quitté Venise hier matin.

Le désappointement du marquis de Crozant devint alors si visible que le gérant du *Grand Hôtel Royal*, pensant que l'élégant visiteur était fort probablement un ami intime du vicomte de Saint-Geniès, se crut autorisé à commettre une petite indiscrétion.

Il alla prendre un registre, puis il dit au marquis :

— Je crois que Votre Seigneurie serait bien aise de savoir où elle pourrait retrouver son compatriote, ou tout au moins lui écrire?

L'ancien officier prononça vivement :

— Oui, monsieur, oui, c'est vrai!

— Eh bien, je peux indiquer à Votre Seigneurie où monsieur le vicomte doit aller en quittant notre ville.

Et après un rapide coup d'œil sur une page du registre :

— Monsieur de Saint-Geniès a laissé l'ordre d'envoyer à Padoue, *Hôtel Royal des Etrangers*, toutes les lettres qui lui seraient adressées ici.

Victor de Crozant n'avait plus rien à demander.

Il remercia son interlocuteur et retourna vers sa gondole.

— A l'*Hôtel Beau Rivage*! ordonna-t-il en posant le pied dans le léger bateau qui l'avait amené.

Il s'assit, et le regard perdu devant lui, semblant regarder, mais sans la voir, la route liquide sur laquelle sa gondole glissait doucement, il s'abandonna bientôt à une profonde rêverie.

En lui-même, il pensait :

— Le grand-duc et la grande-duchesse voyagent certainement incognito... leurs noms d'emprunt le prouvent... Mais pourquoi sont-ils restés si peu de temps à Venise?... Pourquoi le prince Edouard... car je ne doute plus que ce ne soit lui... pourquoi s'est-il affublé d'une barbe postiche pour assister l'autre soir à la représentation du théâtre Rossini?... Si le grand-duc était Louis Hérault, ce que j'ai cru autrefois, je comprendrais son déguisement. Il aurait pu craindre d'être reconnu par Fanny Meuilhard dont il a été l'amant de cœur... Mais ce qui me trouble le plus, c'est cette pensée que le vicomte de Saint-Geniès, secrétaire particulier du grand-duc Edouard, était il y a quelques mois seulement le confident et l'un des conseillers néfastes du malheureux prince Othon... Il se faisait appeler vicomte de Sainte-Gemme... Pourquoi a-t-il ainsi changé de nom en passant au service d'un prince allemand? Ah! si pourtant c'était le vicomte qui, par l'intermédiaire de Fanny Meuilhard, avait fait parvenir au prince détrôné le fatal canif à lame d'argent qui devait être l'instrument de sui- cide?... Ah! si cet homme, ce Gontran de Saint-Gemme n'avait été qu'un émissaire du grand-duc de Kirck-Berghein et de Clostermann ?... ne pourrait-on pas en déduire que l'avènement du prince Edouard au trône du grand-duché allemand renferme quelque chose de louche?...

Et tout en passant la main sur son front comme pour chasser ou éclaircir ses idées, il ajouta mentalement :

— Je pressens dans tout cela un mystère... Qui m'en donnera la clef?....

Brusquement il sursauta.

Son gondolier lui criait :

— *Eccoci arrivati, signor* ! (Nous voilà arrivés !)

En effet, la gondole se rangeait le long du quai des Esclavons.

Victor de Crozant sortit lestement du gracieux bateau, mit une pièce de cinq francs dans la main du conducteur enchanté, et atteignit en quelques pas le péristyle de l'*Hôtel Beau Rivage*.

Il se fit servir à déjeuner dans sa chambre.

Et de ne nouveau il réfléchit longuement.

Enfin il se dit :

— J'irai à Padoue pour y passer trois ou quatre jours. Je veux revoir la princesse Amélia et le grand-duc... Il me semble qu'une force mystérieuse me pousse vers eux.... Je partirai demain matin.

Pauvre marquis de Crozant !

Il voulait revoir celle qu'il avait aimée et qu'il aimait encore en secret, bien qu'intérieurement il prétendît que non.

Mais, hélas ! qu'il était loin de prévoir, de soupçonner même combien la décision qu'il venait de prendre devait occasionner de cruels chagrins pour lui-même, et de douloureuses angoisses pour tous ceux qu'il affectionnait... Il regretterait alors cette funeste décision ; malheureusement il serait trop tard !

XXXV

RÊVE INSENSÉ ! — RÉALITÉ AFFREUSE !

Retournons pour un instant dans le grand-duché de Kirck-Berghein.

Au reste, disons-le de suite, les événements qui vont se précipiter sur plusieurs points à la fois nous obligeront de sauter brusquement, ainsi que nous venons de le faire, d'un lieu à un autre, afin de suivre, partout où ils se trouveront, les divers personnages de notre dramatique récit.

Nous avons laissé l'infortunée princesse Amélia Bolstoï en compagnie de sa fidèle camériste, dans une chambre de la maison de campagne du baron de Rosemberg, maison assez coquette, c'est vrai, mais qui n'en devait pas moins être une odieuse prison pour les deux jeunes femmes.

Il n'était pas tout à fait dix heures du soir.

Tandis que le vieux Fritz servait le docteur Clostermann, le baron de Rosemberg et le comte de Kunrick, qui soupaient fort joyeusement au premier étage de l'habitation, l'hercule Wolfgang apportait sur une petite table de la chambre d'Amélia, deux couverts, du vin et des provisions froides.

Avec une respectueuse sollicitude, l'Alsacienne invita sa jeune maîtresse à se restaurer un peu.

Mais la malheureuse princesse secoua la tête en disant :

— Non, Julia, je n'ai pas faim !...

Puis elle ajouta avec une exquise douceur :

— Fais-moi le plaisir de te mettre à table... je t'en prie et je le veux, ma pauvre amie.

Julia Zurminden dut obéir. Mais elle mangea peu, car elle non plus ne se sentait aucun appétit.

De temps à autre elle levait un regard inquiet sur sa maîtresse qui s'était assise dans un fauteuil près de la cheminée.

Les coudes sur ses genoux, la tête appuyée sur ses mains, la pauvre grande-duchesse demeura longtemps dans une attitude découragée.

Enfin, se rendant aux affectueux conseils de sa femme de chambre, elle consentit à se laisser déshabiller pour se mettre au lit.

Une veilleuse, préparée par Conrad Wolfgang, se trouvait posée sur un petit meuble, dans un angle de la pièce.

Julia l'alluma, s'empara ensuite du flambeau qui les éclairait, souhaita le bonsoir à la princesse, puis passa dans sa chambre qui était attenante à celle de sa jeune maîtresse.

Malgré leurs cruelles inquiétudes, les deux prisonnières, brisées par plusieurs heures de voiture, ne tardèrent pas à fermer les yeux et à s'endormir d'un pesant sommeil peuplé de cauchemars.

Vers le même moment, le docteur Clostermann et ses dignes acolytes, Rosemberg et de Kunrick quittaient sans bruit la propriété du baron et se faisait conduire par Wolfgang au petit village de Nessenthald où se trouvait la station du chemin de fer.

Il pouvait être six heures du matin lorsque Julia Zurminden, réveillée depuis quelques minutes seulement, crut entendre de faibles gémissements venant de la chambre d'Amélia.

Elle sauta promptement à bas de son lit et à tâtons commença de se vêtir.

Mais elle avait à peine eu le temps de passer un jupon qu'un cri perçant la fit tressaillir d'effroi.

Tremblante et affolée, elle se précipita dans la chambre de la princesse Amélia en répétant ces mots :

— Mon Dieu !... mon Dieu !... que se passe-t-il ?

A la faible lueur de la veilleuse qui se mourait, elle aperçut la grande-duchesse à demi soulevée sur son lit.

La camériste s'écria :

— Que vous arrive-t-il, ma chère maîtresse ?...

La princesse ne répondit pas.

Elle ne parut point avoir entendu la fidèle Alsacienne, ni même s'être aperçue qu'elle était accourue auprès d'elle.

Pâle comme un spectre, les yeux hagards, elle gardait une immobilité sculpturale, elle restait comme pétrifiée par quelque apparition ou mieux par quelque vision qui devait être terrifiante.

Elle tendait les mains en avant.

Mais il eût été impossible de dire si ce geste était pour appeler un être invisible ou pour le repousser loin d'elle.

Julia, très effrayée, posa doucement le doigt sur le bras de la malheureuse jeune femme, et, d'une voix inquiète :

— Madame... ma chère maîtresse, fit-elle, revenez à vous !...

Au léger contact de l'index de la soubrette, la grande-duchesse sembla se réveiller brusquement.

Elle tressaillit, un rapide frisson la secoua tout entière, puis tournant son regard vers l'Alsacienne, elle murmura :

— C'est toi, Julia ?

— Oui, madame... j'ai entendu un cri, et je suis accourue...

Elle ajouta avec une nuance d'anxieuse surprise :

— Tout est calme dans votre chambre, ma chère maîtresse... Qui a bien pu causer l'effroi qui bouleverse encore votre visage ?

Amélia frissonna une seconde fois.

Puis elle prononça d'une voix qui vibrait d'une façon étrange :

— Ah ! ma bonne amie, si tu savais quel rêve j'ai fait !

— Quoi ! c'est un rêve qui vous a mise dans cet état ?

La princesse passa la main sur son front moite et dit :

— Oui, c'est un rêve... un rêve terrible, un rêve insensé !

Elle fit une pause silencieuse ; sa poitrine se gonfla et sa respiration devint peu à peu oppressée.

Tout à coup un sanglot la secoua ; elle porta vivement une main à son cœur comme pour en comprimer les battements désespérés, et, soudain, un torrent de larmes, jaillissant de ses grands yeux profonds, inonda ses joues décolorées.

Julia Zurminden s'écria, tout émue :

— De grâce, ma chère maîtresse, remettez-vous !... Ne vous laissez pas aller au désespoir !... Reprenez courage : Dieu ne vous abandonnera pas !

Les pleurs de l'infortunée princesse s'apaisèrent un peu.

D'une voix légèrement haletante, elle murmura :

— Ce qui cause mon émotion, ce qui me fait frissonner malgré moi, ce qui m'a arraché tout à l'heure un cri d'effroi, c'est une apparition, un fantôme que j'ai vu en rêve !

— Grand Dieu ! ce fantôme était donc bien terrifiant ?

Amélia agita négativement la tête.

— Oh ! non !... non... répéta-t-elle avec une intonation troublante.

Et, posant subitement sa main frémissante sur le poignet de Julia qu'elle serra avec force, elle articula tout bas, bien bas :

— C'est *lui*... que j'ai vu !... *Lui* !... comprends-tu !...

— Lui ?... Le grand-duc Edouard ?

— Ah ! ne prononce plus le nom de cet homme maudit !... de ce monstre ! exclama la princesse.

Et une étincelle de haine s'alluma dans ses grands yeux.

Anxieuse et intriguée aussi, la camériste dit à voix basse :

— Eh bien, je ne sais pas... je ne comprends pas, madame.

Alors, toute frissonnante, se parlant plutôt à elle-même qu'à Julia, la princesse murmura d'un ton vibrant d'émotion :

— Oui, en songe j'ai vu mon prince... mon mari... l'époux que j'ai perdu en Ukraine !...

— Ciel ! que dites-vous-là, madame ! s'écria la soubrette.

La prisonnière reprit, la voix altérée :

— Oui, le prince Nicolas Bolstoï m'est apparu pendant mon sommeil... Il était bien pâle, bien changé, bien faible... et cependant je l'ai reconnu tout de suite.

Et, dans un sanglot douloureux, elle acheva :

— Je l'ai appelé à mon secours... Mais lui a détourné la tête, et j'ai cru l'entendre me dire : « Vous avez oublié votre premier mari... celui qui fut votre sauveur et votre bienfaiteur... Je ne vous connais plus !. »

En disant cela, la princesse eut au fond de la gorge comme un cri, ou plutôt un râle de douleur, d'indicible désespoir.

Profondément affectée, l'Alsacienne observa doucement :

— Mais, ma chère maîtresse, ce n'est qu'un rêve, un mauvais rêve que vous avez fait... Le prince Nicolas est mort, vous n'avez donc ni reproches à vous faire, ni blâme à craindre...

Et, avec une sollicitude quasi maternelle, la brave fille ajouta :

— Recouchez-vous, madame... Vous êtes encore toute pâle, toute défaite, quelques heures de repos ne pourront que vous faire du bien.

La malheureuse grande-duchesse ne lui répondit pas.

Elle pleurait silencieusement.

La camériste attendrie la regarda un instant.

Ensuite elle pensa :

— On dit que les larmes soulagent... Laissons-la pleurer. Quand elle sera plus calme, j'essayerai de la consoler un peu.

Et Julia regagna sa chambre sans bruit, murmurant tout bas :

— Pauvre maîtresse!... Elle a un si violent désespoir d'avoir épousé le grand-duc de Kirck-Berghein qu'elle est capable d'en mourir !

A la minute précise où l'infortunée princesse Amélia jetait le cri qui mit fin à son rêve étrange, le faux prince Édouard, nonchalamment étendu dans le wagon-lit qui, à travers l'Autriche, l'emportait vers Mestre et Venise, le misérable prince, disons-nous, se demandait à lui-même :

— Que peut bien faire en ce moment la *pauvre Altesse Nounouche ?...*

****

Deux heures plus tard, c'est-à-dire vers huit heures et demie du matin, Amélia appela doucement sa femme de chambre.

L'Alsacienne accourut aussitôt.

La princesse lui dit :

— Aide-moi à m'habiller ; nous passerons ensuite l'inspection de notre demeure... de notre nouvelle prison, reprit-elle avec un pâle sourire.

Julia demanda en désignant le sombre foyer de la cheminée :

— Madame ne désire pas que j'allume tout d'abord un peu de feu?

La prisonnière répondit :

— Inutile, ma douce amie; je n'ai pas froid.

Et montrant les deux fenêtres dont les doubles rideaux étaient fermés :

— Donne-moi seulement un peu de lumière? ajouta-t-elle.

Julia s'empressa d'obéir.

Mais à peine eut-elle écarté les rideaux de la première croisée qu'une exclamation de surprise s'échappa soudainement de sa bouche.

— Ah! mon Dieu!... fit-elle d'une voix chargée d'angoisse.

— Qu'as-tu donc, ma bonne Julia?

Celle-ci étendit la main vers la fenêtre et s'écria :

— Voyez, madame, voyez ces énormes barreaux de fer !

Et les comptant à haute voix :

— Un... deux... trois, dans le sens vertical... et quatre dans la largeur.

La princesse lui dit avec un sourire empreint de tristesse profonde :

— Tu vois, ma pauvre amie, que j'avais bien raison de dire que cette demeure était une prison.

Elle ajouta lentement avec une gravité pénétrante :

— Je comprends maintenant pourquoi le vicomte de Saint-Geniès me conseillait avec tant d'insistance de quitter le palais grand-ducal pour venir ici...

— Hélas! ma chère maîtresse, le vicomte de Saint-Geniès vous a indignement trompée... J'avais deviné sa perfidie, mais de crainte de vous affliger ... vous ne l'étiez déjà que trop... je n'ai pas osé vous dire ce que je pensais de lui.

La malheureuse princesse murmura à demi-voix :

— Je le reconnais, j'ai eu tort d'ajouter foi aux paroles et à la promesse de cet homme... Mais son accent était si plein de sincérité quand il m'assurait qu'il enverrait un billet anonyme à M. le marquis de Crozant pour lui faire connaître ma douloureuse infortune, qu'une autre moins confiante que moi se serait laissé tromper.

— Ah! c'est un habile fourbe, ma chère maîtresse !

Amélia poursuivit :

— Et moi qui ai un instant supposé qu'il voulait séparer sa cause de celle de ses misérables complices!... Je le pensais moins coupable qu'eux.

— Allez! madame la princesse, les scélérats qui vous persécutent se valent bien tous!... déclara l'Alsacienne.

Puis, changeant subitement de ton, elle reprit, affectant une douce gaieté qui certes n'était point dans son cœur :

— Mais oubliez vite ces affreux gredins... Si vous le voulez bien, ma chère maîtresse, nous ne nous occuperons plus que d'une chose : nous chercherons, chacune de notre côté, le moyen le meilleur et le plus sûr pour arriver à nous évader de cette vilaine maison.

La veuve de Nicolas Bolstoï leva sur sa dévouée chambrière un regard empreint d'autant d'affection que de sincères regrets.

Puis, avec une infinie douceur :

— Pauvre chère Julia! dit-elle. Pourquoi ai-je eu la funeste idée de t'emmener à Kirck-Berghein?... Te voilà prisonnière comme moi. Qui sait quand nous sortirons de cette demeure? Et qui sait les angoisses qui nous y attendent?... Je suis l'unique cause de ton malheur, ma pauvre amie; pourras-tu jamais me pardonner?

— Ne parlons pas de cela, ma chère maîtresse... D'abord, c'est moi qui vous ai suppliée de m'emmener avec vous; et puis...

La sœur de Frédéric Zurminden s'arrêta brusquement.

On marchait dans une pièce voisine, qui était la salle à manger.

Baissant la voix, Julia dit rapidement:

— J'entends vos gardiens; voulez-vous me permettre de leur demander si vous pourrez vous promener, quand ça vous plaira, dans cette immense propriété, dont j'aperçois là-bas les murs de clôture...

Et se rapprochant de la princesse:

— Ces murs me paraissent assez élevés, il est vrai; mais il ne sont cependant pas infranchissables.

— Comment, ma pauvre amie, tu voudrais essayer...

Son regard rencontra un petit omnibus jaune et blanc... (Page 916.)

— Peut-être, ma chère maîtresse. J'ai une idée.

— Mais, à moins de découvrir une échelle ou d'obtenir l'aide d'une personne étrangère, une escalade est impossible.

— On ne peut pas savoir, madame... Je me souviens, alors que j'étais toute gamine, d'avoir grimpé avec mon frère Frédéric le long d'une muraille contre laquelle se trouvait un treillage.

La princesse hocha la tête.

Tout en disant ce qui précède à voix basse, la camériste habillait sa maîtresse,

Quand elle l'eut coiffée, elle alla ouvrir la porte qui mettait en communication la chambre de la grande-duchesse avec la salle à manger qui lui faisait suite.

Le bruit de pas entendu un instant auparavant avait cessé.

Julia pénétra dans la pièce et regarda autour d'elle.

Sur une table se trouvait un plateau garni de deux tasses et d'un sucrier ; à côté du sucrier une petite sonnette.

L'Alsacienne revint dans la chambre d'Amélia.

— Eh bien, fit cette dernière, tu n'as vu personne ?

— Non — madame ; je n'ai aperçu qu'un déjeuner que Fritz ou Wolfgang venait sans doute d'apporter. Comme on n'a pas voulu vous déranger, on a eu soin de placer sur la table une sonnette pour appeler.

Elle ajouta plus bas :

— Puis j'ai vu quelque chose encore.

— Quoi donc, ma bonne amie ?

— Les deux fenêtres de la salle à manger sont garnies de solides barreaux arrangés comme ceux-ci.

Et Julia désigna d'un geste le grillage des croisées de la chambre.

— Viens, lui dit doucement la grande-duchesse ; nous allons ensemble visiter notre prison.

Les deux jeunes femmes passèrent dans la salle à manger.

Elles remarquèrent tout de suite que la porte ouvrant sur l'antichambre avait une énorme serrure toute neuve.

— Elle n'est posée que depuis peu de temps, murmura l'Alsacienne ; regardez, ma chère maîtresse, les entailles faites dans le bois : elles sont toutes récentes, c'est aisé à voir !

Les prisonnières visitèrent ensuite la chambre de Julia ainsi qu'un petit cabinet de débarras qui ne recevait le jour que par un vitrage placé en haut de la cloison, derrière le lit de la soubrette.

En tout quatre pièces.

Julia Zurminden, affectant un air enjoué, dit à la princesse :

— Notre prison n'est pas très grande, c'est vrai ; mais les portes ferment bien, les serrures sont de dimensions respectables, et les fenêtres sont protégées par de véritables barres de fer... Nous pouvons dormir tranquilles, ma chère maîtresse.

Toutes les deux retournèrent dans la salle à manger, et tandis que la pauvre Amélia s'asseyait près de la table, la cameriste agitait rapidement la petite sonnette.

Conrad Wolfgand se montra aussitôt.

Il se montra même si vite que l'Alsacienne pensa qu'il devait se tenir en observation derrière la porte de l'antichambre.

Julia lui dit simplement :

— Madame la princesse voudrait déjeuner !

L'hercule inclina la tête, fit demi-tour et sortit sans avoir prononcé un seul mot.

Il reparut deux ou trois minutes plus tard. Il apportait du lait et du café chauds, de petites tranches de pain grillé et du beurre.

Quand il eut déposé le tout sur la table, il demanda fort respectueusement à la grande-duchesse :

— Votre Altesse désire-t-elle que je lui fasse du feu dans cette pièce ou le fera-t-elle allumer dans sa chambre ?

— Julia l'allumera, répondit la prisonnière avec douceur.

— Bien, Votre Altesse !

Et le collègue de Fritz s'inclina de nouveau.

Déjà il se dirigeait vers la porte, lorsque la camériste fit soudain :

— Monsieur Wolfgang ?

Conrad s'arrêta, se retourna et dit en français :

— Mademoiselle Julia a quelque chose à me demander ?

— Oui, répliqua l'Alsacienne dans la même langue.

— Je suis à vos ordres.

Julia étendit la main vers l'une des croisées et reprit :

— Lorsque le temps le permettra, madame la princesse pourra-t-elle se promener en ma compagnie, dans ce verger ?

Wolfgang secoua sa tête de colosse.

— Impossible, mademoiselle Julia.

— Cette maison de campagne est donc une prison ? s'écria la camériste, cachant son désappointement sous un air irrité.

Le gardien des deux malheureuses femmes murmura très vite :

— Défense formelle de vous laisser mettre le pied dehors nous a été faite par Son Excellence le docteur Clostermann.

Julia prononça alors d'un petit ton bref :

— C'est bien !... Nous savons ce que nous voulions savoir ; allez-vous-en !

Wolfgang pirouetta sur ses talons et disparut promptement.

L'Alsacienne jeta sur sa jeune maîtresse un regard navré.

Et ce regard, si plein de désespérance, signifiait clairement : « Qu'allons-nous devenir à présent que notre unique chance de salut s'est envolée ? »

Plus d'illusions à conserver... Elles étaient bien réellement prisonnières !

Ce fut au tour de la princesse Amélia de relever le courage faiblissant de sa dévouée compagne.

Elle lui dit avec une de ces intonations qui pénètrent au fond de l'âme :

— Chère Julia, te voilà désespérée par ce que tu viens d'entendre... Mais tu ne vas point te laisser abattre, n'est-ce pas ?... Unissons nos forces, notre énergie morale, soutenons-nous mutuellement... Il est impossible qu'on nous tienne renfermées indéfiniment. Nos amis s'informeront bien de nous quelque jour ; ils voudront savoir ce que nous sommes devenues... Enfin, ma douce amie, si le malheur veut que les hommes nous oublient, la Providence ne nous abandonnera pas... Le bon Dieu aura pitié de deux infortunées créatures qui n'ont jamais fait le moindre mal à personne et nous délivrera !

Le ton très affectueux, la princesse ajouta :

— Allons, ma chère Julia, assieds-toi là, en face de moi... Je veux que nous vivions désormais comme deux amies, comme deux sœurs tendrement unies.

Et, tout en prononçant ces nobles et généreuses paroles, la bonne Amélia plaçait elle-même devant sa compagne de captivité une des tasses de porcelaine et la remplissait partie de café, partie de lait chaud.

Vivement touchée de la délicate attention de sa jeune maîtresse, Julia prit place à table, en se jurant à elle-même de tout tenter, de faire l'impossible pour arracher des mains de ses persécuteurs la pauvre princesse Améli

XXXVI

OU L'ON VOIT POINDRE DE NOIRS PROJETS.

On se souvient que le marquis de Crozant, poussé par le désir de revoir la princesse Amélia, qu'il croyait être depuis la veille à Padoue, avait décidé d'aller passer trois ou quatre jours dans cette ville.

Exactement vingt-quatre heures après avoir pris cette détermination, il quittait l'antique cité des doges.

La distance entre Venise et Padoue n'est pas très grande : trente-sept kilomètres à peine par le chemin de fer, et les trains directs ne mettent guère plus d'une heure pour aller d'une ville à l'autre.

Parti à midi un quart de Venise, le marquis de Crozant débarquait en gare de Padoue quelques minutes après une heure.

La gare se trouve en dehors des fortifications de la ville.

L'ex-commandant de chasseurs d'Afrique, tenant sa valise d'une main et sa couverture de voyage de l'autre, allait appeler un cocher quand son regard rencontra un petit omnibus jaune et blanc à l'arrière duquel il lut sur un large écusson :

Hôtel Royal des Étrangers.

— C'est précisément où je voulais descendre ! fit-il mentalement.

La portière était ouverte, il grimpa aussitôt dans le véhicule qui ne tarda pas à s'ébranler dans la direction de la ville.

Huit à dix minutes plus tard, il mettait pied à terre dans une vaste cour dallée de l'*Hôtel Royal*.

On lui donna une chambre ayant vue sur la grande place de l'*Unità Italiana* ; puis, sur sa demande, le propriétaire de l'établissement monta le rejoindre presque immédiatement.

Il savait que le nouveau voyageur était un marquis et de plus un Français. Or, il se serait bien gardé de le faire attendre, car il n'ignorait pas que, si les touristes venus du beau pays de France se laissent aisément écorcher, et même voler sans crier ou protester contre les exagérations de la note, ils exigent d'être servis avec promptitude.

En pénétrant dans la chambre du gentilhomme français, il dit :

— Monsieur le marquis me fait l'honneur de me demander ? Je suis tout aux ordres de monsieur le marquis.

Victor de Crozant dit aussitôt :

— Hier a dû descendre chez vous, arrivant de Venise, monsieur le vicomte de Saint-Geniès ?

— En effet, monsieur le marquis.

— Il est certainement encore ici ?

— Il y est sans y être.

— Expliquez-vous ? fit vivement Victor de Crozant.

L'Italien reprit :

— Monsieur le vicomte de Saint-Geniès ne s'est arrêté que quelques heures à l'*Hôtel Royal*. Il est reparti le soir de son arrivée ; toutefois il a loué ici une chambre pour une semaine.

— Cela semble indiquer que son intention est de revenir à Padoue dans peu ?

— Monsieur le vicomte de Saint-Geniès m'a fait l'honneur de me dire en partant : « Je vais rejoindre deux personnes avec lesquelles je voyage. Si je ne suis pas de retour dans cinq jours, six au plus tard, vous pourrez disposer de ma chambre, car je ne reviendrai que dans un mois. »

Le marquis réfléchit une seconde.

Il déclara ensuite au propriétaire de l'hôtel :

— Ayant le plus vif désir de me rencontrer avec M. le vicomte de Saint-Geniès, je l'attendrai durant cinq jours.

— Bien, monsieur le marquis... Si monsieur le marquis désire un guide pour lui faire visiter les divers monuments de notre ville...

Victor de Crozant l'interrompit en disant :

— Je vous remercie, mais je connais depuis longtemps non seulement Padoue, mais encore ses environs.

Le maître de l'*Hôtel Royal des Étrangers* salua et se retira.

Deux jours s'écoulèrent.

Dans la soirée du deuxième jour, le propriétaire italien se présenta devant l'ancien chef d'escadron et, lui montrant un télégramme qu'il tenait à la main, il dit :

— Voici une dépêche que je reçois à l'instant. Elle m'est adressée par monsieur le vicomte de Saint-Geniès, lequel m'avertit qu'il ne s'arrêtera ici qu'en revenant de Florence, où il va se rendre.

Et il ajouta :

— La dépêche a été expédiée de la gare de Vérone... J'ai cru devoir prévenir tout de suite monsieur le marquis...

Resté seul, Victor de Crozant se prit à réfléchir.

— Je ne puis pas, se dit-il, me rendre à Florence. Outre que j'ignore dans quel hôtel descendra le vicomte, j'aurais l'air d'être à sa poursuite. Ce que j'ai de plus sage à faire, c'est de retourner à Venise.

Le marquis passa une journée encore à l'*Hôtel des Étrangers*, puis il quitta Padoue par un train du matin.

Quatorze heures après son départ, c'est-à-dire le même jour, entre dix et onze heures du soir, le vicomte de Saint-Geniès revenait à Padoue.

— Ah ! monsieur le vicomte ! s'écria avec un accent désolé le propriétaire de l'hôtel, si j'avais su... Mais c'est votre télégramme qui est la cause de... de ce malheureux contretemps.

Isidore Brousseau daigna sourire en demandant :

— Quel contretemps ?... Qu'est-il donc arrivé ?

— Depuis quatre jours, un gentilhomme français vous attendait ici.

— Il s'appelle ?

— Monsieur le marquis de Crozant... Hier je lui ai montré votre dépêche, et ce matin il est parti pour Venise.

Le compagnon de Louis Hérault parut sincèrement contrarié.

— Que c'est donc fâcheux ! murmura-t-il. J'eusse été heureux de revoir monsieur de Crozant.

— Monsieur le marquis m'a laissé espérer qu'il reviendrait peut-être dans un mois à l'*Hôtel-Royal*.

L'assassin de Robert Templier expliqua à l'Italien la raison de son retour plus qu'imprévu ; il le pria ensuite de le faire réveiller dès le point du jour parce qu'il voulait repartir par le premier train, puis il s'enferma dans sa chambre et se coucha.

Mais, avant de s'endormir, il se dit en lui-même :

— Clostermann a raison : personne ne peut se soustraire à sa destinée. J'aurais voulu épargner le marquis de Crozant contre lequel je n'ai aucun sujet de haine... Malheureusement le sort en a décidé autrement. L'ancien conseiller de la princesse Bolstoï, en s'amenant à Padoue vingt-quatre heures après moi, montre sans erreur possible que c'est bien le prince Edouard, la belle Margot et moi qu'il file et surveille... Qu'a-t-il déjà surpris ?... Pas grand'chose

encore! Mais si on n'y prenait point garde, il arriverait bien vite à découvrir...
ce qu'il ne doit jamais savoir.

Les sourcils furieusement contractés, Isidore Brousseau conclut :

— Le marquis de Crozant devient un danger pour notre sécurité à tous...
le marquis de Crozant mourra !... La fatalité le veut ainsi !

Le lecteur a déjà deviné que le rusé complice des Clostermann, Rosemberg et
autres scélérats, en se rendant à Padoue, où rien ne l'obligeait de s'arrêter,
puisque Louis Hérault et Marguerite Kreymer ne s'y trouvaient pas, n'avait
qu'un but : s'assurer que le marquis de Crozant, si inopinément rencontré à
Venise, suivait le grand-duc de Kirck-Berghein avec des intentions que lui,
Isidore, pressentait n'être rien moins que dépourvues de bienveillance. Aussi
était-il suffisamment inquiet.

Ce qui avait suggéré à l'ex-chef des Indiens Caraïbes l'idée de s'arrêter à
Padoue, c'est quelques mots que lui avait dits le gérant du *Grand Hôtel
Royal* de Venise.

Une heure environ après la courte visite faite à cet hôtel par l'agent Stefano
Vignolli, le gérant avait appris au vicomte de Saint-Geniès que le reporter d'un
journal de Venise était venu pour interviewer le vicomte Gontran de *Saint-
Gemme* qu'on lui avait dit être descendu au *Grand Hôtel Royal*.

Et le gérant avait ajouté :

— Sur mon observation que nous avions ici, non pas le vicomte qu'il
désignait, mais Sa Seigneurie le vicomte de Saint-Geniès, le journaliste est
reparti sans dire s'il reviendrait.

Isidore Brousseau n'avait pas pris la peine de demander le signalement du
prétendu journaliste. Il devinait dans cet incident insignifiant par lui-même la
main du marquis, et pour en acquérir une certitude absolue, il avait immédiatement décidé, avec sa rapidité de conception habituelle, qu'il s'arrêterait
à Padoue pour savoir si M. de Crozant l'y suivrait.

Et, maintenant, le malin vicomte était fixé.

Le marquis devenait ou, pour mieux dire, redevenait l'ennemi du grand-
duc de Kirck-Berghein ; ce serait donc tant pis s'il lui arrivait malheur.

Et le lendemain matin, quand Isidore monta en wagon, il s'installa dans
le coin capitonné d'un compartiment de première classe avec l'intention de
rechercher et de trouver le moyen le plus sûr pour se débarrasser du gênant
gentilhomme, prestement et surtout sans bruit, si la chose était possible.

Vers la même heure où l'audacieux gredin partait retrouver à Vérone le
faux prince Edouard et Margot-la-Blanche, Victor de Crozant, qui était à
mille lieues de soupçonner les noirs desseins d'Isidore Brousseau, arpentait
fiévreusement le tapis de la chambre qu'il occupait à l'*Hôtel Beau-Rivage*.

Tout en marchant, il murmurait :

— Voilà sept jours que j'ai écrit à André Desjardins... et aucune réponse
encore. Je voudrais aller rejoindre le docteur Castinel, mais je ne voudrais

pas quitter Venise avant d'avoir reçu des nouvelles de Saint-Pétersbourg.

Trois autres journées s'écoulèrent, trois journées durant lesquelles le pauvre marquis vécut de longs siècles.

Dans la matinée du quatrième jour une dépêche lui arriva.

Elle était du docteur Castinel qui disait :

« Je suis depuis hier à Bukarest. Vous attends avec impatience à l'*hôpital International*. Télégraphiez-moi votre arrivée et venez vite, vite!...

« CASTINEL. »

— C'est bien, je vais partir! murmura l'ancien commandant.

A cinq heures de l'après-midi, au moment où il quittait sa chambre pour gagner la gondole où l'on venait de descendre ses bagages, le chasseur de l'hôtel s'amena tout courant.

— Une lettre pour Votre Seigneurie! s'écria-t-il du haut de l'escalier.

Victor de Crozant tendit vivement la main.

L'enveloppe portait le timbre de Saint-Pétersbourg.

Il poussa un soupir d'allégement en reconnaissant l'écriture de la suscription, puis il murmura :

— Enfin! c'est de monsieur André Desjardins!

. . . .

Quarante-huit heures après avoir quitté Venise, Victor de Crozant arrivait dans la capitale du royaume de Roumanie.

Sur le quai de la gare de Bukarest, le docteur Castinel, prévenu télégraphiquement, attendait son compatriote.

Tout en lui serrant la main, il s'écria :

— Cher monsieur de Crozant, préparez-vous à entendre une chose invraisemblable, stupéfiante, inouïe!

— Ciel! qu'est-ce donc!... Dites vite, cher docteur?

M. Castinel se pencha à son oreille et prononça tout bas :

— Le prince Bolstoï *n'est pas mort!*...

Le marquis de Crozant eut un violent soubresaut.

D'un geste involontaire, il serra brusquement le bras du médecin qui semblait jouir de sa surprise.

Puis, l'air tout ahuri, il dit rapidement :

— Voyons, j'ai mal entendu!... Répétez vos paroles, je vous en prie?

Toujours à voix basse, le docteur répéta lentement :

— Le prince Nicolas Bolstoï n'est pas mort!...

Et, parlant un peu plus vite :

— C'est pour vous conduire sans retard auprès de lui que je suis venu vous attendre ici... Allons, partons, cher monsieur de Crozant.

Mais ce dernier ne bougea pas.

Il allongea un peu plus le cou dans la direction du lit. (925.)

Il leva un regard presque inquiet sur le docteur pour voir si le praticien parlait sérieusement ou s'il n'avait point, par hasard, perdu l'esprit depuis son départ de Venise.

M. Castinel eut un bon sourire.

Il passa le bras de son compatriote sous le sien, et l'entraînant doucement:

— Venez, mon cher marquis, fit-il à demi-voix: le seul moyen de vous tirer de votre étonnement... étonnement bien naturel, je suis le premier à en convenir... c'est de vous mettre en présence de l'ami que depuis un an vous croyez mort.

Son Altesse Nounouche.   116

Victor de Crozant murmura en suivant son conducteur :

— En ce moment, je me demande si je suis bien éveillé !

— Mais vous l'êtes parfaitement, n'en doutez pas, monsieur le marquis, dit le docteur avec une douce gaieté.

Et, désignant un coupé de louage arrêté devant la gare :

— Voici, ajouta-t-il, la voiture qui va nous transporter rapidement à l'autre extrémité de Bukarest... Montez, je vous en prie.

Le marquis monta dans le véhicule.

M. Castinel dit quelques mots au cocher ; il vint ensuite s'installer à côté de son compatriote et la voiture de place partit au grand trot.

Tandis qu'ils roulaient entre deux rangées de hautes maisons, le docteur affirma à l'ancien chef d'escadron :

— Du train dont nous marchons, dans vingt minutes nous serons arrivés.

Victor de Crozant demanda :

— Où me conduisez-vous ?

— A l'hôpital International, qui, je vous l'ai dit, se trouve situé tout au bout de la ville.

— Alors, c'est à l'hôpital que je dois retrouver le prince Bolstoï ?

— Oui... Et, drôle de coïncidence, reprit le médecin, le prince Nicolas Bolstoï occupe un lit de la salle Saint-Nicolas.

— Depuis longtemps ?

— Trois mois, et même un peu plus.

— Est-ce bien possible ?

— Mon Dieu, oui, cher monsieur de Crozant.

Après une très courte pause, le docteur déclara vivement :

— En vous disant que le prince occupe un lit de la salle Saint-Nicolas, je commets une petite erreur... J'aurais dû dire « occupait », car depuis quelques jours il se trouve dans une chambre particulière, où les meilleurs soins lui sont prodigués, je vous l'assure.

— Le prince Bolstoï est-il donc... bien malade ?

M. Castinel secoua doucement la tête.

Puis, avec un sourire qui parut quelque peu mystérieux au marquis :

— Malade ?... oui, certes, il l'est encore, répondit-il. Mais son état actuel peut être trouvé extraordinairement satisfaisant si on le compare à celui dans lequel il était il y a trois jours à peine.

— En vérité ?

Le docteur reprit d'une voix plus grave :

— Lorsque le médecin en chef, monsieur Agnan Bakisna, un jeune chirurgien roumain qui a fait toutes ses études à la Faculté de médecine de Paris... c'est à l'Hôtel-Dieu que nous nous sommes connus, il y a bien quinze ans de cela, vous voyez que notre amitié est déjà ancienne... mais je reprends : lorsque monsieur Bakisna me conduisit au chevet du lit de son malade dont il ignorait encore le nom, le prince Bolstoï n'était qu'une chose qu'on ne saurait guère qualifier, un être sans âme, sans pensée, une machine entièrement détraquée... Aujourd'hui, au contraire, il est redevenu un être qui sent, qui comprend, c'est un homme, enfin, un homme qui vit et qui est bâti pour vivre longtemps sans doute...

Et, comme se parlant à lui-même, le docteur acheva :

— Mais, qui sait?... Peut-être aurait-il mieux valu pour le prince qu'il restât ce qu'il était, c'est-à-dire une simple machine!

Victor de Crozant ne répliqua rien.

Il semblait plongé dans quelque absorbante rêverie.

Aussi n'avait-il pas entendu ou du moins n'avait-il prêté qu'une oreille distraite à la dernière phrase du docteur Castinel.

Il y eut un court silence.

Soudain, le marquis demanda à son compagnon :

— Vous ne connaissiez pas le prince Nicolas Bolstoï?

— Je l'ai vu il y a trois jours pour la première fois.

Le marquis reprit vivement :

— Alors quelqu'un, à l'hôpital, l'a reconnu?

M. Castinel répondit :

— Non, personne ne l'a reconnu.

— Personne!... s'écria l'ex-commandant; dans ce cas, comment a-t-on pu savoir que le malade...

— Etait bien le prince Bolstoï?

— Oui, docteur.

Celui-ci dit en souriant :

— C'est le prince Nicolas Bolstoï qui nous a appris lui-même qui il était... Et je ne vous cache pas, mon cher monsieur de Crozant, que j'ai éprouvé, comme vous tout à l'heure, une formidable surprise.

Le marquis murmura, après une légère hésitation :

— Cet homme, ce malade qui prétend être Nicolas Bolstoï, ne serait-il point tout simplement, je ne dirai pas un imposteur... mais un pauvre fou?

— Cette pensée m'est venue en entendant parler le malade du docteur Bakisna...

— Eh bien? fit rapidement le marquis.

— Mais, poursuivit M. Castinel, quatre mots prononcés par le prince, votre ami, ont immédiatement chassé cette pensée.

— Et maintenant vous croyez que le malade est bien réellement le prince Nicolas, mort brûlé dans son château de Daschof?

— Oui, cher monsieur de Crozant, jusqu'à ce que vous m'ayez vous-même démontré que j'ai été audacieusement trompé, déclara le médecin.

Il ajouta en souriant:

— Et nous allons tout de suite être fixés... car nous voici arrivés!

En effet, la voiture dans laquelle discouraient les deux compatriotes franchissait la grille de l'hôpital International, décrivait une courbe dans une cour pavée et s'arrêtait devant un petit perron de quelques marches.

Le docteur Castinel mit pied à terre le premier, puis, lorsque le marquis l'eut imité, il lui dit promptement:

— Veuillez me permettre de vous montrer le chemin.

Tous deux gravirent le perron, s'engagèrent dans un large corridor, grimpèrent au premier étage de l'hôpital, suivirent jusqu'au quart de sa longueur un immense couloir et, enfin, s'arrêtèrent devant une porte.

— C'est là! prononça M. Castinel.

Et il tourna le bouton de la porte qui s'ouvrit sans bruit.

XXXVII

UNE VÉRITABLE RÉSURRECTION.

Le docteur et son compagnon pénétrèrent dans une étroite pièce n'ayant pour tout mobilier qu'une petite table et une chaise de paille.

Cette pièce précédait la chambre du malade.

Près du lit de celui-ci se trouvait une garde qui, ayant entendu les pas des arrivants, accourut sur le seuil de la chambre.

Le docteur lui demanda:

— Monsieur Bakisna n'est pas revenu?

L'infirmière répondit en mauvais français:

— Si bien, Excellence.

— Où est-il, maintenant?

— Le chef est descendu dans la salle Saint-Grégoire. Il m'a bien recommandé d'aller l'avertir quand Votre Excellence serait de retour.

— C'est bon, allez! dit M. Castinel.

La Roumaine sortit vivement.

Le docteur dit alors à voix basse à l'ex-commandant de chasseurs d'Afrique:

— Je vais voir si le prince Bolstoï sommeille ou s'il est réveillé, et, dans ce dernier cas, lui annoncer la visite de son meilleur ami.

Puis il pénétra doucement dans la chambre du malade.

Demeuré seul dans l'étroite pièce, le marquis de Crozant se sentit subitement envahi par un trouble bizarre, un sentiment étrange et inexplicable.

Il allongea un peu le cou dans la direction du lit de fer dont il apercevait une partie, mais il lui fut impossible de voir la figure de celui qui prétendait être le prince Bolstoï, car la porte lui masquait le chevet du lit.

Il entendit le docteur Castinel prononcer à mi-voix :

— Dormez-vous, prince ?

La réponse de l'interpellé, qui ne dormait pas, dut être faite par signe, car le marquis de Crozant ne perçut aucun son.

Le docteur reprit tout haut :

— Vous savez, monsieur le prince, que la plus légère surexcitation vous est défendue... Je vous amène un de vos amis de Paris, mais je vous recommande de rester calme... Oui ?... Alors, c'est bien !

Après avoir dit ces mots, le médecin revint vers M. de Crozant.

Et avec un rapide mouvement de tête :

— Venez, monsieur le marquis, fit-il très bas.

L'ancien commandant entra dans la chambre assez spacieuse.

A trois pas du lit, il s'arrêta brusquement.

Le malade tournait de son côté un visage hâve, émacié, décharné.

D'un seul coup d'œil, il était facile de deviner que cet homme avait atrocement souffert, qu'il avait enduré de terribles privations.

Le haut de son front et le crâne tout entier disparaissaient sous les bandes de toiles qui s'entre-croisaient dans tous les sens.

Pâle de saisissement, l'ex-chef d'escadron demeura une longue minute immobile, tenant ses regards rivés sur ceux du malade.

En lui-même, il murmurait :

— Grand Dieu ! est-ce que ce serait *lui* !... Ah ! c'est que je crois reconnaître ses yeux rêveurs, sa bouche grande, ses lèvres un peu fortes, son nez irrégulier... Oui, c'est bien sa physionomie franche et mélancolique, aux traits heurtés, mais pourtant si sympathiques...

Et, mentalement, il répéta :

— Mon Dieu ! est-ce lui... est-ce bien lui ?

Soudain le marquis fit deux pas en avant et s'écria d'un accent où il y avait comme une vibration émue :

— De grâce, prince Nicolas Bolstoï, parlez-moi, oui, parlez-moi !... Que je sache si c'est bien l'ami tant regretté que mes yeux aperçoivent étendu dans ce lit d'hôpital !

Le malade, immobile jusque-là, se souleva légèrement.

Un inexprimable sourire de bonheur courut sur ses lèvres pâlies par la souffrance.

Et, d'une voix à l'intonation douce et grave, il prononça lentement :

— Vos yeux ne vous trompent point, marquis de Crozant... Je suis le prince Nicolas Bolstoï... votre vieil ami !

Un frémissement nerveux agita les membres de l'ex-chef d'escadron ; son émotion fut telle que, pendant quelques secondes, il fut absolument incapable d'articuler une syllabe.

Ah ! c'est qu'il avait reconnu, et reconnu sans la moindre hésitation, la voix du premier mari de la princesse Amélia.

Enfin, il put se ressaisir.

Une exclamation de joie jaillit tout à coup de sa poitrine.

Et, se précipitant vers le malade, il s'écria en l'embrassant :

— Mon ami !... mon cher Nicolas !... c'est donc bien vous... vous que je croyais enseveli sous les ruines calcinées de votre château !

Et comme s'il ne pouvait pas se rendre à l'évidence :

— Je vous en prie, mon cher Bolstoï, dites-moi que je suis bien éveillé... que je ne rêve pas !

— Non, vous ne rêvez pas, mon cher marquis de Crozant ; et c'est bien votre ami Nicolas Bolstoï qui serre vos mains dans les siennes.

Le prince fit une pause silencieuse.

Puis, avec un tremblement dans la voix :

— Marquis, murmura-t-il, marquis, parlez-moi d'Amélia !

A cette question, bien naturelle cependant, Victor de Crozant tressaillit.

Un trouble extrême envahit son cœur.

En même temps un vague frisson lui passa par tout le corps.

Que répondre ?

Pouvait-il apprendre brusquement, sans préparation, au prince Nicolas que la femme qu'il avait tant aimée, qu'il aimait toujours passionnément... l'émotion de sa voix l'indiquait assez... pouvait-il lui apprendre que sa femme s'était remariée, qu'elle appartenait aujourd'hui à un autre ?...

Non, cela était impossible !

Il fallait attendre qu'il fût sinon complètement rétabli, du moins qu'il eût recouvré assez de forces physiques et morales pour pouvoir apprendre sans trop de danger la douloureuse nouvelle.

Il fallait donc tromper le prince Bolstoï.

D'ailleurs, si le marquis eût hésité à prendre cette détermination, un signe de M. Castinel aurait achevé de le décider.

Le docteur, qui en entendant la demande du malade s'était vivement reculé au chevet du lit, posa en effet un doigt sur ses lèvres et lança un rapide regard à son compagnon comme pour lui dire :

— Soyez prudent !... Vous voyez la faiblesse du prince, si vous lui disiez la vérité en ce moment, cela aurait certainement des conséquences fâcheuses.

Aussi le marquis ne répondit-il pas sur-le-champ.

Déjà inquiet, la voix toute changée, le prince Nicolas redemanda :

— Ami, je vous en prie... qu'est devenue ma chère Amélia ?

Il fallait répondre quelque chose.

Le pauvre marquis de Crozant ne trouva que cette courte phrase :

— La princesse vous croit mort... elle voyage...

Le malade murmura à demi-voix :

— Chère Amélia, chère compagne !... Combien sa douleur a dû être grande et profonde... car elle m'aimait autant que je l'aimais moi-même...

Et subitement, avec une vivacité extrême :

— Marquis, mon cher marquis... vous allez bien vite courir au télégraphe... Vous annoncerez à ma femme que je vis, que je l'appelle, que je l'attends avec impatience pour la serrer dans mes bras...

Et avec un geste presque suppliant :

— Allez vite, mon ami, ajouta-t-il. Ne retardez pas d'une minute de plus le bonheur que votre dépêche doit procurer à ma femme bien-aimée, à ma chère Amélia.

L'embarras du marquis était à son comble.

Le prince Bolstoï, en proie à une émotion tout aussi vive que celle de son ami, ne remarqua pas son embarras, mais le docteur Castinel s'en aperçut bien vite. Il en devina immédiatement la cause.

Une idée lui vint aussitôt.

Passant à la gauche du marquis, il dit vivement :

— Monsieur de Crozant, et vous aussi, monsieur le prince, veuillez me permettre une observation sérieuse.

— Parlez, mon cher docteur.

— A mon avis, ce n'est pas par un télégramme qu'on peut annoncer à madame la princesse Bolstoï qu'elle n'est point veuve. En lui apprenant sans préparation, sans ménagement, une pareille nouvelle, vous risquez, je le crains bien, de lui faire beaucoup de mal.

— Cela est vrai ! appuya le marquis heureux d'être tiré d'une situation fort embarrassante.

M. Castinel continuait :

— Comme médecin pour qui la prudence est de règle, je conseillerai à monsieur de Crozant de partir dès demain pour aller retrouver madame la princesse et la préparer doucement à l'immense joie que la résurrection de son époux va naturellement lui faire éprouver.

L'ancien chef d'escadron avait saisi l'idée du docteur.

Il lui adressa un regard d'intelligence et dit en même temps :

— Vous avez raison, cent fois raison, mon cher docteur ; aussi je me range de votre avis et le prince fera de même.

Et souriant au malade :

— N'est-ce pas, mon cher Bolstoï, que vous trouvez le conseil du docteur Castinel sage et prudent... et que je dois le suivre?

Nicolas Bolstoï répondit doucement :

— Oui, mon ami, oui, vous devez le suivre... Mais jusqu'à demain vous resterez près de moi pour me parler d'*elle*...

De nouveau le marquis allait se trouver dans l'embarras.

Parler de la princesse Amélia au prince Bolstoï, c'est justement ce qu'il ne voulait pas.

Le docteur Castinel vint, pour la seconde fois, à son secours.

D'un ton grave, il dit au malade :

— Je regrette sincèrement, monsieur le prince, d'être dans l'obligation de m'opposer à votre désir. Vous n'avez déjà que trop parlé. Mon devoir est de prier votre ami de vous laisser seul... Vous avez besoin de repos, et toute émotion ne peut que vous fatiguer et vous être contraire...

— Je vous assure, docteur... voulut dire Nicolas Bolstoï.

Mais le docteur l'interrompit.

— Mon prince, continua-t-il d'un ton ferme, vos pommettes, livides il n'y a qu'un instant, se colorent de rouge... Mauvais symptômes : la fièvre va de nouveau vous reprendre et le docteur Bakisna ne pourra moins faire que de m'adresser des reproches.

Au moment précis où M. Castinel prononçait ces paroles, le médecin en chef de l'hôpital International apparaissait sur le seuil de la chambre.

Il avait entendu la fin de la phrase de son collègue.

En souriant, il s'écria :

— Eh bien, eh bien, est-ce que par hasard notre patient ne voudrait déjà plus écouter la Faculté?

Le docteur Castinel dit, en montrant le malade assis sur son séant :

— Cher monsieur Bakisna, le prince Bolstoï désirerait que son ami restât auprès de lui pour l'entretenir de la jeune princesse Amélia.

— Et vous vous y opposez, mon cher Castinel?

— Mais oui, fit ce dernier ; je trouve le prince trop faible encore.

— Vous avez, pardieu! bien raison. Ce n'est pas quarante-huit heures après une opération pareille à celle que le prince vient de subir qu'on peut songer à tenir une longue conversation... Moi aussi, je m'y oppose. Nous verrons dans trois ou quatre jours... D'ici là, silence absolu!

Le marquis dit alors au prince :

— Vous entendez, mon pauvre ami. Je me retire pour vous permettre de reposer... Mais demain matin, avant de quitter Bukarest pour aller rejoindre la princesse Bolstoï, je viendrai vous serrer la main... Ces messieurs m'en donneront bien l'autorisation?

— Nous vous la donnons d'avance, repartit le médecin roumain en souriant;

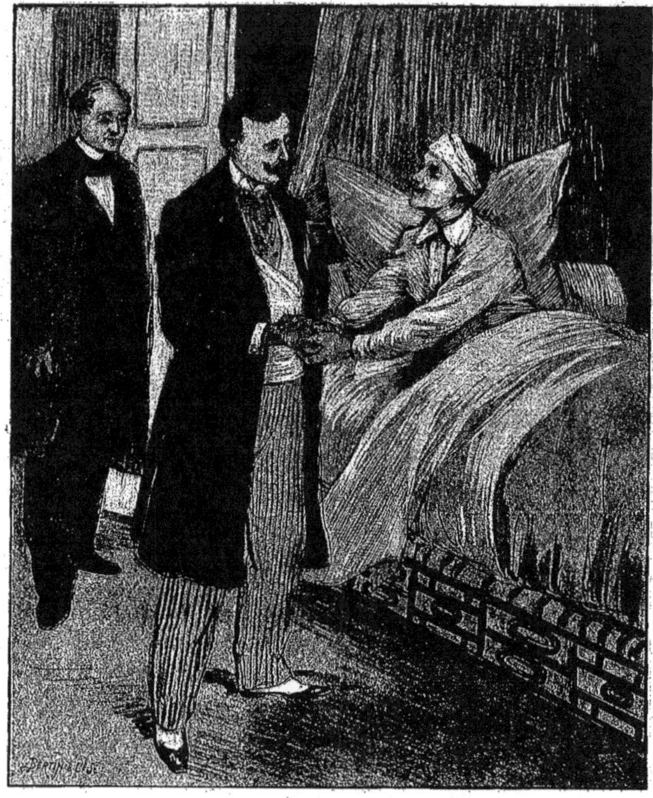

Le marquis et le prince échangèrent une cordiale étreinte. (Page 929.)

toutefois, monsieur le docteur Castinel vous accompagnera à seule fin de ne pas vous laisser causer des heures et encore des heures.

Le marquis et le prince échangèrent une cordiale étreinte.

— A demain donc, mon cher Bolstoï !

— A demain, mon ami, murmura celui-ci en soupirant.

Agnan Bakisna fit rapidement quelques recommandations à l'infirmière qui veillait dans la petite pièce contiguë à la chambre, puis les deux médecins et l'ex-commandant quittèrent Nicolas Bolstoï.

SON ALTESSE NOUNOUCHE   117

XXXVIII

OÙ LE MARQUIS DE CROZANT RÉFLÉCHIT LONGUEMENT.

La double présentation du marquis au chirurgien roumain et de celui-ci au gentilhomme français fut faite, par le docteur Castinel, dans le cabinet particulier du médecin en chef de l'*hôpital International de Bukarest*.

Avec une courtoisie parfaite, qui gagna sur-le-champ la sympathie de l'ex-officier de chasseurs d'Afrique, le docteur Agnan Bakisna dit au compagnon de voyage de M. Castinel:

— Monsieur le marquis, chez nous, de même que dans votre généreux pays, les amis de nos amis deviennent des amis... Or, je suis depuis longtemps lié d'amitié avec le docteur Félix Castinel; de plus j'ai toujours aimé les Français; c'est à ce double titre, monsieur le marquis, que je réclame l'honneur de vous offrir l'hospitalité dans ma modeste demeure... hospitalité que vous partagerez avec votre compatriote, qui m'a fait déjà le grand plaisir de l'accepter.

Victor de Crozant salua d'une inclination de tête.

Puis, avec un franc sourire, il prononça doucement:

— Votre offre gracieuse, monsieur le docteur, est faite en termes si aimables, qu'il me serait impossible de la décliner, alors même que j'en aurais eu l'intention, ce qui n'est pas.

— Donc vous acceptez?

— Oui, docteur, et avec plaisir, je vous le dis sincèrement.

— Oh! tout le plaisir sera pour moi, monsieur le marquis.

Le médecin roumain ajouta :

— Nous allons nous rendre chez moi où vous aurez... point n'est besoin de le dire... liberté entière. J'estime que le prince Bolstoï ne pourra guère quitter l'hôpital avant deux bonnes semaines; j'espère donc vous garder pendant ce laps de temps.

Le docteur Castinel prit la parole.

— Cher monsieur Bakisna, fit-il en souriant, je ne peux vous promettre de rester aussi longtemps. Je vous ai prévenu que je serais obligé de quitter Bukarest dans dix jours au plus tard pour aller à Odessa.

Le chirurgien répliqua :

— En effet, vous m'avez annoncé cela ; mais ne pourriez-vous pas reculer votre départ de quatre ou cinq jours?

M. Castinel secoua la tête.

— Hélas ! non, mon cher collègue, et je le regrette, croyez-le bien ! Mais, je me suis déjà un peu attardé en route... Je ne puis oublier que je dois être de retour à Paris avant le quinze décembre prochain.

Agnan Bakisna se leva et dit :

— Si vous le voulez, messieurs, je vais vous conduire à ma demeure. Ma voiture vous attend en bas.

Un instant après, le marquis de Crozant et les deux praticiens quittaient ensemble l'*hôpital International.*

Tandis que le véhicule qui les emportait d'un bon trot roulait vers l'intérieur de la ville, l'ancien commandant dit à ses compagnons :

— Le fait de retrouver, après plus d'un an, un intime ami que je croyais mort... et je n'étais pas le seul à le croire... me semble tellement miraculeux que, si je n'entendais pas ou ne voyais pas ces nombreux passants que nous croisons dans cette avenue, je ne serais pas bien sûr d'être véritablement réveillé.

Comme il proférait ce dernier mot, un cahot abominable fit danser la voiture, résonner les vitres des portières et secoua furieusement les trois hommes qui se heurtèrent mutuellement.

Le docteur Castinel dit en riant :

— Sapristi ! pour une secousse, c'est une vraie secousse ! Et si vous dormiez encore, cher monsieur de Crozant, elle aurait largement suffi pour vous réveiller. Qu'en pensez-vous ?

— Je pense comme vous, mon cher docteur, repartit gaîment le marquis.

Puis redevenant grave :

— Maintenant, ajouta-t-il, je serais bien aise, messieurs, que vous me fissiez le récit de la résurrection du prince Bolstoï... Pour moi c'est une résurrection que je ne puis m'expliquer, mais qui en revanche excite au plus haut degré ma curiosité.

— C'est on ne peut plus naturel, monsieur le marquis, dit le docteur Castinel ; malheureusement ce n'est pas moi qui pourrai la satisfaire, car je ne sais rien encore.

L'ex-chef d'escadron s'adressa au médecin roumain :

— Mais vous, monsieur Bakisna, vous qui depuis trois mois donnez vos soins au prince Nicolas Bolstoï, vous devez bien connaître quelque chose ?... Mon pauvre ami n'est point venu tout seul à l'hôpital de Bukarest... je ne le crois pas, du moins.

Le chirurgien répondit lentement :

— En effet, le prince Bolstoï n'est pas venu de lui-même à l'hôpital ; ce sont des mariniers qui l'ont amené à Bukarest d'abord, puis, sur le conseil des agents de police, l'ont conduit à l'*hôpital International...* Nous voici arrivés. Nous allons monter chez moi et je me ferai un plaisir de vous apprendre tout ce que je sais. Mais, je vous le dis bien vite, je n'en sais pas beaucoup plus que mon collègue et ami, Félix Castinel.

La voiture de **M. Bakisna** venait de s'arrêter.

Nos trois personnages mirent pied à terre et pénétrèrent dans une maison de superbe apparence.

Les appartements du chirurgien roumain occupaient tout le deuxième étage de l'immeuble.

Un domestique en livrée marron vint ouvrir.

M. Bakisna introduisit ses hôtes dans un élégant salon. Il donna ensuite des ordres pour qu'on allât immédiatement chercher les bagages du marquis de Crozant, puis il dit à ce dernier :

— Maintenant me voici tout à vous !

L'ancien commandant s'était assis devant un bon feu de bûches, ayant à sa droite le docteur Castinel et à sa gauche le chirurgien roumain.

Il dit vivement :

— Et moi, monsieur Bakisna, je suis tout oreilles au récit que vous allez me faire.

— Ecoutez donc, monsieur le marquis.

Et le médecin en chef de l'*hôpital international* commença ainsi :

« Il y a deux mois et demi environ, un interne en médecine, que je venais justement de prendre comme secrétaire, me signala la présence d'un malheureux idiot qui, depuis trois semaines, occupait un lit de la salle Saint-Nicolas.

« — Qui est cet homme? demandai-je à mon interne.

« — Personne ne le sait. Son billet porte ce seul mot : *inconnu*.

« — Qui nous l'a amené?

« — Deux mariniers, accompagnés d'un agent de police.

« — On aurait dû les interroger! observai-je alors.

« — On n'a pas omis de le faire, me repartit l'interne, mais les deux mariniers n'ont pu nous dire le nom du pauvre diable qu'ils amenaient, par la raison qu'ils l'ignoraient complètement... Ils nous ont raconté qu'ils avaient découvert le malheureux sur la rive droite du Danube, à cinq ou six milles de Galatz. Il s'était couché, épuisé, mourant de faim, sur la berge du grand fleuve. Pris de compassion, les mariniers le transportèrent sur leur chaland et lui donnèrent quelques soins. Ils purent bientôt se convaincre que leur passager n'avait plus sa raison. A toutes leurs questions, il ne répondait que le même mot: *Prince... prince.* »

— Pauvre ami! murmura le marquis de Crozant profondément ému, car il avait l'intuition des souffrances épouvantables que le premier mari de la princesse Amélia avait endurées.

M. Bakisna reprit :

« Le patron du bateau ne voulut pas abandonner le malheureux sauvé par ses compagnons. On garda donc l'inconnu. Avec lui, les mariniers remontèrent le Danube, puis la Dombovitza, qui est un petit affluent du fleuve si souvent chanté, et arrivèrent un matin à Bukarest. Outre que le pauvre idiot était

d'une faiblesse extrême, il toussait d'une façon atroce. Après que le patron
du chaland eut fait sa déclaration à la police, on conduisit l'inconnu à
l'hôpital International où, vu son état, on l'admit aussitôt.

« Mon interne ajouta :

« — Aujourd'hui que la bronchite du « numéro douze » est en bonne
voie de guérison et qu'on lui permet de se lever, je crois devoir vous signaler
les diverses remarques que j'ai faites à son sujet.

« Et il me dit :

« — Ce qui m'a particulièrement frappé chez notre malade, c'est d'abord sa
douceur et ses manières, qui ne sont point celles du bas peuple dont il portait
le misérable costume lorsqu'il nous a été amené; c'est ensuite sa propreté, le
soin qu'il prend de son corps, chose rare chez un être privé de raison. Sa
toilette faite, on le voit nettoyer et polir ses ongles... Enfin, me dit mon interne,
j'ai remarqué une foule de petits détails qui semblent me démontrer que
l'inconnu sauvé par les mariniers doit être un malheureux... un malheureux
qui n'est pas le premier venu, car il parle correctement le russe, l'allemand et
surtout le français.

« — En vérité, répliquai-je, ce que vous m'apprenez là m'intrigue; avant
de partir, je veux aller voir votre malade sans nom. Descendons de suite.

« L'instant d'après nous pénétrions dans la salle Saint-Nicolas. Le numéro
douze s'amusait à décalquer un dessin qu'une infirmière lui avait donné.
Après l'avoir attentivement observé, je l'abordai et lui posai quelques
questions touchant son identité... Je lui avais adressé la parole en français.
D'une voix douce, un peu chantante, il me répondit dans la même langue, en
portant un doigt à son front :

« — Je ne sais pas... tout ça est vide... le feu a tout brûlé !... » Bref je
m'intéressai au sort du malheureux... Un jour, il y a trois semaines de cela,
en auscultant son crâne, je découvris une cicatrice. Je donnais immédiatement
l'ordre de lui couper ras son épaisse chevelure blonde. Une idée m'était venue :
je voulais essayer de rendre la raison au numéro douze... »

Ici le chirurgien roumain s'interrompit pour faire une très courte digression.
Il dit à l'ami de Nicolas Bolstoï :

— Vous n'ignorez pas, monsieur le marquis, combien il faut peu de chose
pour détraquer notre pauvre intelligence; une simple fracture du crâne, une
légère esquille pénétrant dans la partie molle du cerveau et nous voilà subitement privés de raison ou bien — c'est le cas le plus fréquent — notre mémoire
disparaissant complètement, tout devient ténèbres dans notre esprit et nous
ne nous rappelons plus de rien.

— Heureusement que nos habiles chirurgiens ont trouvé le moyen de
remédier à ce triste état de choses, fit M. Castinel en souriant.

Le marquis hasarda :

— Par l'opération du trépan, sans doute?

M. Bakisna répondit :

— Justement !... Et c'est grâce à la trépanation, qui réussit quatre-vingt-dix-neuf fois sur cent, que je comptais, ou pour mieux dire, que j'espérais rendre la mémoire et l'intelligence au numéro douze... Je le fis d'abord transférer de la salle Saint-Nicolas dans la chambre d'observation où vous êtes entré. Sur ces entrefaites, je reçus la missive de mon collègue et ami le docteur Castinel, qui m'annonçait sa prochaine arrivée à Bukarest. Alors je décidai de l'attendre pour exécuter l'opération que j'avais résolu de faire.

Et, courtoisement, le chirurgien roumain acheva :

— Je connaissais la sûreté de main du docteur Castinel. Aussi, je suis heureux de pouvoir le déclarer devant vous, monsieur le marquis, si l'opération que nous avons fait subir au prince, votre ami, a si pleinement réussi, c'est grâce à la merveilleuse dextérité de mon confrère parisien.

Le docteur Castinel s'écria vivement :

— N'en croyez rien, monsieur de Crozant ; j'ai simplement aidé, secondé de mon mieux le chirurgien qui a nom Agnan Bakisna.

Et se tournant vers celui-ci :

— Nous discuterons cela l'année prochaine, mon cher ami. Monsieur le marquis attend la fin de votre récit ; ne le faites pas languir.

Le praticien roumain sourit et reprit :

— Je continue donc... Après que nous eûmes enlevé deux petits fragments d'os qui s'étaient logés dans la cervelle du prince Bolstoï, que nous avions naturellement endormi au moyen du chloroforme, nous recousîmes le crâne que nous venions d'ouvrir, et le pansement terminé nous attendîmes avec une anxieuse impatience le réveil de l'opéré dont nous ignorions toujours le nom.

Le docteur Castinel interrompit son collègue pour dire au marquis sur un ton enjoué :

— Le sommeil de votre ami s'est prolongé plus d'une heure ; aussi je ne crois pas que vous, dont la patience n'est point la vertu favorite, vous me l'avez avoué, je ne crois pas, dis-je, que vous eussiez pu, anxieux comme nous l'étions, attendre son réveil.

— C'est bien possible ! déclara l'ex-chef d'escadron.

M. Bakisna dit doucement :

— J'achève. Lorsque notre patient ouvrit les yeux, il commença par les promener autour de lui avec un étonnement si vrai, si profond, que j'en ressentis un immense, un indicible plaisir : dans son regard, je pouvais lire le réveil de son intelligence... Au bout d'un instant il demanda d'une voix faible, mais distincte :

« — Où suis-je ?... Que m'est-t-il donc arrivé ?...

« — Vous êtes devant deux médecins qui viennent de vous faire subir une petite opération... dont ils sont enchantés ! répliquai-je gaiement.

« — Une opération? répéta votre ami qui ne semblait pas bien comprendre.

Je lui pris alors une main et je lui fis toucher les bandes qui lui enserraient le front et la tête... Tout à coup, il poussa une brusque exclamation:

« — Ah! Dieu!... je me souviens!... Les misérables! les bandits!... ils ont voulu m'assassiner... me brûler vif!...

Il jeta ensuite un léger cri dans lequel je crus distinguer ces mots : « Pauvre duc! » puis il s'évanouit. Nous lui fîmes assez rapidement reprendre connaissance, et je lui demandai aussitôt :

« — Voudriez-vous nous apprendre votre nom?

« — Je suis le prince Nicolas Bolstoï, me répondit-il.

J'entendis le docteur Castinel murmurer :

« — C'est impossible !

Puis, parlant très bas, il me dit :

« — Demandez-lui s'il connaît un Français... monsieur de Crozant?

Ce que je fis immédiatement.

« — J'ai pour ami un Parisien de ce nom : le marquis Victor de Crozant, me répondit faiblement le prince.

Je regardai mon confrère qui d'un signe sembla me dire qu'il en savait assez pour le moment. Alors je fis boire au prince une cuillerée d'une solution calmante préparée d'avance pour lui, et il ne tarda pas à s'endormir profondément. Nous le laissâmes sous la garde d'une infirmière et nous partîmes. Aussitôt en voiture, M. Castinel m'apprit une chose que j'ignorais, savoir que la princesse Bolstoï, se croyant veuve, venait d'épouser en légitime mariage le grand-duc Edouard de Kirck-Berghein. Et mon ami ajouta :

« — Je vais télégraphier à monsieur le marquis de Crozant que j'ai laissé à Venise. Il examinera lui-même de quelle façon on pourra faire savoir au prince que sa femme s'est remariée ; mais en attendant qu'une décision soit prise je crois que nous ferions bien de cacher à tout le monde la résurrection du prince Bolstoï.

M. Bakisna acheva ainsi :

— J'approuvai les prudentes paroles de mon cher confrère, puis je le conduisis au bureau du télégraphe... Voilà, monsieur le marquis, tout ce que je sais. Quant à vous apprendre ce qui est advenu au prince depuis le moment où il a pu sortir de son château en flammes jusqu'au jour où il a été trouvé mourant sur la rive du Danube, votre ami pourra seul vous le dire, si toutefois il s'en souvient, ce qui n'est pas très sûr, car l'accident qui lui a fait perdre la mémoire a dû lui arriver, moi, je le présume, pendant l'incendie du château de Daschoff.

Un silence assez long suivit le récit du médecin roumain.

Le marquis le rompit le premier en disant :

— Il faudra toujours que j'en arrive à faire connaître à mon pauvre ami le second mariage de sa femme.

— C'est indubitable, repartit M. Baskina ; mais je prends la liberté de vous conseiller d'attendre un peu.

— C'est bien mon intention. Vous m'avez dit que mon ami serait en état de quitter l'*hôpital International* dans une quinzaine.

— Oui, monsieur le marquis, car je suis à peu près certain qu'aucune complication ne viendra s'y opposer.

Victor de Crozant reprit :

— Demain matin j'irai rendre une nouvelle visite au prince Nicolas. Je lui annoncerai mon départ pour Paris, puis j'attendrai que quinze jours se soient écoulés pour retourner le voir et lui apprendre la terrible nouvelle... Ça va me paraître dur ! Je frémis rien qu'à la pensée du coup affreux que je vais porter à mon pauvre ami.

— On pourrait peut-être, dit M. Castinel, vous aider à préparer le prince Bolstoï à apprendre le fâcheux événement.

— Comment cela, mon cher docteur ?

— La veille ou l'avant-veille du jour où le prince russe devra sortir de l'hôpital, mon ami Bakisna lui donnerait une lettre que vous seriez censé m'avoir adressée pour la lui remettre.

— Je devine votre idée. Dans cette lettre je donnerais à entendre au prince Bolstoï que la princesse Amélia n'a peut-être pas oublié complètement le mari qu'elle croit mort, mais qu'une nouvelle affection est cependant née dans son cœur puisqu'elle songe à se remarier.

— C'est bien cela ! dit le docteur Castinel.

A ce moment le domestique de M. Bakisna vint annoncer que les bagages du marquis étaient arrivés. Le chirurgien conduisit alors son hôte à la chambre qu'il était heureux de mettre à sa disposition.

Le reste de la journée s'écoula tranquillement.

Le lendemain matin, vers neuf heures, ainsi que c'était convenu, le marquis de Crozant et le docteur Castinel retournaient près du prince Bolstoï.

L'entretien des deux amis fut très court.

Nicolas Bolstoï demanda à l'ancien chef d'escadron :

— Vous allez voler vers ma chère Amélia ?

— Dans une demi-heure j'aurai quitté Bukarest, dit le marquis.

Le malade reprit :

— C'est en France que réside ma bien-aimée compagne ?

— La dernière fois que j'ai eu le plaisir de voir la princesse, elle était en Russie, mais elle était sur le point de partir pour Paris.

C'était là un petit mensonge, mais Victor de Crozant était bien obligé de le faire.

— Alors, mon cher marquis, fit Nicolas Bolstoï, c'est à Paris que vous comptez retrouver ma douce Amélia ?

— Oui, mon ami. Maintenant, il peut se faire que la princesse ne soit pas

Le docteur et le marquis étaient arrivés devant la demeure du chirurgien. (Page 939.)

encore arrivée à Paris ou que, s'y étant à peine arrêtée, elle en soit déjà repartie.

— Alors? murmura le prince.

— Dans le premier cas, répliqua Victor de Crozant, je me rendrai sur-le-champ à Pétersbourg; dans le second cas, monsieur Gaston Bourgoin, le notaire que vous connaissez bien, m'indiquera certainement la ville où la princesse Amélia est allée, sans doute, pour y passer l'hiver.

Ici, le docteur Castinel intervint. Il dit doucement au malade :

SON ALTESSE NOUNOUCHE   118

— Monsieur Bolstoï, le docteur Bakisna m'a bien recommandé de ne pas vous laisser parler plus de cinq minutes. Or, en voilà dix d'écoulées ; je prie donc votre ami de prendre tout de suite congé de vous. Du reste, s'il ne veut pas manquer le train, il est temps qu'il parte.

L'ex-commandant tendit la main à son ami.

— Monsieur Castinel a raison, mon cher Bolstoï, dit-il en même temps ; il faut que je vous quitte...

— Dans combien de jours pensez-vous être de retour ?

Le marquis répondit sans hésiter :

— Dans cinq ou six jours si la princesse Amélia se trouve à Paris ; il m'en faudra accorder trois ou quatre de plus si je dois aller chercher la princesse à Saint-Pétersbourg.

Les deux amis échangèrent une dernière poignée de main.

— Partez donc, mon cher de Crozant, et revenez vite ! murmura le prince.

— Au revoir, mon cher Bolstoï... A bientôt !

Sur ces paroles, le marquis et le docteur Castinel quittèrent la chambre du premier mari de la pauvre princesse Amélia.

En sortant de l'*hôpital international*, Victor de Crozant dit à son compagnon de voyage :

— Je vous ai promis, mon cher docteur, d'aller avec vous à Odessa...

— C'est vrai, fit le médecin en souriant, et je comptais bien sur votre promesse ; mais il était apparemment écrit que cela ne serait pas... Je vais être obligé de m'y rendre seul, mais il n'y a point de votre faute.

Le marquis reprit, comme s'il se fût parlé à lui-même :

— Qui aurait jamais pensé, au moment où nous nous mettions en route, que j'allais retrouver le prince Bolstoï !

— Pas moi, bien sûr ! affirma le docteur Castinel.

Et presque soudainement :

— A propos ! s'écria-t-il, êtes-vous parvenu à acquérir la certitude que c'est bien le grand-duc et la grande-duchesse de Kirck-Berghein que vous avez cru voir au théâtre Rossini ?

— Ce devaient être Leurs Altesses... Dans tous les cas je suis aujourd'hui certain que le grand-duc et la grande-duchesse ont quitté Kirck-Berghein pour entreprendre un voyage en Italie.

Et le marquis de Crozant ajouta :

— Au moment même où j'allais sortir de l'hôtel *Beau-Rivage* pour me faire conduire à la gare, une lettre arrivait pour moi.

— Celle que vous attendiez de Pétersbourg ?

— Précisément... Aussitôt assis dans la gondole de l'hôtel, je décachetais la missive qui était de monsieur André Desjardins, et je lus que le prince Edouard et la princesse Amélia étaient partis depuis déjà une semaine pour Venise, Rome et Naples.

Après un léger silence, M. Castinel murmura :

— Dans quelle étrange et surtout embarrassante situation va se trouver la princesse Amélia... Il n'y a pas à dire non : elle est bel et bien bigame !

— Mais oui... je plains sincèrement cette charmante jeune femme. Bien rares auront été pour elle, jusqu'à ce jour du moins, les heures de joie et de bonheur. Elle a tout au plus vingt ans ; néanmoins on pourrait écrire de bien gros volumes avec le récit des événements, presque tous malheureux, hélas ! dont elle a été la principale héroïne.

— Oui, je sais que la prime jeunesse de la femme de votre ami n'a pas été heureuse, surtout à l'époque où on l'appelait *Nounouche*.

Le marquis repartit vivement :

— Oh ! ç'a été les plus mauvaises années de son existence.

Les deux compatriotes, tout à leurs réflexions intimes, demeurèrent un moment silencieux.

Comme ils approchaient de la maison du chirurgien roumain, le docteur Castinel dit à l'ex-officier de chasseurs d'Afrique :

— Il est infiniment probable, mon cher monsieur de Crozant, que ce sera vous, quand vous aurez appris à votre ami Bolstoï la cruelle nouvelle, qui serez chargé de la pénible mission d'aller dire à la princesse Amélia qu'elle possède deux maris et que, pour obéir à la loi, il faut qu'elle choisisse entre le prince allemand et le prince russe.

Victor de Crozant répliqua tout rêveur :

— Si Nicolas Bolstoï m'envoie comme ambassadeur vers le grand-duc et la grande-duchesse de Kirck-Berghein, j'accepterai la grave mission, et je ferai tout ce qui dépendra de moi pour décider la princesse Amélia à redevenir la compagne du prince Bolstoï, qui l'aime toujours passionnément.

La conversation s'arrêta là.

Le docteur Castinel et le marquis étaient arrivés devant la demeure du chirurgien roumain.

Une semaine s'écoula durant laquelle aucun incident valant la peine d'être rapporté n'arriva à nos amis.

Chaque matin, M. Castinel se rendait, accompagné du docteur Bakisna, à *l'hôpital international*, passait une vingtaine de minutes au chevet du lit de Nicolas Bolstoï qui se rétablissait rapidement, puis retournait rejoindre Victor de Crozant à qui il donnait vite des nouvelles de la santé du prince et lui répétait la conversation qu'ils avaient eue, laquelle ne roulait guère que sur le prétendu voyage du marquis.

Puis, le docteur Castinel partit pour Odessa et l'ancien commandant demeura seul avec le chirurgien roumain.

Quatre jours plus tard celui-ci dit à son hôte :

— Monsieur le marquis, j'ai annoncé ce matin au prince Bolstoï que dans quarante-huit heures je le ferai sortir de l'hôpital et que je l'emmènerai chez moi pour y attendre votre retour. Il a accepté.

Le marquis demanda :

— N'a-t-il pas manifesté quelque étonnement de ne point recevoir de mes nouvelles ?

— Le prince m'a, en effet, demandé si vous n'aviez pas écrit soit de Paris, soit de Saint-Pétersbourg.

— Il a été convenu, reprit le marquis, que vous remettriez au prince un mot de moi la veille de son départ de l'hôpital.

— Si vous voulez bien me donner votre lettre, je la remettrai demain matin à votre ami.

Victor de Crozant murmura :

— Elle n'est pas faite ; je l'écrirai ce soir... Mais dites-moi, monsieur Bakisna, le prince Bolstoï a-t-il recouvré assez de force, est-il suffisamment guéri pour pouvoir supporter, sans danger pour son esprit, le rude coup que je vais être dans l'obligation de lui porter ?

— Il est certain, répliqua le chirurgien, que la nouvelle que vous allez apprendre à votre ami l'affectera fortement, douloureusement même... Je vous affirme pourtant que je ne redoute ni ne prévois aucune rechute en ce qui concerne son intelligence.

— Votre affirmation me tranquillise, car j'avais peur de provoquer un nouveau malheur.

— Non, monsieur le marquis, rien à craindre de ce côté-là.

— C'est bien !... Et puisqu'il faut que le prince connaisse tôt ou tard la vérité, je parlerai dès que vous l'aurez amené ici.

Victor de Crozant dîna en tête à tête avec son hôte, puis, après lui avoir serré cordialement la main, passa dans sa chambre pour y écrire les quelques lignes destinées à faire entendre au prince Bolstoï que, si la princesse Amélia, sa femme, pensait encore quelquefois à lui, il était malheureusement certain qu'elle ne l'aimait plus d'amour.

Il était, à ce moment, huit heures et demie du soir.

Le marquis s'installa devant un élégant secrétaire, prit une feuille de papier, une plume, trempa celle-ci dans l'encre et traça ces quatre mots : *Mon très cher Bolstoï*, puis il s'arrêta.

Mentalement, il murmura, assez perplexe :

— Que lui dire ?... ou plutôt comment lui dire ?...

Et pendant un instant, le coude appuyé sur le petit meuble, sa tête, légèrement penchée, posée sur sa main, il resta immobile, suivant la grave pensée qui le préoccupait.

Peu à peu son front assombri s'inclina davantage. Sa main droite abandonna la plume qu'elle serrait machinalement et il tomba dans une profonde et mélancolique rêverie.

Il songeait à la princesse Amélia.

Par la pensée il se trouvait transporté à Venise.

Et il lui semblait voir, comme si elle eût été à quelques pas de lui, l'adorable jeune femme qu'il avait aimée.

La princesse était assise dans un somptueux salon du grand *Hôtel-Royal* le prince Edouard se tenait auprès d'elle.

Et les deux époux, jeunes et beaux tous deux, se souriaient.

Comme le marquis se trompait !

Il croyait voir une grande-duchesse heureuse, caressant d'un doux regard de ses grands yeux d'azur le prince allemand qu'elle s'était librement et légitimement donné pour maître.

Et ce soir-là, vers la même heure, l'infortunée princesse Amélia, enfermée dans sa prison des environs de Nessenthald, maudissait la minute néfaste où par un « oui » tendrement prononcé elle s'était liée à un abominable gredin, un escarpe, un lâche parricide et fratricide, un audacieux usurpateur, à un forçat évadé enfin !

Et tandis que Victor de Crozant croyait la voir sourire, la malheureuse pleurait silencieusement son bonheur perdu pour jamais !

Hélas ! le marquis ne pouvait pas savoir ce qui s'était passé au palais grand-ducal de Kirck-Berghein.

Il s'imaginait qu'Amélia était heureuse parce que la jeune veuve lui avait dit elle-même que, si elle échangeait son titre de princesse russe contre celui de grande-duchesse allemande, c'est qu'elle aimait sincèrement le grand-duc Edouard de Kirck-Berghein.

Et le pauvre marquis réfléchissait.

Aussitôt qu'on aurait dûment constaté que le prince Nicolas Bolstoï était vivant, bien vivant ; aussitôt que sa résurrection, en quelque sorte miraculeuse, aurait été officiellement annoncée à la cour de Russie, il faudrait que la princesse Amélia déclarât avec lequel de ses deux maris elle voulait désormais habiter.

Demanderait-elle l'annulation de son second mariage pour retourner vivre avec Nicolas Bolstoï ?

C'était peu probable.

Sans doute la princesse Amélia avait aimé le jeune prince russe. Mais, après l'avoir pleuré pendant quelque temps, une nouvelle affection s'était emparée de son cœur et elle s'était donnée à un autre.

Ce n'était pas un crime.

C'est à peine si, en la voyant si jeune et si belle, on aurait pu la blâmer d'avoir oublié un peu vite le généreux prince Bolstoï.

Et le marquis, tout en réfléchissant, se disait à lui-même :

— Sans craindre de se tromper, on peut prévoir que la princesse Amélia voudra rester l'épouse du grand-duc Edouard · en outre de l'amour qu'elle a pour lui, elle est devenue la souveraine d'un pays, pas très vaste, c'est vrai, mais dont les habitants n'en sont pas moins ses humbles sujets... Or quelle est la femme qui pourrait subitement renoncer aux honneurs, aux richesses et aux grandeurs, et cela après en avoir joui à peine quelques jours ?

A demi-voix il prononça :

— Pauvre prince Bolstoï !... Quelle douleur sera la sienne ! Il adore toujours la princesse, et son cœur si bon, si aimant, si généreux, se trouvera comme broyé quand il aura acquis la certitude qu'Amélia ne l'aime plus et qu'elle en aime un autre !...

Après une pause de quelques secondes, il reprit avec inquiétude :

— Pourvu que le prince, troublé par la torturante pensée que celle qu'il aime appartient à un autre, poussé par un funeste sentiment de jalousie, n'aille pas se livrer à quelque acte de terrible, d'irréparable folie.

De nouveau, le marquis de Crozant demeura pensif.

Les minutes s'écoulaient sans qu'il s'en aperçût.

Tout à coup il releva brusquement la tête et prêta l'oreille.

La pendule de la chambre, en sonnant d'une façon interminable, venait de le tirer de sa longue méditation.

Il regarda l'heure et murmura tout surpris :

— Minuit !... Est-il possible que je sois installé devant ce secrétaire depuis si longtemps ?... Et ma lettre !...

Et s'emparant vivement de sa plume :

— Allons ! ajouta-t-il, puisqu'on ne peut faire autrement, disons à notre pauvre Bolstoï qu'il appelle à lui tout son courage pour supporter vaillamment le malheur qui va le frapper dans ses plus chères affections.

Le marquis se mit à écrire.

Quand il eut achevé sa lettre, il la relut rapidement, la plia et, se levant, prononça tout bas comme si le prince eût été présent :

— Cher Bolstoï !... Tu perds l'amour d'une femme, mais tu conserves la franche amitié d'un compagnon qui toujours restera ton ami... Du courage, je te consolerai, moi !... Je t'aiderai à oublier l'infidèle, va !...

Il se déshabilla et se coucha.

Mais, au lieu de s'endormir, il réfléchit longuement encore à l'étrange situation que le retour parmi les vivants de celui dont l'acte de décès avait été légalement dressé en Ukraine allait créer à la princesse Amélia, grande-duchesse de Kirck-Berghein.

A huit heures du matin, Victor de Crozant remit sa lettre au docteur Bakisna qui se rendit aussitôt à l'*hôpital international*.

Un peu avant midi, il réintégrait son logis.

Dès qu'il l'aperçut, le marquis lui demanda, l'air anxieux :

— Eh bien, docteur, que vous a dit mon pauvre ami ?

Le chirurgien répliqua d'un ton lent et grave :

— Le prince Bolstoï ne peut pas croire que la princesse Amélia l'ait oublié ainsi que vous le lui donnez à entendre. Il s'est écrié que vous le trompez ou que vous avez été trompé par l'entourage de la princesse.

— Pauvre ami !... il aime toujours sa femme avec passion !

— Trop, peut-être ! déclara le médecin qui semblait soucieux.

Puis il ajouta :

— Demain, entre dix heures et demie et onze heures du matin, je vous amènerai ici le prince Bolstoï.

— Alors demain matin, repartit le marquis, j'aurai la douleur de lui faire connaître la cruelle et désolante vérité.

XXXIX

CLOSTERMANN ET LA MOUCHOTTE.

Il nous faut retourner pour quelques heures à Kirck-Berghein.

Pour l'intelligence de notre histoire, nous devons raconter, avant d'aller plus loin, certain événement, assez grave, qui se passait dans la capitale de la petite principauté allemande.

Le même jour et à peu près vers le même moment où le marquis de Crozant interrogeait le chirurgien roumain, qui revenait de l'*hôpital international* de Bukarest, le ministre Clostermann, assis dans le cabinet de travail du grand-duc Édouard, questionnait, lui aussi, un médecin-oculiste qui arrivait à l'instant de la maison d'arrêt de Kirck-Berghein.

Il lui demandait :

— Voyons, cher docteur Waldems, croyez-vous qu'il soit possible de rendre l'usage de la vue à cette vieille femme qui a nom la Mouchotte ?

— Oui, c'est possible, répondit l'oculiste.

— Vous me l'affirmez ?

— Je vous l'affirme, mon cher Clostermann.

Ces paroles parurent faire plaisir au ministre de Louis Hérault.

Il reprit :

— Lui ferez-vous subir une opération ou la soumettrez-vous simplement à un traitement spécial ?

— Je lui ferai d'abord suivre un traitement préparatoire, puis je ferai l'opération et la soumettrai ensuite à un nouveau traitement.

— Tout cela exigera du temps ?

— Deux mois.

— Pas davantage ?

— Pas davantage, mon cher Clostermann.

— Et elle y verra comme vous et moi ?

Le spécialiste répliqua :

— Comme vous et moi ?... ce serait beaucoup dire. Tout ce que je puis vous assurer, c'est qu'avec les lunettes que je lui donnerai, elle pourra voir les objets aussi bien et peut-être mieux que nombre de gens myopes.

— C'est bon, fit Clostermann. Dès demain, je vous enverrai la vieille Française. Vous lui trouverez bien un petit coin dans votre clinique ?

— On l'installera dans une petite chambre du rez-de-chaussée.

Le ministre se leva :

— Parfait ! dit-il. Je ne vous retiens plus, mon cher docteur Waldems.

— Toujours tout à votre disposition, fit ce dernier en se levant à son tour.

Les deux hommes se serrèrent la main, puis se séparèrent.

A peine l'oculiste était-il sorti du cabinet que Clostermann se dit :

— Il n'est pas encore midi ; j'ai le temps d'aller rendre visite à la Mouchotte avant le déjeuner.

Et, ce disant, il sonna. Un valet de pied parut.

— A-t-on attelé mon coupé ? interrogea-t-il.

— Oui, Excellence... Guillaume n'attend plus que l'ordre de Votre Excellence pour venir se ranger au perron.

— Faites-lui signe, dit le ministre en cherchant son couvre-chef qui se promenait sur l'épais tapis. Je descends derrière vous.

Le domestique s'éloigna promptement.

Clostermann enfila son pardessus, car au dehors la température était plus que fraîche, sortit de l'appartement du grand-duc et rejoignit son coupé.

Moins d'un quart d'heure après avoir quitté le palais, il était dans le cabinet du directeur de la maison d'arrêt qui, sur l'ordre du ministre, envoyait en toute hâte chercher la Mouchotte.

— Mon cher directeur, dit Clostermann au haut fonctionnaire, j'ai besoin d'être seul avec la vieille étrangère ; vous serez donc assez aimable pour veiller à ce que nul ne vienne me déranger.

Le directeur de la prison aurait bien voulu assister à l'interrogatoire de l'aveugle, car les deux visites que le docteur Waldems avait rendues à sa vieille pensionnaire l'avaient quelque peu intrigué ; malheureusement, après les paroles du tout-puissant ministre, il n'y fallait plus songer. Il s'inclina donc, en disant d'un ton respectueux :

— Votre Excellence peut être tranquille : aucun importun ne viendra troubler son entrevue avec la prisonnière.

Un agent de police parut à la porte du cabinet.

Il annonça :

— La détenue aveugle est là !

— Amenez-la ici, ordonna le directeur.

Vous haïssez donc bien Son Altesse Nounouche? (Page 947.)

L'agent s'éloigna pour revenir presque aussitôt, accompagné de l'horrible matrone parisienne.

En la tenant par le bras, il la conduisit au milieu de la pièce et la plaça à trois ou quatre pas du docteur Clostermann.

— C'est bien! prononça celui-ci.

Et de la main il fit un geste pour qu'on les laissât seuls.

Le policier et son supérieur sortirent du cabinet.

Clostermann attendit que la porte eût été complètement refermée, puis il demanda en français :

SON ALTESSE NOUNOUCHE   119

— Eh bien, ma bonne femme, commencez-vous à vous habituer au régime de votre prison?

La Mouchotte avait, dès les premiers mots, reconnu la voix du ministre et conseiller intime de Son Altesse le prince Édouard.

Elle grommela d'un ton hargneux :

— Je voudrais bien savoir si l'on va me garder encore longtemps prisonnière dans cette ville!

Clostermann se pencha vers elle et dit à voix basse :

— La grande-duchesse Amélia ne lâche pas si vite que ça ceux qu'elle tient, ma brave femme.

Au nom d'Amélia les yeux presque éteints de l'affreuse Mouchotte étincelèrent tout à coup.

Le ministre qui l'observait attentivement, vit passer dans son regard mauvais cet éclair de rage.

Il se dit en lui-même :

— Très bien! ça va!... La colère et la haine couvent gentiment dans le cœur de l'horrible vieille; il me suffira de les attiser avec persévérance pour que ces deux sentiments éclatent au moment propice.

Tout haut il reprit :

— Avez-vous à vous plaindre des gardiens ou des gardiennes?

La mégère grogna très vite :

— J'ai à me plaindre, oui!

— Parlez, qu'avez-vous à dire !

— J'ai à vous dire qu'on me laisse geler dans ma cellule humide... j'ai à vous dire qu'on me fait crever de faim !...

— En vérité! s'exclama Clostermann.

— J'ai encore à vous dire, continua l'aveugle d'une voix rageuse, qu'on me traite plus « salement » que si j'étais un animal !

Le ministre fit à demi-voix :

— Si l'on vous traite d'une manière aussi dure, c'est que la princesse Amélia a dû donner, et à mon insu, des ordres sévères.

Après une pause très courte, il ajouta comme en confidence :

— La grande-duchesse est un peu jalouse de mon autorité... Je me suis déjà aperçu qu'elle me desservait auprès du prince, son époux... Je me demande la raison de ce commencement d'hostilité... Jamais je n'ai contrarié en quoi que ce soit la princesse Amélia.

Un silence suivit ces paroles mensongères.

Légèrement étonnée, la Mouchotte avait tendu l'oreille.

Soudain, le docteur Clostermann se leva.

Il fit trois pas vers la prisonnière et quand il se fut assez rapproché, il lui posa sur l'épaule l'extrémité de ses doigts gantés.

La mégère tressaillit malgré elle.

Elle ne pouvait pas voir le ministre, c'est à peine si elle distinguait vaguement, comme dans un brouillard, une ombre devant elle, mais elle devinait, elle « sentait » que quelque chose de grave allait se passer dans ce cabinet où on l'avait amenée.

Brusquement, le docteur Clostermann se pencha vers l'affreuse créature au point de toucher son ignoble face.

Et d'une voix très basse et concentrée :

— Si je vous tire de votre prison, serez-vous prête à me servir en tout ?

— A vous servir ?

— Oui, je veux dire à exécuter tout ce que je vous ordonnerai ?

L'ancienne locataire de l'antre infâme de la rue des Anglais avait l'esprit passablement obtus, on le sait déjà ; mais la haine qui s'était amassée en elle depuis qu'elle était retenue en prison, c'est-à-dire depuis vingt-cinq jours déjà, fit ce que n'aurait pu faire son intelligence.

Elle eut l'intuition que le ministre nourrissait une secrète inimitié contre la grande-duchesse, qu'il désirait la perdre, s'en débarrasser d'une façon ou d'une autre, et qu'il comptait que la prisonnière accepterait, en échange de sa liberté, de devenir l'instrument des projets qu'il avait formés, mais qu'il ne pouvait ou ne voulait pas accomplir lui-même.

On voit que la mégère devinait en partie la vérité.

Or, comme elle croyait réellement que c'était d'après une décision de la grande-duchesse qu'on l'avait pour ainsi dire jetée dans un cachot humide de la maison d'arrêt de Kirck-Berghein ; comme elle attribuait à la princesse Amélia l'ordre — donné par Clostermann. — de la traiter avec une excessive sévérité, elle devait donc saisir avec empressement l'occasion qui s'offrait à elle de se venger, et, surtout, de pouvoir le faire sans danger puisqu'elle serait sous la protection d'un puissant ministre.

Voilà les réflexions que se fit la Mouchotte en moins de temps que nous n'en mettons à les écrire, la plume ne pouvant jamais suivre les rapidités de la pensée.

Aussi, moins de trente secondes après que le docteur Clostermann lui eut demandé très bas si elle était prête à le servir, à exécuter tout ce qu'il pourrait lui ordonner, elle répondit sourdement :

— Si vous voulez vous servir de moi pour vous venger de la femme de votre grand-duc, oui, je suis toute prête !

Et une nouvelle flamme mauvaise brilla au fond de ses yeux morts.

Le ministre eut un bizarre sourire.

Il murmura à voix basse :

— Vous haïssez donc bien Son Altesse… *Nounouche* ?…

A cette question, un hideux rictus fit grimacer la bouche de l'ignoble matrone et ses traits dégradés revêtirent soudain une expression d'atroce férocité ; on eût dit une hyène affamée.

Et brusquement tout le fiel dont son âme abjecte était pétrie se montra dans cette réponse abominable :

— Ah ! si je hais mon ancienne *Nounouche* !... Mais je voudrais la faire rôtir à petit feu... la déchiqueter en menus morceaux... lui faire crier grâce comme autrefois, quand je la tenais en mon pouvoir... Ah ! que je regrette bien de ne l'avoir pas tuée alors !...

— Ce serait un vrai plaisir pour vous que de la voir souffrir ?

L'horrible Mouchotte s'écria presque avec emportement :

— Un plaisir, dites-vous ?...

— Plus bas, malheureuse !... interrompit Clostermann effrayé.

L'infâme coquine reprit d'une voix sourde, suintant la rage :

— Un plaisir ?... Vous pouvez dire que ce serait une joie... une vraie, une grande joie !...

— Que vous a-t-elle donc fait... autrefois ?

— Ce qu'elle m'a fait ? Mais elle est la première cause de toutes mes misères... de tous mes malheurs... Si elle était demeurée un peu plus long-temps avec moi, si elle ne s'était pas « ensauvée » pour aller chez cette princesse russe qui l'a adoptée, si elle avait attendu seulement deux années, belle et jolie comme elle était, elle m'aurait rapporté des mille et des cents !... Mais non, au lieu de ça, l'ingrate que j'avais soignée, nourrie, hébergée, elle m'a laissée en plan, et tout ce monde riche qui la protégeait m'a dénoncée à la police parisienne, m'a fait pincer et puis condamner à plusieurs années de prison pour des riens, pour des vétilles, quoi !

Clostermann ne répliqua pas tout de suite.

Il la regardait avec un étonnement qui était bien voisin de la stupéfaction.

Et lui, qui avait assassiné froidement le malheureux prince Edouard, lui qui avait arrêté, décidé, et sans la moindre émotion encore, que l'infortunée prin-cesse Amélia mourrait quand l'heure choisie par lui aurait sonné, il éprouvait, en face de tant de méchanceté, de tant de cynisme et d'une telle absence de tout sentiment humain, il éprouvait, disons-nous, une sensation troublante, étrange, faite de dégoût, d'aversion, d'horreur et de curiosité.

Mentalement, il se disait :

— Non, je n'avais pas encore vu une pareille créature... Hideur physique et morale, cruauté, égoïsme, cupidité, audace et abjection bestiale, mais elle possède tout cela, cette horrible sorcière !

Et il ajouta en lui-même, avec un sourire cruel :

— Dans son genre, c'est un phénomène que cette Mouchotte ; et c'est sûre-ment le diable qui me l'a envoyée ; c'est absolument la femme qu'il va me falloir pour l'exécution de mon projet... Elle a une tête de bête fauve : l'idée de répandre un peu de sang ne l'effrayera point !

Clostermann se recula d'un pas.

Puis, rompant le silence qui régnait depuis une minute environ, il prononça à demi-voix :

— C'est bien, brave femme ; je suis persuadé que nous nous entendrons le plus facilement du monde.

La Mouchotte demanda tout bas :

— Si monsieur le ministre veut m'expliquer ce que je devrai faire pour...

— Plus tard !... interrompit celui-ci ; le moment n'est pas venu.

Le bourreau femelle de celle qui fut la pauvre Nounouche répliqua, en ébauchant une vilaine grimace :

— Je vas vous dire, monsieur le ministre : retourner dans ma cellule où je gèle ne me sourit pas plus que ça.

Clostermann déclara tout haut :

— Vous ne retournerez pas en prison !

La face hideuse de la mégère s'éclaira. Elle dit vivement :

— C'est bien vrai, au moins ?

— Puisque je vous l'affirme, fit le ministre. Pourquoi vous tromperais-je ?

— Vous auriez pu craindre de déplaire à la grande-duchesse ?... murmura la Mouchotte.

Le docteur Clostermann daigna dire encore :

— La grande-duchesse voyage au loin avec le grand-duc, et pendant deux mois je serai le seul maître à Kirck-Berghein.

— Alors ce n'est qu'au retour de... comment aviez-vous dit ?... de Son Altesse Nounouche que vous aurez besoin de mes services ?

— En effet, pas avant.

— Mais jusqu'à ce moment-là, qu'est-ce que vous ferez de moi ?

— Dès demain on vous conduira chez un médecin qui traite spécialement les maladies des yeux.

— Celui qui est venu me visiter hier et aujourd'hui... et qui m'a posé un tas de questions, que ça n'en finissait plus ?

— C'est pour votre bien... Il dirige un petit établissement où vous demeurerez jusqu'à ce qu'il vous ait rendu l'usage de la vue.

La Mouchotte tressauta.

Puis, d'un ton de voix où il y avait peut-être autant d'incrédulité que de surprise, elle s'écria brusquement :

— Vrai de vrai ! ce médecin-là espère me rendre mes yeux ?... mes yeux de vingt ans ? ajouta-t-elle involontairement gouailleuse.

Clostermann crut devoir être très affirmatif.

Il dit, le ton débonnaire :

— On vous rendra vos yeux de vingt ans, vous pouvez en être certaine.

Et, baissant la voix, il ajouta :

— Pour me seconder, pour m'aider dans la petite vengeance que je médite, il est de toute nécessité que vous puissiez voir et reconnaître à distance la grande-duchesse Amélia.

Avec un sourire qui ressemblait à une grimace, l'affreuse matrone parisienne prononça, l'accent traînard :

— Il y a déjà du temps que je n'ai pas vu la belle petite *Nounouche*. Mais, ça ne fait rien, je saurai la remettre tout de même.

Clostermann répliqua :

— Que cela ne vous inquiète pas ; je m'arrangerai pour vous la montrer... Et d'ailleurs, quand vous vous trouverez en sa présence, elle vous reconnaîtra bien, elle !... Vous verrez ça.

Et changeant de ton :

— Mais notre entretien a suffisamment duré. Je vais donner l'ordre qu'on vous conduise dans une chambre du dépôt central.

— Jusqu'à demain matin ?

— Oui, c'est là-bas qu'on ira vous chercher... Maintenant, écoutez une recommandation expresse. Sauf avec le médecin-oculiste, vous ne devrez parler à personne. Tout le monde doit ignorer qui vous êtes, d'où vous venez, et surtout ce que vous étiez venue faire à Kirck-Berghein.

— Je ne dirai rien, monsieur le ministre.

Celui-ci reprit, d'un petit ton particulier :

— Je n'ai pas besoin de vous prévenir que, si j'apprends que vous avez ouvert la bouche au sujet de mes desseins ou même de mon peu d'amitié pour la grande-duchesse, je vous envoie de nouveau en prison, et cette fois vous y resterez longtemps, c'est moi qui vous le dis.

Un vague frisson passa par tout le corps de la Mouchotte.

Elle se hâta de déclarer :

— Craignez pas que je vous mécontente, monsieur le ministre ; je ne serai pas si bête !

— C'est bien ! repartit Clostermann avec une intonation plus douce. Je vous reverrai dans quelques jours.

Et il fit un pas du côté de la porte pour appeler.

Une dernière question de la prisonnière l'arrêta.

— Excusez-moi, monsieur le ministre, fit-elle soudain, mais, avant que vous me laissiez, il y a une chose que je voudrais vous demander.

— Parlez vite ; que voulez-vous savoir ?

La Mouchotte reprit vivement :

— Voilà... Si c'était un effet de votre obligeance de me dire ce qu'on a fait de Margot ?...

— Margot ?... répéta Clostermann comme s'il entendait ce nom pour la première fois.

— Oui, Margot-la-Blanche, ma compagne de voyage ; celle qu'on a arrêtée en même temps que moi, vous savez bien ?

— Ah, oui, je me souviens : une fille très jolie.

— Une belle blonde.

— Qui vous servait de conductrice ?

— Justement, monsieur le ministre.

— Vous voulez savoir ce qu'elle est devenue ?

— Oui... Est-ce qu'elle est en prison, elle aussi ?

Clostermann secoua négativement la tête.

— Du tout, répondit-il en même temps.

Il ajouta d'un ton très naturel et indifférent :

— La grande-duchesse Amélia n'ayant aucun motif pour en vouloir à cette demoiselle Margot, on l'a conduite au chemin de fer et on lui a payé le voyage jusqu'à la frontière de France.

— Elle avait quelque argent, elle a dû retourner à Paris ?

— C'est probable, ma bonne femme... Mais il faut que je vous laisse. N'oubliez pas mes recommandations.

Clostermann ouvrit la porte du cabinet, appela le directeur de la maison d'arrêt et lui dit :

— Vous enverrez chercher une voiture de place et vous ferez conduire cette vieille aveugle au dépôt central.

— Très bien, Excellence.

— Dans le courant de l'après-midi, le chef de la police recevra des ordres concernant la prisonnière.

Le directeur de la prison accompagna le ministre jusqu'à son coupé.

Dix minutes plus tard, Clostermann était au palais grand-ducal.

Dans la salle à manger de son appartement particulier, il trouva le baron de Rosemberg qui l'attendait depuis un instant.

— Je suis en retard, mon cher Rosemberg, fit-il en entrant ; mon entretien avec la vieille Mouchotte a été un peu plus long que je ne pensais.

Le baron demanda à demi-voix :

— Vous avez pu vous entendre avec cette sorcière ?

— Le plus aisément du monde... Mais mettons-nous à table, mon cher Rosemberg ; il n'est pas loin d'une heure, et je sens que la machine réclame du combustible ! dit Clostermann en se tapotant l'estomac.

Durant le repas, les deux complices causèrent de choses plus ou moins banales. Le café et les liqueurs absorbés, ils passèrent dans un petit coin du salon, et le docteur raconta sa visite à la Mouchotte.

Ils s'entretinrent ensuite du prince Edouard, du vicomte de Saint-Geniès et de leur compagne Margot.

Le matin même Clostermann avait reçu une longue missive d'Isidore Brousseau. Ce dernier annonçait que le grand-duc, la *grande-duchesse* et lui allaient partir pour Modène, mais il ne parlait pas de leur rencontre avec le marquis de Crozant. Il avait sans doute jugé inutile de troubler, pour le moment, la douce quiétude du premier ministre.

— Avez-vous rédigé le petit communiqué à la presse? demanda le baron.

— Pas encore, répondit Clostermann, mais ce sera vite fait.

Et, prenant une plume, il ajouta en riant :

— Le prince Édouard est à Vérone, il va partir pour Modène; nous allons donc écrire ceci :

« *Leurs Altesses Sérénissimes, se rendant à Naples, se sont arrêtées à Florence. La grande-duchesse est un peu fatiguée, mais vingt-quatre heures de repos surffiont pour la remettre; sa santé n'inspire aucune inquiétude.* »

Et voilà comment on renseignait la population de Kirck-Berghein.

XXXX

OUBLIÉ!...

Il pouvait être deux heures de l'après-midi.

Victor de Crozant arpentait d'un pas fébrile le tapis du splendide salon de M. Bakisna, lorsque le chirurgien parut et dit :

— Monsieur le marquis, ce matin, en quittant le prince Bolstoï, je l'ai prévenu que, accompagné par vous, je viendrais le prendre vers deux heures et demi... Ma voiture est en bas, et, si vous le voulez bien, nous allons nous rendre à *l'hôpital international.*

— Partons, mon cher hôte, répondit le marquis.

Le praticien et l'ex-chef d'escadron quittèrent aussitôt l'appartement. Dans la cour de l'immeuble, la voiture du médecin attendait.

Ils y montèrent prestement et le véhicule s'ébranla.

Afin que le convalescent qu'ils allaient chercher ne prît pas froid pendant le trajet, deux bouillottes très chaudes avaient été placées dans l'intérieur et y entretenaient une douce température.

Le quart de deux heures sonnait comme la voiture s'arrêtait devant le petit perron de l'hôpital.

En mettant pied à terre, M. Bakisna dit à son cocher :

— Ne bougez pas d'ici... Nous repartons dans l'instant.

Victor de Crozant et son compagnon atteignirent rapidement le premier étage du pavillon.

A la porte de la chambre occupée depuis une vingtaine de jours par le mari de la princesse Amélia, le chirurgien heurta doucement.

Il se laissa lourdement tomber sur son siège. (Page 957.)

La porte s'ouvrit.

Le marquis et son hôte entrèrent.

Nicolas Bolstoï, vêtu d'un élégant costume de drap noir, que le docteur Bakisna lui avait envoyé la veille, attendait, assis dans un large fauteuil.

Il semblait rêveur, fortement préoccupé.

A la vue de son ami et du médecin en chef de l'*hôpital International*, il se leva brusquement.

Puis, serrant la main que l'ancien commandant de chasseurs d'Afrique lui tendait, il s'écria, avant que celui-ci eût pu ouvrir la bouche pour s'informer de sa santé :

— De grâce, mon cher de Crozant, dites-moi que votre lettre n'exprimait pas exactement votre pensée !...

— Mon ami... voulut dire le marquis déjà inquiet.

Mais le prince l'interrompit soudain.

Avec une certaine exaltation, il demanda :

— Marquis, avant tout, répondez-moi : avez-vous vu ma chère femme, la princesse Amélia ?...

Victor de Crozant secoua la tête et dit d'une voix grave :

— Non, mon cher Bolstoï, je n'ai pas vu la princesse.

— Mais alors ?... se récria le prince étonné.

— Oh ! je comprends votre étonnement, mon pauvre cher ami, reprit le marquis d'un ton bas et plein de tristesse.

Puis, s'emparant de son bras :

— Mais venez, Bolstoï, ajouta-t-il avec une grande douceur ; j'ai de douloureuses choses à vous apprendre, et ce n'est pas dans cette chambre que je peux vous les dire.

— Monsieur le marquis a raison, mon prince, fit à son tour le docteur Bakisna. Chez moi vous serez bien mieux pour écouter les explications de votre ami.

— C'est bien, messieurs, allons ! murmura le convalescent.

— Vous êtes encore très faible, mon cher Nicolas ; appuyez-vous sur mon bras, dit vivement le marquis de Crozant.

Le prince Bolstoï accepta le bras que lui offrait ce dernier ; puis les trois hommes quittèrent la modeste chambre de l'hôpital.

Ils gagnèrent doucement la voiture rangée au bas du perron.

Le convalescent y monta d'abord, l'ancien officier de cavalerie et le chirurgien roumain s'y installèrent ensuite, et, aussitôt la portière refermée, le véhicule partit à une vive allure.

Le trajet de l'hôpital à la demeure du docteur Bakisna s'accomplit dans un silence à peu près complet.

Nicolas Bolstoï, le regard vague, était comme plongé dans une profonde méditation. Il se demandait, anxieux :

— Le marquis de Crozant est revenu sans avoir vu la princesse Amélia, pourquoi ?... pourquoi ?...

Et, tout en répétant mentalement ces derniers mots, il se sentait envahi par un sentiment d'inexprimable tristesse.

Assis à sa droite, Victor de Crozant, l'âme pleine d'angoisse, se disait que quelques minutes seulement le séparaient de l'instant douloureux où il devrait instruire le prince Bolstoï du mariage de sa femme Amélia avec le jeune souverain de Kirck-Berghein.

Et, en voyant ses joues si pâles et si amaigries par les privations, la souffrance et la maladie, en constatant combien il était faible encore, il redoutait que le coup terrible qui allait atteindre son cœur si aimant, si bon, n'amenât quelque complication fâcheuse, malgré l'assurance contraire du docteur Bakisna.

Soudain la voiture se mit au pas.

Elle pénétra lentement sous la porte cochère, puis s'arrêta.

Le chirurgien roumain ouvrit lui-même la portière et sauta à terre. Il aida son convalescent à descendre de voiture, le marquis offrit de nouveau l'appui de son bras à son malheureux ami, et tous trois gagnèrent doucement l'appartement du médecin.

M. Bakisna conduisit ses deux hôtes dans la chambre que le docteur Castinel avait occupée pendant son séjour à Bukarest, et dit avec un aimable et franc sourire :

— Mon cher prince, cette chambre est vôtre, et mon plus vif désir est que vous me fassiez l'honneur d'y habiter aussi longtemps que vous demeurerez dans notre ville.

Le mari d'Amélia lui tendit spontanément la main, et avec une gravité pénétrante :

— Docteur Bakisna, fit-il, en acceptant l'hospitalité que vous m'offriez si généreusement, j'ai voulu vous donner un témoignage de l'amitié profonde que toute ma vie je garderai pour mon sauveur....

— Oh ! prince...

— Je maintiens le terme, docteur Bakisna. N'est-ce pas vous qui m'avez recueilli dans l'hôpital où vous régnez en maître ? N'est-ce pas vous qui m'avez rendu la santé, la vie et l'intelligence ?

Le chirurgien répliqua, avec un bon sourire :

— Permettez, prince Belstoï !... La santé vous a été rendue beaucoup plus par mon interne que par moi... Puis, si l'opération du trépan que nous vous avons fait subir a été couronnée de succès, il est juste de dire que c'est grâce à l'habileté de mon confrère et ami, de monsieur le docteur Castinel.

— Je saurai m'en souvenir, dit gravement le prince. Je n'oublierai, d'ailleurs, aucun de ceux qui m'ont secouru ou soigné ; et c'est encore à votre obligeance que je ferai appel, cher docteur Bakisna, pour m'aider à prouver à chacun ma reconnaissance.

— Je suis et serai toujours à votre disposition, monsieur le prince... Mais, je vous en conjure, ne restez pas ainsi debout ; faites-moi le plaisir de vous asseoir là, dans ce siège qui vous tend les bras.

Et le chirurgien avançait un fauteuil près de la cheminée dans laquelle flambaient de grosses bûches de chêne.

Nicolas Belstoï s'y installa.

Le chirurgien roumain reprit, s'adressant au marquis

— Je vous prie d'imiter votre ami, cher monsieur Crozant... Là, c'est bien. Maintenant je vous demande à tous deux la permission de vous laisser pour aller donner quelques ordres.

— Faites, cher docteur, dit le marquis à leur hôte.

Le docteur Bakisna sortit de la chambre et referma soigneusement la porte derrière lui.

Victor de Crozant et son ami se trouvaient seuls.

Pendant quelques secondes, une minute peut-être, il y eut entre eux un profond silence.

Le marquis appréhendait de parler.

Le prince, angoissé, pressentant un malheur, n'osait pas interroger.

Enfin, il murmura :

— Marquis, vous êtes tout ému, vous semblez hésiter à me donner l'explication promise... Ce que vous avez à m'apprendre est donc bien grave, bien terrible ?

— Oui, mon ami, oui, bien grave... Et, si j'hésite encore à parler, c'est parce que mes paroles vont vous causer une épouvantable douleur.

— Qu'importe ? s'écria le prince avec une certaine véhémence. Je veux connaître la vérité, toute la vérité. Je préfère une violente douleur à l'incertitude qui depuis hier me tue...

Et avec un geste presque suppliant :

— De grâce, marquis, dites-moi ce qui s'est passé depuis que l'on me croit mort ?... Ami, où est ma chère Amélia ?

Victor de Crozant répondit comme à regret :

— Elle est en Italie où elle voyage actuellement.

— Je comprends, maintenant, pourquoi vous n'avez pu voir la princesse. Vous êtes allé à Paris, alors que...

L'ex-chef d'escadron l'interrompit, en disant d'un ton grave :

— Je ne suis allé ni à Paris ni à Pétersbourg ; je n'ai pas quitté Bukarest depuis que j'ai eu le bonheur de vous retrouver.

Nicolas Bolstoï pâlit subitement.

D'une voix dont le tremblement décelait l'émotion grandissante, il dit, les regards rivés sur ceux de son ami :

— Marquis de Crozant, puisque vous n'avez pas annoncé à Amélia que j'étais encore de ce monde, puisque vous ne lui avez point parlé, comment pouvez-vous affirmer que mon épouse ne m'aime plus ?

— Hélas ! mon cher Bolstoï, il y a plus d'un mois que je sais, et je ne suis pas le seul à le savoir, que la princesse...

— Achevez !... que la princesse ?...

— En aime un autre que vous.

De la bouche du prince jaillit avec impétuosité une dénégation énergique ; puis il répéta avec force :

— Non ! non ! non !... c'est impossible !

Victor de Crozant reprit doucement :

— Ami, faites appel à tout votre courage... Je vais vous dire la vérité.

— Oui, parlez, parlez... et ne me cachez rien !

Faisant un effort, le marquis prononça très vite :

— Prince Bolstoï, votre femme, Amélia, s'est remariée !...

A ce dernier mot, le prince bondit, en jetant un léger cri.

Pendant quelques secondes, les yeux dilatés par une stupeur indicible, pétrifié, hébété, il se tint immobile devant son fauteuil, fixant le marquis anxieux.

La foudre, tombant à ses pieds, ne l'eût certes pas davantage étourdi.

Il était devenu livide.

Tout à coup, il frémit violemment et chancela.

Victor de Crozant s'élança pour le retenir.

Mais le malheureux prince se raidit contre l'effroyable douleur qui lui broyait le cœur et l'âme.

Il passa machinalement la main sur son front, couvert d'une sueur glacée, et d'une voix blanche il répéta trois fois :

— Remariée !... remariée !... remariée !...

Puis il se laissa lourdement tomber sur son siège, s'enfouit la tête dans ses mains et resta longtemps anéanti, muet, incapable de penser, comme s'il eût été assommé d'un coup de massue.

Il y eut, pendant cinq minutes, un silence de mort.

Le marquis de Crozant regardait son ami d'un œil ému, attendri ; il n'osait pas interrompre la douloureuse méditation dans laquelle il le croyait plongé.

Tout à coup, aux secousses des épaules du convalescent, Victor de Crozant devina que le malheureux sanglotait.

Alors, rapprochant vivement son fauteuil du sien, il lui toucha légèrement le bras en murmurant avec douceur :

— Du courage, mon pauvre ami... Ne vous laissez pas abattre par ce nouveau coup du destin, hélas ! bien cruel pour vous.

Le prince Nicolas eut une exclamation douloureuse qui s'éteignit dans un long gémissement.

— Oublié !... oublié !... répéta-t-il très bas.

L'ancien chef d'escadron l'entendit cependant et, voulant sans doute trouver une excuse au mariage de la princesse, il dit doucement :

— Songez, mon pauvre ami, que la princesse Amélia se croyait veuve... Et puis, elle est si jeune encore... Elle a écouté les conseils de ceux qui lui disaient qu'elle ne pouvait pas vivre seule, toujours seule, sans protecteur et sans guide dans la vie.

Nicolas Bolstoï releva soudain le front.

Dans ses yeux humides de larmes étincela un rapide éclair et, d'une voix vibrante, altérée, toute changée, il proféra :

— Marquis, c'est vous qui avez conseillé à Amélia de se remarier !

M. de Crozant protesta avec une vivacité extrême :

— Moi ?... Ah ! prince, bien au contraire !... j'aurais voulu pouvoir m'opposer à ce mariage... et j'ai refusé d'y assister !

Et, tandis qu'il déclarait cela, une fugitive rougeur passait sur son visage, car il se disait mentalement que, si la nouvelle union de la princesse Amélia l'avait profondément affligé, c'est qu'il aimait d'amour la jeune femme et qu'il aurait été heureux, bien heureux, si elle l'avait pris lui-même pour époux et pour maître.

Tout frémissant, Nicolas Bolstoï demanda :

— Et aujourd'hui... quel nom porte... la princesse ?

Le marquis répondit :

— Elle se nomme Son Altesse...

— Son Altesse ?... interrompit le prince stupéfait.

Victor de Crozant reprit lentement :

— Oui, je dis bien, Son Altesse sérénissime la grande-duchesse Amélia de Kirck-Berghein.

— Quoi ? ma femme a épousé le prince Edouard ?

— Oui, mon pauvre ami.

— Et... depuis combien de temps ?

— Il y a quarante-trois jours que la princesse Bolstoï est devenue la souveraine du grand-duché de Kirck-Berghein.

Le premier mari d'Amélia s'écria, avec une intonation bizarre, où l'on devinait tout à la fois de l'ironie, de la colère et du désespoir :

— Grande-duchesse depuis près de deux mois !... et il y a tout au plus un an que j'ai disparu !... Ah ! elle a été vite consolée, celle qui m'avait dit : « Je t'aimerai toujours !... » Après une année de veuvage et de deuil, elle offrait son cœur à un autre !

Il ajouta, accablé, brisé, désillusionné :

— Et voilà donc combien était profond l'amour immense que la princesse avait pour moi ! comme sa tendresse était vive et réelle !... Au bout d'un an, j'étais déjà oublié..! Pauvre insensé, pauvre fou que j'étais !... je croyais aux paroles d'une femme !

L'ex-officier de cavalerie murmura gravement :

— Hélas ! mon cher Bolstoï, depuis que le monde existe, la femme est considérée comme une énigme vivante ; vous savez bien que son cœur a été, qu'il est et sera toujours l'abîme le plus insondable !

Il se fit un nouveau silence.

Maintenant les yeux du prince demeuraient secs, mais la flamme qui par moments traversait ses prunelles, le pli douloureux de son front et quelques gouttes de sueur qui brillaient encore sur ses tempes trahissaient son émotion et son agitation intérieure.

Enfin, d'une voix sourde, qui frémissait malgré lui, il demanda :

— Pouvez-vous me dire, mon cher de Crozant, où celle qui fut ma femme a connu le grand-duc de Kirck-Berghein ?

— La princesse Amélia et le grand-duc Edouard se sont rencontrés plusieurs fois à la Cour de Russie.

— Ah !... Seraient-ce Leurs Majestés le Tsar et la Tsarine qui auraient conseillé à l'ingrate oublieuse d'épouser le jeune prince allemand ?

— Mon Dieu, oui, mon cher Bolstoï. C'est l'impératrice elle-même qui a présenté le grand-duc à la princesse... La beauté de votre compagne ayant produit une vive impression sur le cœur du prince Edouard et celui-ci croyant réellement veuve la princesse Amélia, il fit demander sa main par l'empereur Alexandre.

— Et la princesse Bolstoï l'accorda... tout de suite, n'est-ce pas ? dit le pauvre ressuscité avec une intonation d'amère ironie.

Le marquis agita affirmativement la tête.

Nicolas Bolstoï parut se recueillir un instant ; puis il ouvrit la bouche, hésita et, tout pâle, articula avec effort :

— La princesse Amélia a peut-être fait ce qu'il est convenu d'appeler un mariage d'inclination ?...

— Non, mon ami, ce n'est point un mariage d'inclination.

Le convalescent reprit :

— Est-ce un simple mariage de convenance ?

— Pas davantage, mon cher Bolstoï.

D'une voix soudain altérée, ce dernier prononça très bas :

— Alors, elle a fait un mariage... d'amour ?

Après une courte pause, monsieur de Crozant s'écria brusquement, le ton ferme, énergique :

— Prince Bolstoï, vous connaissez à présent toute la vérité. Vous savez que la princesse Amélia en aime un autre. Elle n'est point coupable : elle vous croyait mort... Et puis nul ne peut commander à son cœur...

Le prince l'interrompit tout à coup.

Puis, dans une explosion de désespoir d'amour, il s'écria :

— La princesse n'est point coupable, dites-vous, marquis ?... N'est-ce donc pas un crime que d'avoir menti à l'homme qui lui a donné son nom... à celui qui ne vivait que pour elle ?...

— Permettez, mon cher Bolstoï... commença le marquis.

Mais le prince poursuivit avec véhémence :

— Moi, je dis que la princesse Amélia m'a trompé, m'a menti en m'assurant qu'elle m'aimait de toute son âme !... Si elle m'avait aimé, est-ce qu'elle m'aurait oublié si vite !

Victor de Crozant répliqua avec douceur :

— Je comprends l'agitation de tout votre être, mon cher Bolstoï ; mais il faut chasser bien loin le courroux que la nouvelle union contractée par la princesse Amélia a fait naître en vous ; il faut redevenir le prince vaillant et généreux que j'ai connu à Paris... Vous ne devez point accuser celle que vous avez aimée...

— ...Et que j'aime encore, comme un fou que je suis !... s'exclama Nicolas Bolstoï, étouffant un sanglot de rage et de désespoir.

Le marquis reprit avec la même douceur :

— Celle que vous aimez encore comme un brave garçon que vous êtes, eh bien, vous ne devez pas l'accuser de mensonge et d'infidélité à votre mémoire. Elle vous a aimé, n'en doutez pas, mon ami... Mais, je vous le dis de nouveau, on ne commande pas à son cœur. Plus tard, quand vous aurez repris possession de vous-même, vous réfléchirez, vous excuserez votre ancienne compagne et vous lui pardonnerez.

Le prince ne répondit rien.

— Maintenant, mon cher Bolstoï, il s'agit de redevenir homme ; il vous faut regarder en face la situation dans laquelle trois personnes vont se trouver... Il vous faut, enfin, prendre sans trop tarder une décision que j'irai faire connaître au prince Edouard et à la princesse Amélia.

Le ton interrogateur, il ajouta :

— Vous pourrez obtenir aisément l'annulation du second mariage de la princesse, si vous voulez qu'elle redevienne votre compagne...

Le prince Bolstoï eut un geste brusque, saccadé.

Puis, d'un accent vibrant, il proféra ce seul mot :

— Jamais!

Il y eut une nouvelle pause silencieuse.

Victor de Crozant reprit d'une voix grave :

— Je vous approuve, mon pauvre ami. Il y a quinze jours, tout à la joie de vous retrouver alors que je ne pensais plus vous revoir, je me suis dit qu'il me serait sans doute possible de ramener à vous l'épouse que vous aimiez tant, que vous adoriez...

— Oh ! oui, je l'adorais, l'ingrate !... laissa échapper Bolstoï.

Le marquis poursuivit :

— Mais, après avoir longuement, mûrement réfléchi, j'ai compris que je ne pourrais jamais vous rendre votre bonheur d'autrefois. En effet, la princesse Amélia, qui est bonne et charitable autant que belle... ne dites point le contraire, mon ami... donc, émue par le récit de vos souffrances et de vos malheurs, la princesse Amélia n'aurait peut-être pas hésité à revenir vivre auprès de vous... mais aurait-elle pu vous rendre son cœur? Non, je ne le crois pas... Or, ce n'est pas une douce amitié, une tendresse faite de compassion que vous vouliez d'elle, mais son amour sans...

6ᵉ SÉRIE — 50 cent.

SON ALTESSE NOUNOUCHE

ROMAN INÉDIT

PAR

SIMON BOUBÉE

S. SCHWARZ, Éditeur, 9, Rue Sainte-Anne (Avenue de l'Opéra), PARIS

(TOUS DROITS RÉSERVÉS)

Imp. Sainte-Anne. Mod. 1

SÉRIE 7   50 centimes

SON ALTESSE NOUNOUCHE

GRAND ROMAN INÉDIT

PAR SIMON BOUBÉE

S. SCHWARZ, Editeur, 9, Rue Sainte-Anne (Avenue de l'Opéra), PARIS
(TOUS DROITS RÉSERVÉS)

SON ALTESSE NOUNOUCHE

SÉRIE   50 cent.

SON ALTESSE NOUNOUCHE

ROMAN INÉDIT

PAR

SIMON BOUBÉE

S. SCHWARZ, Éditeur, 9, Rue Sainte-Anne (Avenue de l'Opéra), PARIS

Imp. Sainte-Anne. Mod. 1

9 SÉRIE

50 cent.

SON ALTESSE NOUNOUCHE

ROMAN INÉDIT

PAR

SIMON BOUBÉE

S. SCHWARZ, Éditeur, 9, Rue Sainte-Anne (Avenue de l'Opéra), PARIS

(TOUS DROITS RÉSERVÉS)

Imp. Sainte-Anne. Mod. 1

SÉRIE 10   50 cent.

SON ALTESSE NOUNOUCHE

ROMAN INÉDIT

PAR

SIMON BOUBÉE

S. SCHWARZ, Éditeur, 9, Rue Sainte-Anne (Avenue de l'Opéra), PARIS

Imp. Sainte-Anne, Mod. 1

SON ALTESSE NOUNOUCHE

ROMAN INÉDIT

PAR

SIMON BOUBÉE

S. SCHWARZ, Éditeur, 9, Rue Sainte-Anne (Avenue de l'Opéra), PARIS

(TOUS DROITS RÉSERVÉS)

Imp. Sainte-Anne. Mod. 1

SÉRIE 12   50 cent.

SON ALTESSE NOUNOUCHE

ROMAN INÉDIT

PAR

SIMON BOUBÉE

S. SCHWARZ, Éditeur, 9, Rue Sainte-Anne (Avenue de l'Opéra), PARIS

Imp. Sainte-Anne, Mod. 1

SÉRIE **13** 50 centimes

SON ALTESSE NOUNOUCHE

GRAND ROMAN INÉDIT

PAR SIMON BOUBÉE

S. SCHWARZ, Editeur, 9, Rue Sainte-Anne Avenue de l'Opéra), PARIS
(TOUS DROITS RÉSERVÉS)

SON ALTESSE NOUNOUCHE

GRAND ROMAN INÉDIT

Par SIMON BOUBÉE

S. SCHWARZ, Editeur, 9, Rue Sainte-Anne (Avenue de l'Opéra), PARIS
(TOUS DROITS RÉSERVÉS)

SÉRIE 15

50 cent.

SON ALTESSE NOUNOUCHE

ROMAN INÉDIT

PAR

SIMON BOUBÉE

S. SCHWARZ, Éditeur, 9, Rue Sainte-Anne (Avenue de l'Opéra), PARIS

Imp. Sainte-Anne. Mod. 1

SÉRIE 16   50 cent.

SON ALTESSE NOUNOUCHE

ROMAN INÉDIT

PAR

SIMON BOUBÉE

S. SCHWARZ, Éditeur, 9, Rue Sainte-Anne (Avenue de l'Opéra), PARIS

Imp. Sainte-Anne. Mod. 1

SÉRIE 17

50 cent.

SON ALTESSE NOUNOUCHE

ROMAN INÉDIT

PAR

SIMON BOUBÉE

S. SCHWARZ, Éditeur, 9, Rue Sainte-Anne (Avenue de l'Opéra), PARIS

Imp. Sainte-Anne. Mod. 1

SÉRIE 18   50 cent.

SON ALTESSE NOUNOUCHE

ROMAN INÉDIT

PAR

SIMON BOUBÉE

S. SCHWARZ, Éditeur, 9, Rue Sainte-Anne (Avenue de l'Opéra), PARIS

Imp. Sainte-Anne, Mod. 1

SÉRIE 19 — 50 cent.

SON ALTESSE NOUNOUCHE

ROMAN INÉDIT

PAR

SIMON BOUBÉE

S. SCHWARZ, Éditeur, 9, Rue Sainte-Anne (Avenue de l'Opéra), PARIS

Imp. Sainte-Anne. Mod. 1

SÉRIE 20

50 cent.

SON ALTESSE NOUNOUCHE

ROMAN INÉDIT

PAR

SIMON BOUBÉE

S. SCHWARZ, Éditeur, 9, Rue Sainte-Anne (Avenue de l'Opéra), PARIS

SON ALTESSE NOUNOUCHE

ROMAN INÉDIT

PAR

SIMON BOUBÉE

S. SCHWARZ, Éditeur, 9, Rue Sainte-Anne (Avenue de l'Opéra), PARIS

Imp. Sainte-Anne. Mod. 1

SON ALTESSE NOUNOUCHE

ROMAN INÉDIT

PAR

SIMON BOUBÉE

S. SCHWARZ, Éditeur, 9, Rue Sainte-Anne (Avenue de l'Opéra), **PARIS**

Imp. Sainte-Anne, Mod. 1

SON ALTESSE NOUNOUCHE

ROMAN INÉDIT

PAR

SIMON BOUBÉE

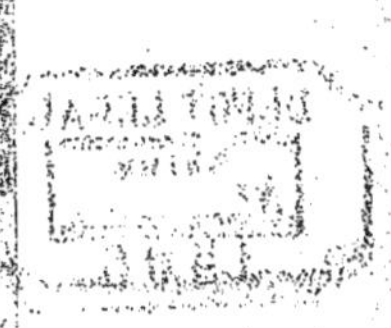

S. SCHWARZ, Éditeur, 9, Rue Sainte-Anne (Avenue de l'Opéra), PARIS

Imp. Sainte-Anne, Mod. I